HEYNE BÜCHER

ROBERT LUDLUM

DER IKARUS-PLAN

Roman

Aus dem Englischen
von Edith Walter und Dr. Stephan Kaiser

WILHELM HEYNE VERLAG
MÜNCHEN

HEYNE ALLGEMEINE REIHE
Nr. 01/9040

Titel der Originalausgabe
THE ICARUS AGENDA

Der Titel erschien bereits in der Allgemeinen Reihe
mit der Band-Nr. 01/8082.

10. Auflage
1. Auflage dieser Ausgabe

Wilhelm Heyne Verlag GmbH & Co. KG, München
Printed in Germany 1994
Umschlagillustration: Tony Stone Bilderwelten/Tim Flach, München
Umschlaggestaltung: Atelier Ingrid Schütz, München
Gesamtherstellung: Elsnerdruck, Berlin

ISBN: 3-453-07489-0

Für James Robert Ludlum.
Willkommen, Freund!
Ich wünsch' dir ein tolles Leben.

Vorwort

Der in der Tür nur als Silhouette sichtbare Mann betrat rasch den fensterlosen dunklen Raum. Er schloß die Tür hinter sich und ging über den schwarzen Vinyl-Fußboden blindlings auf die Messinglampe zu, die zu seiner Linken auf einem Tischchen stand. Er knipste sie an, doch die schwache Birne gab wenig Licht und warf lange Schatten. Der schallisolierte Raum war klein, eng, aber nicht schmucklos. Die ›Kunstgegenstände‹ waren jedoch nicht antik, noch stammten sie aus späteren Kunstepochen. Es handelte sich ganz einfach um eine hochmoderne High-Tech-Anlage.

An der rechten Wand schimmerte der Abglanz rostfreien Stahls, und das leise Summen einer staubabweisenden und staubsaugenden Klimaanlage sorgte für fast keimfreie Sauberkeit. Der Besitzer und einzige Benutzer dieses Raumes setzte sich vor dem Wortprozessor auf einen Stuhl und drückte eine Taste. Der Bildschirm begann zu flimmern, und der Mann gab einen Code ein. Das Gerät reagierte sofort mit leuchtendgrüner Schrift:

Höchste Geheimhaltungsstufe
Kein Zugriff
Eingabe

Der Mann beugte sich über die Tastatur und gab seinen Text ein.

Ich beginne jetzt mit diesen Aufzeichnungen, weil ich glaube, daß die bevorstehenden Ereignisse das Verhalten einer ganzen Nation verändern werden. Ein Mann ist scheinbar aus dem Nirgendwo gekommen, einem arglosen Messias gleich, der nichts von seiner Berufung und von seinem Schicksal ahnt. Es ist seine Bestimmung, Dinge zu tun, die über sein Verständnis hinausgehen, und wenn meine Vermutungen zutreffen, werden diese Aufzeichnungen ein Protokoll seiner Reise... Wie alles anfing, kann ich mir nur VORSTELLEN, aber ich WEISS, *daß der Ursprung im Chaos lag.*

1. BUCH

1

Maskat, Oman, Vorderasien
Dienstag, 10. August, 18 Uhr 30

Die wilden Wasser im Golf von Oman waren nur die Vorläufer des Sturms, der durch die Straße von Hormus ins Arabische Meer raste. Begleitet von den durchdringend schrillen, näselnd intonierten Gebeten bärtiger Muezzins auf den Minaretten der Moscheen, ging über der Hafenstadt die Sonne unter.

Gewitterwolken, die wie fliegende Ungetüme hoch über den Dächern dahinwirbelten, verdunkelten den Abendhimmel. Von Zeit zu Zeit schienen im zweihundert Seemeilen entfernten Pakistan grelle Blitze den östlichen Horizont über den Bergen von Mekran in Flammen zu setzen. Im Norden, jenseits der Grenze von Afghanistan, tobte noch immer der sinnlose, brutale Krieg. Westlich davon gab es einen noch sinnloseren Krieg, von Halbwüchsigen geführt, die von dem an Leib und Seele kranken Wahnsinnigen im Iran in den Tod getrieben wurden, und im Libanon töteten Männer bedenkenlos und nannte jede Partei alle anderen Terroristen, obwohl alle – ohne Ausnahme – barbarischen Terror ausübten.

Der Nahe Osten, ganz Vorderasien, brannte, und hatte man früher die Feuer gelöscht, ließ man sie jetzt brennen. Während die Wasser des Golfs von Oman an diesem Abend wütend kochten und der Himmel mit Verheerung drohte, braute sich in Maskat, der Hauptstadt des Sultanats Oman, ein ähnlich vernichtender Sturm zusammen. Die Gebete waren zu Ende, und die Menschenmassen strömten wieder zusammen. Lodernde Fackeln in der Hand, drängten sie aus den Seitenstraßen und Gassen, eine Woge hysterischen Protests, ihr Ziel das von Flutlicht angestrahlte schmiedeeiserne Tor der US-Botschaft. Vor der rosafarbenen Stuckfassade dahinter patrouillierten verwahrloste Jugendliche, die linkisch Pistolen und Gewehre umklammerten. Todbringende Waffen – doch in ihrem wildäugigen Fanatismus konnten sie zwischen Waffe und der Endgültigkeit des Todes keinen Bezug herstellen, denn man predigte ihnen, es gebe keinen Tod, gleichgültig, was ihre Augen zu sehen glaubten. Nur der Lohn für Märtyrertum zählte, er war alles, und je schmerzlicher das Opfer, um so herrlicher der Ruhm des Märtyrers – die Qualen ihrer Feinde bedeuteten nichts. Blindheit! Wahnsinn!

Es war der zweiundzwanzigste Tag dieses Wahnsinns, einundzwanzig Tage waren vergangen, seit die zivilisierte Welt wieder einmal gezwungen gewesen war, die trostlose Tatsache unkontrollierter Wut hinzunehmen. Der fanatische Volkszorn war aus dem Nichts wie eine Springflut über Maskat hereingebrochen, hatte sich ausgebreitet, und niemand wußte, warum. Niemand außer jenen Männern und Frauen, die ihre Tage und Nächte damit verbrachten, die schwarze Kunst plötzlich ausbrechender, kurzlebiger Revolten zu analysieren, den Aufständen auf den Grund zu gehen und sie endlich zu durchschauen. Denn es handelte sich um inszenierte Revolten. Von wem inszeniert? Warum? Was wollen sie erreichen, und wie kann man sie verhüten oder unterdrücken?

Fakten: Zweihundertsiebenundvierzig Amerikaner waren mit Waffengewalt als Geiseln genommen worden. Elf hatte man getötet und ihre Leichen aus den Fenstern der Botschaft geworfen, jede Leiche in einem Regen von Glassplittern und jede durch ein anderes Fenster. Jemand hatte den Halbwüchsigen beigebracht, wie jede Hinrichtung noch aufregender wurde, wenn sie mit einem Nervenkitzel verbunden war. Jenseits des schmiedeeisernen Tores wurden im Blutrausch kreischend Wetten abgeschlossen. Welches Fenster war jetzt an der Reihe? Würde es die Leiche eines Mannes oder einer Frau sein? Wieviel ist die Wette wert? Wieviel?

Auf dem Dachgarten befand sich der luxuriöse Swimmingpool der Botschaft hinter zierlichen arabischem Gitterwerk, das nicht dazu bestimmt war, vor Kugeln zu schützen. Um den Pool herum knieten die Geiseln in mehreren Reihen, während umherwandernde Killerkommandos mit Maschinenpistolen auf ihre Köpfe zielten. Zweihundertsechsunddreißig verängstigte und erschöpfte Amerikaner warteten darauf, hingerichtet zu werden.

Wahnsinn!

Folgerungen: Lehnt die in bester Absicht gemachten israelischen Angebote ab. Hier war nicht Entebbe, und alle bisherigen

Erfahrungen zählten nicht. Das Blut, das Israel im Libanon vergossen hatte, machte in arabischen Augen jeden Rettungsversuch zu einer Greueltat: Die Vereinigten Staaten hatten Terroristen finanziert, damit sie Terroristen bekämpften. Das konnte man nicht hinnehmen. Was sollte eine Sondereinheit mit einem Überraschungsangriff? Wer konnte vier Stockwerke erklettern oder von einem Hubschrauber abspringen, um die Hinrichtungen auf dem Dach zu verhindern, wenn die Henker nur allzu bereit waren, als Märtyrer zu sterben? Und eine Seeblockade mit einem Bataillon Marinesoldaten, die sich auf eine Invasion vorbereiteten? Was wäre sie außer einer Demonstration überlegener Macht? Und was für einen Sinn hätte eine solche Aktion? Der Sultan und seine Minister waren die letzten, die sich Gewaltakte wie den in der Botschaft wünschten. Die friedlich gesinnte Polizei bemühte sich, die Hysterie zu beschwichtigen, doch sie war den umherziehenden wilden Agitatorenbanden nicht gewachsen. Jahre der Ruhe in der Hauptstadt hatten auf ein solches Chaos nicht vorbereitet; und die Truppen von der jemenitischen Grenze zurückzurufen, konnte unvorstellbare Probleme nach sich ziehen. Die Einheiten, die jene Eiterbeule, die Zuflucht internationaler Killer bewachten, waren genauso wild und gewalttätig wie ihre Feinde. Abgesehen davon, daß es nach ihrer Rückkehr in die Hauptstadt an der Grenze zu einem unbeschreiblichen Gemetzel käme, würde auch in den Straßen von Maskat Blut fließen, und die Gossen wären voll mit den Leichen Schuldiger und Unschuldiger.

Schachmatt.

Lösungsmöglichkeiten: Konnten die Forderungen der Revolutionäre erfüllt werden? Nein. Die Verantwortlichen verstanden das auch sehr gut, nicht jedoch ihre Marionetten, die Halbwüchsigen, die glaubten, was sie sangen, was sie schrien. Keine Regierung in Europa und im Nahen Osten würde über achttausend Terroristen aus Organisationen wie den Roten Brigaden, der PLO, der Baader-Meinhof-Bande, der IRA und ihre so gefährlichen Sympathisanten freilassen. Sollte man die täglichen Titelgeschichten, die neugierigen Kameras und die Flut von Druckerzeugnissen weiterhin tolerieren, durch die die publicityhungrigen Fanatiker sich ständig in das Bewußtsein der Welt drängten?

Warum nicht? Zweifellos retteten die nie versiegenden Enthüllungen so mancher Geisel das Leben, da die Hinrichtungen ›vorübergehend eingestellt‹ worden waren, damit die ›Unterdrückernationen‹ ihre Entschlüsse überdenken konnten. Wollte man aufhören, über sie zu schreiben, würde das die so leidenschaftlich nach Märtyrertum Strebenden nur provozieren. Sollte es still um sie werden, mußte diese Stille durch einen Schock gebrochen werden. Schock machte Schlagzeilen, und Mord war der furchtbarste von allen.

Wer?

Was?

Wie?

Wer? Das war die wesentlichste Frage. Fand man die Antwort darauf, würde das zu einer Lösung führen – zu einer Lösung, die innerhalb von fünf Tagen gefunden werden mußte. Die Hinrichtungen waren für eine Woche aufgeschoben worden. Inzwischen waren zwei Tage vergangen, und in London hatten sich die fähigsten Köpfe der Geheimdienste von sechs Nationen versammelt. Alle waren mit Überschallmaschinen eingeflogen, nachdem man sich zu gemeinsamem Handeln entschlossen hatte, denn sie alle wußten, daß ihre Botschaft das nächste Ziel der fanatisierten Jugendlichen sein konnte. Irgendwo in der Welt. Sie hatten achtundvierzig Stunden ununterbrochen getagt, ohne eine Minute Schlaf. Ergebnis: Oman blieb ein Rätsel. Man hatte es bisher als den unerschütterlichen Felsen der Stabilität in Vorderasien angesehen, ein Sultanat mit einer gebildeten, aufgeklärten Führung, die einer repräsentativen Regierung so nahe kam, wie man das von einer auserwählten Familie des Islams erwarten konnte. Die Herrscher stammten aus einem privilegierten Haus, in dem ganz offenbar respektiert wurde, was Allah gegeben hatte – nicht nur als Geburtsrecht, sondern – zumindest in der zweiten Hälfte dieses Jahrhunderts – auch als Verantwortung.

Schlüsse: Der Aufstand war im Ausland geplant und vorbereitet worden. Höchstens zwanzig der etwa zweihundert verwahrlosten, kreischenden Jugendlichen waren als Omaner identifiziert worden. Daher machten sich Geheimdienstleute mit Zugang zu jeder Extremistengruppe in der Region sofort an die Arbeit, stellten Kontakte her, bestachen, drohten.

»Wer sind sie, Asis? Nur eine Handvoll von denen kommt aus Oman, und die meisten von ihnen sind geistig unterbelichtet.

Los, Asis, mach schon! Leb wie ein Sultan. Nenn mir ruhig einen unverschämten Preis. Nimm mich beim Wort!«

»Ich zähle bis drei, Machmed! Drei Sekunden, und deine rechte Hand liegt vor dir ohne Handgelenk. Dann ist deine linke dran. Der Countdown läuft, du Gauner! Her mit der Information!« Drei, zwei, eins... Blut.

Nichts. Null. Wahnsinn.

Und dann ein Erfolg. Ein uralter Muezzin verhalf ihnen dazu, ein heiliger Mann, dessen Sprache und Gedächtnis ebenso klapprig waren wie sein ausgemergelter Körper.

»Sucht nicht dort, wo man es logischerweise von euch erwartet. Sucht woanders.«

»Wo?«

»Wo Groll und Feindseligkeit nicht aus Armut und Verlassenheit entstehen. Bei jenen, denen Allah in dieser Welt – wenn auch vielleicht in der nächsten nicht mehr – seine Gunst gewährt.«

»Drückt Euch bitte klarer aus, hochverehrter Muezzin.«

»Allah wünscht keine solche Klarheit – sein Wille wird geschehen. Vielleicht ergreift er nicht Partei – so sei es.«

»Aber Ihr müßt doch einen Grund dafür haben, zu sagen, was Ihr sagt.«

»Da Allah mir diesen Grund gab – geschehe sein Wille.«

»Was soll das heißen?«

»Geflüster, in den Winkeln und Ecken der Moschee belauscht. Geflüster, das diese alten Ohren hören sollten. Doch ich höre so schlecht, daß ich nichts gehört oder verstanden hätte, wäre es nicht Allahs Wille gewesen, mir die Ohren zu öffnen.«

»Und?«

»Die flüsternden Stimmen sprechen von jenen, die aus dem Blutbad ihren Nutzen ziehen werden.«

»Wer ist das?«

»Keine Namen wurden genannt, kein Mann von Bedeutung erwähnt.«

»Irgendeine Gruppe oder Organisation? Bitte! Eine Sekte, ein Land, ein Volk? Die Schiiten, die Saudis... Iraker, Iraner... die Sowjets?«

»Nein. Man spricht weder von Gläubigen noch von Ungläubigen. Man sagt immer nur ›sie‹.«

»Sie?«

»Das wird in den dunklen Ecken und Winkeln der Moscheen geflüstert, das sollte ich nach Allahs Willen hören – möge sein Wille geschehen. Nur das Wort ›sie‹.«

»Könntet Ihr von denen, die Ihr gehört habt, den einen oder anderen identifizieren?«

»Ich bin fast blind, und dort, wo diese wenigen unter den Gläubigen miteinander reden, ist es immer ziemlich dunkel. Ich kann niemand identifizieren. Ich weiß nur, daß ich weitergeben muß, was ich höre, denn das ist Allahs Wille.«

»Warum, Muezzin? Warum ist es Allahs Wille?«

»Das Blutvergießen muß ein Ende haben. Der Koran sagt, wenn leidenschaftlich aufgeputschte Jugend Blut vergießt, weil sie sich im Recht glaubt, muß man die Ursachen dieser Leidenschaft untersuchen, denn Jugend ...«

»Schon gut, schon gut. Zwei von unseren Leuten werden Euch in die Moschee begleiten. Gebt ihnen ein Zeichen, wenn Ihr etwas hört.«

»In einem Monat, *ya schaikh*. Ich bin unterwegs nach Mekka, unternehme meinen letzten Hadsch. Ihr seid nur ein Teil dieser Reise. Es ist der Wille ...«

»Gottverdammt noch mal!«

»Es ist Ihr Gott, *ya schaikh*. Nicht der meine. Nicht der unsere.«

2

Washington, D. C.
Mittwoch, 11. August, 11 Uhr 50

Die Mittagssonne knallte auf das Pflaster der Hauptstadt. Stikkige Hochsommerhitze lastete auf den Straßen. Wer zu Fuß unterwegs sein mußte, litt unter dieser Hitze. Aktentaschen und -koffer hingen wie tote Gewichte herunter, während ihre Besitzer – die Männer mit offenem Hemdkragen und gelockerter Krawatte – schlaff an den Kreuzungen standen und auf grünes Licht warteten. Obwohl Hunderte von Männern und Frauen – hauptsächlich Regierungsbeamte und daher auch Diener des Volkes – mit dringenden Angelegenheiten beschäftigt sein mochten, konnten sie sich auf der Straße nicht zur Eile aufraffen. Die feuchtheiße Hülle, die sich über die Stadt gesenkt hatte, lähmte jeden, der sich aus seiner vollklimatisierten Umgebung ins Freie wagte.

Ecke 23^{d} Street und Virginia Avenue hatte sich ein Verkehrsunfall ereignet. Es war kein Unfall mit schwerem Sach- oder mit Personenschaden, doch die Aufregung war groß. Ein Taxi war mit einer Regierungslimousine zusammengestoßen, die aus der Tiefgarage des Außenministeriums gekommen war. Die beiden Fahrer standen schwitzend neben ihren Fahrzeugen, beschimpften und beschuldigten sich gegenseitig, während sie auf die Polizei warteten, denn wie üblich glaubten beide im Recht zu sein. Innerhalb von Sekunden bildete sich ein Verkehrsstau, es wurde zornig gehupt, und aus wegen der Hitze nur widerwillig geöffneten Fenstern kamen wütende Proteste.

Der Fahrgast stieg ungeduldig aus dem Fond des Taxis. Er war groß und schlank, Anfang Vierzig, und wirkte fehl am Platz in dieser Umgebung, in der man nur sommerliche Anzüge, hübsche Baumwollkleider und Diplomatenkoffer sah. Er trug eine zerknautschte Khakihose, Stiefel und statt eines Hemdes eine schmutzige Safarijacke. Er sah aus wie ein Mann, der nicht in die Stadt gehörte, ein Bergführer vielleicht, der sich aus den Gebirgsregionen hierher verirrt hatte. Sein Gesicht strafte seine Kleidung jedoch Lügen. Es war glattrasiert und hatte scharfe, klargeschnittene Züge. Die lebhaften hellblauen Augen zusammenkneifend, sah der Mann sich rasch um und traf, mit einem Blick die Situation abschätzend, seine Entscheidung. Er legte dem streitsüchtigen Taxifahrer die Hand auf die Schulter, und der Mann fuhr herum. Der Fahrgast drückte ihm zwei Zwanzigdollarnoten in die Hand.

»Ich muß gehen«, sagte er.

»He, das können Sie doch nicht machen, Mister! Sie haben gesehen, wie's passiert ist. Der Mistkerl kam da raus und hat nicht gehupt und gar nichts.«

»Tut mir leid, aber ich könnte Ihnen nicht helfen. Ich habe von dem Zusammenstoß nichts gesehen und nichts gehört.«

»O Mann! Heiliger Strohsack! Nichts gesehen und nichts gehört hat er. Wollen sich in eine so unangenehme Sache wohl nicht hineinziehen lassen, wie?«

»Ich habe mich schon in verschiedene unangenehme Sachen hineinziehen lassen, aber nicht in diese«, antwortete der Fahrgast gelassen, nahm einen dritten Zwanziger und stopfte ihn dem Fahrer in die Brusttasche.

Dann drängte er sich durch die schnell wachsende Menge und ging in Richtung Third Street davon – auf den imposanten Eingang des Außenministeriums zu.

An der Tür zum Raum des Krisenstabes im unterirdischen Teil des Außenministeriums stand OHIO-FOUR-ZERO. Entschlüsselt hieß das *Oman, höchste Alarmstufe.* Hinter der Metalltür tickten unermüdlich die wie Soldaten in Reih und Glied stehenden Computer. Von Zeit zu Zeit gab einer ein kurzes, schrilles Signal, mit dem er neue oder bisher noch nicht gemeldete Informationen ankündigte, nachdem sie in der zentralen Datenbank überprüft worden waren. Konzentriert studierten Männer und Frauen die Ausdrucke und versuchten zu analysieren und zu beurteilen, was sie lasen.

Nichts. Null. Wahnsinn!

In dem großen, energiegeladenen Raum gab es noch eine zweite Metalltür, kleiner als die Eingangstür und ohne Zugang zum Korridor. Sie führte in das Büro des für die Maskat-Krise zuständigen leitenden Beamten. Neben dem Schreibtisch stand die Telefonkonsole mit Direktleitungen zu den wichtigsten Amtssitzen und jeder nur erdenklichen Informationsquelle in Washington. Zur Zeit war das Büro mit dem stellvertretenden Sicherheitschef von Consular Operations besetzt, der wenig bekannten Unterabteilung für Geheimoperationen des Außenministeriums. Er hieß Frank Swann, war ein Mann mittleren Alters, und im Augenblick – um die für ihn sonnenlose Mittagszeit – ruhte sein Kopf mit dem vorzeitig ergrauten Haar in seinen auf dem Schreibtisch gefalteten Armen. Er war seit fast einer Woche nachts nicht zum Schlafen gekommen und mußte sich mit kurzen Nickerchen wie diesem zufriedengeben.

Das laute Schnarren der Konsole weckte ihn, und automatisch schnellte sein rechter Arm zur Seite. Er drückte auf den blinkenden Knopf und nahm den Hörer ab. »Ja? Was gibt's?« Er schüttelte den Kopf und atmete lufthungrig ein, nur wenig erleichtert, daß es niemand anders war als seine fünf Etagen höher thronende Sekretärin. Er hörte zu und sagte dann müde: »Wer? Ein Abgeordneter? Also ein Abgeordneter hat mir wirklich gerade noch gefehlt. Woher, zum Teufel, hat er meinen Namen erfahren? Lassen Sie's gut sein, verschonen Sie mich damit. Sagen Sie ihm, ich hätte eben eine Konferenz – mit dem lieben Gott, wenn Sie wollen. Oder nein, noch besser, mit dem Minister.«

»Ich habe schon in dieser Richtung vorgebaut. Deshalb rufe ich aus Ihrem Büro an. Hab' ihm gesagt, Sie seien nur über dieses Telefon zu erreichen.«

Swann blinzelte. »Warum das, Ivy?«

»Na ja, er hat etwas gesagt, Frank, etwas, das ich mir notieren mußte, weil ich es nicht verstanden habe.«

»Lassen Sie hören.«

»Er hat gesagt, sein Anliegen habe mit dem Problem zu tun, mit dem Sie zur Zeit befaßt sind.«

»Keine Menschenseele weiß, womit ich – ach, vergessen Sie's! Was sonst noch?«

»Ich habe es mir in phonetischer Schrift aufgeschrieben. Es heißt: *Ma afham sain*. Können Sie was damit anfangen, Frank?«

Swann schüttelte den Kopf, um sich von der schlaftrunkenen Benommenheit zu befreien und klarer denken zu können, unterband dann aber alle weiteren Informationen über den Besucher in der fünften Etage. Der unbekannte Abgeordnete hatte ihm auf arabisch zu verstehen gegeben, daß er Swann behilflich sein konnte. »Geben Sie ihm eine Wache mit, und schicken Sie ihn zu mir herunter«, sagte er.

Sieben Minuten später öffnete ein Sergeant des Marine Corps die Tür des Büros und ließ den Besucher eintreten, der ihm im Vorbeigehen zunickte. Der Sergeant zog sich zurück und schloß die Tür von draußen. Swann erhob sich unsicher. Der Abgeordnete entsprach so gar nicht dem Bild, das man sich – zumindest in Washington – von einem Mitglied des Repräsentantenhauses machte. Swann hatte jedenfalls noch nie einen Abgeordneten kennengelernt, der so ausgesehen hätte. Er trug Stiefel, eine Khakihose und eine sommerliche Safarijacke, die aus über Lagerfeuern schmorenden Bratpfannen unzählige Fettspritzer abbekommen hatte. Erlaubte sich da jemand einen schlechten Scherz mit ihm?

»Herr Abgeordneter –«, sagte Swann, die Hand ausstreckend, brach jedoch ab, weil er den Namen des Mannes nicht wußte.

»Evan Kendrick, Mr. Swann«, ergänzte der Besucher, kam auf den Schreibtisch zu und schüttelte Swann die Hand. »Ich bin der Vertreter des neunten Distrikts in Colorado. Es ist meine erste Amtsperiode.«

»O ja, natürlich, vom neunten in Colorado. Tut mir leid, ich wußte nicht...«

»Keine Entschuldigung nötig, außer vielleicht von mir – für mein Aussehen. Es gibt keinen Grund, warum Sie wissen sollten, wer ich bin...«

»Lassen Sie mich hier gleich etwas sagen«, fiel Swann ihm scharf ins Wort. »Es gibt auch keinen Grund, warum Sie wissen sollten, wer ich bin, Herr Abgeordneter.«

»Verstehe, aber es war nicht schwierig, das zu erfahren. Selbst neue Abgeordnete haben Zugang zu bestimmten Informationen – das heißt, wenigstens die Sekretärin, die ich geerbt habe, weiß sie sich zu beschaffen. Ich wußte, wo ich hier suchen mußte. Jemand von Consular Operations im Außenministerium...«

»Der Name wird aber nicht offen ›gehandelt‹, Mr. Kendrick«, unterbrach Swann mit Nachdruck.

»Bei uns wurde er es einmal – kurze Zeit. Egal, ich habe nicht nur einen Experten für den Nahen Osten gesucht, sondern jemanden, der die Sprache und ein Dutzend verschiedene Dialekte fließend spricht... Wie Sie, Mr. Swann.«

»Sie waren wirklich fleißig.«

»Sie ebenso«, erwiderte der Abgeordnete und nickte zur Tür hinüber, hinter der in dem riesigen Computerraum die Maschinen tickten und schnarrten. »Ich nehme an, Sie haben meine Botschaft verstanden, sonst wäre ich nicht hier.«

»Ja«, stimmte Swann zu. »Sie haben mich wissen lassen, daß Sie vielleicht helfen könnten. Ist das richtig?«

»Ich bin mir nicht sicher. Mir war nur klar, daß ich meine Hilfe anbieten mußte.«

»Ihre Hilfe anbieten? Auf welcher Basis?«

»Darf ich mich setzen?«

»Aber selbstverständlich. Ich wollte nicht unhöflich sein, bin nur verdammt müde.« Kendrick setzte sich, und auch Swann nahm wieder seinen Platz ein, wobei er den frischgebackenen Politiker seltsam ansah. »Sprechen Sie, Herr Abgeordneter. Jede

Minute ist kostbar, und wir haben uns mit dem ›Problem‹, wie Sie es meiner Sekretärin gegenüber nannten, schon lange, haarige Wochen beschäftigt. Ich weiß natürlich nicht, was Sie uns zu sagen haben, und ob es überhaupt relevant ist – doch falls es das ist, wüßte ich gern, warum Sie erst heute zu mir kommen?«

»Ich hatte von den Ereignissen in Oman keine Ahnung. Wußte nicht, was geschehen war – und noch immer geschieht.«

»Das kann ich nicht glauben! Verbringt der Kongreßabgeordnete des neunten Distrikts von Colorado die Parlamentsferien in der Weltabgeschiedenheit eines Benediktinerklosters?«

»Nicht unbedingt.«

»Oder ist es möglich, daß ein neuer, ehrgeiziger Abgeordneter, der ein bißchen Arabisch spricht«, fuhr Swann schnell, ruhig und nicht sehr freundlich fort, »und dem ein paar Hintertreppengerüchte über eine gewisse Abteilung hier im Haus zu Ohren gekommen sind – daß so ein Mann beschlossen hat, sich auf diesem Weg politische Sporen zu verdienen? Es wäre nicht das erstemal.«

Kendrick saß steif auf seinem Stuhl, das Gesicht ausdruckslos, nicht aber die Augen. Sie verrieten, wie zornig er war. »Das ist eine Beleidigung«, sagte er.

»Unter den gegebenen Umständen werde ich schnell beleidigend. Elf unserer Leute wurden ermordet, darunter drei Frauen. Zweihundertsechsunddreißig warten noch darauf, daß man ihnen den Kopf wegpustet. Und wenn ich Sie frage, ob Sie wirklich helfen können, antworten Sie, Sie wüßten es nicht, hätten aber Ihre Hilfe anbieten müssen. Für mich klingt das ganz nach einer zischenden Schlange, also passe ich auf, wohin ich trete. Sie kommen hier herein und geben mit einer Sprache an, die Sie wahrscheinlich gelernt haben, während Sie bei einer Ölfirma das große Geld verdienten, und bilden sich ein, das Recht auf eine bevorzugte Behandlung zu haben – vielleicht sind Sie einer dieser sogenannten ›Berater‹. Klingt gut, das Wort. Ein frischgebackener Politiker, der während einer nationalen Krise plötzlich zum Berater im Außenministerium avanciert. Egal, wie sie ausgeht, Sie können nur dabei gewinnen. Da würde so mancher im neunten Distrikt von Colorado den Hut vor Ihnen ziehen, nicht wahr?«

»Das wäre wahrscheinlich der Fall, wenn jemand davon erführe.«

»Was?« Wieder musterte Swann den Abgeordneten scharf, weniger aus Verärgerung als aus einem anderen Grund. Kannte er ihn am Ende doch?

»Sie stehen unter starkem Streß, und mir liegt nicht daran, dazu noch beizutragen. Doch wenn das, was Sie denken, als Schranke zwischen uns steht, sollten wir sie überwinden. Falls Sie zu dem Schluß kommen, daß ich für Sie irgendwie von Wert sein könnte, würde ich nur einwilligen zu helfen, wenn man mir schriftlich Anonymität garantiert. Sonst nicht. Niemand darf erfahren, daß ich hier war. Ich habe nie mit Ihnen oder jemand anders gesprochen.«

Verblüfft lehnte Swann sich in seinem Sessel zurück und stützte das Kinn in die Hand. »Ich kenne Sie«, sagte er leise.

»Wir sind uns nie begegnet.«

»Sagen Sie, was Sie sagen wollen, Herr Abgeordneter. Fangen Sie irgendwo an, egal wo.«

»Ich gehe acht Stunden zurück«, begann Kendrick. »Ich war fast einen Monat mit meinem Boot auf dem Colorado nach Arizona unterwegs – das war das Benediktinerkloster, in dem Sie mich während der Kongreßferien vermuteten. Hinter Lava Falls kam ich in ein Basislager. Dort hörte ich zum erstenmal nach knapp vier Wochen wieder Radio.«

»Vier Wochen?« wiederholte Swann. »So lange hatten Sie überhaupt keine Verbindung zur Außenwelt? Machen Sie so was öfter?«

»Einmal im Jahr, wenn möglich«, antwortete Kendrick. »Es ist für mich fast schon zum Ritual geworden«, fügte er leise hinzu. »Ich bin allein unterwegs. Aber das gehört nicht hierher.«

»Sie sind mir vielleicht ein Politiker«, sagte Swann und nahm einen Bleistift auf. »Sie können die Welt vergessen, Herr Abgeordneter, aber für Ihren Wahlkreis bleiben Sie weiterhin verantwortlich.«

»Ich bin kein Politiker«, erwiderte Kendrick. »Und das Mandat ist reiner Zufall, glauben Sie mir. Aber als ich die Nachrichten hörte, kam ich so rasch wie möglich. Ich charterte ein Flugzeug nach Flagstaff, wo ich einen Jet nach Washington zu chartern versuchte. Es war spät nachts, zu spät, um noch einen Flugplan genehmigen zu lassen, also flog ich nach Phoenix und nahm dort die nächste Maschine hierher. Diese Bordtelefone sind phantastisch. Ich fürchte, ich habe eins ständig blockiert.

Ich muß mich für mein Aussehen entschuldigen. Die Fluglinie stellte mir einen Rasierapparat zur Verfügung, aber ich wollte keine Zeit damit verlieren, nach Hause zu fahren und mich umzuziehen. Ich bin hier, Mr. Swann, und Sie sind der Mann, mit dem ich sprechen wollte. Vielleicht kann ich Ihnen überhaupt nicht helfen, aber das werden Sie mich bald wissen lassen, dessen bin ich sicher. Doch auch, wenn ich mich wiederhole – anbieten mußte ich meine Hilfe.«

Während Kendrick sprach, hatte Swann den Namen seines Besuchers auf den vor ihm liegenden Block geschrieben. Nicht nur ein-, sondern ein paarmal und ihn dick unterstrichen. *Kendrick, Kendrick, Kendrick.* »Und wie sähe diese Hilfe aus?« fragte er, die Stirn runzelnd, und musterte den seltsamen Besucher forschend. »Wie?«

»Sie sollen alles erfahren, was ich über die Region und die verschiedenen Gruppen und Vereinigungen weiß, die dort operieren. Oman, die Arabischen Emirate, Katar, Bahrein – Maskat, Dubai, Abu Dhabi – bis hinauf nach Kuweit und hinunter nach Riad. Ich habe dort gelebt. Dort gearbeitet. Ich kenne die Region, Länder und Städte, wie meine Westentasche.«

»Sie haben überall dort gelebt, gearbeitet? Die ganze Landkarte rauf und runter?«

»Ja. Allein in Maskat habe ich anderthalb Jahre verbracht. War bei der Familie unter Vertrag.«

»Beim Sultan?«

»Beim Vorgänger des jetzigen – er starb vor zwei oder drei Jahren, glaub' ich. Aber ja, ich habe für ihn und seine Minister gearbeitet. Das waren schlaue Burschen – und tüchtig. Man mußte seine Sache verstehen.«

»Dann haben Sie für eine bestimmte Firma gearbeitet«, sagte Swann; es war eine Feststellung, keine Frage.

»Ja.«

»Für welche?«

»Meine eigene«, antwortete Kendrick.

»Ihre eigene?«

»Genau.«

Swann sah Kendrick starr an, senkte dann den Blick auf den Namen, den er auf den Schreibblock gekritzelt hatte. »Gütiger Himmel!« sagte er leise. »Die Kendrick-Gruppe. Das ist die Verbindung, aber ich habe sie übersehen. Ich habe Ihren Namen seit vier – vielleicht auch schon seit fünf Jahren nicht mehr gehört.«

»Ihre erste Schätzung war richtig. Es sind genau vier Jahre.«

»Ich hab' gewußt, daß da etwas ist. Ich habe es doch gesagt...«

»Ja, das haben Sie, doch begegnet sind wir uns nie.«

»Sie haben einfach alles gebaut, von Bewässerungsanlagen bis zu Brücken – Rennbahnen, Wohnblöcke, Country Clubs, Flugplätze – alles eben.«

»Wir haben gebaut, wozu wir uns vertraglich verpflichtet hatten.«

»Ich erinnere mich. Es ist zehn oder zwölf Jahre her. Sie galten in den Emiraten als die amerikanischen Wunderknaben – und ich meine Knaben im wahrsten Sinn des Wortes. Dutzende von euch in den Zwanzigern und Dreißigern, bierselige High-Tech-Freaks voller Schmiß und Schwung.«

»Wir waren nicht alle so jung...«

»Nein«, unterbrach ihn Swann, nachdenklich die Stirn runzelnd. »Sie hatten da einen alten Israeli als Geheimwaffe, einen Spitzenarchitekten. Einen Israeli, du meine Güte! Aber er hatte den islamischen Baustil gewissermaßen im kleinen Finger und war mit jedem reichen Araber in der Nachbarschaft gut Freund.«

»Er hieß Emmanuel Weingrass – oder vielmehr, er heißt Manny Weingrass – und kommt aus der Garden Street in der Bronx. Er ging nur nach Israel, um sich irgendwelchen Forderungen seiner zweiten oder dritten Frau zu entziehen, die ihn vor den Kadi bringen wollte. Jetzt ist er fast achtzig und lebt in Paris. Recht gut, wie er mir von Zeit zu Zeit am Telefon berichtet.«

»Richtig«, warf Swann ein. »Und später haben Sie an Bechtel oder sonst jemand verkauft. Für dreißig oder vierzig Millionen.«

»Nicht an Bechtel. An die Trans-International, und nicht für dreißig oder vierzig, sondern für fünfundzwanzig Millionen. Für sie war's ein Gelegenheitskauf, und ich war frei. Alles war bestens.«

Swann musterte Kendricks Gesicht, besonders die hellblauen Augen, aus denen rätselhafte Zurückhaltung sprach. »Nein, das war es nicht«, sagte er leise, fast sanft, jetzt ohne einen Hauch von Feindseligkeit. »Ich erinnere mich. Auf einer Ihrer Baustellen in Riad passierte ein schreckliches Unglück, als eine schadhafte Gasleitung explodierte. Es gab über siebzig Tote, darunter Ihre Partner, alle Ihre Arbeiter und mehrere Kinder.«

»Ihre Kinder«, fügte Kendrick leise hinzu, »ihre Frauen und Kinder. Alle. Wir feierten die Fertigstellung des dritten Bauabschnitts. Wir waren alle da. Die Arbeiter, meine Partner – alle Frauen und Kinder. Der ganze Rohbau stürzte ein, als sie drin waren. Nur Manny und ich kamen davon, weil wir uns draußen gerade Clownskostüme anzogen.«

»Aber die Untersuchungen haben die Kendrick-Gruppe doch von jeder Schuld an diesem Unfall freigesprochen. Die Zulieferfirma hatte schadhafte Rohrleitungen installiert, die mit gefälschten Sicherheitszertifikaten als neu verkauft worden waren.«

»Das trifft im wesentlichen zu, ja.«

»Damals haben Sie alles verkauft und Ihr Bündel geschnürt, nicht wahr?«

»Das spielt jetzt keine Rolle«, sagte Kendrick. »Wir vergeuden Zeit. Da Sie nunmehr wissen, wer ich bin – oder besser gesagt, wer ich war... Gibt es etwas, was ich tun könnte?«

»Darf ich Ihnen eine Frage stellen? Ich halte sie nicht für Zeitverschwendung, sondern für sehr wichtig. Überprüfungen gehören nun einmal dazu, und man muß sich sein Urteil bilden. Mir war es ernst mit dem, was ich gesagt habe. Eine Menge Leute vom Kapitol versuchen uns als Sprungbrett für ihre politische Laufbahn zu mißbrauchen.«

»Wie lautet Ihre Frage?«

»Warum sind Sie Abgeordneter, Mr. Kendrick? Mit Ihrem Geld und Ihrem geschäftlichen Renommee haben Sie das nicht nötig. Und ich kann mir nicht vorstellen, welchen Nutzen Sie daraus ziehen könnten.«

»Übernimmt man denn ein politisches Mandat nur um seines persönlichen Vorteils willen?«

»Nein, natürlich nicht.« Swann hielt inne und schüttelte dann den Kopf. »Tut mir leid, das war zu oberflächlich gedacht. Ja, Herr Abgeordneter, es ist meine vielleicht voreingenommene Überzeugung, daß die meisten ehrgeizigen Männer – und Frauen – nur für ein öffentliches Amt kandidieren, um sich zu profilieren. Und wenn sie gewinnen, ist es ihnen einzig und allein um Macht und Einfluß zu tun. Alles zusammengenommen führt das natürlich dazu, daß sie ständig danach Ausschau halten, wie sie sich am besten vermarkten können. Tut mir leid, das klingt sehr zynisch, aber ich lebe schon sehr lange in dieser Stadt und habe keinen Grund, meine Meinung zu ändern. Und Sie bringen mich ganz durcheinander. Ich weiß, woher Sie kommen, aber von einem neunten Distrikt in Colorado habe ich noch nie gehört. Ich bin nur sicher, daß es Denver nicht ist.«

»Sie finden ihn kaum auf der Landkarte«, antwortete Kendrick gleichmütig. »Er liegt im Südwesten der Rockies und kocht sein eigenes Süppchen. Weil er so schön abgelegen ist, habe ich mich ja dort niedergelassen.«

»Aber warum? Warum ausgerechnet Politik? Hat der Wunderknabe der Arabischen Emirate einen Distrikt entdeckt, den er sich nach seinen eigenen Bedürfnissen zurechtbiegen konnte?«

»Nichts hat mir ferner gelegen.«

»Das ist ein Statement, Herr Abgeordneter. Keine Antwort.«

Evan Kendrick schwieg einen Moment und erwiderte Swanns Blick. Dann zuckte er mit den Schultern. Swann spürte eine gewisse Verlegenheit bei seinem Gegenüber. »Schon gut«, sagte Kendrick. »Nennen wir es einen Irrtum, der sich nicht wiederholen wird. Mein Amtsvorgänger war faul, anmaßend und wirtschaftete in seine eigene Tasche, und niemand schaute ihm auf die Finger. Ich hatte Zeit und ein großes Mundwerk. Ich hatte auch das Geld, ihm sein Grab zu schaufeln. Besonders stolz bin ich nicht auf das, was oder wie ich es getan habe, aber er ist weg vom Fenster, und ich trete in zwei Jahren oder noch früher zurück. Bis dahin habe ich bestimmt jemand gefunden, der sich für das Amt besser eignet als ich.«

»In zwei Jahren?« fragte Swann. »Sie wurden voriges Jahr gewählt, im November, nicht wahr?«

»Richtig.«

»Und haben im Januar dieses Jahres Ihr Amt angetreten?«

»Und?«

»Ihre Amtszeit erstreckt sich über zwei Jahre. Sie haben entweder noch ein Jahr oder drei Jahre vor sich, nicht zwei oder noch weniger.«

»Es gibt im Neunten keine echte Opposition, aber um sicherzustellen, daß das Mandat nicht wieder in die alte politische Mühle gerät, werde ich noch einmal kandidieren und dann zurücktreten.«

»Das ist vielleicht eine Absprache!«

»Für mich ist sie bindend. Ich will raus aus der Sache.«

»Das ist deutlich, doch Sie ziehen eine mögliche Nebenerscheinung nicht in Betracht.«

»Ich verstehe nicht.«

»Angenommen, Sie kommen während der nächsten zwanzig Monate zu dem Schluß, daß es Ihnen hier gefällt. Was dann?«

»Das ist ausgeschlossen, Mr. Swann. Sprechen wir wieder über Maskat. Was dort geschieht, ist eine verdammte Sauerei – das heißt, sind die Sicherheitsbedenken gegen mich so weit ausgeräumt, daß ich mich so äußern darf?«

»Sie haben Ihre Unbedenklichkeitsbescheinigung, weil ich es bin, der sie ausstellt.« Swann schüttelte den grauhaarigen Kopf. »Eine verdammte Sauerei, Herr Abgeordneter, Sie sagen es. Und wir sind überzeugt, daß sie von außen geplant wurde.«

»Das ist auch meine Meinung«, pflichtete Kendrick ihm bei.

»Haben Sie irgendeine Idee?«

»Ein paar sogar«, antwortete Kendrick. »Allgemeine Verunsicherung durch Störung des Gleichgewichts steht ganz oben auf der Liste. Macht das Land dicht, und laßt keinen hinein.«

»Ein Umsturz?« fragte Swann. »Ein Putsch im Stil von Khomeini... Das würde nicht funktionieren. Die Situation ist eine völlig andere. Es gibt keinen Pfauenthron, keinen schwelenden Groll, keine Geheimpolizei.« Swann hielt inne und fügte nachdenklich hinzu: »Keinen Schah mit einer Armee von Gaunern und keinen Ayatollah mit einer Armee von Fanatikern. Es ist nicht das gleiche.«

»Das wollte ich auch nicht andeuten. Oman ist nur der Anfang. Wer auch dahintersteckt, er will nicht die Macht im Land übernehmen. Er – oder mehrere – wollen andere einfach daran hindern, das Geld einzustecken.«

»Was? Welches Geld?«

»Milliarden. Langzeitprojekte, die überall am Persischen Golf, in Saudiarabien, in ganz Vorderasien auf den Zeichenbrettern schon fix und fertig sind. Was jetzt dort passiert, kommt etwa auf das gleiche hinaus, wie wenn man hier bei uns das Transport- und das Bauwesen lahmlegte oder die Piers von New York, New Orleans, Los Angeles und San Francisco schließen wollte. Es gibt weder Streiks noch Tarifverhandlungen – es gibt nur Terror und die Androhung von noch schlimmerem Terror durch aufgepeitschte Fanatiker. Und alles kommt zum Erliegen. Die Leute an den Zeichenbrettern, die Landvermesser draußen und die Leute in den Maschinenparks wollen nur weg, und das so schnell wie möglich.«

»Und sobald sie fluchtartig das Land verlassen haben«, fügte Swann hastig hinzu, »kommen die Hintermänner der Terroristen, und der Terror hat ein Ende. Es ist, als habe es ihn nie gegeben. Du lieber Himmel, das ist ja die reinste Mafia-Strategie!«

»In arabischem Stil«, sagte Kendrick. »Um es mit Ihren Worten zu sagen: Es wäre nicht das erstemal.«

»Wissen Sie das bestimmt?«

»Ja. Unsere Firma wurde ein paarmal bedroht, doch um Sie noch einmal zu zitieren: Wir hatten eine Geheimwaffe. Emmanuel Weingrass.«

»Weingrass? Was, zum Teufel, konnte er tun?«

»Er konnte unglaublich überzeugend lügen. Eben noch Reservegeneral der israelischen Armee, der jede arabische Gruppe, die uns belästigte, durch einen Luftangriff vernichten lassen konnte, gab er sich im nächsten Moment als hohes Mitglied der Mossad aus, die Todeskommandos ausschicken würde, um auch die eliminieren zu lassen, die uns gewarnt hatten. Wie viele geniale ältere Männer war Manny oft exzentrisch und benahm sich fast immer theatralisch. Es machte ihm einen Riesenspaß. Unglücklicherweise konnten seine diversen Ehefrauen ihn nie sehr lange genießen. Außerdem wollte sich niemand mit einem verrückten Israeli einlassen.«

»Sollen wir ihn etwa anheuern?« fragte Swann.

»Nein. Seinem Alter ganz und gar nicht entsprechend, führt er in Paris ein Leben mit den schönsten Frauen, die er kaufen, und dem teuersten Cognac, den er finden kann. Er könnte nicht helfen... Doch es gibt da etwas, was Sie tun können.«

»Und das wäre?«

»Hören Sie!« Kendrick beugte sich vor. »Ich habe in den letzten acht Stunden ununterbrochen darüber nachgedacht, und mit jeder Stunde, die verstreicht, wächst meine Überzeugung, daß das eine mögliche Erklärung ist. Das Problem ist, daß wir nur auf so wenige Fakten zurückgreifen können – praktisch haben wir so gut wie gar keine –, aber ein gewisses Muster zeichnet sich ab, und es stimmt mit Dingen überein, die wir vor vier Jahren gehört haben.«

»Was für Dinge? Und was für ein Muster?«

»Am Anfang nur Gerüchte, dann Drohungen, und es waren echte Drohungen, kein Theaterdonner.«

»Weiter. Ich höre.«

»Während er die Drohungen auf seine Weise ›entschärfte‹, gewöhnlich mit verbotenem Whisky, hörte Weingrass etwas, das man nicht als betrunkenes Geschwafel abtun konnte. Man erzählte ihm, daß sich ein geheimes Konsortium gebildet habe – ein Industriekartell, wenn Sie so wollen. Es übernahm ganz still und leise die Kontrolle über Dutzende verschiedener Firmen und verfügte über ein immer größeres Reservoir an Personal, Technologien und Maschinen. Das Ziel war damals schon offenkundig und ist, wenn die Informationen stimmen, heute noch offenkundiger. Sie haben die Absicht, die industrielle Entwicklung Vorderasiens an sich zu reißen. Weingrass erfuhr auch noch, daß diese geheime Vereinigung ihre Basis in Bahrein hatte – was niemand überraschen wird –, doch was Manny schockte und zugleich wahnsinnig amüsierte, war die Tatsache, daß diesem unbekannten Verwaltungsrat ein Mann angehörte, der sich ›der Mahdi‹ nannte – wie der moslemische Fanatiker, der die Briten vor hundert Jahren aus Khartum verjagt hat.«

»Der Mahdi? Khartum?«

»Genau. Die symbolische Absicht ist offensichtlich. Nur, daß dieser neue Mahdi sich den Teufel um den Islam schert und noch viel weniger um seine kreischenden Fanatiker. Er benutzt sie nur, um seine Konkurrenten aus dem Land zu jagen. Er will die Kontrakte und den Profit in arabischen Händen sehen – besonders in seinen eigenen.«

»Einen Augenblick, bitte«, unterbrach Swann nachdenklich, nahm den Telefonhörer auf und berührte leicht eine Taste auf der Konsole. »Das paßt zu einer Nachricht, die wir kürzlich von MI-6 aus Maskat bekamen«, fuhr er rasch fort und sah Kendrick an. »Wir konnten nichts damit anfangen, weil es nicht die geringste Spur gab, aber es las sich einfach irrwitzig. Holen Sie mir bitte Gerald Bryce an den Apparat. – Hallo, Gerry! Gestern nacht, vielmehr heute morgen so gegen zwei kam doch von den Briten in Ohio ein *Nichts-Zero.* Suchen Sie es heraus, und lesen Sie es mir langsam vor, weil ich den Text Wort für Wort mitschreiben möchte.« Swann deckte die Sprechmuschel mit der Hand zu und sagte zu Kendrick: »Wenn irgend etwas von dem, was Sie mir berichtet haben, auch nur den geringsten Sinn ergibt, könnte das unser erster konkreter Durchbruch sein.«

»Deshalb bin ich, wahrscheinlich nach geräuchertem Fisch riechend, zu Ihnen gekommen.«

Swann nickte ziellos und ungeduldig vor sich hin und wartete darauf, daß Bryce ans Telefon zurückkam. »Eine Dusche würde nicht schaden, Herr Abgeordneter... Ja, Gerry. Schießen Sie los!... ›*Sucht nicht dort, wo man es logischerweise von euch erwartet. Sucht woanders.*‹ Ja, das habe ich. Das wußte ich noch. Es kam, denke ich, gleich nach: ›... *Wo Groll und Feindseligkeit nicht aus Armut und Verlassenheit entstehen.*‹ Das ist es! Und noch etwas, direkt im Anschluß daran. ›*Bei jenen, denen Allah in dieser Welt – wenn auch vielleicht in der nächsten nicht mehr – seine Gunst gewährt.*‹... Ja. Gehen Sie jetzt ein Stückchen weiter nach unten, da steht, soweit ich mich erinnere, etwas über ›flüsternde Stimmen‹. ... Ja, genau! Lesen Sie vor. ›*Die flüsternden Stimmen sprechen von jenen, die aus dem Blutbad ihren Nutzen ziehen werden.*‹ Okay, Gerry, das war's, was ich gebraucht habe. Der Rest ist, soweit ich weiß, nur noch negativ. Keine Namen, keine Organisationen, nur Geschwätz... Das habe ich mir gedacht... Weiß ich noch nicht. Wenn sich irgend etwas ergibt, werden Sie's als erster erfahren. Setzen Sie in der Zwischenzeit Ihre Hebel in Bewegung und lassen Sie für mich eine Liste aller Baufirmen in Bahrein ausdrucken. Und wenn es ein Verzeichnis aller Unternehmen gibt, die wir als ›Lieferanten‹ bezeichnen, möchte ich auch das.... Wann? Gestern natürlich. Oder noch schneller.« Swann legte auf, betrachtete die Sätze, die er sich notiert hatte, und sah dann Kendrick an. »Sie haben den Text gehört, Herr Abgeordneter. Soll ich ihn wiederholen?«

»Nicht nötig. Es handelt sich nicht um *kalam-faridsch*, nicht wahr?«

»Nein, Mr. Kendrick, kein einziges Wort davon ist unsinnig oder wertlos. Alles bezieht sich auf unsere Sache, und ich wünschte, ich wüßte, was tun, zum Teufel.«

»Heuern Sie mich an, Mr. Swann«, sagte Kendrick. »Schicken Sie mich nach Maskat – mit dem schnellsten Transportmittel, das Sie finden können.«

»Warum?« fragte Swann und musterte Kendrick forschend. »Was könnten Sie tun, das unsere erfahrenen Leute im Außendienst nicht können? Die sprechen nicht nur fließend Arabisch, die meisten sind Araber.«

»Und arbeiten für Consular Operations«, ergänzte Kendrick.

»Und?«

»Sie sind dem Ihnen unbekannten Gegner längst bekannt – sind gewissermaßen gezeichnet. Sie waren es vor vier Jahren, und sie sind es heute. Wenn sie nur eine einzige falsche Bewegung machen, wird Ihr Konto möglicherweise mit einem Dutzend Hinrichtungen belastet.«

»Das ist eine erschreckende Behauptung«, sagte Swann leise. »Was meinen Sie damit, wenn Sie sagen, unsere Leute seien ›gezeichnet‹? Würden Sie mir das erklären?«

»Ich habe Ihnen vorhin gesagt, daß der Name Consular Operations drüben für kurze Zeit in aller Munde war. Woraufhin Sie völlig ungerechtfertigt bemerkten, ich nähme die Gerüchteküche im Kongreß zu wichtig. Doch das ist nicht der Fall. Ich habe es ernst gemeint.«

»Der Name war allgemein bekannt, sagen Sie?«

»Ich gehe noch weiter. Man riß Witze über die Abteilung. Ein ehemaliger Armee-Ingenieur und Manny Weingrass haben selbst eine Menge erfunden.«

»Eine Menge?«

»Sie sind bestimmt irgendwo in Ihren Akten vermerkt. Nachdem wir den Flugplatz in Kufar in Saudi-Arabien gebaut hatten, traten Husseins Leute an uns heran und forderten uns auf, auch ihnen Pläne für einen Flugplatz vorzulegen. Am Tag darauf kamen zwei von Ihren Leuten zu uns, stellten uns technische Fragen und wiesen uns sehr nachdrücklich darauf hin, daß wir als Amerikaner die Pflicht hätten, solche Informationen weiterzugeben, da Hussein häufig mit den Sowjets konferiere – was natürlich belanglos war. Ein Flugplatz ist ein Flugplatz, und jeder Idiot kann die Baustelle überfliegen und aus den Aushebungen auf den Grundriß schließen.«

»Und wie ging's weiter?«

»Manny und der Ingenieur teilten ihnen mit, daß die Start- und Landebahnen sieben Meilen lang sein und offensichtlich von ganz besonderen Maschinen angeflogen werden sollten. Die beiden rannten aus dem Büro, als hätten sie Durchfall.«

»Und?« Swann beugte sich vor.

»Am nächsten Tag riefen Husseins Leute an und teilten uns

mit, das Projekt sei gestorben. Wir hätten Besuch von Consular Operations gehabt. Das gefalle unseren Auftraggebern nicht.«

Swann lehnte sich wieder in seinem Sessel zurück, und sein müdes Lächeln verriet, wie sinnlos ihm auf einmal alles vorkam. »Manchmal ist das Ganze doch recht albern, nicht wahr?«

»Im Augenblick finde ich es durchaus nicht albern«, entgegnete Kendrick.

»Nein, natürlich nicht.« Swann richtete sich sofort auf und straffte sich. »Ihrer Meinung nach geht es also bei dieser Sache nur um Geld. Um lausiges Geld!«

»Wenn man dem nicht Einhalt gebietet, wird es nur noch schlimmer«, sagte Kendrick. »Viel schlimmer.«

»Aber wie?«

»Immer nach der bewährten Formel für Wirtschaftsrevolutionen. Nachdem sie die Wirtschaft von Oman lahmgelegt und die Regierung handlungsunfähig gemacht haben, werden sie überall die gleichen Taktiken anwenden. In den Emiraten, in Bahrein, Katar und sogar bei den Saudis. Wer die Fanatiker beherrscht, bekommt die Verträge. Und sind diese Riesenprojekte erst einmal in einer Hand vereint, kommt es in dieser Region zu einer gefährlichen politischen Machtkonzentration, die in den meisten lebenswichtigen Fragen das Sagen hat, was uns nicht besonders angenehm sein wird.«

»Du meine Güte, Sie haben das aber gründlich durchdacht!«

»Ich habe während der letzten acht Stunden nichts anderes getan.«

»Angenommen, ich schicke Sie hinüber. Was könnten Sie tun?«

»Das weiß ich erst, wenn ich dort bin, aber ein paar Ideen habe ich. Ich kenne eine ganze Reihe einflußreicher Männer, mächtige Omaner, die wissen, was vorgeht, aber mit diesem Wahnsinn bestimmt nichts zu tun haben. Aus verschiedenen Gründen – vermutlich werden sie, wenn Ihre Handlanger von Consular Operations auftauchen, von dem gleichen Mißtrauen befallen wie wir seinerzeit – sprechen sie vielleicht nicht mit Fremden, aber mit mir werden sie sprechen. Mir vertrauen sie. Ich habe Tage und ganze Wochenenden mit ihren Familien verbracht. Ich kenne ihre Ehefrauen unverschleiert, und ich kenne ihre Kinder...«

»Unverschleierte Ehefrauen und die Kinder«, wiederholte

Swann. »Der höchste Vertrauensbeweis, den ein Araber kennt. Das Siegel der Freundschaft.«

»Mit mir werden sie zusammenarbeiten«, fuhr Kendrick fort, »mit Ihnen vielleicht nicht. Ich kenne die meisten Lieferanten und auch die Frachtbüros im Hafen, sogar Leute, die allem aus dem Weg gehen, was einen offiziellen Anstrich hat, weil sie ihr Geld mit Sachen verdienen, die offiziell nicht zu haben sind. Ich möchte der Herkunft des Geldes auf die Spur kommen und die Anweisungen kennenlernen, die mit dem Geld kommen und in die Botschaft gelangen. Irgend jemand schickt beides von irgendwoher.«

»Lieferanten?« fragte Swann, die Brauen hochziehend, mit ungläubiger Stimme. »Sie meinen Leute, die Lebensmittel und Medikamente und so beschaffen?«

»Das ist nur...«

»Sind Sie verrückt?« rief Swann. »Diese Geiseln sind unsere Leute, Amerikaner! Wir haben die Vorratskeller geöffnet, es ist alles da, was sie brauchen...«

»Zum Beispiel Munition und Ersatzteile für Waffen?«

»Natürlich nicht.«

»In allen Zeitungen, die ich in Flagstaff und Phoenix ergattern konnte, wurde berichtet, daß jeden Abend nach *El Maghreb* vier bis fünf Stunden wild herumgeballert wird – es ist ein wahres Feuerwerk, Tausende von Salven werden abgeschossen, die Botschaft mit Gewehr- und Maschinengewehrfeuer zugedeckt.«

»Das gehört zu ihrem gottverdammten Terror!« explodierte Swann. »Können Sie sich vorstellen, wie es in der Botschaft aussieht? Sie stehen im grellen Scheinwerferlicht mit anderen an einer Wand aufgereiht, um Sie herum knallt es ununterbrochen, schlagen die Kugeln ein, und Sie können nur noch denken: Herrgott, die nächste trifft mich bestimmt! Wenn es uns je gelingen sollte, die armen Seelen dort herauszuholen, werden sie wahrscheinlich jahrelang beim Psychiater auf der Couch liegen, um diesen Alptraum loszuwerden.«

Kendrick wartete, bis sich Swanns Gefühlsaufwallung gelegt hatte. »Diese Hitzköpfe haben kein Waffenarsenal in der Botschaft, Mr. Swann. Ich glaube nicht, daß die Organisatoren der Revolte das dulden würden. Sie bekommen Nachschub. Genauso wie man sie mit Vervielfältigungsapparaten ausgestattet hat, weil sie nicht wissen, wie sie mit Ihren Kopierern und

Wortprozessoren umgehen müssen, um ihre täglichen Bulletins für die Fernsehkameras zu drucken. Bitte versuchen Sie zu verstehen. Von zwanzig dieser Irren hat vielleicht ein einziger ein Minimum an Verstand, von einer durchdachten politischen Überzeugung ganz zu schweigen. Es ist manipulierter Abschaum, dem ein paar hysterische Augenblicke in der Sonne gewährt werden. Vielleicht ist es unsere Schuld, ich weiß es nicht, aber ich weiß, daß sie programmiert werden, und Sie wissen es auch. Und dahinter steckt ein Mann, der ganz Vorderasien für sich selbst haben will.«

»Dieser Mahdi?«

»Ja, wer immer es sein mag.«

»Glauben Sie, daß Sie ihn finden können?«

»Nicht ohne Hilfe. Man muß mich aus dem Flughafen hinausschmuggeln, und ich brauche arabische Kleidung – am besten stelle ich wohl eine Liste zusammen.«

Swann lehnte sich wieder in seinem Sessel zurück und rieb sich mit den Fingerspitzen das Kinn. »Warum, Herr Abgeordneter? Warum wollen Sie das tun? Warum will Evan Kendrick, Unternehmer und Multimillionär, sein sehr reiches Leben aufs Spiel setzen? Sie haben doch dort drüben nichts mehr verloren. Warum?«

»Ich schätze, die einfachste und ehrlichste Antwort ist, daß es mir vielleicht gelingt zu helfen. Wie Sie vorhin betonten, habe ich drüben eine Menge Geld verdient. Vielleicht ist es jetzt an der Zeit, ein bißchen von mir selbst einzubringen.«

»Wenn es nur um Geld oder um ›ein bißchen was von Ihnen selbst‹ ginge, wäre das für mich kein Problem«, sagte Swann. »Aber wenn ich Ihnen grünes Licht gebe, marschieren Sie schnurstracks ohne Überlebenstraining in ein Minenfeld. Haben Sie das bedacht, Herr Abgeordneter?«

»Ich habe nicht die Absicht, die Botschaft zu stürmen«, antwortete Kendrick.

»Das ist vielleicht gar nicht nötig. Sie brauchen nur den falschen Leuten die falschen Fragen zu stellen, dann kann es aufs gleiche hinauslaufen.«

»Ich könnte auch heute mittag in einem Taxi gesessen und Ecke Twenty-third Street und Virginia Avenue einen Unfall gehabt haben.«

»Das soll wohl heißen, daß Sie einen hatten.«

»Der Punkt ist, daß ich nicht am Steuer saß, sondern in einem Taxi. Ich bin vorsichtig, Mr. Swann, und den Verkehr in Maskat kenne ich. Er ist nicht so unberechenbar wie in Washington.«

»Waren Sie bei der Armee?«

»Nein.«

»Meiner Schätzung nach hatten Sie das richtige Alter für Vietnam. Gibt es eine Erklärung dafür, daß Sie nicht eingezogen wurden?«

»Ich wurde wegen meines Studiums zurückgestellt.«

»Haben Sie Erfahrung im Umgang mit Waffen?«

»Eine beschränkte.«

»Was bedeutet, daß Sie wissen, wo der Abzug ist und in welche Richtung Sie zielen müssen.«

»Mit dem Wort ›beschränkt‹ habe ich nicht gemeint, daß ich geistig zurückgeblieben bin. In den Emiraten sind wir in der ersten Zeit nie unbewaffnet auf die Baustellen gegangen. Und auch später haben wir noch ab und zu Waffen getragen.«

»Und geschossen haben Sie auch schon?« fragte Swann hartnäckig weiter.

»Aber gewiß«, antwortete Kendrick ruhig. »Damit ich lernte, wo der Abzug ist und in welche Richtung ich zielen muß.«

»Sehr komisch. Aber der Sinn meiner Frage war eigentlich, ob Sie je auf einen Menschen schießen mußten?«

»Wäre das nötig?«

»Ja, es wäre nötig. Ich muß mir ein Urteil bilden.«

»Nun gut. Ja, ich habe schon auf einen Menschen geschossen.«

»Wann? Bei welcher Gelegenheit?«

»Wir mußten, um Projekte richtig planen zu können, häufig in entlegene Gebiete fahren, um dort Erd- und Gesteinsproben zu entnehmen und die Zäune für die Maschinenparks aufzurichten. Wir waren mit dem Campingbus unterwegs und wurden ein paarmal von Banditen angegriffen – umherziehenden Nomadenbanden, die nach Verirrten suchten, um sie zu berauben. Sie waren schon seit Jahren ein Problem, und die Behörden rieten allen, die ins Landesinnere wollten, sich entsprechend zu schützen. Ähnlich wie in unseren Großstädten, da besteht kaum ein Unterschied. Damals habe ich eine Waffe benutzt.«

»Um abzuschrecken oder um zu töten?«

»Vor allem um abzuschrecken, Mr. Swann. Es gab jedoch

auch Zeiten, in denen ich gezwungen war zu töten. Weil sie uns umbringen wollten. Wir haben diese Zwischenfälle immer den Behörden gemeldet.«

»Ich verstehe«, sagte Swann. »Wie sind Sie körperlich in Form?«

Kendrick schüttelte gereizt den Kopf. »Ich rauche gelegentlich eine Zigarre oder Zigarette nach dem Essen, Herr *Doktor*, und ich trinke mäßig. Ich bin jedoch weder Gewichtheber noch Marathonläufer. Doch sooft ich kann, bin ich mit meinem Kanu im Wildwasser unterwegs oder geh' mit dem Rucksack in die Berge. Außerdem denke ich, daß dieses ganze Verhör hier Scheiße ist.«

»Denken Sie, was Sie wollen, Mr. Kendrick, aber die Zeit läuft uns davon. Einfache, direkte Fragen können uns helfen, uns über Ihre Person genauso klarzuwerden, wie wenn wir einen unserer umständlichen Psychiater bemühten.«

»Das liegt an den Psychiatern.«

»Erzählen Sie mir was über Sie«, sagte Swann mit einem leisen Auflachen.

»O nein, Sie legen jetzt die Karten auf den Tisch, Mr. Swann. Ihre Märchen- und Spielstunde ist zu Ende. Geh' ich jetzt hinüber oder nicht? Und wenn nicht, will ich den Grund wissen.«

Swann blickte auf. »Sie gehen, Herr Abgeordneter. Nicht, weil Sie die Idealbesetzung sind, sondern weil ich keine andere habe. Ich würde es mit jedem versuchen, auch mit einem so arroganten Burschen, wie Sie es unter Ihrem kühlen Äußeren meiner Meinung nach sind.«

»Sie haben wahrscheinlich recht«, antwortete Kendrick. »Können Sie mir schriftliche Anweisungen mitgeben – oder was Sie eben haben?«

»Sie fliegen vom Luftwaffenstützpunkt Andrews ab. Die Papiere werden Ihnen vor dem Start in die Maschine gebracht. Aber Sie müssen im Flugzeug bleiben, und Sie dürfen sich keine Notizen machen. Man wird Sie beobachten.«

»Verstanden.«

»Sind Sie sicher? Wir werden Sie unter den verschärften Bedingungen soweit wie möglich decken, aber Sie sind, ungeachtet Ihrer Stellung als Politiker, ein Privatmann, der auf eigene Faust handelt. Kurz gesagt – wenn Sie von feindlichen Elementen gefangengenommen werden, kennen wir Sie nicht. Dann können wir Ihnen nicht helfen. Unter keinen Umständen werden wir das Leben der zweihundertsechsunddreißig Geiseln aufs Spiel setzen. Ist das klar?«

»Ja, das ist es, denn es liegt genau auf der Linie der Forderung, die ich Ihnen zu Beginn unserer Unterredung gestellt habe. Ich bestehe darauf, daß man mir schriftlich Anonymität zusichert. Ich war nie hier. Ich habe Sie nie gesehen, nie mit Ihnen gesprochen. Schicken Sie dem Außenminister ein Memo. Schreiben Sie ihm, einer meiner politischen Anhänger aus Colorado habe angerufen, meinen Namen erwähnt und gemeint, Sie sollten sich auf Grund meiner Erfahrung und Kenntnis der Golfstaaten mit mir in Verbindung setzen. Sie lehnten den Vorschlag ab, weil Sie der Meinung waren, es handle sich wieder nur um einen Politiker, der sich mit Hilfe des Außenministeriums politische Lorbeeren verdienen wolle. Das dürfte Ihnen nicht schwerfallen.« Kendrick zog einen Notizblock aus der Jackentasche und griff über den Schreibtisch nach Swanns Bleistift. »Das ist die Adresse meines Washingtoner Anwalts. Lassen Sie ihm, noch bevor ich in Andrews bin, eine Kopie der Erklärung überbringen. Sobald ich von ihm erfahre, daß er das Schriftstück bekommen hat, gehe ich an Bord der Maschine.«

»Unser gemeinsames Ziel liegt so klar und sauber vor uns, daß ich mich selbst beglückwünschen sollte«, sagte Swann. »Also warum tu ich's nicht? Warum denke ich ununterbrochen, daß Sie mir etwas verschweigen?«

»Weil Sie von Natur aus und von Berufs wegen mißtrauisch sind. Sie säßen nicht in diesem Sessel, wenn Sie es nicht wären.«

»Die Geheimhaltung, auf der Sie bestehen...«

»Das tun Sie schließlich auch«, fiel Kendrick ihm ins Wort.

»Meine Gründe kennen Sie. Zweihundertsechsunddreißig Menschen sind in Gefahr. Wir werden niemandem einen Vorwand liefern, abzudrücken. Andererseits haben Sie eine ganze Menge zu gewinnen – wenn Sie am Leben bleiben. Warum bestehen Sie auf Geheimhaltung?«

»Aus fast dem gleichen Grund wie Sie«, erwiderte Kendrick. »Ich habe viele Freunde dort. Mit den meisten stehe ich noch jetzt in Verbindung. Wir korrespondieren, sie besuchen mich oft – und das ist für niemanden ein Geheimnis. Käme mein Name irgendwie ins Gerede, könnten ein paar fanatische Hitzköpfe an *dscharem ath-thaar* denken.«

»Strafe für Freundschaft«, übersetzte Swann.

»Es ist das richtige politische Klima für so was«, fügte Kendrick hinzu.

»Der Grund leuchtet mir ein«, sagte Swann ohne große Überzeugung. »Wann wollen Sie aufbrechen?«

»So bald wie möglich. Ich habe hier nichts mehr zu erledigen, schnappe mir ein Taxi, fahre nach Hause, zieh' mich um...«

»Keine Taxis, Herr Abgeordneter. Von diesem Augenblick an sind Sie Geheimnisträger und werden entsprechend behandelt.« Er griff nach dem Telefon. »Man wird Sie zur Rampe begleiten, wo ein neutraler Wagen Sie erwartet, der Sie nach Hause und dann nach Andrews bringt. In den nächsten zwölf Stunden sind Sie Regierungseigentum und werden nur das tun, was man Ihnen sagt.«

Evan Kendrick saß im Fond des neutralen Wagens, der dem Außenministerium gehörte, und betrachtete das üppige Laubwerk am Ufer des Potomac. Bald würde der Fahrer nach links abbiegen und in eine lange Waldschneise unweit von Kendricks Haus eintauchen. Mein abgelegenes Haus, dachte er, mein sehr einsames Haus... Ja, einsam war es, obwohl außer ihm noch ein Paar darin wohnte, alte Freunde, die das Haus auch versorgten; und auch die zwar nicht allzuoft, aber dennoch regelmäßig wechselnden schönen Frauen durfte er nicht vergessen, die sein Bett teilten. Auch sie waren Freunde.

Vier Jahre, und nichts Bleibendes. Das Bleibende war für ihn eine halbe Welt entfernt, dort, wo nichts anderes von Dauer war als die Notwendigkeit, ständig von einem Job zum nächsten zu ziehen, die besten Unterkünfte für alle zu finden, sicherzustellen, daß für die Kinder seiner Partner Lehrer vorhanden waren – für Kinder, von denen er sich manchmal wünschte, es wären die seinen; ein paar ganz bestimmte natürlich nur. Für Ehe und Kinder hatte er jedoch nie Zeit gehabt. Ideen waren seine Ehefrauen, Projekte seine Sprößlinge. Vielleicht war er deshalb der Boß gewesen, ihn lenkten keine häuslichen Probleme ab. Die Frauen, die er liebte, waren meist Getriebene, wie er. Genau wie er suchten sie die vergängliche Lust, die Annehmlichkeit kurzer Affären, deren wichtigstes Beiwort »flüchtig« war. Es waren wunderbare Jahre gewesen – geprägt von Erregung und Lachen, von Stunden der Angst und den Augenblicken unbeschreiblichen Hochgefühls, wenn das Ergebnis der Arbeit ihre Erwartungen weit übertroffen hatte. Sie bauten ein Reich – ein kleines, das war ihnen bewußt –, doch es würde wachsen, und eines Tages, hatte Weingrass steif und fest behauptet, würden die Kinder der Kendrick-Gruppe die besten Schweizer Schulen besuchen, die nur ein paar Flugstunden entfernt waren. »Sie werden das Geschlecht des wahren internationalen Menschen begründen!« hatte Manny gerufen. »Mit dieser erstklassigen Erziehung und den vielen Sprachen! Wir ziehen uns die großartigste Kollektion von Staatsmännern und -frauen seit Disraeli und Golda Meir heran!«

Das war für Evan Kendrick das Bleibende gewesen. Und plötzlich war alles zerschmettert und zerstört worden. Tausend zerbrochene Spiegel in der Sonne, und aus jedem blutigen Splitter hatte ihn ein Bild schöner Wirklichkeit und wunderbarer Erwartungen angeschaut. Alle Spiegel waren blind geworden, hatten nicht einmal mehr Schatten zurückgeworfen. Tod.

»Tu's nicht!« schrie Emmanuel Weingrass. »Ich fühle den Schmerz genauso wie du. Aber siehst du denn nicht, daß sie genau das von dir erwarten? Gib ihnen nicht diese Genugtuung! Kämpf gegen sie, kämpf gegen ihn! Ich werde mit dir kämpfen. Beweis mir deine Haltung, Junge!«

»Warum sollte ich Haltung zeigen, Manny? Vor wem? Gegen wen?«

»Das weißt du genausogut wie ich. Wir sind nur die ersten; andere werden folgen: andere ›Unfälle‹: geliebte Menschen werden getötet, Projekte fallengelassen werden. Willst du das dulden?«

»Es ist mir ganz einfach egal.«

»Also überläßt du ihm den Sieg?«

»Wem?«

»Dem Mahdi.«

»Betrunkenes Geschwätz. Mehr nicht.«

»Er hat es getan. Er hat sie getötet. Ich weiß es.«

»Hier gibt es nichts mehr für mich, mein Alter, und ich kann keine Schatten jagen. Es macht keinen Spaß mehr. Vergiß es, Manny, ich mache dich reich.«

»Ich will dein Geld nicht, das Geld eines Feiglings.«

»Du willst es nicht nehmen?«

»Natürlich nehme ich es. Aber ich liebe dich nicht mehr.«

Dann vier Jahre der Angst, der Sinnlosigkeit, der Langeweile und immer wieder die Frage, wann der warme Wind der Liebe oder der eisige Hauch des Hasses die schwelende Asche in seinem Innern anfachen würde. Er hatte sich immer wieder gesagt, daß die Zeit reif sein würde, wenn die Flammen – gleichgültig aus welchem Anlaß – plötzlich aufloderten. Dann würde auch er bereit sein. Jetzt war er bereit, und niemand konnte ihn zurückhalten. Haß.

Der Mahdi.

Du hast meine besten Freunde ermordet, als hättest du die Leitungen selbst verlegt. Ich mußte so viele Leichen identifizieren; die verrenkten, blutenden Leichen der Menschen, die mir so viel bedeutet hatten. Der Haß ist geblieben, ein tiefer, eiskalter Haß, und er wird nicht vergehen, wird mir so lange nicht erlauben, mein eigenes Leben zu führen, bis du tot bist. Ich muß zurück und die Scherben einsammeln, wieder zu mir selbst finden und vollenden, was wir gemeinsam begonnen haben. Manny hat recht gehabt. Ich bin weggelaufen, war zu nachsichtig mit mir, weil ich litt, ich vergaß die Träume, die wir hatten. Jetzt kehre ich zurück, um zu tun, was Manny von mir erwartet hatte. Jetzt hole ich dich mir, Mahdi, wer du auch sein magst, wo du auch bist. Und niemand wird wissen, daß ich es war...

»Sir? Wir sind da, Sir.«

»Verzeihung, was haben Sie gesagt?«

»Wir sind bei Ihrem Haus«, antwortete der Fahrer, der zu den Marines gehörte. »Sie sind wohl eingenickt, aber wir müssen uns an den Zeitplan halten.«

»Ich habe nicht geschlafen, Corporal, doch Sie haben natürlich recht.« Kendrick öffnete die Tür. »Ich bin in ungefähr zwanzig Minuten wieder da. Warum kommen Sie nicht mit hinein? Das Mädchen kann Ihnen einen Happen zu essen oder eine Tasse Kaffee machen, während Sie warten.«

»Ich darf den Wagen nicht verlassen, Sir.«

»Warum nicht?«

»Sie gehören zu OHIO. Man würde mich wahrscheinlich erschießen.«

Betroffen und schon halb aus dem Wagen, drehte Evan Kendrick sich um und schaute zurück. Am Ende der Straße, der verlassenen, von Bäumen gesäumten Straße, an der weit und breit kein Haus war, parkte am Rand ein Wagen. Auf den Vordersitzen saßen reglos wie Statuen zwei Gestalten.

»Während der nächsten zwölf Stunden sind Sie Regierungseigentum und werden nur das tun, was man Ihnen sagt.«

Eine schattenhafte Gestalt, betrat der Mann rasch den fensterlosen Raum, schloß die Tür hinter sich und ging im Dunkeln zielstrebig auf das Tischchen zu, auf dem die kleine Messinglampe stand. Er knipste sie an und wandte sich dann sofort seiner Anlage zu, die die ganze rechte Wand einnahm. Er setzte sich an den Prozessor, berührte leicht die Taste, die den Bildschirm zum Leben erweckte, und tippte den Code ein:

Höchste Geheimhaltungsstufe
Kein Zugriff
Eingabe

Mit vor freudiger Erregung zitternden Fingern setzte er sein Tagebuch fort.

Alles ist in Bewegung geraten. Das Objekt ist unterwegs, die Reise hat begonnen. Ich kann die Hindernisse natürlich nicht planen, die sich ihm in den Weg stellen werden, und noch weniger seinen Mißerfolg. Ich weiß nur von meinen hochentwickelten Geräten, daß er qualifiziert ist wie kein anderer. Eines Tages werden wir imstande sein, den menschlichen Quotienten genauer zu bestimmen, doch ist der Zeitpunkt noch nicht gekommen. Dennoch, wenn er überlebt, wird der Blitz einschlagen, das haben mir meine Hochrechnungen sehr klar gesagt. Der kleine Kreis von Beamten, der Bescheid wissen muß, wurde auf hypermodernste Weise informiert. Ein Kinderspiel für meine Anlage.

3

Die geschätzte Flugzeit von Andrews zum US-Luftwaffenstützpunkt auf Sizilien betrug sieben Stunden. Die Ankunft war für sechs Uhr morgens mitteleuropäischer Zeit geplant – acht Uhr in Oman, das vier bis fünf Flugstunden entfernt war, was von den mediterranen Winden und davon abhing, welche sichere Flugroute zur Verfügung stand. Der Start des Militärjets, einer umgebauten F-106 Delta mit einer Kabine, in der sich hinten nebeneinander zwei Sitze und Klapptischchen befanden, die als Schreibunterlage und als Abstellfläche für Speisen und Getränke dienten, war schnell und reibungslos erfolgt. An der Kabinendecke waren drehbare Leuchten angebracht, die es erlaubten, den starken, gebündelten Lichtstrahl auf Manuskripte, Fotografien oder Landkarten zu richten, mit denen sich die Passagiere auf langen Flügen gewöhnlich beschäftigten. Kendrick bekam von dem Mann zu seiner Linken die Papiere von OHIO-Four-Zero zugereicht; ganz systematisch eine Seite nach der anderen. Die nächste immer erst dann, wenn die vorhergehende in den Diplomatenkoffer seines Begleiters zurückgewandert war. Nach zwei Stunden und zwölf Minuten hatte Kendrick alle Daten im Kopf. Er wollte sie noch einmal von Anfang an durchgehen, als der junge Mann neben ihm, ein gutaussehender, dunkeläugiger Agent von OHIO-Four-Zero, der sich schlicht als Angestellter des Außenministeriums vorgestellt hatte, fast beschwörend die Hand hob.

»Könnten wir nicht eine Pause einlegen und etwas essen, Sir?« fragte er.

Kendrick sah seinen Begleiter zum erstenmal genau an. »Wissen Sie, ich meine das keineswegs abwertend – wahrhaftig nicht –, aber für eine so geheime Operation des Außenministeriums kommen Sie mir reichlich jung vor. Sie sind doch bestimmt noch keine dreißig.«

»Aber nahe dran«, antwortete der Begleiter. »Und ich verstehe mich ziemlich gut auf das, was ich tue.«

»Nämlich?«

»Bedaure, kein Kommentar, Sir. – Wie steht es jetzt mit dem Essen? Es ist ein langer Flug.«

»Wie wär's mit einem Drink?« fragte Kendrick.

»Wir haben Getränke an Bord – ein Zugeständnis an Zivilpersonen.« Lächelnd winkte der junge Mann dem Steward der Air Force, einem Corporal, der im Heck der Maschine auf einem Notsitz Platz gefunden hatte. »Ein Glas Weißwein und einen Canadian auf Eis, bitte.«

»Einen Canadian?«

»Den trinken Sie doch am liebsten, nicht wahr?«

»Sie haben ja nicht nur Ihre Haus-, sondern darüber hinaus auch noch Fleißaufgaben gemacht.«

»Wir sind unermüdlich.« Der Begleiter nickte dem Corporal zu, der sich in die winzige Bordküche verzog. »Das Essen ist leider vorgefertigt, die übliche Bordmahlzeit«, fuhr er fort. »Das liegt an den Budgetkürzungen, die das Pentagon verfügt hat –

und an gewissen Lobbyisten der Fleisch- und Produktionsgüter-Industrie. Filet Mignon mit Spargel hollandaise und Salzkartoffeln.«

»Das müssen ja enorme Kürzungen gewesen sein.«

»Und rührige Lobbyisten«, setzte der Begleiter mit einem Grinsen hinzu. »Nachtisch gibt es auch.« Der Steward brachte die Getränke und ging dann an ein Telefon im Heck, an dem ein weißes Lämpchen aufleuchtete. Der Begleiter hob sein Glas. »Zum Wohl.«

»Ebenfalls. Haben Sie auch einen Namen?«

»Suchen Sie sich einen aus.«

»Verstehe. Wie gefällt Ihnen Joe?«

»Bestens. Einverstanden. Freut mich, Sie kennenzulernen, Sir.«

»Da Sie offensichtlich wissen, wer ich bin, sind Sie im Vorteil. Sie können mich bei meinem Namen nennen.«

»Nicht auf diesem Flug.«

»Wer bin ich dann?«

»Offiziell ein Wissenschaftler, der Geheimschriften entziffert. Sie heißen Axelrod, und Ihr Ziel ist die Botschaft in Dschiddah, Saudi-Arabien. Der Name hat nicht viel zu bedeuten, er ist hauptsächlich für das Logbuch des Piloten bestimmt. Wenn jemand etwas von Ihnen will, wird er Sie einfach mit ›Sir‹ ansprechen. Namen sind auf diesen Flügen verpönt.«

»Dr. *Axelrod*?« Die Frage des Corporals ließ ›Joe‹ erblassen.

»Doktor?« wiederholte Kendrick leicht erstaunt und sah ›Joe‹ fragend an.

»Offenbar sind Sie Doktor der Philosophie«, sagte ›Joe‹ leise.

»Das freut mich«, flüsterte Kendrick und blickte dann zum Steward auf. »Ja, was gibt's?«

»Der Pilot möchte Sie sprechen, Sir. Folgen Sie mir bitte ins Cockpit.«

»Aber gern.« Kendrick klappte das Tischchen hoch und reichte ›Joe‹ sein Glas. »Mit einem hatten Sie wenigstens recht, Junge«, sagte er leise zu dem Mann vom Außenministerium. »Er hat ›Sir‹ gesagt.«

»Es gefällt mir trotzdem nicht«, erwiderte ›Joe‹ ruhig, aber mit Nachdruck. »Alle für Sie bestimmten Nachrichten müssen zuerst an mich durchgegeben werden.«

»Wollen Sie eine Szene machen?«

»Zum Teufel damit! Der Kerl ist auf'm Egotrip. Er möchte sich seine ungewöhnliche Fracht aus der Nähe ansehen.«

»Die was?«

»Vergessen Sie's, Dr. Axelrod. Denken Sie nur daran, daß keine Entscheidungen getroffen werden dürfen, die ich nicht vorher abgesegnet habe.«

»Sie sind ein zäher Bursche.«

»Einer der zähsten, Herr Ab... Dr. Axelrod. Außerdem bin ich kein Bursche. Nicht, wenn es um Sie geht.«

»Soll ich dem Piloten sagen, was Sie empfinden?«

»Sie können ihm ausrichten, daß ich ihm seine Rangabzeichen und seine Eier abschneide, wenn er das noch einmal macht.«

»Da ich als letzter an Bord gekommen bin, habe ich ihn nicht kennengelernt, aber ich vermute, er ist Brigadegeneral.«

»Für mich ist er Brigadescheiße.«

»Gütiger Himmel!« sagte Kendrick leise auflachend. »Interne Machtkämpfe in vierzigtausend Fuß Höhe. Darüber bin ich nicht besonders glücklich.«

»Sir?« sagte der Steward besorgt.

»Ich komme schon, Corporal.«

Über dem kompakten Cockpit der F-106 Delta lag die schwache Glut unzähliger winziger grüner und roter Lichter, Skalen- und Nummernscheiben. Pilot und Kopilot waren auf den beiden Vordersitzen angegurtet, der Navigator saß rechts, einen gepolsterten Ohrhörer ans linke Ohr geklemmt, die Augen auf einen gerasterten Computer-Bildschirm gerichtet. Kendrick mußte sich in dem engen Raum bücken, um die wenigen Schritte zum Pilotensitz zurücklegen zu können.

»Ja, Herr General?« sagte er fragend. »Sie wollten mich sprechen?«

»Ich *will* Sie mir nicht einmal ansehen, ›Doktor‹, geschweige denn mit Ihnen sprechen«, antwortete der Pilot, ganz auf seine Armaturen konzentriert. »Ich will Ihnen nur eine Nachricht von einem gewissen S. vorlesen. Kennen Sie jemand namens S.?«

»Ich denke schon«, antwortete Kendrick, der vermutete, daß Swann vom Außenministerium die Nachricht geschickt hatte. »Um was geht es?«

»Es ist eine verdammte Zumutung für diesen Vogel!« rief der Brigadegeneral. »Ich bin noch nie dort gelandet! Ich kenne den Flugplatz nicht, und man hat mir gesagt, die verdammten Itaker in dieser Wüstenei verstehen mehr von Spaghettisoße als von Landeanweisungen.«

»Es ist unser eigener Luftwaffenstützpunkt«, protestierte Kendrick.

»Der Teufel isses!« entgegnete der Pilot, weil der Kopilot heftig den Kopf schüttelte. »Wir sollen den Kurs ändern und nach Sardinien fliegen. Nicht nach Sizilien – nach Sardinien. Ich werde die Motoren abstellen müssen, um nicht über die Landebahn hinauszurasen – falls wir sie überhaupt finden.«

»Wie lautet die Nachricht, Herr General?« fragte Kendrick gelassen. »Wenn ein Plan geändert wird, hat das gewöhnlich seine Gründe.«

»Dann erklären Sie sie mir – nein, erklären Sie nichts. Mir geht's auch so schlecht genug. Verdammte Spione!«

»Die Nachricht bitte!«

»Hier ist sie.« Der wütende Pilot las sie von einem perforierten Blatt Papier ab. *»Umleitung erforderlich, Dschiddah ist out. Alle M. M. unter Augen...«*

»Was heißt das?« unterbrach Kendrick ihn rasch. »Das M. M. unter Augen.«

»Genau das, was es sagt.«

»Übersetzen Sie mir's bitte.«

»'tschuldigung, ich hatte es vergessen. Wer immer Sie sein mögen, Sie sind nicht, was im Logbuch steht. Es bedeutet, daß alle Militärmaschinen in Sizilien und Dschiddah – und überhaupt jeder Flugplatz, auf dem wir landen – unter Beobachtung stehen. Diese arabischen Bastarde haben etwas gerochen, und ihre dreckigen Psychos, die alles Ungewöhnliche weitermelden, sitzen überall.«

»Nicht alle Araber sind Bastarde oder dreckig oder Psychos, Herr General.«

»In meinem Buch sind sie's.«

»Dann kann man es nicht drucken.«

»Was kann man nicht drucken?«

»Ihr Buch. Den Rest der Nachricht bitte.«

Der Pilot machte, das perforierte Blatt in der Hand, mit dem rechten Arm eine obszöne Geste. »Lesen Sie selber, Araberfreund. Aber dieses Cockpit verläßt das Papier nicht.«

Kendrick nahm das Blatt, hielt es schräg unter die Lampe des Navigators und las: *Umleitung erforderlich. Dschiddah ist out. Alle*

M. M. unter Augen. Fliegt zivilen Hilfsstützpunkt auf Südinsel an. Dann weiter über Zypern und Riad zum Ziel. Alles arrangiert. Genaue Ankunftszeit um die zweite Säule MAGHREB. *Bestmögliche Zeitangabe. Tut mir leid. S.* Kendrick streckte dem Brigadegeneral die Hand über die Schulter und ließ das Papier fallen. »Ich nehme an, die ›Südinsel‹ ist Sardinien?«

»Sie haben's erfaßt.«

»Dann, schätze ich, muß ich – grob überschlagen – zehn Stunden länger in einer oder mehreren Maschinen sitzen, weil wir über Zypern und Saudi-Arabien und dann erst nach Maskat fliegen.«

»Ich sag' Ihnen eins, Araberfreund«, fuhr der Pilot fort. »Ich bin glücklich, daß Sie es sind und nicht ich, der mit einer dieser Minniemaus-Maschinen fliegen muß. Ein guter Rat: Suchen Sie sich einen Sitz in der Nähe des Notausgangs, und wenn Sie irgendwo einen Fallschirm kaufen können, tun Sie's. Das Geld ist nicht hinausgeworfen. Und kaufen Sie sich auch eine Gasmaske. Man hat mir erzählt, daß es in diesen Maschinen stinkt.«

»Ich will versuchen, Ihren großmütigen Rat nicht zu vergessen.«

»Jetzt müssen Sie mir was erklären«, sagte der General. »Was bedeutet dieser ›Zweite-Säule‹-Araber-Mist?«

»Gehen Sie in die Kirche?« fragte Kendrick.

»Und ob ich in die Kirche gehe, verdammt. Wenn ich zu Hause bin, muß die ganze verdammte Familie mit – da darf sich keiner drücken, bei Gott, nein. Wenigstens einmal im Monat Kirche, das ist Vorschrift.«

»Auch die Araber gehen in die Kirche, aber nicht nur einmal im Monat. Fünfmal am Tag. Ihr Glaube ist so stark wie der Ihre – wenigstens so stark, finden Sie nicht? Die zweite Säule von *El Maghreb* bezieht sich auf das islamische Gebet bei Sonnenuntergang. Das ist verdammt lästig, nicht wahr? Sie plagen sich und schuften den ganzen Tag, meistens für einen Bettellohn, und dann geht die Sonne unter, es wird Abend. Aber es gibt keine Cocktails, nur Gebete zu ihrem Gott. Vielleicht ist das alles, was sie haben. Wie die alten Plantagen-Spirituals.«

Langsam drehte der Pilot sich auf seinem Sitz herum. Sein Gesicht erschreckte Kendrick. Der Brigadegeneral war schwarz. »Sie wollen mich fertigmachen«, sagte er tonlos.

»Tut mir leid. Ehrlich. Ich habe es nicht gemerkt. Andererseits haben Sie's gesagt. Sie haben mich Araberfreund genannt.«

Sonnenuntergang. Maskat. Oman. Der uralte Turbo-Jet setzte so stark holpernd auf dem Rollfeld auf, daß ein paar Passagiere laut schrien, ihre Wüsteninstinkte hellwach, die Gefahr eines flammenden Infernos vor Augen. Als sie begriffen, daß sie angekommen und in Sicherheit waren, und daß es hier Arbeit für sie gab, begannen sie zu singen. Dank sei Allah für seine Gnade. Man hatte ihnen Rials für Dienste versprochen, zu denen die Omaner nicht bereit waren. Allahs Wille geschehe. Es war viel besser als das, was sie zurückgelassen hatten.

Die Geschäftsleute mit Anzug und Krawatte, die auf den Vordersitzen gesessen hatten, eilten, sich ein Taschentuch vor die Nase haltend, zum Ausstieg, umklammerten ihre Aktenmappen und atmeten gierig die Luft von Oman ein. Kendrick stand im Mittelgang, der letzte in der Reihe, und fragte sich, was Swann vom Außenministerium gemeint hatte, als er in seiner Nachricht schrieb, es sei alles »arrangiert«.

»Kommen Sie mit mir!« rief ein Araber aus der Menge, die sich vor dem Einreiseschalter drängte. »Wir benutzen einen anderen Ausgang, Dr. Axelrod.«

»In meinem Paß steht aber nichts von Axelrod.«

»Eben. Deshalb sollen Sie ja mit mir kommen.«

»Und die Einreisevermerke?«

»Lassen Sie Ihre Papiere in der Tasche. Keiner will sie sehen. *Ich* will sie nicht sehen.«

»Wie soll ich dann...«

»Genug, *ya schaikh*. Geben Sie mir Ihr Gepäck, und bleiben Sie drei Meter hinter mir. Los, gehen wir!«

Kendrick reichte dem aufgeregten Kontaktmann seine Reisetasche und trottete hinter ihm her. Sie wandten sich nach rechts, ließen das ebenerdige braunweiße Flughafengebäude hinter sich, bogen dann sofort scharf nach links ab und marschierten auf den hohen Maschendrahtzaun zu, hinter dem die Abgase von ein paar Dutzend Taxis, Bussen und Lastern die glühendheiße Luft vernebelten. Die Menge vor dem Zaun rannte zwischen den Fahrzeugen hin und her, mit flatternden Gewändern, schimpfend und kreischend. Vor sich sah Kendrick ein Gebäude in Stahlkonstruktion, das die Größe von zehn Wellblechbarakken hatte. Es war das Lagerhaus des Flugplatzes, an das er sich noch so gut erinnerte, und er mußte an die endlosen Stunden denken, die Manny Weingrass und er dort auf längst überfälliges Gerät gewartet hatten, das nicht mit der vorhergesehenen Maschine eingetroffen war. Oft hatten sie aber auch gegen die Zollbeamten gewütet, die häufig die Formulare nicht verstanden, die auszufüllen waren, damit die Fracht freigegeben werden konnte – wenn sie einmal angekommen war.

Das Gatter vor dem mächtigen Tor des Lagerhauses stand offen, und im Hof warteten aufgereiht die Container; gierig schluckten sie die Kisten, die aus dickbäuchigen Flugzeugen geholt wurden. Posten mit Wachhunden an langen Leinen flankierten das Förderband der Zollbehörde, das die Frachten in das Lagerhaus zu den besorgten Lieferanten, Wiederverkäufern und den stets gegenwärtigen frustrierten Polieren von Bautrupps beförderte. Die Maschinenpistolen schußbereit, beobachteten die Posten die hektische Betriebsamkeit. Sie waren nicht nur da, um inmitten des Chaos für eine gewisse Ordnung zu sorgen und den Zollbeamten den Rücken zu stärken. Sie hielten vor allem nach Waffen und Drogen Ausschau, die in das Sultanat eingeschmuggelt werden sollten. Jede Kiste und jeder Behälter wurde von den hechelnden, knurrenden Hunden eifrig beschnüffelt und erst dann auf den Gabelstapler geladen.

Kendricks Kontaktmann blieb stehen, und er tat es ihm nach. Der Araber drehte sich um und nickte in Richtung einer kleinen Seitenpforte mit einem arabisch beschrifteten Schild darüber. *Halt! Für Unbefugte Zutritt verboten. Zuwiderhandelnde werden erschossen.* Es war der Ausgang für die Posten und andere Regierungsbeamte. In der Pforte war dort, wo üblicherweise ein Schloß war, eine große Metallplatte eingelassen. Und das ist auch ein Schloß, dachte Kendrick. Eins, das vom Lagerhaus aus elektronisch geöffnet werden kann. Der Kontaktmann nickte noch zweimal und gab Kendrick auf diese Weise zu verstehen, daß er auf ein Signal schnell auf die Pforte zugehen solle, wo »Zuwiderhandelnde erschossen« wurden. Mit einem merkwürdig hohlen Schmerz im Magen runzelte Kendrick fragend die Stirn. Über Maskat war der Belagerungszustand verhängt, und da galt wahrscheinlich das Motto: Erst schießen, dann grüßen. Der Araber sah den Zweifel in Kendricks Augen und nickte ein viertes Mal langsam und ermutigend. Dann drehte er sich um und blickte nach rechts die Reihe der Container entlang. Fast unmerklich hob er die rechte Hand.

Plötzlich kam es neben einem Container zu einer heftigen Auseinandersetzung. Schrille Stimmen kreischten Flüche, Arme wurden geschwungen, Fäuste flogen.

»Schmuggelware!«

»Lügner!«

»Deine Mutter ist eine Ziege, eine stinkende Ziege!«

»Dein Vater treibt's mit Huren! Das Produkt bist du!«

Staub wehte auf, als die Kampfhähne zu Boden stürzten und noch ein paar Parteigänger sich einmischten. Die Hunde begannen wütend zu bellen, zerrten an den Leinen und zogen ihre Führer zu den sich auf dem Boden wälzenden Leibern. Sie folgten ihren Tieren nur allzu bereitwillig. Alle – bis auf einen. Dann gab Kendricks Kontaktmann das Signal, und zusammen rannten sie zu dem nunmehr verlassenen und unbewachten Personalausgang.

»Viel Glück, Sir«, sagte der Posten, der zurückgeblieben war. Sein Wachhund schnüffelte bedrohlich an Kendricks Hose, während sein Führer mit seiner Waffe einen raschen Code auf die Metallplatte klopfte. Ein Summer schnarrte, die Tür schwang auf. Kendrick und sein Kontaktmann rannten durch und dann weiter an der Wand des Lagerhauses entlang.

Dahinter parkte ein zerbeulter Laster, dessen Reifen nur halb mit Luft gefüllt schienen. Der Motor heulte auf, und der kaputte Auspuff knallte ein paarmal. *»Bis-sur'a!«* rief der arabische Kontaktmann. »Beeilen Sie sich, Sir! Das ist Ihr Transportmittel.«

»Hoffentlich kommen wir damit überhaupt vom Fleck«, meinte Kendrick, deutliche Zweifel in der Stimme.

»Willkommen in Maskat. *Schaikh*-sowieso.«

»Sie wissen, wer ich bin«, entgegnete Kendrick zornig. »Sie haben mich in der Menge erkannt. Wie viele könnten das schon?«

»Nur sehr wenige, Sir. Aber ich weiß nicht, wer Sie sind, das schwöre ich bei Allah.«

»Dann muß ich Ihnen wohl glauben, nicht wahr?« sagte Kendrick und sah den anderen starr an.

»Ich würde Allahs Namen nicht nennen, wenn es nicht so wäre. Bitte. *Bis-sur'a*!«

»Danke«, sagte Kendrick, griff nach seiner Tasche und lief auf das Fahrerhaus des Lasters zu. Der Fahrer gestikulierte aus dem Fenster, Kendrick solle auf die Ladefläche klettern und sich unter der Plane verstecken, mit der das uralte Vehikel abgedeckt war. Zwei Hände streckten sich ihm entgegen und zogen ihn hinauf. Zugleich machte der Laster einen Satz nach vorn und fuhr an.

Der Länge nach auf dem Boden liegend, hob Kendrick die Augen zu dem Araber auf, der sich über ihn beugte. Der Mann zeigte lächelnd auf zwei lange Gewänder, den Aba genannten sackartigen Mantelumhang und das knöchellange Hemd, das Thobe hieß. Die Sachen hingen auf einem Bügel an der Rückwand des Fahrerhauses, daneben an einem Nagel die Kopfbedeckung – die sogenannte Ghotra – und eine weiße Ballonhose, die Straßenkleidung des Arabers. Sie war der letzte Punkt auf der Liste gewesen, die Kendrick Frank Swann vom Außenministerium überreicht hatte; die Kleidung und noch ein kleines, aber lebenswichtiges Utensil.

Der Araber hielt es in die Höhe. Es war eine Tube mit einem Hautbräunungsgel, das, großzügig aufgetragen, Gesicht und Hände eines abendländischen Weißen in die eines Semiten aus dem Nahen Osten verwandelte, dessen Haut ständig einer Sonne ausgesetzt war, die fast so sengend brannte wie am Äquator. Die Tönung hielt zehn Tage an, bevor sie allmählich verblaßte. Zehn Tage. Ein ganzes Leben – für ihn oder für das Ungeheuer, das sich selbst den Mahdi nannte.

Die Frau stand vor dem Zaun, nur ein paar Zentimeter vom Maschendraht entfernt. Sie trug eine leicht ausgestellte weiße Hose, eine dunkelgrüne Seidenbluse und eine Riementasche über der Schulter. Langes dunkles Haar umrahmte ihr attraktives Gesicht. Ihre markanten Züge verschwanden fast hinter einer großen Designer-Sonnenbrille. Auf dem Kopf trug sie einen breitkrempigen Hut mit einem grünen Seidenband. Auf den ersten Blick schien sie eine durchschnittliche Reisende aus einer der reichen Städte des Westens – Rom, Paris, London oder New York. Mit dem zweiten Blick allerdings entdeckte man, daß sie sich durch ihre Hautfarbe von den abendländischen Frauen unterschied. Die olivfarbene Tönung, weder schwarz noch weiß, ließ auf Nordafrika schließen. Was den Unterschied bestätigte, hielt sie in der Hand und hatte es nur Sekunden vorher an den Zaun gepreßt: eine Miniaturkamera, kaum fünf Zentimeter groß, mit einem winzigen Objektiv für Telefotografie, ein Apparat, wie ihn Geheimdienstleute benutzten. Der schmutzige, heruntergekommene Laster hatte den Parkplatz des Lagerhauses verlassen. Sie brauchte die Kamera nicht mehr und ließ sie in der Handtasche verschwinden.

»Kalaila!« rief ein dicker, großäugiger, fast kahlköpfiger Mann, der, zwei große Koffer schleppend, schwerfällig auf sie zugestapft kam. Schweiß durchtränkte sein Hemd und drang sogar durch den schwarzen Nadelstreifenanzug, der unverkennbar Savile Row war. »Kalaila – warum, um Gottes willen, hast du nicht gewartet?«

»Es hat mich einfach schrecklich gelangweilt, in der Schlange zu stehen, Liebling«, antwortete sie. Ihr Akzent war ein undefinierbares Gemisch aus britischem Englisch und Italienisch, vielleicht auch Griechisch. »Ich wollte mich nur ein bißchen umsehen.«

»Gütiger Himmel, Kalaila, das darfst du nicht. Kannst du das denn nicht begreifen? Maskat ist im Augenblick die Hölle auf Erden.« Der Engländer blieb vor ihr stehen, das hamsterbackige Gesicht gerötet und schweißnaß. »Ich wäre bei diesem Vollidioten am Einreiseschalter als nächster an der Reihe gewesen, und als ich mich umschaute, warst du nicht da. Und als ich hinauswollte, um dich zu suchen, hielten drei Irre mit Gewehren – Gewehren! – mich auf, nahmen mich mit und durchsuchten unser Gepäck.«

»Ich kann nur hoffen, daß du sauber warst, Tony.«

»Die Schweine haben meinen Whisky beschlagnahmt.«

»Ja, diese Opfer, die ein erfolgreicher Mann bringen muß. Keine Sorge, Liebling, ich verschaffe dir neuen.«

Der britische Geschäftsmann ließ den Blick über Kalailas Gesicht und Figur schweifen. »Nun, weg ist weg, nicht wahr? Wir gehen jetzt wieder hinein und bringen es hinter uns.« Der dicke Mann blinzelte. »Ich habe ein phantastisches Quartier für uns besorgt.«

»Ein Quartier? Ein gemeinsames Quartier, Liebling?«

»Ja, selbstverständlich.«

»Aber das geht nicht, das ist unmöglich.«

»Was? Du hast gesagt...«

»Was habe ich gesagt?« unterbrach ihn Kalaila, die dunklen Brauen bis über die Sonnenbrille hochgezogen.

»Nun, du hast mir stillschweigend zu verstehen gegeben – ziemlich deutlich sogar, möchte ich hinzufügen –, daß wir, wenn ich dir einen Platz in dieser Maschine besorge, in Maskat eine Menge Spaß miteinander haben könnten.«

»Spaß, natürlich. Drinks am Golf, vielleicht gemeinsam zum Rennen gehen, Abendessen im *Al-Kaman* – ja, all das war damit gemeint. Aber in deinem Zimmer?«

»Nun, tja – nun, ich meine, gewisse Dinge müssen ja nicht wortwörtlich ausgesprochen werden.«

»O mein süßer Tony! Wie kann ich mich nur für dieses Mißverständnis entschuldigen? Meine alte englische Hausmutter an der Universität von Kairo hat mir vorgeschlagen, mich mit dir in Verbindung zu setzen. Sie ist mit deiner Frau eng befreundet. O nein, das könnte ich nie tun!«

»Scheiße!« explodierte der erfolgreiche Geschäftsmann Tony.

»*Miraja!*« überschrie Kendrick das ohrenbetäubende Geratter und Geknatter des Wracks, das sich Laster nannte und eben über eine Nebenstraße nach Maskat hineinholperte.

»Um einen Spiegel hatten Sie nicht gebeten, *ya schaikh*!« schrie der Araber zurück. Sein Englisch hatte einen starken Akzent, war aber durchaus verständlich.

»Dann soll der Fahrer einen Außenspiegel abbrechen! Sagen Sie's ihm.«

»Er kann mich nicht hören, *ya schaikh*. Das ist ein alter Wagen, es gibt so viele davon, daß er nicht auffallen wird. Aber ich kann mich mit dem Fahrer nicht in Verbindung setzen.«

»Verdammt noch mal!« rief Kendrick, die Tube mit dem Gel in der Hand. »Dann müssen Sie mir die Augen ersetzen, *ya sahbi*«, sagte er und nannte den Mann »Freund«. »Kommen Sie näher, und sehen Sie mir zu. Sagen Sie mir, wenn ich's richtig mache. Öffnen Sie die Plane.«

Der Araber schob das Segeltuch zurück und ließ Sonnenlicht in den dunklen Laster. Vorsichtig kam er, sich am Gestänge festhaltend, näher, bis er dicht vor Kendrick war. »Ist das das *iddahwa*, Sir?« fragte er und zeigte auf die Tube.

»*Aiwa*«, antwortete Kendrick, als er sah, daß das Gel tatsächlich die Tinktur war, die er brauchte. Er verteilte sie zuerst auf seine Hände. Beide beobachteten gespannt, was geschehen würde; die Wartezeit betrug nicht ganz drei Minuten.

»Arma!« rief der Araber und streckte die rechte Hand aus. Kendricks Haut war fast so dunkel wie die seine.

»Kwaijis«, stimmte Kendrick zu und versuchte zu schätzen, wieviel Gel er auf seine Hände verteilt hatte, weil er die gleiche Menge auf sein Gesicht auftragen wollte, damit die Haut nicht dunkler wurde. Doch für Überlegungen blieb ihm nicht viel Zeit: Er mußte es tun. Er tat es und beobachtete die Augen des Arabers.

»Mahul!« rief sein Begleiter und grinste triumphierend. *»Dalwati, ansur!«*

Es war gelungen. Seine Haut war jetzt so dunkel getönt wie die eines sonnenverbrannten Arabers. »Helfen Sie mir bitte in Thobe und Aba«, sagte er, als er sich in dem rüttelnden und schüttelnden Laster auszog.

»Aber gern«, antwortete der Araber, plötzlich in einem viel akzentfreieren Englisch als bisher. »Doch jetzt trennen sich unsere Wege. Entschuldigen Sie bitte, wenn ich den *naif* gespielt habe, aber hier darf man keinem trauen – auch nicht dem amerikanischen Außenministerium. Sie nehmen große Risiken auf sich, *ya schaikh*, viel größere als ich, als Vater meiner Kinder, auf mich nehmen würde, aber das ist Ihre Sache. Wir setzen Sie im Zentrum von Maskat ab, dann sind Sie ganz auf sich gestellt.«

»Ich danke Ihnen, daß Sie mich bis dorthin bringen«, sagte Kendrick.

»Ich danke Ihnen, daß Sie gekommen sind, *ya schaikh*. Aber versuchen Sie nicht, diejenigen aufzuspüren, die Ihnen geholfen haben. Um die Wahrheit zu sagen, wir würden Sie töten, ehe der Feind Zeit hätte, Ihre Hinrichtung festzusetzen. Wir sind still, aber wir leben.«

»Wer ist ›wir‹?«

»Wir sind Gläubige, *ya schaikath*. Mehr brauchen Sie nicht zu wissen.«

»Alf schukra«, sagte Kendrick, sich bei dem Angestellten bedankend, und schob ihm ein Trinkgeld zu. Ins Hotelregister trug er sich mit einem falschen arabischen Namen ein und bekam den Schlüssel zu seiner Suite. Auf die Begleitung eines Pagen verzichtete er. Er fuhr mit dem Lift in ein falsches Stockwerk und wartete am Ende des Flurs, um zu sehen, ob er verfolgt worden war. Die Luft war rein, also stieg er über die Treppe in das richtige Stockwerk hinunter und betrat seine Zimmer.

Zeit. »Zeit ist kostbar, jede Minute ist es.« Zitat: Frank Swann vom Außenministerium.

Das Abendgebet von *El Maghreb* war vorüber; Dunkelheit senkte sich herab, von der Botschaft her hörte man Gewehr- und Maschinenpistolensalven, und der ganze Wahnwitz der Ereignisse kam ihm erst jetzt richtig zu Bewußtsein. Im Wohnzimmer schleuderte Kendrick die kleine Reisetasche in eine Ecke und holte seine Brieftasche unter der langen Aba hervor. Er nahm einen Zettel heraus, auf dem er sich Namen und Telefonnummern der Leute notiert hatte, mit denen er sich in Verbindung setzen wollte – Nummern, die inzwischen fast fünf Jahre alt waren. Er ging zum Schreibtisch, auf dem das Telefon stand, setzte sich und strich den Zettel glatt.

Fünfunddreißig Minuten später, nach der überschwenglichen und zugleich merkwürdig verlegenen Begrüßung dreier Freunde aus der Vergangenheit, waren Ort und Zeit ihrer Zusammenkunft besprochen. Kendrick hatte sieben Namen ausgewählt, jeder gehörte einem der einflußreichsten Männer, an die er sich aus seiner Zeit in Maskat erinnerte. Zwei waren gestorben; einer war außer Landes; der vierte sagte ihm ganz offen, es sei für einen Omaner im Moment ziemlich ungesund, sich mit einem Amerikaner zu treffen. Die drei, die mit unterschiedlichem Widerstreben eingewilligt hatten zu kommen, wollten innerhalb der nächsten Stunde getrennt im Hotel eintreffen. Sie würden alle direkt in seine Suite gehen, ohne den Mann am Empfang zu behelligen.

Achtunddreißig Minuten vergingen, die Kendrick ausfüllte, indem er ein paar Sachen auspackte und beim Zimmerkellner einige spezielle Whiskymarken bestellte. Die den Moslems vorgeschriebene Abstinenz wurde längst nicht mehr so streng eingehalten, und neben jedem Namen auf Kendricks Zettel stand auch die Marke, die der Träger dieses Namens am liebsten trank. Das hatte Kendrick vom streitbaren Manny Weingrass gelernt. »Ein nützliches Schmiermittel, mein Sohn. Erinnerst du dich an den Namen seiner Frau, fühlt sich ein Mann geschmeichelt. Kennst du aber seinen Lieblingswhisky, schätzt er das noch höher ein. Also denk dran!«

Obwohl er es erwartete, traf Kendrick das leise Klopfen an der Zimmertür wie ein Donnerschlag. Er holte ein paarmal tief Atem, durchquerte den Raum und ließ den ersten Besucher ein.

»Bist das wirklich und wahrhaftig du, Evan? Mein Gott, hast du etwa konvertiert?«

»Komm rein, Mustafa. Schön, dich wiederzusehen.«

»Aber sehe ich auch dich?« entgegnete Mustafa, der einen braunen Straßenanzug trug. »Deine Haut! Du bist so dunkel wie ich – wenn nicht noch dunkler.«

»Ich werde es dir erklären, weil ich möchte, daß du alles verstehst.« Kendrick schloß die Tür und forderte seinen Freund aus der Vergangenheit mit einer Geste auf, sich selbst einen Platz auszusuchen. »Ich habe deinen Lieblingsscotch besorgt. Willst du einen Drink?«

»Oh, Manny Weingrass ist allgegenwärtig, nicht wahr?« sagte Mustafa und ließ sich auf das Brokatsofa nieder. »Der alte Gauner!«

»He, mal langsam, Musty!« protestierte Kendrick lachend. »Dich hat er nie übers Ohr gehauen.«

»Nein, das hat er nicht. Weder er noch du noch deine anderen Partner haben je versucht, uns zu übervorteilen. Wie ist es dir ergangen – ohne sie, mein Freund? Wir sprechen oft davon, auch heute noch, nach vier Jahren.«

»Manchmal ist es nicht leicht«, sagte Kendrick offen. »Aber man schafft es. Irgendwie.« Er brachte Mustafa den Scotch und ließ sich in einem der drei Sessel nieder, die mit dem Sofa eine Sitzgruppe bildeten. »Das Beste für dich, Musty.« Er hob sein Glas.

»Nein, alter Freund, du findest nichts Gutes mehr. Es ist die schlimmste aller Zeiten, wie schon Charles Dickens schrieb.«

»Warten wir, bis die anderen hier sind.«

»Sie kommen nicht.« Mustafa leerte sein Glas.

»Was?«

»Wir haben die Sache besprochen. Ich vertrete, wie man bei so vielen geschäftlichen Konferenzen sagt, bestimmte Interessen. Und da ich als einziger Minister im Kabinett des Sultans bin, war man der Meinung, daß ich dir den Standpunkt der Regierung am besten begreiflich machen könnte.«

»Was für einen Standpunkt? Du galoppierst meilenweit vor mir her.«

»Du hast uns überrumpelt, Evan – dadurch, daß du einfach hier aufgetaucht bist und uns angerufen hast. Einen – ja; zwei vielleicht, im äußersten Fall auch drei. Aber gleich sieben! Das war leichtsinnig von dir, alter Freund, und gefährlich für uns alle.«

»Warum?«

»Hast du auch nur einen Augenblick geglaubt«, fuhr Mustafa fort, »daß drei bekannte und angesehene Männer – von sieben ganz zu schweigen – innerhalb weniger Minuten der Reihe nach in einem Hotel erscheinen und sich mit einem Fremden treffen könnten, ohne daß die Hotelleitung davon erfährt? Absurd.«

Evan sah Mustafa lange an, bevor er sprach. Ihre Blicke trafen sich. »Was ist los, Musty? Was willst du mir durch die Blume beibringen? Wir sind hier nicht in der Botschaft, und die Greuel, die dort geschehen, haben weder mit den Geschäftsleuten noch mit der Regierung von Oman etwas zu tun.«

»Nein, das ist offensichtlich«, stimmte Mustafa zu. »Aber ich versuche dir begreiflich zu machen, daß sich hier so manches verändert hat – auf eine Weise, die viele von uns nicht verstehen.«

»Auch das ist offensichtlich«, warf Kendrick ein. »Ihr seid keine Terroristen.«

»Nein, das sind wir nicht. Aber möchtest du hören, was die Leute – verantwortungsbewußte Leute – sagen?«

»Los, sag es mir!«

»›Es geht vorüber‹, sagen sie. ›Mischt euch nicht ein, es würde ihren Fanatismus nur noch anstacheln‹.«

»Mischt euch nicht ein?« wiederholte Kendrick ungläubig.

»Und ›sollen sich doch die Politiker darum kümmern‹.«

»Die Politiker können sich nicht darum kümmern.«

»Oh, es kommt noch besser, Evan. ›Ihr Zorn ist nicht ganz unberechtigt‹, sagen sie. ›Nicht die Morde, natürlich, aber im Umfeld gewisser Ereignisse...‹ Und so weiter, und so weiter. Auch das habe ich gehört.«

»Im Umfeld gewisser Ereignisse? Was meinen sie damit?«

»Ereignisse der jüngsten Geschichte, alter Freund. ›Sie reagieren auf die sehr ungerechte Politik der Vereinigten Staaten im Nahen Osten.‹ Das ist das Stichwort, Evan. ›Die Israelis bekommen alles und wir nichts‹, sagen die Leute. ›Wir werden aus unseren Ländern und aus unserem Heim vertrieben und müssen in überfüllten, dreckigen Flüchtlingslagern hausen, während am Westufer des Jordan die Israelis auf uns spucken.‹ Das sind die Dinge, die mir zu Ohren kommen.«

»Was für ein Blödsinn!« explodierte Kendrick. »Abgesehen davon, daß diese abgegriffene Medaille auch eine Kehrseite hat, hat das nichts mit den zweihundertsechsunddreißig noch lebenden und schon gar nichts mit den elf bereits abgeschlachteten Geiseln zu tun. Sie machen keine Politik, weder gerechte noch ungerechte. Es sind unschuldige Menschen, die von diesen Bestien terrorisiert, gequält und gefoltert werden. Wie, zum Teufel, können verantwortungsbewußte Menschen so etwas sagen? Das da drüben ist weder das Kabinett des Präsidenten, noch sind es die Falken von der Knesset. Es sind Zivilangestellte, Touristen und Familien von Angestellten verschiedener Bauunternehmen. Ich wiederhole: Das ist der reine Blödsinn!«

Mustafa saß steif auf dem Sofa, die Augen noch immer auf Kendrick gerichtet. »Ich weiß das, und du weißt das«, entgegnete er ruhig. »Und sie wissen es auch, mein Freund.«

»Dann – warum?«

»Gut, du sollst die Wahrheit wissen«, fuhr Mustafa ebenso leise wie vorher fort. »Zwei Zwischenfälle haben zu den unheilvollen Ereignissen geführt. Und der Grund, warum niemand sich einmischen will, ist schlicht und einfach der, daß wir unsere Familien davor bewahren wollen, zu Zielscheiben dieses fanatisierten Hasses zu werden.«

»Zielscheiben? Eure Familien?«

»Zwei Männer, den einen will ich Mahmud, den anderen Abdul nennen – was natürlich nicht ihre richtigen Namen sind, doch es ist besser, wenn du sie nicht kennst. Mahmuds Tochter wurde vergewaltigt, ihr Gesicht bestialisch zugerichtet. Abduls Sohn wurde in einer Gasse im Hafenviertel, direkt vor dem Büro seines Vaters, die Kehle aufgeschlitzt. ›Verbrecher, Mädchenschänder, Mörder‹ sagen die Behörden. Aber wir alle wissen es besser. Es waren Mahmud und Abdul, die zum Kampf gegen die Terroristen aufgerufen hatten. ›Waffen!‹ riefen sie. ›Stürmt die Botschaft! Maskat darf kein zweites Teheran werden!‹ Doch am Ende waren es nicht sie, die leiden mußten. Es waren die Menschen, die ihnen nahestanden, ihr kostbarster Besitz. Wir sind gewarnt, Evan. Verzeih, aber wenn du Frau und Kinder hättest, würdest du sie einer solchen Gefahr aussetzen? Ich glaube nicht. Die kostbarsten Juwelen sind nicht aus Stein, sondern aus Fleisch und Blut. Unsere Familien. Ein wahrer Held unterdrückt seine Furcht und riskiert sein Leben für das, woran er glaubt, aber er schreckt zurück, wenn der Preis das Leben der Menschen ist, die er liebt. Hab' ich recht, alter Freund?«

»Mein Gott«, flüsterte Evan. »Ihr werdet nicht helfen. Ihr könnt ganz einfach nicht.«

»Es gibt aber jemand, der mit dir sprechen, der hören will, was du zu sagen hast. Doch das Treffen muß streng geheim bleiben. Es wird weit draußen in der Wüste stattfinden, am Fuß der Berge von Dschabal Scham.«

»Und wer will mit mir sprechen?«

»Der Sultan.«

Kendrick antwortete nicht sofort. Nach einer Weile hob er den Kopf und sah Mustafa an. »Ich darf keine Verbindung zu offiziellen Stellen aufnehmen«, sagte er. »Und der Sultan hat doch wohl eine ziemlich offizielle Stellung. Ich bin nicht Beauftragter meiner Regierung, soviel muß klar sein.«

»Heißt das, es liegt dir nichts daran, dich mit dem Sultan zu treffen?«

»Im Gegenteil, mir liegt sehr viel daran. Ich wollte nur klarstellen, wo ich stehe. Ich habe nichts mit den Geheimdiensten, nichts mit dem Außenministerium und schon gar nichts mit dem Weißen Haus zu tun.«

»Ich denke, das ist klar. Deine Kleidung und deine Hautfarbe sprechen eine deutliche Sprache. Und der Sultan möchte ebensowenig wie das Weiße Haus mit dir in Verbindung gebracht werden.«

»Ich bin nicht sicher, ob ich ganz auf dem laufenden bin«, sagte Kendrick und trank einen Schluck. »Der alte Sultan starb ungefähr ein Jahr nachdem ich von hier fortging, nicht wahr? Eine Zeitlang habe ich bewußt weggehört, wenn von diesem Teil der Welt die Rede war – eine ganz natürliche Aversion, meinst du nicht?«

»Eine verständliche. Unser jetziger Sultan ist sein Sohn. Eher in deinem Alter als in meinem, sogar noch jünger als du. Er hat in England die Schule besucht und in deiner Heimat studiert. Dartmouth und Harvard, um genau zu sein.«

»Er heißt Achmad«, warf Kendrick ein. »Jetzt fällt mir's wieder ein. Ich bin ihm ein paarmal begegnet. – Wirtschaft und internationale Beziehungen«, fügte er hinzu.

»Wie bitte?«

»Die beiden Fächer hatte er belegt. Hat auch einen akademischen Grad erworben, soviel ich weiß.«

»Er ist gebildet und intelligent, aber er ist jung. Sehr jung im Hinblick auf die Aufgaben, die ihn erwarten.«

»Wann kann ich ihn sehen?«

»Heut abend. Bevor die anderen etwas von deiner Anwesenheit merken.« Mustafa sah auf seine Uhr. »Verlaß in dreißig Minuten das Hotel und geh vier Blocks nach Norden. Dort wartet an der Ecke ein Militärfahrzeug auf dich. Es bringt dich in die Wüste zum Dschabal Scham.«

Der schlanke Araber in der fleckigen Aba tauchte in den Schatten der Hausfassade gegenüber vom Hotel ein. Schweigend stellte er sich neben Kalaila, die jetzt ein schwarzes Schneiderkostüm trug, das sie in dem schwachen Licht fast unsichtbar machte. Ungeschickt versuchte sie ein Nachtsichtgerät auf ihre kleine Kamera zu schrauben. Plötzlich ertönten rasch hintereinander zwei schrille Signale.

»Beeil dich«, sagte der Araber. »Er ist unterwegs. Ist schon in der Halle.«

»Ich tue mein möglichstes«, antwortete Kalaila und fluchte, noch immer mit der Kamera beschäftigt, leise vor sich hin. »Ich verlange wirklich nicht viel von meinen Vorgesetzten, aber das ›Werkzeug‹ sollte wenigstens in Ordnung sein und funktionieren. Na endlich! Ich hab's geschafft.«

»Hier kommt er.«

Kalaila hob die Kamera mit dem Nachtsichtgerät und knipste den als Araber verkleideten Kendrick dreimal. »Ich möchte wissen, wie lange sie ihn am Leben lassen«, sagte sie. »Jetzt muß ich telefonieren.«

Höchste Geheimhaltungsstufe
Kein Zugriff
Eingabe

Das Tagebuch wurde fortgesetzt.

Aus Maskat kommen erstaunliche Berichte. Das Objekt hat sich in einen Araber verwandelt, trägt arabische Kleidung und hat sich die Haut dunkel getönt. Er bewegt sich in der Stadt wie ein Einheimischer und hat offenbar Verbindung mit alten Freunden und Kontakten aus seinem früheren Leben aufgenommen. Die Berichte sind jedoch alles andere als ausführlich, da der Schatten des Objekts alles über Langley weiterleitet und ich bisher noch nicht imstande war, den Code zu knacken, den die CIA *für Berichte aus den Golfstaaten benutzt. Wer weiß, was Langley verbirgt? Ich habe meinen Geräten Anweisung gegeben, schneller zu arbeiten. Das Außenministerium ist natürlich ein Kinderspiel.*

4

Die riesige unfruchtbare Wüste schien nachts unendlich zu sein. Das hin und wieder zwischen den Wolken hervorschimmernde Mondlicht ließ die Umrisse der fernen Berge von Dschabal Scham ahnen – eine unerreichbare, drohende Barriere am dunklen Horizont. Der flache Wüstenboden schien überall ein Gemisch aus Erde und Sand. In der windstillen Ebene fehlten die schwellenden, wandernden Sanddünen, die aus unseren Phantasiebildern von der großen Sahara nicht wegzudenken sind. Die harte Straße war kaum befahrbar, und die braune Militärlimousine schleuderte und rutschte auf ihrer Fahrt zum königlichen Treffpunkt durch unzählige Sandkurven. Auf Anweisung hatte Kendrick neben dem uniformierten, bewaffneten Fahrer Platz genommen. Im Fond saß ein ebenfalls bewaffneter Offizier. Die Geheimhaltung hatte schon begonnen, als Kendrick in den Wagen eingestiegen war. Eine falsche Bewegung von ihm, und er war erledigt. Die Soldaten hatten höflich gegrüßt und seither kein Wort mehr gesagt.

»Wir sind hier in der Wüste«, sagte Kendrick auf arabisch. »Warum hat die Straße so viele Kurven?«

»Es gibt viele Nebenstraßen, Sir«, antwortete der Offizier hinter ihm. »Eine gerade Piste würde im Sand zu sehr auffallen.«

Königliche Sicherheitsmaßnahmen, dachte Kendrick, ohne etwas zu erwidern.

Nachdem sie ungefähr fünfundzwanzig Minuten mit hoher Geschwindigkeit nach Westen gefahren waren, bogen sie in eine dieser Nebenstraßen ein. Ein paar Meilen weiter sah man rechts den rötlich dunstigen Schein eines Lagerfeuers. Als sie näherkamen, stellte Kendrick fest, daß uniformierte Wachen mit dem

Rücken zum Feuer dasaßen und alle Himmelsrichtungen scharf im Auge behielten. In einiger Entfernung parkten zwei Militärlaster. Der Wagen hielt, der Offizier sprang hinaus und öffnete dem Amerikaner die Tür.

»Gehen Sie voran, Sir«, sagte er auf englisch.

»Aber gern«, erwiderte Kendrick und versuchte im Schein des Feuers den jungen Sultan zu entdecken. Doch er sah nur Uniformierte. Er versuchte sich an das Gesicht des sehr jungen Mannes zu erinnern, dem er vor über vier Jahren begegnet war, an das Gesicht des Studenten, der in den Weihnachts- oder Frühjahrsferien – er wußte nicht mehr, welche es gewesen waren – nach Oman gekommen war. Ein liebenswürdiger junger Mann, sehr klug und vom amerikanischen Sport begeistert. Doch an mehr erinnerte sich Kendrick beim besten Willen nicht. Er wußte nur noch den Namen, Achmad. Daß es der richtige war, hatte Mustafa ihm bestätigt. Drei Soldaten vor ihm rückten zur Seite und ließen ihn passieren.

Als er im Kreis stand, trat ein zweiter Offizier plötzlich auf Kendrick zu. »Gestatten Sie, Sir?«

»Was soll ich Ihnen gestatten?«

»Unter diesen Umständen ist es üblich, alle Besucher zu durchsuchen.«

»Also bitte.«

Rasch und geschickt tastete der Soldat die weitfallende Aba ab und schob den Ärmel so weit zurück, daß Kendricks weiße Haut sichtbar wurde. Hastig hielt der Offizier den Stoff fest, damit der Ärmel nicht noch weiter nach oben rutschte und das verräterische Weiß ganz entblößte. Er sah Kendrick starr an. »Haben Sie Papiere bei sich, *ya schaikh*?«

»Keine Papiere. Keine Ausweise.«

»Ich verstehe.« Der Offizier streifte den Ärmel herunter. »Sie haben auch keine Waffen?«

»Selbstverständlich nicht.«

»Wir müssen uns vergewissern, Sir.« Der Offizier nahm ein schmales Gerät, nicht größer als eine Zigarettenpackung, aus seinem Gürtel und drückte auf einen Knopf. »Warten Sie bitte hier.«

»Ich rühre mich nicht von der Stelle«, sagte Kendrick mit einem Blick auf die Wachen, die die Gewehre im Anschlag hielten.

»Das glaube ich gern, *ya schaikh*.«

Kendrick sah den Englisch sprechenden Offizier an, der auf der Fahrt von Maskat auf dem Rücksitz gesessen hatte. »Sie gehen kein Risiko ein, nicht wahr?« sagte er.

»Es ist der Wille des Allmächtigen, Sir«, antwortete der Offizier. »Der Sultan ist unser Licht, unsere Sonne. Sie sind *baida'*, ein Weißer. Würden Sie den, der vom Himmel kommt, nicht beschützen?«

»Wenn ich glaubte, daß er mir den Zutritt zum Himmel garantieren kann, würde ich es bestimmt.«

»Er ist ein guter Mann, *ya schaikh*. Jung, aber in vielen Dingen auch weise. Das haben wir erfahren.«

»Dann kommt er also her?«

»Er ist eben eingetroffen, Sir.«

Das tiefe Brummen eines starken Motors mischte sich in das Knistern und Knacken des Holzfeuers. Eine Limousine mit getönten Scheiben beschrieb vor dem Kreis der Wachen einen Bogen und hielt mit einem Ruck. Noch bevor der Fahrer auftauchte, öffnete sich die hintere Tür, und der Sultan stieg aus. Er trug die Gewänder seines königlichen Amtes, zog die Aba jedoch aus und warf sie in den Fond des Wagens. Die Kopfbedeckung – die Ghotra – nahm er nicht ab. Er schritt durch den Kreis seiner Garde, ein schlanker, muskulöser Mann, mittelgroß und breitschultrig. Von der Ghotra abgesehen, trug er westliche Kleidung. Eine dunkelbraune Gabardinehose und ein T-Shirt mit einer aufgedruckten Comicfigur, die einen amerikanischen Revolutions-Dreispitz trug und aus einem Rugbyball herausstürmte. Darunter stand: *New England Patriots*.

»Wir haben uns lange nicht gesehen, Evan Kendrick, *schaikh*«, sagte der junge Mann mit leicht britischem Akzent und streckte lächelnd die Hand aus. »Mir gefällt Ihr Kostüm, aber von Brooks Brothers stammt es wohl nicht?«

»Das Ihre aber ebensowenig, es sei denn, die Gebrüder Brooks verkauften jetzt Designer-T-Shirts.« Sie schüttelten sich die Hand. Kendrick fühlte, wie kräftig der junge Mann war. »Ich bin Ihnen sehr dankbar, daß ich hier mit Ihnen sprechen kann, Achmad. – Verzeihung... Königliche Hoheit wäre wohl angemessener. Ich bitte um Entschuldigung.«

»Sie haben mich als Achmad gekannt und ich Sie als *ya schaikh, Sir*. Muß ich noch immer ›Sir‹ sagen?«

»Das wiederum wäre unangemessen, denke ich.«

»Gut. Wir verstehen einander.«

»Sie sehen anders aus, als ich Sie in Erinnerung hatte«, sagte Evan.

»Ich war gezwungen, schnell erwachsen zu werden. Vom Lernenden zum Lehrer, ohne die entsprechenden Qualifikationen, wie ich leider zugeben muß.«

»Man respektiert Sie, das habe ich schon gehört.«

»Man respektiert das Amt, nicht den Mann. Ich muß erst lernen, das Amt auszufüllen. – Kommen Sie, reden wir. Aber nicht hier.« Sultan Achmad nahm Kendricks Arm und wollte mit ihm den Kreis verlassen, doch der Offizier, der Kendrick durchsucht hatte, hielt beide auf.

»Euer Hoheit!« rief er. »Eure Sicherheit ist unser Leben! Bitte bleibt innerhalb unserer Postenkette.«

»Soll ich mich im Schein des Feuers zur Zielscheibe machen?«

»Wir umringen Euch, Herr, und die Männer werden ständig patrouillieren.«

»Richtet eure Waffen besser in die Schatten jenseits des Feuerscheins, *sahbi*«, sagte Achmad und nannte den Soldaten seinen Freund. »Wir gehen nur ein paar Schritte.«

»Wir fügen uns, mit Schmerz in unseren Herzen, Euer Hoheit.«

»Das vergeht.« Achmad führte Kendrick durch den Kordon. »Meine Landsleute neigen zu trivialen Melodramen.«

»Es ist nicht trivial, wenn sie bereit sind, eine Kugel aufzufangen, die für Sie bestimmt ist.«

»Es ist nichts Besonderes, Evan, und – offen gesagt – ich kenne nicht alle Männer in diesen Einheiten. Möglicherweise haben wir beide uns etwas zu sagen, das nur für unsere Ohren bestimmt sein könnte.«

»Mir war nicht klar...« Kendrick sah, während sie in die Dunkelheit eintauchten, den jungen Sultan von Oman von der Seite her an. »Ihre eigene Garde?«

»Alles ist möglich, solange der Wahnsinn regiert. Man kann die Augen eines Berufssoldaten studieren, aber den Groll oder die Versuchungen, die ihm den Blick trüben, die sieht man nicht. So, jetzt müßten wir weit genug gegangen sein.« Die beiden blieben stehen.

»Der Wahnsinn«, sagte Kendrick tonlos. »Sprechen wir über ihn.«

»Deshalb sind Sie natürlich hier.«

»Deshalb bin ich hier«, sagte Kendrick.

»Was, zum Teufel, soll ich tun, was verlangen Sie von mir?« flüsterte Achmad heiser und erregt. »Egal, was ich tue – die nächste Geisel könnte erschossen, ein von Kugeln zerfetzter Leichnam aus dem Fenster geworfen werden.« Der junge Sultan schüttelte den Kopf. »Ich weiß, daß Sie und mein Vater gut zusammengearbeitet und daß Sie und ich auf ein paar Dinnerpartys über verschiedene Projekte gesprochen haben, aber ich erwarte nicht, daß Sie sich daran erinnern...«

»Ich erinnere mich«, unterbrach ihn Kendrick. »Sie studierten in Harvard und hatten Semesterferien, und Sie saßen immer zur Linken Ihres Vaters, auf dem Platz des Nachfolgers und Erben.«

»Vielen Dank, Evan. Ich hätte bei E. F. Hutton einen Superjob haben können.«

»Sie haben hier einen Superjob.«

»Das weiß ich«, sagte Achmad, und sein Flüstern wurde wieder lauter. »Deshalb strenge ich mich auch so verdammt an, alles richtig zu machen. Natürlich kann ich die Truppen von der jemenitischen Grenze zurückrufen und die Botschaft einnehmen, indem ich sie in die Luft sprenge – aber wenn ich das tue, habe ich garantiert das Leben von zweihundertsechsunddreißig Geiseln auf dem Gewissen. Ich sehe schon jetzt eure Schlagzeilen: ›Arabischer Mördersultan...‹ Und so weiter, und so weiter. *Arabischer.* Die Knesset in Jerusalem hätte einen großen Tag. Ausgeschlossen, Freund. Ich bin kein leicht reizbarer Cowboy, der das Leben unschuldiger Menschen aufs Spiel setzt und im Lauf des ganzen Durcheinanders in eurer Presse als Antisemit abgestempelt wird. Du meine Güte! Washington und Israel scheinen vergessen zu haben, daß wir alle Semiten, daß nicht alle Araber Palästinenser und nicht alle Palästinenser Terroristen sind. Und ich werde diesen sich für unfehlbar haltenden, arroganten Israeli-Bastarden keinen Grund geben, noch mehr amerikanische F-14-Maschinen einzusetzen, um noch mehr Araber zu töten, die genauso unschuldig sind wie eure Geiseln. Können Sie das verstehen, Evan *schaikh*?«

»Ich verstehe Sie«, sagte Kendrick. »Und jetzt beruhigen Sie sich ein bißchen und hören mir zu.«

Der erregte junge Sultan atmete hörbar aus und nickte. »Selbstverständlich höre ich Ihnen zu, aber das bedeutet nicht, daß ich mit dem, was Sie sagen, einverstanden bin oder irgendeinem verdammten Vorschlag zustimme.«

»In Ordnung.« Kendrick machte eine Pause und sah Achmad eindringlich an. Er wollte verstanden werden, trotz der seltsamen, kaum begreiflichen Geschichte, die er dem Sultan jetzt erzählen wollte. »Haben Sie schon vom Mahdi gehört?«

»Khartum, um 1880 herum.«

»Nein. Bahrein, um 1980 herum.«

»Was?«

Kendrick wiederholte, was er Frank Swann vom Außenministerium erzählt hatte. Die Geschichte eines unbekannten machtbesessenen Finanziers, der sich »Mahdi« nannte und das Ziel hatte, den Westen aus dem Nahen Osten und Vorderasien zu vertreiben, damit der immense Reichtum industrieller Expansion in arabischen Händen blieb – vornehmlich in den seinen. Wie dieser selbe Mann, der sein Evangelium von islamischer Reinheit unter den fanatischen Randgruppen verbreitete, ein Netzwerk geschaffen hatte, ein schweigendes Kartell unzähliger, vielleicht Hunderter versteckter Firmen und Körperschaften, die alle unter dem Schirm seiner eigenen Geheimorganisation miteinander verbunden waren. Kendrick schilderte dann, wie sein alter israelischer Architekt Emmanuel Weingrass diese ungewöhnliche wirtschaftliche Konspiration in groben Umrissen vorhergesehen hatte. Darauf gebracht hatten ihn ursprünglich die gegen die Kendrick-Gruppe gerichteten Drohungen – Drohungen, denen er entgegengetreten war, indem er seinerseits dem Feind im Dunkeln die ungeheuerlichsten Vergeltungsmaßnahmen in Aussicht stellte. Und je mehr Manny erfahren hatte, um so fester war er überzeugt, daß die Verschwörung Realität war, immer weiter um sich griff und entlarvt werden mußte.

»In der Rückschau bin ich nicht besonders stolz auf das, was ich getan habe«, fuhr Kendrick im schwachen Schein des Lagerfeuers und des flüchtigen Mondes fort. »Aber die Ereignisse schienen es zu rechtfertigen. Ich mußte ganz einfach fort von hier, also ließ ich die Firma im Stich und floh vor dem Kampf, dem wir uns, wie Manny behauptete, stellen mußten. Ich sagte ihm, seine Phantasie gehe mit ihm durch, er trinke zuviel und halte die Schreckensbilder, die ihm sein Alkoholrausch vorgaukele, für Wirklichkeit. – Ich erinnere mich noch sehr gut an das, was er zu mir sagte. ›Könnte ich mir in meinen wildesten Träumen – oder, was noch weniger vorstellbar ist, könnten die sich einen *Mahdi* ausdenken? Was diese Mörder uns antaten, hat er getan.‹ Manny hatte damals und er hat auch heute recht. Die Botschaft wird gestürmt, mordgierige Irre töten unschuldige Menschen, und das Endgültige und Eigentliche wird proklamiert: ›Halt dich von uns fern, du Junge aus dem Westen. Komm rüber, und du bist die nächste Leiche, die aus einem Fenster fliegt.‹ Begreifen Sie, Achmad? Es gibt diesen Mahdi, und er vertreibt alle durch puren manipulierten Terror.«

»Ich sehe, daß Sie davon überzeugt sind«, entgegnete der junge Sultan skeptisch.

»Überall in Maskat stoße ich auf Verständnislosigkeit. Niemand begreift. Zwar finden sie weder einen Sinn darin noch eine Erklärung dafür, aber sie sind so verängstigt, daß sie sich geweigert haben, mit mir zusammenzukommen. Mit mir, einem Mann, mit dem sie seit vielen Jahren befreundet sind, mit dem sie gearbeitet, dem sie vertraut haben.«

»Terror brütet Angst aus. Was haben Sie erwartet? Und da ist noch etwas. Sie sind ein als Araber verkleideter Amerikaner. Das allein muß sie erschreckt haben.«

»Sie wußten ja nicht, was ich anhabe oder wie ich aussehe. Ich war eine Stimme am Telefon.«

»Eine amerikanische Stimme. Ein weiterer Grund, sich zu fürchten.«

»Ein Junge aus dem Westen?«

»Es sind viele Leute aus dem Westen hier. Aber die Vereinigten Staaten haben – verständlicherweise – allen Amerikanern befohlen, das Land zu verlassen, und haben unseren Flughafen mit einem Boykott belegt. Keine amerikanische Maschine darf mehr landen. Ihre Freunde fragen sich, wie Sie hierhergekommen sind. Und warum. Da scheinbar lauter Irre das Straßenbild beherrschen, sind sie – ebenso verständlich – vielleicht nicht geneigt, sich in die Krise in der Botschaft hineinziehen zu lassen.«

»Sie wagen es nicht. Weil Kinder bestialisch ermordet wurden – Kinder von Männern, die bereit waren zu handeln, die Sache in der Botschaft zu ihrer eigenen zu machen.«

Achmad blieb wie erstarrt stehen, in seinen dunklen Augen

zeigte sich ein Ausdruck der Verwirrung und des Zorns. »Es hat Verbrechen gegeben, ja, und die Polizei tut, was sie kann, aber davon habe ich nichts gehört – nicht, daß Kinder ermordet wurden.«

»Es ist aber wahr. Ein Mädchen wurde vergewaltigt, sein Gesicht entstellt. Einem Jungen wurde die Kehle aufgeschlitzt.«

»Wenn das eine Lüge ist, sollen Sie verdammt sein! Ich mag hilflos sein, wo es um die Botschaft geht. Aber doch nicht draußen. Wer waren sie? Nennen Sie mir Namen.«

»Die hat man auch mir nicht genannt, nicht die richtigen. Ich sollte sie nicht erfahren.«

»Aber nur Mustafa kann es Ihnen erzählt haben. Niemand sonst war bei Ihnen.«

»Ja, ich weiß es von Mustafa.«

»Er wird es auch mir sagen, darauf können Sie Gift nehmen.«

»Dann sehen Sie jetzt, wie die Sache läuft?« Kendricks Stimme klang beinahe flehend. »Es ist, wie ich sagte. Im Untergrund wird ein Netz geknüpft. Dieser Mahdi und seine Leute benutzen die Terroristen dazu, alle derzeitige und eventuell künftige Konkurrenz aus dem Land zu vertreiben. Sie streben die totale Kontrolle an. Sie wollen, daß das ganze Geld in ihre Taschen fließt.«

Der Sultan zögerte mit der Antwort, dann schüttelte er den Kopf. »Tut mir leid, Evan, das kann ich nicht akzeptieren, weil sie es nicht wagen würden, so etwas zu versuchen.«

»Und warum nicht?«

»Weil die Computer sehr schnell feststellen würden, in welche Kanäle das Geld fließt, darum. Wie sind Ihrer Meinung nach Cornfeld und Vasco gefaßt worden? Irgendwo muß eine Kopplung sein, eine Konvergenz.«

»Da komme ich nicht mit.«

»Weil Sie wenig Ahnung von Computeranalysen haben«, erwiderte Achmad. »Sie können – sagen wir mal – zwanzigtausend Projekte unter ein paar hunderttausend Codes speichern, aber wo man früher Jahre gebraucht hätte, um die geheime Verbindung zwischen – na ja, sagen wir – fünfhundert Unternehmen, echten und Scheinfirmen, aufzudecken, schafft man das mit diesen Disketten in ein paar Stunden.«

»Sehr aufschlußreich«, sagte Kendrick. »Aber Sie vergessen etwas.«

»Und was?«

»Diese Kreuz- und Querverbindungen könnten erst aufgespürt werden, nachdem sie gespeichert wurden. Bis dahin steht jedoch das Netzwerk, und der Fuchs hat verdammt viele Hühner. Entschuldigen Sie bitte, ein paar schiefe Bilder, aber nicht allzu viele Leute wären unter diesen Umständen darauf erpicht, Fallen zu stellen oder Jagdhunde hinter der Beute herzuschikken. Wer wäre daran interessiert? Die Züge fahren pünktlich, und niemand jagt sie in die Luft. Natürlich gibt es jetzt eine neue Art von Regierung, die ihre eigenen Regeln aufgestellt hat, und wenn das Ihnen und Ihren Ministern nicht paßt, können Sie sehr schnell ausgetauscht werden. Doch auch das interessiert keinen. Die Sonne geht jeden Morgen auf, und die Leute haben Arbeit.«

»So wie Sie es sagen, klingt es fast erstrebenswert.«

»Oh, das ist es immer, am Anfang. Mussolini hat es fertiggebracht, die Züge pünktlich fahren zu lassen, und unbestreitbar wurde im Dritten Reich die Industrie wiederbelebt.«

»Ich verstehe Ihren Standpunkt, nur sagen Sie ja, daß hier das Gegenteil zutrifft. Ein Industriemonopol könnte sich in einen bisher leeren Raum drängen, mich ausschalten und in meinem Land die Regierung übernehmen, weil es Stabilität und Wachstum verspricht.«

»Zwei Punkte für den Sultan«, stimmte Kendrick zu. »Er bekommt ein neues Juwel für seinen Harem.«

»Das müssen Sie mit meiner Frau besprechen. Sie ist Presbyterianerin aus New Bedford, Massachusetts.«

»Wie haben Sie denn das fertiggebracht?«

»Mein Vater starb, und sie hat verdammt viel Humor.«

»Ich kann Ihnen wieder nicht folgen.«

»Ein andermal. Nehmen wir einmal an, Sie haben recht, und das ist einer ihrer Versuchsballons, den sie losgelassen haben, um zu testen, ob ihre Taktiken jeden Sturm aushalten. Washington möchte, daß wir weiterverhandeln, während ihr einen Plan zur Befreiung der Geiseln ausheckt. Aber sehen wir doch den Tatsachen ins Gesicht – Amerika und seine Verbündeten hoffen auf eine diplomatische Lösung, weil alle gewaltsamen Strategien verheerende Folgen haben könnten. Sie haben jeden Halbidioten zu Verhandlungen gebeten, der im Nahen Osten politischen Einfluß hat. Sie sind zwar nicht bereit, Arafat zum Bürgermeister von New York zu machen, doch abgesehen davon, werden sie mit allen und jedem schachern und feilschen und pharisäerhafte Erklärungen abgeben. Was wollen Sie tun?«

»Dasselbe, was Ihre Computer erst in einem oder zwei Jahren tun könnten, wie Sie sagen. Aber dann wäre es zu spät. Ich werde die Quelle aufspüren, aus der alles kommt, das in die Botschaft geschickt wird. Nicht Lebensmittel und Medikamente natürlich, sondern Waffen und Munition – und irgendwo dazwischen die schriftlichen Anweisungen, die ebenfalls jemand einschleust. Mit anderen Worten, ich will den Drahtzieher finden, der sich ›der Mahdi‹ nennt, und ihn mir vorknöpfen.«

Der Sultan musterte Kendrick im flackernden Licht. »Ist Ihnen klar, daß ein großer Teil der westlichen Presse die Vermutung geäußert hat, daß ich hinter allem stecke? Weil ich dem Westen den Einfluß verüble, den er auf dieses Land ausübt. ›Denn sonst‹, sagen sie nicht unlogisch, ›würde er doch etwas unternehmen‹.«

»Ich kenne die Vorwürfe der Presse gegen Sie, aber ebenso wie das Außenministerium halte ich sie für Unsinn. Niemand, der auch nur ein Quentchen Hirn besitzt, hört auf diese Spekulationen.«

»Ihr Außenministerium ...«, sagte Achmad nachdenklich, die Augen noch immer auf Kendrick gerichtet. »1979, als in Teheran alles drunter und drüber ging, ist man zu mir gekommen. Ich war damals noch Student und hatte keine Ahnung, was die beiden Typen zu finden erwarteten. Wahrscheinlich einen Beduinen in einer langen, wallenden Aba, der im Türkensitz dasaß und aus einer Wasserpfeife Haschisch rauchte. Vielleicht hätten sie mich ernst genommen, wenn ich diesem Bild entsprochen hätte.«

»Ich komme schon wieder nicht mit«, warf Kendrick unglücklich ein.

»Oh, tut mir leid. Sobald ihnen klar wurde, daß weder mein Vater noch die Familie etwas tun konnten, daß wir keinerlei Verbindung zu den fundamentalistischen Bewegungen hatten, gerieten sie außer sich. Einer flehte mich geradezu an, sagte, ich schiene ein einigermaßen vernünftiger Araber zu sein – und ich solle ihm doch um Himmels willen sagen, was ich tun würde, wenn ich in Washington am Drücker säße. Damit meinte er, was ich für einen Rat in petto hätte, falls man mich um Rat fragte ... Und verdammt, ich hatte recht!«

»Was haben Sie ihnen gesagt?«

»Das weiß ich noch genau. ›Sie hätten den Anfängen wehren müssen‹, habe ich gesagt. ›Jetzt könnte es zu spät sein, aber vielleicht schaffen Sie's immer noch.‹ Ich riet ihnen, sie sollten ihre fähigste Antiterror-Gruppe mobilisieren und sie – nicht nach Teheran, sondern nach Ghom schicken, Khomeinis Hauptquartier in der Provinz. Als Vorausabteilung sollten sie ehemalige SAVAK-Agenten rekrutieren; diese Schweinehunde würden eine Möglichkeit finden, an Khomeini heranzukommen – wenn die Kohlen stimmten. ›Lockt Khomeini nach Ghom‹, sagte ich. ›Versammelt die Mullahs um ihn, die fast alle Analphabeten sind, bringt sie ins Ausland und präsentiert sie der Welt im Fernsehen.‹ Khomeini wäre der höchstmögliche Spieleinsatz gewesen, und die langhaarigen Fanatiker, die seinen Hofstaat bilden, hätten allein durch ihr Auftreten bewiesen, wie lächerlich sie alle sind. Dann wären sie für Verhandlungen reif und zugänglich gewesen.«

Kendrick nickte nachdenklich. »Das hätte vielleicht sogar funktioniert«, sagte er leise. »Aber wie, wenn Khomeini beschlossen hätte, sich zum Märtyrer zu machen, und in Hungerstreik getreten wäre?«

»Das hätte er nie und nimmer getan, glauben Sie mir. Er hätte sich gefügt. Es wäre zu einem Kompromiß gekommen, den zwar andere vorgeschlagen hätten, der aber von ihm ausgeklügelt worden war. Er hat keine Lust, so schnell in den Himmel einzugehen, den er so rühmt, oder sich dem Märtyrertum hinzugeben, das er verherrlicht, um zwölfjährige Kinder in die Minenfelder jagen zu können.«

»Wieso sind Sie so sicher?« fragte Kendrick, der selbst unsicher war.

»Ich habe diesen Idioten in Paris kennengelernt – und wenn ich ›Idiot‹ sage, bedeutet das nicht, daß ich Pahlevi oder seine SAVAK oder seine Land und Leute ausplündernden Verwandten gutheiße, das könnte ich nie. Aber Khomeini ist ein seniler Eiferer, der gern an seine Unsterblichkeit glauben möchte und alles tut, um am Leben zu bleiben. Ich habe gehört, wie er einer Gruppe katzbuckelnder Schwachsinniger erzählte, er habe nicht nur zwei oder drei, sondern zwanzig, vielleicht dreißig, möglicherweise sogar vierzig Söhne. ›Ich habe meinen Samen verstreut‹, tönte er, ›und ich werde ihn weiterhin verstreuen. Es ist

Allahs Wille, daß mein Samen sich in aller Welt ausbreite.‹ Scheiße! Er ist ein sabbernder, schmutziger alter Mann, ein klassischer Fall für die Klapsmühle. Können Sie sich das vorstellen? Diese kränkelnde Welt mit kleinen Ayatollahs bevölkert? Ich habe Ihren Leuten gesagt, sie sollten, sobald sie ihn hätten, heimlich ein paar Videos von ihm machen, wenn er sich unbeobachtet glaubte und seinen täppischen Hohepriestern predigte. Seine ganze heilige Person wäre in einem globalen Gelächter untergegangen.«

»Sie ziehen gewisse Parallelen zwischen Khomeini und diesem Mahdi, von dem ich gesprochen habe, nicht wahr?«

»Ich weiß es nicht, aber es ist möglich, falls Ihr Mahdi existiert, was ich bezweifle. Doch wenn Sie recht haben, ist er ein Gegenpol – ein sehr praktisch denkender, nichtreligiöser Gegenpol. Trotzdem, bei jemand, der glaubt, heutzutage das Gespenst des Mahdi heraufbeschwören zu müssen, müssen ein paar Schrauben gefährlich locker sein... Ich bin noch immer nicht überzeugt, Evan, aber Ihre Überredungskunst ist eindrucksvoll, und ich werde alles in meiner Macht Stehende tun, um Ihnen zu helfen, uns allen zu helfen. Doch es muß aus der Ferne geschehen und so, daß sich keine noch so schwache Spur zu mir zurückverfolgen läßt. Ich gebe Ihnen eine Telefonnummer. Sie ist geheim – existiert praktisch nicht –, und außer Ihnen kennen sie nur noch zwei Menschen. Sie werden mich erreichen, aber nur mich. Denn sehen Sie, *schaikh* Kendrick, ich kann es mir nicht leisten, Sie zu kennen.«

»Ach, wie bin ich doch beliebt! Washington will ebenfalls nichts mit mir zu tun haben. Man ›kennt‹ mich dort auch nicht.«

»Selbstverständlich nicht. Niemand möchte sich die Hände mit dem Blut der amerikanischen Geiseln beflecken.«

»Ich brauche Papiere für mich und wahrscheinlich die Listen aller Luft- und Seefracht-Spediteure aus bestimmten Gebieten.«

»In Ordnung. Aber Sie bekommen, außer Ihren Papieren, keine schriftlichen Unterlagen. Man wird Ihnen einen Namen und eine Adresse zuspielen, bei diesem Mann holen Sie sich Ihre Papiere ab.«

»Vielen Dank. Wie der Zufall will, hat das Außenministerium mir haargenau dasselbe erklärt. Auch sie konnten mir nichts Schriftliches geben.«

»Aus den gleichen Gründen.«

»Macht nichts. All das deckt sich mit meinen Absichten und Wünschen. Denn sehen Sie, Achmad, auch ich möchte Sie nicht kennen.«

»Wirklich nicht?«

»Das habe ich mit dem Außenministerium so vereinbart. Ich bin für die Leute dort eine Unperson, aus dem öffentlichen Bewußtsein eliminiert, und das möchte ich auch bei Ihnen sein.«

Der junge Sultan runzelte nachdenklich die Stirn und sah Kendrick fest in die Augen. »Ich akzeptiere, was Sie sagen, kann aber nicht behaupten, daß ich's verstehe. Sie verlieren Ihr Leben – nun gut, das ist eine Sache, aber wenn Sie bis zu einem gewissen Grad Erfolg haben, ist es eine andere. Warum? Man hat mir gesagt, Sie seien jetzt Politiker. Kongreßabgeordneter.«

»Weil ich aus der Politik aussteige und hierher zurückkomme, Achmad. Ich will die Scherben auflesen und dort weiterarbeiten, wo ich mein Bestes geleistet habe, aber ich kann keine zusätzliche Belastung brauchen, die mich möglicherweise zur Zielscheibe macht. Oder alle, die um mich sind.«

»Gut, das akzeptiere ich und bin für beides dankbar. Mein Vater hat immer behauptet, daß Sie und Ihre Leute die Besten seien. Ich erinnere mich, daß er einmal zu mir sagte: ›Diese geistig zurückgebliebenen Kamele halten sich immer streng an ihre Kostenvoranschläge, überschreiten sie nie.‹ Das war natürlich freundlich gemeint.«

»Und natürlich hat man uns regelmäßig auch das nächste Projekt übertragen, also waren wir doch nicht geistig zurückgeblieben, oder? Unsere Idee war es, innerhalb vernünftiger Grenzen zu arbeiten, und wir waren ziemlich gut, wenn es um Kostenkontrolle ging... Achmad, uns bleiben bis zu den nächsten Hinrichtungen nur noch vier Tage. Ich mußte wissen, daß ich mich an Sie wenden kann, wenn ich Hilfe brauche. Jetzt weiß ich es. Ich akzeptiere Ihre Bedingungen und Sie die meinen. Jetzt darf ich aber keine einzige Stunde mehr verschwenden, verstehen Sie das bitte. Wie lautet die Nummer, unter der ich Sie erreichen kann?«

»Sie darf nicht aufgeschrieben werden.«

»Das ist klar.«

Der Sultan gab Kendrick die Nummer. Anstatt der üblichen Vorwahl 745 für Maskat war es eine Nummer mit drei Fünfen am Anfang, gefolgt von drei Nullen und einer vierten Fünf am Ende – 555-0005. »Können Sie sich das merken?«

»Es ist nicht schwierig«, antwortete Kendrick. »Gehen die Gespräche über eine Zentrale im Palast?«

»Nein. Es ist eine Direktleitung zu zwei Apparaten, die in Stahlschubladen verschlossen sind, einer in meinem Arbeitsraum, der zweite in meinem Schlafzimmer. Sie klingeln nicht, sondern geben rote Leuchtsignale. Im Büro ist das Signallämpchen in das hintere rechte Bein meines Schreibtischs eingebaut und im Schlafzimmer in eine kleine Vertiefung im Nachttisch versenkt. Nach dem zehnten Signal schaltet sich bei beiden Apparaten der Anrufbeantworter ein.«

»Nach dem zehnten Signal?«

»Ich muß schließlich Zeit haben, die Leute loszuwerden, die eventuell bei mir sind, damit ich frei sprechen kann. Wenn ich mich an anderer Stelle im Palast aufhalte, habe ich ein kleines ferngesteuertes Signalgerät bei mir. Zu gegebener Zeit höre ich den Anrufbeantworter mit der Fernabfrage ab. Selbstverständlich mit Zerhacker.«

»Sie erwähnten, daß nur noch zwei Leute diese Nummer haben. Darf ich wissen, wer das ist, oder geht es mich nichts an?«

»Ach, das dürfen Sie ruhig wissen«, antwortete Achmad, lässig mit den Schultern zuckend. »Es sind mein Minister für innere und äußere Sicherheit und meine Frau.«

»Ich danke Ihnen für Ihr Vertrauen.«

Den Blick noch immer fest auf Kendricks Gesicht gerichtet, fuhr Sultan Achmad fort: »Ihnen ist hier, in unserem Teil der Welt, etwas Furchtbares geschehen, Evan. So viele Tote, so viele Ihrer engsten Freunde, eine schreckliche, sinnlose Tragödie, um so schrecklicher, weil reine Geldgier dahintersteckte. Ich muß Sie etwas fragen: Hat dieser Wahnwitz in Maskat in Ihnen so schmerzliche Erinnerungen geweckt, daß Sie sich etwas vormachen und zu wenig plausiblen Theorien greifen, um wenigstens einen Kampf gegen Phantome führen zu können?«

»Keine Phantome, Achmad. Das hoffe ich Ihnen beweisen zu können.«

»Vielleicht gelingt es Ihnen – wenn Sie am Leben bleiben.«

»Ich sage Ihnen, was ich im Außenministerium gesagt habe. Ich will nicht als Ein-Mann-Kamikaze die Botschaft angreifen.«

»Wenn Sie das täten, würde man Sie wahrscheinlich verschonen, weil man Sie für einen unheilbar Irren hielte. Wahnsinn erkennt die Seinen.«

»Jetzt sind aber Sie nicht besonders plausibel.«

»Zweifellos«, stimmte Sultan Achmad zu. »Haben Sie sich überlegt, was passieren könnte – nicht, wenn die Terroristen Sie entlarvten und gefangennähmen, denn dann blieben Sie nicht lange genug am Leben, um darüber nachzudenken –, aber wenn die Leute, mit denen Sie zusammentreffen wollen, Sie stellten und von Ihnen wissen wollten, warum Sie hier sind? Was würden Sie ihnen sagen?«

»Im wesentlichen die Wahrheit – zumindest soweit wie möglich. Ich handle aus eigenem Antrieb, als einfacher Bürger, und ich habe keine nachweisbare Verbindung zu meiner Regierung. Ich habe hier früher viel Geld verdient und komme jetzt zurück. Wenn ich irgendwie helfen kann, ist das auch in meinem Interesse.«

»Also haben Sie eigentlich einen selbstsüchtigen Grund für Ihr Interesse. Sie haben die Absicht, hierher zurückzukehren, und wenn dieses wahnwitzige Morden beendet werden kann, wäre das Ganze besonders gewinnbringend für Sie. Doch wenn Sie Ihr Ziel nicht erreichen, müssen Sie Ihre geschäftlichen Pläne aufgeben.«

»So ungefähr sieht es aus, ja.«

»Seien Sie vorsichtig, Evan. Die meisten Leute werden Ihnen nicht glauben, und wenn die Angst, von der Sie sprachen, unter Ihren Freunden wirklich so stark ist, wie Sie sagen, wird es vielleicht gar nicht der Feind sein, der Ihnen nach dem Leben trachtet.«

»Man hat mich schon gewarnt«, sagte Kendrick.

»Was?«

»Ein Mann in einem Laster, ein *sahbi*, der mir geholfen hat.«

Mit weit geöffneten Augen lag Kendrick auf dem Bett. Seine Gedanken gingen wild durcheinander, die verschiedensten Möglichkeiten schossen ihm durch den Kopf, Namen, an die er sich erinnerte, Gesichter, eine Straße, der Hafen – das Hafenviertel... Immer wieder umkreisten seine Gedanken das Hafenviertel, die Docks – von Maskat nach Süden bis Ras el Had. Warum?

Dann rastete sein Gedächtnis ein, und er wußte, warum. Wie oft hatten Manny Weingrass und er Verhandlungen geführt, um sich Maschinen und Geräte aus Bahrein und den Emiraten im Norden per Schiffsfracht liefern zu lassen? So oft, daß sie es nicht mehr zählen konnten. Der hundertsechzig Kilometer lange Küstenstreifen südlich von Maskat und seiner Schwesterstadt Matrah war offenes Territorium, und auf die Küste hinter Ras el Had traf das noch mehr zu. Aber von dort bis zu der kurzen Meerenge von Masirah waren die Straßen in einem unvorstellbar schlechten Zustand, und Reisende, die ins Landesinnere wollten, riskierten es, von berittenen *harahmaja* überfallen zu werden – Dieben und Räubern, die auf Beute aus waren, gewöhnlich auf andere Diebe und Räuber, die Schmuggelwaren transportierten. Dennoch, wenn man in Betracht zog, daß in Maskat die Geheimdienste von wenigstens sechs westlichen Staaten überaus aktiv waren, war es bestimmt nicht unklug, sich den südlichen Küstenstreifen von Oman näher anzusehen. Was nicht hieß, daß die Amerikaner, Briten, Franzosen, Italiener, Westdeutschen und alle anderen, die sich gemeinsam bemühten, einen Weg zu finden, um das Geiseldrama in Maskat zu beenden, dieses Küstengebiet übersehen hätten, doch die wenigen schnellen, schlagkräftigen amerikanischen Patrouillenboote kreuzten im Golf. Die anderen, die an Ort und Stelle waren, vernachlässigten zwar nicht ihre Pflicht, empfanden aber auch nicht jenen heiligen Zorn, der einen packt, wenn man weiß, daß Menschen bestialisch ermordet werden, denen man sich verbunden fühlt. Vielleicht vermieden sie sogar absichtlich eine Konfrontation mit den Terroristen, weil sie fürchteten, für die Hinrichtung weiterer unschuldiger Menschen verantwortlich gemacht zu werden.

Das schrille Klingeln des Telefons schien sich wie Sirenengeheul in die heiße, trockene Luft des Hotelzimmers zu bohren. Kendrick nahm den Hörer ab. »Ja?«

»Verlassen Sie Ihr Hotel«, kam eine leise, angespannt klingende Stimme durch den Draht.

»Achmad?« Kendrick schwang die Beine aus dem Bett.

»Ja. Wir sind an einen Zerhacker angeschlossen. Falls Ihr Zimmer ›verwanzt‹ ist, bekommen die Lauscher von mir nur Wortsalat zu hören.«

»Ich habe eben Ihren Namen genannt.«

»Tausende heißen so wie ich.«

»Was ist passiert?«

»Mustafa. Ich habe ihn wegen der Kinder angerufen, von denen Sie mir berichtet hatten, und ihn sofort in den Palast befohlen. Leider habe ich in meinem Zorn mit meiner Besorgnis nicht hinter dem Berg gehalten. Er muß jemand angerufen, etwas zu einem Dritten gesagt haben.«

»Warum erzählen Sie mir das?«

»Weil er auf der Fahrt hierher in seinem Wagen erschossen wurde.«

»Mein Gott!«

»Wenn meine Vermutung nicht zutrifft, kann man ihn nur noch aus einem einzigen anderen Grund ermordet haben – weil er sich mit Ihnen getroffen hat.«

»O Jesus!«

»Verlassen Sie das Hotel auf der Stelle, und lassen Sie nichts zurück, wonach man Sie identifizieren könnte. Es könnte gefährlich für Sie sein. Draußen warten zwei Polizisten, sie werden Ihnen folgen, werden Sie beschützen, und irgendwo auf der Straße wird Ihnen einer den Namen des Mannes nennen, von dem Sie Ihre neuen Papiere bekommen.«

»Ich bin schon unterwegs«, sagte Kendrick, stand auf und konzentrierte sich ganz darauf, alles mitzunehmen, was ihn als mit einer Maschine aus Riad eingeflogenen Amerikaner entlarven konnte – seinen Paß, den Geldgürtel, die Flugtickets und alle westlichen Kleidungsstücke.

»Evan *schaikh*«, fügte Achmad mit fester Stimme hinzu, »ich bin jetzt überzeugt. Es gibt Ihren Mahdi. Es gibt seine Leute und seine Organisation. Jagen Sie sie. Jagen Sie ihn.«

5

»Haasib!« Der Warnruf kam von hinten und beschwor Kendrick aufzupassen. Er fuhr herum und wurde im nächsten Moment von einem der beiden Polizisten, die ihm durch die schmale, von Menschen wimmelnde Straße folgten, an eine Hausmauer gepreßt. Mit dem Gesicht zur Wand, die bloße Haut durch die Ghotra geschützt, drehte er vorsichtig den Kopf zur Seite. Zwei bärtige Jugendliche mit wilden Haarmähnen und in paramilitäri-

schen Drillichanzügen stapften, mit schweren schwarzen Schnellfeuergewehren fuchtelnd, durch die basarähnliche Passage, warfen mit gezielten Tritten Verkaufsstände um und putzten sich die plumpen Stiefel an den auf dem Gehsteig ausgelegten Teppichen der Händler ab, die verängstigt am Randstein hockten.

»Aufgepaßt, Sir«, flüsterte der Polizist auf englisch mit rauher, zorniger und trotzdem irgendwie freudig erregter Stimme. »Sie haben uns nicht bemerkt!«

»Ich verstehe nicht.« Die arroganten jungen Terroristen kamen näher.

»Bleiben Sie hier an der Mauer stehen!« befahl der Araber und drückte Kendrick noch tiefer in den Schatten, schützte ihn mit dem eigenen Körper.

»Warum ...« Die bewaffneten Galgenvögel gingen vorbei und stießen den arabisch gekleideten Passanten vor ihnen drohend die Mündungen ihrer Waffen in den Rücken.

»Still, Sir. Sie sind betrunken – sind entweder im Alkohol- oder im Blutrausch. Aber Allah sei Dank, sie sind außerhalb der Botschaft.«

»Was wollen Sie damit sagen?«

»Es ist allen Uniformierten untersagt, sich in der Nähe der Botschaft aufzuhalten, aber wenn sie herauskommen, ist das etwas anderes. Dann haben wir freie Hand.«

»Was passiert jetzt?« Vor ihnen rammte einer der Terroristen einem Omaner, von dem er sich beleidigt glaubte, den Gewehrkolben in den Kopf. Sein Genosse schwang drohend die Waffe gegen die Menge.

»Sie werden entweder den Zorn Allahs zu spüren bekommen«, erwiderte der Polizist flüsternd und mit wütend blitzenden Augen, »oder sie kommen zu den anderen dreckigen Schweinen. Bleiben Sie hier, *ya schaikh*, Sir! Bleiben Sie in diesem kleinen Basar. Ich komme zurück, muß Ihnen noch einen bestimmten Namen nennen.«

»Zu den anderen... Was für andere dreckige Schweine meinen Sie?« Kendricks Worte verhallten ungehört. Der Polizeibeamte des Sultans löste sich von der Mauer und rannte mit seinem Partner durch das jetzt heftig wogende, schattenhafte Meer aus Abas. Kendrick zog sich die Ghotra vors Gesicht und lief ihnen nach.

Die nächsten Szenen rollten für ein ungeübtes Auge so verblüffend und ohne dem Betrachter eine Atempause zu gönnen ab wie eine Bilderfolge im Schnelldurchlauf eines Videorecorders. Der zweite Polizist warf einen Blick zu seinem Kollegen zurück. Sie nickten einander zu, stürzten vorwärts und packten die beiden schwankenden Terroristen. Ein Stückchen weiter zweigte auf der rechten Seite ein Gäßchen ab, und als habe ein unhörbares Signal die Leute aufhorchen lassen, zerstreuten sich Händler, Käufer und Passanten in alle Windrichtungen. Das Gäßchen war im Handumdrehen leer, ein dunkler, verlassener Tunnel.

Die Polizisten zogen ihre Messer und stießen sie den Mordgesellen in die Oberarme. Schreie, von immer lauter werdendem Geschnatter der sich entfernenden Menge gedämpft, und im nächsten Moment ließen die beiden Kerle ihre Waffen fallen, Blut spritzte aus zerfetztem Fleisch, und Arroganz verwandelte sich in wütende Schwäche, denn die beiden wären wahrscheinlich lieber tot gewesen, als auf diese Weise ihre Ehre zu verlieren.

Achmads Polizisten zerrten die Terroristen in das Seitengäßchen, und irgend jemand warf ihre Waffen hinterher. Kendrick teilte die Menge vor ihm und stürmte in den verlassenen Tunnel. Ein paar Meter weiter lagen die jugendlichen Mörder der Länge nach auf dem Pflaster und starrten wild zu den Polizisten hinauf, die mit gezückten Messern über ihnen knieten.

»*La!*« schrie Kendricks Beschützer, was »nein« bedeutete. »Verschwinden Sie«, fuhr er auf englisch fort, weil er fürchtete, Kendrick könnte ihn mißverstehen. »Verbergen Sie Ihr Gesicht, und sagen Sie nichts.«

»Ich muß Sie etwas fragen!« rief Kendrick, sich abwendend, ignorierte jedoch den zweiten Befehl. »Wahrscheinlich verstehen die zwei ohnehin kein Englisch...«

»Wir können davon ausgehen, daß sie es verstehen, *ya schaikh*, Sir«, fiel ihm der zweite Polizist ins Wort. »Was Sie auch zu sagen haben, sagen Sie es später. Ich bin hier der Wortführer, und meine Instruktionen lauten, daß mir ohne Widerrede gehorcht werden muß. Ist das klar, Sir?«

»Klar.« Kendrick nickte hastig und zog sich zu dem bogenförmigen Eingang des Basars zurück.

»Ich komme wieder, *ya schaikh*«, sagte Kendricks Beschützer, über seinen Gefangenen gebeugt. »Wir transportieren diese Schweine ab und kommen Sie dann holen...«

Ein wilder, durchdringender Schrei unterbrach die Worte des Mannes. Kendrick fuhr herum, wünschte sich jedoch sofort, er hätte es nicht getan, weil er sich fragte, ob er das Bild je vergessen konnte. Der Terrorist auf der linken Seite hatte dem Polizisten das Messer mit der langen Klinge entrissen und schlitzte sich die Kehle auf. Der Anblick drehte Kendrick den Magen um, und er glaubte sich übergeben zu müssen.

»Idiot!« brüllte der zweite Polizist, weniger vor Zorn als vor Schreck. »Kind! Schwein! Warum tust du dir das an? Warum mir?« Der Protest war vergeblich. Der Terrorist war tot, Blut bedeckte das bärtige junge Gesicht. Kendrick hatte das Gefühl, in einem einzigen Augenblick die ganze Gewalt, den Schmerz und die Sinnlosigkeit miterlebt zu haben, die die Welt des Nahen Ostens und Vorderasiens beherrschten.

»Alles hat sich verändert«, sagte der erste Polizeibeamte, das Messer noch erhoben, unerreichbar für seinen Gefangenen, und legte seinem Kollegen die Hand auf die Schulter. Der schüttelte den Kopf, als versuche er, sich vom Anblick des blutigen Leichnams zu befreien, versuche das Bild aus seinem Kopf zu verdrängen. Dann nickte er hastig, er hatte verstanden, was der andere ihm mit der Geste sagen wollte. Der erste Polizist kam auf Kendrick zu. »Es gibt jetzt natürlich eine Verzögerung«, erklärte er. »Der Zwischenfall darf nicht bekannt werden, wir müssen also schnell handeln. Der Mann, den Sie aufsuchen sollen und der Sie erwartet, ist als El-Bas bekannt. Sie finden ihn im Hafen, auf dem Markt hinter der alten Südfestung. Dort ist eine Bäckerei, die orangefarbene Baklava verkauft. Fragen Sie im Laden.«

Kendrick starrte krampfhaft über den verstümmelten Leichnam auf dem Pflaster hinweg.

»Wir haben keine Zeit zu verlieren, Sir! Gehen Sie! Laufen Sie auf der anderen Seite hinaus. Man darf Sie hier nicht sehen. Beeilen Sie sich!«

»Beantworten Sie erst meine Frage.« Kendrick war hartnäckig und blieb zum Ärger des Polizisten stocksteif stehen. »Oder ich bleibe, und Sie können dann Ihrem Sultan antworten.«

»Was für eine Frage? Gehen Sie!«

»Sie haben gesagt, diese beiden würden möglicherweise zu den anderen dreckigen Schweinen kommen – das waren Ihre Worte. Zu welchen anderen Schweinen? Wohin?«

»Wir haben keine Zeit!«

»Wohin?«

Der Polizist atmete tief ein und zitterte vor nervöser Ungeduld. »Na schön. Zwischenfälle wie diesen hat es schon häufiger gegeben. Wir haben eine Anzahl von diesen Kerlen verhaftet, und sie werden von vielen Leuten verhört. Das darf nicht bekannt werden...«

»Wie viele sind es?«

»Dreißig, vierzig – vielleicht fünfzig inzwischen. Sie verschwinden aus der Botschaft, und andere – immer wieder andere nehmen ihren Platz ein.«

»Wohin bringt man sie?«

Der Polizist sah Kendrick starr an und schüttelte den Kopf. »Nein, *ya schaikh*, Sir, das sage ich Ihnen nicht. Gehen Sie!«

»Ich verstehe. Danke.« Kendrick raffte seine Aba zusammen und lief durch die Gasse, vorbei an dem toten Terroristen, dessen Blut in die Ritzen zwischen den Kopfsteinen sickerte.

Kendrick erreichte die Straße, blickte zum Himmel auf und stellte fest, in welche Richtung er gehen mußte. Zum Meer, zu den Ruinen der uralten Festungen im südlichen Hafen. Dort würde er den Mann namens El-Bas suchen und mit ihm wegen der neuen Ausweispapiere sprechen. Doch seine Gedanken waren nicht bei der bevorstehenden Verhandlung. Sie beschäftigten sich mit der Information, die er vor ein paar Minuten bekommen hatte: »Dreißig, vierzig, vielleicht fünfzig inzwischen.« Dreißig bis fünfzig Terroristen wurden in einem isolierten Gefängnis in oder außerhalb der Stadt festgehalten und von den Hand in Hand arbeitenden Geheimdiensten unter Anwendung von Gewalt verhört. Doch falls seine Theorie zutraf, daß diese Kinderschlächter der wahnsinnige Abschaum des Islams waren, die von einem Mann manipuliert wurden, der hinter allen Wirtschaftsverbrechen in Bahrein steckte – gewissermaßen von einem *Overlord* des Wirtschaftsverbrechens –, mußten alle Verhörtechniken, angefangen bei denen der Pharaonen bis zur Inquisition und den Camps in Hoa Binh, wirkungslos bleiben. Es sei denn – *es sei denn* – man nannte einem der Gefangenen einen Namen, der die fanatischsten Leidenschaften eines religiösen Eiferers aufpeitschte, und überredete ihn, preiszugeben, was normalerweise nie über seine Lippen gekommen wäre. Und wenn er sich, um sein Schweigen nicht brechen zu müssen, auf eine ähnlich abscheuliche Weise umgebracht hätte wie der junge

Terrorist heute abend. Man müßte dazu natürlich einen ganz besonderen Fanatiker finden, aber es war möglich. Kendrick hatte zu Frank Swann gesagt, daß unter zwanzig Terroristen vielleicht einer war, der genug Intelligenz besaß, um dieser Vorstellung zu entsprechen. Einer von zwanzig, grob geschätzt zehn oder zwölf aus dem ganzen Kontingent von Mördern in der Botschaft – vorausgesetzt, daß Kendricks Vermutung zutraf. War möglicherweise auch einer unter den dreißig bis fünfzig Gefangenen in dem isolierten geheimen Gefängnis? Die Wahrscheinlichkeit war gering, doch wenn er sich nur für ein paar Stunden unter sie mischen könnte, besonders nachts, könnte er das feststellen. Die Zeit, die er dafür aufwenden müßte, wäre es wert, sofern man ihm erlaubte, sie dort zu verbringen. Um seine Jagd beginnen zu können, brauchte er ein paar Fakten – einen Namen, eine Ortsangabe, ein Gebiet an der Küste, einen Code, der nach Bahrein zurückführte. Irgend etwas! Er mußte sich noch heute nacht in dieses Gefängnis einschmuggeln lassen. Die Hinrichtungen sollten in drei Tagen von morgen an um zehn Uhr vormittags wieder beginnen.

Aber zuerst die Papiere von El-Bas.

Die Ruinen der alten portugiesischen Festung ragten unheimlich in den dunklen Himmel, eine zerklüftete Silhouette, die von der Stärke und Entschlossenheit seefahrender Abenteurer vergangener Jahrhunderte kündete. Kendrick ging rasch durch das Stadtviertel Harat Waljat in Richtung des Marktes Sabat Ajnub, was frei übersetzt ›Korb voller Trauben‹ hieß – ein Marktplatz, der viel übersichtlicher gegliedert war als ein Basar, mit gepflegten Läden und einer Architektur, die ein Gemisch aus frühen arabischen, persischen, indischen und vor allem modernen westlichen Stilelementen war. All das, dachte Kendrick, wird eines Tages verschwunden sein. Doch das ließ ihn kalt. Das einzige, das ihn jetzt interessierte, waren der geheimnisvolle Mahdi und seine Organisation.

Er bog auf einen großen Platz ein. Ein römischer Brunnen ergoß seine Wasser in ein rundes Becken, in dessen Mitte die Statue eines Wüstenscheichs mit fliegenden Gewändern in eine unendliche Ferne schritt – eines Wüstenscheichs, wie er in der Vorstellung eines italienischen Bildhauers lebte. Doch es waren die Menschen, denen Kendricks ganze Aufmerksamkeit galt. Es waren hauptsächlich männliche Araber, Kaufleute, die reiche, unbekümmerte Europäer zum Kaufen animierten, Touristen, die sich für die Greuel in der Botschaft nicht interessierten. Man erkannte sie an ihrer westlichen Kleidung und an dem Schmuck, mit dem sie sich so üppig behängten – goldenen Armbändern und Ketten, funkelnden Symbolen des Trotzes in einer Stadt, in der Wahnsinn herrschte. Die Omaner jedoch machten den Eindruck von Robotern, zwangen sich, sich auf Belangloses zu konzentrieren, verschlossen die Ohren gegen das ununterbrochene Gewehrfeuer aus der kaum eine halbe Meile entfernten amerikanischen Botschaft. Sie blinzelten unsicher, kniffen die Augen zusammen, runzelten ungläubig die Stirn. Sie verstanden nicht, was in ihrem friedlichen Maskat geschah. Sie hatten mit dem Wahnsinn nichts zu tun, hatten nicht das geringste damit zu tun, daher taten sie ihr Bestes, ihn zu ignorieren.

Kendrick sah den Laden. *Balawa burtukan.* Orangefarbene Baklava, die Spezialität der Bäckerei. Der kleine Laden in türkischem Stil mit einer Reihe von gemalten Minaretten über dem Schaufenster wurde von einem großen, strahlend hell beleuchteten Juweliergeschäft auf der einen und einer ebenso eleganten Boutique auf der anderen Seite fast erdrückt. Kendrick überquerte den Platz, ging am Brunnen vorbei und auf den Eingang der Bäckerei zu.

»Deine Leute hatten recht«, sagte Kalaila, die noch immer das schwarze Schneiderkostüm trug, und trat, die Miniaturkamera in der Hand, aus dem Schatten des Harat Waljat. Sie hob den Apparat, drückte auf den Auslöser, und die Automatik begann zu schnurren. Ergebnis war eine Bildserie von Kendrick, der die Bäckerei auf dem Markt Sabat Ajnub betrat.

»Wurde er auch auf dem Basar gesehen?« fragte sie, die Kamera in ihrer Handtasche verstauend, und wandte sich an den kleinen Araber mittleren Alters, der aufmerksam hinter ihr stand.

»Man hat sich erzählt, daß gleich hinter der Polizei ein Mann in die Gasse rannte«, antwortete der Informant, den Blick auf die Bäckerei gerichtet. »Doch der Behauptung wurde widersprochen, überzeugend, wie ich glaube.«

»Wie denn? Er wurde gesehen.«

»Aber in der Aufregung hat man ihn nicht herauskommen sehen. Wahrscheinlich hätten die Schweine ihm seine Brieftasche abgenommen. Das hämmerte unser Mann den Zuschauern jedenfalls ein. Natürlich stimmten andere nachdrücklich zu, denn hysterische Menschen stürzen sich immer auf eine neue Information. Es versetzt sie in Hochstimmung.«

»Du bist sehr gut«, sagte Kalaila leise lachend. »Und deine Leute auch.«

»Das ist für uns selbstverständlich, *ya anisa* Kalaila«, antwortete der Araber, den omanischen Respektausdruck verwendend. »Wenn wir nicht so gut wären, hätte das Folgen, die wir uns lieber nicht vorstellen.«

»Warum die Bäckerei?« fragte Kalaila. »Weißt du's?«

»Keine Ahnung. Ich verabscheue Baklava. Der Honig tropft nicht nur, er trieft. Die Juden lieben sie.«

»Ich auch.«

»Dann vergeßt ihr, was die Türken euch angetan haben – beide.«

»Ich glaube nicht, daß unser Objekt in die Bäckerei gegangen ist, um Baklava zu kaufen oder sich einen historischen Vortrag über die Türken gegen Ägypten und Israel anzuhören.«

»So spricht eine Tochter von Kleopatra?« Der Informant lächelte.

»Diese Tochter Kleopatras weiß nicht, wovon zum Teufel du redest. Ich versuche nur, Verschiedenes zu lernen.«

»Dann fang mit der Militärlimousine an, die dein Objekt ein paar Straßen nördlich vom Hotel nach den Gebeten von El Maghreb abgeholt hat. Das ist von großer Bedeutung.«

»Er muß Freunde in der Armee haben.«

»In Maskat gibt es nur die Garnison des Sultans.«

»Und?«

»Die Offiziere werden im Zwei-Monats-Turnus zwischen der Stadt und den Außenposten an der jemenitischen Grenze ausgetauscht.«

»Worauf willst du hinaus?«

»Ich möchte dich auf zwei Punkte aufmerksam machen, Kalaila. Erstens: Ich halte es für einen unglaublichen Zufall, daß das Objekt noch nach fünf Jahren in dem verhältnismäßig kleinen, ständig wechselnden Offizierskorps einen Freund hat, der ausgerechnet um diese Zeit in Maskat stationiert ist. Außerdem dürfte das Offizierskorps selbst in diesen fünf Jahren ganz erneuert worden sein...«

»Ein unglaublicher Zufall, da muß ich dir recht geben, aber immerhin möglich. Und dein zweiter Punkt?«

»Er macht es eigentlich überflüssig, den ersten zu erwähnen. Zur Zeit würde kein Fahrzeug der Garnison in Maskat einen Fremden von der Straße auflesen. Da steckte höchste Autorität dahinter.«

»Der Sultan?«

»Wer sonst?«

»Er würde es nicht wagen. Er steckt in der Klemme. Eine falsche Bewegung, und man macht ihn für jede einzelne Hinrichtung verantwortlich. Wenn das geschieht, werden die Amerikaner Maskat dem Erdboden gleichmachen. Das weiß er.«

»Vielleicht weiß er, daß man ihn ohnehin für alles verantwortlich macht – für das, was er tut und für das, was er nicht tut. In einer solchen Situation ist es besser zu wissen, was andere tun, um sich eventuell danach zu richten – oder unproduktive Aktivitäten durch eine weitere Exekution zu verhindern.«

Kalaila sah den Informanten durchdringend an. »Falls dieses Militärfahrzeug das Objekt zu einem Treffen mit dem Sultan brachte, hat es unseren Mann auch zurückgebracht.«

»Das hat es auch«, stimmte der Araber in einem so nüchterntrockenen Ton zu, als habe er die Anspielung verstanden.

»Was bedeutet, daß das, was unser Objekt vorzuschlagen hatte, nicht rundweg abgelehnt wurde.«

»So scheint es, *ya anisa* Kalaila.«

»Und wir müssen erfahren, wie dieser Vorschlag gelautet hat, nicht wahr?«

»Es wäre für uns alle gefährlich, wenn wir es nicht wüßten«, antwortete der Araber. »Wir haben es mit gewichtigeren Dingen zu tun als mit dem Tod von zweihundertsechsunddreißig Amerikanern. Bei uns geht es um das Schicksal einer Nation. Meiner Nation, sollte ich hinzufügen, und ich werde mein Bestes tun, daß sie die unsere bleibt. Verstehst du mich, meine liebe Kalaila?«

»Sehr gut, *ya sahib el Aumer*.«

»Besser ein Ende mit Schrecken als ein Schrecken ohne Ende.«

»Ich verstehe.«

»Wirklich? Ihr hattet in eurem Mittelmeerraum viel größere Vorteile als wir jemals in unserem Golf. Jetzt ist unsere Zeit gekommen. Aufhalten lassen wir uns nicht – von niemand.«

»Ich will, daß ihr eure Zeit bekommt, lieber Freund. *Wir* wollen, daß ihr sie bekommt.«

»Dann tu, was du tun mußt, *ya sahbiti* Kalaila.«

»Das werde ich.« Kalaila griff in ihre Handtasche und holte eine Pistole heraus. Die Waffe in der linken Hand, suchte sie noch einmal in der Tasche, brachte ein volles Magazin zum Vorschein, lud die Waffe und entsicherte sie. »Geh jetzt, *athim sahbi*«, sagte sie und hängte sich die Tasche über die Schulter, schob die Hand hinein und umklammerte die Pistole. »Wir verstehen uns, und du mußt woanders sein, irgendwo, wo du von anderen gesehen wirst, nicht hier.«

»*Salaam aleikum*, Kalaila. Geh mit Allah.«

»Ich schicke ihn zu Allah, wo er seinen Fall vortragen kann... Schnell, er verläßt die Bäckerei. Ich folge ihm und erledige, was getan werden muß. Dir bleiben ungefähr zehn bis fünfzehn Minuten, um dir andere Gesellschaft zu suchen.«

»Du beschützt uns wenigstens, nicht wahr? Du bist ein Schatz. Sei vorsichtig, liebe Kalaila.«

»Sag ihm, daß er vorsichtig sein soll. Er stört.«

»Ich gehe in die Zawadi-Moschee und unterhalte mich mit ein paar älteren Mullahs und Muezzins. Heiligen Augen mißtraut man nicht. Es ist nicht weit, höchstens fünf Minuten.«

»*Aleikum salaam*«, sagte Kalaila und überquerte, die Augen starr auf den Amerikaner in arabischer Kleidung gerichtet, den Platz. Er hatte den römischen Brunnen hinter sich gelassen und entfernte sich schnell in Richtung der dunklen, engen Straßen im Osten, hinter dem Markt von Sabat Ajnub. Was macht denn dieser verdammte Narr? dachte Kalaila, nahm den Hut ab, zerknüllte ihn mit der Linken und stopfte ihn neben der Waffe, die sie mit der rechten Hand wie im Fieber umklammerte, in die Handtasche. Er geht ins *musch kwaijis asch-scharjar*, dachte sie. Das war das berüchtigtste Viertel der Stadt, eine Gegend, die Fremde meiden. Sie hatten recht. Er ist ein Amateur, und ich kann in diesem Kostüm dort nicht hineingehen. Aber ich muß! Mein Gott, man wird uns beide umbringen...

Evan Kendrick ging rasch über die holprigen Steine in der schmalen Gasse, vorbei an niedrigen, schäbigen, enggedrängten Häusern und halbfertigen Gebäuden, die schon wieder abbröckelten und in denen die leeren Fensterhöhlen mit Sackleinen und Tierhäuten verhängt waren; die wenigen Scheiben, die noch heil waren, wurden von meist geborstenen Fensterläden geschützt. Überall hingen Leitungskabel, standen aufgebrochene städtische Verteilerkästen, von denen Strom abgezapft worden war. Der würzige Geruch arabischer Küche mischte sich mit stärkeren, unverkennbaren Gerüchen – dem Geruch von Haschisch, brennenden Cocablättern, die über unkontrollierte Buchten des Golfs an Land geschmuggelt wurden, und menschlichen Exkrementen. Die Bewohner dieses Gettos bewegten sich langsam, vorsichtig, mißtrauisch durch die schwach beleuchteten Höhlen ihrer Welt, vertraut mit ihrer Erniedrigung, ihren Gefahren, ihrem gemeinsamen Status als Außenseiter der Gesellschaft. Daß sie nicht mit ihrem Schicksal haderten, bewiesen sie sehr deutlich durch das Gelächter, das immer wieder hinter den verhängten oder mit Läden verschlossenen Fenstern laut wurde. Die Kleidung in diesem *musch kwaijis asch-scharjar* war alles andere als einheitlich. Abas und Ghotras wechselten mit zerrissenen Jeans und verbotenen Miniröcken, Matrosen- und Soldatenuniformen verschiedener Nationen – schmutzige Uniformen der untersten Ränge, obwohl es hieß, daß viele Offiziere sich die Uniformen von Untergebenen ausliehen, um die verbotenen Freuden zu erleben, die hier geboten wurden.

Zu Kendricks großem Ärger lungerten Männer in Hauseingängen herum, denn sie verdeckten die kaum lesbaren Hausnummern an den Sandsteinmauern. Er ärgerte sich auch über die schmutzigen Seitengassen, durch die die Numerierung jedesmal aus unerfindlichen Gründen unterbrochen, dann aber nicht mehr kontinuierlich fortgesetzt wurde. El-Bas, Scharia al Balah 77 – in der Straße der Daten. Wo war das Haus?

Endlich fand er es. Ein schweres Tor in einer tiefen Nische, in Augenhöhe starke Gitterstäbe vor einem geschlossenen Sehschlitz. Auf der rechten Seite des tunnelähnlichen Eingangs hockte ein Mann.

»*Ismahli?*« entschuldigte sich Kendrick und wollte an ihm vorbeigehen.

»*Lay?* – Warum?« fragte die kauernde Gestalt.

»Ich habe eine Verabredung«, fuhr Kendrick auf arabisch fort. »Ich werde erwartet.«

»Wer schickt dich?« fragte der Mann, ohne den Weg freizugeben.

»Das geht dich nichts an.«

»Eine solche Antwort brauche ich mir nicht gefallen zu lassen.« Der Araber richtete sich auf und lehnte sich mit dem Rücken an die Tür. Seine Aba klaffte vorn leicht auseinander, und Kendrick sah den Pistolengriff, der aus einer Schärpe ragte. »Noch einmal: Wer hat dich geschickt?«

Kendrick fragte sich, ob der Polizist des Sultans vergessen hatte, ihm einen Namen, einen Code oder ein Paßwort zu nennen, die ihm Zutritt verschafften. Er hatte so wenig Zeit. Konnte sich keine Verzögerung leisten. »Ich komme aus einer Bäckerei auf dem Sabat Ajnub«, antwortete er schnell. »Ich sprach mit...«

»Aus einer Bäckerei?« unterbrach ihn der Araber, die Brauen hochziehend. »Auf dem Sabat Ajnub gibt es wenigstens drei Bäckereien.«

»Verdammt noch mal, Baklava!« stieß Kendrick, den Blick auf den Pistolengriff gerichtet, erregt hervor. »Orangefarbene Baklava...«

»Genug«, sagte der Posten, stand unvermittelt auf und schloß seine Aba. »Das war eine einfache Antwort auf eine einfache Frage, Herr. Ein Bäcker hat Sie geschickt, gut, gut.«

»Na schön. Darf ich jetzt hinein, bitte?«

»Zuerst müssen wir feststellen, wen Sie besuchen wollen. Wen wollen Sie besuchen, Herr?«

»Um Gottes willen, den Mann, der hier wohnt – hier arbeitet.«

»Hat der Mann keinen Namen?«

»Sind Sie berechtigt, ihn zu erfahren?« Kendricks lautes Flüstern übertönte den Straßenlärm.

»Eine faire Frage, Herr«, sagte der Araber und nickte. »Doch da ich über den Bäcker auf dem Sabat Ajnub Bescheid weiß...«

»Also bei Allah!« explodierte Kendrick. »Na schön. Der Mann heißt El-Bas. Lassen Sie mich jetzt hinein? Ich habe es eilig.«

»Es soll mir ein Vergnügen sein, den Bewohner dieses Hauses zu rufen. Wenn er will, soll er Sie einlassen. Sie verstehen gewiß, daß es notwendig ist...«

Bis hierher war der schwerfällige Posten gekommen, plötzlich jedoch fuhr er herum und schaute neugierig auf den Gehsteig hinaus. Die Geräusche auf der Straße schwollen an. Ein Mann schrie, andere brüllten, und die Mauern warfen ihre schrillen Stimmen zurück. »*Al-Hahunai!*« »*Addam!*«

Und dann aus dem Chor der Empörung herausbrechend, die Stimme einer Frau. »*Siboni fihali!*« rief sie außer sich. »Laßt mich in Ruhe!« Und dann auf englisch: »Ihr Bastarde!«

Kendrick und der Posten stürzten aus der Tornische. Im nächsten Moment peitschten zwei Schüsse durch die Dunkelheit, und das Schreien der Männer steigerte sich zum Gekreisch, während das unheilvoll klingende Winseln der beiden Querschläger verhallte. Der Araber wirbelte herum und warf sich in der Tornische auf den harten Stein. Kendrick kauerte sich zusammen und blieb, wo er war. Er mußte wissen, was vorging. Drei Gestalten in wallenden Gewändern liefen, von einem jungen Mann und einer Frau in schlampiger westlicher Kleidung begleitet, an der Tornische vorbei. Der Mann, der eine zerrissene Khakihose trug, umklammerte seinen blutenden Arm. Kendrick stand auf und spähte ums Eck.

In den Schatten der schmalen Gasse stand eine barhäuptige Frau, in der linken Hand ein Messer mit kurzer Klinge, in der rechten eine Pistole. Langsam trat Kendrick aus der Tornische. Sein Blick traf sich mit dem der Frau, und sie hob die Pistole. Kendrick hatte das Gefühl zu erstarren und versuchte verzweifelt, sich zu überlegen, was er tun sollte und wann er es tun mußte, denn wenn er sich jetzt zu schnell bewegte, würde sie schießen. Sie begann sich jedoch zu seinem Erstaunen in den Schatten zurückzuziehen, zielte dabei aber noch auf ihn. Dann näherten sich erregte Stimmen, unterbrochen von einem durchdringend gellenden Pfeifen; die Frau machte kehrt und rannte die dunkle Straße hinunter. Nach ein paar Sekunden war sie nicht mehr zu sehen. Sie ist mir gefolgt, dachte Kendrick. Um mich zu töten? Warum? Wer ist sie?

»Hierher!« rief der Posten flüsternd, mit Panik in der Stimme. Kendrick wirbelte herum. Der Araber gestikulierte wild und gab ihm zu verstehen, er solle zu ihm ans Tor kommen. »Schnell, Herr! Sie dürfen ins Haus. Beeilen Sie sich! Man darf Sie hier nicht sehen.«

Das Tor schwang auf, Kendrick betrat das Haus und wurde im nächsten Moment von der kräftigen Hand eines sehr kleinen Mannes nach links gezogen. »Verschwinde!« rief der kleine Mann dem Posten in der Tornische zu. »Aber schnell!« Dann warf der winzige Araber das Tor zu und sicherte es mit zwei Eisenriegeln. Kendrick kniff in dem schwachen Licht die Augen zusammen. Sie standen in einem breiten, schäbigen Korridor mit mehreren geschlossenen Türen zu beiden Seiten. Kleine Perserteppiche bedeckten den unebenen Fußboden – Teppiche, dachte Kendrick, die bei jeder Auktion im Westen hohe Preise erzielen würden. An den Wänden hingen noch mehr Teppiche, größere Teppiche, für die man, wie Kendrick wußte, jeweils ein kleines Vermögen bekäme. Dieser El-Bas legte sein Geld in überaus kostbaren Teppichen an. Alle, die davon etwas verstanden, würden vor Stolz schwellen, weil sie es mit einem so bedeutenden Mann zu tun hatten. Die anderen, vor allem die Polizei und andere Gesetzeshüter, würden zweifellos denken, daß dieser Heimlichtuer seine Wände und Fußböden mit Teppichen verdeckte, um die Schäden am Haus nicht reparieren zu müssen.

»Ich bin El-Bas«, sagte der kleine, leicht gebeugt gehende Araber auf englisch und reichte Kendrick eine große, von blauen Adern durchzogene Hand. »Sie sind für mich der, als der Sie sich vorstellen, und ich bin entzückt, Sie kennenzulernen – am liebsten nicht unter dem Namen, den Ihre hochgeehrten Eltern Ihnen gaben. Kommen Sie bitte mit. Die zweite Tür rechts bitte. Es ist unsere erste und wichtigste Prozedur. Um die Wahrheit zu sagen, alles übrige ist schon fertig.«

»Fertig?« fragte Kendrick. »Was ist fertig?«

»Die grundlegenden Dinge«, antwortete El-Bas. »Die Papiere werden nach den Informationen ausgestellt, die wir bekommen haben.«

»Was für Informationen?«

»Wer Sie möglicherweise sind; was Sie möglicherweise sind; und woher Sie möglicherweise kommen. Mehr habe ich nicht gebraucht.«

»Von wem haben Sie die Informationen bekommen?«

»Keine Ahnung«, antwortete der alte Araber. Er berührte Kendricks Arm und gab ihm zu verstehen, er solle weitergehen. »Eine unbekannte Person hat sie mir telefonisch durchgegeben. Woher weiß ich nicht. Da sie jedoch die richtigen Worte benutzte, wußte ich, daß ich gehorchen mußte.«

»Sie?«

»Das Geschlecht tut nichts zur Sache, *ya schaikh*. Wichtig waren nur die Worte. Kommen Sie. Hier hinein.« El-Bas öffnete die Tür eines kleinen Fotoateliers mit, wie es schien, völlig veralteten Apparaten. Kendricks abschätzige Blicke entgingen ihm nicht. »Die linke Kamera imitiert das genarbte Papier des von der Regierung ausgegebenen Ausweises«, erklärte er. »Ein sehr hilfreiches Verfahren, denn die Augen der Regierungsbeamten sind ebenso unbestechlich wie das Auge der Kamera. Setzen Sie sich auf den Hocker vor der Leinwand. Das Ganze ist schnell und schmerzlos.«

El-Bas arbeitete flink, und da es sich um eine Sofortbildkamera handelte, war auch der richtige Abzug rasch gefunden. Der alte Mann verbrannte die übrigen, zog ein paar dünne Chirurgenhandschuhe an, hielt das Foto hoch und deutete auf den mit einem Vorhang verhängten Teil des Raumes hinter dem grauen, straff gespannten Material, das als Leinwand diente. Er ging darauf zu, zog den schweren Vorhang zurück, und zum Vorschein kam eine leere Wand. Doch das Bild täuschte. El-Bas setzte den rechten Fuß auf eine bestimmte Stelle des abgetretenen Fußbodens, legte dann den Zeigefinger in Kopfhöhe an die Wand und drückte gleichzeitig auf die beiden verborgenen Mechanismen. Ein schmaler Spalt klaffte auf, der langsam breiter wurde. Die linke Hälfte der Wand verschwand hinter dem Vorhang, und es entstand ein freier Raum von etwas mehr als einem halben Meter. Der kleine Fälscher ging hinein und winkte Kendrick, ihm zu folgen.

Kendrick bekam eine Anlage zu sehen, die mindestens so modern war wie die in Swanns »Vorzimmer« in Washington. Und sie genügte sogar noch höheren Ansprüchen. Zwei große Computer, jeder mit einem eigenen Drucker, vier verschiedenfarbige Telefone, alle mit Datenübertragungs-Modems, und die ganze Anlage stand auf einem langen weißen, makellos sauberen Tisch mit vier Bürostühlen davor.

»Hier«, sagte El-Bas und zeigte auf den linken Computer, wo auf dem dunklen Bildschirm leuchtendgrüne Buchstaben flimmerten. »Und daraus können Sie ersehen, welche Vorrechte Sie genießen, *ya schaikh*. Man hat mir aufgetragen, Ihnen alle Informationen zugänglich zu machen, aber außer den Ausweispapieren keine schriftlichen Dokumente auszuhändigen. Aber lesen Sie selbst.«

»Was denn?« fragte Kendrick.

»Sie sind ein Saudi aus Riad und heißen Amal Bahrudi. Von Beruf sind Sie Bauingenieur, und Sie haben ein bißchen europäisches Blut in den Adern – ein Großvater war Europäer, glaub' ich. Sie können es auf dem Bildschirm nachlesen.«

»Europäer?«

»Eine Erklärung für ein paar Ungereimtheiten an Ihnen – falls jemand Sie darauf ansprechen sollte.«

»Warten Sie einen Moment.« Kendrick beugte sich näher zum Bildschirm. »Gibt es diesen Mann wirklich?«

»Es gab ihn. Er starb gestern abend in Ost-Berlin – das ist das grüne Telefon.«

»Gestorben? Gestern abend?«

»Der ostdeutsche Geheimdienst, der natürlich unter sowjetischer Kontrolle steht, wird seinen Tod mehrere Tage, vielleicht sogar Wochen geheimhalten, während seine Bürokraten, immer mit einem Auge auf den Vorteil des KGB schielend, alles aufs genaueste prüfen. Inzwischen wurde Mr. Bahrudis Einreise nach Oman behördlicherseits ordnungsgemäß registriert – das ist das blaue Telefon –, und sein Visum gilt für dreißig Tage.«

»Falls es also jemand nachprüft, hält Mr. Bahrudi sich ganz legal hier auf und liegt nicht tot in Ost-Berlin.«

»Richtig.«

»Was passiert, wenn man mich erwischt?«

»Das würde Sie kaum noch interessieren. Sie wären im Handumdrehen eine Leiche.«

»Aber die Sowjets könnten uns hier Schwierigkeiten machen. Sie wissen, daß ich nicht Bahrudi bin.«

»Könnten sie? Würden sie?« Der alte Araber zuckte mit den Schultern. »Man sollte nie eine Gelegenheit auslassen, den KGB zu verwirren oder zu blamieren, *schaikhat*.«

Kendrick runzelte die Stirn. »Ich verstehe, was Sie meinen. Woher haben Sie das alles? Du meine Güte – ein toter Saudi in Ost-Berlin, dessen Tod vertuscht wird – sein Dossier, sogar mit Großvater, einem europäischen Großvater. Es ist phantastisch.«

»Glauben Sie mir, mein junger Freund, den ich nicht kenne und dem ich nie begegnet bin. Selbstverständlich müssen Männer wie ich an vielen Orten viele Vertrauensleute haben, doch auch darum brauchen Sie sich nicht zu kümmern. Studieren Sie einfach die wesentlichen Fakten – die Namen der verehrungswürdigen Eltern, die Schulen, Universitäten; zwei Universitäten, eine in den Vereinigten Staaten, glaube ich. Typisch Saudi. Mehr werden Sie nicht brauchen. Wenn doch, ist es ohne Bedeutung, denn dann sind Sie tot.«

Kendrick verließ die Unterweltstadt innerhalb einer Stadt und ging im nordöstlichen Teil von Maskat am Rand des zum Waljat-Hospital gehörenden Parks entlang. Keine hundertfünfzig Meter trennten ihn von der amerikanischen Botschaft. In der breiten Straße lungerte jetzt nur noch die Hälfte der unausrottbar Neugierigen herum. Die Fackeln und schnellen Gewehrsalven vom Botschaftsgelände erweckten den Eindruck, daß die Menge viel größer war und sich viel hysterischer gebärdete, als es tatsächlich zutraf. Für diese Zeugen war der Terror in der Botschaft reine Unterhaltung, doch es wurden immer weniger, weil einer nach dem anderen vom Schlaf überwältigt wurde. Einen knappen halben Kilometer hinter Harat Waljat lag der Alam-Palast, die an der See gelegene Residenz des jungen Sultans. Kendrick warf einen Blick auf seine Uhr. Die Stunde und sein Standort waren günstig. Er hatte so wenig Zeit, und Achmad mußte schnell handeln. Er hielt Ausschau nach einer Telefonzelle, glaubte sich zu erinnern, daß es in der Nähe des Hospitaleingangs mehrere gab – wieder dank Manny Weingrass. Zweimal hatte der kriegerische alte Architekt behauptet, sein Brandy sei vergiftet, und einmal hatte eine Omanerin ihn so kräftig in seine vorwitzige Hand gebissen, daß die Wunde mit sieben Stichen genäht werden mußte.

In einiger Entfernung spiegelte sich das Licht der Straßenlampen in den weißen Plastikgehäusen dreier öffentlicher Telefone. Die Innentasche seiner wallenden Aba festhaltend, in der die falschen Ausweispapiere steckten, fing Kendrick an zu laufen, wurde aber sofort wieder langsamer. Sein Instinkt sagte ihm, er dürfe weder auffallen noch bedrohlich wirken. Er kam zum ersten Telefon, warf eine viel größere Münze ein als nötig und wählte die seltsame Nummer, die sich ihm unauslöschlich ins Gedächtnis eingegraben hatte. 555-0005.

Die Klingelzeichen folgten einander viel langsamer als üblich, und als das achte ertönte, stand Kendrick der Schweiß auf der Stirn. Noch zweimal, und dann bekam er statt einer menschlichen Stimme den automatischen Anrufbeantworter zu hören. Er schickte ein Stoßgebet zum Himmel.

»*Aiwa?* – Bitte?«

»Englisch«, sagte Kendrick.

»So schnell?« entgegnete Achmad erstaunt. »Was gibt es?«

»Das Wichtigste zuerst. Eine Frau ist mir gefolgt. Das Licht war schlecht, aber ich glaube sagen zu können, daß sie mittelgroß war, lange Haare hatte und – den Eindruck hatte ich jedenfalls – teure westliche Kleidung trug. Sie sprach fließend Englisch und Arabisch. Fällt Ihnen da jemand ein?«

»Wenn Sie jemand meinen, der Ihnen in das Viertel gefolgt ist, in dem El-Bas wohnt, fällt mir absolut niemand ein. Warum?«

»Ich glaube, sie wollte mich umbringen.«

»Was!«

»Und eine Frau hat El-Bas Informationen über mich gegeben. Telefonisch, natürlich.«

»Das weiß ich.«

»Könnte da eine Verbindung bestehen?«

»Wie?«

»Jemand, der den Trittbrettfahrer spielen will, jemand, der falsche Papiere stehlen möchte.«

»Ich hoffe nicht«, sagte Achmad bestimmt. »Meine Frau hat mit El-Bas gesprochen. Niemand sonst würde ich anvertrauen, daß Sie hier sind.«

»Dafür danke ich Ihnen. Aber irgend jemand weiß es.«

»Sie haben von vier Männern gesprochen, Evan, und einer von ihnen, unser gemeinsamer Freund Mustafa, wurde ermordet. Ich bin wie Sie der Meinung, daß noch jemand von Ihrer Anwesenheit hier weiß. Deshalb lasse ich die anderen drei rund um die Uhr beobachten. Vielleicht sollten Sie für einen Tag untertauchen, in Deckung gehen. Ich könnte das arrangieren, vielleicht erfahren wir dann etwas. Ich habe auch etwas mit Ihnen zu besprechen. Es hat mit diesem Amal Bahrudi zu tun. Tauchen Sie für einen Tag unter. Ich denke, es wäre das beste, finden Sie nicht auch?«

»Nein«, antwortete Kendrick. »Ich kann in Deckung gehen, aber untertauchen kann ich nicht.«

»Das verstehe ich nicht.«

»Ich möchte als Terrorist festgenommen und in das Gefängnis gebracht werden, das Sie irgendwo eingerichtet haben. Und es muß noch heute abend sein.«

6

Mitten auf der Fahrbahn rannte ein Mann in wehender Aba die breite Hauptstraße Wadi Al Kabir entlang. Er war aus der Dunkelheit hinter dem massiven Mathaib-Tor westlich der alten portugiesischen Festung Mirani hervorgestürmt. Seine Aba war mit öligem Hafenwasser getränkt, seine Kopfbedeckung klebte ihm am Hinterkopf. Für die Beobachter, und es gab deren um diese späte Stunde noch viele auf der Straße, war der verzweifelt Fliehende ein Stück Strandgut, ein Fremder, der von einem Schiff gesprungen war, um illegal in dieses friedliche Sultanat zu gelangen; Flüchtling oder Terrorist, das war die Frage.

Die schrille Zweiklangsirene eines Polizeifahrzeugs wurde lauter, als der Wagen von Wadi Al Uwar in Wadi Al Kabir einbog. Andere Streifenwagen folgten. Ein Polizei-Informant hatte gemeldet, wo der Mann an Land gegangen war, und die Behörden waren bereit. In diesen Tagen waren sie immer bereit. Blendend grelles Licht erhellte die sonst nur schwach beleuchtete Straße. Der Strahl kam von einem schwenkbaren Scheinwerfer, der auf dem Dach eines Streifenwagens montiert war. Der Lichtstrahl fing den verängstigten Illegalen ein. Er wandte sich nach links, stand vor einer Reihe von Läden, die mit Eisengittern gesichert waren – ein Schutz, an den man noch vor drei Wochen nicht einmal im Traum gedacht hätte. Der Mann drehte sich um und überquerte taumelnd Wadi Al Kabir. Plötzlich stellte sich ihm eine Gruppe von Nachtschwärmern in den Weg, und er mußte stehenbleiben. Sie wichen nicht von der Stelle, und obwohl ihre Blicke ein wenig ängstlich waren, sagten sie auch, genug sei genug. Sie wollten ihre Stadt wiederhaben. Ein kleiner Mann im Straßenanzug, aber mit arabischer Kopfbedeckung, trat einen Schritt vor – vorsichtig, um nichts zu riskieren, aber entschlossen. Zwei größere Männer in Abas, vielleicht noch vorsichtiger, aber genauso entschlossen, traten neben ihn, und andere folgten zögernd. Im südlichen Teil von Wadi Al Kabir hatte sich schon wieder eine Menge zusammengefunden. Zögernd formierte man sich zu einer Kette. Männer in Abas und verschleierte Frauen bildeten eine lebende Mauer quer über die Straße. Ihr Zorn gab ihnen Mut. Es mußte aufhören!

»Geht weg, zerstreut euch! Er hat vielleicht Handgranaten!«

Ein Polizeibeamter war aus dem Streifenwagen gesprungen und rannte, die Pistole schußbereit, auf den Gejagten zu.

»Los, auseinander!« schrie ein zweiter Polizist, der die linke Straßenseite entlangsprintete. »Sonst geratet ihr noch in die Schußlinie!«

Die Vorsichtigen unter den Spaziergängern und die zögernde Menge dahinter zerstoben in alle Richtungen und suchten in Hauseingängen Schutz. Wie auf ein Stichwort faßte der Flüchtling unter seine durchweichte Aba, riß sie vorn auseinander und griff drohend zwischen die Falten. Eine Salve gezielter Schüsse peitschte durch Wadi Al Kabir. Der Flüchtling schrie, beschwor den Zorn Allahs und den der rachedurstigen Al Fatah auf die Verfolger herab, griff sich an die Schulter, wölbte den Nacken und fiel zu Boden. Er schien tot zu sein, doch in dem spärlichen Licht sah niemand, wie schwer verletzt er wirklich war. Die beiden Polizisten stürzten sich auf ihn, als der Streifenwagen mit quietschenden Reifen anhielt. Ein dritter Polizist sprang aus dem Fond des Autos und brüllte Befehle. »Entwaffnet ihn! Durchsucht ihn!« Seine beiden Untergebenen hatten die Anweisungen erwartet und schon ausgeführt. »Er könnte es sein!« rief der vorgesetzte Beamte und kniete nieder, um den Flüchtling zu durchsuchen. »Da!« schrie er noch lauter als vorher. »An seinem Oberschenkel befestigt. Ein Päckchen. Her damit!«

Neugier trieb die Zuschauer nach und nach wieder an den Ort des Geschehens zurück.

»Ich glaube, Sie haben recht, Chef!« rief der Polizist, der links neben dem Gefangenen kauerte. »Hier, diese Rötung! Sie könnte das Mal sein, das von der Narbe an seinem Hals zurückgeblieben ist.«

»Bahrudi!« rief der höhere Polizeibeamte triumphierend, während er die Papiere studierte, die er der wasserdichten Hülle entnommen hatte. »Amal Bahrudi! Der Getreue! Er wurde zuletzt in Ost-Berlin gesehen. Und bei Allah, jetzt haben wir ihn!«

»Ihr alle!« wandte sich der Polizist, der an der rechten Seite des Mannes kniete, an die wie hypnotisiert dastehende Menge. »Geht! Fort mit euch. Dieses Schwein kann Helfershelfer haben – es ist der berüchtigte Bahrudi, der osteuropäische Terrorist. Wir haben per Funk Soldaten aus der Garnison des Sultans angefordert. Fort mit euch, damit ihr nicht getötet werdet!«

Die Zeugen flohen, gingen durch wie eine wild gewordene Horde, rannten Wadi Al Kabir in südlicher Richtung entlang. Sie hatten zwar ihren ganzen Mut zusammengerafft, doch der Gedanke an ein Feuergefecht versetzte sie in panische Angst. Alles war Ungewißheit, überall lauerte Tod. Alle waren jedoch überzeugt, daß ein berüchtigter internationaler Terrorist namens Amal Bahrudi dingfest gemacht worden war.

»Es wird sich in unserer kleinen Stadt sehr schnell herumsprechen«, sagte der Polizeisergeant in fließendem Englisch und half dem Gefangenen auf die Beine. »Natürlich werden wir, wenn nötig, das Gerücht noch unterstützen.«

»Ich habe eine oder zwei Fragen – vielleicht auch drei.« Kendrick nahm die Kopfbedeckung ab und sah den Polizeibeamten an. »Was, zum Teufel, soll dieses Gerede vom ›Getreuen‹, dem ›islamischen Führer‹ der osteuropäischen Sowieso?«

»Es ist nicht nur Gerede, Sir.«

»Also da komme ich nicht mit.«

»Im Auto bitte. Zeit ist lebenswichtig. Wir müssen hier weg.«

»Ich will Antworten.« Die beiden anderen Polizisten nahmen Kendrick in die Mitte, packten ihn bei den Armen und führten ihn zum Streifenwagen. »Ich habe bei dieser kleinen Charade mitgespielt, weil man es mir auftrug«, fuhr Kendrick fort und stieg in den Fond der grünen Polizeilimousine. »Aber jemand hat vergessen zu erwähnen, daß ich in die Haut eines Killers geschlüpft bin, der in Europa Bomben legt.«

»Ich kann Ihnen nur sagen, was ich Ihnen sagen soll, und mehr weiß ich wirklich und wahrhaftig nicht«, antwortete der Sergeant und setzte sich neben Kendrick. »Im Labor der Gefängnisverwaltung wird man Ihnen alles erklären.«

»Ich bin über das Labor informiert. Nicht informiert bin ich über Bahrudi.«

»Es gibt ihn, Sir.«

»Das weiß ich, nicht aber alles andere.«

»Drücken Sie drauf, Fahrer«, sagte der Polizeibeamte. »Die beiden anderen bleiben hier.« Die Limousine stieß zurück, wendete und fuhr mit hoher Geschwindigkeit zum Wadi Al Uwar zurück.

»Nun gut, es gibt ihn wirklich, das verstehe ich«, preßte Kendrick hastig hervor, als sei er außer Atem. »Aber ich wiederhole: Niemand hat mir gesagt, daß er ein Terrorist ist.«

»Im Gefängnislabor, Sir.« Der Sergeant zündete sich eine braune arabische Zigarette an, inhalierte tief und ließ erleichtert den Rauch durch die Nase wieder entweichen. Seine Rolle bei diesem merkwürdigen Einsatz war zu Ende.

»Es gibt noch eine Menge Daten, die der Computer von El-Bas für Sie nicht ausgedruckt hat«, sagte der omanische Arzt, Kendricks nackte Schulter untersuchend. Sie waren im Untersuchungszimmer des Labors allein. Kendrick saß auf dem langen hart gepolsterten Untersuchungstisch, seine Füße ruhten auf einem Schemel, und neben ihm lag sein Geldgürtel. »Als Achmads – oh, verzeihen Sie – als Leibarzt des großen Sultans, der ich seit seinem achten Lebensjahr bin, bin ich jetzt Ihr einziger Kontakt zu ihm, falls Sie ihn aus irgendeinem Grund nicht selbst erreichen können. Ist das klar?«

»Wie erreiche ich Sie?«

»Im Krankenhaus oder unter meiner Privatnummer, die ich Ihnen gebe, sobald wir fertig sind. Sie müssen Hose und Unterwäsche ausziehen und die Farbe auftragen, *ya schaikh*. In diesem Gefängnis werden die Häftlinge täglich, manchmal stündlich durchsucht, ohne einen Faden am Leib zu haben. Es ist der reinste Striptease. Sie müssen von Kopf bis Fuß braun sein, und auf keinen Fall dürfen Sie einen prall gefüllten Geldgürtel bei sich haben.«

»Bewahren Sie ihn für mich auf?«

»Aber selbstverständlich.«

»Zurück zu diesem Bahrudi bitte«, sagte Kendrick und trug das Tönungsgel auf Oberschenkel und Unterleib auf, während der Arzt ihm Arme, Rücken und Brust auf die gleiche Weise behandelte. »Warum hat El-Bas mir nichts gesagt?«

»Auf Anweisung von Achmad. Er dachte, Sie könnten protestieren, daher wollte er es Ihnen selbst erklären.«

»Ich habe ihn vor einer knappen Stunde gesprochen. Er sagte mir nur, er wolle über Bahrudi mit mir reden. Mehr nicht.«

»Sie hatten es sehr eilig, und er hatte eine Menge zu tun, um Ihre sogenannte Verhaftung einzufädeln. Daher überließ er die Erklärung mir. Heben Sie den Arm bitte höher.«

»Wie lautet die Erklärung?« fragte Kendrick, jetzt nicht mehr so wütend wie vorher.

»Sie ist sehr einfach. Wenn die Terroristen Sie erwischten,

hätten Sie eine Rückversicherung – wenigstens eine Zeitlang. Mit ein bißchen Glück vielleicht sogar so lange, bis man Ihnen helfen könnte. Falls Hilfe überhaupt möglich wäre.«

»Was für eine Rückversicherung?«

»Sie würden Sie für einen der Ihren halten. Bis sie eines Besseren belehrt würden.«

»Bahrudi ist tot...«

»Seine Leiche hat sich der KGB angeeignet«, fügte der Doktor, Kendrick ins Wort fallend, sofort hinzu. »Das ›Komitee für Staatssicherheit‹ ist notorisch unentschlossen, weil es fürchtet, sich zu blamieren.«

»El-Bas hat etwas Ähnliches erwähnt.«

»Wenn überhaupt jemand in Maskat etwas darüber weiß, dann El-Bas.«

»Wenn also Bahrudi hier in Oman akzeptiert wird und man mich als diesen Bahrudi anerkennt, habe ich vielleicht einen gewissen Einfluß. Falls die Sowjets nicht Alarm schlagen und hinausposaunen, was sie wissen.«

»Sie werden die Posaune sehr genau untersuchen, bevor sie sie an die Lippen setzen. Sie wissen ja nichts mit Bestimmtheit. Sie werden eine Falle und natürlich eine Blamage fürchten und die weitere Entwicklung abwarten. Ihren anderen Arm bitte. Strecken Sie ihn hoch.«

»Frage«, sagte Kendrick energisch. »Warum hat Ihre Einreisebehörde Bahrudi nicht festgenommen? Schließlich haben Sie verdammt viele Sicherheitskräfte dort draußen.«

»Wie viele John Smiths gibt es bei Ihnen zu Hause, *ya schaikh*?«

»Worauf wollen Sie hinaus?«

»Der Name Bahrudi kommt bei uns sehr häufig vor. Häufiger vielleicht in Kairo als in Riad, aber er ist auch hier nicht ungewöhnlich. Und Amal ist das Äquivalent Ihres Joe, Bill und natürlich John.«

»Trotzdem hatte El-Bas ihn im Computer der Einreisebehörde gespeichert. Man hätte hellhörig werden müssen...«

»Und auch sehr schnell wieder taub«, unterbrach ihn der Arzt. »Denn die Beamten wären sehr rasch zufrieden gewesen, nachdem sie sich ihn genau angesehen und ihm ein paar grobe Fragen gestellt hätten.«

»Weil ich keine Narbe am Hals habe?« fragte Kendrick

schnell. »Einer der Polizisten machte eine Bemerkung über eine Narbe an meinem – an Bahrudis Hals.«

»Davon weiß ich nichts, aber möglich ist es. Sie haben keine solche Narbe. Aber es gibt gewichtigere Gründe.«

»Nämlich?«

»Ein Terrorist kündigt seine Ankunft im Ausland nicht an, geschweige denn in einem Land, in dem es zu Unruhen gekommen ist. Er benutzt falsche Papiere. Das ist es, wonach die Behörden suchen, nicht nach einer zufälligen Namensgleichheit, wie zum Beispiel bei einem gewissen John W. Booth, Apotheker aus Philadelphia, der den Namen von Lincolns Mörder sein Leben lang wie einen Fluch mit sich herumschleppte.«

»Sie sind in amerikanischer Geschichte ganz schön beschlagen, nicht wahr?«

»Ich habe an der John Hopkins Medical School studiert, Mr. Bahrudi. Dank der Güte des Vaters unseres Sultans, der ein Beduinenkind fand, das sich nicht unbedingt nach einem Nomadenleben im Stammesverband sehnte.«

»Wie das?«

»Das ist eine andere Geschichte. Nehmen Sie den Arm wieder herunter.«

Kendrick sah den Doktor an. »Sie haben den Sultan sehr gern, wie mir scheint.«

Der Arzt erwiderte Kendricks Blick. »Ich würde für die Familie töten, *ya schaikh*«, sagte er leise. »Selbstverständlich ohne Gewalt. Vielleicht durch Gift, vielleicht durch eine falsche Diagnose oder ein falsch angesetztes Skalpell. Um meine Dankesschuld abzutragen, würde ich es tun.«

»Davon bin ich überzeugt. Und deshalb sind Sie auch indirekt auf meiner Seite.«

»Offensichtlich. Der Beweis, den ich Ihnen geben soll und der selbst mir bisher unbekannt war, besteht aus Ziffern. Fünf, fünf, fünf, null, null, null, fünf.«

»Das genügt. Wie heißen Sie?«

»Faisal. Dr. Amal Faisal.«

»Jetzt verstehe ich, was Sie meinen – ›John Smith‹.« Kendrick stieg vom Untersuchungstisch und ging nackt zu einem kleinen Waschbecken an der gegenüberliegenden Wand. Er wusch sich die Hände gründlich mit Seife, um die überschüssige Farbe von den Fingern zu entfernen, und betrachtete seinen Körper im

Spiegel über dem Waschbecken. Die weiße Haut färbte sich allmählich braun. In ein paar Minuten würde sie dunkel genug sein, um selbst Terroristenaugen standzuhalten. Er sah den Doktor durch den Spiegel an. »Wie ist es in diesem Gefängnis?« fragte er.

»Es ist kein Ort für Sie.«

»Danach habe ich nicht gefragt. Ich möchte wissen, wie es dort zugeht. Gibt es bestimmte Rituale für Neuzugänge? Ihr habt sicherlich Abhöranlagen eingebaut – wärt ja dämlich, wenn ihr's nicht getan hättet.«

»Das Gebäude ist verwanzt, doch wir können davon ausgehen, daß sie es wissen. Sie lungern meist bei der Tür herum, wo die stärksten Mikros versteckt sind, und machen einen Höllenlärm. Die Decke ist zu hoch, da ist kein vernünftiger Empfang mehr möglich, und die übrigen Wanzen zieren die Spülkästen in den Toiletten, die Achmad vor ein paar Jahren anstelle der Löcher im Fußboden einbauen ließ. Aber alle Wanzen haben sich bisher als nutzlos erwiesen. Das wenige, das wir zu hören bekommen, ist nicht erfreulich. Wie alle Extremisten möchten die Burschen sich ständig gegenseitig übertrumpfen, jeder will der fanatischste und der brutalste gewesen sein, und da immer wieder neue dazukommen, kennen sich viele gar nicht. Folglich sind die Fragen, die sie sich gegenseitig stellen, sehr gezielt und ihre Verhörmethoden untereinander oft nicht gerade zimperlich. Es sind Fanatiker, aber keine Narren im üblichen Sinn, *ya schaikh*. Auf der Hut sein ist ihr Credo. Infiltrierung eine ständige Bedrohung für sie.«

»Dann soll sie mein Credo sein.« Kendrick griff nach der Häftlingskleidung, die für ihn bereitlag. »Ich werde ebenso auf der Hut und mindestens so fanatisch sein wie der größte Fanatiker unter ihnen.« Er wandte sich dem Arzt zu. »Ich brauche die Namen der Anführer in der Botschaft. Man hat mir zwar Instruktionen gegeben, aber ich durfte mir keine Notizen machen. Zwei Namen habe ich mir allerdings gemerkt, weil sie immer wieder vorkamen. Einer lautete Abu Nassir, der andere Abbas Sahir. Können Sie mir noch ein paar nennen?«

»Nassir wurde schon über eine Woche nicht mehr gesehen. Sie glauben, er sei nicht mehr hier, und Sahir betrachteten sie nicht als Anführer, er ist nur ein Aushängeschild. Die Prominenteste scheint seit kurzem eine Frau zu sein – Saja Jatim. Sie spricht fließend Englisch und liest die Bulletins, die im Fernsehen gesendet werden.«

»Wie sieht sie aus?«

»Das weiß keiner. Sie trägt den Schleier.«

»Sonst noch jemand?«

»Ein junger Mann, der gewöhnlich hinter ihr steht. Er scheint ihr Freund zu sein und trägt eine russische Waffe – was für eine, weiß ich nicht, ich kenne mich da nicht aus.«

»Wie heißt er?«

»Er wird ganz einfach Asra genannt.«

»Blau? Die Farbe Blau?«

»Ja. Und da wir bei Farben sind, da ist noch ein anderer Mann mit vorzeitig ergrauendem Haar – was bei uns sehr ungewöhnlich ist. Sie nennen ihn Abjad.«

»Weiß«, sagte Kendrick.

»Ja. Er wurde als einer der Entführer der TWA-Maschine in Beirut identifiziert. Aber nur nach Fotos, den Namen konnten wir nicht erfahren.«

»Nassir und die Frau namens Jatim, Blau und Weiß. Das dürfte genügen.«

»Wofür?« fragte der Doktor.

»Für das, was ich vorhabe.«

»Überlegen Sie es sich gut«, sagte der Doktor leise. »Achmad ist hin und her gerissen, denn möglicherweise erfahren wir durch Ihr Opfer eine Menge – aber Sie müssen sich klarmachen, daß es buchstäblich Ihr Opfer sein könnte. Er möchte, daß Sie sich darüber im klaren sind.«

»Ich bin kein Narr.« Kendrick schlüpfte in das graue Gefängnishemd, zog die weite, schlotternde Hose und dann die harten Sandalen an, die in arabischen Gefängnissen allgemein getragen werden. »Wenn ich mich bedroht fühle, rufe ich um Hilfe.«

»Wenn Sie das tun, werden sie sich wie wilde Bestien auf Sie stürzen. Dann haben Sie höchstens noch zehn Sekunden zu leben. Keiner könnte Ihnen in so kurzer Zeit zu Hilfe kommen.«

»Gut. Dann vereinbaren wir einen Code.« Kendrick knöpfte sich das grobe Hemd zu und sah sich in dem gut ausgestatteten Polizeilabor um. Seine Blicke fielen auf einige Röntgenaufnahmen, die nebeneinander an einer Schnur hingen. »Wenn Ihre Leute an den Abhöranlagen mich sagen hören, daß Filme aus der Botschaft geschmuggelt wurden, sollen sie mich herausholen. Klar?«

»›Filme aus der Botschaft herausgeschmuggelt...‹«

»Genau. Ich werde das nicht sagen, solange keine Gefahr besteht. So, und jetzt lassen Sie die Neuigkeit verbreiten. Die Wachen sollen sich vor den Gefangenen darüber lustig machen, daß Amal Bahrudi, der Anführer der islamischen Terroristen in Osteuropa, hier in Oman gefaßt worden ist. Die kluge Strategie Ihres klugen jungen Sultans ist ein guter Schutz für mich. Sie ist mein Paß in die verrottete Welt des Terrorismus.«

»Das war eigentlich nicht ihr Sinn und Zweck.«

»Aber sie kommt uns verdammt gelegen, nicht wahr? Fast als hätte Achmad schon früher als ich daran gedacht. Und vielleicht ist das ja auch tatsächlich der Fall. Warum auch nicht?«

»Das ist lächerlich«, protestierte der Doktor, Kendrick beide Handflächen entgegenstreckend. »Hören Sie! Wir können alle theoretisieren und postulieren, aber wir können nicht garantieren. Dieses Gefängnis wird von Soldaten bewacht, und wir können nicht jedem Mann in die Seele schauen. Angenommen, es sind Sympathisanten? Sehen Sie sich auf den Straßen um. Toll gewordene Bestien, die auf die nächste Hinrichtung warten und Wetten darauf abschließen. Amerika wird nicht von jedem Bürger geliebt, der eine Aba oder Uniform trägt. Drüben sind zu viele Geschichten im Umlauf, wird zuviel Stimmung gegen die Araber gemacht.«

»Das gleiche hat mir Achmad über seine eigene Garnison hier in Maskat gesagt. Nur hat er es ›ihnen in die Augen schauen‹ genannt.«

»Die Augen verraten die Geheimnisse der Seele, *ya schaikh*, und der Sultan hatte recht. Wir leben in ständiger Furcht vor Schwäche und Verrat in den eigenen Reihen. Diese Soldaten sind jung, leicht zu beeindrucken, urteilen schnell über tatsächliche oder eingebildete Kränkungen. Angenommen – nur einmal angenommen, der KGB entschließt sich, eine Nachricht zu schicken, um die Situation noch mehr zu verwirren. ›Amal Bahrudi ist tot, der Mann, der sich für ihn ausgibt, ist ein Betrüger.‹ Da kann Ihnen nichts mehr helfen – kein Code und kein Hilferuf. Und einen leichten Tod hätten Sie auch nicht.«

»Daran hätte Achmad denken müssen...«

»Das ist nicht fair!« rief Faisal. »Sie unterstellen ihm Dinge, die ihm nicht einmal im Traum eingefallen wären. Der Name Bahrudi sollte nur im äußersten Notfall als Ablenkungsmanöver benutzt werden, für nichts sonst. Die Strategie war, daß ganz normale Bürger Augenzeugen bei der Festnahme eines Terroristen sein sollten und sogar seinen Namen erfuhren. Verwirrung, Irreführung, Unsicherheit. Achmads Absicht war es, Ihre Hinrichtung – wenn möglich – ein paar Stunden hinauszuziehen, um genügend Zeit zu haben, Sie, einen einzelnen, zu befreien. An Infiltrierung war nie gedacht.«

Kendrick lehnte sich an den Tisch, kreuzte die Arme, musterte den Omaner. »Das verstehe ich nicht, und das meine ich ernst, Herr Doktor. Ich suche nicht krampfhaft nach Dämonen, aber ich denke, daß an Ihrer Erklärung irgend etwas nicht stimmt.«

»Und was ist das?«

»Wenn ich, um eine – wie Sie es nennen – Rückversicherung zu haben, den Namen eines Terroristen annehmen sollte – eines unter ungeklärten Umständen verstorbenen Terroristen...«

»Ein zeitweiliger Schutz, wie Sie ganz richtig sagten«, unterbrach ihn Faisal.

»Dann nehmen wir an – nehmen wir nur einmal an –, ich wäre nicht dagewesen, um heut abend bei dem kleinen Melodrama mitzuwirken?«

»Sie sollten ja gar nicht dabeisein«, erwiderte der Doktor gelassen. »Sie waren rein zufällig da und haben nur den Stundenplan ein bißchen durcheinandergebracht. Die Sache sollte nicht um Mitternacht, sondern in den frühen Morgenstunden, kurz vor den Gebeten in der Moschee von Khor, stattfinden. Die Nachricht von Bahrudis Verhaftung hätte sich auf den Märkten mit derselben Windeseile verbreitet wie die, daß eine Ladung billiger Schmuggelware im Hafen eingetroffen sei. Ein anderer hätte den falschen Bahrudi gespielt. So und nicht anders war es geplant.«

»Dann haben wir es, wie die Anwälte erklären würden, mit einem zwar überraschenden, aber günstigen Zusammentreffen von Umständen zu tun, die allen Beteiligten gerecht wurden, ohne sie in Konflikte zu stürzen. Solche Phrasen bekomme ich in Washington ständig zu hören. Sehr schlau.«

»Ich bin Arzt, *ya schaikh*, kein Anwalt.«

»Sind Sie sicher?« Kendrick lächelte. »Aber ich wundere mich über Ihren jungen Freund im Palast. Er wollte mit mir über Amal

Bahrudi ›sprechen‹. Wohin hätte uns diese Aussprache wohl geführt?«

»Auch er ist kein Anwalt.«

»Er muß alles sein, um dieses Land zu regieren«, entgegnete Kendrick scharf. »Er muß vor allem denken. Besonders jetzt. Wir vergeuden Zeit, Herr Doktor. Lädieren Sie mich ein bißchen. Nicht um die Augen und nicht am Mund, aber auf den Wangen und am Kinn. Dann schneiden Sie mich in die Schulter, und verbinden Sie die Wunde, aber trocknen Sie das Blut nicht ab.«

»Wie bitte? Was soll ich tun?«

»Herrgott noch mal, soll ich mich etwa selbst verstümmeln?«

Zwei Soldaten rissen die schwere Stahltür auf und stützten sofort ihre Waffen auf die außen angebrachte Eisenplatte auf, als erwarteten sie einen Überfall. Ein dritter Wachposten stieß den noch blutenden Gefangenen in die riesige Betonhalle, die als Gemeinschaftszelle diente. Das Licht war schlecht, die Glühbirnen, die in Maschendrahtkäfigen von der Decke hingen, waren zu schwach. Im Handumdrehen war der ›Neue‹ von einer Gruppe von Häftlingen umringt, und ein paar bemühten sich, dem auf den Knien liegenden, blutbesudelten Mann mit den Gesichtsverletzungen auf die Beine zu helfen. Andere drängten sich bei der Tür und schnatterten laut durcheinander, kreischten fast – offenbar um zu übertönen, was die anderen sprachen.

»*Khalibalak!*« brüllte der Neue, führte mit dem rechten Arm einen Aufwärtshaken, um sich zu befreien, und hieb dann einem jungen Gefangenen die Faust ins Gesicht. »Bei Allah, ich schlage jedem Idioten hier den Schädel ein, der es wagt, mich anzufassen!« fuhr er auf arabisch fort und richtete sich zu seiner vollen Größe auf. Er überragte alle anderen Häftlinge.

»Wir sind viele, und du bist allein«, zischte der junge Häftling und hielt sich die Nase, um die Blutung zu stoppen.

»Ihr mögt viele sein, aber ihr treibt es mit Ziegenböcken. Ihr seid dumm! Laßt mich in Ruhe! Ich muß nachdenken.« Mit seiner letzten Bemerkung stieß Kendrick mit dem rechten Arm nach denen, die ihn festhielten, zog ihn sofort wieder zurück und rammte dem nächststehenden Häftling den Ellbogen in die Kehle. Dann wirbelte er herum und hämmerte dem Mann mit den Knöcheln seiner noch immer geballten Hand auf die Augen.

Jemand packte ihn von hinten beim Nacken. Der Rotkreuzkurs für Lebensretter... Wieso fiel er ihm plötzlich ein? Kneif den Nerv unter dem Ellenbogen. Dann muß der Ertrinkende dich loslassen. Er hatte das Zertifikat erworben. Im Sommer am See Geld verdient... Von Panik gepackt, schob er die Hand unter den bloßen Arm und kniff so fest er konnte. Der Terrorist schrie auf. Kendrick duckte sich und schleuderte den Mann mit einem Schulterschwung auf den Zementfußboden.

»Hat jemand von euch noch nicht genug?« flüsterte er und drehte sich um, noch immer gebückt und trotzdem sehr groß. »Ihr seid Narren! Mich hätten sie nie erwischt, wenn es euch Idioten nicht gäbe. Ich verachte euch alle! Jetzt laßt mich in Ruhe. Ich hab' euch gesagt, ich muß nachdenken.«

»Wer bist du denn, daß du glaubst, uns beleidigen und herumkommandieren zu dürfen?« kreischte ein kaum Zwanzigjähriger mit den funkelnden Augen einer Wildkatze und einer Hasenscharte, die seine Aussprache beeinträchtigte. Es war eine Szene wie aus einem Roman von Kafka – halb wahnsinnige Gefangene, die nach Gewalttätigkeit lechzten, sich zugleich aber vor der noch brutaleren Bestrafung durch die Wachen fürchteten. Geflüster wurde zu schroffen Befehlen, leise hervorgestoßenen Beleidigungen, trotzigen Protesten, wobei die Sprecher ständig zur Tür schielten, um sich zu überzeugen, daß das Geschwätz dort zudeckte, was sie sagten, ihre Worte dem lauschenden Feind verborgen blieben.

»Ich bin, wer ich bin. Mehr braucht ihr nicht zu wissen.«

»Die Wachen haben uns deinen Namen genannt«, stammelte ein vielleicht Dreißigjähriger mit ungepflegtem Bart und langen, verfilzten Haaren. Er wölbte die Hände vor den Lippen. »›Amal Bahrudi!‹ haben sie geheult. ›Der Getreue aus Ost-Berlin! Und wir haben ihn gefaßt!‹ – Na und? Was gehst du uns an? Mir gefällt nicht einmal, wie du aussiehst. Für mich siehst du sehr seltsam aus. Wer oder was ist uns Amal Bahrudi? Warum sollte uns das interessieren?«

Kendrick blickte zur Tür, wo die anderen Gefangenen hitzig aufeinander einsprachen. Er machte einen Schritt vorwärts und flüsterte wieder schroff: »Weil ich von anderen geschickt bin, von Leuten, die einen viel höheren Rang bekleiden als einer von euch oder jemand in der Botschaft. Einen viel, viel höheren Rang. Und jetzt sage ich euch zum letztenmal: Laßt mich nachdenken. Ich muß Informationen hinausbringen...«

»Versuch's nur, dann stellen die uns alle an die Wand und erschießen uns«, stieß ein anderer Gefangener hervor; ein kleiner Mann, der irgendwie sehr gepflegt wirkte, von den Urinflecken an seiner Häftlingshose abgesehen.

»Das bereitet dir Kopfzerbrechen?« erwiderte Kendrick leise und mit einem Unterton von Abscheu. Es war der richtige Augenblick, sich noch mehr Geltung zu verschaffen. »Sag, mein hübscher Kleiner, hast du etwa Angst vor dem Sterben?«

»Nur weil ich dann unserer Sache nicht mehr dienen könnte«, antwortete der Halbwüchsige abwehrend, doch seine Blicke irrten umher, als suche er Bestätigung bei den anderen. Ein paar stimmten ihm zu, nickten leidenschaftlich, sofern sie nahe genug waren, ihn zu hören.

»Sprich leise, du Narr«, sagte Kendrick eisig. »Es genügt, wenn du allein den Märtyrer spielst.« Er drehte sich um und ging durch die Reihen der nur zögernd zurückweichenden Leiber auf die Mauer der riesigen Zelle zu, wo ein vergittertes Fenster offenstand. Die starken Eisenstäbe waren fest im Beton verankert.

»Nicht so schnell, du mit dem merkwürdigen Gesicht!« Die rauhe Stimme, durch den Lärm kaum zu hören, meldete sich vom äußersten Rand der Menge. Ein untersetzter, bärtiger Mann machte einen Schritt nach vorn, und die vor ihm Stehenden machten ihm Platz – ein bißchen lässig, wie Männer das bei einem Unteroffizier oder Vorarbeiter tun, anders als bei einem höheren Offizier oder dem Chef einer Firma. Ist vielleicht doch jemand hier, der mehr Autorität genießt? fragte sich Kendrick. Jemand, der aufmerksam beobachtete? Jemand mit Befehlsgewalt?

»Was gibt es?« fragte er ruhig, abweisend.

»Mir gefällt dein Gesicht nicht. Das genügt mir.«

»Das genügt dir?« wiederholte Kendrick verächtlich. »Wofür?« Ohne den Mann weiter zu beachten, preßte er sich mit einem Schulterzucken an die Mauer, packte mit beiden Händen die Gitterstäbe und sah auf den von Flutlicht taghell erleuchteten Gefängnishof hinaus.

»Dreh dich um«, befahl der Bärtige, der sich offensichtlich die Rolle des Anführers anmaßte, mit schroffer Stimme dicht hinter Kendrick.

»Ich drehe mich um, wann ich will«, antwortete Kendrick so leise, daß er nicht wußte, ob er überhaupt gehört wurde.

»Auf der Stelle!« kommandierte der Mann, nicht lauter als Kendrick. Im nächsten Moment ließ er ohne jede Vorwarnung schwer die Hand auf Kendricks rechte noch blutende Schulter fallen und packte zu.

»Faß mich nicht an, das ist ein Befehl!« brüllte Kendrick, ohne sich von der Stelle zu rühren, mit beiden Händen die Gitterstäbe umklammernd, um den Schmerz nicht zu zeigen, der ihm fast den Atem nahm. Er konzentrierte sich ganz auf das, worüber er sich Klarheit verschaffen wollte. Und es kam... Die Finger, die sich wie im Krampf in seiner Schulter festgekrallt hatten, lösten sich, und der Mann ließ auf Kendricks Befehl zwar die Hand sinken, legte sie ihm jedoch zaghaft wieder auf die Schulter. Kendrick wußte: der Unterführer erteilte zwar Befehle, befolgte Befehle jedoch auch bereitwillig und voller Eifer, wenn die Stimme, die sie gab, nur autoritär genug klang. Er war nicht der Mann, der im Gefängnis die absolute Befehlsgewalt hatte. Zwar stand er auf der Leiter ziemlich hoch oben, aber nicht hoch genug. Gab es wirklich noch einen anderen? Dazu bedurfte es eines weiteren Tests. Kendrick stand stocksteif da, fuhr dann unvermittelt nach rechts herum, schüttelte lässig die Hand des untersetzten Mannes ab und brachte ihn durch den Schwung seiner Bewegung aus dem Gleichgewicht. »Also«, stieß er hervor, »was gefällt dir nicht an mir? Ich werde dein Urteil weitergeben. Man wird sich, davon bin ich überzeugt, sehr dafür interessieren, wer hier in Maskat die Urteile fällt.« Kendrick machte eine kurze Pause und fuhr dann mit erhobener Stimme fort: »Weißt du, wofür viele diese Urteile halten? Für gequirlte Scheiße. Also los, was gefällt dir nicht an mir, Idiot?«

»Ich fälle keine Urteile!« schrie der Terrorist genauso voller Abwehr wie vorhin der Halbwüchsige, der sich vor dem Erschießungskommando fürchtete. Doch so schnell sein Zorn aufgeflammt war, so schnell legte er sich wieder, und der Sergeant oder Anführer nahm wieder seine mißtrauische Haltung an; er hatte plötzlich Angst bekommen, seine Worte könnten lauter gewesen sein als das Stimmengewirr an der Tür. »Du gehst mit Worten sehr frei um«, flüsterte er heiser und kniff die Augen zusammen. »Aber uns bedeuten sie nichts. Woher sollen wir wissen, wer du bist oder woher du kommst? Du siehst nicht einmal aus wie einer von uns. Du bist anders.«

»Ich habe Zugang zu Kreisen, in die du nie hineinkommst, weil du nicht hineingehörst. Ich aber schon.«

»Er hat helle Augen!« rief plötzlich der alte, bärtige Gefangene mit den langen, schmutzstarrenden Haaren. »Er ist ein Spion! Er ist hier, um uns auszuhorchen!« Andere schoben sich näher heran und musterten den auf einmal viel bedrohlicher wirkenden Fremden forschend.

Kendrick wandte den Kopf und sah seinen Ankläger an. »Die hättest du vielleicht auch, wenn dein Großvater Europäer gewesen wäre. Hätte mir daran gelegen, sie wegen solcher Dummköpfe, wie du einer bist, dunkel zu färben, hätte ich nur ein paar Tropfen einer bestimmten Flüssigkeit hineinträufeln müssen, und schon hätte ich wenigstens eine Woche lang dunkle Augen gehabt. Natürlich hast du von solchen Tricks keine Ahnung.«

»Dir fehlen die Worte wohl nie, was?« sagte der Sergeant oder Anführer. »Lügner werfen mit Worten um sich, denn sie kosten nichts.«

»Höchstens das Leben«, antwortete Kendrick und schaute einem nach dem anderen ins Gesicht. »Und ich habe nicht die Absicht, es zu verlieren.«

»Dann hast du also Angst zu sterben?« fragte der gepflegt aussehende Halbwüchsige mit der beschmutzten Hose.

»Du selbst hast diese Frage für mich beantwortet. Ich fürchte den Tod nicht – das sollte keiner von uns –, aber ich habe Angst, die Aufgabe nicht vollenden zu können, die man mir anvertraut hat. Das fürchte ich – um unserer heiligen Sache willen.«

»Schon wieder Worte«, sagte gepreßt der Möchtegern, der den Anführer spielte; er war wütend, weil mehrere Gefangene dem seltsam aussehenden Euro-Araber mit der flinken Zunge aufmerksam zuhörten. »Was für eine Aufgabe sollst du hier in Maskat vollenden? Warum klärst du uns nicht auf, erleuchtest uns nicht, wenn wir so dumm sind?«

»Mein Auftrag lautet, nur mit ganz bestimmten Leuten darüber zu sprechen.«

»Ich denke, du solltest mit mir sprechen«, sagte der Sergeant – jetzt mehr Sergeant als Vorarbeiter – und machte einen drohenden Schritt auf Kendrick zu. »Wir kennen dich nicht, aber du kennst uns vielleicht. Dadurch bist du uns gegenüber im Vorteil, und das gefällt mir nicht.«

»Und mir geht deine Dummheit auf die Nerven«, entgegnete Kendrick, gestikulierte mit beiden Händen, zeigte mit der einen auf sein rechtes Ohr, mit der anderen auf die Männer bei der

Tür, die ständig in Bewegung waren, ununterbrochen schwatzten. »Kapierst du denn nicht? Man könnte dich hören! Jetzt wirst du doch zugeben, daß du ein Dummkopf bist.«

»O ja, wir alle sind es, Herr.« Der Sergeant – jetzt endgültig ein Sergeant – wandte den Kopf und sah zu einer Gestalt hinüber, die in der Menge verborgen blieb. Kendrick versuchte dem Blick des Mannes zu folgen und entdeckte, da er alle anderen überragte, am anderen Ende der Halle eine Reihe offener Toiletten. Einige waren besetzt, und die dort Beschäftigten verfolgten die Vorgänge in der Halle mit großem Interesse. Andere Häftlinge liefen neugierig und nervös zwischen der lauten Gruppe an der Tür und der anderen hin und her, die sich um den neuen Gefangenen drängte. »Aber, großer Vorsitzender«, fuhr der untersetzte Terrorist höhnisch fort, »wir haben Methoden, um unsere Dummheit zu überwinden. Das solltest du so minderwertigen Menschen wie uns schon zutrauen.«

»Wem ich wann etwas zutraue, bleibt wohl mir überlassen...«

»In unserem Fall nicht!« Plötzlich riß der Fanatiker den linken Arm in die Höhe. Es war ein Signal, und wie auf ein Stichwort schwollen die Stimmen der Männer um Kendrick an, vereinten sich zu einem islamischen Choral, weitere Stimmen fielen ein, und andere folgten, bis das ganze Gefängnis zu dröhnen schien. Mehr als fünfzig Eiferer kreischten wie von Sinnen die Lobgesänge der sonderbaren Stationen hinaus, die in Allahs väterliche Arme führten. Und dann geschah es. Sie lechzten nach einem Opfer.

Sie fielen über Kendrick her, rammten ihm die Fäuste in den Magen und ins Gesicht. Er konnte nicht schreien – klauenartige Finger hielten ihm den Mund zu, zerrten an seinen Lippen, bis er glaubte, sie würden ihm abgerissen. Er litt qualvolle Schmerzen. Und dann waren seine Lippen plötzlich wieder frei, sein Mund noch halbwegs an Ort und Stelle. »Sag uns, wer du bist!« schrie der Sergeant Kendrick gellend ins Ohr. »Aus welchem Ort der Hölle bist du hervorgekrochen?«

»Ich bin, wer ich bin!« schrie Kendrick mit verzerrtem Gesicht und versuchte so lange wie möglich durchzuhalten. Er war überzeugt, die Araber zu kennen, glaubte, daß der Augenblick kommen müsse, in dem aus Respekt vor dem Tod eines

Feindes ein paar Sekunden vollkommener Stille eintreten würden, ehe man ihn tötete. Sie würden ihm genügen. Der Islam hatte Ehrfurcht vor dem Tod – dem eines Freundes und dem eines Gegners. Er brauchte diese Sekunden. Er mußte die Wachen informieren. Großer Gott, sie brachten ihn um! Eine Faust schlug unbarmherzig auf seine Hoden ein... Wann, wann hörten sie endlich auf, gönnten ihm die kostbaren Augenblicke?

Plötzlich erschien über ihm eine verschwommene Gestalt, bückte sich, betrachtete ihn eingehend. Wieder krachte eine Faust in seine linke Niere, doch kein Schmerzensschrei kam über seine Lippen. Er durfte nicht schreien.

»Halt!« rief irgendwo hoch über ihm eine Stimme. »Reißt ihm das Hemd herunter. Laßt mich seinen Hals sehen! Dort hat er angeblich ein Mal, das er nicht abwaschen kann.«

Kendrick fühlte, wie ihm der Stoff von der Brust gerissen wurde, sein Atem wurde flach, denn er wußte, daß es jetzt mit ihm zu Ende war. Er hatte keine Narbe am Hals.

»Es ist Amal Bahrudi«, erklärte der Mann über ihm. Kendrick, fast schon ohne Bewußtsein, hörte die Worte und konnte sie nicht fassen.

»Was suchst du?« fragte der Sergeant-Anführer wütend.

»Etwas, das es nicht gibt«, erklärte der Mann über Kendrick. »In ganz Europa gilt die Narbe an Amal Bahrudis Hals als unveränderliches Kennzeichen. Den Behörden wurde ein Foto zugespielt, auf dem das Gesicht zwar nur verschwommen, die Narbe am Hals, die von einem Messer stammt, jedoch sehr deutlich zu sehen ist. Es ist Amal Bahrudi – ohne jeden Zweifel, erfuhr die Polizei. Es war seine beste Tarnung, eine unglaublich geschickte Irreführung.«

»Du machst mich ganz irre!« rief der untersetzte Mann, der neben Kendrick kauerte. Seine Stimme ging in dem mißtönenden Singsang seiner Mithäftlinge fast unter. »Was für eine Tarnung? Was für eine Narbe?«

»Eine Narbe, die es nie gab, ein Kennzeichen, das nie existierte. Und alle suchen danach. Das ist Bahrudi, der blauäugige, der stumm die schlimmsten Schmerzen ertragen kann, der ›Getreue‹, der sich in den Hauptstädten des Westens völlig unauffällig und unbemerkt bewegen kann, weil sein europäischer Großvater ihm die richtigen Gene vererbt hat. Man muß in Oman erfahren haben, daß er hierher unterwegs ist, und trotzdem wird man sich morgen früh zweifellos tausendmal bei ihm entschuldigen und ihn wieder entlassen. Denn, wie du siehst, hat er keine Narbe am Hals.«

Trotz des Nebels vor seinen Augen, trotz der furchtbaren Schmerzen, die ihn peinigten, wußte Kendrick, daß er jetzt reagieren mußte. Es war der richtige Moment. Er zwang sich, die brennenden Lippen zu einem Lächeln zu verziehen, und seine hellen Augen konzentrierten sich auf die verschwommene Gestalt über ihm. »Ein vernünftiger Mann.« Er hustete, das Sprechen war eine Qual. »Bitte hilf mir auf, und schaff die Kerle weg, bevor ich sie alle in die Hölle befördern lasse.«

Der Unbekannte streckte die Hand aus. »Laßt ihn aufstehen«, sagte er.

»Nein!« brüllte der Sergeant, fiel auf die Knie und packte Kendrick bei den Schultern. »Du redest sinnloses Zeug. Wegen einer Narbe, die es nicht gibt, ist er der, der zu sein er behauptet? Wo ist denn da der Sinn, frage ich dich?«

»Mir kann er nichts vormachen, sollte er lügen, merke ich es«, antwortete die Gestalt über Kendrick, die allmählich festere und deutlichere Umrisse annahm. Das hagere Gesicht war das eines Mannes Anfang der Zwanzig; er hatte hohe Backenknochen, leidenschaftliche und intelligente dunkle Augen und eine schmale, gerade Nase. Er war schlank, fast mager, aber seine Körper- und seine Kopfhaltung verrieten Kraft. Seine Halsmuskeln traten hervor. »Laß ihn aufstehen«, wiederholte er gelassen, aber in einem Befehlston, dem sich keiner widersetzen konnte. »Und sag den anderen, sie sollen aufhören zu singen – nicht alle zugleich, sondern nach und nach, verstehst du? – und dann wieder miteinander reden. Alles muß ganz normal wirken, dazu gehören auch eure ewigen Streitereien, aber die kommen von selbst, eigens auffordern muß man euch da nicht.«

Der wütende Sergeant versetzte Kendrick noch einen letzten Stoß, der so heftig war, daß seine Schulterwunde weiter aufplatzte und das Blut wieder zu strömen begann. Nachdem er seinem Unmut auf diese Weise Luft gemacht hatte, trottete der Terrorist mürrisch zu den anderen und gab die Befehle des schlanken jungen Mannes weiter.

»Danke«, sagte Kendrick, nach Atem ringend. Zitternd richtete er sich auf die Knie auf und zuckte bei jeder Bewegung vor Schmerz zusammen. Gesicht und Körper waren voller blauer

Flecke und Blutergüsse, an einigen Stellen war die Haut aufgeplatzt – er hatte das Gefühl, sein Körper sei eine einzige offene Wunde. »Es hätte nicht mehr lange gedauert, und ich wäre mit Allah vereint gewesen.«

»Das kann dir noch immer passieren, deshalb mache ich mir nicht die Mühe, deine Blutungen zu stillen.« Der junge Palästinenser schob Kendrick in sitzender Haltung an die Mauer. »Ich weiß nämlich nicht, ob du wirklich Amal Bahrudi bist oder nicht, ich habe rein instinktiv gehandelt. Nach den Beschreibungen, die ich von dir kenne, könntest du es sein, und du sprichst das Arabisch der Gebildeten, auch das paßt. Außerdem hast du dieser extrem harten Bestrafung standgehalten, obwohl das geringste Entgegenkommen von dir bedeutet hätte, daß du bereit warst, ihnen die Information zu geben, die sie von dir verlangten. Statt dessen hast du mit Trotz reagiert und dabei bestimmt gewußt, daß sie dich jeden Augenblick erwürgen konnten. Das ist nicht die Art eines Infiltranten, der nichts höher schätzt als das irdische Leben. Es ist unsere Art, daß wir unsere – wie du gesagt hast – heilige Sache bis zum letzten Blutstropfen verteidigen. Und bei Allah, heilig ist unsere Sache.«

Guter Gott! dachte Kendrick und studierte die kalte Miene des fanatischen Partisanen. Wie unrecht du hast! Wenn ich überlegt hätte, fähig gewesen wäre zu denken... Vergiß es! »Was wird – was kann dich überzeugen?« fragte er. »Ich sage dir gleich, daß ich nicht bereit bin, Dinge preiszugeben, die ich geheimhalten soll.« Kendrick unterbrach sich, legte die Hand auf die Kehle und schluckte trocken. »Auch dann nicht, wenn du dich entschließt, meine Bestrafung fortzusetzen, und mich erwürgst.«

»Beide Erklärungen habe ich erwartet«, antwortete der junge Terrorist, ging in die Hocke und kauerte jetzt vor Kendrick. »Aber du kannst mir sagen, warum du hergekommen bist. Warum hat man dich nach Maskat geschickt? Wen solltest du hier suchen? Von diesen Antworten hängt dein Leben ab, Amal Bahrudi, und ich bin der einzige, der diese Entscheidung treffen kann.«

Er hatte recht gehabt! Obwohl soviel dagegensprach, hatte er recht gehabt.

Flucht! Er mußte mit diesem jungen Fanatiker fliehen, der mordete, um seiner heiligen Sache zu dienen.

7

Kendrick starrte den Palästinenser an, als ob die Augen tatsächlich verraten könnten, was in der Seele eines Mannes vorgeht. Zum Glück waren Kendricks Augen viel zu verschwollen, um etwas anderes zu verraten als fast unerträglichen körperlichen Schmerz. ». . . die übrigen Wanzen stecken in den Spülkästen der Toiletten.« Dr. Amal Faisal, Kontaktmann zum Sultan.

»Man hat mich hergeschickt, um euch zu sagen, daß es unter euren Leuten in der Botschaft Verräter gibt.«

»Verräter?« Reglos verharrte der Terrorist in seiner kauernden Haltung. Außer einem kaum merklichen Stirnrunzeln zeigte er keine Reaktion. »Das ist unmöglich«, sagte er, nachdem er Amal Bahrudis Gesicht forschend betrachtet hatte.

»Du hast leider unrecht«, widersprach Kendrick. »Ich habe den Beweis selbst gesehen.«

»Was für einen Beweis?«

Kendrick zuckte plötzlich zusammen, griff sich an die verletzte Schulter und hatte die Hand sofort voller Blut. »Wenn du die Blutung nicht stillen willst, muß ich es tun«, sagte er und versuchte sich an der Mauer höherzuschieben.

»Bleib, wo du bist!«

»Warum? Warum sollte ich? Woher weiß ich denn, daß nicht auch du zu den Verrätern gehörst, die an unserer heiligen Sache nur Geld verdienen wollen?«

»Geld? Was für Geld denn?«

»Das wirst du nicht erfahren, solange ich nicht weiß, ob du das Recht dazu hast.« Wieder stemmte Kendrick sich gegen die Mauer, stützte die Hände auf den Boden und versuchte aufzustehen. »Du sprichst wie ein Mann, aber du bist noch ein Junge.«

»Ich bin schnell erwachsen geworden«, sagte der Terrorist und drückte seinen seltsamen Gefangenen wieder auf den Boden zurück.

»Dann verhalte dich auch wie ein Erwachsener. Wenn ich hier verblute, nützt das keinem von uns.« Kendrick zog sich das blutgetränkte Hemd von der Schulter. »Sie ist verschmutzt«, sagte er mit einem Nicken in Richtung der Wunde. »Voller Dreck und Schleim, dank deiner unmenschlichen Freunde hier.«

»Sie sind nicht unmenschlich, und sie sind nicht meine Freunde. Es sind meine Brüder.«

»Gedichte schreiben kannst du, wenn es deine Zeit erlaubt. Meine ist zu kostbar. Gibt es hier irgendwo sauberes Wasser?«

»In den Toiletten ist eine Wasserleitung.«

»Hilf mir auf!«

»Nein. Was für ein Beweis ist das? Zu wem hat man dich geschickt?«

»Idiot!« explodierte Kendrick. »Aber wie du willst. Wo ist Nassir? Alle fragen: Wo steckt Nassir?«

»Er ist tot«, antwortete der junge Mann ausdruckslos.

»Was?«

»Ein Wachposten des Marinekorps ist über ihn hergefallen, hat ihm die Waffe abgenommen und ihn erschossen. Der Marinesoldat wurde auf der Stelle getötet.«

»Uns wurde nichts gesagt...«

»Was hätte es genützt?« entgegnete der Terrorist. »Ein einzelner amerikanischer Wachposten wäre zum Märtyrer gestempelt worden. Und es hätte bewiesen, daß einer von uns überwältigt wurde. Na und? Wir prahlen nicht mit unseren Schwächen.«

»Nassir?« fragte Kendrick, der aus der Stimme des jungen Mannes ein gewisses Bedauern herauszuhören glaubte. »Nassir soll schwach gewesen sein?«

»Er war Theoretiker und für diese Arbeit ungeeignet.«

Kendrick zog die Brauen hoch. »Sieh an, sieh an, unser Student ist wohl Psychoanalytiker!«

»Kein Analytiker. Er erkennt nur jeweils den richtigen Moment, in dem der aktive Einsatz die passiven Debatten ablösen, in dem das Wort der Tat weichen muß. Nassir redete zuviel, versuchte zuviel zu rechtfertigen.«

»Und das tust du nicht?«

»Es geht hier nicht um mich, sondern um dich. Was hast du für einen Beweis dafür, daß es Verrat in unseren Reihen gibt?«

»Die Frau, Jatim«, sagte Kendrick, ohne auf die Frage einzugehen. »Saja Jatim. Man hat mir gesagt...«

»Jatim eine Verräterin?« rief der Terrorist zornerfüllt.

»Das habe ich nicht gesagt...«

»Was dann?«

»Daß sie zuverlässig ist – wollte ich sagen...«

»Sie ist viel mehr als das, Amal Bahrudi!« Der junge Mann packte den Stoffetzen, der noch von Kendricks Hemd übrig war. »Sie ist unserer Sache mit Leib und Seele ergeben, eine unermüdliche Arbeiterin, die sich in der Botschaft bis zur Erschöpfung verausgabt, mehr als irgendeiner von uns.«

»Sie spricht auch Englisch«, sagte Kendrick und hörte aus der Stimme des Terroristen noch etwas anderes heraus.

»Das tu' ich auch«, antwortete zornig der Student von eigenen Gnaden und ließ seinen Gefangenen los.

»Und ich spreche es auch«, sagte Kendrick ruhig, mit einem Blick auf die anderen Häftlinge, von denen viele sie beobachteten. »Könnten wir jetzt Englisch sprechen?« fragte er, seine verletzte Schulter abtastend. »Du sagst, du willst Beweise, die ich dir natürlich nicht geben darf, aber ich kann dir erzählen, was ich mit eigenen Augen gesehen habe – in Berlin. Du kannst dann selbst entscheiden, ob ich die Wahrheit sage oder nicht – da du ja die besondere Fähigkeit hast, die Dinge schnell zu durchschauen. Ich will jedoch nicht, daß deine unmenschlichen Brüder verstehen, was ich sage.«

»Du bist arrogant – obwohl dir unter diesen Umständen eigentlich jede Arroganz vergehen müßte.«

»Ich bin der, der ich bin.«

»Das hast du schon ein paarmal gesagt.« Der Terrorist nickte. »Aber gut, sprechen wir Englisch. Du hast Jatim erwähnt. Was ist mit ihr?«

»Du hast angenommen, ich meinte, sie sei eine Verräterin.«

»Wer wagt es...«

»Ich habe das genaue Gegenteil gemeint«, erklärte Kendrick, zuckte zusammen und umfaßte seine Schulter fester. »Man vertraut ihr, man rühmt sie. Nach Nassir war sie diejenige, an die ich mich wenden sollte.« Er stöhnte auf vor Schmerz und fuhr beinahe keuchend fort: »Falls sie nicht mehr am Leben sein sollte, hatte ich den Auftrag, mich mit einem Mann in Verbindung zu setzen, der Asra genannt wird – und nach ihm mit einem anderen, der graue Strähnen im Haar hat und unter dem Namen Abjad bekannt ist.«

»Ich bin Asra!« rief der dunkeläugige Student. »Ich bin der, den sie ›Blau‹ nennen.«

Volltreffer, dachte Kendrick und musterte den jungen Terroristen eindringlich und fragend. »Aber du bist hier, im Gefängnis, nicht in der Botschaft...«

»Das hat unser ›Kriegsrat‹ so beschlossen, unter dem Vorsitz von Jatim«, fiel Asra ihm ins Wort.

»Ich verstehe nicht.«

»Wir haben eine Nachricht erhalten. Gefangene wurden in Einzelhaft gehalten – gefoltert, bestochen, ihr Wille auf die eine oder andere Art gebrochen, so daß sie sich bereit fanden zu reden. Es wurde beschlossen, daß der Stärkste von uns – den Mitgliedern des Rates – sich auch verhaften lassen sollte. Die Leute brauchen einen Anführer, der sie zum Widerstand aufstachelt.«

»Und man hat dich gewählt? Sie hat dich gewählt?«

»Saja wußte, was sie tat. Sie ist meine Schwester. Ich ihr Blutsbruder. Sie ist sich meiner Überzeugung und meines Eifers genauso sicher, wie ich mir ihrer Hingabe sicher bin. Wir kämpfen Seite an Seite bis zum Tod, denn Tod ist unsere Vergangenheit.«

Wieder Volltreffer, dachte Kendrick. Er bog den Hals zurück, sein Kopf fiel gegen die Betonmauer, seine Augen schweiften über die Decke der Halle mit den in Käfigen eingesperrten nackten Glühbirnen. »Also lerne ich meinen wichtigsten Kontakt im Gefängnis kennen – am unmöglichsten Ort, den man sich vorstellen kann. Vielleicht hat Allah uns doch verlassen.«

»Zum Teufel mit Allah!« rief Asra zu Kendricks Erstaunen. »Du wirst morgen früh entlassen, das steht für mich fest. Du wirst bald frei sein.«

»Sei dir nur nicht allzu sicher«, antwortete Kendrick, zuckte abermals zusammen und griff nach seiner Schulter. »Unter uns gesagt – man hat dieses Foto bis zu einer Zelle der Gruppe ›Heiliger Krieg des Islams‹ in Rom zurückverfolgt und bezweifelt jetzt, daß es die Narbe tatsächlich gibt. Sie suchen in Riad und Manamah nach zahnärztlichen und ärztlichen Befunden aus früheren Jahren. Falls ein paar übersehen wurden, falls man welche findet, werde ich bald vor einem israelischen Henker stehen. Aber das soll nicht deine Sorge sein, und meine ist es – offen gesagt – in diesem Moment auch nicht.«

»Wenigstens steht dein Mut deiner Arroganz in nichts nach.«

»Ich hab' dir schon einmal gesagt, du sollst *deine* Zeit damit vergeuden, Gedichte zu schreiben. Nicht die meine. Wenn du Asra bist, der Bruder von Jatim, brauchst du Informationen. Du mußt erfahren, was ich in Berlin gesehen habe.«

»Ist es der Beweis für den Verrat?«

»Wenn nicht Verrat, dann unglaubliche Dummheit, und

wenn nicht Dummheit, dann unverzeihliche Geldgier, die genauso schlimm ist wie Verrat.« Kendrick versuchte noch einmal aufzustehen, preßte den Rücken an die Mauer, stützte die Hände auf den Fußboden. Diesmal hielt der Terrorist ihn nicht zurück. »Verdammt noch mal, hilf mir!« rief Kendrick. »Ich kann so nicht denken. Muß mir das Blut ab- und die Augen auswaschen, damit ich wieder klar und deutlich sehen kann.«

»Nun gut«, sagte Asra stockend, und seine Miene verriet, daß er vor Neugier brannte. »Stütz dich auf mich«, fügte er fast widerwillig hinzu.

»Ich wollte nur, daß du mir auf die Beine hilfst«, sagte Kendrick und riß sich los. »Ich kann allein gehen, vielen Dank. Brauch' keine Hilfe von ignoranten Kindern.«

»Du brauchst vielleicht mehr Hilfe, als ich bereit bin, dir anzubieten...«

»Das hatte ich vergessen«, unterbrach ihn Kendrick, taumelte und humpelte mühsam nach hinten zu den vier Toiletten und zur Wasserleitung. »Der Student ist beides – Richter und Jury, ebenso wie die rechte Hand Allahs, den er zum Teufel schickt.«

»Versteh mich recht, du Mann des Glaubens«, sagte Asra entschieden und blieb in der Nähe des arroganten Fremden, der ihn ständig beleidigte. »Ich führe weder für noch gegen Allah, Abraham oder Christus Krieg. Es ist ein Kampf ums Überleben, um ein menschenwürdiges Leben, allen zum Trotz, die mich mit ihren Kugeln und ihren Gesetzen vernichten wollen. Ich spreche für viele, wenn ich sage: Genieß deinen Glauben, praktiziere ihn, aber belaste mich nicht damit. Ich habe genug damit zu tun, mich am Leben zu erhalten, und wenn es nur deshalb ist, um noch einen Tag länger zu kämpfen.«

Kendrick musterte den zornigen jungen Terroristen. »Ich frage mich, ob ich wirklich mit dir sprechen darf«, sagte er. »Vielleicht bist du gar nicht der Asra, den ich suchen soll.«

»Ich bin es«, antwortete Asra. »Bei dieser Arbeit gibt es Übereinkommen zwischen Leuten verschiedener politischer Richtungen, die sich unterschiedliche Ziele gesetzt haben, und jeder nimmt vom anderen – aus sehr selbstsüchtigen Gründen. Wenn wir alle am selben Strang ziehen, können wir viel mehr erreichen als jeder für sich.«

»Wir verstehen uns«, sagte Kendrick.

Sie kamen zur Wasserleitung mit dem verrosteten Becken.

Kendrick drehte den einzigen Kaltwasserhahn voll auf und hielt Gesicht und Hände unter den starken Strahl. Er besprengte seinen ganzen Oberkörper reichlich mit Wasser und spülte, immer um die blutende Schulterwunde herum, Oberarm und Brust ab. Er dehnte das Bad aus, weil er merkte, daß Asra, der nervös von einem Fuß auf den anderen trat, immer ungeduldiger wurde. Er wußte, daß der Augenblick nah war. »Die übrigen Wanzen sind in den Spülkästen der Toiletten versteckt.« Und dann war es soweit.

»Jetzt reicht es aber!« explodierte der Palästinenser, packte Kendrick an der gesunden Schulter und zerrte ihn von der Wasserleitung weg. »Sag mir jetzt endlich, was du in Berlin gesehen hast! Auf der Stelle! Was hast du für einen Beweis für Verrat – Dummheit – oder Geldgier? Wie sieht dieser Beweis aus?«

»Es müssen mehrere in die Sache verwickelt sein«, begann Kendrick hustend und am ganzen Körper zitternd; jeder Hustenstoß heftiger, würgender. »Wenn sie die Botschaft verlassen, schmuggeln sie sie hinaus...« Plötzlich beugte er sich vor, umklammerte seinen Hals und stürzte sich über die nächste Toilette. »Ich muß mich übergeben!« schrie er und packte mit beiden Händen den Rand der Schüssel.

»Was schmuggeln sie heraus?«

»Filme!« stieß Kendrick hervor, die Stimme auf den Hebel der Wasserspülung gerichtet. »Sie schmuggeln Filme aus der Botschaft, um sie zu verkaufen.«

»Filme? Fotos?«

»Zwei Rollen. Ich habe sie abgefangen, habe beide gekauft. Filme, die Identitäten preisgeben, Methoden...«

Mehr konnte man in der riesigen Betonzelle, diesem Terroristengefängnis ,nicht hören. Klingeln begannen ohrenbetäubend zu schrillen. Alarm! Wachsoldaten stürmten, die Gewehre schußbereit, in die Halle und warfen wilde Blicke um sich. Nach ein paar Sekunden schon hatten sie den gefunden, den sie suchten; sechs Soldaten kamen auf die Toiletten zu.

»Niemals!« schrie der Gefangene, der sich Amal Bahrudi nannte. »Tötet mich, wenn ihr wollt, aber ihr werdet von mir nichts erfahren. Nichts. Denn ihr seid nichts.«

Die ersten beiden Wachen waren herangekommen. Kendrick sprang sie an, prallte mit voller Wucht mit den wie benommen

Dastehenden zusammen, die glaubten, sie retteten einen Infiltranten, den die Terroristen umbringen wollten. Kendrick schwenkte die Arme und ließ die Fäuste in die Gesichter der völlig verwirrten Retter krachen.

Zum Glück kam ein dritter Soldat hinzu und schlug Amal Bahrudi mit dem Gewehrkolben bewußtlos.

Es war stockfinster, doch er wußte, daß er im Krankenrevier des Gefängnisses auf dem Untersuchungstisch lag. Er fühlte kalte Kompressen auf seinen Augen und Eispackungen auf verschiedenen Körperpartien. Er hob die Hand und nahm den dicken, nassen Umschlag von den Augen. Gesichter hingen über ihm wie Monde – zornige, verwirrte Gesichter. Er konnte sich nicht mit ihnen befassen, dazu hatte er keine Zeit.

»Faisal!« würgte er auf arabisch hervor. »Wo ist Faisal, der Doktor?«

»Ich bin hier unten und verarzte Ihren linken Fuß«, antwortete der Arzt auf englisch. »Ich säubere gerade eine sehr merkwürdig aussehende Wunde. Ich fürchte, jemand hat Sie gebissen.«

»Ich sehe seine Zähne noch vor mir«, sagte Kendrick, jetzt auch auf englisch. »Sie haben ausgesehen wie die Zähne eines Sägefischs. Nur waren sie gelb.«

»Es gibt in diesem Teil der Welt eben nicht genug zu essen.«

»Schicken Sie die Männer weg«, sagte Kendrick hastig. »Sofort. Wir müssen miteinander reden – sofort.«

»Nachdem Sie sich im Gefängnis aufgeführt haben wie ein Berserker, bezweifle ich, daß sie gehen werden, und ich weiß nicht einmal, ob ich es zuließe. Sind Sie verrückt? Sie wollen Ihnen das Leben retten, und Sie stürzen sich auf sie und brechen dem einen das Nasenbein und demolieren dem anderen die Zahnbrücke.«

»Ich mußte überzeugend wirken, sagen Sie ihnen das – nein, noch nicht. Schicken Sie sie hinaus. Sagen Sie ihnen, was Sie wollen, aber wir müssen miteinander reden. Dann müssen Sie sich mit Achmad in Verbindung setzen. Wie lange bin ich schon hier?«

»Fast eine Stunde...«

»Du lieber Gott! Wie spät ist es?«

»Viertel nach vier Uhr morgens.«

»Beeilen Sie sich! Um Himmels willen, machen Sie schnell!«

Faisal entließ die Soldaten mit beschwichtigenden Worten, munterte sie auf und erklärte ihnen, daß es sich um Dinge handelte, die er ihnen nicht erklären durfte. Ehe der letzte Wachsoldat ging, nahm er seine Pistole aus dem Gürtel und reichte sie dem Arzt. »Muß ich die Waffe auf Sie richten, während wir reden?« fragte Faisal, als der Soldat draußen war.

»Noch vor Sonnenaufgang«, sagte Kendrick, stieß die Eispakkungen weg, richtete sich auf und setzte unter großen Schmerzen die Beine vom Untersuchungstisch, »noch vor Sonnenaufgang möchte ich noch viel mehr Waffen auf mich gerichtet sehen. Aber nicht besonders genau, wenn ich bitten darf.«

»Was sagen Sie da? Das kann nicht Ihr Ernst sein!«

»Flucht. Achmad muß eine Flucht arrangieren.«

»Was? Sie sind wirklich verrückt.«

»Noch nie war ich vernünftiger, und nie war mir etwas ernster. Suchen Sie zwei oder drei Ihrer besten Leute aus – Männer, denen Sie rückhaltlos vertrauen, und veranlassen Sie eine Überführung...«

»Eine Überführung?«

Kendrick schüttelte den Kopf und blinzelte, denn die Schwellungen an den Augen machten sich, wenn sie auch zurückgegangen waren, noch immer unangenehm bemerkbar. Er suchte nach den richtigen Worten, um dem erstaunten Doktor seinen Plan zu erklären. »Ich will so sagen: Jemand hat beschlossen, ein paar Gefangene in ein anderes Gefängnis zu verlegen.«

»Wer sollte das tun? Und warum?«

»Niemand. Es wird einfach getan, ohne Erklärung. Haben Sie Fotos von den Häftlingen?«

»Selbstverständlich. Das ist Routine bei der Verhaftung, obwohl die Namen bedeutungslos sind. Wenn man uns überhaupt einen nennt, ist er bestimmt falsch.«

»Besorgen Sie mir eine Liste. Von allen. Ich werde Ihnen sagen, wen Sie aussuchen sollen.«

»Aussuchen? Wofür?«

»Für die Verlegung. Diejenigen, die an einen anderen Ort gebracht werden sollen.«

»Aber wohin denn? Was Sie da sagen, hat wirklich weder Sinn noch Verstand.«

»Sie hören mir nicht zu. Irgendwo unterwegs, in einer Seitengasse oder auf einer dunklen Landstraße vor der Stadt, werden wir die Wachen überwältigen und fliehen.«

»Überwältigen... Wir?«

»Ich gehöre auch zu der Gruppe, bin bei der Flucht mit von der Partie. Ich gehe ins Gefängnis zurück.«

»Das ist Wahnsinn!« rief Faisal.

»Das ist Vernunft und klare Überlegung«, entgegnete Kendrick. »Im Gefängnis ist ein Mann, der mich dahin bringen kann, wohin ich will. Uns dahin bringen kann, wohin wir wollen. Besorgen Sie mir die Polizeifotos, und dann rufen Sie Achmad unter der Nummer mit den drei Fünfen an. Sagen Sie ihm, was ich Ihnen gesagt habe, er wird verstehen. Verstehen? Zum Teufel! Genau das hatte doch dieser Student von Anfang an im Kopf.«

»Aber Sie genauso, denke ich, *ya schaikh amrikáni.*«

»Vielleicht. Vielleicht will ich nur die Verantwortung auf jemand anders abschieben. Ich passe nicht in diese Schablone.«

»Dann treibt Sie innerlich etwas an, und der Mann, der Sie früher waren, nimmt wieder Gestalt an. So etwas gibt es.«

Kendrick sah Faisal in die weichen braunen Augen. »So etwas gibt es«, stimmte er zu. Plötzlich tauchte vor seinem geistigen Auge eine dunkle Silhouette auf. Ein Mann floh vor den Flammen einer irdischen Hölle. Rauchwirbel hüllten die gespenstische Gestalt ein, während um sie herum stürzende Steine mit ihrem Gepolter die Schreie der Opfer erstickten. Der Mahdi. Der Mörder von Frauen und Kindern, von Freunden, die er geliebt hatte, seinen Partnern, die die gleiche Vision gehabt hatten wie er – seine Familie, die einzige Familie, die er sich je gewünscht hatte. Alle dahin, alle tot; untergegangen die Vision im Inferno, verschwunden mit den aufsteigenden Rauchschwaden, bis nichts mehr übriggeblieben war als Kälte und Finsternis. Der Mahdi! »So was gibt es«, wiederholte Kendrick und rieb sich die Stirn. »Besorgen Sie mir die Fotos, und rufen Sie Achmad an. Ich möchte in zwanzig Minuten wieder im Gefängnis sein und zehn Minuten später weggebracht werden. Bewegung, um Himmels willen, Bewegung, Mann!«

Achmad, Sultan von Oman, noch immer in Sporthose und dem T-Shirt der *New England Patriots*, saß in seinem hochlehnigen

Sessel, und im rechten hinteren Bein seines Schreibtischs blinkte das rote Lämpchen des privaten Sicherheitstelefons. Den Hörer am Ohr, lauschte er aufmerksam.

»Es ist also geschehen, Faisal«, sagte er leise. »Gepriesen sei Allah, es ist geschehen.«

»Er hat mir gesagt, Sie hätten es nicht anders erwartet«, sagte der Doktor in fragendem Ton.

»Erwartet ist zuviel gesagt, alter Freund. Gehofft ist zutreffender.«

»Ich habe Ihnen die Mandeln herausgenommen, großer Sultan, und habe Sie im Lauf der Jahre ein paarmal bei leichten Erkrankungen behandelt. Einmal war mit einer dieser Krankheiten auch eine große Angst verbunden, die sich zum Glück als unbegründet erwies.«

Achmad lachte mehr in sich selbst hinein als ins Telefon. »Eine wilde Woche in Los Angeles, Amal. Da hätte ich mir einiges holen können.«

»Wir hatten einen Pakt geschlossen. Ich habe nie etwas Ihrem Vater erzählt.«

»Womit Sie sagen wollen, daß ich Ihnen jetzt etwas verschweige.«

»Ich muß zugeben, der Gedanke ist mir gekommen.«

»Nun gut, alter Freund...« Plötzlich hob der Sultan ruckartig den Kopf. Die Tür seines Arbeitszimmers wurde geöffnet, und zwei Frauen traten ein. Die erste war unverkennbar schwanger, eine Weiße, blond und nur mit einem Bademantel bekleidet. Seine Frau, die, wie er Kendrick erzählt hatte, aus New Bedford, Massachusetts, stammte. Ihr folgte eine dunkelhaarige Frau mit olivfarbener Haut. Sie trug modische Straßenkleidung. Im Haushalt des Sultans nannte man sie einfach nur Kalaila. »Außer einem gesunden Menschenverstand, lieber Doktor«, setzte Achmad sein Telefongespräch fort, »verfüge ich über gewisse Quellen. Unser gemeinsamer Bekannter brauchte Unterstützung, und wer könnte da besser helfen als der Herrscher von Oman? Wir haben zu den Bestien in der Botschaft Informationen durchsickern lassen. Irgendwo würden Häftlinge in Einzelhaft gehalten und mit brutalsten Methoden verhört. Sie mußten ganz einfach jemand schicken, der Disziplin und Ordnung aufrechterhielt – und Kendrick hat ihn gefunden. Geben Sie unserem Amerikaner alles, was er will, aber zögern Sie seinen Zeitplan fünfzehn oder zwanzig Minuten hinaus, bis meine beiden Polizeibeamten eintreffen.«

»Die beiden von Wadi Al Kabir? Ihre Cousins?«

»Zwei Spezialbeamte – das genügt, mein Freund.«

Es folgte eine kurze Pause, Faisal suchte ganz offensichtlich nach Worten. »Die Gerüchte stimmen, nicht wahr, Achmad?«

»Ich habe keine Ahnung, was Sie meinen. Gerüchte sind Klatsch, und beides interessiert mich nicht. Zerbrechen Sie sich darüber nicht den Kopf. Halten Sie mich nur auf dem laufenden.« Achmad griff in die Schublade, in der der Telefonapparat stand, und drückte eine Reihe von Zahlen. Als die Verbindung hergestellt war, sagte er: »Tut mir leid, meine lieben Verwandten, ich weiß, ihr schlaft längst, aber ich muß euch noch einmal behelligen. Amal Bahrudi will fliehen. Mit dem Fisch.« Er legte auf.

»Was ist passiert?« fragte Achmads Frau und kam auf den Schreibtisch zu.

»Bitte«, sagte Achmad mit einem Blick auf ihren Leib, »es sind jetzt nur noch sechs Wochen, Bobbie. Geh langsam!«

»Also das reicht«, sagte Roberta Aldridge Jamenni, sich an Kalaila wendend, die an ihrer Seite geblieben war. »Da will mich dieser Mann doch tatsächlich belehren, wie ich mich während der Schwangerschaft zu verhalten habe. Das ist doch die Höhe, oder?«

»Der königliche Same, Bobbie«, erwiderte Kalaila lächelnd.

»Königlich! Was für ein Quatsch! Windeln sind verdammte Gleichmacher. Fragt meine Mutter, sie bekam uns vier innerhalb von sechs Jahren... Jetzt mal ernsthaft, Liebling, was ist passiert?«

»Unser amerikanischer Abgeordneter hat im Gefängnis Kontakt aufgenommen. Wir täuschen eine Flucht vor.«

»Es hat funktioniert!« rief Kalaila.

»Es war deine Idee«, sagte Achmad.

»Vergiß das bitte. Da bin ich weit vom Kurs abgewichen.«

»Nichts weicht weit vom Kurs ab«, antwortete der junge Sultan energisch. »Ohne Ansehen der Person und ungeachtet aller Risiken brauchen wir jede Hilfe, die man uns anbietet, jeden Rat, den wir bekommen können. Ich muß mich entschuldigen, Kalaila, ich habe nicht einmal guten Tag gesagt. Tut mir leid, dich um diese Zeit aus dem Bett zu holen, doch ich wußte, daß du jetzt sehr gern hier wärst.«

»An keinem anderen Ort der Welt wäre ich lieber.«

»Wie hast du es fertiggebracht, das Hotel um vier Uhr morgens zu verlassen?«

»Dank Bobbie. Ich muß jedoch hinzufügen, daß es unserem Ruf nicht gerade förderlich war.«

»Oh?« Der Sultan sah seine Frau an.

»Guter Herr«, begann Bobbie mit ihrem Bostoner Akzent und verneigte sich mit vor der Brust gefalteten Händen. »Diese reizende Dame ist eine Kurtisane aus Kairo – das klingt hübsch, nicht wahr? Unter den gegebenen Umständen...« An dieser Stelle legte die königliche Gemahlin beide Hände auf ihren schwellenden Leib und fuhr fort: »Ein privilegierter Rang hat sein Gutes. Wie man uns in Radcliffe lehrte – meine ehemalige Zimmergenossin hier wird es dir bestätigen –, hat Heinrich VIII. dieses Verfahren ›im Sattel reiten‹ genannt. Es begab sich, als Anna Boleyn zu indisponiert war, ihrem König zu Diensten zu sein.«

»Um Himmels willen, Roberta, wir spielen hier nicht *Anna und der König von Siam*, und ich bin nicht Yul Brynner.«

»Jetzt bist du's, Freund.« Lachend sah Achmads Frau Kalaila an. »Natürlich kratze ich dir die Augen aus, wenn du ihm auch nur in die Nähe kommst.«

»Keine Bange, meine Liebe«, antwortete Kalaila mit gespieltem Ernst. »Nicht nach dem, was du mir erzählt hast.«

»Jetzt ist es aber genug, ihr beiden«, warf Achmad ein. Sein kurzer Blick drückte Dankbarkeit für beide Frauen aus.

»Wir müssen ab und zu lachen«, sagte seine Frau. »Sonst würden wir wahrscheinlich zu tobsüchtigen Irren.«

»Wie geht es deinem Freund, dem britischen Geschäftsmann?« fragte Achmad die Kairoer Freundin seiner Frau.

»Er ist auch tobsüchtig – betrunken«, antwortete Kalaila. »Zuletzt wurde er in der Hotelbar gesehen, wo er noch immer gotteslästerlich über mich herzog.«

»Das ist nicht das Schlechteste für deine Tarnung.«

»Ganz gewiß nicht. Denn offensichtlich bin ich nur für den Meistbietenden zu haben.«

»Was ist mit unseren Superpatrioten, den älteren Krämerprinzen, die mich liebend gern völlig frustriert in den Westen fliehen sähen? Sie glauben noch immer, daß du mit ihnen zusammenarbeitest, nicht wahr?«

»Ja. Mein ›Freund‹ hat mir auf dem Markt berichtet, sie seien überzeugt, daß du dich mit Kendrick getroffen hast. Ich mußte auf seine logischen Schlußfolgerungen eingehen und ihm zustimmen, daß du ein verdammter Narr bist und das Schlimmste riskierst. Tut mir leid.«

»Was für logische Schlußfolgerungen waren das?«

»Sie wissen, daß der Amerikaner in der Nähe des Hotels von einem Wagen der Garnison abgeholt wurde. Ich konnte nicht widersprechen, ich war auch da. War gewissermaßen auf ihn angesetzt.«

»Dann haben sie gezielt nach diesem besonderen Wagen Ausschau gehalten. Fahrzeuge der Garnison schwirren in ganz Maskat herum.«

»Noch einmal – entschuldige, aber dieses Treffen war ein Fehler, Achmad. Wärst du zu erreichen gewesen, hätte ich dir davon abgeraten. Der Ring des Schweigens wurde unterbrochen. Sie haben gewußt, daß Kendrick hier ist...«

»Mustafa«, unterbrach sie der Sultan zornig. »Ich betrauere seinen Tod, nicht aber, daß sein großer Mund endlich verstummt ist.«

»Vielleicht war er es, vielleicht auch nicht«, sagte Kalaila. »Washington selbst könnte der Sündenbock sein. Zu viele Leute waren daran beteiligt, Kendrick ins Land zu schmuggeln. Ich habe auch seine Ankunft beobachtet. Wenn ich recht unterrichtet bin, wird die Operation vom Außenministerium gesteuert. Es gibt Leute, die so was besser machen.«

»Wir wissen nicht, wer der Feind ist und wo wir ihn suchen sollen.« Achmad ballte die Hand und preßte die Fingerknöchel an seine Zähne. »Es könnte jeder sein – überall, direkt vor deinen Augen. Verdammt, was sollen wir tun?«

»Tu, was ich dir geraten habe«, antwortete Kalaila. »Laß ihn untertauchen. Er hat Kontakt aufgenommen, warte, bis er sich bei dir meldet.«

»Ist das alles, was ich tun kann? Warten?«

»Nein, es gibt noch etwas«, fuhr Kalaila fort. »Gib mir einen deiner schnellen Wagen, und sag mir, wohin die Flucht gehen soll. Ich habe meine Kurtisanen-›Ausrüstung‹ mitgebracht – der Koffer steht in der Halle –, und während ich mich umziehe, koordinierst du die Einzelheiten mit deinen beiden Cousins und dem Doktor, den du einen alten Freund nennst.«

»Langsam, langsam!« protestierte Achmad. »Ich weiß, daß du seit ewigen Zeiten mit Bobbie befreundet bist, aber das gibt dir noch lange nicht das Recht, mir zu befehlen, dein Leben zu gefährden.«

»Von meinem Leben ist nicht die Rede«, entgegnete Kalaila eisig. »Und offen gesagt, von deinem auch nicht. Wir reden über brutalen Terrorismus und vom Überleben Vorderasiens. Vielleicht ziehen wir heute nacht eine Niete, aber es ist meine Aufgabe, das festzustellen, und deine ist es, es mir zu ermöglichen. Dazu sind wir schließlich beide erzogen.«

»Und gib ihr auch die Nummer, unter der sie dich erreichen kann«, sagte Roberta. »Uns erreichen kann.«

»Geh und zieh dich um«, sagte Achmad, mit geschlossenen Augen den Kopf schüttelnd.

»Danke, Achmad. Ich beeile mich, aber zuerst muß ich mich mit meinen Leuten in Verbindung setzen. Ich habe nicht viel zu sagen, es dauert also nicht lange.«

Zwei seiner Landsleute stützten den betrunkenen glatzköpfigen Mann im zerknautschten Nadelstreifenanzug, als er aus dem Lift stieg. Umfang und Gewicht ihres Schützlings machten es ihnen offensichtlich nicht ganz leicht, ihn aufrecht zu halten.

»Eine verdammte Schande, wie er sich benimmt«, sagte der Mann zur Linken.

»Laß gut sein, Dickie«, erwiderte sein Freund, »wir alle haben uns schon einen zuviel hinter die Binde gegossen.«

»Nicht in einem gottverfluchten Land, das in Flammen aufgeht, die von Niggerbarbaren geschürt werden. Er braucht nur eine Schlägerei anzufangen, und man hängt uns alle an die nächsten Laternenpfähle. Wo ist, verdammt noch mal, sein Zimmer?«

»Am Ende des Korridors. Der Typ hat vielleicht ein Gewicht!«

»Nichts als Fett und Whisky pur, schätze ich.«

»Ich weiß nicht so recht. Mir schien er ein netter Kerl zu sein, den eine dieser glattzüngigen Huren zum Narren gehalten hat. Da reagiert jeder sauer. Hast du mitbekommen, für wen er arbeitet?«

»Irgendeine Textilfabrik in Manchester. Twillingame oder Burlingame oder so ähnlich.«

»Noch nie gehört«, sagte der Mann zur Rechten und zog die Brauen in die Höhe. »So, da wären wir. Gib mir den Schlüssel.«

»Wir schmeißen ihn ganz einfach aufs Bett, weitere Liebesdienste fallen aus, sag' ich dir.«

»Glaubst du, daß der Bursche unten die Bar für uns offenhält? Vielleicht macht er uns quasi die Tür vor der Nase zu, während wir uns hier in christlicher Nächstenliebe üben.«

»Das soll er schön bleibenlassen!« rief der Mann, den sein Freund Dickie genannt hatte, als sie, den Fettwanst zwischen sich, das dunkle Zimmer betraten. Im schwachen Schein der Flurbeleuchtung waren nur die Umrisse des Bettes zu erkennen. »Ich habe dem Burschen in der Bar zwanzig Pfund zugesteckt, damit er nicht schließt, während wir weg sind. Wenn du denkst, daß ich auch nur ein Auge zumache, bevor ich morgen in der Maschine sitze, bist du reif für die Klapsmühle. Ich lass' mir doch nicht von einem Farbigen mit messianischem Sendungsbewußtsein die Kehle aufschlitzen. Los, aufs Bett mit ihm!«

»Gute Nacht, mein fetter Prinz«, sagte sein Freund. »Träum' süß von schwarzen Fledermäusen.«

Der schwergewichtige Mann im Nadelstreifenanzug hob den Kopf vom Kissen und wandte das Gesicht zur Tür. Die Schritte im Flur entfernten sich, wurden leiser. Er rollte sich herum und stand auf. Im trüben Licht der Straßenlaternen unter dem Fenster zog er das Jackett aus und hängte es, die Falten glattstreichend, sorgfältig in den Schrank. Er nahm die Regimentskrawatte ab, knöpfte das fleckige, nach Whisky riechende Hemd auf, zog es aus und warf es in den Abfallkorb. Dann ging er ins Bad, drehte beide Wasserhähne auf, wusch sich den Oberkörper gründlich mit dem Schwamm ab und griff zufrieden nach einer Flasche Eau de Cologne. Er klatschte sich das Duftwasser großzügig auf die Haut, trocknete sich ab und ging ins Zimmer zurück. Aus dem Koffer, der auf dem Gepäckständer in der Ecke lag, wählte er ein schwarzes Seidenhemd. Während er es zuknöpfte und unter den Gürtel steckte, ging er zu einem Fenster hinüber und holte ein Streichholzbriefchen aus der Hosentasche. Er zündete ein Streichholz an, wartete, bis die Flamme ruhig brannte, und beschrieb dann vor der großen Glasscheibe drei Halbkreise. Er wartete zehn Sekunden, ging dann zum Schreibtisch, der an der linken Wand stand, und knipste die Lampe an. Als nächstes öffnete er die Tür und ließ sie angelehnt. Dann kehrte er zum Bett zurück, zog mit akribischer Sorgfalt zwei Kissen unter der Tagesdecke hervor, schüttelte sie auf, plazierte sie als Rückenstütze ins Bett und machte es sich darauf bequem. Er warf einen Blick auf seine Uhr und wartete.

Nach einer Weile wurde dreimal an der Tür gekratzt; die Geräusche waren – wenn man genau hinhörte – deutlich als drei auf der Türfüllung gezogene Halbkreise zu erkennen. »Komm herein«, sagte der Mann auf dem Bett.

Zögernd, in dieser ihm ungewohnten Umgebung und vor dem Mann im schwarzen Seidenhemd fast vor Ehrfurcht erstarrend, trat ein dunkelhäutiger Araber ein. Sein langes Gewand war sauber – falls es nicht überhaupt neu war – und seine Kopfbedeckung fleckenlos. Man hatte ihn mit einer ehrenvollen Mission bedacht. »Sie haben das heilige Zeichen des Halbmonds gemacht, Herr, und hier bin ich«, sagte er leise.

»Vielen Dank«, sagte der Engländer. »Komm herein, und schließ bitte die Tür.«

»Selbstverständlich, *Effendi.*« Der Mann tat wie geheißen und blieb in respektvollem Abstand stehen.

»Hast du mir mitgebracht, was ich brauche?«

»Ja, Herr. Die Ausrüstung und die Information.«

»Zuerst die Ausrüstung bitte.«

»Sehr wohl, Herr.« Die Hand des Arabers verschwand zwischen den Falten seiner Gewänder und kam mit einer Pistole wieder zum Vorschein, die wegen eines aufgeschraubten Schalldämpfers ungewöhnlich groß war. Mit der anderen Hand holte der Bote eine kleine graue Schachtel heraus; sie enthielt siebenundzwanzig Schuß Munition. Pflichteifrig trat er ans Bett und reichte dem Engländer die Waffe mit dem Griff voraus. »Sie ist mit neun Schuß geladen, Herr. Insgesamt habe ich Ihnen sechsunddreißig Patronen übergeben.«

»Danke«, sagte der dicke Engländer und nahm Waffe und Munition entgegen. Der Araber trat unterwürfig zurück. »Jetzt die Information bitte.«

»Ja, Herr. Aber vielleicht sollte ich Ihnen zuerst sagen, daß die Frau vor kurzem von ihrem Hotel in den Palast gefahren ist...«

»Was!« Verblüfft fuhr der Engländer auf dem Bett kerzengerade in die Höhe und schwang die schweren Beine auf den Boden. »Bist du sicher?«

»Ja, Herr, eine königliche Limousine hat sie abgeholt.«

»Wann?«

»Vor zehn bis zwölf Minuten etwa. Selbstverständlich wurde ich sofort informiert. Inzwischen dürfte sie dort sein.«

»Aber was ist mit den alten Männern, den Kaufleuten?« Die Stimme des Dicken klang tief und angespannt, als beherrsche er sich nur mit äußerster Not. »Sie hat doch Kontakt aufgenommen, nicht wahr?«

»Ja, Herr«, antwortete der Araber bebend, als fürchte er geschlagen zu werden, wenn er nein sagte. »Sie hat mit einem Importeur namens Hajasi im *Dachil* Kaffee getrunken und hat sich später noch einmal mit ihm auf dem Markt getroffen. Sie hat fotografiert, ist jemandem gefolgt...«

»Wem?«

»Das weiß ich nicht, Herr. Auf dem Markt herrschte großes Gedränge, und sie lief weg. Ich konnte ihr nicht folgen.«

»Im Palast?« flüsterte der dicke englische Geschäftsmann heiser, während er schwerfällig aufstand. »Unglaublich!«

»Es ist wahr, Herr. Meine Information trifft hundertprozentig zu, sonst würde ich sie nicht an eine so erhabene Person wie Sie weitergeben. Es ist die heilige Wahrheit, *Effendi*. Ich werde Allah in jedem meiner Gebete von ganzem Herzen danken, daß es mir vergönnt war, einem wahren Jünger des Mahdi zu begegnen.«

Der Blick des Engländers saugte sich an der Gestalt des Boten fest. »Man hat es dir also gesagt?« fragte er leise.

»Ja, man hat mich dieses Geschenks für würdig erachtet, hat mich unter all meinen Brüdern erwählt.«

»Wer weiß es noch außer dir?«

»Niemand, Herr, dafür verbürge ich mich mit meinem Leben. Sie unternehmen eine heilige Pilgerreise, von der niemand etwas ahnen darf. Ich werde das Geheimnis Ihrer Anwesenheit ins Grab mitnehmen.«

»Keine schlechte Idee«, sagte der Mann und hob die Pistole.

Die beiden Schüsse klangen so, als ob jemand zweimal rasch hintereinander leise huste. Ihre Durchschlagskraft war jedoch so groß, daß der Araber an die gegenüberliegende Wand flog, bevor er zusammensackte. Sein makellos weißes Gewand war plötzlich mit Blut getränkt.

Die Hotelbar war dunkel, nur die Leuchtröhren unter der Theke verbreiteten schwaches Licht. Der Barkeeper, der eine Schürze trug, lümmelte in einer Ecke und warf ab und zu einen müden Blick auf die beiden Männer, die an einem Vorderfenster in einer Nische saßen. Die Sicht nach draußen war durch halb heruntergelassene Jalousien eingeschränkt. Was für Narren diese Engländer doch sind, dachte der Barkeeper. Natürlich sollten sie ihre Ängste nicht in den Wind schlagen – in diesen Tagen hatten alle Angst, die Ausländer ebenso wie die vernünftigen Omaner. Aber diese beiden wären hinter den verschlossenen Türen ihrer Hotelzimmer, unbemerkt und ungesehen, vor einem Überfall sicherer gewesen... Oder doch nicht? fragte sich der Barkeeper. Er hatte der Hotelleitung mitgeteilt, daß sie darauf bestanden, zu bleiben wo sie waren, und die Hotelleitung, die nicht wußte, was die Ausländer bei sich trugen oder von wem sie möglicherweise gesucht wurden, hatte in der Halle, in der Nähe des einzigen Eingangs zur Bar, drei bewaffnete Wachen postiert. Aber ob sie nun klug oder unklug handeln, dachte der Barkeeper gähnend, ob sie dumm sind oder nicht – sie sind sehr großzügig, und nur das zählt... Ja, nur das und der Anblick seiner eigenen Waffe, die, mit einem Handtuch zugedeckt, unter der Theke lag. Ironischerweise war es eine israelische Maschinenpistole, die er im Hafen bei einem gefälligen Juden erstanden hatte. Ha! Die Juden waren wirklich schlau. Seit der Wahnsinn begonnen hatte, versorgten sie halb Maskat mit Waffen.

»Dickie, schau doch mal!« flüsterte der eine Engländer und spähte zwischen zwei Lamellen der heruntergelassenen Jalousie auf die Straße.

»Was denn, Jack?« Dickie hob ruckartig den Kopf und blinzelte; er hatte vor sich hin gedöst.

»Ist das dort draußen nicht unser Landsmann? Der war doch völlig hinüber.«

»Wer? Wo? Mein Gott, du hast recht!«

Auf der verlassenen, schlecht beleuchteten Straße marschierte der dicke Mann auf und ab, erregt und sich immer wieder nach allen Seiten umsehend. Plötzlich zündete er nacheinander ein paar Streichhölzer an. Er schien die kleinen Flammen zu heben und zu senken und warf jedes Streichholz ärgerlich auf den Boden, bevor er das nächste anzündete. Innerhalb von neunzig Sekunden raste eine dunkle Limousine die Straße entlang, stoppte, und zugleich gingen die Scheinwerfer aus. Erstaunt beobachteten Dickie und Jack durch die Jalousie, daß der Dicke erstaunlich geschmeidig und zielstrebig um den Wagen herumging. Als er zur Beifahrertür kam, sprang ein Araber aus dem Wagen, der zwar auf dem Kopf die Ghotra, aber sonst westliche Kleidung trug. Sofort begann der dicke Brite hastig auf ihn einzureden und fuchtelte ihm wiederholt mit dem ausgestreckten Zeigefinger vor dem Gesicht herum. Schließlich drehte er sich schwerfällig um und zeigte auf eines der oberen Stockwerke des Hotels. Daraufhin machte der Araber kehrt und lief über den Gehsteig. Ungeniert, so daß es jeder sehen konnte, zog der Dicke eine große Pistole aus dem Gürtel, riß die Wagentür weiter auf und ließ sich schnell und unmutig auf den Beifahrersitz fallen.

»Du meine Güte, hast du das gesehen!« rief Dickie.

»Er hat sich umgezogen.«

»Umgezogen?«

»Ja. Die Beleuchtung ist schlecht, aber ein geübtes Auge sieht so etwas trotzdem. Er trägt kein weißes Hemd und auch keine Nadelstreifen mehr. Das Hemd ist dunkel, die Hose schwarz, aus derbem Wollstoff – in diesem Klima kaum das Ideale.«

»Was redest du da?« rief Dickie erstaunt. »Ich habe die Waffe gemeint.«

»Ist doch ganz logisch, Junge, du handelst mit Eisen und anderen Metallen und ich mit Textilien.«

»Also wirklich, Freund, du hast mich geplättet! Da spaziert ein gut zweihundertfünfzig Pfund schwerer Brocken, der vor einer Viertelstunde noch so voll war, daß wir beide ihn in sein Zimmer schleppen mußten, plötzlich stocknüchtern auf der Straße rum, erteilt einem anderen Kerl Befehle, zeigt ungeniert eine Mordspistole und steigt in ein Auto, das er ganz offensichtlich durch ein Signal herbeordert hat – und alles, was du siehst, ist seine Kleidung.«

»Nun, alter Junge, mir ist natürlich noch einiges mehr aufgefallen. Selbstverständlich habe ich die Waffe gesehen, und den Araber mit dem weißen Flatterding auf dem Kopf und das Auto, das offensichtlich von einem Irren gefahren wird – und wegen all dieser Widersprüche ist mir seine Kleidung ganz besonders aufgefallen. Kapierst du?«

»Ne, nicht die Bohne.«

»Vielleicht habe ich mich nicht ganz richtig ausgedrückt…«

»Dann versuch's noch einmal, Jack.«

»Ja schön. Der fette Kerl mag betrunken gewesen sein oder nicht, aber er war ein Geck erster Ordnung. Der Anzug aus federleichtem, allerbesten Kammgarn, ein Angelo-Hemd von der Bond Street Ost, die feinste Foulardkrawatte, die Harrods auf Lager hat, und Schuhe von Benedictine – südafrikanisches Leder und italienische Maßarbeit. Er hat sich herausgeputzt, um was aufzureißen, hab' ich gedacht, und er ist für dieses Klima genau richtig angezogen.«

»Und?« fragte Dickie gereizt.

»Jetzt trägt er plötzlich Jackett und Hose von durchschnittlicher Qualität, die Sachen sitzen schlecht und sind für dieses verflixte Wetter viel zu schwer. Und, da wir gerade dabei sind – ich kenne jede Textilfirma in Manchester, aber es gibt weder Twillingame noch Burlingame, noch irgendeine, die einen ähnlichen Namen hat.«

»Was du nicht sagst! Das ist ja ein Hammer!«

»Ich bin auch der Meinung, daß wir heute früh nicht abfliegen sollten.«

»Mein Gott, warum denn nicht?«

»Ich denke, wir sollten in unsere Botschaft hinübergehen und jemanden wecken.«

»Was!?«

»Dickie, angenommen, der Kerl hat sich so unauffällig angezogen, um jemanden umzubringen?«

Höchste Geheimhaltungsstufe
Kein Zugriff
Eingabe

Das Tagebuch wurde fortgesetzt:

Der letzte Bericht klingt beunruhigend, und da es meine Anlage bisher nicht geschafft hat, die Zugriff-Codes von Langley zu knacken, weiß ich nicht einmal, ob Daten zurückgehalten wurden oder nicht. Der Schatten spricht von einer höchst riskanten Entscheidung, die »unvermeidlich« war – unvermeidlich, aber extrem gefährlich.

Was tut er, und wie tut er es? Welche Methoden wendet er an, und wer sind seine Kontakte? Ich muß Einzelheiten wissen! Wenn er überlebt, brauche ich jedes Detail, denn sie sind es, die einer außergewöhnlichen Maßnahme Glaubwürdigkeit verleihen, und es ist die Maßnahme, die der Nation das Problem bewußt machen wird.

Aber wird er überleben, oder wird er nur in einer Reihe ungeklärter Zwischenfälle die Statistik der Todesfälle erhöhen? Meine Geräte können es mir nicht sagen, sie können mir nur etwas über sein Potential verraten, das mit seinem Tod erlischt und daher wertlos ist. Dann wäre meine ganze Arbeit vergeblich gewesen.

8

Die vier gefangenen Terroristen trugen Handschellen. Zwei saßen auf der rechten Seite des mit hoher Geschwindigkeit fahrenden Polizeikombis, zwei ihnen gegenüber auf der linken. Kendrick hatte es so eingerichtet, daß er neben dem jungen Fanatiker mit den wilden Augen und der Hasenscharte saß. Neben Asra saß der mürrische ältere Killer, der Kendrick angegriffen hatte, der Mann, den er bei sich den Sergeanten nannte. Neben der Stahltür des Kombis stand ein Polizeiposten, der sich mit der Linken an einer Querstange unter dem Wagendach festhielt. In der Rechten hielt er die an einem breiten Schulterriemen hängende MAC-10-Maschinenpistole. Ein einziger Feuerstoß aus dieser Waffe würde die vier Gefangenen in blutige Leichname verwandeln, die wie festgenagelt an den Seitenwänden des dahinrasenden Fahrzeugs klebten. Doch – und auch das war so abgesprochen – am Gürtel des Postens hing an einem Karabinerhaken der Ring mit den Schlüsseln für die Handschellen. Alles war ein Rennen gegen die Zeit gewesen, kostbare Zeit. Minuten wurden zu Stunden, und Stunden brachten einen neuen Tag.

»Sie sind wahnsinnig, aber das wissen Sie selbst, nicht wahr?«

»Doktor, wir haben keine andere Wahl. Dieser Mann ist Asra.«

»Irrtum, Irrtum, Irrtum! Asra hat einen Vollbart und langes Haar, wir haben ihn alle im Fernsehen gesehen.«

»Er hat sich den Bart abrasiert und die Haare geschnitten.«

»Ich frage Sie: Sind Sie Amal Bahrudi?«

»Jetzt bin ich es.«

»Nein, Sie sind es nicht. Ebensowenig ist er Asra. Dieser Mann wurde vor fünf Stunden aus einem Basar im Harat Waljat hergebracht. Er ist ein betrunkener Halbidiot, ein wackelnder Clown, nichts sonst. Sein Kumpel, das andere Schwein, hat sich mit dem Messer eines Polizisten die Kehle aufgeschlitzt.«

»Ich war dabei, Faisal. Er ist Asra, der Bruder von Saja Jatim.«

»Weil er es Ihnen gesagt hat?«

»Weil ich mit ihm gesprochen, ihm zugehört habe. Sein heiliger Krieg ist keine religiöse Sache. Er kämpft nicht für oder gegen Allah, Abraham oder Christus. Er kämpft, um in dieser Welt überleben zu können.«

»Wahnsinn! Alles um uns herum ist Wahnsinn!«

»Was hat Achmad gesagt?«

»Wir sollen tun, was Sie sagen, aber Sie müssen warten, bis seine Spezialpolizei eintrifft. Es sind zwei Männer, denen er rückhaltlos vertraut.«

»Die beiden, die sich gleichen wie ein Ei dem anderen? Die zwei Uniformen, die mich vom Basar bis Wadi Al Kabir begleitet haben?«

»Genau die. Einer wird das Polizeifahrzeug steuern, der andere soll euch bewachen.«

»Gut gedacht. Ich spiele wirklich Achmads Szenarium durch, nicht wahr?«

»Sie sind unfair, Mr. Kendrick.«

»Ach wirklich? – Hier sind die Namen der beiden anderen Gefangenen, die mit Asra und mir ›verlegt‹ werden sollen.«

»Warum? Wer sind sie?«

»Der eine ist ein Irrer, aber der andere – der andere ist Asras Jünger. Er gehorcht ihm blind. Wenn die beiden weg sind, ist keiner mehr da, der den anderen den Rücken stärkt.«

»Sie sprechen in Rätseln.«

»Die übrigen sind nicht sehr widerstandsfähig. Sie wissen zwar nichts, aber sie sind zu knacken. Ich schlage vor, wir sondern jeweils drei oder vier ab, legen sie in kleinere Zellen und schießen dann ein paarmal in die hintere Gefängnismauer. Dann finden Sie vielleicht ein paar Fanatiker, die nicht allzu wild auf ihre eigene Hinrichtung sind.«

»Sie tragen Ihre Haut zu Markte, schaikh Kendrick. Sie gehen in eine Welt, von der Sie nichts wissen.«

»Ich werde lernen. Deshalb bin ich hier.«

Das Zeichen kam. Der Posten an der Tür des Kombis stemmte sich mit den Füßen in den Boden und nahm kurz die linke Hand herunter. Er schüttelte sie, weil sie ihm eingeschlafen war, hob sie aber sofort wieder und umfaßte die Querstange. In einer knappen Minute würde er das gleiche noch einmal tun, und das war für Kendrick das Signal zu handeln. Der Handlungsablauf war im Krankenrevier des Gefängnisses fast überstürzt festgelegt worden. Der Angriff mußte sehr schnell erfolgen. Die Reaktion des Postens war der Schlüssel zum Erfolg. Zweiundzwanzig Sekunden später ließ er die linke Hand abermals mit einer müden Geste fallen. Kendrick sprang auf und warf sich mit voller Wucht auf den Posten, so daß der plötzlich hysterische Gesichtsausdruck des Mannes sich schlagartig veränderte; seine Züge wurden schlaff, dann brach er zusammen.

»Schnell!« wandte Kendrick sich im Befehlston an Asra. »Hilf mir! Nimm ihm die Schlüssel ab.«

Der Palästinenser stürzte vorwärts, der Sergeant folgte ihm. Gemeinsam stießen sie mit den gefesselten Händen die MAC-10-Maschinenpistole aus dem Weg und rissen den Schlüsselring vom Gürtel des Postens.

»Ich bring ihn um!« schrie der Fanatiker mit der Hasenscharte, packte die Waffe und kam, in dem stark schlingernden Wagen schwankend, drohend auf den Posten zu.

»Halt ihn auf!« befahl Asra dem Sergeanten.

»Du Narr!« brüllte der Sergeant und entwand dem jungen Fanatiker die Waffe. »Der Fahrer hört doch die Schüsse.«

»Er ist unser heiliger Feind!«

»Er ist unser heiliger Fluchthelfer, du Idiot«, sagte Asra, schloß Kendricks Handschellen auf und reichte ihm dann den Schlüssel, damit er ihn befreie. Als nächster kam der Sergeant an die Reihe.

»Ich heiße Yosef«, sagte er. »Das ist ein hebräischer Name, denn meine Mutter war Hebräerin, aber mit den Juden aus Israel haben wir nichts zu tun. Du bist ein tapferer Mann, Amal Bahrudi.«

»Ich mag keine Erschießungskommandos in der Wüste«, antwortete Kendrick, warf seine Handschellen auf den Boden und drehte sich zu dem jungen Eiferer um, der den bewußtlosen Posten erschossen hätte, wäre er nicht daran gehindert worden. »Ich weiß nicht, ob ich dich freilassen soll oder nicht.«

»Warum?« kreischte der Junge. »Weil ich bereit bin, in unserem heiligen Krieg zu töten und zu sterben?«

»Nein, junger Mann, weil du vielleicht uns töten würdest, und wir sind mehr wert als du.«

»Amal!« Asra packte Kendricks Arm, um in dem rüttelnden und schüttelnden Gefährt einen Halt zu haben, aber auch, um ihn auf sich aufmerksam zu machen. »Du hast ja recht, er ist ein Idiot, aber man muß die besonderen Umstände berücksichtigen, die ihn zu dem gemacht haben, was er ist. Am Westufer haben Siedler sein Elternhaus und das Textilgeschäft seines Vaters in die Luft gejagt. Sein Vater kam bei der Explosion ums Leben, und die israelische Treuhand-Kommission hat den ganzen Besitz für 'n Appel und 'n Ei an Neusiedler verkauft.« Asra senkte die Stimme und sagte Kendrick ins Ohr: »Er ist nicht ganz richtig im Kopf, hatte aber außer uns niemand, an den er sich wenden konnte. Yosef und ich haben ihn schon im Griff. Laß ihn frei.«

»Wenn du das auf deine Kappe nimmst, Poet«, antwortete Kendrick mürrisch und nahm dem jungen Terroristen die Handschellen ab.

»Warum hast du von Exekution in der Wüste gesprochen?« fragte Yosef.

»Weil die Straße unter uns schon stark sandig ist, spürst du das nicht?« sagte Kendrick, der die Route kannte, die sie fuhren. »Wir würden einfach verschwinden, in der Wüste verbrannt oder begraben.«

»Warum ausgerechnet wir?« fragte Yosef bedrückt.

»Das kann ich für mich selbst besser erklären als für euch: Sie wissen nicht, was sie mit mir anfangen sollen, warum also sollen sie mich nicht umbringen? Falls ich gefährlich oder einflußreich bin, werden Gefahr und Einfluß mit mir ausgelöscht.« Kendrick unterbrach sich und nickte dann. »Und das«, fügte er hinzu, »erklärt wahrscheinlich auch, warum Yosef und der Junge hier sind. Sie haben im Gefängnis am lautesten gebrüllt, und man hat ihre Stimmen identifiziert – beide sind unschwer zu erkennen.«

»Und ich?« fragte Asra.

»Das, denk' ich, müßtest du wohl ohne meine Hilfe beantworten können«, erwiderte Kendrick und sah den Palästinenser mit einer Spur von Verachtung an. »Ich habe versucht dich loszuwerden, bevor sie auf der Toilette über mich herfielen, aber du warst zu langsam.«

»Du meinst, sie haben uns zusammen gesehen?«

»Der Student bekommt ein knappes ›Noch genügend‹. Sie haben uns nicht nur zusammen, sondern abgesondert von allen anderen ertappt. Es war deine Konferenz, großer Macker.«

»Der Wagen wird langsamer!« rief Yosef, als der Fahrer leicht bremste, weil er in eine steil abfallende Kurve einfuhr.

»Wir müssen raus«, sagte Kendrick. »Sofort. Unten im Tal sind bestimmt Soldaten. Schnell! Wir müssen auf der Anhöhe bleiben. Unbedingt. Wieder heraufzusteigen, schaffen wir nie.«

»Die Tür!« rief Asra. »Sie ist draußen garantiert zusätzlich mit einem Vorhängeschloß gesichert.«

»Keine Ahnung«, log Kendrick, der sich genau an das Scenario hielt. Aus zwei Platten der Türfüllung waren mehrere Nieten entfernt und ein paar gelockert worden. »Ich bin hier noch nie verhaftet worden. Aber das macht nichts. Die Tür ist aus vernietetem Eisenblech. Wenn wir uns zu viert dagegenwerfen, könnten wir einen Teil heraussprengen. Und zwar die mittlere Platte. Sie ist die schwächste.« Kendrick packte den Jungen mit der Hasenscharte bei der Schulter und zog ihn auf seine linke Seite. »Also los, wilder Mann. Wirf dich dagegen, als wolltest du die Klagemauer zum Einsturz bringen. Alle vier zugleich. Jetzt!«

»Wartet!« Asra hechtete durch den Wagen nach hinten. »Die Waffe!« rief er, hob die MAC-10-Maschinenpistole auf und hängte sie sich mit dem Lauf nach unten über die Schulter. »Jetzt los«, sagte er, zu den anderen zurückkehrend.

»Miteinander!« schrie Kendrick.

Die vier Häftlinge prallten gegen die mittlere Türplatte, als der Wagen, über Felsbrocken holpernd, schwankend die abfallende Kurve nahm. Das Metall gab nach, wölbte sich nach außen, die Nietnähte platzten auf, Mondlicht fiel durch die klaffenden Spalten.

»Noch einmal!« schrie Yosef, fanatisches Feuer im Blick.

»Denkt dran!« befahl der Mann, der für sie jetzt endgültig Amal Bahrudi war. »Wenn wir durchbrechen, geht in die Hocke, sobald ihr den Boden berührt. Wir können keine Verletzten brauchen.«

Noch einmal rannten sie gegen die nur noch an wenigen Nieten hängende Platte an, die jetzt endgültig nachgab. Das Metallstück flog in hohem Bogen hinaus, die vier Männer sprangen hinterher und landeten auf der Straße, die sich in ein Wüstental hinunterschlängelte. Der Wagen lag jetzt so schräg, daß der zwischen den Pritschenbänken auf dem Boden liegende Posten hilflos zu rollen begann und erst von der Rückwand des Fahrerhauses gebremst wurde. Sein Gesicht war schweißüberströmt, er hatte Todesängste ausgestanden. Als er endlich wieder Halt fand, rappelte er sich auf die Knie und hämmerte ein paarmal an die Rückwand des Fahrerhauses. Ein einziger dumpfer Schlag war die Antwort. Der Auftrag war zur Hälfte erfüllt.

Auch die flüchtigen Häftlinge rollten, aber gegen das Gefälle. Ihre Bewegung kam, von der Schwerkraft gebremst, sehr schnell zum Stillstand, und jeder bemühte sich, sein Gleichgewicht wiederzugewinnen. Asra und Yosef standen als erste auf, drehten den Hals, schüttelten den Kopf, kontrollierten instinktiv, ob sie sich, außer ein paar Prellungen, keine schlimmeren Verletzungen zugezogen hatten. Kendrick richtete sich als dritter auf: seine Schulter brannte wie Feuer, sich auf den Beinen zu halten, war im Augenblick eine Qual, seine Hände waren aufgeschürft, doch alles in allem war er jetzt froh über seine langen Bergwanderungen mit dem Rucksack und über sein Wildwassertraining; zwar tat ihm alles weh, aber verletzt war er nicht. Den Palästinenser mit der Hasenscharte hatte es am übelsten erwischt. Stöhnend lag er auf dem steinigen Boden und krümmte sich vor Zorn und Schmerz, als er aufstehen wollte und nicht konnte. Yosef lief zu ihm, und während Kendrick und Asra das zu ihren Füßen liegende Tal betrachteten, verkündete er: »Der Junge hat sich das Bein gebrochen.«

»Dann müßt ihr mich jetzt töten!« kreischte der Junge. »Ich gehe zu Allah, und ihr werdet kämpfen.«

»Ach, halt den Mund«, sagte Asra, nahm die MAC-10 in die Hand und ging mit Kendrick zu dem Jungen hinüber. »Dein unwiderstehlicher Drang zu sterben wird allmählich langweilig, aber deine heisere Stimme bringt uns langsam um. Reiß sein Hemd in Streifen, Yosef, feßle ihm Arme und Beine, und leg ihn auf die Straße. Der Kombi wird zurückkommen, sobald die Idioten dort unten im Camp merken, was passiert ist. Sie werden ihn finden.«

»Ihr wollt mich den Feinden ausliefern?« schrie der Junge.

»Sei still«, antwortete Asra ärgerlich und hängte sich die Maschinenpistole über die Schulter. »Die bringen dich in ein Krankenhaus, wo man dich behandeln wird. Kinder werden nicht exekutiert, höchstens von Bomben und Raketen –«

»Ich werde nichts verraten.«

»Du weißt nichts«, sagte Asra. »Feßle ihn, Yosef, aber sorge dafür, daß er's so bequem wie möglich hat.« Asra beugte sich über den Jungen. »Es gibt bessere Möglichkeiten zu kämpfen, als sinnlos zu sterben. Laß dich vom Feind auskurieren, damit du wieder kämpfen kannst... Komm zu uns zurück, du eigensinniger Freiheitskämpfer. Wir brauchen dich. Beeil dich, Yosef!« Während Yosef den Befehl ausführte, kehrten Asra und Kendrick auf die aus dem Felsgestein herausgehauene Straße zurück. Tief unter ihnen begann der weiße Sand, erstreckte sich endlos im Mondlicht, mit dem dunklen Himmel als Dach. In der Ferne sah man inmitten der weißen Fläche eine kleine, gelb pulsierende Erhebung. Ein Wüstenfeuer, der Treffpunkt, der ein wesentlicher Bestandteil der Flucht war. Die Entfernung war zu groß, so daß man die Gestalten am Feuer nicht deutlich sah, doch sie waren da. Und wie die flüchtigen Terroristen richtig vermutet hatten, handelte es sich um omanische Soldaten oder Polizei. Aber es war nicht das Exekutionskommando, wie Amal Bahrudis Begleiter glaubten.

»Du kennst das Gelände besser als ich«, sagte Kendrick auf englisch zu Asra. »Wie weit weg ist dieses Camp deiner Meinung nach?«

»Zehn Kilometer, vielleicht zwölf, aber nicht mehr. Die Straße verläuft unten ganz gerade, sie werden bald dort sein.«

»Dann müssen wir los.« Kendrick drehte sich um und beobachtete Yosef, der den verletzten Jungen auf die Straße trug. Er ging auf die beiden zu.

Asra blieb jedoch reglos stehen. »Wohin, Amal Bahrudi?« rief er laut. »Wohin sollen wir?«

Kendrick warf den Kopf zurück. »Wohin?« wiederholte er ironisch. »Vor allem weg von hier. Es wird bald hell, und falls ich noch weiß, wovon ich rede, wird bald ein Dutzend Hubschrauber im Tiefflug nach uns suchen. In der Stadt können wir untertauchen. Hier nicht.«

»Was sollen wir dann tun? Wohin gehen?«

Kendrick konnte im schwachen Licht des Mondes nicht besonders deutlich sehen, doch er fühlte den eindringlichen, fragenden Blick, der auf ihm ruhte. Er wurde getestet. »Wir schicken eine Nachricht in die Botschaft. An deine Schwester Jatim oder den, den ihr Abjad nennt. Kein Foto darf mehr herausgeschmuggelt und die Schuldigen müssen getötet werden.«

»Wie sollen wir das anstellen, Amal Bahrudi? Eine Nachricht in die Botschaft schicken, meine ich. Haben dir deine Leute gesagt, wie das zu bewerkstelligen ist?«

Kendrick war auf die Frage vorbereitet; sie war unvermeidlich gewesen. »Offen gesagt, sie wußten nicht so recht, wo der Kanal ist, und sie waren der Meinung, daß ihr ihn, wenn ihr nur ein bißchen Verstand habt, täglich ändert. Ich sollte eurem Kommandostab eine Nachricht mit der Aufforderung zuspielen, mich durch den geheimen Kanal – egal, wo er gerade ist – in die Botschaft einzuschleusen.«

»Gewöhnlich werden solche Nachrichten für eine Falle gehalten. Warum sollten meine Leute ausgerechnet mit deiner eine Ausnahme machen?«

Kendrick machte eine bedeutungsvolle Pause; als er weitersprach, klang seine Stimme tiefer als sonst. »Weil meine Nachricht vom Mahdi persönlich unterschrieben ist.«

Asra riß die Augen auf, nickte bedächtig und hob die Hand. »Von wem?« fragte er.

»Der Umschlag war versiegelt und durfte nicht geöffnet werden. Das war eine Kränkung, die ich nur schwer ertrug, aber sogar ich gehorche den Befehlen jener, die die Musik bezahlen. Wenn du verstehst, was ich meine. Wenn es einen Code gab, der die Echtheit bestätigte, mußtet ihr ihn kennen, nicht ich.«

»Gib mir den Brief«, sagte Asra.

»Idiot!« rief Kendrick zornig. »Als ich sah, daß die Polizei mich umzingelt hatte, habe ich ihn zerrissen und die Schnitzel auf Wadi al Kabir verstreut. Hättest du etwas anderes getan?«

Der Palästinenser rührte sich nicht. »Nein, natürlich nicht«, erwiderte er. »Und jetzt brauchen wir ihn auch nicht mehr. Ich schleuse uns in die Botschaft ein. Der ›Kanal‹, wie du ihn nennst, ist drinnen und draußen sehr gut organisiert.«

»Ja, so gut, daß direkt unter den Nasen eurer gut organisierten Wachen Filme herausgeschmuggelt werden können. Schick deiner Schwester eine Nachricht hinein. Wechselt jeden einzelnen Wachposten aus, und fangt sofort an, nach dem Fotoapparat zu suchen. Wenn ihr ihn gefunden habt, tötet den Besitzer und alle, die seine Freunde zu sein scheinen. Tötet alle.«

»Nach einer so oberflächlichen Untersuchung?« protestierte

Asra. »Wir riskieren, unschuldiges Leben – wertvolle Kämpfer – zu vernichten.«

»Keine Scheinheiligkeiten bitte!« Amal Bahrudi lachte. »Bei unseren Feinden sind wir nicht so zimperlich. Da töten wir keine ›wertvollen Kämpfer‹, wir töten unschuldige Menschen nach allen Regeln der Kunst, um die Welt aufhorchen zu lassen, eine Welt, die blind und taub ist gegen unsere Nöte, unseren verzweifelten Kampf ums Überleben.«

»Bei deinem allmächtigen Allah, jetzt bist aber du blind und taub«, höhnte Asra. »Du glaubst der westlichen Presse, wie man sieht. Vier von den elf waren bereits tot, darunter zwei Frauen. Eine starb von eigener Hand, weil sie Angst davor hatte, vergewaltigt zu werden – von Arabern; eine zweite warf sich auf einen unserer jungen Irren, dessen einzige Reaktion es war, seine Waffe abzufeuern. Die beiden Männer waren alt und schwach und sind an Herzversagen gestorben. Das spricht uns nicht frei, wir haben den Tod Unschuldiger zu verantworten, aber wir haben es nicht mit Waffengewalt getan. Saja hat alles erklärt, aber niemand hat uns geglaubt. Sie werden uns nie glauben.«

»Es ist natürlich ganz unwichtig, aber was war mit den anderen sieben?«

»Von unserem Rat rechtskräftig verurteilt. Geheimdienstagenten, die den Golf und den Mittelmeerraum mit einem Spionagenetz überziehen; Mitglieder der berüchtigten Abteilung Consular Operations; sogar zwei Araber, die ihre Seelen an die Zionisten und ihre amerikanischen Marionetten verkauft hatten, um uns zu vernichten. Sie haben den Tod verdient, denn sie wollten uns sterben sehen. Doch vorher hätten sie uns entehrt, Karikaturen des Bösen aus uns gemacht, obwohl nichts Böses in uns ist und wir uns nur danach sehnen, in unserer angestammten Heimat leben zu dürfen...«

»Das reicht, Poet«, unterbrach ihn Kendrick und sah zu Yosef und dem Jungen hinüber, der sich nach Allahs Armen sehnte. »Wir haben keine Zeit für deine Predigten, wir müssen hier weg.«

»Zur Botschaft«, stimmte Asra zu. »Durch den ›Kanal‹.«

Kendrick ging auf den Palästinenser zu. »Zur Botschaft, ja«, sagte er. »Aber nicht durch den ›Kanal‹, nur ans Tor. Von dort schickst du deiner Schwester eine Nachricht, in der du ihr alles genau erklärst. Mit diesen Befehlen ist mein Auftrag hier beendet, und der deine ebenfalls – wenigstens für einen oder zwei Tage.«

»Ich verstehe nicht«, sagte Asra verwirrt.

»Meine Anweisung lautet, einen von euch so bald wie möglich nach Bahrein zu bringen. Nur für kurze Zeit, aber es ist dringend.«

»Nach Bahrein?«

»Zum Mahdi. Er hat neue Befehle für euch, Befehle, die er nur einem Mitglied des Rates anvertrauen will.«

»Der Flugplatz wird bewacht wie eine Festung«, sagte Asra. »Dort patrouillieren Soldaten und Wachhunde; keiner kommt an ihnen vorbei, ohne gründlich verhört zu werden. Wir schaffen es nie. Im Hafen ist es das gleiche. Jedes Boot wird bis in den letzten Winkel durchsucht oder einfach in die Luft gejagt, wenn es sich dem nicht fügt.«

»Und doch haben auch die schärfsten Kontrollen eure Leute nicht daran gehindert, nach Herzenslust durch den ›Kanal‹ zu kommen und zu gehen. Die Folgen habe ich in Berlin gesehen.«

»Aber du hast gesagt, es sei dringend, und der ›Kanal‹ ist eine Prozedur von vierundzwanzig bis achtundvierzig Stunden.«

»Warum dauert es so lange?«

»Weil wir nach Süden fahren, und zwar nur nachts und in den Uniformen der an der jemenitischen Grenze stationierten Garnisonen. Werden wir angehalten, sagen wir, wir seien eine Küstenpatrouille. Abgeholt werden wir jeweils von schnellen Hochseeschiffen, die natürlich aus Bahrein kommen.«

»Natürlich.« Wie recht ich hatte, dachte Kendrick. Die Südküste bis Ras el Had und darüber hinaus bis zur Straße von Masirah ist offenes Territorium ... Ödland aus felsiger Küste und unwirtlichem Binnenland, ein Geschenk des Himmels für Räuber, Schmuggler und – vor allem – Terroristen. Und konnte es eine bessere Tarnung als die Uniformen der Grenzgarnisonen geben, jener Elitetruppen, die wegen ihrer Loyalität berühmt und wegen ihrer Brutalität berüchtigt waren – einer Brutalität, die sich durchaus mit der der internationalen Desperados messen konnte, die im Jemen Asyl fanden? »Das ist sehr gut«, fuhr Amal Bahrudi sachlich fort. »Wie in Allahs Namen seid ihr an die Uniformen gekommen? Ich habe gehört, sie unterscheiden sich von den übrigen, sind heller, haben andere Aufschläge und Stiefel, die zugleich für Wüste und Wasser geeignet sind ...«

»Ich habe sie anfertigen lassen«, unterbrach ihn Asra, der aufmerksam das Tal beobachtete. »In Bahrein natürlich. Über jede wird genau Buch geführt, und wenn sie nicht benutzt werden, halten wir sie unter Verschluß. – Du hast recht, wir müssen aufbrechen. Der Kombi erreicht das Camp in spätestens zwei Minuten. Wir reden unterwegs weiter. Komm.«

Yosef legte den gefesselten jungen Terroristen quer über die Straße, beruhigte ihn und gab ihm leise, aber sehr energisch ein paar Anweisungen. Asra und Kendrick gingen auf die beiden zu. »Wir kommen schneller vorwärts, wenn wir auf der Straße bleiben«, sagte Kendrick. »Und das tun wir so lange, bis wir die Scheinwerfer aus dem Tal heraufkommen sehen. Und jetzt los, Beeilung!«

Noch ein paar ermutigende Worte an ihren verletzten Genossen, dann liefen die drei entflohenen Häftlinge die kurvenreiche Steigung zu dem ein paar hundert Meter höher gelegenen Plateau hinauf. Die Vegetation bestand hauptsächlich aus trokkenem Gesträuch, das über den unfruchtbaren Boden kroch, und kleinwüchsigen, knorrigen Bäumen, die ihre Nahrung aus der feuchten Luft sogen, die nachts vom Meer her kam, und in der unbarmherzigen Hitze des Tages wieder verkümmerten. Soweit die Männer das im fahlen Mondlicht ausmachen konnten, verlief die Straße schnurgerade weiter. »Drei oder vier Kilometer von hier in nördlicher Richtung gibt es mehr Bäume, höhere Bäume und mehr Laubwerk, in dem wir uns verstecken können«, sagte Yosef schwer atmend.

»Du kennst dich hier aus?« fragte Kendrick, unangenehm überrascht, da er gedacht hatte, er sei der einzige, der wußte, wo sie waren.

»Also diese Straße kenne ich vielleicht nicht, obwohl es nur ein paar hier gibt«, antwortete Yosef. »Aber sie sind alle gleich. Zwischen dem großen Sand und dem Golf verändert sich die Landschaft. Alles ist grüner, und das Land ist hügelig. Plötzlich ist man in Maskat. Das geht sehr schnell.«

»Yosef gehörte zu einer Gruppe von Kundschaftern unter Abjads Kommando«, erklärte Asra. »Sie waren fünf Tage vor der Besetzung der Botschaft hier.«

»Ich verstehe. Ich sehe aber auch, daß uns der ganze Schwarzwald nicht retten könnte, sobald es hell wird, und Oman ist nicht der Schwarzwald. Truppen, Polizei und Hubschrauber werden jeden Zentimeter Boden durchkämmen. Es gibt nur einen Ort, wo wir uns verstecken können, und das ist Maskat.« Mit seinen nächsten Worten wandte Kendrick sich an Asra. »Du hast in der Stadt doch bestimmt Kontakte.«

»Mehrere.«

»Was heißt das?«

»Zwischen zehn und zwanzig, darunter einige hochgestellte Personen.«

»Ruf sie zusammen, und bring mich zu ihnen. Ich werde einen aussuchen.«

»Du willst einen aussuchen...«

»Ich brauche nur einen, aber es muß der richtige sein. Ich schicke ihn mit einer Botschaft weg, dann sind wir spätestens in drei Stunden in Bahrein.«

»Ist die Botschaft für den Mahdi bestimmt?«

»Ja.«

»Aber du hast gesagt – hast angedeutet, du wüßtest nicht, wer er ist.«

»Das weiß ich auch nicht.«

»Und weißt trotzdem, wie du ihn erreichen kannst?«

»Nein«, antwortete Kendrick, einen hohlen Schmerz in der Brust. »Eine weitere Kränkung, für die ich jedoch mehr Verständnis habe. Meine Operationsbasis ist in Europa, nicht hier. Ich habe einfach angenommen, daß du weißt, wo er in Bahrein zu finden ist.«

»Vielleicht stand das in der Nachricht, die du auf Al Kabir zerrissen hast, ein Code...«

»Es gibt doch immer Sonderregelungen für Notfälle«, fiel Kendrick ihm schroff ins Wort und versuchte sich seine Sorge nicht anmerken zu lassen.

»Die gibt es natürlich«, sagte Asra nachdenklich. »Doch keine betraf bisher den Mahdi. Wie du weißt, spricht man seinen Namen nur im Flüsterton aus, und nur sehr wenige kennen ihn.«

»Das weiß ich nicht. Ich habe dir doch gesagt, daß ich nicht in diesem Teil der Welt operiere – ganz offensichtlich hat man mich gerade deshalb ausgewählt.«

»Ja, das vermute ich auch«, stimmte Asra zu. »Du bist von deiner Basis weit entfernt, ein unerwarteter Bote.«

»Das glaube ich einfach nicht!« explodierte Kendrick. »Ihr

bekommt Instruktionen – und das ganz bestimmt tagtäglich, nicht wahr?«

»Das ist richtig.« Asra warf Yosef einen kurzen Blick zu. »Aber auch ich bin nur ein Bote – wie du.«

»Was?«

»Ich bin Mitglied des Rates, jung und stark und keine Frau. Doch ich bin kein Anführer, das erlaubt mein Alter noch nicht. Nassir, meine Schwester Saja und Abjad wurden zu Führern des Rates ernannt. Bis zu Nassirs Tod waren die drei für das Unternehmen verantwortlich. Wenn versiegelte Anweisungen kamen, habe ich sie überbracht, aber ich habe die Siegel nicht erbrochen. Nur Saja und Abjad wissen, wie sie den Mahdi erreichen können – nicht persönlich natürlich, aber mit Hilfe einer Reihe von Kontakten, die zu ihm führen.«

»Kannst du über Funk mit deiner Schwester in Verbindung treten – auf einer sicheren Frequenz oder vielleicht über ein sauberes Telefon? Sie könnte dir die Information geben.«

»Unmöglich. Der Feind hat viel zu gute Funkmeßgeräte. Wir sagen über Funk oder am Telefon nichts, was wir nicht auch in aller Öffentlichkeit sagen würden.«

»Könnte einer deiner Leute aus Maskat hineingehen und uns die Information bringen?« fuhr Kendrick, dem der Schweiß auf die Stirn trat, hastig fort.

»Eine Information über den Mahdi?« fragte Asra. »Saja würde jeden töten, der nach ihm fragt.«

»Wir brauchen die Information! Ich soll dich nach Bahrein bringen – zu ihm – bis spätestens heute abend, und ich werde es nicht riskieren, daß uns in Europa der Geldhahn zugedreht wird, weil hier jemand ohne meine Schuld versagt.«

»Es gibt nur eine Lösung«, sagte Asra. »Ich habe sie schon erwähnt. Wir müssen selbst in die Botschaft.«

»Für solche Umwege haben wir keine Zeit«, erklärte Kendrick verzweifelt und außer sich vor Angst, entlarvt zu werden. »Ich kenne Bahrein. Ich bestimme einen Ort, und wir rufen einen deiner Leute, er soll deiner Schwester ausrichten, was wir wollen. Sie oder Abjad werden eine Möglichkeit finden, sich mit einem der Kontaktleute des Mahdi in Verbindung zu setzen. Natürlich darf keiner von uns auch nur mit einem Wort erwähnt werden – sie sollen sagen, es handle sich um einen Notfall. Genau das – um einen Notfall; sie werden wissen, was das bedeutet. Ich kümmere mich um den Treffpunkt. Eine Straße, eine Moschee, einen Abschnitt des Hafens oder die nähere Umgebung des Flugplatzes. Jemand wird kommen. Jemand muß kommen!«

Schweigend musterte Asra das Gesicht des Mannes, den er für einen Mitstreiter aus dem fernen Europa hielt. »Ich frage dich, Amal Bahrudi«, sagte er nach ein paar Sekunden, »würdet ihr in Berlin so achtlos mit euren Finanziers umgehen? Würden Moskau oder die Banken in Sofia oder die Schwarzgeldinvestoren in Zagreb einen so lockeren Umgang mit ihnen tolerieren?«

»In einem Notfall hätten sie Verständnis dafür.«

»Wenn du einen solchen Notfall verursachen würdest, würden sie dir die Kehle durchschneiden und jemand anders auf deinen Platz berufen.«

»Du kümmerst dich um deine Geldgeber, und ich mich um die meinen, Asra.«

»Ich werde mich um die meinen kümmern. Hier und jetzt. Wir gehen in die Botschaft.«

Der Wind aus dem Golf von Oman fegte über das verkümmerte Gras und die knorrigen, verkrüppelten Bäume, konnte jedoch das Geheul der Zweiklangsirene nicht verjagen, das sich aus dem Wüstental näherte.

»Lauft!« schrie Yosef, packte Asra bei der Schulter und schob seinen Herrn und Meister auf der Straße vor sich her. »Rennt, meine Brüder, wie ihr noch nie gerannt seid!«

»In die Botschaft!« rief Asra. »Noch vor Tagesanbruch.«

Für Evan Kendrick, Kongreßabgeordneter des neunten Bezirks von Colorado, begann in diesem Augenblick der Alptraum, der ihn sein Leben lang nie wieder loslassen sollte.

9

Kalaila stockte der Atem. Ihr Blick war plötzlich wie magnetisch vom Rückspiegel angezogen worden – von einem Lichtpunkt, einem schwarzen Umriß auf noch tieferem Schwarz, von irgend etwas. Und dann sah sie es deutlicher. Noch weit entfernt, auf dem Hügel über Maskat, folgte ihr ein Wagen. Er fuhr ohne Licht, war nur ein dunkler, sich bewegender Schatten in der

Ferne. Er umfuhr eine Kurve auf der verlassenen Straße, die sich in den ins Tal führenden Serpentinen fortsetzte – zu den Ausläufern der Wüste von Dschabal Scham, wo die »Flucht« stattfinden sollte. Das Wüstental hatte nur einen Ein- und einen Ausgang, und ihr strategischer Plan war es gewesen, den Wagen abseits der Straße zu verstecken und Evan Kendrick und seinen Männern zu Fuß zu folgen, nachdem sie ausgebrochen waren. Diesen Plan konnte sie jetzt vergessen.

O mein Gott, ich darf nicht gefaßt werden! dachte sie. Sie werden alle Geiseln in der Botschaft töten. Was habe ich getan? Ich muß hier raus! Muß weg...

Kalaila drehte am Steuer, nur widerwillig folgte der schwere Wagen den Lenkbewegungen auf dem weichen, sandigen Boden, holperte über die ausgefahrenen Furchen der primitiven Straße, wendete und fuhr den Weg, den er gekommen war, wieder zurück. Kalaila trat das Gaspedal ganz durch, schaltete das Fernlicht ein und raste nur wenige Augenblicke später an der Limousine vorüber, die ihr jetzt entgegenkam. Eine Gestalt neben dem erstaunten Fahrer versuchte sich zu bücken, Gesicht und Körper zu verstecken, aber das war unmöglich.

Und Kalaila traute ihren Augen nicht.

Doch dann blieb ihr nichts anderes übrig. Sie hatte den Mann ganz deutlich erkannt. Tony. In dem Wagen saß der fummelnde, stotternde, immer um Worte verlegene Tony MacDonald. Der Überflüssige mit der sicheren Stellung, weil die Firma dem Vater seiner Frau gehörte, der aber trotzdem nach Kairo abgeschoben worden war, weil er dort den geringsten Schaden anrichten konnte – ein Repräsentant ohne Aufgabengebiet, nur gut genug, als Gastgeber bei Dinnerpartys zu fungieren, wo er und seine ebenso linkische, langweilige Frau sich regelmäßig betranken. Es war, als habe man ihnen ein Firmenmemorandum auf die Stirn tätowiert: *Keine Einreise nach Britannien, es sei denn anläßlich obligatorischer Familienbegräbnisse. Rückflugtickets sind zwingend vorgeschrieben.* Wie unglaublich raffiniert. Der übergewichtige, verhätschelte, geistig minderbemittelte Fatzke im eleganten Zwirn, der seine Exzesse aber auch nicht mehr kaschieren konnte. »Scarlet Pimpernel« hätte sich nicht besser tarnen können, und es war Tarnung, davon war Kalaila überzeugt. Dadurch, daß sie sich selbst eine übergestreift hatte, hatte sie einen Meister gezwungen, die seine preiszugeben.

Sie versuchte zurückzudenken, zu rekonstruieren, wie er sie in die Falle gelockt hatte, aber da sie damals nicht darüber nachgedacht hatte, war jetzt alles zu verwischt. Sie hatte keinen Anlaß gehabt zu bezweifeln, daß der Schluckspecht Tony MacDonald bei der Vorstellung, ohne landeskundige Begleitung nach Oman reisen zu müssen, völlig außer sich geraten war. Er hatte ihr ein paarmal fast zitternd vorgejammert, seine Firma habe Konten in Maskat, und man erwarte von ihm, daß er sie prüfe, trotz der Greueltaten, die tagtäglich in der Stadt passierten. Sie hatte ihm – wiederholt – beschwichtigend erklärt, es handle sich im Grunde um ein Problem der Vereinigten Staaten und der Israelis und nicht um ein britisches, und deshalb werde ihm nichts zustoßen. Es war, als habe er erwartet, daß man sie hinschicken werde, und als sie den Befehl bekam, erinnerte sie sich seiner Ängste und rief ihn an, weil sie der Meinung war, er sei für sie geradezu der ideale Begleiter nach Oman. Absolut ideal.

Mein Gott, dachte sie, über was für ein Nachrichtennetz muß er verfügen! Vor etwas über einer Stunde hatte er angeblich stockbetrunken in einer Hotelbar randaliert, und jetzt fuhr er, um fünf Uhr morgens, in einer abgedunkelten großen Limousine hinter ihr her. Eine Schlußfolgerung war unvermeidlich: Er hatte sie rund um die Uhr beobachten lassen und ihre Verfolgung aufgenommen, als sie den Palast verlassen hatte, was bedeutete, daß seine Informanten ihre Verbindung zum Sultan von Oman aufgedeckt hatten. Doch für wen spielte der clevere MacDonald seine Scharade, wieso verfügte er über ein gut eingespieltes omanisches Agentennetz, wer stellte ihm in diesem belagerten Land, in dem jeder Ausländer unter die Lupe genommen wurde, Tag und Nacht schwere, schnelle Wagen samt Fahrern zur Verfügung? Auf welcher Seite stand er? Und wie viele Jahre spielte, wenn es die falsche Seite war, der allgegenwärtige Tony MacDonald schon sein mörderisches Spiel?

Wer stand hinter ihm? Hatte der Aufenthalt dieses undurchsichtigen Engländers in Oman etwas mit Evan Kendrick zu tun? Achmad hatte sich über den Geheimauftrag des amerikanischen Kongreßabgeordneten sehr vorsichtig und allgemein geäußert. Er hatte nur preisgegeben, daß der frühere Bauingenieur glaubte, der blutige Überfall auf die Botschaft könne von einem

Mann angezettelt worden sein, der vor fünf Jahren in Saudi-Arabien eine industrielle Verschwörung ausgeheckt hatte. Doch das war reine Vermutung, bewiesen war es nicht. Das war viel mehr, als Kalaila von ihren Leuten erfahren hatte. Aber ein intelligenter, erfolgreicher Amerikaner tarnte sich nicht als Terrorist, wenn er keine zwingenden Gründe dafür hatte. Für Achmad, Sultan von Oman und Anhänger der *New England Patriots*, war das genug. Washington hatte Kendrick zwar hierher auf den Weg gebracht, würde ihn jedoch gegebenenfalls verleugnen und würde ihn auf keinen Fall unterstützen. »Aber wir können es, ich kann es!« hatte Achmad gerufen. Und jetzt erwies sich Tony MacDonald als äußerst beunruhigender Faktor im Gesamtbild.

Kalailas beruflicher Instinkt verlangte, daß sie sich entferne, so schnell wie möglich Fersengeld gebe, doch dazu war sie nicht imstande. Etwas war geschehen, jemand hatte das empfindliche Gleichgewicht schon verübter und künftiger Gewalttaten verändert. Doch sie würde nicht den kleinen Jet herbeifunken, der sie von einem unbekannten Felsplateau nach Kairo in Sicherheit bringen sollte. Noch nicht. Noch nicht. Nicht jetzt. Es gab so viel zu erfahren, und die Zeit war so knapp. Sie konnte jetzt nicht aufhören.

»Nicht anhalten!« brüllte der fettleibige MacDonald und hievte sich mit Hilfe des Haltegriffs auf den Beifahrersitz zurück. »Sie ist aus einem ganz bestimmten Grund hierhergefahren. Um diese Zeit macht wohl niemand zum Vergnügen eine Spritztour.«

»Sie hat Sie vielleicht gesehen, *Effendi*.«

»Selbst dann bin ich nur ein abgewiesener Freier, der von einer Hure zum Narren gehalten wurde. Fahr weiter, und mach die Scheinwerfer an. Vielleicht wartet jemand auf sie – dritte Person Mehrzahl –, und wir müssen wissen, wer das ist.«

»Wer es auch ist – er könnte sehr unfreundlich sein, Herr.«

»In diesem Fall bin ich nur ein betrunkener Ungläubiger, und du wurdest von der Firma angeheuert, dafür zu sorgen, daß ich mich nicht schändlich danebenbenehme. Es ist alles wie immer, alter Junge.«

»Wie Sie wünschen, *Effendi*.« Der Fahrer schaltete die Scheinwerfer ein.

»Gibt's was Besonderes zu sehen?« fragte MacDonald.

»Nichts, Herr. Nur eine alte Straße, die zur Dschabal Scham hinunterführt.«

»Was, zum Teufel, ist das?«

»Der Anfang der Wüste. Sie endet erst bei den Bergen, an der saudiarabischen Grenze.«

»Gibt es noch andere Straßen?«

»Ein paar Kilometer östlich und viel schlechter befahrbar, Herr, sehr schwierig.«

»Wenn du sagst, daß vor uns ›nichts‹ ist – was meinst du mit ›nichts‹?«

»Genau das: Es ist nichts da, nur die Straße, die in die Dschabal Scham führt.«

»Und wohin führt die Straße, auf der wir jetzt sind?« fragte der Engländer hartnäckig weiter.

»Nirgendwohin, Herr. Sie biegt links ab und mündet in die Straße hinunter zur...«

»Ja, ja, zu dieser Dschabal-Dingsda, ich weiß schon«, unterbrach MacDonald den Fahrer. »Wir sprechen also nicht von zwei Straßen, sondern von einer, die nach links hinunter in deine verdammte Wüste führt.«

»Ja, Herr...«

»Ein Treffpunkt«, flüsterte der Gefolgsmann des Mahdi vor sich hin. »Ich habe es mir anders überlegt, alter Junge«, fuhr er hastig fort. »Mach die verdammten Scheinwerfer wieder aus. Das Mondlicht ist doch hell genug, nicht wahr?«

»O ja«, antwortete der Fahrer triumphierend, während er die Scheinwerfer löschte. »Ich kenne diese Straße sehr gut. Kenne jede Straße in Maskat und Matrah sehr, sehr gut. Sogar die unpassierbaren nach Osten und Süden. Aber ich muß sagen, *Effendi*, ich verstehe nicht.«

»Es ist ganz einfach, mein Junge. Wenn unsere fleißige kleine Hure nicht hinunterfuhr, um dort zu treffen, wen oder was sie treffen wollte, wird jemand hier heraufkommen – und zwar noch bevor es Tag wird, was nicht allzulange dauern kann.«

»Der Himmel wird sehr schnell hell, Herr.«

»Ganz recht.« MacDonald legte seine Pistole auf das Armaturenbrett, griff in die Jackentasche und holte ein kleines Fernglas heraus. Er hob es an die Augen und suchte durch die Windschutzscheibe das vor ihm liegende Terrain ab.

»Es ist noch zu dunkel, *Effendi*«, sagte der Fahrer.

»Nicht für dieses kleine Schätzchen«, antwortete MacDonald, als sie sich einer zweiten, von fahlem Mondlicht erhellten Kurve näherten. »Ich kann dir auf eine Entfernung von tausend Metern sagen, wie viele verkrüppelte Bäume dort stehen.« Sie bogen um die scharfe Kurve, der Fahrer blinzelte und trat auf die Bremse. Die Straße verlief jetzt schnurgerade und flach und verlor sich in der Dunkelheit.

»Noch zwei Kilometer, und wir kommen zu dem Gefälle, das in die Dschabal Scham führt, Herr. Ich muß sehr langsam fahren, da es hier viele Kurven gibt und die Straße sehr steinig ist...«

»Herrgott!« brüllte MacDonald, durch das Nachtsichtfernglas spähend. »Runter von der Straße, schnell!«

»Wie bitte, Herr?«

»Tu, was ich dir sage! Stell den Motor ab!«

»Herr?«

»Stell ihn ab! Laß den Wagen so weit wie möglich seitwärts ins Gelände rollen!«

Der Fahrer fuhr die Limousine nach rechts an den Straßenrand und ließ sie dann über den harten, furchigen Boden holpern, immer wieder das Lenkrad herumreißend, um den verstreut dastehenden verkrüppelten Bäumen auszuweichen, die in der Dunkelheit kaum zu sehen waren. Nach ungefähr fünfundzwanzig Metern blieb der Wagen mit einem Ruck stehen. Ein dicht am Boden kauernder Baum, der nicht zu sehen gewesen war, hatte sich im Fahrgestell verfangen.

»Herr...«

»Sei still!« flüsterte MacDonald, steckte das Fernglas in die Tasche und griff nach seiner Waffe. Mit der freien Hand tastete er nach dem Türgriff, hielt jedoch mitten in der Bewegung inne. »Geht die Innenbeleuchtung an, wenn ich die Tür öffne?« fragte er dann.

»Ja, Herr«, antwortete der Fahrer.

Mit dem Lauf seiner Waffe zerschlug MacDonald das Glas und die kleine Lampe der Deckenleuchte. »Ich steige aus«, flüsterte er. »Bleib hier, halte dich ruhig, und komm mir ja nicht an die Hupe. Wenn ich das Geringste höre, bist du ein toter Mann. Hast du verstanden?«

»Sehr gut, Herr. Aber darf ich fragen, warum? Ich meine, in einem Notfall...«

»Es sind Männer auf der Straße – drei oder vier, ich kann es nicht genau sagen, ich habe nur ein paar Punkte gesehen. Aber sie kommen auf uns zu, und sie rennen.« Lautlos öffnete MacDonald die Tür und stieg aus. Tief gebückt stapfte er durch das Sandgras in Richtung der Straße. In seinem dunklen Anzug und dem schwarzen Seidenhemd war er kaum zu sehen. Ungefähr fünf Meter vom Straßenrand entfernt kniete er neben einem Baumstumpf nieder, legte die Waffe auf den Boden und holte das Nachtsichtglas wieder heraus. Er richtete es auf die Straße und auf die drei näher kommenden Gestalten. Plötzlich waren sie da.

Asra. Es war Asra. Ohne Bart, aber unverkennbar. Das jüngste Mitglied des Rates, der Bruder von Saja Jatim. Und der Mann rechts neben ihm … MacDonald fiel sein Name nicht ein, aber er hatte die Fotos studiert, als seien sie für ihn die Schlüssel zu unermeßlichem Reichtum – was ja auch zutraf. Ein jüdischer Name, ein älterer Mann, Terrorist seit fast zwanzig Jahren … Yosef? Ja, Yosef. Bei der libyschen Armee ausgebildet, nachdem er von den Golanhöhen geflohen war. Der Mann an Asras linker Seite bereitete MacDonald allerdings Kopfzerbrechen, denn er hatte das Gefühl, er müsse ihn kennen. Er richtete das Fernglas direkt auf das auf und ab hüpfende Gesicht, aber seine Verwirrung wurde nur noch größer. Der Mann war fast so alt wie Yosef, und die wenigen Leute über dreißig waren aus bestimmten, in Bahrein bekannten Gründen in der Botschaft. Der Rest bestand aus Schwachsinnigen und Hitzköpfen – fundamentalistischen Fanatikern, die sich leicht manipulieren ließen. Plötzlich fiel MacDonald auf, was ihm bisher entgangen war: Die drei Männer trugen Häftlingskleidung. Es waren entsprungene Gefangene. Auch das ergab keinen Sinn. Hatte sich die Hure Kalaila mit diesen drei Männern treffen wollen? Wenn das der Fall war, wurde alles noch viel undurchsichtiger. Die Hure, das Miststück, arbeitete außerhalb von Kairo für den Feind. Bahrein hatte es bestätigt. Es stand hundertprozentig fest. Das war auch der Grund gewesen, warum er die Beziehung gepflegt, ihr wiederholt von den Interessen seiner Firma in Oman erzählt und ebensooft betont hatte, er habe Angst, in diesen Zeiten ohne landeskundigen Begleiter nach Maskat zu reisen. Sie hatte den Köder geschluckt und sein Angebot angenommen, aber behauptet, sie könne Kairo erst an einem bestimmten Tag zu einer bestimmten Zeit verlassen, was bedeutete, daß sie einen ganz bestimmten Flug nehmen mußten. Er hatte in Bahrein angerufen, und man hatte ihm gesagt, er solle sich fügen. Und sie nicht aus den Augen lassen. Was er getan hatte. Sie traf sich mit niemand, suchte keine Blickkontakte. Aber in dem Durcheinander, das bei der von Sicherheitshysterie befallenen Einreisebehörde in Maskat herrschte, war Kalaila ihm entwischt. Verdammt! Verdammt! Sie war zum Frachtschuppen hinübergeschlendert, doch als er sie dort aufstöberte, war sie allein gewesen – und ziemlich schlecht gelaunt. Hatte sie sich mit jemand getroffen? Kontakt mit dem Feind aufgenommen und Instruktionen weitergegeben? Und hatte das etwas mit den entsprungenen Häftlingen zu tun gehabt, die jetzt die Straße heraufgerannt kamen?

Daß da eine Verbindung bestehen mußte, schien unwiderlegbar. Und widersprach jeder Logik.

Als die drei Gestalten vorüber waren, richtete sich Anthony MacDonald schwerfällig auf und grunzte erleichtert, als er in Schweiß gebadet endlich auf den Beinen stand. Widerstrebend mußte er sich eingestehen, daß von den nächsten Stunden Gewinn oder Verlust unzähliger Millionen abhängen konnten, und er kam deshalb zu dem Schluß, daß das Rätsel, das Kalaila plötzlich darstellte, gelöst werden müsse, und die Antworten, die er so verzweifelt suchte, in der Botschaft zu finden waren. Doch nicht nur der Verlust der Millionen drohte, wenn er die Antworten nicht fand; falls die Hure, dieses Miststück, die Zentralfigur bei einem entscheidenden Coup war, und es ihm nicht gelang, sie daran zu hindern, war es durchaus möglich, daß Bahrein ihn exekutieren ließ. Der Mahdi duldete keine Versager um sich.

Er mußte sich Zutritt zur Botschaft verschaffen – auch wenn sie die reinste Hölle war.

Die Lockheed C-130-Hercules mit israelischem Hoheitszeichen kreiste in zehntausend Meter Höhe östlich von El Ubaylah über der saudiarabischen Wüste. Die Flugroute von Hebron war alles andere als direkt: südwärts über die Wüste Negev zum Golf von Akaba und zum Roten Meer, dann wieder nach Süden, parallel mit der Küste von Ägypten, des Sudans und Saudi-Arabiens. Ab Hamdanah führte der Kurs nach Nord-Nordost und verursachte ein Chaos auf den Radarnetzen zwischen dem Flughafen von Mekka und Kal Bischah; bei El Churmah erfolgte eine Kursänderung nach Osten zur Sandwüste Dahna. Bei Dschidda war die Maschine über dem Roten Meer in der Luft aufgetankt worden; das gleiche sollte auf dem Rückflug geschehen, nachdem die fünf Passagiere von Bord gegangen waren.

Sie saßen im Frachtraum, fünf ziemlich heruntergekommen aussehende Soldaten in Zivil, Freiwillige der wenig bekannten Masada-Brigade, einer elitären Einsatztruppe, die auf Straf- und Rettungsexpeditionen, Sabotage und politische Attentate spezialisiert war. Keiner war älter als zweiunddreißig, alle sprachen fließend Hebräisch, Jiddisch, Arabisch und Englisch.

Es waren physisch ausgesucht prachtvolle Exemplare der Spezies Mensch, bronzebraun gebrannt von ihrer Ausbildung in der Wüste und von einer Disziplin durchdrungen, die sie dank ihres überdurchschnittlichen Reaktionsvermögens befähigte, in Sekundenbruchteilen Entscheidungen zu treffen; jeder hatte einen denkbar hohen Intelligenzquotienten, und alle waren zu allem bereit, denn alle hatten unmenschlich gelitten – entweder sie selbst oder ihre engste Familie. Sie konnten zwar lachen, aber noch besser konnten sie hassen.

Sie saßen vorgebeugt auf einer Bank in der Backbordseite des Flugzeugs und zupften abwesend an den Gurten ihrer Fallschirme, die sie erst vor kurzem angelegt hatten. Sie unterhielten sich leise – das heißt, vier redeten, einer war still. Der schweigende Mann war der Anführer der Gruppe; auch er saß vorgebeugt da, doch er starrte ausdruckslos auf den gegenüberliegenden Spant: ungefähr Ende Zwanzig, Haare und Brauen von der unbarmherzigen Sonne zu gelblichem Weiß gebleicht, große dunkelbraune Augen und hohe Backenknochen, eine scharfe semitische Nase und schmale Lippen. Von den Männern war er weder der älteste noch der jüngste, doch er war ihr Anführer; man las es in seinem Gesicht, in seinen Augen.

Der Einsatz in Oman war von den höchsten Beratern des israelischen Verteidigungsministeriums befohlen worden. Die Chancen für einen Erfolg waren minimal, viel wahrscheinlicher war, daß der Auftrag mißlingen und sie sterben würden, aber der Versuch mußte unternommen werden. Denn unter den zweihundertsechsunddreißig Geiseln in der amerikanischen Botschaft in Maskat war ein Spitzenagent der Mossad, Israels

Geheimdienst, der in der ganzen Welt nicht seinesgleichen hat. Falls er enttarnt wurde, würde man ihn in irgendeine von einem Dutzend »medizinischer Kliniken« bringen, über die Freund und Feind gleichermaßen verfügten, und wo man den Patienten intravenös Chemikalien verabreichte, die viel wirkungsvoller waren als jede Folter. Tausend Geheimnisse würden preisgegeben werden, Geheimnisse, die den Staat Israel gefährden und die Mossad im Nahen Osten entmachten würden. Die Parole lautete: Holt ihn heraus, wenn ihr könnt. Tötet ihn, wenn ihr es nicht könnt.

Der Leiter dieser Einsatzgruppe der Masada-Brigade hieß Yakov. Der Mossad-Agent, der in Maskat festgehalten wurde, war sein Vater.

»*Adonim*«, sagte auf hebräisch eine Stimme über den Bordlautsprecher – eine ruhige, respektvolle Stimme, die die Passagiere »meine Herren« nannte. »Wir beginnen jetzt mit dem Sinkflug. Den Zielpunkt erreichen wir in sechs Minuten vierunddreißig Sekunden, es sei denn, wir stoßen über den Bergen unerwartet auf Gegenwinde, was unsere Flugzeit auf sechs Minuten achtundvierzig oder vielleicht fünfundfünfzig Sekunden verlängern könnte. Aber wer zählt hier schon Sekunden?« Vier Männer lachten; Yakov blinzelte, die Augen immer noch auf den Spant gegenüber gerichtet. Der Pilot fuhr fort: »Wir kreisen einmal in zweieinhalbtausend Meter Höhe über dem Ziel, damit ihr euch körperlich und mental auf den Absprung vorbereiten könnt – mit allem Respekt vor diesen verrückten Bettüchern, die ihr euch umgeschnallt habt, fangt schon jetzt damit an. Ich persönlich bin nicht scharf darauf, in zweieinhalbtausend Meter Höhe einen Spaziergang zu machen, aber ich kann ja auch lesen und schreiben.« Yakov lächelte, die anderen lachten noch lauter als vorher. Wieder mischte sich die Stimme des Piloten unter das Gelächter: »Die Ausstiegsluke wird in zweitausendsiebenhundert Meter Höhe von eurem Bruder Jonathan Levy geöffnet, der, wie alle tüchtigen Portiers in Tel Aviv, von jedem von euch ein großzügiges Trinkgeld für seine Dienste erwartet. Schuldscheine nimmt er nicht. Das rote Blinklicht bedeutet, daß ihr dieses himmlische Luxushotel verlassen müßt; die Jungs auf dem Parkplatz unten weigern sich jedoch, euch unter den gegebenen Umständen eure Automobile wiederzubeschaffen. Auch sie können lesen und schreiben und wurden als geistig zurechnungsfähig befunden – anders als gewisse ungenannte Touristen an Bord dieser Maschine.« Das Gelächter wurde jetzt von den Wänden des Flugzeugs zurückgeworfen; Yakov kicherte. Noch einmal meldete sich der Pilot zu Wort. Seine Stimme klang sanfter, hatte einen weicheren Ton. »Möge unser geliebtes Israel durch den Mut seiner Söhne und Töchter in alle Ewigkeit leben. Und möge Gott der Allmächtige euch begleiten, meine lieben, lieben Freunde. Raus!«

Ein Fallschirm nach dem anderen öffnete sich am nächtlichen Himmel über der Wüste mit einem leisen Knall, und wenige Minuten später landeten die fünf einer nach dem anderen sicher im Wüstensand – von dem Positionslicht, das bernsteinfarben durch die Dunkelheit blinkte, nicht mehr als hundertfünfzig Meter im Umkreis entfernt. Jeder Mann hatte ein Mini-Funkgerät bei sich, mit dem er im Notfall die anderen erreichen konnte. Jeder grub an der Stelle, an der er aufkam, ein Loch in den Sand, begrub seinen Fallschirm und legte die Schaufel neben Stoffbahnen und Gurte. Dann gingen alle schnell auf das Licht zu; es wurde gelöscht und durch eine Taschenlampe ersetzt. Der Mann, der sie hielt, war aus Maskat gekommen und ein altgedienter Geheimagent der Mossad.

»Laßt euch ansehen«, sagte er und musterte die Soldaten im Schein der Taschenlampe. »Nicht schlecht. Ihr seht wie Strolche aus den Docks aus.«

»Ihre Anweisungen, oder?« sagte Yakov.

»Sie werden nicht immer befolgt«, erwiderte der Agent. »Sie müssen...«

»Wir haben keine Namen«, fiel Yakov ihm heftig ins Wort.

»Den Tadel hab' ich verdient«, sagte der Mann von der Mossad. »Ehrlich gestanden, kenne ich nur den Ihren, was begreiflich ist, denke ich.«

»Vergessen Sie ihn.«

»Wie soll ich Sie alle nennen?«

»Wir sind Farben, nur Farben. Von rechts nach links – Orange, Grau, Schwarz und Rot.«

»Es ist mir eine Ehre, euch kennenzulernen«, sagte der Agent und leuchtete die Männer der Reihe nach an, von rechts nach links. »Und Sie?« fragte er, den Lichtstrahl auf Yakov gerichtet.

»Ich bin Blau.«

»Natürlich. Die Fahne.«

»Nein«, sagte der Sohn der Geisel, »Blau – auf arabisch Asra – ist die heißeste Flamme; mehr brauchen Sie nicht zu verstehen.«

»Und es ist auch das kälteste Eis, junger Mann, aber egal. Mein Fahrzeug steht ein paar hundert Meter nördlich. Ich muß Sie leider bitten, zu Fuß zu gehen, und das, nachdem Sie erst vom Himmel herabgeschwebt sind – was ein erhebendes Gefühl sein muß.«

»Nicht für mich«, sagte Grau. »Ich hasse diese schreckliche Springerei. Man kann sich dabei zu leicht verletzen.«

Das Fahrzeug war die japanische Version eines Landrovers, ohne so bequem und gut ausgestattet zu sein, und es war ausreichend verbeult und zerkratzt, um in einem arabischen Land nicht aufzufallen, wo Geschwindigkeit etwas Relatives und Abstraktes war und es oft zu Kollisionen kam. Die etwas über eine Stunde dauernde Fahrt nach Maskat erfuhr jedoch eine plötzliche Unterbrechung. Ein paar Kilometer vor der Stadt blinkte ein kleines bernsteinfarbenes Licht auf der Straße.

»Das ist ein Notfall«, sagte der Mossad-Agent zu Yakov, der neben ihm auf dem Beifahrersitz saß. »Das gefällt mir nicht. Wir sollten auf unserer Fahrt nach Maskat nicht angehalten werden. Die Patrouillen des Sultans sind überall. Ziehen Sie Ihre Waffe, junger Mann. Man weiß nie, wen man möglicherweise zum Sprechen gebracht hat.«

»Was könnte er schon sagen? Wir sind absolut sicher. Niemand weiß etwas von uns. Meine Frau glaubt, ich sei bei einem Manöver in der Negev.«

»Bestimmte unterirdische Kommunikationswege müssen offengehalten werden, Blau. Und manchmal graben unsere Feinde zu tief... Instruieren Sie Ihre Kameraden. Sie sollen ihre Waffen schußbereit machen.«

Yakov sagte den anderen Bescheid, und sie zogen und entsicherten ihre Waffen. Die kriegerischen Vorbereitungen erwiesen sich jedoch zum Glück als unnötig.

»Es ist Ben-Ami!« rief der Mann von der Mossad und bremste so plötzlich ab, daß die Reifen quietschten und holpernd über die Risse in der schlecht gepflasterten Straße schlitterten. »Machen Sie die Tür auf!«

Ein kleiner, schlanker Mann in Jeans, einem losen weißen Baumwollhemd und einer Ghotra auf dem Kopf, stieg ein und quetschte sich auf den Sitz neben Yakov. »Fahren Sie weiter«, befahl er. »Langsam. Hier draußen gibt es keine Patrouillen, und uns bleiben mindestens zehn Minuten, bevor wir vielleicht angehalten werden. Haben Sie eine Taschenlampe?« Der Mossad-Mann griff in die Ablage unter dem Armaturenbrett, holte die Taschenlampe heraus und reichte sie weiter. Ben-Ami knipste sie an und inspizierte die menschliche Fracht auf dem Rücksitz und Yakov, der neben ihm saß. »Gut!« rief er. »Sie sehen wie ein paar Strolche aus dem Hafenviertel aus. Sollten wir angehalten werden, nuscheln Sie auf arabisch los und prahlen lauthals mit Weibergeschichten – in entsprechend bildhafter Sprache. Haben Sie verstanden?«

»Amen«, sagten drei Stimmen. Die vierte, die Orange gehörte, widersprach: »Der Talmud besteht auf der Wahrheit. Aber bringt mir eine *Huri* mit großen Brüsten, dann mache ich vielleicht mit.«

»Halt den Mund!« rief Yakov, ganz und gar nicht belustigt.

»Wieso sind Sie hier?« fragte der Agent der Mossad. »Ist irgend was passiert?«

»Etwas Wahnwitziges«, antwortete Ben-Ami. »Einer unserer Leute in Washington hat sich ungefähr eine Stunde nach Ihrem Abflug von Hebron mit mir in Verbindung gesetzt. Wegen eines Amerikaners, eines Kongreßabgeordneten. Er ist hier und mischt sich ein – arbeitet im Untergrund, können Sie sich das vorstellen?«

»Wenn das stimmt«, antwortete der Fahrer, das Steuer fester umklammernd, »dann hat sich alles bewahrheitet, was ich je über die Unfähigkeit der amerikanischen Geheimdienste gedacht habe. Wird der Mann gefaßt, wird die ganze zivilisierte Welt die Amerikaner wie die Parias behandeln. Das Risiko wäre zu groß.«

»Sie sind es eingegangen. Er ist hier.«

»Wo?«

»Das wissen wir nicht.«

»Was hat das mit uns zu tun?« wandte Yakov ein. »Ein Amerikaner. Ein Narr. Was hat er für Empfehlungen?«

»Bedauerlicherweise sehr gute«, antwortete Ben-Ami. »Und wir müssen ihn nach bestem Wissen und Gewissen unterstützen.«

»Was?« fragte Yakov. »Warum?«

»Weil Washington sich der Risiken, der möglichen tragischen

Folgen voll bewußt ist und jede Verbindung leugnen würde. Er ist ganz auf sich gestellt. Wird er gefaßt, hat er keine Möglichkeit, sich an seine Regierung zu wenden, denn sie wird ihn verleugnen, muß ihn verleugnen. Er handelt ganz auf eigene Faust.«

»Dann muß ich noch einmal fragen«, sagte Yakov. »Wenn die Amerikaner nichts mit ihm zu tun haben wollen – warum sollen ausgerechnet wir in die Bresche springen?«

»Weil sie es ihm nie und nimmer erlaubt hätten, herzukommen, wenn nicht irgend jemand in einer entsprechend hohen Stellung der Meinung gewesen wäre, er könne Ungewöhnliches leisten.«

»Aber warum wir? Wir haben selbst genug zu tun. Ich wiederhole: Warum ausgerechnet wir?«

»Vielleicht weil wir es können – und sie nicht.«

»Es ist politisch verhängnisvoll«, sagte der Fahrer heftig. »Washington rührt eine Suppe an, wäscht dann seine Hände in Unschuld und überläßt uns die Dreckarbeit. Eine solche politische Entscheidung können nur die Arabisten im Außenministerium getroffen haben. Wenn wir versagen – beziehungsweise er versagt, wenn wir auch nur in seiner Nähe sind, wird man für jede Hinrichtung die Juden verantwortlich machen. Wieder werden dann die Christenmörder zugeschlagen haben.«

»Da muß ich Sie korrigieren«, entgegnete Ben-Ami. »Washington hat uns das nicht ›aufgehalst‹, weil niemand in Washington ahnt, daß wir Bescheid wissen. Und wenn wir unseren Job richtig anpacken, werden wir gar nicht in Erscheinung treten; wir werden nur helfen, wenn es unbedingt nötig ist, und es darf dabei nicht den geringsten Hinweis auf uns geben.«

»Sie wollen nicht antworten!« schrie Yakov. »Sie weichen mir aus. Warum?«

»Ich habe geantwortet, ich bin nicht ausgewichen, aber Sie haben nicht richtig zugehört, mein Junge. Sie haben andere Dinge im Kopf. Ich sagte, daß wir das, was wir tun, deshalb tun, weil wir vielleicht etwas bewirken können – VIELLEICHT, garantieren können wir nichts. Bedenken Sie bitte – zweihundertsechsunddreißig Menschen sind in dieser Vorhölle gefangen und erleiden, was wir als Volk nur allzugut kennen. Zu diesen zweihundertsechsunddreißig gehört Ihr Vater, einer der für Israel wertvollsten Männer. Falls dieser Mann, dieser Kongreßabgeordnete, auch nur den Schatten einer möglichen Lösung sieht, müssen wir alles tun, was wir können, und wenn's nur deshalb ist, um festzustellen, ob er recht hat oder nicht. Aber vor allem müssen wir ihn finden.«

»Wer ist es?« fragte der Mossad-Mann verächtlich. »Hat er einen Namen, oder haben die Amerikaner auch den begraben?«

»Er heißt Kendrick...«

Das klapprige Fahrzeug geriet ins Schleudern. Der Mossad-Mann hatte auf den Namen so heftig reagiert, daß er fast von der Straße abgekommen wäre. »Evan Kendrick?« fragte er, vorsichtig gegensteuernd, die Augen vor Staunen weit aufgerissen.

»Ja.«

»Die Kendrick-Gruppe.«

»Die was?« fragte Yakov, der den Fahrer nicht aus den Augen ließ.

»Das Unternehmen, das er hier leitete.«

»Morgen früh bekommen wir aus Washington sein Dossier«, sagte Ben-Ami.

»Das braucht ihr nicht«, erwiderte der Mossad-Agent. »Wir haben hier eine Akte über ihn, so dick wie die mosaischen Gesetzestafeln. Wir haben auch eine über Emmanuel Weingrass – von der wir uns oft wünschen, wir hätten sie nicht.«

»Da komme ich nicht mit.«

»Nicht jetzt, Ben-Ami. Dazu brauche ich ein paar Stunden Zeit und sehr viel Wein – verdammter Weingrass! Er hat mich dazu gebracht, das zu sagen.«

»Würden Sie sich bitte ein bißchen klarer ausdrücken?«

»Kürzer, mein Freund, nicht unbedingt klarer. Wenn Kendrick zurückgekommen ist, weiß er etwas, und er ist hier, um eine fünf Jahre alte Rechnung zu begleichen – eine Explosion, die das Leben von über siebzig Männern, Frauen und Kindern ausgelöscht hat. Sie waren seine Familie. Ihr müßtet ihn kennen, um das zu verstehen.«

»Sie haben ihn gekannt?« fragte, sich vorbeugend, Ben-Ami. »Sie kennen ihn?«

»Nicht gut, aber gut genug, um zu begreifen. Derjenige, der ihn am besten kannte – Vaterfigur, Trinkkumpan, Beichtvater, Berater, Genie und bester Freund –, war Emmanuel Weingrass.«

»Der Mann, den Sie ganz offensichtlich ablehnen«, warf Yakov ein, den Blick noch immer auf den Fahrer gerichtet.

»Von ganzem Herzen ablehne«, stimmte der israelische Geheimagent zu. »Aber er ist nicht ganz wertlos. Ich wünschte, er wäre hier, aber das ist er nicht.«

»Für wen nicht ganz wertlos? Für die Mossad?« fragte Ben-Ami.

Es war, als stürze diese Frage den Mossad-Mann in tiefe Verlegenheit. »Wir haben ihn in Paris eingesetzt«, sagte er und schluckte trocken. »Er bewegt sich in seltsamen Kreisen, hat Kontakt zu Randgruppen. Tatsächlich – lieber Gott, es fällt mir schwer, es zuzugeben – war er für uns recht nützlich. Durch ihn sind wir den Terroristen auf die Spur gekommen, die in das koschere Restaurant in der Rue du Bac eine Bombe warfen. Wir haben das Problem selbst gelöst, aber irgendein verdammter Narr hat ihm erlaubt dabeizusein, als wir die Kerle umlegten. Blöd, wirklich blöd. Doch um ihm Gerechtigkeit widerfahren zu lassen«, fügte der Fahrer grollend hinzu, »er hat uns in Tel Aviv angerufen und uns Informationen zugespielt, die es uns ermöglichten, fünf ähnliche Zwischenfälle zu verhindern.«

»Er hat viele Leben gerettet«, sagte Yakov. »Und trotzdem lehnen Sie ihn ab?«

»Sie kennen ihn nicht. Na ja, niemand achtet groß auf einen neunundsiebzigjährigen Lebemann, einen Flaneur, der in Begleitung eines oder zweier Pariser ›Models‹ die Montaigne entlangstolziert, nachdem er die Mädchen mit dem Geld, das er von der Kendrick-Gruppe bekam, in der Rue St. Honoré ausstaffiert hat.«

»Wieso verliert er dadurch an Wert?«

»Er stellt uns seine Diners im *La Tour d'Argent* in Rechnung. Dreitausend, viertausend Schekalim. Wie können wir uns weigern, zu bezahlen? Er liefert uns gutes Material, und er war Zeuge bei einer ganz besonders gewalttätigen Aktion, als wir die erwähnte Angelegenheit selbst in die Hände nahmen. Eine Tatsache, an die er uns gelegentlich erinnert, wenn die Zahlungen sich verspäten.«

»Ich bin der Meinung, daß das sein gutes Recht ist«, sagte Ben-Ami nickend. »Er ist Agent der Mossad im Ausland und muß seine Tarnung aufrechterhalten.«

»Gefangen, erdrosselt, unsere Hoden in einem Schraubstock«, flüsterte der Fahrer vor sich hin. »Und das Schlimmste kommt noch.«

»Wie bitte? Ich habe nicht verstanden«, sagte Yakov.

»Wenn jemand Evan Kendrick in Oman finden kann, ist es Emmanuel Weingrass. Sobald wir in Maskat in unserem Hauptquartier sind, melde ich ein Gespräch nach Paris an. Verdammt!«

»Je regrette«, sagte die Telefonistin des Hotels *Pont Royal* in Paris. »Aber Monsieur Weingrass ist für ein paar Tage verreist. Er hat jedoch eine Nummer in Monte Carlo hinterlassen, unter der Sie ihn erreichen können ...«

»Je suis désolée«, sagte die Telefonistin des *L'Hermitage* in Monte Carlo. »Monsieur Weingrass ist nicht in seiner Suite. Er wollte heute abend im *Hôtel de Paris* gegenüber vom Kasino speisen.«

»Können Sie mir die Nummer geben?«

»Aber selbstverständlich. Monsieur Weingrass ist ein so reizender Mann. Erst heute hat er uns allen Blumen geschenkt. Ein wunderbarer Mensch. Die Nummer ist ...«

»Désolée«, sagte der Telefonist des *Hôtel de Paris* mit öligem Charme. »Der Speisesaal ist bereits geschlossen, aber der überaus großzügige Monsieur Weingrass hat uns mitgeteilt, daß er in den nächsten zwei Stunden im Kasino an Tisch elf zu finden ist. Falls Anrufe für ihn kämen, sollte der Teilnehmer Armand im Kasino anrufen. Die Nummer ist ...«

»Je suis très désolée«, flötete Armand, Faktotum im *Casino de Paris* in Monte Carlo. »Der entzückende Monsieur Weingrass und seine bezaubernde Mademoiselle hatten heute abend beim Roulette kein Glück, daher hat er beschlossen, in Loews Spielsalon zu gehen – ein zweitklassiges Etablissement, natürlich, aber mit tüchtigen Croupiers; damit meine ich selbstverständlich die Franzosen, nicht die Italiener. Fragen Sie nach Luigi, einem Kretin, der kaum lesen und schreiben kann, aber er wird Monsieur Weingrass für Sie aufstöbern. Richten Sie Monsieur meine besten Grüße aus, und sagen Sie ihm, daß ich ihn morgen hier erwarte. Die Nummer ist ...«

»Naturalmente!« rief Luigi triumphierend. »Der allerliebste, beste Freund, den ich je hatte! Signore Weingrass! Mein hebräischer Bruder, der den Dialekt von Como und dem Lago di Garda wie ein Einheimischer spricht – hier sitzt er, direkt vor meinen Augen.«

»Würden Sie ihn bitten, ans Telefon zu kommen?«

»Er ist sehr beschäftigt, Signore. Seine Signorina gewinnt eine Menge Geld. Man darf jetzt nicht stören.«

»Sagen Sie dem Halunken, er soll auf der Stelle an den Apparat kommen, sonst stecke ich seine Eier in kochende arabische Ziegenmilch.«

»Che cos'è?«

»Bewegen Sie sich gefälligst, Luigi! Und sagen Sie Weingrass, mein Name ist Mossad.«

»Pazzo«, sagte Luigi vor sich hin und legte den Hörer neben das Telefon. »Unberechenbar«, fügte er hinzu und begab sich zum Würfeltisch, an dem ein Höllenlärm herrschte.

Emmanuel Weingrass mit perfekt gewachstem Bärtchen unter einer Adlernase, die aristokratische Herkunft verriet, und meisterhaft gestyltem weißen Haar auf einem wohlgeformten Schädel, stand ruhig inmitten der von frenetischer Begeisterung mitgerissenen Spieler. Mit einem kanariengelben Jackett und rotkarierter Fliege sehr auffallend gekleidet, schaute er sich um und schien an den Spielern mehr interessiert als am Spiel selbst. Hin und wieder merkte er, daß einer der Spieler oder jemand aus der aufgeregten Zuschauermenge ihn anstarrte. Er verstand – wie er die meisten Dinge an sich selbst verstand, von denen er einige billigte, aber viel, viel mehr mißbilligte. Sie betrachteten sein Gesicht, das etwas füllig war, das Gesicht eines alten Mannes, das seine kindlichen Züge nicht verloren hatte, das trotz seiner Jahre noch jung war, was seine modische, auffallende Kleidung noch betonte. Die ihn kannten, sahen ihn anders. Sie sahen, daß er sehr lebendige grüne Augen hatte, die Augen eines Wanderers auf geistiger und geographischer Ebene, nie zufrieden, nie geruhsam, unaufhörlich über Landschaften schweifend, die er entdecken oder schaffen wollte. Man erkannte auf den ersten Blick, daß er exzentrisch war, doch wie weit seine Verschrobenheit ging, wußte man nie. Er war Künstler und Geschäftsmann. Er war er selbst und hatte sein architektonisches Genie als Teil des unendlich törichten Spiels akzeptiert, das sich Leben nannte; eines Spiels, das gegen seinen Willen für ihn bald enden würde – im Schlaf, wie er hoffte. Aber noch gab es Dinge, die er ausleben und erleben wollte, solange er atmete. Auf die Achtzig zugehend, mußte er realistisch denken, so zornig es ihn auch machte, und sosehr es ihn ängstigte. Er warf einen Blick auf das aufdringlich üppige Mädchen an seiner Seite, so bebend vor Leben, so unendlich geistlos. Er würde mit ihr ins Bett gehen, vielleicht ihre Brüste streicheln – und dann einschlafen. *Mea culpa*. Wo lag der Sinn?

»*Signore*«, flüsterte ihm der Italiener im Smoking ins Ohr. »Telefon für Sie. Am Apparat ist jemand, für den ich in meinem ganzen Leben nie auch nur einen Funken Respekt aufbringen könnte.«

»Was für eine seltsame Bemerkung, Luigi.«

»Er hat Sie beleidigt, mein lieber Freund und geehrtester Gast. Wenn Sie wollen, schicke ich ihn in der Gossensprache – der einzigen, die er zu verstehen scheint – zum Teufel.«

»Nicht alle Menschen lieben mich wie du, Luigi. Was hat er gesagt?«

»Was er gesagt hat, würde ich hier nicht einmal vor dem ordinärsten französischen Croupier wiederholen.«

»Du bist sehr loyal, mein Freund. Hat er seinen Namen genannt?«

»Ja, es ist ein *Signore* Mossad. Und ich sage Ihnen, er ist nicht ganz richtig im Kopf, *pazzo*.«

»Das sind die meisten nicht«, sagte Weingrass und ging rasch ans Telefon.

10

Das Morgenlicht nahm bedrohlich zu. Asra blickte zum Himmel auf und verfluchte sich – schloß aber auch Yosef in seine Flüche ein –, weil sie am Kabritta-Turm falsch eingebogen waren und dadurch kostbare Minuten verloren hatten. Die drei Flüchtigen hatten ihre Gefängnishosen abgerissen, so daß sie jetzt nur noch wadenlang waren, und hatten auch die Ärmel an den Schultern aus den Hemden herausgetrennt. Solange die Sonne nicht schien, konnte man sie für Arbeiter aus dem Libanon oder den Slums von Abu Dhabi halten, die ihre Rials für das einzige ihnen zugängliche Vergnügen ausgaben: die Huren und den Whisky, die sie in Asch-schari al musch kwaijis, der von Land umschlossenen Insel der Stadt, bekommen konnten.

Sie standen, von der amerikanischen Botschaft keine zweihundert Meter entfernt, in der Nische des Personaleingangs des Waljat-Hospitals. Rechts kreuzte eine schmale Gasse die Hauptverkehrsstraße. Um die Ecke herum reihte sich ein Laden an den anderen; alle durch eiserne Rolladen geschützt oder mit Brettern verschlagen. Handel und Wandel ruhten, solange der Wahnsinn andauerte. Hinter dem schmiedeeisernen Tor der Botschaft ging schlurfend der Pöbel auf und ab, lethargisch wirkende junge Leute mit krummem Rücken, weil die schweren Waffen an ihren Armen und Schultern zerrten. Sie gaben aber nicht auf, taten, was ihnen befohlen wurde, denn es war ja ihr *Dschihad*, ihr heiliger Krieg. Die Lethargie würde jedoch verschwinden, sobald die ersten Sonnenstrahlen aufblitzten, und mit dem Auftauchen der ersten Zuschauer, vor allem der Rundfunk- und Fernsehteams, würde manische Energie sie beleben. Die zornigen Kinder bereiteten sich auf ihren Bühnenauftritt vor.

Asra beobachtete den großen Platz vor dem Tor. An der Nordseite standen dicht beieinander drei einstöckige Bürogebäude. Die mit Vorhängen versehenen Fenster waren dunkel, nirgends ein Licht, doch das war auch belanglos. Falls in den Häusern Posten saßen, waren sie zu weit vom Tor entfernt, um zu hören, was er leise durch die Gitterstangen sagen würde, und das Licht war noch zu schwach, und daher war es nicht möglich, ihn zweifelsfrei zu identifizieren – auch wenn die Nachricht von ihrer Flucht schon bis hierher gedrungen sein sollte. Aber auch wenn das der Fall war, würde der Feind auf eine ungewisse Möglichkeit hin keinen Sturmangriff wagen; er hätte für die Geiseln tödliche Folgen. Der Platz lag verlassen da, nur ein paar Bettler in Lumpen hockten an der Sandsteinmauer der Botschaft, vor sich ihre Almosenteller, einige mit ihren Exkrementen unter sich. Die dreckigsten unter ihnen waren bestimmt keine Agenten des Sultans oder ausländischer Regierungen, aber bei ein paar anderen hielt er es für möglich. Scharf musterte Asra diejenigen, die vielleicht getarnte Agenten waren, und achtete darauf, ob sie sich nicht durch ungewollt abrupte Bewegungen verrieten, weil sie die verkrampfte Körperhaltung der Bettler, die stundenlang auf den Fersen hockten, nicht gewohnt waren und nicht lange aushielten. Doch keiner rührte sich, keiner massierte sich ein Bein; das war zwar noch kein Beweis, aber mehr konnte er nicht verlangen. Asra holte die MAC-10-MP unter dem Hemd hervor und reichte sie Yosef.

»Ich geh' jetzt rüber«, sagte er auf arabisch. »Gib mir Dekkung. Wenn einer von den Bettlern eine Bewegung macht, die nicht zu einem Bettler paßt, erwarte ich, daß du auf dem Posten bist.«

»Geh nur los. Ich bleibe hinter dir, halte mich zuerst im Schatten des Hospitals und schlüpfe dann auf der rechten Seite aus einer Türnische in die andere. Ich bin ein ausgezeichneter Schütze, und falls einer der Bettler eine unpassende Bewegung macht, wird er sie nicht lange überleben.«

»Sei nicht vorschnell, Yosef. Mach ja nicht den Fehler zu schießen, wenn es nicht nötig ist. Ich muß mit einem dieser Schwachsinnigen in der Botschaft reden und werde hinüberwanken, als sei das nicht gerade der beste Morgen meines Lebens.« Asra wandte sich an Kendrick, der sich zwischen das spärliche Laubwerk an der Krankenhausmauer verkrochen hatte. »Wenn Yosef drüben bei dem ersten Gebäude ist, kommst du langsam heraus und folgst ihm, aber fall' um Himmels willen nicht auf! Bleib ab und zu stehen, kratz dich, spuck oft aus, und vergiß nicht, daß du nicht aussiehst wie jemand mit guter Kinderstube.«

»Ich kenne das Spiel«, log Kendrick tief zufrieden, weil er so ganz nebenbei viel über Terroristen erfuhr. »Glaubst du nicht, daß ich solche Taktiken häufiger als du angewendet habe?«

»Ich weiß nicht, was ich denken soll«, antwortete Asra. »Ich weiß nur, daß es mir nicht gefallen hat, wie du an der Moschee vorübergegangen bist. Die Mullahs und die Muezzins haben sich gerade versammelt. Vielleicht verhältst du dich in den zivilisierten Großstädten Europas klüger.«

»Ich verstehe mein Geschäft«, sagte Kendrick eisig, der wußte, daß er sich jetzt mit kühler Untertreibung durchsetzen mußte. Er wurde jedoch schnell von seinem hohen Roß heruntergeholt, denn Asra grinste. Es war das erste aufrichtige Lächeln, das er von dem Mann zu sehen bekam, der sich ›Blau‹ nannte.

»Davon bin ich überzeugt«, sagte Asra nickend. »Schließlich bin ich keine Leiche in der Wüste, sondern hier und sehr lebendig. Das verdanke ich dir, Amal Bahrudi.«

Asra drehte sich einmal schnell um die eigene Achse, stand auf, ging schwankend über den kleinen Rasen vor dem Krankenhaus und bog in die breite Straße ein, die direkt zu dem Platz vor der Botschaft führte. Nach ein paar Sekunden stürmte Yosef heraus, im rechten Winkel zu seinem Herrn und Meister überquerte er die schmale Gasse etwa fünf bis sechs Meter vor der Ecke, hielt sich dann ganz dicht an der Mauer des Gebäudes im dunkelsten Schatten. Als Asras einsame Gestalt voll sichtbar wurde und sich torkelnd dem Tor der Botschaft näherte, verschwand Yosef um die Ecke. Das letzte, was Kendrick von ihm sah, war die MAC-10-MP, die ihm von der linken Hand hinunterhing. Kendrick wußte, daß jetzt auch für ihn der Augenblick gekommen war, und plötzlich wünschte sich irgend etwas in ihm, er wäre wieder in Colorado, am Fuß der Berge, und, wenn auch nur vorübergehend, im Frieden mit der Welt. Dann kamen die Bilder wieder, Momentaufnahmen vor seinem inneren Auge: Donner. Eine Serie ohrenbetäubender Explosionen. Rauch. Einstürzende Mauern. Schreiende Kinder, außer sich vor Angst, die nur noch Sekunden zu leben hatten. Kinder! Und Frauen, junge Mütter, die vor Entsetzen kreischten und sich aufbäumten, als tonnenweise Geröll aus dreißig Meter Höhe auf sie herunterprasselte. Und hilflose Männer – Freunde, Ehemänner, Väter –, die trotzig gegen die herabstürzende Hölle anbrüllten, obwohl sie wußten, daß diese Hölle ihr Grab werden würde ... Der Mahdi!

Kendrick stand auf, atmete tief ein, machte sich auf den Weg zum Platz und kam auf der Nordseite des Gehsteigs an den verbarrikadierten Läden vorbei. Er ging gebückt und blieb häufig stehen, um sich zu kratzen und auszuspucken.

»Die Frau hatte recht«, flüsterte der dunkelhäutige Araber in westlicher Kleidung und spähte durch den schadhaften Rolladen in einem der Läden, der noch vor drei Wochen ein hübsches Café gewesen war, in dem man einen besonders guten Kaffee mit Kardamom, ausgezeichnete Kuchen und schöne Früchte bekommen hatte. »Das Schwein war so nah – fast hätte ich ihn berühren können, als er vorbeilief. Ich habe nicht einmal zu atmen gewagt.«

»Pssst!« warnte der Mann neben ihm, der ganz arabisch gekleidet war. »Hier kommt er. Das ist der Amerikaner. Seine Größe verrät ihn.«

»Auch andere werden ihn verraten. Er wird nicht überleben.«

»Wer ist er?« fragte der arabisch gekleidete Mann so leise, daß seine Stimme kaum zu hören war.

»Das zu wissen steht uns nicht zu. Wichtig allein ist, daß er sein Leben für uns aufs Spiel setzt. Unser Befehl lautet, daß wir der Frau gehorchen sollen.« Vor dem Laden blieb die gebückte Gestalt stehen, kratzte sich an der Leiste, spuckte in den Rinnstein. Schräg gegenüber näherte sich, in dem trüben Licht nur undeutlich zu sehen, eine andere Gestalt dem Eingang der Botschaft. »Es war die Frau«, fuhr der Araber in westlicher Kleidung fort, »die uns auftrug, im Hafen nach ihnen zu suchen, alle kleinen Boote zu überprüfen, und dann die Straßen nach Norden und Süden zu beobachten. Sogar hier sollten wir die Augen offenhalten, wo man sie am wenigsten erwartete. Setz' dich mit der Frau in Verbindung und sag ihr, daß das Unerwartete eingetreten ist. Dann funk' die anderen auf den Kalbah- und Bustafi-Wadis an, der Einsatz ist beendet.«

»Sofort«, sagte der arabisch gekleidete Mann und ging nach hinten, wo die Stühle auf den Tischen standen, als erwarte der Pächter des Cafés außerirdische Gäste, die keine Bodenberührung wollten; es sah irgendwie unheimlich aus. Plötzlich blieb der Mann stehen und drehte sich um. »Und was machen wir dann?«

»Die Frau wird es dir sagen. Beeil dich! Das Schwein am Tor winkt einem von den Kerlen hinter dem Tor. Und genau dahin wollen sie auch. Hinter das Tor. In die Botschaft.«

Asra packte die eisernen Gitterstäbe und schaute zum Himmel hinauf. Von Osten her wurde es mit jeder Minute heller. Bald würde das Dunkelgrau des Platzes von der grellen, blendenden Sonne über Maskat in Helligkeit getaucht werden. Es mußte jeden Augenblick geschehen, wie immer bei Tagesanbruch. Es war wie eine Explosion, die alles mit Licht überschwemmte. Schnell! dachte Asra. Ihr müßt mich doch sehen, ihr Idioten! Der Feind ist überall, beobachtet, sucht, wartet auf die Sekunde, in der er losschlagen kann, und ich bin jetzt ein Preis von unschätzbarem Wert. Einer von uns muß nach Bahrein, muß zum Mahdi durchkommen. Um der Liebe eures gottverdammten Allah willen, komm endlich einer von euch zu mir. Ich kann – ich darf nicht rufen!

Und einer sah ihn. Ein Halbwüchsiger in einem verdreckten

Drillichanzug löste sich zögernd aus einem kleinen Trupp und kam, im noch dämmrigen, aber zunehmenden Licht blinzelnd, auf die merkwürdige Gestalt zu, die auf der linken Seite des riesigen, mit Kettenschlössern gesicherten zweiflügeligen Tores stand. Je näher der Junge dem Tor kam, um so schneller ging er. Eben noch unsicher fragend, verriet sein Gesichtsausdruck jetzt nur noch Erstaunen.

»Asra!« rief er. »Bist du's wirklich?«

»Sei still«, flüsterte Asra. Der Junge war einer der Rekruten, die er im Gebrauch von Schnellfeuerwaffen ausgebildet hatte, und er war, wenn Asra sich recht erinnerte, nicht gerade der Hellste gewesen – wie die meisten seiner Genossen.

»Sie haben uns gesagt, daß du einen Geheimauftrag hast, eine so heilige Mission erfüllen mußt, daß wir Allah dem Allmächtigen für deine Kraft danken sollten.«

»Ich war gefangen…«

»Allah sei gepriesen!«

»Wofür?«

»Dafür, daß du die Ungläubigen erschlagen hast. Denn hättest du das nicht getan, würde dich Allah jetzt in seinen gesegneten Armen halten.«

»Ich bin geflohen…«

»Und hast die Ungläubigen nicht erschlagen?« fragte der Junge mit trauriger Stimme.

»Sie sind alle tot«, antwortete Asra. »Jetzt hör mir…«

»Allah sei gepriesen!«

»Allah soll still sein, und du sollst still sein und mir zuhören! Ich muß hinein, und das schnell. Geh zu Jatim oder Abjad – renn, als ob es um dein Leben ginge…«

»Mein Leben ist wertlos!«

»Aber meines nicht, verdammt! Jemand soll mit Instruktionen herkommen. Lauf!«

Während er wartete, begann es in Asras Brust und Schläfen zu hämmern. Er beobachtete das Licht im Osten, das sich anschickte, über diesem Teil der Erde aufzuflammen. Er wußte, wenn es soweit war, war es mit ihm zu Ende, war das sein Tod, würde er nicht mehr gegen die Halunken kämpfen können, die ihm sein Leben gestohlen, seine Kindheit mit Blut ausgelöscht und seine und Sajas Eltern bei einem von den Israelis sanktionierten Feuerüberfall getötet hatten.

Er erinnerte sich noch so lebhaft und so schmerzlich an alles. Sein Vater, ein sanfter, hochbegabter Mann, hatte in Tel Aviv Medizin studiert, bis die hohe Obrigkeit in seinem dritten Studienjahr erklärte, er eigne sich besser zum Apotheker, und er seinen Studienplatz an einen eingewanderten Juden abgeben mußte. So etwas war allgemein üblich. Merzt die Araber aus den Intelligenzberufen aus, lautete das israelische Glaubensbekenntnis. Im Lauf der Jahre wurde sein Vater jedoch in ihrem Dorf am Westufer der einzige »Doktor«; die Ärzte der Regierung, die regelmäßig aus Be'er Sheva kamen, waren Nieten; zu einer richtigen Praxis reichte es bei ihnen nicht, und sie waren gezwungen, sich ihre Schekalim in den kleinen Städten und den Camps zu verdienen. Einer führte Beschwerde gegen Asras Vater, und das war, als habe er die Schrift in die Klagemauer eingemeißelt. Die Apotheke wurde von der Behörde geschlossen.

»Wir wollen doch nur ein ganz unauffälliges Leben führen, wann laßt ihr das endlich zu?« hatte der Vater gerufen.

Die Tochter Saja und der Sohn, der später Asra, der Terrorist, wurde, bekamen auch eine Antwort auf dieses väterliche Stoßgebet. Die »Israelische Kommission für arabische Angelegenheiten am Westufer« erklärte, ihr Vater sei ein Unruhestifter. Die Familie wurde aus dem Dorf ausgewiesen.

Sie ging nach Norden, in Richtung Libanon; sie wäre überall hingegangen, wo man sie aufgenommen hätte. Und dann kam sie auf ihrer langen Wanderung in ein Flüchtlingslager namens Schatila.

Hinter einer niedrigen Gartenmauer versteckt, beobachteten Bruder und Schwester, wie – mit vielen anderen – ihre Eltern abgeschlachtet wurden, von Stakkatosalven niedergemäht, aus Mund, Augen und unzähligen Wunden blutend. Und das Dröhnen israelischer Artillerie in den Bergen klang den Kindern wie teuflisches Triumphgeheul in den Ohren. Jemand hatte die Operation in Schatila nachdrücklich gebilligt.

Damals wurde das sanfte Kind Saja Jatim zur eiskalten Strategin und ihr Bruder zu Asra, dem jetzt weltweit bekannten jüngsten »Kronprinzen« der Terroristen.

Die Erinnerungen rissen jäh ab, als aus dem Botschaftsgebäude ein Mann auf das Tor zugelaufen kam.

»Blau!« rief Abjad. »In Allahs Namen, was ist geschehen? Deine Schwester ist außer sich, aber du verstehst, daß sie nicht herauskommen kann, nicht als Frau, nicht um diese Zeit und ganz besonders nicht, wenn du hier stehst. Wir werden von allen Seiten beobachtet – was ist mit dir passiert?«

»Das erzähle ich euch, sobald wir in der Botschaft sind. Wir haben nicht mehr viel Zeit. Mach schnell!«

»Wir?«

»Ich, Yosef und ein Mann namens Bahrudi – er kommt vom Mahdi. Schnell! Es ist schon fast hell. Wohin sollen wir uns wenden?«

»Allmächtiger Gott – der Mahdi!«

»Abjad, bitte!«

»An der Ostmauer ist etwa vierzig Meter von der südlichen Ecke entfernt eine alte Kanalisation...«

»Die kenne ich. Wir haben daran gearbeitet. Ist sie jetzt passierbar?«

»Man muß kriechen, aber passierbar ist sie. Es gibt da eine Öffnung...«

»Unter den drei großen Felsblöcken im Wasser«, ergänzte Asra und nickte hastig. »Schick jemanden hin. Wir laufen mit dem Licht um die Wette.«

Asra-Blau entfernte sich von dem mit Ketten gesicherten Tor und bog, unauffällig schneller werdend, um die Südecke der Mauer. Er blieb stehen, preßte den Rücken an die Steine und ließ die Blicke über die verbarrikadierten Läden schweifen. Yosef trat halb aus einer Tornische heraus; Asra sollte wissen, daß er ihn nicht aus den Augen gelassen hatte. Yosef zischte, und nach ein paar Sekunden erschien »Amal Bahrudi« in einem schmalen Durchgang zwischen den Gebäuden; er hielt sich vorsichtig im Schatten, rannte den Gehsteig entlang und schlüpfte neben Yosef in die Tornische. Asra zeigte nach links auf eine Gasse, die parallel mit der Mauer der Botschaft verlief. Sie lag hinter den Läden auf dem Platz, und auf ihrer anderen Seite war nur Ödland. In der Ferne, vor dem flammenden Horizont, ahnte man die felsige Küste des Golfs von Oman. Hintereinander rannten die Flüchtigen die Gasse hinunter, an der Botschaft vorbei, dem jäh hervorbrechenden grellen Sonnenglast entgegen. Sicher und flink kletterte der Welt neuer »Kronprinz« mörderischer Terroristen über riesige Felsbrocken nach unten, verhielt ab und zu und zeigte auf die mit grünem Seemoos überzogenen Stellen; wer dort ausrutschte und auf die aus dem Wasser ragenden zackigen Felsen stürzte, überlebte den Sturz kaum. In einer knappen Minute erreichten sie eine merkwürdig geformte Einbuchtung am Fuß der Klippe. Dort bildeten drei Felsbrocken ein Dreieck mit einer höhlenartigen Öffnung, die nicht ganz einen Meter breit war und unaufhörlich von der tosenden Brandung überspült wurde.

»Da ist sie!« rief Asra mit Genugtuung. »Ich wußte, daß ich sie finde.«

»Was ist das?« brüllte Kendrick, der sich über die donnernden Wogen hinweg Gehör verschaffen wollte.

»Eine alte Kanalisation!« schrie Asra. »Vor ein paar hundert Jahren von Sklaven erbaut.«

»Und wie kommen wir hinein?«

»Wir gehen durchs Wasser. Wenn der Prophet Jesus auf dem Wasser gehen konnte, werden wir doch wohl durch Wasser gehen können. Kommt. Auf in die Botschaft!«

Schwer atmend stieg Anthony MacDonald die Kaitreppe neben dem alten Lagerhaus hinauf. Das Knarren der Stufen, die unter seinem Gewicht ächzten, mischte sich unter die anderen Geräusche von den Piers, wo sich Schiffsrümpfe und gespannte Falleinen an den Schlippen der Docks scheuerten. Die ersten gelben Sonnenstrahlen zitterten auf dem Hafenwasser, während die alten Fischtrawler zum Fang ausliefen und Patrouillenboote der Marine ab und zu ein Boot stoppten, um es zu kontrollieren.

MacDonald hatte seinen Fahrer angewiesen, den Wagen ganz langsam und ohne Licht über die verlassene Straße nach Maskat zurückzufahren, bis sie in eine Seitenstraße der As Saada kamen, die quer durch die Stadt in den Hafen führte. Erst bei den ersten Straßenlampen forderte MacDonald den Fahrer auf, die Scheinwerfer wieder einzuschalten. Er hatte keine Ahnung, wo die drei entsprungenen Häftlinge waren oder wo sie sich tagsüber verstecken wollten, da doch eine ganze Polizeiarmee nach ihnen suchte, doch er vermutete, daß einer der Agenten des Mahdi sie aufnehmen würde. Er selbst wollte ihnen aus dem Weg gehen; zuviel gab es noch, was er nicht wußte, zu viele einander widersprechende Dinge mußte er begreifen, ehe er dem ehrgeizigen jungen Asra gegenübertreten konnte. Aber er konnte nirgends hingehen, sich mit niemand treffen, ohne befürchten zu müssen, selbst gesehen zu werden. Doch, einen Ort gab es, den er aufsuchen, einen Mann, mit dem er sprechen konnte, ohne gesehen zu werden. Ein gedungener Killer, der für Geld blind jeden Befehl befolgte, der sich mit potentiellen Klienten nur in den dreckigen Gassen von Asch-schari al musch kwaijis traf. Wo er wohnte, wußten nur die, die es wissen mußten.

MacDonald hievte seinen schweren Körper die letzten Stufen zu der niedrigen, festen Tür hinauf, die zu dem Mann führte, zu dem er wollte. Auf der letzten Stufe erstarrte er, den Mund weit aufgerissen, mit hervorquellenden Augen. Denn plötzlich schwang die Tür auf, und ein Halbnackter stürzte sich mit einem Hechtsprung auf die kleine Plattform, einen Dolch in der linken und eine kleine Pistole in der rechten Hand. Die im frühen Sonnenlicht funkelnde Klinge an der Kehle, den Pistolenlauf in die linke Schläfe gerammt, umklammerte MacDonald, der kaum Luft holen konnte, beide Geländer, um nicht rücklings die Treppe hinunterzufallen.

»Sie sind es«, sagte der hagere, hohlwangige Mann, ließ die Hand mit der Pistole sinken, nahm die Klinge aber nicht von MacDonalds Kehle. »Es ist Ihnen verboten, herzukommen! Sie haben hier nichts zu suchen! Nie!«

Nach Luft schnappend, den riesigen Körper noch immer stocksteif, sagte MacDonald: »Ich wäre auch nicht gekommen, wenn es sich nicht um einen Notfall handelte.«

»Ich weiß nur, daß man mich hintergangen hat«, antwortete der andere, und sein Dolch zuckte. »Ich habe den Sohn des Importeurs genauso getötet, wie ich in diesem Augenblick Sie töten könnte. Ich habe dem Mädchen das Gesicht zerschnitten und es mit dem Rock über dem Kopf auf der Straße liegenlassen, und man hat mich betrogen.«

»Das hat niemand beabsichtigt.«

»Aber jemand hat es getan.«

»Ich werde dich dafür entschädigen. Wir müssen miteinander reden. Es ist ein Notfall.«

»Reden Sie hier. Rein kommen Sie mir nicht. Niemand darf rein.«

»Wie du willst. Aber darf ich dabei vielleicht stehen? Es macht mir keinen Spaß, lebensgefährlich an diesem alten Geländer zu hängen...«

»Reden Sie!«

MacDonald faßte auf der dritten Stufe von oben fester Fuß, holte ein Taschentuch heraus und wischte sich, den Blick auf die Klinge an seiner Kehle gerichtet, den Schweiß von der Stirn. »Ich muß unbedingt die Anführer in der Botschaft erreichen. Da sie nicht herauskommen können, muß ich zu ihnen hinein.«

»Das ist zu gefährlich für den, der Sie hineinbringt, denn er muß draußen bleiben. Sie können mit ihnen telefonieren. Die Leute führen dauernd Telefongespräche mit ihnen.«

»Was ich zu sagen habe – was ich sie fragen muß –, kann nicht telefonisch besprochen werden. Es ist lebenswichtig, daß nur die Anführer meine Worte hören – und ich die ihren.«

»Ich kann Ihnen eine geheime Telefonnummer verkaufen, die noch in keiner Liste veröffentlicht wurde.«

»Wenn du sie kennst, kennen andere sie auch. Das Risiko kann ich nicht eingehen. Ich muß hinein.«

»Sie sind schwierig.« Das linke Lid des Mannes zuckte, seine Pupillen waren erweitert. »Warum sind Sie so schwierig?«

»Weil ich unendlich reich bin und du nicht. Du brauchst Geld für deine Extravaganzen – deine Gewohnheiten.«

»Sie beleidigen mich!« fauchte der Killer mit schneidender, aber unterdrückter Stimme, denn auch unter Drogen nahm er noch die Fischer und Hafenarbeiter wahr, die ein paar Meter tiefer ihrer Arbeit nachgingen.

»Ich bin nur realistisch, und ich muß hinein. Wieviel?«

Der Mörder hustete MacDonald ins Gesicht, nahm die Klinge von seiner Kehle und sah seinen Mäzen, der ihn schon früher gefördert hatte, aus tränenden Augen an. »Es kostet viel. Viel, viel mehr, als Sie bisher bezahlt haben.«

»Ich bin bereit, innerhalb vernünftiger Grenzen mehr zu bezahlen, aber ausnehmen lasse ich mich nicht. Denk dran – nur innerhalb vernünftiger Grenzen. Wir werden immer Arbeit für dich haben...«

»Für zehn Uhr ist in der Botschaft eine Pressekonferenz angesetzt«, fiel der Mann MacDonald ins Wort. »Wie gewöhnlich werden die Fernsehleute und Reporter, die hineindürfen, erst in letzter Minute benannt und ihre Namen am Tor ausgerufen. Gehen Sie hin, und geben Sie mir eine Telefonnummer, unter der ich Sie während der nächsten – na, sagen wir, zwei Stunden erreichen kann.«

MacDonald nannte ihm die Nummern seines Hotels und seines Zimmers. »Wieviel, mein Junge?« fragte er.

Der Killer nannte MacDonald den Betrag in omanischen Rials – es waren dreitausend Pfund oder rund fünftausend Dollar. »Ich habe Unkosten«, erklärte er. »Sie müssen bezahlt werden, sonst geht es mir an den Kragen.«

»Das ist ja der reinste Wucher!« rief MacDonald.

»Dann vergessen wir das Ganze.«

»Ich akzeptiere«, sagte MacDonald.

Kalaila ging in ihrem Hotelzimmer auf und ab, und obwohl sie das Rauchen schon sechsmal aufgegeben hatte, rauchte sie jetzt eine Zigarette nach der anderen. Ihre Blicke wanderten immer wieder zum Telefon. Sie durfte unter keinen Umständen vom Palast aus operieren. Diese Verbindung war schon genug gefährdet. Elender Halunke!

Anthony MacDonald, Niete, Trunkenbold, gerissener Spezialagent, verfügte in Maskat über ein weitgespanntes Netz von Informanten, aber dank ihrer Zimmergenossin aus Radcliffe, die jetzt mit dem Sultan verheiratet war, hatte auch sie ihre Verbindungen – und das nur, weil sie vor einigen Jahren in Cambridge, Massachusetts, ihre beste Freundin mit einem arabischen Freund bekannt gemacht hatte. Guter Gott, die Welt bewegte sich in immer kleineren, schnelleren und sogar vertrauteren Kreisen. Ihre Mutter, in Kalifornien zu Hause, hatte ihren Vater, einen Austausch-Studenten aus Port Said, in Berkeley kennengelernt; sie war Ägyptologin, er schrieb an einer Doktorarbeit über die Kultur des Westens. Beide strebten eine akademische Laufbahn an. Sie verliebten sich ineinander und heirateten. Das blonde Mädchen aus Kalifornien und der Ägypter mit der olivfarbenen Haut.

Als Kalaila geboren wurde, entdeckten die beiden auf Reinhaltung der Rasse bedachten Großelternpaare, daß Kinder mehr waren als Träger reiner oder minderer – sprich gemischtrassiger – Erbfaktoren. Die Barrieren stürzten, von Liebe überrannt. Vier ältere Menschen, zwei Paare, von vornherein entschlossen, sich gegenseitig zu verabscheuen, hatten die Kluft unterschiedlicher Kulturen, verschiedener Hautfarbe und Religionen durch ihre Liebe zu einem Kind und noch ein paar andere gemeinsame Freunde überbrückt. Sie wurden unzertrennlich, der Bankier aus San Diego mit seiner Frau und der reiche Exporteur aus Port Said mit seiner einzigen Ehefrau.

Was tu' ich denn? fragte sich Kalaila plötzlich. Jetzt war nicht die Zeit, an die Vergangenheit zu denken, die Gegenwart bedeutete alles. Dann wurde ihr klar, warum ihre Gedanken auf Wanderschaft gegangen waren; es hatte zwei Gründe. Der Druck war einfach zu groß geworden, sie brauchte ein paar Minuten der Sammlung, um an sich und an die Menschen zu denken, die sie liebte – vielleicht nur, um den Haß zu begreifen, der die Welt vergiftete. Der zweite Grund war der wichtigere. Gesichter und Worte, vor langer Zeit bei einer Dinnerparty, hatten im Hintergrund ihres Bewußtseins gelauert, und ganz besonders die Worte schienen sich ihrem Gedächtnis eingeprägt und großen Eindruck auf eine Achtzehnjährige gemacht zu haben, die sich anschickte, nach Amerika aufzubrechen.

»Die Monarchen der Vergangenheit haben für das hohe Ansehen, das sie überall genossen, beschämend wenig getan«, hatte Kalailas Vater an jenem Abend in Kairo gesagt, als die ganze Familie, zu der natürlich auch die beiden Großelternpaare zählten, beisammen gewesen war. »Doch sie haben etwas verstanden, was unsere modernen Politiker nicht in Betracht ziehen – nicht in Betracht ziehen können, es sei denn, sie versuchten Monarchen zu werden, was heutzutage wohl ziemlich unpassend wäre – so gern es einige möchten.«

»Was heißt das, junger Mann?« fragte der kalifornische Bankier. »Ich habe die Monarchie noch nicht ganz abgeschrieben. Bin natürlich Republikaner.«

»Beginnen wir mit unseren Pharaonen, denken wir dann an die Priester von Griechenland, die Kaiser von Rom und die vielen Könige und Königinnen in Europa und Rußland – sie haben Ehen arrangiert, um verschiedene Nationen in ihre engsten Familien einzubeziehen. Sobald ein Mensch einem anderen in einem gesellschaftlichen Umfeld begegnet, wenn man zusammen ißt, tanzt, jagt, sich gegenseitig Witze erzählt, ist es schwierig, sich sein Vorurteil gegen den anderen zu bewahren, nicht wahr?«

Am Tisch sah man sich reihum lächelnd an und nickte.

»Aber in diesen Kreisen, mein Sohn«, erwiderte Kalailas ägyptischer Großvater, der Exporteur aus Port Said, »haben diese Dinge sich nicht immer glücklich entwickelt, nicht immer glücklich geendet. Ich bin kein gelehrter Mann, aber wie viele Familien haben in ihrem Machthunger Kriege geführt – Kinder gegen Eltern, Eltern gegen Kinder, Geschwister untereinander.«

»Das ist richtig, verehrter Vater, aber wie schlimm wäre es vielleicht ohne diese arrangierten Ehen geworden? Viel schlimmer, meiner Meinung nach.«

»Ich weigere mich, als geopolitisches Mittel mißbraucht zu werden!« hatte Kalailas Mutter lachend gerufen.

»Tatsächlich, meine Liebe, wurde auch unsere Heirat von unseren ränkeschmiedenden Eltern in die Wege geleitet. Hast du eine Ahnung, wieviel sie von unserer Verbindung schon profitiert haben?«

»Der einzige Profit, den ich je zu sehen bekommen habe, ist die bezaubernde junge Dame hier – meine Enkelin«, sagte der Bankier.

»Sie geht nach Amerika, mein Freund«, sagte der Exporteur. »Deine Profite könnten schrumpfen.«

»Wie fühlst du dich, Liebling? Das wird ein richtiges Abenteuer für dich, kann ich mir vorstellen.«

»Es ist ja nicht das erste Mal, Großmutter. Wir haben dich und Großvater so oft besucht, und ich kenne schon eine ganze Reihe amerikanischer Städte.«

»Jetzt wird es ganz anders sein, Liebes.« Kalaila hatte vergessen, wer das gesagt hatte, aber diese Worte waren der Anfang eines der merkwürdigsten Kapitel ihres Lebens gewesen. »Jetzt wirst du dort leben«, hatte irgend jemand noch hinzugefügt.

»Ich kann es kaum erwarten. Alle Leute sind so freundlich, man fühlt sich so zugehörig, spürt, daß man willkommen ist.«

Wieder sahen sich die am Tisch Sitzenden bedeutsam an, dann brach der Bankier das Schweigen. »Dieses Gefühl wirst du vielleicht nicht immer haben«, sagte er ruhig. »Es werden Zeiten kommen, in denen du unerwünscht bist, abgelehnt wirst, und das wird dich verwirren und ganz bestimmt kränken.«

»Das kann man kaum glauben«, sagte ein sehr lebhaftes Mädchen, an das sich Kalaila nur sehr undeutlich erinnerte.

Der kalifornische Großvater hatte seinem Schwiegersohn einen kurzen, schmerzlichen Blick zugeworfen. »Wenn ich heute zurückdenke, fällt es mir auch schwer, das zu glauben.

Aber vergiß nicht, mein Kind, wenn es Probleme gibt, oder wenn man es dir zu schwer macht, ruf mich an, und ich komme mit der nächsten Maschine.«

»O Großvater, ich kann mir wirklich nicht vorstellen, daß ich das je tun werde.«

Sie hatte es auch nicht getan, obwohl sie manchmal nahe daran gewesen war, nur ihr Stolz hatte sie zurückgehalten. *Shvartzeh Arviyah!* »Nigger-Araberin« war ihre erste Erfahrung mit einem Haß gewesen, der sich von einzelnen gegen einzelne richtete. Es war nicht jener blinde, irrationale Haß des Pöbels, der in den Straßen Amok lief, Transparente schwang, Parolen schrie und einen unsichtbaren Feind jenseits ferner Grenzen verfluchte; nein, es war der Haß junger Menschen, die zusammen mit ihr in einer pluralistischen Gemeinde des Lehrens und Lernens lebten, in den gleichen Klassenzimmern und Cafeterias saßen. Man gehörte zwar zur Gemeinschaft, aber als Einzelwesen, nicht als Einheits-Roboter – außer vielleicht auf den Sportplätzen, und selbst dort konnte man sich als Individuum hervortun.

Doch sie war lange Zeit kein Individuum gewesen, sie hatte sich selbst verloren. Sie hatte aufgehört, ein Einzelwesen zu sein, und war einem abstrakten rassischen Kollektiv – Araber genannt – einverleibt worden. Dreckiger Araber, hinterhältiger Araber, mörderischer Araber – Araber – Araber – Araber, bis sie es nicht mehr ertrug. Sie blieb allein in ihrem Zimmer, lehnte ab, wenn Bekannte sie aufforderten, mit ihnen zu einem Kiosk auf dem Campus zu gehen; zweimal hatte sie es versucht. Es war genug.

Schon das erstemal hätte ihr genügen müssen. Sie wollte auf die Toilette, aber zwei Studenten hatten sich ihr in den Weg gestellt. Es waren jüdische Studenten gewesen, gut, aber schließlich waren sie auch amerikanische Studenten.

»Ich hab' gedacht, ihr Araber trinkt nicht!« hatte der betrunkene Mann zu ihrer Linken gestichelt.

»Das kann jeder halten, wie er will«, hatte sie erwidert.

»Ich habe gehört, ihr *Arviyah* pißt auf den Boden eurer Zelte«, höhnte der andere.

»Man hat Sie falsch informiert. Wir sind sehr heikel. Darf ich bitte hinein...«

»Hier nicht, Araberin. Wir wissen nicht, was du auf dem

Toilettensitz hinterläßt, und wir haben ein paar *yehudiyah* bei uns. Kapiert, Araberin?«

Am Ende ihres zweiten Semesters war sie nahe daran, zusammenzubrechen. Sie hatte sich in einem Kurs hervorgetan, den ein berühmter jüdischer Professor abhielt. Sie war sogar so gut gewesen, daß der beliebte Lehrer sie als Beste ihres Jahrgangs auszeichnen wollte. Der Preis, der jedes Jahr feierlich überreicht wurde, war eine von ihm signierte Ausgabe eines seiner Werke. Viele ihrer Mitschüler, Juden und Nichtjuden, hatten ihr gratuliert, aber als sie das Gebäude verließ, hatten drei andere mit Strumpfmasken ihr auf einem bewaldeten Weg zwischen Fakultät und Studentenheim aufgelauert.

»Wie hast du das geschafft?« fragte einer. »Ihm gedroht, sein Haus in die Luft zu jagen?«

»Oder vielleicht seine Kinder mit einem arabischen Dolch zu bearbeiten?«

»Zum Teufel, nein! Sie hat einfach nach Arafat gerufen!«

»Jetzt kriegst du deine Lektion, *Shvartzeh Arviyah!*«

»Ihr könnt das Buch haben, wenn es euch so viel bedeutet.«

»Nein, Araberin, du kriegst was von uns.«

Sie hatten sie vergewaltigt. »Das ist für München!«

»Das ist für die Kinder im Golan-Kibbuz!«

»Das für meinen Cousin, den ihr Schweine umgebracht habt!« Die Angreifer empfanden keine Lust, nur Wut, wollten nur die verhaßte Araberin bestrafen.

Halb auf allen vieren, halb aufrecht, aber wie betrunken taumelnd, hatte sie sich ins Studentenheim geschleppt, als ein für sie sehr wichtiger Mensch in ihr Leben trat. Eine gewisse Roberta Aldridge, die unschätzbare Bobbie Aldridge, die kriegerische Tochter der Aldridges aus Neuengland. »Abschaum!« hatte sie in die Baumwipfel geschrien.

»Du darfst es nie jemand erzählen«, hatte die junge Ägypterin gefleht. »Du verstehst nicht.«

»Mach dir deshalb keine Sorgen, Schätzchen. In Boston haben wir ein Sprichwort, das von Southie bis Beacon Hill dasselbe bedeutet: ›Wer austeilt, muß auch einstecken.‹ Und diese Hurensöhne werden eine Menge einstecken. Mein Wort darauf!«

»O nein! Sie werden sich an mir rächen – sie werden es auch nicht verstehen. Ich hasse die Juden nicht, meine beste Freundin seit dem Kindergarten ist die Tochter eines Rabbi, eines Kollegen meines Vaters. Sie sagen, daß ich Juden hasse, weil ich für sie nur eine dreckige Araberin bin, aber ich hasse sie nicht. Meine Familie ist nicht so. Wir kennen keinen Haß.«

»Halt, halt, Mädchen! Ich habe nichts von Juden gesagt, das warst du. Ich habe ›Hurensöhne‹ gesagt, was gewissermaßen ein allumfassender Begriff ist.«

»Für mich ist hier alles zu Ende. Ich bin am Ende. Ich gehe fort.«

»Den Teufel wirst du! Ich melde dich bei meinem Arzt an, der hoffentlich weiß, wo's langgeht, und dann ziehst du bei mir ein.«

Gott und Allah und alle anderen Gottheiten seien gepriesen! Ich habe eine Freundin. Und irgendwann wurde aus dem Schmerz und Haß jener Tage eine Idee geboren, die bald Verpflichtung war. Kalaila war erst achtzehn, aber sie wußte schon, was sie mit ihrem Leben anfangen würde.

Das Telefon klingelte. Die Vergangenheit war dahin, war gelebt. Die Gegenwart war alles. Kalaila lief an den Apparat, riß den Hörer von der Gabel. »Ja?«

»Er ist hier.«

»Wo?«

»In der Botschaft.«

»O mein Gott! Was geschieht? Was tut er?«

»Er ist mit zwei anderen gekommen...«

»Es sind drei – nicht vier?«

»Wir haben nur drei gesehen. Einer steht am Tor bei den Bettlern. Er spricht mit den Terroristen.«

»Wo ist der Amerikaner?«

»Mit dem dritten Mann zusammen. Die beiden halten sich im Schatten, nur der erste läßt sich sehen. Er ist derjenige, der entscheidet, nicht der Amerikaner.«

»Was meinst du?«

»Wir glauben, daß die drei in die Botschaft hineinwollen.«

»Nein!« schrie Kalaila. »Das dürfen sie nicht – das darf er nicht! Er darf es nicht – ihr müßt ihn aufhalten!«

»Ein solcher Befehl müßte aus dem Palast kommen, Madame...«

»Solche Befehle kommen von mir! Das hat man euch auch

gesagt. Das Gefängnis war etwas anderes, aber in die Botschaft darf er nicht. Niemals! Geht raus, und nehmt sie euch vor, haltet sie auf, tötet sie, wenn es nicht anders geht. Tötet ihn!«

»Schnell!« rief der arabisch gekleidete Mann in dem verbarrikadierten Café seinem Genossen zu und machte seine Maschinenpistole schußfertig. »Wir haben Befehl, sie uns zu holen, sie aufzuhalten, den Amerikaner aufzuhalten. Ihn zu töten, wenn es nicht anders geht.«

»Ihn töten?« fragte erstaunt der Beamte des Sultans.

»So lautet der Befehl. Wir sollen ihn töten.«

»Der Befehl ist zu spät gekommen. Sie sind weg.«

Höchste Geheimhaltungsstufe
Kein Zugriff
Eingabe

Die Gestalt in dem abgeschirmten Raum tippte mit zorniger Präzision.

Es ist mir gelungen, den Zugriffs-Code von Langley zu knacken, und es ist der reinste Wahnsinn. Nicht die CIA, denn die Verbindung gibt nichts her. Der Wahnsinn liegt beim Objekt. Er ist in die Botschaft gegangen! Das kann er nicht überleben. Man wird ihn entlarven – auf der Toilette, bei einer Mahlzeit, durch eine bestimmte Reaktion auf eine Redewendung. Er war zu lange außer Landes. Ich habe jede Möglichkeit berechnet, doch meine Geräte lassen mir kaum eine Hoffnung. Vielleicht waren wir – meine Geräte und ich – zu vorschnell in unserem Urteil. Vielleicht ist unser nationaler Messias nur ein Narr, aber schließlich wurde bisher noch jeder Messias als Narr und Idiot verschrien – bis das Gegenteil erwiesen war. Das ist meine Hoffnung, und für sie bete ich.

11

Die drei flüchtigen Gefangenen krochen in der Dunkelheit durch die uralte moosüberwachsene Kanalisation nach oben, bis sie an eine vergitterte Öffnung im gepflasterten Hof der Botschaft kamen. Außer Atem, Hände und Füße zerkratzt und blutig, standen sie plötzlich im grellen Sonnenlicht und wurden Zeugen einer Szene, die so menschenunwürdig war, daß Evan Kendrick am liebsten die Augen zugepreßt hätte, um sie nicht mit ansehen zu müssen. Ungefähr sechzig Geiseln waren vom Dach des Botschaftsgebäudes in den Hof geholt worden, um ihr kärgliches Frühstück in Empfang zu nehmen. Vorher wurden sie jedoch auf die Latrine gejagt, die aus Planken mit runden Löchern über Lattenkisten bestand. Männer und Frauen waren durch eine große, durchsichtige Jalousie getrennt, die mit dem Rahmen aus einem Fenster herausgerissen worden war. Die Erniedrigung war um so schlimmer, als männliche und weibliche Wachen vor den Geiseln auf und ab paradierten, lachten und sich laut über die funktionellen Schwierigkeiten ihrer Gefangenen lustig machten. Das »Toilettenpapier« – Ausdrucke der Botschaftscomputer – bekamen die Gefangenen erst, nachdem ihre Peiniger es eine Zeitlang mit höhnischem Grinsen außer Reichweite hin und her geschwenkt hatten, so daß die zitternden Hände sich vergeblich danach ausstreckten. Unmittelbar vor den verängstigten, gedemütigten Menschen auf dem Balken warteten die anderen Geiseln in einer langen Reihe, die zu drei schmalen Tischen führte. Auf den Tischen Blechteller mit trockenem Brot und verdächtig aussehenden kleinen Käsekeilen. Dazwischen standen schmutzige, mit einer grauweißen Flüssigkeit – angeblich Ziegenmilch – gefüllte Krüge. Bewaffnete Terroristen, die hinter den Tischen lümmelten, schenkten den Geiseln jeweils nur eine sehr spärliche Ration in ihre Holzschalen. Ab und zu wurden einer Geisel Brot und Milch verweigert; alles Bitten war vergeblich, die Antwort darauf waren nur Schläge, wenn der Gefangene laut schrie.

Plötzlich, während Kendricks Augen sich noch auf das grelle Licht einstellten, schrie ein Gefangener, ein Junge von höchstens vierzehn oder fünfzehn Jahren, trotzig und mit tränenüberströmtem Gesicht: »Du Dreckskerl! Meine Mutter ist krank! Sie erbricht dieses Dreckszeug immer wieder. Gebt ihr was Anständiges zu essen, ihr Dreckskerle ...«

Ein Hieb mit dem Gewehrlauf riß dem Jungen die linke Wange auf. Doch der Schmerz machte ihn nicht mundtot, sondern aufsässiger und wütender. Er hechtete über den Tisch, packte das Hemd des Mannes, der ihn geschlagen hatte, und riß es ihm von der Brust. Zugleich stieß er Blechteller und Krüge vom

Tisch. Wie der Blitz waren die Terroristen über ihm, zerrten ihn von dem bärtigen Mann weg, den er zu Boden gezwungen hatte, schlugen mit Gewehrkolben auf ihn ein und traten nach dem sich auf dem Pflaster windenden Körper. Ein paar andere männliche Geiseln, deren Zorn und Mut durch die Handlungsweise des Jungen angestachelt worden waren, stürzten sich, mit schwachen, heiseren Stimmen schreiend und die Arme wie Dreschflegel schwingend, auf ihre arroganten, viel stärkeren Feinde. Ein paar Minuten später war die Mini-Revolte aufs brutalste unterdrückt, die Geiseln bewußtlos geschlagen und durch Tritte schwer verletzt.

»Ihr Bestien!« schrie ein alter Mann, der, sich die Hose festhaltend, vom Balken kam, Würde und Entschlossenheit jedoch noch nicht verloren hatte. »Arabische Bestien! Arabische Wilde! Hat denn keiner von euch auch nur eine Spur von Anstand? Seid ihr alle so unzivilisiert? Macht es euch wirklich zu Helden des Islams, wenn ihr schwache, wehrlose Menschen zu Tode prügelt? Wenn das der Fall ist, nehmt mich, dann kriegt ihr noch mehr Medaillen, aber in Gottes Namen, hört auf mit dem, was ihr jetzt tut!«

»Welchen Gott meinst du, Alter?« brüllte der Terrorist, der sich über den bewußtlosen Jungen beugte. »Einen christlichen Jesus, dessen Anhänger unsere Feinde mit Waffen versorgen, damit sie unsere Kinder mit Bomben und Kanonen abschlachten können? Oder einen umherziehenden Messias, dessen Leute unser Land stehlen und unsere Väter und Mütter morden? Bring doch Ordnung in deine Götter!«

»Genug!« befahl Asra. Kendrick war kaum fähig, sich zu beherrschen. Ein paar Sekunden vorher war er nahe daran gewesen, Asra die MAC-10-MP von der Schulter zu reißen und mitten in die Terroristen hineinzufeuern. Über dem blutenden Jungen stehend, fuhr Asra fort: »Ihr habt ihnen eine Lektion erteilt; jetzt übertreibt nicht, sonst werden die, denen sie gegolten hat, unbelehrbar. Bringt diese Leute in die Krankenstation zum Arzt, und sucht die Mutter des Jungen. Schafft auch sie hinunter, und sorgt dafür, daß sie etwas zu essen bekommt.«

»Warum, Asra?« protestierte der Palästinenser. »Auf meine Mutter hat man auch keine Rücksicht genommen. Sie war...«

»Auf meine ebensowenig«, fiel Asra dem Mann ins Wort. »Und schau uns jetzt an. Bringt dieses Kind hinunter, und laßt es bei seiner Mutter. Jemand soll sie beschwichtigen und so tun, als empfinde er Mitgefühl.«

Voller Abscheu sah Kendrick zu, wie die schlaffen, blutenden Körper weggetragen wurden. »Du hast richtig gehandelt«, sagte er auf englisch mit ausdrucksloser Stimme ganz sachlich zu Asra. »Man muß wissen, wann man aufhören soll.«

Asra sah Kendrick aus glanzlosen Augen an. »Mir war es ernst mit dem, was ich gesagt habe. Schau uns doch an. Der Tod von Menschen, die uns nahestehen, verändert uns. Von einem Tag zum anderen lassen wir die Kindheit hinter uns, werden erwachsen, egal wie alt wir den Jahren nach sind, und niemand weiß mehr über den Tod als wir, denn die Erinnerungen lassen uns nie los.«

»Ich verstehe...«

»Nein, das tust du nicht, Amal Bahrudi. Du führst einen rein ideologischen Krieg. Für dich ist Tod ein politischer Akt. Du bist ein leidenschaftlicher Gläubiger, das bezweifle ich nicht – aber trotzdem: woran du glaubst, das ist Politik. Das ist nicht mein Krieg. Ich habe keine andere Ideologie als den Wunsch zu überleben, damit ich Tod mit Tod vergelten – und dennoch überleben kann.«

»Wozu?« fragte Kendrick, plötzlich zutiefst interessiert.

»So merkwürdig es klingt – um in Frieden zu leben, was meinen Eltern nicht vergönnt war. Ich möchte nur, daß wir alle in unserem Land leben dürfen, das man uns gestohlen und unseren Feinden gegeben hat und für das die reichen Nationen bezahlen, um ihre Verbrechen gegen ein Volk wiedergutzumachen, die nicht unsere Verbrechen waren. Jetzt sind wir die Opfer und müssen uns wehren, müssen kämpfen.«

»Wenn du glaubst, das sei keine Politik, solltest du noch einmal darüber nachdenken. Du bist und bleibst ein Poet, Asra.«

»Nicht nur mit meinen Gedanken, Bahrudi, auch mit dem Messer und dem Gewehr.«

Wieder entstand Unruhe auf dem Hof. Eine verschleierte Frau und ein Mann mit weißen Strähnen im Haar liefen auf Asra zu. Saja Jatim und Abjad, der Weiße, dachte Kendrick und blieb aufrecht und abweisend stehen. Die Begrüßung zwischen Bruder und Schwester war seltsam; sie schüttelten sich förmlich die Hand, sahen einander an und fielen sich in die Arme.

Auch Abjad umarmte Asra und küßte ihn auf beide Wangen. »Du wirst uns viel zu erzählen haben«, sagte er.

»Das habe ich«, stimmte Asra zu und wandte sich an Evan Kendrick, »und verantwortlich dafür ist dieser Mann. Es ist Amal Bahrudi aus Ost-Berlin, vom Mahdi zu uns nach Maskat geschickt.«

Über dem Schleier musterten Sajas leidenschaftliche Augen forschend Kendricks Gesicht. »Amal Bahrudi«, wiederholte sie. »Ich habe den Namen natürlich schon gehört. Der Einfluß des Mahdi reicht weit. Du bist von deiner eigenen Arbeit weit entfernt.«

»Und fühle mich nicht ganz wohl dabei«, antwortete Kendrick im kultivierten Dialekt von Riad. »Doch andere werden beobachtet, jeder Schritt, den sie tun, wird registriert. Daher der Plan, daß jemand herkommen soll, den man ganz woanders vermutet, und Ost-Berlin bietet sich für eine solche Operation praktisch von selbst an. Die Leute nehmen es auf ihren Eid, daß man noch dort ist. Als der Mahdi rief, bin ich dem Ruf gefolgt. Das heißt, eigentlich war ich es, der den ersten Kontakt mit ihm hergestellt hat – wegen eines Problems, das ihr hier habt und das dein Bruder dir erklären wird. Unsere Ziele mögen verschieden sein, doch wenn wir zusammenarbeiten, können wir alle nur gewinnen, insbesondere wenn unsere Rechnungen bezahlt werden.«

»Aber«, sagte Abjad, die Stirn runzelnd, »man hat dich hier entlarvt, Bahrudi aus Ost-Berlin, von dem es heißt, daß er ständig unterwegs ist.«

»Stimmt, man sagt mir nach, daß ich in der Welt herumkomme«, antwortete Kendrick und lächelte leicht. »Was mir hier passiert ist, wird meinem Ruf natürlich nicht besonders förderlich sein.«

»Dann wurdest du also verraten?« fragte Saja Jatim.

»Ja. Ich weiß auch, von wem, und werde ihn zu finden wissen. Seine Leiche wird sehr bald im Hafen schwimmen...«

»Bahrudi hat unseren Ausbruch organisiert«, fiel Asra ihm ins Wort. »Während ich nachgedacht habe, hat er gehandelt. Der Ruf, den er hat, ist wohlverdient.«

»Gehen wir hinein, mein liebster Bruder. Dort können wir reden.«

»Wir haben Verräter unter uns, meine liebste Schwester«, entgegnete Asra. »Um uns das zu sagen, ist Amal hier. Sie machen Fotos und schmuggeln sie hinaus, verkaufen sie. Wenn wir am Leben bleiben, wird man uns viele Jahre lang unerbittlich jagen.«

Die Schwester musterte den Bruder fragend. »Fotos? Mit versteckten Kameras aufgenommen, die schwierig zu bedienen sind und noch von niemand entdeckt wurden? Gibt es tatsächlich so erstklassige Fachleute unter unseren Brüdern und Schwestern hier, von denen die meisten kaum lesen können?«

»Er hat die Fotos gesehen. In Ost-Berlin.«

»Wir reden drinnen weiter.«

Die beiden Engländer saßen in der britischen Botschaft vor einem großen Schreibtisch, und der müde Attaché, der sie im Bademantel empfangen hatte, gab sich größte Mühe, wach zu bleiben. »Na gut, Jungs«, sagte er gähnend. »Sie müssen jetzt jeden Moment hier sein. Ihr nehmt mir doch nicht übel, wenn ich sage, ich hoffe, es ist was dran an dem, was ihr uns erzählt. Die Burschen von MI-6 haben hier kein leichtes Leben und wären natürlich nicht sehr begeistert, wenn zwei Landsleute sie um ein paar Stunden ihres kostbaren Schlafs bringen.«

»Mein Freund Dickie hier war beim Garderegiment«, erklärte Jack großspurig. »Wenn er glaubt, an der Sache sei was dran, was Sie wissen müßten, dann sollten Sie das meiner Meinung nach nicht einfach in den Wind schlagen. Warum wären wir schließlich hier?«

»Um Geschäfte zu machen«, meinte der Attaché.

»Nun ja, selbstverständlich, das gehört dazu«, entgegnete Jack. »Aber zuerst und vor allem sind wir Engländer, vergessen Sie das nicht! Wir werden nicht zusehen, wie das Empire untergeht. Nicht wahr, Dickie?«

»Das ist längst passiert«, sagte der Attaché, ein Gähnen unterdrückend, trocken. »Vor vierzig Jahren.«

»Sie müssen wissen«, sagte Dickie, »daß mein Freund Jack zwar mit Eisen und Stahl handelt, aber ich bin im Textilgeschäft, und ich sage Ihnen, so wie der Kerl angezogen war – so ganz anders als vorher –, führt er nichts Gutes im Schilde. Die Kleidung prägt nicht nur den Mann, er paßt sie auch seiner Tätigkeit an – das ist so, seit der erste Flachs gesponnen und gewebt wurde, wahrscheinlich genau hier in diesem Teil der Welt, fällt mir gerade ein...«

»Ich habe die Information an MI-6 weitergegeben«, unterbrach ihn der Attaché mit der benommenen Miene eines Mannes, der von ständigen Wiederholungen halb betäubt ist. »Sie müssen schon bald hiersein.«

Und das waren sie auch. Ein paar Sekunden später kamen zwei Männer herein – mit offenen Hemden, unrasiert und nicht sehr freundlich aussehend. Der zweite Mann hatte einen braunen Umschlag in der Hand. Der erste wandte sich an Jack und Dickie. »Sind Sie die zwei Herren, deretwegen wir hier sind?«

»Richard Harding zu meiner Linken«, sagte der Attaché. »Und Jack Preston rechts neben mir. Darf ich gehen?«

»Bedaure, alter Junge«, erwiderte der zweite Mann, trat an den Schreibtisch und öffnete den Umschlag. »Wir sind hier, weil Sie uns gerufen haben. Das berechtigt Sie zu bleiben.«

»Sie sind *zu* liebenswürdig«, sagte der Attaché unliebenswürdig. »Aber nicht ich habe Sie gerufen, ich habe nur eine Information weitergegeben, weil zwei britische Staatsbürger darauf bestanden, daß ich Sie verständige. Das berechtigt mich dazu, noch eine Weile zu schlafen, zumal ich mit Ihrer Arbeit nicht befaßt bin.«

»Eigentlich«, warf Jack Preston ein, »war es Dickie, der darauf bestand. Doch ich war und bin der Meinung, daß man in Krisenzeiten keinen Stein übersehen und seinen Instinkten folgen sollte, und Dickie Harding – ehemals Garderegiment – hat früher oft einen sehr sicheren Instinkt bewiesen.«

»Verdammt, Jack, das hat nichts mit Instinkt zu tun, sondern mit dem, was er anhatte. Ich meine, in einem so schweren Anzug müßte ein Mann sogar in den Highlands vor Hitze umkommen, und wenn sein Hemd so glänzte, weil es aus Seide oder Polyester war, dann muß er in dem Zeug ersticken. Baumwolle. Reine atmende Baumwolle ist das einzig richtige Material in diesem Klima. Und der Schnitt seines Anzugs, na ja, ich hab' dir gesagt...«

»Entschuldigen Sie, Sir...« Die Augen kurz zur Decke hinauf verdrehend, entnahm der zweite Mann dem Umschlag einen Stapel Fotos und warf sie zwischen Preston und Harding auf den Schreibtisch. »Sehen Sie sich die Bilder bitte an, und sagen Sie uns, ob jemand darunter ist, den Sie kennen.«

Es dauerte wieder nur ein paar Sekunden, dann war die Aufgabe erledigt. »Das isser!« rief Dickie.

»Glaub' schon, daß er's ist«, stimmte Jack zu.

»Und ihr beide spinnt ganz schön«, sagte der Mann von MI-6. »Der Bursche heißt MacDonald und ist ein fast ständig besoffener reicher Nichtstuer aus Kairo. Dem Vater seiner Frau gehört das Unternehmen, für das er arbeitet – eine Firma für Autozubehör –, und er wurde nach Kairo geschickt, weil er ein Volltrottel ist. Das eigentliche Sagen hat in Kairo der zweite Mann. So viel über Instinkte am frühen Morgen. Darf ich fragen, wo Sie beide die Nacht verbracht haben?«

»Hab' ich dir nicht gesagt, daß du vielleicht ein bißchen überreagierst, Dickie...«

»Einen Augenblick bitte«, unterbrach der zweite Mann von MI-6, nahm die Vergrößerung des Paßfotos auf und studierte sie. »Vor ungefähr einem Jahr hat sich einer unserer hier stationierten Militärs an uns gewandt und wollte uns wegen eines E.E.-Problems zu Rate ziehen, das seiner Meinung nach akut wurde.«

»Eines was?«

»Eines E.E.-Problems. Das ist ein Insider-Ausdruck und bedeutet im Endeffekt nichts anderes als Spionage. Er wollte am Telefon natürlich nicht viel sagen, meinte aber, wir würden staunen, wer der Verdächtige sei. ›Ein fetter Säufer von einem Engländer, der in Kairo arbeitet‹ oder so ähnlich, sagte er. Könnte das der Mann sein?«

»Trotzdem«, fuhr Jack fort, »habe ich Dickie gedrängt, mit seiner Vermutung nicht hinterm Berg zu halten.«

»Na ja, allzu begeistert warst du nicht. Aber wir können die Maschine noch immer kriegen, mit der du unbedingt fliegen möchtest.«

»Was ist bei der Besprechung mit dem Militär herausgekommen?« fragte der Attaché, beugte sich vor und sah den zweiten Mann von MI-6 gespannt an.

»Sie hat nie stattgefunden. Unser Militär wurde im Hafen umgebracht, man hat ihm vor einem Lagerschuppen die Kehle aufgeschlitzt. Angeblich war es Raubmord, da seine Taschen leer waren.«

»Also ich glaube wirklich, daß wir die Maschine nehmen sollten, Dickie«, sagte Jack.

»Der Mahdi?« rief Saja Jatim. Sie saß hinter dem Schreibtisch des Büros, in dem noch vor drei Wochen der amerikanische Botschafter residiert hatte. »Du sollst einen von uns nach Bahrein bringen? Heute abend?«

»Wie ich deinem Bruder schon sagte«, erwiderte Kendrick, der in einem Sessel neben Abjad der Frau gegenübersaß. »Wahrscheinlich enthielt der Brief, den ich dir bringen sollte, genaue Anweisungen...«

»Ja, ja«, sagte Saja rasch und ungeduldig. »Asra hat mir alles erklärt. Aber du irrst dich. Ich habe keine direkte Verbindung zum Mahdi – niemand weiß, wer er ist.«

»Ich nehme an, du nimmst Kontakt mit jemand auf, der ihn erreichen kann.«

»Natürlich, so läuft die Sache, aber das kann ein, zwei Tage dauern. Der Zugang zu ihm ist kompliziert. Fünfzig Anrufe sind nötig, an fünfzig Geheimnummern in Bahrein, und nur unter einer einzigen ist der Mahdi zu erreichen.«

»Was passiert in einem Notfall?«

»Notfälle sind nicht erlaubt«, warf Asra ein, der neben einem Spitzbogenfenster an der Wand lehnte. »Das habe ich dir schon gesagt.«

»Und das, mein junger Freund, ist einfach lächerlich. Wir können unsere Aufgabe nicht sinnvoll erfüllen, ohne mit dem Unerwarteten zu rechnen.«

»Zugegeben.« Saja Jatim nickte, schüttelte dann aber ganz langsam den Kopf. »Doch was mein Bruder sagt, hat auch etwas für sich. Man erwartet von uns, daß wir in einer Ausnahmesituation – in einem Notfall – wochenlang durchhalten, wenn es sein muß. Sonst hätte man uns nicht zu Anführern ernannt.«

»Nun ja«, antwortete Kendrick, dem trotz der kühlen Morgenbrise, die durch die Fenster hereinwehte, der Schweiß den Nacken hinunterlief. »Dann erklär' du dem Mahdi, warum wir heute abend nicht in Bahrein sind. Ich habe getan, was ich konnte, unter anderem deinem Bruder das Leben gerettet, wie ich vermute.«

»Damit hat er recht, Saja«, stimmte Asra zu und stieß sich von der Wand ab. »Ich würde jetzt schon irgendwo in der Wüste verfaulen.«

»Ich bin dir sehr dankbar für das, was du getan hast, Bahrudi, aber auch ich kann keine Wunder wirken.«

»Meiner Meinung nach solltest du es lieber versuchen.« Kendrick warf einen Blick auf Abjad und wandte sich dann wieder an

Saja Jatim. »Euer Mahdi hat weder Geld noch Mühe gescheut, um mich zu euch zu schicken, was nur bedeuten kann, daß er in Schwierigkeiten ist.«

»Wenn er erfährt, daß sie dich verhaftet haben, wäre das eine Erklärung für die Verzögerung«, sagte Abjad.

»Ja, glaubst du denn wirklich, die omanischen Sicherheitskräfte werden zugeben, daß sie mich verhaftet haben und ich schon nach ein paar Stunden wieder entflohen bin?«

»Natürlich nicht«, sagte Saja Jatim.

»Der Mahdi ist euer Geldgeber«, setzte Kendrick hinzu. »Und er könnte die meinen beeinflussen, was mir ganz und gar nicht gefällt.«

»Unsere Vorräte sind fast aufgebraucht«, warf Abjad ein. »Wir brauchen die Schnellboote aus den Emiraten, sonst war alles vergeblich, was wir getan haben. Anstatt Belagerer zu sein, werden wir als Belagerte enden.«

»Es gibt vielleicht einen Weg«, sagte Saja Jatim, stand plötzlich auf, stützte die Hände auf den Schreibtisch, und ihre Augen über dem Schleier wurden ausdruckslos, so konzentriert dachte sie nach. »Wir haben für heute vormittag eine Pressekonferenz angesetzt. Sie wird überall gesendet, und der Mahdi sieht sie sich bestimmt an. An irgendeiner Stelle werde ich die Bemerkung machen, daß wir eine dringende Nachricht für unsere Freunde haben und sie sich umgehend mit uns in Verbindung setzen sollen.«

»Was soll das nützen?« fragte Asra. »Funkgeräte mit großer Reichweite haben wir nicht. Telefongespräche werden abgehört. Keiner von den Leuten des Mahdi wird es wagen, mit uns Kontakt aufzunehmen.«

»Das ist auch nicht nötig«, fiel Kendrick ihm ins Wort. »Ich verstehe, was deine Schwester meint. Es muß ja kein verbaler Kontakt sein; keinerlei Kommunikation ist nötig. Wir bitten nicht um Anweisungen, wir geben sie. Darüber haben wir uns doch vor ein paar Stunden unterhalten, Asra. Ich kenne Bahrein. Ich wähle einen Ort aus, an dem wir uns aufhalten werden, und diese Nachricht soll einer eurer Kontaktleute hier in Maskat weitergeben. Sagt ihm, das sei die dringende Botschaft, von der Saja Jatim bei der Pressekonferenz gesprochen hat.« Kendrick sah die verschleierte Frau fragend an. »Das war's doch, woran du gedacht hast, nicht wahr?«

»Bis ins einzelne durchdacht hatte ich's noch nicht«, gab Saja Jatim zu. »Aber es ist machbar. Ich hatte mir überlegt, wie man es anstellen könnte, den Mahdi schneller zu erreichen.«

»Das ist die Lösung!« rief Abjad. »Bahrudi hat sie gefunden.«

»Im Moment ist noch gar nichts gelöst«, sagte Saja Jatim und setzte sich wieder. »Wir stehen noch immer vor dem Problem, Amal Bahrudi und meinen Bruder nach Bahrein zu bringen. Wie sollen wir das anstellen?«

»Dafür ist gesorgt«, sagte Kendrick. Das Hämmern in seiner Brust wurde lauter, schneller, und er staunte über sich selbst, weil er äußerlich so beherrscht wirkte, seine Stimme so gelassen klang. Er war vorangekommen. Dem Mahdi näher gekommen. »Ich habe Asra gesagt, daß ich eine Telefonnummer habe, die ich dir nicht geben werde – nicht geben kann –, aber ein paar Worte von mir genügen, und man wird uns eine Maschine bereitstellen.«

»Ganz einfach so?« rief Abjad.

»Euer Wohltäter hier in Oman hat Methoden, die ihr euch nicht einmal im Traum vorstellen könnt.«

»Unsere Telefongespräche werden abgehört«, warf Asra ein. »Alle. Egal, ob wir telefonieren oder angerufen werden.«

»Was ich sage, kann vielleicht gehört werden, nicht aber, was mein Gesprächspartner sagt. Nicht mit einem Zerhacker«, sagte Kendrick. »Sie gehören in Europa zu unserer Ausrüstung. Ein einfacher Kegel, den man über das Mundstück schiebt. Das funktioniert großartig. Außer den beiden Gesprächspartnern versteht niemand ein Wort.«

»Ruf an«, sagte Saja Jatim, stand auf und ging rasch um den Schreibtisch herum. Kendrick nahm in ihrem Sessel Platz. Die Ziffern mit einer Hand verdeckend, wählte er.

»Ja?« meldete sich Achmad sofort nach dem ersten Läuten.

»Ein Flugzeug«, sagte Kendrick. »Zwei Passagiere. Wo? Wann?«

»Ist das alles?« explodierte der Sultan. »Lassen Sie mir eine Sekunde Zeit zum Nachdenken... Auf dem Flugplatz, natürlich. Ein paar hundert Meter vor den Frachtschuppen macht die Straße eine Biegung. Dort wird man Sie in einem Militärflugzeug abholen.«

»Wann?«

»Es wird ein bißchen dauern. Die Kontrollen sind sehr scharf, und es müssen gewisse Arrangements getroffen werden. Ihr Ziel?«

»Bahrein.«

»Ich muß ein paar Leute anrufen. Wie bald brauchen Sie die Maschine?«

»Auf dem Höhepunkt der hiesigen Festivitäten. Wir müssen das Durcheinander nützen, um hinauszukommen.«

»Das wäre so um die Mittagszeit.«

»Das müssen Sie wissen. Ach übrigens, da gibt's einen gewissen Doktor – er hat etwas, das vielleicht für meine Gesundheit sehr gut wäre.«

»Der Geldgürtel, natürlich. Er wird Ihnen unauffällig zugespielt.«

»Gut.«

»Also: die Biegung vor den Frachtschuppen. Wartet dort.«

»Aber sicher.« Kendrick legte auf. »Wir müssen um zwölf auf dem Flugplatz sein.«

»Auf dem Flugplatz?« schrie Asra. »Dort schnappen sie uns!«

»Wir sollen vor dem Flugplatz an der Straße warten. Jemand wird uns in einem Militärflugzeug dort abholen.«

»Ich lasse euch von einem unserer Leute aus der Stadt hinbringen«, sagte Saja Jatim. »Ihm werdet ihr auch euren Standort in Bahrein nennen – den Treffpunkt. Ihr habt gut fünf Stunden Zeit bis zu eurem Aufbruch.«

»Wir brauchen Kleider, müssen uns duschen und ein bißchen ausruhen«, sagte Asra. »Ich weiß gar nicht mehr, wann ich zum letztenmal geschlafen habe.«

»Ich möchte mich gern hier umsehen«, sagte Kendrick und stand auf. »Vielleicht kann ich etwas lernen.«

»Wie du willst, Amal Bahrudi«, sagte Saja Jatim. »Du hast meinem geliebten Bruder das Leben gerettet, und dafür kann ich dir nicht genug danken.«

»Bring mich nur bis Mittag zum Flugplatz«, erwiderte Kendrick kühl. »Ehrlich gesagt, möchte ich so bald wie möglich nach Deutschland zurück.«

»Weingrass trifft mittags hier ein!« rief der Mossad-Agent den fünf Männern von der Masada-Brigade und Ben-Ami zu. Sie saßen im Keller eines Hauses in der Dschabal Sa'ali, nur wenige Minuten von den Reihen englischer Gräber entfernt, in denen vor Jahrhunderten Piraten und Freibeuter beerdigt worden waren. In dem primitiven, aber aus Stein erbauten Untergeschoß hatte der israelische Geheimdienst eine Führungsstelle eingerichtet.

»Und wie kommt er her?« fragte Ben-Ami, der die Ghotra abgenommen hatte. »Sein Paß wurde in Jerusalem ausgestellt – ein in diesen Breiten nicht sonderlich beliebtes Dokument.«

»Keine Bange, Manny Weingrass hat jede Menge Pässe. Er hat gesagt, wir sollen bis zu seiner Ankunft nichts unternehmen. ›Absolut nichts‹, um ihn wörtlich zu zitieren.«

»Das klingt nicht mehr ganz so mißbilligend wie bisher«, sagte Yakov, Codename Blau, Sohn einer Geisel und Führer der Masada-Gruppe.

»Weil ich keine Spesenabrechnung unterschreiben muß. Er wird nämlich keine einreichen. Ich brauchte nur Kendricks Namen zu erwähnen, und er antwortete wie aus der Pistole geschossen, er sei schon unterwegs.«

»Das heißt noch lange nicht, daß er keine Spesenabrechnung einreichen wird«, entgegnete Ben-Ami mit einem leisen Lachen.

»Oh, da habe ich mich rückversichert. Ich habe ihn gefragt, wieviel uns seine Unterstützung kosten wird, und er hat unmißverständlich geantwortet: ›Das geht diesmal auf meine Rechnung.‹«

»Wir vergeuden Zeit!« rief Yakov. »Wir sollten die Botschaft beobachten. Wir haben die Pläne studiert; es gibt ein gutes halbes Dutzend Möglichkeiten, wie wir eindringen und meinen Vater herausholen könnten.«

Die Köpfe der Männer fuhren ruckartig in die Höhe, und alle sahen den jungen Anführer der Masada-Gruppe, der sich den Codenamen Blau gegeben hatte, groß an. »Wir verstehen«, sagte der Mossad-Agent.

»Tut mir leid. Das wollte ich nicht sagen.«

»Wenn einer das Recht zu einer solchen Bemerkung hat, dann Sie«, erwiderte Ben-Ami.

»Trotzdem hätte ich's nicht tun sollen. Ich entschuldige mich noch einmal. Aber warum warten wir eigentlich auf diesen Weingrass?«

»Weil wir es ohne ihn vielleicht nicht schaffen würden.«

»Ich verstehe. Ihr Leute von der Mossad schlagt ganz schöne Purzelbäume. Jetzt ist es der Amerikaner, dem *ihr* helfen wollt, und nicht der, dem *wir* helfen wollten. Verdammt noch mal, ja – meinem Vater.«

»Das Resultat könnte ein und dasselbe sein, Yakov.«

»Ich bin nicht Yakov!« schrie der junge Mann. »Für Sie bin ich Blau, Sohn eines Vaters, der zusehen mußte, wie man in Auschwitz seine Eltern auseinanderriß, bevor man sie getrennt in die Gaskammer trieb. Ich möchte meinen Vater gesund aus der Botschaft herausholen, und ich weiß, daß ich es kann. Wieviel kann dieser Mann noch ertragen? Wie groß ist seine Leidensfähigkeit? Nach einer grauenvollen Kindheit, mit unsäglichen Greueln gegen Kinder seines Alters, und später mit drei Söhnen gesegnet, von denen zwei in Sidon von arabischen Terroristen hingemetzelt worden sind. Und ich soll mir Gedanken um einen amerikanischen Cowboy machen, um einen Politiker, der ein Held werden will, damit er Filmstar werden kann und sein Bild auf Müsli-Packungen verewigt wird.«

»Nach allem, was ich über den Amerikaner erfahren habe, trifft das nicht zu«, warf Ben-Ami gelassen ein. »Er riskiert sein Leben, ohne mit der Unterstützung seiner Leute rechnen zu können, ohne Aussicht auf eine Belohnung, falls er am Leben bleibt. Wie unser Freund hier uns gesagt hat, unterscheidet sich sein Motiv nicht wesentlich von dem Ihren. Er will ein schweres Unrecht rächen, das ihm – oder vielmehr seiner Familie angetan wurde.«

»Zum Teufel mit ihm! Das war eine Familie, kein Volk. Ich sage, wir gehen in die Botschaft.«

»Ich sage, ihr geht nicht«, widersprach der Mossad-Agent und legte langsam seine Pistole auf den Tisch. »Ihr untersteht jetzt dem Befehl der Mossad und werdet tun, was wir sagen.«

»Schweine!« schrie Yakov. »Ihr seid Schweine – ihr alle!«

»O ja«, sagte Ben-Ami, »wenn überhaupt, dann wir alle.«

Zehn Uhr achtundvierzig in Oman. Die Pressekonferenz war zu Ende. Reporter steckten ihre Notizbücher weg, und Fernsehteams verstauten ihre Geräte, bereit, durch ein Spalier von etwa hundert jungen Männern und verschleierten Frauen mit schußbereiten Waffen die Botschaft zu verlassen. In der Konferenzhalle drängte sich jedoch ein dicker Mann mit salbungsvollen Worten zwischen den Posten durch und näherte sich dem Tisch, an dem Saja Jatim saß. Während mehrere Gewehre auf seinen Kopf gerichtet waren, flüsterte er:

»Ich komme vom Mahdi, der alles bezahlt.«

»Sie auch? Ihr müßt in Bahrein ernste Probleme haben.«

»Ich verstehe nicht.«

»Wurde er durchsucht?« frage Saja einen Posten. Er nickte. »Dann nehmt die Gewehre weg.«

»Danke, Madame. Was für ein Problem in Bahrein meinen Sie?«

»Das wissen wir noch nicht. Wir haben den Befehl erhalten, einen von uns hinüberzuschicken. Er soll dort Näheres erfahren und uns dann informieren.«

MacDonald blickte starr in die Augen über dem Schleier, und ein scharfer Schmerz schnitt ihn in die Brust. Was war los? Warum wurde er von Bahrein übergangen? Was für Entscheidungen hatte man über seinen Kopf hinweg getroffen? Warum? Was hatte die Araberhure getan? »Madame«, fuhr er langsam und mit wohlüberlegten Worten fort, »von dem Problem in Bahrein höre ich zum erstenmal. Ich bin mit einer anderen nicht weniger ernsten Sache befaßt. Unser Wohltäter möchte umgehend darüber unterrichtet werden, wie die Anwesenheit einer gewissen Kalaila in Maskat zu erklären ist.«

»Kalaila? Unter uns gibt es keine Kalaila, aber Namen sind schließlich ohne Bedeutung, nicht wahr?«

»Sie ist nicht hier. Nicht hier drin, sondern draußen, und sie hat Verbindung zu Ihren Leuten – zu Ihrem Bruder, um genau zu sein.«

»Zu meinem Bruder?«

»O ja. Ich spreche von drei ausgebrochenen Häftlingen, die es sehr eilig hatten, sich auf der Straße in die Dschabal Scham mit ihr zu treffen – mit dem Feind.«

»Was sagen Sie da?«

»Wir verlangen eine Erklärung. Der Mahdi besteht darauf.«

»Ich habe keine Ahnung, wovon Sie reden. Es stimmt, drei Gefangene sind geflohen – mein Bruder mit Yosef und dem anderen Abgesandten unseres Wohltäters, einem gewissen Amal Bahrudi aus Ost-Berlin.«

»Ost... Madame, Sie sind zu schnell für mich.«

»Wenn Sie wirklich vom Mahdi kommen, bin ich überrascht, daß Sie nicht über ihn Bescheid wissen.« Saja Jatim unterbrach sich, und ihre großen Augen forschten in MacDonalds Gesicht. »Sie könnten von irgendwem kommen – und von überall her.«

»Hier in Maskat bin ich der einzige Vertreter des Mahdi. Rufen Sie in Bahrein an, dann wird man es Ihnen sagen, Madame.«

»Sie wissen sehr gut, daß solche Anrufe nicht erlaubt sind.« Saja Jatim schnippte mit den Fingern, und ihre Wachen stürzten herzu. »Bringt diesen Mann in den Ratssaal. Dann weckt meinen Bruder und Yosef und sucht Amal Bahrudi. Wir müssen uns beraten – und zwar sofort.«

Die Kleidung, die Kendrick für sich heraussuchte, entsprach ungefähr der Kleiderordnung der Terroristen: ungebügelte Khakihose, eine gefleckte Kampfjacke und ein dunkles Hemd, das fast bis zum Gürtel offenstand. Von den meisten dieser Typen unterschied er sich nur durch sein Alter und durch seine Augen. Aber sogar die Jahre waren durch die künstlich gebräunte Haut wie weggewischt, und seine Augen wurden vom Schild einer Segeltuchmütze fast verdeckt. Um das Bild zu vervollständigen, befestigte er ein in einer Scheide steckendes Messer an der Jacke, und ein Revolver beulte die rechte Tasche aus. Man vertraute dem »Getreuen«; er hatte das Leben von Asra, dem Kronprinzen der Terroristen, gerettet und durfte sich daher in der besetzten Botschaft frei bewegen, von einer gräßlichen Szene zur anderen, von einer Gruppe verängstigter, erschöpfter, hoffnungsloser Menschen zur nächsten.

Hoffnung. Sie war alles, was er geben konnte, obwohl er wußte, daß es falsch war; doch er mußte die Leute aufrichten, mußte ihnen etwas geben, an das sie sich klammern konnten, damit sie in den dunkelsten, schrecklichsten Stunden der Nacht etwas hatten, woran sie denken konnten.

»Ich bin Amerikaner«, flüsterte er den erschrockenen Geiseln zu, wo immer er eine kleine Gruppe beieinander fand, ließ jedoch die umherstreifenden Terroristen keine Sekunde aus den Augen. Sie nahmen natürlich an, daß er ihre Gefangenen verhöhnte und beschimpfte. »Man hat euch nicht vergessen. Wir tun alles, was wir können.«

»Gott sei Dank!« war stets die erste Reaktion, ihr folgten Tränen und Schilderungen der haarsträubenden Zustände in der Botschaft und regelmäßig auch ein Bericht über die Exekution der sieben »verurteilten« Geiseln.

»Sie werden uns alle umbringen. Es ist ihnen egal. Diesen Bestien ist der Tod gleichgültig – der unsere und ihr eigener.«

»Gebt euch alle Mühe, ruhig zu bleiben. Versucht keine Angst zu zeigen, das ist sehr, sehr wichtig. Bringt sie nicht gegen euch auf, aber kriecht auch nicht vor ihnen. Wenn sie sehen, daß ihr Angst habt, wirkt das wie eine Rauschdroge auf sie. Vergeßt das nicht!«

Einmal richtete Kendrick sich plötzlich auf und schrie einer Gruppe von fünf Amerikanern Beleidigungen ins Gesicht. Er hatte einen von Saja Jatims Leibwächtern entdeckt, der rasch auf ihn zukam.

»Du! Bahrudi!«

»Ja?«

»Saja möchte dich sofort sehen. Im Ratssaal. Komm mit!«

Kendrick folgte dem Posten über das Dach und drei Treppen hinunter in einen langen Korridor. Er nahm seine jetzt völlig durchgeschwitzte Mütze ab und trat durch die offene Tür eines großen Büros. Im nächsten Moment verwandelte sich seine Welt in einen Trümmerhaufen, zum Einsturz gebracht durch die letzten Worte, die er in diesem Leben wahrscheinlich zu hören bekam.

»Allmächtiger! Sie sind Evan Kendrick!«

12

»Man ar-radschul tha?« sagte Kendrick, an Leib und Seele wie gelähmt. Aber mit geradezu übermenschlicher Kraft schaffte er es, sich lässig und unbeschwert zu bewegen, als er Saja Jatim fragte, wer der dicke Mensch sei.

»Er sagt, er kommt vom Mahdi«, antwortete Asra, der zwischen Yosef und Abjad stand.

»Was hat er gemeint?«

»Du hast es gehört. Er sagt, daß du ein gewisser Kendrick bist.«

»Wer ist das?« fragte Kendrick auf englisch und wandte sich direkt an Anthony MacDonald. Er gab sich verzweifelte Mühe, ruhig zu bleiben, während er sich nicht nur auf den Anblick des Mannes einzustellen versuchte, den er fünf Jahre nicht mehr gesehen hatte, sondern auch auf seine Anwesenheit in diesem Raum. MacDonald! Das alberne, ständig betrunkene, immer belächelte Mitglied der britischen Kolonie in Kairo. »Ich heiße Amal Bahrudi. Und wer sind Sie?«

»Sie wissen verdammt gut, wer ich bin!« brüllte MacDonald, mit dem Zeigefinger in die Luft stechend und der Reihe nach die vier arabischen Ratsmitglieder ansehend – insbesondere Saja Jatim. »Er ist nicht Amal Sowieso, und er kommt nicht vom Mahdi. Er ist Amerikaner und heißt Evan Kendrick.«

»Ich habe an zwei amerikanischen Universitäten studiert«, sagte Kendrick lächelnd, »aber Kendrick hat mich dort niemand genannt. Man hat mir verschiedene andere Namen gegeben, ja, doch Kendrick war nicht darunter.«

»Sie lügen!«

»Im Gegenteil. Sie sind der Lügner, wenn Sie behaupten, daß Sie für den Mahdi arbeiten. Man hat mir die Fotos aller Europäer gezeigt, die – nun ja, sagen wir – heimlich in seinen Diensten stehen, aber Sie waren ganz bestimmt nicht dabei. An Sie würde ich mich erinnern, weil Sie – weil Ihr Gesicht und Ihre Figur wohl unverwechselbar sind.«

»Lügner! Betrüger! Sie arbeiten mit der Hure Kalaila zusammen, mit dem Feind. Heute morgen war sie schon vor Tagesanbruch unterwegs, um sich mit Ihnen zu treffen.«

»Was reden Sie da?« Kendrick sah Asra und Yosef an. »Ich habe noch nie von einer Kalaila gehört, kenne weder eine Feindin noch eine Hure dieses Namens. Und heute vor Tagesanbruch sind wir, meine Freunde und ich, um unser Leben gerannt. Für Liebesspiele hatten wir keine Zeit, das kann ich Ihnen versichern.«

»Ich sage Ihnen, er lügt!« schrie MacDonald. »Ich war da und habe sie gesehen. Ich habe euch alle gesehen.«

»Sie haben uns gesehen?« Kendrick zog die Brauen in die Höhe. »Wie denn?«

»Ich bin von der Straße hinuntergefahren...«

»Sie haben uns gesehen und uns nicht geholfen?« fiel Kendrick ihm zornig ins Wort. »Und Sie behaupten, Sie kommen vom Mahdi?«

»Das ist ein Punkt für ihn, Engländer«, sagte Saja Jatim. »Warum haben Sie ihnen nicht geholfen?«

»Weil ich Verschiedenes erfahren wollte, deshalb. Und jetzt weiß ich es. Kalaila – und er.«

»Sie haben ganz ungewöhnliche Phantasien, o ja, die haben

Sie, wie immer Sie heißen mögen – was ich nicht weiß. Von einem Hirngespinst könnten wir Sie aber befreien. Wir sind praktisch schon unterwegs nach Bahrein, um uns mit dem Mahdi zu treffen, und ich schlage vor, wir nehmen Sie mit. Der große Mann wird gewiß entzückt sein, Sie wiederzusehen, da Sie ihm ja so unendlich wichtig sind.«

»Ich bin einverstanden«, sagte Asra.

»Nach Bahrein?« schrie MacDonald. »Wie, zum Teufel, wollen Sie denn da hinkommen?«

»Soll das heißen, das wissen Sie nicht?« sagte Kendrick.

Emmanuel Weingrass stieg, nach dem letzten Hustenanfall noch immer nach Luft ringend, vor dem Friedhof in Dschabal Sa'ali aus dem Wagen. Seine schmale Brust hob und senkte sich wie im Krampf. Er wandte sich an den Fahrer, der ihm die Tür offenhielt, und sagte ehrfurchtsvoll, mit betont britischem Akzent: »Ich werde an den Gräbern meiner englischen Ahnen beten, was nur noch wenige tun. Holen Sie mich in einer Stunde wieder ab.«

»*Stunne?*« fragte der Mann, einen Finger in die Höhe streckend. »*Asra?*« wiederholte er, was auf arabisch »Stunde« bedeutete.

»Ja, mein Freund. Das ist eine Pilgerfahrt, die ich jedes Jahr mache. Verstehen Sie das?«

»Ja, ja. *As-salah. Allahu akbar*«, antwortete der Fahrer, nickte hastig und sagte noch einmal, er verstehe, daß der Herr beten wolle, und Gott sei groß. Er hatte auch Geld in der Hand, mehr Geld als erwartet, und wußte, daß er noch mehr bekommen konnte, wenn er in einer Stunde wiederkam.

»Gehen Sie jetzt«, sagte Weingrass. »Ich möchte allein sein – *sibni fihali*.«

»Ja, ja.« Der Mann schloß die Tür, lief auf die andere Seite, schob sich hinter das Steuer und brauste davon. Weingrass erlaubte sich einen kurzen Krampf, ein bebendes Aufhusten, schlimmer als das vorhergehende, sah sich um und ging dann quer durch den Friedhof auf ein Haus zu, das mehrere hundert Meter entfernt inmitten eines Feldes stand. Zehn Minuten später wurde er in den Keller geführt, wo der israelische Geheimdienst seine Führungsstelle eingerichtet hatte.

»Weingrass!« rief der Mossad-Agent. »Gut, Sie wiederzusehen!«

»Das ist nicht wahr! Sie waren noch nie glücklich, mich zu

sehen oder am Telefon meine Stimme zu hören. Sie wissen überhaupt nichts über Ihre Arbeit, Sie sind nur ein Buchhalter – und ein geiziger dazu.«

»Aber Manny, wir wollen doch nicht...«

»Ich sage, wir wollen – und zwar sofort«, fiel Weingrass ihm ins Wort und sah zu Ben-Ami und den fünf Männern der Masada-Brigade hinüber. »Hat einer von euch Außenseitern der Gesellschaft einen Schluck Whisky? Ich weiß, daß dieser *sohla* keinen hat«, fügte er hinzu, womit er abermals darauf anspielte, daß der Mossad-Mann ein Geizkragen war.

»Nicht einmal Wein«, antwortete Ben-Ami. »Alkohol gehört nicht zu unseren Vorräten.«

»Die zweifellos er besorgt hat. Na schön, Buchhalter, erzählen Sie mir alles, was Sie wissen. Wo ist mein Sohn Evan Kendrick?«

»Hier. Und damit habe ich auch schon alles gesagt, was uns bekannt ist.«

»Wie üblich. Sie sind dem Sabbat schon immer drei Tage hinterhergehinkt.«

»Manny...«

»Beruhigen Sie sich. Sie kriegen sonst einen Herzinfarkt, und ich möchte nicht, daß Israel seinen miesesten Buchhalter verliert. Wer kann mir mehr sagen?«

»Ich!« schrie Yakov, Codename Blau. »Wir sollten in diesem Augenblick – und schon seit Stunden – die Botschaft beobachten und auskundschaften. Wir haben einen Auftrag, der nichts mit Ihrem Amerikaner zu tun hat.«

»Also nicht nur einen Buchhalter – einen Hitzkopf habt ihr außerdem unter euch«, sagte Weingrass. »Und wen noch?«

»Kendrick ist ohne Rückendeckung seiner Regierung hier«, antwortete Ben-Ami. »Er wurde zwar hergeflogen, ist jetzt aber ganz auf sich gestellt. Wenn er gefaßt wird, kennt ihn keiner.«

»Woher haben Sie diese Information?«

»Von einem unserer Leute in Washington. Ich weiß nicht, von wem, und auch nicht, von welcher Abteilung oder welchem Geheimdienst.«

»Ihr werdet ein Telefonbuch brauchen. Wie sicher ist dieses Telefon?« Weingrass setzte sich an den Tisch.

»Ich kann für nichts garantieren«, sagte der Mossad-Agent. »Es wurde in großer Eile installiert.«

»Für so wenige Schekalim wie möglich. Kann ich mir lebhaft vorstellen.«

»Manny!«

»Ach, halten Sie doch den Mund!« Weingrass nahm ein Notizbuch aus der Tasche, blätterte hastig darin und fand endlich den Namen und die Nummer, die er suchte. Er wählte. Die Verbindung kam schon nach wenigen Sekunden zustande.

»Ich danke Ihnen für Ihr Entgegenkommen, mein Freund im Palast. Mein Name ist Weingrass, Ihnen unbekannt, natürlich, nicht aber dem großen Sultan Achmad. Selbstverständlich würde ich nie daran denken, eine so erhabene Persönlichkeit zu stören, doch wenn Sie ihm mitteilen lassen könnten, daß ich angerufen habe, würde er mir vielleicht die Gunst erweisen, zurückzurufen. Ich gebe Ihnen eine Nummer, darf ich?« Blinzelnd diktierte er seinem Gesprächspartner die Zahlen. »Ich danke Ihnen, mein Freund, und darf ich mit allem gebotenen Respekt hinzufügen, daß es sich um eine sehr dringende Angelegenheit handelt? Dann wird der Sultan Sie wegen Ihrer Klugheit auszeichnen. Noch einmal vielen Dank.«

Der einst so berühmte Architekt legte auf, lehnte sich auf dem Stuhl zurück und atmete tief ein, um das rasselnde Geräusch in seinen Lungen zu unterdrücken. »Jetzt warten wir«, sagte er und sah den Mossad-Agenten an. »Und hoffen, daß der Sultan mehr Verstand und Geld hat als Sie... Mein Gott, er ist zurückgekommen. Nach vier Jahren hat er mich gehört, und mein Sohn ist zurückgekommen!«

»Warum?« fragte Yakov.

»Wegen des Mahdi«, antwortete Weingrass leise und starrte zornig den Fußboden an.

»Weswegen?«

»Das werden Sie schon noch erfahren, Sie Hitzkopf.«

»Er ist doch gar nicht Ihr Sohn, Manny.«

»Aber er ist der einzige, von dem ich mir je gewünscht habe, er wäre es...« Das Telefon klingelte. Weingrass packte den Hörer wie eine Beute, hielt ihn ans Ohr. »Ja?«

»Emmanuel?«

»Als wir damals in Los Angeles zusammen einen draufmachten, warst du nicht so förmlich.«

»Allah sei gepriesen! Das vergesse ich nie. Als ich wieder zu Hause war, habe ich mich gründlich untersuchen lassen.«

»Sag mal, du junger Spund, hast du für diese Seminararbeit in Wirtschaftswissenschaften in deinem dritten Studienjahr eine ordentliche Note bekommen?«

»Nur ein B – eine Zwei für euch Europäer. Ich hätte auf dich hören sollen. Du hast mir geraten, das Thema anders zu behandeln – komplizierter. Die Professoren mögen es kompliziert.«

»Kannst du sprechen?« fragte Weingrass plötzlich ernst. »Unser gemeinsamer Freund. Wo ist er?«

»Mit zwei anderen unterwegs nach Bahrein – ursprünglich sollte nur einer mitfliegen, doch im letzten Moment hat man es sich anders überlegt. Ich weiß auch nicht, warum.«

»Wahrscheinlich, weil es noch eine Querverbindung zu jemand anders gibt. Sind das alle?«

»Nein, Manny«, sagte Achmad nach einer kurzen Pause. »Da ist noch jemand, dem du nicht in die Quere kommen darfst. Du darfst sie überhaupt nicht zur Kenntnis nehmen. Es ist eine Frau, sie heißt Kalaila. Das sage ich dir nur, weil ich dir vertraue und du wissen solltest, daß sie hier ist, aber außer dir darf es nie jemand erfahren. Ihre Anwesenheit hier muß ein ebenso streng gehütetes Geheimnis bleiben wie die unseres Freundes. Wenn sie enttarnt würde, wäre es eine Katastrophe.«

»Das sind große Worte, mein Junge. Wie erkenne ich das Problem?«

»Ich hoffe, du wirst gar nicht darauf stoßen. Sie ist im Cockpit versteckt, das abgeschlossen ist und erst in Bahrein geöffnet wird.«

»Mehr willst du mir nicht sagen?«

»Über sie nicht.«

»Ich muß jetzt bald los. Was kannst du für mich tun?«

»Ich schicke dich mit einer anderen Maschine hinterher. Sobald unser Freund kann, wird er mich anrufen und mir berichten, was los ist. Setz dich sofort nach der Landung mit mir in Verbindung. Paß auf, ich sag' dir jetzt, wie.« Er gab Weingrass die Geheimnummer.

»Muß ein neues Amt sein«, sagte der Alte.

»Es ist kein Amt«, antwortete der Sultan. »Bist du unter der gleichen Nummer wie jetzt zu erreichen?«

»Ja.«

»Ich rufe zurück. Sollte es noch einen Linienflug geben, wäre es am unauffälligsten, wenn du den nimmst.«

»Tut mir leid, das geht nicht.«
»Warum nicht?«
»Ich habe sieben Pfauen bei mir.«
»Sieben...«
»Ja, und wenn du glaubst, es könnte Schwierigkeiten – zum Beispiel Katastrophen, geben, versuch's mit diesen blau und weiß gefiederten, *geheim*-nisvollen Vögeln.«
Achmad stockte der Atem. »Die Mossad?« flüsterte er.
»Da hast du verdammt recht!«
»Scheiße!« fluchte der Sultan von Oman ins Telefon.

Der kleine Rockwell-Jet, der sechs Passagieren Platz bot, überflog auf seiner Dreizehnhundert-Kilometer-Route in das Emirat Bahrein die Vereinigten Arabischen Emirate und den Persischen Golf in einer Höhe von fast elftausend Metern. Beunruhigend schweigsam und selbstsicher saß Anthony MacDonald allein in der ersten Sitzreihe; Asra und Kendrick zusammen in der letzten. Die Tür zum Cockpit war abgeschlossen, und – hatte der Mann gesagt, der sie mit dem Militärflugzeug erwartet hatte – sie würde abgeschlossen bleiben, bis sie alle wieder von Bord gegangen waren. Niemand durfte sie sehen. Auf dem Flugplatz von Bahrein, auf der Insel Al Muharrak, würde sie jemand abholen, der sie durch die Einreisekontrolle schleuste.

Kendrick und Asra hatten während des Fluges den Zeitplan studiert. Da Asra noch nie in Bahrein gewesen war, machte er sich Notizen – hauptsächlich Ortsnamen und ihre Schreibweise. Es war für Kendrick sehr wichtig, daß er und Asra sich trennten – wenigstens für eine Stunde. Der Grund war natürlich MacDonald, dieser unwahrscheinlichste aller Agenten des Mahdi. Der Engländer konnte Kendrick vielleicht auf kürzestem Weg direkt zum Mahdi bringen, und wenn das der Fall war, wollte Kendrick den »Kronprinzen« der Terroristen los sein.

»Vergiß nicht, wir sind zusammen geflohen, als man uns in die Dschabal Scham bringen wollte, und Interpol und die Geheimdienste von Amerika und Europa werden überall nach uns fahnden – mit Fotos von uns. Wir können es nicht riskieren, daß man uns am hellichten Tag zusammen erwischt. Nach Sonnenuntergang ist das Risiko nicht mehr so groß, aber auch dann müssen wir Vorsichtsmaßnahmen ergreifen.«
»Was für Vorsichtsmaßnahmen?«

»Andere Kleider kaufen, zum Beispiel; in diesen Sachen sehen wir wie Rowdys aus. Das ist in Maskat unter den gegebenen Umständen gut und richtig. Hier aber nicht. Fahr mit dem Taxi nach Al Manama, das ist die Stadt jenseits des Dammes, der die kleine und die große Insel verbindet, und nimm dir ein Zimmer im Hotel Aradus auf Wadi Al Ahd. In der Hotelhalle ist ein Männermodegeschäft. Kauf dir einen Straßenanzug im westlichen Stil und laß dir die Haare schneiden. Schreib dir alles auf.«

»Das tu' ich ja.« Asra schrieb schneller.

»Trag dich als – Jatim ist eigentlich in Bahrein ein recht häufiger Name, aber wir wollen nicht leichtsinnig sein.«

»Und wenn ich den Namen meiner Mutter nehme? Ishaad?«

»Den haben sie bestimmt auch in ihrem Computer gespeichert. Nimm Faruk, alle Welt nennt sich Faruk. T. Faruk. Ich melde mich in ein, zwei Stunden bei dir.«

»Und was wirst du tun?«

»Na, was schon?« sagte Kendrick, nahe daran, die Wahrheit zu erzählen. »Ich bleibe bei diesem Engländer, der behauptet, daß er für den Mahdi arbeitet. Falls das wider Erwarten stimmt, wird sich das Treffen heut abend leicht arrangieren lassen. Aber, ehrlich gesagt, ich glaube ihm nicht, und wenn er der Lügner ist, für den ich ihn halte, muß ich wissen, für wen er tatsächlich arbeitet.«

Asra sah den Mann an, der für ihn Amal Bahrudi war, und sagte leise: »Du lebst in einer viel komplizierteren Welt als ich. Wir kennen unsere Feinde. Wir richten unsere Waffen auf sie und versuchen sie zu töten, weil sie sonst uns töten würden. Bei dir kommt es mir so vor, als könntest du nie sicher sein, als müßtest du vor jedem Kampf erst feststellen, wer eigentlich der Feind ist.«

»Auch ihr müßt euch heimlich unter eure Feinde mischen, um etwas über sie zu erfahren, und müßt immer vor Verrätern auf der Hut sein. Unsere und eure Vorsichtsmaßnahmen sind gar nicht so verschieden.«

»Infiltration ist nicht schwierig, wenn Tausende sich kleiden wie wir, sprechen wie wir. Und was die Verräter angeht, haben wir in Maskat versagt, das hast du uns bewiesen.«

»Ich?«

»Die Fotos, Bahrudi!«

»Natürlich! Entschuldige, ich hab' an was anderes gedacht.«

Das stimmte zwar, doch durfte er sich einen zweiten Ausrutscher dieser Art nicht leisten. Asra sah ihn sehr seltsam an. Er mußte seine Zweifel zerstreuen. Und das schnell. »Da wir gerade bei den Fotos sind – deine Schwester wird beweisen müssen, daß sie die verräterische Brut mit Stumpf und Stiel ausgemerzt hat. Ich schlage andere Fotos vor: ein paar Leichen vor einer zertrümmerten Kamera und auf Band gesprochene Aussagen, die weitergegeben werden können. Geständnisse natürlich.«

»Saja weiß, was sie zu tun hat; sie ist die Stärkste von uns allen und mit Leib und Seele unserer Sache verschrieben. Sie wird nicht ruhen, ehe sie nicht jedes Zimmer auf den Kopf gestellt, jeden Bruder, jede Schwester durchsucht hat. Methodisch.«

»Das sind Worte, Poet«, antwortete Kendrick schroff. »Vielleicht verstehst du nicht ganz. Was in Maskat passiert ist, was man dort fahrlässig zugelassen hat, könnte unsere Operationen in der ganzen Welt beeinträchtigen, wenn nicht gar vereiteln. Wenn es sich herumspricht und nicht geahndet wird, werden uns überall feindliche Agenten unterwandern und uns mit Kamera und Tonkassette enttarnen. Wirklich rosige Aussichten.«

»Schon gut, schon gut.« Asra nickte, nicht bereit, sich noch schlimmere Kritik anzuhören. »Meine Schwester kümmert sich darum. Ich glaube nicht, daß sie überzeugt war, bevor sie begriff, was du in der Wüste für uns getan hast oder mit einem kurzen Anruf bewirken kannst. Sie wird sehr schnell handeln, dessen kannst du sicher sein.«

»Gut. Jetzt ruh dich aus. Wir haben einen langen Nachmittag und eine lange Nacht vor uns.«

Kendrick lehnte sich weit zurück, als wolle er schlafen. Seine halb geschlossenen Augen ruhten auf Anthony MacDonalds wuchtigem, nur noch spärlich behaartem Hinterkopf. Er mußte an so vieles denken, so vieles bedenken, daß ihm keine Zeit blieb zu analysieren. Denn das Wichtigste war: Es gab einen Mahdi, *den* Mahdi. Nicht den, der im 19. Jahrhundert Khartum umzingelt und ausgehungert hatte, sondern einen sehr lebendigen, der hundert Jahre später von Bahrein aus Terror organisierte. Und es gab eine – ja, man konnte es Komplexverbindung nennen, die zu dem Ungeheuer führte; sie war verborgen, professionell angelegt, aber es gab sie. Er hatte eine Terroristen-Filiale entdeckt, einen kleinen Greifarm des Polypen vielleicht nur, aber Teil des Wirtstieres. Der Killer neben ihm konnte ihn zur Hauptschaltstelle führen, genauso wie jede elektrische Leitung in einem Gebäude zur Hauptstromversorgung führt. »Man muß fünfzig Telefongespräche führen, fünfzig Geheimnummern wählen, aber nur über eine kann man den Mahdi erreichen.« Saja Jatim wußte, wovon sie redete. Fünfzig Anrufe, fünfzig Telefonnummern – doch von fünfzig Frauen oder Männern wußte nur eine oder einer, wo der Mahdi war – wer er war.

Kendrick hatte einen Notfall geschaffen, wie Manny Weingrass es ihm immer geraten hatte, wenn es mit potentiellen Kunden zu verhandeln galt, die nicht miteinander kommunizieren konnten oder wollten. »Sag dem ersten dieser Typen mit mehr Muskeln als Verstand, daß du bis Mittwoch seine Antwort haben mußt, weil wir sonst nach Riad gehen. Und dem zweiten Komiker erzählst du, wir können nicht länger als bis Donnerstag warten, weil wir in Abu Dhabi einen Wahnsinnsauftrag kriegen können. Wir brauchen nur zuzugreifen.«

Das hier war natürlich nicht das gleiche, aber eine Variante dieser Technik. Die Terroristenführer in Maskat waren überzeugt, ihr Wohltäter, der Mahdi, habe ein Problem, da er »Amal Bahrudi« aus Ost-Berlin den Auftrag gegeben hatte, einen von ihnen nach Bahrein zu bringen. Im Gegenzug hatten die Leute des Mahdi durch das internationale Fernsehen erfahren, daß eine »dringende Nachricht an Freunde« geschickt worden war, die eine »umgehende Antwort« erfordere – ein Notfall.

Manny, hab ich's richtig gemacht? Ich muß ihn finden, gegen ihn kämpfen, ihn vernichten für das, was er uns allen angetan hat...

Emmanuel Weingrass, sinnierte Kendrick, während ihm die Augen langsam zufielen, weil der Schlaf schwer auf ihnen lastete. Doch so schläfrig er auch war, er konnte das leise Lachen nicht unterdrücken, das seine Kehle reizte, wenn er an ihre erste gemeinsame Fahrt nach Bahrein dachte.

»Vergiß nicht, um Himmels willen, daß wir's mit einem Volk zu tun haben, das eine Inselgruppe bewohnt, keine Landmasse, die an eine andere Landmasse grenzt, von beiden Seiten Staat genannt. Bahrein ist ein Emirat, das aus dreiunddreißig Inseln im Persischen Golf besteht. Man kann dieses Land nicht nach seinem Flächeninhalt messen, und ihnen ist es ganz recht so, das ist ihre Stärke.«

»Worauf willst du hinaus, Manny?«

»Versuch mich zu verstehen, du unbedarfter Mechaniker. Man appelliert an dieses Gefühl der Stärke. Das ist ein unabhängiger Staat, eine Ansammlung von Eruptionen aus dem Meer, die die Festlandhäfen vor den Stürmen schützt und sehr praktisch zwischen der Halbinsel Katar und der El-Hasa-Küste Saudi-Arabiens liegt, wobei letztere extrem wichtig ist, weil die Saudis Macht und Einfluß besitzen.«

»Was, zum Teufel, hat das mit einem beschissenen Insel-Golfplatz zu tun? Spielst du Golf, Manny? Ich konnte es mir nie leisten.«

»Auf ein paar hundert Morgen Gras einem kleinen weißen Ball nachzulaufen, während die Arthritis mich umbringt, hat noch nie meiner Vorstellung von einer zivilisierten Beschäftigung entsprochen. Ich weiß jedoch, was wir in diesen beschissenen Golfplatz eingebaut haben.«

»Nämlich?«

»Erinnerungen an Vergangenes. Weil es sie unaufhörlich an ihre Gegenwart erinnert, ein Mahnmal für alle. Ihre Stärke.«

»Würdest du dich freundlicherweise verständlich ausdrücken?«

»Lies die alten Chroniken von Assyrien, Persien, der Griechen und der Römer. Schau dir einmal die frühen Zeichnungen portugiesischer Kartographen und die Logbücher von Vasco da Gama an. Irgendwann hat jeder von ihnen um den Archipel gekämpft – die Portugiesen beherrschten ihn hundert Jahre. Warum?«

»Du wirst es mir gleich sagen.«

»Wegen seiner geographischen Lage im Golf, die von großer strategischer Bedeutung ist. Jahrhundertelang war er ein hochgeschätztes Handelszentrum, und die mit dem Handel zusammenhängenden finanziellen Transaktionen wurden ebenfalls...«

In diesem Moment war der damals noch viel jüngere Kendrick mit einem Ruck in die Höhe gefahren, weil er plötzlich verstand, worauf sein exzentrischer Freund hinauswollte. »Und genau das geschieht auch jetzt«, hatte er Weingrass unterbrochen. »Aus der ganzen Welt strömt Kapital ins Land.«

»Als unabhängiger Staat, der heutzutage nicht mehr zu befürchten braucht, daß jemand ihn erobern will«, bestätigte Emmanuel Weingrass, »bietet Bahrein Feinden und Verbündeten seine Dienstleistungen an. Daher soll unser prächtiges Clubhaus auf diesem beschissenen Golfplatz ein Spiegelbild der Geschichte dieses Landes werden. Wir schmücken es mit Wandgemälden. Eines Tages betrachtet dann ein Geschäftsmann die Gemälde über der Bar, sieht die ganze Historie bildlich dargestellt und denkt: Du meine Güte, das ist vielleicht ein Land! Alle wollten es haben. Und wieviel Geld sie ausgegeben haben... Jetzt will er erst recht hier Geschäfte machen. Es gehört zum Allgemeinwissen, daß Geschäfte auf Golfplätzen abgeschlossen werden, du junger Analphabet. Was für einen Grund hätten sie denn sonst, sich von uns einen bauen zu lassen?«

Nachdem sie das bizarre Clubhaus und die mittelprächtigen Golfbahnen gebaut hatten, schloß die Kendrick-Gruppe Bauverträge für drei Banken und zwei Regierungsgebäude ab. Und ein Minister persönlich erließ Manny Weingrass die Strafe, die er sich eingeheimst hatte, als er den Frieden eines Cafés auf der Al-Subara-Straße gestört hatte.

Das gleichmäßige Dröhnen des Jets sickerte in Kendricks Kopf wie eine einschläfernde Droge. Die Augen fielen ihm zu...

»Ich protestiere gegen diese Hilfsaktion und verlange, daß mein Protest in den Abschlußbericht aufgenommen wird«, sagte Yakov mit dem Codenamen Blau, als die sieben Männer am östlichen Ende des Flugplatzes von Maskat in die Maschine stiegen. Emmanuel Weingrass setzte sich sofort neben den Piloten, legte den Sicherheitsgurt an und hustete leise. Der Mossad-Agent war nicht mitgekommen, er hatte in Oman zu tun. Seine Pistole hatte jetzt der schlanke Ben-Ami, und er hielt sie schußbereit in der Hand, bis auch der letzte Mann des Einsatztrupps im Flugzeug seinen Platz eingenommen hatte.

»Das wird er, nur keine Bange, mein Freund«, antwortete Ben-Ami, als die Maschine über die Startbahn raste. »Bitte versucht zu verstehen, daß es Dinge gibt, die man uns zu unser aller Wohl nicht sagen kann. Wir sind die Aktivisten, die Soldaten – die Entscheidungen treffen andere – die Kommandierenden. Sie tun ihre Arbeit und wir die unsere, die darin besteht, Befehle auszuführen.«

»Da muß ich widersprechen, denn dazu gibt es eine abscheuliche Parallele«, sagte Codename Grau. »Die Wendung, daß unsere Arbeit darin besteht, ›Befehle auszuführen‹, schmeckt mir nicht.«

»Ich gebe Ihnen eins zu bedenken, Mr. Ben-Ami«, sagte Codename Orange. »Drei Wochen lang haben wir für einen bestimmten Einsatz trainiert, eine Aufgabe, die wir – trotz erheblicher Zweifel zu Hause – unserer Überzeugung nach lösen können. Wir sind bereit, fast könnte man sagen, auf dieses eine Ziel programmiert, und plötzlich wird der Einsatz ohne ein Wort der Erklärung abgeblasen, und wir sind unterwegs nach Bahrein und hinter einem Unbekannten her, der einen Plan hat, den wir ebensowenig kennen wie ihn.«

»Falls es überhaupt einen Plan gibt«, sagte Codename Schwarz. »Und die Mossad nicht nur schlicht und einfach bei einem unsympathischen alten Mann eine Schuld begleichen will, indem sie ihm hilft, einen Amerikaner zu finden, einen nicht-jüdischen ›Sohn‹, der nicht der seine ist.«

Weingrass drehte sich um. Das Flugzeug stieg schnell, und der starke Aufwärtsschub dämpfte das Geräusch der Düsenmotoren. »Hört mir zu, ihr Spatzenhirne!« rief er. »Wenn dieser Amerikaner mit einem arabischen Terroristen nach Bahrein geflogen ist, heißt das, daß er einen verdammt guten Grund dafür hat. Vermutlich ist euch intellektuellen Muskelprotzen noch nie der Gedanke gekommen, aber Maskat wurde nicht von diesen mit MPs herumspielenden Halbstarken geplant. Die Gehirne, falls ihr mir diesen Ausdruck verzeiht, sind in Bahrein, und hinter ihnen ist er her.«

»Ihre Erklärung, falls sie der Wahrheit entspricht«, sagte Codename Weiß, »beinhaltet keinen Plan, Mr. Weingrass. Oder spielen wir hier vabanque?«

»Die Schwierigkeiten mögen größer sein, Klugscheißer, aber nein, das tun wir nicht. Sofort nach der Landung, wenn wir unseren Laden aufgemacht haben, rufe ich jede Viertelstunde in Maskat an, bis wir die Information bekommen, die wir brauchen. Dann haben wir auch einen Plan.«

»Woher?« fragte Blau mit zornigem Mißtrauen.

»Wir machen uns einen, Hitzkopf.«

Der riesige Engländer stand wie zur Salzsäule erstarrt da, als Asra sich mit dem bahreinischen Beamten entfernte. Der wortkarge Mann in Uniform hatte sie hinter dem letzten Wartungshangar des Flugplatzes auf Muharrak erwartet. »Warte!« schrie MacDonald und warf Evan Kendrick, der neben ihm stand, einen wilden Blick zu. »Halt! Du kannst mich nicht mit diesem Mann allein lassen! Ich habe dir gesagt, daß er nicht der ist, für den er sich ausgibt! Er ist keiner von uns!«

»Nein, das ist er nicht«, stimmte Asra zu, blieb stehen und schaute über die Schulter zurück. »Er kommt aus Ost-Berlin, und er hat mir das Leben gerettet. Wenn Sie die Wahrheit sagen, wird er auch das Ihre retten, das kann ich Ihnen versprechen.«

»Du darfst nicht...«

»Ich muß«, fiel Asra ihm ins Wort, wandte sich dem Flughafenangestellten zu und nickte.

Der Bahreiner nickte ebenfalls – ohne Kommentar. »Wie Sie sehen, kommt mein Kollege eben aus dem Hangar«, sagte er zu Kendrick. »Er bringt Sie durch einen anderen Ausgang hinaus. Willkommen in unserem Land.«

»Asra!« kreischte MacDonald, doch seine Stimme ging im Aufheulen der Düsenmaschinen unter.

»Immer mit der Ruhe, Tony«, sagte Kendrick, als der zweite Bahreiner näher kam. »Wir sind illegal hier, und wenn Sie noch weiter Zirkus machen, wartet vielleicht eine Kugel auf uns.«

»Sie! Ich habe gewußt, daß Sie es sind! Sie sind Kendrick.«

»Natürlich bin ich's, und wenn irgend jemand von unseren Leuten hier in Bahrein wüßte, daß Sie meinen Namen genannt haben, wäre Ihre bezaubernde, ewig besoffene Cecilia – sie heißt doch Cecilia, nicht wahr? – schneller Witwe, als sie ein Glas leeren kann. Und das will was heißen.«

»Herrgott, ich kann's nicht glauben. Sie haben Ihre Firma verkauft und sind nach Amerika zurückgegangen. Man hat mir gesagt, Sie wären jetzt Politiker oder so was ähnliches.«

»Mit der Unterstützung des Mahdi kann ich vielleicht sogar Präsident werden.«

»O mein Gott!«

»Lächeln Sie, Tony. Unser Begleiter ist nicht gerade begeistert von dem, was er tut, und ich möchte nicht, daß er uns für undankbar hält. Lächeln Sie, Sie Fettsack.«

In hellbrauner Hose, Fliegerjacke und Offiziersmütze stand Kalaila neben dem Heck des Harrier-Jet und beobachtete die Vorgänge aus ausreichend sicherer Entfernung. Der junge palästinensische Terrorist, den sie Asra nannten, war in Begleitung eines Mannes weggegangen; der amerikanische Kongreßabgeordnete und der unglaubliche MacDonald entfernten sich mit einem zweiten Uniformierten, der sie, um sie an der Einreisebehörde vorbeizuschmuggeln, durch einen Irrgarten von gestapeltem Frachtgut führte. Dieser Kendrick, dieser scheinbare Konformist, war besser, als sie geglaubt hatte. Er hatte nicht nur die Schrecknisse in der Botschaft überlebt, etwas, das sie noch vor neun Stunden für unmöglich gehalten und das sie in Panik versetzt hatte, jetzt hatte er sogar den Terroristen und den Geheimagenten der Terroristen zu trennen gewußt. Was hatte er vor? Was tat er?

»Beeilen Sie sich!« rief sie dem Piloten zu, der sich an Steuerbord neben der Tragfläche mit einem Mechaniker unterhielt. »Gehen wir!«

Der Pilot nickte, warf mit gespielter Verzweiflung die Arme in die Höhe, und dann gingen sie rasch auf den Ausgang für Flugpersonal mit bereits erteilter Unbedenklichkeitsbescheinigung zu. Sultan Achmad hatte seinen ganzen Einfluß geltend gemacht und sämtliche Verbindungen spielen lassen. Die drei Passagiere des Jets sollten zu einem eigens zu diesem Zweck eingerichteten Taxistand gebracht werden, weit hinter den regulären Taxis, die vor dem Flughafengebäude ihren Standplatz hatten. Die Fahrer der beiden Taxis waren Mitglieder der bahreinischen Geheimpolizei. Sie waren über Sinn und Zweck der Aktion nicht informiert worden, hatten nur den Befehl, das Fahrtziel der Passagiere weiterzumelden.

Kalaila und der Pilot verabschiedeten sich kurz, und dann ging jeder seines Wegs, er zur Flugkontrolle, um sich die Anweisungen für den Rückflug nach Maskat zu holen, sie zu dem provisorischen Taxistand, wo auch auf sie ein Wagen wartete, mit dem sie dem Amerikaner folgen wollte. Es würde nicht leicht sein, unentdeckt zu bleiben. Der geringste Fehler bei der Verfolgung, und Tony MacDonald würde sie sofort erkennen. Aber auch der offensichtlich hellwache Amerikaner mochte sich auf den zweiten Blick an eine dunkle, schmutzige Gasse im Ascharì al musch kwaijis erinnern und an eine Frau mit einer

Pistole in der Hand. Die Tatsache, daß sie nicht auf ihn, sondern auf vier Leute gezielt hatte, die sie in dieser Straße des Unrats berauben oder ihr noch Schlimmeres antun wollten, würde ein Mann, der ständig mit einer sehr realen Gefahr lebte, nicht so leicht glauben. Entschlossenheit und Paranoia überschnitten sich manchmal zu Zeiten innerer Hochspannung in den unendlichen Weiten von Geist und Seele. Er war bewaffnet, und ein einziges plötzlich auftauchendes Bild konnte eine Gewalttat auslösen. Kalaila fürchtete nicht um ihr Leben. Acht Jahre Training und Erfahrung, darunter vier im von Krieg und Gewalt geschüttelten Nahen Osten, hatten sie gelehrt, Dinge vorauszuahnen, zu töten, bevor sie getötet wurde. Was sie bedrückte, war die Tatsache, daß dieser anständige und mutige Mann für das, was er tat, nicht den Tod verdiente, und doch war es möglich, daß sie selbst sein Henker sein mußte. Und die Wahrscheinlichkeit wuchs von Minute zu Minute.

Sie war noch vor den Passagieren aus dem omanischen Jet an dem eigens für sie errichteten Taxistand. Der Verkehr auf dem Ankunftsdeck war mörderisch: Limousinen mit getönten Fenstern; Taxis; ganz gewöhnliche, unauffällige Personenwagen; Lieferwagen in allen Farben und Größen. Lärm und Abgase stauten sich unter der niedrigen Betondecke und waren kaum auszuhalten. Kalaila fand ein Versteck zwischen zwei Frachtverschlägen und wartete.

Als erster tauchte Asra in Begleitung eines uniformierten Flughafenangestellten auf. Der Uniformierte winkte ein Taxi herbei. Asra stieg ein und las das Fahrtziel von einem Zettel ab.

Ein paar Minuten später kamen der Amerikaner und Anthony MacDonald. Irgend etwas stimmt da nicht, dachte Kalaila sofort. MacDonald benahm sich ganz so wie früher in Kairo. Jede Bewegung seines riesigen Körpers verriet Erregung, zog Aufmerksamkeit auf sich, die Augen quollen ihm heraus, und sein ständig wechselnder Gesichtsausdruck war der eines Betrunkenen, der von seiner Umgebung Respekt verlangt. Und all das stand in krassem Gegensatz zu der Ruhe und Selbstbeherrschung, die ein im Untergrund arbeitender Agent mit einem ausgedehnten Informantennetz in einer weltweit unsicheren Lage üben mußte. Nein, da stimmte überhaupt nichts.

Und dann passierte es. Als das Taxi schon fast heran war, rammte MacDonald den Amerikaner plötzlich mit seinem mächtigen Brustkorb, und Kendrick stürzte, auf den Angriff nicht gefaßt, auf die überdachte Fahrbahn und vor das noch immer ziemlich schnell fahrende Taxi. Er prallte auf die Motorhaube, wurde weggeschleudert und flog mitten zwischen die Autos, die durch den Straßentunnel rasten. Bremsen kreischten, Pfeifen schrillten, und Kendrick hing wie angeklebt vor der zerschmetterten Windschutzscheibe einer kleinen japanischen Limousine. Mein Gott, er ist tot! dachte Kalaila und stürzte aus ihrem Versteck hervor. Und dann bewegte sich Kendrick, bewegte beide Arme, als er sich aufstützen wollte, aber sofort wieder zusammensackte.

Kalaila lief zu dem Wagen, drängte sich durch ein Knäuel bahreinischer Polizei und Geheimpolizei, die sofort auf der Szene erschienen war, und hieb einem Mann, der nicht zur Seite weichen wollte, mit einer harten Geraden in die Milz. Sie warf sich über den sich wie im Krampf windenden Kendrick, zog ihre Waffe aus der Fliegerjacke und richtete sie auf den Kopf des ihr zunächst stehenden uniformierten Mannes.

»Ich heiße Kalaila, und mehr brauchen Sie nicht zu wissen«, sagte sie. »Dieser Mann gehört mir, und ich nehme ihn mit. Sorgen Sie dafür, daß wir unbehelligt hier wegkommen, sonst sind Sie ein toter Mann.«

Der Mann stürmte in heller Aufregung in den abgeschirmten Raum. Er warf die Tür hinter sich zu und wäre in der Dunkelheit fast gestürzt. Mit zitternden Händen schaltete er seine Anlage ein.

Höchste Geheimhaltungsstufe
Kein Zugriff
Eingabe

Es hat sich etwas ereignet! Ein Durchbruch oder ein Zusammenbruch, der Jäger oder die Gejagten. Im letzten Bericht wird Bahrein erwähnt, aber ohne Einzelheiten, außer daß das Objekt in höchster Angst verlangte, sofort nach Bahrein geflogen zu werden. Daraus kann man schließen, daß er entweder aus der Botschaft entkommen ist oder heimlich herausgebracht wurde – oder überhaupt nicht drin war. Aber warum Bahrein? Alles ist zu unvollständig, als ob der Schatten des Objekts besondere Gründe habe, die Ereignisse zu verschleiern – eine durchaus vorstellbare Möglichkeit, wenn man alles in Betracht zieht, was während der letzten Jahre passiert ist, und an die Vorladungen der Untersuchungsausschüsse des Kongresses und an verschiedene öffentliche Ankläger mit Sonderbefugnissen denkt.

Was ist geschehen? Was geschieht jetzt? Meine Geräte verlangen nach Informationen, aber ich kann ihnen keine geben. Einen Namen ohne besondere Hinweise einzuspeichern, bringt nichts – außer den uns seit langem bekannten Daten, durch neues Bildmaterial ergänzt. Manchmal glaube ich, mein eigenes Genie besiege mich, denn ich durchschaue Faktoren und Motive menschlichen Verhaltens und habe Visionen, weiß sie aber nicht zu verwerten.

Ja, er ist der Mann! Das haben meine Geräte mir gesagt, und ich vertraue ihnen.

13

Kendrick wehrte sich gegen das einengende Pflaster an der linken Schulter und fühlte dann einen schmerzhaften Stich, der die obere Hälfte seines Brustkorbs zu durchbohren schien. Außerdem roch es scharf nach einem alkoholischen Einreibemittel. Er machte die Augen auf und stellte bestürzt fest, daß er, mit ein paar Kissen im Rücken, aufrecht in einem Bett saß. Im Schlafzimmer einer Frau. Links von ihm stand eine Frisierkommode mit einem goldfarben eingefaßten niedrigen Sessel. Vor dem dreiteiligen Spiegel, der von winzigen Glühbirnen eingerahmt wurde, sah er ein Sammelsurium hübscher Parfümfläschchen und Cremetiegel. Flankiert wurde die Frisierkommode von hohen Spitzbogenfenstern mit pfirsichfarbenen Vorhängen, die – wie die Rokokomöbel – aufreizend laut verkündeten, daß hier ein sehr teurer Innenarchitekt am Werk gewesen war. Vor dem vom Bett weiter entfernten Fenster stand eine Chaiselongue mit Satinbezug, daneben ein Telefontischchen mit Zeitschriftenablage und einer rosafarbenen Marmorplatte. Die dem Bett gegenüberliegende Wand nahm ein sehr breiter Spiegelschrank ein. Rechts neben dem Bett und neben dem Nachttisch weitere Prunkstücke: ein elfenbeinfarbener Schreibtisch mit einem zweiten goldfarben eingefaßten Sessel und die längste Kommode, die Kendrick je gesehen hatte; pfirsichfarben gelackt – *pêche,* hätte Manny Weingrass es genannt. Der Boden war mit einem dicken, weichen weißen Teppich bedeckt; der Flor war so hoch, daß es die reinste Fußmassage sein mußte, wenn man es wagte, ihn zu betreten. Das einzige, was fehlte, war ein Spiegel über dem Bett.

Die geschnitzte Tür war geschlossen, doch dahinter hörte Kendrick Stimmen – die eines Mannes und die einer Frau. Er hob die Hand und wollte auf seine Armbanduhr sehen. Sie war nicht mehr da. Wo war er? Wie war er hierhergeraten? O Jesus! Die Unterführung am Flugplatz... Er war gegen einen Wagen – gegen zwei Wagen geschleudert worden, und im Nu hatte sich eine ziemlich große Menge um ihn versammelt, bis er, stark hinkend, von irgend jemand weggeführt worden war. Asra! Asra wartete im Hotel *Aradus* auf ihn. Und MacDonald war verschwunden. O mein Gott, alles ist geplatzt wie eine Seifenblase. Einer Panik nahe, sich der Spätnachmittagssonne, die durch die Fenster strömte, nur unklar bewußt, schleuderte Kendrick das Laken zur Seite und stieg aus dem Bett, unsicher, immer wieder vor Schmerz zusammenzuckend, bei jeder Bewegung, die er machte, die Zähne zusammenbeißend. Aber er konnte sich bewegen, und das allein war wichtig. Er war nackt, und plötzlich ging die Tür auf.

»Ich freue mich, daß Sie aufstehen können«, sagte die Frau mit der olivfarbenen Haut, als er einen Satz zum Bett zurück machte, das pfirsichfarbene Laken zusammenraffte und vor sich hielt, während sie die Tür schloß. »Es bestätigt die Diagnose des Arztes. Er hat gesagt, Sie seien übel zugerichtet, aber – das hätten die Röntgenaufnahmen bestätigt – gebrochen haben Sie sich nichts.«

»Röntgenaufnahmen? Wo sind wir? Und wer, zum Teufel, sind Sie, meine Dame?«

»Sie erinnern sich nicht an mich?«

»Wenn das«, rief Kendrick zornig, mit einer Geste den ganzen Raum umfassend, »Ihre bescheidene Zweitwohnung in Bahrein ist, dann kann ich Ihnen versichern, daß ich Sie noch nie gesehen habe. So etwas vergißt man nicht.«

»Es gehört nicht mir«, sagte Kalaila, mit dem Anflug eines Lächelns den Kopf schüttelnd, und trat an das Fußende des Bettes. »Es gehört einem Mitglied der königlichen Familie, einem Cousin des Emirs, einem älteren Mann, der eine sehr junge Frau hat. Die beiden sind jetzt in London. Er ist sehr krank, daher die komplette Arztpraxis im Untergeschoß. Rang und Geld genießen auf der ganzen Welt Privilegien. Ihr Freund, der Sultan von Oman, hat Ihnen den Aufenthalt hier ermöglicht.«

»Aber jemand muß ihm gesagt haben, was passiert ist – sonst hätte er ihn mir nicht ermöglichen können.«

»Das war ich, natürlich.«

»Ich kenne Sie von irgendwoher«, sagte Kendrick und runzelte die Stirn. »Mir fällt nur nicht ein, woher.«

»Ich war anders angezogen, und wir sind einander unter ähnlich unerfreulichen Umständen begegnet. In Maskat, in einer dunklen, dreckigen Gasse...«

»Zwischen Fäulnis und Verfall!« rief Kendrick. »Bei El-Bas! Sie sind die Frau mit der Pistole! Sie wollten mich töten.«

»Nein, das stimmt nicht. Ich habe mich gegen vier Straßenräuber verteidigt, drei Männer und ein Mädchen.«

Kendrick schloß kurz die Augen. »Ich erinnere mich. Ein Junge in einer abgeschnittenen Khakihose, der sich den Arm hielt.«

»Das war kein Junge«, protestierte Kalaila. »Er war drogensüchtig und genauso am Ende wie seine Freundin. Sie hätten mich umgebracht, um bei ihren arabischen Dealern den Stoff kaufen zu können, den sie so dringend brauchten. Ich bin Ihnen gefolgt, nicht mehr und nicht weniger. Ich sammle Informationen, das ist mein Job.«

»Für wen?«

»Für die Leute, für die ich arbeite.«

»Woher wußten Sie über mich Bescheid?«

»Die Frage beantworte ich nicht.«

»Für wen arbeiten Sie?«

»Im weitesten Sinne für eine Organisation, die eine Lösung sucht, um den Greueln im Nahen Osten ein Ende zu machen.«

»Für die Israelis?«

»Nein, ich bin arabischer Abstammung«, antwortete Kalaila.

»Das sagt mir verdammt wenig, erschreckt mich aber um so mehr.«

»Warum? Ist es für einen Amerikaner so unmöglich zu glauben, daß auch wir Araber eine für alle tragbare und gerechte Lösung finden möchten?«

»Ich komme gerade aus der Botschaft in Maskat. Was ich dort gesehen habe, war nicht sehr schön.«

»Ja, glauben Sie denn, uns gefällt es? Darf ich jedoch einen amerikanischen Kongreßabgeordneten zitieren, der im Repräsentantenhaus gesagt hat, als Terrorist werde man nicht geboren, zum Terroristen werde man gemacht.«

Kendrick warf Kalaila einen erstaunten Blick zu. »Das war die einzige Erklärung, die ich je für das Protokoll abgegeben habe. Wirklich die einzige!«

»Ja, und zwar nach der besonders bösartigen Rede eines Abgeordneten aus Kalifornien, der praktisch forderte, alle Palästinenser, die in Israel lebten, müßten ohne Ansehen der Person ausgerottet werden.«

»Er hat gefürchtet, seine jüdischen Wähler in Los Angeles zu verlieren. Das hat er mir am Tag vorher selbst gesagt. Er hielt mich für seinen Verbündeten, glaubte, ich sei seiner Meinung, und, gottverdammt noch mal!, er blinzelte mir zu.«

»Glauben Sie noch immer an das, was Sie damals sagten?«

»Ja«, antwortete Kendrick zögernd. »Niemand, der einmal durch den unvorstellbaren Schmutz der Flüchtlingslager gegangen ist, kann glauben, daß dort etwas gedeihen kann, das auch nur entfernte Ähnlichkeit mit dem hat, was wir normal nennen. Aber was ich in Maskat gesehen habe, ging zu weit. Vergessen Sie das Geschrei und die wilden Gesänge, dort herrscht eisige Kälte – eine methodische Brutalität, die nur Selbstzweck ist. Diese Bestien haben sie genossen.«

»Die Mehrzahl dieser *jungen* Bestien hatte nie ein Zuhause. Ihre Erinnerungen bestehen ausschließlich aus Lager, Dreck, Hunger, der verzweifelten Suche nach etwas Eßbarem oder nach Kleidung für ihre jüngeren Geschwister. Nur ein jämmerlich kleines Häufchen hat ganz geringe handwerkliche Fähigkeiten, die meisten können kaum lesen und schreiben. Schulen gab es keine für sie. Sie waren Ausgestoßene in ihrem eigenen Land.«

»Erzählen Sie das den Kindern von Auschwitz und Dachau«, entgegnete Kendrick mit eiskaltem Zorn. »Diese Menschen leben. Sie gehören der menschlichen Rasse an.«

»Schachmatt, Mr. Kendrick. Darauf habe ich keine Antwort, nur Scham.«

»Ich will Ihre Scham nicht. Ich will hier raus.«

»Ihr Zustand läßt es nicht zu, daß Sie weitermachen. Sehen Sie sich doch an. Sie sind total erschöpft und außerdem ziemlich schwer verletzt.«

Das Laken um die Taille geschlungen, rutschte Kendrick an den Bettrand. »Ich hatte unter anderem eine Schußwaffe, ein Messer und eine Armbanduhr. Ich möchte die Sachen wiederhaben, bitte.«

»Ich finde, wir sollten uns über die Situation unterhalten...«

»Da gibt es nichts zu unterhalten«, antwortete Kendrick. »Absolut nichts.«

»Angenommen, ich sage Ihnen, daß wir Tony MacDonald gefunden haben?«

»Tony?«

»Ich arbeite von Kairo aus. Ich wünschte, ich könnte sagen, wir wären schon seit Monaten, vielleicht sogar seit Jahren hinter ihm hergewesen, doch das wäre nicht die Wahrheit. Die erste Vermutung kam mir erst heute am frühen Morgen, vor Tagesanbruch, als er mich in einem unbeleuchteten Wagen verfolgte...«

»Auf der Straße über der Dschabal Scham?« unterbrach Kendrick.

»Ja.«

»Dann sind Sie Cawley oder so ähnlich – die Feindin. Unter anderem.«

»Ich heiße Kalaila. Und ich bin tatsächlich seine Feindin, aber nicht das, was er mich sonst noch nennt – wie ich mir mühelos vorstellen kann.«

»Sie sind mir gefolgt.« Eine Feststellung.

»Ja.«

»Dann wußten Sie von der ›Flucht‹.«

»Abermals – ja.«

»Achmad?«

»Er vertraut mir. Wir kennen uns seit Ewigkeiten.«

»Dann muß er auch den Leuten trauen, für die Sie arbeiten.«

»Das weiß ich nicht. Ich habe gesagt, er vertraue mir.«

»Eine ausweichende Antwort. Nein. Zwei ausweichende Antworten.«

»Die Situation ist auch nicht die gradlinigste.«

»Wo ist *Tony*?«

»Hat sich unter dem Namen Strickland in einem Zimmer im Hotel *Tylos* auf der Straße der Regierung verkrochen.«

»Wie haben Sie ihn gefunden?«

»Durch die Taxigesellschaft. Unterwegs ließ er bei einem Geschäft für Jagdbedarf halten, in dem man angeblich illegal Waffen kaufen kann. Er ist jetzt bewaffnet. Der Taxifahrer war – na ja, sagen wir – recht kooperativ.«

»›Sagen wir‹?«

»Das genügt. Wenn MacDonald irgend etwas unternimmt, werden Sie sofort informiert. Er hat schon elfmal telefoniert.«

»Mit wem?«

»Es waren lauter Geheimnummern. In etwa einer Stunde oder sobald MacDonald nicht mehr telefoniert, geht ein Mann in die Zentrale und läßt sich die Namen geben. Dann ruft er Sie sofort an.«

»Danke. Ich brauche die Nummern *und* die Namen.«

Kalaila drehte den zierlichen Rokokosessel vor der Frisierkommode um und setzte sich Kendrick gegenüber. »Sagen Sie mir, was Sie tun, Herr Abgeordneter. Lassen Sie mich helfen.«

»Warum sollte ich? Sie wollen mir weder meine Pistole noch mein Messer noch meine Uhr zurückgeben. Sie wollen mir ja nicht einmal sagen, für wen Sie arbeiten.«

»Sie brauchen mich nur zu überzeugen, daß das, was Sie tun, nicht zur Massenhinrichtung der zweihundertsechsunddreißig Amerikaner in Maskat führt, dann bekommen Sie Ihre Sachen zurück: die Pistole, das Messer, die Uhr, Ihre Brieftasche, einen Geldgürtel mit rund fünfzigtausend Dollar und Ihr goldenes Feuerzeug – außerdem ein zerdrücktes Päckchen nicht für den Export bestimmter amerikanischer Zigaretten. Sie bei sich zu haben, war sehr leichtsinnig von Ihnen. Was nun den Tod der Geiseln betrifft – wir Araber dürfen diese Möglichkeit nicht einmal in Betracht ziehen; man verachtet uns schon genug um der Dinge willen, über die wir keine Kontrolle haben. Und warum wollen Sie unbedingt wissen, für wen ich arbeite? Warum sollte das für Sie von größerer Wichtigkeit sein als für unseren gemeinsamen Freund Achmad? Sie vertrauen ihm, er vertraut mir. Also können Sie mir auch vertrauen. A gleich B gleich C. Übrigens habe ich Ihre Kleider waschen und bügeln lassen. Sie hängen im ersten Schrank links.«

Kendrick kauerte verlegen auf dem Bettrand und starrte mit leicht geöffneten Lippen die energische junge Frau an. »Sie nehmen den Mund aber verdammt voll, meine Dame. Über Ihre alphabetische Logik muß ich erst mal nachdenken.«

»Ich kenne Ihre Termine nicht, aber viel Zeit können Sie nicht haben.«

»Bis zwischen halb zwölf und Mitternacht«, antwortete Kendrick, der nicht die Absicht hatte, mehr preiszugeben als eine Zeitspanne. »Ein junger Mann war mit mir im Flugzeug – ein Terrorist aus der Botschaft in Maskat. Mit ihm bin ich verabredet.«

»Er hat sich unter dem Namen T. Faruk im Hotel *Aradus* eingemietet.«

»Woher...«

»Ein zweiter kooperativer Taxifahrer«, antwortete Kalaila und gestattete sich ein breites Lächeln. »›Sagen wir‹«, fügte sie hinzu.

»Wer immer das ist, für den Sie arbeiten, er hat eine Menge Einfluß an vielen Orten.«

»Sie finden es vielleicht merkwürdig, aber die Leute, für die ich arbeite, haben nichts damit zu tun. So weit würden sie nicht gehen.«

»Aber Sie haben es getan.«

»Ich mußte. Aus persönlichen Gründen; auch darüber will ich nicht sprechen.«

»Sie haben vielleicht Nerven.«

»Warum rufen Sie Ihren Freund im *Aradus* nicht an? Er hat sich im Hotel eingekleidet und die Haare schneiden lassen. Ich vermute, das haben Sie ihm aufgetragen. Rufen Sie ihn an. Befreien Sie ihn von seiner Sorge um Sie.«

»Sie sind fast zu kooperativ – wie die Taxifahrer.«

»Weil ich nicht Ihr Feind bin und helfen möchte. Rufen Sie doch Achmad an, wenn Sie wollen. Er wird Ihnen das gleiche sagen. Übrigens habe ich – genau wie Sie – die Nummer mit den drei Fünfen.«

Es war, als sei ein Schleier vom Gesicht der Araberin weggezogen worden. Ein hübsches, anziehendes Gesicht, dachte Kendrick, während er forschend in die großen braunen Augen sah, aus denen Fürsorge und Neugier sprachen. Trotzdem verfluchte er sich im stillen, weil er ein Amateur war und nicht beurteilen konnte, was echt und was falsch war. Zwischen halb zwölf und Mitternacht. Das war die Stunde Null, in diesen dreißig Minuten gelang es ihm vielleicht, eine Verbindung zum Mahdi herzustellen. Durfte er diesem so unheimlich tüchtigen weiblichen Wesen vertrauen, das ihm nur so viel und nicht mehr sagte? Und außerdem – war er körperlich überhaupt fähig, es selbst zu tun? Sie hatte die Nummer mit den drei Fünfen – wer hatte sie ihr gegeben? Plötzlich fing das Zimmer an, sich um ihn zu drehen, das Sonnenlicht, das durch die Fenster fiel, zerplatzte zu orangefarbenen Funken. Wo waren die Fenster?

»Nein, Kendrick!« schrie Kalaila. »Nicht jetzt! Sie dürfen jetzt nicht kollabieren! Rufen Sie an, ich helfe Ihnen dabei. Ihr Freund muß erfahren, daß alles in Ordnung ist. Er ist ein Terrorist aus Maskat. Es ist niemand da, an den er sich wenden kann – Sie müssen ihn anrufen.«

Kendrick spürte, daß sie ihm hart ins Gesicht schlug. Die Schläge brannten und jagten ihm das Blut in den Kopf, der plötzlich in Kalailas rechter Armbeuge lag, während sie mit der linken Hand nach dem Glas auf dem Nachttisch griff. »Trinken Sie das!« befahl sie und hielt ihm das Glas an die Lippen. Er schluckte. Die Flüssigkeit schien seine Kehle zu zerreißen.

»Jesus!« schrie er auf.

»Sechzigprozentiger Wodka mit Brandy«, sagte Kalaila lächelnd und hielt ihn noch immer fest. »Ich habe das Zeug von einem britischen Agenten der MI-6 namens Melvyn bekommen. ›Wenn Sie jemanden dazu kriegen, drei von diesen Dingern zu trinken‹, hat er gesagt, ›dann können Sie ihm alles aufschwatzen, was Sie auf Lager haben.‹ Kann ich Ihnen etwas aufschwatzen, Herr Abgeordneter? Zum Beispiel ein Telefonat?«

»Ich kann nichts kaufen, ich hab' kein Geld. Sie haben es.«

»Rufen Sie an, bitte!« sagte Kalaila beschwörend, ließ Kendrick los und kehrte zu ihrem Rokokosesselchen zurück. »Ich halte es für schrecklich wichtig.«

Kendrick schüttelte vorsichtig den Kopf und versuchte das Telefon fest ins Auge zu fassen. »Ich weiß die Nummer nicht.«

»Hier ist sie.« Kalaila nahm einen Zettel aus der Tasche ihrer Fliegerjacke und las ihm die Nummer vor: »Fünf-neun-fünf-neun-eins.«

»Vielen Dank, Madame Sekretärin.« Kendrick griff nach dem Telefon, und es tat ihm überall weh, als er sich vorbeugte, den Apparat aufnahm und auf seine Knie stellte. Ein Gefühl totaler Erschöpfung breitete sich in ihm aus; er konnte sich kaum bewegen, kaum die Nummer wählen. »Asra?« sagte er. »Hast du die Karte von Manama studiert? Gut. Ich hole dich um zehn im Hotel ab. Falls ich aufgehalten werde, treffen wir uns in der Straße auf der Nordseite der Dschuma-Moschee. Ich finde dich schon. Verstanden? Gut.« Zitternd legte er auf.

»Sie müssen noch ein Gespräch führen, Herr Abgeordneter.«

»Lassen Sie mir ein paar Minuten Zeit.« Er lehnte sich in die Kissen zurück. Gott, war er müde!

»Sie sollten es wirklich sofort erledigen. Sie müssen Achmad sagen, wo Sie sind, was Sie unternommen haben und wie alles läuft. Er erwartet es. Und er verdient, es von Ihnen zu hören, nicht von mir.«

»Schon gut, schon gut.« Es kostete ihn ungeheure Anstrengung, sich wieder aufzusetzen und nach dem Telefon zu greifen, das noch auf dem Bett stand. »Ach ja, man kann ja von hier aus durchwählen. Wie ist die Vorwahl für Maskat?«

»Neun-sechs-acht«, antwortete Kalaila. »Aber vorher Null-null-eins.«

Die Ziffern verschwammen vor Kendricks Augen, während er wählte.

»Wann haben Sie das letztemal geschlafen?« fragte Kalaila.

»Vor zwei, drei Tagen.«

»Und wann haben Sie zum letztenmal gegessen?«

»Weiß ich nicht mehr. Und Sie? Sie hatten schließlich auch eine Menge zu tun, Madame – nicht unbedingt *Butterfly*.«

»Ich weiß es auch nicht mehr. – O ja, ich habe gegessen. Als ich das Asch-schari al musch kwaijis verließ, ging ich in diese gräßliche kleine Bäckerei auf dem Platz und holte mir ein paar orangefarbene Baklavas, eigentlich nur um festzustellen, wer in dem Laden war...«

Kendrick hob die Hand. Aus Maskat kam das Freizeichen, dann meldete sich der Sultan. *»Iwah?«*

»Hier spricht Kendrick, Achmad.«

»Ich bin erleichtert.«

»Und ich bin sauer.«

»Wieso? Wovon redest du?«

»Warum hast du mir nichts von ihr gesagt?«

»Von ihr? Wen meinst du?«

Kendrick reichte Kalaila den Hörer.

»Ich bin es, Achmad«, sagte sie verlegen. Ein paar Sekunden später, nachdem die Stimme des verblüfften und zornigen Sultans im ganzen Zimmer zu hören gewesen war, fuhr Kalaila fort:

»Es gab nur diese eine Möglichkeit, sonst hätte die Presse erfahren, daß ein amerikanischer Kongreßabgeordneter mit fünfzigtausend Dollar im Gürtel illegal nach Bahrein eingeflogen worden war. Wie lange hätte es gedauert, bis man festgestellt hätte, daß die Maschine vom omanischen Königshaus gechartert worden ist? Und wie schnell hätte man angefangen zu überlegen, was für eine Mission den Amerikaner nach Maskat geführt haben könnte? Ich habe einem Bruder des Emirs, den ich seit Jahren kenne, deinen Namen genannt, und er hat uns ein Quartier zur Verfügung gestellt... Danke, Achmad. Hier hast du ihn wieder.«

Kendrick nahm den Hörer. »Sie ist einsame Spitze, meine junge alte Freundin, und ich glaube, ich bin hier besser dran als dort, wo ich sein könnte. Nur halte bitte keine Überraschungen mehr für mich bereit, okay? Warum bist du so still?... Vergiß es, hier ist der Zeitplan, und denk dran: Keine Einmischung, es sei denn, daß ich dich darum bitte. Ich habe unseren Jungen aus der Botschaft im Hotel *Aradus* untergebracht, und MacDonald, über den du wohl Bescheid weißt«, – Kalaila nickte, und Kendrick fuhr rasch fort –, »hat sich im *Tylos* eingemietet. Er telefoniert ununterbrochen, und sobald er fertig ist, bekommen wir eine Namensliste der Leute, die er angerufen hat, mit den Telefonnummern. Übrigens sind die beiden bewaffnet.« Erschöpft schilderte Kendrick dann die Besonderheiten des Treffpunkts, wie sie an die Agenten des Mahdi weitergegeben worden waren. »Wir brauchen nur einen, Achmad, einen einzigen Mann, der uns zu ihm führen kann. Ich werde jetzt ein bißchen pennen, bis wir die Information bekommen.«

Kendrick legte auf und fiel in die Kissen zurück.

»Sie müssen etwas essen«, sagte Kalaila.

»Lassen Sie was beim Chinesen holen«, sagte Kendrick. »Sie haben die fünfzigtausend, nicht ich.«

»Ich lasse Ihnen in der Küche etwas zubereiten.«

»Mir?« Unter halb geschlossenen Lidern hervor betrachtete Kendrick die olivhäutige Frau in dem lächerlichen vergoldeten Rokokosesselchen. Das Weiß ihrer braunen Augen war von roten Äderchen durchzogen, so erschöpft war sie. Auch waren die Gesichtszüge schärfer, als ihre Jahre es rechtfertigten. »Und was ist mit Ihnen?«

»Ich bin nicht wichtig. Sie schon.«

»Sie purzeln gleich von Ihrem Liliput-Thron, Königin-Mutter.«

»Ich schaffe es schon, vielen Dank«, sagte Kalaila, richtete sich stocksteif auf und machte ein trotziges Gesicht.

»Da Sie nicht geneigt sind, mir meine Uhr zurückzugeben – wie spät ist es eigentlich?«

»Zehn nach vier.«

»Alles läuft bestens«, sagte Kendrick und schwang die Beine unter dem Laken aus dem Bett und auf den Boden, »und gewiß kann man sich in diesem so kultivierten Etablissement wecken lassen. ›Schlaf ist eine Waffe‹, habe ich einmal gelesen. Ein guter Schlaf oder Schlafmangel haben in einer Schlacht häufiger über Sieg oder Niederlage entschieden als militärische Über- oder Unterlegenheit. Wenn Sie so freundlich wären, wegzuschauen, schnappe ich mir ein Handtuch aus dem, wie ich annehme, größten Badezimmer in Bahrein und suche mir ein anderes Bett.«

»Wir dürfen dieses Zimmer nicht verlassen, außer wir verlassen das Haus.«

»Warum denn das?«

»So lauten die Bedingungen. Der Emir mag die junge Frau seines Cousins nicht, daher muß die Befleckung, die von Ihrer Person ausgeht, auf die Räume der angeheirateten ungeliebten Cousine beschränkt bleiben. Vor den Türen stehen Posten, die dafür sorgen sollen, daß wir diese Bedingung einhalten.«

»Das kann ich nicht glauben!«

»Ich habe die Vorschriften nicht gemacht, Ihnen nur ein Quartier verschafft, damit Sie sich ausruhen können.«

Kendrick schloß die Augen, legte sich zurück und rutschte, das Laken hochhaltend, bis an die andere Bettkante. »Na schön, Miß Kairo. Ich biete Ihnen hier ein Plätzchen, damit auch Sie Ihre Siesta halten können. Bevor Sie sich einverstanden erklären, zweierlei: Schnarchen Sie nicht, und sorgen Sie dafür, daß ich um halb neun wach werde.«

Das Unglaubliche geschah, unglaublich, weil sie es beide weder erwartet noch gewollt noch eine Möglichkeit auch nur im entferntesten in Betracht gezogen hatten. Zwei verschreckte, erschöpfte Menschen fühlten menschliche Nähe, rückten, mehr schlafend als wachend, näher zueinander, berührten sich, tasteten zögernd nacheinander, umarmten sich, klammerten sich aneinander fest. Feuchte Lippen suchten, forschten, öffneten sich, verlangten verzweifelt nach der Erlösung, die sie von ihrer Furcht befreite. Sie liebten sich in einem Anfall von Raserei – nicht wie Fremde, die es Tieren gleichtun, sondern als Mann und Frau, die einander verstanden hatten und wußten, daß es irgendwo in dieser wahnsinnig gewordenen Welt ein bißchen Wärme und Trost geben mußte.

»Wahrscheinlich sollte ich jetzt sagen, es tut mir leid.« Kendricks Kopf lag auf den Kissen, und seine Brust hob und senkte sich so, als ringe er um seinen letzten Atemzug.

»Tu's bitte nicht«, antwortete Kalaila leise. »Mir tut es nicht leid. Manchmal – manchmal haben wir es alle nötig, daran erinnert zu werden, daß wir der menschlichen Rasse angehören. Sind das nicht deine eigenen Worte?«

»In einem anderen Zusammenhang gesagt, denke ich.«

»Nicht wirklich. Nicht, wenn du genau darüber nachdenkst. Schlaf jetzt, Evan Kendrick. Ich werde deinen Namen nie wieder nennen.«

»Was meinst du damit?«

»Schlaf...«

Drei Stunden später stieg Kalaila aus dem Bett, sammelte ihre Kleider von dem weißen Teppich auf, warf einen Blick auf den noch tief schlafenden Kendrick und zog sich leise an. Sie schrieb eine Nachricht auf einen Bogen königlichen Briefpapiers und legte sie auf den Nachttisch neben das Telefon. Dann ging sie zur Kommode, zog eine Schublade heraus und entnahm ihr Kendricks Eigentum – die Pistole, das Messer, die Uhr und den Geldgürtel. Sie legte alles neben dem Bett auf den Teppich und behielt nur die halbleere Packung amerikanischer Zigaretten, die sie zerknautscht in ihre Tasche steckte. Dann verließ sie leise das Zimmer.

»*Ismah!*« flüsterte sie dem bahreinischen Wachposten zu und gab ihm mit diesem einen Wort zu verstehen, daß er ihre Befehle zu befolgen hatte. »Er muß Punkt halb neun geweckt werden. Ich werde mich persönlich davon überzeugen, ob das geschehen ist. Hast du verstanden?«

»*Aiwa, aiwa!*«

»Gut.« Kalaila zählte dem Posten bahreinische Dinare im Wert von fünfzig amerikanischen Dollars in die Tasche. Jetzt war er ein Leben lang der ihre – oder wenigstens die nächsten fünf Stunden. Sie ging die kunstvoll geschwungene Treppe hinunter und durchquerte die riesige Halle. Ein zweiter Posten öffnete ihr, sich unterwürfig vor ihr verneigend, die geschnitzte Haustür. Sie trat auf die belebte Straße, wo arabische Gewänder und dunkle Straßenanzüge eilig in alle Windrichtungen strebten, und hielt Ausschau nach einer Telefonzelle. Sie entdeckte eine an der Ecke und lief darauf zu.

»Dieses Gespräch wird entgegengenommen, das versichere ich Ihnen«, sagte Kalaila zu der Telefonistin, der sie die für äußerste Notfälle reservierte Nummer genannt hatte.

»Ja?« meldete sich die fünftausend Meilen weit entfernte Stimme schroff.

»Mein Name ist Kalaila. Ich glaube, Sie sind der, mit dem ich mich in Verbindung setzen sollte.«

»Der bin ich allerdings. Die Telefonistin sagte Bahrein. Bestätigen Sie?«

»Ja. Er ist hier. Ich war ein paar Stunden mit ihm zusammen.«

»Was hat er vor?«

»Zwischen halb zwölf und Mitternacht kommt es zu einem Treffen bei der Dschuma-Moschee. Ich sollte auch dort sein, Sir. Er ist nicht dafür gerüstet, er wird nie und nimmer damit fertig.«

»Nicht daran zu denken, meine Dame.«

»Er benimmt sich wie ein Kind, wenn es sich um diese Leute handelt. Ich kann helfen.«

»Sie können auch uns hineinziehen, und das kommt nicht in Frage, das wissen Sie genausogut wie ich. Hauen Sie ab. Auf der Stelle!«

»Ich dachte mir, daß Sie das sagen würden – Sir. Aber dürfte ich erklären, was sich meiner Meinung nach sehr negativ auf die gesamte Operation auswirken könnte?«

»Ich habe keine Lust, mir Ihren hochgestochenen Scheiß anzuhören! Hauen Sie ab!«

Kalaila zuckte erschrocken zusammen, als Frank Swann in Washington den Hörer auf die Gabel schmetterte.

»Ich kenne beide Häuser, das *Aradus* und das *Tylos*«, sagte Emmanuel Weingrass auf dem Flugplatz in Muharrak ins Telefon. »T. Faruk und Strickland – gütiger Gott, ich kann's nicht glauben! Die durstige Narzisse aus Kairo!... Oh, tut mir leid, das hab' ich vergessen. Ich meine natürlich den französischen Flieder aus Algier. Sprich weiter.« Weingrass notierte sich die Information aus Maskat, die ihm ein junger Mann gab, vor dem er allmählich gewaltigen Respekt bekam. Er kannte Männer, die doppelt so alt waren wie Achmad und dreimal soviel Erfahrung hatten, aber unter dem Streß, dem der junge Sultan von Oman ausgesetzt war, kläglich zusammengebrochen wären. »Okay, ich habe alles... He, du bist mir vielleicht ein Kerl! Hast dich tatsächlich zu einem richtigen Menschen entwickelt. Doch wahrscheinlich hast du sowieso alles von mir gelernt.«

»Ich habe eines von dir gelernt, Manny, eine sehr wichtige Wahrheit: den Dingen ins Gesicht zu sehen, wie sie sind, nichts zu beschönigen und keine Ausreden zu erfinden. Ob zum Vergnügen oder im Schmerz, hast du gesagt. Du hast mir gesagt, ein Mensch könne damit leben, versagt zu haben, nicht aber mit den Ausreden, die ihm das Recht genommen haben, auch einmal zu versagen. Ich habe lange gebraucht, ehe ich das verstanden habe.«

»Das freut mich – freut mich sehr, Junge. Gib es an das Kind weiter, das ihr – wie ich gelesen habe – erwartet. Nenn es den ›Weingrass-Nachtrag zu den zehn Geboten‹.«

»Aber Manny...«

»Ja?«

»Bitte trag in Bahrein keine deiner gelb oder rot getupften Fliegen. Du fällst dadurch zu sehr auf, verstehst du?«

»Bist du jetzt mein Schneider?... Ich melde mich wieder, Mensch. Wünsch uns allen eine gute Jagd.«

»Das tu' ich, mein Freund. Aber vor allem wünsche ich mir, ich könnte bei euch sein.«

»Das weiß ich. Ich wäre nicht hier, wenn ich das nicht wüßte – und unser Freund es nicht wüßte.« Weingrass legte auf und drehte sich zu den sechs Männern hinter ihm um. Sie hockten auf Tischen und Stühlen, ließen ihn nicht aus den Augen und hörten ihm aufmerksam zu. »Wir teilen uns auf«, sagte er. »Ben-Ami und Grau kommen mit mir ins *Tylos*. Sie, Blau, gehen mit den anderen ins *Aradus*...« Er unterbrach sich, von einem Hustenanfall geschüttelt. Ben-Ami und die Männer von der Masada-Brigade sahen sich an; keiner rührte sich, denn sie wußten, daß Weingrass Hilfe schroff zurückweisen würde.

Eines jedoch war allen klar: Sie hatten einen Sterbenden vor sich.

»Wasser?« fragte Ben-Ami.

»Nein«, antwortete Weingrass kurz, als der Anfall nachließ. »Verdammter Bronchialkatarrh, lausiges Wetter in Frankreich. Also, wo waren wir?«

»Ich sollte mit den anderen ins *Aradus*«, sagte Yakov, Codename Blau.

»Besorgt euch anständige Kleidung, damit ihr nicht hinausgeworfen werdet. Hier auf dem Flugplatz gibt es genug Läden. Saubere Jacken reichen.«

»Das ist unsere Arbeitskleidung«, wandte Schwarz ein.

»Packt sie in Tüten«, sagte Weingrass.

»Was sollen wir im *Aradus* tun?« Blau rutschte von dem Tisch herunter, auf dem er saß.

Weingrass zog seine Notizen zu Rate. »In Zimmer Zwei-null-eins wohnt ein Mann namens Asra...«

»Das ist ›Blau‹ auf arabisch«, unterbrach Codename Rot und sah Yakov an.

»Er gehört dem Rat der Terroristen in Maskat an«, mischte Orange sich ein. »Es heißt, er habe die Gruppe angeführt, die den Teverya-Kibbuz in Galiläa überfallen und zweiunddreißig Menschen umgebracht hat. Darunter neun Kinder.«

»In drei Siedlungen am Westufer hat er Bomben gelegt«, fügte Grau hinzu, »und hat eine Apotheke in die Luft gejagt. Auf eine Wand hat er *Asra* gesprüht. Nach der Explosion wurde die Wand Stück für Stück wieder zusammengesetzt wie ein Puzzle, und da stand der Name – *Asra.* Ich habe ihn im Fernsehen gesehen.«

»Schwein«, sagte Yakov leise und rückte unter dem Jackett am Gurt seiner Waffe. »Und was tun wir, wenn wir im *Aradus* sind? Laden wir ihn zu Tee und Kuchen ein, oder verleihen wir ihm einfach eine Medaille für besonders humanitäre Gesinnung?«

»Ihr laßt euch vor ihm nicht sehen«, sagte Weingrass schroff. »Doch ebensowenig laßt ihr ihn aus den Augen. Zwei von euch postieren sich in der Nähe seines Zimmers. Holt euch kein Glas Wasser, geht nicht auf die Toilette, beobachtet ununterbrochen seine Tür. Die beiden anderen beziehen auf der Straße Posten, der eine vor dem Hotel, der zweite beim Eingang für Angestellte. Bleibt in Funkverbindung. Verabredet ein paar einfache Codeworte. Rührt er sich von der Stelle, werdet zu seinem

Schatten, aber er darf keinen Augenblick vermuten, daß ihr da seid. Denkt dran, er ist genausogut wie ihr, auch er hat bisher überlebt.«

»Begleiten wir ihn stillschweigend zu einer privaten Dinnerparty?« fragte Blau sarkastisch. »Das ist ein Plan ohne jedes Konzept.«

»Das Konzept bekommen wir von Kendrick«, sagte Weingrass. »Wenn er wirklich eins hat«, fügte er mit einem Unterton von Besorgnis hinzu.

»Was?« Ben-Ami zog es förmlich von seinem Stuhl hoch, jedoch nicht vor Zorn, sondern vor Staunen.

»Wenn alles nach Plan geht, wird er den Araber um zehn Uhr abholen. Mit seinem Terroristen im Schlepp hofft er, Verbindung zu einem Agenten des Mahdi aufnehmen zu können – mit jemand, der sie entweder selbst zum Mahdi bringt oder zu einem Dritten, der es kann.«

»Auf welcher Basis?« fragte ungläubig Ben-Ami von der Mossad.

»Ach, die ist gar nicht so übel. Die Leute des Mahdi glauben, es handle sich um einen Notfall – eine Krise, wissen aber nicht, um was es geht.«

»Ein Amateur!« rief Rot. »Sie werden mit ihm Blindekuh spielen, und er wird hilflos im Kreis tappen. Was, zum Teufel, haben wir hier verloren?«

»Ihr sollt ihm die Leute aus dem Weg schaffen, die ihn in die Irre führen!« rief Weingrass zurück. »Wenn ich euch erst sagen muß, wonach ihr Ausschau halten sollt, dann geht nach Tel Aviv zurück und meldet euch bei den Pfadfindern an. Ihr folgt ihm; schützt ihn; haltet ihm die bösen Buben vom Leib. Ihr macht den Weg frei für diesen Amateur, der sein Leben aufs Spiel setzt. Der Mahdi ist der Schlüssel, und wenn ihr das jetzt noch nicht kapiert habt, kann ich euch auch nicht helfen. Ein Wort von ihm würde genügen, am besten, während man ihm eine Pistole an den Kopf hält, und in Oman herrscht wieder Ruhe und Ordnung.«

»Da ist wirklich was dran«, sagte Ben-Ami.

»Ja, es ist hirnverbrannt!« rief Yakov. »Angenommen, dieser Kendrick dringt bis zum Mahdi vor. Was tut er dann? Was sagt er?« Blau nahm einen übertrieben amerikanischen Akzent an: »›Hör mal, Partner, ich hab' dir ein verdammt gutes Geschäft vorzuschlagen. Du pfeifst deine Idioten zurück und kriegst dafür meine neuen Lederstiefel.‹ Lächerlich! Sie werden ihm in dem Moment eine Kugel durch den Kopf jagen, in dem er fragt: ›Na, was habt ihr für ein Problem?‹«

»Auch da ist was dran«, wiederholte Ben-Ami.

»Jetzt hab' ich euch, ihr Burschen!« rief Weingrass schrill. »Glaubt ihr, mein Sohn ist blöd? Er hat sein internationales Bau-Imperium auf Treibsand errichtet? Glaubt ihr, er hat statt eines Gehirns eine Luftblase im Kopf? In der Sekunde, in der er etwas Konkretes erfährt – einen Namen, einen Ort, eine Firma –, setzt er sich mit Maskat in Verbindung, und unser gemeinsamer Freund, der Sultan, ruft die Amerikaner, die Briten, die Franzosen und alle anderen um Hilfe, denen er vertraut und die in Maskat eine ›Filiale‹ haben, und sie machen sich sofort an die Arbeit. Ihre Leute hier in Bahrein schließen sich ihnen natürlich an.«

»Was dran«, sagte Ben-Ami noch einmal und nickte.

»Ja, wirklich«, stimmte Schwarz zu.

»Und was werden Sie tun?« fragte Yakov, zwar nicht mehr ganz so aggressiv, aber noch immer herausfordernd.

»Einen fetten Fuchs fangen, der sich in einem Hühnerstall, von dem niemand etwas wußte, schon an unzähligen Küken gütlich getan hat«, antwortete Weingrass.

Kendrick riß die Augen auf. Ein Geräusch hatte ihn geweckt; ein Scharren – etwas, das die Stille des Schlafzimmers störte und nichts mit dem Verkehrslärm vor den Spitzbogenfenstern zu tun hatte. Es war näher, persönlicher, irgendwie intim. Aber es war nicht Kalaila; sie war fort. Blinzelnd betrachtete er einen Augenblick die eingedrückten Kissen neben sich und war, trotz der Dinge, die seinen Verstand beschäftigten, plötzlich traurig. In den wenigen Stunden mit ihr hatte er Zuneigung empfunden, war eine Wärme zwischen ihnen aufgebrochen, ohne die eine so leidenschaftliche Umarmung nicht möglich gewesen wäre.

Wie spät war es? Er wollte auf seine Uhr sehen – sie war nicht da. Verdammt, das Miststück hatte sie ihm nicht zurückgegeben! Er rollte sich auf dem Bett herum und schwang die Beine auf den Boden. Seine Fußsohlen trafen auf etwas Hartes. Er schaute auf den polarbärenweißen Teppich hinunter und blinzelte wieder. Sein ganzes Hab und Gut lag da – alles, nur nicht das

Päckchen Zigaretten, das er im Moment am dringendsten gebraucht hätte. Und dann zog ein goldumrandeter Briefbogen auf dem Nachttisch seine Blicke an. Er hob ihn auf.

Ich denke, wir haben einander Wärme gegeben, als wir beide ein wenig Wärme brauchten. Ich bereue nichts, nur dieses eine: Ich werde Dich nie wiedersehen. Leb wohl.

Kein Name. Keine Adresse, nur *ciao, amigo.* Zwei Schiffe, die sich nachts im Persischen Golf begegnet waren, oder zwei zutiefst verletzte, innerlich aufs äußerste angespannte Menschen an einem Spätnachmittag in Bahrein. Aber jetzt war es nicht mehr Nachmittag. Er konnte Kalailas kurzen Brief kaum noch lesen; nur ein paar letzte, dürftige orangegelbe Sonnenstrahlen fielen durch die Fenster. Er griff nach seiner Uhr. Es war fünf Minuten vor acht; er hatte fast vier Stunden geschlafen, und er hatte einen Riesenhunger. Die Jahre in den Wüsten, in den Bergen und auf dem Wildwasser hatten ihn gelehrt, sich nie mit leerem Magen körperlich anzustrengen. Ein »Posten«, hatte sie gesagt. »Vor der Tür.« Kendrick riß das Laken vom Bett, wickelte sich hinein und ging zur Tür. Blieb stehen; auf dem Fußboden lag ein Briefumschlag. Das war das Geräusch, das ihn geweckt hatte: ein gewaltsam unter der Tür durchgeschobener Briefumschlag, der von der Kante des dicken Teppichs immer wieder zurückgestoßen worden war. Er bückte sich danach, riß ihn auf. Eine Liste mit sechzehn Namen und Telefonnummern. MacDonald. Ein Verzeichnis der Telefongespräche, die er in Bahrein geführt hatte. Dem Mahdi wieder einen Schritt näher gekommen... Kendrick öffnete die Tür; der Posten und er begrüßten sich auf arabisch. »Ich sollte Sie vor halb neun nicht stören, Herr«, sagte der Mann.

»Ich wäre Ihnen sehr dankbar, wenn Sie mich jetzt mit etwas Eßbarem stören wollten. Die Frau hat gesagt, daß man mir in der Küche etwas herrichten kann.«

»Selbstverständlich, alles, was Sie wollen, Herr.«

»Keine Umstände bitte. Was Sie eben finden. Fleisch, Reis, Brot – und Milch. Ich hätte gern ein bißchen Milch. Und bitte so schnell wie möglich.«

»Sehr schnell, Herr.« Der Posten machte kehrt und eilte durch den Flur zur Treppe. Kendrick schloß die Tür, blieb einen Moment stehen und versuchte sich in dem jetzt völlig dunklen Raum zurechtzufinden. Er knipste eine Lampe an, die am Rand der ellenlangen Kommode stand, und ging dann über den hochflorigen Teppich zu einer anderen Tür, die in eines der prunkvollsten bahreinischen Badezimmer führte.

Zehn Minuten später kam er wieder heraus. Er hatte geduscht, sich rasiert und trug einen kurzen Frotteebademantel. Er ging zu dem Schrank, in dem, wie Kalaila gesagt hatte, seine Sachen hingen – »gewaschen und gebügelt«. Er öffnete die verspiegelte Tür und erkannte kaum das merkwürdige Sammelsurium an Kleidung, das er sich in der Botschaft in Maskat zusammengesucht hatte. Es sah jetzt wie eine respektable paramilitärische Uniform aus. Er ließ die gestärkten Sachen auf den Kleiderbügeln und drapierte sie über die Chaiselongue, kehrte zum Bett zurück, setzte sich und betrachtete gedankenvoll sein Eigentum, das noch auf dem Boden lag. Er geriet in Versuchung, nachzuzählen, ob aus seinem Geldgürtel ein paar größere Scheine fehlten, entschied sich dann jedoch dagegen. Wenn Kalaila eine Diebin war, wollte er es im Moment nicht wissen.

Das Telefon klingelte. Die schrille Glocke war mehr ein metallisches Kreischen als ein Läuten. Sekundenlang starrte er den Apparat erstaunt an. Wer... Er hatte MacDonalds Liste, und Kalaila hatte gesagt, das sei der einzige Anruf, den er zu erwarten habe. Kalaila? Hatte sie es sich anders überlegt? Mit einem unerwarteten Ansturm von Gefühlen griff er nach dem Hörer, hielt ihn ans Ohr. Ein paar Sekunden später wünschte er von ganzem Herzen, er hätte es nicht getan.

»Amrikáni«, sagte eine männliche Stimme, fast tonlos vor mühsam gebändigtem Haß. »Wenn du das königliche Haus vor dem Morgen verläßt, bist du ein toter Mann. Und morgen kehrst du ganz still dahin zurück, woher du kommst, wohin du gehörst.«

14

Emmanuel Weingrass hielt sich Graus Funkgerät an die Lippen. »Geht vor, und bleibt auf dieser Frequenz«, sagte er. »Ich muß alles – aber auch wirklich alles! – hören.«

»Entschuldigen Sie, Weingrass«, antwortete Ben-Ami aus den Schatten auf der anderen Seite der Straße der Regierung, »aber ich würde mich sicherer fühlen, wenn unser Kollege Grau auch mithörte. Sie und ich sind in solchen Situationen nicht mehr so reaktionsschnell wie diese jungen Männer.«

»Sie haben aber nur ein Gehirn in ihrem Kollektiv-Kopf. Wir haben zwei.«

»Wir sind nicht in der *Shul*, Emmanuel, sondern gewissermaßen im ›Feld‹, und da wird es manchmal sehr unangenehm.«

»Ich habe großes Vertrauen zu Ihnen, Benny-*boy*, und wenn Sie es sagen, ist es mir Garantie genug, daß man diese Spielzeuggeräte auch noch durch Stahl hören kann.«

»So klar wie die besten elektronischen Abhörgeräte. Man braucht nur auf die richtigen Knöpfe zu drücken.«

»Nicht ›man‹«, sagte Weingrass. »Sie. Gehen Sie weiter, wir kommen nach, sobald wir hören, was dieser MacDonald-Strickland sagt.«

»Schicken Sie bitte Grau als ersten.« Aus dem Schatten in der Nähe des durch eine Markise geschützten Hoteleingangs mischte sich Ben-Ami unter die geschäftig hin und her eilende Menge. Die Leute kamen und gingen, vorwiegend Männer in westlicher Kleidung, darunter jedoch auch ein paar Frauen, die ohne Ausnahme die westliche Mode bevorzugten. Taxis hielten, Leute stiegen aus, andere Fahrgäste fanden sich, und die Wagen preschten mit neuer Fracht davon, nachdem der Türsteher ein reichliches Trinkgeld entgegengenommen hatte. Ben-Ami ließ sich mit einer lauten, lebhaften Gruppe in die Hotelhalle schwemmen. Sekunden später hörte man trotz des Lärms in der Halle, daß er eine Telefonnummer wählte. Verärgert die Augen zusammenkneifend, hielt Weingrass das Funkgerät zwischen sich und dem muskulösen, viel größeren Grau in die Höhe. Die ersten Worte aus Zimmer 202 klangen verschwommen. Dann sagte der Mossad-Mann Ben-Ami: »*Schaikh* Strickland?«

»Wer spricht dort?« MacDonalds vorsichtig geflüsterte Frage war jetzt deutlich zu hören. Ben-Ami hatte die Frequenz besser eingestellt.

»Ich bin unten in der Halle. *Ana huna liti dschahrah...*«

»Idiot!« rief MacDonald. »Ich verstehe dieses Geschnatter nicht. Warum rufst du aus der Halle an?«

»Ich wollte Sie testen, Mr. Strickland«, sagte Ben-Ami hastig. »Ein Mann unter Streß verrät sich oft. Sie hätten mich fragen können, wohin meine Geschäftsreise mich führt, um mir einen

Code zu entlocken. Dann hätte ich gewußt, daß Sie nicht der Mann sind...«

»O ja, ich verstehe. Dem Himmel sei Dank, daß du hier bist! Hast lange genug gebraucht. Hab' dich schon vor einer halben Stunde erwartet. Du wolltest mir etwas sagen. Sag's!«

»Nicht am Telefon«, antwortete Ben-Ami fest. »Niemals am Telefon, das sollten Sie wissen.«

»Wenn du glaubst, daß ich dich so ohne weiteres in mein Zimmer lasse...«

»Wir wissen, daß Sie bewaffnet sind.«

»Das wißt ihr?«

»Jede Waffe, die unter dem Ladentisch verkauft wird, wird uns gemeldet.«

»Ja – ja, selbstverständlich.«

»Lehnen Sie Ihre Tür nur an. Wenn ich etwas Falsches sage, töten Sie mich.«

»Gut. In Ordnung. Ich bin sicher, es wird nicht nötig sein. Aber versteh mich richtig – eine falsche Silbe, und du bist ein toter Mann.«

An dem kleinen Funkgerät, das Weingrass in der Hand hielt, begann ein grünes Lämpchen zu blinken. »Was, zum Teufel, ist das?« fragte er.

»Das geht uns an«, antwortete Grau. »Geben Sie mir das Ding.« Weingrass reichte es ihm, und Grau drückte auf einen Knopf. »Wir hören.«

»Er ist allein«, sagte Ben-Ami. »Wir müssen uns beeilen und ihn jetzt schnappen.«

»Wir bleiben, wo wir sind, Sie Trottel!« fauchte Weingrass, das Funkgerät an sich reißend. »Sogar die Burschen vom Außenministerium hören auf das, was man ihnen vor ein paar Minuten gesagt hat, nicht aber die heilige Mossad. Die hört nur auf ihre eigenen Stimmen und vielleicht noch auf die von Abraham.«

»Manny, das geht zu weit«, sagte Ben-Ami betroffen.

»Das kann gar nicht weit genug gehen, solange du keine Ohren hast, um zu hören, *ganza macher*. Die Narzisse erwartet jeden Moment einen Abgesandten des Mahdi – jemanden, der nicht aus der Halle anrufen, sondern direkt in sein Zimmer kommen soll. Er hat das Paßwort, das MacDonald veranlassen wird, die Tür zu öffnen, dann erst treten wir in Erscheinung und schnappen uns beide. Was hatten Sie eigentlich vor? Wollten Sie mit Hilfe des Neandertalers neben mir die Tür aufbrechen?«

»Nun ja...«

»Das geht wirklich zu weit«, sagte Grau leise.

»Kein Wunder, daß ihr Idioten es in Washington versaut habt. Dachtet wohl, *Paßwort* sei eine Erfindung der Mossad und nicht 'ne bekannte Fernseh-Show.«

»Manny!«

»Schlepp deinen Agentenarsch in die zweite Etage. Wir kommen in zwei Minuten nach. Kapiert, du Stümper?«

»Mr. Weingrass«, sagte Grau zornig, nachdem er das Gerät ausgeschaltet hatte. »Sie sind wahrhaftig der unleidlichste und unangenehmste Mensch, dem ich je begegnet bin.«

»Joi, was für Worte! In der Bronx hätte man Sie dafür grün und blau geschlagen, wenn zehn oder zwölf meiner irischen oder italienischen Kumpel mit Ihnen fertig geworden wären. Kommen Sie!« Weingrass überquerte die Straße der Regierung. Grau folgte ihm kopfschüttelnd.

Der Hotelkorridor war lang, der Teppich schäbig. Es war Dinnerzeit, und die meisten Gäste waren ausgegangen. Weingrass stand am einen Ende des Korridors. Er hatte sich eine Gauloise angezündet, sie aber, ein Loch in den Teppich brennend, sofort wieder ausgetreten, als es in seiner Brust unheilvoll zu grollen begann. Ben-Ami trat vor dem am weitesten entfernten Fahrstuhl von einem Fuß auf den anderen, der allgegenwärtige nervöse Hotelgast, der auf ein Beförderungsmittel wartete, das nie kam. Grau war Zimmer 202 am nächsten. Er lehnte lässig neben der Tür des Zimmers an der Wand, das dem von »Mr. Strickland« schräg gegenüber lag. Er war ein Profi in der Haltung eines jungen Mannes, der ungeduldig auf eine Frau wartete. Zwar schien sie nichts von ihm wissen zu wollen, doch er versuchte trotzdem, sie durch die Tür zu beschwatzen. Dann entstieg plötzlich der uniformierte Türsteher, der vor dem Hoteleingang unter der Markise seines Amtes waltete, einem Fahrstuhl. Die goldbetreßte Mütze in der Hand, näherte er sich Zimmer 202, blieb stehen, klopfte, wartete, bis die mit einer Kette gesicherte Tür einen Spalt geöffnet wurde, und sagte etwas. Die Kette wurde gelöst. Unvermittelt flog Grau mit der Aggressivität und Zielstrebigkeit eines Spitzensportlers auf die beiden Gestalten in der Tür zu, schaffte es irgendwie, im Laufen eine Waffe zu ziehen, packte die beiden, so daß sie zu einer Einheit zu verschmelzen schienen, und schleuderte sie zu Boden. Mit zwei schallgedämpften Schüssen pustete er MacDonald die Pistole aus der Hand, die in hohem Bogen davonflog und zwei seiner Finger mitnahm.

Weingrass und Ben-Ami trafen sich in der Tür, stürmten ins Zimmer und knallten die Tür hinter sich zu.

»Mein Gott, seht mich an!« kreischte MacDonald auf dem Fußboden und hielt sich die blutende Hand. »Jesus, ich habe keine...«

»Holen Sie ein Handtuch aus dem Badezimmer«, wandte Grau sich ganz gelassen an Ben-Ami. Der Mossad-Agent tat widerspruchslos, was der Jüngere ihm befahl.

»Ich bin nur ein Bote!« kreischte der Türsteher und krümmte sich vor Angst. »Ich sollte nur etwas ausrichten.«

»Ein Bote willst du sein?« sagte Emmanuel Weingrass. »Du bist geradezu eine Idealbesetzung. Du siehst, wer kommt, wer geht, du bist ihr gottverdammter Spion. Oh, ich möchte mit dir reden.«

»Ich habe keine Hand mehr!« kreischte der fette MacDonald, während ihm das Blut in dünnen Rinnsalen den Arm hinunterlief.

»Hier«, sagte Ben-Ami, kniete nieder und wickelte dem Engländer das Handtuch um die verletzte Hand.

»Lassen Sie das«, befahl Grau, packte das Handtuch und warf es zur Seite.

»Sie haben doch gesagt, ich soll es holen«, protestierte Ben-Ami verwirrt.

»Ich hab's mir anders überlegt«, sagte Grau mit plötzlich eiskalter Stimme. Er hielt MacDonalds Arm nach unten, so daß das Blut aus den beiden Fingerstümpfen zu strömen begann. »Blut«, fuhr der Masada-Mann, für MacDonald bestimmt, ganz ruhig fort, »besonders Blut aus dem rechten Arm – wo die Aorta es dem Herzen entzieht –, wird im Fußboden versickern. Verstehst du, was ich meine, *kansir?* Verstehst du mich, du Schwein? Entweder du sagst uns, was wir wissen wollen, oder wir lassen dich hier verbluten. Wo ist dieser Mahdi? Wer ist er?«

»Ich weiß es nicht!« schrie Anthony MacDonald hustend und keuchend, während ihm die Tränen über die dicken Backen liefen. »Wie alle anderen rufe auch ich verschiedene Telefonnummern an... Dann ruft mich jemand zurück. Mehr weiß ich nicht.«

Grau warf den Kopf zurück. Er war darauf trainiert, Geräusche zu hören und Vibrationen zu spüren, die andere nicht hörten und nicht spürten. »Auf den Boden!« flüsterte er Ben-Ami und Weingrass heiser zu. »Rollt euch zur Wand! Hinter Stühle! Geht irgendwo in Deckung!«

Die Zimmertür wurde aufgerissen. Drei Araber in reinweißen Burnussen, die Gesichter vermummt, stürmten herein, die Maschinenpistolen mit Schalldämpfern schußbereit. Ihre Ziele waren unverkennbar MacDonald und der Türsteher. Die beiden schrien auf, und ihre hingestreckten Leiber zuckten im Kugelhagel wie Preßlufthämmer. Und schließlich kam kein Laut mehr aus den aufgerissenen Mündern, nur noch blutiger Schaum. Plötzlich merkten die Mörder, daß noch jemand im Raum war. Sie wirbelten herum, ihre Waffen fuhren durch die Luft, richteten sich auf neue Ziele, doch es gab keine mehr für sie, denn für die Todesmaschine Grau von der Masada-Brigade waren sie keine Konkurrenz. Grau hatte sich links neben der offenen Tür an die Wand gepreßt und seine Uzi unter dem Jackett herausgerissen. Mit einer einzigen Salve mähte er die drei Henker nieder. Es gab keine Todesreflexe. Ihre Schädel waren geplatzt wie Eierschalen.

»Raus!« schrie Grau, machte einen Satz auf Weingrass zu und zog ihn in die Höhe. »Zur Treppe bei den Fahrstühlen!«

»Wenn man uns anhält«, fügte Ben-Ami, zur Tür spurtend, hinzu, »sind wir durch die Schießerei in Panik geratene Gäste.«

Als sie sich in einer engen Seitengasse, die von der Straße der Regierung abzweigte und zum Schaikh-Hamad-Boulevard führte, ein wenig ausruhten, um zu Atem zu kommen, begann Grau plötzlich leise vor sich hin zu fluchen. »Verdammt, verdammt, verdammt! Ich mußte sie erschießen.«

»Es blieb Ihnen gar nichts anderes übrig«, sagte Ben-Ami. »Hätte auch nur einer den Finger an den Abzug bekommen, wären wir jetzt wahrscheinlich alle tot... Nun ja, vielleicht nicht alle, aber einen hätte es ganz bestimmt erwischt.«

»Doch wenn einer von ihnen am Leben geblieben wäre, hätten wir eine ganze Menge erfahren können«, entgegnete Grau.

»Wir haben was erfahren, Stümper«, sagte Weingrass.

»Hören Sie gefälligst auf damit, ja!«

»Es ist doch nicht böse gemeint, junger Mann...«

»Was haben wir erfahren, Manny?«

»MacDonald hat zuviel geredet. In seiner Panik hat er am Telefon Dinge zu Leuten gesagt, die er nie hätte aussprechen dürfen, also mußten sie sein loses Mundwerk zum Schweigen bringen.«

»Und was ist mit dem Türsteher?« fragte Grau.

»Er war entbehrlich geworden. Seine Aufgabe war es, dem Hinrichtungskommando des Mahdi Zutritt zu MacDonalds Zimmer zu verschaffen. Ihre Waffen haben Krach gemacht, Grau, die der anderen waren ganz leise. Und da wir jetzt wissen, daß MacDonald exekutiert wurde, weil er den Mund zu weit aufriß, können wir zwei ungeheuer wichtige Tatsachen voraussetzen...«

»Was, zum Teufel, meinen Sie, Manny?«

»Mein Junge, Kendrick hat seine Sache besser gemacht, als ihm vermutlich selbst klar ist. Der Mahdi ist schreckhaft geworden. Er weiß nicht, was vorgeht, und nachdem er das Großmaul erschießen ließ, kann es ihm auch keiner mehr sagen. Er hat einen Fehler gemacht, ist das nichts? Der Mahdi hat einen Fehler gemacht.«

»Wenn Ihre Baupläne so abstrus sind wie Sie selbst, Mr. Weingrass, hoffe ich nur, daß keiner davon nach Israel gelangt«, sagte Grau.

»Oh, wie wortgewandt der Junge doch ist! Sind Sie sicher, daß Sie nicht die High-School in der Bronx besucht haben? Aber lassen wir das. Kümmern wir uns um das, was bei der Moschee passiert... Sagen Sie, Sie Stümper, haben Sie schon mal einen Fehler gemacht?«

»Ich glaube, es war ein Fehler von mir, nach Bahrein zu kommen...«

Weingrass hörte die Antwort nicht. Kraftlos an einer Mauer lehnend, wurde er von einem furchtbaren Hustenanfall geschüttelt.

Wie betäubt starrte Kendrick auf den Telefonhörer in seiner Hand und knallte ihn dann wütend auf die Gabel – wütend, frustriert und voller Angst. »Wenn du das königliche Haus vor dem Morgen verläßt, bist du ein toter Mann. Geh ganz still dahin zurück, woher du kommst und wohin du gehörst.« Hätte er noch eine endgültige Bestätigung gebraucht, daß er dem Mahdi immer näher kam – hier hatte er sie, wenn sie auch alles andere als günstig für ihn war. Er war praktisch ein Gefangener. Wenn er sich auch nur einen Schritt ins Freie wagte, würde man ihn auf der Stelle erschießen. Nicht einmal seine »gewaschenen und gebügelten« Sachen würden die Männer, die auf ihn warteten, irreführen; auch wenn sie sauber waren, sah man ihnen die Terroristenkluft von weitem an. Und den Befehl, dahin zurückzukehren, woher er kam, konnte er kaum ernst nehmen. Natürlich würden sie Hemmungen haben, einen amerikanischen Kongreßabgeordneten zu töten, auch wenn man seine Spur von Bahrein sehr leicht nach Maskat zurückverfolgen konnte, wo er früher einmal gearbeitet hatte. Wenn Oman bombardiert und zerstört wurde, eine Forderung, die immer mehr Amerikaner stellten, konnte das kaum im Interesse des Mahdi sein, doch ebensowenig konnte er es zulassen, daß Kendrick nach Washington zurückkehrte. Wenn ihm auch endgültige Beweise fehlten, wußte er zuviel, und dieses Wissen konnten andere zu ihrem Vorteil nutzen. Der Schluß, den der Mahdi daraus zog, war nur allzu klar. Der neugierige, störende Amerikaner würde ein weiteres Opfer dieser schrecklichen Zeiten sein – zusammen mit anderen, selbstverständlich. Ein Massaker in einem Flughafengebäude; ein Flugzeug, das vom Himmel gefegt wurde; eine Bombe in einem Café – es gab so viele Möglichkeiten, wenn nur unter den Toten der Mann war, der zuviel wußte.

Am Ende war es so gekommen, wie er am Anfang vermutet hatte. Er und der Mahdi. Er oder der Mahdi. Jetzt hatte er so sicher verloren, als säße er im Rohbau eines Gebäudes, und ein paar tausend Tonnen Beton und Stahl stürzten auf ihn herab...

Es wurde laut an die Tür geklopft. »*Udkhul*«, sagte er, was »herein« bedeutete, und bückte sich instinktiv nach der Waffe, die noch auf dem weißen Teppich lag. Der Posten trat, auf dem rechten Handteller geschickt ein großes Tablett balancierend, ins Zimmer. Kendrick schob die Pistole unters Kissen und stand auf, als der Soldat das Tablett auf dem weißen Schreibtisch absetzte.

»Alles fertig, Herr«, verkündete der Mann voller Stolz. »Ich habe die Speisen selbst ausgesucht, damit alles frisch ist und gut schmeckt. Meine Frau sagt immer, ich hätte Koch werden sollen, kein Krieger...«

Den Rest der Lobeshymne, die der Krieger auf sich selbst sang, hörte Kendrick nur noch im Unterbewußtsein. Wie hypnotisiert starrte er den Mann an. Er war ungefähr eins achtzig groß, hatte breite Schultern und beneidenswert schmale Hüften. Von diesen Hüften abgesehen, hatte er Kendricks Figur – oder beinahe. Kendrick warf einen Blick auf die sauberen, gestärkten Sachen auf der Chaiselongue und betrachtete dann wieder die prachtvolle rote und blaue Uniform des frustrierten Kriegers, der ein besserer Koch geworden wäre. Fast gedankenlos griff Kendrick nach der versteckten Waffe, während der Soldat, vor sich hin summend, die dampfenden Schüsseln und Platten auf den Tisch stellte. Er war nur zu einem einzigen Gedanken fähig: Eine saubere Terroristenkluft wäre Zielscheibe für eine Salve aus einer MP, nicht aber die Uniform einer königlichen Palastwache, vor allem dann nicht, wenn sie eine königliche Villa verließ. Er hatte buchstäblich keine Wahl. Wenn er nichts unternahm, war er morgen früh tot. Er mußte etwas tun, und er tat es. Er ging um das riesige Bett herum, blieb hinter dem Soldaten stehen und schlug ihm dann, so fest er konnte, mit dem Pistolengriff auf den Kopf.

Der Mann stürzte bewußtlos zu Boden, und wieder fast ohne zu überlegen, setzte Kendrick sich an den Tisch und aß so schnell wie noch nie. Zwölf Minuten später lag der Soldat gefesselt und geknebelt auf dem Bett, und Kendrick musterte sich in einer Spiegeltür des Schranks. Die rote und blaue Uniform hätte zwar besser sitzen können, war jedoch akzeptabel, zumal jetzt, am Abend, während die Schatten in den Straßen immer länger wurden.

Er durchwühlte die Schränke, bis er eine Plastiktüte fand, verstaute die Sachen aus Maskat darin und warf dann einen Blick auf das Telefon. Er wußte, er durfte – konnte es nicht benutzen. Wenn er auf der Straße überlebte, mußte er Asra aus einer Telefonzelle anrufen.

In Hemdsärmeln, aber mit umgehängtem Holster, ging Asra zornig in seinem Hotelzimmer auf und ab und dachte nur an Verrat. Wo war Amal, der Mann mit den blauen Augen, der sich Bahrudi nannte? War er wirklich jemand anders, ein Mann namens Kendrick, wie der fette Engländer behauptete? War das Ganze eine Falle? Eine Falle, um ein Mitglied des Revolutionsrats von Maskat gefangenzunehmen, eine Falle, um des Terroristen habhaft zu werden, der unter dem Namen Asra – Blau – bekannt war? Terrorist? Wie typisch für die zionistischen Mörder der Irgun Zwai Leumi und der Hagana. Wie leicht sie die Massaker von Jephtah und Deir Yasin aus ihrem Gedächtnis verdrängt hatten, ganz zu schweigen von ihren Henkern in Sabra und Schatila. Sie stehlen einem Volk sein Land, verkaufen, was nicht ihnen gehört, und töten ein Kind, weil es eine palästinensische Fahne trägt – aber wir sind die Terroristen... Wenn das Hotel *Aradus* eine Falle war, durfte er nicht in seinem Zimmer bleiben; war es keine Falle, mußte er dort sein, wo man sich mit ihm in Verbindung setzen konnte. Der Mahdi war alles, sein Ruf ein Befehl, denn er schenkte ihnen Hoffnung, ermöglichte es ihnen zu verbreiten, daß sie das Recht auf ihrer Seite hatten. Wann würde die Welt sie begreifen? Wann würden die Mahdis dieser Welt überflüssig?

Das Telefon klingelte, und Asra stürzte darauf zu. »Ja?«

»Ich wurde aufgehalten, bin jetzt aber unterwegs. Sie haben mich entdeckt und auf dem Flugplatz beinahe umgelegt, aber ich konnte entkommen. Vielleicht haben sie dich auch schon aufgespürt.«

»Was?«

»Undichte Stellen im System. Verlaß das Hotel, aber geh nicht durch die Halle. Am Ende des Korridors gibt es eine Feuertreppe, denk' ich. Nimm sie und geh dann durch die Küche des Restaurants zum Ausgang für Angestellte. Du kommst auf Wadi Al Ahd heraus. Überquer die Straße, ich hole dich dort ab.«

»Du bist doch wirklich du, Amal Bahrudi? Ich kann dir trauen?«

»Wir haben beide keine andere Wahl, oder?«

»Das ist keine Antwort auf meine Frage.«

»Ich bin nicht dein Feind«, log Kendrick. »Wir werden nie Freunde sein, aber dein Feind bin ich nicht. Das kann ich mir nicht leisten. Und du vergeudest Zeit, Poet, von der ein Teil mir gehört. Ich bin in fünf Minuten da. Beeil dich.«

»Ich gehe schon.«

»Sei vorsichtig.«

Asra legte auf und ging zu seinen Waffen, die er gereinigt und auf der Kommode ordentlich nebeneinander aufgereiht hatte. Er nahm die kleine P9S, kniete nieder, zog das linke Hosenbein hoch und schob die Waffe unter der Kniekehle in den kreuzweise um das Bein geschlungenen Kalbsledergurt. Dann stand er auf und schob die größere 08 mit der stärkeren Durchschlagskraft in das Schulterholster. Neben die Schußwaffe steckte er ein Jagdmesser in der Scheide. Er ging zu einem Stuhl, auf den er die Jacke seines neuen Anzugs geworfen hatte, zog sie an und verließ rasch das Zimmer.

Nichts wäre ihm merkwürdig vorgekommen, hätte er sich nicht darauf konzentrieren müssen, die Feuertreppe zu suchen, und wäre die Zeit nicht so knapp geworden, daß man nur noch nach Minuten rechnete. Er wandte sich nach rechts und nahm nur halb bewußt wahr, daß eine Tür geschlossen wurde, die einen Spalt offengestanden hatte. Bedeutungslos. Ein unachtsamer Gast; eine Frau aus dem Westen, die einkaufen gewesen war und zu viele Päckchen getragen hatte, um die Tür sofort zu schließen. Da er sich vergeblich nach der Treppe umsah, machte er jedoch rasch kehrt, um zum anderen Ende des Flurs zu gehen. Eine zweite Tür, die ungefähr zehn Zentimeter offen gewesen war, wurde hastig und leise geschlossen. Jetzt war auch die erste Tür nicht mehr bedeutungslos, denn die zweite war es gewiß nicht. Sie hatten ihn gefunden. Sein Zimmer wurde beobachtet. Von wem? Wer waren sie? Asra ging weiter, doch als er an der zweiten Tür vorbei war, preßte er sich an die Wand, zog das lange Jagdmesser aus der Scheide und wartete. Sekunden später wurde die Tür geöffnet. Er wirbelte herum und stand einem Mann gegenüber, von dem er sofort wußte, daß er ein Feind war – einem tiefgebräunten, muskulösen Mann in seinem Alter, dem man sein Wüstentraining von weitem ansah. Ein israelisches Kommando war auf ihn angesetzt. Statt einer Waffe hielt der Israeli ein Funkgerät in der Hand. Er war unbewaffnet und vor Schreck wie erstarrt.

Asra stach mit dem Messer nach der Kehle des Israelis. Mit einer Blitzbewegung war die Klinge abgewehrt, aber Asra führte sie nach unten und schlitzte dem Mann das Handgelenk auf. Das Funkgerät fiel auf den Teppichboden. Asra knallte mit einem Fußtritt die Tür zu, und das automatische Sperrschloß rastete ein.

Sein Handgelenk umklammernd, trat der Israeli dem Palästinenser mit dem rechten Fuß gegen die linke Kniescheibe. Asra taumelte. Dann traf die stählerne Schuhspitze ihn seitlich am Hals, und ein dritter Tritt knallte ihm in die Rippen. Aber der Israeli hatte das Gleichgewicht verloren. Asra stürzte vorwärts und stieß ihm das Messer in den Magen. Blut spritzte Asra ins Gesicht, als der Israeli, Angehöriger der Masada-Brigade, Codename Orange, rücklings zu Boden fiel.

Asra rappelte sich mühsam auf. Rippen und Knie schmerzten höllisch, seine Halssehnen waren wie gelähmt. Plötzlich flog, ohne daß er vorher ein Geräusch gehört hätte, die Zimmertür auf. Ein zweiter Israeli tauchte auf – jünger, mit mächtigen Muskelpaketen an den Armen. Mit einem einzigen Blick seiner vor Zorn brennenden Augen erfaßte er die Szene und griff an seiner rechten Hüfte vorbei nach seiner Waffe. Asra warf sich auf den Israeli, der mit dem Rücken gegen die Tür prallte, die wieder krachend zufiel. Blaus Pistole schlitterte, sich wie ein Kreisel drehend, über den Fußboden. Damit hatte er die Hand frei, um das Messer des Palästinensers abzuwehren. Dann knallte er Asra das Knie mit der Gewalt eines Schmiedehammers in die Rippen, packte seinen Arm und zwang ihn zu Boden. Doch noch immer umklammerte Asra das Messer. Die beiden ließen voneinander ab und starrten sich an. Verachtung und unversöhnlichen Haß im Blick.

»Du willst Juden umbringen? Dann versuch's doch bei mir, du Schwein!« schrie Yakov.

»Warum nicht?« erwiderte Asra und stieß mit dem Messer zu, um den Israeli aus der Reserve zu locken. »Du bringst Araber um. Du hast meine Eltern umgebracht, als hättest du selbst den Finger am Abzug gehabt.«

»Und du hast meine beiden Brüder getötet, die in Sidon auf Patrouille waren.«

»Durchaus möglich. Ich hoffe es. Ich war dort.«

»Du bist Asra.«

Wie wilde Tiere stürzten sich die beiden jungen Männer aufeinander, die Verkörperung hemmungsloser Gewalt: Mord – Vernichtung verhaßten Lebens – der einzige Zweck ihres Daseins. Und während sie sich alle nur erdenklichen Wunden und Verletzungen zufügten, schrien sie sich mit heißem Atem gegenseitig ihren Haß und ihren Rachedurst ins Gesicht. Und dann war es zu Ende, so plötzlich, wie es begonnen hatte.

Blau entwand Asra das Messer, stieß ihm die lange Klinge bis ans Heft in den Hals und drehte sie einmal herum.

Erschöpft und blutüberströmt löste er sich vom Körper seines Feindes, schaute zu seinem toten Kameraden Orange hinüber, kniete neben ihm nieder und schloß ihm die Augen. »*Schalom*«, flüsterte er. »Finde den Frieden, den wir alle suchen, mein Freund.«

Doch zum Trauern blieb ihm keine Zeit. Die Leiche seines Kameraden und die des Feindes mußten verschwinden. Dann mußte er sich mit den anderen in Verbindung setzen. Der Mörder Asra war tot. Sie konnten nach Maskat zurückfliegen. Sie mußten.

Zu seinem Vater...

Von Schmerzen gepeinigt, hinkte Blau ins Zimmer und holte die im Bett versteckte Uzi-Maschinenpistole seines toten Kameraden, hängte sie sich mühsam über die Schulter. Dann ging er zur Tür, um nachzusehen, ob sich jemand auf dem Korridor zeigte...

Kendrick wußte, daß es ihm nicht möglich war, noch länger zu warten; ebensowenig konnte er es jedoch riskieren, Asra anzurufen. Andererseits konnte er sich auch nicht länger gegenüber dem Hotel *Aradus* im Laubwerk verstecken und untätig bleiben. Die Zeit verstrich, und der Kontaktmann des Mahdi erwartete die Marionette Asra, den jüngst ›gekrönten‹ Prinzen der Terroristen, am Treffpunkt. Ihm selbst war jetzt alles klar. Man hatte ihn enttarnt, entweder durch den Zwischenfall auf dem Flugplatz oder eine undichte Stelle in Maskat – die völlig verängstigten Männer aus der Vergangenheit, mit denen er gesprochen hatte, Männer, die es, anders als Mustafa, abgelehnt hatten, sich mit ihm zu treffen, und ihn vielleicht verraten hatten, um ihre eigene Haut zu retten; schließlich hatte einer von ihnen aus demselben Grund Musty getötet. »Wir können uns da nicht hineinziehen lassen! Es ist Wahnsinn. Unsere Familien sind tot. Unsere Kinder geschändet, verstümmelt – tot.«

Die Strategie des Mahdi zeichnete sich sehr deutlich ab: den Amerikaner isolieren und darauf warten, daß Asra allein zum Treffpunkt kommt; den jungen Mörder kassieren und auf diese Weise die Falle unschädlich machen, denn ohne den Amerikaner funktioniert sie nicht; übrig bleibt ein entbehrlicher, vogelfreier Palästinenser... Sie würden ihn eliminieren, doch erst nachdem er ihnen haarklein erzählt hatte, was in Maskat passiert war.

Wo war Asra? Siebenunddreißig Minuten waren vergangen, seit sie miteinander telefoniert hatten; der Araber hatte sich schon um zweiunddreißig Minuten verspätet. Kendrick schaute noch einmal auf die Uhr und fluchte leise, aber wütend vor sich hin. Er mußte fort von hier, irgend etwas tun. Mußte feststellen, wo Asra steckte, denn ohne ihn gab es auch keine Falle für den Mahdi. Der Kontaktmann würde sich keinem Fremden zu erkennen geben. So nah war er seinem Ziel gewesen. Und, im Licht der Realität besehen, so fern.

Kendrick warf die Plastiktüte mit den frisch gereinigten Sachen aus Maskat in das dichte Gebüsch, das den Gehsteig von Wadi Al Ahd begrenzte. Er überquerte den Boulevard und ging auf den Lieferanteneingang des Hotels zu, ein aufrechter, arroganter königlicher Gardist, der einen besonderen Auftrag zu erledigen hatte. In der schmalen, kopfsteingepflasterten Passage traf er mehrere Angestellte, die Dienstschluß hatten. Sich tief vor ihm verneigend, huschten sie hastig an ihm vorbei und hofften ganz offensichtlich, nicht angehalten und nach der Kleinigkeit durchsucht zu werden, die sie im Hotel gestohlen hatten; hauptsächlich Seife, Toilettenpapier und Teller mit Speisen von den Mahlzeiten der Gäste aus dem Westen, die entweder noch an den Auswirkungen der Zeitverschiebung litten oder so betrunken waren, daß sie nicht mehr wußten, was sie aßen. Das war gang und gäbe; Kendrick kannte das Hotel, deshalb hatte er es auch ausgesucht. Und wieder kam Emmanuel Weingrass ins Spiel. Er und sein unberechenbarer Freund waren einmal durch die Küche aus dem Hotel geflüchtet, weil ein Stiefbruder des Emirs gehört hatte, daß Weingrass einer Stiefschwester der königlichen Hoheit die amerikanische Staatsbürgerschaft versprochen hatte, wenn sie mit ihm schliefe – ein Versprechen, das Weingrass nie erfüllen konnte.

Kendrick ging durch die Küche, kam zur südlichen Treppe und stieg vorsichtig in die zweite Etage. Er holte seine Pistole unter der scharlachroten Uniformjacke heraus und öffnete die Tür. Der Korridor war leer. Um diese Zeit amüsierten sich die finanzkräftigen Besucher von Bahrein in Cafés und versteckten Spielkasinos. Kendrick schob sich seitlich an der linken Wand entlang und blieb neben der Tür von Zimmer 202 stehen. Er horchte; alles war still. Er klopfte leise.

»*Udkhulu*«, sagte eine ruhige Stimme auf arabisch. »Kommt nur herein.«

Seltsam – ganz falsch, dachte Kendrick, als er nach der Klinke griff. Warum die Mehrzahl, warum mehr als einer? Er drückte die Klinke hinunter, tauchte seitlich weg, preßte sich an die Wand und stieß die Tür mit dem rechten Fuß auf.

Stille. Als sei der Raum eine leere Höhle. Kendrick umfaßte die ihm nicht vertraute, unerwünschte, aber notwendige Waffe fester, glitt um den Türrahmen herum und trat ein. Was er zu sehen bekam, ließ ihn vor Entsetzen erstarren. Asra lag wie ein Bündel alter Lumpen dicht an der Wand, und aus seinem Hals ragte ein Messer. Die Augen weit aufgerissen, noch immer aus der Halswunde blutend.

»Dein Freund, das Schwein, ist tot«, sagte die ruhige Stimme hinter ihm.

Kendrick fuhr herum und sah vor sich einen jungen Mann, der genauso blutüberströmt war wie Asra. Er war verletzt, lehnte, kaum fähig, sich aufrecht zu halten, an der Wand und hielt eine Uzi schußbereit in den Händen. »Wer sind Sie?« flüsterte Kendrick. »Was, zum Teufel, haben Sie da getan?« Die Frage flüsterte er nicht mehr, er schrie sie heraus.

Der Verwundete hinkte, die MP noch immer auf Kendrick gerichtet, zur Tür und schloß sie. »Ich habe einen Mann getötet, der darauf aus war, jederzeit und überall mein Volk zu töten, und der auch mich getötet hätte.«

»Großer Gott, Sie sind Israeli!«

»Und Sie der Amerikaner.«

»Warum haben Sie das getan? Was tun Sie überhaupt hier?«

»Ich bin nicht freiwillig hergekommen.«

»Das ist keine Antwort.«

»Ich habe den Befehl, keine Fragen zu beantworten.«

»Mußten Sie ihn töten?« rief Kendrick, drehte sich um und zuckte beim Anblick des toten und verstümmelten Palästinensers zusammen.

»Um mit seinen Worten zu sprechen: ›Warum nicht?‹ Sie metzeln unsere Kinder in Schulhöfen nieder, sprengen Flugzeuge und Busse mit Bürgern unseres Landes in die Luft, exekutieren in München unsere unschuldigen Sportler und schießen alte Männer in den Kopf – und alles nur, weil sie Juden sind. Sie schleichen sich auf unsere Strände, bringen unsere Kinder um, unsere Brüder und Schwestern – warum? Weil wir Juden sind, die endlich – endlich! – auf einem winzig kleinen Fleckchen unfruchtbaren, wilden Landes leben, das wir gezähmt haben. Wir! Nicht die anderen.«

»Er hatte nie die Chance...«

»Verschonen Sie mich damit, Amerikaner! Ich weiß, was kommt, und es ekelt mich an. Zuletzt ist es so, wie es immer war. Im geheimen, hinter vorgehaltenen Händen flüsternd, gibt die Welt noch immer den Juden die Schuld. Nach allem, was uns angetan wurde, sind wir noch immer die lästigen Unruhestifter. Jetzt hören Sie mir einmal zu, Sie wichtigtuerischer Amateur: Wir brauchen weder eure Kommentare noch eure Schuldgefühle noch euer Mitleid. Wir wollen nur, was uns gehört. Wir sind aus den Lagern herausmarschiert, haben die Verbrennungsöfen und die Gaskammern verlassen, um zu beanspruchen, was unser ist.«

»Sie Scheißkerl!« schrie Kendrick und zeigte zornig auf den blutigen Leichnam des Terroristen. »Sie reden genauso wie er. Haargenau so! Wann wollt ihr alle endlich damit aufhören?«

»Was kann Sie das schon interessieren? Scheren Sie sich doch in Ihre sichere Luxuswohnung zurück und in Ihren vornehmen Country Club, Sie Amerikaner! Lassen Sie uns in Ruhe!«

Ob es die Wiederholung der Worte war, die er vor kaum einer Stunde am Telefon zu hören bekommen hatte, oder das plötzlich vor seinem geistigen Auge auftauchende Bild stürzender Betonblöcke, die achtundsiebzig hilflose Menschen erschlugen, oder die Erkenntnis, daß ihm der verhaßte Mahdi entkam – er wußte es nicht. Bewußt war ihm in diesem Augenblick nur, daß er sich auf den verwundeten, erschrockenen Israeli warf. »Du arrogantes Schwein!« schrie er außer sich, und die Tränen liefen ihm über die Wangen. Er entriß dem Jüngeren die Uzi, schleuderte sie durchs Zimmer und nagelte den durch den Blutverlust Geschwächten gewissermaßen an die Wand. »Woher nimmst du dir das Recht, mir zu sagen, was ich tun oder wohin ich gehen soll? Wir sehen zu, wie ihr euch gegenseitig umbringt, euch selbst und alles andere in die Luft sprengt. Wir opfern Leben, spenden Geld, zerbrechen uns die Köpfe und verschwenden eine ganze Menge Energie daran, wie wir euch ein bißchen Vernunft einhämmern könnten, aber nein, keiner von euch gibt auch nur einen Zentimeter nach. Vielleicht sollten wir euch wirklich in Ruhe lassen und mit der gleichen Ruhe beobachten, wie ihr euch gegenseitig massakriert. Sollen doch die Eiferer und Fanatiker sich gegenseitig in Stücke hauen, wenn nur irgend jemand übrigbleibt, der einen Funken Verstand hat!« Plötzlich ließ Kendrick den Mann los, raste durchs Zimmer und hob die Uzi vom Boden auf. Dann richtete er die Waffe auf den Israeli. »Jetzt raus mit der Sprache: Wer bist du? Und was tust du hier?«

»Ich bin Codename Blau. Das ist die einzige Antwort, die Sie von mir bekommen...«

»Codename was?«

»Blau.«

»O mein Gott!« flüsterte Kendrick und warf einen Blick auf den toten Asra. Dann drehte er sich wieder um und gab dem Israeli, der ihn nur benommen ansah, ohne Kommentar die Uzi zurück. »Los, mach weiter«, sagte er leise. »Schieß diese beschissene Welt zu Brei. Mir ist es scheißegal.« Damit machte Kendrick kehrt und verließ das Zimmer.

Yakov starrte dem Amerikaner nach, starrte auf die geschlossene Tür und dann auf den halb auf dem Boden liegenden und halb an der Wand lehnenden Leichnam. Er nahm die Uzi in die linke Hand, zog mit der rechten das Funkgerät aus dem Gürtel und drückte auf einen Knopf.

»*Itklem*«, sagte die Stimme von Schwarz, der vor dem Hotel postiert war.

»Hast du die anderen erreicht?«

»Das hat R gemacht. Sie sind hier – oder besser gesagt, sie kommen eben die Al Ahd herauf. Unser älterer Kollege ist mit R zusammen. G geht neben dem ältesten, aber mit dem scheint etwas nicht in Ordnung zu sein. G muß ihn stützen. Was ist mit dir?«

»Ich nütze euch jetzt nichts, vielleicht später.«

»Und Orange?«

»Tot...«

»Was?«

»Das Schwein auch. Das Objekt verläßt eben das Hotel. Trägt

eine rote und blaue Uniform. Geh ihm nach. Er hat total durchgedreht. Ruf mich in meinem Zimmer an, ich bin da.«

Wie betäubt überquerte Kendrick Wadi Al Ahd und ging auf das Gebüsch zu, in dem er die Plastiktüte versteckt hatte. Eigentlich war es ihm gleichgültig, ob sie noch da war oder nicht, doch er würde sich in den Sachen aus Maskat einfach wohler fühlen und sich unauffälliger bewegen können als in der bunten Gardistenuniform. Denn gleichgültig, was geschehen war, er war so weit gekommen und konnte jetzt nicht mehr zurück. Nur einen einzigen Mann brauche ich, wiederholte er immer wieder in Gedanken. Ich muß ihn finden. Ich muß den Mahdi finden!

Die Einkaufstüte war noch da und der Schatten, den das Gebüsch warf, für seine Zwecke tief genug. Langsam, Kleidungsstück für Kleidungsstück, zog er sich um. Dann trat er wieder auf den Gehsteig hinaus und schlug die Richtung zur Schaikh-Isa-Straße und der Dschuma-Moschee ein.

»Itklem« sagte Yakov in sein Funkgerät, in seinem Zimmer auf dem Bett liegend, mehrere Handtücher fest um seine Wunden gewickelt und in warmes und lauwarmes Wasser getauchte Waschlappen auf der Bettdecke verstreut.

»Hier spricht G«, antwortete Grau. »Wie schlimm bist du dran?«

»Es sind hauptsächlich Schnitte und Stiche. Ziemlicher Blutverlust. Nichts Lebensgefährliches.«

»Bist du damit einverstanden, daß ich dich vertrete, bis du wieder fit bist?«

»So war's ausgemacht.«

»Ich wollte es von dir hören.«

»Das hast du jetzt.«

»Ich möchte noch etwas anderes wissen. Das Schwein ist eliminiert, sollen wir jetzt unsere Zelte hier abbrechen und nach Maskat zurückkehren? Ich kann es erzwingen, wenn du ja sagst.«

Yakov blickte, von einem inneren Zwiespalt geschüttelt, zur Decke hinauf. Die Worte des Amerikaners brannten ihm noch immer in den Ohren. »Nein«, sagte er. »Er ist zu weit gekommen, er riskiert zuviel. Bleibt bei ihm.«

»Nun zu W. Ich möchte ihn gern zurücklassen. Bei dir vielleicht.«

»Darauf läßt er sich nie ein. Der Mann dort draußen ist sein ›Sohn‹, vergiß das nicht.«

»Du hast recht. Es war ja nur ein Vorschlag. Ich möchte hinzufügen, daß er unmöglich ist.«

»Erzähl mir was, das ich noch nicht weiß...«

»Gern«, unterbrach Grau. »Das Objekt hat die Uniform ausgezogen und hat eben die Straße überquert. W hat ihn entdeckt.«

»Er geht wie ein Toter.«

»Wahrscheinlich ist er schon tot.«

»Ende.«

Auf dem Weg zur Dschuma-Moschee überlegte Kendrick es sich anders. Sein Instinkt sagte ihm, daß er inmitten einer in dieselbe Richtung strebenden Menge am sichersten war. Nachdem er auf der breiten Bab-Al-Bahrein nach Norden abgebogen war, wollte er über den riesigen Bab-Al-Platz die Al-Khalifa-Straße erreichen. Er wagte sich in ein Labyrinth, das wußte er, aber er wußte auch, daß in diesem Straßennetz ein oder mehrere Männer auf der Lauer liegen und darauf warten würden, daß der tote Asra erschien. Das war sein einziger, jedoch ziemlich großer Vorteil. Er wußte, nach wem sie Ausschau hielten. Er würde den Treffpunkt wie ein Falke umkreisen, der landen wollte, bis er jemand sah – den richtigen Jemand, der begriff, daß er mit seinem Leben spielte, wenn er den »Kronprinzen« der Terroristen nicht zum Mahdi brachte. Dieser Mann würde sich selbst verraten, vielleicht sogar Leute anhalten, um ihnen ins Gesicht zu sehen, und seine Angst würde mit jeder Minute wachsen. Kendrick würde diesen Mann finden, sich seiner bemächtigen und ihn erledigen. Oder machte er sich selbst etwas vor, machte seine Besessenheit ihn blind? Es war nicht mehr wichtig, nichts war wichtig, nur ein Schritt nach dem anderen auf dem Gehsteig, eingekeilt in der Menge, die auch so spät abends noch unterwegs war.

Die Menge. Er spürte es. Männer umdrängten ihn. Eine Hand berührte seine Schulter. Er fuhr herum und schlug mit dem Arm aus, um sich von dem Griff zu befreien. Plötzlich fühlte er in der Nähe des untersten Rückenwirbels den scharfen Stich einer Nadel. Dann wurde es dunkel um ihn...

Das Telefon weckte Yakov; er nahm den Hörer ab. »Ja?«

»Sie haben den Amerikaner«, sagte Grau. »Wichtiger ist, sie existieren tatsächlich.«

»Wo ist es passiert? Wie?«

»Unwichtig. Ich kenne die Straßen sowieso nicht. Entscheidender ist, daß wir wissen, wohin sie ihn gebracht haben.«

»Ihr wißt was? Woher? Und sag jetzt bloß nicht, das sei nicht wichtig.«

»Weingrass hat es fertiggebracht. Verdammt, es war tatsächlich Weingrass. Er merkte, daß er zu Fuß nicht mehr weiterkonnte, also hat er einem Araber, der vor Begeisterung prompt ausgeflippt ist, zehntausend Dollar für sein vergammeltes Taxi gegeben. Dieser *al harmi* wird in den nächsten sechs Monaten nur noch blau sein. Wir sind in das Taxi geklettert, sind dem Objekt gefolgt und haben gesehen, wie's passierte. Verdammt, das haben wir tatsächlich Weingrass zu verdanken!«

»Zügle deine Mordgelüste«, befahl Yakov mit einem Lächeln, das sehr schnell wieder verflog. »Wo wird das Objekt – ach, Scheiße! Wo wird Kendrick festgehalten?«

»In einem Gebäude namens Sahalhuddin in der Straße Al Tidschar...«

»Wem gehört es?«

»Gib uns ein bißchen Zeit, Blau. Gib Weingrass Zeit. Er treibt im Moment jede Schuld ein, die er in Bahrein noch ausstehen hat, und ich will gar nicht daran denken, was die in Jerusalem dazu zu sagen hätten, wenn wir mit ihm gemeinsame Sache machten.«

»Antworte!«

»Wie es aussieht, sind in dem Gebäude sechs Firmen untergebracht. Wir brauchen nur noch die auszugrenzen, die mit unserer Sache nichts zu tun haben...«

»Jemand soll mich abholen«, sagte Yakov.

»Nun haben Sie also den Mahdi gefunden, Herr Abgeordneter«, sagte der dunkelhäutige Araber, der ein reinweißes Gewand und eine mit Saphiren besetzte weißseidene Kopfbedeckung trug. Sie befanden sich in einem großen Raum mit einer gewölbten und mit Mosaiken ausgelegten Decke; die Fenster waren hoch und schmal, das Mobiliar spärlich, aus dunklem, polierten Holz, der riesige Ebenholzschreibtisch mehr ein

Altar als ein funktionaler Arbeitstisch. »Sind Sie jetzt zufrieden?« fuhr der Mahdi hinter dem Schreibtisch fort. »Oder möglicherweise enttäuscht, weil Sie feststellen, daß ich ein Mann bin wie Sie – nein, nicht wie Sie oder jemand anders –, aber trotzdem ein Mann.«

»Sie sind ein Mörder!« Kendrick sprang vom Stuhl auf, wurde aber sofort von zwei Leibwächtern des Mahdi gepackt und zurückgeschleudert. »Sie haben achtundsiebzig unschuldige Menschen ermordet – Männer, Frauen und Kinder, die ich in ihrer Todesnot habe schreien hören, als das Gebäude über ihnen zusammenstürzte. Sie Verbrecher!«

»Das war der Anfang eines Krieges, Kendrick. In allen Kriegen sterben auch Unschuldige, nicht nur die, die zur kämpfenden Truppe gehören. Ich gebe zu, daß ich diese sehr wichtige Schlacht gewonnen habe – Sie sind für Jahre von der Bildfläche verschwunden, und während dieser Jahre habe ich ungewöhnliche Fortschritte erzielt – Fortschritte, die ich wahrscheinlich nicht gemacht hätte, wenn Sie hiergewesen wären. Oder dieser widerwärtige Jude Weingrass mit seinem redseligen Mundwerk.«

»Manny? Er hat uns vor Ihnen gewarnt, immer über Sie gesprochen.«

»Solche Leute bringt mein schnelles Schwert sehr bald zum Schweigen. Das Schwert ist natürlich nur symbolisch gemeint – im allgemeinen bekommen sie eine Kugel in den Kopf. Als ich hörte, daß Sie wieder hier sind, wußte ich, daß Sie wegen dieser ersten Schlacht vor vier Jahren gekommen waren. Bis vor neun Stunden war's eine fröhliche Jagd für mich, Amal Bahrudi.«

»So?«

»Auch bei den Sowjets gibt es Leute, die gern noch auf einer zusätzlichen Lohnliste geführt werden. Der Euro-Araber Bahrudi wurde vor ein paar Tagen in Ost-Berlin getötet. So kam der Name Kendrick für mich ins Spiel; ein toter Araber mit blauen Augen und abendländischen Gesichtszügen ist plötzlich in Maskat – da eine Verbindung herzustellen war absolut phantastisch, fast unglaublich, doch siehe da, sie paßte. Jemand muß Ihnen geholfen haben, Sie haben da nicht soviel Erfahrung.«

Kendrick musterte das ungewöhnliche Gesicht mit den hohen

Wangenknochen und den feurigen Augen, die seinem Blick ruhig standhielten. »Ihre Augen«, sagte er kopfschüttelnd, um die letzten Spuren der Benommenheit loszuwerden; die Droge, die man ihm auf der Straße injiziert hatte, war stark gewesen. »Dieses Gesicht – diese flache Maske. Ich muß Sie von früher her kennen...«

»Aber natürlich, Evan. Denken Sie nach!« Langsam nahm der Mahdi die Ghotra ab, und zum Vorschein kam dicht gekraustes, schwarzes, mit Grau gesprenkeltes Haar. Die hohe, glatte Stirn wurde jetzt durch dunkle, gewölbte Brauen betont; es war das Gesicht eines Mannes, der sich leicht in eine Besessenheit hineinsteigerte, gleichgültig, welchem Ziel er nachjagte. »Sehen Sie mich in einem irakischen Zelt? Oder vielleicht auf einem Truppenübungsplatz im Mittelwesten?«

»Allmächtiger!« flüsterte Kendrick, als vor seinem geistigen Auge bestimmte Bilder aufstiegen. »Sie waren vor sieben oder acht Jahren bei uns in Basra und haben gesagt, Sie würden uns reich machen, wenn wir den Auftrag ablehnten. Sie sagten, es gebe Pläne, den Schah zu stürzen, und Sie wollten keine modernen Flugplätze im Irak.«

»Nun, meine Prophezeiung ist eingetroffen. Heute hat der Iran eine echte islamische Gesellschaftsordnung.«

»Scheiße. Wahrscheinlich sind Sie jetzt der Makler sämtlicher iranischer Ölfelder. Und Sie sind so islamisch wie mein schottischer Großvater. Sie stammen aus Chicago, das ist Ihr Truppenübungsplatz im Mittelwesten, und man hat Sie vor zwanzig Jahren aus Chicago hinausgejagt, weil sogar Ihre schwarze Wählerschaft – der Sie auch noch den letzten Tropfen Blut abgezapft haben – ihre faschistischen Parolen nicht mehr ertrug. Sie haben ihre Millionen zusammengerafft, sind hergekommen, um hier Ihren Unrat auszuschütten und noch mehr Millionen zu scheffeln. Mein Gott, Weingrass wußte, wer Sie waren, und er sagte Ihnen, Sie sollten verschwinden. Er sagte, Sie seien das Letzte, und wenn Sie nicht auf der Stelle aus unserem Zelt verschwänden, würde er Ihnen Bleichlauge ins Gesicht schütten, um sagen zu können, er habe nur einen weißen Nazi erschossen.«

»Weingrass ist – oder war Jude«, antwortete der Mahdi gelassen. »Er hat mich beschimpft, weil er es nicht schaffte, wirklich groß zu werden, ich aber auf dem besten Weg dazu war. Die Juden hassen Erfolg, wenn ein anderer ihn hat...«

»Wem, zum Teufel, wollen Sie das weismachen? Er nannte Sie einen korrupten *Shvartzeh*, und das hatte nichts mit Weißen oder Schwarzen zu tun. Sie sind eine Pest, Al Falfa – oder wie Sie sich damals nannten. Wie viele Menschen haben Sie noch ermordet – niedergemetzelt, nach Riad, dieser für Sie so wichtigen Schlacht?«

»Nur so viele, wie für unseren heiligen Krieg unbedingt nötig, damit Rasse, Kultur und Glaube in diesem Teil der Welt rein erhalten blieben.« Der Mahdi aus Chicago verzog die Lippen zu einem kalten Lächeln.

»Elender Heuchler!« schrie Kendrick. Nicht mehr imstande, sich noch länger zu beherrschen, sprang er wieder auf und ging, die Arme wie Dreschflegel schwingend, auf den Mörder los. Hände packten ihn, bevor er den Mahdi berühren konnte. Sie rissen ihn zu Boden, und schwere Stiefel traten ihn in den Bauch und in den Rücken. Hustend versuchte er aufzustehen; als er noch auf den Knien lag, packte der Leibwächter zu seiner Linken ihn an den Haaren und riß seinen Kopf zurück, und der zweite Mann hielt ihm ein Messer an die Kehle.

»Ihre Gesten sind genauso pathetisch wie Ihre Worte«, sagte der Mahdi und erhob sich hinter dem Schreibtisch. »Wir sind auf dem besten Weg, uns hier ein Imperium aufzubauen, und der gelähmte Westen kann überhaupt nichts dagegen tun. Wir hetzen die Völker aufeinander, mit Kräften, die sie nicht kontrollieren können; wir säen Zwietracht und erobern, ohne selbst einen einzigen Schuß abzugeben. Und Sie, Evan Kendrick, haben uns einen großen Dienst geleistet. Wir haben Fotos von Ihnen, die aufgenommen wurden, als Sie aus Oman eingeflogen wurden; Fotos auch von Ihren Waffen, Ihren falschen Papieren und Ihrem Geldgürtel, in dem – so hat es den Anschein – ein paar hunderttausend Dollar stecken. Wir haben Beweise, daß Sie, ein amerikanischer Kongreßabgeordneter, sich unter dem Namen Amal Bahrudi in die Botschaft in Maskat eingeschlichen haben und dort einen Anführer namens Nassir und später einen jungen Freiheitskämpfer töteten, der sich Asra nannte. Und alles während des Waffenstillstands, der zwischen den Parteien vereinbart war. Waren Sie ein Agent Ihrer skrupellosen Regierung? Wie konnte es anders sein? Eine Welle der Empörung wird die sogenannten demokratischen Staaten erfassen – der plumpe, kriegslüsterne Riese hatte es wieder getan, ohne Rücksicht auf das Leben seiner Bürger.«

»Sie...« Kendrick fuhr in die Höhe, packte die Hand, die das Messer hielt, befreite sich mit einem Ruck von der anderen, die an seinen Haaren zerrte. Ein Schlag in den Nacken schickte ihn wieder zu Boden.

»Mit den Hinrichtungen wird morgen früh begonnen«, fuhr der Mahdi fort. »Das haben Sie durch Ihre heimtückischen Aktivitäten, von denen die ganze Welt erfahren soll, selbst herausgefordert. Chaos und Blutvergießen dürft ihr elenden Amerikaner auf euer Konto schreiben, und Chaos und Blutvergießen wird es geben, bis eine Lösung gefunden ist, unsere, nein, *meine* Lösung. Aber das alles wird Sie nichts mehr angehen, Abgeordneter, Sie werden vom Antlitz dieser Erde getilgt sein, zweifellos dank Ihrer schrecklich peinlich berührten Regierung, die offenkundig gewordenes Versagen damit bestraft, daß sie fieberhaft Dementis in die Welt setzt. Es wird kein *corpus delicti* geben, niemand wird ahnen, wohin Sie verschwunden sind, was aus Ihnen geworden ist. Morgen werden Sie bei Tagesanbruch, nackt an ein blutiges, abgehäutetes Schwein gebunden, aufs Meer hinausgeflogen und in die von Haien wimmelnden Gewässer von Katar geworfen.«

15

»Das ist alles Mist!« schrie Weingrass, der im Speisezimmer eines bahreinischen Beamten am Tisch stand und mehrere Papiere studierte. Er kannte den Mann noch aus der Zeit, in der die Kendrick-Gruppe auf dem Archipel einen Country Club gebaut hatte. »Nach allem, was ich für dich getan habe, Hassan, nach den vielen kleineren und größeren Beträgen, die ich in deine Taschen habe fließen lassen, wagst du, mir das anzubieten?«

»Es kommt schon noch mehr, Emmanuel«, antwortete der Araber nervös, weil Ben-Ami und die vier Masada-Leute, die nebenan im westlich möblierten Wohnzimmer saßen, alles mithören konnten. Ein Arzt war gerufen worden, der Yakovs Wunden genäht und verbunden hatte. Da Yakov sich weigerte, sich hinzulegen, hatten sie ihn in einen Lehnsessel gesetzt. Hassan sah ihn an und meinte dann, vielleicht nur um von seiner Vergangenheit abzulenken: »Der Junge sieht gar nicht gut aus, Manny.«

»Was soll ich dir darauf sagen? Jemand hat versucht, ihm sein Spielzeug wegzunehmen. Hier sind Firmen aufgeführt und die Produkte, die sie herstellen oder verkaufen. Ich brauche Namen, Leute.«

»Genau die kommen noch. Es ist nicht leicht, einen Minister zu überreden, um zwei Uhr morgens das Haus zu verlassen, in sein Amtszimmer zu gehen und etwas Ungesetzliches zu tun. Einem – Ausländer Papiere zu überlassen, die höchster Geheimhaltung unterliegen.«

»Im allgemeinen hat in Bahrein auch höchste Geheimhaltung ihren Preis.«

»Das ist nicht wahr, Manny.«

»Halt den Mund und hol mir einen Whisky.«

»Du bist unverbesserlich, alter Freund.«

»Erzählen Sie mir was über seine Unverbesserlichkeit!« rief Grau aus dem Wohnzimmer. Er war vom Telefon zurückgekommen, das er mit Erlaubnis des Hausherrn alle fünfzehn Minuten benutzt hatte.

»Darf ich Ihnen auch etwas bringen, meine Herren?« fragte Hassan, unter dem bogenförmigen Durchgang zwischen Speise- und Wohnzimmer stehenbleibend.

»Der Kaffee ist mehr als genug«, antwortete Ben-Ami. »Er schmeckt auch köstlich.«

»Ich habe Alkohol im Haus, wenn Sie wollen – was Sie natürlich eben Mr. Weingrass' Worten entnehmen konnten. Wir sind ein religiöses Haus, zwingen aber anderen die Gesetze unseres Glaubens nicht auf.«

»Könnten Sie uns das schriftlich geben, Sir?« fragte Schwarz, leise auflachend. »Ich werde es meiner Frau erzählen und ihr sagen, daß Sie ein Mullah sind. Um zu meinen Frühstückseiern eine Scheibe Speck zu bekommen, muß ich von einem Ende der Stadt zum anderen laufen.«

»Besten Dank, aber keinen Alkohol, Mr. Hassan«, fügte Grau hinzu und schlug Schwarz aufs Knie.

»Wenn wir Glück haben, bekommen wir heute abend noch Arbeit.«

»Und wenn ich noch größeres Glück habe, wird man mir die Hände nicht abhacken«, sagte der Araber ruhig, als er in die Küche ging. Gleich darauf klingelte es, und er blieb lauschend stehen. Der hochrangige Kurier war erschienen.

Achtundvierzig Minuten später, vor sich auf dem Tisch verstreut mehrere Computerausdrucke, las Weingrass vor allem zwei Seiten immer wieder, studierte sie mit ganz besonderem Interesse. »Was wissen Sie über diese Sariba, Limited.«

»Der Name kommt aus dem Sudanesischen«, antwortete der Beamte, der einen Burnus trug und es abgelehnt hatte, vorgestellt zu werden. »Ins unreine übersetzt heißt es ›geschütztes Lager, von Felsen oder dichtem Laubwerk umgeben‹.«

»Sudan?«

»Ein afrikanischer Staat...«

»Ich weiß, Khartum.«

»Das ist die Hauptstadt...«

»Himmel, und ich dachte, es sei Buffalo«, unterbrach ihn Weingrass schroff. »Wieso sind so viele Tochtergesellschaften eingetragen?«

»Es ist eine Holding-Gesellschaft mit weitreichenden Interessen. Wenn ein Unternehmen von der Regierung Export- und Importlizenzen braucht, bekommt es sie leichter, wenn sie im Namen einer soliden Dachgesellschaft angefordert werden.«

»So ein Scheiß!«

»Wie bitte?«

»So sagt man in der Bronx für ›Ach, du meine Güte!‹ Wer leitet die Gesellschaft?«

»Es gibt einen Verwaltungsrat...«

»Es gibt immer einen Verwaltungsrat. Ich habe Sie gefragt, wer das Unternehmen leitet.«

»Das weiß, offen gesagt, niemand so recht. Der erste Geschäftsführer ist ein liebenswürdiger Mensch – ich habe ein paarmal mit ihm Kaffee getrunken – und kommt mir nicht besonders aggressiv vor, wenn Sie verstehen, was ich meine.«

»Es gibt also noch jemand?«

»Das weiß ich nicht.«

»Wo ist die Liste mit den Namen der Direktoren?«

»Liegt direkt vor Ihnen. Hier, rechts, unter dieser Seite.«

Weingrass zog das Blatt heraus. Zum erstenmal seit zwei Stunden setzte er sich in einen Sessel und studierte die Namensliste ein ums andere Mal. »Sariba... Khartum«, wiederholte er von Zeit zu Zeit leise und schloß fest die Augen, wobei er das Gesicht so angestrengt in Falten legte, als versuche er verzweifelt, sich an etwas zu erinnern. Endlich nahm er einen Bleistift, zog einen Kreis um einen Namen und schob dem bahreinischen Beamten die Liste zu.

»Das ist ein Schwarzer«, sagte der Kurier.

»Wer ist hier drüben weiß und wer schwarz?«

»Es kommt darauf an, wie einer aussieht. Natürlich haben Jahrhunderte afro-arabischer Rassenmischung die Unterschiede oft verwischt.«

»Sind die Unterschiede wichtig?«

»Für manche. Nicht für die Mehrzahl.«

»Woher kommt er?«

»Wenn er eingewandert ist, ist sein Ursprungsland vermerkt.«

»Hier heißt es ›geheimgehalten‹.«

»Das bedeutet gewöhnlich, daß der Betreffende aus einem totalitären Staat geflohen ist – vor einem faschistischen oder kommunistischen Regime. Wir schützen solche Leute, wenn sie unserer Gesellschaft nützen. Offensichtlich tut er das.«

»*Sahib al Farrah-Khalifa*«, sagte Weingrass, jede Silbe des Namens betonend. »Was für eine Nationalität ist das?«

»Keine Ahnung. Offensichtlich zum Teil afrikanisch und – noch offensichtlicher – zum Teil arabisch. Es ist ganz logisch.«

»Falsch, Kumpel!« rief Weingrass und erschreckte alle, die sich in den beiden Räumen aufhielten. »Es ist ein rein amerikanischer Deckname. Wenn ich recht habe, ist der Dreckskerl ein Schwarzer aus Chicago, der von seinen eigenen Leuten vertrieben wurde. Er hat sie beschissen, weil er ihr Geld, über zwanzig Millionen – nebenbei – in Banken auf dieser Seite des Atlantiks unterbrachte. Vor ungefähr achtzehn oder zwanzig Jahren war er ein Gift und Galle speiender Fanatiker namens Al Farrah – sein verdammtes Ego hat ihm wohl nicht erlaubt, diesen Teil seiner Vergangenheit abzustreifen. Sein früherer Name steckt in seinem jetzigen: *Al Farrah-Khalifa*. Wir wußten, daß die große Gloxinie im Vorstand irgendeines fetten Unternehmens saß, aber wir wußten nicht, in welchem. Außerdem haben wir in die falsche Richtung geschaut. Khartum? O nein! South Side Chicago. Das ist euer Mahdi.«

»Sind Sie sicher?« fragte Hassan unter dem Türbogen. »Diese Anschuldigung ist das reinste Pulverfaß.«

»Ich bin sicher«, antwortete Weingrass. »Ich hätte das Schwein in dem Zelt in Basra erschießen sollen.«

»Wie bitte?« Der bahreinische Beamte war sichtlich erschüttert.

»Ach, egal...«

»Niemand hat das Sahalhuddin-Gebäude verlassen«, sagte Grau und kam durch den Türbogen herein.

»Ist das sicher?«

»Ich habe einen Taxifahrer bezahlt, der für eine ziemlich große Summe und noch viel mehr Geld in Aussicht nur allzu bereit war, mir einen Gefallen zu tun. Ich rufe ihn alle paar Minuten in einer Telefonzelle an. Ihre beiden Wagen sind noch da.«

»Können Sie ihm trauen?« fragte Yakov.

»Ich habe seinen Namen und seine Zulassungsnummer.«

»Das hat gar nichts zu bedeuten«, protestierte Weingrass.

»Ich habe ihm gesagt, daß ich ihn umbringe, wenn er lügt.«

»Von dieser Erklärung distanziere ich mich, Stümper.«

»Wollen Sie *bitte*...«

»Halten Sie den Mund! In welchem Teil des Sahalhuddin-Gebäudes ist die Firma Sariba untergebracht?«

»In den beiden obersten Stockwerken, wenn ich nicht irre. Die unteren Etagen sind an die Tochtergesellschaften vermietet. Das ganze Gebäude gehört der Sariba.«

»Sehr praktisch«, sagte Weingrass. »Können Sie uns die neuesten Bau- und die Schaltpläne der Alarmanlagen besorgen? Ich verstehe mich recht gut auf diese Dinge.«

»Um diese Zeit?« rief der Beamte. »Es ist nach drei Uhr morgens. Ich wüßte nicht...«

»Wie wär's mit einer Million Dollar?« fiel Weingrass ihm freundlich ins Wort. »Ich schicke Ihnen das Geld aus Paris. Mein Wort darauf.«

»Was?«

»Teilen Sie das Geld auf, wie Sie wollen. Mein Sohn ist in diesem Haus. Besorgen Sie die Pläne!«

Der kleine Raum war dunkel, nur schwaches Mondlicht fiel durch ein hoch oben in die Wand eingelassenes Fenster – ein unerreichbares Fenster, denn im Raum stand außer einer niedrigen Pritsche kein Möbelstück. Ein Posten hatte ihm eine Flasche *siber-ta-abjad* gebracht, einen schnell betäubenden einheimischen Whisky, und hatte angedeutet, daß das, was ihn erwartete, im Zustand der Volltrunkenheit besser zu ertragen war. Die Vorstellung war verlockend; er hatte Angst. Sie fraß ihn fast auf, diese Angst. Er schwitzte so stark, daß sein Hemd klatschnaß war. Was ihn davon abhielt, die Flasche zu öffnen, waren die letzten Reste seines Zorns – und eine letzte Tat, die er begehen konnte. Er wollte sich wehren, wollte mit dem ganzen Haß, der ganzen Gewalttätigkeit kämpfen, die in ihm waren, wobei er im Hintergrund seines Bewußtseins vielleicht auf eine Kugel hoffte, die alles schnell beenden würde.

Lieber Gott, warum hatte er sich nur eingebildet, er könne es schaffen? Wieso war er nur so wahnwitzig und besessen gewesen zu glauben, er sei zu Dingen befähigt, die viel erfahrenere Leute für selbstmörderisch hielten? Die Frage war zugleich die Antwort: Er war besessen. Der heiße Wind des Hasses verbrannte ihn; hätte er den Versuch nicht gewagt, hätte er ihn ausgebrannt. Und er hatte nicht völlig versagt; er hatte sein Leben zwar verwirkt, aber nur weil er bis zu einem gewissen Grad Erfolg gehabt hatte. Er hatte die Existenz des Mahdi bewiesen. Er hatte einen Pfad durch den dichten Dschungel aus Betrug und Manipulation geschlagen. Andere würden ihm folgen; das war ein Trost.

Er warf wieder einen Blick auf die Flasche, betrachtete die Flüssigkeit, die ihm helfen könnte, sich fortzustehlen. Doch dann schüttelte er, ohne es zu merken, ganz langsam den Kopf. Der Mahdi sagte, seine Gesten seien so pathetisch wie seine Worte. Aber in der Maschine, die die Untiefen von Katar überflog, sollte weder das eine noch das andere pathetisch sein.

Jeder Soldat der Masada-Brigade hatte von Anfang an verstanden, und jeder überprüfte das Plastikband, das er ums linke

Handgelenk trug, um sich zu überzeugen, daß die Zyankalikapsel noch an Ort und Stelle war. Keiner hatte Papiere oder irgend etwas bei sich, an Hand dessen er identifiziert werden konnte; ihre »Arbeitskleidung«, von den billigen Hosenknöpfen bis hinunter zu den Schuhen, war von Mossad-Agenten in Bengasi, Libyen, gekauft worden, dem bedeutendsten Zentrum für die Anwerbung von Terroristen. In diesen Tagen, in denen es gang und gäbe war, mit Chemikalien zu arbeiten, Amphetamine und Skopolamin injiziert wurden, durfte es sich kein Mitglied der Masada-Brigade erlauben, sich an einem Ort lebend gefangennehmen zu lassen, an dem seine Aktion auch nur entfernt mit den Vorgängen in Oman in Verbindung gebracht werden konnte. Israel konnte es sich nicht leisten, für den Massenmord an zweihundertsechsunddreißig amerikanischen Geiseln verantwortlich gemacht zu werden, und das Gespenst israelischer Einmischung durfte erst gar nicht auftauchen, selbst wenn jeder einzelne Mann, der in Vorderasien zum Einsatz kam, Selbstmord begehen mußte. O ja, das hatten sie alle verstanden. Ein Biß in die weiche Gelatinekapsel, und man war tot.

Die Straße Al-Tidschar war menschenleer; Nebelschwaden zogen vom Persischen Golf herein und ließen Straßen und Laternen seltsam verschwommen aussehen. Das Sahalhuddin-Gebäude war dunkel, bis auf einige Bürofenster im obersten Stockwerk und das Foyer fünf Stockwerke tiefer, wo hinter der gläsernen Eingangstür gedämpftes Neonlicht brannte und ein gelangweilter Mann hinter einem Schreibtisch saß und Zeitung las. Am Randstein parkten ein kleiner blauer Sedan und eine schwarze Limousine. Vor dem Eingang lümmelten lässig zwei Wachmänner, was bedeutete, daß auf der Rückseite des Gebäudes wahrscheinlich ebenfalls Sicherheitsleute zu finden waren. Es stimmte: ein einzelner Mann hatte dort Posten bezogen. Grau, Schwarz und Rot gingen zu dem Taxi zurück, das etwa zweihundert Meter weiter mit einer Panne liegengeblieben war. Im Fond saß der verwundete Yakov, vorn Ben-Ami mit Emmanuel Weingrass, der im Licht der Armaturenbeleuchtung die Pläne des Gebäudes studierte. Grau gab die Informationen durch ein heruntergelassenes Fenster weiter, tauschte sie gewissermaßen gegen Anweisungen von Yakov ein.

»Ihr beide, Schwarz und Rot, macht die Wachen unschädlich und seht zu, daß ihr ins Haus kommt. Grau, du folgst mit Ben-Ami, und ihr schneidet die Leitungen der Alarmanlage durch.«

»Halt, halt, Oberpfadfinder«, sagte Weingrass und drehte sich nach hinten um. »Das Mossad-Relikt, das neben mir sitzt, weiß nicht das geringste über Alarmanlagen, außer vielleicht, wie man unfreiwillig Alarm auslöst.«

»Das ist einfach nicht wahr, Manny!« protestierte Ben-Ami.

»Ich gehe mit – und keine Widerrede!« sagte Weingrass.

»Aber Mr. Weingrass«, warnte Yakov, »angenommen, Sie fangen an zu husten – haben einen Ihrer Anfälle?«

»Das wird nicht geschehen«, antwortete Weingrass ruhig. »Ich habe Ihnen gesagt, der Mann dort drinnen ist mein Sohn.«

»Ich glaube ihm«, sagte Grau. »Und ich bin derjenige, der dafür bezahlen muß, wenn ich mich irre.«

»Aber Sie machen ja Fortschritte, Stümper!«

»Würden Sie bitte ...«

»Ach, halten Sie den Mund, und gehen wir.«

Hätte es um diese Stunde in der Straße Al-Tidschar einen uninteressierten Beobachter gegeben, wären ihm die nächsten Minuten wie die komplizierten Abläufe eines großen Uhrwerks vorgekommen. Jedes Zahnrad setzte ein anderes in Bewegung, das diese Energie gewissermaßen in Zeit umsetzte, indem es die Zeiger bewegte, und nie geriet ein Rädchen aus dem Takt oder brachte Unordnung in den Mechanismus.

Rot und Schwarz »entfernten« die beiden Sicherheitsleute, ehe sie auch nur ahnten, daß sich ihnen jemand in feindlicher Absicht genähert hatte. Rot zog seine Jacke aus, zwängte sich in die Uniformjacke eines Postens, knöpfte sie zu, setzte die Schildmütze auf, zog sie sich tief in die Stirn, lief schnell zum Haupteingang des Gebäudes zurück, klopfte, die linke Hand auf sein Hinterteil gepreßt, leise an die Glastür und gab dem Pförtner auf humorvolle Weise zu verstehen, er solle ihn hineinlassen, da er ein menschliches Rühren verspüre. Ist man in solchen Nöten, stößt man weltweit auf Verständnis. Der Pförtner lachte, ließ die Zeitung sinken und drückte auf einen Knopf. Der Summer ertönte, Rot und Schwarz stürmten hinein, und ehe der Pförtner begriff, welchen Fehler er begangen hatte, lag er bewußtlos auf dem Marmorboden. Grau kam, die schlaffe Gestalt eines Postens hinter sich herzerrend, als nächster, und als letzter folgte Emmanuel Weingrass, der in die Jacke geschlüpft war, die Rot ausgezogen hatte. Wie auf ein Stichwort lief Schwarz wieder hinaus und holte den zweiten Posten herein, während Weingrass die Tür für ihn offenhielt. Sobald sie alle im Haus waren, fesselten und knebelten Rot und Grau die Sicherheitsleute hinter dem großen Empfangspult, während Schwarz eine Injektionsspritze aus der Tasche nahm, die Plastikhülle entfernte, die Luft herausdrückte und jedem Araber eine Dosis eines Betäubungsmittels zwischen die letzten Nackenwirbel injizierte. Dann schleiften die drei Masada-Leute die drei regungslosen Angestellten des Sahalhuddin in die entfernteste Ecke der riesigen Halle.

»Bleiben Sie nicht im Licht stehen, gehen Sie nach hinten zu den Fahrstühlen!« sagte Rot hastig zu Weingrass.

»Was?«

»Ich höre draußen etwas.«

»Tatsächlich?«

»Zwei oder drei Leute vielleicht. Schnell!«

Stille. Dann wankten, leise vor sich hin singend, auf der Straße zwei offensichtlich betrunkene Amerikaner an der dicken Glastür vorbei. »*To the tables down at Mory's, to the place we love so well...*«, sangen sie.

»Donnerwetter, Sie haben sie wirklich gehört«, sagte Weingrass beeindruckt.

»Geh nach hinten«, sagte Grau zu Schwarz. »Kennst du den Weg?«

»Aber klar doch, ich kann Pläne lesen. Ich warte dein Signal ab und hol' mir dann den letzten. Mein Zauberelixier ist noch halb voll.« Schwarz verschwand im Flur, und Grau rannte quer durch die Halle, Weingrass hinterher, auf eine Stahltür zu, die ins Kellergeschoß des Gebäudes führte.

»Scheiße!« rief Weingrass. »Abgesperrt!«

»Was zu erwarten war«, sagte Grau, zog eine kleine schwarze Schachtel aus der Tasche und hob den Deckel. »Kein Problem.« Der Masada-Mann nahm ein lehmartig aussehendes Gel aus der Schachtel, drückte es um das Schlüsselloch herum an die Türfüllung und befestigte eine nur wenige Zentimeter lange Zündschnur daran. »Treten Sie bitte zurück«, sagte er zu Weingrass. »Es explodiert zwar nicht, aber die Hitze ist gefährlich.«

Staunend sah Weingrass zu, wie sich das Gel, als die Zündschnur brannte, zuerst feuerrot und dann leuchtendblau verfärbte. Der Stahl schmolz vor seinen Augen, und das Schloß fiel heraus. »Das ist vielleicht ein Ding, Stü...«

»Sagen Sie's nicht, Weingrass!«

»Gehen wir«, lenkte der Alte ein. Sie fanden die Schalttafel der Alarmanlage am Ende des Tiefgeschosses. »Es ist eine verbesserte Guardian«, verkündete Weingrass und nahm eine Drahtschere aus der Tasche. »Es gibt jeweils zwei Unterbrechungskontakte unter sechs Zuleitungen – wobei jede Zuleitung ungefähr fünfzehnhundert Quadratmeter abdeckt. Bei einem Gebäude dieser Größe haben wir es daher wahrscheinlich mit nicht mehr als achtzehn Drähten zu tun.«

»Achtzehn Drähte«, wiederholte Grau zögernd. »Das bedeutet sechs Unterbrechungskontakte...«

»Genau, Stümper. Vergessen Sie's.«

»Vielen Dank.«

»Wenn wir einen davon durchschneiden, geht auf der Straße ein Höllenlärm los.«

»Aber woher wissen Sie, wie's richtig gemacht wird?«

»Nun ja, die Mechaniker, die diese Anlagen einbauen, sind sehr entgegenkommend. Die Idioten hassen es, Schaltpläne zu lesen, also erleichtern sie sich selbst und den Service-Leuten die Sache, indem sie die Unterbrechungskontaktleitungen gewöhnlich hoch oben in der Nähe des Hauptterminals markieren. Auf diese Weise können sie das System praktisch im Handumdrehen überprüfen und dann ganz lässig behaupten, sie hätten ein paar Tage gebraucht, bis sie die Alarmleitungen gefunden hätten, weil die Schaltpläne nicht übersichtlich seien. Und da sie das tatsächlich nie sind, kann man den Burschen auch nicht auf die Schliche kommen.«

»Und wenn Sie sich irren, Mr. Weingrass? Wenn ein Mechaniker zur Abwechslung einmal ehrlich gearbeitet hat?«

»Ausgeschlossen«, antwortete Weingrass und nahm eine kleine Taschenlampe und ein Stemmeisen aus der rechten Tasche. »Kommen Sie, wir müssen die Abdeckung der Tafel entfernen; schließlich haben wir, grob gerechnet, nur achtzig bis neunzig Sekunden, um zwölf Leitungen zu durchschneiden. Können Sie sich das vorstellen? Dieser Halunke Hassan hat gesagt, die Batterien seien schwach. Also los jetzt!«

»Ich könnte Plastiksprengstoff benutzen«, sagte Grau.

»Und durch die Hitze jeden Alarm auslösen, den es hier gibt, einschließlich der Sprinkleranlage. *Meschugge!* Ich schicke Sie in die *shul* zurück.«

»Sie machen mich sehr böse, Mr....«

»Halten Sie den Mund. Machen Sie Ihre Arbeit, und ich verschaffe Ihnen einen Orden.« Weingrass reichte Grau das Stemmeisen, das er sich von Hassan ausgeliehen hatte, weil er den Plänen der Alarmanlage entnommen hatte, daß er es brauchen werde. »Machen Sie schnell, diese Dinger sind empfindlich.«

Grau schob das Stemmeisen unter das Schloß der Abdekkung und sprengte es mit Körperkraft und Hebelwirkung. »Geben Sie mir die Taschenlampe«, sagte er. »Sie suchen die Drähte.«

Vorsichtig durchtrennte Emmanuel Weingrass einen farbigen Draht nach dem anderen. Acht, neun, zehn... elf. »Wo ist zwölf?« schrie er. »Die Alarmleitungen habe ich alle. Es muß noch eine Leitung geben! Ohne sie würde das ganze System nicht funktionieren.«

»Hier!« Grau berührte einen Draht. »Direkt neben der dritten Alarmleitung. Sie haben sie übersehen.«

»Ja, ich hab' sie.« Plötzlich begann Weingrass zu husten, krümmte sich, klappte zusammen wie ein Taschenmesser und bemühte sich verzweifelt, den Anfall zu unterdrücken.

»Lassen Sie sich gehen, verkrampfen Sie sich nicht, Mr. Weingrass«, sagte Grau sanft und legte dem alten Mann die Hand auf die magere Schulter. »Niemand kann Sie hören.«

»Ich hab' versprochen, daß ich mich zusammenreiße...«

»Ein solches Versprechen zu halten steht nicht in unserer Macht, Sir.«

»Hören Sie bloß auf, so verdammt höflich zu sein!« Weingrass hustete noch ein letztes Mal und richtete sich dann verlegen und schwerfällig wieder auf. Grau half ihm absichtlich nicht. »Okay, Soldat«, sagte der Alte, tief Atem holend. »Das Haus ist sicher – von uns aus gesehen. Suchen wir meinen Jungen.«

Grau rührte sich nicht von der Stelle. »Obwohl Sie kein sehr angenehmer Zeitgenosse sind, respektiere ich Sie, Sir«, sagte er. »Aber um unser aller willen kann ich Ihnen nicht erlauben, uns zu begleiten.«

»Sie können was nicht?«

»Wir wissen nicht, was uns in den oberen Stockwerken erwartet...«

»Ich schon, Sie Halunke! Mein Junge ist dort oben. Geben Sie mir eine Waffe, Stümper, oder ich schicke ein Telegramm an Israels Verteidigungsminister und teile ihm mit, daß Sie eine Schweinefarm besitzen.« Weingrass trat Grau plötzlich gegen das Schienbein.

»Unverbesserlich!« sagte Grau ungerührt. »Unmöglich.«

»Komm schon, mein Junge, eine ganz kleine Pistole. Ich weiß, daß Sie eine haben.«

»Aber bitte, benutzen Sie sie erst, wenn ich es Ihnen sage.« Der Masada-Mann zog das linke Hosenbein hoch und griff nach dem Revolver, den er unter der Kniekehle befestigt hatte.

»Habe ich Ihnen nie erzählt, daß ich Mitglied der Hagana war?«

»Sie waren bei der Hagana?«

»Klar. Menachem und ich haben so manche wüste Keilerei erlebt.«

»Menachem war nie bei der Hagana.«

»Dann war's eben irgendein anderer Glatzkopf. Los, gehen wir.«

Die Uzi schußbereit, lauerte Ben-Ami in der Nähe der Eingangstür des Sahalhuddin-Gebäudes im Schatten und hielt die Verbindung zu den anderen per Funk aufrecht. »Aber warum ist er bei Ihnen?« fragte er.

»Weil er unmöglich ist«, antwortete Grau gereizt.

»Das ist keine Antwort«, sagte der Mossad-Mann.

»Ich habe keine andere. Ende. Wir sind im sechsten Stock. Ich melde mich, sobald es geht.«

»Verstanden.«

Zwei Männer der Masada-Brigade flankierten die breite Doppeltür auf der rechten Seite des Treppenabsatzes. Der dritte stand am anderen Ende der Halle, vor der einzigen anderen Tür, unter der sich ein Lichtstreifen hervorstahl. Nur widerstrebend war Emmanuel Weingrass auf der Marmortreppe geblieben; und er brachte es tatsächlich fertig, den starken Hustenreiz zu unterdrücken, der ihn quälte.

»Jetzt!« flüsterte Grau, und die beiden Männer rammten gleichzeitig mit den Schultern die Tür ein. Ebenso synchron ließen sie sich sofort zu Boden fallen, als zwei Araber im Burnus sich umdrehten und mit ihren Repetiergewehren das Feuer eröffneten. Doch den Uzis waren sie natürlich nicht gewachsen. Zwei Salven aus den israelischen Maschinenpistolen mähten sie nieder. Ein dritter und ein vierter Mann begannen zu rennen, einer, der ganz in Weiß hinter dem riesigen Ebenholzschreibtisch gethront hatte, der andere auf der linken Seite.

»Stehenbleiben!« schrie Grau. »Oder wir knallen euch ab wie die Hasen!«

Der dunkelhäutige Mann in einer prunkvollen Aba befolgte den Befehl sofort und richtete den funkelnden Blick auf den Israeli. »Wißt ihr auch genau, was ihr da tut?« fragte er leise und drohend. »Dieses Haus hat die beste Alarmanlage in ganz Bahrein. Die Polizei wird in ein paar Minuten hiersein. Wenn ihr eure Waffen nicht fallen laßt, seid ihr schon jetzt so gut wie tot.«

»Hallo, du Scheißhaufen!« schrie Emmanuel Weingrass und betrat mit seinen mühsamen Altmännerschritten den Raum. »So gut ist die Anlage auch wieder nicht, zumal wenn man sie wie ich ein paar hundertmal verkauft hat.«

»Sie!«

»Wer sonst? Ich hätte dir vor Jahren in Basra den Schädel wegpusten sollen. Aber ich wußte, mein Junge würde zurückkommen und dich finden. Es war nur eine Frage der Zeit. Wo ist er?«

»Mein Leben gegen das seine.«

»Du kannst hier keine Bedingungen stellen...«

»Vielleicht doch«, fiel ihm der Mahdi ins Wort. »Er ist nämlich unterwegs zu einem nicht gekennzeichneten Flugplatz, von dem eine Maschine ihn aufs Meer hinausbringen wird. Das Ziel – die Untiefen von Katar.«

»Die Haie«, sagte Weingrass leise und mit eiskalter Wut.

»Ein sehr nützliches Entgegenkommen der Natur. Lassen Sie jetzt mit sich handeln? Nur ich kann die Maschine aufhalten.«

Der alte, ausgemergelte Mann zitterte am ganzen Körper, als er, tief Atem holend, den Schwarzen anstarrte. »Gut, handeln wir«, sagte er gepreßt. »Aber ich schwöre bei Gott, dem Allmächtigen, daß ich dich mit einer ganzen Söldnerarmee hetzen werde, wenn du jetzt mit gezinkten Karten spielst.«

»Sie hatten schon immer viel Sinn für Dramatik, Jude, nicht wahr?« Der Mahdi sah auf seine Uhr. »Wir haben Zeit. Wie auf solchen Flügen üblich, gibt es, sobald die Maschine in der Luft ist, keinen Funkkontakt mehr mit dem Boden. Gestartet wird bei Tagesanbruch. Sobald ich das Gebäude verlassen habe, rufe ich an. Die Maschine wird nicht starten, aber Sie und Ihre kleine Armee unbekannter Soldaten werden verschwinden.«

»Wag es ja nicht, mich austricksen zu wollen. Der Handel gilt.«

»O nein!« Grau riß sein Messer heraus, warf sich auf den Mahdi, packte ihn bei der Aba und preßte ihn mit dem Rükken auf den Schreibtisch. »Es gibt keine Vereinbarung, keinen Handel, keine Verhandlungen! Im Moment geht es nur um dein Leben!« Grau stieß dem Mann aus Chicago die Messerspitze unter dem linken Auge ins Fleisch. Der Mahdi schrie, als ihm das Blut die Wange hinunter und in den Mund lief. »Ruf sofort an, oder du verlierst zuerst dieses und dann das andere Auge. Danach wird es ziemlich egal sein, wo ich mein Messer ansetze. Du wirst es nicht mehr sehen.« Grau griff nach dem Telefon und knallte es direkt neben dem blutenden Kopf auf den Schreibtisch. »Gib mir die Nummer. Ich wähle für dich – nur um ganz sicherzugehen, daß es ein Flugplatz ist. Die Nummer – los!«

»Nein, nein, ich kann nicht!«

»Dann steche ich zu.«

»Nein, halt! Es gibt keinen Flugplatz, keine Maschine.«

»Lügner!«

»Nicht jetzt. Später.«

»Jetzt verlierst du das linke Auge, Lügner!«

»Er ist hier! Mein Gott, hör auf! Er ist hier!«

»Wo?« schrie Weingrass.

»Im Westflügel... Draußen – rechts – eine Treppe. Er sitzt in einem kleinen Lagerraum unterm Dach...«

Emmanuel Weingrass hörte nicht mehr. Er rannte hinaus und rief, so laut er nur konnte: »Evan! Evan...«

Das muß eine Halluzination sein, dachte Kendrick. Jemand aus seiner Vergangenheit, jemand, den er liebte, rief seinen Namen, flößte ihm Mut ein. Das ist wohl das einzige Privileg, das ein Verdammter genießt, dachte er. Auf der Pritsche sitzend, blickte er zum Fenster hinauf. Der Mond war fast nicht mehr zu sehen, sein Licht wurde schwächer. Bald gab es für ihn nur noch Dunkelheit.

»Evan! Evan!«

Das sah Manny ähnlich. Er war immer dagewesen, wenn Kendrick ihn gebraucht hatte. Und jetzt, so kurz vor dem Ende, war er auch da und schenkte ihm Trost. O Gott, Manny, ich hoffe nur, du erfährst es irgendwie, daß ich zurückgekommen bin. Daß ich endlich auf dich gehört habe. Ich habe ihn gefunden, Manny. Und nach mir werden ihn andere finden, das weiß ich. Bitte sei ein bißchen stolz auf mich...

»Gottverdammt, Kendrick! Wo, zum Teufel, steckst du?«

Diese Stimme war keine Halluzination. Und auch die lauten Schritte auf der Treppe waren Wirklichkeit. Und andere Schritte. War er am Ende schon tot? »Manny – Manny!« schrie er.

»Hier ist es! Hier ist das Zimmer! Spreng die Tür, Muskelprotz!«

Die Tür der kleinen Zelle sprang mit einem ohrenbetäubenden Knall auf.

»Gottverdammt, Junge!« rief Emmanuel Weingrass, als Kendrick sich schwankend von der Pritsche erhob. »Benimmt sich so ein respektabler Kongreßabgeordneter? Ich dachte, ich hätte dir bessere Manieren beigebracht.«

Mit Tränen in den Augen umarmten sich Vater und Sohn.

Sie saßen alle in Hassans Wohnzimmer. Ben-Ami beanspruchte das Telefon für sich allein, seit Emmanuel Weingrass nach einem langen und lebhaften Gespräch mit Sultan Achmad in Maskat aufgelegt hatte. Drei Meter entfernt saßen sieben Vertreter der Regierungen von Bahrein, Oman, Frankreich, Großbritannien, der Bundesrepublik, Israels und der PLO um den großen Eßtisch herum. Man war übereingekommen, keinen Vertreter Washingtons dazuzubitten, aber von Amerikas geheimem Interesse an einem gewissen Kongreßabgeordneten war nichts zu befürchten. Emmanuel Weingrass saß auch am Tisch, zwischen dem Israeli und dem Vertreter der PLO.

Kendricks Nachbar war der verwundete Yakov, beide saßen in bequemen Sesseln, ein Entgegenkommen für die beiden, die die größten Schmerzen hatten. »Ich habe über das nachgedacht, was Sie mir im *Aradus* gesagt haben«, wandte Yakov sich an Kendrick.

»Das ist alles, worum ich Sie bitte.«

»Es ist schwer, Kendrick. Wir haben so viel durchgemacht. Nicht ich selbst, natürlich, aber unsere Eltern und Großeltern...«

»Und Generationen vor ihnen«, sagte Kendrick. »Niemand, der auch nur einen Funken Intelligenz und Sensibilität besitzt, wird das bestreiten. Aber in gewisser Weise haben sie das auch getan. Die Palästinenser waren nicht verantwortlich für die Pogrome oder den Holocaust, doch weil die freie Welt sich schuldbewußt fühlte – was sie auch sollte, verdammt noch mal –, wurden sie die neuen Opfer, ohne zu wissen, warum.«

»Das ist mir klar.« Yakov nickte langsam. »Ich habe die Fanatiker in Westjordanien und im Gaza-Streifen gehört – und sie erschrecken mich...«

»Sie erschrecken Sie?«

»Aber ja, sehr sogar. Sie benutzen das gleiche Vokabular, das man gegen uns gebrauchte, seit – wie Sie gesagt haben – Generationen. Und trotzdem – sie morden. Sie haben meine beiden Brüder und unzählige andere umgebracht.«

»Irgendwann muß es ein Ende haben. Es ist eine so furchtbare Verschwendung.«

»Ich muß nachdenken.«

»Das ist ein Anfang.«

Die Männer am Eßtisch standen plötzlich auf. Sie nickten einander zu und gingen dann, einer nach dem anderen, zur Haustür und hinaus zu ihren Dienstwagen. Daß noch mehr Leute im Haus waren, nahmen sie nicht zur Kenntnis. Hassan, der Gastgeber, kam herein und wandte sich an seine letzten Gäste.

Anfangs verstanden sie nicht, was er sagte, weil Emmanuel Weingrass von einem seiner Hustenanfälle gepeinigt wurde. Kendrick wollte aufstehen, um zu ihm zu gehen. Yakov schüttelte den Kopf, und Kendrick verstand. Er setzte sich wieder.

»Die amerikanische Botschaft in Maskat wird in drei Stunden geräumt, nachdem den Terroristen freies Geleit zu einem Schiff garantiert wurde, das im Hafen liegt und *Sahib al Farrah-Khalifa* gehört.«

»Was geschieht mit ihm?« fragte Kendrick voller Zorn.

»In diesem Raum – und nur in diesem Raum – soll diese Frage beantwortet werden. Das Königshaus hat mich angewiesen, Sie zu informieren, daß es ein Ende haben muß. Wurde das verstanden und akzeptiert?«

Alle nickten.

»*Sahib al Farrah-Khalifa*, Ihnen als *der Mahdi* bekannt, wird ohne Prozeß und ohne Urteil hingerichtet, denn seine Verbrechen gegen die Menschlichkeit sind so empörend, daß sie einer juristischen Untersuchung nicht würdig sind. Wie die Amerikaner sagen, werden wir es auf ›unsere Weise‹ tun.«

»Darf ich etwas sagen?« sagte Ben-Ami.

»Selbstverständlich«, antwortete Hassan.

»Meine Kameraden und ich sollen nach Israel zurückgeflogen werden. Da keiner von uns Paß oder Papiere hat, hat uns der Emir eine Maschine zur Verfügung gestellt und für unseren Abflug besondere Anordnungen getroffen. Wir müssen in einer Stunde auf dem Flughafen sein. Verzeihen Sie uns daher unseren abrupten Aufbruch. Kommen Sie, meine Herren.«

»Verzeihen Sie uns«, sagte Hassan nickend, »daß wir nicht die Mittel haben, Ihnen zu danken.«

»Haben Sie was zu trinken?« fragte Rot.

»Soviel Sie wollen.«

»Soviel Sie entbehren können. Der Rückflug ist schrecklich lang, und ich hasse das Fliegen. Ich habe entsetzliche Flugangst.«

Evan Kendrick und Emmanuel Weingrass saßen in Hassans Wohnzimmer Seite an Seite in den bequemen Lehnsesseln. Sie warteten auf Anweisungen von einem gehetzten, verwirrten amerikanischen Botschafter, der sich nur telefonisch mit ihnen in Verbindung setzen durfte. Es war, als wären die beiden alten Freunde nie getrennt gewesen – der oft noch unsichere

Schüler und der gestrenge Lehrer. Doch der Schüler war zum Anführer geworden, war die treibende Kraft, und der Lehrer verstand.

»Achmad muß vor Erleichterung im Weltraum schweben«, sagte Kendrick und trank einen Schluck Brandy.

»Es gibt schon noch ein paar Sachen, die ihn auf dem Boden festhalten.«

»Ach?«

»Es scheint da eine Gruppe zu existieren, die ihn gern loswerden – in die Vereinigten Staaten zurückschicken will, weil sie findet, daß er zu jung und zu unerfahren ist, um zu regieren. Er nennt sie ›seine arroganten Krämer-Prinzen‹ und will sie zu sich in den Palast holen, um sie zur Räson zu bringen.«

»Das ist ein Punkt. Was gibt es noch?«

»Es gibt noch eine zweite Gruppe. Sie wollte die Angelegenheit auf ihre Weise aus der Welt schaffen: die Botschaft in die Luft sprengen, wenn es sein mußte, ohne Rücksicht alles tun, um wieder Herr im eigenen Land zu sein. Es sind Spinner, die immer nur eine Lösung kennen – das Maschinengewehr. Es sind auch diejenigen, die Consular Operations angeheuert hatte, dich aus dem Flugplatz herauszuschmuggeln.«

»Was hat Achmad mit ihnen vor?«

»Nichts Besonderes, außer du willst, daß man deinen Namen von allen Minaretten schreit. Wenn er sie zu Ordnung ruft, kreischen sie was von Verbindungen zu deinem Außenministerium, und der Nahe Osten hat einen neuen Fall.«

»Achmad weiß schon, was er zu tun hat. Er läßt sie in Ruhe.«

»Da gibt es noch etwas, und dabei ist er ganz allein auf sich gestellt. Er muß das Fluchtboot in die Luft jagen lassen und jeden einzelnen von diesen Dreckskerlen umbringen.«

»Nein, Manny, das ist nicht der richtige Weg. Dann wird nur immer weitergemordet...«

»Falsch!« rief Weingrass. »Das siehst du falsch! Exempel müssen statuiert und immer wieder statuiert werden, bis alle begriffen haben, welchen Preis sie zahlen müssen!« Plötzlich wurde er von einem langen, hohlklingenden, heiseren Husten gepackt, der ganz tief aus seiner Brust kam. Sein Gesicht rötete sich, und die Venen an Hals und Stirn traten blau hervor.

Kendrick hielt seinen alten Freund an der Schulter fest, um ihm Erleichterung zu verschaffen. »Wir sprechen später darüber«, sagte er, als der Husten nachließ. »Ich möchte, daß du mit mir nach Hause kommst, Manny.«

»Weil ich ein bißchen huste?« Weingrass schüttelte den Kopf. »Nur ein Bronchialkatarrh. Das Wetter in Frankreich war lausig.«

»Das war's nicht, woran ich gedacht habe«, log Kendrick, überzeugend, wie er hoffte. »Ich brauche dich.«

»Wozu?«

»Ich habe möglicherweise vor, mich in mehrere Projekte zu stürzen, und brauche deinen Rat.« Auch das war eine Lüge, eine ziemlich schwache, wie er selbst erkannte, daher fügte er schnell hinzu: »Ich möchte auch mein Haus ganz umbauen.«

»Ich dachte, du hättest es eben erst gebaut.«

»Ich hatte anderes im Kopf und habe die Bauarbeiten nicht genügend beaufsichtigt. Es ist ein ganz scheußliches Haus geworden, und vor allem habe ich nicht annähernd die Aussicht, die man mir versprochen hat. Sehe kaum die Berge, von den Seen ganz zu schweigen.«

»Im Beurteilen von Bauplänen warst du noch nie besonders gut.«

»Du siehst, ich brauche dich. Komm mit. Bitte.«

»Ich habe in Paris zu tun. Muß Geld wegschicken. Hab' mein Wort gegeben.«

»Schick mein Geld.«

»Eine Million?«

»Zehn, wenn du willst. Dank dir bin ich hier und nicht im Magen irgendeines Hais gelandet... Ich werde dich nicht anflehen, Manny, aber ich brauche dich wirklich. Komm bitte mit.«

»Na schön, für eine oder zwei Wochen vielleicht«, sagte der so leicht reizbare Emmanuel Weingrass. »Aber in Paris braucht man mich auch, weißt du?«

Das Telefon klingelte, und Kendrick unterdrückte die bissige Bemerkung, die ihm auf der Zunge lag. Endlich bekamen sie die erwarteten Anweisungen.

»Ich bin der Mann, dem Sie nie begegnet sind, mit dem Sie nie gesprochen haben«, sagte Kendrick in das Münztelefon auf dem Luftwaffenstützpunkt Andrews in Virginia. »Ich verzieh' mich wieder in die Berge und aufs Wildwasser, wo ich auch die letzten fünf Tage verbracht habe. Ist das klar?«

»Völlig klar«, antwortete Frank Swann, stellvertretender Sicherheitschef der Abteilung Consular Operations im Außenministerium der Vereinigten Staaten. »Ich werde nicht einmal versuchen, mich bei Ihnen zu bedanken.«

»Lassen Sie's.«

»Ich kann ja gar nicht. Ich weiß nicht einmal Ihren Namen.«

Höchste Geheimhaltungsstufe
Kein Zugriff
Eingabe

Der Mann saß gebeugt vor der Tastatur, mit wachem Blick und wachen Sinnen, obwohl sein Körper vor Erschöpfung wie ausgelaugt war. Er atmete tief, als hielte sein Atem seine Gehirnfunktionen in Gang. Er hatte seit fast achtundvierzig Stunden nicht mehr geschlafen und die Entwicklung in Bahrein abgewartet.

Es hatte einen *Blackout* gegeben, die Verbindungen waren vorübergehend unterbrochen worden. Stille.

Der kleine Personenkreis im Außenministerium und bei der CIA, der informiert werden mußte, mußte jetzt vielleicht selbst tief Luft holen. Vorher hatten sie gemeinsam den Atem angehalten. Was sich in Bahrein ereignet hatte, war unwiderruflich und endgültig, das Ende unklar gewesen.

Nun nicht mehr. Es war vorbei. Das Objekt befand sich auf dem Rückflug. ER hatte gesiegt.

Der Mann tippte weiter:

Unser Mann hat es geschafft. Die Geräte reagieren ekstatisch, denn obwohl sie sich weigerten, sich festzulegen, haben sie stets angedeutet, daß er es schaffen könnte. Auf ihre seelenlose Weise haben sie meine Vision gesehen. Das Objekt ist heute morgen unter größter Geheimhaltung hier eingetroffen.

Er glaubt, alles sei zu Ende, sein Leben könne wieder in Normalität versinken. Doch er irrt. Alles ist bereit, der Bericht geschrieben. Die Mittel müssen gefunden werden. Der Blitz wird einschlagen, und er wird der Strahl sein, der eine Nation verändert. Für ihn war das erst der Anfang.

2. BUCH

Höchste Geheimhaltungsstufe
Kein Zugriff
Eingabe

Die Mittel sind gefunden. Wie in den alten wedischen Schriften ist ein Gott des Feuers als Bote erschienen. Er hat sich mir und ich habe mich ihm enthüllt. Die Akte Oman ist jetzt vollständig und enthält alle Einzelheiten. Ich habe mir das gesamte Material verschafft und alles ihm gegeben. Er ist ein bemerkenswerter Mann, was ich – nicht unrealistisch – auch von mir glaube, und seine Hingabe ist ebenso groß wie die meine.

Da die Akte vollständig und gespeichert ist, beende ich dieses Tagebuch. Und beginne ein neues.

ag
ar k
as D
der
rbe
lip
Gst
Ste
er e
i de
t ve
chin
F

16

Ein Jahr später.
Sonntag, 20. August, 20 Uhr 30

Eine nach der anderen hatten die fünf Limousinen wie leise Gefährte einer anmutigen Zeit ihre Besitzer bis an die Marmortreppe gebracht, die zu der Säulenvorhalle des Landsitzes am Ufer der Chesapeake Bay führte. Sie waren in unregelmäßigen Abständen eingetroffen, so daß plötzlich neugierig gewordene Zuschauer, entweder auf der Hauptstraße oder in den Straßen eines reichen Dorfes an der Ostküste von Maryland, nicht den Eindruck von Hast oder Eile vermittelt bekamen. Es handelte sich nur um eine weitere unauffällige gesellschaftliche Zusammenkunft der immens Reichen, ein alltäglicher Anblick in dieser Enklave der Titanen aus Wirtschaft und Politik. Vielleicht blickte ein erfolgreicher einheimischer Bankier aus dem Fenster, sah die glänzenden Wagen vorübergleiten und wünschte sich, den Vorzug zu genießen, diesen Männern bei einem Brandy oder am Billardtisch zuhören zu können; weiter jedoch gingen seine Träume nicht.

Die immens Reichen behandelten ihre vornehme Umgebung sehr großzügig, und die Leute wurden durch ihre Anwesenheit noch reicher. Krumen von ihren Tischen erwiesen sich häufig als Extrabonus: Da gab es ganze Armeen von Haus- und Gartenangestellten, deren Verwandtschaft die Lohnlisten verlängerte, was ihre Arbeitgeber jedoch klaglos hinnahmen, solange Haus und Garten tipptopp in Ordnung waren, wenn sie aus London, Paris oder Gstaad zurückkehrten. Und für die höher auf der Berufsleiter Stehenden gab es hin und wieder einen lukrativen Börsentip bei einem freundschaftlichen Umtrunk in der Taverne im Zentrum der Stadt. Die Bankiers, die Kaufleute und die stets in Ehrfurcht verharrenden Einwohner liebten ihre »Gutsherren«. Sie schirmten die Privatsphäre dieser hervorragenden Männer und Frauen mit ruhiger Entschlossenheit gegen die neugierige Außenwelt ab. Und wenn diese Abschirmung es hin und wieder erforderte, daß ein paar Gesetze gebeugt werden mußten, war das ein geringer Preis, und in einem gewissen Sinn sogar moralisch, wenn man bedachte, wie die Klatschkolumnisten alles verdrehten und verzerrten, nur um ihre Zeitungen und Illustrierten zu verkaufen. Der kleine Mann von der Straße konnte sich bis zur Besinnungslosigkeit vollaufen lassen, sich mit seiner Frau oder seinem Nachbarn prügeln oder sogar einen Autounfall haben, und niemand schoß Fotos von ihm, die in allen Gazetten erschienen. Warum wurden ausgerechnet die Reichen als Lesestoff für sensationslüsterne Leute vermarktet, die nicht einmal einen Funken ihrer Talente besaßen? Die Reichen waren da anders. Sie schufen Arbeitsplätze, spendeten großzügig und machten so manchem das Leben ein bißchen leichter. Warum also sollte man sie verfolgen?

Das waren die nicht unlogischen Gedankengänge der Stadtbewohner. Auf diese Weise schaffte es auch die einheimische Polizei, die Verbrechensrate niedriger zu halten, als es sonst der Fall gewesen wäre, und trug auf ihre Weise zu den harmonischen Beziehungen bei. All das führte dazu, daß es in der privilegierten Enklave, in der der Landsitz an der Chesapeake Bay lag, eine Reihe wohlgehüteter Geheimnisse gab.

Aber Geheimnisse sind relativ. Eines Mannes Geheimnis ist für einen anderen ein Riesenspaß; bestimmte Akten der Regierung mit dem Vermerk »Geheim« gerieten häufiger an die Öffentlichkeit als andere; und der sexuelle Appetit eines prominenten Kabinettsmitglieds ist hauptsächlich deshalb geheim, damit seine Frau nichts davon erfährt oder im umgekehrten Fall der Ehemann unwissend bleibt. »Wenn ich etwas verrate, will ich auf der Stelle tot umfallen«, ist eine Erklärung, die man von Kindern aller Altersstufen zu hören bekommt, die trotzdem ihr Wort nicht halten; wenn es jedoch um einen ungewöhnlichen Todesfall geht, muß der Kreis des Schweigens undurchdringlich sein. Wie an diesem Abend, an dem die fünf Limousinen auf ihrer Fahrt zur Chesapeake Bay das Dorf Cynwid Hollow passierten.

Die hohe Bibliothek, die sich in dem am Wasser liegenden Flügel des riesigen Hauses befand, war ein durch und durch maskuliner Raum. Leder und poliertes Holz waren vorherrschend, Spitzbogenfenster blickten in den streng gegliederten, von Flutlicht erleuchteten Park hinaus, und die Wände bedeckten Regale mit Prachtfolianten und schlichten Büchern aus allen

Wissensgebieten. Lehnsessel aus weichem braunen Leder neben Bodenlampen luden zum Schmökern ein, und an der der Tür gegenüberliegenden Wand stand in der rechten Ecke ein ausladender Schreibtisch aus Kirschbaumholz mit einem hochlehnigen Drehstuhl aus schwarzem Leder. Die für einen solchen Raum so typische Einrichtung vervollständigte ein großer runder Tisch in der Mitte – Treffpunkt für Konferenzen, die am besten verborgen in einer ländlichen Idylle abgehalten wurden.

Das war aber schon alles, was diesem Raum den Anschein von Normalität gab, und das Ungewöhnliche, wenn nicht gar Seltsame wurde um so offensichtlicher. Auf dem Tisch stand vor jedem Platz ein Punktstrahler aus Messing, dessen Licht auf eine gelbe Schreibunterlage fiel. Es war, als erleichtere der dünne, grelle Lichtstrahl es den am Tisch Sitzenden, sich auf die Notizen zu konzentrieren, die sie sich machten, ohne daß sie von den hell beleuchteten Gesichtern – und Augen – ihrer Nachbarn und Gegenüber abgelenkt wurden. Denn es brannten im Raum keine anderen Lampen; Gesichter bewegten sich im Spiel von Licht und Schatten, flüchtig wurde man dieses oder jenes Ausdrucks gewahr, doch zu langen, forschenden Blicken hatte man keine Gelegenheit. Am Ende der Bibliothek war unter der Decke eine lange schwarze Röhre angebracht, aus der sich nach einem Druck auf die Fernsteuerung eine silberne Filmleinwand entrollte, die etwa bis in die halbe Höhe zwischen Decke und Parkettboden reichte.

In die Wand hinter und über dem Tisch und ebenfalls elektronisch zu betätigen, war eine Konsole mit allen nur erdenklichen audio-visuellen Geräten eingebaut: mit Projektoren für Live- und Kassettenaufnahmen des Fernsehens, für Filme, Dias und Tonaufnahmen. Mit Hilfe der Technik einer ferngesteuerten ausfahrbaren Satellitenantenne auf dem Dach konnte man Satelliten- und Kurzwellenprogramme aus der ganzen Welt empfangen. Im Augenblick blinkte ein kleines rotes Licht; ein Rundmagazin mit Dias war eingelegt worden und bereit, abgefahren zu werden.

All das war, und das fanden selbst die Reichen, für eine Bibliothek überaus seltsam, denn man glaubte sich in einem völlig anderen Umfeld – in einem Strategieraum fern vom Weißen Haus oder vom Pentagon oder von den abgeschirmten Räumen der National Security Agency. Ein einziger Knopfdruck stellte die Welt – die gegenwärtige und die vergangene – offen zur Schau.

Doch am anderen Ende dieses so ungewöhnlichen Raums fand sich in der linken Ecke ein merkwürdiger Anachronismus. In sicherem Abstand von den Bücherregalen stand ein alter gußeiserner Ofen mit bis an die Decke reichendem Rohr; daneben ein gefüllter Kohleneimer. Besonders merkwürdig war, daß der Ofen glühte, obwohl zugleich das letzte Summen der zentralen Klimaanlage zu hören war, die an einem so warmen und feuchten Abend an der Chesapeake Bay natürlich eingeschaltet werden mußte.

Dieser Ofen war jedoch ein wesentlicher Teil der Konferenz, die an diesem Abend an der Küste von Cynwid Hollow begonnen hatte. Alles Geschriebene mußte verbrannt werden – auch die Schreibunterlagen und Notizblöcke, denn nichts, was die hier Versammelten verhandelten, durfte über die vier Wände der Bibliothek hinausgelangen. Die Entschlüsse dieser Männer konnten Regierungen stürzen, konnten die internationale Wirtschaft positiv oder negativ beeinflussen, konnten Kriege heraufbeschwören oder verhindern.

»Der Präsident wird in zwei Jahren mit überwältigender Mehrheit wiedergewählt werden«, sagte der weißhaarige Mann mit dem aristokratischen Gesicht und der Adlernase, der den Vorsitz führte. »Um das festzustellen, brauchen wir keine Hochrechnungen. Er hat das Land praktisch in der Hand, und falls er sich nicht ein paar katastrophale Fehler leistet – die seine Berater verhindern werden –, kann niemand etwas dagegen tun. Daher müssen wir uns auf das Unvermeidbare vorbereiten und unseren Mann an Ort und Stelle haben.«

»Ein merkwürdiger Ausdruck, dieses ›unser Mann‹«, stellte ein schlanker, fast kahler Siebzigjähriger mit eingefallenen Wangen und großen, sanften Augen nickend fest. »Wir müssen schnell handeln. Und trotzdem könnte sich noch manches ändern. Der Präsident ist ein so charmanter Mensch, so attraktiv, und er sehnt sich so danach, daß man ihn gern hat – ihn liebt...«

»Und er ist oberflächlich«, unterbrach ein breitschultriger Schwarzer mittleren Alters ruhig, ganz ohne Feindseligkeit in der Stimme. »Ich habe nichts gegen ihn persönlich, denn er ist ein anständiger, vielleicht sogar ein guter Mensch. Das sehen die

Leute in ihm, und wahrscheinlich haben sie recht. Es sind die Pinscher hinter ihm – so weit hinter ihm, daß er vermutlich von ihrer Existenz gar nichts weiß, außer daß sie für seinen Wahlkampf spenden.«

»Er weiß tatsächlich nichts von ihnen«, sagte das vierte Mitglied der Runde, ein beleibter Mann mittleren Alters mit dem Gesicht eines Cherubs und den ungeduldigen Augen eines Gelehrten unter einem wilden Schopf roter Haare. »Und ich wette zehn von meinen Patenten, daß sich noch vor dem Ende seiner ersten Amtsperiode ein dickes Haar in der Suppe finden wird.«

»Du würdest verlieren«, sagte eine ältere Frau mit silbrigen Haaren. Sie trug ein elegantes schwarzes Seidenkleid und wenig Schmuck. Ihre Stimme klang kultiviert. »Nicht, weil du ihn unterschätzt, sondern weil er und alle hinter ihm ihre zunehmende Übereinstimmung festigen werden, bis er politisch unüberwindlich ist. Es wird keine großen Entscheidungen geben, bis seine Opposition mundtot ist. Mit anderen Worten, sie sparen sich ihre schweren Geschütze für die zweite Amtsperiode auf.«

»Dann bist du mit Jacob der Meinung, daß wir schnell handeln müssen«, sagte der weißhaarige Samuel Winters und nickte dem hohlwangigen Jacob Mandel zu, der rechts neben ihm saß.

»Aber selbstverständlich bin ich das, Sam«, erwiderte Margaret Lowell und strich sich übers Haar. Plötzlich beugte sie sich vor, setzte die Ellbogen fest auf den Tisch und verschränkte die Hände. Es war eine überraschend maskuline Haltung für eine so feminine Frau, doch fiel das am Tisch keinem auf. Das Interesse galt ausschließlich ihren geistigen Fähigkeiten. »Realistisch gedacht, bin ich gar nicht sicher, ob wir schnell genug handeln können«, fuhr sie fort. »Vielleicht müssen wir uns eine etwas direktere Methode einfallen lassen.«

»Nein, Peg«, warf Eric Sundstrom, der rothaarige Wissenschaftler, ein, der zu ihrer Linken saß. »Alles muß ganz normal vor sich gehen, wie es sich für eine im Aufschwung begriffene Administration schickt, die Verbindlichkeiten in Aktivposten verwandelt. Das muß unsere Methode sein. Jede Abweichung vom Prinzip natürlicher Evolution – die Natur ist unberechenbar – würde Alarmsignale aussenden, die wir nicht dulden könnten. Diese Übereinstimmung, die du vorhin erwähnt hast, und die auf Grund von Falschinformationen zustande kommt, würde, von Gideons ›Pinschern‹ vorangetrieben, die Sache abrunden. Dann hätten wir den schönsten Polizeistaat.«

Der schwarze Gideon Logan nickte zustimmend und verzog die Lippen zu einem Lächeln. »Oh, Sie würden um Lagerfeuer herumstampfen, alle rechtlich denkenden Menschen an sich ziehen und der Körperschaft Politik den Arsch abbrennen.« Er unterbrach sich und sah die Frau ihm gegenüber an. »Es gibt keine Abkürzungen, Margaret. Da hat Eric ganz recht.«

»Ich habe nichts Melodramatisches gemeint«, sagte Margaret Lowell. »Keine Schüsse in Dallas oder ausgeflippte Kinder mit Komplexen. Ich haben nur von Zeit gesprochen. Haben wir Zeit?«

»Wenn wir sie richtig nutzen, haben wir Zeit«, sagte Jacob Mandel. »Der entscheidende Faktor ist der Kandidat.«

»Dann sollten wir über ihn reden«, stellte der weißhaarige Samuel Winters fest. »Wie ihr alle wißt, hat unser Kollege Mr. Varak seine Suche beendet und ist überzeugt, den richtigen Mann gefunden zu haben. Ich will euch nicht damit langweilen, wie viele er eliminiert hat, und erwähne es nur, um zu betonen, daß wir jeden einzeln überprüfen werden, falls nicht völlige Einmütigkeit zwischen uns herrscht. Er hat unsere Richtlinien studiert, weiß, welche Vorzüge unser Mann haben muß und wo er nicht angreifbar sein darf. Kurz gesagt, die Talente müssen unserer Überzeugung nach vorhanden sein. Meiner Meinung nach hat er einen brillanten, wenn auch völlig überraschenden Vorschlag. Ich werde jedoch nicht für unseren Freund sprechen – das kann er selbst ausgezeichnet –, doch es wäre nachlässig von mir, wenn ich nicht die unzähligen Konferenzen erwähnte, in denen er mir bewiesen hat, daß er mit der gleichen Hingabe für uns arbeitet wie vor fünfzehn Jahren sein Onkel Anton Varak für unsere Vorgänger.« Winters machte eine Pause und sah die anderen der Reihe nach an. »Vielleicht muß man ein seiner Freiheiten beraubter Europäer sein, um uns zu begreifen, die Gründe für unsere Existenz zu verstehen. Wir sind die Erben von Inver Brass, wieder zum Leben erweckt von jenen, die vor uns kamen. Wir sollten von jenen Männern erwählt werden, wenn ihre Anwälte der Meinung waren, daß wir so lebten, wie es ihrer Vorstellung entsprach. Als man jedem von uns den versiegelten Umschlag überreichte, haben wir verstanden, was gemeint war. Es gab und gibt in unserer Gesellschaft keine größeren Privilegien, keine begehrenswerteren Stellungen als jene, die wir schon innehaben. Durch unsere besonderen Fähigkeiten, vom Glück, durch eine Erbschaft begünstigt oder durch das Pech anderer, haben wir einen Grad der Freiheit erreicht, der nur wenigen in dieser so schwer heimgesuchten Welt zuteil wird. Doch diese Freiheit bürdet uns auch Verantwortung auf, und wir nehmen sie genauso an wie unsere Vorgänger vor Jahren. Wir müssen unsere Möglichkeiten nutzen, dieses Land zu einem besseren Land zu machen, und hoffen, auf diesem Weg auch die Welt zu verbessern.« Winters lehnte sich kopfschüttelnd in seinem Sessel zurück, und seine Stimme klang zögernd, ja fragend. »Der Himmel weiß, niemand hat uns erwählt, niemand uns im Namen Gottes gesalbt, und ganz gewiß fuhr kein Blitz vom Himmel herab, der eine Botschaft aus dem Olymp enthüllte, aber was wir tun, tun wir, weil wir es tun können. Und wir tun es, weil wir an unser gemeinsames leidenschaftsloses Urteil glauben.«

»Sei nicht so defensiv, Sam«, unterbrach Margaret Lowell ihn sanft. »Wir mögen privilegiert sein, aber wir sind auch verschieden. Wir stellen nicht nur eine einzige Farbe des Spektrums dar.«

»Mir ist nicht klar, wie ich das verstehen soll, Margaret«, sagte Gideon Logan, mit gespielter Überraschung die Brauen hochziehend, als die Mitglieder von Inver Brass lachten.

»Mein lieber Gideon«, erwiderte Margaret Lowell, »das ist mir ja noch gar nicht aufgefallen. Palm Beach um diese Jahreszeit? Du bist richtig braun geworden.«

»Jemand mußte sich um Ihren Garten kümmern, Madame.«

»Wenn du das getan hast, bin ich jetzt bestimmt heimatlos.«

»Das ist durchaus denkbar. Ein Konsortium puertoricanischer Familien hat den Besitz gemietet, Madame, eine Kommune, um genau zu sein.« Unterdrücktes Lachen kam auf. »Tut mir leid, Samuel, unser leichtfertiges Gerede ist unerwünscht.«

»Aber im Gegenteil«, mischte Jacob Mandel sich ein. »Es ist ein Zeichen von Gesundheit und richtiger Perspektive. Wenn wir eines Tages nicht mehr lachen können, vor allem über unsere eigenen Schwächen und Grillen nicht mehr lachen können, haben wir hier nichts mehr zu suchen. Verzeiht mir bitte, aber diese Lektion haben wir von unseren Vorfahren gelernt, die den europäischen Pogromen entkommen sind. Sie nannten es ein Prinzip des Überlebens.«

»Sie hatten natürlich recht«, stimmte Sundstrom, noch immer leise vor sich hin lachend, zu. »Es schafft einen – wenn vielleicht auch kleinen – Abstand zwischen den Menschen und ihren Schwierigkeiten. Aber könnten wir jetzt zu unserem Kandidaten kommen? Ich bin fasziniert. Sam sagt, er sei brillant gewählt, doch niemand habe mit ihm gerechnet.«

»Ich muß wirklich einmal eines seiner Bücher lesen«, warf Mandel wieder ein. »Er spricht wie ein Rabbi, aber ich verstehe ihn nicht.«

»Versuch's gar nicht erst«, entgegnete Winters und lächelte Sundstrom freundlich zu.

»Der Kandidat«, wiederholte Sundstrom. »Gehe ich richtig in der Annahme, daß Varak eine Präsentation vorbereitet hat?«

»Mit der ihm eigenen Liebe zum Detail«, antwortete Winters, wandte sich nach links und zeigte auf das rote Licht an der Konsole hinter ihm. »Im Lauf der Ermittlungen hat er ein paar ganz ungewöhnliche Informationen ausgegraben, die mit Ereignissen in Zusammenhang stehen, welche fast auf den Tag genau ein Jahr her sind.«

»Oman?« fragte Sundstrom, über dem Punktstrahler auf seinem Platz die Augen zusammenkneifend. »Vergangene Woche wurden in mehr als einem Dutzend Städten Gedenkgottesdienste abgehalten.«

»Lassen wir Mr. Varak sprechen«, sagte der weißhaarige Historiker Samuel Winters und drückte auf einen Knopf. Ein Summer ertönte; Sekunden später wurde die Tür der Bibliothek geöffnet, ein untersetzter blonder Mann, Mitte bis Ende Dreißig, trat in das gedämpfte Licht und blieb an der Tür stehen. Er trug einen braunen Sommeranzug und eine dunkelrote Krawatte. Seine breiten Schultern schienen den Stoff seines Jacketts auszudehnen. »Wir sind bereit, Mr. Varak. Kommen Sie bitte herein.«

»Vielen Dank, Sir.« Milos Varak schloß die Tür hinter sich und begab sich an das entgegengesetzte Ende des Raums. Vor der heruntergelassenen Filmleinwand blieb er stehen und nickte den Mitgliedern von Inver Brass höflich zu. Das Licht der messingnen Punktstrahler, das sich in der polierten Tischplatte spiegelte, fiel auf sein Gesicht, betonte die hohen Wangenknochen und die breite Stirn unter dem vollen, glatten blonden

Haar. Seine Lider waren ein wenig schräg und ließen auf slawische Ahnen schließen. Die Augen blickten gelassen, wissend und irgendwie kalt. »Darf ich sagen, es tut gut, Sie alle wiederzusehen?« fragte er in seinem sehr korrekten Englisch mit Prager Akzent.

»Wir freuen uns auch, Sie zu sehen, Milos«, entgegnete Jacob Mandel. Die anderen folgten mit kurzen Bemerkungen.

»Varak«, sagte Sundstrom und lehnte sich auf seinem Stuhl zurück.

»Sie sehen gut aus, Milos.« Gideon Logan nickte.

»Er sieht wie ein Footballspieler aus«, meinte Margaret Lowell lächelnd. »Lassen Sie sich ja nicht bei den *Redskins* sehen. Sie suchen Verteidiger.«

»Das Spiel ist für mich viel zu verwirrend, Madame.«

»Für sie auch.«

»Ich habe allen von Ihrem Fortschritt erzählt«, sagte Winters und fügte leise hinzu: »Ihrem, Ihrer Meinung nach künftigen Fortschritt. Wollen Sie uns noch einmal einen Überblick über die Richtlinien geben, bevor Sie uns die Identität des Mannes nennen, den Sie vorschlagen?«

»Gern, Sir.« Varak ließ, während er seine Gedanken ordnete, die Augen um den Tisch herumschweifen. »Ihr Mann sollte körperlich anziehend, aber nicht ›hübsch‹ oder feminin sein. Jemand, der den höchsten Ansprüchen Ihrer Image-Macher gerecht wird – sonst wären, in der kurzen Zeit, die uns bleibt, zu viele Hindernisse zu überwinden. Daher muß es ein Mann sein, dem seine Geschlechtsgenossen alle in dieser Gesellschaft üblichen männlichen Tugenden zuschreiben, und der den Frauen gefällt. Er darf kein Ideologe sein, der von der Wählerschaft nicht akzeptiert wird. Außerdem muß er den Eindruck einer – wie Sie sagen – ›eigenständigen Persönlichkeit‹ machen, unbestechlich, nicht käuflich, völlig neutral, und daß er das ist, muß durch eine entsprechend makellose Vergangenheit bewiesen werden. Selbstverständlich darf er auch nichts Ehrenrühriges zu verbergen haben. Schließlich ist die Ausstrahlung ein beinahe lebenswichtiger Aspekt. Unser Mann muß über jene mitreißende Persönlichkeit verfügen, die ihn durch häufiges Auftreten in der Öffentlichkeit ins politische Scheinwerferlicht katapultieren kann. Ein Mann, der echte oder in ihn hineinprojizierte Wärme und stillen Humor ausstrahlt, mit einer Vergangenheit, in der er sich durch mutige Handlungen ausgezeichnet hat. Doch auf keinen Fall darf er die Gestalt des Präsidenten überschatten.«

»Das würden seine Leute nicht akzeptieren«, sagte Eric Sundstrom.

»Sie werden keine andere Wahl haben, Sir«, antwortete Varak leise, aber mit Überzeugungskraft. »Die Manipulation umfaßt vier Stadien. Innerhalb von drei Monaten wird unser im Grunde anonymer Mann rasch sichtbar werden; nach sechs Monaten wird er verhältnismäßig gut bekannt sein; und Ende des Jahres wird er genauso populär sein wie die Führer des Senats und des Parlaments. Die vierte Phase wird ein paar Monate vor dem Nationalkonvent durch Titelbilder in der *Times* und in *Newsweek* sowie Leitartikel in den größten Tageszeitungen und anderen Medien eingeleitet. Mit entsprechenden finanziellen Mitteln ist das alles garantiert.« Varak machte eine Pause und fügte dann leise hinzu: »Garantiert mit dem richtigen Kandidaten, und ich glaube, wir haben ihn gefunden.«

Die Mitglieder von Inver Brass musterten ihren tschechischen Koordinator mit mildem Erstaunen und sahen sich dann vorsichtig gegenseitig an.

»Wenn das tatsächlich der Fall ist«, meinte Margaret Lowell, »und er von seinem Berg herabsteigt, bin ich bereit, ihn zu heiraten.«

»Ich auch«, sagte Gideon Logan. »Zum Teufel mit den Mischehen.«

»Verzeihung«, unterbrach Varak. »Ich wollte dem Ganzen keinen romantischen Anstrich geben. Er ist ein absolut normaler Mensch, die Eigenschaften, die ich ihm zuschrieb, sind hauptsächlich eine Folge der Selbstsicherheit, die ihm sein Reichtum gibt. Ein Reichtum, den er sich durch extrem harte Arbeit und dadurch erworben hat, daß er zur richtigen Zeit an den richtigen Orten große Risiken einging. Er lebt mit sich und anderen in Frieden, weil er von anderen nichts erwartet und weiß, wozu er selbst fähig ist.«

»Wer ist es?« fragte Mandel.

»Darf ich ihn Ihnen zeigen?« sagte Varak, eine direkte Antwort umgehend, respektvoll, holte eine elektronische Fernbedienung aus der Tasche und trat von der Leinwand zurück. »Möglicherweise erkennen ihn einige von Ihnen. Dann muß ich meine Bemerkung über seine Anonymität zurücknehmen.«

Ein Lichtkeil schoß aus der Konsole, und Evan Kendricks Gesicht erschien überlebensgroß auf der Leinwand. Es war ein Farbfoto, auf dem Kendricks tiefe Bräune ebensogut zu sehen war wie die Bartstoppeln und die hellbraunen Haarsträhnen, die ihm über die Ohren und lang in den Nacken hingen. Er blinzelte in die Sonne und blickte mit nachdenklicher und leicht besorgter Miene über ein Wasser.

»Er sieht wie ein Hippie aus«, sagte Margaret Lowell.

»Das läßt sich vielleicht durch die Umstände erklären, unter denen das Foto aufgenommen wurde«, antwortete Varak. »Es ist eine Woche alt, und er ist seit vier Wochen in den Rocky Mountains auf dem Fluß unterwegs – eine Fahrt, die er jedes Jahr unternimmt. Allein. Ohne Begleitung und ohne Führer.« Der Tschechoslowake zeigte weitere Dias und ließ jedes ein paar Sekunden lang auf seine Zuschauer wirken. Die Fotografien zeigten Kendrick in seinem Boot inmitten der Stromschnellen, halsbrecherisch an gefährlich vorspringenden Felszacken vorbeilavierend, von Gischt und schäumendem Wildwasser umsprüht.

»Warten Sie einen Moment!« rief Samuel Winters, durch seine Hornbrille spähend. »Halten Sie die mal an«, setzte er hinzu und betrachtete die Fotografie sehr genau. »Davon haben Sie noch nie ein Wort erwähnt. Er umfährt gerade die Flußbiegung, die zu dem Basislager unterhalb der Lava Falls führt.«

»Das ist richtig, Sir.«

»Dann muß er die vor der Biegung liegenden Stromschnellen mit Schwierigkeitsgrad fünf passiert haben.«

»Ja, Sir.«

»Ohne Führer?«

»Ja.«

»Er ist verrückt. Vor ein paar Jahrzehnten bin ich dort mit zwei Führern durchgekommen und habe Todesängste ausgestanden. Warum tut er so was?«

»Er unternimmt diese Fahrt seit Jahren – war immer auf dem Fluß zu finden, wenn er sich in den Vereinigten Staaten aufhielt.«

»Wenn er sich in den Vereinigten Staaten aufhielt?« Jacob Mandel beugte sich interessiert vor.

»Bis vor sechs Jahren arbeitete er als Bauingenieur und Projektplaner. Er konzentrierte sich hauptsächlich auf das östliche

Mittelmeer und den Persischen Golf. Jener Teil der Welt ist unendlich weit von Bergen und Flüssen entfernt. Ich denke, er fand in dieser ganz anderen Landschaft Entspannung. Eine Woche widmete er immer seinen Geschäften, dann zog es ihn in den Nordwesten.«

»Und allein, sagen Sie«, warf Eric Sundstrom ein.

»Damals nicht, Sir. Damals war er oft in weiblicher Gesellschaft.«

»Dann ist er also nicht homosexuell«, stellte Margaret Lowell, das einzige weibliche Mitglied von Inver Brass, fest.

»Davon war nie die Rede.«

»Doch Sie haben auch weder Frau noch Kinder erwähnt, was meiner Meinung nach wichtig wäre. Sie haben nur gesagt, daß er seine Urlaubsreisen allein unternimmt.«

»Er ist Junggeselle, Madam.«

»Das könnte ein Problem sein«, meinte Sundstrom.

»Nicht unbedingt, Sir. Wir haben zwei Jahre, um uns mit der Situation auseinanderzusetzen, und eine Heirat im Wahljahr könnte positive Aspekte haben.«

»Mit dem populärsten Präsidenten der Geschichte als Trauzeugen ganz gewiß«, sagte Gideon Logan mit einem Lachen.

»Die Möglichkeit besteht durchaus, Sir.«

»Mein Gott, Sie denken wohl an alles, Milos.«

»Einen Moment bitte.« Mandel rückte an seiner Nickelbrille. »Sie haben gesagt, er hat vor sechs Jahren im Mittelmeerraum gearbeitet.«

»Er hatte ein eigenes Unternehmen. Er verkaufte es und verließ den Nahen Osten.«

»Und warum?«

»Wegen eines tragischen Unglücks, bei dem fast alle Angestellten seiner Firma und ihre Familien ums Leben kamen. Der Verlust hat ihn tief getroffen.«

»War er für das Unglück verantwortlich?«

»Nicht im geringsten. Man legte es einer anderen Firma zur Last, die altes und verrottetes Material verwendet hatte.«

»Hat er auf irgendeine Weise von dem Unglück profitiert?« fragte Mandel, und seine sanften Augen blickten plötzlich hart.

»Im Gegenteil, Sir. Das habe ich gründlich nachgeprüft. Er verkaufte das Unternehmen für weniger als die Hälfte seines Marktwertes. Sogar der Anwalt des Konsortiums, das die Firma übernahm, war erstaunt. Er wäre befugt gewesen, das Dreifache zu zahlen.«

Die Blicke der fünf Inver-Brass-Mitglieder richteten sich wieder auf die große Filmleinwand und das Foto von Mann und Boot vor einer halsbrecherisch gefährlich aussehenden Biegung inmitten der Stromschnellen.

»Wer hat diese Bilder gemacht?« fragte Logan.

»Ich, Sir«, antwortete Varak. »Ich bin ihm gefolgt. Er hat mich aber nie zu sehen bekommen.«

Er zeigte noch mehr Dias, und plötzlich änderte sich die Szene. Der ›Kandidat‹ trug nicht mehr die derbe Kleidung wie im Boot oder abends am Lagerfeuer Drillichhosen und T-Shirt. Er war glattrasiert, das Haar geschnitten und gekämmt; in einem dunklen Straßenanzug ging er, einen Diplomatenkoffer in der Hand, eine Straße entlang, die alle kannten.

»Das ist in Washington«, sagte Eric Sundstrom.

»Und jetzt ist es die Treppe der Rotunde«, fügte Logan beim nächsten Dia hinzu.

»Nein, das ist das Kapitol«, warf Mandel ein.

»Ich kenne ihn«, sagte Sundstrom und preßte die Fingerspitzen der rechten Hand an die Schläfe. »Ich kenne das Gesicht und weiß, daß es hinter diesem Gesicht eine Geschichte gibt, aber ich komm' nicht drauf, was für eine.«

»Nicht die Geschichte, die ich Ihnen jetzt erzählen will, Sir.«

»Schon gut, Milos«, sagte Margaret Lowell energisch. »Jetzt ist es genug. Wer, zum Teufel, ist er?«

»Sein Name ist Kendrick. Evan Kendrick. Er ist Abgeordneter des neunten Wahlbezirks von Colorado.«

»Ein Kongreßabgeordneter?« rief Mandel, als das Foto von Kendrick auf dem Kapitol noch einmal auf der Leinwand erschien. »Ich habe noch nie von ihm gehört, obwohl ich mir einbilde, dort fast alle zu kennen. Dem Namen nach natürlich nur, nicht persönlich.«

»Er ist verhältnismäßig neu, und seine Wahl blieb weitgehend unbeachtet. Er wurde von der Partei des Präsidenten nominiert, da es in diesem Bezirk praktisch keine Opposition gibt. Ich erwähne das nur, weil er mit der Politik des Weißen Hauses nicht immer einverstanden ist. Während der Vorwahlen ist er nationalen Themen ausgewichen.«

»Abgesehen davon, daß er kein Blatt vor den Mund zu nehmen scheint«, sagte Gideon Logan. »Wollen Sie damit andeuten, daß er die Unabhängigkeit eines – nun ja, sagen wir, Lowell Weicker besitzt?«

»Auf eine sehr ruhige und zurückhaltende Weise – ja.«

»Ruhig und neu und mit einem nicht besonders imponierenden Wahlbezirk«, sagte Sundstrom. »Von diesem Standpunkt aus gesehen, ist die von Ihnen geforderte Anonymität gewährleistet. Sie ist vielleicht sogar zu groß. In politisch brisanten Zeiten ist niemand so entbehrlich wie ein neu gewählter Kongreßabgeordneter, der noch nie aufgefallen ist und einen unbekannten Wahlbezirk vertritt. Denver liegt im ersten, Boulder im zweiten und Springs im fünften. Wo, zum Teufel, ist der neunte?«

»Südwestlich von Telluride, in der Nähe der Grenze nach Utah«, antwortete Jacob Mandel und zuckte dann mit den Schultern, als wolle er sich für sein Wissen entschuldigen. »Vor ein paar Jahren haben wir uns für Bergbau-Aktien aus dieser Gegend interessiert. Aber der Mann auf der Leinwand ist nicht der Kongreßabgeordnete, den wir damals kennenlernten und der sich verzweifelt bemühte, uns zur Unterschrift zu überreden.«

»Und haben Sie unterschrieben, Sir?« fragte Varak.

»Nein«, antwortete Mandel. »Offen gesagt, gingen die Spekulationen über jedes kalkulierbare Risiko hinaus, und schließlich wollten wir Geld verdienen, nicht verlieren.«

»Handelte es sich möglicherweise um betrügerische Machenschaften?«

»Wir hatten keinen Beweis, Milos. Wir haben nur die Finger davon gelassen.«

»Aber der Kongreßabgeordnete des Bezirks hat sein Bestes getan, um sich Ihre Unterstützung zu sichern.«

»Das ist richtig.«

»Und genau deshalb hat Evan Kendrick ihn im Amt abgelöst, Sir.«

»Oh?«

»Eric«, unterbrach Gideon Logan, wandte den Kopf und sah den Weltraumtechnologen an. »Du hast gesagt, du kennst sein Gesicht.«

»Ich kenne es, davon bin ich überzeugt. Nachdem Varak uns verraten hat, wer er ist, glaube ich mich zu erinnern, daß ich ihn bei einer von diesen Marathon-Cocktailpartys in Georgetown oder Washington kennengelernt habe, und ich erinnere mich sehr deutlich, daß irgend jemand sagte, dieser Mann habe Unglaubliches erlebt... Das war's. Die Geschichte selbst habe ich nie gehört. Nur diese einfache Feststellung.«

»Aber Milos hat gesagt, er werde uns auf keinen Fall die Geschichte erzählen, an die du denkst«, warf Margaret Lowell ein. »Ist das richtig?« setzte sie hinzu und sah Varak an.

»Ja, Madame. Die Bemerkung, die ich zu Professor Sundstrom machte, bezog sich ausschließlich auf die Art von Kendricks Wahlkampf. Er gewann die Wahl im Zorn, begrub den Gegenkandidaten unter einer wahren Lawine von lokaler Werbung und einer Reihe kostspieliger Wahlreisen, die mehr öffentlicher Zirkus als politische Versammlung waren. Es hieß, der Amtsinhaber habe Beschwerde geführt, daß Kendrick gegen die Wahlkampf-Rechtsordnung verstoße, doch Kendrick rückte ihm mit ein paar Anwälten auf die Bude – nicht um mit ihm über die Wahlkampagne zu diskutieren, sondern um seinem Gegner Unfähigkeit im Amt vorzuwerfen. Die Beschwerden hörten sofort auf, und Kendrick gewann haushoch.«

»Man könnte also sagen, daß er sein Geld in die Waagschale wirft, wenn Zorn und Empörung bei ihm ein gewisses Maß überschreiten«, stellte Winters fest. »Sie haben jedoch eine viel faszinierendere Information für uns, Mr. Varak, und da ich sie kenne, kann ich nur wiederholen, was ich schon gesagt habe: Sie ist ganz ungewöhnlich. Bitte fahren Sie fort.«

»Ja, Sir.« Der Tscheche drückte auf eine Taste der Fernbedienung, und auf der Leinwand erschien das nächste Dia. Zu sehen war jetzt, aus der Luft fotografiert, eine hysterisch durch eine schmale Straße rennende Menge. Die Häuser, die die Straße säumten, hatten unverkennbar islamischen Charakter, und die Schilder über den Läden waren arabisch beschriftet.

»Oman«, sagte Eric Sundstrom und sah Winters an. »Vor einem Jahr.« Der Historiker und Vorsitzende von Inver Brass nickte. Die Dias wechselten in rascher Folge, Chaos und Gemetzel wechselten einander ab. Von Kugeln durchsiebte Leichen, von Einschüssen wie von Pockennarben gezeichnete Mauern, niedergerissene Botschaftstore und reihenweise auf dem Flachdach hinter einem orientalischen Gitter kniende verängstigte Geiseln; Großaufnahmen von jungen Leuten, die mit weit und triumphierend aufgerissenen Mündern und wild blitzenden Augen ihre Waffen schwangen. Plötzlich wurden die schnell durchlaufenden Dias angehalten, und die Aufmerksamkeit von Inver Brass konzentrierte sich auf eine Aufnahme, die mit den vorhergehenden in keinem Zusammenhang zu stehen schien. Sie zeigte im Profil einen hochgewachsenen dunkelhäutigen Mann in einer langen weißen Aba, die Ghotra auf dem Kopf, der eben aus einem Hotel kam. Auf einem zweiten Bild sah man denselben Mann vor einem Brunnen in einem arabischen Basar. Beide Bilder blieben nebeneinander auf der Leinwand stehen. Milos Varak brach das ratlose Schweigen der Leute von Inver Brass.

»Das ist Evan Kendrick«, sagte er einfach.

Die Ratlosigkeit wich großem Erstaunen. Alle außer Samuel Winters beugten sich vor, um dem grellen Licht der Punktstrahler auszuweichen und die Zwillingsgestalt auf der Leinwand zu betrachten. »Diese Aufnahmen wurden von einem Offizier der CIA gemacht, der den Auftrag hatte, Kendrick zu überwachen, wo immer es möglich war. Sie hat bemerkenswert gute Arbeit geleistet.«

»Sie?« fragte Margaret Lowell und zog die Brauen hoch.

»Eine Spezialistin für den Nahen Osten. Ihr Vater ist Ägypter, die Mutter Amerikanerin aus Kalifornien. Sie selbst spricht fließend Arabisch und wird von der CIA sehr häufig bei Krisen in diesem Gebiet eingesetzt.«

»In diesem Gebiet?« flüsterte Mandel betroffen. »Warum war Kendrick dort?«

»Einen Augenblick«, sagte Logan, und seine dunklen Augen schienen sich in die von Varak zu bohren. »Unterbrechen Sie mich, wenn ich mich irre, junger Mann, doch wenn ich mich recht erinnere, habe ich vergangenes Jahr in der *Washington Post* einen Artikel gelesen, in dem behauptet wurde, ein unbekannter Amerikaner sei damals in Maskat im Einsatz gewesen. Man vermutete, es habe sich um den Texaner Ross Perot gehandelt, doch man hörte nie wieder von der Geschichte. Sie wurde fallengelassen.«

»Sie irren sich nicht, Sir. Dieser Amerikaner war Evan Kendrick, doch das Weiße Haus hat die Zeitung unter Druck gesetzt, und da war die Story natürlich gestorben.«

»Warum? Er hätte ein riesiges politisches Kapital daraus schlagen können – falls er tatsächlich zur Bereinigung der Angelegenheit beigetragen hatte.«

»Er hat nicht nur dazu beigetragen, er hat sie bereinigt.«

»Dann begreife ich einiges nicht«, sagte Logan und sah Samuel Winters an.

»Das tut niemand«, antwortete der Historiker. »Es gibt keine Erklärung, nur eine im Archiv vergrabene Akte, in die Milos sich Einsicht verschaffen konnte. Außer diesem Dokument existiert nichts, das auf eine Verbindung zwischen Kendrick und den Ereignissen in Maskat schließen läßt.«

»Es gibt nicht einmal ein Memo, in dem eine solche Verbindung geleugnet wird«, unterbrach Varak. »Das wirft kein gutes Licht auf den Kongreßabgeordneten. Es läßt die Schlußfolgerung zu, daß er ein Opportunist ist, der in eigenem Interesse handelt, ein Politiker, der aus dem Geiseldrama Kapital schlagen wollte, weil er früher in den Vereinigten Arabischen Emiraten und vor allem in Oman gearbeitet hatte, und den es jetzt nach Publicity gelüstete. Es wurde empfohlen, ihn gewähren zu lassen, um die Sicherheit der Geiseln nicht zu gefährden.«

»Aber man ließ ihn offensichtlich nicht nur gewähren!« rief Sundstrom. »Man hat ihn eingesetzt und benutzt. Er wäre nicht einmal ins Land hineingekommen, wenn sie ihn nicht hineingeschleust hätten. Der gesamte Flugverkehr war eingestellt. Guter Gott, er kann nicht offiziell eingereist sein, das steht fest.«

»Es steht ebenso fest, daß er kein nur eigenen Interessen dienender Opportunist ist«, fügte Margaret Lowell hinzu. »Wir sehen ihn hier vor uns, und Milos sagt, er habe wesentlich dazu beigetragen, die Krise zu beenden, doch er hat nie ein Wort über seine Beteiligung verloren. Denn hätte er etwas gesagt, wüßten wir es.«

»Und es gibt keine Erklärung?« wandte sich Gideon Logan an Varak.

»Keine einleuchtende, Sir, und ich bin bis an die Quelle vorgedrungen.«

»Das Weiße Haus?«

»Nein, der Mann, der Bescheid wissen mußte, derjenige, der das Nervenzentrum hier in Washington leitete: Frank Swann.«

»Wie haben Sie ihn aufgestöbert?«

»Das hab' ich gar nicht. Kendrick hat's getan.«

»Aber wie haben Sie Kendrick gefunden?«

»Wie Mr. Logan habe auch ich mich an die Story über einen Amerikaner in Maskat erinnert, die von den Medien so schnell fallengelassen wurde. Aus irgendeinem Grund, den ich nicht einmal erklären kann, beschloß ich, dieser Story nachzugehen.« Um Varaks Lippen spielte ein leichtes, an ihm ungewohntes Lächeln. »Zuweilen sind es die simpelsten Sicherheitsmaßnahmen, die jenen einen Streich spielen, denen sie dienen sollen. In diesem Fall war es das ›Gästebuch‹, in das sich alle Besucher des Außenministeriums eintragen müssen. Seit den Morden vor ein paar Jahren müssen sich alle Besucher ohne Ausnahme ein- und wieder austragen. Unter den Tausenden, die sich während der Geiselnahme verewigt hatten, entdeckte ich den Namen eines frischgebackenen Kongreßabgeordneten aus Colorado, der gekommen war, um einen Mr. Swann aufzusuchen. Damals hatten beide Namen noch keinerlei Bedeutung für mich, doch unsere Computer waren besser informiert. Mr. Swann war der unangefochten kundigste Experte des Außenministeriums für Vorderasien, und der Kongreßabgeordnete hatte sein Vermögen in den Emiraten, in Bahrein und Saudi-Arabien verdient. In der Aufregung, die während der Maskat-Krise allenthalben herrschte, hatte jemand vergessen, Kendricks Namen aus dem Buch zu entfernen.«

»Also sind Sie zu diesem Mr. Swann gegangen«, sagte Mandel, seine Nickelbrille absetzend.

»Das bin ich, Sir.«

»Was hat er Ihnen gesagt?«

»Daß ich völlig auf dem Holzweg sei. Sie hätten Kendricks Hilfsangebot abgelehnt, weil er nichts Konkretes zu bieten gehabt habe. Er setzte hinzu, Kendrick sei nur einer von etwa einem Dutzend gewesen – alles Leute, die in den Vereinigten Arabischen Emiraten gearbeitet hatten und mit ähnlichen Angeboten auf sie zugekommen seien.«

»Aber Sie haben Swann nicht geglaubt?« warf Margaret Lowell ein.

»Ich hatte einen sehr plausiblen Grund dafür. Der Abgeordnete hat sich an jenem Nachmittag nicht ausgetragen, als er das Außenministerium verließ. Es war Mittwoch, der 11. August, und sein Name taucht in keinem der Bücher auf, in denen man sich verewigen muß, wenn man das Außenministerium verläßt. Daraus schloß ich, daß er auf einem besonderen Weg hinausgebracht worden war, was gewöhnlich der Anfang einer Tarnung ist.«

»Consular Operations«, sagte Sundstrom. »Die geheime Verbindung des Außenministeriums zur CIA.«

»Ein ungeliebter, aber notwendiger Kompromiß«, fügte Winters hinzu. »Im Dunkeln treten die Leute einem gern auf die Zehen. Überflüssig zu sagen, daß Mr. Varak seine Ermittlungen im Außenministerium und in Langley fortsetzte.«

»Der Held von Oman entdeckt«, sagte Gideon Logan leise und musterte die Gestalt auf der Leinwand. »Mein Gott, was für ein Gauner!«

»Kreuzfahrer und Kongreßabgeordneter und über jeden Vorwurf erhaben«, meldete sich Mandel zu Wort. »Erwiesenermaßen ein Feind der Korruption.«

»Ein mutiger Mann«, sagte Mrs. Lowell, »der sein Leben für zweihundert Amerikaner riskierte, die er nicht gekannt haben kann, und der nichts für sich selbst wollte ...«

»Obwohl ihm alle Türen offengestanden hätten«, ergänzte Sundstrom. »Besonders in der Politik.«

»Berichten Sie uns alles, was Sie über Evan Kendrick in Erfahrung gebracht haben, Mr. Varak«, sagte Samuel Winters, während er und die anderen nach den linierten Schreibblöcken griffen.

»Bevor ich beginne«, erwiderte Varak zögernd, »muß ich Ihnen sagen, daß ich vorige Woche nach Colorado geflogen bin und dort mit einer Situation konfrontiert wurde, die ich zur Zeit noch nicht restlos erklären kann. Das sage ich Ihnen lieber gleich. Ein älterer Mann wohnt in Kendricks Haus am Stadtrand von Mesa Verde. Wie ich erfahren habe, heißt er Emmanuel Weingrass, ein Architekt mit doppelter Staatsbürgerschaft – der israelischen und der der Vereinigten Staaten. Vor einem Monat mußte er sich einer schweren Operation unterziehen. Seit es ihm wieder besser geht, ist er Kendricks Hausgast.«

»Was steckt dahinter?« fragte Eric Sundstrom.

»Ich weiß nicht, ob überhaupt etwas dahintersteckt, aber dreierlei sollte man beachten. Erstens scheint mir dieser Weingrass nach Kendricks Rückkehr aus Oman urplötzlich aus dem Nichts aufgetaucht zu sein. Zweitens stehen die beiden sich ganz offensichtlich sehr nahe. Und drittens – und das beunruhigt mich ein wenig – wird aus der Identität und der Anwesenheit des alten Mannes ein großes, aber schlecht gehütetes Geheimnis gemacht. Weingrass selbst ist es, der den Mund nicht halten kann; er ist, ob durch sein Alter oder von Natur aus, ein sehr geselliger Mensch.«

»Das ist doch kein Fehler«, sagte Logan lächelnd.

»Vielleicht war er an dem Unternehmen in Oman beteiligt«, meinte Margaret Lowell. »Und auch darin sehe ich nichts Negatives.«

»Nein, wirklich nicht«, stimmte Jacob Mandel zu.

»Er muß einen ziemlich großen Einfluß auf Kendrick haben«, sagte Sundstrom, während er sich etwas notierte. »Sind Sie nicht der gleichen Meinung, Milos?«

»Es ist zumindest wahrscheinlich. Ich lege nur Wert darauf, daß Sie es erfahren, wenn ich etwas nicht weiß.«

»Sprechen Sie weiter, Mr. Varak«, sagte Samuel Winters.

»Sofort, Sir. Da ich weiß, daß keine schriftliche Information diesen Raum verlassen darf, habe ich Dias von Kendricks Dossier gemacht, die ich Ihnen jetzt zeigen werde.« Varak drückte auf die Fernbedienung, und die beiden Fotos des verkleideten Kendrick in den chaotischen Straßen von Maskat, in denen nackte Gewalt herrschte, verschwanden und wurden durch eine getippte Seite in großer Schrift mit dreifachem Zeilenabstand ersetzt. »Jedes Dia«, fuhr Varak fort, »ist ungefähr ein Viertel von einer normalen Seite. Die Negative wurden selbstverständlich im Labor vernichtet. Ich habe mein Bestes getan, um den Kandidaten so gründlich wie möglich zu studieren, habe aber möglicherweise Besonderheiten unbeachtet gelassen, die Sie vielleicht interessieren. Zögern Sie also nicht, mir Fragen zu stellen. Ich werde Sie beobachten. Wenn Sie mit einer Seite fertig sind, brauchen Sie nur zu nicken, dann lasse ich das nächste Dia nachrücken. Was Sie in der nächsten Stunde zu sehen bekommen, ist Evan Kendricks Leben von seiner Geburt bis zur Gegenwart.«

Bei jedem Dia war Eric Sundstrom der erste, der nickte. Margaret Lowell und Jacob Mandel wetteiferten darum, die letzten zu sein, doch sie machten sich fast ebenso viele Notizen wie Gideon Logan; Samuel Winters verzichtete fast ganz darauf, er bezweifelte nicht, daß Kendrick der Richtige war.

Drei Stunden und vier Minuten später schaltete Milos Varak den Projektor aus. Und nach weiteren zwei Stunden und sieben

Minuten hatte niemand mehr eine Frage, und Varak zog sich zurück.

»Um unseren Freund in einem anderen Kontext zu zitieren«, sagte Winters, »ihr braucht nur zu nicken, wenn ihr einverstanden seid. Schüttelt den Kopf, wenn ihr Einwände habt. Fangen wir bei Jacob an.«

Langsam und bedächtig nickten die Mitglieder von Inver Brass der Reihe nach.

»Dann ist der Vorschlag einstimmig angenommen«, fuhr Winters fort. »Der Abgeordnete Evan Kendrick wird der nächste Vizepräsident der Vereinigten Staaten. Elf Monate nach der Wahl des Amtsinhabers wird er Präsident. Der Codename ist IKARUS – als Mahnung gedacht, als leidenschaftliches Gebet, daß er nicht, wie viele seiner Vorgänger, versuchen möge, zu hoch zu fliegen, der Sonne zu nahe zu kommen; denn dann würde auch er ins Meer stürzen. Und möge Gott unseren Seelen gnädig sein.«

17

Der Abgeordnete des neunten Wahlbezirks in Colorado, Evan Kendrick, saß in seinem Büro hinter dem Schreibtisch und betrachtete seine Sekretärin, die mit grimmiger Miene über wichtige Post, Hausmitteilungen und allen möglichen anderen Papierkram dozierte, um den er sich unbedingt kümmern mußte; darüber hinaus zählte sie noch eine Reihe gesellschaftlicher Verpflichtungen auf, die angeblich für ihn ein Muß waren. Die Worte purzelten ihr nur so aus dem Mund.

»Hier ist Ihr Wochenplan, Herr Abgeordneter.«

»Den haben Sie aber vollgepackt, Annie. Könnten Sie nicht all diesen Leuten einen hektographierten Brief mit der Mitteilung schicken, ich litte an einer Lustseuche und wolle niemanden anstecken?«

»Hören Sie auf, Evan!« rief Ann Mulcahy O'Reilly, eine sehr entschlossene Washington-Veteranin mittleren Alters. »Man schneidet Sie hier, und das werde ich nicht dulden! Wissen Sie, was man sich auf dem Kapitol über Sie erzählt? Man sagt, Ihnen sei Politik scheißegal, und Sie hätten nur einen Haufen Geld ausgegeben, um Mädchen kennenzulernen, die genauso reich sind wie Sie.«

»Glauben Sie das, Annie?«

»Wie, zum Teufel, könnte ich das? Sie gehen nie irgendwohin, und Sie tun nie was. Ich würde alle Heiligen lobpreisen, wenn man Sie mit dem knackigsten Hinterteil von Washington splitterfasernackt im Reflection Pool erwischte. Dann wüßte ich wenigsten, daß Sie *etwas* tun.«

»Vielleicht will ich gar nichts tun.«

»Verdammt noch mal, das sollten Sie aber! Ich habe Ihre Kommentare zu einem Dutzend zur Debatte stehender Themen getippt, und sie waren um Lichtjahre besser als die der meisten Komiker hier, aber niemand beachtet Ihre Arbeit.«

»Man unterdrückt sie, weil sie unpopulär sind, Annie. Ich bin nicht populär. Sie wollen mich in keinem Lager. Die wenigen, denen ich in beiden Lagern aufgefallen bin, haben mir so viele Etiketten angeklebt, daß sie sich gegenseitig aufheben. Sie können mich in keinem ihrer Nähkästchen unterbringen, also ignorieren sie mich, was nicht besonders schwierig ist, weil ich mich nicht beklage.«

»Der Himmel weiß, daß ich nicht oft einer Meinung mit Ihnen bin, aber ich erkenne es, wenn irgendwo ein wacher Verstand am Werk ist. – Na ja, lassen wir das, Herr Abgeordneter. Wie lauten Ihre Antworten?«

»Später. Hat Manny angerufen?«

»Ich habe ihn zweimal abgewimmelt. Ich wollte zuerst mit Ihnen reden.«

Kendrick beugte sich vor. Seine hellblauen Augen blickten kalt, fast zornig. »Tun Sie das nie wieder, Annie. Für mich gibt es nichts Wichtigeres als diesen Mann in Colorado.«

»Ja, Sir.« Ann O'Reilly senkte den Blick.

»Entschuldigen Sie«, sagte Kendrick. »Das war nicht nötig. Sie versuchen nur, Ihre Arbeit zu tun, und ich bin Ihnen keine große Hilfe. Noch einmal: Entschuldigung.«

»Sie brauchen sich nicht zu entschuldigen. Ich weiß, was Sie mit Mr. Weingrass durchgemacht haben und was er Ihnen bedeutet – wie oft habe ich Ihnen Ihre Arbeit ins Krankenhaus gebracht! Ich hatte kein Recht, mich einzumischen. Andererseits versuche ich wirklich, nur meine Arbeit zu tun, und Sie sind nicht unbedingt der unkomplizierteste Chef auf dem ›Hügel‹.«

»Es gibt andere Hügel, auf denen ich jetzt lieber wäre...«

»Das weiß ich, also streichen wir die gesellschaftlichen Verpflichtungen; Sie würden sich dort wahrscheinlich ohnehin mehr schaden als nützen.« Ann O'Reilly stand auf und legte Kendrick einen Aktenordner auf den Schreibtisch. »Aber ich finde, diesen Vorschlag Ihres Senatskollegen aus Colorado sollten Sie sich auf jeden Fall einmal ansehen. Ich glaube, er möchte den Gipfel eines Berges abtragen lassen und dort ein Wasserreservoir bauen. In dieser Stadt, in dem einem See meist Hochhäuser mit Eigentumswohnungen folgen.«

»Dieser Mistkerl ist so leicht zu durchschauen«, sagte Kendrick, den Ordner aufschlagend.

»Und ich stelle Ihnen eine Verbindung mit Mr. Weingrass her.«

»Noch immer *Mr.* Weingrass?« fragte Kendrick weiterblätternd. »Sie geben noch immer nicht nach? Er hat Ihnen schon hundertmal gesagt, Sie sollen ihn Manny nennen.«

»Oh, das tu' ich auch hin und wieder, aber es ist nicht leicht.«

»Warum nicht? Weil er brüllt?«

»Nein, man ist nicht empfindlich, wenn man mit einem irischen Kriminalbeamten verheiratet ist. An seiner Brüllerei liegt es nicht.«

»Woran denn dann?«

»An einer Bemerkung, die er lustig findet und deshalb ständig wiederholt – besonders dann, wenn ich ihn beim Vornamen nenne. ›Kindchen‹, sagt er, ›ich finde, wir haben hier eine hübsche Lustspielsituation. Sagen wir *Mannys irische Annie* – was meinst du?‹ Und wenn ich dann sage: ›Mir gefällt es nicht besonders, Manny‹, antwortet er: ›Verlaß meinen Freund und flieg mit mir fort. Er wird meine unsterbliche Leidenschaft verstehen.‹ Und darauf sage ich, daß mein irischer Cop seine eigene nicht versteht.«

»Das dürfen Sie Ihrem Mann nicht erzählen«, schlug Kendrick leise auflachend vor.

»Aber das hab' ich ja schon.«

»Und was hat er gesagt?«

»Daß er uns die Tickets kauft. Natürlich haben sich Weingrass und er schon ein paarmal gemeinsam betrunken...«

»Sie haben sich betrunken? Ich wußte nicht einmal, daß sie sich kennen.«

»Das war mein Fehler, den ich in alle Ewigkeit bereuen werde. Es war vor acht Monaten, ungefähr. Sie waren in Denver...«

»Ich erinnere mich. Manny lag damals noch im Krankenhaus. Ich hatte Sie gebeten, ihn zu besuchen und ihm die französische Ausgabe der *Tribune* mitzubringen.«

»Und ich nahm Paddy mit. Ich bin zwar keine Faltbildschönheit, aber nicht einmal ich gehe abends gern allein durch die Straßen, und so ein Cop muß schließlich für irgend was gut sein.«

»Was ist passiert?«

»Sie haben sich auf Anhieb verstanden – wie'n kurzer Klarer und ein Bier. Als ich einmal Überstunden machen mußte, bestand Paddy darauf, allein ins Krankenhaus zu gehen.«

Kendrick schüttelte langsam den Kopf. »Tut mir leid, Annie. Das hab' ich nicht gewußt. Ich meine, ich wollte Sie und Ihren Mann nicht mit meinem Privatleben belasten. Und Manny hat mir nie ein Wort erzählt.«

»Ich ruf ihn jetzt an...«

Emmanuel Weingrass lehnte an der felsigen Spitze eines Hügels, der zu Kendricks dreißig Morgen großem Grundstück am Fuß der Berge gehörte. Das kurzärmelige karierte Hemd, das er trug, stand bis zur Taille offen. Weingrass sonnte sich und atmete genußvoll die klare Luft der südlichen Rockies in sich hinein. Er betrachtete seine Brust, die Operationsnarben, und fragte sich, ob er nun an Gott oder an Evan Kendrick glauben sollte. Die Ärzte hatten ihm – Monate nach der Operation und unzähligen Nachuntersuchungen – erklärt, daß sie alle kleinen Zellen herausgeschnitten hatten, die an seinem Leben genagt hätten. Er sei sauber, verkündeten sie. Verkündeten es einem Mann, der heute, auf diesem Felsen, achtzig Jahre alt war und seinen gebrechlichen Körper der Sonne aussetzte. Doch gebrechlich oder nicht, er bewegte sich besser, konnte besser sprechen und hustete kaum noch. Doch er vermißte seine Gauloise-Zigaretten und die Monte-Christo-Zigarren, die er so geliebt hatte. Was konnten sie ihm schon antun? Sein Leben ein paar Wochen oder Monate früher beenden?

Er warf einen Blick auf seine Krankenschwester, die im Schatten eines Baumes neben dem stets präsenten Golfwagen saß. Sie gehörte zu den weiblichen Wesen, die ihn rund um die Uhr auf

Schritt und Tritt begleiteten, und er fragte sich, wie sie wohl reagieren würde, wenn er ihr, lässig an dem Felsen lehnend, einen unsittlichen Antrag machte.

»Schöner Tag heute, nicht wahr?« rief er.

»Einfach herrlich«, antwortete sie.

»Warum ziehen wir uns nicht aus und genießen ihn richtig?«

Die Miene der Schwester blieb unverändert gelassen. »Mr. Weingrass«, antwortete sie ruhig, fest und trotzdem freundlich, »ich bin hier, um Sie zu pflegen, nicht um Ihnen zu einem Herzinfarkt zu verhelfen.«

»Nicht schlecht. Gar nicht schlecht.«

Das Funktelefon im Golfwagen summte. Die Schwester griff nach dem Hörer und nahm ihn aus der Halterung. Nach einer kurzen Unterhaltung, die sie mit einem leisen Lachen beendete, wandte sie sich Weingrass zu. »Der Herr Abgeordnete möchte Sie sprechen.«

»Wie Sie eben gelacht haben, lachen Sie bestimmt nicht mit einem Abgeordneten«, entgegnete Weingrass und stieß sich von dem Felsen ab. »Ich wette fünf zu zwanzig, daß es Annie Glocamorra war, die Ihnen Lügen über mich erzählt hat.«

»Sie hat mich gefragt, ob ich Sie noch nicht erwürgt habe.« Die Schwester reichte ihm den Telefonhörer.

»Annie, diese Frau ist ein weiblicher Wüstling!«

»Wir haben nur versucht, deinem Geschmack zu entsprechen«, sagte Evan Kendrick.

»Junge, dein Mädchen verschwindet aber verdammt schnell aus der Leitung.«

»Sie ist gewarnt und gewappnet, Manny. Du hast angerufen. Ist alles in Ordnung?«

»Soll ich nur anrufen, wenn's eine Krise gibt?«

»Du rufst selten an, Punkt. Dieses Privileg bleibt fast ausschließlich mir vorbehalten. Was gibt es?«

»Hast du noch ein bißchen Geld?«

»Ich kann die Zinsen verbraten. Klar. Warum?«

»Na ja, wir haben doch die Veranda vergrößert, damit du die Aussicht hast, die du haben wolltest...«

»Ja, und?«

»Ich habe mit ein paar Skizzen herumgespielt und denke, du solltest auf dem Dach der Veranda eine Terrasse anlegen lassen. Zwei Stahlträger würden das Ganze stützen. Vielleicht auch noch ein dritter, wenn du an der Mauer ein verglastes Dampfbad haben willst.«

»Ein verglastes... He, das klingt phantastisch! Los, fang gleich an!«

»Gut. Ich habe die Handwerker für morgen früh bestellt. Aber wenn Bad und Terrasse fertig sind, gehe ich nach Paris zurück.«

»Wie du willst, Manny. Doch du hast mir versprochen, ein paar Skizzen für einen Aussichtsbungalow drunten an der Flußmündung auszuarbeiten.«

»Du hast gesagt, du willst nicht so weit zu Fuß laufen.«

»Ich hab's mir anders überlegt. Man könnte sich dorthin zurückziehen und ungestört nachdenken.«

»Das schließt den Eigentümer dieses *buen retiro* aus.«

»Du bist vielleicht ein Herzchen. Ich komme nächste Woche für ein paar Tage nach Hause.«

»Ich kann's kaum erwarten«, sagte Weingrass und sah zu der Krankenschwester hinüber. »Und wenn du hier bist, kannst du mich von diesen schwer atmenden, sexbesessenen Weibern befreien.«

Kurz nach dreiundzwanzig Uhr ging Milos Varak durch den menschenleeren Korridor des Regierungsgebäudes – ein später Besucher, den man nur eingelassen hatte, weil er mit dem Kongreßabgeordneten Arvin Partridge aus Alabama verabredet war. Vor der schweren Holztür mit dem Messingschild in der Mitte blieb Varak stehen und klopfte.

Sekunden später wurde die Tür von einem schlanken Mann Anfang Zwanzig geöffnet, der den Besucher ängstlich durch eine große Hornbrille musterte. Wer er auch sein mochte, er war nicht der mürrische, clevere Vorsitzende der Partridge-›Gang‹ – jenes Untersuchungsausschusses, der einer offenbar endlosen Kette von Korruptionsfällen bei der Armee nachspürte.

»Ich möchte den Abgeordneten Partridge sprechen«, sagte Varak, dessen tschechischer Akzent dem jungen Mann nicht entging, von ihm jedoch falsch eingeordnet wurde.

»Wurden Sie...«, begann er verlegen. »Ich meine, sind Sie von den Wachen im Erdgeschoß...«

»Falls Sie mich fragen wollen, ob man mich auf Waffen

durchsucht hat – selbstverständlich hat man das, und Sie müßten es wissen. Sie sind vom Sicherheitsdienst angerufen worden. Und jetzt möchte ich zum Herrn Abgeordneten...«

»Gewiß, Sir. Er ist in seinem Büro. Hier entlang bitte.« Der nervöse junge Angestellte führte Varak zu einer zweiten Tür und klopfte. »Herr Abgeordneter...«

»Sagen Sie ihm, er soll reinkommen«, befahl die laute Südstaatenstimme. »Und Sie bleiben draußen und nehmen Anrufe entgegen. Egal, ob es der Regierungssprecher oder der Präsident ist – ich bin nicht da.«

»Treten Sie ein«, sagte der Angestellte und öffnete die Tür.

Varak geriet in Versuchung, dem aufgeregten jungen Mann zu sagen, er sei ein Verbindungsmann zum KGB, entschied sich aber dann doch dagegen. Der Angestellte war aus einem ganz bestimmten Grund hier; um diese Zeit kamen kaum noch Telefongespräche. Varak betrat den großen, eleganten Raum mit einer Unzahl von gerahmten Fotografien, die alle Partridges Einfluß, seinen Patriotismus und seine Macht bewiesen. Der Mann selbst, der an einem Fenster stand, war nicht so eindrucksvoll, wie er auf den Fotos wirkte. Er war klein, hatte Übergewicht, ein hamsterbackiges, mürrisches Gesicht, einen großen Kopf und spärliches gefärbtes Haar.

»Ich weiß nicht, was Sie mir verkaufen wollen«, sagte er und trippelte wie eine zornige Taube auf Varak zu. »Doch wenn es das ist, was ich vermute, werfe ich Sie so schnell hinaus, daß Sie wünschen werden, Sie hätten einen Fallschirm.«

»Ich habe nichts zu verkaufen, Sir, ich verschenke etwas. Etwas ziemlich Wertvolles sogar.«

»Ach was! Wahrscheinlich soll ich irgend was vertuschen, aber da beißen Sie bei mir auf Granit, Mann.«

»Meine Klienten wollen nichts vertuscht sehen, und ich schon gar nicht. Aber Sie werden vielleicht froh sein, etwas vertuschen zu können, Herr Abgeordneter.«

»Scheiße! Ich habe nachgedacht über das, was Sie mir am Telefon sagten – Sie hätten etwas erfahren, irgend jemand habe Drogen erwähnt, und ich solle Ihnen gut zuhören... Also habe ich ein paar Erkundigungen eingezogen und herausgefunden, was ich wissen mußte und was – wie ich weiß – die Wahrheit ist. Wir sind hier sauber – sauber wie ein Bächlein in Alabama. Jetzt möchte ich nur noch feststellen, wer Sie geschickt hat, welcher

Halunke in welchem korrupten Amtszimmer glaubt, mich mit solchem Schrott einschüchtern zu können.«

»Ich denke nicht, daß Sie diesen ›Schrott‹ veröffentlicht sehen möchten, Sir. Die Information ist vernichtend.«

»Information? Worte. Andeutungen. Klatsch und Tratsch. Wie dieser junge Schwarze, der versucht hat, den ganzen Kongreß mit seinen Lügen vor Gericht zu bringen.«

»Keine Gerüchte, kein Klatsch«, erwiderte Milos Varak und griff in die Brusttasche seines Jacketts. »Nur Fotos.« Der Mann von Inver Brass warf einen weißen Umschlag auf den Schreibtisch.

»Was?« Partridge griff nach dem Umschlag, setzte sich, riß ihn auf, zog ein Foto nach dem anderen heraus und hielt sie unter die Schreibtischlampe. Seine Augen weiteten sich, er wurde kalkweiß und dann feuerrot vor Zorn. Was er zu sehen bekam, übertraf seine schlimmsten Vorstellungen. Mehrere Paare, aber auch Dreier- und Vierergruppen halb oder ganz nackter junger Leute, schnupften mit Strohhalmen auf Tischen verstreutes weißes Pulver; hastig geschossene und daher verschwommene Bilder von Injektionsspritzen, Pillen, Bier- und Whiskyflaschen; schließlich sehr deutliche Fotos von mehreren Paaren, die sich gerade liebten.

»Es gibt heutzutage Fotoapparate jeder Größe«, sagte Varak. »Die Mikrotechnologie hat es ermöglicht, daß sie oft so klein sind wie Jacken- oder Hemdenknöpfe...«

»Mein Gott!« rief Partridge, gepeinigt aufstöhnend. »Das ist mein Haus in Arlington. Und das...«

»Das Haus des Kongreßabgeordneten Bookbinder in Silver Springs und die Häuser dreier weiterer Mitglieder Ihres Ausschusses. Sie sind aus beruflichen Gründen sehr oft nicht in Washington, nicht wahr?«

»Wer hat die Fotos gemacht?« fragte Partridge kaum hörbar.

»Diese Frage beantworte ich nicht. Ich gebe Ihnen jedoch mein Wort, daß die Person inzwischen ein paar tausend Kilometer von hier entfernt ist, ohne die Negative selbstverständlich, und nie wieder in dieses Land zurückkehren wird. Man könnte sagen, es war ein Austauschstudent der Politologie.«

»Wir haben so viel erreicht, und jetzt ist alles beim Teufel! O Gott!«

»Warum denn, Herr Abgeordneter?« fragte Varak heuchlerisch. »Diese jungen Leute sind nicht der Ausschuß. Sie sind weder Ihre Anwälte noch Ihre Steuerberater noch Ihre Assistenten. Es sind Kinder, die im Umfeld der mächtigsten Hauptstadt der Welt, in der viel Unbesonnenes geschieht, schreckliche Fehler gemacht haben. Werfen Sie sie hinaus; sagen Sie ihnen, ihr Leben sei zerstört, und sie könnten nie Karriere machen, wenn sie sich nicht helfen lassen, um auf den geraden Weg zurückzufinden. Aber lösen Sie, um Himmels willen, Ihren Ausschuß nicht auf.«

»Niemand wird uns je wieder ein Wort glauben«, sagte Partridge und blickte so starr vor sich hin, als spreche er mit der Wand. »Wir sind genauso verrottet wie die, hinter denen wir her sind. Wir sind Heuchler!«

»Keiner muß erfahren...«

»Scheiße!« explodierte Partridge, griff nach dem Telefon und drückte so lange auf eine Taste, bis sein Ruf beantwortet wurde. »Komm rein! Sofort!« schrie er. Als der junge Helfer eintrat, sprang Partridge auf. »Du Mistkerl! Ich hatte dich gebeten, mir die Wahrheit zu sagen! Du hast mich belogen!«

»Das habe ich nicht!« schrie der junge Mann zurück, und hinter der Hornbrille schossen ihm die Tränen in die Augen. »Du hast mich gefragt, was sich tut – was sich jetzt tut –, und ich habe geantwortet: ›Nichts. Jetzt tut sich gar nichts.‹ Vor drei oder vier Wochen waren ein paar von uns stinkbesoffen und *high*, und wir sind selbst furchtbar darüber erschrocken. Okay, es war blöd, idiotisch, das fanden wir alle, aber wir haben ja keinem damit geschadet, außer uns selbst. Wir haben uns sofort aus der Szene zurückgezogen, haben sogar verdammt mehr als das getan, aber du und deine hochgestochenen Schleimer haben es gar nicht gemerkt. Deine Leute lassen uns achtzig Stunden in der Woche schuften und nennen uns dann dumme Kinder, verwenden aber das Material, das sie von uns bekommen haben, um sich vor den Kameras damit zu brüsten. Dir ist ja noch nicht mal aufgefallen, daß du jetzt eine ganz neue Kindergartenmannschaft hier hast. Die anderen haben aufgehört, aber du hast es nicht bemerkt. Ich bin der einzige, der noch da ist, weil ich nicht rauskonnte.«

»Jetzt bist du draußen.«

»Da hast du verdammt recht, Kaiser Jones!«

»Wie bitte?«

»Die Anspielung müßte dir doch was sagen«, stieß der Junge hervor, stürmte zur Tür hinaus und knallte sie hinter sich zu.

»Wer war denn das?« fragte Varak.

»Arvin Partridge junior«, antwortete der Abgeordnete leise. »Jurastudent im dritten Jahr an der Universität von Virginia. Es waren lauter Jurastudenten, und wir haben sie rund um die Uhr für uns schuften lassen und kaum einmal danke gesagt. Doch wir haben ihnen auch etwas gegeben, und sie haben unser Vertrauen enttäuscht.«

»Und was haben Sie ihnen gegeben?«

»Erfahrungen, die sie sonst nirgends sammeln können, weder bei Gericht noch in juristischen Lehrbüchern, nur hier. Mein Sohn hat juristische und sprachliche Haarspalterei betrieben, und das weiß er auch genau. Er hat mich in einer Angelegenheit belogen, die uns alle vernichten kann. Ich kann ihm nie wieder trauen.«

»Es tut mir leid.«

»Das ist nicht Ihr Problem!« fauchte Partridge. »Na schön, Sie Dreckskerl«, fuhr er schroff fort, »was muß ich tun, damit der Ausschuß weiterarbeiten kann? Sie haben gesagt, wir sollten nichts vertuschen, aber schließlich gibt es jede Menge Möglichkeiten, etwas zu sagen, ohne es auszusprechen. Ich werde das Für und Wider gegeneinander abwägen müssen.«

»Es gibt kein ›Wider‹ für Sie, Sir«, sagte Varak, holte einige zusammengefaltete Blätter hervor, strich sie glatt und legte sie auf den Schreibtisch. Es war ein kurzer Lebenslauf mit einem kleinen Paßbild in der oberen Ecke der ersten Seite. »Meine Klienten wollen, daß Sie diesen Mann in Ihren Ausschuß berufen...«

»Sie haben etwas gegen ihn in der Hand«, unterbrach ihn Partridge.

»Absolut nichts Kompromittierendes. Er hat in dieser Beziehung eine blütenweiße Weste. Ich wiederhole: Meine Klienten wollen nichts vertuschen, niemanden erpressen, wollen die Untersuchungen des Ausschusses weder beschleunigen noch verhindern. Der Mann kennt meine Klienten nicht, und sie kennen ihn nicht persönlich. Er hat auch keine Ahnung von unserem Treffen heute abend.«

»Warum wollen Sie ihn dann bei mir einschleusen?«

»Weil meine Klienten überzeugt sind, daß er in Ihrem Ausschuß wertvolle Arbeit leisten kann.«

»Ein Mann allein kann überhaupt nichts bewirken, das wissen Sie doch, oder?«

»Gewiß weiß ich das.«

»Wenn man von ihm Informationen erwartet – bei uns gibt es keine undichten Stellen.« Partridge warf einen Blick auf die Fotos unter der Lampe, drehte sie um und knallte sie auf den Schreibtisch zurück. »Das heißt – es gab keine.«

Varak beugte sich vor und sammelte die Fotos ein. »Tun Sie's, Herr Abgeordneter. Berufen Sie ihn in Ihren Ausschuß. Oder es geht, wie Sie sagten, alles zum Teufel. Sobald er seinen Sitz hat, bekommen Sie die Fotos und die Negative. Tun Sie's.«

Partridges Augen ruhten auf den Fotos in der Hand des blonden Mannes. »Zufällig ist ein Platz frei. Bookbinder ist gestern zurückgetreten. Aus privaten Gründen.«

»Ich weiß«, sagte Milos Varak.

Partridge hob den Kopf und sah ihm in die Augen. »Wer, zum Teufel, sind Sie?«

»Ein Mann, der seine zweite Heimat liebt, aber ich bin nicht wichtig. Dieser Mann ist es.«

Partridge überflog den Lebenslauf. »Evan Kendrick, neunter Wahlbezirk von Colorado«, las er laut. »Ich habe so gut wie nichts von ihm gehört, und was ich gehört habe, hat mich nicht gerade vom Stuhl gehauen. Er ist ein reicher Niemand.«

»Das wird sich ändern, Sir«, sagte Varak, machte kehrt und ging zur Tür.

»Herr Abgeordneter! Herr Abgeordneter!« schrie Evan Kendricks Assistent, aus dem Büro stürzend, und rannte hinter seinem Chef her.

»Was gibt's denn?« fragte Kendrick, zog die Hand vom Liftknopf zurück und sah leicht verwirrt aus, als der junge Mann schlitternd vor ihm zum Stehen kam. »Es sieht Ihnen gar nicht ähnlich, Ihre Stimme über ein vertrauliches Flüstern zu erheben, Phil. Ist mein Wahlbezirk vielleicht von einer Schlammlawine verschüttet worden?«

»Vielleicht hat man ihn eben nach langer, langer Zeit aus einer ausgegraben. Von Ihrem Standpunkt aus, natürlich.«

»Also, was gibt's?«

»Der Abgeordnete Partridge hat angerufen. Der Abgeordnete Partridge aus Alabama!«

»Ein Rauhbein, aber ein guter Mann. Scheut sich nicht, Risiken einzugehen. Mir gefällt, was er tut.«

»Er sagt, er braucht Sie.«

»Und wozu?«

»Für seinen Ausschuß.«

»Was!«

»Das ist ein Riesenschritt nach vorn, Sir.«

»Ein lausiger Schritt zurück ist es«, widersprach Kendrick. »Seine Ausschußmitglieder tauchen alle paar Wochen in den Abendnachrichten auf und sind ›Programmfüller‹ am Sonntag vormittag, wenn unsere neuesten Senkrechtstarter im Kongreß nicht greifbar sind. Das ist das letzte, was ich möchte.«

»Entschuldigen Sie, Herr Abgeordneter, aber Sie sollten unbedingt annehmen«, sagte der Assistent, Kendricks Blick festhaltend, nun schon ein bißchen gelassener.

»Warum?«

Der junge Mann namens Phil berührte Kendricks Arm und zog ihn zur Seite, weil sich am Lift die Leute drängten. »Sie haben gesagt, daß Sie nach den Wahlen zurücktreten wollen. Aber Sie haben mir auch anvertraut, daß Sie bei der Ernennung Ihres Nachfolgers mitreden wollen.«

»Und ob ich das will.« Kendrick nickte zustimmend. »Herrgott, sie würden den letzten Berg in den Süd-Rockies als Uranbergwerk verscheuern – wenn sie nur einen einzigen Forschungsauftrag von der Regierung bekommen könnten – hintenrum, natürlich.«

»Wenn Sie Partridge ablehnen, werden Sie überhaupt nichts mehr zu sagen haben.«

»Warum nicht?«

»Weil er Sie wirklich haben will.«

»Warum?«

»Keine Ahnung. Ich weiß nur, daß er nichts ohne Grund tut. Vielleicht möchte er seinen Einfluß nach Westen ausdehnen, eine Basis für sein persönliches Fortkommen schaffen – wer weiß? Aber er hat Einfluß auf viele Abgeordnete; und wenn Sie ihn beleidigen, indem Sie sagen: ›Nein, besten Dank, Kumpel‹, wird er das als Arroganz ansehen und Sie isolieren, hier und zu Hause. Ich meine, er ist einer von mehreren *Machos* auf dem Kapitol.«

Kendrick runzelte die Stirn und seufzte. »Na ja, ich kann

schließlich den Mund halten und brauche mich nicht hervorzutun, nicht wahr?«

Seit fast drei Wochen gehörte der Abgeordnete Evan Kendrick dem Partridge-Ausschuß an. Seine Berufung war zwar für alle unerwartet gekommen, jedoch war in Washington deshalb niemand aus dem Häuschen geraten – außer Ann Mulcahy O'Reilly und durch sie ihr Mann Patrick Xavier, ein Polizeileutnant aus Boston, dessen Fähigkeiten von den Behörden der Hauptstadt, in der sich das Verbrechen wie eine Seuche ausbreitete, besonders geschätzt wurden. Man vermutete allgemein, daß der Ausschußvorsitzende, dieser ausgekochte Profi, Kendrick geholt hatte, weil sich das Licht der Scheinwerfer auf ihn selbst und nicht auf die Ausschußmitglieder richten sollte. Falls diese Vermutung zutraf, hätte Partridge keine bessere Wahl treffen können. Der Repräsentant des neunten Wahlbezirks in Colorado sagte während der zweimal wöchentlich stattfindenden und vom Fernsehen übertragenen Anhörungen – wenn er an der Reihe war, die Zeugen zu befragen – kaum einmal mehr als »ich passe, Herr Vorsitzender«. Die längste Rede, die er seit seiner Berufung zu den *Birds* gehalten hatte, war seine dreiundzwanzig Sekunden dauernde Antwort auf die Begrüßung des Vorsitzenden. Er hatte gelassen sein Erstaunen darüber ausgedrückt, daß ihm »die Ehre dieser Berufung« zuteil geworden war, und erklärt, er hoffe sich des Vertrauens »würdig zu erweisen«, das der Herr Vorsitzende in ihn setze. Die Fernsehkameras waren nach genau zwölf Sekunden von seinem Gesicht abgeschwenkt und einem uniformierten Diener gefolgt, der von Tisch zu Tisch ging und die Aschenbecher leerte.

»Meine Damen und Herren«, sagte die getragene Stimme des Ansagers, »selbst während einer solchen Anhörung achtet die Regierung streng auf grundlegende Vorsichtsmaßnahmen. – Wie bitte? – O ja, der Herr Abgeordnete Owen Canbrick (Evan Kendrick) hat seine Erklärung beendet...«

Am Dienstag der vierten Woche ereignete sich jedoch am Vormittag des ersten Fernseh-Hearings dieser Woche etwas ganz Außergewöhnliches. Das öffentliche Interesse war größer als sonst, denn wichtigster Zeuge war der Vertreter des Beschaffungsamtes im Pentagon – ein jüngerer, schon kahl werdender Oberst, der sich auf aggressive Weise einen Namen als Logistiker gemacht hatte, ein leidenschaftlicher Soldat und unerschütterlich in seinen Überzeugungen. Er war intelligent, von schneller Auffassungsgabe und verfügte über einen beißenden Wortwitz. Er war Arlingtons beste Waffe in der Auseinandersetzung mit den wehleidigen, pfennigfuchserischen Zivilisten. Es gab viele, die das Duell zwischen Oberst Robert Barrish und dem genauso intelligenten, genauso schnellen und ganz gewiß genauso sarkastischen Vorsitzenden des Partridge-Ausschusses kaum erwarten konnten.

Doch der Abgeordnete Arvin Partridge aus Alabama glänzte, wider jedes Erwarten, an diesem Vormittag durch Abwesenheit. Weder Telefonanrufe in alle Himmelsrichtungen noch ein ganzes Heer von Assistenten, das die Hauptstadt durchkämmte, lösten das Rätsel dieses Verschwindens zur Unzeit. Partridge schien sich in Luft aufgelöst zu haben.

Doch Untersuchungsausschüsse des Kongresses sind nicht ausschließlich auf ihre Vorsitzenden angewiesen, besonders dann nicht, wenn eine Fernsehkamera in der Nähe ist. Daher fand die Anhörung unter dem Vorsitz eines Kongreßabgeordneten aus Nord-Dakota statt, der unter dem schlimmsten Kater seines Lebens litt, was höchst ungewöhnlich war, da man den Mann bisher nie hatte trinken sehen. Man kannte ihn als mildherzigen, enthaltsamen Geistlichen, der sich das Bibelwort von den »Schwertern, die in Pflugscharen verwandelt werden sollten«, stets zu Herzen nahm. Für den Löwen Oberst Barrish war er ein gefundenes Fressen.

»Am Ende meiner Aussage vor diesem zivilen Inquisitionstribunal erkläre ich kategorisch, daß ich im Namen einer starken, freien Gesellschaft spreche, die sich in einem tödlichen Kampf mit den Mächten des Bösen befindet, die uns, wenn wir nur die geringsten Anzeichen einer Schwäche erkennen ließen, in Stücke reißen würden. Will man uns wegen einiger unwesentlicher fiduziarischer Unstimmigkeiten in Handschellen legen, die mit dem *status quo ante* unserer Feinde nur in einem geradezu lächerlich geringfügigen Zusammenhang stehen?«

»Falls ich Sie richtig verstanden habe«, sagte der kommissarische Vorsitzende, dem es kaum gelang, die Augen offenzuhalten, »stehe ich nicht an, Ihnen an Ort und Stelle zu versichern, daß niemand in diesem Raum anzweifelt, wie sehr Sie sich um die Verteidigung unseres Landes verdient gemacht haben.«

»Das will ich auch hoffen, Sir.«
»Ich glaube nicht...«
»Moment mal, Soldat!« meldete sich Evan Kendrick von seinem Platz am Ende des langen Konferenztischs zu Wort.
»Wie bitte?«
»Ich habe gesagt, Sie sollen einen Augenblick warten.«
»Ich habe den Rang eines Obersten der Armee der Vereinigten Staaten und erwarte, mit diesem meinem Rang angesprochen zu werden«, sagte der Offizier unwirsch.
Kendrick warf dem Zeugen einen harten Blick zu und vergaß vorübergehend das Mikrofon. »Ich spreche Sie an, wie es mir paßt, Sie arroganter Hund.« Die Kameras machten wahre Bocksprünge, künstliche Tonstörungen sollten Kendricks Worte überlagern, doch es war zu spät. »...es sei denn, Sie hätten höchstpersönlich die Verfassung geändert, die Sie meiner Meinung nach nie gelesen haben«, fuhr Kendrick, die vor ihm liegenden Papiere studierend, gelassen fort. Er lachte leise in sich hinein, weil er sich an sein Gespräch mit Frank Swann im Außenministerium vor seinem »Ausflug« nach Maskat erinnerte. »Inquisitionstribunal! Scheiße!«
»Ich verwahre mich energisch gegen Ihr Verhalten...«
»Und viele Steuerzahler verwahren sich gegen das Ihre«, fiel Kendrick ihm ins Wort, blätterte in Barrishs Personalakte und wiederholte präzise die Frage, die Frank Swann ihm vor über einem Jahr gestellt hatte: »Sagen Sie, Herr *Oberst*, haben Sie eigentlich Erfahrung mit Waffen?«
»Ich bin *Soldat*.«
»Das dürfte zwischen uns beiden wohl geklärt sein, oder? Ich weiß, daß Sie Soldat sind; wir inquisitorischen Zivilisten bezahlen Ihren Sold; außer, Sie entrichten eine Leihgebühr für Ihre Uniform.« Unterdrücktes Gelächter wurde laut. »Ich habe Sie gefragt, ob Sie je eine Waffe abgefeuert haben.«
»Unzählige Male. Sie auch?«
»Nicht unzählige Male, aber ein paarmal schon. Und nie in Uniform.«
»Damit wäre das Thema wohl beendet.«
»Nicht ganz. Haben Sie je eine Waffe benutzt, um einen Menschen zu töten, der entschlossen war, Sie umzubringen?«
Schweigen. Dann die leise Antwort, die alle hörten: »Ich habe nie gekämpft, wenn Sie das meinen.«

»Aber eben noch sagten Sie, Sie stünden in einem tödlichen Kampf, *et cetera, et cetera*, was bei allen hier und den Zuschauern am Bildschirm den Eindruck erwecken mußte, Sie seien so etwas wie ein moderner Davy Crockett, der das Fort in Alamo verteidigt, oder ein Sergeant York, vielleicht auch ein Indiana Jones, der den bösen Buben den Garaus macht. Doch das trifft alles nicht zu, nicht wahr, Herr Oberst? Sie sind ein Buchhalter, der versucht, den Diebstahl von Millionen – vielleicht auch Milliarden – vom Geld der Steuerzahler zu rechtfertigen, und alles unter der Fahne eines Super-Patriotismus.«

»Sie verdammter... Wie können Sie es wagen...« Wieder kamen die wilden Kameraschwenks und die Tonstörungen zu spät, als Oberst Barrish von seinem Stuhl aufsprang und mit der Faust auf den Tisch hämmerte.

»Die Sitzung wird vertagt!« schrie der erschöpfte Vorsitzende. »Vertagt, verdammt noch mal!«

Im verdunkelten Kontrollraum eines Washingtoner Rundfunk- und Fernsehsenders stand ein grauhaariger Nachrichtensprecher in einer Ecke und betrachtete den Monitor, über den die Bilder aus dem Kongreß flimmerten. Er spitzte die Lippen, wie fast ganz Amerika das schon unzählige Male bei ihm gesehen hatte, und wandte sich dann an seinen Assistenten.

»Ich will diesen Kongreßabgeordneten – wer er auch sein mag – am nächsten Sonntag in meiner Sendung haben«, sagte er.

Völlig außer sich rief die Frau in Chevy Chase ins Telefon: »Ich sag dir, Mutter, so hab' ich ihn mein Leben lang noch nie gesehen! Ich meine es ernst, er war total betrunken. Gott sei Dank hat ein netter Ausländer ihn nach Hause gebracht. Er sagte, er habe ihn vor einem Restaurant in Washington aufgelesen, und er habe kaum laufen können – kannst du dir das vorstellen? Er erkannte ihn, und da er ein wahrhaft guter Christ ist, fand er, er müsse ihn von der Straße wegbringen. Das Wahnwitzige an der Geschichte ist, Mutter, daß ich glaubte, er habe noch nie einen Tropfen Alkohol angerührt. Offensichtlich habe ich mich geirrt. Jetzt frage ich mich, wie viele Geheimnisse mein gläubiger Pfarrer sonst noch hat. Heute morgen behauptete er, er könne sich an nichts erinnern – an überhaupt nichts... O mein Herr und Heiland! Er ist eben nach Hause gekommen, Mutter... O Mami, und jetzt erbricht er sich mitten auf den Teppich!«

»Wo, zum Teufel, bin ich?« flüsterte Arvin Partridge, schüttelte den Kopf und bemühte sich, den Blick auf die mit fadenscheinigen Gardinen verhängten Fenster des Motelzimmers zu richten. »In einem Rattennest?«

»Nicht schlecht geraten«, antwortete der Blonde und trat an das Bett. »Nur daß die Nagetiere, die dieses Haus sonst frequentieren, gewöhnlich nur eine oder zwei Stunden bleiben.«

»Sie!« schrie Partridge und starrte den Tschechen an. »Was haben Sie mit mir gemacht?«

»Mit Ihnen nichts, Sir, aber für Sie habe ich etwas getan«, antwortete Varak. »Zum Glück konnte ich Sie davor bewahren, in eine äußerst peinliche Lage zu geraten.«

»Was?« Partridge setzte sich auf und schwang die Beine aus dem Bett. Obwohl noch nicht ganz bei sich, stellte er fest, daß er korrekt angezogen war. »Wo? Wie?«

»Einer meiner Klienten aß im *Carriage House* in Georgetown zu Abend, wo Sie sich mit dem Kongreßabgeordneten aus Nord-Dakota getroffen haben. Als die Lage sich zuspitzte, rief er mich an. Abermals glücklicherweise wohne ich in der Gegend und konnte rechtzeitig an Ort und Stelle sein. Selbstverständlich sind Sie hier im Motel nicht registriert.«

»Halt! Halt! Einen Moment!« rief Partridge. »Das ist doch Stuß! Das Treffen zwischen mir und dem heiligen Schlepper war eine abgekartete Sache. Sein Büro kriegt einen Anruf, daß ich ihn wegen einer dringenden Ausschußangelegenheit unbedingt sprechen muß, und mein Büro wird ebenfalls angerufen. Wir haben für morgen dieses Arschloch vom Pentagon, Barrish, vorgeladen und denken beide, daß es vielleicht gut wäre, wenn wir uns treffen. Ich frage ihn, was los ist, und er mich auch.«

»Davon weiß ich nichts, Sir.«

»Quatsch!«

»Sie haben sich zuviel zugemutet.«

»Quark mit Soße! Ich hatte einen beschissenen Martini, und der Jünger des Himmels trank Limonade.«

»Wenn das stimmt, haben Sie beide merkwürdige Toleranzgrenzen. Sie sind über den Tisch gefallen, und der Pfarrer hat versucht, das Salz zu trinken.«

Partridge sah Varak wütend an. »Sie haben uns mit K.o.-Tropfen außer Gefecht gesetzt.«

»Ich habe dieses Restaurant gestern abend zum ersten Mal betreten.«

»Sie sind ein verdammter Lügner... Gütiger Himmel, wie spät ist es?« Partridge hob das Handgelenk, um einen Blick auf die Uhr zu werfen.

»Die Anhörung ist vorbei«, sagte Varak.

»Scheiße!«

»Der Pfarrer war ja nicht besonders gut, aber Ihr neues Mitglied machte einen unauslöschlichen Eindruck. Bestimmt bekommen Sie in den Abendnachrichten Ausschnitte von seinem Auftritt zu sehen – von gewissen Ausdrücken gereinigt, selbstverständlich.«

»O mein Gott!« flüsterte Partridge und sah Varak an. »Was haben sie über mich gesagt? Darüber, daß ich nicht da war?«

»Ihr Büro hat eine absolut überzeugende Erklärung abgegeben. Sie waren mit einem Fischerboot an der Ostküste von Maryland unterwegs, hatten einen Maschinenschaden und mußten eine Meile vor dem Jachthafen Anker werfen. Die Erklärung ist nachprüfbar, es wird keine Probleme geben.«

»Mein Büro hat eine solche Erklärung veröffentlicht? Auf wessen Veranlassung?«

»Auf die Ihres Sohnes. Er ist ein erstaunlich verständnisvoller junger Mann und überhaupt nicht nachtragend. Jetzt wartet er draußen in Ihrem Wagen auf Sie.«

Der rothaarige Verkäufer im Saab-Ausstellungsraum konnte sich vor Staunen kaum fassen, als er die Papiere unterschrieb und zehn Einhundertdollarnoten abzählte. »Der Wagen«, sagte er, »ist heute nachmittag um drei für Sie bereit.«

»Das ist fein«, sagte der Käufer, der auf dem Ratenkaufvertrag als Beruf »Barmixer, zur Zeit im *Carriage House* in Georgetown beschäftigt« angegeben hatte.

18

»Die Stunde Null, Mr. Kendrick«, sagte Oberst Robert Barrish, freundlich in die Kamera lächelnd. »Wir müssen für sie bereit sein, und mit Präventiv-Eskalation schieben wir sie immer weiter und weiter hinaus.«

»Oder stopfen die Arsenale bis zu dem Punkt voll, an dem nur eine falsche Berechnung den Planeten in die Luft jagt.«

»O bitte«, mahnte der Armeeoffizier nachsichtig, »diese Ansichten sind doch längst überholt. Wir wissen, was wir tun. Wir sind die Fachleute.«

»Sie meinen unsere Seite?«

»Aber selbstverständlich meine ich unsere Seite.«

»Und wie steht es mit dem Feind? Sind das auch Fachleute?«

»Wenn Sie versuchen, die technologischen Errungenschaften unserer Feinde den unseren gleichzusetzen, werden Sie meiner Meinung nach feststellen, daß Sie darüber genauso unzulänglich informiert sind wie über die Effektivität der Kostenkontrolle in unserem System.«

»Damit meinen Sie wohl, daß die anderen nicht so gut sind wie wir?«

»Ein scharfsinniger Schluß, Herr Abgeordneter. Über unsere moralische Überlegenheit hinaus, der wir uns verpflichtet fühlen, weil wir Gott verpflichtet sind, ist die High-Tech-Ausbildung unserer Streitkräfte die beste auf der Welt. Sie werden verzeihen, aber als Teil eines großartigen Teams muß ich an dieser Stelle ganz einfach sagen, wie unglaublich stolz ich auf unsere phantastischen Jungs und Mädels bin.«

»Du grüne Neune, das bin ich auch«, sagte Kendrick mit einem angedeuteten Lächeln. »Aber dennoch muß ich sagen, Herr Oberst, daß ich den Faden Ihrer Argumentation verloren habe – oder sagten Sie präventive Eskalation? Ich dachte, Ihre Bemerkung über den Professionalismus sei die Antwort auf meine Bemerkung über die Möglichkeit einer Fehlberechnung, wenn alle Arsenale zum Bersten voll sind.«

»Ganz recht. Sehen Sie, Mr. Kendrick, ich versuche Ihnen mit Eselsgeduld zu erklären, daß unser Waffenpersonal fest in ineinandergreifende Vorschriften eingebunden ist und Fehler und Irrtümer sich daher von selbst ausschließen. Wir sind buchstäblich unfehlbar.«

»Das will ich gern zugeben«, pflichtete Kendrick bei. »Aber wie steht es mit den anderen? Sie haben gesagt – ich denke, Sie haben gesagt –, sie hätten kein so narrensicheres System. Angenommen, sie verrechnen sich, machen einen Fehler? Was dann?«

»Sie hätten nie wieder Gelegenheit, sich zu verrechnen. Mit einem Minimum an eigenen Verlusten würden wir...«

»Moment mal, Soldat«, unterbrach Kendrick so schroff, daß es einem Befehl gleichkam. »›Mit einem Minimum an eigenen Verlusten...‹ Was heißt das?«

»Ihnen ist doch wohl klar, daß ich nicht befugt bin, solche Fragen öffentlich zu diskutieren.«

»Ich finde aber, das sollten Sie, verdammt noch mal! Heißt ein ›Minimum an eigenen Verlusten‹ nur Los Angeles oder New York oder vielleicht Albuquerque oder St. Louis? Da wir alle für diesen ›Minimum-an-Verlusten‹-Schirm bezahlen, sollten Sie uns eigentlich sagen, wie das Wetter wird, oder?«

»Wenn Sie glauben, daß ich mich dazu hinreißen lasse, die nationale Sicherheit durch eine Fernsehsendung zu gefährden, dann, Herr Abgeordneter – und ich bedaure sehr, das sagen zu müssen –, bin ich der Meinung, daß Sie nicht das Recht haben, hier das amerikanische Volk zu vertreten.«

»Den ganzen riesigen Haufen? Hab' nie gedacht, daß ich das tue. Man hat mir gesagt, diese Sendung gehe nur Sie und mich was an – daß ich Sie im Fernsehen öffentlich beleidigt habe und Sie das Recht hätten, mir vor dem gleichen Forum zu antworten. Deshalb bin ich hier. Also antworten Sie, Herr Oberst. Befetzen Sie mich nicht mit Schlagwörtern aus dem Pentagon; ich habe viel zuviel Respekt vor unseren Streitkräften, um Sie mit diesem Blabla davonkommen zu lassen.«

»Wenn Sie mit dem, was Sie ›Schlagwörter‹ nennen, die selbstlosen Führer unseres Verteidigungs-Establishments kritisieren wollen – loyale, ehrenhafte Männer, denen vor allem daran liegt, daß unsere Nation stark und mächtig bleibt, dann können Sie mir nur leid tun.«

»Ach, steigen Sie doch von Ihrem hohen Roß herunter! Ich bin noch nicht lange hier, aber unter den wenigen Freunden, die ich schon gewonnen habe, sind ein paar hohe Offiziere drüben in Arlington, die wahrscheinlich schmerzlich zusammenzucken würden, wenn Sie mit Ihrem *modus nonoperandis* ankommen.

Was ich Ihnen zu erklären versuche, Herr Oberst, ist, daß Sie ebensowenig über einen Blankoscheck verfügen wie ich oder mein Nachbar Smith. Wir leben mit Realitäten…«

»Dann lassen Sie sich die Realitäten von mir erklären«, unterbrach Barrish.

»Lassen Sie mich ausreden«, sagte Kendrick, der jetzt lächelte, als beginne ihm das Duell Spaß zu machen.

»Meine Herren, meine Herren«, mahnte der populäre Nachrichtensprecher.

»Ich bezweifle nicht, daß Sie sich – wie haben Sie gesagt? – dem Verteidigungs-Establishment verpflichtet fühlen, Herr Oberst«, sagte Kendrick. »Sie tun Ihren Job und passen auf, daß niemand Ihren Vorgarten zertrampelt, das verstehe ich.« Er nahm ein Blatt Papier auf. »Aber als Sie während der Anhörung – ich habe es mir notiert – von ›unwesentlichen fiduziarischen Vorgängen‹ sprachen, habe ich mich gefragt, was Sie damit meinen. Glauben Sie wirklich, niemandem Rechenschaft schuldig zu sein? Wenn Sie das glauben, erzählen Sie's doch John Smith, der größte Mühe hat, das Familienbudget auszubalancieren.«

»Derselbe John Smith wird uns auf den Knien danken, wenn ihm dämmert, daß wir die Garanten für sein Überleben sind.«

»Mir war, als hätte ich eben von drüben aus Arlington ein vielstimmiges Stöhnen gehört, Herr Oberst. John Smith braucht vor niemandem einen Kniefall zu machen. Nicht hier.«

»Sie reißen meine Bemerkungen aus dem Kontext heraus. Sie wissen sehr gut, was ich meine, Herr Abgeordneter Partridge.«

»Irrtum, Herr Oberst, Partridge ist der andere. Ich bin der Stellvertreter, gewissermaßen der linke Schächer.«

»Links trifft auf jeden Fall zu.«

»Das ist eine interessante Feststellung. Darf ich Sie zitieren?«

»Ich weiß über Sie Bescheid«, sagte Barrish, und es klang unheilvoll, drohend. »Erzählen Sie mir nichts über John Smith, den Mann auf der Straße, und tun Sie nicht so, als seien Sie wie wir alle.« Barrish unterbrach sich und schrie dann, als könne er sich nicht länger beherrschen: »Sie sind nicht einmal verheiratet!«

»Das ist wohl die einzige hundertprozentig zutreffende Aussage, die wir hier von Ihnen gehört haben«, antwortete Kendrick. »Aber wenn Sie auf ein Rendezvous mit mir scharf sind, frage ich vorher doch lieber mein Mädchen.«

Barrish war Kendrick nicht gewachsen. Die ›Geheimwaffe‹

des Pentagons hatte einen Rohrkrepierer gehabt, und das Pulver hatte das arrogante Gesicht geschwärzt. Und das nationale Fernsehen war live dabeigewesen.

»Wer, zum Teufel, ist das?« fragte Joseph Smith, der in Clinton, New Jersey, in der Cedar Street 70 wohnte.

»Ich weiß es nicht«, antwortete Mrs. Smith, die neben ihrem Mann vor dem Fernseher saß. »Aber irgendwie ist er doch reizend, nicht wahr?«

»Ob er reizend ist, weiß ich nicht, aber er hat eben einem dieser widerwärtigen Offizierstypen, die mich in Vietnam in die größte Scheiße geschickt haben, ordentlich eins aufs Maul gegeben. Er ist mein Mann.«

»Er ist gut«, sagte Eric Sundstrom von Inver Brass, stand auf und schaltete in seiner New Yorker Wohnung mit Blick auf den Gramercy Park den Fernseher aus. Er leerte sein Glas Montrachet und sah Margaret Lowell und Gideon Logan an, die ihm gegenübersaßen. »Er hat einen hellwachen Verstand und bleibt eiskalt. Ich kenne diese Kobra Barrish; jemanden im Scheinwerferlicht bluten zu lassen ist seine Lieblingsbeschäftigung. Kendrick hat ihn in seiner eigenen Scheiße begraben.«

»Unser Mann ist irgendwie richtig süß«, fügte Margaret Lowell hinzu.

»Was?«

»Nun, er ist attraktiv, Eric. Das ist bestimmt kein Nachteil.«

»Er ist witzig«, sagte Logan. »Und er ist auf jeden Fall ein Gewinn. Er hat die Fähigkeit und die Persönlichkeit, schnell vom Ernsten ins Amüsante hinüberzuwechseln, und das ist ein Talent, das man nicht unterschätzen sollte. Und es ist kein Zufall, er hat das gleiche schon während der Anhörung gemacht. Kennedy hatte die gleiche Gabe; er sah in jeder Situation das Humorvoll-Ironische. Das gefällt den Leuten. Dennoch glaube ich, in der Ferne eine graue Wolke aufziehen zu sehen.«

»Was?« fragte Sundstrom.

»Ein Mann, der alles so schnell und so leicht durchschaut, wird sich nicht so ohne weiteres manipulieren lassen.«

»Wenn er der richtige Mann ist, Gideon, und wir haben allen Grund, das zu glauben, dann fällt das nicht ins Gewicht«, erwiderte Margaret Lowell.

»Angenommen, er ist es nicht? Angenommen, es gibt etwas, das wir nicht wissen? Es fiele auf uns zurück. Denn wir werden ihn in den Sattel gehoben haben, sein Aufstieg wird nicht die Folge einer politischen Entwicklung sein.«

In Uptown Manhattan, zwischen der Fifth und der Madison Avenue, saß in einem fünfstöckigen Backsteinhaus der weißhaarige Samuel Winters seinem Freund Jacob Mandel gegenüber. Sie hielten sich in Winters' weitläufigem Arbeitszimmer im obersten Stockwerk auf. Zwischen den Bücherregalen hingen mehrere exquisite Gobelins an den Wänden, und die Möbel waren genauso atemberaubend kostbar. Trotzdem war der Raum gemütlich. Er sah bewohnt aus; er war warm; und die Meisterstücke der Vergangenheit dienten nicht als Ausstellungsstücke, sondern dem Benutzer. Mit der Fernbedienung schaltete Winters, dieser Aristokrat unter den Historikern, den Fernseher aus.

»Nun, was meinst du?« fragte er.

»Ich möchte ein paar Augenblicke nachdenken, Samuel.« Mandel ließ die Blicke durch das Arbeitszimmer schweifen. »All das«, stellte der Börsenmakler fest, »gehörte schon dir, als du geboren wurdest, und trotzdem hast du immer so hart gearbeitet.«

»Ich habe mir ein Gebiet ausgesucht, in dem man es viel leichter hat, wenn man reich ist«, antwortete Winters. »Manchmal habe ich aber deshalb schon ein schlechtes Gewissen. Ich konnte immer überall hinfahren, hatte Zutritt zu allen Archiven, an die andere nicht herankamen, konnte studieren, solange ich wollte. Doch alles, was ich geleistet habe, kommt mir, verglichen mit dem Vergnügen, das es mir bereitet hat, verschwindend klein vor. Das hat auch meine Frau immer gesagt.«

Der Historiker warf einen Blick auf das Porträt einer im Stil der vierziger Jahre gekleideten hübschen dunkelhaarigen Frau. Es hing hinter dem Schreibtisch zwischen zwei riesigen Fenstern mit Blick auf die Seventy-third Street. Ein Mann, der an diesem Schreibtisch arbeitete, konnte sich ganz mühelos immer wieder umdrehen und das Bild ansehen.

»Sie fehlt dir, nicht wahr?«

»Sehr. Ich komme häufig herauf und spreche mit ihr.«

»Ich glaube nicht, daß ich ohne Hannah weitermachen

könnte, und dennoch – das mag jetzt seltsam klingen – bete ich, daß sie, nach allem, was sie in Deutschland durchgemacht hat, vor mir gehen möge. Ich glaube, sie würde den Tod noch eines geliebten Menschen nicht ertragen. Findest du es schrecklich, daß ich das sage?«

»Ich finde es bemerkenswert selbstlos – wie alles, was du sagst oder tust, alter Freund. Und auch deshalb, weil ich dich so gut kenne und weiß, wie sehr du leiden würdest. Du schaffst so etwas besser als ich, Jacob.«

»Unsinn.«

»Das muß an deinem Tempel liegen...«

»Wann warst du das letztemal in der Kirche, Samuel?«

»Laß mich überlegen. Mein Sohn heiratete in Paris, doch ich hatte mir das Bein gebrochen und konnte nicht dabeisein. Dann lief meine Tochter mit diesem charmanten Hohlkopf davon, der ungerechterweise mit den mir völlig unverständlichen Filmen, die er schreibt, unanständig viel Geld verdient. Es muß also fünfundvierzig gewesen sein, als ich aus dem Krieg nach Hause kam. Sie hat mich gezwungen zu gehen, obwohl ich nichts anderes im Kopf hatte, als sie auf der Stelle auszuziehen.«

»Also du bist wirklich unmöglich! Ich glaube dir kein Wort.«

»Dann machst du einen Fehler.«

»Es könnte gefährlich sein«, sagte Mandel, plötzlich das Thema wechselnd, auf Evan Kendrick bezogen. Winters verstand. Jacob hatte sich zwar mit ihm unterhalten, aber er hatte auch nachgedacht.

»Wieso gefährlich? Alles, was wir über ihn erfahren haben – und ich glaube nicht, daß es noch viel mehr Wissenswertes gibt –, scheint jede Machtbesessenheit auf seiner Seite auszuschließen. Und wenn sie fehlt, worin siehst du eine Gefahr?«

»Er ist leidenschaftlich unabhängig.«

»Das ist doch nur gut. Vielleicht wäre er sogar ein guter Präsident. Keine Verbrüderung mit Wichtigtuern, Jasagern und Kriechern. Wir haben beide gesehen, wie er die erste Garnitur zur Schnecke gemacht hat. Mit den übrigen hätte er leichteres Spiel.«

»Dann habe ich mich nicht klar ausgedrückt«, sagte Mandel. »Weil es mir selbst noch nicht klar ist.«

»Oder ich bin schlicht und einfach dämlich, Jacob. Was willst du sagen?«

»Angenommen, er erfährt von uns? Angenommen, er erfährt, daß sein Codename ›Ikarus‹ und er ein Produkt von Inver Brass ist?«

»Das ist unmöglich.«

»Darum geht es nicht. Laß die Unmöglichkeit einmal beiseite. Wie, glaubst du, würde er reagieren? Denk jetzt dran, daß er ein leidenschaftlich unabhängiger Geist ist.«

Samuel Winters stützte das Kinn in die Hand, sah nachdenklich aus dem Fenster und dann auf das Porträt seiner Frau.

»Ich verstehe«, sagte er, und vor seinem inneren Auge tauchten verschwommene Bilder aus seiner eigenen Vergangenheit auf. »Er würde rasen vor Wut. Er sähe sich als Teil einer größeren Korruption, und ihr auf Gedeih und Verderb ausgeliefert, weil er manipuliert wurde. Er wäre außer sich vor Zorn.«

»Und was würde er, deiner Ansicht nach, in seinem Zorn tun? Wenn er uns entlarvte, wäre das unwichtig. Es wäre wie die Gerüchte um die Trilateral Commission, die Jimmy Carter unterstützte, weil Henry Luce einen obskuren Gouverneur von Georgia auf das Titelblatt der *Time* setzte. Die Wahrscheinlichkeit, daß die Gerüchte nicht aus der Luft gegriffen waren, ist größer als die, daß nichts dahintersteckte, aber kein Mensch kümmerte sich darum. – Was würde Kendrick tun?«

Winters sah seinen alten Freund an. »Mein Gott«, sagte er leise, »er würde angeekelt alles hinwerfen und sich aus dem Staub machen.«

»Kommt dir das nicht bekannt vor, Samuel?«

»Das ist so viele Jahre her – die Dinge lagen anders...«

»Daß sie so anders lagen, glaube ich nicht. Nur viel besser als jetzt. Aber nicht anders.«

»Ich habe kein öffentliches Amt bekleidet.«

»Du hättest nur den kleinen Finger danach auszustrecken brauchen. Der brillante, ungeheuer reiche Dekan der Columbia-Universität, der Präsidentenberater, dessen Auftritte vor Parlaments- und Senats-Ausschüssen die nationale Politik entscheidend beeinflußten. Du warst auf dem besten Weg, Gouverneur von New York zu werden, als du wenige Wochen vor der Vorwahl erfahren hast, daß eine dir unbekannte politische Organisation deine Nominierung durchgesetzt hatte und es von vornherein feststand, daß du die Wahl gewinnen würdest.«

»Es war ein furchtbarer Schock. Ich hatte noch nie etwas von diesen Leuten gehört.«

»Aber du hast – ob zu Recht oder nicht – angenommen, daß sie von dir erwarteten, du würdest nach ihrer Pfeife tanzen. Du hast die üblen Machenschaften aufgedeckt und bist geflohen.«

»Angeekelt. Es widersprach allen Regeln fairer, offener politischer Auseinandersetzung, für die ich stets eingetreten war.«

»Ein leidenschaftlich unabhängiger Geist«, fügte Mandel hinzu. »Und die Folge waren politische Ohnmacht, politisches Chaos und ein Riesenwirbel in der Partei. Die Opportunisten drängten sich vor und machten sich breit, und wir erlebten sechs Jahre drakonischer Gesetze und korrupter Verwaltung.«

»Gibst du mir die Schuld daran, Jacob?«

»Es besteht ein Zusammenhang, Samuel. Dreimal hat Cäsar die Krone abgelehnt, und die Hölle brach los.«

»Soll das heißen, daß Kendrick das Amt ablehnen könnte?«

»Du hast es getan. Voller Empörung.«

»Weil Leute, die ich nicht kannte, riesige Summen ausgaben, damit ich das Amt bekam. Warum? Wenn sie wirklich an einer besseren Regierung interessiert gewesen wären und keine privaten Interessen vertreten hätten, hätten sie sich doch zu erkennen geben können.«

»Warum tun wir es nicht, Samuel?«

Winters sah Mandel eindringlich und traurig an. »Weil wir Gott spielen, Jacob. Wir müssen es, weil wir wissen, was andere nicht wissen. Wir wissen, was geschehen wird, wenn wir unseren Weg nicht konsequent fortsetzen. Plötzlich wird das Volk einer großen Republik nicht mehr von einem Präsidenten, sondern von einem König regiert, Herrscher über alle Staaten der Union. Den Leuten ist jedoch nicht klar, wer hinter dem König steht. Die Schakale im Hintergrund können nur ausgerottet werden, wenn der König nicht an die Macht kommt. Nur so.«

»Ich verstehe. Ich bin vorsichtig, weil ich Angst habe.«

»Dann müssen wir dafür sorgen, daß Evan Kendrick nie etwas von uns erfährt. So einfach ist das.«

»Nichts ist einfach«, widersprach Mandel. »Er ist kein Narr. Er wird sich fragen, wieso man ihm plötzlich so viel Aufmerksamkeit zollt. Varak wird ein meisterliches ›Drehbuch‹ schreiben müssen, in dem jede Sequenz logisch und unabänderlich zur nächsten führt.«

»Das habe ich mir auch schon gesagt«, gestand Winters, wieder mit einem Blick auf das Porträt seiner Frau. »Jennie hat immer behauptet: ›Es ist zu leicht, Sam. Die anderen überschlagen sich fast, um nur ein paar Zeilen in die Zeitungen zu bekommen, und du kriegst ganze Leitartikel, die dich für Dinge loben, von denen du nicht mal genau weißt, ob du sie getan hast.‹ Das war der Grund, warum ich anfing, Fragen zu stellen, wie ich entdeckte, was vorging. Ich bekam nie heraus, wer dahintersteckte, nur wie es gemacht wurde.«

»Und dann bist du gegangen.«

»Selbstverständlich.«

»Warum? Ich meine, warum wirklich?«

»Du hast die Frage vorhin selbst beantwortet. Ich war empört.«

»Obwohl du so viel hättest tun können?«

»Tja, offensichtlich.«

»Ist es fair zu sagen, Samuel, daß dich das Fieber, um jeden Preis siegen zu wollen, nicht gepackt hatte?«

»Das ist doch wohl ebenso offensichtlich. Ob das nun bewundernswert ist oder nicht, ich war nie gezwungen, irgendwo zu siegen. Wie Avarell einmal sagte: ›Glücklicher- oder unglücklicherweise hängt es nicht von meinem jeweiligen Job ab, ob ich etwas zu essen habe.‹ Das gleiche gilt für mich, schätze ich.«

»Das Fieber, Samuel. Das Fieber, das nie in dir brannte, der Hunger, den du nie hattest – Kendrick muß irgendwie davon befallen werden. Im Herzensgrund muß er gewinnen wollen, muß es für ihn eine verzweifelte Notwendigkeit sein, zu siegen.«

»Das ›Feuer im Bauch‹«, sagte Winters. »Wir hätten gleich daran denken müssen, doch wir haben uns eingebildet, er werde eine solche Möglichkeit begeistert beim Schopf packen. Du lieber Gott, was waren wir alle für Narren!«

»Nicht ›wir alle‹«, protestierte Mandel und hob die Hände mit den Handflächen nach oben. »Ich habe bis vor einer Stunde nie darüber nachgedacht. Doch dann kamen plötzlich die Erinnerungen – Erinnerungen an dich und deine leidenschaftliche Unabhängigkeit. Aus einer strahlenden Hoffnung, einem ungewöhnlichen Glücksfall, wurdest du zu einem moralisch entrüsteten Risikofaktor, der alles im Stich ließ und dadurch der Korruption in und außerhalb der Stadt Tür und Tor öffnete.«

»Du hast recht, Jacob. Ich hätte bleiben müssen, ich weiß es seit Jahren. Meine Frau hat mich einmal im Zorn einen ›verzogenen, eitlen Bengel‹ genannt. Wie du behauptete sie, ich hätte, wenn schon nichts anderes, vieles verhindern können.«

»Ja, das hättest du, Samuel. Harry Truman hatte recht, es sind die Anführer, die Geschichte machen. Ohne Thomas Jefferson hätte es keine Vereinigten Staaten, ohne Adolf Hitler kein Drittes Reich gegeben. Aber kein Mann und keine Frau werden zu Anführern, wenn sie es nicht wollen. Sie müssen den brennenden Ehrgeiz haben, es zu schaffen.«

»Und du denkst, der fehlt unserem Kendrick?«

»Ich vermute es. Was ich heute im Fernsehen und vor fünf Tagen bei der Anhörung des Ausschusses gesehen habe, war ein unvorsichtiger Mann, dem es scheißegal war, wem er in seiner berechtigten moralischen Entrüstung auf die Zehen trat. Intelligenz, ja; Mut, gewiß; sogar Witz und Ausstrahlung – alles, was wir uns für unseren idealen Kandidaten wünschten. Aber ich habe auch die Ähnlichkeit mit meinem Freund Samuel Winters gesehen, einem Mann, der aus dem System ausbrechen konnte, weil er nicht den fieberhaften Ehrgeiz hatte, den Preis zu erringen.«

»Ist das so schlecht, Jacob? Nicht im Hinblick auf mich, ich war in Wirklichkeit nie so bedeutend, aber ist es für diejenigen, die sich um ein öffentliches Amt bewerben, tatsächlich so gesund, vor Ehrgeiz zu brennen?«

»Die Leute wollen einen Mann, der sich ganz einsetzt, keinen Teilzeitarbeiter. Sie wollen für ihr Geld auch Leistung sehen.«

»Nun«, sagte Winters leicht abwehrend, »ich glaube, daß die Leute nicht ganz unbeeindruckt von mir waren, obwohl ich mich nicht vor Ehrgeiz verzehrte. Andererseits habe ich nicht allzu viele Fehler gemacht.«

»Gütiger Himmel, dazu hattest du nie die Gelegenheit. Deine Kampagne war ein Fernseh-Blitzkrieg und so hervorragend fotografiert, wie ich es nie wieder gesehen habe. Wozu allerdings dein gutes Aussehen einiges beigetragen hat.«

»Ich hatte drei oder vier Debatten. Nein, drei waren es...«

»Mit komischen Heiligen, Samuel. Sie wurden von einer ihnen geistesverwandten Gattung beerdigt – die Leute lieben das. Sie hören nie auf, am Himmel – und jetzt auch auf dem Fernsehschirm – den König oder den Prinzen zu suchen, der zu ihnen herabsteigt und ihnen mit tröstlichen Worten den Weg weist.«

»Es ist eine Affenschande. Abraham Lincoln hätten sie für einen linkischen Bauerntölpel gehalten und aus Illinois erst gar nicht herausgelassen.«

»Oder noch schlimmer«, sagte Jacob Mandel leise lachend. »Für den Juden Abraham, der in konspirativer Kumpanei mit dem Antichrist zarte Kindlein opfert.«

»Und als er sich einen Bart wachsen ließ, war das die untrügliche Bestätigung aller Vermutungen«, stimmte Winters lächelnd zu und stand auf. »Willst du was trinken?« fragte er und ging, da er die Antwort seines Freundes kannte, schon zu der Bar hinüber, über der ein französischer Gobelin hing.

»Gern, das Übliche bitte.«

»Selbstverständlich.« Schweigend schenkte Winters ein – einen Bourbon, einen kanadischen Whisky, beide nur mit Eis. Den Bourbon reichte er Mandel. »Ich glaube, ich habe jetzt alles durchdacht, Jacob«, sagte er.

»Ich wußte, daß du zugleich Drinks einschenken und denken kannst«, sagte Mandel und hob sein Glas. »Auf Ihr Wohl, Sir.«

»*L'chaim*«, antwortete Winters.

»Und?«

»Irgendwie müssen wir dieses Fieber, von dem du gesprochen hast, den Ehrgeiz, den Preis gewinnen zu wollen, in Evan Kendrick einpflanzen. Ohne diesen Ehrgeiz ist er nicht glaubwürdig, und ohne ihn bekommen wir es mit Fanatikern und Opportunisten zu tun.«

»Das glaube ich auch, ja.«

Den Blick auf den Gobelin gerichtet, nippte Winters an seinem Glas. »Philipp VI. und sein Ritterheer wurden 1346 in der Schlacht bei Crécy-en-Ponthieu von den ihnen weit unterlegenen englischen Bogenschützen und walisischen Langmessern besiegt.«

»Wie meinst du das? Du mußt es mir erklären, ich bin nicht so gelehrt wie du, Samuel.«

»Auch in ihnen brannte das Feuer, auch sie wollten siegen um jeden Preis. Wie können wir dieses Feuer in Evan Kendrick entzünden? Es ist ungeheuer wichtig, daß wir es tun. Das ist mir jetzt ganz klar.«

»Ich denke, wir fangen am besten bei Milos Varak an.«

Annie Mulcahy O'Reilly war außer sich. Über die vier Standard-Telefonleitungen im Kongreßbüro gingen hauptsächlich Gespräche hinaus, denn ›ihr‹ Kongreßabgeordneter wurde normalerweise nur sehr selten angerufen. Heute jedoch war es nicht nur anders, es war völlig verrückt. Innerhalb von vierundzwanzig Stunden wurde das kleinste, am wenigsten beschäftigte Team im Kongreß zum geplagtesten. Annie mußte ihre beiden Bürohelferinnen anrufen – die am Montag nie erschienen (»Ach, komm schon, Annie, warum ein schönes Wochenende gewaltsam abbrechen?«) –, und sie auffordern, ins Büro zu kommen. Dann setzte sie sich mit Phillip Tobias, dem blitzgescheiten, aber frustrierten Assistenten, in Verbindung und erklärte ihm, er könne seine Tennispartie vergessen und solle seinen Hintern gefälligst ins Büro bewegen, weil sie ihn sonst umbringe. (»Was ist passiert, zum Kuckuck?« »Haben Sie gestern die Foxley-Show nicht gesehen?« »Nein, ich war beim Segeln. Warum hätte ich sie mir ansehen sollen?« »Weil er Gast war.« »Was? Das kann nicht ohne meine Zustimmung geschehen!« »Foxleys Leute müssen ihn zu Hause angerufen haben.« »Der Mistkerl hat mir kein Wort davon gesagt.« »Mir hat er's auch nicht gesagt, aber ich entdeckte seinen Namen im aktualisierten Programm der *Post*.« »Besorgen Sie mir eine Bandaufnahme, Annie! Bitte!« »Wenn Sie kommen und uns helfen, die Telefone zu bändigen, Schätzchen.« »Scheiße!« »Ich bin eine Dame, Sie Stoffel. Reden Sie nicht so mit mir.« »Es tut mir leid Annie. Bitte! Die Bandaufnahme!«)

Schließlich, und nur weil sie verzweifelt war, und nur weil ihr Mann Patrick Xavier O'Reilly am Montag frei hatte, da er am Sonnabend jeweils die Schicht übernahm, während der die meisten Verbrechen geschahen, rief sie ihren irischen Polizisten an und erklärte ihm, wenn er nicht so schnell wie möglich aufkreuze, werde sie ihn wegen Vergewaltigung anzeigen – was natürlich reines Wunschdenken sei, fügte sie hinzu. Der einzige, den sie nicht erreichen konnte, war der Kongreßabgeordnete des neunten Wahlbezirks in Colorado.

»Es tut mir leid, schrecklich leid, Mrs. O'Reilly«, sagte der Araber, der mit seiner Frau Kendricks Haus versorgte und – wie Annie stark vermutete – wahrscheinlich ein stellungsloser Chirurg oder ein ehemaliger Universitätsrektor war. »Der Herr Abgeordnete hat gesagt, daß er für ein paar Tage verreist. Ich habe keine Ahnung, wo er ist.«

»Das ist doch Quatsch, Mr. Sahara...«

»Sie schmeicheln mir, wenn Sie mir solche Dimensionen zutrauen, Madame.«

»Meinetwegen. Aber schaffen Sie dieses gehörnte Ekel, diesen Diener des Volkes herbei, und sagen Sie ihm, daß wir hier unten durchdrehen. Und alles wegen seines Auftritts bei der Foxley-Show.«

»Ein durchschlagender Erfolg für ihn, wie?«

»Sie haben es gehört?«

»Ich habe seinen Namen in der letzten Ausgabe der *Washington Post* gelesen, Madame. Außerdem in der *New York Times* und der von Los Angeles und in der *Chicago Tribune*.«

»Er bekommt so viele Zeitungen?«

»Nein, Madame, ich bekomme sie. Aber er kann sie selbstverständlich jederzeit lesen.«

»Gelobt sei Gott!«

Der Lärm und das Durcheinander im Vorzimmer waren unerträglich geworden. Annie knallte den Hörer auf die Gabel und rannte zur Tür, riß sie auf und stand vor Evan Kendrick und ihrem Mann, die sich fast mit Gewalt einen Weg durch eine Menge von Reportern, Beratern, Assistenten und noch ein paar anderen Leuten bahnten, die Annie nicht kannte. »Kommt rein!« schrie sie.

Sie retteten sich in Annies Büro und schlossen die Tür hinter sich. »Ich bin ihr Paddy«, sagte O'Reilly außer Atem. »Freut mich, Sie kennenzulernen, Herr Abgeordneter.«

»Sie sind meine Rückendeckung, Kumpel«, antwortete Kendrick, schüttelte dem anderen die Hand und musterte den fülligen, breitschultrigen rothaarigen Mann, der einen für seine Größe viel zu massigen Bauch und ein blühendes Gesicht mit intelligenten grünen Augen hatte. »Ich bin froh, daß wir gleichzeitig hier ankamen.«

»Also ganz ehrlich gesagt, Sir, das stimmt nicht ganz. Meine verrückte bessere Hälfte hat mich vor einer Stunde angerufen, und ich habe vielleicht zwanzig oder fünfundzwanzig Minuten gebraucht, um herzukommen. Dann habe ich den Zirkus im Korridor gesehen und mir gedacht, daß Sie vielleicht auftauchen. Also hab' ich auf Sie gewartet.«

»Das hättest du mich ruhig wissen lassen können, du lausiger Ire. Wir sind hier drin fast verrückt geworden.«

»Jetzt hört aber auf, ihr zwei«, befahl Kendrick und sah zur Tür. »Was, zum Teufel, sollen wir mit dieser Meute anfangen? Was ist passiert?«

»Sie waren in der Foxley-Show. Wir nicht.«

»Ich seh' mir diese Programme nie an«, brummte Kendrick.

»Sie sind jetzt bekannt wie ein bunter Hund.«

»Sie waren verdammt gut, Herr Abgeordneter«, fügte O'Reilly hinzu. »Ein paar Jungs aus unserer Abteilung haben mich angerufen und gebeten, Annie zu sagen, sie solle sich in ihrem Namen bei Ihnen bedanken. Das hab' ich dir doch erzählt, nicht wahr, Annie?«

»Erstens hatte ich noch keine Gelegenheit, es weiterzugeben, und zweitens hätte ich es in diesem Durcheinander sowieso vergessen. Aber ich glaube, Evan, es gibt für Sie nur eine einzige saubere Lösung: Sie müssen dort hinaus und eine Erklärung abgeben...«

»Moment mal«, unterbrach Kendrick seine Sekretärin und sah Patrick O'Reilly an. »Warum sollte sich irgend jemand von der Polizei bei mir bedanken wollen?«

»Dafür, daß Sie's Barrish gegeben, daß Sie ihn fertiggemacht haben.«

»Das habe ich vermutet. Aber was hat Barrish mit der Polizei zu tun?«

»Er ist ein Gauner aus dem Pentagon mit einflußreichen Freunden in höchsten Stellungen. Und ein Widerling, von dem man statt eines Danks höchstens eins aufs Dach kriegt, nachdem man sich mit der Beobachtung eines Verdächtigen oder eines Hauses ein paar Nächte um die Ohren geschlagen hat.«

»Wen oder was haben Sie beobachtet? Was ist passiert?«

»*Mister* Kendrick«, unterbrach Annie die beiden, »da draußen ist der Teufel los. Sie müssen sich zeigen, müssen etwas sagen!«

»Nein. Zuerst möchte ich hören, was Ihr Mann zu berichten hat. Fahren Sie fort, Mr. – oder darf ich Sie Patrick oder Pat nennen?«

»Paddy bitte. Alle nennen mich so.«

»Ich bin Evan. Schenken Sie sich den Abgeordneten – ich möchte ihn gern ganz loswerden. Sprechen Sie bitte weiter. Was hatte Barrish mit der Polizei zu tun?«

»Also das hab' ich nicht gesagt. Er selbst ist sauberer als ein irischer Dudelsack, der innen zwar auch nicht besonders hübsch ist, aber Barrish ist weißer als ein in der Mittagssonne gebleichtes Laken. Na ja, es war nicht gerade das größte Ding, das vertuscht wurde. An sich war es, um der Wahrheit die Ehre zu geben, ziemlich unbedeutend, aber hätten wir dranbleiben können, hätte sich vielleicht allerhand ergeben. Die Jungs waren hinter einem *Itaker* her, von dem wir wußten, daß er überall in Miami und noch weiter südöstlich, zum Beispiel auf den Cayman-Inseln, Geld waschen ließ. In der vierten Nacht folgten sie ihm zum Hotel *Mayflower* und glaubten, jetzt hätten sie ihn. Gegen ein Uhr nachts ging nämlich einer von diesen Bally-Schuhe tragenden Typen mit einer großen Aktenmappe in sein Zimmer. Eine Stunde nach Mitternacht, wohlgemerkt! Nicht unbedingt die Zeit, zu der ein normaler Arbeitstag beginnt, nicht wahr?«

»Nicht unbedingt.«

»Tja, es stellte sich heraus, daß die Bally-Schuhe legitime Geschäfte mit dem *Itaker* abzuwickeln hatten, und das Auftragsbuch des Pentagons bewies, daß er bis fast halb zwölf bei einer Beschaffungskonferenz gewesen war und um acht Uhr morgens die Maschine nach Los Angeles nehmen mußte. Damit war die ungewöhnliche Geschäftszeit um ein Uhr erklärt.«

»Was war mit der Aktenmappe?«

»Wir durften sie nicht anfassen. Man reagierte sehr unwillig und redete von nationaler Sicherheit. Irgend jemand hatte nämlich telefoniert.«

»Aber nicht mit einem Anwalt«, warf Kendrick ein. »Sondern mit einem gewissen Oberst Robert Barrish vom Pentagon.«

»Genau. Man ließ uns am ausgestreckten Arm verhungern, weil wir die Motive eines aufrechten, loyalen Amerikaners angezweifelt hatten, der half, die großen Vereinigten Staaten stark und mächtig zu erhalten.«

»Aber Sie glauben noch immer, daß in diesem Zimmer nicht nur legale Geschäfte getätigt wurden?«

»Wenn das, was man sieht, wie 'ne Ente watschelt, wie 'ne Ente quakt und wie 'ne Ente aussieht, dann ist es gewöhnlich auch 'ne Ente. Nicht aber unser Mann mit den Bally-Schuhen; es war keine Ente, sondern ein schweifwedelndes Wiesel, dessen Name von unserer Entenliste gestrichen wurde.«

»Danke, Paddy. So, und jetzt zu Ihnen, Mrs. O'Reilly. Was soll ich denen da draußen sagen?«

»Egal, was ich vorschlage, unser Phil Tobias wird wahrscheinlich etwas dagegen einzuwenden haben. Er ist auf dem Weg hierher.«

»Sie haben ihn daran gehindert, zu seinem geheiligten Montagvormittags-Tennis zu fahren? Dieser Mut geht weit über Ihre dienstlichen Pflichten hinaus.«

»Er ist lieb, und er ist gescheit, Evan, aber ich glaube nicht, daß sein Rat Ihnen jetzt was nützt; jetzt sind Sie ganz auf sich gestellt. Vergessen Sie nicht, diese Geier dort draußen sind überzeugt, daß Sie sich in der vergangenen Woche nur geschickt in Szene gesetzt haben, auf Effekthascherei aus waren, um aus der Ausschußsitzung und der Foxley-Show Kapital für sich zu schlagen. Hätte es sich um einen kleinen Fisch gehandelt, hätte kein Hahn nach Ihnen gekräht. Aber Sie haben es mit einem Schwergewicht aufgenommen und ihn wie einen geschwätzigen Gangster aussehen lassen, und das gibt Ihnen Nachrichtenwert. Sie wollen wissen, was Sie vorhaben.«

»Was schlagen Sie vor? Sie wissen ja, was ich vorhabe, Annie. Was soll ich sagen?«

Ann Mulcahy O'Reilly sah Kendrick fest in die Augen. »Was Sie wollen, Herr Abgeordneter. Nur ernst muß es Ihnen sein.«

»Mein Schwanengesang, Annie?«

»Das werden nur Sie wissen, sobald Sie draußen sind.«

Im Durcheinander des Vorzimmers flammten grelle Blitzlichter auf und die lautlos umhergeisternden Scheinwerferkegel der Fernsehteams, die ihre Mini-Kameras über den Köpfen der Kollegen von Presse und Funk schwangen. Fragen wurden geschrien und überschrien, und einige der prominenteren Medienleute forderten arrogant ihr Recht auf die günstigsten Plätze. Daher ging der Kongreßabgeordnete des neunten Wahlbezirks in Colorado auf den Schreibtisch seiner Empfangsdame zu, schob Schreibunterlage und Telefon zur Seite und schwang sich dann auf die Tischplatte. Lächelnd hob er ein paarmal die Hände, sagte jedoch kein Wort. Allmählich wurde das Stimmengewirr leiser, hörte man nur noch vereinzelt eine laute Bemerkung. Doch auch die schrillsten Stimmen wurden schließlich vom spöttisch erstaunten Blick Kendricks zum Schweigen gebracht; und sie begriffen: Er würde den Mund nicht aufmachen, ehe er nicht sicher war, daß er von allen gehört wurde. Endlich war es still.

»Ich danke Ihnen«, sagte Kendrick. »Ich brauche jetzt soviel

Unterstützung wie möglich, um herauszufinden, was ich sagen möchte – bevor Sie sagen, was Sie zu sagen haben, was etwas ganz anderes ist, weil Sie sich alles vorher zurechtlegen konnten.«

»Herr Abgeordneter Kendrick«, rief ein abgebrühter Fernsehjournalist, der sich offensichtlich darüber ärgerte, daß er in der zweiten Reihe stehen mußte. »Trifft es zu...«

»Ach, seien Sie doch friedlich, Mann«, fiel Kendrick ihm energisch ins Wort. »Gönnen Sie mir eine Atempause. Sie sind so was gewöhnt, ich nicht.«

»Den Eindruck haben Sie aber im Fernsehen nicht gemacht, Sir«, entgegnete der Journalist.

»Da war's einer gegen einen, wie ich es sehe. Hier wartet ein ganzes Kolosseum darauf, daß man mich den Löwen vorwirft. Lassen Sie mich zuerst etwas sagen, okay?«

»Selbstverständlich, Sir.«

»Ich bin froh, daß ich vergangene Woche nicht gegen Sie antreten mußte, Stan – ich glaube, Sie heißen Stan...«

»Das stimmt, Herr Abgeordneter.«

»Da hätte man Ihnen meinen Kopf zum Brandy serviert.«

»Es schmeichelt mir, wenn Sie das sagen, Sir.«

»Ist das wahr? Aber es *ist* ein Kompliment, oder?«

»Aber ja, Herr Abgeordneter. Es ist nun mal unser Job.«

»Das respektiere ich. Sie müßten es nur viel öfter tun, verflucht noch mal!«

»Was?«

»Ein mir sehr wertvolles Mitglied meines Teams«, fuhr Kendrick ruhig fort, »hat mir nahegelegt, eine Erklärung abzugeben. Das ist irgendwie furchterregend, wenn man bisher noch nie dazu aufgefordert wurde...«

»Sie haben doch einen Wahlkampf geführt, Sir«, unterbrach ihn eine Fernsehreporterin, die ihr blondes Haar aufreizend vor die Kamera hielt. »Da mußten Sie doch bestimmt Erklärungen abgeben.«

»Das ist nicht erforderlich, weil der Amtsinhaber in unserem Bezirk eine Version vom *Planeten der Affen* zum besten gab. Prüfen Sie es nach, ich stehe zu dieser Behauptung. Soll ich jetzt fortfahren oder einfach wieder gehen? Ich will ganz offen mit Ihnen sprechen. Mir ist nämlich verdammt egal, was daraus wird.«

»Sprechen Sie weiter, Sir«, sagte der Fernsehreporter mit dem Spitznamen ›Stan-der-Mann‹ und verzog das telegene Gesicht zu einem breiten Lächeln.

»Okay. Das von mir hochgeschätzte Mitglied meines Teams hat erwähnt, daß einige von Ihnen – wenn nicht sogar Sie alle – der Meinung sein könnten, ich hätte mich vergangene Woche nur in Szene setzen wollen und Effekthascherei betrieben. Darunter verstehe ich, daß jemand durch irgendeine melodramatische Handlung – ob sinnvoll oder nicht – seinem Publikum auffallen möchte um jeden Preis. Wenn meine Definition zutrifft, dann muß ich die Behauptung, ich wolle mich in Szene setzen, entschieden zurückweisen, denn ich bin nicht auf Beifall aus. Ich wiederhole: Mir ist es nicht um Beifall und Anerkennung zu tun.«

Der Schock unter den Presse-, Funk- und Fernsehleuten hielt nicht lange an, denn Kendrick fuhr, die Hände ausstreckend, fort: »Ich bin ganz ehrlich zu Ihnen, meine Damen und Herren. Ich gedenke nicht, noch lange hierzubleiben...«

»Haben Sie gesundheitliche Probleme, Sir?« fiel ihm ein junger Mann, der ganz hinten stand, ins Wort.

»Wollen Sie sich mit mir auf einen Boxkampf einlassen? Soviel ich weiß, bin ich kerngesund.«

»Ich war der Boxchampion meines College, Sir«, fügte der junge Reporter hinzu. Er mußte es ganz einfach sagen, wenn die anderen ihn dafür auch gutmütig lachend ausbuhten. »Entschuldigen Sie, Sir«, sagte er verlegen.

»Sie brauchen sich nicht zu entschuldigen, mein Junge. Wenn ich Ihr Talent hätte, würde ich wahrscheinlich den Chef des Beschaffungsamtes im Pentagon und seinen Gegenspieler im Kreml herausfordern und alles auf schlichte altmodische Weise regeln. Einen Gegner von jeder Seite, und den Bataillonen bliebe so manches erspart. Doch leider habe ich Ihr Talent ebensowenig wie gesundheitliche Probleme.«

»Dann sagen Sie uns bitte, was Sie gemeint haben«, meldete sich ein bekannter Kolumnist der *New York Times* zu Wort.

»Wie schmeichelhaft für mich, daß Sie auch hier sind«, sagte Kendrick, der den Mann erkannte. »Ich hatte keine Ahnung, daß Sie Zeit genug haben, um sie an mich zu verschwenden.«

»Ich finde, Sie sind es wert, und so kostbar ist meine Zeit auch nicht. Woher kommen Sie, Herr Abgeordneter?«

»Das weiß ich nicht genau. Doch um Ihre erste Frage zu beantworten: Ich bin nicht sicher, daß ich hergehöre. Und zu Ihrer zweiten Frage: Da ich nicht sicher bin, ob ich hergehöre, bin ich in der beneidenswerten Lage, ungeachtet aller Konsequenzen sagen zu können, was ich will – der politischen Konsequenzen, meine ich.«

»Das ist ja eine Neuigkeit«, sagte ›Stan-der-Mann‹ und machte sich Notizen. »Ihre Erklärung, Sir!«

»Danke. Ich hätte sie gern hinter mir. Wie so vielen anderen Leuten gefällt mir nicht, was ich sehe. Ich habe viele Jahre im Ausland gelebt, und vielleicht muß man sich einmal draußen umsehen, um zu verstehen, was wir haben – wir brauchen es nur mit dem zu vergleichen, was die anderen nicht haben. Diese Regierung sollte nicht in den Händen einer Clique sein, und doch kommt es mir so vor, als sei genau das der Fall. Ich habe keine Beweise, aber es ist so, ich weiß es. Und Sie wissen es auch. Sie wollen eskalieren, immer nur eskalieren, zeigen immer auf Gegner, die die wirtschaftliche und technologische Eskalation auf die Spitze getrieben haben. Wo, zum Teufel, machen wir halt? Wo machen sie halt? Wann hören wir auf, unseren Kindern Alpträume zu verschaffen, weil sie uns stets und ständig nur von totaler Vernichtung reden hören? Wann bekommen Ihre Kinder das nicht mehr zu hören? Oder fahren wir einfach mit diesem in der Hölle gebauten Fahrstuhl immer höher, bis wir nicht mehr zurückkönnen, was dann jedoch nichts mehr ausmacht, weil ohnehin alle Straßen lichterloh brennen werden... Entschuldigen Sie bitte, ich weiß, es ist nicht fair, aber ich habe plötzlich keine Lust mehr, weitere Fragen zu beantworten. Ich gehe in die Berge zurück.«

Evan Kendrick rutschte vom Schreibtisch herunter und ging durch die wie betäubt dastehende Menge auf die Tür zu. Er öffnete sie und verschwand, die Schritte beschleunigend, auf dem Korridor.

»Der geht mir in keine Berge«, flüsterte Patrick Xavier O'Reilly seiner Frau zu. »Der Junge bleibt hier, in dieser Stadt, das ist so sicher wie das Amen in der Kirche.«

»Pssst!« flüsterte Annie mit Tränen in den Augen. »Er hat sich eben im Parlament unmöglich gemacht.«

»Vielleicht im Parlament, Mädchen, aber nicht bei uns. Er hat nicht allzu zartfühlend den Finger auf die Wunde gelegt. Sie alle machen Geld wie Heu, und wir machen uns vor Angst in die Hose. Paß auf den Jungen auf, Annie, sorg gut für ihn. Er ist eine Stimme, die wir hören möchten.«

19

Mit offenem Hemd, das Jackett lose über der Schulter, wanderte Kendrick durch die feuchtschwülen Straßen von Washington. Er hatte keine Ahnung, wohin er ging, setzte nur einen Fuß vor den anderen, um einen klaren Kopf zu bekommen. Öfter als ihm lieb war, hatten Fremde ihn angehalten und ihm gesagt, was sie von seinen Auftritten hielten. Die Meinungen waren geteilt, doch überwogen die zu seinen Gunsten, und er wußte noch nicht, ob ihm das recht war.

»Diesem doppelzüngigen Mistkerl haben Sie's aber gegeben, Herr Senator.«

»Ich bin nicht Senator, nur Kongreßabgeordneter. Aber ich danke Ihnen.«

»Was glauben Sie eigentlich, wer Sie sind, Abgeordneter Sowieso? Wagen es, einen anständigen, aufrechten Amerikaner wie Oberst Barrish anzugreifen! Sie beschissener linker Schwuli!«

»Kaufen Sie mir eine Flasche Parfüm ab? Der Oberst hat eine genommen.«

»Widerwärtig!«

»Ich möchte mich bei Ihnen bedanken, Herr Abgeordneter, weil Sie aussprechen, was so viele von uns denken.«

»Warum sagt ihr es dann nicht?«

»Ich weiß nicht recht. Egal wohin man sich wendet, man kriegt überall nur zu hören, daß man zäh und mutig bleiben soll. Wo ich aufgewachsen bin, wird man das ganz automatisch. Man wird zäh und mutig – und hat auch verdammt viel Angst. Man möchte am Leben bleiben. Doch jetzt ist alles anders. Es ist kein Kampf Mann gegen Mann, und es ist auch kein Kampf der Waffen und kein Luft- oder Seekampf. Es sind Apparate, die durch die Luft fliegen und große Löcher in die Erde reißen. Man kann nicht auf sie zielen, man kann sie nicht aufhalten. Man kann nur warten.«

»Ich wünschte, Sie wären bei der Anhörung gewesen. Sie haben das eben viel besser gesagt, als ich es trotz meiner viel günstigeren Voraussetzungen je hätte ausdrücken können.«

Er wollte wirklich nicht mehr reden; er war leergeredet, und die Leute, die ihn ansprachen, hinderten ihn daran, die Ruhe und Abgeschiedenheit zu finden, die er brauchte. Er mußte nachdenken, mit sich selbst ins reine kommen, entscheiden, was er tun wollte, und er mußte es schnell tun, wenn vielleicht auch nur, um die Entscheidung hinter sich zu bringen. Er hatte die Berufung in den Partridge-Ausschuß aus einem bestimmten Grund angenommen: Er wollte in seinem Wahlbezirk mitbestimmen, wer bei der nächsten Wahl kandidieren sollte, um eventuell sein Nachfolger zu werden, und sein Assistent Phil Tobias hatte ihn überzeugt, daß seine Zugehörigkeit zum Partridge-Ausschuß ihm eine gewichtige Stimme sichern werde. Doch jetzt überlegte Kendrick, ob es ihn überhaupt einen Pfifferling interessierte, wer sein Nachfolger wurde.

Er mußte sich eingestehen, daß er bis zu einem gewissen Grad daran interessiert war, aber nicht wegen irgendeines territorialen Anspruchs. Er hatte eine kleine politische Arena betreten, ein zorniger Mann mit weit offenen Augen. Konnte er den Laden jetzt einfach schließen und sich davonmachen, weil die Publicity ihn irritierte, die ohnehin nicht lange dauern würde? Er trug zwar kein Moralabzeichen am Revers, doch er fand es widerwärtig, wenn jemand sich einer Verpflichtung entzog, weil sie ihm lästig wurde. Andererseits hatte er die Halunken hinausgeworfen, die den neunten Wahlbezirk von Colorado ausgeplündert hatten. Er hatte erreicht, was er erreichen wollte. Konnten seine Wähler mehr von ihm verlangen? Er hatte sie aufgeweckt; zumindest glaubte er, daß er es bei dem Versuch, sie zu wecken, weder an Worten noch an Geld hatte fehlen lassen.

Nachdenken. Er mußte wirklich nachdenken. Den Besitz in Colorado würde er bestimmt noch einige Zeit behalten, wenn er auch noch nicht wußte, wie lange. Er war jetzt einundvierzig; in neunzehn Jahren war er sechzig. Was, zum Teufel, machte das schon aus... Aber es machte etwas aus. Er wollte nach Vorderasien zurück, zu seiner Arbeit und den Menschen, mit denen er am besten zusammenarbeiten konnte, doch wie Manny wollte er nicht seine letzten Jahre – oder, wenn er Glück hatte, ein oder zwei Jahrzehnte – in der gleichen Umgebung verleben... Manny. Emmanuel Weingrass, Genie, die Brillanz in Person, Autokrat, Renegat, absolut unmögliches menschliches Wesen – doch der einzige Vater, den er je gekannt hatte. Seinen eigenen Vater hatte er nie kennengelernt, er war gestorben, als er in Neapel eine Brücke baute, und hatte eine Witwe hinterlassen, die behauptete, daß sie, obwohl seit dem Zweiten Weltkrieg mit einem zum Zeitpunkt der Eheschließung unverschämt jungen Hauptmann des amerikanischen Pionierkorps verheiratet, seltener in den Genuß ehelicher Freuden gekommen war als Katharina von Aragonien.

»He!« rief ein rundlicher Mann, der eben unter dem kleinen, mit einer Markise geschützten Eingang einer Bar auf der Sixteenth Street aufgetaucht war. »Sie hab' ich grade gesehen. Sie waren im Fernsehen, haben auf einem Schreibtisch gesessen. In dem Sender, der den ganzen Tag nichts anderes als Nachrichten bringt. Langweilig! Ich weiß nicht, was Sie gesagt haben, aber ein paar Typen haben Ihnen applaudiert, und ein paar andere wollten Sie fertigmachen. Aber *Sie* waren es ganz bestimmt.«

»Sie müssen sich irren«, antwortete Kendrick im Weitergehen. Gütiger Himmel, dachte er, die Leute vom Kabelfernsehen haben sich aber beeilt, diese Stegreif-Pressekonferenz zu senden... Seit er das Büro verlassen hatte, waren kaum anderthalb Stunden vergangen; die hatten es wirklich eilig gehabt. Er wußte, daß die Kabelleute ständig Material brauchten, um ihre Sendezeit zu füllen, aber warum gerade mit ihm, obwohl in Washington unzählige Neuigkeiten herumschwirrten? Was ihn eigentlich beunruhigte und störte, war eine Feststellung, die der junge Tobias gemacht hatte, als Kendrick erst ein paar Tage auf dem Kapitol gewesen war. »Das Kabelfernsehen macht einen Reifeprozeß durch, Herr Abgeordneter, und wir können daraus Kapital schlagen. Für die großen Sender sind Sie vielleicht nicht interessant genug, aber sie durchforschen die Kabelprogramme nach allem, was irgendwie aus dem Rahmen fällt. Wir können Situationen schaffen, nach denen die K-Jungs wie nach einem Köder schnappen, und meiner Meinung nach,

Mr. Kendrick, werden Ihr Aussehen und Ihre manchmal ein bißchen schrägen Bemerkungen...«

»Dann wollen wir doch nie den Fehler machen, die K-Jungs zu rufen, Mr. Tobias, nicht wahr?« Der Einwurf hatte auf den Assistenten eine niederschmetternde Wirkung, und es versöhnte ihn nur unvollkommen, als Kendrick ihm versicherte, sein Nachfolger werde bestimmt viel kooperativer sein. Es war ihm damals ernst gewesen; und es war ihm jetzt ernst, er fürchtete jedoch, daß es möglicherweise zu spät war.

Er ging ins *Madison-Hotel* zurück, das nur eine Kreuzung entfernt war und in dem er die Sonntagnacht verbracht hatte – deshalb verbracht hatte, weil er geistesgegenwärtig genug war, in seinem Haus in Virginia anzurufen und zu fragen, ob sich sein Auftritt in der Foxley-Show daheim irgendwie unangenehm auswirke.

»Nur wenn wir telefonieren wollen, Evan«, hatte Dr. Sabri Hassan auf arabisch gesagt, dessen sie sich aus verschiedenen Gründen bedienten. »Das Telefon klingelt ununterbrochen.«

»Dann bleibe ich in der Stadt. Ich weiß noch nicht, wo, aber ich gebe dir Bescheid.«

»Warum willst du dir die Mühe machen?« hatte Sabri gefragt. »Du wirst nämlich kaum durchkommen. Ich bin überrascht, daß es dir jetzt gelungen ist.«

»Nun ja, falls Manny anruft...«

»Warum rufst du ihn nicht selber an und sagst ihm, wo du bist, damit ich nicht lügen muß. Die Journalisten in dieser Stadt lauern ja nur darauf, einen Araber bei einer Lüge zu ertappen. Dann fallen sie über uns her. Die Israelis können behaupten, daß weiß schwarz oder süß sauer ist, und ihre Lobby überzeugt den Kongreß, daß es nur zu ihrem Besten sei. Bei uns ist das anders.«

»Komm, laß das, Sabri...«

»Wir müssen dich verlassen, Evan. Wir schaden dir nur, wir werden dir schaden.«

»Was, zum Teufel, meinst du?«

»Kashi und ich haben uns heute vormittag das Programm angesehen. Du warst sehr eindrucksvoll, mein Freund.«

»Wir reden später darüber.« Kendrick hatte den Nachmittag vor dem Fernseher verbracht, sich ein Baseballspiel angesehen und Whisky getrunken. Um halb sieben hatte er die Nachrichten eingeschaltet, einen Sender nach dem anderen, aber immer wieder nur sich selbst in kurzen Ausschnitten aus der Foxley-Show zu sehen bekommen. Angewidert hatte er auf ein Kulturprogramm umgeschaltet, in dem ein Film über die Paarungsgewohnheiten der Wale in der Nähe der Küste von Tierra Fuego lief. Er war erstaunt, dann schlief er ein.

Heute hatte ihm sein Instinkt gesagt, er solle den Zimmerschlüssel nicht an der Rezeption abgeben, so daß er jetzt zu den Aufzügen laufen konnte, ohne durch die Halle gehen zu müssen. In seinem Zimmer zog er sich bis auf den Slip aus und legte sich aufs Bett. Und ob es nun Symptom eines unterdrückten Ego oder reine Neugier war, er griff nach der Fernbedienung und holte sich den Kanal mit den Kabel-Nachrichten herein. Sieben Minuten später sah er sich selbst beim Verlassen seines Büros.

»Meine Damen und Herren«, lautete der Kommentar, »Sie waren eben Zeugen der ungewöhnlichsten Pressekonferenz, die Ihr Reporter je erlebte. Sie war nicht nur ungewöhnlich, sondern auch ungewöhnlich einseitig. Dieser in seiner ersten Legislaturperiode amtierende Kongreßabgeordnete aus Colorado hat Themen von offensichtlich nationaler Bedeutung aufgeworfen, weigert sich jedoch, Fragen zu beantworten. Er geht einfach. Zu seinen Gunsten muß gesagt werden, daß er abstreitet, sich in Szene setzen zu wollen, weil er offenbar noch nicht genau weiß, ob er überhaupt in Washington bleiben will. Dennoch war seine Erklärung, gelinde gesagt, provokativ.«

Das Videoband wurde abgeschaltet, und auf dem Bildschirm erschien live das Gesicht einer Moderatorin. »Wir schalten jetzt ins Verteidigungsministerium, wo ein für die strategische Abschreckung zuständiger Unterstaatssekretär eine Erklärung vorbereitet hat. Übernehmen Sie, Steve.«

Ein anderes Gesicht erschien auf der Mattscheibe; es war das eines dunkelhaarigen Reporters, der mehr Zähne zu haben schien als der Durchschnitt der Menschheit. »Unterstaatssekretär Jasper Hefflefinger, der stets zur Stelle ist, wenn jemand das Pentagon angreift, ist in die Bresche gesprungen, die der Kongreßabgeordnete – wie heißt er noch? – Henry aus Wyoming – was? – aus Colorado geschlagen hat. Meine Damen und Herren – Unterstaatssekretär Hefflefinger.«

Ein neues Gesicht mit viel zu vollen Wangen, aber trotzdem gutaussehend, ein kraftvolles Gesicht mit einem silbernen Haarschopf über der hohen Stirn; ein Gesicht, das man nicht übersehen konnte. Und ein Mann mit einer Stimme, um die ihn die meisten prominenten Rundfunkansager der späten dreißiger und vierziger Jahre beneidet hätten. »Ich erkläre dem Herrn Abgeordneten jetzt und hier, daß wir seine Kommentare begrüßen. Wir wollen das gleiche wie Sie, Sir. Wir wollen eine Katastrophe vermeiden, wollen dem Frieden und der Freiheit dienen...«

Das Arschloch redete und redete, sagte alles und gleichzeitig nichts, kam jedoch mit keinem Wort auf die Eskalation und die Eindämmungspolitik zu sprechen.

Warum ich? fragte sich Kendrick wütend. Warum ich? Zum Teufel damit! Mit allem! Er schaltete den Fernseher aus, griff nach dem Telefon und wählte Colorado an. »Hallo, Manny«, sagte er, nachdem Weingrass sich gemeldet hatte.

»Junge, du bist einfach phantastisch!« schrie der alte Mann ins Telefon. »Hab' ich dich also doch richtig erzogen!«

»Laß gut sein, Manny, ich möchte nur noch raus hier.«

»Du willst was? Hast du dich im Fernsehen gesehen?«

»Deshalb möchte ich ja raus. Vergiß das verglaste Dampfbad und den Pavillon am Fluß. Die bauen wir später. Machen wir uns beide auf in die Emirate – selbstverständlich über Paris –, vielleicht sogar ein paar Monate in Paris, wenn du willst. Okay?«

»Gar nix is' okay, du Komiker! Du hast was zu sagen, also sag es! Ich hab' dir beigebracht – ob uns das einen Auftrag gekostet hat oder nicht –, daß du sagen mußt, was du für richtig hältst... Schön, schön, wir haben ab und zu ein bißchen gemauschelt, aber wir haben gute Arbeit geleistet. Und wir haben nie etwas berechnet, wenn wir nicht rechtzeitig fertig waren, selbst wenn wir etwas aus eigener Tasche bezahlen mußten.«

»Manny, das hat nichts mit dem zu tun, was hier los ist...«

»Es hat alles damit zu tun. Du baust etwas... Und da ich vom Bauen rede – rate mal, mein kleiner Goi...«

»Was denn?«

»Ich habe mit dem Dampfbad auf der Terrasse schon angefangen und die Pläne für den Pavillon an der Flußmündung eingereicht. Niemand kann Emmanuel Weingrass stoppen, ehe seine Entwürfe nicht zu seiner uneingeschränkten Zufriedenheit ausgeführt sind.«

»Du bist unmöglich, Manny!«

»Das kommt mir irgendwie bekannt vor.«

Milos Varak ging im Rock-Green-Park einen Kiesweg entlang zu einer Bank mit Blick auf eine Schlucht, durch die tief unten ein Seitenarm des Potomac rauschte. Es war ein entlegenes, friedliches Plätzchen, weit weg von den asphaltierten Wegen über der Schlucht. Wie erwartet, saß der Vorsitzende des Repräsentantenhauses schon auf der Bank, das dichte weiße Haar unter einer tief in die Stirn gezogenen karierten Sportmütze verborgen, die lange, erschreckend magere Gestalt in einen Regenmantel gehüllt, der in der feuchten Schwüle eines Augustnachmittags in Washington völlig überflüssig war. Der Vorsitzende des Repräsentantenhauses wollte nicht erkannt werden.

»Mr. Speaker«, sagte Varak, als er die Bank erreicht hatte. »Es ist mir eine Ehre, Sie kennenzulernen, Sir.«

»Und Sie sind doch ein Ausländer, Sie Halunke!« Das hagere Gesicht mit den dunklen Augen und den gewölbten weißen Brauen verriet Zorn, aber auch Unsicherheit, fast Ängstlichkeit, und das schien den Mann anzuwidern. »Wenn Sie der Laufbursche irgendeines gottverdammten Kommunisten sind, können Sie sofort wieder verschwinden, Ivan. Ich kandidiere für die nächste Wahlperiode nicht mehr. Ich bin weg vom Fenster, am Ende, erledigt im nächsten Januar, und was vor dreißig oder vierzig Jahren passiert ist, ist mir scheißegal. Haben Sie verstanden, Boris?«

»Sie haben eine ungewöhnliche Karriere hinter sich und waren in Ihrem Land – das jetzt auch das meine ist – eine positive Macht, Sir. Und daß ich während der zehn Jahre gegen die Russen und die Agenten aus den Ostblockstaaten gekämpft habe, wissen ziemlich viele Leute in der Regierung.«

Der Politiker mit den Augen, die grau und hart wie Granit waren, musterte Varak forschend. »Sie hätten weder die Courage noch wären Sie dumm genug, mir das zu sagen, wenn es nicht stimmte«, erwiderte er mit dem harten Akzent eines Mannes aus dem Norden Neuenglands.

»Trotzdem – Sie haben mir gedroht.«

»Nur um Ihre Aufmerksamkeit zu erregen, Sie davon zu überzeugen, daß wir uns treffen müssen. Darf ich mich setzen?«

»Sitz«, sagte der Politiker, als gebe er einem Hund einen Befehl und erwarte, daß er befolgt werde. Varak nahm Platz, ließ aber viel Raum zwischen sich und dem anderen.

»Was wissen Sie über bestimmte Ereignisse, die sich irgendwann in den fünfziger Jahren zugetragen haben – oder auch nicht zugetragen haben?« fragte der Politiker.

»Ich spreche, um genau zu sein, vom siebzehnten März neunzehnhunderteinundfünfzig«, antwortete Varak. »An diesem Tag wurde in Belfast, im Krankenhaus Lady of Mercy, ein Junge geboren. Die Mutter war eine junge Frau, die ein paar Jahre vorher nach Amerika emigriert war. Nach Irland war sie aus einem sehr traurigen Anlaß zurückgekehrt. Ihr Mann war gestorben, und in ihrem Leid wollte sie ihr Kind zu Hause, bei ihrer Familie, zur Welt bringen.«

»Und?« sagte der Vorsitzende des Repräsentantenhauses.

»Ich denke, das wissen Sie, Sir. Es hatte hier drüben keinen Ehemann gegeben, nur einen Mann, der sie sehr geliebt haben muß. Einen aufstrebenden jungen Politiker, der in der Falle einer unglücklichen Ehe saß, aus der er sich nicht befreien konnte, weil die Kirche es verbot und seine Wähler sich den Kirchengesetzen blind unterwarfen. Jahrelang schickte der Mann, der auch Anwalt war, der jungen Frau Geld und besuchte sie und das Kind in Irland, sooft er konnte – als Onkel aus Amerika, natürlich...«

»Sie können beweisen, wer diese Leute waren?« fiel der Politiker Varak schroff ins Wort. »Ich meine weder Klatsch noch Hörensagen noch sogenannte Augenzeugen, sondern einen schriftlichen Beweis.«

»Den habe ich.«

»Und wie sieht er aus?«

»Es hat einen Briefwechsel gegeben...«

»Lügner!« fuhr der über Siebzigjährige den Mann von Inver Brass an. »Sie hat vor ihrem Tod alle Briefe verbrannt.«

»Ja, alle bis auf einen«, entgegnete Varak leise. »Ich nehme an, daß sie die Absicht hatte, auch ihn zu vernichten, aber der Tod hat sie überrascht. Ihr Mann fand den Brief zuunterst in der Schublade ihres Nachttischs. Er weiß natürlich nicht, wer *E* ist, und es interessiert ihn auch nicht. Er ist nur dankbar dafür, daß seine Frau Ihr Angebot ausgeschlagen hat und zwanzig Jahre bei ihm geblieben ist.«

Der alte Mann wandte sich ab und unterdrückte die Tränen, die ihm in die Augen stiegen. »Meine Frau hatte mich damals verlassen«, sagte er kaum hörbar. »Meine Tochter und mein Sohn haben das College besucht, und es gab keinen Grund mehr, die widerwärtige Täuschung aufrechtzuerhalten. Vieles hatte sich verändert, Ansichten hatten sich verändert, und ich saß so fest im Sattel wie ein Kennedy in Boston. Selbst die Fatzken in der Erzdiözese hielten den Mund – natürlich erst nachdem ich den scheinheiligen Kerlen zu verstehen gegeben hatte, daß ich – falls sich die Kirche in den Wahlkampf einmischen sollte – die schwarzen Radikalen und die Juden aufhetzen würde, im Repräsentantenhaus Krach zu schlagen und ihre ›heilige‹ Kuh, die Steuerbefreiung, ein bißchen zu melken. Der Bischof kriegte fast einen Schlaganfall und beschwor Tod und Teufel auf mich herab, aber ich habe ihm den Mund gestopft, indem ich ihm erklärte, wahrscheinlich habe meine durchgebrannte Ehefrau auch mit ihm geschlafen.«

Der weißhaarige Mann mit dem faltigen Gesicht verstummte. »Heilige Mutter Gottes!« stieß er dann hervor. »Ich wollte das Mädchen wiederhaben!«

»Damit meinen Sie aber nicht Ihre Frau, nicht wahr?«

»Sie wissen genau, wen ich meine, Mr. Namenlos. Aber sie konnte nicht kommen, weil sie seit fast fünfzehn Jahren mit einem hochanständigen Mann verheiratet war, der ihren Sohn adoptiert hatte. Sie konnte diesen Mann nicht verlassen, auch nicht meinetwegen. Ich will offen zu Ihnen sein – auch ich habe ihren letzten Brief aufbewahrt. *Wir werden im Jenseits wieder vereint sein*, schrieb sie. *Aber hier auf Erden nie mehr*. Was war das doch für ein Schmarrn! Wir hätten ein gemeinsames Leben haben können, noch verflucht viele gemeinsame Jahre!«

»Wenn ich etwas dazu sagen darf, Sir, dann war das meiner Meinung nach die Ausdrucksweise einer liebenden Frau, die Sie genauso geachtet hat wie sich und ihren Sohn. Sie hatten eigene Kinder, und Erklärungen, die die Vergangenheit betreffen, können die Zukunft zerstören. Sie hatten eine Zukunft, Mr. Speaker.«

»Ich hätte alles hingeworfen...«

»Das konnte und durfte sie nicht zulassen, ebensowenig wie sie den Mann im Stich lassen konnte, der ihr und dem Kind Heim und Namen gegeben hatte.«

Der alte Mann holte ein Taschentuch heraus und fuhr sich damit über die Augen. »Woher, in Teufels Namen, wissen Sie das alles?« fragte er, und seine Stimme klang plötzlich wieder schroff.

»Das war nicht weiter schwierig. Sie haben den Vorsitz im

Repräsentantenhaus und könnten, wenn Präsident und Vizepräsident ausfallen, die Präsidentschaft übernehmen. Deshalb wollte ich mehr über Sie wissen. Verzeihen Sie, aber ältere Menschen sprechen offener als junge, und selbstverständlich wußte ich, daß Sie sich hatten scheiden lassen, obwohl Sie und Ihre Frau Katholiken waren. Zog man Ihre damalige politische Stellung und die Macht der Kirche zu jener Zeit in Betracht, mußte das ein ungeheuerlicher Entschluß gewesen sein.«

»Da kann ich Ihnen nicht widersprechen. Sie haben also nach älteren Leuten Ausschau gehalten, die alles miterlebt hatten.«

»Ich habe sie auch gefunden. Ich habe erfahren, daß Ihre Frau – die Tochter eines reichen Immobilienmaklers, der auf politischen Einfluß aus war und Ihre ersten Wahlkampagnen finanzierte – nicht unbedingt den besten Ruf hatte.«

»Vor und während unserer Ehe, Mr. Namenlos. Nur war ich der letzte, der es erfuhr.«

»Aber erfahren haben Sie es«, sagte Varak mit Nachdruck. »Sie waren außer sich vor Zorn und Scham, aber auch überzeugt, Ihre Ehe nie auflösen zu können. Also versuchten Sie sich mit einem Ersatz zu trösten.«

»Nennt man das so? Ich habe einen Menschen gesucht, der allein mir gehören würde.«

»Und fanden diesen Menschen, als Sie während einer Kampagne in einem Krankenhaus Blut gespendet haben. Sie war eine geprüfte Krankenschwester aus Irland und bereitete sich auf das Schwesternexamen in den Vereinigten Staaten vor.«

»Also, wie, zum Teufel...«

»Alte Leute sind geschwätzig.«

»Mangecavallo«, flüsterte der Politiker mit Augen, die plötzlich glänzten, als breche mit den Erinnerungen auch jenes vergangene Glück über ihn herein. »Er hatte ein paar Straßen vom Krankenhaus entfernt ein kleines italienisches Lokal mit ausgezeichneter sizilianischer Küche. Dort blieb ich ganz unbehelligt, ich glaube, sie wußten nicht einmal, wer ich war. Aber dieser Itaker, der Mistkerl, hat sich an mich erinnert.«

»Mr. Mangecavallo ist inzwischen über neunzig, aber er erinnerte sich tatsächlich noch. Sie kamen mit Ihrer hübschen Krankenschwester zu ihm, und er schloß um ein Uhr morgens sein Lokal und ließ Sie beide dort allein – mit der einzigen Auflage, die Musikbox ganz leise zu stellen.«

»Ein wunderbarer Mensch.«

»Mit einem für sein Alter erstaunlichen Gedächtnis, aber leider nicht mehr so verschwiegen wie früher. Er schwelgt in Erinnerungen, schwafelt kunterbunt durcheinander und sagt bei einem Glas Chianti Dinge, die ihm wahrscheinlich noch vor ein paar Jahren nicht über die Lippen gekommen wären.«

»In seinem Alter hat er das Recht...«

»Und Sie haben sich ihm anvertraut, Mr. Speaker«, unterbrach Varak.

»Nein, nicht direkt«, wehrte der alte Politiker ab. »Aber er zählte zwei und zwei zusammen. Das war nicht schwer. Nachdem sie nach Irland zurückgekehrt war, besuchte ich das Lokal noch ziemlich häufig, so zwei Jahre lang. Ich trank mehr, als mir guttat, weil mich, wie gesagt, niemand kannte oder sich um mich scherte und Mangecavallo mich immer sicher und wohlbehalten nach Hause brachte. Vielleicht habe ich da zuviel geredet.«

»Als sie heiratete, gingen Sie wieder zu Mr. Mangecavallo...«

»O ja! O ja! Daran erinnere ich mich, als wär's gestern gewesen – das heißt, ich erinnere mich, daß ich hineingegangen bin. Aber wie ich wieder rauskam, weiß ich bis heute nicht.«

»Mr. Mangecavallo weiß noch alles über diesen Tag. Namen, ein Land, eine Stadt... Ein Datum, an dem jede Verbindung abgebrochen wurde, wie Sie es nannten. Ich bin nach Irland gefahren.«

Der Kopf des alten Mannes fuhr herum. Zornig und fragend sahen die grauen Augen Varak an. »Was wollen Sie von mir? Es ist alles vorbei, gehört der Vergangenheit an, und Sie können mich nicht verletzen. Was wollen Sie?«

»Nichts, was Sie je bedauern könnten oder dessen Sie sich schämen müßten, Sir. Sie könnten eine strenge Untersuchung veranlassen und würden die Empfehlung meiner Klienten nur gutheißen und unterstützen.«

»Ihrer – Klienten? Eine Empfehlung? Für eine Berufung ins Repräsentantenhaus?«

»Ja, Sir.«

»Jetzt mal Scherz beiseite. Warum sollte ich mich wohl dazu bereit erklären?«

»Wegen einer Sache in Irland, von der Sie nichts wissen.«

»Und was für eine Sache wäre das?«

»Sie haben bestimmt schon von dem Killer gehört, der sich Tam O'Shanter nennt, dem ›Wing Commander‹ eines Flügels der Irisch-Republikanischen Armee?«

»Er ist ein Schwein. Ein Makel auf dem Wappenschild eines jeden irischen Clans.«

»Er ist Ihr Sohn.«

Eine Woche verging, für Kendrick ein weiterer Beweis für die rasche Vergänglichkeit des Ruhms in Washington. Die Anhörungen des Partridge-Ausschusses wurden auf Ersuchen des Pentagons ausgesetzt, das zugleich zwei Erklärungen herausgab: daß erstens bestimmte Akten über finanzielle Transaktionen gründlich überprüft würden, und zweitens Oberst Robert Barrish zum Brigadegeneral befördert und auf die Insel Guam versetzt worden sei, um auf diesem wichtigsten Vorposten der Freiheit nach dem Rechten zu sehen.

In der Cedar Street 70 in Clinton, New Jersey, brüllte ein gewisser Joseph Smith vor Lachen, dessen Vater bei den 27ern in Guam gedient hatte. Dann gab er seiner Frau einen leichten Rippenstoß. »Sie haben ihn hinaus›befördert‹, Baby. Und das hat dieser Kongreßabgeordnete geschafft. Er ist mein Mann!«

Doch Kendricks Erleichterung nahm ein ebenso jähes Ende wie alle euphorischen Perioden.

»Herr und Heiland!« schrie Phil Tobias, die Hand über die Sprechmuschel des Telefons haltend. »Es ist der Sprecher des Repräsentantenhauses. Keiner seiner Berater, Assistenten und auch keine Sekretärin, sondern er persönlich!«

»Vielleicht wär's nicht schlecht, wenn Sie unserem ›er persönlich‹ Bescheid sagten«, erwiderte Annie O'Reilly. »Er hat auf Ihrer Leitung angerufen, nicht auf meiner. Quasseln Sie nicht, mein Lieber! Drücken Sie einfach auf den Knopf und melden Sie dem Boß, wer dran ist. Für Sie ist die Sache ein bißchen zu groß.«

»Aber sie läuft nicht korrekt ab. Seine Leute hätten zuerst mich anrufen müssen...«

»Quatschen Sie nicht, stellen Sie durch!«

Tobias stellte die Verbindung her.

»Kendrick?«

»Ja, Mr. Speaker?«

»Haben Sie ein paar Minuten Zeit für mich?«

»Aber selbstverständlich, Mr. Speaker. Wenn Sie es für wichtig halten?«

»Wenn ich nicht der Meinung wäre, daß es wichtig ist, hätte ich mir ganz bestimmt nicht die Mühe gemacht, einen Pfeifenkopp von Neuling direkt anzurufen.«

»Dann will ich nur hoffen, daß ein Pfeifenkopp von Speaker eine wirklich lebenswichtige Sache zu besprechen hat«, erwiderte Kendrick. »Wenn das nämlich nicht der Fall ist, stelle ich meine Zeit *seinem* Staat in Rechnung. Ist das klar, Mr. Speaker?«

»Sie gefallen mir, mein Junge. Wir stehen zwar auf verschiedenen Seiten, aber Sie gefallen mir.«

»Das kann sich ändern, wenn ich erst in Ihrem Büro bin.«

»Da werden Sie mir sogar noch besser gefallen.«

Kendrick stand vor dem Schreibtisch und sah dem weißhaarigen Vorsitzenden des Repräsentantenhauses erstaunt in die Augen, die seinem Blick immer wieder auswichen. Der alte Ire hatte eben eine ungewöhnliche Erklärung abgegeben, die – ganz vorsichtig ausgedrückt – ein Angebot sein sollte, auf Kendricks Rückzugsweg aus Washington jedoch wie eine Bombe explodiert war.

»In den Unterausschuß *Oversight and Evaluation*?« sagte Kendrick mit unterdrücktem Zorn. »Der gehört doch zum Nachrichtendienst?«

»Das ist richtig«, antwortete der Speaker.

»Wir kommen Sie dazu? Das können Sie nicht tun!«

»Es ist schon geschehen. Ihre Ernennung ist bereits offiziell.«

»Ohne meine Einwilligung?«

»Die brauche ich nicht. Ich will nicht behaupten, daß Ihre eigenen Parteiführer sofort einverstanden waren – Sie sind nicht einmal auf Ihrer Seite des Zauns besonders beliebt –, aber ein bißchen freundliche Überredung hat geholfen, und schließlich haben sie eingewilligt. Sie sind so etwas wie das Symbol einer unabhängigen Zweiparteilichkeit.«

»Ein Symbol? Was für ein Symbol? Ich bin kein Symbol.«

»Haben Sie eine Videokassette von der Foxley-Show?«

»Die ist längst vorbei und vergessen.«

»Oder von der perfekten kleinen Szene tags darauf in Ihrem Büro? Der Kerl von der *New York Times* hat eine großartige Kolumne über Sie geschrieben. Er hat Sie – wie hat er Sie doch genannt? Ich hab' den Artikel gestern nachgelesen – ›eine Stimme der Vernunft in einem babylonischen Sprachengewirr wahnsinnig gewordener Massen‹.«

»Das alles ist Wochen her, und keiner hat seitdem etwas gesagt, das Hand und Fuß hätte. Kein Hahn kräht mehr nach mir, ich bin kaum noch vorhanden.«

»Jetzt sind Sie wieder voll da.«

»Ich lehne die Berufung ab. Ich habe keine Lust, mich mit Geheimnissen zu belasten, bei denen es um die nationale Sicherheit geht. Ich bleibe nicht in der Politik, und es ist meiner Meinung nach einfach unzumutbar, daß man mich in eine – ohne Umschweife gesagt – gefährliche Situation manövriert.«

»Lehnen Sie das Amt in aller Öffentlichkeit ab, und Ihre Partei wird Sie beerdigen – ebenfalls in aller Öffentlichkeit. Man wird Ihnen ein paar unschöne Namen geben, einen reichen Tunichtgut und verantwortungslos wird man Sie nennen, und man wird den Dummkopf aus der Versenkung holen, den Sie mit Hilfe Ihres Geldes aus dem Feld geschlagen haben. Man vermißt ihn hier.« Der Vorsitzende lachte leise auf. »Sie waren ganz scharf auf jemanden mit so netten, kleinen Spielsachen wie Privatjets und schicken Suiten von Hawaii bis Südfrankreich. Es war allen völlig egal, zu welcher Partei Sie gehören, sie verlangten nur ein paar Nachträge in der Gesetzgebung, und es war ihnen egal, woher die kamen. Zum Teufel, Herr Abgeordneter, wenn Sie ablehnen, könnten Sie uns allen damit einen Gefallen tun.«

»Sie sind wirklich ein Pfeifenkopp, Mr. Speaker.«

»Ich bin ein Pragmatiker, mein Junge.«

»Aber Sie haben so viele hochanständige Dinge getan...«

»Weil sie praktisch waren«, unterbrach ihn der alte Politiker. »Sie werden nicht mit Essig angerührt und lassen sich mit warmem Sirup leichter schlucken – süßem Vermont-Sirup, zum Beispiel, falls Sie mich richtig verstehen.«

»Ist Ihnen klar, daß Sie mit dieser einen Erklärung politische Korruption gebilligt und verzeihlich gefunden haben?«

»Den Teufel hab' ich getan! Ich hab' nur gesagt, daß man Habgier und Gefräßigkeit als menschliche Eigenschaften hinnehmen muß, wenn man mit ihrer Hilfe Gesetze durchdrücken und erlassen kann, die den Menschen helfen, die Hilfe dringend brauchen. Ich hab' solche Dinge durchgedrückt, Sie Pfeifenkopp, weil ich manchmal nachsichtig durch die Finger geblinzelt habe, solange diejenigen, die es anging, nur wußten, daß ich die Augen nicht fest zukniff oder ganz wegschaute. Sie reicher Mistkerl würden das nicht verstehen. Klar, wir haben ein paar Millionäre hier, aber die meisten sind es nicht. Sie leben von Jahresgehältern, die *Sie* in einem Monat versaufen und wieder auspinkeln. Sie treten zurück, weil sie für das Geld, das sie verdienen, ihre zwei oder drei Kinder nicht einmal aufs College schicken können. So was wie Urlaub kennen sie nur vom Hörensagen. Sie haben also verdammt recht, ich blinzle manchmal durch die Finger.«

»Na gut!« schrie Kendrick. »Das kann ich ja noch verstehen, was ich aber nicht verstehe, ist, daß Sie mich zu *Oversight* berufen! Nichts in meiner Vergangenheit oder Ausbildung qualifiziert mich für eine solche Aufgabe. Ich könnte Ihnen aus dem Stegreif dreißig oder vierzig andere nennen, die viel mehr wissen als ich – was nicht viel heißen will, weil ich gar nichts weiß. Die anderen verfolgen diese Dinge, sie bringen für eine so stupide Sache die richtige Einstellung und Begeisterung mit. Ich wiederhole, ich halte es für eine stupide Sache! Ernennen Sie doch einen von denen. Ihnen läuft bestimmt das Wasser im Mund zusammen, so scharf sind sie auf eine solche Chance.«

»Um diese Art von Appetit ist es uns nicht zu tun, mein Junge«, sagte der Vorsitzende mit seinem jetzt immer stärker hervortretenden heimischen Akzent, der auf eine einfache Herkunft schließen ließ und Jahrzehnte geschliffener Dialoge auf der politischen Bühne der Hauptstadt Lügen strafte. »Gute, gesunde Skepsis, wie Sie sie in der Foxley-Show bei der Auseinandersetzung mit diesem doppelzüngigen Oberst bewiesen haben, das ist es, was wir brauchen. Sie werden einen guten Beitrag leisten.«

»Sie irren sich, Mr. Speaker, weil ich nichts beizutragen habe, und auch nicht im geringsten daran interessiert bin. Barrish hat mit beleidigenden Allgemeinplätzen und Phrasen um sich geschmissen und sich arrogant geweigert, zur Sache zu sprechen. Er wollte mich nur unter den Tisch reden. Das war etwas ganz anderes. Ich wiederhole, *Oversight* interessiert mich nicht.«

»Ja, nun, mein junger Freund, Interessen ändern sich mit den Bedingungen. Und einige von uns sind mit gewissen Unruheherden der Welt vertrauter als andere. In diesem Bereich sind Sie hervorragend qualifiziert. Wie schon in der Bibel steht, soll man sein Licht nicht unter den Scheffel stellen, weil es dort keinem nützt.«

»Wenn Sie auf die Zeit anspielen, die ich in den Arabischen Emiraten verbracht habe, denken Sie bitte daran, daß ich Bauingenieur war, der sich nur für Aufträge und Profite interessiert hat.«

»Tatsächlich?«

»Jeder Tourist weiß mehr über die Politik und Kultur dieser Länder als ich. Wir Bauleute haben uns ziemlich abgesondert; wir hatten unsere Kreise, die wir nur selten verlassen haben.«

»Das zu glauben fällt mir schwer, und ich halte es schlechtweg für unmöglich. Ich habe Ihre Personalakte hier, junger Mann, und ich kann Ihnen sagen, die hat mir fast meine guten neuenglischen Schuhe ausgezogen. Hier sind Sie, mitten in Washington, und Sie haben Flugplätze und Regierungsgebäude für die Araber gebaut, was bedeutet, daß Sie mit den Bonzen da drüben einen Haufen Gespräche geführt haben müssen. Ich spreche von Flugplätzen; das ist militärischer Nachrichtendienst, mein Junge. Dann erfahre ich, daß Sie mehrere arabische Sprachen sprechen, nicht nur eine, nein, gleich mehrere...«

»Es gibt nur eine Sprache, alles andere sind Dialekte...«

»Ich sage Ihnen, daß Sie für uns von unschätzbarem Wert sind, und es ist ganz einfach Ihre patriotische Pflicht, Ihrem Land zu dienen, indem Sie Ihre Kenntnisse an andere Experten weitergeben.«

»Ich bin kein Experte.«

»Und übrigens«, fuhr der Vorsitzende, sich in seinem Sessel zurücklehnend, mit nachdenklicher Miene fort, »wenn Sie unter den gegebenen Umständen die Berufung ablehnen, könnte es den Eindruck erwecken, als hätten Sie etwas zu verbergen, etwas, das wir uns vielleicht näher ansehen sollten. Und Sie haben etwas zu verbergen, Herr Abgeordneter.« Der Vorsitzende sah Kendrick plötzlich sehr eindringlich an.

Etwas zu verbergen? Er hatte alles zu verbergen. Was sollte dieser seltsame Blick des alten Mannes? Niemand wußte etwas von Oman, Maskat und Bahrein. Niemand würde je davon erfahren. So war es vereinbart.

»Ich habe nichts zu verbergen«, sagte Kendrick fest. »Sie erweisen dem Unterausschuß einen schlechten Dienst, der auf einer Fehleinschätzung meiner Fähigkeiten beruht. Tun Sie sich selbst einen Gefallen. Berufen Sie jemand anders.«

»Das schönste, das heiligste aller Bücher kennt so viele Antworten, nicht wahr?« fragte der Vorsitzende scheinbar unzusammenhängend. »Viele sind berufen, aber nur wenige sind auserwählt, ist das nicht richtig?«

»Oh, um Himmels willen...«

»Das könnte eines Tages durchaus der Fall sein«, unterbrach der alte Ire nickend. »Nur die Zeit kann es uns lehren, nicht wahr? Inzwischen hat die Führungsspitze Ihrer Partei entschieden, daß Sie auserwählt sind – es sei denn, Sie hätten etwas zu verbergen, etwas, mit dem wir uns näher befassen sollten. Und jetzt ratzebutz mit Ihnen, ich habe zu arbeiten.«

»Ratzebutz?«

»Sie sollen verduften, Kendrick!«

20

Die beiden Kammern des Kongresses, der Senat und das Repräsentantenhaus, haben mehrere Ausschüsse, die ähnliche Ziele verfolgen und gleiche oder fast gleiche Namen haben. Beim Senat gibt es *Appropriations*, und im ›Haus‹ gibt es *Appropriations*; *Foreign Relations* im Senat und *Foreign Affairs* im ›Haus‹; das *Senate Select Committee on Intelligence* und das *House Permanent Select Committee on Intelligence*, letzteres mit dem mächtigen *Subcommittee on Oversight and Evaluation*. Diese genaue Entsprechung ist ein weiteres Beispiel des effektiven Systems von Kontrolle und Ausgewogenheit. Die Legislative der Regierung, die wesentlich aktiver die vorherrschenden Ansichten eines viel größeren Spektrums der Politik widerspiegelt als irgendein eingefleischter Zweig der Exekutive oder die auf Lebenszeit übertragene richterliche Gewalt, muß in sich selbst handlungsfähig sein und in all den hundertfältigen Fragen, die an sie herangetragen werden, zu einer Übereinstimmung gelangen. Dieser Prozeß ist offenkundig frustrierend, oft zum Verzweifeln, aber im allgemeinen fair. Wenn der Kompromiß die Kunst der Regierungsform einer pluralistischen Gesellschaft ist, dann versteht sich niemand besser und unter schwierigeren Umständen auf diese Kunst als die Legislative der Regierung der Vereinigten Staaten mit ihren unzähligen, oft unerträglichen und oft lächerlichen Ausschüssen und Komitees. Eine pluralistische Gesellschaft ist für Möchtegern-Tyrannen tatsächlich unerträglich und fast immer lächerlich in den Augen jener, die den Bürgern gern ihren Willen aufzwingen möchten. Eines Menschen Moral darf nie über den Umweg einer Ideologie für einen anderen Menschen zur Legalität werden, und wenn es viele in der Exekutive und viele Richter noch so gern sähen. Aber trotz mancher, wenn auch seltener, aber dennoch unverzeihlicher Abweichungen von diesem Grundsatz wird doch meist auf die ›Stimme des Volkes‹ gehört, und das tut dem Land sehr gut.

Es gibt auf dem Kapitol jedoch auch einige Ausschüsse, die stets zurückhaltend bleiben, weil Logik und Notwendigkeit es ihnen nahelegen. Es sind kleine, absoluter Geheimhaltung unterliegende Gremien, die sich auf die Strategien der verschiedenen Nachrichtendienste innerhalb der Regierung konzentrieren. Und vielleicht, weil sie immer unauffällig im Hintergrund bleiben und ihre Mitglieder mit strengsten Sicherheitsverfahren auf Herz und Nieren geprüft werden, umgibt jene ›Auserwählten‹ in den elitären Ausschüssen eine besondere Aura. Sie wissen Dinge, die andere weniger Privilegierte nicht wissen dürfen; sie sind anders, sind – Männer und Frauen – höherstehende Menschen. Zwischen dem Kongreß und den Medien besteht auch eine stillschweigende Übereinkunft, daß über die Arbeit dieser Ausschüsse – wenn überhaupt – nur sehr zurückhaltend berichtet wird. Wird ein Senator oder Abgeordneter in einen dieser Ausschüsse berufen, wird seine oder ihre Ernennung nicht zu einer *cause célèbre*. Die Berufung wird bekanntgegeben, der Grund genannt, aber ganz schlicht und ohne Ausschmückung. Im Fall des Repräsentanten des neunten Wahlbezirks in Colorado, eines gewissen Abgeordneten Evan Kendrick, erfuhr die Öffentlichkeit, daß er Bauingenieur mit genauer Kenntnis des Nahen Ostens und besonders des Persischen Golfs war. Da nur wenige etwas über diese Gebiete wußten und es feststand, daß der Abgeordnete vor Jahren dort gearbeitet hatte, wurde die Berufung als logisch und vernünftig hingenommen, und niemand fand etwas Ungewöhnliches daran.

Doch sind Leitartikler, Kommentatoren und Politiker sehr hellhörig, wenn es um Nuancen wachsender Erkenntnis geht, denn Erkenntnis ist im Distrikt von Columbia die Mutter der Macht. Es gibt solche und *solche* Ausschüsse. Jemand, der zu *Indian Affairs* berufen wird, gehört nicht zur gleichen Klasse wie ein anderer, der bei *Ways and Means* mitarbeitet; ersterer tut ein Minimum, um einem vergessenen, entrechteten Volk zu helfen; letzterer erforscht die Methoden und Verfahren, die dazu beitragen, die Wirtschaftlichkeit der Regierung zu gewährleisten. Auch ist *Environment* dem Ausschuß *Armed Services* nicht gleichgestellt; die Budgets des einen werden ständig auf beschämendste Weise beschnitten, während die Ausgaben für Waffensysteme geradezu astronomisch sind. Die Zuweisung der Gelder ist das A und O. Viel Geld bedeutet großen Einfluß. Doch ganz einfach gesagt: Wenige Ausschüsse können es mit dem Nimbus jener aufnehmen, die der verborgenen Welt der Geheimdienste angehören. Wenn plötzlich jemand in diese elitären Gremien berufen wird, hält man die Augen offen, Kollegen flüstern in Garderobenräumen, und die Medien lauern vor Wortprozessoren, mit Mikrofonen und Kameras. Gewöhnlich bleiben diese Vorbereitungen ergebnislos, und die Namen versinken in Vergessenheit. Jedoch nicht immer, und hätte Evan Kendrick von diesen Spitzfindigkeiten etwas geahnt, hätte er es vielleicht riskiert, dem listigen Vorsitzenden zu sagen, er solle sich zum Teufel scheren.

Kendrick ahnte jedoch nichts, und hätte er es getan, hätte das auch nichts geändert; man konnte den Fortschritt von Inver Brass nicht in Abrede stellen.

Halb sieben an einem Montagmorgen. Die Sonne erkletterte eben die Hügel von Virginia, als Kendrick nackt in seinen Pool sprang. Er vertraute darauf, daß zehn oder zwanzig Längen im oktoberlich kalten Wasser die Spinnweben wegwaschen würden, die vor seinen Augen hingen und sich schmerzhaft in seinen Schläfen eingenistet hatten. Zehn Stunden vorher hatte er in Colorado mit Emmanuel Weingrass, in einem geradezu lächerlich üppig ausgestatteten Pavillon sitzend, viel zu viele Brandys getrunken und sich mit dem Freund köstlich über die beiden Flüßchen amüsiert, die man unter dem durchsichtigen Fußboden vorbeirauschen sah.

»Bald kriegst du auch Wale zu sehen«, hatte Manny behauptet.

»Wie du das seinerzeit den Kindern in dem halb ausgetrockneten Flußbett in – ich weiß nicht mehr, wo – weisgemacht hast.«

»Wir hatten miserable Köder. Ich hätte eine von den Müttern nehmen sollen. Die junge Schwarze. Sie war hinreißend.«

»Ihr Mann war Major, ein *großer* Major bei den Heerespionieren. Er hätte vielleicht etwas dagegen gehabt.«

»Ihre Tochter war ein bildschönes Kind... Sie kam mit allen anderen ums Leben.«

»Mein Gott, Manny! Warum?«

»Es wird Zeit für dich, du mußt gehen.«

»Ich will aber nicht.«

»Du mußt. Du hast morgen früh eine Sitzung, und bis zum Morgen ist es nicht mehr weit.«

»Ich kann schwänzen. Das hab' ich schon mal getan.«

»Einmal, und ich habe mir große Vorwürfe gemacht. Dein Jet wartet auf dem Flugplatz in Mesa Verde. In ein paar Stunden bist du in Washington.«

Während er schwamm, eine Länge immer schneller als die vorhergehende, dachte er an die bevorstehende Morgenkonferenz von *Oversight* und war froh, daß Manny so auf seine Rückkehr in die Hauptstadt gedrängt hatte. Die Sitzungen des Unterausschusses faszinierten ihn, ärgerten ihn, weckten abwechselnd Staunen und Entsetzen in ihm; aber vor allem faszinierten sie ihn. So vieles, von dem er nichts wußte, geschah in der Welt zum Nutzen und zum Schaden der Vereinigten Staaten. Doch erst bei der dritten Sitzung begriff er einen immer wiederkehrenden Fehler, den seine Kollegen in der Behandlung der Zeugen verschiedener Geheimdienstzweige machten. Sie konzentrierten sich darauf, in den Erklärungen der Zeugen, warum sie diese oder jene Operation durchgeführt hatten, auf Lücken oder Widersprüche zu stoßen; wichtig und richtig wäre es indessen gewesen, die Zeugen zu diesen Operationen selbst zu verhören.

Das war verständlich, denn die Männer, die vor *Oversight* antreten mußten, um ihre Fälle zu erörtern – es waren ausschließlich Männer, und das an sich hätte ein Hinweis sein müssen –, waren wortgewandte Profis aus einer gewalttätigen Welt, die das Melodramatische dieser Welt herunterspielten. Sie trugen ihren esoterischen Jargon mit großer Ruhe vor, bis ihre Zuhörer glaubten, ihnen müsse der Schädel platzen. Es gab unter diesen Zeugen keinen Oberst Robert Barrish; es war eine Reihe attraktiver, gutgekleideter, bescheidener und zurückhaltender Männer, die vor dem Unterausschuß erschienen, um mit kühlen, professionellen Worten zu erklären, was sie tun könnten, wenn man ihnen die erforderlichen finanziellen Mittel zur Verfügung stellte, und warum das, was sie tun wollten, für die nationale Sicherheit von größter Bedeutung war. Die Frage, die man ihnen daraufhin stellte, lautete meistens: »Können Sie es schaffen?« Niemand fragte jedoch, ob das, was sie tun wollten, richtig oder sinnvoll war.

Solche Fehler in der Beurteilung kamen oft genug vor, um Kendrick zu beunruhigen, der ja erst seit kurzem zu jener gewalttätigen Welt dieser Männer gehörte. Es gelang ihm nicht, sie in einem romantischen Licht zu sehen, er verabscheute sie. Die schreckliche, atembeklemmende Angst, die ein Teil des furchteinflößenden Spiels mit dem menschlichen Leben war, gehörte in ein finsteres Zeitalter, in dem das Leben selbst nur am *Über*leben gemessen wurde. In einer solchen Welt lebte man nicht; man erlitt sie schweißgebadet und mit einem hohlen Schmerz im Magen – wie Kendrick während seines kurzen Gastauftritts in Oman und Bahrein. Er wußte jedoch, daß diese Welt weiterexistierte; einige ihrer Bewohner hatten ihn vor den Haien in Katar bewahrt. Trotzdem ging er in den folgenden Sitzungen gründlicher vor, stellte immer härtere Fragen. Er wußte, daß sein Name in den Korridoren des Kongresses, der *Central Intelligence Agency* und sogar im Weißen Haus immer häufiger fiel, daß man sich fragte, wer dieser Agitator, dieser Störenfried war. Ihm war das egal. Er stellte legitime Fragen, und niemand sollte ihn davon abbringen. Wer, zum Teufel, war sakrosankt? Wer durfte Gesetze umgehen?

Irgendwo über ihm entstand Unruhe, jemand gestikulierte wild und schrie, was er jedoch durch das Wasser, das gegen sein Gesicht rauschte, nur undeutlich wahrnahm. Er hielt auf halber Länge an, trat Wasser und schüttelte den Kopf. Der Unruhestifter war Sabri, aber ein Sabri, wie er ihn bisher nur selten erlebt hatte. Der stets gelassene Doktor der Philosophie aus Dubai war außer sich, versuchte verzweifelt, Gesten und Stimme zu beherrschen, doch es gelang ihm nicht.

»Du mußt weg!« hörte Kendrick ihn rufen, nachdem er sich das Wasser aus den Ohren geschüttelt hatte.

»Wie? Was?«

»Oman! Maskat! Die Story kommt auf allen Kanälen, über alle Sender. Sie haben sogar Fotos von dir in arabischer Kleidung – in Maskat aufgenommen. Rundfunk und Fernsehen unterbrechen immer wieder ihre Programme, um über die neuesten Entwicklungen zu berichten. Zeitungen halten ihre Vormittagsausgaben zurück, um weitere Einzelheiten drucken zu können...«

»Jesusmaria!« schrie Kendrick, sprang aus dem Pool und fing das Badetuch auf, das Sabri ihm zuwarf.

»Die Reporter und das andere Volk werden bestimmt in ein paar Minuten hiersein«, sagte der Araber. »Ich habe das Telefon ausgehängt, und Kaschi belädt unseren Wagen – verzeih, den Wagen, den du uns so großzügig zur Verfügung gestellt hast...«

»Laß das jetzt!« rief Kendrick, auf das Haus zulaufend, über die Schulter zurück. »Was macht deine Frau mit dem Wagen?«

»Sie packt deine Kleidung hinein, genug für ein paar Tage, wenn nötig. Wir haben gedacht, daß man deinen Wagen vielleicht erkennt. Unserer steht immer in der Garage. Ich meine, daß du vielleicht ein bißchen Zeit zum Nachdenken brauchst.«

»Ich brauche ein bißchen Zeit, um ein paar Morde zu planen«, stimmte Kendrick zu. »Wie, zum Teufel, konnte das passieren?«

»Ich fürchte, das ist nur der Anfang, mein Freund.«

»Was?« fragte Kendrick und stürmte in sein riesiges Schlafzimmer mit Blick auf den Pool. Er ging zur Kommode, öffnete Schubladen und riß Unterwäsche, Hemd und Socken heraus.

»Die Sender fragen alle möglichen Leute nach ihrer Meinung. Die meisten sind natürlich begeistert.«

»Was denn sonst?« fragte Kendrick und schlüpfte in Socken und Shorts, während Sabri das Hemd auseinanderfaltete und ihm reichte. »Sollen sie vielleicht sagen, daß sie ihre Terroristenkumpel in Palästina unterstützen?« Kendrick zog das Hemd an, lief zum Schrank und zerrte eine Hose heraus. Sabris Kaschi kam herein.

»*Ana hasfa*!« bat sie hastig und verlegen um Entschuldigung und wandte sich ab.

»Keine Zeit für *al-takatid*, Kaschi«, erwiderte Kendrick, was bedeutete, sie solle sich jetzt nicht über Schicklichkeit oder Unschicklichkeit den Kopf zerbrechen. »Wie weit bist du mit meinen Sachen?«

»Vielleicht hättest du lieber andere mitgenommen, lieber

Evan«, antwortete sie ein wenig ängstlich, »aber du wirst wenigstens etwas zum Anziehen haben. Ich hab' mir auch gedacht, daß du uns anrufen kannst, sobald du weißt, wo du bleibst, dann bring' ich dir alles, was du brauchst. Viele Zeitungsleute kennen Sabri, aber mich kennt niemand. Ich lass' mich nie sehen.«

»Du willst es so, nicht ich«, antwortete Kendrick, warf sich eine Jacke über und verstaute Brieftasche, Geldklammer und Feuerzeug in den Taschen. »Vielleicht schließen wir dieses Haus, Kaschi, und ziehen nach Colorado. Dort könntest du ganz offiziell die Rolle der Gastgeberin übernehmen.«

»Was für ein Unsinn, lieber Evan!« Kaschi kicherte. »Das schickt sich doch nicht.«

»Du bist der Professor, Sabri«, sagte Kendrick und fuhr sich rasch mit dem Kamm durchs Haar. »Wann bringst du es ihr endlich bei?«

»Wann wird sie endlich auf mich hören? Unsere Frauen müssen Vorzüge haben, von denen wir Männer nichts wissen.«

»Gehen wir.«

»Die Schlüssel sind im Wagen, lieber Evan...«

»Danke, Kaschi«, sagte Kendrick. Sabri und er verließen das Zimmer und stiegen die Treppe hinunter. »Sag mal«, fuhr Kendrick fort, als sie durch den Säulengang in die große Garage gingen, in dem sein Mercedes-Kabrio und Hassans Cimarron Cadillac stand. »Wieviel von der Story haben sie?«

»Ich kann, was ich gehört habe, nur mit dem vergleichen, was Emmanuel mir erzählt hat. Du selber warst ja verschwiegen wie eine Auster.«

»Ich wollte dir nichts verheimlichen...«

»Bitte, Evan«, unterbrach der Professor. »Wie lange kenne ich dich jetzt schon? Es ist dir unangenehm, dich selbst zu loben, auch wenn es nur indirekt der Fall wäre.«

»Loben, zum Teufel?« rief Kendrick und öffnete das Garagentor. »Ich hab' das Ding in den Sand gesetzt. Ich war ein toter Mann, den man über den Untiefen von Katar aus dem Flugzeug stoßen wollte. Andere haben es geschafft, nicht ich. Sie haben mir den Arsch aus der Scheiße gezogen.«

»Ohne dich hätten sie gar nichts tun können...«

»Vergiß es«, sagte Kendrick, neben der Tür des Cadillacs stehenbleibend. »Wieviel haben sie herausgebracht?«

»Sehr wenig, meiner Meinung nach. Nicht ein Jota von dem, was Emmanuel mir erzählt hat – sogar nach Abzug seiner üblichen Übertreibungen. Die Journalisten wühlen nach Einzelheiten und können anscheinend keine finden.«

»Das sagt mir nicht viel. Warum hast du vorhin gesagt, das sei erst der Anfang?«

»Wegen eines Mannes, den sie interviewt haben – es ist einer deiner Kollegen vom Unterausschuß, ein Abgeordneter namens Mason.«

»Mason –«, wiederholte Kendrick, die Stirn runzelnd. »Er ist in Tulsa oder Phoenix – ich weiß nicht genau, wo – eine große Nummer, aber in Wirklichkeit ist er eine Null. Vor ein paar Wochen hatten sie schon heimlich beschlossen, ihn aus dem Ausschuß hinauszuwerfen.«

»Also so hat man ihn uns nicht präsentiert, Evan.«

»Davon bin ich überzeugt. Was hat er gesagt?«

»Daß du im Ausschuß der Intelligenteste bist. Das Genie, zu dem die anderen aufsehen und auf das sie hören.«

»Ach was! Ich hab' ein bißchen geredet und ein paar Fragen gestellt, mehr nicht, und außerdem haben Mason und ich bisher zueinander höchstens mal ›Hallo‹ gesagt. Das ist doch Unsinn.«

»Aber es ist auch im ganzen Land herum ...«

Das Geräusch eines und gleich darauf eines zweiten Wagens, die mit quietschenden Reifen vor dem Haus hielten, drang in die Stille der Garage.

»Guter Gott!« flüsterte Evan. »Jetzt haben sie mich.«

»Noch nicht«, erwiderte Dr. Hassan. »Kaschi weiß, was sie zu tun hat. Sie wird sie hereinbitten, auf hebräisch nebenbei, und sie ins Solarium führen. Sie wird so tun, als verstehe sie sie nicht, und sie dadurch aufhalten – allerdings höchstens für ein paar Minuten. Geh, Evan, und fahr' über die Landstraße zur Autobahn. In einer Stunde lege ich das Telefon wieder auf. Ruf uns an. Kaschi bringt dir dann alles, was du brauchst.«

Kendrick wählte und wählte, aber seine Nummer war immer besetzt. Schließlich hörte er erleichtert das Freizeichen.

»Hier bei Kendrick ...«

»Ich bin es, Sabri.«

»Jetzt bin ich aber wirklich erstaunt, daß du durchgekommen

bist. Und ich bin auch froh, denn jetzt kann ich endlich das Telefon wieder aushängen.«

»Wie geht's, wie steht's?«

»Verheerend, katastrophal, mein Freund. Und nicht nur hier – auch in deinem Büro und in deinem Haus in Colorado. Auch dort herrscht Belagerungszustand.«

»Woher weißt du das?«

»Hier rühren sie sich nicht von der Stelle, und wie dir ist es Emmanuel schließlich gelungen, durchzukommen. Er hat behauptet, er habe es fast eine halbe Stunde lang versucht...«

»Was hat er gesagt?«

»Das Haus ist umzingelt, überall Menschenmassen. Offenbar sind die Zeitungs- und Fernsehleute alle nach Mesa Verde geflogen, wo die meisten gestrandet sind, weil drei Taxis kaum so viele Leute befördern konnten.«

»Das wird Manny um den Verstand bringen.«

»Was ihn um den Verstand bringt, ist der Mangel an Sanitäranlagen.«

»Was?«

»Er hat sich geweigert, sie die Toilette im Haus benutzen zu lassen, und dann beobachtet, wie die Leute überall ihre Notdurft verrichten, was ihn zu deinen Gewehren greifen ließ.«

»Ach du dickes Ei! Sie pissen auf den Rasen – seine landschaftsgärtnerische Schöpfung!«

»Ich habe Emmanuels Tiraden doch schon oft gehört, aber noch nie war er so außer sich. Trotzdem hat er es noch geschafft, mir mitten in seinem Ausbruch zu sagen, ich soll Mrs. O'Reilly in deinem Büro anrufen, da auch sie nicht zu uns durchgekommen ist.«

»Was hat Annie gesagt?«

»Du sollst dich eine Zeitlang nicht sehen lassen, aber – mit ihren Worten ›um Gottes willen‹ – ruf sie an.«

»Ich glaube nicht, daß ich das tun werde«, sagte Evan nachdenklich. »Je weniger sie zu diesem Zeitpunkt weiß, um so besser.«

»Wo bist du jetzt?«

»In einem Motel bei Woodbridge in einer Seitenstraße der Route fünfundneunzig. Es heißt ›The Three Bears‹, und ich bin in Bungalow dreiundzwanzig. Es ist der letzte auf der linken Seite, ganz dicht am Wald.«

»Aus dieser genauen Beschreibung schließe ich, daß du Verschiedenes brauchst. Etwas zu essen, ohne Zweifel; du kannst ja nicht rausgehen, darfst dich nicht sehen lassen, und in einem Motel mit Bungalows gibt es bestimmt keinen Zimmerservice...«

»Nein, nichts zu essen. Ich habe auf der Fahrt in einem Schnellimbiß gegessen.«

»Und niemand hat dich erkannt?«

»Um den Fernseher rum und auf dem Fernseher standen lauter Kartons.«

»Also was brauchst du dann?«

»Warte, bis die Spätausgaben der Morgenzeitungen erscheinen, dann schick Jim, den Gärtner, nach Washington, wo er so viele wie möglich kaufen soll. Verschiedene, selbstverständlich. Besonders die großen, wichtigen Blätter. Sie werden ihre besten Leute auf die Story angesetzt haben.«

»Ich schreibe ihm eine Liste und schick' dann Kaschi mit den Zeitungen zu dir raus.«

Es wurde halb zwei, ehe Sabris Frau Kendrick die Zeitungen in das Motel brachte, in dem er sich versteckte. Als er ihr die Tür öffnete und sah, daß sie mit dem Lieferwagen des Gärtners gekommen war, fiel ihm ein Stein vom Herzen. Wenn Sabri seinen Mercedes genommen hätte, hätten sich bestimmt ein paar Reporter an die Hinterräder des Wagens geheftet. Während Kendrick die Tür hielt, lief Kaschi ein paarmal zwischen Wagen und Bungalow hin und her, denn außer regionalen und überregionalen Zeitungen hatte sie auch noch etwas zu essen mitgebracht. In Folie verpackte Sandwiches, zwei Viertelliter Milch in einem Eiskübel, mehrere warme Speisen und eine Flasche kanadischen Whisky.

»Ich bleibe doch keine Woche hier, Kaschi«, protestierte Kendrick.

»Das ist für heute mittag und heute abend, lieber Evan. Du stehst unter Streß und mußt essen. In dem Kasten auf dem Tisch findest du Besteck und die Heizplatte, auf der du dir das Essen wärmen kannst. Ich habe auch Platzdeckchen und Tischtücher mitgebracht, aber wenn du plötzlich von hier wegmußt, ruf mich bitte an, damit ich die Sachen abholen kann.«

»Warum? Wird der Quartiermeister uns in den Bunker werfen?«

»Ich bin hier der Quartiermeister, lieber Evan.«

»Vielen Dank, Kaschi.«

»Du siehst müde aus, *ya sahbi*. Hast du dich nicht ausgeruht?«

»Nein, ich habe vor der Glotze gesessen, und je länger ich zusehe, um so wütender werde ich. Es ist sehr schwer, Ruhe zu finden, wenn man wütend ist.«

»Wie Sabri sagt – und ich bin der gleichen Meinung –, kommst du im Fernsehen ganz groß heraus. Er hat auch gesagt, wir dürfen nicht mehr bei dir bleiben.«

»Warum? Mir hat er das gleiche schon vor ein paar Wochen gesagt, und ich weiß noch immer nicht, warum ihr gehen wollt.«

»Aber natürlich weißt du das. Wir sind Araber, und du lebst in einer Stadt, die uns mißtraut, und die politische Arena, in der du dich bewegst, toleriert uns nicht. Wir wollen dir nicht schaden.«

»Kaschi, das ist nicht meine Arena! Ich steige aus, ich hab' sie satt! Du sagst, daß die Stadt euch mißtraut? Warum solltet ihr eine Ausnahme sein? Diese Stadt traut keinem. Es ist eine Stadt der Lügner, der Betrüger und der Heuchler, voller Frauen und Männer, die bedenkenlos mit Nagelschuhen auf jedem herumtrampeln, um ein bißchen näher an den Honigtopf heranzukommen. Sie machen aus einem guten System einen Schweinestall, saugen das Blut aus jeder Vene, die sie anritzen können, und predigen dabei unermüdlich die patriotische Heiligkeit ihrer Sendung, und das Land sitzt da und applaudiert, ohne zu wissen, wofür es bezahlt. Das ist nichts für mich, Kaschi. Ich bin jetzt schon ausgestiegen.«

»Du bist aufgeregt…«

»Da hast du verdammt recht!« Kendrick lief zum Bett, auf dem die Zeitungen lagen.

»Lieber Evan«, sagte Kaschi so energisch, wie er sie, die arabische Ehefrau, noch nie hatte sprechen hören. Mit mehreren Zeitungen in der Hand wandte er sich ihr zu. »Diese Artikel sind eine Beleidigung für dich«, sagte sie und sah ihn eindringlich an. »Und um die Wahrheit zu sagen, einige haben auch Sabri und mich beleidigt.«

»Ich verstehe«, sagte Kendrick, ihren Blick erwidernd, leise. »Alle Araber sind Terroristen. Ich bin sicher, daß das schwarz auf weiß hier steht.«

»Sehr deutlich, ja.«

»Aber nicht das hat euch getroffen.«

»Nein. Ich habe gesagt, sie seien eine Beleidigung für dich, aber der Ausdruck ist nicht stark genug. Du wirst empört und wütend sein, doch bevor du etwas tust, das du nicht wieder ungeschehen machen kannst, hör mir bitte zu.«

»Um Himmels willen, was ist es denn, Kaschi?«

»Dir haben Sabri und ich es zu verdanken, daß wir bei vielen Senatssitzungen und Sitzungen des Repräsentantenhauses dabeisein konnten. Und genauso verdanken wir es dir, daß wir den Vorzug hatten, bei Debatten des Obersten Gerichtshofs anwesend zu sein.«

»Die Sitzungen sind meist öffentlich. Und?«

»Wir haben Bemerkenswertes gesehen und gehört. Offene Debatten über Gesetzesvorlagen, über Staatsangelegenheiten, weise Urteile ... Du sieht jetzt die schlimme, die böse Seite, und ohne Zweifel ist das, was du sagst, die Wahrheit. Aber gibt es nicht auch noch eine andere Wahrheit? Wir haben viele Männer und Frauen gesehen, die aufgestanden sind und leidenschaftlich für das eintreten konnten, woran sie glauben, ohne fürchten zu müssen, daß man sie verjagen oder zum Schweigen bringen werde.« – »Verjagen kann man sie, aber nicht zum Schweigen bringen. Niemals!«

»Trotzdem gehen sie für ihre Sache ein Risiko ein, manchmal sogar ein ziemlich großes, nicht wahr?«

»Zum Teufel, ja! Sie wenden sich an die Öffentlichkeit.«

»Und treten für ihre Überzeugung ein?«

»Ja ...« Kendrick ließ das Wort in der Luft hängen. Was Kaschi meinte, war klar; sie wollte ihn in diesem Moment selbstzerstörerischen Zorns vor etwas Unbedachtem warnen.

»Dann gibt es also auch gute Leute in einem, wie du es genannt hast, guten System. Bitte vergiß das nicht, Evan. Bitte setz sie nicht herab.«

»Was soll ich nicht?«

»Ich drücke mich schlecht aus. Entschuldige bitte. Jetzt muß ich gehen.« Kaschi eilte zur Tür, drehte sich dort noch einmal um. »Ich bitte dich, *ya sahbi*, wenn du in deinem Zorn glaubst, etwas Drastisches tun zu müssen, in Allahs Namen, ruf vorher meinen Mann an – oder Emmanuel, wenn du willst. Jedoch – und das sage ich ohne Vorurteil, denn ich liebe unseren jüdischen Bruder genauso wie dich – wäre mein Mann vielleicht ein bißchen gelassener und objektiver.«

»Du kannst dich darauf verlassen.«

Kaschi ging. Sofort stürzte sich Kendrick auf die Zeitungen und drehte eine nach der anderen auf dem Bett um, so daß er die Schlagzeilen sah.

Hätte ein Urschrei seinen Schmerz verringern können, hätte seine Stimme die Fensterscheiben des Bungalows zerklirren lassen, in dem er jetzt zu ersticken glaubte.

The New York Times
New York, Dienstag, 12. Oktober

KONGRESSABGEORDNETER EVAN KENDRICK AUS COLORADO ANGEBLICH ENTSCHEIDEND AN DER BEILEGUNG DER KRISE IN OMAN BETEILIGT
Hat, wie ein geheimes Dossier enthüllt, die Araber überlistet

The Washington Post
Washington, D. C., Dienstag, 12. Oktober

KENDRICK AUS COLORADO ALS GEHEIMWAFFE IN OMAN EINGESETZT
Hat arabisch-terroristische Finanzbeziehungen zerschlagen

Los Angeles Times
Los Angeles, Dienstag, 12. Oktober

FREIGEGEBENE DOKUMENTE BEWEISEN: KENDRICK, KONGRESSABGEORDNETER AUS COLORADO, SCHLÜSSEL ZUR LÖSUNG IN OMAN
Palästinensische Terroristen von Arabern unterstützt. Noch geheim.

Chicago Tribune
Chicago, Dienstag, 12. Oktober

KAPITALIST KENDRICK LÖSTE DIE FESSELN DER GEISELN, DIE VON KOMMUNISTISCHEN TERRORISTEN FESTGEHALTEN WURDEN
Killer-Araber überall außer sich über die Enthüllungen

New York Post
New York, Dienstag, 12. Oktober

EVAN, DER MANN VON OMAN, HAT'S DEN ARABERN GEZEIGT!
Eine Bewegung in Jerusalem will ihn zum Ehrenbürger Israels machen. New York fordert eine Parade.

USA Today
Mittwoch, 13. Oktober

DAS ›KOMMANDO KENDRICK‹ HAT'S GESCHAFFT!
Die arabischen Terroristen wollen seinen Kopf! Wir wollen ein Denkmal!

Kendrick stand über das Bett gebeugt, und seine Blicke flogen von einer fettgedruckten Schlagzeile zur nächsten. Sein Kopf war völlig leer, nur ein einziger Gedanke beherrschte ihn: Warum? Und als er die Antwort nicht fand, stellte er sich die nächste Frage: WER?

21

Wenn es auf beide oder auf eine der beiden Fragen überhaupt eine Antwort gab, würde sie nicht in den Zeitungen zu finden sein. Die Artikel strotzten nur so von ›gut unterrichteten‹ und sogar ›geheimen‹ Quellen, und in den meisten fand man den Zusatz ›Kein Kommentar‹ und ›Wir haben zu diesem Zeitpunkt nichts dazu zu sagen‹ und ›Was wir an Informationen haben, wird zur Zeit noch analysiert‹.

Begonnen hatte der Aufruhr mit einem streng vertraulichen Memorandum mit dem Briefkopf des Außenministeriums. Es war, ohne Unterschrift, zwischen seit langem archivierten Akten entdeckt und wahrscheinlich von einem oder mehreren Angestellten weitergegeben worden, weil sie das Gefühl hatten, daß einem Mann unter dem Deckmantel der unvernünftigen Beschränkungen zum Wohl der nationalen Sicherheit großes Unrecht widerfahren war, wobei die paranoide Angst vor terroristischen Vergeltungsmaßnahmen auf der Liste dieser Beschränkungen zweifellos an erster Stelle stand. Kopien des Memorandums waren gleichzeitig an Zeitungen, Nachrichtenagenturen, Hörfunk und Fernsehen geschickt worden und zwischen fünf und sechs Uhr morgens in den Redaktionen eingetroffen. Dem Memorandum lagen jeweils drei verschiedene Fotos des Kongreßabgeordneten bei, die alle aus Maskat stammten. Leugnen unmöglich.

Das war gut vorbereitet, dachte Evan. Der Zeitplan sorgte dafür, daß die Nation quer durchs Land beim Aufwachen von dieser Story aufgerüttelt wurde.

Warum?

Bemerkenswert waren die Tatsachen, die enthüllt – aber nicht minder bemerkenswert jene, die weggelassen worden waren. Sie waren überraschend genau, bis zu der Information, daß er unter strengster Geheimhaltung nach Oman geflogen und in Maskat von Geheimagenten vom Flugplatz abgeholt und mit arabischer Kleidung ausgestattet worden war. Man wußte sogar über das Bräunungsgel Bescheid, mit dem er seine Hautfarbe der im ›Operationsgebiet‹ üblichen anpaßte. Operationsgebiet! Du meine Güte!

Es folgten skizzenhafte, oft nur hypothetische Einzelheiten über Kontakte zu Männern, die er noch von früher gekannt hatte; die Namen dieser Männer waren aus verständlichen Gründen aus dem Memorandum gelöscht worden. Übriggebliebenen waren schwarze Flecke. Ein ganzer Absatz war seinem freiwilligen Aufenthalt als Häftling in einem Terroristengefängnis gewidmet, wo er zwar fast umgebracht worden war, aber auch die Namen erfahren hatte, die er wissen mußte, um an die Hintermänner der palästinensischen Fanatiker in der Botschaft heranzukommen; besonders einen Namen, doch auch der gelöscht, ein schwarzer Fleck in der Kopie des Memorandums. Er war aus dem Gefängnis geflohen, hatte den Hauptdrahtzieher aufgespürt – der Name gelöscht – und gezwungen, das Geiseldrama in der Botschaft in Maskat zu beenden. Dieser Mann war erschossen – die Einzelheiten gelöscht, ein ganzer schwarzer Absatz – und Evan Kendrick unter größter Geheimhaltung in die Vereinigten Staaten zurückgebracht worden.

Man hatte die Fotos von Experten prüfen lassen; jeden Abzug einer spektrographischen Analyse unterzogen, um das Alter der

Negative und eventuelle im Labor nachträglich vorgenommene Manipulationen festzustellen. An der Authentizität der Bilder war jedoch nicht zu zweifeln, sogar Tag und Datum ließen sich von der zwanzigfachen Vergrößerung einer Zeitung ablesen, die ein Fußgänger in einer Straße von Maskat in der Hand hatte. Die verantwortungsvolleren Blätter wiesen auf das Fehlen anderer Quellen hin, die die vorliegenden Tatsachen glaubwürdiger untermauern könnten, doch niemand konnte die Fotos oder die Identität des abgebildeten Mannes anzweifeln. Und dieser Mann, der Kongreßabgeordnete Evan Kendrick, schien spurlos verschwunden zu sein, so daß er die unglaubliche Story weder bestätigen noch dementieren konnte. *The New York Times* und die *Washington Post* stöberten Kendricks wenige Freunde und Nachbarn auf, die sie in der Hauptstadt, in Virginia und in Colorado finden konnten. Keiner erinnerte sich, Kendrick vor einem Jahr zur fraglichen Zeit gesehen oder von ihm gehört zu haben.

Die *Los Angeles Times* ging sogar noch weiter und fand heraus, daß in einem Zeitraum von vier Wochen vom Haus des Kongreßabgeordneten in Virginia nur fünf möglicherweise bedeutungsvolle Telefongespräche geführt worden waren: einige Telefonate mit ortsansässigen Geschäften und einem Gärtner namens James Olsen nicht mitgerechnet. Dreimal hatte jemand mit den arabischen Instituten der Universitäten Georgetown und Princeton telefoniert; einmal mit einem arabischen Diplomaten aus Dubai, der sieben Monate vorher nach Hause zurückgekehrt war; und das fünfte Mal mit einem Anwalt in Washington, der es ablehnte, mit der Presse zu sprechen.

Die weniger verantwortungsbewußten Blätter, das heißt, die meisten derjenigen, die nicht die finanziellen Mittel für ausgedehnte Recherchen hatten, und alle Druckerzeugnisse, die sich den Teufel darum scheren, ob etwas der Wahrheit entspricht oder nicht – falls sie das Wort überhaupt buchstabieren können –, erlebten einen pseudo-journalistischen Jubeltag. Sie benutzten das höchster Geheimhaltung unterliegende Memorandum als Sprungbrett und stürzten sich kopfüber in die wilden Gewässer heroischer Spekulation, weil sie ihre unbedarfte Leserschaft kannten, die nach einer Story wie dieser geradezu lechzte. Immer noch glauben die einfacheren Schichten der Bevölkerung dem gedruckten Wort und halten es für unfehlbare Wahrheit, was es leider sehr oft nicht ist.

Was jedoch in jeder Story völlig fehlte, waren Wahrheiten, tiefschürfende Wahrheiten, die über die erstaunlich genauen Enthüllungen hinausgingen. Kein mutiger junger Sultan von Oman wurde erwähnt, der sein Leben und seine Familie gefährdet hatte, um Kendrick zu helfen. Auch nicht die Omaner, die ihn auf dem Flugplatz und in den Seitenstraßen von Maskat beschützt hatten. Und ebensowenig eine fremde, faszinierend professionelle Frau, die ihn auf einer Zufahrtsstraße zum Flugplatz von Bahrein gerettet hatte, nachdem man ihn um ein Haar getötet hätte; die Frau, die für ihn eine Zuflucht und einen Arzt gefunden hatte, der seine Verletzungen versorgte. Doch vor allem erwähnte keine einzige Zeitung die israelische Einheit, die, von einem Mossad-Offizier angeführt, Kendrick vor einem Tod errettet hatte, an den er heute noch nicht denken konnte, ohne zu schaudern. Auch von einem zweiten Amerikaner war nirgends die Rede, einem alten Architekten aus der Bronx, ohne den Kendrick schon seit einem Jahr tot gewesen wäre – ein gefundenes Fressen für die Haie von Katar.

Statt dessen durchzog eine einhellige Meinung alle Blätter wie ein roter Faden: alles Arabische war unmenschlich, brutal, allein das Wort »arabisch« ein Synonym für Terrorismus, Skrupellosigkeit und Barbarei. Einem ganzen Volk wurde jeder Anspruch auf Anständigkeit versagt. Je länger Kendrick las, um so zorniger wurde er. Und plötzlich fegte er in einem Wutanfall alle Zeitungen mit einer einzigen Bewegung vom Bett auf den Boden.

Warum?

Wer?

Auf einmal fühlte er einen furchtbaren Schmerz in der Brust. Achmad! O Gott, was hatte er getan? Würde der Sultan verstehen? Konnte er verstehen? Durch Unterlassung – durch Schweigen – hatten die amerikanischen Medien das ganze Land Oman verdammt; nun konnten sich Hinz und Kunz hinterhältig über die arabische Unfähigkeit im Umgang mit Terroristen ereifern oder – schlimmer noch – alle Araber des Komplizentums bei dem willkürlichen, brutalen Mord an amerikanischen Bürgern bezichtigen.

Er mußte Achmad anrufen, mußte ihm erklären, daß alles über seinen Kopf hinweg geschehen war, daß er es nicht steuern konnte. Kendrick setzte sich auf die Bettkante, griff nach dem Telefon, holte zugleich seine Brieftasche aus der Tasche und fischte, den Telefonhörer zwischen Kinn und Schulter klemmend, die Kreditkarte heraus. Da er die Vorwahl von Maskat nicht mehr wußte, wählte er 0, um das Amt zu bekommen. Plötzlich verstummte der Wählton, und einen Augenblick starrte er, in Panik geraten, zum Fenster.

»Ja. Dreiundzwanzig?« sagte eine heisere Männerstimme.

»Ich habe versucht ein Amt zu bekommen.«

»Sie können wählen, was Sie wollen, Sie kriegen immer nur den Empfang.«

»Ich – ich muß mit Übersee telefonieren«, sagte Kendrick fast stotternd, so verwirrt war er.

»O nein, nicht hier, nicht mit diesem Telefon.«

»Mit Kreditkarte. Wie bekomme ich ein Amt? Ich lasse mein Kreditkartenkonto belasten.«

»Ich höre das Gespräch ab, bis Sie Ihre Kreditkartennummer durchgegeben haben und die Bestätigung vorliegt, daß sie auch gültig ist, verstanden.«

Kendrick verstand nicht. War das eine Falle? Hatte man seine Spur bis in dieses schäbige Hotel in Woodbridge, Virginia, verfolgt? »Ich glaube nicht, daß dieser Vorschlag für mich akzeptabel ist. Es ist ein Privatgespräch.«

»Ja, so was auch!« antwortete der Mann am Empfang höhnisch. »Dann suchen Sie sich gefälligst ein Münztelefon. In dem Schnellimbiß fünf Meilen die Straße runter gibt es eins. Ende, Sie Arschloch, Sie haben mich lange genug aufgehalten.«

»Warten Sie einen Moment! Na schön, bleiben Sie in der Leitung. Aber sobald die Telefonistin die Verbindung hergestellt hat, möchte ich hören, daß Sie auflegen, okay?«

»Tja, also eigentlich wollte ich gerade Louella Parsons anrufen...«

»Wen?«

»War nur'n Scherz, Arschloch. Ich wähle. Leute, die den ganzen Tag bleiben, sind entweder Sexfreaks oder hängen an der Nadel.«

Irgendwo am Persischen Golf erklärte ein Englisch sprechender arabischer Telefonist, in Maskat, Oman, gebe es keine Nummer mit der Vorwahl 555. »Wählen Sie sie, bitte«, drängte Kendrick und fügte noch einmal fast flehend »bitte!« hinzu.

Es klingelte achtmal, dann hörte Kendrick Achmads nervös klingende Stimme. »*Aiwa?*«

»Ich bin es, Achmad – Evan«, sagte Kendrick auf englisch. »Ich muß mit Ihnen sprechen...«

»Mit mir sprechen?« explodierte der Sultan. »Sie sind unverschämt genug, mich anzurufen, Sie Dreckskerl?«

»Dann wissen Sie also schon, was man über mich sagt...«

»Ob ich es weiß? Eine der Annehmlichkeiten, ein reicher Junge zu sein, ist es, daß ich ein paar ›Suppenschüsseln‹ auf dem Dach habe, die mir jedes Programm der Welt ins Haus holen, *ya schaikh*. Haben Sie die Berichte von hier und aus dem Nahen Osten gesehen? Aus Bahrein und Riad, aus Jerusalem und Tel Aviv?«

»Nein, natürlich nicht. Ich sehe nur...«

»Sie quatschen alle denselben Mist, ein hübscher Haufen, auf dem Sie sich ausruhen können. Lassen Sie sich's in Washington gutgehen, aber kommen Sie ja nie mehr hierher zurück.«

»Aber ich will wiederkommen. Ich komme wieder!«

»Lieber nicht, nicht in diesen Teil der Welt. Wir können lesen, hören gut und sehen fern. Sie haben alles ganz allein gemacht! Sie haben es den Arabern gezeigt! Und ich möchte Sie so schnell wie möglich vergessen, Sie Dreckskerl!«

»Achmad!«

»Gehen Sie aus der Leitung, Evan! Ich hätte das nie von Ihnen geglaubt. Bringt es Ihnen in Washington viele Pluspunkte ein, wenn Sie uns als wilde Tiere und Terroristen bezeichnen? Ist das die einzige Möglichkeit, Macht zu gewinnen?«

»Das habe ich nie getan, und ich habe es nie gesagt.«

»Aber Ihre Welt hat's getan. Sie sagt es wieder und immer wieder, bis jeder begriffen hat, daß ihr uns am liebsten in Ketten legen würdet! Und dieses letzte gottverdammte Szenarium ist das Ihre.«

»Nein!« protestierte Kendrick schreiend. »Nicht das meine!«

»Lesen Sie Ihre Presse. Schalten Sie Ihren Fernseher ein!«

»Das sind Presse und Fernsehen, nicht Sie und ich.«

»Sie sind Sie, ein arroganter Hund mehr aus dem Verein blinder, pharisäerhafter jüdisch-christlicher Heuchler, und ich bin ich, ein islamischer Araber. Und Sie werden mich nicht noch einmal anspucken!«

»Das würde, das könnte ich nie tun...«

»Und auch nicht meine Brüder, deren Land mit eurem Einverständnis gestohlen wurde, die gezwungen wurden, ihre Dörfer zu verlassen, die ihr Heim aufgeben mußten, ihre Stellungen und ihre unbedeutenden kleinen Geschäfte – klein und unbedeutend, aber seit Generationen in ihrem Besitz.«

»Um Himmels willen, Achmad, Sie reden ja schon wie einer von ihnen.«

»Ach wirklich?« fragte der Sultan voller Zorn und bitterem Sarkasmus. »Mit ›ihnen‹ meinen Sie wohl, wie ein Junge aus einer der abertausend Familien, die, von Gewehren und MPs bedroht, in Camps getrieben wurden, die nicht einmal für Schweine gut genug gewesen wären. Nicht einmal für Schweine – geschweige denn für Familien! Für Mütter und Väter und Kinder. Du meine Güte, Sie allwissender, so unglaublich fairer Amerikaner! Tut mir wirklich schrecklich leid, daß ich wie einer von ihnen rede! Und ich sage Ihnen, was mir noch leid tut: Ich bin zu spät zurückgekommen. Ich verstehe heute viel, viel mehr als gestern.«

»Was, zum Teufel, soll das heißen?«

»Ich wiederhole: Lesen Sie Ihre Presse, sehen Sie fern, hören Sie Ihren Rundfunk. Bereitet ihr überragenden Menschen euch darauf vor, alle dreckigen Araber zu atomisieren, damit ihr uns nicht länger dulden müßt? Oder überlaßt ihr die Sache euren kühlen Kumpels in Israel, die euch sowieso nach ihrer Pfeife tanzen lassen? Ihr gebt ihnen nur die Bomben.«

»Jetzt machen Sie aber mal halblang!« rief Kendrick. »Diese Israelis haben mir das Leben gerettet.«

»Da haben Sie verdammt recht, aber das war reiner Zufall. Sie waren nur eine Brücke, die zu ihrem eigentlichen Ziel führte.«

»Was soll das heißen?«

»Ich will's Ihnen sagen, weil es kein anderer tun und auch bestimmt niemand drucken wird. Sie waren den Typen scheißegal, Sie Held. Die Einheit wurde eingeflogen, um einen einzigen Mann aus der Botschaft herauszuholen, einen Agenten der Mossad, einen hochrangigen Strategen, der sich als naturalisierter Amerikaner ausgab und angeblich im Außenministerium arbeitete.«

»O mein Gott!« flüsterte Kendrick. »Hat Weingrass das auch gewußt?«

»Wenn er es wußte, hat er den Mund gehalten. Er hat die Burschen gezwungen, Ihnen nach Bahrein zu folgen. Deshalb haben sie Ihnen das Leben gerettet. Durch Zufall. Geplant war es nicht. Sie interessieren sich nur für eins, und das sind sie selbst. Die Juden. Sie sind Ihnen und Ihren Landsleuten sehr ähnlich, Held.«

»Verdammt noch mal, so hören Sie mir doch zu, Achmad! Ich bin für das, was hier passiert ist, nicht verantwortlich. Auch nicht für das, was die Zeitungen drucken oder das Fernsehen berichtet. Ich habe das nie gewollt...«

»Scheiße!« unterbrach ihn der Harvardabsolvent und Sultan von Oman. »Ohne Sie wäre kein Wort an die Öffentlichkeit gedrungen. Ich habe Dinge erfahren, von denen ich keine Ahnung hatte. Wer sind Ihre Geheimagenten, die sich in meinem Land herumtreiben? Wer sind die Leute, mit denen Sie Verbindung aufgenommen haben?«

»Mustafa, zum Beispiel.«

»Ermordet. Wer hat Sie eingeflogen, ohne mich vorher zu unterrichten? Ich bin hier der Boß. Wer hat das Recht, über meinen Kopf hinweg zu handeln?«

»Achmad, ich weiß nichts. Überhaupt nichts. Ich habe nur gewußt, daß ich nach Oman muß.«

»Und ich? Bin ich rein zufällig in Ihr Spiel geraten? Konnte man mir nicht trauen? Aber natürlich nicht, ich bin ja Araber.«

»Jetzt reden Sie ganz großen Mist. Wir wollten Sie nur schützen.«

»Wovor? Vor einem geheimen amerikanisch-israelischen Komplott?«

»Um Gottes willen, hören Sie endlich auf, Achmad! Daß ein Mossad-Agent in der Botschaft war, habe ich eben von Ihnen zum erstenmal gehört. Hätte ich es damals gewußt, hätten Sie es von mir erfahren. Und da wir gerade dabei sind – ich hatte nichts mit den Flüchtlingslagern oder damit zu tun, daß die Familien mit Waffengewalt hineingetrieben wurden...«

»Ihr alle seid mitverantwortlich!« schrie Sultan Achmad ins Telefon. »Ein Völkermörder für alle, aber wir waren wirklich nicht daran beteiligt! Ende!«

Die Leitung war tot. Ein guter Mann und ein guter Freund, der geholfen hatte, ihm das Leben zu retten, wollte von ihm nichts mehr wissen. Und mit seinen Plänen, in jenen Teil der Welt zurückzukehren, den er so liebte, war es auch vorbei.

Bevor er sich in der Öffentlichkeit zeigte, mußte er herausfinden, was passiert war, wer dahintersteckte und warum er – oder sie – es getan hatten. Er mußte irgendwo anfangen, und dieses Irgendwo waren das Außenministerium und ein Mann namens Frank Swann. Ein Direktangriff kam natürlich nicht in Frage. In dem Augenblick, in dem er sich zu erkennen gab, würde Alarm gegeben, und da sein Gesicht bis zum Überdruß den Bildschirm geziert hatte und halb Washington nach ihm suchte, mußte er sich jeden Schritt genau überlegen. Vor allem mußte er Prioritäten setzen: Wie kam er an Swann heran, ohne daß Swann oder sein Büro es vorher erfuhren? Sein Büro? Kendrick erinnerte sich. Vor einem Jahr war er in Swanns Büro hineinmarschiert und hatte mit einer Sekretärin gesprochen. Ein paar arabische Worte, die er Swann durch sie übermitteln ließ, hatten ihren Chef von der Dringlichkeit seines Besuchs überzeugen sollen. Die Sekretärin war in einem anderen Büro verschwunden, und zehn Minuten später unterhielt er sich mit Swann in dem unterirdischen Computer-Komplex. Diese Sekretärin war nicht nur tüchtig, sie hatte einen überentwickelten Beschützerinstinkt. Doch das schien auf die meisten Sekretärinnen in der Schlangengrube Washington zuzutreffen. Und da sich diese Sekretärin mit dem ausgeprägten Beschützerinstinkt an einen gewissen Kongreßabgeordneten Kendrick, mit dem sie vor einem Jahr gesprochen hatte, bestimmt noch gut erinnerte, würde sie vielleicht einer anderen Stimme Gehör schenken, die ihren Chef auch beschützen wollte. Einen Versuch war es jedenfalls wert, und es war die einzige Möglichkeit, die ihm einfiel.

Er nahm den Telefonhörer ab, wählte die 202er Vorwahl für Washington und wartete darauf, daß der heisere Manager des Motels *The Three Bears* sich meldete.

»Consular Operations, Büro Swann«, meldete sich die Sekretärin.

»Hallo, hier spricht Ralph vom Intelligence Department«, antwortete Kendrick. »Ich habe Neuigkeiten für Frank.«

»Wer spricht da?«

»Das ist schon okay, ich bin ein Freund von Frank. Ich möchte ihm nur sagen, daß heute am Spätnachmittag vielleicht eine interne Konferenz angesetzt wird...«

»Noch eine? Die fehlt ihm gerade noch.«

»Wie sieht sein Terminplan aus?«

»Übervoll. Er ist bis vier Uhr in einer Konferenz.«

»Na ja, vielleicht sollte er, wenn er sich nicht wieder auf dem Grill rösten lassen will, früher nach Hause fahren.«

»Fahren? Er? Er würde mit dem Fallschirm über dem Dschungel von Nicaragua abspringen, aber das Risiko, sich im Washingtoner Verkehr zu tummeln, nimmt er nicht auf sich.«

»Ach, Sie wissen doch, was ich meine. Hier ist alles ein bißchen nervös. Man könnte ihn aufspießen.«

»Er steckt schon seit heute früh um sechs auf dem Spieß.«

»Hab' nur versucht, einem Kumpel zu helfen.«

»Aber natürlich, er hat ja einen Termin beim Arzt«, sagte die Sekretärin plötzlich.

»Tatsächlich?«

»Jetzt hat er ihn. Vielen Dank, Ralph.«

»Ich hab' Sie nie angerufen.«

»Natürlich nicht, mein Schatz. Irgend jemand vom ID hat nur die Terminpläne überprüft.«

Kendrick stand inmitten der Menge an der Bushaltestelle Ecke Twenty-first Street, dem Haupteingang des Außenministeriums direkt gegenüber. Nachdem er mit Swanns Sekretärin telefoniert hatte, war er schnell nach Washington gefahren und hatte sich nur kurz in Alexandria aufgehalten, wo er sich eine Sonnenbrille, einen breitkrempigen Anglerhut aus Leinen und eine leichte Jacke gekauft hatte. Es war fünfzehn Uhr achtundvierzig, und wenn die Sekretärin ihrem Gluckeninstinkt gefolgt war, mußte Frank Swann von Consular Operations innerhalb der nächsten fünfzehn bis zwanzig Minuten durch die riesige Glastür ins Freie treten.

Und er kam. Verließ um sechzehn Uhr drei hastig das Gebäude und wandte sich in die der Bushaltestelle entgegengesetzte Richtung, Kendrick drängte sich durch die Menge und lief hinter Swann her, blieb immer dreißig Schritte hinter ihm und fragte sich, welches Verkehrsmittel der nicht selbst fahrende Geheimdienstchef benutzen werde. Falls er beabsichtigte, zu Fuß zu gehen, konnte Kendrick ihn vor einem kleinen Park oder anderswo aufhalten, wo sie ungestört miteinander reden konnten.

Aber er ging nicht zu Fuß. Er wollte einen Bus nehmen, der auf der Virginia Avenue in östlicher Richtung fuhr. Swann stellte sich zu den anderen Leuten, die auf denselben Bus warteten, der sich schon der Haltestelle näherte. Kendrick begann zu laufen; er durfte Swann nicht einsteigen lassen. Er schob sich hinter ihn und legte ihm kurz die Hand auf die Schulter. »Hallo, Frank«, sagte er freundlich und nahm die Sonnenbrille ab.

»Sie!« rief Swann vor Überraschung so laut, daß die anderen Fahrgäste erschraken.

»Ja, ich«, sagte Kendrick gelassen. »Ich denke, wir sollten mal miteinander reden.«

»Gütiger Gott! Sie müssen den Verstand verloren haben!«

»Wenn das stimmt, haben Sie mich so weit gebracht...«

Weiter kamen sie nicht, denn plötzlich dröhnte eine merkwürdig klingende Stimme durch die Straße. »Er ist es!« brüllte ein höchst seltsam aussehender, schäbiger Mann mit großen vorquellenden Augen und langen zotteligen Haaren, die ihm über die Ohren hingen und in die Stirn fielen. »Schaut doch! Seht ihn euch an! Er ist es! Kommando Kendrick! Ich hab' ihn mir den ganzen Tag im Fernsehen angeschaut – habe sieben Fernseher in meiner Wohnung. Mir entgeht nichts, was auch geschieht, ich weiß alles!«

Bevor Kendrick reagieren konnte, hatte der Mann ihm den Hut vom Kopf gerissen. »He!« schrie Kendrick.

»Schaut doch! Seht ihn an! Er ist es!«

»Weg! Wir müssen hier weg!« schrie Swann.

Von dem merkwürdig aussehenden Mann verfolgt, rannten sie die Straße entlang. Die weiten Beine seiner ausgebeulten Hosen flatterten im Wind, in einer Hand hielt er Kendricks Hut, und seine Arme schlugen wie Dreschflegel um sich.

»Er ist uns auf den Fersen«, sagte Swann mit einem Blick zurück.

»Er hat meinen Hut«, sagte Kendrick.

Zwei Blocks weiter kletterte eine altersschwache Dame mit blaugetöntem Haar und Stock schwerfällig aus einem Taxi. »Da!« schrie Swann. »Das nehmen wir!« Sich durch den Verkehr schlängelnd, überquerten sie die breite Straße. Kendrick stieg auf der Straßenseite ein, und Swann lief um den Kofferraum herum auf die andere. Er half der älteren Dame beim Aussteigen und stieß unabsichtlich mit dem Fuß an ihren Stock, der zu

Boden fiel. Die alte Dame tat es ihm nach. »Tut mir leid, meine Liebe«, sagte Swann und schob sich auf den Rücksitz.

»Fahren wir!« schrie Kendrick. »Beeilen Sie sich! Wir müssen weg von hier!«

»Habt ihr Komiker 'ne Bank überfallen, oder was?« fragte der Taxifahrer, gemächlich den Gang einlegend.

»Machen Sie nur schnell, Sie werden's nicht bereuen«, fügte Kendrick hinzu.

»Ich mach' ja schon schnell, ich mach' ja schon schnell. Aber 'ne Fluglizenz hab' ich nich', muß also mit allen vier Rädern fest auf'm Boden bleiben, wenn Sie verstehn, was ich meine?«

Zugleich drehten Kendrick und Swann sich um und schauten aus dem Rückfenster. Der merkwürdig aussehende Mensch mit dem wilden Haar und der beutelnden Hose stand an der Ecke und notierte etwas auf eine Zeitung. Kendricks Hut hatte er aufgesetzt. »Den Namen der Taxigesellschaft und die Taxinummer«, sagte Swann leise. »Egal, wohin wir fahren, wir müssen das Taxi so bald wie möglich wechseln, und zwar so, daß dieser Fahrer nicht sieht, in welches Taxi wir dann steigen.«

»Das klingt ganz so, als wüßten Sie, was Sie tun.«

»Ich hoffe nur, Sie wissen es«, antwortete Swann außer Atem und trocknete sich mit dem Taschentuch das schweißüberströmte Gesicht.

Achtundzwanzig Minuten später stiegen Kendrick und Swann in einem heruntergekommenen Viertel von Washington aus einem zweiten Taxi und gingen rasch die Straße hinunter. Plötzlich entdeckten sie über sich ein rotes Neonschild, in dem drei Buchstaben fehlten. Es gehörte zu einer schmuddeligen Bar, die gut in ihre Umgebung paßte. Sie nickten sich zu und traten ein, erschraken jedoch im ersten Moment über die ungewöhnliche Dunkelheit, die im Lokal herrschte, wenn vielleicht auch nur im Gegensatz zu dem strahlend hellen Oktobertag draußen. Die einzige grelle und laut plärrende Lichtquelle war ein Fernseher, der über der schäbigen Bar in einer Wandnische stand. Ein paar Elendsgestalten, die vornübergebeugt an der Bar hockten, bestätigten den ersten Eindruck, den Swann und Kendrick von dem Etablissement gehabt hatten. Beide blinzelten in dem schwachen Licht, zogen sich jedoch dahin zurück, wo es am dunkelsten war. Dort entdeckten sie eine Nische mit Tisch und Bänken, schlüpften hinein und setzten sich einander gegenüber.

»Sie bestehen wirklich darauf, daß wir reden?« fragte der grauhaarige Swann und holte tief Atem. Er war noch immer feuerrot, und er schwitzte auch noch.

»Und ob ich darauf bestehe. Sonst sehen Sie sich im Leichenschauhaus wieder.«

»Seien Sie vorsichtig, ich habe den schwarzen Gürtel.«

»In was denn?«

Swann runzelte die Stirn. »Ich hab's eigentlich nie so recht geglaubt, aber wenn im Kino ein Film läuft, in dem es um unsere Arbeit geht, funktioniert das immer. Ich brauche einen Drink.«

»Rufen Sie den Kellner, ich bleib' im Schatten«, sagte Kendrick.

»Schatten?« fragte Swann und machte sich vorsichtig einer schwarzen Kellnerin mit flammendroten Haaren bemerkbar. »Wo sehen Sie hier Licht?«

»Wann haben Sie zum letztenmal drei Liegestütze hintereinander geschafft, Mr. Karate-Kid?«

»Irgendwann in den sechziger Jahren. Zu Anfang, glaube ich.«

»Damals haben sie hier auch zum letztenmal die Glühbirnen ausgewechselt... Und jetzt zu mir. Wie, zum Teufel, konnten Sie das tun, Sie Lügner?«

»Wie, zum Teufel, könnten Sie denken, ich hätt's getan?« rief Swann und verstummte, weil die grotesk aussehende Kellnerin plötzlich mit in die Seiten gestemmten Armen neben dem Tisch auftauchte. »Was trinken Sie?« wandte sich Swann an Kendrick.

»Nichts.«

»Das geht hier nicht. Es könnte Ihnen auch schlecht bekommen. Zwei doppelte Whiskeys bitte. Kanadische, wenn's geht.«

»Können Sie vergessen«, sagte die Kellnerin.

»Schon vergessen«, sagte Swann. Die Kellnerin ging, und er sah wieder Kendrick an. »Sie machen mir Spaß, Herr Abgeordneter. Glatt totlachen könnte ich mich über Sie. Consular Operations wollen meinen Kopf. Der Außenminister hat eine Anweisung herausgegeben, in der er unmißverständlich sagt, daß er nicht weiß, wer ich bin, dieser wankelmütige akademische Windbeutel. Und die Israelis schreien Zeter und Mordio, weil sie fürchten, ihre kostbare Mossad könnte kompromittiert werden, wenn jemand ein bißchen tiefer schürft; und die Araber auf unserer Lohnliste machen Stunk, weil keiner sie lobt. Und heut nachmittag um halb vier hat mich der Präsident – der gottverdammte Präsident – wegen ›Pflichtvergessenheit‹ zur Minna gemacht. Ich sag' Ihnen, der hat mir diese lächerliche Phrase um die Ohren geschlagen, als wüßte er, wovon er redet. Da war mir klar, daß mindestens noch zwei Leute mithörten... *Sie* glauben zu rennen? *Ich* renne. Nach fast dreißig Jahren in diesem läppischen Geschäft...«

»So hab' ich es genannt«, unterbrach Kendrick hastig. »Tut mir leid.«

»Das sollte es auch. Denn wer soll diese Scheiße schon machen außer uns Idioten, die wir dämlicher sind als das System? Ihr braucht uns, Charlie, vergessen Sie das ja nicht! Das Problem ist, daß wir trotzdem nicht viel vorzuweisen haben. Ich meine, ich hab's nicht eilig, nach Hause zu kommen, weil ich kontrollieren müßte, ob der Pool in meinem Garten von Algen gereinigt wurde. Vor allem, weil ich keinen Pool habe, und meine Frau hat bei der Scheidung das Haus bekommen. Sie hatte es nämlich satt, daß ich einen Laib Brot holen ging und erst nach drei Monaten zurückkam, den Staub von Afghanistan noch in den Ohren. O nein, Herr Abgeordneter und Geheimagent, ich war's nicht, der Sie an die Brüder und Schwestern von Presse und Konsorten verpetzt hat. Ich habe im Gegenteil mein Bestes getan, ihnen den Wind aus den Segeln zu nehmen. Viel hab' ich ja nicht mehr drauf, aber ich möchte sauber bleiben und davonkommen, so gut ich kann.«

»Sie haben versucht, die Sache zu unterdrücken?«

»Vorsichtig, sehr diplomatisch, sehr professionell. Ich habe ihm sogar eine Kopie des Memos gezeigt, das ich ihm damals hinaufgeschickt hatte und in dem ich Ihren Vorschlag ablehnte.«

»Ihm?«

Swann sah Kendrick gequält an, als die Kellnerin kam. Sie blieb stehen und trommelte mit den Fingern auf die Tischplatte, während Swann in die Tasche griff und bezahlte. Mit einem Schulterzucken entfernte sich die rothaarige Schwarze; offenbar war sie mit dem Trinkgeld nicht zufrieden.

»Ihm?« wiederholte Kendrick.

»Machen Sie nur weiter«, sagte Swann tonlos und trank ausgiebig. »Treiben Sie mir nur den nächsten Stachel ins Fleisch, was macht das schon aus? Viel Blut habe ich ohnehin nicht mehr.«

»Das bedeutet wohl, daß Sie nicht wissen, wer ER ist?«

»Oh, ich habe einen Namen, einen Dienstrang und eine erstklassige Empfehlung.«

»Und?«

»Es gibt ihn nicht.«

»Was?«

»Sie haben mich gut verstanden.«

»Es gibt ihn nicht?« wiederholte Kendrick.

»Nun, einer von ihnen existiert, aber nicht der Mann, der bei mir war.« Swann leerte sein Glas.

»Das glaub' ich nicht.«

»Ivy ging's genauso – das ist meine Sekretärin. Ivy die Schreckliche.«

»Ich versteh' nicht, wovon Sie reden«, sagte Kendrick.

»Ivy bekam einen Anruf aus dem Büro von Senator Allison, von einem Typen, mit dem sie vor ein paar Jahren zusammen war. Er ist jetzt einer der wichtigsten Berater des Senators. Er sagte, er brauche einen Termin bei mir – für einen Kerl, der für Allison einen streng vertraulichen Auftrag erledige. Sie tut's, und er kommt. Ein blonder Spion mit einem Akzent, der mir irgendwie mitteleuropäisch klingt, und er kennt Sie wenigstens so gut wie sich selbst. Wenn Sie eine Narbe hätten, von der nur Ihre Mutter weiß, glauben Sie mir, er hat sie in Großaufnahme vorliegen.«

»Das ist verrückt«, sagte Kendrick leise. »Ich frage mich, warum?«

»Das hab' ich mich auch gefragt. Ich meine, die Fragen, die er stellte, strotzten nur so von ›WD‹...«

»Wie bitte?«

»Wichtigen Daten über Sie. Ich erfuhr von ihm fast genausoviel wie er von mir. Er war so professionell, daß ich bereit war, ihm auf der Stelle einen Job in Europa anzubieten.«

»Aber warum ich?«

»Wie ich schon sagte, hab' ich mich auch gewundert. Also bat ich Ivy, in Allisons Büro nachzufragen, denn warum sollte ein so stiller, unauffälliger Senator wie Allison einen solchen SS...«

»Was?«

»Nicht, was Sie meinen. SS ist gleich Superspion. Aber wenn ich's genau überlege, halte ich es durchaus für möglich, daß es da eine Verbindung gibt.«

»Würden Sie bitte bei der Sache bleiben?«

»Klar«, sagte Swann und machte seinem zweiten Whisky den Garaus. »Ivy ruft ihren früheren Freund an, und er hat keine Ahnung, wovon sie redet. Er hat sie nie angerufen, und einen Mann mit dem Namen – jetzt hab' ich ihn doch glatt vergessen – kennt er nicht. Nie von ihm gehört.«

»Aber sie muß doch gewußt haben, mit wem sie damals telefoniert hat, um Himmels willen! Die Stimme, die kleinen Höflichkeiten, was sie zueinander sagten...«

»Ihr ehemaliger Kavalier stammt aus Georgia und hatte außerdem eine starke Halsentzündung, als er sie anrief. Das behauptet sie jedenfalls. Aber der Halunke, der tatsächlich mit ihr gesprochen hatte, wußte, wo sie zusammengewesen waren, bis hinunter zu ein paar Motels in Maryland, von denen ihr Mann besser nichts erfahren sollte.«

»Herrgott, das ist eine gut vorbereitete Operation!« Kendrick streckte die Hand aus und nahm sich Swanns dritten Whisky. »Warum?«

»Warum haben Sie mir meinen Whisky weggenommen? Ich habe keinen Swimmingpool, erinnern Sie sich? Ich besitze nicht einmal ein Haus.«

Plötzlich dröhnte aus dem Fernseher über der Bar scharf akzentuiert der Name Kendrick.

Die Köpfe der beiden Männer fuhren herum, sie konnten einfach nicht glauben, was sie sahen und hörten.

»Nachrichten. Die Story der Stunde, vielleicht des Jahrzehnts!« tönte ein Fernsehjournalist inmitten einer Menge grinsender Gesichter, die in die Kamera starrten. »Seit wenigstens zwölf Stunden ist ganz Washington auf den Beinen und versucht den Kongreßabgeordneten Evan Kendrick aus Colorado zu finden, den Helden von Oman. Jedoch blieb die Suche bisher erfolglos. Die schlimmsten Befürchtungen konzentrieren sich natürlich auf die Möglichkeit arabischer Rache. Wie wir erfahren haben, hat die Regierung die Polizei, die Krankenhäuser und die Leichenschauhäuser um erhöhte Aufmerksamkeit ersucht. Doch erst vor wenigen Minuten wurde Kendrick hier an dieser Straßenecke gesehen, einwandfrei identifiziert von einem gewissen Kasimir Bola – Bola – slawski. Woher kommen Sie, Sir?«

»Jersey City«, antwortete der Mann mit den wilden Augen.

Auf dem Kopf trug er Kendricks Hut. »Doch ich stamme aus Warschau. Gottes geheiligtem Warschau!«

»Sie sind also in Polen geboren?«

»Nein, nicht direkt. Geboren bin ich in Newark.«

»Aber den Kongreßabgeordneten Kendrick haben Sie gesehen?«

»Na ja, doch! Er hat ungefähr zwei Blocks von hier an einer Bushaltestelle mit einem grauhaarigen Mann gesprochen. Als ich dann rief ›Kommando Kendrick, er isses!‹, fingen die beiden an zu rennen. Ich weiß, daß er's war. Ich habe zu Hause in jedem Zimmer einen Fernseher stehen, sogar auf'm Klo. Mir entgeht nie was.«

»Wenn Sie sagen, ›zwei Blocks von hier‹, meinen Sie doch eine Ecke in der Nähe des Außenministeriums, nicht wahr, Sir?«

»Na, und ob ich die meine!«

»Wir sind sicher«, fügte der Nachrichtensprecher, in die Kamera blickend, hinzu, »daß die im Außenministerium nachprüfen lassen, ob eine Person wie die von unserem Zeugen beschriebene an diesem ungewöhnlichen Rendezvous beteiligt gewesen sein könnte.«

»Ich bin hinter ihnen hergelaufen!« schrie der Zeuge und nahm Kendricks Hut ab. »Ich habe seinen Hut! Schauen Sie doch! Das ist ›Kommando Kendricks‹ eigener Hut!«

»Aber was haben Sie gehört, Mr. Bolaslawski? Was haben Sie an der Bushaltestelle gehört?«

»Ich sage Ihnen, die Dinge sind nicht immer, was sie scheinen. Man kann nicht vorsichtig genug sein. Bevor sie wegrannten, hat der Grauhaarige ›Kommando Kendrick‹ einen Befehl gegeben. Er hatte einen russischen Akzent, glaub' ich. Vielleicht war's auch ein jüdischer. Den Kommis und den Juden darf man nie trauen, verstehen Sie, was ich meine? Man sieht sie nie in einer Kirche. Die wissen nicht mal, was 'ne heilige Messe ist...«

Plötzlich schaltete der Sender auf einen Werbespot um, in dem die Vorzüge eines Deodorants über den grünen Klee gelobt wurden.

»Ich geb's auf«, sagte Swann, nahm Kendrick seinen Drink wieder weg und schüttete ihn hinunter. »Jetzt bin ich schon ein Maulwurf: ein russischer Jude vom KGB, der nicht weiß, was 'ne Messe ist. Wollen Sie noch etwas für mich tun?«

»Nein, weil ich Ihnen glaube. Aber Sie können was für mich

tun, und es ist in unser beider Interesse. Ich muß rausfinden, wer mir das antut, wer das getan hat, was man Ihnen in die Schuhe schiebt. Und warum er oder sie sich mit uns so große Mühe geben.«

»Und wenn Sie es rausfinden – sagen Sie's mir dann?« Aufgeregt beugte Swann sich vor. »Nur das interessiert mich nämlich im Augenblick. Ich muß raus aus der Sache und sie jemand anders anhängen.«

»Sie erfahren es als erster.«

»Was wollen Sie?«

»Eine Liste mit den Namen der Leute, die gewußt haben, daß ich nach Maskat ging.«

»Das ist ein sehr kleiner Kreis, eine Liste kommt da nicht zusammen. Und es wären nicht einmal so viele gewesen, wenn Sie nicht gesagt hätten, daß Sie uns vielleicht brauchen, falls Ihnen die Situation über den Kopf wächst. Ich habe Ihnen damals klargemacht, daß wir Sie wegen der Geiseln auf jeden Fall verleugnen müßten.«

»Wie klein ist der Kreis?«

»Es gab nichts Schriftliches, verstehen Sie?«

»Ich verstehe. Wie klein?«

»Als nicht direkt mit der Operation Befaßte waren eingeweiht dieses Brechmittel von Stabschef des Weißen Hauses, Herbert Dennison, der Außenminister, der Verteidigungsminister und der Vorsitzende von *Joint Chiefs*. Ich war der Verbindungsmann zwischen den vieren, und sie kommen nicht in Frage. Sie alle hatten nichts zu gewinnen und zuviel zu verlieren, wenn Sie aus der Versenkung auftauchten.« Stirnrunzelnd lehnte Swann sich wieder zurück. »Der unmittelbar mit der Operation befaßte Kreis war strikt auf diejenigen beschränkt, die informiert sein mußten. Das war erstens Lester Crawford in Langley. Les analysiert für die CIA die Geheimaktivitäten in diesem Gebiet, und am anderen Ende saß sein Chef der Außenstelle in Bahrein, Grayson – ich komm' jetzt nicht auf den Vornamen – ach ja, James Grayson. Dann gab's noch vier oder fünf Araber, die besten, die wir haben. Sie hatten zwar alle Ihr Bild studiert, kannten jedoch Ihre Identität nicht. Sie konnten also nicht preisgeben, was sie nicht wußten. Die beiden letzten wußten, wer Sie waren: einer vor Ort, der andere hier bei OHIO-Vier-Null, der Mann, der die Computer bediente.«

»Die Computer?« fragte Kendrick. »Gab es Ausdrucke?«

»Sie waren nur auf seinen Rechner programmiert, es gab keine Verbindung zur Computerzentrale, die Schaltung war zerstört – oder ›gezappt‹, wie's im Jargon heißt. Er heißt Gerald Bryce, und wenn er derjenige ist, der uns das eingebrockt hat, zeige ich mich selber beim FBI als Mr. Bolaslawskis jüdischer Maulwurf für die Sowjets an. Bryce ist schnell und gewitzt und ein Hexenmeister an den Geräten, es gibt keinen Besseren. Er wird eines Tages Consular Operations leiten, wenn die Mädchen ihn nur lang genug in Ruhe lassen.«

»Ein Playboy?«

»Du meine Güte, Herr Pfarrer, gehen wir zur Vesper? Der Junge ist sechsundzwanzig Jahre alt und sieht verboten gut aus. Er ist auch unverheiratet und unglaublich viril – erzählt man sich, er selbst spricht nie darüber. Ich glaub', deshalb mag ich ihn auch. Es gibt in dieser Welt nicht mehr allzu viele Gentlemen.«

»Mir ist er schon jetzt sympathisch. Und wer war der letzte, der Mann vor Ort, der mich kannte?«

Frank Swann beugte sich vor, betastete sein leeres Glas und starrte es an, bevor er zu Kendrick aufblickte. »Ich dachte, das hätten Sie schon selbst erraten.«

»Was? Wieso?«

»Adrienne Raschad.«

»Sagt mir gar nichts.«

»Sie benutzte einen Decknamen...«

»Adrienne? Eine Frau?« Swann nickte. Kendrick runzelte die Stirn, bekam große Augen und zog die Brauen hoch. »Kalaila?« stieß er leise hervor. Swann nickte abermals. »Sie war eine von Ihren Leuten?«

»Nicht eine von meinen Leuten, aber eine von uns.«

»Mein Gott, sie hat mich in Bahrein aus dem Flugplatz herausgeholt. Dieser Fettsack MacDonald hatte mich auf der Zufahrtsstraße vor die fahrenden Wagen gestoßen – ich wäre um ein Haar tot gewesen und hatte keine Ahnung, wo ich war. Sie hat mich rausgeholt, aber wie sie's geschafft hat – ich weiß es nicht.«

»Ich schon«, sagte Swann. »Sie drohte ein paar bahreinischen Polizisten, sie werde ihnen das Gehirn aus dem Schädel blasen, wenn sie ihren Codenamen nicht weitergäben und sie nicht die Erlaubnis bekäme, Sie wegzubringen. Sie bekam nicht nur die Erlaubnis, sondern auch einen Wagen aus der königlichen Garage.«

»Sie sagen, sie sei eine von uns, gehöre aber nicht zu Ihnen. Was bedeutet das?«

»Sie gehört zur CIA, aber sie hat auch einen ganz besonderen Status, ist wirklich unantastbar. Sie hat Kontakte in allen Golfstaaten und im ganzen Mittelmeerraum. Die CIA gestattet keinem, an sie ranzukommen.«

»Ohne sie wäre meine Tarnung wahrscheinlich auf dem Flugplatz aufgeflogen.«

»Ohne sie wären Sie eine Zielscheibe für jeden Terroristen in Bahrein gewesen, inklusive der Soldaten des Mahdi.«

Kendrick schwieg einen Moment, seine Augen schienen in die Ferne zu blicken, er lächelte, erinnerte sich. »Hat Sie Ihnen gesagt, wo sie mich versteckt hat?«

»Sie hat sich geweigert.«

»Das durfte sie?«

»Ich habe Ihnen gesagt, sie ist was Besonderes.«

»Ich verstehe«, sagte Evan leise.

»Ich auch, glaube ich«, sagte Swann.

»Was meinen Sie damit?«

»Nichts. Sie hat Sie aus dem Flugplatz rausgeholt und ungefähr sechs Stunden später Kontakt aufgenommen.«

»Ist das üblich?«

»Unter den gegebenen Umständen könnte man sagen, es war außergewöhnlich. Ihre Aufgabe war es, Sie zu beobachten und jede drastische Entwicklung sofort Crawford in Langley zu melden, der sich wegen weiterer Instruktionen mit mir in Verbindung setzen sollte. Das hat sie nicht getan, und in ihrem offiziellen Bericht fehlt jeder Hinweis darauf, was sie in diesen sechs Stunden getan hat.«

»Sie durfte den Ort nicht nennen, wo wir uns versteckt hielten.«

»Selbstverständlich. Es muß eine königliche Villa gewesen sein, und niemand verdirbt es sich gern mit dem Emir oder seiner Familie.«

»Natürlich nicht.« Kendrick verstummte wieder und starrte vor sich hin in die Dunkelheit der baufälligen Bar. »Sie war ein netter Mensch«, sagte er langsam, zögernd. »Wir haben miteinanderander geredet. Sie hat so vieles verstanden. Ich habe sie bewundert.«

»He, Herr Abgeordneter, lassen Sie's gut sein.« Swann begutachtete sein leeres Glas. »Glauben Sie, das war das erstemal?«

»Was?«

»Zwei Menschen in einer haarigen Situation, ein Mann und eine Frau, die beide nicht wissen, ob sie – oder einer von ihnen – den nächsten Tag, die nächste Woche noch erleben werden. Also schlafen sie miteinander, das ist natürlich. Was ist dabei?«

»Das ist verdammt beleidigend, Frank! Sie hat mir viel bedeutet.«

»Na schön, dann will ich's ganz unverblümt sagen. Ich denke nicht, daß Sie ihr was bedeutet haben. Sie ist ein Profi und hat in ihrem AOO mehrere schwarze Kriege erlebt.«

»In ihrem was? Sprechen Sie bitte Englisch mit mir oder Arabisch, wenn Sie wollen, aber so, daß ich's verstehe.«

»AOO – Area of Operations – Operationsgebiet...«

»Das Wort kam auch in den Zeitungsartikeln vor.«

»Nicht meine Schuld. Wenn's nach mir ginge, würde ich jedem von den Schmierern das Handwerk legen, denen wir diese Artikel zu verdanken haben. Wir alle lassen uns im ›Feld‹ mal gehen, wenn wir fertig sind oder einfach Angst haben. Wir geben uns für ein paar Stunden einem gefahrlosen Vergnügen hin und schreiben das als einen uns längst zustehenden Bonus ab. Ob Sie's glauben oder nicht, wir schulen die Leute, die wir hinausschicken, sogar in dieser Beziehung.«

»Das halte ich jetzt für durchaus wahrscheinlich. Und um ganz ehrlich zu sein – mir ist schon damals etwas Ähnliches durch den Kopf gegangen.«

»Gut. Schreiben Sie sie ab. Sie beschränkt sich strikt auf den Raum da drüben, denn dort gehört sie hin, und mit unserer Szene hier hat sie nichts zu tun. Sie müßten wahrscheinlich nach Nordafrika fliegen, um sie zu finden.«

»Dann sind dieser Crawford in Langley und der Chef einer Außenstelle in Bahrein also alles, was ich habe?«

»Nein. Sie haben noch einen blonden Mann mit einem mitteleuropäischen Akzent, der hier in Washington operiert. Sehr effektiv operiert. Er hat von irgendwoher Geheimmaterial und Informationen bekommen, aber nicht von mir und nicht von OHIO-Vier-Null. Finden Sie ihn.«

Swann gab Kendrick die Durchwahlnummer seines Büros und seine Privatnummer und stürzte aus der dunklen, schmutzigen Bar, als brauche er frische Luft. Kendrick bestellte bei der gewichtigen schwarzen Kellnerin mit den feurigen Haaren noch einen Whisky und fragte, wo das Münztelefon sei, falls sie eins hätten. Sie hatten eins.

»Wenn Sie zweimal fest auf die linke untere Ecke schlagen, kriegen Sie Ihr Geld zurück«, vertraute die Frau ihm noch an.

»Wenn's klappt, kriegen Sie das Geld«, bot er ihr an.

»Geben Sie's Ihrem Freund«, antwortete sie. »Scheißkerle mit Anzug und Krawatte, egal ob weiß oder schwarz, lassen nie ein Trinkgeld liegen.«

Kendrick schob sich aus der Nische und ging vorsichtig an der dunklen Wand entlang zum Telefon. Es war höchste Zeit, daß er sein Büro anrief. Er durfte Mrs. Annie Mulcahy O'Reilly keinem noch stärkeren Druck aussetzen.

»Hier ist das Büro ...«

»Ich bin es, Annie«, unterbrach Kendrick.

»Mein Gott, wo sind Sie? Es ist schon nach fünf, und hier geht es immer noch zu wie im Irrenhaus.«

»Deshalb bin ich ja nicht dort.«

»Daß ich's nicht vergesse!« rief Annie O'Reilly außer Atem, »Manny hat vorhin angerufen und eindringlich gesprochen, aber nicht laut – es muß ihm sehr ernst gewesen sein mit dem, was er gesagt hat.«

»Nämlich?«

»Daß Sie nicht versuchen sollen, ihn unter der Colorado-Nummer anzurufen.«

»Was?!«

»Er hat mir aufgetragen, Ihnen *›alkot masruhl‹* zu sagen, was immer das heißt.«

»Sehr einfach, Annie.« Weingrass hatte *al-chutt mas'ul* gesagt, was auf arabisch »die Leitung ist besetzt« hieß, eine Umschreibung für »angezapft« oder »wird abgehört«. Wenn Manny recht hatte, konnte man innerhalb von Sekunden feststellen, woher ein Anruf kam. »In Ordnung, ich werde Colorado nicht anwählen.«

»Ich soll Ihnen außerdem ausrichten, daß er, sobald der Sturm sich ein bißchen gelegt hat, nach Mesa Verde fährt, mich hier anruft und mir eine Nummer gibt, unter der Sie ihn erreichen können.«

»Ich werde mich regelmäßig bei Ihnen melden.«

»Und jetzt, Mr. Superman, stimmt es, was alle behaupten? Haben Sie wirklich in Oman oder sonstwo all diese Heldentaten vollbracht?«

»Nur ein paar davon. Sie haben einen Haufen Leute totgeschwiegen, die unbedingt hätten erwähnt werden müssen. Jemand versucht etwas aus mir zu machen, was ich nicht bin. Wie kommen Sie zurecht?«

»Mit den Standarderklärungen ›Kein Kommentar‹ und ›Unser Boß ist nicht in der Stadt«, antwortete Annie O'Reilly.

»Bestens. Das freut mich zu hören.«

»Nichts ist bestens, Evan, weil man Verschiedenes nicht mit Routine erledigen kann. Wir können die Verrückten und die Presse und sogar Ihre Parteioberen in Schach halten, aber nicht die Sechzehnhundert.«

»Das Weiße Haus?«

»Den unangenehmen Stabschef höchstpersönlich. Wir können das Sprachrohr des Präsidenten nicht mit ›Kein Kommentar‹ abspeisen.«

»Was hat er gesagt?«

»Er hat mir eine Nummer gegeben, die Sie anrufen sollen. Es ist seine Privatnummer, und er machte mich nachdrücklich darauf aufmerksam, daß in Washington keine zehn Leute diese Nummer haben...«

»Ob der Präsident zu diesen Leuten gehört?« unterbrach Kendrick, und es war nur halb scherzhaft gemeint.

»Angeblich ja, und außerdem hat er gesagt, es sei eine direkte Anordnung des Präsidenten, daß Sie seinen Stabschef sofort anrufen sollen.«

»Eine direkte – was?«

»Anordnung des Präsidenten.«

»Würde bitte irgend jemand diesen Komikern die Verfassung vorlesen? Die Legislative dieser Regierung nimmt keine direkten Befehle von der Exekutive entgegen, ob sie vom Präsidenten oder sonstwem kommen.«

»Er hat sich dumm und ungeschickt ausgedrückt, das stimmt«, fuhr Annie O'Reilly rasch fort, »aber wenn Sie sich von mir alles berichten ließen, was er gesagt hat, wären Sie vielleicht zugänglicher.«

»Also weiter.«

»Er sagte, sie könnten verstehen, warum Sie sich nicht blicken lassen, und daß man Sie mit einem neutralen Fahrzeug von jedem von Ihnen genannten Ort abholen würde... Darf ich Ihnen einen Rat geben, Sir? Schließlich kenne ich diese Stadt der Komiker länger als Sie und bin Ihnen daher an Weisheit und Erfahrung voraus...«

»Bitte. Tun Sie sich keinen Zwang an.«

»Sie können nicht ständig davonlaufen, Evan. Früher oder später müssen Sie aus der Versenkung auftauchen, und es ist besser, wenn Sie vorher wissen, wie die drüben denken oder was sie im Schilde führen. Ob es Ihnen nun gefällt oder nicht, sie sind mit Ihrem Fall befaßt. Warum nicht feststellen, wie sie ihn sehen? Dadurch ließe sich ein Desaster vermeiden.«

»Wie ist die Nummer?«

22

Herbert Dennison, der Stabschef des Weißen Hauses, schloß die Tür seines Badezimmers und griff nach der Flasche Maaloxan, die er in der rechten Ecke der Marmorkonsole stehen hatte. In genau bemessenen Zeitabständen trank er vier Schluck der kreideähnlichen Flüssigkeit und wußte aus Erfahrung, daß der brennende Schmerz im oberen Brustbereich bald vergehen würde. Vor Jahren in New York, als die Anfälle zum erstenmal aufgetreten waren, war er so erschrocken, daß er kaum essen oder schlafen konnte. Er war fest davon überzeugt gewesen, daß er, nachdem er die Hölle von Korea überlebt hatte, jetzt auf der Straße an einem Herzinfarkt sterben würde. Seine damalige Frau – die erste von dreien – war auch außer sich gewesen und hatte nicht gewußt, ob sie ihn zuerst ins Krankenhaus oder zu ihrem Versicherungsvertreter bringen sollte, damit er noch schnell eine höhere Lebensversicherung abschließen konnte. Ohne sein Wissen hatte sie letzteres getan, und nachdem er eine Woche still vor sich hin gelitten hatte, lieferte sich Herbert gewissermaßen selbst ins Cornell Medical Center zu einer Generaluntersuchung ein.

Mit großer Erleichterung erfuhr er, daß sein Herz so kräftig war wie das eines jungen Bullen. Die Ärzte erklärten ihm, seine sporadischen Anfälle von Unwohlsein würden zweifellos durch eine von zu großem Streß herrührende periodische Übersäuerung hervorgerufen. Von diesem Tag an hatte er immer und überall eine Flasche der beruhigenden weißen Flüssigkeit in Reichweite – in Schlafzimmern, Büros, Autos und Aktenmappen. Streß gehörte zu seinem Leben.

Die Diagnose der Ärzte war so zutreffend gewesen, daß er im Lauf der Zeit auf eine oder zwei Stunden genau vorhersagen konnte, wann der nächste Anfall kam. Seinerzeit in der Wall Street kamen und gingen die Anfälle mit dem Fallen oder Steigen der Börsenkurse oder wenn er sich mit seinen Vorgesetzten stritt, die ihn ständig in seinem ehrgeizigen Streben nach Reichtum und Karriere zu behindern versuchten. Lauter Scheißkerle, dachte Dennison. Hochgestochene Bürschchen aus hochgestochenen Studentenverbindungen, Mitglieder hochgestochener Clubs, die ihn nicht einmal zur Kenntnis genommen, geschweige denn seine Mitgliedschaft in Erwägung gezogen hätten. Na wenn schon, sollten sie ihn doch mal... Dieselben Clubs nahmen heute Juden und Nigger und sogar Puertoricaner auf. Sie brauchten nur wie schwule Schauspieler zu reden und ihre Kleidung bei Paul Stuart oder einem französischen Homo zu kaufen. Tja, und dann hatte er ihnen eins gehustet. Er hatte sie fertiggemacht. Er hatte die Reflexe eines Straßenhändlers und hatte sie so in die Ecke getrieben, so viel verdient, daß die Firma ihn zum Präsidenten machen mußte, sonst wäre er ausgestiegen und hätte seine Millionen mitgenommen. Und er hatte die Gesellschaft auf Vordermann gebracht, bis sie die schärfste und aggressivste Firma weit und breit war. Er hatte tüchtig ausgeholzt, alle toten Zweige entfernt und sich dieses idiotische Korps sogenannter Praktikanten vom Hals geschafft, das nur Geld fraß und die Zeit anderer vergeudete. Er hatte zwei Maximen, die zu den geheiligten Geboten der Firma wurden. Die erste lautete: *Übertriff die Zahlen des vergangenen Jahres, oder mach, daß du hier rauskommst.* Und die zweite, ebenso wirkungsvolle: *Bei uns werden Sie nicht ausgebildet, Sie kommen ausgebildet zu uns.*

Herbert Dennison war es seit jeher scheißegal, ob man ihn mochte oder nicht; die Theorie, daß der Zweck die Mittel heilige, paßte ausgezeichnet in sein Konzept. Er hatte in Korea gelernt, daß allzu nachsichtige Offiziere oft mit GI-Särgen belohnt wurden, weil sie es im Feld an strenger Disziplin und noch strengerer Autorität fehlen ließen. Er hatte gewußt, daß seine Leute ihn so haßten, daß er stets auf der Hut sein mußte, nicht von einer US-Kugel in den Rücken getroffen zu werden, und ungeachtet der Verluste war er überzeugt, daß sie viel größer gewesen wären, hätte einer von diesen Weichlingen das Kommando gehabt.

Wie die weinerlichen Typen in Wall Street: »Wir wollen Vertrauen schaffen, Herbert, Kontinuität...« Oder: »Der junge Mann von heute ist der leitende Angestellte von morgen – sofern er loyal ist.« Quatsch! Weder mit Vertrauen noch mit Kontinuität noch mit Loyalität machte man Profite. Profite erzielte man, indem man für andere Leute Geld machte, das waren das Vertrauen, die Kontinuität und die Loyalität, die sie suchten. Und er hatte recht gehabt, die Liste seiner Klienten war immer länger geworden, bis die Computer fast platzten; er hatte talentierte junge Leute von anderen Firmen abgeworben und ihnen verdammt genau auf die Finger gesehen, damit sie auch die Leistung erbrachten, die er von ihnen erwartete und teuer bezahlt hatte.

Klar, er war hart, vielleicht sogar skrupellos, wie man es ihm schon oft mündlich und in der Presse vorgeworfen hatte, und ja, er hatte auf seinem Weg ein paar gute Leute eingebüßt, die Hauptsache jedoch war, daß er so gut wie immer recht hatte. Das hatte er in seiner Militärzeit und im Zivilleben bewiesen – und doch hatten die Kotzbrocken ihn schließlich kaltgestellt. In Korea hatte ihm sein Regimentskommandeur gewissermaßen fest versprochen, daß er als Oberst entlassen werden würde; es kam nie soweit. In New York war es, wenn möglich, noch schlimmer. Sein Name wurde schon als der des neuen Mitglieds des Verwaltungsrats von Wellington-Midlandic Industries gehandelt, dem Konzern, der in der internationalen Finanzwelt das größte Prestige hatte. Es wurde nie etwas daraus. In beiden Fällen hatten ihn die alten Schulkrawatten-Verbindungen ausgeschaltet. Also nahm er seine Millionen und sagte: »Ich scheiß' auf euch alle!«

Wieder hatte er richtig gehandelt, denn er fand einen Mann, der sein Geld und seine beträchtlichen Talente brauchte: einen Senator aus Idaho, der begonnen hatte, seine sonore, leidenschaftliche Stimme zu erheben, und Dinge verkündete, an die Herbert Dennison ebenso leidenschaftlich glaubte, und der doch ein Politiker war, der lachen und seine wachsende Anhängerschaft zum Lachen bringen konnte, während er sie zugleich belehrte.

Der Mann aus Idaho war groß und anziehend, mit einem Lächeln, das man seit Eisenhower und Shirley Temple nicht mehr gesehen hatte; er sprudelte von Anekdoten und Bibelversen nur so über und berief sich auf die alten sittlichen Werte wie Stärke, Mut, Eigenständigkeit und vor allem – was für Dennison besonders zählte – die Freiheit zu wählen. Herbert flog nach Washington und schloß mit dem Senator einen Pakt ab. Drei Jahre lang opferte er dieser Sache seine ganze Energie und mehrere Millionen – zusammen mit den Millionen zahlreicher anonymer Spender, die ihren Reichtum ihm verdankten –, bis sie eine Kriegskasse beisammen hatten, mit der sie auch die Papstwürde hätten kaufen können, wenn sie auf dem Markt feilgeboten worden wäre.

Herbert Dennison rülpste. Das kreidigweiße Beruhigungsmittel wirkte, aber nicht schnell genug; er mußte für den Mann bereit sein, der in ein paar Minuten das Büro betreten würde. Er trank noch einmal zwei Schluck und musterte sich im Spiegel, unglücklich über das immer spärlicher werdende graue Haar, das er auf beiden Seiten straff zurückkämmte. Er wünschte auch, seine grüngrauen Augen wären größer; er riß sie so weit wie möglich auf, doch sie waren immer noch zu klein. Und die leichte Doppelfalte unter dem Kinn betonte seine Hängebacken, was ihn daran erinnerte, daß er Sport treiben oder weniger essen mußte; beides hatte jedoch keinen besonderen Reiz für ihn. Und warum sah er, obwohl er so viel Geld für seine Anzüge bezahlte, nie so aus wie die Männer in den Katalogen, die seine englischen Schneider ihm schickten? Trotzdem wirkte er durch seine aufrechte Haltung und das energische Kinn kraftvoll und imposant.

Er rülpste wieder und trank noch einen Schluck seines Elixiers. Dieser Scheißkerl Kendrick! fluchte er vor sich hin. Dieser Niemand, der plötzlich ein Jemand geworden war, war auch die Ursache seines Ärgers und seines Unbehagens. Aber wenn er sich selbst gegenüber ehrlich sein wollte – und er versuchte immer ehrlich zu sich selbst zu sein, wenn auch nicht zu anderen –, dann war es nicht der zum Jemand gewordene Niemand an sich, sondern die Wirkung, die er auf Langford Jennings, den Präsidenten der Vereinigten Staaten, hatte. Scheiße! Scheiße!

Scheiße! Was hatte Langford vor? (In Gedanken nannte Dennison ihn längst nicht mehr ›den Präsidenten‹, sondern ›Langford‹, und das machte ihn noch zorniger; Dennison haßte den ›gebührenden‹ Abstand, den die Autorität des Weißen Hauses erforderte... Nach der Amtseinführung und nachdem er ihn drei Jahre lang beim Vornamen genannt hatte, hatte Jennings auf einem Ball, der zu Ehren des neuen Präsidenten gegeben wurde, seinen Stabschef beiseite genommen und leise gesagt: »Mir wär's ja egal, Herbert, aber ich glaube, das Amt – nicht ich selbstverständlich, aber das *Amt* – erfordert, daß Sie mich in Zukunft ›Mr. President‹ nennen. Sind Sie nicht auch der Meinung?« Das war's gewesen!)

Was hatte Jennings vor? Im Hinblick auf diesen Kendrick hatte der Präsident allem zugestimmt, was Dennison vorschlug, aber die Reaktionen waren zu beiläufig gewesen, grenzten fast an Desinteresse, und das beunruhigte den Stabschef. Jennings' einschmeichelnde Stimme hatte gleichgültig geklungen, aber der Ausdruck seiner Augen hatte diese Gleichgültigkeit Lügen gestraft. Immer wieder überraschte Langford Jennings die ganze gottverfluchte Bande im Weißen Haus. Dennison konnte nur hoffen, daß ihnen jetzt nicht wieder einer dieser oft peinlichen Zwischenfälle bevorstand.

Das Telefon im Badezimmer klingelte, und Dennison, der direkt daneben stand, erschrak so heftig, daß er sich das Jackett seines Anzugs aus der Savile Row mit Maaloxan bekleckerte. Mit der Rechten nahm er den Hörer des Wandtelefons ab, drehte mit der Linken den Heißwasserhahn auf und hielt einen Waschlappen darunter. Während er sich meldete, rieb er heftig an den weißen Flecken herum und freute sich, als er sah, daß sie verschwanden.

»Ja?«

»Der Abgeordnete Kendrick ist am Osttor eingetroffen, Sir. Im Moment wird er durchsucht...«

»Was wird er?«

»Auf Waffen und Sprengstoff durchsucht...«

»Herrgott, ich hab' doch nie gesagt, daß er ein Terrorist ist! Er kommt in einem Wagen der Regierung mit zwei Geheimdienstleuten.«

»Aber, Sir, wir haben deutliche Anzeichen von Besorgnis und Mißvergnügen an Ihnen bemerkt.«

»Schickt ihn auf der Stelle herauf!«

»Wir müssen ihm Zeit lassen, sich wieder anzuziehen, Sir.«

»Scheiße!«

Sechs Minuten später wurde Kendrick, der innerlich kochte, von einer kleinlauten Sekretärin hereingeführt. Er bedankte sich nicht bei ihr, seine Miene sagte vielmehr: Machen Sie, daß Sie rauskommen, meine Dame, diesen Mann möchte ich mir allein vorknöpfen! Sie verzog sich rasch, und der Stabschef kam, die Hand ausstreckend, auf Kendrick zu. Kendrick ignorierte sie. »Ich habe schon von euren Späßchen und Spielchen hier gehört, Dennison«, sagte er leise, eiskalt und monoton. »Doch wenn Sie sich herausnehmen, ein Mitglied des Repräsentantenhauses zu durchsuchen, das auf Ihre Einladung herkommt – denn eine Einladung sollte es doch wohl sein, nicht wahr, Sie Armleuchter? Sie haben mir nichts zu befehlen – Sie sind zu weit gegangen!«

»Meine Anweisungen wurden völlig mißverstanden, Herr Abgeordneter. Mein Gott, wie können Sie etwas anderes auch nur denken?«

»Bei Ihnen macht mir das keine Schwierigkeiten. Zu viele meiner Kollegen hatten schon Zusammenstöße mit Ihnen. Der Horrorgeschichten gibt es viele – wie die, daß Sie einem Abgeordneten aus Kansas einen Faustschlag versetzt haben, worauf er Sie allerdings zu Boden schickte, wenn ich recht unterrichtet bin.«

»Das ist eine Lüge! Er hat die im Weißen Haus geltenden Vorschriften nicht beachtet, für deren Einhaltung ich verantwortlich bin. Ich habe ihn möglicherweise angefaßt, um ihn zur Ordnung zu rufen, aber mehr auch nicht. Und da hat er mich niedergeschlagen. Ich war auf eine solche Reaktion überhaupt nicht gefaßt.«

»Also ich habe gehört, er habe Sie einen unfähigen, faulen Kunden genannt, und da seien Sie hochgegangen.«

»Dann wurde der Zwischenfall völlig entstellt kolportiert!« Dennison zuckte zusammen. Die Säure schien in ihm zu explodieren. »Hören Sie, ich entschuldige mich dafür, daß man Sie durchsucht hat – daß Sie sich ausziehen mußten...«

»Das brauchen Sie nicht. Soweit ist es nicht gekommen. Ich habe das Jackett ausgezogen, weil ich dachte, das sei Routine, doch als die Wache mir ans Hemd und an die Hose wollte, mischten meine Begleiter sich ein.«

»Warum, zum Teufel, sind Sie dann so wütend?«

»Wegen der Mentalität, die dank Ihnen hier herrscht – einer Mentalität, die so etwas möglich macht.«

»Das ist eine Unterstellung, gegen die ich mich wehren könnte, aber ich bin darüber erhaben. Wir gehen jetzt ins Oval Office, und um Himmels willen, bringen Sie den Mann nicht mit der ganzen arabischen Scheiße in Verwirrung. Vergessen Sie nicht, er weiß nicht, was passiert ist, und es würde keinem was nützen, wenn Sie ihm mit Erklärungen kämen. Ich setze ihm hinterher alles in Ruhe auseinander.«

»Woher weiß ich, daß Sie das können?«

»Was?«

»Sie haben mich gut verstanden. Woher weiß ich, daß ich mich auf Sie verlassen kann?«

»Wovon reden Sie?«

»Ich denke, Sie würden ihm nur das erklären, was Sie erklären wollen, und ihm das erzählen, was er hören will.«

»Wer, zum Teufel, sind Sie eigentlich, daß Sie glauben, so mit mir reden zu können?«

»Jemand, der wahrscheinlich genauso reich ist wie Sie. Außerdem jemand, der dabei ist, den Staub dieser Stadt von den Füßen zu schütteln, wie Swann Ihnen zweifellos berichtet hat, daher bedeutet mir Ihr politischer Segen nicht das geringste – ich würde ihn ohnehin nicht akzeptieren. Wissen Sie was, Dennison? Ich glaube, Sie sind eine echte Ratte. Nicht die schnucklige Mickymaus-Variante, sondern eine richtige Ratte. Ein häßliches, im Abfall wühlendes langschwänziges Nagetier, das eine widerwärtige Krankheit verbreitet. Sie heißt Verantwortungslosigkeit.«

»Sie sind nicht gerade zimperlich mit Ihren Ausdrücken, nicht wahr, Herr Abgeordneter?«

»Das hab' ich nicht nötig. Ich gehe.«

»Aber er geht nicht. Und ich möchte ihn stark, überzeugend. Er führt uns in ein neues Zeitalter. Wir stehen wieder stramm, und es wurde auch allmählich Zeit. Wir sagen den Scheißkerlen dieser Welt, sie sollen scheißen oder vom Topf aufstehen!«

»Ihre Ausdrücke sind genauso banal wie Sie selber.«

»Und was sind Sie? Irgend so 'n beschissener Elitebubi mit 'nem Doktor in Englisch? Sie sind nicht ganz im Bild, Herr Abgeordneter. Wir kämpfen hier mit harten Bandagen, so sieht's aus. Wer in dieser Regierung nicht spurt, ist weg vom Fenster. Kapiert?«

»Ich will mich bemühen, es nicht zu vergessen.«

»Und denken Sie daran, daß er's nicht mag, wenn man anderer Meinung ist als er. Alles ist *cool*, kapiert? Nichts schlägt Wellen, alle sind glücklich. Kapiert?«

»Sie wiederholen sich, oder?«

»Ich halte hier alles in Schuß, Kendrick. Daher die harten Bandagen.«

»Sie sind ein ganz gewöhnlicher Roboter, sonst nichts.«

»Wir mögen einander also nicht. Was macht das schon? Es geht um nichts Großes...«

»Das ist mir längst klar«, sagte Kendrick.

»Gehen wir.«

»Nicht so hastig«, sagte Kendrick energisch, wandte sich ab und trat an ein Fenster, als sei das sein Büro und nicht das von Dennison. »Wie sieht das ›Szenarium‹ aus? Das ist doch der richtige Ausdruck, nicht wahr?«

»Was meinen Sie damit?«

»Was wollen Sie von mir?« fragte Kendrick und blickte auf den Rasen des Weißen Hauses hinaus. »Da Sie das Denken übernommen haben – warum bin ich hier?«

»Weil es taktisch unklug wäre, Sie zu ignorieren.«

»Tatsächlich?« Kendrick drehte sich wieder um und fixierte den Stabschef des Weißen Hauses. »Taktisch unklug?«

»Man muß Sie zur Kenntnis nehmen, ist das klar genug? Er kann nicht auf seinem Hintern sitzen und so tun, als existierten Sie nicht, oder?«

»Oh, ich verstehe. Sagen wir mal, jemand erwähnt während einer seiner unterhaltsamen, wenn auch nicht übermäßig erhellenden Pressekonferenzen meinen Namen. Dann kann er ja nicht gut sagen, er wisse nicht genau, ob ich für die ›Jets‹ oder die ›Giants‹ spiele, nicht wahr?«

»Sie haben es erfaßt. Ich werde das Gespräch lenken.«

»Sie meinen, Sie werden es kontrollieren?«

»Nennen Sie es, wie Sie wollen, Herr Abgeordneter. Er ist der größte Präsident des zwanzigsten Jahrhunderts, vergessen Sie das nicht! Meine Aufgabe ist es, den *status quo* zu erhalten.«

»Aber nicht die meine.«

»Und ob sie das ist! Es ist unser aller Aufgabe. Ich war im Feld, junger Mann, und ich habe Männer sterben sehen, weil sie unsere Freiheit, unseren *way of life* verteidigt haben. Ich sag'

Ihnen, es war eine verdammt heilige Sache, das zu erleben! Und dieser Mann, dieser Präsident, hat uns diese Werte zurückgegeben. Er hat diesem Land wieder die richtige Richtung gegeben, und das allein mit der Kraft seines Willens, seiner Persönlichkeit. Er ist der Beste!«

»Aber nicht unbedingt der Hellste«, warf Kendrick ein.

»Das ist doch scheißegal. Galileo Galilei wäre ein lausiger Papst und ein noch unfähigerer Cäsar gewesen.«

»Da haben Sie wohl nicht ganz unrecht.«

»Ganz bestimmt nicht. Jetzt das Szenarium – die Erklärung ist einfach. Irgendein Schwachkopf hat die Oman-Story ausgequatscht, und Sie wollen, daß sie so schnell wie möglich wieder vergessen wird.«

»Ach? Will ich das?«

Dennison unterbrach sich und musterte Kendricks Gesicht, als sei es höchst abstoßend. »Aber haargenau das hat dieser Blödmann Swann dem Vorsitzenden der *Joint Chiefs* erzählt...«

»Warum ist Swann ein Blödmann? Er hat die Geschichte nicht ›ausgequatscht‹. Er hat versucht, den Mann abzuwimmeln, der ihn aufgesucht hat...«

»Er hat es zugelassen. Er war der Kommandeur dieser Operation, war dafür verantwortlich und hat es nicht verhindert. Ich will ihn hängen sehen.«

»Sagen Sie – warum will ich eigentlich, daß die Sache so schnell wie möglich vergessen wird?«

»Weil es zu Vergeltungsmaßnahmen gegen Ihre lausigen arabischen Freunde dort drüben kommen könnte. Das haben Sie Swann erklärt, und er hat es an seine Vorgesetzten weitergegeben. Haben Sie es sich anders überlegt?«

»Nein, selbstverständlich nicht«, sagte Kendrick leise.

»Gut. Wir haben für einen der nächsten Tage eine kurze Zeremonie vorgesehen, bei der er Ihnen im Namen des ganzen Landes dankt. Keine Fragen, nur ein Fototermin, und dann verschwinden Sie unauffällig.« Dennison zeigte auf die Tür, und die beiden Männer setzten sich in Bewegung. »Wissen Sie was, Herr Abgeordneter?« fragte der Stabschef mit der Hand auf der Klinke. »Daß Sie so an die Öffentlichkeit gezerrt wurden, hat eine der besten Flüsterkampagnen ruiniert, die sich eine Regierung wünschen konnte – sie war ein großartiger Public-Relations-Gag.«

»Eine Flüsterkampagne?«

»Ja. Je länger wir darüber geschwiegen, Fragen im Namen der nationalen Sicherheit abgelehnt haben, um so überzeugter waren die Leute, daß der Präsident die Oman-Krise im Alleingang bereinigt hatte.«

»Eine Überzeugung, die er gefördert hat, wo er konnte«, sagte Kendrick mit einem Lächeln, das nicht unfreundlich war, als bewundere er ein Talent, mit dem er nicht ganz einverstanden war.

»Ich hab' Ihnen ja gesagt, daß er vielleicht kein Einstein ist, aber ein Genie ist er trotzdem.« Dennison öffnete die Tür.

Kendrick blieb stehen. »Darf ich Sie daran erinnern, daß in Maskat elf Frauen und Männer ermordet worden sind? Daß zweihundert weitere ihr Leben lang unter Alpträumen leiden werden?«

»Das ist richtig«, erwiderte Dennison. »Und er hat es gesagt – hat es mit Tränen in den Augen gesagt. Er sagte, diese Menschen seien wahre amerikanische Helden, so tapfer wie jene, die bei Verdun, Omaha Beach, Panmunjom und Da Nang gekämpft haben. Das hat er gesagt, Herr Abgeordneter, und er hat es ernst gemeint, und wir haben alle strammgestanden.«

»Er hat es gesagt, um seine Botschaft rüberzubringen«, stimmte Kendrick zu. »Wenn irgendein Mensch die Befreiung dieser zweihundertsechsunddreißig Geiseln bewerkstelligt hatte, mußte nur er es gewesen sein.«

»Und?«

»Ach, egal. Bringen wir's hinter uns.«

»Sie sind ein exzentrischer Spinner, Kendrick. Und Sie haben recht, Sie gehören nicht in diese Stadt.«

Evan Kendrick war dem Präsidenten der Vereinigten Staaten bisher nur einmal – und zwar auf der Party für die neugewählten Kongreßabgeordneten – begegnet. Diese Begegnung hatte ungefähr fünf, vielleicht sechs Sekunden gedauert. Dieses gesellschaftliche Ereignis, hatte Annie O'Reilly behauptet, sei ein absolutes Muß für einen jungen Politiker, und sie hatte praktisch gedroht, das Büro in die Luft zu jagen, wenn Kendrick schwänzte. Es sei ja nicht so, daß er den Mann nicht möge, hatte er Annie immer wieder erklärt, er sei nur mit vielen Dingen nicht einverstanden, für die Langford Jennings eintrete – wahrscheinlich sogar mit mehr als vielen, mit den meisten. Und als Annie ihn gefragt hatte, warum Kendrick dann für Jennings' Partei kandidiert habe, hatte er geantwortet, weil einer von der Gegenpartei keine Chance gehabt hätte, gewählt zu werden...

Das Büro des Präsidenten wirkte einschüchternd und überwältigend. Und wieder fragte sich Kendrick, wie man einem einzelnen menschlichen Wesen eine so allumfassende Macht in die Hände geben konnte? Eine einzige Fehleinschätzung irgendeiner Situation, und der ganze Erdball konnte in die Luft fliegen.

Doch was man auch gegen ihn vorbringen konnte, Langford Jennings' äußere Erscheinung entsprach ganz dem Bild, das der kleine Mann – und insgeheim auch so mancher größere – sich von einem Präsidenten machte. Was ihn so überzeugend wirken ließ, war, daß er unerschütterlich an das glaubte, woran er glaubte, und die Reinheit dieses Glaubens bedeutete ihm alles. Er war auch, wie Kendrick beobachtend festgestellt hatte, einer der charmantesten und liebenswürdigsten Männer, die es gab.

»Himmel, tut das gut, Sie näher kennenzulernen, Evan! Das heißt, darf ich Sie überhaupt Evan nennen, Herr Abgeordneter?«

»Selbstverständlich, Mr. President.«

Jennings kam um den Schreibtisch herum, schüttelte Kendrick die Hand und faßte dann nach seinem Arm. »Ich bin eben damit fertig geworden, das ganze geheime Material über Ihre Heldentaten zu studieren, und ich bin so stolz...«

»Es waren noch viele andere beteiligt, Sir. Ohne sie wäre ich nicht mehr am Leben.«

»Das kann ich verstehen. Setzen Sie sich, Evan, setzen Sie sich.« Der Präsident kehrte zu seinem Sessel zurück; Herbert Dennison blieb stehen. »Was Sie getan haben, Evan, ein einzelner Mensch, wird für Generationen junger Amerikaner ein Beispiel sein. Sie haben die Peitsche in die Hand genommen und das verdammte Ding knallen lassen.«

»Nicht ich allein, Sir. Es gibt da eine lange Liste von Leuten, die mir geholfen haben, einige haben sogar ihr Leben gelassen. Wie ich schon sagte, wäre auch ich heute tot, wenn sie nicht gewesen wären. Es waren mindestens ein Dutzend Omaner, vom Sultan abwärts, und ein israelisches Kommando, das mich herauspaukte, als ich buchstäblich nur noch ein paar Stunden zu leben hatte. Der Zeitpunkt meiner Hinrichtung stand bereits fest...«

»Das verstehe ich ja alles«, unterbrach Langford Jennings nickend und mitfühlend, die Stirn runzelnd. »Ebenso wie ich verstehe, daß unsere israelischen Freunde darauf bestehen, daß nichts von ihrer Beteiligung an dem Handstreich an die Öffentlichkeit gelangen darf, und daß unsere Geheimdienstleute hier in Washington es nicht riskieren wollen, unser im Persischen Golf stationiertes Personal zu enttarnen.«

»Im Golf von Oman, Mr. President.«

»Ganz wie Sie meinen«, sagte Jennings mit dem berühmten Lächeln, mit dem er sich über sich selbst lustig zu machen schien. »Ich bin nicht sicher, ob ich einen vom anderen unterscheiden kann, aber Sie bringen es mir heut abend bestimmt bei. Wie meine Karikaturisten es darzustellen belieben, bekomme ich von meiner Frau erst dann mein Betthupferl und meine Milch, wenn ich alles brav gelernt habe.«

»Es ist ein geographisch schwierig zu erfassender Teil der Welt, wenn man sich nicht eigens mit ihm beschäftigt hat.«

»Na ja, doch irgendwie bilde ich mir ein, daß selbst ich mich mit Hilfe einiger Landkarten dort auskennen würde.«

»Ich wollte nie unterstellen...«

»Schon gut, Evan. Meine Schuld. So was passiert mir ab und zu. Das Allerwichtigste hier ist ja – was tun wir mit Ihnen? Was können wir tun, da uns die Hände gebunden sind, weil wir das Leben unserer Geheimagenten und Sub-Agenten schützen müssen, die in einem hochexplosiven Teil der Welt für uns arbeiten?«

»Ich finde, Geheimhaltung ist dringend erforderlich. Strengste Geheimhaltung sogar...«

»Dazu ist es ein bißchen zu spät, Evan«, unterbrach Jennings. »Nationale Sicherheit hat als Alibi auch ihre Grenzen. Jenseits dieser Grenzen weckt man zu große Neugier, und dann wird es eng – und gefährlich.«

»Außerdem kann der Präsident Sie nicht einfach ignorieren«, fügte Herbert Dennison, mürrisch sein Schweigen brechend, hinzu. »Aber das habe ich Ihnen ja schon gesagt, Herr Abgeordneter. Es wäre unpatriotisch. Wie ich die Sache sehe – und der Präsident stimmt mit mir überein –, sollten wir hier im Oval Office einen kurzen Fototermin anberaumen. Der Präsident wird Sie beglückwünschen und Ihnen danken, und die Fotos werden Sie beide in einem scheinbar vertraulichen Gespräch zeigen. Das ist für unsere Geheimdienste akzeptabel, und das Land wird es verstehen. Schließlich wollen wir diesem arabischen Abschaum nicht unsere Taktiken verraten.«

»Ohne eine ganze Reihe von Arabern hätte ich überhaupt nichts erreicht, und das wissen Sie auch haargenau«, sagte Kendrick und warf dem Stabschef einen zornigen Blick zu.

»Oh, das weiß ich, Evan«, warf Jennings ein, offensichtlich belustigt über das, was sich vor ihm abspielte. »Zumindest ich weiß es. Übrigens, Herbert, heute nachmittag hat mich Samuel Winters angerufen, und ich finde, er hatte eine phantastische Idee, die gegen keine unserer Sicherheitsauflagen verstoßen würde, sie im Gegenteil sogar erklären könnte.«

»Samuel Winters kann man nicht unbedingt als Ihren Freund bezeichnen«, wandte Dennison ein. »Er hat mehrere Grundsatzerklärungen verhindert, die uns im Kongreß sehr nützlich gewesen wären.«

»Er war eben nicht unserer Meinung. Macht ihn das gleich zu einem Feind? Wenn das der Fall ist, schicken Sie die Hälfte der Marine-Wachen in meine Wohnung rauf. Dort ist man mit mir auch nicht immer einer Meinung. Ach, kommen Sie, Herbert, Samuel Winters hat die Präsidenten beider Parteien beraten, solange ich denken kann. Nur ein Idiot würde Anrufe von ihm nicht entgegennehmen.«

»Der Anruf hätte auf dem Dienstweg über mich an Sie weitergeleitet werden müssen.«

»Sehen Sie, Evan«, sagte der Präsident, den Kopf zur Seite geneigt und übermütig grinsend, »ich darf zwar im Sandkasten spielen, aber meine Freunde darf ich mir nicht selber aussuchen.«

»Das ist kaum das, was ich...«

»O ja, genau das haben Sie gemeint, Herbert, und ich nehm's Ihnen nicht übel. Sie sind es, der hier alles in Schuß hält, woran Sie mich nebenbei ständig erinnern, und auch das finde ich in Ordnung.«

»Was hat Mr. Winters – Professor Winters vorgeschlagen?« fragte Dennison, den akademischen Titel spöttisch betonend.

»Tja, er ist nun mal Professor, Herbert, aber er ist nicht der übliche Feld-, Wald- und Wiesenlehrer, nicht wahr? Ich meine, wenn er wollte, könnte er sich ein paar recht ansehnliche Universitäten kaufen. Auf jeden Fall bekäme er die, aus der ich komme, für einen Scheck, der ihm nicht mal fehlen würde.«

»Was hatte er für eine Idee?« hakte Dennison nach.

»Daß ich meinem Freund Evan hier die *Medal of Freedom* verleihe.« Der Präsident wandte sich an Kendrick. »Das ist das zivile Äquivalent zur *Congressional Medal of Honor*, Evan.«

»Das weiß ich, Sir. Doch habe ich sie weder verdient, noch möchte ich sie haben.«

»Nun ja, Sam hat mir ein paar Dinge klargemacht, und ich glaube, er hat recht. Erstens: Sie verdienen die Medaille, ob Sie sie nun wollen oder nicht – ich sähe wie ein mißgünstiger Schurke aus, wenn ich sie Ihnen nicht verliehe. Und das, Jungs, lasse ich nicht auf mir sitzen. Ist das klar, Herbert?«

»Ja, Mr. President«, sagte Dennison und schien an seinen eigenen Worten zu ersticken. »Sie sollten jedoch wissen, daß der Abgeordnete Kendrick die Absicht hat, sein Mandat demnächst niederzulegen, obwohl er, da ohne Gegenkandidaten, hundertprozentig damit rechnen kann, wiedergewählt zu werden und Ihnen damit einen Sitz im Kongreß zu garantieren. Da er selbst Vorbehalte hat, ist es also wirklich sinnlos, ihn noch mehr herauszustellen.«

»Es kommt nur auf eins an, Herbert, ich werde nicht wie ein mißgünstiger Schurke handeln. Nebenbei sieht er aus wie mein jüngerer Bruder – wir könnten auch daraus politisches Kapital schlagen. Sam Winters hat mich darauf aufmerksam gemacht. Das Image einer draufgängerischen amerikanischen Familie hat er es genannt. Nicht übel, meinen Sie nicht auch?«

»Das ist nicht nötig, Mr. President«, erwiderte Dennison, inzwischen völlig frustriert und, wie seine heisere Stimme verriet, fast am Ende seiner Weisheit. »Die Befürchtungen des Abgeordneten dürfen nicht außer acht gelassen werden. Er denkt, seine Freunde in der arabischen Welt könnten Racheakten zum Opfer fallen.«

Der Präsident lehnte sich im Sessel zurück und fixierte seinen Stabschef mit einem ausdruckslosen Blick. »Das greift bei mir nicht. Wir leben in einer gefährlichen Welt, und wir machen sie nur noch gefährlicher, wenn wir uns einem derart spekulativen Quatsch beugen. Doch auf dieser Basis werde ich dem Land erklären – aus einer Position der Stärke, nicht der Furcht –, daß aus Gründen antiterroristischer Strategien die Operation in

Oman nie bis in alle Einzelheiten aufgeklärt werden darf. In dieser Beziehung hatten Sie völlig recht, Herbert. Tatsächlich hat Sam Winters mir das schon früher als Sie gesagt. Und ich werde nicht wie ein mißgünstiger Schurke aussehen. Das bringe ich einfach nicht fertig. Ist das klar, Herbert?«

»Ja, Sir.«

»Evan«, sagte der Präsident, wieder mit seinem ansteckenden Lächeln, »Sie sind ein Mann nach meinem Herzen. Was Sie getan haben, war phantastisch, und dieser Präsident wird nicht geizen und knausern. Übrigens hat Sam Winters angeregt, ich sollte sagen, daß wir zusammengearbeitet haben. Und, zum Teufel, mein Volk hat mit Ihnen zusammengearbeitet, und das ist die heilige Wahrheit.«

»Mr. President...«

»Notieren Sie den Termin, Herbert. Hoffentlich sind Sie nicht gekränkt, aber ich habe einen Blick in meinen Terminkalender geworfen. Nächsten Dienstag, zehn Uhr vormittags. Gerade richtig für die Abendnachrichten.«

»Aber Mr. President –«, begann Dennison nervös.

»Außerdem möchte ich eine Marinekapelle dabeihaben, Herbert. Im Blue Room. Verdammt will ich sein, wenn ich mich einen mißgünstigen Schurken nennen lasse! Das bin ich nicht. Nie und nimmer.«

Mit Kendrick im Schlepp, stapfte Herbert Dennison wütend in sein Büro zurück, um die Einzelheiten der Ordensverleihung im Blue Room am nächsten Dienstag zu besprechen. Ein Zeremoniell, bei dem eine Marinekapelle aufspielen sollte. Dennison war so wütend, daß kein Wort über seine zusammengepreßten Lippen kam.

»Sie haben mich jetzt richtig auf dem Hals, nicht wahr, Herbie?« sagte Evan.

»Ich hab' Sie auf dem Hals, aber ich heiße nicht Herbie.«

»Ach, ich weiß nicht. Da drin haben Sie wie ein Herbie ausgesehen. Der Mann hat Ihnen den Hahn zugedreht, nicht wahr?«

»Es gibt Zeiten, in denen der Präsident dazu neigt, auf die falschen Leute zu hören.«

Kendrick beobachtete den Stabschef auf ihrem Marsch durch den breiten Flur. Dennison ignorierte den schüchternen Gruß mehrerer Angestellter, die ihnen entgegenkamen. Einige von ihnen starrten Kendrick, den sie offensichtlich erkannten, großäugig an. »Ich versteh's nicht«, sagte Kendrick. »Von unserer gegenseitigen Abneigung einmal abgesehen, was ist Ihr Problem? Ich bin doch derjenige, den man in eine Ecke gedrängt hat, in die ich nie wollte – nicht Sie. Warum jaulen Sie also?«

»Weil Sie zuviel reden. Ich hab' Sie in der Foxley-Show gesehen und bei der hübschen kleinen Vorstellung in Ihrem Büro am nächsten Tag. Alles, was Sie machen, ist taktisch unklug.«

»Der Ausdruck gefällt Ihnen, wie?«

»Ich hätte noch eine Menge anderer auf Lager.«

»Davon bin ich überzeugt. Na, vielleicht habe ich wieder eine Überraschung für Sie.«

»Noch eine? Was denn, zum Teufel?«

»Warten Sie, bis wir in Ihrem Büro sind.«

Dennison wies seine Sekretärin an, keinen Anruf durchzustellen, reagierte unwirsch, als sie ihm sagte, ungefähr ein Dutzend Leute erwarte seinen Rückruf, schob Kendrick in sein Büro und knallte die Tür hinter sich zu. »So! Und was ist das für eine Überraschung?«

»Wissen Sie, Herbie, ich muß Ihnen wirklich einen guten Rat geben«, entgegnete Kendrick, schlenderte zu dem Fenster hinüber, an dem er schon vorher gestanden hatte, drehte sich um und sah Dennison an. »Zu Ihren Angestellten können Sie so grob sein, wie Sie wollen, solange sie es sich gefallen lassen, aber fassen Sie ja nie wieder ein Mitglied des Repräsentantenhauses an und stoßen es in Ihr Büro, als wollten Sie es in Eisen legen.«

»Ich habe Sie nicht gestoßen.«

»Ich hatte aber den Eindruck, und nur das zählt. Sie haben eine schwere Hand, Herbie. Ich bin sicher, mein ehrenwerter Kollege aus Kansas hatte das gleiche Gefühl, als er Sie zu Boden schickte.«

Unerwarteterweise sagte Herbert Dennison eine Zeitlang gar nichts und lachte dann leise. Es war ein nachdenkliches Lachen, weder zornig noch feindselig, es klang eher erleichtert. Er lokkerte seine Krawatte und ließ sich lässig in einen Ledersessel vor seinem Schreibtisch fallen. »Himmel, ich wünschte, ich wäre zehn oder zwölf Jahre jünger, Kendrick, dann würde ich Ihnen den Hintern versohlen – ich könnte es sogar noch heute. Aber mit dreiundsechzig hat man gelernt, daß Vorsicht der bessere

Teil der Tapferkeit ist. Ich habe keine Lust, wieder auf dem Boden zu landen – man steht einfach nicht mehr so leicht und gelenkig auf.«

»Dann fordern Sie's gefälligst nicht heraus.«

»Also gut. Nachdem das zwischen uns geklärt ist, dürfen wir uns wohl anderen Dingen zuwenden. Dieser kleinen Zeremonie am nächsten Dienstag, zum Beispiel...«

»Unwichtig«, sagte Kendrick schroff. »Mich interessiert nur eins: Wer hat die ganze Sache ans Licht gezerrt? Wer hat die Oman-Story so professionell unter die Leute gebracht?«

»Denken Sie vielleicht, daß ich das nicht wissen möchte?« explodierte Dennison. »Ich würde mit den Kerlen kurzen Prozeß machen, das dürfen Sie mir glauben.«

»Dann helfen Sie mir, sie zu finden. Wenn Sie's nicht tun, gibt es eine Neuauflage der Foxley-Show, in der ich Sie und Ihre Clique offen als das bezeichne, was Sie in meinen Augen sind. Eine Bande mummelnder Neandertaler in einer komplizierten Welt, die ihr nicht verstehen könnt.«

»Und für die Sie der beschissene Fachmann sind?«

»Teufel, nein! Ich weiß nur, daß ihr es nicht seid. Ich beobachte, und ich lausche und sehe, daß ihr so viele Leute kaltstellt, die euch helfen könnten, nur weil sie ein Zick oder ein Zack in ihren Streifen haben, das in eurem Muster nicht vorkommt. Und ich habe heut nachmittag etwas gelernt. Ich habe es gesehen und gehört. Der Präsident der Vereinigten Staaten hat mit Samuel Winters gesprochen, einem Mann, den Sie ablehnen. Aber als Sie sagten, warum Sie ihn ablehnen, antwortete Langford Jennings etwas, das mich tief beeindruckt hat. Er sagte, auch wenn Samuel Winters mit dieser oder jener Politik nicht einverstanden sei, mache ihn das nicht automatisch zum Feind.«

»Der Präsident begreift oft nicht, wer seine Feinde sind. Er entdeckt ideologische Verbündete sehr schnell und hält an ihnen fest – offen gesagt, manchmal sogar zu lange, doch oft ist er zu großzügig, um denen zu mißtrauen, die nur untergraben wollen, woran er glaubt und wofür er einsteht.«

»Das ist ungefähr das schwächste und überheblichste Argument, das mir je zu Ohren gekommen ist, Herbie. Wovor schotten Sie den Mann ab? Vor gegensätzlichen Ansichten?«

»Reden wir lieber wieder von Ihrer großen Überraschung, Herr Abgeordneter. Das Thema sagt mir mehr zu.«

»Davon bin ich überzeugt.«

»Was wissen Sie, das wir nicht wissen und das uns helfen könnte, die undichte Stelle zu finden, die den Medien die Oman-Story geliefert hat?«

»Im wesentlichen nur, was mir Frank Swann erzählt hat. Als Chef von OHIO-Vier-Null war er der Verbindungsmann zum Außenminister, zum Verteidigungsminister und zum Vorsitzenden der *Joint Chiefs*, die alle informiert waren. Er hat mir gesagt, ich könne ausschließen, daß sie mit der Sache etwas zu tun haben, jedoch...«

»Und ob Sie die ausschließen können«, unterbrach Dennison. »Sie können nicht einmal die simpelsten Fragen beantworten und sehen alle wie Oberidioten aus. Aber zufällig sind sie keine Idioten und wissen genau, was ›Höchste Geheimhaltungsstufe‹ bedeutet und wozu sie da ist. Was sonst?«

»Dann bleiben noch drei Leute übrig«, sagte Kendrick. »Sie schließe ich nur aus, weil meine Enttarnung für sie ›taktisch so unklug‹ wie möglich wäre.«

»Und wer sind die drei?«

»Der erste ist ein Mann namens Lester Crawford von der CIA; der zweite der Chef der Außenstelle Bahrein, James Grayson; der letzte eine Frau, Adrienne Raschad, mit einem offensichtlich ganz besonderen Status, die von Kairo aus operiert.«

»Was ist mit ihnen?«

»Laut Swann waren sie die einzigen, die meine Identität kannten, als ich nach Maskat eingeflogen wurde.«

»Sie gehören zu unserem Personal«, sagte Dennison spitz. »Was ist mit Ihren Leuten drüben?«

»Ich kann nicht behaupten, es sei unmöglich, aber die Wahrscheinlichkeit ist sehr gering. Die wenigen, die ich außer dem Sultan erreichte, haben so wenig Kontakt mit Washington, daß ich sie, wenn überhaupt, nur als letzte in Betracht ziehen kann. Achmad, den ich seit Jahren kenne, hätte es aus vielen Gründen ganz bestimmt nicht getan, angefangen mit seinem Thron und, ebenso wichtig, seiner guten Beziehung zu dieser Regierung. Von den vier Männern, mit denen ich telefoniert habe, war nur einer bereit, mich aufzusuchen, und er wurde deshalb ermordet – zweifellos mit Billigung der anderen. Sie waren außer sich vor Angst. Sie wollten nichts mit mir zu tun haben, wollten meine Anwesenheit in Oman nicht zur Kenntnis nehmen, und das schloß jeden ein, den sie kannten, der sich mit mir traf und dadurch auch sie verdächtig machte. Sie hätten dort sein müssen, um das zu verstehen. Sie alle leiden an einem Terroristen-Syndrom, leben mit Dolchen an ihrer Kehle und an den Kehlen ihrer Angehörigen. Es hatte schon Vergeltungsmaßnahmen gegeben, ein Sohn ermordet, eine Tochter geschändet und verstümmelt, weil Vettern oder Onkel zum Widerstand gegen die Palästinenser aufgerufen hatten. Keiner dieser Männer hätte meinen Namen auch nur einem tauben Hund ins Ohr geflüstert.«

»Herrgott, in was für einer Welt leben diese gottverdammten Araber?«

»In einer, in der die überwiegende Mehrzahl mit ihren Kindern zu überleben versucht. Und wir haben es ihnen nicht gerade erleichtert, Sie bigotter Kerl.«

Dennison legte den Kopf schief und runzelte die Stirn. »Diesen Schuß habe ich wahrscheinlich verdient, Herr Abgeordneter. Ich muß darüber nachdenken. Vor noch nicht allzu langer Zeit war es Mode, die Juden nicht zu mögen, ihnen nicht zu trauen. Das hat sich geändert, und die Araber nehmen jetzt ihren Platz im Schema unserer Antipathien ein. Vielleicht ist alles Scheiße, wer weiß? Doch ich möchte wirklich wissen, wer Sie aus der Schublade mit dem Siegel ›Streng geheim‹ hervorgeholt hat. Sie glauben, es sei jemand von uns?«

»Etwas anderes ist undenkbar. Swann wurde von einem blonden Mann mit europäischem Akzent hereingelegt, der jede Einzelheit über mich wußte, alle meine Daten kannte. Diese Information kann er nur aus den Akten der Regierung haben – wahrscheinlich aus meinem Personalbogen, der für den Kongreß angelegt wurde. Er versuchte mich mit Oman in Verbindung zu bringen, doch Swann leugnete und behauptete, er habe mich abgewiesen. Er hatte jedoch den Eindruck, daß der Mann ihm nicht glaubte.«

»Wir wissen über den blonden Geisterspion Bescheid«, warf Dennison ein. »Wir können ihn nicht finden.«

»Aber er hat nicht aufgegeben und jemand ausgegraben, der ihm entweder absichtlich oder unabsichtlich bestätigte, was er wissen wollte. Wenn wir Sie, die beiden Minister und die *Joint Chiefs* ausschließen, müssen es entweder Crawford oder Grayson gewesen sein – oder die Frau, Adrienne Raschad.«

»Die beiden ersten können Sie streichen«, sagte Dennison.

»Crawford habe ich heute in aller Herrgottsfrüh hier in diesem Büro hochnotpeinlich verhört, und er war nahe dran, mir eine Runde Saigon-Roulette vorzuschlagen, weil ich die Möglichkeit auch nur in Betracht gezogen hatte. Grayson habe ich vor fünf Stunden in Bahrein erreicht, und ihn hätte fast der Schlag getroffen, als ihm klar wurde, daß wir ihn verdächtigten, die undichte Stelle zu sein. Er hat mir das *Black-Operations-Book* vorgelesen, als sei ich das dümmste Kind in der Straße, das in Einzelhaft gehört, weil ich im Ausland auf einer ganz gewöhnlichen Leitung anrief. Wie Crawford, ist auch Grayson ein Profi vom alten Schrot und Korn. Keiner von beiden würde Ihretwegen seine Laufbahn riskieren, und keinen von beiden könnte man mit einem Trick überlisten, etwas preiszugeben, was sie nicht preisgeben wollen.«

Kendrick, der in dem Sessel hinter Dennisons Schreibtisch saß, beugte sich vor und stützte die Ellenbogen auf die Schreibunterlage. Er starrte die gegenüberliegende Wand an, und die widerstreitendsten Gedanken flogen ihm durch den Kopf. Kalaila, oder vielmehr Adrienne Raschad, hatte ihm das Leben gerettet. Hatte sie es nur getan, um ihn jetzt zu verkaufen? Sie war auch mit Achmad eng befreundet, der wegen seiner Verbindung zu ihr alles verlieren konnte; Kendrick fand, er habe dem jungen Sultan genug angetan, ohne der Liste eine umgedrehte Geheimagentin hinzuzufügen. Aber Kalaila hatte ihn verstanden, als er Verständnis brauchte; sie war gütig gewesen, als er Güte dringend nötig hatte, weil er um sein Leben und seine eigenen Unzulänglichkeiten fürchtete. Wenn man sie durch einen Trick dazu gebracht hatte, ihn preiszugeben, und er sie bloßstellte, mußte sie die Arbeit aufgeben, an die sie leidenschaftlich glaubte. Doch wenn sie nicht hereingelegt worden war, sondern ihn aus persönlichen Gründen enttarnt hatte, dann würde er ihren Verrat aufdecken. Wo lag die Wahrheit? War sie Opfer oder Lügnerin? Doch was es auch war, er mußte es allein herausfinden, mußte die schwere Hand offizieller Überwachung abschütteln. Vor allem mußte er, ob sie nun Opfer oder Lügnerin war, herausbekommen, an wen sie sich oder wer sich an sie gewandt hatte. Denn nur das Wer konnte das Warum beantworten, und er mußte erfahren, warum man ihn als Kendrick von Oman enttarnt hatte. »Dann bleibt von Ihren sieben nur eine unbekannte Größe übig.«

»Die Frau«, stimmte Dennison zu. »Ich stecke sie auf einen Drehspieß und röste sie über dem heißesten Feuer, das Sie je gesehen haben.«

»Nein, das werden Sie nicht«, entgegnete Kendrick. »Sie und Ihre Leute werden ihr nicht zu nahe kommen, ehe ich grünes Licht gebe. Falls ich es gebe. Und wir gehen noch einen Schritt weiter. Niemand darf wissen, daß Sie sie nach Washington einfliegen lassen – getarnt, nennt man das wohl. Absolut niemand. Ist das klar?«

»Wer, zum Teufel, sind Sie...«

»Das haben wir doch schon hinter uns, Herbie. Haben Sie den nächsten Dienstag im Blue Room vergessen? Die Marinekapelle und die vielen, vielen Reporter und Fernsehkameras? Ich werde ein großes und begieriges Publikum haben, wenn mir danach ist, ein paar Meinungen von mir zu geben. Glauben Sie mir, Sie sind dann eines meiner ersten Ziele.«

»Scheiße! Darf der auf so rüde Weise Erpreßte so kühn sein zu fragen, warum diesem spionierenden Frauenzimmer eine Sonderbehandlung zuteil wird?«

»Aber natürlich«, antwortete Kendrick. »Diese Frau hat mir das Leben gerettet, und Sie werden nicht das ihre zerstören, indem Sie ihre Leute wissen lassen, daß das Weiße Haus sie aufs Korn genommen hat. Dergleichen haben Sie hier schon oft genug getan.«

»Schon gut, schon gut, aber eins möchte ich klarstellen: Wenn sie das Sieb ist, bekomme ich sie.«

»Das kommt drauf an«, sagte Kendrick, sich wieder zurücklehnend.

»Worauf, um Himmels willen?«

»Auf das Wie und Warum.«

»Noch mehr Rätsel, Herr Abgeordneter?«

»Nicht für mich«, antwortete Kendrick und sprang unvermittelt auf. »Bringen Sie mich hier weg, Dennison. Und da ich nicht nach Hause kann, weder in mein Haus in Virginia noch in mein Haus in Colorado, ohne überrannt zu werden, kann mir vielleicht jemand aus diesem Irrenhaus unter einem anderen Namen ein Häuschen auf dem Land mieten? Ich bezahle für einen Monat – oder so lange, wie's eben nötig ist. Ich brauche nur ein paar Tage für mich, um gründlich nachzudenken, bevor ich mich wieder im Büro sehen lasse.«

»Dafür ist gesorgt«, sagte Dennison schroff. »Es war sogar Jennings' Idee, Sie über das Wochenende in einem dieser abgeschotteten Häuser in Maryland unterzubringen.«

»Was, zum Teufel, ist ein abgeschottetes Haus? Bitte bedienen Sie sich einer Sprache, die ich verstehe.«

»Lassen Sie es mich so ausdrücken: Sie sind Gast des Präsidenten der Vereinigten Staaten in einem unauffindbaren Haus, das für Leute reserviert ist, die nicht gefunden werden sollen. Das deckt sich mit meiner Meinung, daß Jennings es sein sollte, der die ersten öffentlichen Erklärungen über Sie abgibt. Sie sind hier gesehen worden, und die Öffentlichkeit wird davon erfahren – so sicher, wie Kaninchen Junge kriegen.«

»Sie schreiben das Szenarium. Was sagen wir – was sagen Sie, wenn Sie gefragt werden, warum man mich isoliert hat?«

»Das ist einfach. Uns, und ganz besonders dem Präsidenten, liegt, nachdem er sich mit unseren Antiterror-Experten beraten hat, vor allem Ihre Sicherheit am Herzen. Nur keine Sorge, unseren Schreiberlingen wird schon was einfallen, das die Frauen dazu bringt, in ihre Taschentücher zu weinen, und die Männer so anheizt, daß sie am liebsten in einer Parade mitmarschieren würden. Und da Jennings in diesen Dingen das Sagen hat, wird er sich garantiert als den mächtigen Ritter der Tafelrunde darstellen, der sich um einen tapferen jüngeren Bruder sorgt, nachdem der eine gefährliche gemeinsame Mission erfolgreich beendet hat. Scheiße!«

»Und wenn an der Vergeltungstheorie was dran ist, macht mich das zur Zielscheibe«, fügte Kendrick hinzu.

»Das wäre ein Lichtblick«, meinte Dennison und nickte zufrieden.

»Rufen Sie mich an, wenn Sie etwas über Adrienne Raschad in Erfahrung gebracht haben.«

Kendrick saß im Arbeitszimmer des eindrucksvollen abgeschotteten Hauses in der Gemeinde Cynwid Hollow am Oststrand von Maryland. Er hatte es sich in einem tiefen Ledersessel bequem gemacht und sich zum drittenmal die Videoaufnahme von Jennings' überraschend einberufener Pressekonferenz über einen gewissen Kongreßabgeordneten Evan Kendrick aus Colorado angesehen. In dem von Scheinwerfern erleuchteten Garten patrouillierten Posten mit schußbereiten Gewehren.

Die Pressekonferenz war noch viel schrecklicher verlaufen, als Dennison prophezeit hatte – voller herzerweichender Pausen, die jeweils von einem lange vor dem Spiegel geprobten Lächeln ausgefüllt wurden, hinter dem Stolz und Tränen des Lächelnden deutlich sichtbar wurden. Wieder einmal beschränkte der Präsident sich auf Gemeinplätze – außer in einer Beziehung: »Bis die entsprechenden Sicherheitsmaßnahmen getroffen wurden, habe ich den Kongreßabgeordneten Evan Kendrick, einen Mann, auf den wir alle stolz sind, gebeten, sich zurückzuziehen und nicht in der Öffentlichkeit zu zeigen. Und im Zusammenhang mit dieser Maßnahme spreche ich eine ernste Warnung aus. Sollten Terroristen je versuchen, sich an Leib und Leben meines guten Freundes zu vergreifen, der mir nahesteht wie ein jüngerer Bruder, wird das Gebiet, in dem sie ihr Unwesen treiben, gezielt die ganze Macht der Vereinigten Staaten zu fühlen bekommen – zu Lande, zu Wasser und in der Luft...«

Gezielt! O mein Gott!

Ein Telefon klingelte. Kendrick sah sich um und entdeckte den Apparat auf dem Schreibtisch. Er schwang die Beine vom Hocker und begab sich zu dem Störenfried. »Ja?«

»Sie fliegt mit einer Militärmaschine in Begleitung eines Attachés von der Botschaft in Kairo. In der Passagierliste wird sie als seine Sekretärin geführt, der Name tut nichts zur Sache. Die geschätzte Ankunftszeit ist sieben Uhr morgens unserer Zeit. Also müßte sie spätestens um zehn in Maryland sein.«

»Was weiß sie?«

»Nichts.«

»Sie mußten ihr doch etwas sagen«, blieb Kendrick hartnäckig.

»Man hat ihr zu verstehen gegeben, es handle sich um neue, wichtige Instruktionen der Regierung – Instruktionen, die sie nur hier entgegennehmen könne.«

»Und den Unsinn hat sie euch abgekauft?«

»Es blieb ihr nichts anderes übrig. Sie wurde in ihrer Kairoer Wohnung abgeholt und seither in Gewahrsam gehalten. Ich wünsche Ihnen eine miserable Nacht, Sie Dreckskerl.«

»Herzlichen Dank, Herbie.« Kendrick legte auf. Einerseits erleichtert, andererseits nicht ohne Angst vor der ihm am nächsten Morgen bevorstehenden Konfrontation mit der Frau, die er unter dem Namen Kalaila kennengelernt, einer Frau, die er in einem Zustand verzweifelter Angst und Erschöpfung leidenschaftlich umarmt hatte. Dieser impulsive Akt und die Verzweiflung, die dazu geführt hatte, mußten vergessen werden. Er mußte feststellen, ob er einer Feindin oder einer Freundin wiederbegegnete. Doch vorher mußte er Annie O'Reilly anrufen und versuchen, durch sie Manny Weingrass zu erreichen. Es war ganz nebensächlich, wer wußte, wo er war. Er war der offizielle Gast des Präsidenten der Vereinigten Staaten.

23

Emmanuel Weingrass saß mit dem untersetzten schnurrbärtigen Besitzer des *Mesa Verde Cafés* in der roten Nische. Die letzten zwei Stunden waren für Manny sehr anstrengend gewesen und hatten ihn an die verrückten Tage in Paris erinnert, als er noch für die Mossad gearbeitet hatte. Die augenblickliche Situation war zwar nicht annähernd so melodramatisch, und seine Gegner hatten es kaum auf sein Leben abgesehen – blieb die Tatsache, daß er, ein alter Mann, von einem Ort zu einem anderen gelangen mußte, ohne gesehen oder aufgehalten zu werden.

»Wie haben Sie's geschafft?« fragte Gonzalez-Gonzalez, der Besitzer des Cafés, und schenkte Weingrass einen Whisky ein.

»Mit Hilfe der Örtlichkeit, in die der zivilisierte Mensch sich zum Zweck bestimmter Verrichtungen zurückzieht, Ge-Ge – der Toilette. Ich ging in die Toilette und kletterte aus dem Fenster. Dann mischte ich mich unter die Menge und fotografierte mit einem von Evans Apparaten wie ein richtiger Profi, bis ich ein Taxi erwischte, das mich herbrachte.«

»He, Mann!« warf Gonzalez-Gonzalez ein. »Die Kerle machen zur Zeit ganz schön Kohle.«

»Diebe sind das! Ich steig ein, und das erste, was dieser Gannef zu mir sagte, war: ›Zum Flugplatz kostet's hundert Dollar, Mister.‹ Ich nahm meinen Hut ab und sagte: ›Die staatliche Taxi-Kommission wird sich für die neuen Preise in Mesa Verde bestimmt sehr interessieren‹, und drauf er: ›Ach, Sie sind es, Mr. Weingrass, ein Scherz, Mr. Weingrass.‹ Und dann sag' ich zu ihm: ›Nimm den anderen meinetwegen zweihundert Piepen ab, aber bring mich zu Ge-Ge.‹«

Die beiden Männer brachen in lautes Gelächter aus, und dann klingelte das Münztelefon, das neben der Nische an der Wand hing. Gonzalez legte Manny die Hand auf den Arm. »Lassen Sie García rangehen«, sagte er.

»Warum? Sie haben gesagt, mein Junge habe schon zweimal angerufen.«

»García weiß, was er zu sagen hat. Ich hab's ihm eben erklärt.«

»Erklären Sie's mir auch.«

»Er gibt dem Abgeordneten die Nummer meines Büroapparates und sagt ihm, er solle in ein paar Minuten wieder anrufen.«

»Ge-Ge, was soll das, zum Teufel?«

»Gleich nach Ihnen ist hier ein *Gringo* aufgetaucht, den ich nicht kenne.«

»Na und? Es dürften jetzt haufenweise Leute reinkommen, die Sie nicht kennen.«

»Er gehört nicht her, Manny. Er hat zwar keinen Regenmantel und keinen Hut und keine Kamera, aber er gehört trotzdem nicht hierher. Er trägt einen Anzug – mit Weste.« Weingrass begann sich langsam umzudrehen. »Nicht!« befahl Gonzalez und packte ihn am Arm. »Er schaut alle paar Augenblicke zu uns herüber. Er interessiert sich für Sie, Manny.«

»Was sollen wir also tun?«

»Einfach warten und dann aufstehen, wenn ich es Ihnen sage.«

Der Kellner namens García hängte ein, hustete einmal und trat an den Tisch des rothaarigen Mannes im dunklen Anzug mit Weste. Er beugte sich über ihn und sagte etwas, aber der gutgekleidete Gast warf ihm nur einen eisigen Blick zu. Der Kellner zuckte mit den Schultern und ging zur Bar zurück. Langsam und unauffällig legte der Mann ein paar Scheine auf den Tisch, stand auf und verließ das Lokal.

»Jetzt«, flüsterte Gonzalez, erhob sich und winkte Weingrass, ihm zu folgen. Zehn Sekunden später standen sie in Gonzalez' unordentlichem Büro. »Der Abgeordnete wird in etwa einer Minute zurückrufen«, sagte er und zeigte auf einen Sessel hinter dem Schreibtisch, dessen bessere Tage schon Jahrzehnte zurückliegen mußten.

»Sind Sie sicher, daß es Kendrick war?« fragte Manny Weingrass.

»Garcías Husten war das verabredete Zeichen.«

»Was hat García zu dem anderen Typen gesagt?«

»Daß er glaube, die telefonische Nachricht sei für ihn bestimmt gewesen, da die Beschreibung auf keinen anderen Gast im Lokal passe.«

»Und wie lautete die Nachricht?«

»Schlicht und einfach, er solle sich so schnell wie möglich mit seinen Leuten draußen in Verbindung setzen.«

»Das war alles?«

»Er ist gegangen. Das ist sehr aufschlußreich, oder nicht?«

»Wieso?«

»*Uno*, er hat Leute, mit denen er sich in Verbindung setzen kann. *Dos*, sie halten sich entweder in der Nähe meines Lokals auf, oder er hat andere Möglichkeiten, sie zu erreichen, zum Beispiel ein Autotelefon. *Tres*, er ist nicht hier reinspaziert, nur um ein Bier zu trinken. *Cuatro*, er gehört zweifellos zu irgendeinem Verein, der mit ›Bundes...‹ anfängt.«

»Zu einer Bundesbehörde?« fragte Weingrass erstaunt. »Woher wissen Sie das?«

»Ich selbst bin natürlich noch nie illegal über die Grenze meines geliebten Heimatlandes gegangen, aber auch der Unschuldigste – wie ich, zum Beispiel – bekommt solche Geschichten zu hören. Wir wissen, wonach wir Ausschau halten müssen, mein Freund. *Comprendé, hermano?*«

»Ich habe schon immer gesagt, man braucht nur die besten nicht erstklassigen Kneipen der Stadt zu finden, und man lernt mehr über das Leben als in den Kloaken von Paris.«

»Paris bedeutet Ihnen sehr viel, nicht wahr, Manny?«

»Es verblaßt, *amigo*. Ich weiß zwar nicht, warum, aber es verblaßt. Irgend etwas passiert hier mit meinem Jungen, und ich verstehe es nicht. Aber es ist wichtig.«

»Er bedeutet Ihnen auch sehr viel, ja?«

»Er ist mein Sohn.« Das Telefon klingelte, Weingrass riß den Hörer ans Ohr, und Gonzalez ging hinaus. »Wirrkopf, bist du's?«

»Was ist bei dir da draußen los, Manny?« fragte Kendrick. »Wirst du von einer Einheit der Mossad abgeschirmt?«

»Ich hab' einen viel besseren Schutz«, antwortete Weingrass. »Da gibt's keine geprüften Buchhalter, die jeden Schekel dreimal umdrehen. Jetzt zu dir. Was, zum Teufel, ist passiert?«

»Ich weiß es nicht, ich schwöre dir, ich weiß es nicht!« Kendrick schilderte ihm in allen Einzelheiten, was er erlebt hatte, angefangen bei Sabri Hassans erschreckender Mitteilung über die Oman-Enthüllungen bis zu seinem Untertauchen in dem billigen Motel; von seiner Begegnung mit Frank Swann vom Außenministerium bis zu seinem Eintreffen im Weißen Haus, wohin er unter strenger Bewachung gebracht worden war; von dem feindseligen Empfang durch den Stabschef und seiner Begegnung mit dem Präsidenten, der darauf bestand, ihm am nächsten Dienstag im Blue Room des Weißen Hauses mit großem Brimborium eine Art Tapferkeitsmedaille zu überreichen, und dadurch alles nur noch mehr aufrührte. Am Ende erzählte er auch von Kalaila, die ihm in Bahrein das Leben gerettet und sich später als Agentin der CIA entpuppt hatte. »Sie ist unterwegs hierher, damit ich sie vernehmen kann.«

»Nach dem, was du mir erzählt hast, war sie es nicht, die dich enttarnt hat«, sagte Weingrass.

»Wieso nicht?«

»Weil du ihr geglaubt hast, als sie dir sagte, sie sei Araberin und schäme sich entsetzlich. Das hast du mir erzählt. In gewisser Beziehung, Wirrkopf, kenne ich dich besser, als du dich selbst kennst. Du läßt dich in solchen Dingen nicht so leicht an der Nase herumführen. Deshalb warst du ja wie geschaffen für die Kendrick-Gruppe. Wenn diese Frau dich preisgegeben hätte, hätte sie ihre Schmach nur noch tiefer empfunden und den Wahnwitz der Welt, in der sie lebt, gewissermaßen auf die Spitze getrieben.«

»Sie ist die einzige, die noch übrig ist, Manny. Die anderen hätten es nicht getan, konnten es nicht tun.«

»Dann muß es außer diesen anderen noch andere geben.«

»Um Himmels willen, wen denn? Das waren die einzigen, die gewußt haben, daß ich dort war.«

»Du sagst, dieser Swann habe dir was von einem blonden Typen mit ausländischem Akzent erzählt, der rausgekriegt hatte, daß du in Maskat warst. Wo hat er seine Informationen her?«

»Er scheint sich in Luft aufgelöst zu haben, nicht einmal das Weiße Haus kann ihn finden.«

»Vielleicht kenne ich ein paar Leute, die es können«, sagte Weingrass.

»Nein, Manny«, erwiderte Kendrick energisch. »Wir sind

nicht in Paris, und die Leute, die du meinst, müßten hier illegal operieren. Ich schulde ihnen zuviel, obwohl du mir eines Tages erklären mußt, welches Interesse sie an einer bestimmten Geisel hatten.«

»Das habe ich selbst nie erfahren«, sagte Weingrass. »Ich wußte, daß die Einheit ursprünglich für eine andere Aufgabe ausgebildet worden war, und ich habe vermutet, daß sie jemanden aus der Botschaft herausholen sollte, aber die Burschen haben in meiner Gegenwart nie darüber gesprochen. Diese Leute wissen, wie man den Mund hält... Was hast du als nächstes vor?«

»Morgen vormittag trifft Adrienne Raschad hier ein, das hab' ich dir doch gesagt.«

»Und hinterher?«

»Du hast nicht ferngesehen.«

»Ich bin bei Ge-Ge. Er erlaubt nur Videobänder, hast du das vergessen? Er läßt gerade eine Folge einer Serie von 1982 laufen, und fast alle Gäste glauben, es ist eine aktuelle Sendung von heute. Was gab's im Fernsehen?«

»Der Präsident hat erklärt, ich sei in Schutzhaft.«

»Klingt für mich nach Knast.«

»Ist es auch in gewisser Weise, aber das Gefängnis ist erträglich, und der Wärter hat mir einige Privilegien eingeräumt.«

»Bekomme ich eine Telefonnummer?«

»Ich kenne sie nicht. Sie steht nicht auf dem Apparat, der Streifen ist leer, aber ich halte dich auf dem laufenden. Wenn ich von hier fortgehe, ruf' ich dich vorher an.«

»Okay. Und jetzt möchte ich dich was fragen. Hast du zu irgend jemand von mir gesprochen?«

»Gütiger Gott, nein. Du stehst vielleicht in dem streng geheimen Oman-Dossier, und ich habe gesagt, daß außer mir noch viele Leute beteiligt waren, aber deinen Namen habe ich nie genannt. Warum?«

»Weil ich beschattet werde.«

»Was?«

»Mir gefällt das ganz und gar nicht. Ge-Ge sagt, der Komiker, der an mir dranhängt, gehöre zu irgendeiner Bundesbehörde, und er sei nicht allein.«

»Vielleicht hat Dennison deinen Namen aus dem Dossier rausgepickt und für deinen Schutz gesorgt.«

»Schutz – wovor? Nicht mal in Paris weiß jemand, was ich mache, sonst wäre ich schon seit drei Jahren tot. Und wieso glaubst du, daß mein Name in irgendeinem Dossier steht? Außerhalb der Einheit kannte ihn keiner, und auch in der Konferenz am Morgen unseres Abflugs hat niemand unsere Namen genannt. Und wenn man mich schon beschützt, Wirrkopf, wär's eine gute Idee, mich davon in Kenntnis zu setzen. Denn wenn ich so gefährlich bin, daß es erforderlich wird, mich zu schützen, könnte ich doch jemandem, von dem ich nicht weiß, daß er mich beschützt, das Gehirn aus dem Schädel blasen.«

»Wie immer«, sagte Kendrick, »stecken in deinem normalen Pfund Unwahrscheinlichkeit ein paar Gramm Logik. Ich lasse es nachprüfen.«

»Tu das. Ich habe vielleicht nicht mehr allzu viele Jahre vor mir, aber ich möchte nicht, daß sie durch eine Kugel in meinem Kopf verkürzt werden – egal von welcher Seite. Ruf mich morgen an, denn jetzt muß ich mich wieder in den Hexensabbat stürzen, bevor man mein Verschwinden dem obersten Polizeibüttel meldet.«

»Grüß mir Ge-Ge«, sagte Kendrick, »und sag ihm, wenn ich wieder zu Hause bin, muß er die Finger vom ›Importgeschäft‹ lassen, sonst mache ich ihm die Hölle heiß. Und sag ihm auch danke, Manny.« Kendrick legte auf, nahm jedoch die Hand nicht vom Hörer, nahm ihn wieder auf und wählte die Null.

»Zentrale«, meldete sich eine weibliche Stimme zögernd nach einer wie ihm schien ungewöhnlich langen Wartezeit.

»Ich weiß nicht, warum«, sagte Kendrick, »aber ich habe das Gefühl, daß Sie keine ganz gewöhnliche Telefonistin der Telefongesellschaft sind.«

»Sir?«

»Es ist nicht wichtig, Miß. Mein Name ist Kendrick, und ich muß mit Mr. Herbert Dennison, dem Stabschef des Weißen Hauses, sprechen – und zwar so bald wie möglich. Es ist dringend. Ich bitte Sie, Ihr Bestes zu tun, um ihn zu finden. Er soll mich noch innerhalb der nächsten fünf Minuten anrufen. Sollte das nicht möglich sein, bin ich gezwungen, den Mann meiner Sekretärin anzurufen, einen Polizeileutnant aus Washington, und ihm zu sagen, daß man mich an einem Ort gefangenhält, dessen Lage ich meiner Meinung nach ziemlich genau angeben kann.«

»Sir, bitte!«

»Ich denke, ich spreche vernünftig und drücke mich klar aus«, unterbrach Kendrick. »Mr. Dennison soll mich innerhalb der nächsten fünf Minuten anrufen, und der Countdown hat eben begonnen. Vielen Dank, Miß, und guten Tag.« Wieder legte Kendrick auf, nahm aber jetzt die Hand weg und ging zur Hausbar, in der ein Eiskübel und ein Sortiment teurer Whiskyflaschen standen. Er schenkte sich einen Drink ein, sah auf die Uhr und trat an ein großes Fenster mit Blick auf das von Scheinwerfern beleuchtete Grundstück hinter dem Haus. Der Anblick eines Krocketspielfelds und weißgestrichener Gartenmöbel am Spielfeldrand belustigte ihn; weniger amüsant fand er den Marinesoldaten in der lässigen, unmilitärischen Uniform des Hauspersonals. Er ging auf dem Pfad in der Nähe der Steinmauer auf und ab, das sehr militärische Schnellfeuergewehr im Anschlag. Manny hatte recht: Es war ein Gefängnis. Sekunden später klingelte das Telefon, und Kendrick hob ab. »Hallo, Herbie, wie geht's?«

»Wie's mir geht, Sie Dreckskerl? Ich stehe unter der Dusche, so geht's mir. Ich bin klatschnaß. Was wollen Sie?«

»Ich will wissen, warum Weingrass beschattet wird. Ich will wissen, wieso sein Name ins Spiel gekommen ist, und ich hoffe für Sie, daß Sie mir eine befriedigende Antwort geben können – zum Beispiel über sein persönliches Wohlergehen.«

»Machen Sie mal halblang, ja«, sagte Dennison schroff. »Was, zum Teufel, ist ein Weingrass?«

»Emmanuel Weingrass ist ein Architekt von internationalem Ruf. Er ist auch ein sehr enger Freund von mir, der sich in meinem Haus in Colorado aufhält – aus Gründen, die ich Ihnen nicht nennen muß. Seine Anwesenheit ist streng vertraulich. Wo und an wen haben Sie seinen Namen weitergegeben?«

»Ich kann nichts weitergeben, wovon ich noch nie was gehört habe, Sie Schwachkopf.«

»Sie lügen mich doch nicht an, Herbie? Denn wenn Sie das tun, stehen Ihnen ein paar sehr unangenehme und peinliche Wochen bevor.«

»Wenn ich glaubte, daß ich Sie durch eine Lüge loswerden könnte, würde ich keinen Moment zögern, aber Lügen über diesen Weingrass habe ich nicht auf Lager. Ich weiß nicht, wer er ist, also klären Sie mich auf.«

»Sie haben doch die Abschlußberichte über Oman gelesen, oder?«

»Selbstverständlich habe ich sie gelesen. Es ist ein Dossier und inzwischen tief im Archiv vergraben.«

»Der Name Weingrass kam darin nicht vor?«

»Nein, und ich würde mich bestimmt an ihn erinnern, es ist ein komischer Name.«

»Nicht für Weingrass.« Kendrick schwieg einen Moment, aber nicht so lange, daß Dennison etwas sagen konnte. »Könnte jemand von der CIA, der NSA oder einem ähnlichen Verein meinen Gast unter Beobachtung stellen, ohne Sie vorher zu informieren?«

»Unmöglich!« schrie der Oberherr des Weißen Hauses. »Was Sie und das ganze Spektakel angeht, das Sie uns eingebrockt haben, kann niemand ohne mein Wissen auch nur einen Zoll vom Weg abkommen.«

»Eine letzte Frage noch. Wurde im Oman-Dossier der Name der Person erwähnt, die mit mir aus Bahrein zurückflog?«

Jetzt schwieg Dennison eine Weile. Dann sagte er: »Sie sind sehr leicht zu durchschauen, Herr Abgeordneter.«

»Wenn Sie der Meinung sind, Sie und Ihr Mann sollten mich im Moment nicht mit der Feuerzange anfassen, spekulieren Sie bloß nicht auf die Verbindungen von Weingrass. Lassen Sie ihn in Ruhe.«

»Ich werde ihn in Ruhe lassen«, stimmte Dennison zu. »Mit einem Namen wie Weingrass kann ich eine andere Verbindung herstellen, und die jagt mir Angst ein. Wie die Mossad.«

»Gut. Jetzt beantworten Sie mir nur meine Frage. Was stand in dem Dossier über den Flug von Bahrein nach Andrews?«

»Die ›Fracht‹ bestand aus Ihnen und einem alten Araber in westlicher Kleidung, einem langgedienten Sub-Agenten von Consular Operations, der sich in Amerika in ärztliche Behandlung begeben mußte. Sein Name war Ali Sowieso. Das Außenministerium stellte ihm eine Unbedenklichkeitsbescheinigung aus, und er verschwand. Und das ist die Wahrheit, Kendrick. Niemand in dieser Regierung weiß etwas von einem Mr. Weingrass.«

»Danke, Herbert.«

»Danke für den *Herbert*. Kann ich noch etwas für Sie tun?«

Kendrick starrte aus dem Fenster in den hell erleuchteten

Garten und auf den patrouillierenden Marinesoldaten. »Ich will Ihnen einen Gefallen tun und sag' nein«, antwortete er leise. »Vorläufig wenigstens. Aber etwas können Sie für mich in Ordnung bringen. Dieses Telefon wird abgehört, nicht wahr?«

»Nicht mit der üblichen Methode. Das Abhörgerät kann nur unter strengen Sicherheitsmaßnahmen von jemand entfernt werden, der dazu autorisiert ist.«

»Könnten Sie die Überwachung für – sagen wir – eine halbe Stunde aufheben, bis ich mit jemand gesprochen habe? Es wäre in Ihrem Sinn, glauben Sie mir.«

»In Ordnung, akzeptiert. Die Leitung hat Vorrang vor allen anderen; unsere Leute benutzen sie oft, wenn sie sich in diesen Häusern aufhalten. Geben Sie mir fünf Minuten, und telefonieren Sie mit Moskau, wenn Sie wollen.«

»Fünf Minuten.«

»Darf ich jetzt wieder unter die Dusche?«

»Versuchen Sie's diesmal mit *Clorox.*« Kendrick legte auf, holte seine Brieftasche heraus und schob den Finger unter seinen Führerschein aus Colorado. Er fischte nach dem winzigen Stück Papier mit den beiden Privatnummern von Frank Swann und sah wieder auf die Uhr. Er wollte zehn Minuten warten und hoffte, den stellvertretenden Chef von Consular Operations unter einer der beiden Nummern zu erreichen. Er hatte Glück. Swann war da. In seiner Wohnung natürlich. Kendrick erklärte ihm, wo er war – oder vielmehr, wo er zu sein glaubte.

»Wie fühlt man sich in Schutzhaft?« fragte Swann. Seine Stimme klang müde. »Ich war schon in einigen dieser Häuser, um Überläufer zu vernehmen. Ich hoffe, man hat Sie in einem untergebracht, das einen Pferdestall oder wenigstens zwei Pools hat – einen davon selbstverständlich im Haus. Eins sieht aus wie das andere.«

»Hier gibt es einen Krocketplatz.«

»Wie armselig. Was haben Sie mir zu berichten? Hänge ich nicht mehr so fest am Haken?«

»Vielleicht. Zumindest hab' ich versucht, Sie ein bißchen aus der Schußlinie zu rücken. Frank, ich muß Sie was fragen, und wir können beide sagen, was wir wollen, jeden Namen nennen. Das Telefon hier wird nicht abgehört.«

»Woher wissen Sie das?«

»Von Dennison.«

»Und Sie haben ihm geglaubt? Aber zufällig wär's mir egal, wenn das Gespräch für ihn mitgeschnitten würde.«

»Ich habe ihm geglaubt, weil er ahnt, was ich sagen werde, und gern einen Abstand von einigen tausend Meilen zwischen die Regierung und das legen würde, worüber wir sprechen werden. Er hat gesagt, wir sprächen auf einer Sonderleitung.«

»Er hat recht. Er fürchtet, daß sonst irgend jemand mithören könnte, was Sie sagen. Um was geht es?«

»Um Manny Weingrass und durch ihn die Verbindung mit der Mossad...«

»Ich habe Ihnen gesagt, da geht gar nichts«, fiel Swann ihm ins Wort. »Aber sei's drum, wir sprechen wirklich auf einer Sonderleitung. Los, reden Sie!«

»Dennison hat mir erklärt, daß im Oman-Dossier die Passagiere der Maschine aufgeführt sind, die am Morgen nach Beendigung der Operation von Bahrein zum Luftwaffenstützpunkt Andrews flogen. Außer mir war noch ein älterer Araber in westlicher Kleidung an Bord, ein Sub-Agent von Consular Operations...«

»Der nach Amerika gebracht wurde, um sich ärztlich behandeln zu lassen«, unterbrach Swann. »Nach Jahren unschätzbarer Zusammenarbeit waren wir das Ali Sada und seiner Familie schuldig.«

»Sind Sie sicher, daß das der Wortlaut war?«

»Wer könnte es besser wissen? Ich hab's ja selber geschrieben.«

»Sie? Dann wußten Sie, daß es Weingrass war?«

»Das zu erraten war nicht schwierig. Ihre Instruktionen, die Grayson an mich weitergab, waren verdammt klar. Sie verlangten – verlangten! –, eine ungenannte Person in die Staaten mitnehmen zu dürfen, und zwar in derselben Maschine...«

»Ich habe die Mossad gedeckt...«

»Offensichtlich, und ich ebenfalls. Sehen Sie, jemanden auf diese Weise ins Land zu holen ist gegen die Vorschriften – das Gesetz interessiert uns nicht –, es sei denn, wir führen ihn in unsern Büchern. Also hab' ich ihn in Ali Sada verwandelt.«

»Aber woher haben Sie gewußt, daß es Manny war?«

»Das war der leichteste Teil. Ich sprach mit dem Kommandeur der königlichen Garde in Bahrein, der mit seinen Leuten Ihre

Eskorte gebildet hat. Die Personenbeschreibung, die er mir gab, hätte mir genügt, aber als er mir erzählte, der alte Halunke habe einem seiner Leute einen Tritt ins Knie versetzt, weil der Sie stolpern ließ, als Sie in den Wagen stiegen, mit dem Sie zum Flughafen gefahren sind, da hab' ich gewußt, daß ich's mit Weingrass zu tun hatte. Es heißt, sein Ruf sei ihm immer vorausgeeilt.«

»Ich bin Ihnen sehr dankbar, daß Sie das getan haben«, sagte Kendrick. »Um seinet- und um meinetwillen.«

»Es war eine Möglichkeit, Ihnen zu danken – die einzige, die mir einfiel.«

»Dann kann ich davon ausgehen, daß in Washingtoner Geheimdienstkreisen niemand von seinem persönlichen Eingreifen in Oman weiß?«

»Hundertprozentig. Vergessen Sie Maskat. Weingrass ist eine Unperson. Er weilt hier drüben gar nicht unter den Lebenden.«

»Dennison wußte nicht einmal, wer er ist...«

»Selbstverständlich nicht.«

»Aber er steht in Colorado unter Beobachtung, Frank. Irgend jemand beschattet ihn.«

»Wir sind es nicht.«

Genau in nördlicher Richtung und dreihundertsechsundsiebzig Meter von dem Haus an der Chesapeake Bay entfernt lag der Besitz von Samuel Winters, dem berühmten Historiker, der seit mehr als vierzig Jahren Freund und Berater der Präsidenten der Vereinigten Staaten war. In seiner Jugend war der immens reiche Wissenschaftler ein hervorragender Sportler gewesen; er hatte Polo und Tennis gespielt, war Ski gefahren und gesegelt, und in jeder Sportart hatte er Trophäen eingeheimst, die jetzt in den Regalen seines privaten Arbeitszimmers aufgereiht waren, ein Beweis für seine unglaubliche Vielseitigkeit. Jetzt beschränkte der alternde Lehrer sich auf ein passiveres Spiel, das seit Generationen eine kleine Leidenschaft der Familie Winters war; auf dem Rasen ihres Landhauses in Oyster Bay hatte es Anfang der zwanziger Jahre seinen Einzug gehalten – das Krokket. Immer wenn ein Mitglied der Familie irgendwo ein neues Haus baute, gehörte zu den ersten Planungen ein Rasen, dessen Abmessungen genau den Vorschriften der National Crocket Association von 1882 entsprachen, so daß offizielle Turniere darauf ausgetragen werden konnten. Für Besucher war dieses Krocketspielfeld rechts vom Haus über der Chesapeake Bay der erste Blickfang. Die vielen schmiedeeisernen weißen Gartenmöbel, die den Rasen säumten, verliehen ihm zusätzlichen Charme; hier konnten die Spieler entspannt abwarten, bis sie wieder an der Reihe waren, und sich bei einem Drink ihre nächsten Schläge überlegen.

Die Szenerie glich jener auf dem Grundstück des abgeschotteten Hauses. Das war nicht erstaunlich, denn das Land, auf dem beide Häuser standen, hatte ursprünglich Samuel Winters gehört. Vor fünf Jahren hatte Winters – zugleich mit der verschwiegenen Wiederauferstehung von Inver Brass – den südlicher gelegenen Besitz der Regierung der Vereinigten Staaten übereignet, damit sie dort ein ›sicheres‹ Haus einrichten könne. Um freundschaftlich neugierige und verschleiert feindselige Fragen potentieller Gegner der Vereinigten Staaten zu verhindern, hatte die Übereignung offiziell nie stattgefunden. Im Grundbuch des Rathauses von Cynwid Hollow waren als Besitzer von Haus und Grundstück noch immer Samuel und die inzwischen verstorbene Martha Winters eingetragen, und die Steuerberater der Familie zahlten auch noch alljährlich die für Küstengrundstücke exorbitant hohen Grundsteuern, die eine dankbare Regierung regelmäßig zurückerstattete. Wenn Neugierige und mehr oder weniger Wohlgesinnte sich erkundigten, was sich denn so auf diesem Tummelfeld der Reichen abspiele, berichtete man ihnen, ein gesellschaftliches Ereignis jage das andere, und die Größen der akademischen Welt und der Industrie gäben sich praktisch die Klinke in die Hand – ein nie versiegender Strom.

Damit der Schein gewahrt wurde, wurden sogar alle Rechnungen an Winters' Steuerberater geschickt, die sie auch bezahlten. Daß sie später von der Regierung in aller Heimlichkeit rückvergütet wurden, ahnte niemand. Es war Dr. Samuel Winters daher ein leichtes, Präsident Langford Jennings vorzuschlagen, der Kongreßabgeordnete Evan Kendrick möge sich doch ein paar Tage in das südlich von seinem Besitz gelegene ›sichere Haus‹ zurückziehen, um dem Medienrummel zu entkommen. Es stehe im Augenblick ohnehin leer. Dankbar ging der Präsident auf den Vorschlag ein; Herbert Dennison sollte alles Weitere in die Wege leiten.

Milos Varak nahm den Kopfhörer ab und schloß den elektronischen Konsolentisch. Er drehte seinen Sessel nach rechts, legte einen Schalter an der nahen Wand um und setzte damit die fast lautlos funktionierende Automatik der ›Suppenschüssel‹ auf dem Dach in Bewegung. Dann stand er auf und wanderte in dem schalldichten Studio im Keller von Samuel Winters' Haus ziellos zwischen den hochempfindlichen Sende- und Empfangsanlagen herum. Er war alarmiert, weil er nicht verstand, wovon in dem Telefongespräch aus dem abgeschotteten Haus, das er eben abgehört hatte, die Rede gewesen war.

Wie Swann so unmißverständlich erklärt hatte, wußte niemand in den Washingtoner Geheimdienstkreisen etwas von Emmanuel Weingrass. Sie hatten keine Ahnung, daß ›der alte Araber‹, den Kendrick aus Bahrein ›mitgebracht‹ hatte, Weingrass gewesen war. Wie hatte Swann gesagt? Weingrass heimlich aus Bahrein wegzubringen und ebenso heimlich unter einem falschen Namen in die Vereinigten Staaten einzuschleusen, sei sein Dank an Kendrick gewesen. Mann und Tarnung waren im bürokratischen Sinn verschwunden. Weingrass buchstäblich eine ›Unperson‹. Swanns Täuschungsmanöver war auch wegen Weingrass' enger Verbindung mit der Mossad erforderlich gewesen, und Kendrick hatte volles Verständnis dafür. Hatte doch der Kongreßabgeordnete selbst alles getan, um die Anwesenheit und Identität seines Freundes zu vertuschen. Milos Varak hatte erfahren, daß der alte Mann unter dem Namen Manfred Weinstein ins Krankenhaus eingeliefert worden war und in einem Privatflügel mit separatem Eingang gelegen hatte. Nach seiner Entlassung war er mit einem Privatjet nach Mesa Verde in Colorado geflogen worden.

Alles war privat und geheim; Weingrass' Name tauchte in keiner Akte, keinem Dossier auf. In den Monaten seiner Genesung hatte Weingrass das Haus nur selten verlassen und nie einen Ort aufgesucht, an dem der Kongreßabgeordnete bekannt war. Verdammt! Außer Kendricks engstem persönlichen Kreis, zu dem nur eine vertrauenswürdige Sekretärin, ihr Mann, ein arabisches Ehepaar in Virginia und drei viel zu hoch bezahlte Krankenschwestern gehörten, die sich für das großzügige Gehalt zu absolutem Stillschweigen verpflichtet hatten – außer dieser Handvoll Menschen wußte niemand etwas von Emmanuel Weingrass. Für Außenstehende existierte er einfach nicht.

Varak kehrte zu dem Konsolentisch zurück, drückte auf den Wiedergabeknopf, ließ das Band zurücklaufen und fand die Stelle, die er noch einmal hören wollte.

»Dann kann ich davon ausgehen, daß in Washingtoner Geheimdienstkreisen niemand von seinem persönlichen Eingreifen in Oman weiß?«

»Hundertprozentig. Vergessen Sie Maskat. Weingrass ist eine Unperson. Er weilt hier drüben gar nicht unter den Lebenden.«

»Dennison wußte nicht einmal, wer er ist...«

»Selbstverständlich nicht.«

»Aber er steht in Colorado unter Beobachtung, Frank. Irgend jemand beschattet ihn.«

»Wir sind es nicht...«

Wir sind es nicht? Wer war es dann?

Diese Frage war es, die Varak so beunruhigte. Die einzigen Menschen, die wußten, daß es einen Emmanuel Weingrass gab und was der alte Mann Evan Kendrick bedeutete, waren die fünf von Inver Brass. Konnte einer von ihnen...

Varak wollte nicht mehr denken. Im Moment war es für ihn zu schmerzlich.

Adrienne Raschad wurde von einer plötzlichen Turbulenz aus dem Schlaf gerissen, in die das Militärflugzeug geraten war. Sie blickte durch den Mittelgang in den schwach beleuchteten Fluggastraum, der nicht besonders bequem ausgestattet war. Der Attaché aus Kairo schien erregt, er fürchtete sich, genauer gesagt. Doch der Mann war mit einem Transportmittel wie diesem immerhin vertraut genug, um sich einen Seelentröster mitzubringen, eine in einer Lederhülle steckende Taschenflasche, die er buchstäblich aus seinem Aktenkoffer riß. Er trank gierig, bis er merkte, daß sein »Frachtgut« ihn beobachtete. Einfältig lächelnd hielt er ihr die Flasche hin. Adrienne schüttelte den Kopf und schrie über das Jaulen der Düsenmotoren hinweg: »Das sind nur Schlaglöcher!«

»Hallo, ihr da hinten«, meldete sich der Pilot über das Wechselsprechgerät. »Tut mir leid wegen der Schlaglöcher, aber leider müssen wir dieses Wetter noch ungefähr eine halbe Stunde ertragen. Wir müssen abseits der Passagierflugrouten auf unserer Route bleiben. Ihr hättet bei freundlicherem Wetter fliegen sollen. Haltet die Ohren steif!«

Der Attaché trank noch einmal, noch länger und ausgiebiger als vorher. Adrienne wandte sich ab, die Araberin in ihr befahl ihr, von der Angst des Mannes keine Notiz zu nehmen, die amerikanische Seite ihres Wesens sagte ihr, als erfahrene Militärfliegerin sollte sie die Ängste ihres Begleiters zerstreuen. Dann schlossen ihre beiden Seiten einen Kompromiß miteinander, sie lächelte dem Attaché aufmunternd zu und beschäftigte sich dann wieder mit ihren Gedanken, die abgerissen waren, als sie einschlief...

Warum hatte man sie so gebieterisch nach Washington zurückbeordert? Und warum hatte Mitchell Payton sie nicht angerufen, um ihr wenigstens einen Hinweis zu geben, wenn die neuen Anweisungen wirklich so heikel waren, daß man sie ihr nicht einmal über Zerhacker mitteilen konnte? Es sah ›Onkel Mitch‹ so gar nicht ähnlich, einen Eingriff in ihre Arbeit zu gestatten, ohne ihr vorher Bescheid zu geben. Sogar wegen des Desasters in Oman vor einem Jahr – und wenn es je eine vorrangige Situation gegeben hatte, dann diese – hatte Mitch ihr durch einen diplomatischen Kurier versiegelte Anweisungen geschickt und ihr ohne Erklärung mitgeteilt, sie müsse, auch wenn sie sich beleidigt fühlen sollte, mit Consular Operations zusammenarbeiten. Sie hatte es getan, obwohl sie tatsächlich beleidigt gewesen war. Jetzt wurde sie aus heiterem Himmel in die Staaten zurückbefohlen, buchstäblich *incommunicado,* ohne ein einziges Wort von Mitchell Payton.

Kongreßabgeordneter Evan Kendrick. Seit achtzehn Stunden erschütterte sein Name die Welt wie ferner Donner. Man sah förmlich die erschrockenen Gesichter jener vor sich, die mit dem Amerikaner in Verbindung gestanden hatten. Sie horchten dem Donnergrollen nach und fragten sich, ob sie irgendwo Deckung suchen, vor dem drohenden Gewitter um ihr Leben rennen sollten? Es würde Vendetten gegen jene geben, die dem Mann aus dem Westen geholfen und beigestanden hatten. Adrienne fragte sich, wer die Geschichte hatte durchsickern – nein, ›durchsickern‹ war ein zu harmloses Wort –, wer die Geschichte hatte explodieren lassen? Die Kairoer Zeitungen waren voll davon, und eine schnelle Nachprüfung hatte ergeben, daß Evan Kendrick im ganzen Nahen Osten entweder ein Heiliger oder ein abscheulicher Sünder war. Heiligsprechung oder qualvoller Tod erwarteten ihn, was davon abhing, wo diejenigen waren, die über ihn richteten – manchmal sogar beide im selben Land. Warum? Hatte Kendrick selbst es getan? Hatte dieser verletzliche Mann, dieser unglaubliche Politiker, der sein eigenes Leben riskiert hatte, um ein furchtbares Verbrechen zu rächen, nach einem Jahr der Bescheidenheit und der Selbstverleugnung beschlossen, seinen politischen Lohn einzufordern? Wenn das zutraf, war er nicht der Mann, den sie vor einem Jahr so kurze Zeit gekannt hatte und dem sie doch so nahe gewesen war. Sie erinnerte sich zwar mit Vorbehalten, aber ohne Bedauern an diese Begegnung. Sie hatten miteinander geschlafen – es war eine leidenschaftliche Umarmung gewesen, fast unwahrscheinlich, vielleicht unabwendbar –, doch mußte sie diese Augenblicke tröstlicher Nähe vergessen. Falls man sie wegen eines plötzlich vom Ehrgeiz gepackten Kongreßabgeordneten nach Washington zurückgeholt hatte, hatten diese Augenblicke nie existiert.

24

Kendrick stand am Fenster, das auf die in einem weiten Rund auslaufende Zufahrt des Hauses hinausblickte. Dennison hatte ihn vor gut einer Stunde angerufen und ihm gesagt, die Maschine aus Kairo sei gelandet und Adrienne Raschad zu einem Regierungsauto gebracht worden, das sie erwartet hatte; sie war, mit Begleitung, unterwegs nach Cynwid Hollow. Dennison hatte Kendrick auch mitgeteilt, daß Adrienne Raschad, Agentin der CIA, energisch protestiert hatte, als man ihr nicht gestattete, vom Luftwaffenstützpunkt Andrews aus zu telefonieren.

»Sie hat sich mächtig aufgeregt und wollte nicht in den Wagen steigen«, hatte sich Dennison beklagt. »Sie sagte, sie habe keine direkten Anweisungen von ihren Vorgesetzten bekommen, und die Air Force könne sie mal. Verdammtes Frauenzimmer! Ich war unterwegs ins Büro, und sie erreichten mich übers Autotelefon. Wissen Sie, was sie zu mir sagte? ›Wer, zum Teufel, sind Sie denn?‹ Und das zu mir – können Sie sich das vorstellen? Um das Maß vollzumachen, hat sie den Telefonhörer vom Ohr weggehalten und laut gefragt: ›Was is'n das, ein Dennison?‹«

»Das kommt davon, weil Sie so bescheiden sind und sich immer im Hintergrund halten, Herbert. Hat man es ihr gesagt?«

»Die Dreckskerle haben nur gelacht. Deshalb sagte ich ihr, sie sei der Befehlsgewalt des Präsidenten direkt unterstellt, und wenn sie nicht sofort in den Wagen steige, könne sie sich darauf einrichten, fünf Jahre in Leavenworth zu verbringen.«

»Das ist eine Haftanstalt für Männer.«

»Das weiß ich. He! Sie dürfen sie in etwa einer Stunde erwarten. Und denken Sie dran, wenn sie das Sieb ist, kriege ich sie.«

»Vielleicht.«

»Ich hole mir eine Vollmacht vom Präsidenten.«

»Und ich lese sie in den Abendnachrichten vor. Mit Fußnoten.«

»Scheiße!«

Kendrick trat vom Fenster zurück, um sich noch eine Tasse Kaffee einzuschenken, als eine unauffällige graue Limousine in die Zufahrt einbog, elegant die Kurve nahm und vor den Stufen anhielt. Ein Major der Air Force, der im Fond gesessen hatte, sprang heraus, ging um den Kofferraum herum und öffnete die Beifahrertür.

Die Frau, die Kendrick unter dem Namen Kalaila kennengelernt hatte, stieg aus und kniff die Augen zusammen, weil die Sonne sie blendete. Sie wirkte unsicher und nervös. Sie trug keinen Hut, und das schwarze Haar hing ihr offen um die Schultern. Bekleidet war sie mit einer weißen Jacke, grüner Hose und flachen Schuhen. Ihre große weiße Handtasche hatte sie sich unter den rechten Arm geklemmt. Während Kendrick sie forschend musterte, wurde er von der Erinnerung an jenen Nachmittag in Bahrein überrumpelt. Er fühlte wieder den Schock, der ihn gepackt hatte, als sie durch die Tür des bizarr anmutenden königlichen Schlafzimmers gekommen und er entgeistert zum Bett zurückgerast war und das Laken an sich gerissen hatte. Und wie tief ihn, trotz seiner Panik, seiner Verwirrung und seiner Schmerzen, die kühle Anmut ihres euroarabischen Gesichts mit den ausgeprägten Zügen und den klaren intelligenten Augen berührt hatte.

Er hatte recht gehabt; sie war eine anziehende Frau, die herausfordernd wirkte, sogar jetzt noch, als sie durch die massive Tür des abgeschotteten Hauses trat, um sich dem Unbekannten zu stellen, das sie erwartete. Kendrick musterte sie leidenschaftslos; er fühlte nichts von der Wärme, an die er sich noch so gut erinnerte, nur eine kalte, sehr starke Neugier. Sie hatte ihn an jenem letzten Nachmittag in Bahrein belogen, ihn mit ihren Worten und ihrem Schweigen belogen. Er fragte sich, ob sie heute wieder lügen würde.

Der Major der Air Force öffnete Adrienne Raschad die Tür zu dem riesigen Wohnraum. Sie trat ein, blieb stehen und starrte Kendrick an, der am Fenster lehnte. In ihrem Blick war kein Erstaunen, nur der kalte Glanz ihres Intellekts.

»Ich gehe jetzt«, sagte der Air-Force-Offizier.

»Besten Dank, Herr Major.« Die Tür wurde geschlossen, und Kendrick machte ein paar Schritte auf Adrienne zu. »Hallo, Kalaila. Sie haben sich doch Kalaila genannt, nicht wahr?«

»Wie Sie wollen«, antwortete sie gelassen.

»Aber Sie heißen gar nicht Kalaila, sondern Adrienne – Adrienne Raschad.«

»Wie Sie wollen«, wiederholte sie.

»Das ist doch wohl überflüssig, oder?«

»Und das Ganze ist sehr albern, Herr Abgeordneter. Haben Sie mich einfliegen lassen, weil Sie noch jemanden brauchen, der Ihnen öffentlich applaudiert? Wenn das der Fall ist, spiele ich nicht mit.«

»Jemanden, der mir applaudiert? Das ist wirklich das letzte, was ich möchte.«

»Gut. Das freut mich für Sie. Ich bin überzeugt, der Abgeordnete von Colorado bekommt von überall her so viel Beifall, wie er will. Es ist also nicht nötig, daß jemand, dessen Leben, ebenso wie das seiner Kollegen, von der Anonymität abhängt, sich vordrängt und in die weltweiten Jubelrufe für Sie einstimmt.«

»Ist es das, was Sie glauben? Daß ich Beifall und Jubelrufe will?«

»Was soll ich denn sonst denken? Daß Sie mich von meiner Arbeit wegholen ließen, meine Identität der Botschaft und der Air Force preisgegeben und wahrscheinlich eine Tarnung zerstört haben, die ich mir in vielen Jahren aufgebaut habe – daß Sie das alles nur getan haben, weil ich mit Ihnen ins Bett gegangen bin? Das ist einmal passiert, aber ich schwöre Ihnen, es wird nie wieder geschehen.«

»He, nun mal hübsch langsam, meine kluge Dame«, protestierte Kendrick. »Darauf war ich damals ganz bestimmt nicht aus. Um Himmels willen, ich wußte weder, wo ich war, noch was geschehen war, hatte keine Ahnung, was noch geschehen würde. Ich war starr vor Angst und wußte, daß ich Dinge tun mußte, die ich meiner Meinung nach gar nicht fertigbrachte.«

»Sie waren auch erschöpft«, fügte Adrienne Raschad hinzu. »Ich war es auch. So was passiert ab und zu.«

»Das hat Swann auch gesagt...«

»Dieser Mistkerl.«

»Was soll das? Swann ist kein Mistkerl...«

»Soll ich ihn anders nennen? Zuhälter vielleicht? Einen skrupellosen Zuhälter?«

»Sie haben unrecht. Ich weiß nicht, was Sie mit ihm zu tun hatten, aber er mußte seine Arbeit tun.«

»Sie opfern – zum Beispiel?«

»Vielleicht. Ich muß zugeben, das ist kein sehr angenehmer Gedanke, aber er steckte damals selbst ziemlich in der Klemme.«

»Lassen wir das, Herr Abgeordneter. Warum bin ich hier?«

»Weil ich etwas wissen muß und nur noch Sie in Frage kommen...«

»Um was geht es?«

»Wer hat die Geschichte über mich verbreitet? Wer die Vereinbarung mißachtet, die ich getroffen hatte? Man hat mir gesagt, daß keiner von denen, die von meinem Einsatz in Oman wußten – und es war ein verdammt kleiner Kreis –, einen Grund hatte, die Geschichte an die Öffentlichkeit zu bringen, aber alle Gründe der Welt, es nicht zu tun. Außer Swann und dem Chef der Computerabteilung, für den er seine Hand ins Feuer legt, wußten nur noch sieben Leute in der Regierung Bescheid. Sechs wurden überprüft, das Ergebnis war zu hundert Prozent negativ. Sie sind die siebente, die einzige, die noch übrig ist.«

Adrienne Raschad stand reglos da, das Gesicht ausdruckslos, aber ihre Augen blitzten zornig. »Sie ignoranter, arroganter Amateur«, sagte sie langsam und ätzend.

»Nennen Sie mich, wie Sie wollen«, erwiderte Kendrick verärgert. »Trotzdem werde ich...«

»Können wir einen Spaziergang machen?« unterbrach Adrienne, trat an das große Erkerfenster auf der anderen Seite des Zimmers mit Ausblick auf die felsige Küste der Chesapeake Bay.

»Was?«

»Die Luft hier ist genauso unerträglich wie die Gesellschaft. Ich möchte ein bißchen spazierengehen. Bitte!« Sie hob die Hand, zeigte nach draußen und nickte dann zweimal so nachdrücklich, als erteile sie einen Befehl.

»Na schön«, murmelte Kendrick verwirrt. »Da hinten ist eine Seitentür.«

»Ich sehe sie«, sagte Adrienne-Kalaila und ging darauf zu. Sie kamen in einen Patio, der sich in einem wie mit der Nagelschere geschnittenen Rasen fortsetzte, und erreichten dann einen Pfad, über den man an den Strand und zu einer Bootsanlegestelle gelangte. Falls hier je Boote festgemacht gewesen waren, hatte man sie vor den Herbststürmen in Sicherheit gebracht.

»Sprechen Sie nur weiter, Herr Abgeordneter«, fuhr die Agentin der CIA fort. »Lassen Sie sich ja nicht davon abbringen!«

»Jetzt hören Sie aber auf, Miß Raschad – oder wie Sie heißen mögen!« Kendrick blieb mitten auf dem Weg stehen. »Wenn Sie glauben, ich plappere so einfach vor mich hin, dann sind Sie gewaltig im Irrtum...«

»Um Himmels willen, gehen Sie weiter! Sie werden noch mehr sprechen können, als Ihnen lieb ist, Sie Idiot.« Der Strand rechts von der Bootsanlegestelle war die für die Chesapeake Bay typische Mischung aus dunklem Sand und Steinen. Das Badehaus auf der linken Seite war auch nichts Ungewöhnliches. Ungewöhnlich und nur auf den größeren Landsitzen zu finden waren die hohen Bäume nördlich und südlich von Anlegestelle und Bootshaus. Sie garantierten ein gewisses Maß an Abgeschiedenheit – mehr scheinbar als tatsächlich, doch sie waren es, die auf Adrienne Raschad besonderen Eindruck gemacht hatten. Sie wandte sich nach rechts und lief über Sand und Steine bis dicht an das mit sanften Wellen ans Ufer schlagende Wasser. Sie passierten den Baumgürtel und gingen weiter, bis sie zu einem großen Felsen kamen. Das riesengroße Haus, das auf dem Felsen stand, sah man von hier aus nicht. »So, das dürfte reichen«, sagte Adrienne.

»Reichen? Wofür?« fragte Kendrick. »Was soll dieses Trainingsprogramm überhaupt? Und da wir gerade dabei sind, wollen wir doch noch ein paar Kleinigkeiten klarstellen. Ich bin Ihnen sehr dankbar, daß Sie mir wahrscheinlich das Leben gerettet haben – wahrscheinlich, denn schlüssig beweisen läßt es sich nicht –, aber ich nehme von Ihnen keine Befehle entgegen, bin meiner Meinung nach kein Idiot, und ungeachtet meines Amateurstatus sind Sie hier, um mir Rede und Antwort zu stehen – und nicht ich Ihnen.«

»Sind Sie fertig?«

»Ich hab' noch nicht mal richtig angefangen.«

»Dann lassen Sie mich vorab einiges klären. Unser kleiner Spaziergang hatte den Zweck, aus dem Haus rauszukommen. Ich nehme an, Sie wissen, daß es sich um ein sogenanntes ›sicheres‹ Haus handelt?«

»Aber selbstverständlich.«

»Und daß alles, was Sie sagen, abgehört wird? In jedem Zimmer und sogar in der Toilette und unter der Dusche.«

»Ich weiß, daß das Telefon...«

»Vielen Dank, Mr. Amateur.«

»Ich habe nichts zu verbergen...«

»Sprechen Sie leise und zum Wasser hin, wie ich.«

»Was? Warum?«

»Elektronische Lauschgeräte. Die Bäume verzerren die Laute, weil es keine direkten visuellen Peilstrahlen gibt...«

»Was?«

»Laser hat in der Technologie vieles möglich gemacht.«

»Was?«

»Halten Sie den Mund! Flüstern Sie nur.«

»Ich wiederhole, ich habe nicht das geringste zu verbergen. Sie vielleicht schon – ich nicht.«

»Ach, wirklich nicht?« fragte Adrienne Raschad, lehnte sich an den Felsen und sprach zu den kleinen, langsam an Land kriechenden Wellen hinunter. »Wollen Sie Achmad hineinziehen?«

»Ich habe ihn dem Präsidenten gegenüber schon erwähnt, weil ich fand, er müsse wissen, daß dieser Junge eine große Hilfe für uns war...«

»Oh, darüber wird sich Achmad freuen. Und sein Leibarzt? Und seine beiden Vettern, die Ihnen geholfen und Sie beschützt haben? Und El-Bas und der Pilot, der Sie nach Bahrein geflogen hat? Sie alle könnten es mit dem Leben bezahlen.«

»Außer Achmad habe ich nie jemanden namentlich erwähnt...«

»Namen sind irrelevant. Funktionen nicht.«

»Um Himmels willen, es war der Präsident der Vereinigten Staaten!«

»Und spricht er, allen Gerüchten zum Trotz, manchmal auch ohne Mikrofon?«

»Selbstverständlich.«

»Wissen Sie, mit wem er spricht? Kennen Sie diese Leute persönlich? Wissen Sie, wie zuverlässig sie sind, wenn es sich um die höchste Geheimhaltungsstufe handelt? Kennen Sie die Männer, die in diesem Haus an den Abhöranlagen sitzen?«

»Selbstverständlich nicht.«

»Was ist mit mir? Ich bin Agentin mit einer überzeugenden Tarnung in Kairo. Hätten Sie auch über mich gesprochen?«

»Das habe ich, aber nur mit Swann.«

»Jemanden wie ihn meine ich nicht, die Operation stand unter seiner Leitung, ich spreche von dort oben. Hätten Sie angefangen, mich oben im Haus zu fragen, hätten Sie möglicherweise den oder jenen Namen genannt. Und, um die Bank zu sprengen, Mr. Amateur – ist es völlig unvorstellbar für Sie, daß Sie die Mossad erwähnt hätten?«

Kendrick schloß die Augen. »Wahrscheinlich hätte ich's getan, wenn es zwischen uns zu einer Auseinandersetzung gekommen wäre.«

»Die unvermeidlich war und ist. Deshalb sind wir jetzt hier.«

»Dort oben sind alle auf unserer Seite«, protestierte Kendrick.

»Davon bin ich überzeugt«, pflichtete Adrienne ihm bei. »Aber wir kennen die Stärken und die Schwächen der Menschen nicht, denen wir nie begegnet sind und die wir noch nie gesehen haben, nicht wahr?«

»Sie sind paranoid.«

»Das hat was mit der Geographie zu tun, Herr Abgeordneter. Außerdem sind Sie ein verdammter Idiot, was Sie mir, wie ich glaube, mit Ihrer Unwissenheit in bezug auf sichere Häuser reichlich bewiesen haben. Die Frage, wer hier wem was befiehlt, lasse ich auf sich beruhen, weil sie unwichtig ist, und komme auf Ihren ersten Punkt zurück. Mit höchster Wahrscheinlichkeit habe ich Ihnen in Bahrein nicht das Leben gerettet, sondern Sie dank dieses Mistkerls Swann in eine unhaltbare Lage gebracht, die wir wie die Piloten *›the point of no return‹* nennen – den Punkt, von dem aus es genauso gefährlich ist, umzudrehen wie weiterzugehen. Man hat nicht damit gerechnet, daß Sie am Leben bleiben, Mr. Kendrick, und damit war ich nicht einverstanden.«

»Warum?«

»Weil Sie mir nicht gleichgültig waren.«

»Weil wir...«

»Auch das ist unwesentlich. Sie waren ein anständiger Mann, der versucht hat, etwas Anständiges zu tun, ohne das Rüstzeug dafür zu haben. Es gab andere, die Ihnen viel mehr geholfen haben, als es mir jemals möglich gewesen wäre. Ich saß in Jimmy Graysons Büro, und wir waren beide erleichtert, als wir erfuhren, daß Ihre Maschine in Bahrein planmäßig gestartet war.«

»Grayson? Er war einer von den sieben, die wußten, daß ich dort war.«

»Er erfuhr es erst in den letzten Stunden«, sagte Adrienne Raschad. »Nicht einmal ich hatte es gesagt. Washington mußte es ihm mitteilen.«

»Im Jargon des Weißen Hauses ausgedrückt, hat man ihn gestern morgen auf dem Spieß gebraten.«

»Warum denn das?«

»Um festzustellen, ob er derjenige war, der mich den Medienhaien zum Fraß hingeworfen hat.«

»Jimmy? Das ist noch idiotischer, als zu denken, ich sei's gewesen. Grayson möchte um jeden Preis der Boß werden, also wird er sich wohl nicht selbst einen solchen Knüppel zwischen die Beine werfen. Außerdem hat er keine Lust, sich die Kehle aufschlitzen und sich am ganzen Körper verstümmeln zu lassen – ebensowenig wie ich.«

»Sie sprechen diese Worte so leichthin aus. Sie haben sie schnell auf der Zunge – vielleicht zu schnell.«

»In bezug auf Jimmy?«

»Nein, in bezug auf Sie selbst.«

Adrienne Raschad stieß sich von dem Felsen ab und ging ein paar Schritte weiter. »Sie denken, ich hätte das alles geprobt – mit mir selbst natürlich, weil ich niemand sonst erreichen konnte. Und außerdem bin ich zur Hälfte Araberin...«

»Sie sind dort oben hereingekommen, als hätten Sie erwartet, mich zu sehen. Ich war keine Überraschung für Sie.«

»Ich habe es erwartet, und Sie waren keine Überraschung.«

»Wieso?«

»Logische Schlußfolgerung, nehme ich an – und ein Arrangement: ein Mann, den ich kenne, schirmt mich gegen jede Überraschung ab. Seit anderthalb Tagen werden Sie im Mittelmeerraum heiß gehandelt, Herr Abgeordneter, und eine Menge Leute zittern. Ich auch. Nicht nur um meinetwillen, sondern auch wegen vieler anderer, die ich benutzt und mißbraucht habe, um Sie im Auge zu behalten. Jemand wie ich baut sich ein Netz auf, das auf Vertrauen basiert, und im Moment ist dieses Vertrauen, das für mich lebenswichtig ist, ins Zwielicht geraten. Sie sehen also, Mr. Kendrick, Sie haben nicht nur meine Zeit vergeudet, sondern auch einen Haufen Steuergelder, um mich herzuholen und mir eine Frage zu stellen, die Ihnen jeder erfahrene Geheimagent beantworten könnte.«

»Sie hätten mich verkaufen können, mein Name wird zur Zeit ziemlich hoch gehandelt, wie Sie sagen.«

»Verkaufen? Wofür? Für mein Leben? Für die Leben, die ich benutzt habe, um auf Ihrer Fährte zu bleiben? Für die Leben der Männer, die für mich und meine Arbeit wichtig sind – eine notwendige und wertvolle Arbeit, wie ich Ihnen in Bahrein zu erklären versuchte? Glauben Sie das wirklich?«

»Herrgott, ich weiß nicht mehr, was ich glauben soll«, gestand Kendrick kopfschüttelnd. »Alles, was ich tun wollte, alles, was ich plante, ist auf dem Müll gelandet. Achmad will mich nie wiedersehen, ich kann nicht mehr zurück – weder nach Oman noch in ein anderes Emirat noch in irgendeinen Golfstaat. Er wird dafür sorgen.«

»Sie wollten zurück?«

»Es war mein größter Wunsch, mein einziges Ziel. Ich wollte mein Leben dort weiterführen, wo ich wirklich etwas geleistet habe. Aber vorher mußte ich den Schweinehund finden und erledigen, der alles vernichtet, der nur um des Tötens willen so viele Menschen getötet hat...«

»Den Mahdi«, unterbrach Adrienne. »Achmad hat es mir gesagt. Sie haben es geschafft. Achmad ist jung und wird seine Meinung ändern. Eines Tages wird er begreifen, was Sie für alle dort drüben getan haben, und er wird es Ihnen danken... Doch Sie haben mir eben eine Frage beantwortet, die ich noch gar nicht gestellt hatte. Ich dachte nämlich, Sie hätten die Story selbst publik gemacht, aber das haben Sie nicht, oder?«

»Ich? Sie müssen den Verstand verloren haben. In einem halben Jahr habe ich mit Politik nichts mehr zu tun.«

»Dann steckt also kein politischer Ehrgeiz dahinter?«

»Himmel, nein! Ich packe meine Siebensachen und gehe. Nur weiß ich jetzt nicht mehr, wohin. Jemand versucht mich aufzuhalten, aus mir etwas zu machen, was ich nicht bin. Was, zum Teufel, geschieht mit mir?«

»Über den Daumen gepeilt, würde ich sagen, Sie werden exhumiert.«

»Ich werde – was? Von wem?«

»Von irgend jemand, der sich einbildet, Ihnen sei Unrecht geschehen. Von jemand, der glaubt, Sie verdienten öffentliche Anerkennung.«

»Die ich nicht will. Und der Präsident hilft mir auch nicht. Er verleiht mir am nächsten Dienstag im Blue Room die *Medal of Freedom* – und die Marinekapelle spielt dazu. Ich habe ihm gesagt, daß ich keinen Orden will, und der Bursche hat geantwortet, ich müsse ihn nehmen, weil er nicht als Neidhammel dastehen wolle. Was ist das für eine Logik?«

»Eine sehr präsidentschaftliche...« Adrienne unterbrach sich. »Gehen wir weiter«, sagte sie hastig, als am Ende der Anlegestelle zwei weißgekleidete Angestellte des Hauses auftauchten. »Schauen Sie sich nicht um. Bleiben Sie ganz lässig. Wir schlendern einfach diesen Pseudostrand entlang.«

»Darf ich sprechen?« fragte Kendrick.

»Nichts zur Sache Gehöriges. Warten Sie, bis wir hinter der Biegung sind.«

»Warum? Können sie uns hören?«

»Möglich. Ich bin nicht sicher.« Sie folgten dem geschwungenen Ufer, bis die beiden Männer auf dem Steg von den Bäumen verdeckt wurden. »Die Japaner haben Richtungsrelais erfunden«, fuhr Adrienne scheinbar zusammenhanglos fort. »Allerdings hab' ich noch nie eins zu sehen bekommen.« Dann blieb sie stehen und blickte mit einer Frage in den intelligenten Augen zu Kendrick auf. »Sie haben mit Achmad gesprochen?« fragte sie.

»Gestern. Er hat mir erklärt, ich soll mich zum Teufel scheren und mich in Oman nie wieder sehen lassen.«

»Sie werden verstehen, daß ich das nachprüfe, ja?«

Kendrick war erstaunt, wurde dann zornig. Sie befragte ihn,

beschuldigte, überprüfte ihn. »Was Sie tun, ist mir verdammt egal, mich interessiert nur, was Sie vielleicht getan haben. Sie sind überzeugt, Kalaila – Entschuldigung, Miß Raschad –, und Sie glauben das, was Sie sagen, vielleicht selbst, aber die sechs Männer, die über mich Bescheid wußten, hatten alles zu verlieren und nichts, aber auch gar nichts zu gewinnen, wenn sie verrieten, daß ich vergangenes Jahr in Maskat war.«

»Und ich hatte nichts zu verlieren, außer meinem Leben und den Leben, die ich mir in diesem Sektor herangezogen hatte und von denen ich ganz zufällig einige sehr gern habe. Steigen Sie von Ihrem hohen Roß herunter, Herr Abgeordneter, Sie sehen da oben außerordentlich lächerlich aus. Sie sind nicht nur ein Amateur, Sie sind unerträglich.«

»Es ist immerhin möglich, daß Sie einen Fehler gemacht haben!« rief Kendrick aufgebracht. »Ich war fast bereit, bei Ihnen den Grundsatz ›Im Zweifel für den Angeklagten‹ anzuwenden, das habe ich auch Dennison erklärt. Und ich habe ihm gesagt, ich werde nicht dulden, daß er Sie dafür hängt.«

»Oh, Sie sind zu gütig, Sir.«

»Nein, ich habe es ernst gemeint. Sie haben mir das Leben gerettet, und wenn Sie irgendwo aus Versehen meinen Namen genannt haben...«

»Ihre Dummheit nimmt ungeahnte Ausmaße an«, unterbrach Adrienne. »Es ist viel, viel wahrscheinlicher, daß einem von den fünf anderen Ihr Name rausgerutscht ist. Grayson oder mir könnte so was nie passieren. Wir leben draußen, im ›Feld‹, solche Fehler können wir uns nicht leisten.«

»Gehen wir weiter«, sagte Kendrick. Zwar waren keine Wachen in Sicht, doch seine Zweifel und seine Verwirrung machten ihn unruhig. Sein Problem war, daß er ihr glaubte, daß er glaubte, was Manny Weingrass über sie gesagt hatte: »Sie hat nichts damit zu tun, dafür leg' ich meine Hand ins Feuer...« Sie kamen zu einem Weg, der durch die Bäume zu der Steinmauer zu führen schien, die den Besitz einfriedete. »Sollen wir uns ein bißchen umsehen?« fragte Kendrick.

»Warum nicht?« erwiderte Adrienne kühl.

»Hören Sie«, fuhr er fort, während sie Seite an Seite den bewaldeten Abhang hinaufstiegen, »sagen wir mal, ich glaube Ihnen...«

»Meinen innigsten Dank!«

»Nun gut, ich glaube Ihnen – ohne Einschränkung. Und weil ich das tue, werde ich Ihnen jetzt etwas sagen, was meiner Meinung nach nur Swann und Dennison wissen.«

»Sind Sie sicher, daß Sie das tun sollten?«

»Ich brauche Hilfe, und die beiden können mir nicht helfen. Vielleicht können Sie's. Sie waren dort – waren mit mir dort und wissen so vieles, das ich nicht weiß. Wie man Vorgänge geheimhält, wie geheime Informationen an die weitergegeben werden, für die sie bestimmt sind, solche Dinge möchte ich von Ihnen wissen.«

»Ich weiß natürlich einiges, aber alles auch nicht. Schließlich bin ich in Kairo stationiert, nicht hier. Aber fahren Sie fort.«

»Vor einiger Zeit kam ein Mann zu Swann, ein blonder Mann mit europäischem Akzent, der bestens über mich informiert war. Er wußte Dinge über mich – Frank nannte sie VD ...

»Vorzugsdaten«, unterbrach Adrienne. »Solche Informationen stammen gewöhnlich aus den Gewölben.«

»Aus welchen Gewölben?«

»In unserem Jargon das Archiv für streng geheime Akten und Dokumente. Weiter!«

»Nachdem er Frank mit seinem Wissen beeindruckt – wirklich beeindruckt hatte, sagte er ihm auf den Kopf zu, er sei zu dem Schluß gekommen, daß mich das Außenministerium während der Geiselkrise nach Maskat geschickt hatte.«

»Was?« explodierte Adrienne. »Wer war das?«

»Das weiß keiner. Und keiner kann ihn finden. Er benutzte eine falsche Identität, um zu Frank zu gelangen.«

»Gütiger Himmel!« flüsterte Adrienne, den Blick auf den ansteigenden Pfad gerichtet; strahlendes Sonnenlicht brach durch die Baumkronen über ihnen. »Wir bleiben einen Moment hier«, sagte sie ruhig und eindringlich. »Setzen wir uns.« Sie ließen sich auf dem von dicken Stämmen und dichtem Laub geschützten Pfad nieder. »Und?« drängte Adrienne.

»Nun, Swann versuchte ihn von der Fährte abzubringen. Er zeigte ihm sogar eine Aktennotiz an den Außenminister, in der es hieß, er habe meinen Vorschlag abgelehnt. Der Mann glaubte Frank offensichtlich nicht und bohrte weiter, bohrte so lange, bis er alles beisammenhatte. Was gestern früh veröffentlicht wurde, war so präzise, daß es nur aus dem Oman-Dossier stammen kann – aus dem Gewölbe, wie Sie es nennen.«

»Das weiß ich«, flüsterte Adrienne, und ihr Zorn mischte sich mit Angst. »Mein Gott, da hat wirklich jemand nicht dichtgehalten!«

»Einer von sieben – sechs?« korrigierte er sich schnell.

»Und diese sechs – wer waren sie? Ich meine weder Swann noch seinen OHIO-Vier-Null-Computermann, aber alle außer Dennison, Grayson und mir.«

»Der Außenminister, der Verteidigungsminister und der Vorsitzende der *Joint Chiefs*.«

»An keinen von ihnen käme man heran.«

»Und was ist mit dem Computermann? Er heißt Bryce, Gerald Bryce, und er ist sehr jung. Frank schwört zwar auf ihn, doch das ist nur seine persönliche Meinung.«

»Ich bezweifle, daß er sich irrt. Frank Swann ist ein Mistkerl, aber so an der Nase herumführen ließe er sich nicht. Jemand wie Bryce ist der allererste, an den man denkt, und wenn er *smart* genug ist, eine solche Operation durchzuführen, weiß er das auch. Er weiß, daß es für ihn dreißig Jahre Leavenworth bedeuten würde.«

Kendrick lächelte. »Wenn ich recht verstanden habe, hat Dennison Ihnen fünf Jahre in Aussicht gestellt?«

»Ich habe ihm gesagt, das sei ein Männergefängnis«, antwortete Adrienne und lachte.

»Von mir hat er dasselbe zu hören bekommen.«

»Und dann hab' ich ihm gesagt, wenn er noch ein paar Leckerbissen von dieser Art für mich vorbereitet hätte, würde ich nicht einmal in ein Traumschiff einsteigen, geschweige denn in einen Regierungswagen.«

»Und warum sind Sie eingestiegen?«

»Aus reiner Neugier. Das ist die einzige Antwort, die ich Ihnen geben kann.«

»Ich akzeptiere sie. Also, wo stehen wir jetzt? Die sieben sind draußen, und ein blonder Europäer ist drin.«

»Ich weiß nicht.« Plötzlich legte Adrienne die Hand auf Kendricks Arm. »Ich muß Ihnen ein paar Fragen stellen, Evan...«

»Evan? Vielen Dank.«

»Tut mir leid, Herr Abgeordneter.«

»Es sollte ihnen aber nicht leid tun. Ich glaube, wir beide haben das Recht, uns beim Vornamen zu nennen.«

»Hören Sie bitte auf...«

»Aber haben Sie etwas dagegen, wenn ich Sie Kalaila nenne? Ich fühle mich wohler dabei.«

»Ich auch. Mein arabisches Ich hat die Adrienne immer abgelehnt.«

»Stellen Sie Ihre Fragen, Kalaila.«

»Nun gut. Wann haben Sie sich entschlossen, nach Maskat zu gehen? Bedenkt man die Umstände und was Sie fertiggebracht haben, kam Ihr Entschluß reichlich spät.«

Kendrick holte tief Atem. »Ich war beim Wildwasserfahren in Arizona und hörte in einem Basislager namens Lava Falls zum erstenmal nach Wochen Radio. Mir war sofort klar, daß ich nach Washington mußte...« Kendrick schilderte in allen Einzelheiten die hektischen sechzehn Stunden zwischen einem verhältnismäßig primitiven Camp in den Bergen und den Hallen des Außenministeriums und der unterirdischen Computerstation OHIO-Vier-Null. »Dort haben Frank und ich unsere Vereinbarung getroffen, und dann ging's ab nach Maskat.«

»Gehen wir nochmals zurück«, sagte Kalaila und wandte erst jetzt den Blick von Kendricks Gesicht ab. »Sie haben ein Wasserflugzeug gechartert, das Sie nach Flagstaff brachte, und dort haben Sie versucht, einen Jet nach Washington zu chartern. Ist das richtig?«

»Ja, aber am Charterschalter sagte man mir, es sei zu spät.«

»Sie waren aufgeregt«, sagte Kalaila. »Vielleicht auch wütend. Wahrscheinlich haben Sie sich ein bißchen aufgespielt. Ein Kongreßabgeordneter aus dem großen Staat Colorado, *et cetera*.«

»Mehr als nur ein bißchen – und viel, viel mehr *et cetera*.«

»Sie sind nach Phoenix geflogen und haben dort die erste Linienmaschine nach Washington genommen. Wie haben Sie Ihren Flugschein bezahlt?«

»Mit Kreditkarte.«

»Das ist schon schlecht«, sagte Kalaila. »Doch Sie hatten keinen Grund, das zu vermuten. Woher wußten Sie, an wen Sie sich im Außenministerium wenden sollten?«

»Ich wußte es nicht, aber vergessen Sie nicht, daß ich jahrelang in Oman und in den Emiraten gearbeitet hatte und wußte, wie der Mann beschaffen sein mußte, mit dem ich sprechen wollte. Und da ich eine erfahrene Sekretärin geerbt habe, die den Instinkt einer streunenden Katze hat, sagte ich ihr, wonach sie suchen sollte. Ich machte ihr klar, daß es vermutlich jemand von Consular Operations sein werde, der den Sektor Naher Osten oder Vorderasien ›betreute‹. Die meisten Amerikaner, die drüben gearbeitet haben, kennen diese Menschen sehr gut.«

»Also fing diese Sekretärin mit dem Instinkt einer streunenden Katze an, herumzutelefonieren und Fragen zu stellen. Das muß ein paar hochgezogene Brauen zur Folge gehabt haben. Hat sie zufällig eine Liste mit den Namen derjenigen aufgehoben, die sie damals anrief?«

»Keine Ahnung. Ich habe sie nie gefragt. Auf dem Flug von Phoenix blieb ich über Funktelefon mit ihr in Verbindung, und als ich landete, hatte sie alle Möglichkeiten ausgesondert, bis auf vier oder fünf Männer, aber nur einer galt als Experte für die Emirate, und er war außerdem stellvertretender Leiter von Consular Operations. Frank Swann.«

»Es wäre interessant zu erfahren, ob Ihre Sekretärin sich eine Liste angelegt hat«, sagte Kalaila, legte den Kopf in den Nacken und dachte nach.

»Ich ruf' sie an.«

»Nicht von hier aus, nein. Außerdem bin ich noch nicht fertig. Sie sind also ins Außenministerium gegangen, um mit Swann zu sprechen, was bedeutet, daß Sie sich beim Sicherheitsdienst anmelden mußten.«

»Natürlich.«

»Und haben Sie sich auch wieder abgemeldet?«

»Nein. Nicht direkt, nicht in der Halle. Ich wurde zum Parkplatz gebracht und in einem Dienstwagen des Außenministeriums nach Hause gefahren.«

»Zu Ihrem Haus?«

»Ja, ich sollte gleich nach Oman fliegen und brauchte noch ein paar Sachen...«

»Und der Fahrer?« unterbrach Kalaila. »Hat er Sie mit Ihrem Namen angeredet?«

»Nein. Aber er sagte etwas, das mich ziemlich durcheinandergebracht hat. Ich fragte ihn, ob er mit hineinkommen und einen Bissen essen oder eine Tasse Kaffee trinken wolle, während ich packte, und er antwortete, daß er wahrscheinlich erschossen würde, wenn er aus dem Wagen steige – oder so was Ähnliches jedenfalls. Dann fügte er hinzu: ›Sie – damit meinte er mich – gehören zu OHIO-Vier-Null.‹«

»Was heißt, daß er nicht dazugehörte«, sagte Kalaila schnell. »Und Sie standen vor Ihrem Haus?«

»Ja. Dann stieg ich aus und sah etwa hundert Meter weiter hinten einen zweiten Wagen am Straßenrand parken. Er mußte uns gefolgt sein; es gibt auf diesem Straßenstück keine anderen Häuser.«

»Eine bewaffnete Eskorte.« Kalaila nickte. »Swann hat sie von Minute plus eins an abschirmen lassen, und das war richtig. Er hatte weder die Zeit noch die Möglichkeit, allem nachzuspüren, was Ihnen vor minus eins passiert war.«

Kendrick begriff nicht ganz. »Hätten Sie was dagegen, mir das zu erklären?«

»Minus eins ist die Zeit, bevor Sie zu Swann kamen. Ein reicher, wütender Kongreßabgeordneter, der mit einer Chartermaschine nach Flagstaff kommt, haut ordentlich auf den Putz, weil er nach Washington möchte. Er wird abgewiesen, also fliegt er nach Phoenix, wo er drauf besteht, in der ersten Linienmaschine nach Washington einen Platz zu bekommen. Er zahlt mit einer Kreditkarte und telefoniert mit seiner Sekretärin, die – wie haben Sie gesagt – die Instinkte einer streunenden Katze hat, und trägt ihr auf, einen Mann zu finden, den er nicht kennt, den es im Außenministerium aber bestimmt gibt. Sie erledigt die Anrufe im Eiltempo und setzt sich mit Leuten in Verbindung, die sich fragen müssen, was sie von ihnen will. Sie legt Ihnen eine auf vier bis fünf Namen eingegrenzte Liste vor, woraus man schließen kann, daß sie viele Kontaktpersonen erreicht hat, die ihr die Information geben konnten und sich ebenfalls fragen mußten, wozu sie sie brauchte. Und dann erscheinen Sie im Außenministerium und sprechen mit Frank Swann. Ist das richtig? Haben Sie in dem seelischen Ausnahmezustand, in dem Sie waren, kategorisch verlangt, mit ihm zu sprechen?«

»Ja. Man ließ mich zuerst auflaufen, sagte mir, er sei nicht da, doch ich wußte, daß er da war, das hatte mir meine Sekretärin bestätigt. Ich glaube, ich war ziemlich hartnäckig. Endlich ließen sie mich in sein Büro.«

»Und nachdem Sie mit ihm gesprochen hatten, faßte er den Entschluß, Sie nach Maskat zu schicken.«

»Und?«

»Der kleine, verschwiegene Kreis, von dem Sie sprachen, war weder sehr klein noch sehr verschwiegen, Evan. Sie haben gehandelt, wie jeder unter diesen Umständen – unter dem Streß, unter dem Sie standen – handeln würde. In Ihrer Erregung haben Sie auf Ihrer Reise von Lava Falls nach Washington eine Fährte hinterlassen, so breit und so auffallend wie eine Autobahn. Man konnte sie sehr leicht über Phoenix nach Flagstaff zurückverfolgen. Dort mußten sich viele Leute an Ihren Namen und daran erinnern, daß Sie auf einem Platz in der ersten Maschine nach Washington bestanden hatten. Dann tauchen Sie in der Hauptstadt auf und schlagen noch mehr Krach – melden sich beim Sicherheitsdienst zwar an, aber nicht mehr ab – und erzwingen sich schließlich die Erlaubnis, mit Swann zu sprechen.«

»Ja, aber...«

»Lassen Sie mich bitte zu Ende reden«, unterbrach Kalaila wieder. »Ich möchte, daß wir beide ein vollständiges Bild bekommen... Sie und Swann sprechen miteinander, verständigen sich, kommen überein, daß Ihre Anonymität unbedingt gewahrt bleiben muß, und dann hauen Sie ab nach Maskat. Die erste Etappe zu Ihrem Haus legen Sie mit einem Fahrer zurück, der ebensowenig zu OHIO-Vier-Null gehört wie die Wachen in der Halle des Außenministeriums. Der Fahrer war einfach vom Fahrdienstleiter bestimmt worden, und die Wachen machten routinemäßig Dienst. Sie gehören nicht zum Kreis der Geheimnisträger, Top-Secret-Dossiers sind ihnen nicht zugänglich. Aber sie sind menschlich; sie gehen nach Hause und berichten alles brühwarm ihrer Frau und ihren Freunden, weil während ihres normalerweise langweiligen Dienstes endlich einmal etwas passiert ist, das von der Routine abweicht. Vielleicht beantworten sie auch Fragen, die ihnen ganz beiläufig von Leuten gestellt werden, die sie für Beamte halten.«

»Und auf geheimnisvolle Weise wußten alle, wer ich war...«

»Genauso wie viele andere Leute in Phoenix und Flagstaff, und eins war ihnen allen klar. Dieser wichtige Mann ist aufgeregt, dieser Kongreßabgeordnete hat es höllisch eilig, dieses große Tier hat ein Problem. Sehen Sie jetzt die Fährte, die Sie hinterlassen haben?«

»Ja, ich sehe sie, doch wer sollte sich für sie interessieren?«

»Das weiß ich nicht, und es beunruhigt mich mehr, als ich Ihnen sagen kann.«

»Es beunruhigt *Sie*? Wer immer es war, er hat mein Leben zerstört! Wer tut schon so was?«

»Jemand, der eine Öffnung, eine Lücke fand, durch die er dem letzten Stück der Fährte nachspüren konnte – von dem Campinglager namens Lava Falls zu den Terroristen in Maskat. Jemand, der auf etwas stieß, das in ihm den Wunsch weckte, weiterzusuchen. Vielleicht waren es die Telefonate Ihrer Sekretärin oder der Krach, den Sie beim Sicherheitsdienst des Außenministeriums schlugen, vielleicht aber auch, daß jemand durch einen verrückten Zufall das Gerücht gehört hatte, ein unbekannter Amerikaner habe das Geiseldrama in Oman beendet. Ein paar Zeitungen druckten die Geschichte, aber sie wurde schnell wieder abgewürgt. Vielleicht fing damals irgend jemand an, sich Gedanken zu machen. Dann paßten ein paar andere Puzzleteilchen ins Bild, und Sie waren entlarvt.«

Kendrick legte die Hand auf die ihre. »Ich muß wissen, wer es war, Kalaila, ich muß es wissen!«

»Aber wir wissen es doch«, sagte sie leise und machte plötzlich ein Gesicht, als sehe sie etwas, das sie schon früher hätte sehen müssen. »Ein blonder Mann mit europäischem Akzent.«

»Warum?« stieß Kendrick hervor und nahm seine Hand weg.

Kalaila sah ihn mitleidig an, doch das Mitgefühl verdeckte nicht ganz die kalte, analytische Intelligenz in ihren Augen. »Der Antwort auf diese Frage muß Ihre vordringlichste Sorge gelten, Evan«, sagte sie. »Ich habe ein anderes Problem, und das macht mir angst.«

»Ich verstehe nicht.«

»Wer der blonde Mann auch sein mag, wer immer sein Auftraggeber ist – sein Zugriff reicht bis in unsere geheimsten Archive, und dort hat er sich geholt, was er nie hätte bekommen dürfen. Das ist niederschmetternd, erschütternd. Mich erschüttert nicht nur, was Ihnen angetan wurde, sondern auch das, was man uns angetan hat. Wir wurden bloßgestellt, unterwandert, wo eine Unterwanderung unmöglich sein sollte. Wenn sie – wer sie auch sind – *Sie* aus den tiefsten und sichersten Archiven ausgraben können, die wir haben, können sie sich auch zu vielen anderen Dingen Zugang verschaffen, die niemandem zugänglich sein dürften. Wo Leute wie ich arbeiten, kann das viele das Leben kosten.«

Kendrick forschte in ihrem anziehenden angespannten Gesicht und sah die Furcht in ihren Augen. »Das meinen Sie ganz ernst, nicht wahr? Sie haben Angst.«

»Das hätten Sie auch, wenn Sie die Männer und Frauen kennen würden, die mit uns arbeiten, uns vertrauen, ihr Leben riskieren, indem sie uns Geheiminformationen zuspielen. Jeden Tag fragen sie sich, ob sie sich durch etwas verraten könnten, was sie tun oder auch nicht tun. Viele haben Selbstmord begangen, weil sie die nervliche Anspannung nicht aushielten, andere haben den Verstand verloren und sind in der Wüste verschwunden, weil sie es vorzogen, mit Allah in Frieden zu sterben. Aber die meisten machen weiter, weil sie uns glauben, glauben, daß wir fair sind und wirklich den Frieden wollen. Jedesmal haben sie es mit waffenfuchtelnden Irren zu tun, und so schlimm die Dinge sein mögen, wir haben es nur ihnen zu verdanken, daß sie nicht schlimmer sind, daß auf den Straßen nicht noch viel mehr Blut fließt. Ja, ich habe Angst, weil viele von diesen Leuten meine Freunde und die Freunde meiner Eltern sind. Bei dem Gedanken, sie könnten verraten werden, wie man Sie verraten hat – denn das hat man getan, Evan, man hat Sie verraten –, könnte ich mich in die Wüste schleppen und wie jene sterben, die wir zum Wahnsinn getrieben haben. Weil jemand unsere geheimsten Archive knackt. Er oder sie haben in Ihrem Fall nicht mehr gebraucht als einen Namen – Ihren Namen, und Menschen in Maskat und Bahrein müssen für ihr Leben fürchten. Wie viele Namen werden folgen? Wie viele Geheimnisse platzen?«

Kendrick griff nach ihrer Hand und hielt sie fest. »Warum helfen Sie mir nicht, wenn Sie das befürchten?«

»Ihnen helfen?«

»Ich muß wissen, wer das mit mir macht, und ich muß wissen, wer es ihm ermöglicht. Das ist doch auch in Ihrem Interesse. Ich habe Dennison so fest im Griff, daß er sich nicht rauswinden kann, und ich kann Ihnen vom Weißen Haus das Papier beschaffen, das Ihnen erlaubt, hierzubleiben – und niemand würde erfahren, daß die Sache manipuliert ist. Er würde sogar mit Freuden mitspielen, wenn er die Möglichkeit sähe, die undichte Stelle zu finden. Das ist bei ihm zu einer wahren Besessenheit geworden.«

Kalaila runzelte die Stirn. »So geht es nicht. Außerdem würde ich mich hier fremd fühlen. Ich bin in meiner eigenen Umgebung top, holt man mich aber aus meinem Element heraus, dem arabischen Element, bin ich nicht mehr erstklassig.«

»Erstens«, erwiderte Kendrick, »sind Sie das meiner Meinung nach sehr wohl, weil Sie mir das Leben gerettet haben und ich mein Leben für ziemlich wichtig halte. Zweitens haben Sie, wie gesagt, Kenntnisse, die ich nicht besitze. Sie kennen die Methoden, den Jargon, der mir manchmal völlig unverständlich ist, obwohl ich als Mitglied des *Select Committee on Intelligence* einige Wendungen schon gehört habe. Was sie bedeuten, weiß ich allerdings immer noch nicht. Sie, meine Dame, wissen sogar, was die ›Keller‹ sind, während ich in meiner Ahnungslosigkeit immer glaubte, Keller seien die Fundamente der Häuser in Vorstadtsiedlungen, die ich Gott sei Dank nie bauen mußte.«

Adrienne Raschads dunkle Augen forschten kühl in den seinen. »Ich könnte Ihnen helfen, aber es ist möglich, daß Sie dann manchmal tun müssen, was ich Ihnen sage. Können Sie sich damit abfinden?«

»Ich bin nicht wild darauf, von Brücken oder hohen Gebäuden zu springen...«

»Es würde sich auf das beschränken, was Sie zu bestimmten Leuten sagen müssen. Manchmal könnte ich Ihnen vielleicht nicht erklären, warum ich das oder jenes tue. Könnten Sie das akzeptieren?«

»Ja. Weil ich Sie beobachtet, Ihnen zugehört habe – und Ihnen vertraue.«

»Danke.« Sie drückte ihm die Hand und ließ sie los. »Ich muß auch jemanden mitbringen.«

»Warum?«

»Weil es nötig ist. Ich brauche eine zeitlich begrenzte Versetzung in die Staaten, und er kann sie mir besorgen, ohne eine Erklärung geben zu müssen. Vergessen Sie das Weiße Haus, das ist zu gefährlich, zu unsicher. Zweitens könnte er auf Gebieten helfen, die weit außerhalb meiner Möglichkeiten liegen.«

»Wer ist er?«

»Mitchell Payton. Er ist der Chef von Special Projects – das ist eine Umschreibung für ›Fragen Sie nicht‹.«

»Können Sie ihm vertrauen? Ich meine rückhaltlos, über alle Zweifel hinaus?«

»Über alle Zweifel hinaus. Er war derjenige, der mich zum Geheimdienst gebracht hat.«

»Das allein wäre kein Grund.«

»Die Tatsache, daß ich ihn, seit ich sechs war, ›Onkel Mitch‹

nenne, ist aber einer. Er war ein junger Agentenführer und hielt, als Dozent getarnt, Vorlesungen an der Universität von Kairo. Er wurde ein Freund meiner Eltern – mein Vater war Professor an derselben Uni, und meine Mutter ist Amerikanerin aus Kalifornien; dort ist auch Mitch zu Hause.«

»Wird er mit Ihrer Versetzung einverstanden sein?«

»Aber ja, natürlich.«

»Sind Sie sicher?«

»Ihm bleibt nichts anderes übrig. Wie ich Ihnen schon sagte, verhökert jemand einen Teil unserer Seele, der nicht zum Verkauf steht. Diesmal sind Sie es. Und wer ist der nächste?«

25

Mitchell Jarvis Payton war ein dreiundsechzigjähriger drahtiger Akademiker, der seit vierunddreißig Jahren für die CIA arbeitete. MJ, wie er genannt wurde, war mit neunundzwanzig Jahren außerordentlicher Professor mit einem an der Universität von Kalifornien – wo er auch lehrte – erworbenen Doktortitel für arabische Sprachen.

Eines strahlenden Sommermorgens suchten ihn zwei Herren von der Regierung auf und redeten ihm ein, daß sein Land dringend seiner Fähigkeiten bedurfte. Über Einzelheiten waren sie – wie hätte es anders sein können? – nicht zu sprechen befugt. Sie gaben jedoch preis, daß die Sparte der Regierungsarbeit, in der sie tätig waren, zweifellos die interessanteste und aufregendste war, und es sei auch anzunehmen, daß seine neue Position Mitchell Payton nach Übersee führen werde, in ein Gebiet, in dem er seine besonderen Fähigkeiten nutzen konnte. Der junge unverheiratete Mann hatte diese Gelegenheit natürlich beim Schopf gepackt, und als die verblüfften Vorgesetzten in Langley offensichtlich nicht wußten, was mit ihm anfangen, hatte er nachdrücklich erklärt, er habe alle Brücken in Los Angeles hinter sich abgebrochen, da er angenommen hatte, er werde nach Ägypten geschickt. Also schickte man ihn nach Ägypten. »Wir können in Kairo nicht genug Leute haben, die diese gottverdammte Sprache verstehen.« In seinen ersten Semestern hatte Payton amerikanische Literatur studiert und das Fach gewählt, weil er glaubte, es gebe nicht allzuviel davon. Das war der Grund, warum eine als Arbeitsvermittlung getarnte Unterabteilung der CIA ihn als Arabisch sprechenden Lehrer für amerikanische Literatur an der Universität von Kairo untergebracht hatte.

Dort hat er die Raschads kennengelernt, ein bezauberndes Paar, das zu einem wichtigen Teil seines Lebens wurde. Bei Paytons erster Fakultätssitzung saß er neben dem in hohem Ansehen stehenden Professor Raschad. Vor Beginn der Konferenz kamen sie miteinander ins Gespräch, und Payton erfuhr, daß Raschad nicht nur in Kalifornien studiert, sondern eine frühere Mitschülerin von ihm geheiratet hatte. Mit der Zeit entwickelte sich eine tiefe Freundschaft zwischen den Raschads und MJ, und zugleich festigte sich sein Ruf bei der CIA. Er entdeckte eine Begabung bei sich, von der er bisher selbst nichts geahnt hatte und die ihn manchmal erschreckte – er war ein unglaublich überzeugender Lügner. Mit Hilfe seiner hervorragenden arabischen Sprachkenntnisse und der Erkenntnis, daß man Menschen mit verständnisvollen Worten und Geld motivieren konnte, war er imstande, mehrere politische Gruppen zu organisieren, die einander bekämpften und ihm jeweils von den Operationen der anderen berichteten. Als Gegenleistung bekamen sie von ihm Geld für ›ihre Sache‹ – unwesentliche Beträge für die damals sakrosankte CIA, aber erhebliche Zuschüsse für die meist fast leeren Kriegskassen der Fanatiker. Und dank seiner Bemühungen in Kairo konnte Washington eine Reihe hochbrisanter Situationen entschärfen. Und es war typisch für die ›alte Schule‹ der Geheimdienste, daß man einen Mann nicht dort ließ, wo er gute Arbeit leistete, sondern ihn nach Washington zurückbeorderte – zum Teufel mit seinen besonderen Qualifikationen –, um zu sehen, was er hier leisten konnte. MJ Payton war die einzige Ausnahme in einer langen Reihe von Mißerfolgen. Er wurde Nachfolger von James Jesus Angleton, dem ›Grauen Fuchs‹, dem Chef von Special Projects, der Nacht-und-Nebel-Operationen geliebt hatte. Und er vergaß nie, was sein Freund Raschad zu ihm gesagt hatte: »Das hättest du nie erreicht, MJ, wenn du geheiratet hättest, denn du weißt, daß man dich nie manipulieren konnte, und das gibt dir die nötige Selbstsicherheit.«

Vielleicht.

Doch er wurde auf eine harte Probe gestellt, als die eigenwillige Tochter seines Freundes nach Washington kam. In Cambridge, Massachusetts, war ihr etwas Schreckliches passiert, und sie war entschlossen, ihr Leben – oder einen Teil ihres Lebens – dem Kampf gegen die verheerenden Feuer des Hasses und der Gewalt zu opfern, die ihre mediterrane Welt zu vernichten drohten. Sie erzählte ›Onkel Mitch‹ nie, was ihr geschehen war – und das brauchte sie auch nicht, da er es sich denken konnte –, aber sie ließ sein Nein nicht gelten. Die Qualifikationen hatte sie; sie sprach Englisch genauso fließend wie Arabisch und Französisch und lernte damals auch noch Jiddisch und Hebräisch. Er hatte ihr das Friedenskorps vorgeschlagen, und sie hatte wütend ihre Handtasche vor seinem Schreibtisch auf den Boden geknallt.

»Nein! Ich bin kein Kind, Onkel Mitch, und ich habe keine mildtätigen Anwandlungen. Mich interessiert nur die Welt, aus der ich komme und in der ich geboren bin. Wenn du mich nicht nehmen willst, finde ich andere, die mich brauchen können.«

»Es könnten die falschen ›anderen‹ sein, Adrienne.«

»Dann halt' mich auf! Gib mir den Job!«

»Ich muß zuerst mit deinen Eltern sprechen...«

»Das geht nicht. Er hat sich zurückgezogen – sie haben sich beide zurückgezogen und leben jetzt in Baltim am Meer. Sie würden sich nur um mich Sorgen machen. Setz mich als Dolmetscherin ein oder besorg mir einen Job als Sachbearbeiterin bei einer Exportfirma – das kannst du doch, Onkel Mitch. Guter Gott, du warst eine Art Aushilfslehrer an der Universität, und wir haben nie ein Wort gesagt.«

»Du hast nichts gewußt, meine Liebe...«

»Und ob! Das Flüstern im ganzen Haus, wenn ein ›Freund von Onkel Mitch‹ kam und ich in meinem Zimmer bleiben mußte. Und eines Abends tauchten plötzlich drei Männer auf, die Waffen am Gürtel trugen, was ich noch nie gesehen hatte...«

»Das waren Notfälle. Dein Vater hatte Verständnis dafür.«

»Dann versteh du mich jetzt auch, Onkel Mitch. Ich muß es tun, unbedingt!«

»Nun gut«, gab MJ Payton klein bei. »Aber hör mir jetzt genau zu, junge Dame. Du wirst einen Intensivkurs in Fairfax, Virginia, absolvieren, in einem Lager, das auf keiner Landkarte verzeichnet ist. Wenn du versagst, kann ich dir nicht helfen.«

»Einverstanden«, sagte Adrienne Kalaila Raschad lächelnd. »Wetten wir, daß ich nicht versage?«

»Nicht mit dir, du junge Tigerin. Komm, gehen wir zusammen essen. Du trinkst doch nicht, oder?«

»Nicht richtig, nein.«

»Ich tu's, und ich bleib' auch dabei. Aber mit dir wetten werde ich nicht.«

Und es tat Paytons Brieftasche gut, daß er nicht gewettet hatte. Kandidatin Nr. 1344 absolvierte den brutal anstrengenden Zehn-Wochen-Kursus als Beste ihrer Klasse. Zum Teufel mit der Frauenemanzipation – aber Adrienne war besser als sechsundzwanzig Männer. Doch, dachte ihr Onkel Mitch, sie hatte ein Motiv, die anderen nicht: sie war zur Hälfte Araberin.

All das lag jetzt mehr als neun Jahre zurück. Heute, an diesem Freitag nachmittag, fast zehn Jahre später, war Mitchell Jarvis Payton ehrlich bestürzt. Agentin Adrienne Raschad, derzeit im Mittelmeerraum mit Standort Kairo eingesetzt, hatte ihn eben von einem Münztelefon aus dem *Hilton Hotel* in Washington angerufen. Was, um Gottes willen, tat sie hier? Wer hatte sie von ihrem Posten abberufen? Alle Agenten, die zu Special Projects gehörten, und ganz besonders diese Agentin, durften nur von ihm Befehle entgegennehmen. Es war unglaublich! Und daß sie nicht nach Langley herauskam, sondern darauf bestand, sich mit ihm in einem entlegenen Restaurant in Arlington zu treffen, beruhigte MJs Nerven auch nicht gerade. Besonders nachdem sie ihm gesagt hatte: »Es ist lebenswichtig für mich, daß ich niemandem begegne, den ich kenne oder der vielleicht mich kennt, Onkel Mitch.« Abgesehen von dem ominösen Ton ihrer Erklärung, hatte sie ihn seit Jahren nicht mehr Onkel Mitch genannt. Seine Wahlnichte hatte große Sorgen.

Milos Varak verließ in Durango, Colorado, das Flugzeug und suchte im Flughafengebäude sofort den Schalter einer Mietwagenfirma auf. Er legte einen gefälschten Führerschein und eine ebenso falsche Kreditkarte vor, unterschrieb den Mietvertrag, nahm die Wagenschlüssel entgegen und wurde auf den Parkplatz geführt, auf dem der Wagen stand. In seinem Diplomatenkoffer hatte er eine Spezialkarte von Südwest-Colorado, auf der Sehenswürdigkeiten wie der Nationalpark Mesa Verde eingezeichnet waren, und Hotels, Motels und Restaurants genau beschrieben wurden, von denen die meisten in – oder in der Nähe von – Städten wie Cortez, Hesperas, Marvel und, am weitesten östlich, Durango lagen. Das Gebiet, über das die Karte nur sehr oberflächlich Aufschluß gab, war ein Punkt namens Mesa Verde; Stadt konnte man Mesa Verde kaum nennen, es war ein geographischer Ort, der mehr in den Köpfen der Menschen als auf Landkarten oder in Büchern existierte; die heimische Industrie bestand aus einem Kramladen, einem Friseur, einem kleinen außerhalb liegenden Privatflugplatz und einem Café, das sich *Ge-Ge's* nannte. In Mesa Verde wohnte man nicht, man fuhr nur durch. Es existierte für Farmer, Erntehelfer und jene nicht auszurottenden Reisenden, die auf den malerischen Routen nach New Mexico und Arizona regelmäßig verschwanden. Der Flugplatz diente der Bequemlichkeit des runden Dutzends privilegierter Landbesitzer, die sich im Hinterland auf ihren Gütern niedergelassen hatten und einfach einen Flugplatz haben wollten. Sie bekamen das Straßenstück mit dem Kramladen, dem Friseur und *Ge-Ge's*, wenn überhaupt, nur selten zu sehen. Was sie brauchten, wurde aus Denver, Las Vegas und Beverley Hills eingeflogen. Die einzige Ausnahme war der Kongreßabgeordnete Evan Kendrick, der überraschend für ein politisches Amt kandidiert hatte.

Varak lag jedoch sehr viel daran, das Straßenstück zu sehen, das die Einheimischen Mesa Verde – oder einfach Verde – nannten, wie Emmanuel Weingrass. Varak wollte sehen, wie die Männer sich kleideten, wie sie sich bewegten, wieviel Raubbau die harte Feldarbeit an ihren Körpern, an ihrer Haltung getrieben hatte. Während der nächsten vierundzwanzig, höchstens achtundvierzig Stunden mußte Varak einen Auftrag erledigen, der ihn in einem gewissen Sinn so traurig stimmte, daß er kaum an den Schmerz zu rühren wagte, den er empfand. Doch die Arbeit mußte getan werden. Wenn es im Umfeld von Inver Brass oder bei Inver Brass selbst einen Verräter gab, mußte Varak ihn finden. Oder auch sie.

Nach anderthalb Stunden Fahrt fand er Ge-Ge's Café. So, wie er angezogen war, konnte er nicht hineingehen, also hielt er an, zog das Jackett aus und betrat den Kramladen auf der anderen Straßenseite.

»Sie hab' ich aber auch noch nie nich' hier gesehen«, sagte der alte Ladenbesitzer, der gerade Reispäckchen in ein Regal stapelte, und drehte sich zu Varak um. »Macht immer Spaß, ein neues Gesicht zu sehn. Wollen Sie nach New Mex? Ich sag' Ihnen schon die richtige Straße, Sie brauchen nichts zu kaufen. Ich sag' das den Leuten immer wieder, doch sie sind immer der Meinung, daß sie Geld lockermachen müssen, obwohl sie mich doch nur nach 'm Weg fragen wollen.«

»Sehr freundlich, Sir«, sagte Milos Varak, »doch ich fürchte, ich muß Geld lockermachen – nicht meins, sondern das meines Brötchengebers. Was für ein Zufall, aber ich brauche ein paar Packungen Reis. In der Lieferung aus Denver hat man ihn wohl vergessen.«

»Oh, Sie kommen von einem Oberbonzen auf'm Berg, mein Junge. Nehmen Sie mit, soviel Sie wollen – gegen Bares natürlich. Ich liefere nicht mehr ins Haus, bin zu alt dazu.«

»Das zu verlangen würde mir nicht mal im Traum einfallen, Sir.«

»He, Sie sind'n Ausländer, nich' wa'?«

»Skandinavier«, antwortete Varak. »Bin auch nur vorübergehend da, der Chauffeur ist nämlich krank.« Er nahm drei Pakkungen Reis und trug sie zur Kasse. Der Ladenbesitzer tappte hinter ihm her.

»Für wen arbeiten Sie?«

»Für den Kongreßabgeordneten Kendrick, aber er kennt mich nicht mal...«

»He, is' das nich'n tolles Ding! Unser Evan, unser Kongreßabgeordneter, der Held von Oman. Ich meine, da kann man nur strammstehen, wie unser Präsident gesagt hat. Er war schon ein paarmal bei mir. Der netteste Kerl, den man sich vorstellen kann.«

»Wie gesagt, ich kenne ihn leider nicht.«

»Ja, aber wenn Sie draußen im Haus arbeiten, kennen Sie immerhin den alten Manny. Das ist vielleicht ein Typ! Dieser verrückte jüdische Kerl ist was ganz Besonderes.«

»Das ist er wahrhaftig.«

»Ich bekomme sechs Dollar und einunddreißig Cents von Ihnen, mein Junge. Behalten Sie den Penny, wenn Sie kein Kleingeld haben.«

»Hab' ich bestimmt...« Varak griff in die Tasche. »Kommt Mr. – kommt Manny oft zu Ihnen?«

»Klar. Zwei- oder dreimal im Monat. Fährt mit einer seiner

Krankenschwestern rein, und kaum dreht sie ihm den Rücken, haut er ab zu Ge-Ge. Das is' vielleicht ein Kerl! Hier haben Sie Ihr Wechselgeld, mein Junge.«

»Vielen Dank.« Varak nahm seine Reispäckchen und wandte sich zur Tür, blieb aber bei den nächsten Worten des Alten wieder stehen.

»Doch ich schätze, diese Mädchen haben geklatscht, weil Evan seinen alten Kumpel jetzt ein bißchen besser überwacht, aber das wissen Sie ja.«

»Klar weiß ich das«, sagte Varak und wandte sich lächelnd zu dem Alten um. »Aber wie haben Sie es erfahren?«

»Gestern, als oben im Haus der große Zirkus losging, ließ sich Manny in Jakes Taxi zu Ge-Ge fahren. Ich hab' ihn gesehen, bin rausgegangen und hab' ihm zugeschrien, das wär' doch 'ne phantastische Neuigkeit. Und da hab' ich auch den anderen Wagen gesehen, der die Straße langkam. Drin ein Kerl, der grade telefonierte – hatte so'n Autotelefon, wissen Sie. Er parkte gegenüber von Ge-Ge's, blieb sitzen und beobachtete nur die Tür. Nach 'ner Weile telefonierte er wieder, und ein paar Minuten später stieg er aus und ging zu Ge-Ge rein. Da niemand sonst reingegangen war, ist mir die Idee gekommen, daß er Manny im Auge behalten sollte.«

»Ich sag' ihm, daß er vorsichtiger sein soll«, entgegnete Varak, noch immer lächelnd. »Wie hat er ausgesehen? Ich meine, nur damit ich sicher bin, daß wir beide denselben Mann meinen.«

»Das war'n Stadtfrack, wie er im Buch steht. Schick in Schale und mit Pomade im Haar.«

»Dunkles Haar?«

»Ne, mehr rötlich.«

»Ach, der. Ungefähr meine Größe.«

»Bißchen größer, würd' ich sagen. Vielleicht auch mehr als 'n bißchen.«

»Ja, natürlich«, stimmte Varak zu. »Wir sehen uns selbst nur immer ein bißchen größer, als wir tatsächlich sind. Er ist ziemlich schlank, aber vielleicht wirkt er auch nur so, weil er groß ist...«

»Das isser«, unterbrach der Ladenbesitzer. »Hat nicht viel Fleisch auf den Knochen, anders als Sie.«

»Dann hat er den braunen Lincoln gefahren.«

»Sah mir mehr nach blau aus – und groß. Aber ich kann die modernen Autos nicht mehr auseinanderhalten. Sehen für mich alle gleich aus – wie unglückliche Wanzen.«

»Vielen Dank, Sir«, sagte Varak. »Ich werde den Leuten sagen, daß sie vorsichtiger sein müssen. Der alte Manny soll sich nicht aufregen.«

»Also ich sag' ihm bestimmt nichts, keine Sorge. Manny hat eine schwere Operation hinter sich, und wenn Evan meint, daß er besser überwacht werden soll, bin ich ganz dafür. Ge-Ge verdünnt sogar seinen Whisky, wenn Manny nicht aufpaßt.«

»Noch einmal besten Dank. Ich werde dem Abgeordneten erzählen, wie hervorragend Sie ihn unterstützen.«

»Dachte, Sie kennen ihn nich'.«

»Aber einmal muß ich ihn ja kennenlernen, nicht wahr? Auf Wiedersehen, Sir.«

Milos Varak startete den Leihwagen und fuhr, Kramladen, Friseur und Ge-Ge's Café hinter sich lassend, die Straße hinunter. *Ein großer, schlanker Mann mit glatt zurückgekämmtem rötlichen Haar in einer blauen Limousine.* Die Jagd hatte begonnen.

»Ich glaube es nicht!« flüsterte Mitchell Jarvis Payton vor sich hin.

»Glaub es ruhig, MJ«, sagte Adrienne Raschad. Sie saßen sich im hintersten Winkel eines italienischen Restaurants in Arlington an einem Tisch gegenüber, der mit einem rotweißkarierten Tuch gedeckt war. »Was hast du über Oman eigentlich wirklich gewußt?«

»Es war eine Vier-Null-Operation im Ausland mit Lester Crawford als Verbindungsmann und Koordinator; er forderte eine Liste unserer besten Leute mit den besten Kontakten an. Das war alles, was ich wußte. Es gab andere, die vielleicht qualifizierter sind als du, aber nicht, was die Kontakte betrifft. Ich wußte ja, wie eng du mit Achmad und seiner Frau befreundet bist, und mußte annehmen, daß andere über diese Freundschaft ebenfalls informiert sind. Ich wollte deinen Namen nicht an Les weitergeben, doch deine bisherige Arbeit bei Special Projects und deine Verbindung mit der königlichen Familie haben mir keine andere Wahl gelassen. Außerdem war mir klar, daß du mir den Kopf abreißt, wenn du je erfahren würdest, daß ich dich aus persönlichen Gründen nicht genannt habe.«

»Da hast du recht!«

»Zu einer läßlichen Sünde muß ich mich aber bekennen«, sagte Payton mit einem traurigen Lächeln. »Als alles vorbei war, marschierte ich zu Crawford hinüber und machte ihm klar, daß mir die Vorschriften zwar bekannt sind, daß ich aber unbedingt wissen mußte, ob es dir gutgeht. Er musterte mich mit seinen Fischaugen und sagte, du seist wieder in Kairo. Ich glaube, es ist ihm schon schwergefallen, mir das zu sagen. Und jetzt erzählst du mir, die ganze beschissene Operation sei von einem von uns verraten worden. Eine Vier-Null-Operation darf jahre-, oft jahrzehntelang nicht aufgedeckt werden. Es gibt Dokumente aus dem Zweiten Weltkrieg, die – wenn überhaupt – bis Mitte des nächsten Jahrhunderts das Tageslicht nicht sehen werden.«

»Wer verwahrt diese Dokumente, MJ, diese Akten?«

»Sie werden über das ganze Land verteilt, in Archiven gelagert, von Archivaren verwaltet, von bewaffneten Posten bewacht, und hochentwickelte High-Tech-Alarmsysteme melden die kleinste Unregelmäßigkeit direkt nach Washington – uns, dem Außenministerium, dem Verteidigungsministerium und den Strategieräumen im Weißen Haus. Seit zwanzig Jahren werden die meisten dieser Akten und Dokumente in Datenbanken gespeichert, und die Zugriffcodes müssen zwischen wenigstens drei Geheimdiensten und dem Oval Office koordiniert sein. Originaldokumente, die unbedingt erhalten bleiben müssen, werden versiegelt und weggepackt.« Payton zuckte mit den Schultern und drehte die Handflächen nach oben. »Alles, meine Liebe, ist narrensicher und gegen Diebstahl geschützt.«

»Das trifft offensichtlich nicht zu«, widersprach Adrienne.

»Doch. Wenn es sich um Akten handelt, die strengster Geheimhaltung unterliegen«, entgegnete MJ. »Also erzählst du mir wohl am besten, was du weißt und was der Kongreßabgeordnete dir gesagt hat. Denn wenn das alles wahr ist, dann sitzt irgendwo zwischen der Entscheidung für höchste Geheimhaltung und den Datenbanken ein Lump.«

Adrienne Kalaila Raschad lehnte sich zurück und begann. Sie verschwieg nichts, nicht einmal das sexuelle Intermezzo in Bahrein. »Ich kann nicht sagen, daß ich es bereue, MJ, weder vom professionellen noch vom privaten Standpunkt aus. Wir waren beide unglaublich angespannt, und wir hatten Angst, und ganz ehrlich gesagt, er ist ein verdammt anständiger Mann.

Das habe ich heute vormittag in Maryland wieder bestätigt bekommen.«

»Im Bett?«

»Guter Gott, nein! Durch das, was er gesagt hat, wonach er strebt. Warum er getan hat, was er tat, warum er Kongreßabgeordneter wurde – und warum er von Politik nichts mehr wissen will. Ich bin sicher, er hat alle möglichen Fehler, aber er hat auch einen gesunden Zorn.«

»Ich glaube, ich entdecke da in meiner ›Nichte‹ gewisse Gefühle, die ich sehr, sehr lange an ihr vermißt habe.«

»O ja, ich wäre eine Heuchlerin, wenn ich was anderes sagte, aber ich bezweifle, daß sie von Dauer sind. Wir sind uns in gewisser Weise sehr ähnlich. Ich glaube, wir gehen beide viel zu sehr in dem auf, was wir tun müssen, und zwar jeder für sich, um uns für das einsetzen zu können, was der andere will. Ja, ich mag ihn, MJ, ich mag ihn wirklich. Er bringt mich zum Lachen – nicht nur über ihn, sondern mit ihm.«

»Das ist sehr wichtig«, sagte Payton wehmütig, mit einem womöglich noch traurigeren Lächeln als vorher. »Ich habe nie jemand gefunden, mit dem ich richtig lachen konnte. Das ist natürlich ein Charakterfehler von mir. Ich bin zu besitzergreifend.«

»Du hast weder Fehler noch Schwächen«, sagte Adrienne. »Du bist mein Onkel Mitch, über den keiner so was sagen darf – nicht einmal er selber.«

»Dein Vater hat deine Mutter immer zum Lachen gebracht. Ich habe sie manchmal beneidet, trotz der Probleme, die sie miteinander hatten. Er hat sie zum Lachen gebracht.«

»Das war ein Abwehrmechanismus. Mutter hat immer geglaubt, er brauche nur dreimal das Wort Scheidung auszusprechen, und sie müßte sich von ihm trennen.«

»Quatsch. Er hat sie angebetet.« Ganz unvermittelt, als seien sie abgeschweift, sprach Payton wieder von der Maskat-Krise. »Warum wollte Kendrick eigentlich von Anfang an unbedingt anonym bleiben? Du hast es mir schon gesagt, ich weiß, aber ich möchte es noch einmal hören.«

»Das klingt, als wärst du mißtrauisch, aber das brauchst du nicht zu sein. Er hat eine völlig logische Erklärung. Er wollte wieder zurück und dort weitermachen, wo er vor fünf, nein, vor sechs Jahren alles liegen- und stehenließ. Das konnte er nicht, wenn ihm die Oman-Affäre wie ein Mühlstein am Hals hing. Und jetzt kann er erst recht nicht zurück, weil alle seinen Kopf wollen, angefangen bei den palästinensischen Fanatikern bis zu Achmad und allen, die ihm geholfen und jetzt eine Todesangst haben, daß sie ›entlarvt‹ werden. Was ihm während der letzten beiden Tage zugestoßen ist, ist der Beweis dafür, daß er recht hatte. Er möchte zurück, und man hat es ihm unmöglich gemacht.«

Payton runzelte die Stirn, seine Traurigkeit war verflogen, war einer kalten Neugier gewichen, die an Zweifel grenzte. »Das verstehe ich, meine Liebe, aber schließlich hast du nur sein Wort, daß er zurückwollte – zurückwill.«

»Ich glaube ihm«, sagte Adrienne.

»Möglicherweise glaubt er es selbst«, sagte Payton versöhnlich. »Aber erst jetzt, nachdem er die Sache gründlich durchdacht hat.«

»Du sprichst in Rätseln, MJ. Was meinst du damit?«

»Es mag ein unwesentlicher Punkt sein, aber ich glaube, er ist einer Überlegung wert. Ein Mann, der aus Washington verschwinden will, wirklich verschwinden, ohne als eine Art Gratifikation für die der Regierung geleisteten Dienste ein Anwaltsbüro, eine Werbeagentur oder eine ähnlich lukrative Firma zu eröffnen, streitet gewöhnlich nicht in öffentlichen Ausschußanhörungen, die im Fernsehen übertragen werden, mit Schwergewichten aus dem Pentagon. Er nimmt auch an keinem Sonntagvormittagsprogramm teil, das im ganzen Land die höchste Einschaltquote hat, oder hält eine provokative persönliche Pressekonferenz, die unter Garantie große Verbreitung findet. Er spielt auch nicht das *enfant terrible* in einem elitären Unterausschuß des Nachrichtendienstes und stellt harte Fragen, was seinen Namen zwar nicht in der breiten Öffentlichkeit bekannter macht, aber in der Hauptstadt für Aufsehen sorgt. Zusammengenommen sind diese Aktivitäten nicht das Markenzeichen eines Mannes, der die politische Arena verlassen und auch die Vorteile nicht nutzen will, die sie bietet. Da steckt eine gewisse Ungereimtheit drin, findest du nicht?«

Adrienne Raschad nickte. »Das habe ich ihn alles auch gefragt, nachdem ich ihn beschuldigt hatte, er wolle von mir nur eine weitere öffentliche lobhudelnde Bestätigung, daß er in Oman war, und leide an krankhaftem politischem Ehrgeiz. Er wurde wütend, bestritt heftig, daß es ihm darum zu tun sei, und erklärte nachdrücklich, er wolle nur weg aus Washington.«

»Könnte das keine Schutzbehauptung sein, nachdem er sich alles gründlich überlegt hat?« meinte Payton. »Ich frage das wohlwollend, weil jeder vernünftige Mensch so handeln würde. Sagen wir mal, daß dieser erfolgreiche Individualist sich mit unserem Potomac-Virus infiziert und gesagt hat, daß er aufs Ganze gehen und alle Murmeln verschießen will, die er gewonnen hat, und dazu gehört zweifellos auch das, was er in Oman getan hat. Dann kommt er zu sich und denkt: Mein Gott, was hab' ich getan? Was tu' ich hier? Ich gehöre nicht unter diese Menschen! Es wäre nicht das erstemal, daß so was passiert. Wir haben viele gute Männer und Frauen verloren, die zu dem gleichen Schluß gekommen sind – sie haben nicht hierhergehört. Die meisten von ihnen sind leidenschaftlich unabhängige Leute, die von ihrem eigenen Urteil überzeugt sind, weil sie auf diesem oder jenem Gebiet erfolgreich waren. Falls es ihnen nicht nur um Macht zu tun ist, weil sie ihr ehrgeiziges Ego befriedigen wollen – was du bei Kendrick instinktiv ausschließt, und ich vertraue auf deinen Instinkt –, haben solche Leute nicht die Geduld, sich durch das Gestrüpp endloser Debatten und Kompromisse zu kämpfen, dem Nebenprodukt unseres Systems. Könnte unser Abgeordneter ein solcher Mensch sein?«

»Auf Anhieb würde ich sagen, genau das trifft auf ihn zu – aber wiederum nur rein instinktiv.«

»Es ist also nicht möglich, daß dein attraktiver junger Mann ...«

»Aber MJ«, unterbrach Adrienne, »das ist doch wirklich vorsintflutlich.«

»Also gut, dann eben dein Freund – aber ist es nicht trotzdem möglich, daß er aufgewacht ist und zu sich selbst gesagt hat: ›Es war ein schrecklicher Fehler, mich selbst zum Helden zu machen, ich muß das unbedingt wieder ändern‹?«

»Es wäre möglich, wenn er ein Lügner wäre, was ich nicht glaube.«

»Aber du siehst das Widersprüchliche in seinem Verhalten, nicht wahr? Was er tut, stimmt nicht mit dem überein, was er von sich behauptet.«

»Du sagst, daß er sich selbst zu heftig widerspricht, aber das finde ich nicht, weil er weder sich selbst noch mich belügt.«

»Ich muß jede Möglichkeit in Betracht ziehen, bevor wir anfangen, nach einem Schweinehund zu suchen, mit dem – wenn du recht hast – ein anderer, ein blonder Schweinehund, Verbindung aufgenommen hat. Hat Kendrick dir gesagt, warum er sich öffentlich mit dem Pentagon und der ganzen Verteidigungsindustrie angelegt hat, ganz zu schweigen von seiner nicht so öffentlichen, aber dennoch weitverbreiteten Kritik an unseren Geheimdiensten?«

»Weil er in der Lage war, diese Dinge sagen zu können, und er glaubte, daß sie gesagt werden sollten.«

»Ganz einfach so? Ist das seine Erklärung?«

»Ja.«

»Aber er mußte zuerst eine Situation schaffen, die es ihm ermöglichte zu sprechen. Guter Gott, der Partridge-Ausschuß, dann das ›Select Subcommittee for Intelligence‹, das sind – bescheiden ausgedrückt – politisch hochbegehrte Sitze. Vierhundert Kongreßabgeordnete würden für eine Berufung in einen dieser Ausschüsse ihre Großmutter verkaufen. Die Sitze fallen ihren Mitgliedern nicht einfach in den Schoß, man muß sie sich erarbeiten, um sie kämpfen. Wie erklärt er das?«

»Er hat keine Erklärung dafür. Ihm sind sie in den Schoß gefallen. Und er hat ernsthaft versucht, sich den Berufungen zu entziehen.«

»Wie bitte?« rief MJ Payton erstaunt.

»Er hat gesagt, wenn ich ihm nicht glaubte, solle ich doch zu seinem Assistenten gehen, der ihn fast mit Gewalt zwingen mußte, den Sitz im Partridge-Ausschuß anzunehmen. Und dann sprich mit dem Vorsitzenden des Repräsentantenhauses und frag den hinterlistigen, alten irischen Mistkerl, ob Evan ihm nicht gesagt hat, wohin er sich seinen Unterausschuß stecken könne. Er wolle keines dieser beiden Ämter, aber man hat ihm erklärt, wenn er sie ablehne, verliere er jedes Mitspracherecht, wenn es um die Kandidatur seines Nachfolgers im neunten Wahlbezirk von Colorado gehe. Und dieser Nachfolger liegt ihm am Herzen, deshalb hat er kandidiert. Er hat eine korrupte Partei-Null aus dem Amt gedrängt und möchte nicht, daß die nächste sich den Bezirk unter den Nagel reißt.«

Payton lehnte sich langsam auf seinem Stuhl zurück, stützte das Kinn in die Hand und kniff die Augen zusammen. Im Lauf der Jahre hatte Adrienne gelernt, wann sie schweigen mußte und den Gedankengang ihres Mentors nicht unterbrechen durfte. Auch jetzt wartete sie schweigend ab, auf verschiedene Antworten vorbereitet, nicht aber auf die, die sie zu hören bekam.

»Jetzt sieht die Sache ganz anders aus, meine Liebe. Wenn ich mich richtig erinnere, hast du Kendrick gesagt, er werde von jemand exhumiert, der glaube, er verdiene Lob und Anerkennung für das, was er getan hat. Aber ich fürchte, es reicht viel tiefer. Unser Kongreßabgeordneter wird programmiert.«

»Lieber Himmel, wofür?«

»Das weiß ich nicht, aber ich meine, wir müssen unbedingt versuchen, das herauszufinden. Sehr leise, sehr vorsichtig. Wir haben es mit etwas sehr Ungewöhnlichem zu tun.«

Varak sah die große blaue Limousine. Sie parkte ein Stückchen abseits der gewundenen, von Bäumen flankierten Straße, die ein paar hundert Meter westlich von Kendricks Haus aus einem Wald herausführte, und sie war leer. Er war an Kendricks von einer Hecke umfriedetem, imposantem Besitz vorbeigekommen, vor dem noch immer ein paar hartnäckige Reporter und ein Kameramann hoffnungsvoll ausharrten, und hatte die Absicht gehabt, nordwärts in ein Motel am Ortsrand von Cortez zu fahren. Als er jedoch den blauen Wagen entdeckte, überlegte er es sich anders. Er bog um die nächste Kurve und versteckte seinen Wagen im dichten Unterholz. Auf dem Beifahrersitz lag sein Diplomatenkoffer; er öffnete ihn und entnahm ihm einige Gegenstände, die er vielleicht brauchen würde. Er steckte sie in die Taschen, stieg aus, schloß leise die Tür und ging zu der blauen Limousine zurück. Er näherte sich ihr nicht von der Straßen-, sondern von der Waldseite her und musterte sie. Er fand zwei oder drei Vorrichtungen, die einen Alarm auslösen würden, wenn jemand sich am Türschloß zu schaffen machte oder gegen die Tür drückte. Eines dieser Alarmsysteme war so ungewöhnlich, daß dieser Wagen Geheimnisse enthalten mußte, die viel wertvoller waren als Kleidung, Schmuck oder vertrauliche Geschäftspapiere. An den Unterkanten der Fenster war jeweils eine Reihe winziger Löcher in die Karosserie gebohrt und überlackiert worden; es waren Düsen, die ein Gas versprühten. Es machte jeden, der widerrechtlich in das Fahrzeug eindringen wollte, für längere Zeit bewegungsunfähig. Diese

Anlage war für die Wagen von Diplomaten erfunden worden, die in Unruheherden tätig waren, in denen es fast ebenso wichtig war, Angreifer vernehmen zu können wie am Leben zu erhalten. Sie konnte bei einem Überfall vom Chauffeur betätigt werden, und wenn der Wagen leer war, schaltete sich das System automatisch ein. Inzwischen hatte es weltweit die Märkte erobert und wurde von den Reichen mit solcher Begeisterung gekauft, daß es hieß, die Hersteller kämen mit den Lieferungen nicht mehr nach.

Varak sah sich um und ging rasch zum Heck der Limousine, griff in die Tasche und ließ sich neben dem Auspuff auf den Boden fallen. Er kroch unter den Wagen und machte sich an die Arbeit. Knapp neunzig Sekunden später tauchte er wieder auf, erhob sich und rannte in den Wald. Die Jagd hatte schon begonnen; jetzt fing das Warten an.

Einundvierzig Minuten später kam eine große, schlanke Gestalt die Straße herunter. Ein Mann in einem dunklen Anzug mit Weste, die unter dem offenen Jackett zu sehen war. Sein glatt zurückgekämmtes Haar war eher rötlich als braun. Man müßte einem seiner Vorgesetzten ein paar Grundregeln der Kosmetik beibringen, dachte Varak. Einem rothaarigen Angestellten durfte man nie erlauben, im ›Feld‹ zu arbeiten; das war kurzsichtig und dumm. Der Mann sperrte zuerst die Beifahrertür auf, ging dann um die Motorhaube herum und sperrte die Fahrertür auf. Bevor er sie öffnete, kauerte er sich jedoch nieder und sperrte offenbar ein drittes verborgenes Schloß auf, richtete sich wieder auf und stieg ein. Dann ließ er den Motor an.

Die starke Maschine hustete ein paarmal, und plötzlich hörte man unter dem Chassis ein lautes Rattern, eine dichte Abgaswolke wurde ausgestoßen, und dann hörte man das laute Krachen berstenden Metalls. Auspufftopf und Auspuffrohr waren in die Luft geflogen, und auf allen Seiten des Wagens explodierte das Gas. Varak preßte sich ein Taschentuch auf die Nase und wartete, bis die Wolken sich verzogen hatten. Langsam stand er auf.

Mit einer Chirurgenmaske vor dem Gesicht und einer Pistole in der Hand beobachtete auch der Fahrer die aufsteigenden Gaswolken, während er sich auf dem Sitz nervös von einer Seite auf die andere drehte, um sich gegen einen Überfall abzusichern. Es kam jedoch keiner, und seine Verwirrung war nicht zu übersehen. Er griff zum Telefon und zögerte dann. Varak verstand. Falls es sich um ein technisches Versagen handelte und er seine dreißig, dreihundert oder dreitausend Meilen entfernte Kontrollstelle wegen einer Kleinigkeit alarmierte, brachte ihm das eine schwere Rüge ein. Er legte den Telefonhörer in die Halterung zurück und den ersten Gang ein; der Motor dröhnte und knatterte so ohrenbetäubend laut, daß er ihn sofort abstellte. Ein Fahrzeug wie dieses durfte nie Aufmerksamkeit erregen, mußte immer unauffällig bleiben. Man wählte eine andere Möglichkeit, setzte sich mit einer Werkstatt in Verbindung, ließ sich abschleppen und den Wagen notdürftig reparieren. Und doch...

Eine neue Periode des Wartens begann. Sie dauerte fast zwanzig Minuten; trotz seiner roten Haare war der Mann ein Profi. Offensichtlich überzeugt, daß er keinen Angriff zu fürchten hatte, stieg er vorsichtig aus und ging zum Heck. Taschenlampe in der einen, Pistole in der anderen Hand, sah er sich immer wieder sichernd nach allen Seiten um, während Varak lautlos durch das Unterholz kroch. Der Rothaarige kauerte sich plötzlich nieder und leuchtete mit der Taschenlampe unter den Wagen. Varak wußte, daß ihm jetzt nur ein paar Sekunden blieben, um den Straßenrand zu erreichen. Dann würde der Mann das sich durch die Hitze ausdehnende Plastik entdeckt haben, das er ins Auspuffrohr gesteckt hatte; oder auch die Spuren, die seine kleine Messersäge am Auspufftopf hinterlassen hatte. Der Augenblick kam, als Varak ungefähr zweieinhalb Meter hinter dem kauernden Mann die Zweige auseinanderbog.

»Verdammt!« stieß der schlanke, gutgekleidete Rotschopf hervor, sprang zurück, schnellte, die Pistole schußbereit, zuerst nach rechts und dann nach links herum. Varak kehrte er den Rücken zu.

Der blonde Tscheche hob einen dritten Gegenstand, den er seinem Diplomatenkoffer entnommen hatte: eine mit Treibgas gefüllte Pfeil-Pistole. Noch einmal teilte er das dichte Laub vor sich und schoß schnell. Der Betäubungspfeil traf sicher sein Ziel, grub sich dem Rothaarigen in den Nacken. Mit einer wilden Bewegung fuhr er herum und ließ die Taschenlampe fallen, während er verzweifelt versuchte, hinter sich zu greifen und sich die Nadel aus dem Fleisch zu reißen. Doch je heftiger seine Bewegungen, um so schneller schoß ihm das Blut in den Kopf und beschleunigte die Zirkulation des Serums. Es dauerte acht Sekunden. Der Mann stürzte zu Boden, wehrte sich ebenso verzweifelt wie vergeblich gegen die Wirkung des Betäubungsmittels und lag schließlich reglos auf der Straße. Varak kam aus dem Wald, schleifte den Rotschopf rasch ins Unterholz, holte seine Pistole und seine Taschenlampe. Dann durchsuchte er den Mann nach seinen zweifellos gefälschten Ausweispapieren.

Sie waren nicht falsch. Der Bewußtlose war ein Spezialagent des FBI. In seinen Papieren fand Varak auch die Einheit, der er vor zwei Monaten und zehn Tagen zugeteilt worden war – nur einen Tag nach dem Treffen von Inver Brass in Cynwid Hollow, Maryland.

Varak entfernte den Pfeil, trug den Mann auf die Straße und setzte ihn ans Steuer der blauen Limousine. Er versteckte Taschenlampe und Pistole unter dem Sitz, schloß die Tür und ging zu seinem Leihwagen hinter der Kurve zurück. Er mußte sich auf die Suche nach einem Telefon machen und einen Mann im FBI in Washington anrufen.

»Über diese Einheit gibt es keine Information«, sagte Varaks Kontaktmann beim FBI. »Wir haben nur auf dem Verwaltungsweg von ihr erfahren, sie ist eigentlich in Kalifornien stationiert, in San Diego, glaub' ich.«

»Aber in Kalifornien gibt es kein Weißes Haus«, wandte Varak ein.

»Aber ein anderes Haus gibt es dort, haben Sie das vergessen?«

»Was für ein Haus?«

»Bevor ich fortfahre – wir brauchen ein paar Informationen von Ihnen, und zwar über eine Operation außerhalb von Prag, die uns allmählich lästig wird. Sie ist unbedeutend, aber sie paßt uns nicht. Wollen Sie uns helfen?«

»Aber selbstverständlich, ich kümmere mich darum. Also – was ist das für ein Haus in San Diego, das dem FBI eine ganze Spezialeinheit wert ist?«

»Ganz einfach. Es ist der Wohnsitz des Vizepräsidenten der Vereinigten Staaten.«

Es steht also fest, dachte Varak. *Der nächste Vizepräsident der Vereinigten Staaten heißt Evan Kendrick. Und elf Monate nach der Wahl des jetzigen Amtsinhabers wird er Präsident werden ...*

Wortlos hängte er ein.

26

Seit der peinlichen Zeremonie im Blue Room des Weißen Hauses waren fünf Wochen vergangen. Zur Peinlichkeit war die Verleihung der *Medal of Freedom* geworden, weil Dennison, ein wahrer Zirkusdirektor, fortgesetzt versucht hatte, den in den Mittelpunkt zu stellen, der die Medaille verlieh, und den, der sie verliehen bekam, in den Schatten zu drängen. Der Dirigent der Marineband mußte seine Anweisungen mißverstanden haben. Denn anstatt die langatmige Rede des Präsidenten mit einem sehnsuchtsvollen Pianissimo von ›America the Beautiful‹ zu untermalen, stürzte er sich in ein donnerndes Fortissimo von ›Stars and Stripes‹ und schnitt dem Lenker des Vaterlandes fast den Ton ab.

Erst als der Kongreßabgeordnete Kendrick aufstand, um den Orden in Empfang zu nehmen, spielte die Band pianissimo, so daß die Bescheidenheit, die aus seinen Dankesworten sprach, ganz besonders gut zur Geltung kam. ›Zirkusdirektor‹ Dennison war wütend, denn Kendrick hatte sich geweigert, die kurze Rede abzulesen, die Dennison für ihn aufgesetzt hatte, und statt dem Präsidenten hohes Lob für seinen ›geheimen, aber ungewöhnlich intensiven Beistand‹ zu zollen, dankte er all jenen, deren Namen er nennen konnte, ohne sie zu gefährden, daß sie ihm das Leben gerettet und bei der Beendigung der Maskat-Krise so tatkräftig mitgewirkt hatten.

Die letzte tiefe Kränkung fügte Dennison sich jedoch selbst zu. Während des kurzen Fototermins, bei dem wegen der Antiterrorstrategien keine Fragen gestellt werden durften, zog Herbert Dennison geistesabwesend ein Fläschchen Maaloxan aus der Tasche und trank daraus. Plötzlich waren alle Kameras auf ihn gerichtet. Blitzlichter zuckten, und der Präsident der Vereinigten Staaten drehte sich um und blitzte ihn wütend an. Das war für den magenleidenden Stabschef zuviel. Er schüttete sich die milchweiße Flüssigkeit über die Jacke seines dunklen Anzugs.

Am Ende legte Langford Jennings den Arm um Evan Kendricks Schultern und verließ mit ihm den Blue Room. »Das hat großartig geklappt, Herr Abgeordneter!« rief der Präsident draußen auf dem Flur. »Mist gebaut hat nur ein Arschloch, das sich einbildet, diese Dinge zu organisieren.«

»Er steht unter starkem Druck, Sir. Seien Sie nicht allzu streng mit ihm.«

»Mit Herb?« sagte Jennings ruhig. »Aber bestimmt nicht. Ich möchte nicht in seinen Schuhen stecken und tun, was er tun muß. Nie und nimmer! Ich schätze, er hat Ihnen einen Text gegeben, den Sie vorlesen sollten, und Sie haben sich geweigert.«

»Tja, haargenau so war's – leider.«

»Gut. Das hätte wie eine billige Inszenierung ausgesehen. Danke, Evan, ich weiß das zu schätzen.«

»Gern geschehen«, sagte Kendrick zu dem großen charismatischen Mann, der ihn immer wieder überraschte.

Die nächsten fünf Wochen verliefen genauso, wie Kendrick sie sich vorgestellt hatte. Die Medien buhlten um seine Aufmerksamkeit.

Doch er hielt sein Wort, das er Herbert Dennison gegeben hatte, und würde es auch in Zukunft halten. Er lehnte alle Interviews ab, indem er erklärte, wenn er eines gäbe, würde er sich verpflichtet fühlen, alle zu geben, und das hieße, daß er seine Pflichten gegenüber seinen Wählern vernachlässigen müßte, die übrigens treu zu ihm hielten. Die Novemberwahlen im neunten Wahlbezirk von Colorado waren eine reine Formsache; unter den gegebenen Umständen fand die Opposition nicht einmal einen Kandidaten.

Ein paar Medienleute traten allerdings ziemlich energisch auf.

»Sie Mistkerl«, hatte Ernest Foxley vom Foxley-Programm ihn bissig geneckt, »ich habe Ihnen Ihre erste Chance gegeben, bei mir hatten Sie Ihren ersten anständigen Auftritt.«

»Ich glaube, Sie verstehen nicht«, antwortete Kendrick, »ich war nie hinter einer solchen Chance her, wollte keine ›Auftritte‹.«

Nach einer Pause entgegnete der Kommentator: »Wissen Sie was? Ich glaube Ihnen. Wieso eigentlich?«

»Weil ich die Wahrheit sage und Sie eine Menge von Ihrer Arbeit verstehen.«

»Danke, junger Mann. Ich geb's weiter und versuche, die Meute zurückzurufen, bitte mir aber aus, daß Sie für keine weiteren Überraschungen sorgen, verstanden?«

Es gibt nichts, womit ich noch irgend jemand überraschen könnte, dachte Kendrick, als er an einem frühen Nachmittag im

Dezember durch Virginia fuhr. Sein Haus in Fairfax war zur Operationsbasis für Kalaila umfunktioniert worden, was dank Mitchell Payton von der CIA zu einigen einschneidenden Veränderungen und Umbauten geführt hatte. Zuerst hatte er vor dem Haus den Bau einer hohen Ziegelmauer angeordnet. Einziger Eingang war jetzt ein breites weißes schmiedeeisernes Tor, das elektronisch bedient wurde. Um das ganze Grundstück herum war ein tief im Boden verankerter hoher Maschendrahtzaun gezogen worden. Das grüne Metall war so dick, daß Sprengstoff, eine Lötlampe oder eine geradezu gewalttätig gehandhabte Bügelsäge nötig gewesen wären, um eine Bresche hineinzuschlagen, wobei der Lärm, der dabei entstand, ganz sicher von den Wachposten gehört worden wäre. In Kendricks Arbeitszimmer hatte Payton ein Spezialtelefon installieren lassen. Wenn es klingelte, blinkten in verschiedenen anderen Räumen Lichtsignale, und wer sie sah, mußte versuchen, so schnell wie möglich an den Apparat zu kommen. Ein Übertragungs-Computer stand direkt neben dem Telefon; er hing an einem Modem, das nur eine einzige Verbindung zuließ, die mit dem Privatbüro Paytons. Wenn er eine Information bekam, die er von Kalaila oder Kendrick beurteilen lassen wollte, wurde sie sofort übermittelt; alle Ausdrucke mußten in den Reißwolf und hinterher verbrannt werden.

In Übereinstimmung mit den vom Präsidenten öffentlich abgegebenen Erklärungen hatte Special Projects sofort die Initiative an sich gerissen und die Verantwortung für alle Sicherheitsmaßnahmen übernommen, die den Helden von Oman vor terroristischen Racheakten schützen sollten. Kendrick war beeindruckt. Eine Stunde nachdem die Limousine des Präsidenten ihn aus dem sicheren Haus in Maryland abgeholt hatte, überwachte Mitchell Payton jeden seiner Schritte, ja in gewissem Sinn sein ganzes Leben. Die Computeranlage kam später, ein bißchen später, und an der Verzögerung war nur Kalailas Widerspenstigkeit schuld. Der Gedanke, in Kendricks Haus zu ziehen, hatte ihr mißfallen, aber nach achtzehn Tagen im Hotel und komplizierten heimlichen Zusammenkünften mit Kendrick und ›Onkel Mitch‹ hatte Payton ein Machtwort gesprochen.

»Herrgott, meine Liebe, ich kann die Kosten für ein sicheres Haus für nur einen einzigen meiner Leute ganz einfach nicht rechtfertigen, und wenn ich es könnte, wüßte ich nicht, welche Gründe ich angeben sollte. Außerdem kann ich die Anlage, die wir brauchen, ganz gewiß nicht in einem Hotel aufstellen lassen. Außerdem habe ich die offizielle Mitteilung aus Kairo, daß du den Dienst bei der CIA quittiert hast, nach Washington weitergegeben. Wir können es uns nicht mehr leisten, dich noch länger in diesem Sektor zu führen. Du hast also wirklich keine Wahl.«

»Ich hab' schon alles versucht, um sie zu überzeugen«, hatte Kendrick ihn unterbrochen. Sie hatten zu dritt im Nebenzimmer eines Restaurants hinter der Grenze von Maryland gesessen. »Falls es ihr um die Schicklichkeit zu tun ist, lasse ich in die Gesellschaftsrubrik des *Congressional Record* die Notiz setzen, daß meine Tante in der Stadt ist. Wie wär's mit einer älteren Tante mit geliftetem Gesicht?«

»O Sie verdammter Idiot! Na schön, ich tu's.«

»Was für eine Anlage?« wandte Kendrick sich an Payton. »Was brauchen Sie?«

»Nichts, was man zu kaufen kriegt«, antwortete der Chef der CIA. »Und Apparate, die nur wir installieren können.«

Am nächsten Morgen war der Störungstrupp einer Telefongesellschaft mit einem großen Laster vorgefahren. Er wurde vom Wachposten hereingewinkt, und die Männer in der Uniform der Telefongesellschaft gingen an die Arbeit, während zwanzig Maurer die Mauer hochzogen und zehn andere Arbeiter den undurchdringlichen Zaun aufstellten. Die angeblichen Störungssucher schienen Kendricks ganzes Haus zu verkabeln. Inzwischen fuhr ein zweiter Laster über die hintere Zufahrt in die an das Haus angebaute Garage. Die Männer, die mit diesem Laster gekommen waren, holten die Computerkonsole aus ihrer Kiste und trugen sie in das Arbeitszimmer im Erdgeschoß. Drei Stunden und zwanzig Minuten später war Mitchell Paytons Anlage aufgestellt und funktionierte. An diesem Nachmittag hatte Kendrick Kalaila vor ihrem Hotel in der Nebraska Avenue abgeholt.

»Hallo, Tantchen, bist du endlich da?«

»Ich verlange, daß an der Tür des Gästezimmers ein einbruchssicherer Riegel angebracht wird«, hatte sie lachend erwidert und beim Einsteigen ihre weiche Nylontasche auf den Rücksitz geworfen.

»Keine Sorge. Älteren weiblichen Verwandten trete ich nie zu nahe.«

»Einmal haben Sie's schon getan.« Sie drehte sich zu ihm um und fügte sanft, aber fest hinzu: »Das ist mein Ernst, Evan. Wir sind hier nicht in Bahrein, und wir teilen uns zwar die Arbeit, aber wir teilen nicht das Bett. Okay?«

»Ist das der Grund, warum Sie nicht in mein Haus einziehen wollten?«

»Aber natürlich.«

»Sie kennen mich nicht sehr gut«, sagte Kendrick, nachdem er sich eine Zeitlang schweigend auf den Verkehr konzentriert hatte.

»Das kommt hinzu.«

»Was mich auf eine Frage bringt, die ich Ihnen schon ein paarmal stellen wollte, ich habe nur gefürchtet, Sie könnten sie falsch auffassen.«

»Fragen Sie.«

»Als Sie letzten Monat in das Haus in Maryland kamen, haben Sie fast sofort von Bahrein gesprochen. Später sagten Sie mir aber, das Haus sei mit Wanzen gespickt, und jedes Wort, das wir sprächen, werde abgehört. Warum haben Sie Bahrein dann überhaupt erwähnt?«

»Weil ich das Thema so schnell und so gründlich wie möglich abgehakt wissen wollte.«

»Heißt das, daß andere – Leute mit der erforderlichen Unbedenklichkeitsbescheinigung, die den Bericht gelesen hatten – annehmen oder vermuten würden, was geschehen war?«

»Ja, und ich wollte klarstellen, wo ich stehe.«

»Damit ist der Fall erledigt«, sagte Kendrick und fuhr in die Umgehungsstraße nach Virginia ein.

»Danke.«

»Übrigens, ich habe den Hassans alles von Ihnen erzählt – Verzeihung, natürlich nicht alles –, und sie können es kaum erwarten, Sie kennenzulernen.«

»Das ist das Ehepaar aus Dubai, nicht wahr, Ihre Hausverwalter?«

»Sie sind viel mehr als das – Freunde, die ich schon sehr lange kenne.«

»Es war nicht geringschätzig gemeint. Er ist Professor, oder?«

»Wenn er Glück hat, wird er nächstes Frühjahr nach Georgetown oder Princeton berufen. Ihm haben noch ein paar Papiere gefehlt, aber das haben wir inzwischen geregelt. Übrigens, die Welt ist doch wirklich klein – er verehrt Ihren Vater. Er hat ihn früher mal in Kairo kennengelernt, also machen Sie sich auf allerlei Ehrerbietung gefaßt.«

»Die wird ihm schnell vergehen«, sagte Kalaila lachend. »Er wird bald begreifen, daß ich weder zu seiner noch zu Vaters Liga gehöre.«

»Aber mit einem Computer können Sie umgehen, ja?«

»Selbstverständlich. Ich muß häufig mit ihm arbeiten.«

»Ich kann es nicht. Sabris Frau Kaschi kann's nicht, und er kann es auch nicht, also sind Sie vermutlich in einer viel höheren Liga.«

»Schmeicheleien stehen Ihnen nicht, Evan. Vergessen Sie nicht den einbruchssicheren Riegel an der Tür.«

Am Ziel wurde Kalaila von Kaschi Hassan herzlich begrüßt, und die beiden schlossen sofort Freundschaft, wie das bei arabischen Frauen Tradition ist.

»Wo ist Sabri?« fragte Kendrick. »Ich möchte, daß er Kalaila kennenlernt.«

»Er ist in deinem Arbeitszimmer, lieber Evan, ein Herr von der Central Intelligence Agency zeigt ihm, wie man in einem Notfall den Computer bedient.«

Seit über drei Wochen war die Kalaila-Langley-Achse voll im Einsatz, aber sie wußten auch jetzt noch nicht mehr als damals im sicheren Haus in Maryland. Ganze Scharen von Leuten, die auch nur eine entfernte Möglichkeit hatten, an das Oman-Dossier heranzukommen, wurden von Paytons Mitarbeitern geradezu mikroskopisch genau überprüft. Jeder Vorgang im System der höchsten Geheimhaltung wurde auf Unsicherheitsfaktoren beim Personal überprüft; man fand keine. Das Dossier selbst hatte Frank Swann vom Außenministerium in Zusammenarbeit mit Lester Crawford von der CIA geschrieben, sie hatten an einem einzigen Wortprozessor gearbeitet, und getippt hatten die Schreibkräfte jeweils nur kurze Abschnitte von tausend Worten, und die richtigen Namen der Beteiligten waren erst später ausschließlich von Swann und Crawford eingefügt worden.

Die Basis-Information war – wieder ohne daß Kendrick oder andere Namen genannt worden wären – zur nachträglichen

Billigung der Vorgänge in Oman an die Select Committees des Senats und des Repräsentantenhauses weitergegeben worden. Beide Häuser hatten ohne zu zögern ihr Einverständnis erklärt; man nahm auch an, daß die Meldung über den unbekannten Amerikaner in Maskat, die von der *Washington Post* verbreitet worden war, von einem indiskreten Mitglied eines dieser Komitees stammte.

Wer? Wie? Warum? Sie waren wieder am Ausgangspunkt angelangt: Nach allen Regeln der Logik und Eliminierung konnte niemand an das Oman-Dossier heran; trotzdem war es gestohlen worden.

»Irgendwo ist etwas, das nicht so logisch ist«, hatte Payton erklärt. »Ein Loch im System, und wir sehen es nicht.«

»Das kann man wohl sagen«, pflichtete Kendrick ihm bei.

Es hatte Kendrick vernichtend getroffen, als Payton ihm gesagt hatte, in welchem Licht er die völlig überraschend ausgesprochene Berufung eines praktisch unbekannten Kongreßabgeordneten in den Partridge-Ausschuß und das Select Subcommittee for Intelligence sah. Aber weder der manipulierende Partridge noch der nicht weniger listenreiche Vorsitzende des Repräsentantenhauses sollten direkt zur Rede gestellt werden. »Warum nicht?« hatte Kendrick eingewandt. Wenn er ›programmiert‹ wurde, hatte er das Recht, die Konfrontation mit denen zu suchen, die sich von den ›Programmierern‹ bereitwillig zu Spießgesellen machen ließen.

»Nein, Herr Abgeordneter«, sagte Payton, »wenn man sie erpreßt hat, um Ihre Berufung durchzusetzen, werden sie mauern und Alarm schlagen. Unser blonder Europäer und diejenigen, für die er arbeitet, werden noch tiefer im Untergrund verschwinden. Wir halten sie nicht auf; wir können sie einfach nicht finden. Vergessen Sie nicht, es ist das ›Warum‹, das uns am schwersten auf der Seele liegt. Warum schiebt man Sie, einen absoluten Neuling in der Politik, den Vertreter eines entlegenen Wahlbezirks in Colorado, plötzlich in den Mittelpunkt des politischen Parketts?«

»Es ist schon wieder ziemlich still um mich geworden...«

»Sie sitzen offenbar nicht oft vorm Fernseher«, sagte Kalaila. »Zwei Kabelsender haben gestern abend Retrospektiven über Sie gebracht.«

»Was!«

»Ich hab's Ihnen nicht gesagt. Wozu auch? Sie hätten sich nur geärgert.«

Kendrick versenkte das Seitenfenster des Mercedes und streckte den Arm hinaus. Die mobile Einheit der Bundespolizei hinter ihm war neu, und die Abzweigung, die sie nehmen mußten, lag auf halber Strecke einer langgezogenen bewaldeten Kurve und war fast nicht zu sehen. Er warnte seine Leibwächter, da steckte, fand er, schon eine kleine Ironie darin. Seine Gedanken kehrten zu dem ›lausigen Rätsel‹ zurück, wie er und Kalaila die Ereignisse nannten, die sein Leben in ein Chaos verwandelt hatten. Mitch Payton – sie nannten sich jetzt ›Mitch‹ und ›Evan‹ – war vor kurzem eines Abends aus Langley herübergekommen.

»Wir arbeiten an etwas Neuem«, hatte der Chef von Special Projects im Arbeitszimmer gesagt. »Unter der Voraussetzung, daß Swanns Europäer zu vielen Leuten Kontakt aufnehmen mußte, um die Informationen über Sie zu bekommen, haben wir selbst ein paar Daten gesammelt. Sie werden es uns vielleicht übelnehmen, aber auch wir durchleuchten jetzt Ihr Leben, Ihre Vergangenheit.«

»Wie weit zurück?«

»Wir haben mit Ihrem achtzehnten Geburtstag angefangen. Die Wahrscheinlichkeit, daß sich vorher etwas Relevantes ereignet haben könnte, ist gering.«

»Achtzehn? Herr und Heiland, ist euch denn nichts heilig?«

»Sollte es das sein? Wenn ja, dann blase ich die Sache ab.«

»Nein, natürlich nicht. Es war nur so 'ne Art Schock. Und Sie bekommen diese Informationen tatsächlich?«

»Das ist nicht annähernd so schwierig, wie die Leute glauben. Kreditbüros, persönliche Akten und routinemäßige Überprüfung von Herkunft und Umgebung genügen meistens.«

»Und was hat das für einen Sinn?«

»Da gibt es mehrere Möglichkeiten – realistisch gesehen nur zwei, nehme ich an. Wie erwähnt, ist die erste unser hartnäckig neugieriger Europäer. Wenn wir eine Liste der Leute zusammenstellen könnten, mit denen er Kontakt aufnehmen mußte, um sich über Sie zu informieren, hätten wir es, glaub' ich, leichter, ihn zu finden. Denn wir sind uns wohl alle darin einig, daß er der Angelpunkt ist. Die zweite Möglichkeit ist etwas, das wir noch nicht versucht haben. Bei dem Bemühen, unser flüchtiges Wild, den Blonden und seine Hintermänner, zu finden, haben wir uns auf die Ereignisse in Oman und auf das Dossier selbst konzentriert. Wir haben ausschließlich regierungsorientierte Gebiete unter die Lupe genommen.«

»Wo sollten wir denn sonst suchen?« fragte Kendrick.

»In Ihrem persönlichen Leben, fürchte ich. Es könnte irgend etwas oder irgend jemand in Ihrer Vergangenheit geben, ein Ereignis oder Menschen, die Sie kannten, einen Zwischenfall vielleicht, der Freunde oder, was ebenso denkbar ist, Feinde schlagartig aktiv werden ließ, die Sie entweder fördern oder – umgekehrt – zur Zielscheibe machen wollten. Und täuschen Sie sich nicht, Herr Abgeordneter, Sie sind eine potentielle Zielscheibe, das ist uns allen klar.«

»Aber MJ«, unterbrach Kalaila, »selbst wenn wir Leute fänden, die ihn lieben oder hassen, sie müssen Verbindungen nach Washington haben. Mr. Jones aus Ann Arbor in Michigan – ob nun Freund oder Feind – könnte nicht schnell mal in die höchster Geheimhaltung unterliegenden Datenbänke oder ins Archiv marschieren und sagen: ›Ach, da gibt es übrigens ein bestimmtes Dossier, von dem ich gern eine Kopie hätte, damit ich eine Ente für die Zeitungen fabrizieren kann.‹ Ich verstehe nicht.«

»Ich ebensowenig, Adrienne – oder soll ich dich auch Kalaila nennen? Es wird allerdings einige Zeit dauern, bis ich mich daran gewöhnt habe.«

»Warum solltest du mich Kalaila nennen? Ich sehe wirklich keinen Grund...«

»Unterbrechen Sie uns nicht«, sagte Kendrick lächelnd. »Mir gefällt Kalaila sehr gut.«

»Ja, nun, ich verstehe genausowenig wie du, ehrlich«, fuhr Payton fort. »Aber wie gesagt, es gibt irgendwo ein Loch im System, eine Lücke, die wir übersehen haben, und deshalb müssen wir alles versuchen.«

»Dann knöpfen wir uns doch Partridge und den Speaker vor«, drängte Kendrick. »Wenn ich mit ihnen tun könnte, was ich in Maskat getan habe... So abgebrüht könnten sie gar nicht sein, daß sie dann nicht zusammenbrächen.«

»Nicht jetzt, junger Mann. Es wäre der falsche Zeitpunkt, und der Speaker geht in Pension.«

»Jetzt verstehe ich nicht.«

»MJ meint, er ist an beiden dran«, hatte Kalaila erklärt.

Vor der langgezogenen Kurve bremste Kendrick und wartete, bis er das Fahrzeug seiner Leibwächter im Rückspiegel sah; dann bog er rechts in den Wiesenweg ein, der zum hinteren Eingang seines Grundstücks führte. Die Wachen würden ihn einlassen. Er hatte es jetzt eilig; deshalb hatte er auch die Abkürzung genommen. Kalaila hatte ihn im Büro angerufen und gesagt, Mitchell Paytons Liste sei über den Drucker hereingekommen. Er sollte jetzt mit seiner Vergangenheit konfrontiert werden.

Milos Varak ging über den Plankenweg zu dem riesigen Strand vor dem *Hotel del Coronado,* drei Meilen vor der Brücke nach San Diego, hinunter. Seit Wochen hatte er eifrig nach einer Möglichkeit gesucht, eine winzige Lücke nur, durch die er in die engste Umgebung des Vizepräsidenten der Vereinigten Staaten vordringen konnte. Die meiste Zeit verbrachte er in Washington; der Geheimdienst der Regierung war nicht leicht zu knacken. Doch endlich fand er einen Mann, einen ehrgeizigen Mann mit kraftvoller Physis und diszipliniertem Verstand, jedoch mit Neigungen, die, wenn sie je ans Licht kämen, seine Karriere ruinieren und sein Leben zweifellos vernichten würden. Er arbeitete als hochdotierter Zuhälter für mehrere hochrangige Regierungsmitglieder. Für diese Tätigkeit war er von den Ältesten seiner Familie geschult worden, die seine Fähigkeiten erkannt und ihn in die besten kirchlichen Privatschulen und auf eine ausgezeichnete Universität geschickt hatten. Die Familienältesten wollten einen gutaussehenden, aufrechten, eleganten jungen Mann in eine Stellung einschleusen, in der er für bestimmte Gefälligkeiten gewisse Dienste erweisen konnte. An keiner Stelle waren Männer anfälliger gegen Gunstbeweise als unter der Gürtellinie, und niemand konnte sich leichter Gefälligkeiten verschaffen als derjenige, der ihre Schwächen genau kannte. Die Familienältesten wußten seine Leistungen zu schätzen, und das schon seit einer Reihe von Jahren. Dieser Mann kam von der Mafia; er war die Mafia; er diente der Mafia.

Varak näherte sich der einsamen Gestalt im Regenmantel, die, ein paar hundert Meter vom hohen, imposanten Maschendrahtzaun des Marinefliegerstützpunktes entfernt, bei den Felsen eines natürlichen Wellenbrechers stand.

»Ich danke Ihnen, daß Sie sich bereit gefunden haben, mit mir zu sprechen«, sagte Varak liebenswürdig.

»Ich hatte schon am Telefon den Eindruck, daß Sie einen Akzent haben«, sagte der sehr korrekt sprechende Mann mit den dunklen Gesichtszügen. »Sind Sie ein Kurier der Roten? Wenn Sie das sind, haben Sie sich den Falschen ausgesucht.«

»Ein Kommunist? Alles andere als das. Ich bin so amerikanisch, daß Ihre *consiglieri* mich dem Vatikan präsentieren könnten.«

»Das ist nicht nett, ganz zu schweigen davon, daß es falsch ist. Sie haben am Telefon ein paar so dumme Dinge gesagt, daß ich neugierig geworden bin. Nur deshalb bin ich hier.«

»Ihre Gründe sind mir egal, ich bin dankbar, daß Sie überhaupt gekommen sind.«

»Ihre Absicht war unmißverständlich«, entgegnete der Secret-Service-Agent. »Sie haben mir gedroht, Sir.«

»Ich bedaure, wenn ich Sie beleidigt habe, drohen wollte ich Ihnen nicht. Ich habe nur gesagt, daß ich über gewisse zusätzliche Dienstleistungen Ihrerseits Bescheid weiß...«

»Hören Sie auf, so höflich zu sein...«

»Es gibt nicht den geringsten Grund zur Unhöflichkeit.« Varak blieb unverändert liebenswürdig. »Ich wollte nur, daß Sie sich über meine Position klarwerden.«

»Sie haben keine Position«, korrigierte der Regierungsmann mit Nachdruck. »Meine Personalpapiere sind makellos, falls Sie verstehen, was das bedeutet.«

Varak scharrte mit den Schuhen im Sand und wartete, bis das Dröhnen eines Jets nachgelassen hatte, der vom Stützpunkt der Marineflieger in den Himmel schoß. »Sie sagen, daß es keine Unterlagen gibt und Sie auch nichts Konkretes mit mir besprechen wollen, weil Sie denken, daß ich vielleicht ein Aufnahmegerät bei mir habe.« Varak knöpfte sein Jackett auf und hielt es auseinander. »Durchsuchen Sie mich ruhig. Mir persönlich wäre es egal, wenn ich meine und Ihre Stimme auf einem Band hörte. Bitte! Durchsuchen Sie mich. Ich nehme natürlich meine Waffe in die Hand, aber ich werde Sie nicht hindern.«

Der Hüter des Weißen Hauses reagierte mürrisch, zögerte. »Zu liebenswürdig«, sagte er und blieb reglos stehen.

»Andererseits«, fuhr Varak hastig fort, »können wir uns die Peinlichkeit ersparen, wenn Sie das Schriftstück lesen wollten, das ich für Sie vorbereitet habe.« Er ließ sein Jackett los, griff in die Tasche, holte mehrere gefaltete Blätter heraus und reichte sie dem Secret-Service-Agenten.

Während der Mann las, verengten seine Augen sich zu Schlitzen, seine Lippen öffneten sich leicht und erstarrten dann zu einem höhnischen Lächeln; innerhalb von Sekunden wurde sein energisches und anziehendes Gesicht häßlich. »Sie sind ein toter Mann«, sagte er ruhig.

»Das könnte ein bißchen kurzsichtig gehandelt sein, finden Sie nicht? Denn wenn ich es bin, sind Sie es um so mehr. Die Gangster und Killer würden sich wie eine Meute wilder Hunde auf Sie stürzen, während die Paten, die feinen Pinkel, ihren ausgezeichneten Rotwein schlürfend als wäre er Ihr Blut, auf die Nachricht warten würden, daß Sie einen höchst unerfreulichen Tod gefunden haben. Personalakten? Was ist das schon? Namen, Daten, Uhrzeiten, Örtlichkeiten – und jedem Eintrag gegenüber die Resultate Ihres Handels mit Sex oder vielmehr Ihrer mit diesem Handel verknüpften Erpressung – Gesetzesänderungen, durch Schiedsspruch zuerkannte Verträge, Regierungsprojekte nach Anweisung unterstützt oder zu Fall gebracht. Ich finde, das ergibt schon eine Personalakte. Und wohin kann man das alles zurückverfolgen? Lassen Sie mich raten. Zu einer ganz und gar unwahrscheinlichen Quelle. Eine unter einem falschen Namen und mit falscher Adresse eingetragene, nichtöffentliche Telefonnummer, die uns erstaunlicherweise in die Wohnung eines Mannes führt, der dem Secret Service der Regierung angehört.«

»Diese Mädchen sind tot – die Jungen sind tot...«

»Das kann ich Ihnen nicht übelnehmen. Glauben Sie mir, es ist besser, mir zu helfen, als mir Schwierigkeiten zu machen. Mich interessieren Ihre außerplanmäßigen Aktivitäten nicht; Sie bieten nur eine Dienstleistung an, die, wenn Sie's nicht täten, ein anderer mit ungefähr den gleichen Ergebnissen in sein Programm aufnähme. Ich möchte nur Informationen von Ihnen, und als Gegenleistung verbrenne ich jede Kopie dieser Blätter. Natürlich haben Sie nur mein Wort dafür, aber da ich mich bestimmt wieder an Sie wenden werde, um von Ihrem Wissen zu profitieren, wäre es dumm von mir, diese Blätter zu veröffentlichen. Und dumm bin ich nicht, das versichere ich Ihnen.«

»Nein, ganz offensichtlich nicht«, stimmte der Mafioso kaum hörbar zu. »Warum eine noch brauchbare Waffe wegwerfen?«

»Ich freue mich, daß Sie meinen Standpunkt verstehen.«

»Was für Informationen brauchen Sie?«

»Sie sind ganz harmlos, kaum der Rede wert. Fangen wir mit den FBI-Leuten an, die dem Vizepräsidenten zugewiesen wurden. Sind Ihre Leute so untüchtig, daß es einer Spezialeinheit der Bundespolizei bedarf?«

»Sie hat nichts mit uns zu tun. Wir sind zum Schutz da, sie ermitteln.«

»Man kann nicht schützen, wenn man nicht gleichzeitig ermittelt.«

»Das sind verschiedene Bereiche. Wenn wir etwas entdecken, übergeben wir es dem FBI.«

»Und was haben Sie entdeckt, das die Aufstellung einer Spezialeinheit erforderlich macht?«

»Nichts«, antwortete der Agent. »Seit etwa zwei Monaten wird Viper von Zeit zu Zeit bedroht und...«

»Viper?«

»Der Vizepräsident.«

»Das ist kein sehr schmeichelhafter Codename.«

»Er ist auch nicht allgemein gebräuchlich. Nur im engsten Kreis.«

»Ich verstehe. Fahren Sie fort. Diese Drohungen – von wem kommen sie?«

»Das soll diese Einheit eben feststellen, weil die Drohungen nicht aufhören. Aus den verschiedensten Orten kommen Telefonanrufe, Telegramme, aus Zeitungsbuchstaben geklebte Briefe und halten die FBI-Leute ganz schön auf Trab.«

»Haben sie schon eine Spur?«

»Bisher noch nicht.«

»Es handelt sich also um eine sehr bewegliche Einheit, die einmal hier und einmal da operiert. Werden ihre – Streifzüge von Washington koordiniert?«

»Sicher, wenn Viper in Washington ist. Ist er hier, ist auch ihre Kommandozentrale hier, und ist er unterwegs, ist sie es auch.«

»Vor fünf Wochen waren Sie hier, nicht wahr?«

»In etwa, ja. Wir waren erst zehn Tage vorher zurückgekommen. Er verbringt viel Zeit hier draußen. Der Präsident sei für den Osten und er für den Westen verantwortlich, sagt er gern, und seiner Meinung nach ist er besser dran, weil er nicht in Washington bleiben muß.«

»Das ist eine sehr dumme Bemerkung für einen Vizepräsidenten.«

»So ist Viper nun mal, doch das heißt noch lange nicht, daß er ein Idiot ist. Er ist nämlich keiner.«

»Warum nennen Sie ihn Viper?«

»Wenn Sie's genau wissen wollen, wir mögen ihn nicht und seine Freunde ebensowenig – besonders die, mit denen er sich hier draußen abgibt. Diese Mistkerle behandeln uns wie puertoricanische Laufburschen. Vor ein paar Tagen sagt doch einer glatt zu mir: ›Junge, hol mir noch einen Gin Tonic.‹ Ich hab' ihm gesagt, ich müsse mich vorher bei meinen Vorgesetzten vom Secret Service erkundigen, ob ich ihm zugeteilt sei.«

»Haben Sie nicht gefürchtet, der Vize... Viper könnte Anstoß nehmen?«

»Lieber Himmel, der gibt sich mit uns nicht ab. Wie die Bundeseinheit sind wir nur seinem Stabschef verantwortlich.«

»Wer ist er?«

»Kein Er, eine Sie. Wir haben auch für sie einen Codenamen, er ist nicht so gut wie Viper, aber er paßt. Wir nennen sie Drachenweibchen.«

»Erzählen Sie mir von ihr«, sagte Varak.

»Sie heißt Ardis Vanvlanderen und ist vor ungefähr einem Jahr zu uns gestoßen, als Nachfolgerin eines verdammt guten Mannes, der verdammt gute Arbeit geleistet hat. Er war so gut, daß einer von Vipers Freunden ihm ein phantastisches Angebot machte. Ardis ist in den Vierzigern, eine dieser zähen Managerinnen, die immer so aussieht, als wollte sie einem die Eier abschneiden, wenn man in ihr Büro kommt – und das einzig und allein deshalb, weil man ein männliches Wesen ist.«

»Eine unattraktive Frau also?«

»Das würde ich nicht sagen. Ihr Gesicht ist nicht übel und ihr Körper geschmeidig wie der einer Füchsin. Aber wenn man nicht grade auf diesen Typ steht, wird man kaum auf die Idee kommen, sie zu vergewaltigen.«

»Ist sie verheiratet?«

»Da gibt's so ein Würstchen, das ab und zu auftaucht und behauptet, es sei ihr Mann. Aber niemand beachtet den Kerl.«

»Was macht er? Was ist er von Beruf?«

»Er gehört zum Jet-Set von Palm Springs. Finanzmakler, sofern die Makelei ihn nicht beim Golfspielen stört. So jedenfalls schätze ich ihn ein.«

»Das heißt, daß er Geld haben muß«, warf Varak ein.

»Oh, er hat weite Spendierhosen an und versäumt nie eine Party im Weißen Haus. Sie kennen den Typ, Abendanzug, welliges weißes Haar und ein Riesenmundwerk mit Unmengen schimmernder Zähne; sie lassen sich immer beim Tanzen fotografieren. Wenn er es fertigbrächte, ein ganzes Buch in englischer Sprache zu lesen, würden sie ihn wahrscheinlich zum Botschafter am Königlichen Hof von England machen. Ich korrigiere mich – bei seinem Geld würde ein halbes Buch genügen.«

Varak musterte den Mann vom Secret Service. Er war offensichtlich erleichtert, daß man ihm nur so harmlose Fragen stellte, denn er lieferte ausführlichere Antworten als nötig – Antworten, die vom Klatsch nicht weit entfernt waren.

»Ich wüßte gern, warum ein solcher Mann seine Frau zur Arbeit schickt, selbst wenn es der Vizepräsident ist, für den sie arbeitet.«

»Ich glaube nicht, daß er etwas zu sagen hat. Die kann man nirgendwohin schicken, die geht nur freiwillig oder gar nicht. Außerdem hat uns ein Hausmädchen erzählt, sie sei Ehefrau drei oder vier, also hat Vanvlanderen wahrscheinlich gelernt, sie laufen und tun zu lassen, was sie wollen.«

»Und Sie sagen, sie macht ihre Sache gut?«

»Genau. Sie ist sehr energisch, sehr professionell. Viper macht keinen Schritt ohne sie.«

»Wie ist er?«

»Viper?« Auf dem Stützpunkt der Marineflieger hob mit ohrenbetäubendem Dröhnen ein zweiter Jet ab. »Viper ist Viper«, sagte der eingeschleuste Mafioso, als das erderschütternde Geräusch abgeklungen war. »Orson Bollinger ist ein Party-Händeschüttler, der als Insider über jede noch so kleine Kleinigkeit informiert ist.«

»Sie wissen aber auch recht gut Bescheid.«

»Ich beobachte.«

»Sie tun viel mehr. Ich rate Ihnen aber, in Zukunft vorsichtiger zu sein. Wenn ich Sie finden konnte, können es andere vielleicht auch.«

»Wie? Verdammt noch mal, wie?«

»Fleiß. Und wochenlanges Lauern auf einen Fehler, den jemand machen mußte. Es hätte auch einen anderen treffen können, wir sind alle menschlich, leben nicht unter einem Glassturz – aber am Ende hingen Sie im Netz. Sie waren müde, hatten vielleicht ein Glas zuviel oder glaubten ganz einfach, Sie seien unangreifbar. Egal warum, Sie telefonierten mit Brooklyn, und zwar offensichtlich entgegen den Anweisungen, die man Ihnen gegeben hatte, nicht von einer Telefonzelle aus.«

»Frangie«, flüsterte der *capo supremo*.

»Ihr Vetter, Joseph ›Finger‹ Frangiani, Vertreter der Ricci-Familie in Brooklyn, den Erben der Genovese-Anteile. Mehr hab' ich nicht gebraucht.«

»Sie mieser Ausländer!«

»Verschwenden Sie keine Unverschämtheiten an mich... Eine letzte Frage, und bleiben wir doch freundlich wie bisher.«

»Was?« schrie der Mafioso wütend und griff mit der rechten Hand automatisch unter sein Jackett.

»Halt!« brüllte Varak. »Noch eine Bewegung, und Sie sind tot!«

»Wo ist Ihre Pistole?« stieß der Agent erstickt hervor.

»Ich brauche sie nicht«, antwortete Varak und schien den Mann, der ihn so gern getötet hätte, mit den Augen zu durchbohren. »Und das wissen Sie genau.«

Langsam nahm der Secret-Service-Mann die rechte Hand herunter. »Eine Frage noch, mehr nicht«, sagte er. »Sie dürfen mir eine letzte Frage stellen.«

»Diese Ardis Vanvlanderen. Wie hat man Ihnen ihre Bestallung zur Stabschefin des Vizepräsidenten erklärt? Es muß doch darüber gesprochen, es müssen Gründe genannt worden sein. Schließlich sind Sie für Bollingers Sicherheit verantwortlich und haben mit ihrem Vorgänger gut zusammengearbeitet.«

»Wir sind – wie Sie richtig sagen – seine Sicherheitsleute und gehören nicht seinem Stab an. Erklärungen waren nicht nötig.«

»Man hat Ihnen überhaupt nichts gesagt? Es ist doch eine sehr ungewöhnliche Stellung für eine Frau.«

»Gesagt wurde viel, aber erklärt wurde nichts. Bollinger ließ uns alle zusammenrufen und teilte uns mit, wie sehr er sich freue, uns die Ernennung eines der fähigsten Regierungsbeamten des Landes mitteilen zu können, eines Beamten, für den es ein so großes persönliches Opfer bedeute, dieses Amt anzutreten, daß wir alle dem Schicksal für ihren Patriotismus danken sollten. Dieses ›für *ihren* Patriotismus‹ war der erste Hinweis darauf, daß es sich um eine Frau handelte.«

»Und er tut keinen Schritt ohne sie?«

»Ich glaube, das würde er nicht einmal versuchen. Sie hat eine eiserne Faust und hält das Haus in Ordnung.«

»Das wäre für den Augenblick alles, *amico*. Seien Sie so freundlich, als erster zu gehen. Wenn ich Sie brauche, rufe ich Sie an.«

Dem Mafioso schoß das heiße Blut seiner mediterranen Vorfahren zu Kopf, er stieß Varak den Zeigefinger in die Brust und sagte heiser: »Lassen Sie mich in Zukunft gefälligst in Ruhe, wenn Ihnen Ihr Leben lieb ist!«

»Ich hoffe, mich von Ihnen fernhalten zu können – jedenfalls so fern wie möglich, Signore Mezzano...«

»Nennen Sie mich nicht Zuhälter!«

»Ich nenne Sie so, wie's mir Spaß macht, und ob mir mein Leben lieb ist, ist allein meine Sache. Jetzt *fila! Capisce?*«

Milos Varak sah seinem unfreiwilligen Informanten nach, der wütend den Strand entlangstapfte, bis er in einem der zahlreichen Zugänge zum Hotel verschwand. *Mezzano*, dachte Varak, und dann schweiften seine Gedanken zu dem ab, was der andere gesagt hatte: *»Sie stieß vor ungefähr einem Jahr zu uns; er hat weite Spendierhosen an; Viper macht keinen Schritt ohne sie.«* Vor dreizehn Monaten hatte Inver Brass mit der Suche nach einem neuen Vizepräsidenten für die Vereinigten Staaten begonnen, da man den Amtsinhaber für eine Marionette der heimlichen Steigbügelhalter des Präsidenten hielt – der Männer, die beabsichtigten, das Land zu regieren.

Es war morgens nach vier, und noch immer fand Kalaila kein Ende. Sie fragte unnachgiebig weiter, wechselte die Kassetten im Recorder, wiederholte immer wieder dieselben Namen und bestand darauf, daß Kendrick, sofern er sich auch nur an das Geringste erinnerte, ihr in allen Einzelheiten erzählte, was ihm dazu einfiel. Der Computerausdruck aus Mitchell Paytons Büro bei der CIA enthielt hundertsiebenundzwanzig Namen, die Berufe der Genannten sowie Daten von Eheschließung, Scheidung und Tod. Sie alle waren entweder lange mit Kendrick zusammengewesen oder hatten in besonders dramatischen Zeiten zu seinem Umfeld gehört, so daß sie möglicherweise für seine Laufbahn richtungweisend gewesen waren.

»Wo, zum Teufel, hat er diese Leute ausgegraben?« fragte Kendrick, rastlos im Arbeitszimmer auf und ab gehend. »Ich schwöre, daß ich mich kaum noch an die Hälfte erinnere, und die meisten sind bestenfalls undeutliche Schatten, außer ein paar alten Freunden, die ich nie vergessen werde, und keiner von ihnen könnte auch nur im entferntesten etwas mit dem zu tun haben, was jetzt geschieht. Du lieber Himmel, ich hatte im College drei Zimmergenossen, zwei während meiner letzten Semester, und in Detroit bewohnten wir zu siebt eine Wohnung. Später habe ich von wenigstens zwei Dutzend erfolglos versucht, Unterstützung für den Nahen Osten zu bekommen, und ein paar von ihnen stehen auf dieser Liste – warum, weiß ich nicht, aber ich weiß, daß sie alle in Vororten mit gepflegten Rasenflächen und Country Clubs leben und ihre Kinder in Colleges schicken, die sie sich kaum leisten können. Aber sie haben mit meiner Gegenwart nichts zu tun.«

»Dann müssen wir uns wieder mit der Kendrick-Gruppe befassen...«

»Es gibt keine Kendrick-Gruppe«, unterbrach Kendrick zornig. »Sie ist tot, in die Luft geflogen, unter Beton begraben. Nur Manny und ich sind noch übrig, das wissen Sie.«

»Es tut mir leid«, sagte Kalaila weich. Sie saß auf der Couch, trank Tee, der Ausdruck lag vor ihr auf dem Kaffeetisch. »Ich habe die Geschäftsbeziehungen gemeint, die Sie hier hatten, als es die Kendrick-Gruppe noch gab.«

»Die haben wir doch schon durch. Es waren nicht viele – hauptsächlich Firmen, die High-Tech-Anlagen und -Geräte herstellten.«

»Gehen wir sie noch einmal durch.«

»Es ist die reinste Zeitverschwendung – aber bitte.«

»Sonar Electronics, Palo Alto, Kalifornien«, las Kalaila. »Ihr Repräsentant war ein gewisser Carew...«

»Zum Teufel mit Carew«, sagte Kendrick mit einem leisen Auflachen. »Das war Mannys Kommentar zu diesem Mann. Wir haben ein paar Apparate von ihm gekauft, die nicht funktionierten, und er wollte sie auch noch bezahlt haben, nachdem wir sie zurückgeschickt hatten.«

»Drucker Graphics, Boston, der Repräsentant ein gewisser G. R. Shulman. Klingelt was bei Ihnen?«

»Gerry Shulman, ein guter Mann, ein guter Service. Wir haben jahrelang mit ihnen zusammengearbeitet. Es hat nie Probleme gegeben.«

»Morseland Oil, Tulsa. Geschäftsführer Arnold Stanhope.«

»Über ihn – die Firma haben wir schon gesprochen.«

»Sprechen wir noch mal über sie.«

»Wir haben für sie in den Emiraten die ersten Vermessungen durchgeführt. Sie waren jedoch nicht bereit, die Leistungen, die sie forderten, entsprechend zu honorieren. Da wir inzwischen groß genug geworden waren, konnten wir es uns leisten, sie fallenzulassen.«

»Gab's daraufhin böses Blut zwischen Ihnen?«

»Klar. Gauner nehmen es immer übel, wenn sie feststellen, daß man sich von ihnen nicht übers Ohr hauen läßt. Aber die Sache ist im Sand verlaufen. Außerdem fanden sie einen anderen Hanswurst, eine griechische Firma, die auf sie hereinfiel.«

»Freibeuter seid ihr, alle miteinander«, sagte Kalaila lächelnd. »Off Shore Investments Limited, Hauptsitz in Nassau, Kontaktperson Ardis Montreaux, New York City. Die Gesellschaft hat Ihnen eine Menge Kapital zukommen lassen...«

»Das wir nie angefaßt haben, weil's nur Scheinkapital war«, unterbrach Kendrick scharf. »Das sollten Sie auf Ihrer kostbaren Liste vermerken.«

»Hier steht: ›Die können wir uns schenken.‹«

»Was?«

»Ich hab's vorhin notiert, Sie haben es selbst gesagt. Was hat es mit Off Shore Investments Limited auf sich?«

»Hatte«, korrigierte Kendrick. »Es war ein hochklassiges internationales Schwindelunternehmen. Gründen Sie eine Firma mit Schweizer Konten und heißer Luft, verkaufen dann und polen die Aktiva um, und den Käufern bleibt nichts als ein mit Gas gefüllter Ballon.«

»Mit so was haben *Sie* sich eingelassen?«

»Ich wußte ja nicht, daß es so was war. Ich war viel jünger und unglaublich beeindruckt, als sie uns auf ihre Liste setzen wollten – noch mehr beeindruckt von dem Geld, das sie für uns bei einer Züricher Bank deponiert hatten. Beeindruckt, bis Manny mir eines Tages sagte, holen wir uns doch ein bißchen was davon, einfach so. Er hat genau gewußt, was er tat; wir konnten nämlich nicht einmal zwei Franken abheben.«

»Man hat Sie als Strohmänner benutzt?«

»Genau.«

»Wie wurden Sie in die Sache verwickelt?«

»Wir waren in Riad, und Montreaux kam herübergeflogen und nahm Verbindung mit mir auf. Ich wußte damals noch nicht, daß es keine abgekürzten Verfahren dieser Art gab.«

»Ardis Montreaux. Ardis – komischer Name für einen Mann.«

»Es ist kein Mann, es ist eine Frau, aber sie ist viel härter, zäher und gerissener als ein Mann.«

»Eine Frau? Bei der Ihnen angeborenen Skepsis muß sie sehr überzeugend gewesen sein.«

»Sie war sehr wortgewaltig. Und als wir uns zurückzogen, wollte sie unsere Köpfe rollen sehen. Sie behauptete, sie hätten durch uns Millionenverluste. Weingrass fragte sie, wessen Millionen es diesmal waren.«

»Vielleicht sollten wir...«

»Sie können es sich schenken«, unterbrach Evan energisch. »Sie hat einen englischen Bankier geheiratet und lebt in London. Sie ist weg vom Fenster.«

»Woher wissen Sie das?«

Mit kaum merklicher Verlegenheit antwortete Kendrick schnell und gelassen: »Sie hat mich ein paarmal angerufen – wollte sich doch tatsächlich entschuldigen. Vergessen wir sie.«

»Klar.« Kalaila nannte ihm die nächste Firma auf dem Ausdruck, notierte sich unterdessen neben Off Shore Investments Limited ein Wort. *Nachprüfen.*

Ardis Montreaux Frazier-Pyke Vanvlanderen, geborene Ardisolda Wojak aus Pittsburgh, Pennsylvanien, betrat das Marmorfoyer der Suite im *Westlake Hotel* in San Diego. Sie warf ihre Zobelstola über die Lehne eines Veloursessels und rief mit einer Stimme, die eher britisch als nach altem amerikanischem Geldadel klang, in den höheren Tonlagen die slawische Herkunft jedoch nicht verleugnen konnte.

»Ich bin wieder da, Andy-Boy! Wir haben nicht einmal eine Stunde, um nach La Jolla zu kommen, also mach bitte fix, Schätzchen!«

Andrew Vanvlanderen, kräftig und untersetzt, mit schneeweißem, welligen Haar, kam, einen Drink in der Hand, im Smoking aus dem Schlafzimmer. »Ich bin eher fertig als du, Mädchen.«

»Bei mir dauert es höchstens zehn Minuten«, sagte Ardis, warf einen Blick in den Spiegel, der im Foyer hing, und betastete die Locken ihres perfekt frisierten, leicht mit Grau vermischten braunen Haares. Sie ging auf die Fünfzig zu und war nur mittelgroß, wirkte aber dank ihrer aufrechten Haltung, einer schlanken, vollbusigen Figur und einem Gesicht mit regelmäßigen Zügen und großen, durchdringenden grünen Augen jünger und größer. »Laß schon den Wagen holen, Schätzchen.«

»Der Wagen kann warten. Und La Jolla ebenfalls. Wir müssen miteinander reden.«

»Oh?« Die Stabschefin des Vizepräsidenten warf ihrem Mann einen Blick zu. »Das klingt ernst.«

»Es ist auch ernst. Dein alter Freund hat angerufen.«

»Welcher, Liebling?«

»Der einzige, der zählt.«

»Guter Gott, er hat hier angerufen?«

»Ich hab' ihm gesagt, er soll...«

»Das war dumm, Andy-Boy, ganz einfach dumm.« Verärgert begab sich Ardis Vanvlanderen aus dem Foyer in das tiefer gelegene Wohnzimmer. Sie setzte sich in einen rotseidenen Ohrensessel, kreuzte die Beine und richtete die großen Augen ernst auf ihren Mann. »Geh ruhig Risiken mit Geld oder Waren oder deinen dämlichen Pferden oder mit allem möglichen verdammten Zeug ein, aber nicht, wenn es um mich geht. Verstehst du mich, Liebling?«

»Hör zu, du Miststück – Drachenweib, wenn ich, nach allem, was ich geblecht habe, Informationen aus erster Hand will, dann besorge ich sie mir auch. Hast du verstanden?«

»Schon gut, schon gut, reg dich ab, Andy.«

»Du fängst Krach an und sagst mir, ich soll mich abregen?«

»Entschuldige.« Ardis Vanvlanderen legte den Kopf zurück, atmete hörbar durch den Mund und schloß die Augen. Nach ein paar Sekunden öffnete sie sie wieder, hob den Kopf und fuhr fort: »Es tut mir ehrlich leid. Ich habe einen ganz besonders miesen ›Orson‹-Tag hinter mir.«

»Was hat Viper schon wieder angestellt?« fragte Vanvlanderen und trank.

»Sei vorsichtig mit diesen Namen«, sagte Ardis und lachte leise. »Wir wollen doch nicht, daß unsere all-amerikanischen Gorillas spitzkriegen, daß sie abgehört werden.«

»Was hat Bollinger für Probleme?«

»Er fühlt sich wieder unsicher. Er möchte eine schriftliche

Garantie, daß er nächsten Juli von der Partei aufgestellt wird. Wenn er den Schrieb nicht bekommt, verlangt er, daß wir auf einem Schweizer Bankkonto zehn Millionen Dollar für ihn hinterlegen.«

Vanvlanderen verschluckte sich an seinem Whisky. »Zehn Millionen? Für wen hält sich dieser Hanswurst eigentlich?«

»Für den Vizepräsidenten der Vereinigten Staaten mit ein paar Geheimnissen in seinem Schädel«, antwortete Ardis. »Ich habe ihm gesagt, wir würden keinen anderen akzeptieren, aber das hat ihm nicht genügt. Ich glaube, er fühlt, daß Jennings ihn nicht für einzigartig hält und ihn ohne weiteres gehenließe.«

»Unser geliebter telegener Hexenmeister Langford Jennings hat in dieser Angelegenheit überhaupt nichts zu sagen. Hat Orson recht? Mag Jennings ihn tatsächlich nicht?«

»Nicht mögen ist zuviel gesagt. Er nimmt ihn nur nicht zur Kenntnis. Das behauptet jedenfalls Dennison.«

»Der muß sofort von der Bildfläche verschwinden. Eines Tages wird Herb nämlich sehr viel neugieriger werden, als wir ihn uns wünschen...«

»Vergiß ihn«, unterbrach Ardis ihren Mann. »Vergiß Dennison und Bollinger und deine dämlichen Gäule. Was hatte mein alter Freund, dieser streunende Kater, der hinter allen Katzen her ist, so Wichtiges zu sagen, daß er hier angerufen hat?«

»Entspann dich. Er hat aus dem Büro meines Washingtoner Anwalts angerufen; wir beschäftigen dort dieselbe Firma, wie du weißt. Aber denken wir zuerst an Orson. Gib ihm seine Garantie. Ein oder zwei Sätze, und ich unterschreibe. Es wird ihn glücklich machen, und glücklich ist er nützlicher.«

»Bist du verrückt?« rief Ardis.

»Durchaus nicht. Entweder wird er nominiert, oder er verschwindet sang- und klanglos, wie das bei ehemaligen Vizepräsidenten gewöhnlich der Fall ist.«

»Also du bist wirklich mein Typ, Andy-Boy«, sagte Ardis bewundernd. »Du denkst so klar, so logisch.«

»Ich habe auch viele Jahre geübt, Mädchen.«

»Und was hatte mein alter Freund mit den Grübchen zu sagen? Wer hat es jetzt auf seine empfindliche Haut abgesehen?«

»Nicht auf seine, auf unsere...«

»Die auch ihm gehört, vergiß das nicht. Nur deshalb bin ich

ja hier, Geliebter, deshalb hat er uns miteinander bekannt gemacht und uns zusammengebracht.«

»Er wollte uns mitteilen, daß die kleine Gruppe irregeleiteter Superleute einen Zahn zulegt. In den nächsten drei Monaten bekommt ihr Kongreßabgeordneter Leitartikel in immer größeren und bedeutenderen Zeitungen. Das Thema wird lauten ›Zur Überprüfung seiner Standpunkte‹, und er wird alle Prüfungen bestehen. Sinn der Sache ist es natürlich, das Wasser von unten her aufzuwühlen. Unser Cupido ist besorgt, sehr besorgt. Und um dir die Wahrheit zu sagen, ich komme auch ganz schön ins Schwitzen. Diese mildtätigen Irren wissen, was sie tun; das Ganze könnte ganz schön außer Kontrolle geraten. Ardis, für uns geht es in den nächsten fünf Jahren um Millionen. Ich mache mir verdammt große Sorgen.«

»Um nichts und wieder nichts«, antwortete seine Frau und stand auf. Sie blieb einen Moment stehen und sah Vanvlanderen halb ernst und halb belustigt an. »Da du schätzt, daß du an Bollinger auf diese oder jene Art zehn Millionen ersparen wirst – und meine Art ist besser und sicherer als irgendeine Alternative –, halte ich es nur für vernünftig, wenn du für mich die gleiche Summe hinterlegst, findest du nicht auch, Liebling?«

»Ich sehe keinen zwingenden Grund.«

»Wäre deine unsterbliche Liebe zu mir nicht Grund genug? Außerdem will ich dir ein Geheimnis anvertrauen, das ich seit vielen Wochen mit mir herumtrage.«

»Du machst mich gespannt«, sagte Vanvlanderen, stellte sein Glas auf ein Marmortischchen und sah seine vierte Frau forschend an. »Nämlich?«

»Ich kenne Evan Kendrick.«

»Du kennst wen?«

»Unsere kurze Beziehung liegt mehrere Jahre zurück, aber ein paar Wochen lang hatten wir etwas gemeinsam.«

»Was – vom Offensichtlichen einmal abgesehen?«

»Oh, der Sex war angenehm, aber unwichtig – für uns beide. Wir waren jung, hatten es eilig und für feste Bindungen nichts übrig. Erinnerst du dich an Off Shore Investments?«

»Wenn er zu diesem Verein gehörte, können wir ihn sofort wegen Betrugs festnageln. Jedenfalls doch so fest, daß wir ihn abservieren können, wenn er an Bord kommen will. War er mit von der Partie?«

»Das war er, aber du kannst ihm nichts anhaben. Er hat sich empört zurückgezogen und damit den Einsturz dieses Kartenhauses besiegelt. Und ich wäre an deiner Stelle nicht so wild darauf, die Bosse von Off Shore festzunageln – es sei denn, du willst mich los sein, Herzchen.«

»Dich?«

»Ich war die Hauptrepräsentantin dieses ›Vereins‹.«

»Da schlag' einer lang hin!« Lachend nahm Vanvlanderen sein Glas und prostete seiner Frau zu. »Dieses Diebsgesindel wußte, wen es anheuern mußte. Warte einen Moment. Du hast Kendrick gut genug gekannt, um mit ihm zu schlafen, und hast nie ein Sterbenswort darüber verloren?«

»Ich hatte meine Gründe...«

»Dann müssen das aber verdammt gute Gründe sein!« explodierte Vanvlanderen. »Denn wenn sie mir nicht gefallen, breche ich dir vielleicht das Kreuz, du Miststück. Angenommen, er hat dich gesehen, dich erkannt, sich an Off Shore erinnert, zwei und zwei zusammengezählt und vier herausbekommen. Solche Risiken gehe ich nicht ein.«

»Jetzt kann ich sagen: Entspann dich, Andy. Die Leute um den Vizepräsidenten haben keinen Nachrichtenwert. Sie sind eine graue, amorphe Gruppe – die Präsidenten dulden es nicht anders. Außerdem hat mein Name nie in irgendeiner Zeitung gestanden, wir wurden höchstens als ›Mr. und Mrs. Vanvlanderen, Gäste im Weißen Haus‹ erwähnt. Kendrick glaubt, ich sei noch immer eine Frazier-Pyke, Frau eines Bankiers und in London lebend, und wenn du dich recht erinnerst, bist du, obwohl wir anläßlich der Verleihung der Medal of Freedom doch beide eingeladen waren, allein gefahren. Ich habe mich entschuldigt.«

»Das sind keine Gründe. Warum hast du's mir nicht gesagt?«

»Weil ich wußte, wie du reagieren würdest. Du hättest gesagt, ich müsse von der Bildfläche verschwinden – ich aber wußte, daß ich dir, wenn ich bliebe, viel nützlicher sein könnte.«

»Wie, um Himmels willen?«

»Weil ich ihn kenne. Mir war auch klar, daß ich über ihn auf dem laufenden sein mußte, aber keine privaten Ermittler einschalten durfte, die uns später in die Zange nehmen konnten, also habe ich den offiziellen Weg gewählt. Das FBI.«

»Und die Drohungen gegen Bollinger?«

»Sie werden morgen gestoppt. Außer einem Mann, der hier

auf einer speziellen Basis weiterarbeiten soll, wird die Einheit nach Washington zurückgerufen. Diese Scheindrohungen waren die paranoiden Phantasien eines harmlosen Irren, den ich erfunden habe und der wahrscheinlich außer Landes geflohen ist. Und siehst du, Schätzchen, ich habe erfahren, was ich wissen mußte.«

»Nämlich?«

»Es gibt einen alten israelischen Juden namens Emmanuel Weingrass, den Kendrick über alles liebt und verehrt. Er ist der Vater, den Evan nie hatte, und in der Kendrick-Gruppe wurde er die ›Geheimwaffe‹ der Firma genannt.«

»Kriegsmaterial?«

»Kaum, Liebling.« Ardis Vanvlanderen lachte. »Er war Architekt, ein verdammt guter, und hat für die Araber spektakuläre Arbeit geleistet.«

»Was ist mit ihm?«

»Angeblich soll er in Paris leben, aber da ist er nicht. Er wohnt in Kendricks Haus in Colorado, ohne Visum und ohne Einwanderungsantrag.«

»Und?«

»Der Kongreßabgeordnete hat den alten Mann wegen einer dringend erforderlichen Operation ins Land geschmuggelt.«

»Und?«

»Emmanuel Weingrass wird einen Rückfall erleiden, an dem er stirbt. Kendrick wird ihm nicht von der Seite weichen, und wenn alles vorüber ist, wird es zu spät sein. Ich will die zehn Millionen, Andy-Boy.«

27

Varak musterte die Mitglieder von Inver Brass, jedes Gesicht im Schein der Messinglampe. Er war aufs äußerste konzentriert, weil er sein Augenmerk auf zwei Dinge gleichzeitig richten mußte.

Das erste war die Nachricht, die er überbracht hatte, das zweite die unmittelbare Reaktion jedes einzelnen auf gewisse Fakten in dieser Nachricht. Er mußte zwei Augen finden, die argwöhnisch waren, und er fand sie nicht. Besser gesagt, keines der Gesichter verriet Erstaunen oder Furcht, als er allmählich und ganz logisch auf den augenblicklichen Vizepräsidenten der Vereinigten Staaten und seinen Stab zu sprechen kam und ganz, ganz beiläufig die ›harmlosen‹ Einzelheiten erwähnte, die er von dem in den Secret Service eingeschleusten Mafioso erfahren hatte. Es gab keine ungewöhnliche Reaktion, nur gelassen auf ihn gerichtete Blicke. Während er mit großer Überzeugung ungefähr achtzig Prozent der Wahrheit enthüllte, beobachtete er weiterhin ihre Augen und rief sich auf seiner zweiten Bewußtseinsebene die wichtigsten Fakten des Lebens hinter jedem einzelnen der im Licht so ausgeprägt wirkenden Gesichter ins Gedächtnis.

Er hatte wie immer das Gefühl, mit sehr ehrfurchtgebietenden Menschen zusammenzusein. Doch einer von ihnen war es nicht. Einer hatte verraten, daß Emmanuel Weingrass in Kendricks Haus in Colorado wohnte, eine Tatsache, die auch den geheimsten aller Geheimdienst-Abteilungen in Washington unbekannt war. Eines der schattenhaften Gesichter vor ihm gehörte einem Verräter. Wer war es?

Samuel Winters? Alter amerikanischer Geldadel aus einer Dynastie, die bis zu den Eisenbahn- und Ölbaronen des späten 19. Jahrhunderts zurückreichte. Ein angesehener Wissenschaftler mit einem privilegierten Leben; Berater der Präsidenten, ungeachtet ihrer Parteizugehörigkeit. Ein großer Mann, der mit sich selbst im Frieden lebte. Oder nicht?

Jacob Mandel? Ein Finanzgenie, der Reformen erdacht und durchgeführt hatte, durch die die Securities and Exchange Commission wiederbelebt worden war, so daß sie für Wall Street zu einem echten Gewinn wurde. Aus der Armut der jüdischen East Side war er aufgestiegen in die Reihen der Handelsherren, und man sagte, kein ehrenhafter Mann, der ihn kannte, könne sein Feind sein. Wie Winters trug er die Ehren, mit denen man ihn überhäuft hatte, mit Anstand, und es gab wenige, die ihm nicht zuteil geworden wären. Oder gab es noch einige, nach denen er sich heimlich sehnte?

Margaret Lowell? Wieder alter Geldadel aus den New-York-Palm-Beach-Kreisen, aber mit einer Abweichung, die man dort sonst nicht kannte. Sie war eine brillante Rechtsanwältin, die sich leidenschaftlich für Minderheiten einsetzte. Über sie, Theoretikerin und Praktikerin in einem, ging das Gerücht um, sie werde die nächste Frau beim Obersten Gerichtshof sein. Oder war ihre Rechtstätigkeit vielleicht nur ein Deckmantel für ihre Komplizenschaft bei Fällen, die das Licht des Tages scheuten?

Eric Sundstrom? Das Wunderkind unter den Wissenschaftlern der Erd- und Weltraumtechnologien. Er besaß über zwanzig ungeheuer profitable Patente, gab jedoch den Löwenanteil seiner Einkünfte an technische und medizinische Institute weiter, die sich mit Forschungsprojekten zum Nutzen der beiden Wissenschaften befaßten. Sein überragender Intellekt verbarg sich hinter dem Gesicht eines Cherubs, einem ewig zerzausten roten Haarschopf, einem koboldartigen Lächeln und viel Sinn für Humor – als sei ihm seine Begabung peinlich. Oder war das alles Verstellung, die Arglosigkeit die täuschende Tarnung eines Mannes, den niemand kannte?

Gideon Logan? Vielleicht der vielschichtigste des Quintetts, und da er ein Schwarzer war, war das wohl auch begreiflich. Er hatte sein Vermögen mit Immobilien verdient, jedoch nie vergessen, woher er kam, und arbeitete viel mit schwarzen Firmen zusammen, um sie zu fördern. Es hieß, daß er im stillen mehr für die Bürgerrechte tue als irgendeine Vereinigung im ganzen Land. Die derzeitige Regierung hatte ihm ebenso wie ihre Vorgängerin mehrere Posten im Kabinett angeboten, die er alle abgelehnt hatte, weil er der Meinung war, er könne als einzelner Unabhängiger, den man respektierte, mehr erreichen, als wenn man ihn mit einer politischen Partei und ihrem Programm in Verbindung brächte. Als unermüdlicher Arbeiter schien er sich nur eine Schwäche zu erlauben: einen luxuriösen Besitz am Meer auf den Bahamas, wo er unregelmäßige Wochenenden auf seinem Boot beim Fischen verbrachte – immer in Begleitung seiner Frau, mit der er seit zwölf Jahren verheiratet war. Oder war die Liste unvollständig? Die Antwort lautete ja. Über einigen Jahre seines wirbelsturmähnlichen Lebens und seines meteorhaften Aufstiegs lag tiefes Dunkel; als habe es ihn damals nicht gegeben.

»Milos?« sagte Margaret Lowell, stützte den Ellenbogen auf den Tisch, beugte sich vor und legte den Kopf auf die ausgestreckten Finger. »Wie, in aller Welt, ist es der Regierung gelungen, die Drohungen gegen Bollinger geheimzuhalten? Besonders wenn man ihm eigens eine FBI-Einheit zugeteilt hat?«

Konnte er Margaret Lowell streichen? Sie öffnete zielsicher die

Büchse der Pandora, in der die Stabschefin des Vizepräsidenten zu finden war.

»Ich nehme an, das ist der Erfahrung und Geschicklichkeit von Mrs. Vanvlanderen zu verdanken...« Beobachte ihre Augen. Ihre Gesichtsmuskeln – die Kinnbacken... Nichts. Sie geben nichts preis. Doch einer von ihnen weiß alles. Wer?

»Ich weiß, daß sie die Frau von Andrew Vanvlanderen ist«, sagte Gideon Logan. »Und ›Andy-Boy‹, wie er genannt wird, bringt eine Menge Geld in den Wahlkampf ein, aber warum wurde sie eigentlich ernannt?«

Konnte er Gideon Logan streichen? Er begann in der Büchse der Pandora zwischen den Würmern herumzustochern.

»Vielleicht kann ich das beantworten«, mischte Jacob Mandel sich ein. »Bevor sie Vanvlanderen geheiratet hat, war sie der Traum eines jeden Kopfjägers. Sie hat zwei Firmen vor dem Bankrott gerettet und durch Fusionierung wieder profitabel gemacht. Man hat mir erzählt, sie sei widerwärtig aggressiv, aber ihre Führungseigenschaften kann ihr niemand abstreiten. Sie macht sich in dieser Stellung sicher sehr gut, kann die politischen Speichellecker vom Vize fernhalten.«

Konnte er auch Jacob Mandel streichen? Er hatte keine Hemmungen, sie zu loben.

»Ich bin ihr einmal begegnet«, sagte Eric Sundstrom heftig, »und mit schlichten Worten gesagt – sie war eine Pest. Ich übereignete dem John-Hopkins-Krankenhaus ein Patent, und sie wollte sich als Maklerin einschalten.«

»Hattest du keinen Makler?« fragte die Anwältin.

Lowell.

»Keine Spur«, antwortete Sundstrom. »Sie versuchte mir einzureden, eine so große Transaktion müsse unbedingt beaufsichtigt werden, damit das Geld nicht zweckentfremdet werde.«

»Da hatte sie wahrscheinlich gar nicht so unrecht«, sagte die Anwältin und nickte, als spreche sie aus eigener Erfahrung.

»Für mich hatte sie unrecht. Schon durch ihre Art zu reden, und außerdem bin ich mit dem Dekan der medizinischen Fakultät eng befreundet. Sie hätte ihn so oft die Wände hinaufgetrieben, daß er mir das Patent zurückgegeben hätte. Sie ist eine Pest, eine richtige Pest.«

Eric Sundstrom streichen? Er hatte keine Hemmungen, sie zu verdammen.

»Ich bin ihr nie begegnet«, warf Samuel Winters ein, »aber sie war früher mit Emory Frazier-Pyke verheiratet, einem Londoner Bankier. Du erinnerst dich doch an Emory, nicht wahr, Jacob?«

»Aber gewiß. Er spielte Polo, und du hast mich ihm als einen unbekannten Zweig der Rothschilds vorgestellt – was er unglücklicherweise zu glauben schien.«

»Jemand hat mir erzählt«, fuhr Winters fort, »daß der arme Frazier-Pyke einen Haufen Geld in einem Unternehmen verlor, mit dem sie zu tun hatte, aber dafür eine Ehefrau bekam. Es war die Off-Shore-Investment-Bande.«

»Das waren Ganeffs, einer wie der andere«, sagte Mandel. »Er hätte seine Poloponys oder sogar den ›unbekannten Zweig der Rothschilds‹ um Rat fragen sollen.«

»Vielleicht hat er. Es war eine kurze Ehe. Emory war immer peinlich genau auf Ehrlichkeit bedacht. Sie hätte ja auch eine Diebin sein können.«

Samuel Winters streichen? Der Verräter bei Inver Brass hätte eine solche Überlegung nicht angestellt.

»Aber ob so oder so«, stellte Varak gelassen fest, »Sie wissen wenigstens, daß sie existiert.«

»Ich wußte es nicht«, sagte Margaret Lowell fast abwehrend, »aber nachdem ich mir die anderen angehört habe, kann ich Ihnen noch jemand sagen, der sie kennt. Mein Ex-Ehemann, der streunende Kater; als ich Frazier-Pyke hörte, hat's bei mir geklingelt.«

»Walter?« Sundstroms Stimme klang fragend und belustigt zugleich.

»Mein Junge unternahm so viele Geschäftsreisen nach London, daß ich dachte, er sei wenigstens Berater der Krone, und er erwähnte häufig, daß dieser Frazier-Pyke drüben sein Bankier war. Dann rief mich eines Morgens das Hausmädchen im Büro an und sagte, Casanova habe einen dringenden Anruf aus London erhalten, von einem gewissen FP, sie wisse aber nicht, wer das sei. Sie gab mir die Nummer, ich wählte und sagte zu irgend jemand – ich nahm an, zu einer Sekretärin –, daß Mr. Lowell für FP am Apparat sei. Gleich darauf wurde ich von einer überschwenglich klingenden Stimme begrüßt, die mich förmlich anschrie. ›Lie-hiebling, ich bin morgen in New York, und wir können fünf wundervolle Tage miteinander verbringen.‹ Ich sagte ›wie nett‹ und legte auf.«

»Sie bewegt sich in den für ihre Zwecke richtigen Kreisen«, sagte Gideon Logan lachend. »Andy-Boy Vanvlanderen wird sie mit Brillanten und Zobelmänteln überhäufen, bis er sich langweilt.«

Varak mußte schnell das Thema wechseln. Wenn er recht hatte und ein Verräter am Tisch saß – und er hatte recht –, würde Ardis Vanvlanderen alles hinterbracht werden, was man hier über sie sprach, und mehr durfte er nicht gestatten. »Der allgemeinen Reaktion nach zu schließen«, sagte er freundlich, »dürfen wir annehmen, daß es ein paar überaus fähige Opportunisten gibt. Aber das ist nicht wichtig.« Beobachte sie. Beobachte jedes einzelne Gesicht! »Sie leistet gute Arbeit für den Vizepräsidenten, aber das ist im Grunde unwesentlich für uns. Zurück zu unserem Kandidaten. Alles läuft nach Plan. Die Zeitungen des Mittelwestens werden als erste Überlegungen wegen seines Leumunds und seiner Fähigkeiten anstellen – und zwar in Kolumnen und Leitartikeln. Sie haben ausreichend Hintergrundmaterial über Kendrick bekommen, außerdem Bänder von Sitzungen des Partridge-Ausschusses, das Foxley-Programm und seine eigene doch ziemlich bemerkenswerte Pressekonferenz. Aus diesem Zentrum soll die Informationswelle nach Osten und Westen überschwappen. Sie alle haben von mir eine Kopie der Liste mit den Namen der Zeitungen, ihrer Leitartikler und Kolumnisten bekommen, die in dieser Phase mit der Angelegenheit befaßt sind ...«

»Und die in unserem Kohleofen verbrannt werden muß«, fiel Winters ihm ins Wort.

»Selbstverständlich«; »natürlich«; »aber gewiß«, antworteten alle fast gleichzeitig.

Wer war der Lügner?

»Mich interessiert eines, Varak«, sagte Sundstrom. »Nach allem, was wir bisher über unseren Kandidaten wissen, von Ihnen erfahren haben, vermisse ich das berühmte ›Feuer-im-Bauch‹, das Sie immer wieder erwähnen. Ist das nicht schrecklich wichtig? Muß er den Job denn nicht um jeden Preis haben wollen?«

»Er wird ihn wollen, Sir. Ich weiß inzwischen, daß er sich normalerweise zwar zurückhält, aber nicht zu bremsen ist, wenn die Umstände es erfordern.«

»Guter Gott, Samuel, ist er zufällig auch ein Rabbi?«

»Kaum, Mr. Mandel«, antwortete Varak und erlaubte sich ein kurzes Lächeln. »Zwei dramatische Gelegenheiten hat es bisher in seinem Leben gegeben – darunter eine, die für ihn selbst sehr gefährlich war –, und trotzdem hat er gehandelt, weil er das Gefühl hatte, etwas bewirken zu können. Die erste war sein Entschluß, einen korrupten Kongreßabgeordneten zu ersetzen, die zweite natürlich Oman. Kurz gesagt, er muß wieder überzeugt sein, daß seine Person und seine Fähigkeiten gebraucht werden, daß nur er – er ganz allein – dem Wohl des Landes dienlich sein kann.«

»Das ist ein großes Wort«, sagte Gideon Logan. »Meiner Meinung nach ist er ein Mann, der seine Fähigkeiten sehr realistisch einschätzt. Was machen wir, wenn er erklärt: ›Das kann ich nicht‹?«

»Dann müssen wir ihn davon überzeugen, daß es für das Land lebenswichtig ist, einen starken Vizepräsidenten zu haben, der von unseren Freunden und Feinden gleicherweise als Stimme der Vernunft respektiert wird. Wenn uns das gelingt, wird er sich, wie ich es sehe, für den schwereren Weg entscheiden und sich zur Verfügung stellen.«

»Nach allem, was wir von ihm wissen, halte ich das für sehr wahrscheinlich«, stimmte Gideon Logan zu. »Aber wer, zum Teufel, soll ihn davon überzeugen?«

»Es gibt nur einen einzigen Menschen, auf den er hört«, antwortete Varak und fragte sich im selben Atemzug, ob er damit nicht ein Todesurteil unterschrieb. »Emmanuel Weingrass.«

Nachdem er in der Dunkelheit zweimal falsch abgebogen war, fand Detective O'Reilly endlich die Straße, die zu Kendricks Haus führte. Seine Frau Ann hatte ihn alarmiert, da Evan Kendrick sich schon seit zwei Tagen nicht mehr bei ihr gemeldet hatte. Zwar war er, wie sie sagte, ein Meister im Verschwinden, doch hatte er ihr bisher immer Bescheid gesagt oder sich, wenn auch auf Umwegen, mit ihr in Verbindung gesetzt. Was Ann jedoch besonders beunruhigt hatte, war die Tatsache, daß plötzlich die Telefone seiner beiden Häuser gleichzeitig gestört waren und sie sich weder mit dem arabischen Ehepaar in Virginia noch mit Manny Weingrass in Colorado in Verbindung setzen konnte.

Paddy O'Reilly hatte seine jeweils ortsansässigen Kollegen

um Amtshilfe ersuchen wollen, doch das hatte Ann abgelehnt. Sie wollte kein Aufsehen. Und wie immer hatte O'Reilly nachgegeben und war selbst gefahren.

Die Straße war unbeleuchtet, und daher sah er die hohe Mauer und das schmiedeeiserne weiße Tor erst, als das Licht seiner Scheinwerfer zitternd über sie hinweghuschte. Im ersten Augenblick begriff er nicht, wieso, doch gleich darauf war ihm alles klar. Auch das Haus war dunkel, sah unbewohnt und verlassen aus, als seien die Besitzer verreist. Aber der Besitzer war nicht verreist, und selbst wenn er es gewesen wäre, wäre das arabische Ehepaar aus Dubai im Haus, das den Besitz in Ordnung hielt. Hätte sich daran etwas geändert oder wären die Wachposten abberufen worden, hätte Ann O'Reilly auf ihrem Vertrauensposten in Kendricks Büro bestimmt davon erfahren. O'Reilly hielt am Straßenrand, nahm eine Taschenlampe aus dem Handschuhfach und stieg aus dem Wagen. Instinktiv faßte er unter das Jackett, und seine Hand schloß sich um den Griff des Revolvers im Schulterhalfter. Er näherte sich dem Tor und erwartete, jeden Moment von Scheinwerfern angestrahlt zu werden oder einen akustischen Alarm auszulösen, der mit kreischendem Sirenengeheul die Stille der Nacht zerriß. Diese Methode hieß bei der CIA totaler Objekt- oder Personenschutz.

Aber es passierte gar nichts.

Vorsichtig schob O'Reilly den Arm zwischen den schmiedeeisernen weißen Stäben durch. Noch immer nichts. Dann drückte er gegen das Tor. Beide Flügel öffneten sich nach innen. Und wieder geschah nichts.

Er ging durch das Tor, den linken Daumen am Schalter der Taschenlampe, die rechte Hand in Brusthöhe unter das Jackett geschoben. Er knipste die Lampe an, und was er in den nächsten Sekunden in ihrem Schein zu sehen bekam, ließ ihn entsetzt zurückprallen. Zusammengekauert preßte er sich an die Mauer und riß den Revolver heraus.

»Heilige Maria, Mutter Gottes«, flüsterte er.

Keine drei Meter von ihm entfernt lag die Leiche eines jungen Wachpostens von der CIA. Der Straßenanzug, den er trug, war mit dem Blut aus der furchtbaren Halswunde getränkt, die ihm fast den Kopf abgetrennt hatte. Noch fester preßte O'Reilly sich an die Mauer, löschte sofort die Taschenlampe und versuchte seine Nerven zu beruhigen. Gewaltsamer Tod war ihm vertraut, und weil das so war, wußte er, daß er noch mehr Tote finden würde – ebenso wie er wußte, daß die Mörder nicht mehr da waren. Langsam stand er auf und machte sich auf die Suche.

Er fand noch drei Leichen, alle verstümmelt, alle ganz offensichtlich vom Tod überrascht. Jesus! Wie? Er bückte sich und untersuchte den vierten Leichnam; und dabei entdeckte er etwas Ungewöhnliches. Im Nacken steckte eine abgebrochene Nadel, die Spitze eines Pfeils. Die Wachposten waren betäubt und dann getötet worden. Sie hatten nicht gewußt, was mit ihnen geschah.

Langsam und vorsichtig näherte sich Patrick O'Reilly der Haustür, obwohl er auch diesmal wußte, daß er nicht vorsichtig zu sein brauchte. Die verruchte Tat war geschehen; übrig waren nur noch die Toten.

Es waren sechs. Allen hatte man die Kehle durchgeschnitten, alle waren mit allmählich trocknendem Blut bedeckt, jedes Gesicht war qualvoll verzerrt. Das Furchtbarste jedoch waren die beiden Leichen von Kendricks Freunden aus Dubai. Der Mann lag wie beim Koitus auf seiner Frau, und die blutbesudelten Gesichter waren aufeinandergepreßt. An der Wand hatten die Mörder mit Blut geschmiert:

Tod allen, die Gott verraten! Tod den Hurern des Großen Satans!

Wo war Kendrick? Heilige Mutter Gottes! Wo war er? O'Reilly raste durch das Haus, durchsuchte es vom Keller bis zum Dachboden, suchte in jedem Zimmer, in jedem Raum, knipste alle Lichter an, bis das ganze Anwesen in Festbeleuchtung erstrahlte. Von Kendrick keine Spur. O'Reilly rannte in die Garage. Der Mercedes war nicht da, der Cadillac leer. Er begann den Park zu durchsuchen, lief kreuz und quer, schaute unter jeden Baum, hinter jeden Strauch. Nichts. Nirgendwo fand er Anzeichen eines Kampfs, der hohe neue Zaun war unbeschädigt, die Mauer wies keinen einzigen Kratzer auf. Die Männer von der gerichtsmedizinischen Abteilung würden Beweise finden – nein! Er dachte an polizeiliche Ermittlungen, doch was hier geschehen war, fiel nicht mehr in den Kompetenzbereich der Polizei. O'Reilly rannte zu seinem Wagen, sprang hinein, riß den Telefonhörer aus der Halterung und wählte. Erst jetzt merkte er, daß er in Schweiß gebadet war. Das Hemd klebte ihm wie ein kalter Umschlag am Körper.

»Büro des Kongreßabgeordneten Kendrick…«

»Laß mich reden, Annie«, sagte er hastig, »und stell keine Fragen...«

»Ich kenne diesen Tonfall, Paddy, deshalb muß ich eine Frage stellen: Geht es ihm gut?«

»Sein Wagen ist weg. Er ist nicht hier.«

»Aber andere sind es...«

»Keine Fragen mehr, Annie, aber ich habe eine für dich, und ich hoffe bei allen Heiligen, daß du sie beantworten kannst: Wer ist Kendricks Kontaktmann bei der CIA? Es muß jemand in einer sehr hohen Stellung sein...«

»Moment!« fiel Annie ihm ins Wort. »Natürlich ist da jemand. Ein Mann namens Payton. Vor ungefähr einem Monat sagte mir Evan, falls dieser Payton je anrufen sollte, müßte ich sofort durchstellen, und falls er nicht im Büro sei, müsse ich ihn suchen.«

»Und du bist sicher, daß dieser Payton bei der CIA ist?«

»Ja, das bin ich«, antwortete Ann O'Reilly. »Eines Morgens rief Evan mich aus Colorado an und sagte, er brauche die Nummer von Payton, und er beschrieb mir, wo in seinem Schreibtisch ich sie finden könne – in der untersten Schublade unter einem Scheckbuch. Die Vorwahl war die von Langley.«

»Ist die Nummer jetzt noch dort?«

»Ich sehe nach. Bleib dran.« Die Wartezeit von fast zwanzig Sekunden war für Patrick O'Reilly fast unerträglich und wurde durch den Anblick des strahlend hell erleuchteten Hauses hinter dem Tor noch verschlimmert. »Paddy?«

»Ja...«

»Ich hab' sie.«

»Sag sie mir durch, aber schnell!« Sie diktierte sie ihm, und er sagte: »Bleib im Büro, bis ich anrufe oder dich abhole. Verstanden?« Das war ein Befehl.

»Gibt es einen besonderen Grund?«

»Ich weiß noch nicht, wie weit und in welche Richtung die ganze Sache läuft, und ich würde dich ganz gern noch ein Weilchen behalten.«

»O mein Gott!« flüsterte Ann.

Das hörte O'Reilly nicht mehr, er hatte die Verbindung unterbrochen und wählte die Nummer, die Ann ihm gegeben hatte. Nachdem es achtmal geklingelt hatte, meldete sich eine Frauenstimme. »Central Intelligence Agency, Mr. Paytons Büro.«

»Sind Sie seine Sekretärin?«

»Nein, Sir, hier ist der Empfang. Mr. Payton ist nicht hier und kommt heute auch nicht mehr zurück.«

»Hören Sie mir bitte zu«, sagte der Detective eindringlich. »Ich muß Mr. Payton unbedingt und sofort erreichen. Wie immer die Vorschriften lauten mögen, Sie müssen sie umgehen, verstehen Sie? Es handelt sich um einen Notfall.«

»Bitte identifizieren Sie sich, Sir.«

»Verdammt noch mal, ich will nicht, aber ich tu's. Ich bin Lieutenant Patrick O'Reilly, Detective im Präsidium des Distrikts Columbia. Sie müssen Mr. Payton für mich finden!«

Plötzlich mischte sich eine männliche Stimme in das Gespräch. »O'Reilly?« sagte sie. »Wie O'Reilly, die Sekretärin eines gewissen Kongreßabgeordneten?«

»Genau die, Sir. Warum gehen Sie nicht an Ihr verdammtes Telefon – entschuldigen Sie, Sir...«

»Das ist der Hauptanschluß in meiner Wohnung, Mr. O'Reilly. Gehen Sie bitte aus der Leitung, Miß...«

»Sofort, Sir.« Es klickte.

»Ja, Mr. O'Reilly? Wir sind jetzt allein.«

»Ich nicht. Ich befinde mich in Gesellschaft von sechs Leichen...«

»Was?«

»Kommen Sie her, Mr. Payton. Zu Kendricks Haus. Und wenn Sie Schlagzeilen vermeiden wollen, pfeifen Sie die Wachablösung zurück, die eventuell hierher unterwegs ist.«

»Keine Sorge«, antwortete der Chef von Special Projects. »Die Ablösung kommt um Mitternacht; die Männer sind schon im Haus.«

»Sie sind auch tot. Sie sind alle tot.«

Mitchell Payton kauerte neben der Leiche des Wachpostens, die dem Tor am nächsten lag, und zuckte zusammen, als ihn der Lichtkegel von O'Reillys Taschenlampe traf. »Guter Gott, er war so jung. Sie sind alle so jung.«

»Sie waren es, Sir«, sagte O'Reilly tonlos. »Hier lebt niemand mehr, weder drinnen noch draußen. Ich habe die meisten Lichter wieder gelöscht, aber ich begleite Sie selbstverständlich durchs Haus.«

»Ich muß hinein, natürlich muß ich...«

»Aber ich gehe nicht mit, wenn Sie mir nicht sagen, wo Kendrick ist – falls er irgendwo ist –, oder ob er hier sein sollte, was vermutlich hieße, daß er nirgendwo ist. Ich kann und ich müßte eigentlich die Polizei in Fairfax verständigen. Drücke ich mich klar aus, Sir?«

»Gälisch klar, Lieutenant. Im Augenblick muß das jedoch das Problem der CIA bleiben – eine Katastrophe, wenn Sie so wollen. Drücke auch ich mich klar aus?«

»Beantworten Sie meine Frage, oder Sie können Gift darauf nehmen, daß ich mich auf meinen Diensteid besinne und das Hauptquartier in Fairfax verständige. Wo ist Evan Kendrick? Sein Wagen ist nicht hier, und ich möchte wissen, ob das ein gutes oder ein schlechtes Zeichen ist. Es wäre eine Erleichterung...«

»Wenn Sie in einer solchen Situation noch Erleichterung empfinden können, sind Sie ein sehr merkwürdiger Mensch...«

»Ich trauere um diese Männer – wie ich immer wieder um Hunderte anderer getrauert habe, die mir fremd waren. Aber Evan Kendrick kenne ich. Wenn Sie wissen, wo er ist, müssen Sie es mir auf der Stelle sagen, sonst gehe ich zu meinem Wagen und setze mich über Funk mit der Polizei in Fairfax in Verbindung.«

»Um Himmels willen, Lieutenant, drohen Sie mir nicht! Wenn Sie wissen wollen, wo Kendrick ist, fragen Sie Ihre Frau.«

»Meine Frau?«

»Die Sekretärin des Abgeordneten, falls Ihnen das entfallen sein sollte.«

»Schnauze!« explodierte O'Reilly. »Warum bin ich denn hergefahren? Um Kendrick, meinem alten Millionärskumpel aus Colorado, einen Höflichkeitsbesuch abzustatten? Ich bin hier, weil Annie seit zwei Tagen nichts mehr von Evan gehört hat und seit heute morgen neun Uhr in beiden Häusern – hier und in Mesa Verde – die Telefone gestört sind. Ist das nicht ein dummer Zufall?«

»Beide Telefone...« Payton fuhr herum und spähte nach oben.

»Bemühen Sie sich nicht«, sagte O'Reilly, Paytons Blick folgend. »Eine Leitung ist durchgeschnitten und fachmännisch mit einer anderen verbunden. Das dicke Kabel auf dem Dach ist intakt.«

»Großer Gott!«

»Meiner Meinung nach brauchen Sie jetzt wirklich SEINE Hilfe, und das schnell. Wo, zum Teufel, ist Kendrick?«

»Auf den Bahamas. In Nassau auf den Bahamas.«

»Und wieso haben Sie gedacht, meine Frau, seine Sekretärin, sei darüber informiert? Und Sie geben mir jetzt besser einen verdammt guten Grund dafür an, warum Sie das dachten, denn wenn Sie Annie Mulhacy in eine Ihrer beschissenen Geheimdienstaffären hineinziehen wollen, lasse ich mehr Blaue hier antanzen, als Sie je auf einem Haufen gesehen haben.«

»Ich dachte, daß Ihre Frau Bescheid weiß, weil er es mir gesagt hat, Lieutenant O'Reilly«, sagte Payton mit eisiger Stimme.

»Kein Wort hat er zu ihr gesagt.«

»Das ist wohl offensichtlich«, stimmte Payton zu und blickte starr zum Haus hinüber. »Aber er hat es mir ganz unmißverständlich gesagt. Vorgestern. Er werde, hat er gesagt, auf dem Weg zum Flughafen kurz im Büro vorbeischauen und seine Sekretärin Ann O'Reilly informieren. Er hielt auch an und ging in sein Büro hinauf. Seine Leibwächter haben es bestätigt.«

»Wann war das?«

»Gegen halb fünf.«

»Am Mittwoch?«

»Ja.«

»Da war Annie nicht da. Am Mittwochnachmittag geht sie immer um vier, und das weiß Kendrick. Sie muß in ihren verrückten Aerobic-Kurs.«

»Das muß er vergessen haben.«

»Nicht sehr wahrscheinlich, Sir. Kommen Sie mit.«

»Ich verstehe nicht...«

»Zu meinem Wagen.«

»Wir haben hier zu tun, Lieutenant, und ich muß ein paarmal telefonieren – von meinem Wagen aus. Allein.«

»Sie rühren keinen Finger, solange ich nicht mit meiner Frau gesprochen habe.« Fünfundsechzig Sekunden später kam Annies Stimme über den Lautsprecher von O'Reillys Autotelefon. Payton stand neben der offenen Wagentür.

»Büro des Kon...«

»Annie«, unterbrach ihr Mann, »wer war noch im Büro, als du Mittwoch nachmittag weggingst?«

»Nur Phil Tobias. Es ist im Moment nicht viel zu tun. Die Mädchen sind noch früher gegangen.«

»Phil?«

»Tobias, Evans Assistent.«

»Hat er dir gestern oder heute nichts gesagt? Daß er Kendrick gesprochen hat, meine ich.«

»Er war nicht hier, Paddy. Ist weder heute noch gestern erschienen. Ich habe ein dutzendmal mit seinem Anrufbeantworter telefoniert, aber der Bursche hat nichts von sich hören lassen.«

»Wir reden später, Annie. Bleib, wo du bist. Verstanden?« O'Reilly hängte ein und drehte sich zu Payton um. »Sie haben es gehört, Sir. Ich denke, jetzt wäre eine Entschuldigung von Ihrem sehr Ergebenen angebracht. Hier ist sie, Mr. Payton.«

»Ach was, Lieutenant. Wir haben in Langley schon so viel Mist gebaut, daß ich es einem Mann nicht übelnehmen kann, wenn er wild wird, weil er fürchtet, wir könnten seine Frau in unseren Pfusch hineingezogen haben.«

»Ich glaube, genau das war's. Wer macht sich auf die Suche nach Tobias? Sie oder ich?«

»Ich kann Sie nicht mit CIA-Aufgaben betrauen – Sie gewissermaßen zu meinem Vertreter ernennen. Das ist im Gesetz nicht vorgesehen, es gibt, offen gesagt, sogar Bestimmungen, die so was ausdrücklich verbieten. Aber ich kann Sie um Hilfe bitten, und die brauche ich verzweifelt. Für heute nacht kann ich einen nationalen Notstand mit Gefährdung der nationalen Sicherheit geltend machen. Dann sind auch Sie aus dem Schneider, weil niemand Ihnen vorwerfen kann, daß Sie den Massenmord nicht gemeldet haben. Aber was diesen Tobias betrifft, kann ich Sie nur bitten.«

»Bitten? Um was?«

»Mich zu informieren...«

»Darum brauchen Sie mich nicht zu bitten...«

»Bevor der offizielle Bericht hinausgeht«, fügte Payton hinzu.

»Darum müssen Sie allerdings bitten«, sagte O'Reilly und sah den CIA-Mann prüfend an. »Erstens kann ich es nicht garantieren. Wenn er in der Schweiz entdeckt oder aus dem Potomac gezogen wird, erfahre ich das wahrscheinlich gar nicht.«

»Unsere Gedanken nehmen offensichtlich dieselbe Richtung. Doch Sie haben ziemlich viel Einfluß, soviel ich weiß. Verzeihen

Sie mir, Lieutenant, aber ich mußte mir die Leute, die um Evan Kendrick herum sind, genau ansehen. Das Polizeipräsidium des Distrikts Columbia hat Sie vor zwölf Jahren praktisch bestochen, aus Boston wegzugehen und nach Washington zu kommen ...«

»Normales Gehalt, nichts, was das Licht zu scheuen hätte.«

»Normales Gehalt, das fast dem eines Polizeichefs entspricht, eine Position, die Sie vor vier Jahren ablehnten, weil Sie nicht an den Schreibtisch wollten.«

»Herr und Heiland ...«

»Ich mußte gründlich sein. Und da Ihre Frau für den Kongreßabgeordneten arbeitet, glaube ich, daß ein Mann in Ihrer Position darauf bestehen könnte, informiert zu werden, wenn sich im Hinblick auf diesen Phillip Tobias etwas Wesentliches ergibt, da auch er in Kendricks Büro arbeitet – oder gearbeitet hat.«

»Ich denke, das wäre möglich. Aber es bringt mich auf die eine oder die andere Frage.«

»Fragen Sie nur. Jede Frage, die Sie stellen, hilft mir vielleicht.«

»Warum ist Evan auf den Bahamas?«

»Ich habe sie hingeschickt.«

»Sie? Evan und die Ägypterin? Der alte Weingrass hat meiner Frau von ihr erzählt.«

»Sie arbeitet für uns, war auch in Oman dabei. In Nassau gibt es einen Mann, der eine Firma vertritt, mit der Kendrick vor Jahren kurz in Verbindung stand. Er ist nicht besonders angesehen, und die Firma war's übrigens auch nicht, aber wir hatten das Gefühl, es könnte lohnend sein, sich ein bißchen mit ihm zu befassen.«

»Warum?«

Payton blickte über das Wagendach zu Kendricks Haus mit den jetzt schwach beleuchteten Fenstern hinüber. »Das kommt später, O'Reilly. Ich werde mit nichts hinter dem Berg halten, das verspreche ich. Aber jetzt muß ich an die Arbeit. Ich muß mich mit den ›Leichenfledderern‹ in Verbindung setzen, und das ist nur von meinem Wagen aus möglich.«

»Mit den Leichenfledderern? Wer, zum Teufel, ist das?«

»Eine Spezialtruppe, zu der wir beide bestimmt nicht gehören wollten. Sie holen Leichen ab, über die sie nie etwas enthüllen dürfen, nehmen die gerichtsmedizinische Untersuchung von Spuren und Beweisen vor, über die sie ebenfalls kein Sterbenswort verlauten lassen dürfen, darauf sind sie vereidigt. Man braucht sie, und ich respektiere jeden einzelnen, aber ich wollte keiner von ihnen sein.«

Plötzlich meldete sich stakkatoartig und krächzend O'Reillys Autotelefon. Er riß die Tür auf und hob ab. »Ja?«

»Mein Gott, Paddy!« schrie Ann, und ihre Stimme klang über den Lautsprecher um ein Vielfaches lauter. »Sie haben ihn gefunden! Sie haben Phil gefunden. Er lag im Keller unter den Heizkesseln. Großer Gott, Paddy! Sie sagen, man hat ihm die Kehle durchgeschnitten. Jesus, Maria und Josef, er ist tot, Paddy!«

»Wen meinst du mit ›sie‹, Annie?«

»Harry und Sam vom Nachtdienst. Sie haben mich eben angerufen, zu Tode verängstigt, und haben gesagt, ich soll die Polizei verständigen.«

»Das hast du eben getan, Annie. Sag ihnen, sie sollen bleiben, wo sie sind. Sie dürfen nichts anfassen, nichts verändern und nichts sagen, bevor ich da bin. Verstanden?«

»Gar nichts sagen?«

»Es ist eine Art Quarantäne, ich erklär's dir später. Jetzt ruf die C-Security an und sag ihnen, sie sollen fünf bewaffnete Männer vor eurer Bürotür postieren. Sag, dein Mann sei Polizeibeamter und er habe um die Wachen gebeten, weil er bedroht wurde. Hast du das richtig verstanden?«

»Ja, Paddy«, antwortete Ann O'Reilly weinend. »O mein Gott, er ist tot!«

Patrick O'Reilly fuhr auf seinem Sitz herum. Payton rannte wie von Furien gehetzt zu seinem Wagen.

28

Es war vier Uhr siebzehn in Colorado, und Emmanuel Weingrass war mit seiner Geduld am Ende. Heute morgen kurz vor elf war es fast schon einmal soweit gewesen, als er entdeckt hatte, daß das Telefon nicht funktionierte, und erfuhr, daß zwei seiner Krankenschwestern es bereits seit mehreren Stunden wußten, nachdem sie vergeblich versucht hatten zu telefonieren. Eines der Mädchen war nach Mesa Verde gefahren, um den Störungsdienst anzurufen, und war mit der Zusage zurückgekommen, daß der Schaden so schnell wie möglich behoben würde. ›So schnell wie möglich‹ dauerte jetzt über fünf Stunden, und das wollte Weingrass nicht so ohne weiteres hinnehmen. Ein bekannter Kongreßabgeordneter – ganz zu schweigen vom Helden der Nation – verdiente eine bessere Behandlung.

»Entweder fährt mich jetzt eine von euch nach Mesa Verde, damit ich den Präsidenten dieser Scheißtelefongesellschaft anrufen und ihm den Arsch aufreißen kann, oder ich pisse euch die ganze Küche voll«, fauchte er die Schwestern an, von denen zwei in der Glasveranda Gin Rummy spielten.

»Vorher stecken wir Sie aber in eine Zwangsjacke, Manny«, antwortete eines der Mädchen.

»Warte einen Moment«, wandte ihre Kartenpartnerin ein. »Er kann den Kongreßabgeordneten anrufen, und der könnte wirklich ein bißchen Druck ausüben. Ich muß unbedingt mit Frank telefonieren. Er will morgen herkommen – das hab' ich dir ja erzählt –, und ich konnte in dem Hotel in Cortez noch kein Zimmer reservieren lassen.«

»Ich bin dafür«, sagte die dritte Schwester, die im Wohnzimmer Zeitung las. »Er kann von Abe Hawkins' Kramladen aus anrufen.«

»Lieber vom Café«, widersprach Weingrass. »Einem, der Abraham heißt, trau' ich nicht übern Weg. Er hat wahrscheinlich Waffen an den Ayatollah verkauft und vergessen, Profit zu machen. Ich hole mir nur einen Pulli und eine Jacke.«

»Ich fahre Sie«, sagte die Schwester im Wohnzimmer, ließ die Zeitung neben ihren Sessel fallen und stand auf. »Ziehen Sie einen Mantel an, Manny, es ist kalt, und aus den Bergen weht ein scharfer Wind.«

Weingrass bedachte sie mit einem nicht sehr freundlichen Namen, als er an ihr vorbei und in sein Schlafzimmer ging, das in der ersten Etage des Südflügels lag. Sobald er im Flur und außer Sicht war, ging er schneller, denn er wollte außer einem Pullover noch etwas anderes holen. In dem geräumigen Zimmer, das er umgestaltet und mit einer Glasschiebetür an der Südwand versehen hatte, die sich auf eine Terrasse öffnete, ging er, einen Stuhl hinter sich herziehend, zur Aufsatzkommode. Sich vorsichtig festhaltend, kletterte er auf den Stuhl und holte von dem geschnörkelten Aufsatz des imposanten Möbelstücks eine

Schuhschachtel herunter. Mühsam stieg er wieder vom Stuhl, trug die Schachtel zum Bett und machte sie auf. Sie enthielt eine Neun-Millimeter-Pistole und drei Magazine.

Weingrass hatte die Waffe verstecken müssen, denn Kendrick hatte Anweisung gegeben, die Gewehre zu entladen und den Waffenschrank abzuschließen. Er duldete keine Handfeuerwaffen im Haus. Der Grund war zu schmerzlich gewesen, um darüber zu sprechen: Kendrick befürchtete, sein Freund würde Selbstmord begehen, wenn er glaubte, daß sein Krebsleiden von neuem ausgebrochen war. Doch für Emmanuel Weingrass war es nach dem Leben, das er geführt hatte, einfach unmöglich, ohne Waffe zu leben. Ge-Ge Gonzalez hatte dem Mangel abgeholfen, und Weingrass hatte die Scheiben des Waffenschranks bisher nur einmal eingeschlagen – als die Medien wie ein Heuschreckenschwarm über sie hereingebrochen waren und den ganzen Park in eine öffentliche Bedürfnisanstalt verwandelt hatten.

Er schob ein Magazin in den Griff, steckte die beiden anderen ein und trug den Stuhl zum Schreibtisch zurück, nahm einen langen, dicken Pullover aus dem Schrank und schlüpfte hinein. Er kaschierte die Ausbuchtungen in den Taschen sehr erfolgreich. Dann tat Weingrass etwas, das er nicht mehr getan hatte, seit das Zimmer umgebaut worden war, nicht einmal, als die Fernsehteams sie überfallen hatten. Er inspizierte die Schlösser an der Schiebetür und schaltete die Alarmanlage ein. Schließlich ging er in die Halle hinunter, wo die Schwester ihn mit seinem Mantel erwartete.

»Das ist ein schöner Pullover, Manny.«

»Den hab' ich in einem *Après-Ski*-Laden in Monte Carlo erstanden. Im Ausverkauf.«

»Wissen Sie eigentlich auf alles eine flippige Antwort?«

»Aber das ist kein Witz, es ist die reine Wahrheit.«

»Da, ziehen Sie Ihren Mantel an!«

»In dem Ding seh' ich wie ein Hasidim aus.«

»Ein was?«

»Wie Heidi mit dem Edelweiß.«

»Aber nein, ich finde den Mantel sehr männlich.«

»Jetzt aber schnell raus hier!« Weingrass ging auf die Tür zu, blieb dann jedoch noch einmal stehen. »Mädels!« schrie er so laut, daß die beiden auf der Veranda ihn hörten.

»Ja, Manny?«

»Was gibt's?«

»Hören Sie bitte zu, meine Damen, ich meine es ernst. Da das Telefon nicht funktioniert, wäre mir viel wohler, wenn Sie den Hauptalarm einschalten würden. Tut es mir zuliebe, meine Hübschen. Ich bin für euch nur ein alberner alter Mann, ich weiß, aber ich wäre viel ruhiger, wenn ihr's tätet.«

»Wie lieb von ihm...«

»Aber natürlich tun wir's, Manny.«

Die Demutsmasche wirkt immer, dachte Weingrass im Weitergehen und sagte zu der Schwester, die hinter ihm noch mit ihrem Parka kämpfte: »Los, los, ein bißchen Beeilung, wenn ich bitten darf. Ich möchte bei Ge-Ge sein, bevor die Telefongesellschaft für diesen Monat schließt.«

Der Wind von den Bergen wehte wirklich sehr stark, und auf dem Weg von der massiven Haustür zu Kendricks Saab Turbo, der auf halber Höhe der Zufahrt parkte, mußten sie sich gegen die Böen stemmen. Weingrass schirmte sein Gesicht mit der linken Hand ab und wandte den Kopf nach rechts, als der Wind und das Unbehagen, das er empfand, plötzlich unwesentlich wurden. Zuerst dachte er, daß wirbelnde Blätter und aufstiebende Staubwolken seinen noch ausgezeichneten Augen einen Streich spielten, dann jedoch erkannte er, daß das nicht so war. Hinter der hohen Hecke an der Straße bewegten sich Menschen. Eine Gestalt war nach rechts gelaufen und hatte sich an einer Stelle, an der das Laub besonders dicht war, niedergekauert. Eine zweite folgte, lief aber an der ersten vorbei und näher zum Tor.

»Sind Sie okay, Manny?« rief die Schwester, als sie schon fast am Wagen waren.

»Das ist ein Kinderspiel im Vergleich zu den Pässen der Alpes Maritimes!« schrie Weingrass zurück. »Steigen Sie ein! Machen Sie schnell!«

»Wie gern würde ich die Alpen einmal sehen!«

»Ich auch – noch einmal«, murmelte Weingrass vor sich hin. Er stieg in den Wagen, griff unauffällig unter Mantel und Pullover, holte seine Pistole heraus und schob sie zwischen Sitz und Tür. Die Schwester schaltete die Zündung ein und startete den Motor. »Wenn wir auf die Straße kommen, biegen Sie links ab«, sagte er.

»Nein, Manny, Sie irren sich. Am schnellsten kommen wir nach Mesa Verde, wenn wir nach rechts abbiegen.«

»Das weiß ich, meine Süße, aber ich möchte trotzdem, daß Sie nach links abbiegen.«

»Manny, wenn Sie in Ihrem Alter etwas anstellen wollen, werde ich böse.«

»Biegen Sie einfach links ab, und halten Sie hinter der nächsten Kurve.«

»*Mister* Weingrass, wenn Sie auch nur eine Sekunde lang glauben ...«

»Ich steige aus«, fiel er ihr ruhig ins Wort. »Ich möchte Sie nicht erschrecken und erkläre Ihnen später, was los ist. Aber jetzt tun Sie gefälligst haargenau, was ich sage. Fahren Sie bitte!« Die Schwester verstand zwar nicht, was Weingrass meinte, doch sie verstand den Ausdruck seiner Augen. Er wollte sich nicht aufspielen, er gab ihr ganz einfach einen Befehl. »Danke«, fuhr er fort, als sie die hohe Hecke passierte und nach links abbog. »Und wenn Sie mich abgesetzt haben, fahren Sie über die Mancos Road nach Verde ...«

»Das ist ein Umweg von wenigstens zehn Minuten ...«

»Ich weiß, aber Sie werden es trotzdem tun. In Verde gehen Sie sofort zu Ge-Ge und sagen ihm, er soll die Polizei zu uns heraufschicken ...«

»Manny!« schrie die Schwester erschrocken auf.

»Ach, es ist bestimmt nichts«, beschwichtigte er sie hastig. »Wahrscheinlich nur jemand, der eine Panne hat, oder ein Wanderer, der vom Weg abgekommen ist. Doch es ist wohl besser, mal nachzusehen, denken Sie nicht?«

»Ich weiß nicht, was ich denken soll, aber ich werde Sie auf keinen Fall aussteigen lassen.«

»O doch, Sie werden«, widersprach Weingrass und hob ganz beiläufig die Pistole, als betrachte er den Abzug. Die Geste hatte überhaupt nichts Drohendes.

»Guter Gott!« schrie die Schwester.

»Mir passiert ganz bestimmt nichts, meine Liebe. Ich bin nämlich so vorsichtig, daß es an Feigheit grenzt. Halten Sie hier bitte.« Fast in Panik, tat die Schwester wie geheißen, und ihr erschrockener Blick irrte zwischen der Waffe und dem Gesicht des alten Mannes hin und her. »Danke«, sagte Weingrass und öffnete die Tür, die ihm vom aufheulenden Wind fast aus der

Hand gerissen wurde. »Wahrscheinlich finde ich einen völlig harmlosen Besuch im Haus, der mit den beiden Mädchen Kaffee trinkt.« Er stieg aus und brauchte seine ganze Kraft, um die Tür zuzudrücken. Mit quietschenden Reifen raste der Saab davon. Macht nichts, dachte Weingrass, der Wind schluckt jedes Geräusch.

Er schluckte auch die Geräusche, die Weingrass auf dem Rückweg zum Haus machte, unvermeidbare Geräusche, da er sich am Straßenrand halten mußte, um in Deckung zu bleiben, und die getrockneten Äste am Waldrand unter seinen Füßen knackten und brachen. Er war für die über den Himmel jagenden dunklen Wolken ebenso dankbar wie für seinen dunklen Mantel, beides verringerte die Gefahr, daß er gesehen wurde, auf ein Minimum. Fünf Minuten später stand er, nachdem er ein paar Meter tiefer in den Wald eingedrungen war, dem dichten Heckenzaun direkt gegenüber hinter einem dicken Baum. Wieder schützte er das Gesicht mit der Hand vor dem Wind, kniff die Augen zusammen und spähte über die Straße.

Da waren sie. Und sie hatten sich nicht verlaufen. Was ihn beunruhigt hatte, war kein Hirngespinst gewesen. Nein, die beiden, die dort lauerten, waren keine Wanderer, die sich verirrt hatten; sie warteten auf irgend etwas oder auf irgend jemand. Beide Männer trugen Lederjacken, kauerten vor der Hecke und redeten sehr schnell aufeinander ein; der Mann auf der rechten Seite schaute alle paar Sekunden auf seine Armbanduhr. Was das bedeutete, brauchte Weingrass niemand zu sagen. Körperlich, aber nicht geistig sein Alter fühlend, ließ er sich schwerfällig auf alle viere nieder und begann umherzukriechen. Er war nicht sicher, was er suchte, wußte jedoch, daß er es finden mußte, was es auch sein mochte.

Es war ein dicker, schwerer Ast, den der Wind vor ganz kurzer Zeit abgebrochen haben mußte, da noch Saft aus der Bruchstelle sickerte. Er war ungefähr einen Meter lang und ließ sich gut schwingen. Langsam, noch schwerfälliger und schmerzgeplagt, erhob sich der alte Mann und ging zu dem Baum zurück, bei dem er vorher gestanden hatte, schräg gegenüber von den beiden Eindringlingen, die nicht mehr als fünfzehn Meter entfernt waren.

Es war ein Glücksspiel, aber wieviel war denn noch von seinem Leben übrig, und die Chancen standen besser als beim

Roulette oder *chemin de fer*. Auch über Gewinn oder Verlust würde schneller entschieden werden, und der Spieler Emmanuel Weingrass war bereit, eine nicht unbeträchtliche Wette einzugehen, daß einer der beiden Eindringlinge seinen Platz nicht verlassen würde. Weingrass zog sich tiefer in den Wald zurück und wählte seinen Platz so sorgfältig aus, als feile er an einem Bauplan für den wichtigsten Klienten seines Lebens. Nutz die natürlichen Gegebenheiten deiner Umgebung optimal aus, war einer der wichtigsten Grundsätze seines ganzen beruflichen Lebens gewesen; und von dieser Regel wich er auch jetzt nicht ab.

Zwei Pappeln, beide breit und etwa zwei Meter voneinander entfernt auf gleicher Höhe stehend, bildeten so etwas wie ein Eingangstor zum Wald. Weingrass versteckte sich hinter dem rechten Stamm, packte den schweren Ast und hob ihn hoch über seinen Kopf, bis das obere Ende an den Baumstamm stieß. Der Wind ließ die Bäume schwanken, und Weingrass öffnete den Mund und stieß, die Vielzahl der Geräusche des Waldes übertönend, eine kurze Lautfolge aus, die zu einem Drittel menschlich und zu zwei Dritteln wie der langgezogene Schrei eines Tieres klang.

Zwischen den beiden Stämmen und durch das tiefer hängende Laub hindurch sah er, wie die beiden Gestalten auf der anderen Straßenseite erschraken. Sie fuhren herum, der Mann zur Rechten packte seinen Begleiter an der Schulter und schien ihm – hoffentlich! – Befehle zu geben. Weingrass' Hoffnung erfüllte sich. Der linke Mann stand auf, holte unter der Lederjacke eine Waffe heraus, überquerte die Straße nach Mesa Verde und kam auf den Wald zu.

Jetzt hing alles nur vom richtigen *timing* ab. Vom *timing* und der Richtung. Die kurzen, befremdlichen Laute führten das Opfer so sicher in das tödliche Meer aus Grün, wie Odysseus von den Sirenen auf ihre Insel gelockt worden war. Noch zweimal stieß Weingrass seine unheimlichen Schreie aus und dann einen dritten, der so deutlich war, daß der Eindringling vorwärts stürmte, durch die Zweige brach, sie beiseite stieß, die Waffe im Anschlag, die Füße in das weiche Erdreich stemmend – auf das Pappeltor zustürmte und es schließlich erreichte.

Weingrass schwang den schweren Ast, schwang ihn mit seiner ganzen Kraft und ließ ihn auf den Schädel des rennenden

Mannes niedersausen. Er zerschmetterte ihm das Gesicht, Blut spritzte aus Augen, Nase, Mund und Ohren, der Schädel war eine Masse zerbrochener Knochen und Knorpel. Der Mann war tot. Schwer atmend kam Weingrass hinter dem Baumstamm hervor und kniete nieder.

Der Mann war ein Araber.

Der Wind von den Bergen hatte seine Angriffslust noch nicht verloren. Weingrass nahm dem Toten die Waffe aus der noch warmen Hand und ging jetzt noch mühsamer und noch stärker von Schmerzen geplagt als vorher zur Straße. Der zweite Mann schien von einer Energie angetrieben, die sinnlos verpuffte, wandte einmal den Kopf zum Wald, schaute die Straße hinauf und hinunter, schaute dann auf die Uhr – immer wieder auf die Uhr. Er hatte jedoch seine Waffe noch nicht gezogen, und das verriet Weingrass noch etwas anderes. Der Terrorist – und er war genauso ein Terrorist wie der, der jetzt tot im Wald lag – war entweder ein blutiger Amateur oder ein eiskalter Profi, nichts dazwischen.

Da sein Herz so dröhnend schlug, daß er das Gefühl hatte, es müsse seine schwache Brust sprengen, erlaubte Weingrass sich ein paar Sekunden Atempause. Aber nur Sekunden. Die Gelegenheit war vielleicht nie wieder so günstig. Er ging nach Norden, bewegte sich vorsichtig von Baum zu Baum, bis er etwa achtzehn Meter über dem ängstlich wirkenden Mann stand, der jetzt nur noch nach Süden blickte. Wieder kam es auf das richtige *timing* an. So schnell er konnte, überquerte Weingrass die Straße, blieb reglos stehen und beobachtete. Das Gesicht des Terroristen glühte, als stehe er kurz vor einem Schlaganfall. Zweimal machte er ein paar Schritte auf die Straße und auf den Wald zu, zog sich jedoch jedesmal wieder bis zur Hecke zurück, kauerte sich nieder und starrte auf seine Uhr. Die Pistole in der blaugeäderten Hand, schlich Weingrass näher. Als der Abstand zwischen ihm und dem Terroristen nur noch drei Meter betrug, begann er zu brüllen.

»*Jezzar!*« brüllte er, den Mann auf arabisch als Metzger beschimpfend. »Eine Bewegung, und du bist tot, *Fahem*!«

Der dunkelhäutige Mann fuhr herum und riß, als er sich in die Hecke warf, mit den Fingernägeln den Boden auf. Loses Erdreich flog Weingrass ins Gesicht. Jetzt verstand er auch, warum er bei dem Terroristen keine Waffe gesehen hatte. Sie lag vor ihm auf dem Boden, nur ein paar Zentimeter neben seiner Hand. Weingrass ließ sich nach links auf die Straße fallen, als der Mann nach der Waffe griff und zweimal feuerte. Die Schüsse waren kaum zu hören, der Terrorist hatte einen Schalldämpfer auf den Lauf geschraubt. Die Kugeln jedoch waren nicht so leise, eine pfiff über Weingrass durch die Luft, die andere prallte in der Nähe seines Kopfes als Querschläger vom Asphalt ab. Weingrass hob die Pistole, zog durch, und die lange Erfahrung gab ihm, trotz seines Alters, eine ruhige Hand. Der Terrorist schrie auf und brach zusammen, die Augen weit und starr, und aus einem kleinen Loch unterhalb des Kehlkopfs floß Blut.

Und jetzt beeil dich, du Ruine! schrie Weingrass sich lautlos an. Sie haben auf jemand gewartet. Willst du vielleicht den senilen Lockvogel spielen? Geschähe dir recht, wenn sie dir deinen meschuggenen Schädel wegpusten. Aber die alten Knochen tun eben verdammt weh... Er taumelte auf den Leichnam zu, der in der Hecke hing, bückte sich und schleifte den Toten mit letzter Kraft über die Straße und in den Wald.

Er hatte nur einen Wunsch – sich auf den Boden legen und ausruhen, bis das Hämmern in seiner Brust nachließ und er wieder richtig atmen konnte. Doch er wußte, daß das nicht möglich war. Er durfte sich keine Ruhe gönnen, mußte bereit sein. Vor allem mußte er einen von den Kerlen lebendig in die Hände kriegen. Sie waren hinter seinem Sohn her...

Irgendwo weit weg hörte er Motorengeräusch – dann wurde es wieder still. Verwirrt schob er sich mit größter Vorsicht seitlich zwischen den Bäumen bis zum Waldrand vor und spähte hinaus. Auf der Straße von Mesa Verde näherte sich ein Wagen, rollte entweder im Leerlauf, oder der Wind war so stark, daß er den Motor übertönte. Nein, er rollte, denn man hörte die Reifen knirschen, als er ganz langsam den hohen Heckenzaun passierte und vor der ersten Toreinfahrt zum Stehen kam. Im Wagen saßen zwei Männer. Der Fahrer, untersetzt, nicht jung, aber kaum älter als vierzig, stieg als erster aus und sah sich um, erwartete offensichtlich ein Signal. Der Nachmittag war dunkel, die Sicht schlecht, er kniff die Augen zusammen und überquerte, als er niemanden sah, die Straße. Weingrass schob seine Pistole in den Gürtel und bückte sich nach der Waffe des zweiten Terroristen mit dem Schalldämpfer. Sie war zu groß, um in die Tasche gesteckt zu werden, also legte er sie wie der Araber vor sich auf den Boden. Er verkroch sich tiefer in das wild wuchernde Gestrüpp und schaute ins Magazin. Es enthielt noch vier Kugeln. Der Mann kam näher, kam direkt auf Weingrass zu.

»Yosef!« Der zweite Mann war aus dem Wagen gestiegen und rannte stark hinkend die Straße entlang. Weingrass war verwirrt. Yosef war ein hebräischer Name, aber diese Killer waren keine Israelis.

»Sei still, Junge!« befahl der Ältere schroff auf arabisch, als sein Gefährte keuchend bei ihm stehenblieb. »Wenn du noch einmal – egal wo – so schreist, schick' ich dich in einem Sarg zurück.«

Weingrass beobachtete die beiden Männer, die etwa sechs Meter von ihm entfernt am Straßenrand standen. Er war zunächst erstaunt gewesen, doch jetzt verstand er, wieso der Ältere den anderen Junge genannt hatte. Er war sechzehn oder höchstens siebzehn, wenn nicht jünger.

»Du schickst mich nirgendwohin«, antwortete der Junge zornig, der wahrscheinlich wegen einer Hasenscharte so undeutlich sprach. »Dieses Schwein ist schuld daran, daß ich mein Leben lang hinken werde. Wäre er nicht gewesen, hätte ich zu einem großen Märtyrer unserer Sache werden können.«

»Schon gut, schon gut«, sagte der ältere Araber mit dem hebräischen Namen nicht ohne Mitleid. »Gieß dir kaltes Wasser in den Nacken, sonst platzt dir der Kopf. Also, was gibt's?«

»Das amerikanische Radio! Ich habe eben zugehört, und ich verstehe genug, um zu verstehen.«

»Ist was mit unseren Leuten im anderen Haus?«

»Nein, nichts davon. Die Juden! Sie haben den alten *Khouri* hingerichtet. Haben ihn gehängt.«

»Hast du etwas anderes erwartet, Aman? Vor vierzig Jahren hat er noch mit den in Nordafrika zurückgebliebenen Nazis zusammengearbeitet. Er hat Juden getötet. Er hat einen Kibbuz und ein Hotel in Haifa in die Luft gejagt.«

»Dann müssen wir den Mörder Begin töten und alle anderen alten Männer von der Irgun und der Stern. *Khouri* war für uns ein Symbol der Größe...«

»Ach, sei doch still, Junge. Diese alten Männer haben die Briten mehr bekämpft als uns. Sie oder der alte *Khouri* haben nichts mit dem zu tun, was wir heute tun müssen. Wir müssen einem dreckigen Politiker, der sich für einen von uns ausgegeben hat, eine Lektion erteilen. Er hat sich in unseren Kleidern versteckt, hat unsere Sprache mißbraucht und die Freundschaft verraten. Jetzt, Junge! Konzentrier' dich auf das Jetzt!«

»Wo sind die anderen? Sie sollten uns doch auf der Straße erwarten.«

»Ich weiß nicht, wo sie sind. Vielleicht haben sie etwas gehört oder gesehen und sind schon im Haus. Jetzt wird das Licht eingeschaltet, man kann es durch die Sträucher sehen. Wir schleichen uns jetzt zu beiden Seiten der Zufahrt zum Haus und schauen durch die Fenster. Wahrscheinlich werden wir feststellen, daß unsere Kameraden mit den Leuten, denen sie hinterher die Kehle durchschneiden, gemütlich beim Kaffee sitzen.«

Emmanuel Weingrass hob die Pistole mit Schalldämpfer und legte sie an einen Baumstamm, um sicher zielen zu können. Er wollte die beiden lebendig. Yosefs Bemerkung über ›das andere Haus‹ hatte ihn so erschreckt, daß er den beiden im ersten Zorn am liebsten die Köpfe zu Brei geschossen hätte. Sie wollten seinen Sohn töten. Wenn sie es schon getan hatten, sollten sie teuer dafür bezahlen – qualvoll bezahlen. Egal ob irregeleitete Jugend oder Alter, sie würden die furchtbarsten Schmerzen erleiden, die menschliche Phantasie sich ausdenken konnte. Er zielte mit der Waffe auf den Unterleib des älteren Terroristen, feuerte zwei Kugeln auf ihn ab, zielte dann in gleicher Höhe auf den jüngeren und schoß einmal. Sogar das leise Plopp ging im Aufheulen einer Windbö verloren. Der Junge ging laut schreiend zu Boden, krümmte sich, bäumte sich auf... Aber der Ältere war aus stärkerem – aus einem viel stärkeren Stoff gemacht. Taumelnd richtete er sich auf, wandte sich in die Richtung, aus der die Schüsse gekommen waren, stürmte vorwärts, wild und mordlustig wie ein verwundeter Bär.

»Komm nicht näher, Yosef!« schrie Weingrass, der sich, zu Tode erschöpft, an einem Baum festhalten mußte. »Ich will dich nicht töten, aber ich werde es tun. Dich, der du einen hebräischen Namen trägst und Juden tötest!«

»Meine Mutter«, schrie der Araber, »hat sich von euch allen losgesagt! Ihr seid die Mörder meines Volkes! Ihr nehmt alles, was uns gehört, und spuckt uns an! Ich bin Halbjude, aber wer sind denn die Juden, daß sie sich anmaßen durften, meinen

Vater zu ermorden und meiner Mutter den Kopf kahlzuscheren, nur weil sie einen Araber liebte? Du fährst jetzt mit mir zur Hölle!«

Weingrass hielt sich am Baumstamm fest, seine Fingernägel bluteten, sein langer schwarzer Mantel blähte sich im Wind. Die dunkle Gestalt seines Widersachers tauchte aus dem Walddunkel auf, riesige Hände umklammerten den Hals des alten Mannes.

»Laß das!« schrie Weingrass, wußte jedoch zugleich, daß ihm keine andere Wahl blieb. Er feuerte die letzte Kugel ab. Sie drang in die faltige Stirn über ihm, Yosef ließ ihn los, taumelte, fiel, seine letzte Bewegung eine Geste des Trotzes. Zitternd und nach Atem ringend, lehnte Weingrass am Baumstamm, starrte zu Boden, auf die Leiche eines Mannes, der sein Leben lang unter einer ganz unwichtigen territorialen Regelung gelitten hatte, die Menschen zwang, sich gegenseitig zu töten. In diesem Augenblick kam Emmanuel Weingrass zu einer Erkenntnis, nach der er gesucht hatte, seit er denken konnte; jetzt wußte er die Antwort. Die Arroganz blinden Glaubens führte zu aller Verlogenheit menschlichen Denkens. Sie spielte Menschen bösartig gegeneinander aus in dem Streben nach dem letzten Wissen jenseits aller menschlichen Erkenntnis. Wer hatte das Recht dazu?

»Yosef – Yosef!« schrie der Junge, der sich am Straßenrand im Unterholz wälzte. »Wo bist du, Yosef! Ich bin verwundet! Verwundet!«

Das Kind ist ahnungslos, dachte Weingrass. Von da, wo der verwundete Junge sich auf dem Boden wälzte und krümmte, hatte er nicht sehen können, was vorgefallen war, und der schallgedämpfte Schuß war im Heulen des Bergwinds völlig untergegangen. Der junge Terrorist wußte nicht, daß sein Kamerad Yosef tot war, daß nur er überlebt hatte. Und daß er weiterhin überlebte, war für Weingrass jetzt am allerwichtigsten. Da gab es Fakten, die sie wissen mußten, Fakten, die Evan Kendrick das Leben retten konnten. Besonders jetzt.

Weingrass schob die blutenden Finger in die Manteltasche und ließ die Pistole mit dem Schalldämpfer fallen. Er nahm seine letzte Kraft zusammen, stieß sich vom Baum ab und ging, so schnell er konnte, durch den Wald nach Süden, stolperte und stolperte immer wieder, stieß mit den schwachen Armen die Zweige beiseite, bog zur Straße ab, erreichte den Straßenrand und sah dann in einiger Entfernung die in der Dämmerung immer undeutlicher werdenden Umrisse des Wagens der Terroristen. Er war weit genug gegangen, machte kehrt und ging die Straße entlang zurück – schneller – schneller... Beweg' deine verdammten dürren Beine! Der Junge darf sich nicht von der Stelle rühren, er darf nicht herumkriechen, darf den Toten nicht sehen! Das Blut pochte und rauschte Weingrass in den Ohren, das Hämmern unter seinen Rippen schien ihm die Brust zu sprengen. Da war der junge Araber. Er hatte sich bewegt – bewegte sich, kroch auf den Wald zu. In wenigen Augenblicken mußte er seinen toten Gefährten sehen. Das mußte verhindert werden. Um jeden Preis.

»*Aman!*« rief Weingrass außer Atem – so hatte der Halbjude Yosef den Jungen genannt. »*Aina anta? Kaif el-ahwal?*« – wo bist du? und wie geht es dir? – fuhr er auf arabisch fort. »*It kallam!*« – antworte! – schrie er gegen den Wind an.

»Hier! Hier bin ich!« schrie der halbwüchsige Araber auf arabisch zurück. »Jemand hat auf mich geschossen und meine Hüfte getroffen! Ich kann Yosef nicht finden!« Der Junge rollte sich auf den Rücken, um einen Kameraden zu begrüßen, den er schon erwartet hatte. »Wer bist du?« fragte er plötzlich verängstigt und bemühte sich, seine Waffe unter der Feldjacke hervorzuziehen. »Ich kenne dich nicht!«

Weingrass trat nach dem Ellenbogen des Jungen, und als die Hand leer unter der Jacke hervorschnellte, stellte er den Fuß darauf und nagelte sie auf der Brust des Jungen fest. »Schluß jetzt, du dummes Kind!« sagte er im Ton eines Saudi-Offiziers, der einen Rekruten rügt. »Wir haben dich nicht im Auge behalten, damit du noch mehr anstellen kannst. Natürlich bist du angeschossen worden und hoffentlich entsprechend dankbar, daß du nur verwundet bist und nicht getötet wurdest, was nicht schwer gewesen wäre.«

»Was hast du gesagt?« schrie der Junge.

»Was hast du getan?« schrie Weingrass zurück. »Läufst mit lautem Gebrüll über die Straße, kriechst um unser Objekt herum wie ein Dieb in der Nacht. Yosef hatte recht, man sollte dich zurückschicken.«

»Yosef? Wo ist Yosef?«

»Bei den anderen im Haus. Komm, ich helf' dir. Wir gehen auch hinauf.« Da er fürchtete, sich selbst nicht auf den Beinen halten zu können, klammerte sich Weingrass an den Ast eines jungen Baumes, während der Terrorist sich an seiner Hand in die Höhe zog. »Und jetzt gibst du mir deine Waffe.«

»Was?«

»Sie finden, du stellst dich dumm genug an. Sie wollen nicht, daß du bewaffnet bist.«

»Ich verstehe nicht...«

»Das brauchst du nicht.« Weingrass schlug dem verwirrten Jungen ins Gesicht, schob zugleich die rechte Hand unter die Knopfleiste seiner Jacke und zog die Waffe heraus. Kaliber fünfundzwanzig. »Damit kannst du auf Mücken schießen«, sagte er, den Arm des Jungen packend. »Komm, gehen wir. Hüpf auf einem Bein, wenn es dir leichter fällt. Im Haus verarzten wir dich.«

Schwere Wolken, Vorboten eines aus den Bergen heranrasenden Sturms, verdeckten das letzte Licht der Spätnachmittagssonne. Der ausgelaugte, erschöpfte alte Mann und der verwundete Junge hatten die Straßenmitte erreicht, als sie plötzlich von den Scheinwerfern eines Wagens erfaßt wurden, der mit hoher Geschwindigkeit aus Mesa Verde herandonnerte. Mit kreischenden Reifen schwenkte die schwarze Limousine nach links, rutschte ein Stück mit blockierenden Rädern und kam nur wenige Meter vor Weingrass und seinem Gefangenen zum Stillstand. Ein Mann sprang heraus, und zugleich riß Weingrass seine Pistole aus der Manteltasche. Er sah die Gestalt, die auf ihn zustürzte, nur verschwommen und hob die Waffe.

»Manny!« brüllte Ge-Ge Gonzalez.

Weingrass stürzte, ließ aber den jungen Terroristen nicht los. »Pack ihn!« befahl er Ge-Ge mit dem, wie er glaubte, letzten Atemzug, den seine Lungen hergaben. »Laß ihn nicht los, halt seine Arme fest. Sie haben manchmal Zyankalikapseln bei sich.«

Der junge Araber bekam von einer der beiden Krankenschwestern eine Spritze und würde vor dem nächsten Morgen nicht wieder zu sich kommen. Die Schußwunde blutete stark, war aber nicht gefährlich, denn die Kugel hatte das Fleisch glatt durchschlagen. Sie wurde gesäubert und die Stelle, an der die Kugel wieder ausgetreten war, mit starkem Pflaster geschlossen. Dann trug Gonzalez ihn in ein Gästezimmer, wo er mit Armen und Beinen an die vier Bettpfosten gefesselt wurde.

»Er ist so schrecklich jung«, sagte eine der Schwestern, die ihm ein Kissen unter den Kopf schob, während eine andere ihn mit zwei Decken zudeckte.

»Er ist ein Mörder«, antwortete Weingrass eisig. »Er würde Sie umbringen, ohne auch nur einen Moment an das Leben zu denken, das er vernichtet – genauso wie er Juden umbringen will. Wie er uns alle umbringen wird, wenn wir ihn am Leben lassen.«

»Das ist abscheulich, Mr. Weingrass«, sagte die andere Schwester. »Er ist doch noch ein Kind.«

»Erzählen Sie das den Eltern von – der Himmel allein weiß wie vielen jüdischen Kindern, die nie so alt werden durften wie er.« Weingrass verließ das Zimmer und ging zu Gonzalez, der schnell hinausgegangen war und seinen allzu bekannten Wagen in die Garage gefahren hatte. Inzwischen war er zurückgekommen und hatte sich an der Bar auf der Veranda einen großen Whisky eingeschenkt. »Bedien dich«, sagte Weingrass, als er die Veranda betrat und zu seinem Ledersessel ging. »Ich setze ihn dir auf die Rechnung, wie du's immer bei mir machst.«

»Du verrückter alter Kerl!« fauchte Ge-Ge. »*Loco!* Du bist schlicht und einfach *loco*, weißt du das? Du könntest jetzt tot sein. *Muerto*. Du *comprende? Muerto, muerto* – tot, tot, tot, du alter Narr. Vielleicht könnt' ich damit leben, aber nicht, wenn ich deinetwegen einen Herzinfarkt bekomme. Man lebt mit einem Herzinfarkt nicht besonders gut, vor allem dann nicht, wenn er tödlich ist, du *comprende*, du weißt, was ich meine?«

»Okay, okay, dann geht der Drink eben aufs Haus...«

»*Loco!*« schrie Gonzales wieder und leerte das Glas mit einem – wie es aussah – einzigen Schluck.

»Du hast mich überzeugt«, stimmte Weingrass zu. »Also nimm dir noch einen. Ich werde erst den dritten berechnen.«

»Ich weiß nicht, ob ich gehen oder bleiben soll«, sagte Ge-Ge, während er einschenkte.

»Die Polizei?«

»Wie ich schon gesagt habe, wer hatte Zeit für die Polizei? Und wenn ich sie gerufen hätte, wäre sie vielleicht in einem Monat hier aufgekreuzt. Dein Mädchen, diese *ama de cría* – die Krankenschwester – verständigt sie. Ich hoffe nur, sie hat einen von diesen Hanswursten erwischt. Manchmal muß man Durango anrufen, um jemanden hierherzubringen.«

Das Telefon auf der Bar klingelte – aber das Klingeln klang nicht wie ein Telefon, es war ein monotoner ununterbrochener Summton. Weingrass erschrak so, daß er fast gestürzt wäre, als er sich aus dem Sessel hochstemmte.

»Soll ich rangehen?« fragte Gonzalez.

»Nein!« rief Weingrass.

»Reiß mir nicht gleich den Kopf ab!«

»Hallo«, sagte Weingrass beherrscht.

»Mr. Weingrass?«

»Vielleicht ja, vielleicht nein. Wer sind Sie?«

»Wir haben Ihre Telefonleitung angezapft. Mein Name ist Mitchell Payton...«

»Über Sie weiß ich Bescheid«, unterbrach Weingrass. »Geht es meinem Jungen gut?«

»Ja, es geht ihm gut. Er ist auf den Bahamas, ich habe eben mit ihm gesprochen. Eine Militärmaschine vom Luftwaffenstützpunkt Holmstead ist unterwegs und holt ihn ab. In ein paar Stunden ist er in Washington.«

»Behalten Sie ihn dort. Umstellen Sie ihn mit Leibwachen. Lassen Sie niemanden in seine Nähe.«

»Dann ist es bei Ihnen draußen auch passiert? Ich fühle mich so nutzlos, so unfähig. Ich hätte Wachen aufstellen sollen. Wie viele wurden getötet?«

»Drei«, sagte Weingrass.

»O mein Gott! Was weiß die Polizei?«

»Gar nichts. Sie ist noch nicht hier.«

»Sie ist... Hören Sie zu, Mr. Weingrass. Was ich Ihnen jetzt sage, wird Ihnen vielleicht wahnsinnig vorkommen, aber ich weiß, wovon ich rede. Der tragische Zwischenfall muß vorläufig geheim bleiben. Wir haben eine viel bessere Chance, die Schweine zu fassen, wenn wir eine Panik vermeiden und unsere Experten einsetzen. Verstehen Sie das, Mr. Weingrass?«

»Ich verstehe. Abgemacht«, antwortete Weingrass, der für die Mossad gearbeitet hatte, mit ungeduldiger Nachsicht in der Stimme. »Ich fange die Polizei draußen ab und sage, es sei falscher Alarm gewesen. Ein Nachbar, dessen Wagen nicht ansprang, habe versucht, uns telefonisch zu erreichen, und sei nervös geworden, weil der Anschluß gestört war. Mehr sei nicht passiert.«

»Ach ja«, sagte Payton leise. »Sie waren ja schon früher hier.«

»Ich war hier«, stimmte Weingrass kommentarlos zu.

»Einen Moment noch!« rief Payton. »Sie haben gesagt, es habe drei Tote gegeben, aber Sie sprechen mit mir. Sind Sie unverletzt?«

»Es sind drei von ihnen, nicht von uns, Mr. CIA Unfähig.«

»Was? Herrgott noch mal!«

»Er war mir keine große Hilfe. Versuchen Sie's mit Abraham.«

»Drücken Sie sich bitte deutlicher aus, Mr. Weingrass.«

»Ich mußte sie töten. Aber der vierte lebt noch und hat ein Betäubungsmittel bekommen. Schicken Sie bloß Ihre Experten her, bevor ich auch ihn umbringe.«

29

Der Stationschef der CIA auf den Bahamas, ein kleinwüchsiger, tiefgebräunter Mann mit derben Gesichtszügen, leitete alles in die Wege. Von seinem Büro in der Botschaft auf der Queen Street aus beorderte er eine bewaffnete Eskorte der Nassauer Polizei zum *Cable Beach Hotel* am Strand der Bay Road. Vier Beamte in Uniform brachten einen großen Mann mit hellbraunem Haar und eine auffallend schöne Frau mit olivfarbener Haut aus ihrer Suite in der siebzehnten Etage zu einem Fahrzeug, das sie auf der von allen anderen Wagen geräumten Hotelzufahrt vor der imposanten Marmorhalle erwartete.

Kendrick und Kalaila stiegen, von Polizisten abgeschirmt, in den Fond des Regierungswagens. Der CIA-Mann nahm auf dem Beifahrersitz Platz. Kendrick war verstummt, es hatte ihm buchstäblich die Sprache verschlagen. Kalaila konnte nur seine Hand festhalten, denn sie wußte sehr gut, was er jetzt durchmachte. Er konnte nicht klar denken. Brennende Sorge und Zorn beherrschten ihn. Er hatte geweint, als er vom Tod von Kaschi und Sabri Hassan erfuhr. Daß sie verstümmelt worden waren, hatte man ihm nicht sagen müssen, er konnte sich lebhaft vorstellen, was man mit ihnen gemacht hatte. Dann hatte er die Tränen jedoch schnell mit der Faust weggewischt. Er würde mit den Mördern abrechnen, auch das war deutlich in seinen Augen zu lesen.

»Sie werden verstehen, Herr Abgeordneter«, sagte der CIA-

Mann und drehte sich auf dem Beifahrersitz halb nach hinten um, »ich weiß natürlich nicht, was vorgeht. Doch ich kann Ihnen sagen, daß eine Maschine vom Luftwaffenstützpunkt Holmstead unterwegs ist, um Sie nach Washington zu bringen.«

»Das wissen wir«, sagte Kalaila freundlich.

»Sie wird fünf oder zehn Minuten später als vorgesehen landen, da das Wetter vor Miami lausig sein soll und außerdem mehrere Passagiermaschinen auf der gleichen Route unterwegs sind. Falls Sie irgend etwas im Hotel vergessen haben sollten, schicken wir es Ihnen gern nach…«

»Da ist nichts!« rief Kendrick schroff.

»Er meint, wir haben nichts vergessen, besten Dank«, sagte Kalaila, drückte Kendricks Hand an ihren Oberschenkel und umfaßte sie noch fester. »Wir haben es mit einem Notfall zu tun, und der Abgeordnete hat den Kopf voll. Ich nehme an, daß wir nicht durch den Zoll müssen, oder?«

»Unser Konvoi fährt direkt durch das Frachttor auf das Flughafengelände«, antwortete der Regierungsbeamte, warf einen kurzen, eindringlichen Blick auf Kendrick und wandte sich dann hastig ab, als sei er ihm irgendwie zu nahe getreten. Den Rest der Fahrt legten sie schweigend zurück. Nachdem sie das hohe Eisentor zu den Frachtschuppen passiert hatten, rollte der Wagen über den Asphalt ans Ende der ersten Start- und Landebahn. »Die F-106 aus Holmstead müßte bald landen«, sagte der CIA-Mann.

»Ich steige aus«, sagte Kendrick, griff nach der Türklinke und zog daran. Die Tür ließ sich nicht öffnen.

»Es wäre mir lieber, wenn Sie im Wagen bleiben, Herr Abgeordneter.«

»Lassen Sie mich raus!«

»Evan, es ist sein Job.« Sanft, aber unnachgiebig hielt Kalaila seinen Arm fest. »Er muß sich an die Vorschriften halten.«

»Gehört es zu seinen Vorschriften, mich ersticken zu lassen?«

»Ich bekomme ausreichend Luft…«

»Du bist nicht ich.«

»Ich weiß, Liebling. Jetzt kann niemand du sein.« Kalaila wandte den Kopf zurück, schaute aus dem Rückfenster und ließ die Blicke über die Flughafengebäude und das ganze Gelände schweifen. »Keinerlei Vorkommnisse zu befürchten«, wandte sie sich an den CIA-Mann. »Lassen Sie ihn gehen. Ich bleibe bei ihm, und Ihre Männer können uns begleiten.«

»›Keinerlei Vorkommnisse zu befürchten‹? Sie gehören zu uns?«

»Ja, doch das vergessen Sie bitte ganz schnell wieder.«

»Aber klar. Wir sind okay. Der Typ, der die Vorschrift erlassen hat, ist nicht hier. Er sagte nur mit sehr lauter Stimme: ›Und lassen Sie ihn ja nicht aus dem Wagen!‹«

»MJ kann ziemlich radikal sein.«

»MJ? Kommen Sie, schnappen wir ein bißchen Luft. Bitte, Fahrer, entriegeln Sie die Türen.«

»Danke«, sagte Kendrick zu Kalaila. »Und es tut mir leid...«

»Es gibt nichts, was dir leid tun müßte. Aber laß dich bitte nicht erschießen, dann stünde ich als Lügnerin da, und das könnte mir den Tag verderben. Jetzt muß ich mich entschuldigen. Es ist wirklich nicht der Augenblick für dumme Witze.«

»Warte eine Sekunde.« Kendrick öffnete die Tür einen Spalt, hielt dann jedoch inne, das Gesicht im Schatten nur ein paar Zentimeter von ihrem entfernt. »Vor ein paar Minuten hast du gesagt, niemand könne jetzt ich sein, und ich muß dir recht geben. Aber ich bin sehr, sehr froh, daß du da bist. Und zwar jetzt.«

Sie schlenderten durch einen der für die Bahamas typischen kurzen Nieselregen und unterhielten sich. Der CIA-Mann hielt sich höflich ein paar Meter hinter ihnen, die Wachen begleiteten sie mit gezogenen Waffen. Plötzlich raste aus dem Frachtgelände eine kleine schwarze Limousine mit jaulendem Motor auf sie zu. Die Wachen umringten Kendrick und Kalaila und stießen sie zu Boden, der CIA-Mann warf sich auf Kendrick und zog Kalaila fest an sich. Doch der Augenblick der Panik war so schnell vorüber, wie er gekommen war. Eine Zweiklangsirene heulte ein paarmal kurz auf; die Limousine gehörte zum Flughafen. Der Führer der Motorradeskorte schob seine Waffe in den Halfter und ging auf den uniformierten Mann zu, der aus der kleinen Limousine stieg. Sie redeten leise miteinander, dann kehrte der Polizeioffizier zu Kendrick und Kalaila zurück, die sich noch völlig benommen aufrappelten.

»Ein dringender Anruf für Ihren Freund, Sir«, sagte er zu dem CIA-Mann.

»Lassen Sie ihn hierher durchstellen.«

»Das geht mit unserer Anlage nicht.«

»Dann lassen Sie sich etwas Besseres einfallen.«

»Man hat mir gesagt, ich soll die Buchstaben MJ weitergeben.«

»Das ist schon viel besser«, sagte Kalaila. »Ich gehe mit ihm.«

»Was denn, was denn«, entgegnete der CIA-Mann, »es gibt noch andere Vorschriften, und Sie kennen sie so gut wie ich. Es ist viel leichter, eine Einzelperson abzuschirmen, als ein Paar. Ich gehe und nehme vier Männer mit. Sie bleiben mit den anderen hier und vertreten mich, okay? Hier ist der Treffpunkt, und Sie können es mit einem nervösen Piloten zu tun haben, der nach Spezialgepäck Ausschau hält, vor allem nach Ihnen.«

Das Telefon hing an der Wand eines verlassenen Lagerhauses. Das Gespräch kam herein, und bei den ersten Worten, die Kendrick von Mitchell Payton zu hören bekam, verkrampfte sich jeder Muskel in seinem Körper.

»Machen Sie sich auf das Allerschlimmste gefaßt – einen Überfall in Mesa Verde...«

»Großer Gott, nein!«

»Emmanuel Weingrass geht es gut, es geht ihm gut, Evan.«

»Ist er verletzt? Verwundet?«

»Nein. Er hat die Terroristen verwundet und getötet, nicht umgekehrt. Einer von den Kerlen ist noch am Leben...«

»Ich will ihn haben!« schrie Kendrick.

»Wir auch. Unsere Leute sind unterwegs zu Ihrem Haus. Der Überlebende ist unsere einzige Hoffnung, den anderen auf die Spur zu kommen. Er wird uns alles sagen, was er weiß.«

»Haltet ihn am Leben.«

»Weingrass hat schon dafür gesorgt, daß er am Leben bleibt.«

»Untersucht ihn auf Zyankali.«

»Ist schon geschehen.«

»Er darf keinen Augenblick allein bleiben.«

»Das wissen wir.«

»Natürlich wißt ihr das«, sagte Kendrick und schloß die Augen. Er fuhr sich mit der Hand über das schweiß- und regennasse Gesicht. »Ich kann nicht denken, kann keinen Gedanken fassen. Wie nimmt Manny die Sache?«

»Mit ziemlicher Arroganz, um ehrlich zu sein.«

»Das ist die erste anständige Neuigkeit, die ich höre.«

»Er hat Erstaunliches geleistet – für einen Mann seines Alters.«

»Er war immer erstaunlich – in jedem Alter. Ich muß unbedingt zu ihm. Vergessen Sie Washington. Lassen Sie mich nach Colorado fliegen.«

»Ich hab' mir schon gedacht, daß Sie darum bitten würden...«

»Das ist keine Bitte, Mitch, ich verlange es.«

»Selbstverständlich. Das ist auch der Grund, daß Ihre Maschine sich verspätet. Die Air Force läßt in Denver auftanken und arbeitet eine Flugroute über der der zivilen Fluggesellschaften aus. Die Maschine hat eine Spitzengeschwindigkeit von zweikommadrei Mach. Sie werden in nicht ganz drei Stunden zu Hause sein, und denken Sie dran – kein Wort über Fairfax, zu niemand. Weingrass ist es gelungen, Mesa Verde geheimzuhalten.«

»Wie?«

»Das soll er Ihnen erzählen.«

»Glauben Sie wirklich, daß Sie alles geheimhalten können?«

»O ja, und wenn ich selbst bis zum Präsidenten muß, und im Augenblick gibt es, wie ich meine, keine Alternative.«

»Wie wollen Sie an der Palastwache vorbeikommen?«

»Das überlege ich mir gerade. Es gibt da einen Mann, der in grauer Vorzeit, als ich noch Historiker werden wollte, mit mir studiert hat. Wir sind immer in Verbindung geblieben, wenn auch ganz lose, und er ist inzwischen sehr einflußreich geworden. Ich glaube, Sie kennen seinen Namen. Er heißt Winters. Samuel Winters.«

»Winters? Das ist der, der Jennings gesagt hat, er soll mir die Freiheitsmedaille verleihen.«

»Deshalb habe ich an ihn gedacht. Guten Flug, und herzliche Grüße an meine Nichte.«

Kendrick hängte ein. Am Tor des Lagerhauses warteten seine Leibwächter, zwei drin, zwei draußen, alle vier mit schußbereiten Waffen. Sogar der CIA-Mann hatte einen kleinen Revolver in der Hand. »Schleppt ihr eigentlich immer diese Dinger mit euch rum?« fragte Kendrick.

»Fragen Sie Ihre Freundin, die gewußt hat, daß ›keinerlei besondere Vorkommnisse‹ zu erwarten waren«, antwortete der Geheimagent und winkte Kendrick durch das Tor.

»Das ist doch ein Scherz? Sie hat eine Waffe?«

»Fragen Sie sie.«

»Wie ist sie in den Staaten ins Flugzeug gekommen? Durch die Metalldetektoren, den Zoll hier drüben?«

»Eines unserer kleinen Geheimnisse, das gar nicht so geheim ist. Ein Gepäck- oder Zollaufsichtsbeamter erscheint ganz zufällig, wenn wir an der Reihe sind, und der Detektor wird für Sekunden abgeschaltet, und beim Zoll informiert man einen Beamten darüber, was er nicht finden soll.«

»Das ist aber ein ziemlich lockeres Verfahren«, sagte Kendrick und stieg in das kleine schwarze Flughafenauto.

»An weiter entfernten Orten ist es natürlich nicht anwendbar.« Der CIA-Mann setzte sich neben Kendrick in den Fond. »Dort bekommen wir die nötige Ausrüstung erst im Land.«

Der riesige, schnittige Militär-Jet, eine F-106 Delta Dart, war inzwischen gelandet, und die Düsenmotoren dröhnten in einem tiefen Baß, während Kalaila sich an der Einstiegstreppe mit einem Air-Force-Offizier unterhielt. Erst als Kendrick näher kam, erkannte er den Maschinentyp; es war kein freudiges Wiedersehen. Der Jet war vom selben Typ wie der, mit dem er vor über einem Jahr auf der ersten Etappe seines Fluges nach Maskat nach Sardinien geflogen war. Er wandte sich zu dem Geheimagenten an seiner Seite und reichte ihm die Hand.

»Danke für alles«, sagte er. »Tut mir leid, daß ich kein angenehmerer Gesellschafter war.«

»Sie hätten mir ins Gesicht spucken können, und ich wäre noch immer stolz gewesen, Sie kennengelernt zu haben.«

»Ich wünschte, ich könnte sagen, daß ich mich darüber freue. Wie heißen Sie?«

»Nennen Sie mich Joe, Sir...«

»Nennen Sie mich Joe.« Vor einem Jahr hatte ein anderer junger Mann an Bord einer Maschine wie dieser das gleiche zu ihm gesagt: »Nennen Sie mich Joe.« Erwartete ihn ein zweites Oman, ein zweites Bahrein?

»Danke, Joe.«

»Wir sind noch nicht soweit, Mr. Kendrick. Einer von den Air-Force-Jungs im Rang eines Obersts oder höher muß noch ein Papier unterschreiben.« Der zuständige Mann war kein Oberst, er war Brigadegeneral, und er war schwarz. »Hallo, Herr Dr. Axelrod«, sagte er. »Sieht so aus, als hätte man mich zu Ihrem persönlichen Chauffeur ernannt.« Er streckte die Hand aus. »So etwas gefällt den Mächtigen dieser Welt.«

»Hallo, Herr General!«

»Lassen Sie mich eins sofort klarstellen, Herr Abgeordneter. Ich habe mich beim letztenmal schlecht benommen, und Sie haben's mir gegeben und hatten recht damit. Heute will ich Ihnen nur sagen, daß ich Sie – sollte man mich je nach Colorado versetzen – mit fliegenden Fahnen wählen werde.«

»Vielen Dank, Herr General«, erwiderte Kendrick lächelnd. »Doch wie die Dinge liegen, werde ich keine Wählerstimmen mehr brauchen.«

»Das wäre verdammt schade. Ich habe Sie beobachtet, habe Ihnen zugehört, und mir gefällt, wie Sie die Dinge anpacken.«

»Ich denke, Sie sollen etwas unterschreiben.«

»In Sardinien hab' ich keinen solchen Wisch gekriegt«, sagte der General und kritzelte seinen Namen unter das Papier, das der CIA-Mann ihm reichte.

Kendrick und Kalaila gingen an Bord, nahmen ihre Plätze ein und schnallten sich an. »Was ist passiert?« fragte Kalaila. »Warum hat MJ angerufen?«

Kendricks Hände begannen plötzlich zu zittern, als werde ihm erst jetzt so richtig bewußt, was geschehen und wie nahe Emmanuel Weingrass dem Tod gewesen war, und auch seine Stimme war nicht ganz sicher, als er Kalaila berichtete, was er von MJ erfahren hatte. Schmerzliche Hilflosigkeit sprach aus seinen Augen und aus seinen bald stockenden, bald sich überstürzenden Worten. »Das muß aufhören, sonst sterben am Ende alle, die ich liebe – durch meine Schuld, genausogut, als hätte ich sie mit eigener Hand getötet.« Kalaila konnte nur wieder seine Hand festhalten und ihn fühlen lassen, daß sie da war. Gegen den Sturm, der in seiner Seele tobte, konnte sie nicht ankämpfen. Mit ihm und seiner Zerstörungskraft mußte er allein fertig werden.

Als sie eine halbe Stunde in der Luft waren, krümmte sich Kendrick, sprang auf und rannte in die Toilette. Er erbrach alles, was er in den letzten Stunden gegessen hatte. Kalaila lief hinter ihm her, zwängte sich durch die enge Tür, packte Kendricks Kopf, hielt ihn fest und redete beschwichtigend auf ihn ein.

»Bitte«, stieß er hustend und keuchend hervor, »bitte geh!«

»Warum?« fragte sie. »Weil du so anders bist als die andern? Du leidest, aber du willst nicht weinen? Du frißt alles in dich hinein, bis irgend etwas in dir zerreißt?«

»Ich bin nicht gerade wild auf Mitleid...«

»Wer hat denn Mitleid? Du bist ein erwachsener Mann, der einen schrecklichen Verlust erlitten hat und fast einen noch größeren erlitten hätte – einen, der für dich der schlimmste gewesen wäre. Ich hoffe, ich bin deine Freundin, Evan, und deshalb habe ich kein Mitleid, dazu respektiere ich dich viel zu sehr, aber ich leide mit dir.«

Kendrick holte sich ein paar Papierhandtücher aus dem Spender. »Du weißt, wie man einen Kerl wie mich wiederaufrichtet«, sagte er schuldbewußt.

»Wasch dir das Gesicht, und kämm dich, du siehst grauenhaft aus.« Kalaila verließ die enge Kabine und sah sich zwei offensichtlich verblüfften uniformierten Crew-Mitgliedern gegenüber. »Der Idiot hat verdorbenen Fisch gegessen«, sagte sie im Vorbeigehen, ohne einen der beiden anzusehen. »Schließen Sie doch bitte die Tür.«

Eine Stunde verging; Getränke und das im Mikrowellenherd aufgewärmte Abendessen wurden serviert. Kalaila aß mit bestem Appetit, während Kendrick auf seinem Teller nur herumstocherte und die Bissen hin und her schob. »Du mußt essen, Freund«, sagte sie.

»Keinen Appetit. Aber trinken würde ich gern noch was.«

Ihre Köpfe fuhren in die Höhe, als ein Summer so durchdringend zu schnarren begann, daß man ihn über das Dröhnen der Motoren hinweg deutlich hörte. Für Kendrick war es ein *déjà vu;* vor einem Jahr hatte der Summer geschnarrt, und er war in die Pilotenkanzel befohlen worden. Diesmal jedoch wandte sich der Korporal, der über Bordtelefon mit dem Piloten gesprochen hatte, an Kalaila. »Funktelefon für Sie, Miß.«

»Danke«, sagte sie und sah Kendrick an, der ihren Blick erschrocken erwiderte. »Entspann dich«, sagte sie. »Wenn es was Wichtiges wäre, hätten sie dich gerufen.«

Sich an den Lehnen der wenigen Sitze festhaltend, um in den leichten Turbulenzen, die die Maschine durchflog, nicht das Gleichgewicht zu verlieren, ging Kalaila nach vorn und setzte sich auf den ersten Sitz hinter der Tür zur Pilotenkanzel. Der Korporal reichte ihr das Telefon. »Hier spricht Bleistift zwei, Bahamas. Wer sind Sie?«

»Diesen Schmarrn müssen wir eines schönen Tages abschaffen«, sagte Mitchell Payton.

»Aber er funktioniert doch, MJ. Wie hättest du reagiert, wenn ich ›Banane zwei‹ gesagt hätte?«

»Ich hätte deinen Vater angerufen und ihm gesagt, daß du ein ungezogenes Mädchen bist.«

»Was gibt es?«

»Ich will nicht mit Evan reden, er ist zu aufgeregt, um klar denken zu können. Du wirst es müssen.«

»Ich will's versuchen. Um was geht es?«

»Ich möchte etwas mit dir besprechen. Es geht um die Information, die ihr von dem Typen in Nassau bekommen habt – du bist doch überzeugt, daß er zuverlässig ist, oder?«

»Seine Information ist es, er selber nicht, schließlich hat er früher mal zur Off-Shore-Investment-Bande gehört. Der Mann ist ein Säufer, er lebt von dem, was von seinem Verstand noch übrig ist, der recht brauchbar gewesen sein muß, bevor der Gin sein Gehirn zersetzt hat. Evan hat mit zweitausend Mäusen in bar gewinkt, und glaub mir, dafür hätte er uns auch die Geheimnisse des Drogenhandels verraten.«

»Weißt du noch genau, was er über diese Ardis Montreaux gesagt hat?«

»Aber ja doch. Er hat gesagt, er sei der Geldhure auf der Spur geblieben, weil sie ihm was schuldig sei, und eines Tages werde er kassieren.«

»Mich interessiert, was er über ihre Ehen gesagt hat.«

»Auch das weiß ich noch, klar. Aber das hat Evan dir doch schon am Telefon gesagt, ich hab's selbst gehört.«

»Sag du es mir, damit uns keine Fehler unterlaufen.«

»Na schön. Sie ließ sich von dem englischen Bankier Frazier-Pyke scheiden und heiratete einen reichen Kalifornier aus San Francisco, einen gewissen von Lindemann.«

»Wirklich San Francisco?«

»›San Francisco oder Los Angeles‹, glaub' ich. Aber Kalifornien war es ganz sicher, das wußte er. Ihr neuer Ehemann ist Kalifornier und schwerreich.«

»Und der Name – versuch dich genau zu erinnern. Hat er wirklich von Lindemann gesagt?«

»Nun, ja... Allerdings haben wir uns mit ihm in einer Nische im *Junkanoo* getroffen, und die Band spielte so laut, aber ja, das war der Name. Zumindest klang er so ähnlich.«

»Banco!« rief Payton. »Die Ähnlichkeit ist wirklich groß. Sie

hat einen gewissen Vanvlanderen geheiratet, Andrew Vanvlanderen aus Palm Springs.«

»Man darf eben einem Ginsäufer nicht trauen.«

»Über Gin sind wir hinaus, Agentin Raschad. Andrew Vanvlanderen ist einer von Langford Jennings' nobelsten Spendern – eine wahre Goldader für die Schatztruhen des Präsidenten.«

»Interessant.«

»Oh, wir sind noch weiter gediehen. Ardisolda Wojak Montreaux Frazier-Pyke Vanvlanderen, eine zugegebenermaßen intelligente und offensichtlich talentierte Regierungsbeamtin, ist im Augenblick die Stabschefin unseres Vizepräsidenten Orson Bollinger.«

»Das ist faszinierend.«

»Ich glaube, die Situation erfordert einen ganz zwanglosen, aber dennoch offiziellen Besuch eines unserer Nahost-Spezialisten. Du fliegst nach Südwest-Colorado, das ist kaum eine Stunde von San Diego entfernt. Du wirst dir die Dame einmal ansehen.«

»Mein Gott, MJ, unter welchem Vorwand?«

»Bollinger soll bedroht worden sein, und das FBI hat ganz schnell eine Spezialeinheit hinuntergeschickt, die in der Sache ermitteln sollte. Was immer sie ermittelt haben, sie haben es geheimgehalten – zu geheim, meiner Meinung nach –, und plötzlich wird die Einheit nach Washington zurückgerufen und der Alarm abgeblasen...«

»Ganz zufällig gleichzeitig mit den Überfällen auf Fairfax und Mesa Verde?« fiel Kalaila ihm heftig ins Wort.

»Es klingt verrückt, ich weiß, aber die zeitliche Übereinstimmung läßt sich nicht wegdiskutieren. Schreib es der feinen Nase eines alten Profis zu, aber es stinkt aus San Diego bis hierher, als bemühte sich jemand auf amateurhafte Weise, Aas zu beseitigen.«

»Zusammen mit dem FBI?« fragte Kalaila erstaunt.

»Nein, das wurde nur benutzt. Ich beabsichtige, jedes einzelne Mitglied dieser Einheit zu verhören.«

»Du hast meine Frage noch nicht beantwortet. Was führt mich nach San Diego? Wir haben mit Innenpolitik nichts am Hut.«

»Du nimmst denselben Grund zum Vorwand, der mich veranlaßt, mich mit den Leuten von der Spezialeinheit zu befassen. Im Zusammenhang mit den Drohungen gegen Bollinger untersuchen wir, ob vielleicht Terroristen dahinterstecken. Die Ereignisse von heute wären eine mehr als ausreichende Rechtfertigung, falls man uns je zwingen sollte, sie preiszugeben. Ich weiß nicht, wo, meine Liebe, aber irgendwo in diesem Wahnsinn gibt es einen Zusammenhang, eine Verbindung – und einen blonden Mann mit europäischem Akzent.«

Kalaila sah sich in der Kabine um, während sie sprach. Die beiden Stewards saßen auf ihren Plätzen und unterhielten sich leise, und Evan Kendrick schaute starr aus dem Fenster. »Ich tu's natürlich«, sagte sie, »aber du machst mir das Leben damit nicht leichter. Es ist doch offensichtlich, daß mein Junge mit dieser Vanvlanderen eine Affäre hatte – nicht, daß es mich stört, aber es stört ihn.«

»Warum? Das ist eine seltsame Moral. Es ist doch schon eine Ewigkeit her.«

»Du verstehst nicht, worauf es ankommt, MJ. Es geht nicht um Sex. Er wurde betrogen und um ein Haar dazu verführt, ein internationaler Gauner zu werden, und das kann er nicht vergessen – oder sich möglicherweise selbst nicht verzeihen.«

»Dann kann ich dich vorläufig von deinen Sorgen befreien. Kendrick darf zu diesem kritischen Zeitpunkt noch nichts über San Diego erfahren. In seinem geistig-seelischen Zustand weiß nur Gott allein, was er anstellen würde, wenn er eine Ahnung von der Möglichkeit einer solchen Verbindung hätte. Wir können aber niemanden brauchen, der blindwütig auf eigene Faust handelt. Laß dir irgendeinen plausiblen Vorwand für deine Reise einfallen. Ich möchte, daß du dir diese überaus merkwürdige Dame gründlich vornimmst. Ich bereite bis morgen früh einen Schlachtplan für dich vor.«

»Ich komme schon zurecht.«

»Wir bewegen uns auf extrem dünnem Eis. Übrigens kennt dich keiner unserer Leute, noch kennst du sie. Wenn ich eine Nachricht für dich habe, lasse ich sie dir irgendwie durch Weingrass in Colorado zukommen… Sehr dünnes Eis.«

»Das weiß sogar Evan.«

»Darf ich fragen, wie die Dinge zwischen euch beiden stehen? Ich warne dich, ich habe ihn sehr, sehr gern.«

»Sagen wir so. Wir hatten eine bezaubernde Suite mit zwei Schlafzimmern im *Cable Beach Hotel*, und ich hörte ihn bis in die Puppen vor meiner Tür im Wohnzimmer hin und her marschieren. Um ein Haar wäre ich rausgegangen und hätte ihn zu mir geholt.«

»Warum hast du's nicht getan?«

»Weil alles so verwirrend für uns ist, so stressig für ihn – und heute abend so furchtbar. Ich glaube, wir würden mit privaten Komplikationen zur Zeit beide nicht fertig.«

»Dem Himmel sei Dank, daß wir über einen Zerhacker sprechen. Folge deinen Instinkten, Agentin Raschad. Sie waren uns bei Special Projects schon sehr nützlich. Ich ruf' dich morgen früh mit genauen Anweisungen an. Weidmannsheil, liebe Nichte.«

Kalaila kehrte auf ihren Platz zurück. Kendrick sah ihr angstvoll entgegen. »Es gibt auch noch eine andere Welt, und sie ist leider genauso tödlich«, sagte sie, während sie den Gurt anlegte. »Das war mein Chef aus Kairo. Im Sidi-Barrani-Distrikt sind zwei von unseren Kontaktleuten verschwunden. Ich habe ihm erklärt, wonach er suchen und wen er sich vorknöpfen soll. Wie fühlst du dich?«

»Ganz gut«, antwortete er und blickte sie forschend an.

»An unsere berühmten Passagiere und meine auch nicht allzu schäbige Crew«, kam die tiefe Stimme des Generals über das Wechselsprechgerät aus dem Cockpit. »Es scheint, als sei es unser Schicksal, immer wieder dasselbe zu erleben, Herr Dr. Axelrod. Erinnern Sie sich an die ›südlich gelegene Insel‹?« Der General fuhr fort zu erklären, daß er Anweisung bekommen habe, direkt den Flughafen von Mesa Verde anzufliegen, um das Aufsehen und die Publicity zu vermeiden, die es zweifellos geben würde, wenn ein »Vogel der Air Force« auf dem Flughafen von Durango oder Cortez landen würde. Die Landebahn sei angeblich ausreichend, »doch könnte die Landung trotzdem ein bißchen holprig werden. Also schnallt euch ganz fest an, sobald ich euch Bescheid sage. Unser Sinkflug wird vom Satelliten gesteuert. Geschätzte Ankunftszeit in fünfundvierzig Minuten – falls ich den verdammten Flugplatz finde. – Wissen Sie noch, Herr Doktor?«

Wie der General mit erheblicher Untertreibung prophezeit hatte, wurde die Maschine bei der Landung ordentlich durcheinandergeschüttelt. Als sie wieder festen Boden unter sich hatten, bedankten und verabschiedeten sie sich, und der Brigadegeneral lieferte seine ›Sonderfracht‹ bei einem Agenten der

CIA ab. Kalaila und Evan wurden hastig in eine gepanzerte Limousine geschoben, die aus Denver eingeflogen worden war. Ihre Motorradeskorte bestand aus sechs bewaffneten Männern der Staatspolizei, die keine Ahnung hatten, warum sie vom Büro des Gouverneurs zum Flugplatz der Hinterwäldler-Millionäre in der Nähe des Nationalparks von Mesa Verde beordert worden waren.

»Ich möchte Sie über den neuesten Stand der Dinge informieren, Herr Abgeordneter«, sagte der CIA-Mann, der wie sein Kollege auf den Bahamas auf dem Beifahrersitz saß. »Wir sind zu fünft hier, fliegen aber mit dem Gefangenen und den drei Toten nach Virginia zurück. Ich bin ganz offen, weil man mir gesagt hat, daß ich in Gegenwart der Dame sprechen darf, weil Sie – sozusagen amtlich hier sind, Miß.«

»Danke für Ihr Vertrauen«, entgegnete Kalaila.

»Wir haben ein halbes Dutzend Aufseher aus dem Nationalpark angeheuert, die heute nacht Ihr Haus und Ihr Grundstück bewachen. Jeder wurde genau überprüft, alle sind kampferprobte Veteranen. Morgen werden sie von einer Einheit aus Langley abgelöst.«

»Mein Gott, und wenn es hier ein zweites Fairfax gibt?« flüsterte Kendrick.

Kalaila stieß ihm den Ellenbogen in die Seite und hüstelte warnend.

»Verzeihung, was haben Sie gesagt?«

»Nichts. Entschuldigen Sie bitte. Fahren Sie fort.«

»Zwei Punkte noch – und ich zögere nicht, Ihnen zu sagen, daß der alte jüdische Kerl in eine Ruhmeshalle gehört, wenn ihn nicht jemand anders vorher in eine Gummizelle steckt –, aber Sie beide müssen die Fakten erfahren, und die offizielle Version. Weingrass hatte sie sich schon zurechtgelegt, bevor wir kamen. Du meine Güte, er ist ein Tausendsassa!«

»Da haben Sie recht!« sagte Kendrick. »Die Fakten bitte.«

»Die Krankenschwestern wissen wenig; sie denken, es sei nur ein Terrorist dagewesen. Die drei Leichen wurden im Wald versteckt, bis die Polizei wieder abschwirrte. Dann hat unser mexikanischer Freund Gonzalez sie in die Garage transportiert, ohne daß die Schwestern etwas merkten. Sie waren auf der anderen Seite des Hauses, auf der Veranda mit Manny – Herrgott, wie hat er mich nur dazu gebracht, ihn Manny zu nennen?

Gonzalez hat die Garage abgeschlossen und ist in sein Restaurant zurückgefahren. Mr. Weingrass garantiert uns, daß er schweigt.«

»Mr. Weingrass hat recht«, bestätigte Kendrick.

»Uns schmeckt der Braten nicht so ganz, aber ich schätze, Sie kennen sich alle drei schon lange.«

»Sehr lange«, sagte Kendrick und versuchte durch das getönte Fenster einen Blick auf die Straße zu erhaschen. Noch zehn Minuten, und er sah Manny Weingrass wieder...

Sie umarmten sich auf der Schwelle des Hauses, und Kendrick preßte den Freund fest an sich. Dann zog Weingrass ihn leicht an den Ohren und sagte: »Haben deine Eltern dir eigentlich keine Manieren beigebracht? Hinter dir steht eine Dame, die ich sehr gern kennenlernen würde.«

»Oh, tut mir leid.« Kendrick ließ Weingrass los und trat zurück. »Manny, das ist Kalaila – Kalaila Raschad.«

Weingrass behielt Kalailas Hand lange in der seinen. »Wir kommen aus einem schwer heimgesuchten Land, Sie und ich. Sie sind Araberin, ich bin Jude, doch in diesem Haus gibt es diesen Unterschied nicht, gibt es keine Vorurteile, und ich muß Ihnen sagen, daß ich Sie sehr liebe, weil Sie meinem Sohn Ihre Freundschaft schenken.«

»Mein Gott, Sie sind wirklich ein Wunder!«

»O ja, das bin ich«, stimmte Weingrass zu und nickte zweimal mit großem Nachdruck.

»Ich liebe Sie auch, weil Sie so viel für Evan getan haben.« Kalaila legte dem gebrechlichen alten Mann die Arme um den Hals und preßte ihre Wange an die seine. »Ich habe das Gefühl, Sie schon mein Leben lang zu kennen.«

»Ja, manchmal habe ich diese Wirkung auf Menschen. Und dann gibt es andere, deren Leben sich plötzlich zum Schlechteren wendet, nachdem sie mir begegnet sind.«

»Zu denen gehöre ich sicher nicht«, sagte Kalaila, gab Weingrass frei, ließ ihre Hände jedoch auf seinen Schultern liegen. »Ich habe von einer Legende gehört, und sie hat sich als ein wunderbarer Mensch entpuppt«, fügte sie mit einem herzlichen Lächeln hinzu.

»Verbreiten Sie keine solchen Falschmeldungen, Miß Geheimagentin. Sie bringen mich noch um meinen schlechten Ruf. Und jetzt zur Sache, bevor ich euch zu den anderen bringe.« Weingrass drehte sich im Flur um und schaute durch den steinernen Türbogen auf die Veranda. »Ausgezeichnet. Die Mädchen sitzen draußen, da bleiben uns ein paar Minuten...«

»Der Typ von der CIA hat uns informiert«, sagte Kendrick. »Ich meine den, der uns vom Flugplatz abgeholt hat.«

»Oh, du meinst Joe?«

»Joe?«

»Sie heißen alle Joe, John, Jim – es gibt weder Irvings noch Miltons – ach, vergiß es. Payton hat mir gesagt, du weißt, was mit den Hassans passiert ist.«

»Er weiß es«, warf Kalaila ein, griff geistesabwesend nach Kendricks Hand und hielt sie fest. Weingrass entging die Geste nicht, und er war offensichtlich gerührt. »Es ist furchtbar...«

»Alles ist furchtbar, mein liebes Kind. Tiere, die ihre Artgenossen töten. Kaschi und Sabri haben so liebevoll von Ihnen gesprochen, Adrienne Kalaila Raschad, und ich brauche Ihnen nicht zu sagen, wie sehr sie meinen Sohn liebten... Wir werden um sie trauern und nie vergessen, was sie uns bedeutet haben. Doch erst, wenn alles vorüber ist, nicht jetzt.«

»Manny«, sagte Kendrick, »wir müssen die Beerdigung vorbereiten...«

»Das ist bereits geschehen. Ich habe einen islamischen Gottesdienst bestellt, und dann werden ihre sterblichen Überreste nach Dubai geflogen und in Asch Scharigah beerdigt. Die Särge werden selbstverständlich versiegelt.«

»Mr. Weingrass...«

»Also das hätte ich vorrangig erledigen sollen. Wenn Sie Mister zu mir sagen, liebe ich Sie gleich viel weniger.«

»Nun gut – Manny. MJ war nicht klar... MJ ist Mitchell Payton.«

»Ich weiß, ich weiß«, sagte Weingrass. »Ich habe ihm gesagt, wenn er das Telefon reparieren lassen könnte, könnten wir entgegenkommender sein. Ich glaube, er hat jemanden einen Kopf kürzer machen lassen, und jetzt funktioniert es wieder. Wir nennen uns beim Vornamen, und er ruft viel zu oft an. Entschuldigung, Sie wollten etwas fragen?«

»Was für eine Tarnung hat man mir verpaßt? Ich komme mir wie eine Idiotin vor, aber ich weiß es einfach nicht. Der Agent im Wagen sagte, ich sei ja ›sozusagen amtlich‹ hier, aber was heißt ›sozusagen amtlich‹? Wer bin ich für diese Leute?«

»Mitchell hat gemeint, Sie sollten sich als Mitarbeiterin des Außenministeriums ausgeben, die den Kongreßabgeordneten begleitet.«

»Mitarbeiterin des Außenministeriums?«

»Vielleicht braucht er einen Prügelknaben, falls es nicht läuft, wie es sollte. Soviel ich weiß, ist das in Washington eine beliebte Freizeitbeschäftigung.«

»Nein, so ist er nicht. Oh, ich verstehe. Ich muß Anweisungen geben und daher eine entsprechende Stellung bekleiden.«

»Müßtest du nicht einen Dienstausweis des Außenministeriums vorweisen, wenn dich jemand danach fragt?« mischte Kendrick sich ein.

»Nun – ja...«

»Soll das heißen, du hast einen?«

»Also – sozusagen –«

»Das ist illegal.«

»Zu verschiedenen Gelegenheiten trägt man verschiedene Hüte, Evan.«

»Du trägst auch eine Waffe, das hat mir der CIA-Mann auf den Bahamas gesagt.«

»Das hätte er nicht tun dürfen.«

»Sie arbeiten doch nicht zufällig auch für die Mossad?« sagte Weingrass lachend.

»Nein, aber Sie tun es – haben es getan, ebenso wie einige meiner besten Freunde.«

»Du bist in guten Händen, Evan... Und jetzt wieder zum ›Geschäft‹. Mitchell möchte, daß Evan sich den Kerl im Gästezimmer und die drei Toten in der Garage ansieht. Sie werden nachts als Luftfracht abtransportiert.«

»Und die Schwestern haben keine Ahnung, daß sie dort liegen?« fragte Kendrick ungläubig.

»Darauf hat dein Freund Payton geradezu verbissen bestanden. ›Vertuschen, vertuschen‹, hat er immer wieder gesagt.«

»Wie wollen Sie die Leichen an den Aufsehern vorbeischmuggeln?«

»Die CIA-Leute haben in Durango einen Kleinlaster gemietet. Er steht auf dem Flughafen, dort holt ihn einer ab, bringt ihn her und fährt ihn rückwärts in die Garage, wo keiner ihn sieht. Die Operation wird von Paytons Leuten durchgeführt, und sie verstehen ihr Handwerk.«

»Das stimmt«, sagte Kalaila leise. »Hat jemand den Mädchen beigebracht, was sie sagen oder vielmehr nicht sagen dürfen?«

»Ich hab's getan, und sie haben mich zur Abwechslung sogar ernst genommen, aber ich weiß nicht, wie lange das anhält. Sie sind noch immer ganz durcheinander, obwohl sie nicht einmal ein Viertel von dem wissen, was geschehen ist.«

»Ich hole sie mir zusammen, während Sie und Evan Ihre schauerliche Runde machen, und wiederhole genau das, was Sie ihnen gesagt haben – ganz offiziell. MJ hat recht, ich spiele Außenministerium.«

»Warum?« fragte Kendrick. »Ich bin nur neugierig.«

»Um die CIA herauszuhalten. Wir haben im Inland keine Befugnis, und das könnte jemandem zur Unzeit einfallen.«

»Sehr professionell«, sagte Weingrass beifällig. »Wie soll ich Sie also vorstellen? Als Evans Sekretärin?«

»Das geht nicht, sie haben alle schon mit Annie telefoniert.«

»Nein«, sagte Kalaila ruhig. »Ich bin ganz schlicht und einfach Miß Adrienne vom Außenministerium. Macht es Ihnen was aus zu lügen?«

»Lassen Sie mich nachdenken«, sagte Weingrass und runzelte die Stirn. »Ich habe schon einmal gelogen – ich glaube im Juli 1937. Gehen wir.« Er nahm Kendricks Arm und Kalailas Hand und führte sie durch den steinernen Türbogen ins Wohnzimmer. »Hier, meine geliebten Hexen, habt ihr den echten Hexenmeister!« rief er den drei Schwestern auf der Veranda zu. »Verneigt euch vor dem Mann, der eure sexuellen Ausschweifungen und die unzähligen Kisten Muskateller bezahlt, die ihr trinkt!«

»Manny!«

»Sie lieben mich«, sagte Weingrass ruhig. »Sie würfeln drum, wer in mein Bett darf.«

»Um Himmels willen...«

»Sei still, Liebling, er ist und bleibt ein Wunder.«

»Er hat sich das Bein gebrochen, als er in der Wüste von Dschabal Scham mit uns aus dem Gefängniswagen sprang«, sagte Kendrick und betrachtete den bewußtlosen jungen Mann, den sie noch immer ans Bett gefesselt hatten. »Er ist noch ein Kind.«

»Aber Sie können ihn zweifelsfrei identifizieren?« fragte der CIA-Mann, der neben Emmanuel Weingrass stand. »Er war in Oman mit Ihnen zusammen, daran besteht kein Zweifel?«

»Nicht der geringste. Ich werde ihn nie vergessen. Er hatte ein Feuer in sich, das man so schnell bei keinem unserer Teenager finden wird – höchstens beim Abschaum aus den Slums der Großstädte.«

»Gehen wir zur Hintertür hinaus und in die Garage.«

»Das ist Yosef«, sagte Kendrick, die Augen schließend. »Seine Mutter war Jüdin – und ein paar Stunden lang war er mein Freund. Er hat mich beschützt – o Gott!«

»Hör auf!« schrie Manny. »Er war hier, um dich umzubringen!«

»Aber natürlich. Warum auch nicht? Ich habe getan, als sei ich einer von ihnen, Streiter für ihre heilige Sache. Sie haben seiner Mutter den Kopf kahlgeschoren, kannst du dir das vorstellen?«

»Er hat es mir ins Gesicht geschrien, als er versucht hat, mich zu töten«, sagte Weingrass gelassen. »Wenn es dir hilft, ich wollte ihn nicht umbringen. Ich wollte so viele wie möglich lebendig haben.«

»Wie ich Yosef kannte, hattest du keine andere Möglichkeit.«

»Du hast ihn gut gekannt.«

»Kennen Sie auch die beiden anderen?« unterbrach ungeduldig der CIA-Beamte.

»Ja. Sie waren beide mit mir im Gefängnis, aber ihre Namen wußte ich nie. Der rechte hatte sich die Hose beschmutzt; der andere hatte zottiges langes Haar und einen starren Blick, als hätte er einen Messiaskomplex. Meiner Meinung nach war er ein Psychopath.«

»Sie haben uns alles gesagt, was wir wissen müssen. Alle vier, die Sie identifiziert haben, waren mit Ihnen in Oman.«

»Ja, ich habe sie alle gekannt. Sie wollten sich an mir rächen, und ich weiß nicht, ob ich an ihrer Stelle nicht denselben Wunsch gehabt hätte.«

»Sie sind kein Terrorist, Herr Abgeordneter.«

»Was unterscheidet einen Terroristen von einem ›Freiheitskämpfer‹?«

»Erstens, Sir, sind Terroristen darauf aus, unschuldige Menschen zu töten. Ganz durchschnittliche Männer und Frauen, die zufällig an Ort und Stelle sind, junge Leute mit Rucksäcken, Angestellte – ob jung, ob alt –, die ihrer Arbeit nachgehen. Was haben Sie dazu zu sagen, Sir?«

Kendrick sah den Agenten lange an und zuckte plötzlich zusammen, weil er an Fairfax und an die Hassans denken mußte. »Ich entschuldige mich für eine dumme und kindische Bemerkung. Ich bedaure sie tief.«

»Ach, zum Teufel!« Der Agent schüttelte seinen Ärger ab. »Wir sind alle gereizt, und außerdem wird heutzutage ohnehin alles viel zu sehr in Schablonen gepreßt.«

Sie gingen ins Haus zurück, wo Kalaila auf der Veranda mit den Krankenschwestern sprach. Die drei hörten der ›Vertreterin des Außenministeriums‹ buchstäblich hingerissen zu. Kendrick und Weingrass gingen schweigend zur Bar, während der CIA-Agent im Gästezimmer nach dem Gefangenen und dem Kollegen sah, der ihn bewachte.

»Ich habe alles erklärt, Herr Abgeordneter Kendrick«, sagte Kalaila in förmlichem Ton. »Natürlich nur, soweit ich das durfte, und die Damen haben sich bereit erklärt zu kooperieren. Eine sollte morgen Besuch bekommen, aber sie wird ihn wegen einer schweren gesundheitlichen Komplikation bei ihrem Patienten telefonisch absagen.«

»Vielen Dank«, sagte Weingrass und schenkte sich vor Kendrick, der ihn mit Argusaugen beobachtete, einen Drink ein. »Jetzt bin ich eine Leiche.«

»Da hätten wir zu danken, Manny«, entgegnete eine Schwester trocken.

»Ich möchte Ihnen allen danken«, warf Kendrick hastig ein. »Washington ist überzeugt, daß es sich um einen vereinzelten Zwischenfall handelt, um einen jungen Irren, der den Helden spielen wollte... Man hat veranlaßt, daß der Gefangene heute nacht in den Osten gebracht wird, und Sie sollten sich nichts dabei denken, wenn Sie auf dem Grundstück oder in der Garage ungewohnte Geräusche hören.«

»Sehr professionell«, murmelte Weingrass.

Plötzlich wurde es draußen laut, Stimmen schrien durcheinander, eine Hupe gellte. »Weg von den Fenstern!« brüllte der CIA-Agent und raste durchs Wohnzimmer. »Auf den Boden! Alle auf den Boden!«

Kendrick machte einen Satz auf Kalaila zu und stellte erstaunt fest, daß sie schon auf dem Boden lag und sich, eine Pistole schußbereit in der Hand, zu einer Schiebetür rollte.

»Alles in Ordnung! Alles in Ordnung!« rief jemand vor dem Haus.

»Das ist einer von uns«, sagte der CIA-Mann, der, ebenfalls mit der Waffe in der Hand, auf den Knien lag. »Was, zum Teufel...« Er sprang auf und lief vor Kendrick zur Haustür und öffnete sie. Von einem Aufseher begleitet, betrat ein gutgekleideter, offensichtlich erschrockener Mann die Diele. Er hatte eine schwarze Arzttasche bei sich.

»Einen solchen Empfang habe ich wirklich nicht erwartet«, sagte der Arzt. »Ich weiß, wir sind nicht immer willkommen, aber das war denn doch des Guten zuviel. Es ist mir eine große Ehre, Herr Abgeordneter...« Sie schüttelten sich die Hand, und der CIA-Mann beobachtete sie verwirrt.

»Tut mir leid, aber kennen wir uns?« fragte Kendrick, genauso verblüfft.

»Nein, wir sind uns noch nie begegnet, aber wir sind Nachbarn, wenn man jemanden, der ungefähr sieben Meilen weiter in den Bergen wohnt, noch einen Nachbarn nennen kann. Ich heiße Lyons.«

»Der unfreundliche Empfang tut mir leid. Sie haben ihn unserem überängstlichen Präsidenten zu verdanken. Was gibt es, Herr Dr. Lyons? Warum sind Sie hier?«

»Weil er nicht da war«, antwortete Dr. Lyons lächelnd. »Ich bin der neue Arzt von Mr. Weingrass. Wenn Sie auf seinem Terminkalender nachsehen, werden Sie feststellen, daß er heute nachmittag um vier in meiner Praxis in Cortez hätte sein sollen. Er kam nicht, und wir konnten ihn auch telefonisch nicht erreichen, und da dieses Haus auf meinem Heimweg liegt, hab' ich mir gedacht, ich sehe mal vorbei, ob es Probleme gibt.« Er griff in die Tasche und holte einen Briefumschlag heraus. »Übrigens habe ich ein Beglaubigungsschreiben des Walter-Reed-Hospitals bei mir. Ich soll es Mr. Weingrass und seinen Pflegerinnen vorlegen – beziehungsweise derjenigen, die ihn zu mir in die Praxis gebracht hätte. Es geht ihm doch gut, nicht wahr?«

»Manny!« rief Kendrick gereizt.

Weingrass erschien mit einem Glas in der Hand unter dem Türbogen zwischen Veranda und Wohnzimmer. »Warum schreist du so?«

»Du hattest doch heute nachmittag einen Arzttermin, oder?«

»Ach ja, vorige Woche hat jemand angerufen...«

»Das war meine Sprechstundenhilfe, Mr. Weingrass«, erklärte Dr. Lyons. »Sie sagte, Sie hätten sich den Termin notiert und wollten kommen.«

»Ja, ab und zu geh' ich schon zum Arzt, aber es geht mir zur Zeit gut, warum also Ihre Zeit stehlen? Außerdem sind Sie nicht mein Arzt.«

»Mr. Weingrass, Ihr Arzt ist vor ein paar Wochen an Herzversagen gestorben. Es stand in den Zeitungen, und ich weiß, daß Sie eine Todesanzeige bekommen haben.«

»Ich gehe nicht zu Beerdigungen. Die meine ist überfällig.«

»Da ich schon mal hier bin, könnte ich Sie mir ja kurz ansehen.«

»Und was wollen Sie sehen?«

»Wie's um Ihr Herz und Ihren Blutdruck bestellt ist. Außerdem möchte ich Ihnen ein bißchen Blut abzapfen, fürs Labor.«

»Es geht mir gut.«

»Davon bin ich überzeugt.« Lyons nickte. »Es ist reine Routine und dauert nur ein paar Minuten... Es ist mir wirklich eine Ehre, Sie kennengelernt zu haben, Herr Abgeordneter.«

»Vielen Dank. Los, Manny, zier dich nicht. Soll Ihnen eine von den Schwestern assistieren, Herr Doktor?«

»Das ist nicht nötig...«

»Damit sie lüsterne Bemerkungen über meine nackte Brust machen kann?« protestierte Weingrass, den Arzt unterbrechend. »Kommen Sie, Herr Doktor. Sie klopfen mir ein bißchen auf den Rippen rum und kaufen sich dann für das Honorar einen Cadillac.«

»Unter einem Ferrari tu' ich's nicht«, entgegnete der Doktor und lächelte Kendrick zu.

Emmanuel Weingrass und sein neuer Arzt gingen durch den Flur und die Treppe hinauf ins Schlafzimmer.

30

Es war zehn Minuten nach ein Uhr morgens, und Erschöpfung hing wie dichter Nebel über dem Haus in Mesa Verde. Der CIA-Agent kam, die Augen vor Müdigkeit dunkel umrandet, auf die Veranda heraus, wo Kendrick und Kalaila auf der Couch saßen.

Ihnen schräg gegenüber ruhte Weingrass in seinem Sessel mit der verstellbaren Rückenlehne. Die drei Krankenschwestern waren in ihren Zimmern verschwunden. Die Anwesenheit der Posten, die durch den Park patrouillierten, hatte sie nervös gemacht. Der Patient würde auch dann nicht im Schlaf sterben, wenn man nicht alle halbe Stunde nach ihm sah, hatte der Arzt versichert.

»Washington macht sich Sorgen«, sagte der Geheimagent. »Man hat den Stundenplan vorverlegt, deshalb fahre ich jetzt schon zum Flugplatz hinunter und hole den Laster ab. Die Maschine soll in etwa einer Stunde hiersein, also bleibt uns nicht viel Zeit. Sie soll nach der Landung so schnell wie möglich wieder starten.«

»Der Tower ist nicht die ganze Nacht besetzt, außer man trifft eine Sondervereinbarung mit den Leuten«, sagte Kendrick. »Haben Sie daran gedacht?«

»Das ist geregelt. Die Air Force hat ein Fluglotsen-Team aus Colorado Springs eingeflogen, unter dem Vorwand einer Manöverübung, zu der Ihr Büro sein Okay gegeben hat. Niemand hat etwas dagegen, und niemand stellt Fragen.«

»Wie kommt das?«

»Weil Sie nun mal Sie sind, Sir.«

»Gibt es etwas, das wir hier tun können?« fragte Kalaila schnell, bevor Kendrick etwas erwidern konnte.

»Ja, es gibt etwas«, antwortete der CIA-Mann. »Nehmen Sie es mir bitte nicht übel, aber mir wäre lieber, es wäre niemand mehr wach, wenn ich zurückkomme. Wir haben die Sache auf die Minute – besser gesagt, auf die Sekunde genau geplant, und je weniger Ablenkung, desto besser.«

»Was machen Sie mit den Cowboys aus dem Nationalpark da draußen?« fragte Weingrass und verzog das Gesicht, was aber nichts mit seiner Frage zu tun hatte. »Bevor ihr gekommen seid, hab' ich ein paarmal den Kopf zur Tür hinausgesteckt, und sie haben sich auf mich gestürzt wie auf einen Bären, der ausbrechen will.«

»Wir haben ihnen gesagt, der Herr Abgeordnete erwartet einen ausländischen VIP – und das sei auch der eigentliche Grund für ihre Anwesenheit hier. Und da das Treffen höchster Geheimhaltung unterliegt und der Gast nicht gesehen werden will, werden die Patrouillen sich unsichtbar machen.«

»Und diesen Unsinn haben sie Ihnen abgenommen?« fragte Weingrass erstaunt.

»Sie haben keinen Grund, ihn anzuzweifeln.«

»Seinetwegen«, pflichtete Weingrass nickend bei.

»Und weil jeder von ihnen dreihundert Dollar für eine einzige schlaflose Nacht bekommt.«

»Sie sind besser als ich dachte«, sagte Weingrass.

»Das muß ich sein. Herr Abgeordneter, ich habe mich aufrichtig gefreut, Sie kennenzulernen. Eines Tages werde ich meinen Kindern davon erzählen können. Nein, bitte stehen Sie nicht auf, Sir, ich muß los. Auf Wiedersehen, Miß. Ihnen zu begegnen, Manny, war ein echtes Erlebnis. Ich glaube, ich bin froh, daß Sie auf unserer Seite sind.«

»Das sollten Sie auch, Sie brauchen jede Hilfe, die Sie kriegen können. *Ciao*, junger Mann. Spüren Sie die Kerle auf, Sie gewinnen, auch wenn die Chancen fünf zu eins gegen Sie stehen.«

»Danke, Manny, dazu bin ich fest entschlossen.« Der Geheimagent drehte sich zu Kendrick und Kalaila um. »Das meine ich ernst«, fügte er leise hinzu. »Als Sie im Wagen Fairfax erwähnten, hab' ich nichts gesagt, aber es war nicht leicht. Sehen Sie, ich bin hier der einzige, der weiß, was passiert ist. Deshalb habe ich darauf bestanden, das Kommando Mesa Verde anzuführen. Der Sohn meiner älteren Schwester, den ich zur CIA gebracht habe, gehörte zu der Einheit in Fairfax. Glauben Sie mir, ich werde wie der Höllenhund hinter den Verbrechern hersein.« Der CIA-Mann ging schnell hinaus.

»Wie schrecklich für ihn«, sagte Kalaila. »Sein Schmerz und sein Schuldbewußtsein müssen riesengroß sein.«

»Wer von uns fühlt sich nicht schuldig?« fragte Kendrick.

»Also du hast an dem, was geschehen ist, bestimmt keine Schuld«, sagte Kalaila beschwörend.

»An dem, was geschieht!« rief Kendrick. »Immer noch geschieht! Wie, zum Teufel, sind diese Leute ins Land gekommen? Wer hat sie reingelassen? Wo sind unsere sogenannten brillanten Sicherheitsvorkehrungen, mit deren Hilfe wir fünftklassige Sowjet-Agenten enttarnen, die wir später für eigens zu diesem Zweck in Moskau akkreditierte Reporter austauschen, weil das eine gute PR ist, aber wir schaffen es nicht, ein Dutzend Mörder aufzuhalten, die hierherkommen, um zu morden. Wieso ist so etwas möglich? Wer macht so etwas möglich?«

»Wir versuchen ja, das herauszufinden.«

»Ein bißchen spät, glaubst du nicht auch?

»Hör auf!« befahl Weingrass, beugte sich vor und stach mit dem ausgestreckten Zeigefinger in die Luft. »Das Mädchen hat mit dem, worüber du sprichst, nichts zu tun, und ich dulde nicht, daß du sie angreifst.«

»Das weiß ich doch«, sagte Kendrick und griff nach Kalailas Hand. »Und sie weiß, daß ich es weiß. Es ist ja nur, weil alles so wahnwitzig ist und ich solche Angst habe. Verdammt, wie viele Tote muß es denn noch geben? Wir schaffen es nicht, diese Leute aufzuhalten. Es sind Wahnsinnige, die frei herumlaufen, und wir werden sie nie finden.« Kendrick senkte die Stimme, und seine schmerzerfüllten Blicke ruhten auf Kalaila. »Genausowenig wie wir die Schweinehunde finden können, die das angeblich so diebessicher untergebrachte Oman-Dossier gestohlen und mich der Welt gewissermaßen zum Fraß vorgeworfen haben. Wie lange ist das jetzt her? Acht – zehn Wochen? Wir sind keinen Schritt weitergekommen. Doch wenigstens wissen wir jetzt, warum sie es getan haben. Nicht deshalb, weil sie einen Helden aus mir machen oder meine sogenannte Karriere als politischer Kämpfer fördern wollten. Kämpfer wofür? Das weiß wohl nur der liebe Gott. O nein. Es ging ihnen einzig und allein darum, mich zu ermorden. ›Rachetod‹ ist, glaube ich, die wörtliche arabische Übersetzung. Das Entscheidende ist, wir treten ständig auf der Stelle.«

»Hör zu«, sagte Kalaila leise, »ich sage jetzt etwas, was ich wahrscheinlich nicht sagen sollte, aber manchmal setzen wir uns über Vorschriften hinweg, weil Hoffnung auch wichtig ist. Es sind Dinge geschehen – oder es geschehen Dinge, wie du sagst –, von denen du nichts weißt, und jede neue Information, die wir bekommen, bringt uns der Wahrheit ein Stückchen näher.«

»Das klingt ziemlich rätselhaft, junge Dame.«

»Versuchen Sie zu verstehen, Manny. Evan versteht es, weil er weiß, daß es manchmal Dinge gibt, die ich nicht erklären kann.«

»Darf ein alter Mann, der sich auf Ihrem Gebiet recht gut auskennt, fragen, warum?«

»Wenn Sie damit Ihre Arbeit für die Mossad meinen, sollten Sie eigentlich nicht fragen müssen – entschuldigen Sie, wenn das ein bißchen schroff klingt. Es geht schlicht und einfach darum, daß man nicht verraten kann, was man nicht weiß, und deshalb nur wissen sollte, was man unbedingt wissen muß.«

»Wegen der Wahrheitsdrogen?« fragte Weingrass. »Aber, aber, meine Schöne, wir sind nicht in den Hintergäßchen von Marrakesch oder in den Partisanenbergen von Aschot Yakov. Wer sollte uns hier mit Chemikalien vollpumpen?«

»Ich bin überzeugt, der junge Terrorist, den Evan identifiziert hat und der jetzt in eine Klinik in Virginia unterwegs ist, hat genauso gedacht, und doch wird spätestens nach vierundzwanzig Stunden sein ganzes Leben auf Band gespeichert sein.«

»Nicht zutreffend; entfällt«, erklärte Weingrass.

»Vielleicht, aber etwas anderes trifft zu. Seit sechs Stunden haben wir eine Spur – eine mögliche Spur –, die in höhere Regierungskreise führt, als es für uns alle wünschenswert wäre. Wenn wir uns irren, muß der Kongreßabgeordnete Kendrick ahnungslos bleiben, darf nichts davon wissen – und kann das dann auch mit bestem Gewissen behaupten. Und infolgedessen dürfen auch Sie nichts wissen, Manny.«

»Das Telefongespräch, das du im Flugzeug geführt hast«, sagte Kendrick und sah Kalaila eindringlich an, »das hatte nichts mit deinem Chef in Kairo zu tun, nicht wahr?«

Kalaila zuckte mit den Schultern, ließ seine Hand los und griff nach ihrem Glas, das auf dem Kaffeetisch stand. »Na schön, keine Einzelheiten«, fuhr Kendrick fort. »Aber reden wir einmal über die Wahrheit und vergessen alles, was ich reinen Gewissens behaupten kann oder auch nicht. Das ist mir nämlich verdammt egal. Was ist das für eine Wahrheit, hinter der du her bist? Gib mir einen Überblick – das Wort habe ich in Washington bis zum Erbrechen gehört. Was für Leute tun wem was an? Wer immer sie sind, sie haben meine Freunde getötet – unsere Freunde. Ich habe ein Recht, es zu wissen.«

»Ja, das hast du«, antwortete Kalaila bedächtig, stocksteif auf der Couch sitzend und abwechselnd von Kendrick zu Weingrass blickend. Am Ende ließ sie die Augen jedoch auf Kendrick ruhen. »Du hast es selbst gesagt, selbst gefragt – einen Teil der Wahrheit hast du selbst gefunden. Jemand hat die Mörder ins Land gelassen und ihnen die Möglichkeit gegeben zu morden. Sie hatten Pässe mit unbefristeter Aufenthaltserlaubnis, konnten sich ungehindert bewegen, und da ich mir sehr gut vorstellen kann, wie sie ausgesehen haben – da ich ihnen äußerlich gleiche –, müssen die falschen Papiere sehr gut gewesen sein, um vor den Antiterror-Experten bestehen zu können, die wir und unsere Verbündeten hier und im Ausland überall da eingesetzt haben, wo die Einreise möglich ist – übrigens inklusive der Sowjets, möchte ich hinzufügen. Zu den Papieren kommt die Bereitstellung der erforderlichen Mittel – Waffen, Munition, Geld, Führerscheine und im voraus gemietete Wagen –, ohne die Terroristen nicht operieren können. Dringend erforderlich sind auch Wohnungen oder Häuser, wo sie sich verstecken und auf ihre ›Einsätze‹ vorbereiten können, dazu bei uns hergestellte modische Kleidung. Es müssen im voraus Eisenbahnfahrkarten bestellt und Flüge gebucht werden, und irgend jemand muß die Tickets bereithalten und den Terroristen vor dem jeweiligen Bahnhof oder Flughafen übergeben, damit sie erst im letzten Moment dort erscheinen müssen. Ihr seht, nichts ist unwichtig für diese Leute, nichts darf dem Zufall überlassen werden, wenn sie ihre ›Missionen‹ erfolgreich durchführen wollen.« Kalaila machte eine kurze Pause, ließ den Blick wieder zwischen den beiden Männern hin und her wandern und fuhr dann fort: »Irgend jemand hat sie mit allem ausgestattet, was sie brauchen, und wer immer das war – ob einer oder mehrere –, sitzt irgendwo in der Regierung und hat Zugang zu Dingen, die für einen gewöhnlichen Sterblichen unzugänglich sind. Ich kann gar nicht oft genug betonen, wie wichtig es ist, daß diese Leute gefunden werden.«

»Das hast du auch von denen gesagt, die das Oman-Dossier gestohlen haben.«

»Du glaubst, es sind dieselben Leute?«

»Glaubst du das denn nicht? Für mich ist es ziemlich eindeutig.«

»Für mich nicht.«

»Ein Komplott zur Vorbereitung eines Rachemordes. An mir.«

»Angenommen, sie gehören nicht zusammen.« Kalaila blieb hartnäckig. »Daß eins das andere nach sich gezogen hat. Es liegen zehn Wochen dazwischen, das muß man bedenken. Der Impetus, dich im ersten Zorn aus Rache zu töten, der für den *dscharam ath-thaar* so wesentlich ist, ist längst abgeflaut.«

»Du hast aufgezählt, was alles erledigt und organisiert werden mußte. Das braucht seine Zeit.«

»Wenn sie die Möglichkeiten haben, das zu tun, was sie in

zehn Wochen getan haben, schaffen sie es auch in zehn Tagen, Evan.«

Emmanuel Weingrass hob die Hand mit dem Handteller nach vorn, eine Geste, die einem Schweigebefehl gleichkam. »Wollen Sie damit sagen, daß mein Sohn es nicht mit einem, sondern mit zwei Gegnern zu tun hat? Mit den Arabern aus dem Baaka-Tal und jemandem von hier, der mit ihnen zusammen- oder gegen sie arbeitet? Ist das auch logisch, mein schönes Kind?«

»Zwei Kräfte, beide nicht zu fassen, eine ganz bestimmt ein Todfeind – die andere... Ich weiß es wirklich nicht. Ich weiß nur, was ich fühle. Wenn MJ die Antworten auf seine Fragen nicht findet, schiebt er das immer den sogenannten ›Lücken‹ in die Schuhe. Ich glaube, ich bin jetzt auch soweit. Es gibt zu viele Lücken.«

Weingrass verzog wieder das Gesicht und rülpste verstohlen. »Ich respektiere Ihre Empfindungen«, sagte er. »Sollte Mitchell Sie je hinauswerfen, verschaffe ich Ihnen sofort einen Bombenjob bei der Mossad...« Er unterbrach sich plötzlich, begann schwer zu atmen und lehnte sich in seinem Sessel zurück.

»Was haben Sie, Manny?« fragte Kalaila, und Kendrick drehte sich erschrocken um.

»Fehlt dir was?« fragte er.

»Ich bin fit für die Olympiade, außer daß mir einmal kalt und dann wieder heiß ist«, antwortete Weingrass. »Das kommt davon, wenn man wie ein junger Kerl im Wald herumrennt. Lyons hat mir gesagt, mein Blutdruck sei ein bißchen hoch, und daß ich ein paar blaue Flecke habe, wo keine sein sollten. Ich hab' ihm geantwortet, ich hätte mich auf einen Ringkampf mit einem Stier eingelassen. Meine alten Knochen brauchen Ruhe, Kinder, und deshalb geh' ich jetzt ins Bett.«

Er stand auf, und auch Kendrick wollte sich erheben. »Ich hole eine Schwester...«

»Wozu? Damit sie meine augenblickliche Schwäche ausnutzen und über mich herfallen kann? Ich brauche Ruhe, Junge. Laß sie schlafen, Evan. Sie haben viel durchgemacht. Mir geht es gut, ich bin nur müde. Versuch du mal, für die Olympiade zu trainieren, wenn du sechzig bist.«

»Sechzig?«

»Halt den Mund, Sohn. Ich schaff's noch immer, dich bei diesem reizenden Mädchen auszustechen.«

»Könnte es von irgendeinem Medikament kommen, das Ihnen der Doktor gegeben hat?« fragte Kalaila lächelnd.

»Er hat mir nichts gegeben. Mir nur ein bißchen Blut für sein Labor abgezapft. Er hat mir zwar ein paar Pillen angeboten, aber ich hab' gesagt, ich schmeiß' sie in die Toilette. Es war bestimmt ein Ärztemuster, das er umsonst kriegt und so teuer verkauft, daß er sich dafür einen neuen Flügel an seine Luxusvilla anbauen kann. *Ciao*, liebe Jugend.«

Sie sahen ihm nach, als er, einen Fuß ganz bewußt vor den anderen setzend, durch das Wohnzimmer ging; es war, als müsse er vor jedem Schritt Kraft sammeln. »Glaubst du, daß es ihm gutgeht?« fragte Kendrick, als Weingrass außer Hörweite war.

»Ich glaube, er ist erschöpft«, sagte Kalaila. »Versuch doch mal zu leisten, was er heute geleistet hat – egal, ob mit sechzig oder achtzig –, versuch es morgen.«

»Ich werde ab und zu nach ihm sehen.«

»Wir wechseln uns ab, dir ist es bestimmt auch lieber, wenn du die Schwestern nicht zu wecken brauchst.«

»Womit du sagen willst, daß man sie so am besten von den Fenstern fernhält.«

»Da hast du vermutlich recht«, gab Kalaila zu. »Aber du kümmerst dich – ebenso wie ich – auch lieber selbst um ihn.«

»Willst du noch was trinken?«

»Nein, danke...«

»Ich schon«, sagte Kendrick und stand von der Couch auf.

»Ich wollte noch etwas sagen.«

»Und das wäre?« Auch Kalaila stand jetzt auf, und Kendrick drehte sich zu ihr um.

»Ich will nichts trinken – aber ich will dich.«

Schweigend sah er auf sie hinunter, tastete mit den Blicken ihr Gesicht ab, suchte dann ihre Augen. »Ist das Mitleid? Willst du dem Mann, der durcheinander ist und leidet, eine Gnade erweisen?«

»Von mir bekommst du kein Mitleid, das habe ich dir schon einmal gesagt. Dazu respektiere ich dich zu sehr, und auch das hast du schon von mir zu hören bekommen. Und was den armen, verwirrten, leidenden Mann anlangt – wer bemitleidet da eigentlich wen?«

»So habe ich es nicht gemeint.«

»Das weiß ich. Mir ist nur nicht ganz klar, wie du es gemeint hast.«

»Das habe wiederum ich dir schon einmal gesagt. Ich suche kein schnelles Abenteuer. Nicht mit dir. Wenn ich nicht mehr haben kann, dann nehm' ich's natürlich, aber es ist nicht das, was ich will.«

»Du redest zuviel, Evan.«

»Und du weichst zuviel aus. Zwar hast du Manny gesagt, du seist sehr gradlinig, aber das stimmt nicht, du entwischst einem immer wieder. Seit mindestens sechs Wochen versuche ich, an dich heranzukommen, dich dazu zu bringen, daß du über uns sprichst, versuche ich die gläserne Wand zu durchbrechen, die du um dich gezogen hast, aber die schöne Dame sagt nein.«

»Weil ich Angst habe, verdammt noch mal!«

»Wovor?«

»Vor uns beiden.«

»Jetzt redest du zuviel.«

»Gestern nacht hast *du* jedenfalls nicht geredet. Glaubst du, ich hätte dich nicht gehört? Hin und her vor meiner Tür, immer hin und her – wie ein Affe im Käfig.«

»Warum hast du nicht aufgemacht?«

»Warum hast du sie nicht eingetreten?« Sie lachten beide und lagen sich im nächsten Moment in den Armen. »Willst du etwas trinken?«

»Nein, ich will dich.«

Es war anders als in Bahrein. Nicht Verzweiflung und Angst und totale Erschöpfung, nicht das blinde Verlangen, das zwei Fremde einander in die Arme getrieben hatte, die Erlösung suchten in einer Welt, die dem Wahnsinn anheimgefallen war, sondern die Leidenschaft zweier Liebender. Auch jetzt war ihre Welt nicht heil, das wußten sie nur allzugut, doch sie hatten in sich selbst und einer im anderen eine gewisse Ruhe gefunden, und diese Erkenntnis erfüllte sie mit Wärme und Hoffnung, war wie ein Versprechen, wo früher nur Leere gewesen war.

Sie schienen beide unersättlich. Leidenschaftliche Erfüllung, ruhige Gespräche, ab und zu ein Blick in Manny Weingrass' Zimmer, wieder Gespräche, dann Körper, die zueinander drängten, der Erfüllung entgegenfiebernd, nicht voneinander lassen konnten, bis der Schlaf sie übermannte.

Frühe Sonnenwärme ließ den Tag aufbrechen wie eine Knospe. Erschöpft, aber merkwürdig zufrieden in der warmen Höhle, in die sie sich geflüchtet hatten, streckte Kendrick die Hand nach Kalaila aus. Sie war nicht da. Er öffnete die Augen. Sie war wirklich nicht da. Er richtete sich auf die Ellenbogen auf, sah sich um. Ihre Kleider lagen auf einem Stuhl, und er konnte wieder atmen. Er sah, daß die Türen zum Badezimmer und zum Ankleideraum offenstanden, und dann erinnerte er sich und lachte leise und beschämt in sich hinein. Der Held von Oman und die erfahrene Geheimagentin aus Kairo hatten je nur eine Reisetasche auf die Bahamas mitgenommen und sie im Drang der Ereignisse entweder in Nassau im Polizeiauto oder in der F-106 vergessen. Sie hatten es beide nicht gemerkt, und erst im Bett hatte Kalaila verträumt gesagt: »Ich habe mir für diese Reise ein hinreißendes Nachthemd gekauft – mehr von Hoffnung als von realistischer Erwartung getrieben –, aber ich glaube, ich ziehe es jetzt an.« Dann hatten sie sich gegenseitig angesehen, mit offenem Mund und großen Augen. »O mein Gott!« hatte sie gerufen. »Wo, zum Kuckuck, habe ich – nein, haben wir unsere Taschen gelassen?«

»Hast du was Belastendes drin gehabt?«

»Nur das Nachthemd... Du liebe Güte, was sind wir doch für tolle Profis!«

»Ich habe nie behauptet, daß ich ein Profi bin.«

»Hast du in deiner Tasche was...«

»Schmutzige Socken und eine Sexualfibel – was mehr der Hoffnung als realistischer Erwartung zuzuschreiben war.« Sie waren sich wieder in die Arme gefallen. »Du hättest das Nachthemd höchstens fünf Minuten angehabt, dann hätte ich's dir vom Leib gerissen, und du hättest der Regierung den Verlust persönlichen Eigentums melden müssen. Ich habe dem Steuerzahler mindestens sechzig Dollar erspart. Komm her...«

Kendrick stand auf und ging in den Ankleideraum. Er besaß zwei Bademäntel, einer fehlte. Kendrick ging ins Bad, duschte, rasierte sich und überschüttete sich aus Versehen mit viel zuviel Kölnischwasser. Er schlüpfte in den zweiten Bademantel und ging ins Wohnzimmer hinunter. Kalaila saß an dem schweren Kiefernholztisch mit der schwarzen Lederplatte und telefonierte. Sie sah ihn, lächelte kurz, konzentrierte sich jedoch ganz auf ihren Gesprächspartner.

»Alles klar«, sagte sie, als Kendrick näher kam. »Ich melde mich. Wiedersehen.« Sie stand auf, den viel zu großen Bademantel sehr reizvoll um den Körper drapiert. Sie ging auf Kendrick zu, legte ihm die Hände auf die Schultern und befahl sanft: »Küß mich, Kendrick.«

»Sollte das nicht eigentlich ich sagen?«

Sie küßten sich, bis Kalaila das Gefühl hatte, daß sie im nächsten Moment kehrtmachen und sich ein paar Minuten später im Schlafzimmer wiederfinden würden. »Okay, okay, Kong, ich habe dir einiges zu sagen.«

»Kong?«

»Ich wollte, daß du eine Tür eintrittst, weißt du noch? Meine Güte, du vergißt aber schnell.«

»Ich mag unfähig sein, bin aber hoffentlich nicht unzulänglich.«

»Mit ersterem magst du recht haben, aber unzulänglich bist du ganz bestimmt nicht, mein Liebling.«

»Weißt du auch, wie gern ich es höre, daß du das sagst?«

»Was?«

»Mein Liebling...«

»Das ist doch nur so ein Ausdruck, Evan.«

»Im Augenblick wäre ich zu einem Mord fähig, wenn ich dächte, daß du es noch zu jemand anders sagst. Tust du's vielleicht?«

»Du fragst mich, ob ich hin und wieder gern mal herumschlafe, nicht wahr?« sagte Kalaila sehr ruhig und ließ ihn los.

»Das ist ziemlich grob ausgedrückt. Nein, natürlich nicht.«

»Da wir schon darüber reden und ich viel nachgedacht habe, wollen wir das hinter uns bringen. Ich hatte Beziehungen, genauso wie du, und ich habe mehrere meiner Freunde Liebling und ich glaube sogar Liebster genannt, doch wenn du die Wahrheit hören willst, du unerträglicher Egoist, ›mein Liebling‹ hab' ich noch zu keinem gesagt. Reicht dir das als Antwort?«

»Na ja, es geht«, sagte Kendrick grinsend und griff nach ihr.

»Nein, bitte nicht, Evan! Reden wir lieber.«

»Ich dachte, du hast mir den Befehl gegeben, dich zu küssen. Was hat sich verändert?«

»Du mußtest reden, und ich mußte wieder anfangen nachzudenken. Und ich glaube nicht, daß ich für eine Beziehung mit dir bereit bin.«

»Warum nicht?«

»Weil ich ein Profi bin und arbeiten muß, und wenn du mir dauernd in die Quere kommst – im übertragenen und im wahrsten Sinn des Wortes –, kann ich mich nicht auf meine Aufgaben konzentrieren.«

»Wieder muß ich fragen: Warum nicht?«

»Weil, du Idiot, ich ganz nahe daran bin, dich zu lieben.«

»Mehr verlange ich nicht. Weil ich dich nämlich liebe.«

»Ach, das sagt man so leicht dahin, ohne tiefere Bedeutung. Aber nicht in meinem Geschäft, nicht in der Welt, in der ich lebe. Man bekommt gesagt: Töte XY oder laß ihn töten – wie es sich grade ergibt, es schafft eine Menge Probleme aus der Welt. Und was passiert, wenn zufällig du es bist, mein Liebling? Könntest du es an meiner Stelle tun?«

»Könnte es das wirklich einmal geben?«

»Das hat es schon gegeben; es wäre möglich. Man nennt es ›Ausschaltung einer dritten Person‹. Du bist zum Beispiel ein Mensch, den man – je nach Standpunkt – für großartig oder niederträchtig hält, und indem wir dich preisgeben, retten wir vielleicht zwei- oder vierhundert anderen Menschen in einem Flugzeug das Leben. Stell dir vor, ›sie‹ sagen: ›Entweder ihr gebt ihn uns, bevor die Maschine abfliegt, oder wir jagen sie in die Luft. Was sollen wir deiner Ansicht nach tun? Meine kleine Welt ist eine Welt großzügig vernachlässigter Moral, weil wir alle es nur mit bösartiger Unmoral zu tun haben.«

»Warum bleibst du dabei? Machst nicht Schluß damit?«

Kalaila antwortete nicht sofort, sah ihn jedoch mit einem festen Blick an. »Weil wir Leben retten«, sagte sie endlich. »Und weil ab und zu etwas geschieht, das das Böse besiegt, es demaskiert, und wir dem Frieden ein Stückchen näher sind. Und sehr häufig waren wir an dieser Entwicklung beteiligt.«

»Aber du mußt doch auch dein eigenes Leben führen.«

»Oh, das werde ich – eines Tages, weil ich eines Tages nicht mehr von Nutzen sein kann, wenigstens da nicht, wo ich es sein möchte. Man behandelt uns wie Gebrauchsgegenstände – zuerst traut man dir nicht ganz, dann findet man laufend Verwendung für dich, und schließlich bist du verbraucht, und dann löst du dich am besten in Luft auf. Meine Vorgesetzten werden mir zwar einreden wollen, daß ich noch auf anderen Posten wertvolle Arbeit leisten könnte; sie werden mir mit einer ›schönen‹ Pension winken und es mir überlassen zu entscheiden, in welchem Sektor ich arbeiten möchte; aber ich glaube nicht, daß ich anbeißen werde.«

»Was wirst du tun, wenn dieses Szenarium durchgespielt ist?«

»Du meine Güte, ich spreche sechs Sprachen fließend, kann in vier Sprachen lesen und schreiben. Mit meiner Herkunft und meiner bisherigen Laufbahn sind meine Qualifikationen wohl für eine ganze Reihe von Jobs mehr als ausreichend.«

»Das klingt recht vernünftig, bis auf einen Punkt. Etwas vermisse ich in dieser Planung.«

»Was meinst du? Wovon redest du?«

»Ich meine mich. Rede von mir.«

»Ach, laß doch, Evan!«

»Nein«, sagte Kendrick, den Kopf schüttelnd. »Ich lasse mich nicht mehr mit ›ach, laß doch, Evan‹ oder ›bitte, Evan‹ abspeisen. Ich weiß, was ich fühle, und glaube zu wissen, was du fühlst, und diese Gefühle zu mißachten wäre dumm und eine Sünde.«

»Ich hab' dir gesagt, ich bin noch nicht bereit...«

»Und ich dachte immer, ich würde nie bereit sein«, unterbrach Kendrick sie mit leiser, tonloser Stimme. »Siehst du, ich habe nämlich auch nachgedacht und war ziemlich streng mit mir. Ich war mein Leben lang selbstsüchtig, habe meine Freiheit geliebt, konnte tun und lassen, was ich wollte – ob es richtig oder falsch war, interessierte mich nicht besonders, Hauptsache, ich konnte es tun. Unabhängig nennt man so was wohl. Dann kamst du, und meine ganze Unabhängigkeit zerplatzte wie eine Seifenblase. Du zeigst mir, was ich nicht habe, und ich komme mir vor wie ein Idiot. Ich habe keinen Menschen, mit dem ich etwas teilen kann – so einfach ist das. Niemanden, an dem mir so viel liegt, daß ich zu ihm gehe und sage: ›Schau mal, ich hab's geschafft‹, oder auch: ›Tut mir leid, es hat nicht geklappt.‹ Klar, Manny ist für mich da, wenn er überhaupt da ist, aber ungeachtet seiner eigenen Meinung ist er leider nicht unsterblich. Gestern abend hast du gesagt, du hättest Angst – nun, jetzt bin ich derjenige, der Angst hat. Nie hätte ich geglaubt, daß ich zu einer solchen Angst fähig sein könnte – der Angst, dich zu verlieren. Ich kann nicht gut bitten oder vor jemand kriechen, aber ich werde bitten, betteln oder vor dir niederknien – alles tun, was du willst –, aber bitte, bitte verlaß mich nicht!«

»O mein Gott«, sagte Kalaila, und Tränen liefen ihr ganz langsam die Wangen hinunter. »Du verdammtes Miststück!«

»Das ist ein Anfang.«

»Ich liebe dich.« Sie ließ sich in seine Arme fallen, preßte die Stirn an seine Schulter. »Ich dürfte nicht, ich dürfte nicht.«

»In zwanzig oder dreißig Jahren kannst du es dir immer noch anders überlegen.«

»Du hast mir mein Leben versaut.«

»Und du hast mir das meine nicht leichter gemacht.«

»Großartig«, sagte Weingrass, der unter dem steinernen Türbogen stand. »Manny!« rief Kalaila, ließ Kendrick los und schaute ihm über die Schulter.

»Wie lange stehst du schon da?« fragte Kendrick schroff.

»Ich kam grade, als du betteln und kriechen wolltest«, antwortete Weingrass, der einen scharlachroten Bademantel trug. »Sie wirkt immer, Junge, die Masche ›Starker-Mann-auf-den-Knien‹. Mit ihr hast du immer Erfolg.«

»Du bist unmöglich!« rief Kendrick.

»Er ist anbetungswürdig.«

»Ich bin beides, aber seid leise, sonst weckt ihr die Hexen. Was, zum Teufel, macht ihr um diese Zeit schon hier?«

»Es ist acht Uhr«, sagte Kalaila. »Wie fühlen Sie sich?«

»Ah«, antwortete Weingrass, spreizte leicht die Finger und drehte die Handfläche hin und her. »Ich habe geschlafen und auch wieder nicht, versteht ihr, was ich meine? Und ihr Komiker habt meiner Schlaflosigkeit noch nachgeholfen, indem ihr alle fünf Minuten meine Tür aufgemacht habt.«

»Es war kaum alle fünf Minuten«, widersprach Kalaila.

»Sie haben Ihre Armbanduhr, ich hab' meine. Was hat mein Freund Mitchell gesagt? Wenn ich nicht irre, ist ›acht Uhr‹ sein Stichwort.«

»Sie irren sich nicht«, stimmte Kalaila zu. »Ich wollte eben erklären…«

»Auch eine Erklärung. Die Geigen spielten ein furioses Vibrato.«

»Manny!«

»Halt den Mund. Laß sie reden.«

»Ich muß fort, für einen Tag, vielleicht für zwei.«

»Und wohin fährst du?« fragte Kendrick.

»Das darf ich dir nicht sagen – mein Liebling.«

31

»Meine Damen und Herren, Stapletown Airport in Denver heißt Sie herzlich willkommen. Falls Sie Informationen über Anschlußflüge brauchen, wird unser Flughafenpersonal Ihnen gern behilflich sein. Hier in Colorado ist es jetzt fünf Minuten nach drei Uhr nachmittags...«

Unter den Passagieren, die den Flugsteig verließen, waren fünf Priester. Den Gesichtszügen nach schienen sie der kaukasischen Rasse anzugehören, doch war ihre Haut dunkler als die der meisten weißen Abendländer. Sie bildeten eine Gruppe und unterhielten sich leise in einem zwar gespreizt klingenden, aber durchaus verständlichen Englisch. Sie hätten aus einer Diözese im Süden Griechenlands oder von einer ägäischen Insel, vielleicht auch aus Sizilien oder Ägypten kommen können. Aber sie waren Palästinenser, und sie waren keine Priester. Sie waren Mörder, die der radikalsten Gruppe der islamischen Dschihad angehörten.

Jeder trug eine kleine schwarze Reisetasche aus Stoff; zusammen betraten sie das Abfertigungsgebäude und begaben sich zu einem Zeitungsstand.

»La!« rief einer der Jüngeren leise, nachdem er eine Zeitung aufgenommen und die Schlagzeilen schnell überflogen hatte. *»Laisch!«*

»Uskut!« flüsterte ein Älterer, zog den jungen Mann beiseite und gebot ihm zu schweigen. »Wenn du schon sprechen mußt, sprich Englisch.«

»Nichts. Noch immer nichts. Irgend etwas muß schiefgegangen sein.«

»Wir wissen, daß etwas schiefgegangen ist, du Narr«, sagte der Anführer, weltweit als Abjad – der Weißhaarige – bekannt, obwohl sein kurzgeschnittenes, vorzeitig ergrautes Haar eher nach Salz und Pfeffer aussah. »Deshalb sind wir schließlich hier. Nimm meine Tasche und geh mit den anderen zum Ausgang zwölf. Ich komme bald nach. Denk dran, wenn jemand euch anhält, dann redest du. Sag, daß die anderen kein Englisch können, aber bitte keine Einzelheiten.«

»Ich werde ihnen einen christlichen Segen geben – mit dem Blut Allahs an ihren Kehlen.«

»Halt' deine Zunge und dein Messer im Zaum. Kein zweites

Washington!« Abjad durchquerte die große Halle und entdeckte endlich den Informationsschalter. Eine Frau mittleren Alters sah zu ihm auf und lächelte freundlich, als sie seine leicht verwirrte Miene bemerkte.

»Kann ich Ihnen helfen, Herr Pfarrer?«

»Ich glaube, ich bin hier richtig«, antwortete der Terrorist bescheiden. »Auf unserer Insel Lyndos haben wir keine so praktischen Einrichtungen.«

»Wir geben uns Mühe, den Reisenden gefällig zu sein.«

»Vielleicht haben Sie eine – eine Nachricht für mich. Weitere Anweisungen, wie ich fürchte. Mein Name ist Demopolis.«

»O ja.«

Die Frau öffnete die rechte obere Schublade ihres Schaltertischs. »Pfarrer Demopolis. Sie sind aber mächtig weit weg von zu Hause.«

»Wir sind zu den Exerzitien unseres Ordens – der Franziskaner – gekommen, eine einmalige Gelegenheit, Ihr wunderbares Land zu besuchen.«

»Hier haben wir's.« Die Frau reichte dem Araber einen weißen Umschlag. »Er wurde gegen Mittag von einem überaus charmanten Herrn gebracht, der ein sehr großzügiges Trinkgeld gab.«

»Vielleicht darf ich mich auch erkenntlich zeigen?« sagte Abjad und fühlte, als er nach seiner Brieftasche griff, in der Mitte des Umschlags einen harten, flachen Gegenstand.

»O nein, das kommt nicht in Frage. Wir sind für diese kleine Gefälligkeit ausreichend entschädigt worden.«

»Sie sind sehr freundlich, Madam. Der Gott der Gastlichkeit möge Sie segnen.«

»Vielen Dank, Herr Pfarrer.«

Abjad entfernte sich, beschleunigte die Schritte und steuerte eine Ecke des Flughafengebäudes an, in der sich besonders viele Leute drängten. Er riß den Umschlag auf, der einen mit Klebeband an einer unbeschriebenen Karte befestigten Schlüssel für ein Schließfach in Cortez, Colorado, enthielt. Ihre Waffen und der Sprengstoff waren ebenso pünktlich eingetroffen wie das Geld, die Kleidungsstücke, ein Wagen, dessen Herkunft nicht zurückverfolgt werden konnte, israelische Pässe für neun Maronitenpriester und die Flugtickets nach Riohacha in Kolumbien, wo alles in die Wege geleitet worden war, damit sie nach Baracoa auf Kuba und von dort weiterfliegen konnten. Ihr Treffpunkt für die Heimreise war ein Autobahn-Motel in der Nähe des Flughafens von Cortez; am nächsten Morgen sollte es nach Los Angeles weitergehen, wo nicht fünf, sondern neun Gottesmänner die Maschine nach Riohacha besteigen sollten, wenn alles nach Plan ging. Bisher hatte dieser Plan tatsächlich funktioniert, nachdem der überraschende Auftrag im Baaka-Tal im Libanon eingetroffen war: Findet ihn. Tötet ihn. Ihr bekommt von uns alles, was ihr braucht, doch wer wir sind, werdet ihr nie erfahren. Aber hatten die genauen Pläne, die kostbaren Geschenke auch Früchte getragen? Abjad wußte es nicht; er konnte es nicht wissen und hatte daher eine Telefonnummer in Vancouver, Kanada, angerufen und verlangt, daß die Lieferung eine zweite Garnitur tödlicher Waffen enthalten müsse. Seit dem Überfall auf das Haus in Fairfax, Virginia, waren fast vierundzwanzig Stunden vergangen und fast achtzehn, seit das Haus des verhaßten Todfeindes in Colorado erstürmt worden war. Die Mission sollte eine Orgie in Blut und Tod sein, die der westlichen Welt einen Schock versetzte, Rache für die toten Brüder und der Beweis, daß keine vom Präsidenten der Vereinigten Staaten befohlene Sicherheitsmaßnahme für einen einzelnen der Geschicklichkeit und der List eines entrechteten Volkes gewachsen war. Die *Operation Asra* sollte das Leben eines amerikanischen Helden auslöschen, eines Betrügers, der behauptet hatte, einer der Ihren zu sein, der das Brot mit ihnen gebrochen, ihr Leid mitgetragen und sie am Ende verraten hatte. Dieser Mann mußte sterben und mit ihm alle, die bei ihm waren, die ihn schützten.

Der widerwärtigste aller Feinde hatte sich nicht in Fairfax aufgehalten, daher nahm man an, Yosefs Einheit werde ihn in seinem Haus in den Bergen aufstöbern und töten. Aber es geschah nicht. Nichts. Die fünf von Kommando eins hatten in ihren Hotelzimmern gewartet – darauf gewartet, daß das Telefon klingelte und sie zu hören bekamen: »*Operation Asra* ist abgeschlossen. Das Schwein ist tot.« Aber es kam nichts. Und was am merkwürdigsten war, keine Schlagzeile schrie in die Welt, was geschehen war, kein Fernsehansager verkündete voller Entsetzen, daß ihre heilige Sache triumphiert hatte. Was war geschehen?

Abjad hatte jeden Schritt im Geist nachvollzogen und fand

keinen Fehler. Jedes nur erdenkliche Problem außer einem war durchdacht und im voraus gelöst worden, entweder durch Umwege über korrupte Regierungsbeamte in Washington oder mit hochentwickelter Technologie und bestochenen Telefontechnikern in Virginia und Colorado. Das eine unvorhergesehene und unvorhersehbare Problem war ein plötzlich mißtrauisch gewordener Assistent des nichtswürdigen Politikers, der ganz einfach schnell aus dem Weg geräumt werden mußte. Abjad hatte einen ›Priester‹ seiner kleinen Truppe, der nicht in Oman gewesen war, am vergangenen Mittwoch, vor dem Überfall auf das Haus in Fairfax, in Kendricks Büro geschickt. Zweck des Unternehmens war es, nachzuprüfen, ob der Kongreßabgeordnete sich tatsächlich in Washington aufhielt. Die Tarnung des ›Priesters‹ war erstklassig, seine Papiere in Ordnung, seine ›Absicht‹, Kendrick ›Grüße von mehreren alten Freunden‹ zu überbringen.

Der ›Priester‹ war dabei ertappt worden, als er – während er im leeren Vorzimmer auf den Assistenten wartete – im Terminkalender der Sekretärin blätterte. Der Assistent war prompt in sein eigenes Büro zurückgegangen, und ihr ›Priester‹ hatte ihn mit dem Sicherheitsdienst des Kongresses telefonieren hören. Kendricks Mann war im Kesselraum des riesigen Kapitols gestorben, wohin der ›Priester‹ ihn rasch und unauffällig und unter Waffengewalt gebracht hatte. Aber nicht einmal dieser Tod war publik gemacht worden.

Was war geschehen? Was geschah? Die Märtyrer der heiligen Mission würden – konnten nicht ins Baaka-Tal zurückkehren, ohne ihrer Rache Genüge getan zu haben. Undenkbar! Wenn die anderen nicht am Treffpunkt in Cortez erschienen, würde in einem Ort namens Mesa Verde unendlich viel Blut fließen. Der Terrorist steckte den Schlüssel in die Tasche, ließ Karte und Umschlag auf den Boden fallen und machte sich auf den Weg zu Ausgang 12.

»Schätzchen!« rief Ardis Vanvlanderen, als sie das Wohnzimmer betrat. Sie kam aus dem angrenzenden Büro, das sie sich in einem Gästezimmer des *Westlake Hotels* von San Diego eingerichtet hatte.

»Was gibt's, Baby?« fragte ihr Mann, der vor dem Fernseher saß.

»Deine Probleme sind gelöst. Die Millionen sind dir für die nächsten Jahre sicher. Du kannst deine Raketen und das andere Spielzeug weiterbauen, bis die Kühe Uran scheißen. Ich meine es ernst, Geliebter, deine Sorgen sind vorbei.«

»Das weiß ich, Baby«, antwortete Andrew Vanvlanderen. »Ich werde es jetzt jeden Moment zu sehen und zu hören kriegen.«

»Wie meinst du das?« Sie blieb wie festgewurzelt stehen und sah ihn starr an.

»Sie müssen die Nachricht bald freigeben, können sie nicht länger zurückhalten... Herrje, es ist jetzt schon fast vierundzwanzig Stunden her.«

»Ich hab' keine Ahnung, was in deinem verwirrten Geist vorgeht, aber ich kann dir sagen, daß es mit Emmanuel Weingrass zu Ende geht. Ich hab' da einen Doktor angeheuert, und der hat dem Alten eine Spritze verpaßt.«

»Er ist schon jetzt weg vom Fenster. Und Kendrick auch.«

»Was?«

»Ich konnte nicht warten, Geliebte – wir alle konnten nicht. Es gab bessere Möglichkeiten, logischere, und vor allem eine, die nicht unerwartet kam.«

»Was, zum Teufel, hast du getan?«

»Einem tief gekränkten Volk Gelegenheit gegeben, sich an einem Mann zu rächen, der diesen Leuten verdammt übel mitgespielt hat. Ich habe die Überlebenden gefunden. Ich wußte, wo ich zu suchen hatte.«

»Andy-Boy«, sagte Ardis, setzte sich ihrem Mann gegenüber und richtete die großen grünen Augen auf sein geistesabwesendes Gesicht. »Ich frage noch einmal, was hast du getan?«

»Ein Hindernis entfernt, das die militärische Stärke dieses Landes so weit abgebaut hätte, daß es nicht mehr akzeptabel gewesen wäre – das den mächtigsten Riesen der freien Welt in einen jämmerlichen Zwerg verwandelt hätte. Hätten wir das zugelassen, hätte es mich persönlich an die achthundert Millionen Dollar und unsere Gruppe Milliarden gekostet.«

»O mein Gott... Du konntest nicht warten – du konntest nicht warten! Du hast die Araber auf ihn angesetzt.«

»Mr. President, ich brauche diese fünf Tage«, bat Mitchell Payton und beugte sich auf dem steiflehnigen Stuhl vor, den ihm der Präsident in seinen Privaträumen im Weißen Haus angeboten hatte. Langford Jennings saß, nur mit Pyjama und Morgenmantel bekleidet, lässig mit übereinandergeschlagenen Beinen in der Couchecke und sah Payton unverwandt an. »Mir ist klar, daß ich, indem ich mich direkt an Sie wende, ungefähr hundert Vorschriften übertreten habe, aber ich war in meiner ganzen Laufbahn noch nie so beunruhigt. Vor Jahren sagte einmal ein junger Mann zu seinem Kommandeur, daß das Amt des Präsidenten mit einer Krebsgeschwulst behaftet sei. Hier sitzt ein viel älterer Mann, der im wesentlichen das gleiche sagt, außer daß man Ihnen in diesem Fall die Existenz der Krankheit verschwiegen hat – wenn es sie wirklich gibt, was ich fest glaube.«

»Sie sind hier, Herr Dr. Payton«, sagte Jennings, die klangvolle Stimme tonlos und unverkennbar ängstlich. »Ja, Herr Dr. Payton – ich mußte mir ganz schnell ein paar Fakten einprägen –, denn Samuel Winters hat mir erklärt, wenn Sie sagten, Sie seien beunruhigt, hätten die meisten Männer unter den gleichen Umständen längst einen Schock. Nach dem, was Sie mir berichtet haben, verstehe ich, was er meint. Ich habe einen Schock.«

»Ich bin für seine Fürsprache sehr dankbar. Zwar hab' ich gewußt, daß er sich an mich erinnern würde, ich war jedoch nicht sicher, ob ich ihn dazu bringen konnte, mich ernst zu nehmen.«

»Er hat Sie ernst genommen. Und Sie haben mir alles erzählt? Die ganze unglaubliche Schweinerei?«

»Alles, was wir wissen, Sir, alles, was wir Stück um Stück zusammengetragen haben, wobei ich zugeben muß, daß wir niemand auf frischer Tat ertappt haben.«

»Wieso sind Sie dann so sicher?« fragte der Präsident nachdenklich. »Meine Gegner unterstellen mir, ich sei zu jedem erdenklichen Betrug fähig. Läßt Sie das kalt? Denn wenn ich Sie ansehe, und nach allem, was ich über Sie weiß, kann ich mir nicht vorstellen, daß Sie einer meiner eifrigsten Anhänger sind.«

»Ich muß mit einem Menschen nicht immer gleicher Meinung sein, um ihn für einen anständigen Menschen zu halten.«

»Was bedeutet, ich bin okay, aber wählen würden Sie mich nicht, ist das richtig?« fragte der Präsident mit einem feinen Lächeln.

»Nein, wählen würde ich Sie nicht, Mr. President«, antwortete Payton, Langford Jennings' Lächeln erwidernd.

»Sie sind sehr aufrichtig, und von Samuel Winters weiß ich

auch, was ich sonst von Ihnen zu halten habe, und dennoch, Herr Dr. Payton... Sie kommen durch ein Hintertürchen zu mir und verlangen etwas Unglaubliches, ersuchen mich, die Inlandsaktivitäten eines Geheimdienstes zu vertuschen, dem es vom Gesetz verboten ist, im Inland zu operieren. Weiterhin verlangen Sie, daß ich die aufsehenerregende Information über eine nationale Tragödie unterdrücke, ein von Terroristen angezetteltes Massaker, bei dem ein Mann getötet werden sollte, dem das Land sehr viel verdankt. Kurz gesagt, Sie verlangen von mir, alle möglichen Vorschriften zu umgehen, die eng mit meinem Amtseid verbunden sind. Sehe ich das richtig?«

»Ich habe Ihnen meine Gründe genannt, Mr. President. Ein Netz verschiedener Ereignisse, das zwischen Oman und Kalifornien gespannt und so deutlich sichtbar ist, daß es mehr als Zufall sein muß. Diese Fanatiker, diese Terroristen, töten vor allem, um auf sich aufmerksam zu machen, sie wollen in die Schlagzeilen, und wenn sie dafür Selbstmord begehen müssen. Unsere einzige Hoffnung, sie und ihre Hintermänner zu fassen, besteht darin, ihnen die ersehnten Schlagzeilen vorzuenthalten. Verunsicherung und Frustration könnten jemanden dazu verleiten, im Zorn einen Fehler zu machen, sich mit Leuten in Verbindung zu setzen, von denen er sich fernhalten sollte, die Kette des Schweigens zu brechen, denn es muß eine Kette geben, Sir. Diese Killer sind ins Land gekommen, und das allein setzt entsprechend mächtige und einflußreiche Verbindungen voraus. Sie sind schwer bewaffnet und bewegen sich trotzdem ungehindert von einem Ende der Vereinigten Staaten zum anderen, und bei unseren Sicherheitsmaßnahmen ist das bestimmt nicht ganz einfach. Ich habe eine Agentin aus Kairo nach San Diego geschickt, und unser bester Mann aus Beirut ist unterwegs ins Baaka-Tal. Beide wissen, wonach sie Ausschau halten sollen.«

»Herrgott!« stieß Jennings hervor, sprang von der Couch auf, verlor einen Pantoffel und begann, nervös hin und her zu laufen. »Ich kann nicht glauben, daß Orson seine Hände im Spiel hat. Zwar ist er nicht gerade mein Busenfreund, aber er ist ja nicht verrückt – und neigt auch nicht zum Selbstmord.«

»Möglicherweise hat er nichts damit zu tun, Sir. Doch Macht, sogar die Macht eines Vizepräsidenten, hat eine große Anziehungskraft für alle, die gern Macht besäßen – oder gern noch mächtiger wären.«

»Verdammt noch mal!« schrie der Präsident und ging zu einem mit Papieren bedeckten Queen-Anne-Schreibtisch. »Nein, warten Sie einen Moment«, sagte er und drehte sich um. »Ihren Worten zufolge gibt es dieses Netz von Ereignissen, die sich nach der Oman-Krise durch die halbe Welt irgendwie bis San Diego fortsetzen. Sie sagen, das müsse mehr als nur ein Zufall sein, aber das ist alles, was Sie haben. Sie haben niemand mit der sprichwörtlichen noch rauchenden Pistole in der Hand erwischt, Sie haben nur ein paar Leute, die sich vor Jahren im Nahen Osten kannten, und eine Frau, die plötzlich auftaucht, wo Sie sie nicht erwarten.«

»Diese Frau steht im Ruf, an finanziellen Manipulationen großen Stils entscheidend beteiligt gewesen zu sein, die hart an der Grenze der Legalität dahinschlitterten. Sie fände kaum Gefallen an einer obskuren politischen Stellung, die ihr nur Bruchteile von dem einbringt, was sie bisher gewöhnt war. Es sei denn, sie tut es aus anderen Überlegungen heraus.«

»Andy-Boy«, sagte der Präsident wie zu sich selbst. »Andy mit den goldenen Händen. Von Ardis' früheren Tätigkeiten wußte ich natürlich nichts. Ich dachte, sie sei, als er sie in England kennenlernte, Direktorin einer Bank gewesen oder etwas Ähnliches. Was könnte Vanvlanderen für ein Motiv haben, sie zu Orson zur Arbeit zu schicken?«

»Meiner Meinung nach gehört alles zu diesem Netz, dieser Kette.« Payton stand auf. »Ich muß Ihre Antwort haben, Mr. President.«

»›Mr. President‹«, wiederholte Jennings kopfschüttelnd, als könne er den Titel nicht so recht akzeptieren. »Bleiben Ihnen die Worte nicht im Hals stecken?«

»Verzeihung, was meinen Sie?«

»Sie wissen, was ich meine, Herr Dr. Payton. Sie tauchen um halb zwei in der Nacht mit diesem paranoiden Szenarium hier auf und verlangen von mir höchst fragwürdige Dinge, verlangen, daß ich das Recht beugen, wenn nicht gar brechen soll. Und als ich Ihnen ein paar Fragen stelle, sagen Sie mir: A – Sie würden mich nicht wählen, B – Ich machte mir alles zu einfach, C – Ich sei nur der Vorgänger besserer Männer, D – Ich könne nicht zwischen Zufall und stichhaltigen Indizienbeweisen unterscheiden...«

»Das habe ich nie gesagt, Mr. President.«

»Sie haben es mir zu verstehen gegeben. Wissen Sie, daß es unter den über tausend Regierungsbeamten im Weißen Haus nicht einen einzigen gibt, der es wagen würde, so mit mir zu sprechen? Von meiner Frau und meiner Tochter natürlich abgesehen, aber sie sind ja auch keine Regierungsbeamten.«

»Wenn ich Sie beleidigt haben sollte, entschuldige ich mich natürlich...«

»Das brauchen Sie nicht. Und Sie haben grünes Licht, Herr Dr. Payton. Tun Sie, was Sie für richtig halten, aber halten Sie mich auf dem laufenden. So. Und nachdem das geregelt ist, lesen Sie mal das hier – das heißt, eigentlich brauchen Sie's nicht zu lesen. Wie die meisten Computerausdrucke des Pressebüros dauert es zu lange. Ich habe es gestern nachmittag bekommen.«

»Was ist das?«

»Die Analyse einer Kampagne, die den Kongreßabgeordneten Kendrick nächsten Juli auf die Wahlliste der Partei bringen soll.« Der Präsident hielt kurz inne und setzte dann hinzu: »Und zwar als Kandidaten für das Amt des Vizepräsidenten.«

»Darf ich das bitte sehen?« fragte Payton und streckte die Hand aus.

»Ich wußte, daß Sie das interessiert«, antwortete Jennings und reichte ihm das längliche Papier. »Ich habe mich gefragt, ob Sie es so ernst nehmen würden wie Samuel Winters Ihr Problem.«

»Ich nehme es sehr ernst«, antwortete Payton und las den Computerausdruck aufmerksam.

»Wenn Ihre wahnwitzige Theorie irgendeine Grundlage hat, finden Sie sie vielleicht hier drin«, sagte der Präsident und beobachtete Payton. »Meine Presseleute sagen, das könnte sich zu einem Riesending entwickeln. Von nächster Woche an werden sieben angesehene Zeitungen des Mittelwestens nicht nur Kendricks Namen erwähnen, sie werden ihn mit Hilfe von Leitartikeln so gut wie in den Sattel heben. Drei von diesen Zeitungen besitzen Rundfunk- und Fernsehsender in Gebieten mit der größten Bevölkerungsdichte im Norden und Süden, und – da heute schon einmal vom Zufall die Rede war – jedem dieser Sender wurden Audio- und Videokassetten von den Fernsehauftritten des Kongreßabgeordneten zugespielt.«

»Von wem? Das finde ich hier nicht.«

»Weil's nicht drinsteht.«

»Das ist unglaublich.«

»Nicht unbedingt«, widersprach Jennings. »Der Kongreßabgeordnete könnte ein attraktiver Kandidat sein. Er strahlt Zuversicht und Kraft aus. Er könnte einschlagen, schnell und gründlich, wie meine Leute sagen.«

»Das ist es nicht, was ich unglaublich finde, Mr. President. Wenn man mir einen so offensichtlichen Köder hinwirft, muß auch ich passen. Das ist zu durchsichtig. Ich kann mir nicht vorstellen, daß Bollingers Team so dumm sein könnte. Es ist zu belastend, durch und durch gefährlich.«

»Jetzt versteh' ich gar nichts mehr, Herr Dr. Payton. Ich dachte, Sie würden jetzt was ähnliches sagen wie: ›Ah, mein lieber Watson, hier haben wir den Beweis!‹ Aber das sagen Sie nicht, oder?«

»Nein, Sir, weil es wirklich zu durchsichtig ist. Bollingers Leute erfahren, daß Evan Kendrick mit Hilfe einer landesweiten Kampagne zum nächsten Vizepräsidenten gemacht werden soll, also heuern sie schnell ein paar palästinensische Terroristen an, die ihn liquidieren sollen. Nur ein Verrückter könnte so ein Szenarium erfinden. Ein Fehler bei den Vorbereitungen, ein einziger Killer, den wir lebend fassen – und wir haben ja tatsächlich einen –, und man könnte die Spur zu ihnen zurückverfolgen. Was wir auch tun werden, nachdem Sie uns grünes Licht gegeben haben.«

Die Straßenlaternen am Lake Shore Drive in Chicago schienen im Schneegestöber zu flackern und malten winzige Lichtkringel auf die Decke des Zimmers im *Drake Hotel*. Es war kurz nach zwei Uhr morgens, und der kräftige blonde Mann atmete tief und ruhig, als verließe ihn seine Selbstbeherrschung auch nicht im Schlaf. Plötzlich begann das Telefon zu schrillen, sein Atem stockte, er fuhr hoch und riß den Hörer von der Gabel. »Ja«, sagte er hellwach.

»Wir haben ein Problem, Milos«, meldete sich Samuel Winters aus seinem Arbeitszimmer in Cynwid Hollow, Maryland.

»Können Sie darüber reden, Sir?«

»Warum denn nicht – zumindest kurz und mit Umschreibungen. Die Leitung ist sauber, und ich kann mir nicht vorstellen, daß jemand die Ihre angezapft hat.«

»Umschreibungen bitte.«

»Vor etwa sieben Stunden ist in einem Haus in Virginia etwas Furchtbares passiert...«

»Ein Sturm?« unterbrach Milos Varak.

»Wenn ich Sie richtig interpretiere, ja, ein schrecklicher Sturm, der entsetzliche Verwüstungen angerichtet hat.«

»Ikarus?« schrie Varak.

»Nein, er war nicht da. Und er war auch nicht in den Bergen, wo ein ähnlicher Versuch gemacht, aber vereitelt wurde.«

»Emmanuel«, flüsterte Varak kaum hörbar. »Er war das Ziel. Ich wußte, was passieren würde.«

»Wie kommen Sie darauf?«

»Später, Sir. Ich bin gegen halb eins von Evanston abgefahren...«

»Ich weiß, daß Sie nicht da waren, versuche schon seit Stunden, Sie anzurufen, habe aber aus verständlichem Grund keine Nachricht hinterlassen. Läuft alles nach Plan?«

»Wir sind dem Plan sogar schon ein Stückchen voraus, doch das meine ich nicht. Das Radio schweigt sich über beide Ereignisse aus, und das ist erstaunlich, finden Sie nicht?«

»Wenn alles so läuft, wie ich es erwarte, wird dieses Schweigen noch mehrere Tage andauern – falls es überhaupt je gebrochen wird.«

»Das ist noch erstaunlicher. Woher wissen Sie das, Sir?«

»Weil ich glaube, daß ich das eingefädelt habe. Ein Mann, dem ich vertraue, ist, nachdem ich mich für ihn verwendet hatte, privat zu Sechzehnhundert gegangen. Er ist jetzt noch dort. Wir haben nur eine einzige Hoffnung, die Verantwortlichen zu fassen – eine totale Nachrichtensperre.«

Mit ungeheurer Erleichterung erkannte Varak in diesem Moment, daß Samuel Winters nicht der Verräter bei Inver Brass war. Der würde die Jagd nach den Mördern nie hinausziehen, wenn sie von San Diego geschickt worden wären.

»Hören Sie mir bitte zu, Sir, es ist unbedingt nötig – ich wiederhole: unbedingt nötig –, daß Sie morgen so früh wie möglich eine Konferenz einberufen. Es muß tagsüber sein, Sir, nicht erst abends. Es kommt auf jede Stunde an.«

»Ihre Bitte erschreckt mich, Milos.«

»Nennen Sie's einen Notfall. Es ist auch einer, Sir. Und irgendwie muß ich mir einen anderen Notfall ausdenken. Ich muß jemanden dazu zwingen, etwas Unüberlegtes zu tun.«

»Können Sie mir, ohne Einzelheiten preiszugeben, einen Grund nennen?«

»Ja. Das einzige für mich bisher innerhalb der Gruppe völlig Unvorstellbare ist eingetreten. Es gibt jemanden, der nicht dazugehören sollte.«

»Großer Gott! Sind Sie sicher?«

»Ich bin sicher. Bis vor wenigen Sekunden waren auch Sie noch eine von fünf Möglichkeiten, und erst jetzt habe ich Sie von meiner Liste gestrichen.«

Im Osten der Vereinigten Staaten war es fünfundzwanzig Minuten nach sieben Uhr morgens – fünfundzwanzig Minuten nach vier kalifornischer Zeit. Andrew Vanvlanderen saß in seinem zu dick gepolsterten Veloursessel, die Augen glasig, schwer atmend, das weiße Haar zerzaust. In einem plötzlichen Wutanfall schleuderte er ein Glas Whisky auf den Fernseher. Wirkungslos prallte es an dem Mahagonigehäuse ab und fiel auf den weißen Teppich. Noch wütender nahm Vanvlanderen einen schweren Marmoraschenbecher und drosch damit auf den Bildschirm ein, über den die Bilder des Senders flimmerten, der vierundzwanzig Stunden nur Nachrichten in den Äther schickte. Die konvexe Scheibe zerbarst, und der Apparat implodierte mit einem scharfen Knall und schwarzem Rauch. Vanvlanderen stieß schreiend unzusammenhängende Wortfetzen hervor, versuchte mit zitternden Lippen Sätze zu formen. Nur ein paar Sekunden später stürzte seine Frau aus dem Schlafzimmer.

»Was machst du denn da?« rief sie.

»Da is' – aua! – nix – kein einziges beschissenes Wort!« kreischte er, die Sprache undeutlich und verwischt, Hals und Gesicht feuerrot. »Kein beschischenesch Wort! Waschischpaschiert? Wasch gehta vor? Dasch könn' schie doch nich'! Hab' ihn' aufn Penny tschwei Millionen betschahlt!« Und dann taumelte Vanvlanderen plötzlich aus dem Sessel, mit zitternden Armen, bebenden Händen, drückte gegen eine Mauer aus Luft, die er durch seine vorquellenden Augen nicht sehen konnte, und stürzte dann zu Boden. Als sein Gesicht auf dem Teppich aufprallte, schrie er noch einmal mit kehliger Stimme zornig auf...

Ardis machte ein paar Schritte auf ihn zu, das Gesicht kalkweiß, die geliftete Haut zu einer pergamentenen Maske verzerrt, und starrte mit großen Augen auf ihren toten Mann. »Du Mistkerl!« flüsterte sie. »Wie konntest du mich mit dieser Schweinerei allein lassen? Was, zum Teufel, hast du getan? Ich habe ja keine Ahnung...«

32

Abjad rief seine vier ›Priester‹ in dem Motelzimmer in Colorado zusammen, das er mit dem jüngsten Mitglied des Kommandos teilte, das fließend englisch sprach und nie in Oman gewesen war. Es war fünf Uhr dreiundvierzig morgens, und die lange Wache war zu Ende. Das Zusammentreffen fand nicht statt. Kommando zwei hatte sich nicht gemeldet, und das bedeutete, daß Yosef und seine Männer tot waren. Eine andere Erklärung gab es nicht. Der Halbjude mit seinem verzehrenden Haß gegen alles, was westlich und israelisch war, ließe es nie zu, daß ein Mitglied seines Teams lebendig in die Hände des Feindes geriet. Deshalb hatte er verlangt, daß der hinkende Junge mit der Hasenscharte immer in seiner Nähe blieb.

»Beim geringsten Anzeichen, daß wir in Gefangenschaft geraten könnten, schieße ich dir eine Kugel durch den Kopf, Kind. Hast du verstanden?«

»Das brauchst du nicht, Alter. Dann töte ich mich selbst. Mir ist ein ruhmreicher Tod viel lieber als mein elendes Leben.«

»Ich glaube dir, du junger Narr. Aber bitte denk immer an Asras Worte: ›Solange du am Leben bist, kannst du noch kämpfen, wenn du tot bist, nicht mehr.‹«

Asra, der als Märtyrer starb, hatte recht, dachte Abjad. Aber Asra hatte nicht an das größte aller Opfer gedacht, das alle wahren Gläubigen erstrebten – im Kampf zu sterben. Deshalb war die Dschihad so unempfindlich gegen Fallen, die man ihr stellte, unempfindlich selbst gegen den Tod. Und das gewitterschwüle Schweigen, das dem Überfall auf das Haus in Virginia folgte, und die Abwesenheit Yosefs und seiner Männer konnte nur eine Falle sein. Das war westliche Denkungsart: leugne, daß etwas geschehen ist, gib nichts zu, zwing die Jäger, weiterzusuchen, und lock sie in eine Falle. Es war so bedeutungslos. Wenn die Falle einem die Möglichkeit bot, den Feind zu töten, war es da noch wichtig, wenn man selbst dabei den Tod fand? Als

Märtyrer gingen sie der Seligkeit eines Glücks entgegen, das sie in diesem Leben nie gekannt hatten. Es gab für den Gläubigen keine größere Herrlichkeit, als Allahs Himmel mit dem Blut der Feinde an den Händen zu betreten, die er in einem gerechten Krieg getötet hatte.

»Meine Brüder«, begann der Weißhaarige, den vier Mitgliedern seines Kommandos in dem kleinen, schmutzigen Motelzimmer gegenüberstehend, »unsere Zeit ist gekommen, sie, auf die wir mit Entzücken im Herzen gewartet haben, da wir wissen, daß eine viel bessere Welt vor uns liegt, ein Himmel, in dem wir frei sein werden, weder Sklaven noch Faustpfand für andere, wie hier auf Erden. Wenn wir durch Allahs Gnade überleben, um weiterkämpfen zu können, werden wir unseren Brüdern und Schwestern den heiligen Tod der Rache nach Hause bringen, der uns von Rechts wegen gebührt. Und die Welt wird erfahren, daß wir es getan haben; wird erfahren, daß fünf heldenmütige Männer zwei Festungen erstürmt und alles Leben darin vernichtet haben – Festungen, die vom großen Feind errichtet wurden, um uns aufzuhalten. Jetzt müssen wir uns auf unsere Aufgabe vorbereiten. Zuerst mit Gebeten und dann mit praktischeren Dingen. Wir werden zuschlagen, wenn sie es am wenigsten erwarten, nicht nachts, sondern am hellen Tag. Bei Sonnenuntergang werden wir entweder die heilige Stunde von *Salat el Maghreb* feiern oder in Allahs Armen ruhen.«

Kurz nach zwölf Uhr mittags betrat Kalaila die Lounge des International Airport in San Diego. Sie merkte sofort, daß sie beobachtet wurde, vor allem, weil der Beobachter es nicht zu verbergen suchte. Der unauffällige übergewichtige Mann in einem ungebügelten, schlecht sitzenden Gabardineanzug aß Popcorn aus einem weißen Pappkarton. Er nickte einmal, drehte sich um und ging durch den breiten Korridor, in dem es von Menschen wimmelte, auf das Abfertigungsgebäude zu. Es war ein Signal. Kalaila hatte den Mann bald eingeholt, bremste ihren Eilschritt und ging neben ihm her.

»Ich nehme an, Sie haben nicht auf mich gewartet, um mich aufzureißen«, sagte sie, ohne ihn anzusehen.

»Wenn ich das wollte, würden Sie jetzt auf den Knien liegen und mich anflehen, Sie nach Hause zu bringen, was ich wahrscheinlich ohnehin tun muß.«

»Ihre Bescheidenheit ist genauso unwiderstehlich wie Sie selbst.«

»Das sagt meine Frau auch, nur fügt sie noch ›Schönheit‹ hinzu.«

»Was gibt es?«

»Rufen Sie Langley an. Ich habe das Gefühl, daß die Hölle los ist, aber rufen Sie von einer Telefonzelle an, nicht aus meiner Wohnung – falls Sie in meine Wohnung wollen. Ich warte ein Stück weiter vorn; wenn wir ein Team sind, nicken Sie nur und folgen mir – natürlich in respektvollem Abstand.«

»Ich glaube, ich wüßte gern einen Namen. Irgendwas.«

»Versuchen Sie Shapoff.«

»Lebkuchen?« sagte Kalaila und musterte kurz den hochangesehenen Agenten, der bei der CIA schon zur Legende geworden war. »Ost-Berlin? Prag? Wien?...«

»Eigentlich«, fiel ihr der Mann im schäbigen Anzug ins Wort, »bin ich ein linkshändiger Zahnarzt aus Cleveland, der sich hauptsächlich mit Zahnregulierungen beschäftigt.«

»Ich glaube, ich hatte ein anderes Bild von Ihnen.«

»Deshalb bin ich ›Lebkuchen‹ – gottverdammt blödsinniger Name! Rufen Sie an.«

Kalaila machte sich zum nächsten Münzfernsprecher auf. Unsicher, weil mit den neuesten Telefonapparaten noch nicht vertraut, drückte sie auf den Knopf, über dem ›Vermittlung‹ stand, und meldete mit französischem Akzent ein R-Gespräch an; die Nummer, die sie verlangte, hatte sie seit langem in ihrem Gedächtnis gespeichert.

»Ja?« sagte Mitchell Payton am anderen Ende der Leitung.

»Ich bin's, MJ. Was ist passiert?«

»Andrew Vanvlanderen ist heute in den frühen Morgenstunden gestorben.«

»War es Mord?«

»Nein. Herzschlag, das steht einwandfrei fest. Er hatte ziemlich viel Alkohol im Blut und sah ganz verwahrlost aus – unrasiert, blutunterlaufene Augen, nach Schweiß und Schlimmerem riechend, aber es war kein Mord.«

»Verdammt! Verdammt!«

»Die Umstände, unter denen er starb, sind auch interessant – immer gibt es besondere Umstände, nichts kann sauber und gradlinig sein. Er hatte stundenlang vor dem Fernseher gesessen und ihn schließlich mit einem Marmoraschenbecher zertrümmert.«

»Er muß ein reizbarer Mensch gewesen sein«, entgegnete Kalaila. »Was sagt seine Frau?«

»Zwischen Tränen und Bitten, sie allein zu lassen, behauptet die stoische Witwe, er sei wegen schwerer Verluste an der Börse und bei anderen Investitionen sehr deprimiert gewesen. Natürlich behauptet sie, nichts Näheres darüber zu wissen.«

»Hast du ihre Behauptungen nachgeprüft?«

»Aber ja doch. Mit seinem Portefeuille hätte er gut und gern mehrere kleine Nationen erhalten können. Zwei seiner Pferde haben vorige Woche sogar das tägliche Doppel in Santa Anita gewonnen und galoppieren, mit noch ein paar anderen, auf die Millionengrenze an Zuchtgebühren zu.«

»Also hat sie gelogen.«

»Sie hat gelogen«, bestätigte Payton.

»Daß er deprimiert war, könnte jedoch stimmen.«

»Ersetzen wir deprimiert durch ein anderes Wort. Zorn, zum Beispiel. Rasender Zorn, gekoppelt mit hysterischer Angst.«

»Etwas, das er erwartet hat, trat nicht ein«, meinte Kalaila.

»Etwas, das geschehen war, wurde nicht publiziert, so daß er nicht wußte, woran er war. Vielleicht war es geschehen, vielleicht nicht, vielleicht war es fehlgeschlagen. Vielleicht, und das könnte das auslösende Moment gewesen sein, waren ein paar Terroristen lebend gefaßt worden, was ja in Mesa Verde mit einem tatsächlich passiert ist.«

»Und Leute, die gefaßt werden, können reden wie ein Wasserfall, ohne es zu wissen.«

»Genau. Man braucht nur jemanden, der eine Örtlichkeit beschreiben kann, eine Methode zu reisen, irgendeine Kleinigkeit. Wir haben diese Person. Es gibt zu viele Schwierigkeiten, man kann einfach nicht alles verbergen. Demjenigen, der hinter diesen Morden steckt, muß das klar sein, zumindest muß er es vermuten. Das mag Andrew Vanvlanderen belastet haben.«

»Wie kommt ihr mit dem Gefangenen voran?«

»Er ist ein Irrer. Er tobt. Er hat alles versucht, wollte sich selbst ersticken und seine Zunge verschlucken. Sie mußten ihm Tranquilizer spritzen, bevor sie ihm das Serum gaben, das hat alles ein bißchen verzögert. Die Ärzte sagen, wir müßten die ersten Ergebnisse in ungefähr einer Stunde bekommen.«

»Was soll ich jetzt machen, MJ? Schließlich kann ich nicht gut bei der trauernden Witwe hereinplatzen...«

»Im Gegenteil, meine Liebe«, unterbrach Payton. »Genau das sollst du. Wir werden diese für uns nachteilige Situation, die sich durch die Umstände ergeben hat, in einen Vorteil verwandeln. Wenn jemand wie Mrs. Vanvlanderen eine Stellung annimmt, in der sie so eng mit dem potentiellen Nachfolger des Präsidenten der Vereinigten Staaten zusammenarbeitet, wird persönliche Rücksichtnahme zweitrangig. Du wirst dich natürlich überschwenglich für die Störung in einer für sie so schweren Stunde entschuldigen, aber dann bleib bei dem von uns entworfenen Plan.«

»Wenn man's genauer überlegt«, sagte Kalaila, »könnte unter den gegebenen Umständen das Timing nicht besser sein. Ich bin die letzte, die sie erwartet, mein Besuch wird sie ganz schön aufrütteln.«

»Ich freue mich, daß du zustimmst. Vergiß nicht, zeig ruhig Mitgefühl, aber das kalte Geschäft der nationalen Sicherheit hat Vorrang.«

»Was ist mit Shapoff? Sind wir ein Team?«

»Nur wenn du ihn brauchst. Wir haben ihn an den Marine-Nachrichtendienst ausgeliehen, wo er den Status eines Beraters hat, und ich bin froh, daß er dort ist, aber mir wäre lieber, du fingst solo an. Verständigt euch über Kontaktmöglichkeiten.«

»Ich nehme an, er wurde nicht instruiert?«

»Nein, er hat nur den Auftrag, dir jede Unterstützung zukommen zu lassen, um die du bittest.«

»Ich verstehe.«

»Adrienne«, sagte Mitchell Payton, den Namen besonders betonend, »da ist noch etwas, das du wissen solltest. Wir sind unserem blonden Europäer und – was ebenso wichtig ist – seinen Absichten und Zielen möglicherweise einen Schritt nähergekommen.«

»Wer ist er? Wie hast du ihn gefunden?«

»Wir wissen nicht, wer er ist, aber meiner Meinung nach arbeitet er für Leute, die Evan gern im – oder wenigstens näher beim Weißen Haus sehen möchten.«

»Mein Gott, das käme für ihn nie in Frage, nicht in tausend Jahren. Was sind das für Leute?«

»Wahrscheinlich sind sie sehr reich und sehr einfluß- und

einfallsreich dazu.« Payton berichtete ihr von der bevorstehenden landesweiten Kampagne, die Kendrick das Amt des Vizepräsidenten einbringen sollte. »Jennings sagte, seine Leute seien überzeugt, daß er einschlagen könnte – schnell und gründlich. Und meiner Meinung nach hätte er nichts dagegen.«

»Bis hinauf zur Reaktion des Präsidenten«, sagte Kalaila tonlos, »hat man jeden Schritt, jeden Zug überlegt und analysiert. Bis auf einen.«

»Und der wäre?«

»Sie haben nicht mit Evan gerechnet, MJ. Er wird das Amt nie annehmen. – Es gibt also zwei Gruppen – eine, die unseren heldenhaften Kongreßabgeordneten auf der nationalen Wahlliste sehen möchte, und eine andere, die alles tut, um ihn auszuschalten.«

»Ich bin zu demselben Schluß gekommen und hab' das auch dem Präsidenten gesagt. Und jetzt an die Arbeit, Raschad. Ruf mich wieder an, sobald du in deinem Hotel bist. Vielleicht habe ich inzwischen Neuigkeiten von unseren Doktoren.«

»Dürfte ich mich bei meinen Großeltern melden? Wie du weißt, wohnen sie hier in der Nähe.«

»Spreche ich eigentlich mit einer Zwölfjährigen? Du müßtest wissen, daß das völlig ausgeschlossen ist.«

»Verstanden, MJ.«

Es war drei Uhr nachmittags, und es war kalt im winterlichen Cynwid Hollow. Die Chauffeure, die auf der Zufahrt parkten, rauchten und unterhielten sich leise miteinander. Im Haus hatte die Konferenz begonnen.

»Heute dauert es nicht lange«, sagte Milos Varak zu den Mitgliedern von Inver Brass, die in dem großen Arbeitszimmer wie üblich um den runden Tisch herum saßen. »Aber die Information, die ich bekommen habe, ist so wichtig, daß ich Dr. Winters bat, diese Zusammenkunft einzuberufen, weil ich das Gefühl hatte, Sie davon in Kenntnis setzen zu müssen.«

»Hoffentlich ist sie wichtig«, sagte Eric Sundstrom. »Ich habe ein ganzes Labor zurückgelassen, das keine Ahnung hat, wie es weitermachen soll.«

»Und mich haben Sie aus dem Gericht herausgeholt, Milos«, warf Margaret Lowell ein. »Aber ich nehme an, Sie haben richtig gehandelt, wie sonst auch.«

»Ich bin eigens aus Nassau herübergeflogen«, sagte Gideon Logan leise lachend, »aber ich habe die ganze Zeit nur gefischt, bis das verfluchte Bordtelefon klingelte. Außerdem hatte ich nichts gefangen.«

»Ich wünschte, ich könnte von mir behaupten, wenigstens so produktiv gewesen zu sein«, meinte Jacob Mandel. »Ich hab' mir ein Spiel der Knickerbocker angesehen, als mein Piepser loslegte. Um ein Haar hätte ich ihn nicht gehört.«

»Ich denke, wir sollten fortfahren«, sagte Samuel Winters mit leichter Schärfe, die teils Ungeduld und teils etwas anderes, vermutlich Ärger, war. »Die Information ist vernichtend.«

Margaret warf dem weißhaarigen Historiker einen erstaunten Blick zu. »Aber selbstverständlich, Sam. Wir wollten nur ein bißchen zu Atem kommen.«

»Ich habe vielleicht vom Fischen gesprochen«, sagte Gideon Logan, »aber gedacht habe ich an etwas anderes, Samuel.«

Der Sprecher von Inver Brass nickte, bemühte sich jedoch vergeblich um ein ungezwungenes Lächeln. »Verzeiht mir, wenn ich gereizt erscheine. Die Wahrheit ist, daß ich Angst habe, und euch wird es gleich genauso gehen.«

»Dann gibt es in meinem Labor nichts, das wichtiger wäre«, sagte Sundstrom friedlich, als habe ihn der Vorwurf zu Recht getroffen. »Bitte, Milos, sprechen Sie.«

Beobachte jedes Gesicht, ihre Augen, die Muskeln ihrer Wangen, die Muskeln um ihre Lider und ihre Haaransätze. Paß auf, ob jemand unwillkürlich schluckt oder ob bei jemandem die Adern am Hals anschwellen. Einer von ihnen kennt die Wahrheit. Einer ist der Verräter.

»Palästinensische Terroristen haben Kendricks Häuser überfallen, das in Virginia und das in Colorado. Es hat viele Tote gegeben.«

Bei der Selbstbeherrschung, die die fünf von Inver Brass sonst übten, konnte man die folgende Szene fast tumultartig nennen. Sie prallten, wie von einem Schlag getroffen, auf ihren Stühlen zurück oder schnellten nach vorn, sie schrien auf, ihre Augen weiteten sich vor Entsetzen oder blinzelten ungläubig, und dann wurde Varak mit Fragen förmlich überschüttet.

»Ist Kendrick tot?«

»Wann ist es passiert?«

»Wieso hat man nichts darüber gehört?«

»Hat man jemand lebend gefaßt?« Gideon Logan hatte diese Frage gestellt, und Varak konzentrierte sich sofort auf ihn. Logans dunkles Gesicht war vor Wut verzerrt. Oder war es Aufregung? Angst?

»Ich beantworte alle Fragen, soweit ich kann«, sagte Milos Varak, »aber leider bin ich nicht voll im Bild. Es heißt, Kendrick habe überlebt und befinde sich in Schutzhaft. Der Überfall fand gestern am Spätnachmittag, vielleicht auch am frühen Abend statt...«

»Vielleicht?« rief Margaret Lowell. »Gestern schon? Wieso wissen Sie es nicht genau? Wieso wissen wir alle nichts davon, wieso weiß das Land nichts?«

»Totale Nachrichtensperre. Die Geheimdienste haben sie wahrscheinlich gefordert, und der Präsident hat sie genehmigt.«

»Offenbar will man so den Arabern auf die Spur kommen«, sagte Mandel. »Sie morden, weil sie nach Publicity lechzen, und wenn man sie ihnen vorenthält, werden sie noch verrückter, als sie schon sind. Verrückte fallen aber auf...«

»Und wenn sie noch leben, müssen sie irgendwie das Land verlassen«, fügte Sundstrom hinzu. »Können sie das, Varak?«

»Das hängt davon ab, wie gut oder wie schlecht ihre – Mission vorbereitet war, Sir. Und es hängt von dem ab, der es ihnen ermöglicht hat, in die Vereinigten Staaten einzureisen.«

»Hat man einige Palästinenser lebend gefaßt?« wiederholte Gideon Logan seine Frage.

»Darüber könnte ich bestenfalls Vermutungen anstellen«, antwortete Varak scheinbar gelassen, in Wirklichkeit aber hellwach, angespannt. »Ich hatte Glück, daß ich noch einiges erfahren konnte, bevor der Laden dichtgemacht wurde. Wie viele Tote es tatsächlich gegeben hat, war zu diesem Zeitpunkt noch nicht ganz klar.«

»Und wie sehen Ihre Vermutungen aus?« fragte Sundstrom.

»Die Chance, daß einer der Angreifer lebend gefaßt wurde, ist äußerst gering. Gewöhnlich tragen Terroristen Zyankalikapseln bei sich, die in ihre Jackettaufschläge eingenäht sind, versteckte Rasierklingen und Spritzen, die sie mit Heftpflaster am Körper festgeklebt haben – alles dazu bestimmt, lieber Selbstmord zu begehen als unter der Folter oder unter Drogen zum Verräter an der heiligen Sache zu werden. Sie müssen bedenken, daß der Tod für diese Menschen kein Opfer ist, er ist nur ein Übergang in ein glücklicheres Leben im Jenseits.«

»Aber es ist möglich, daß einer oder zwei überlebt haben?« fragte Logan hartnäckig weiter.

»Möglich ist es. Kommt ganz darauf an, wie viele beteiligt waren.«

»Warum ist das so wichtig, Gideon?« fragte Samuel Winters.

»Weil wir gehört haben, was für außerordentliche Maßnahmen getroffen worden sind, um Kendrick zu schützen«, antwortete Logan und musterte Varak forschend. »Deshalb bin ich der Meinung, es wäre sehr, sehr wichtig zu erfahren, wie diese primitiven Fanatiker diese Sicherheitsvorkehrungen unterlaufen konnten. Wissen Sie etwas darüber, Milos?«

»Ja, Sir. Doch es ist nicht offiziell, nur meine eigene Schlußfolgerung. Es dauert jedoch höchstens ein paar Tage, bis die Bundesbehörden zu demselben Ergebnis kommen wie ich.«

»Und was ist das für ein Ergebnis, zum Teufel?« fragte Margaret Lowell überlaut.

»Ich nehme an, Sie wissen alle über Andrew Vanvlanderen Be...«

»Nein«, fiel ihm Margaret Lowell ins Wort.

»Was ist mit ihm?« fragte Logan.

»Sollten wir etwas wissen?« warf Jacob Mandel ein.

»Er ist tot«, sagte Eric Sundstrom und lehnte sich auf seinem Stuhl zurück.

»Was!« stießen die anderen fast gleichzeitig hervor.

»Es ist heute morgen in Kalifornien passiert«, erklärte Samuel Winters. »Zu spät für die Zeitungen im Osten. Als Todesursache wurde ein Herzanfall angegeben. Ich hab's im Radio gehört.«

»Ich auch«, fügte Sundstrom hinzu.

»Ich hatte heute noch keine Zeit, Radio zu hören.« Margaret Lowell.

»Erst war ich auf meinem Boot, und dann saß ich im Flugzeug.«

»Und ich war beim Basketball.« Jacob Mandel sagte es fast schuldbewußt.

»Es ist nicht die größte Tagesneuigkeit«, meinte Eric Sundstrom. »Die Spätausgabe der *Washington Post* bringt es auf Seite vier oder fünf, glaub' ich, und dort kannte man Vanvlanderen.

Hier draußen und in Palm Springs dürften bisher nicht allzu viele Leute seinen Namen gehört haben.«

»Und was haben er oder sein Tod mit den Palästinensern zu tun?« fragte Logan, die dunklen Augen unverwandt auf Varak gerichtet.

»Der Herzanfall, der als Todesursache genannt wird, ist zweifelhaft.«

Jedes einzelne Gesicht an dem runden Tisch sah aus wie aus Granit gehauen – hart und reglos. Langsam wandten sie sich einander zu, sahen sich an, und die Ungeheuerlichkeit dieser Anspielung schlug wie eine riesige Welle über ihnen zusammen.

»Das ist eine sehr gewagte Behauptung, Mr. Varak«, sagte Winters. »Würden Sie sie meinen Freunden genauso erklären wie vorher mir?«

»Die Männer um Vizepräsident Bollinger sind im wesentlichen die, denen die Parteispenden am lockersten sitzen, aber sie bekämpfen sich gegenseitig. Ich habe in Erfahrung gebracht, daß es da mehrere Interessengruppen gibt. Die eine möchte den Vizepräsidenten durch einen ganz bestimmten Kandidaten ersetzen, eine zweite will ihn halten, und eine dritte besteht darauf, abzuwarten, bis die politische Landschaft übersichtlicher ist.«

»Und?« fragte Jacob Mandel, seine silbergerahmte Brille abnehmend.

»Der einzige, den offenbar niemand akzeptiert, ist Evan Kendrick.«

»Und, Milos?« sagte Margaret Lowell.

»Alles, was wir tun, birgt ein gewisses Risiko«, antwortete Varak. »Ich habe nie versucht, das zu bagatellisieren, wenn ich Ihnen auch Anonymität garantiert habe. Dennoch mußten wir, um die Kampagne für den Kongreßabgeordneten Kendrick einzuleiten, ein politisches Komitee gründen, durch das wir Material und Geld schleusen, ohne daß Sie dabei in Erscheinung treten. Das hat mehrere Wochen gedauert, und es ist möglich, daß die Neuigkeit jetzt bis San Diego durchgedrungen ist. Es ist nicht schwierig, sich die Reaktion von Bollingers Leuten vorzustellen, besonders die der Gruppe, die ihn am stärksten unterstützt. Kendrick ist ein amerikanischer Held, ein Kandidat, der so populär ist, daß er gewissermaßen wie von selbst auf der Wahlliste auftauchen kann – genauso, wie wir es geplant hatten.

Diese Leute könnten in Panik geraten und sich nach einer schnellen und endgültigen Lösung umsehen. Zu ihnen müßten auch die Vanvlanderens gehören, und Mrs. Vanvlanderen, die Stabschefin des Vizepräsidenten, hat ausgezeichnete Verbindungen nach Europa und zum Nahen Osten.«

»Gütiger Himmel!« rief Eric Sundstrom. »Wollen Sie etwa behaupten, daß Vizepräsident Bollinger für diese Terroristenüberfälle, diese Morde, verantwortlich ist?«

»Direkt hat er bestimmt nichts damit zu tun, Sir. Es könnte eher auf der Linie der Bemerkungen liegen, die König Heinrich bei Hofe über Thomas Becket fallenließ. ›Will mich denn niemand von diesem Wirrkopf von Priester befreien?‹ Der König gab keinen Befehl, keine Anweisungen, er stellte einfach nur eine Frage, lachend wahrscheinlich, doch seine Ritter begriffen, worauf es ankam. Und bei uns ist entscheidend, daß es mächtige Leute sein müssen, die es diesen Killern ermöglicht haben, ins Land zu kommen, und sie, als sie hier waren, mit allem Nötigen ausstatteten.«

»Das kann ich nicht glauben«, flüsterte Jacob Mandel, seine Brille umklammernd.

»Einen Moment«, unterbrach Gideon Logan, den großen Kopf zur Seite geneigt, die Augen noch immer auf Varak gerichtet. »Sie haben auch angedeutet, Vanvlanderens Herzanfall könnte etwas anderes gewesen sein. Wie kommen Sie zu dieser Vermutung, und wie hängt sie, wenn Sie recht haben, mit den Palästinensern zusammen?«

»Der erste Verdacht wegen Vanvlanderens Herztod kam mir, als ich erfuhr, daß Mrs. Vanvlanderen schon eine Stunde, nachdem der Tote in die Leichenhalle gebracht worden war, die Anordnung gab, ihr Mann müsse sofort eingeäschert werden. Sie behauptete, das hätten sie sich gegenseitig versprochen.«

»Dadurch wurde natürlich eine Autopsie verhindert.« Die Anwältin Margaret Lowell nickte. »Und worin besteht nun die Verbindung mit den Palästinensern?«

»Fangen wir mit dem Timing an. Ein gesunder Sportler, der noch nie Herzbeschwerden hatte, stirbt vierundzwanzig Stunden nach den Überfällen auf Kendricks Häuser ›plötzlich und unerwartet‹, wie es immer so schön heißt. Dann hat Mrs. Vanvlanderen, wie wir wissen, gute bis sehr gute Kontakte zum Nahen Osten. Das sind Fakten, die unsere Bundespolizei innerhalb weniger Tage ermitteln und dann wahrscheinlich automatisch mit den Massenmorden in Verbindung bringen wird.«

»Aber warum wurde Vanvlanderen getötet, wenn er mit den Terroristen unter einer Decke steckte?« fragte Sundstrom verwirrt. »Er hatte doch die Fäden in der Hand.«

»Das kann ich dir beantworten, Eric«, sagte Margaret Lowell. »Beweise, die sich eines Tages gegen einen wenden, Zeugen, die einem in den Rücken fallen könnten, vernichtet man am besten. Der Kurier wird getötet, nicht der, der ihn geschickt hat. Auf diese Weise kann der Verantwortliche nicht zur Rechenschaft gezogen werden.«

»Schluß! Schluß!« rief Jacob Mandel. »Können so hohe Regierungsbeamte und Politiker wirklich solcher Abschaum sein?«

»Wir wissen alle, daß das möglich ist, mein Freund«, antwortete Samuel Winters. »Sonst würden wir nicht handeln, wie wir es tun.«

»Wie tragisch das ist«, sagte Mandel und schüttelte den Kopf. »Eine so vielversprechende Nation und innerlich so angefault. Sie werden alle Vorschriften, alle Gesetze ändern. Wofür?«

»Für sie selbst«, erwiderte Gideon Logan leise.

»Was wird Ihrer Ansicht nach geschehen, Milos?« fragte Margaret Lowell.

»Wenn an meinen Überlegungen etwas dran ist und die Sache weiterhin geheimgehalten werden kann, wird man sich eine feine Geschichte ausdenken, in der mit keinem Wort erwähnt wird, daß Regierungsmitglieder Kontakte mit Terroristen hatten. Man wird Sündenböcke finden, vorzugsweise tote. Washington kann nichts anderes tun. Sonst müßten wir mit unserer Außenpolitik Bankrott erklären.«

»Und Bollinger?« Wieder lehnte sich Sundstrom auf seinem Stuhl zurück.

»Wenn die Sündenböcke einigermaßen überzeugend sind, könnte er noch einmal davonkommen. Offiziell, aber nicht bei uns.«

»Das ist eine interessante, wenn auch nicht sehr aufschlußreiche Erklärung, Mr. Varak«, sagte Winters. »Hätten Sie etwas dagegen, deutlicher zu werden?«

»Aber durchaus nicht, Sir. Obwohl ich nach Chicago zurückmuß, habe ich mit ein paar Leuten von der Telefongesellschaft in San Diego die Abmachung getroffen, daß man mir Tonbandaufzeichnungen von jedem Anruf schickt, den Bollinger zu Hause oder im Büro bekommt; das gleiche gilt für seinen Stab. Ich bekomme Listen mit allen Nummern, den genauen Zeiten und den Standorten von Telefonzellen, aus denen eventuell telefoniert wird. Wenn ich mich nicht sehr irre, bekomme ich damit ausreichend Munition in die Hand – auch wenn es nur Indizien sind –, um den Vizepräsidenten freundlich zu überreden, sich mit Anstand zurückzuziehen und nicht mehr nominieren zu lassen.«

Der letzte Wagen verließ die Zufahrt, als Samuel Winters in dem stilvollen, gobelingeschmückten Wohnzimmer den Telefonhörer auflegte und zu Varak an das große Vorderfenster trat.

»Welcher ist es?« fragte Varak, dem verschwindenden Fahrzeug nachblickend.

»Ich glaube, Sie werden es wissen, bevor in Kalifornien der Morgen graut. Der Hubschrauber ist in ein paar Minuten hier, und der Jet in Easton hat um halb fünf Starterlaubnis.«

»Vielen Dank, Sir. Ich hoffe nur, wir haben diese ganzen Vorbereitungen nicht vergeblich getroffen.«

»Sie hatten sehr starke Argumente, Milos. Wer es auch sein mag, er wird nicht wagen zu telefonieren. Er oder sie wird persönlich erscheinen. Ist im Hotel alles vorbereitet?«

»Ja. Mein Fahrer, der mich in San Diego am Flughafen erwartet, bringt mir die Schlüssel zum Lieferanteneingang und zur Suite. Ich benütze den Lastenaufzug.«

»Sagen Sie«, meinte Samuel Winters, »wäre es möglich, daß das Szenarium, das Sie uns heute präsentierten, der Wahrheit entspricht? Könnte Andrew Vanvlanderen tatsächlich mit den Palästinensern Kontakt aufgenommen haben?«

»Nein, Sir, das ist nicht möglich. Seine Frau hätte es nie zugelassen. Sie hätte ihn mit eigener Hand umgebracht, wenn er's versucht hätte. Man hätte ihm dahinterkommen können, nicht ohne Schwierigkeiten, aber dennoch. Dieses Risiko hätte sie nie auf sich genommen. Dazu ist sie zu professionell.«

In der Ferne, über den Gewässern der Chesapeake Bay, hörte man das Donnern der Hubschrauber-Rotoren. Es kam näher und war bald so ohrenbetäubend, daß man sein eigenes Wort nicht mehr verstand.

Kalaila ließ ihre Handtasche auf den Boden fallen, warf zuerst zwei Schachteln und drei Einkaufstüten und dann sich selbst aufs Bett, schob die Tüten beiseite und machte auf dem Kissen Platz für ihren Kopf. Sie hatte ›Lebkuchen‹ Shapoff gebeten, sie bei einem Kaufhaus abzusetzen, damit sie sich etwas zum Anziehen kaufen konnte, weil alles, was sie besaß, entweder in Kairo oder in Fairfax, auf den Bahamas in einem Polizeiauto oder an Bord eines Jets der US Air Force war.

»Ich glaube, ich möchte lieber erst morgen über alles nachdenken«, sagte sie laut vor sich hin, »aber verdammt noch mal, ich kann nicht.« Sie setzte sich auf, griff nach dem Telefon, studierte gründlich die Bedienungsanleitung und wählte Paytons Nummer in Langley, Virginia.

»Ja?«

»MJ, gehst du eigentlich nie nach Hause?«

»Bist du zu Hause, meine Liebe?«

»Ich weiß nicht mehr so recht, wo das ist, aber ich verrate dir ein Geheimnis, Onkel Mitch.«

»Onkel? Gütiger Himmel, ich soll dich wohl auf einem Pony reiten lassen? Was gibt's?«

»Unter Umständen könnte das Heim unseres gemeinsamen Freundes bald für mich ›zu Hause‹ werden.«

»Du machst dich! Machst dich wirklich.«

»Er hat davon angefangen. Er hat sogar von zwanzig oder dreißig Jahren gesprochen. Von einem richtigen Heim und Babys und so weiter.«

»Dann müssen wir dafür sorgen, daß ihm nichts passiert, Adrienne.«

Kalaila schüttelte den Kopf, nicht als Verneinung, sondern um wieder in die Wirklichkeit zurückzufinden. »Das ›Adrienne‹ hat gewirkt, MJ. Tut mir leid.«

»Das braucht es nicht. Wir alle haben das Recht, manchmal einen Blick über den Zaun zu werfen, von Glück zu träumen. Und du weißt, daß ich dir alles Glück der Welt wünsche.«

»Du hast es nie gehabt, nicht wahr?«

»Ich wollte es nicht anders, Agentin Raschad.«

»Schon kapiert, Kumpel, oder soll ich ›Sir‹ sagen?«

»Sag, was du willst, aber hör mir jetzt zu. Wir haben den ersten Bericht aus der Klinik – von unserem Gefangenen. Sie reisen in Priesterkleidung, als Maronitenpriester mit israelischen Pässen. Der Junge weiß nicht viel; er ist ein Mitläufer, dem man erlaubt hat, sich Kendricks wegen dem Kommando anzuschließen. Er war in Oman mit ihm zusammen und gibt ihm die Schuld daran, daß er ein verkrüppeltes Bein hat.«

»Ich weiß, Evan hat es mir erzählt.«

»Hier ist alles ein bißchen wirr. Man hat dem Jungen nicht besonders viel anvertraut, und das war auch richtig, er ist unglaublich labil. Aus dem, was er sagt, konnten unsere Leute sich jedoch zusammenreimen, daß die beiden Teams sich in der Nähe eines Flughafens treffen sollten – Kommando eins sollte zu Kommando zwei stoßen, was vermutlich bedeutet, daß die Killer von Fairfax sich dort mit der Gruppe zusammentun sollten, die den Auftrag hatte, in Colorado zuzuschlagen.«

»Das sind Entfernungen! Die Kerle müssen clevere Reisemanager haben, die ihre Routen ausarbeiten.«

»Sehr clevere und sehr gut getarnte. Man könnte fast sagen, bürokratisch verschleierte.«

»Apropos bürokratisch. Ich befinde mich zwei Etagen über der trauernden Witwe.«

»Du bist angemeldet. Man hat ihr gesagt, daß du sie aufsuchen wirst.«

»Dann mach' ich mich ein bißchen zurecht und geh' an die Arbeit. Übrigens hab' ich mir ein paar Sachen zum Anziehen kaufen müssen, um meiner Rolle entsprechend auftreten zu können, aber ich will verdammt sein, wenn ich sie auch bezahle. Sie sind nicht mein Stil, sind ein bißchen zu streng für meinen Geschmack.«

»Ich dachte mir schon, daß du dich im Hinblick auf Mrs. Vanvlanderens frühere Beziehungen ein bißchen schicker anziehen solltest.«

»So streng sind die Sachen auch wieder nicht.«

»Auch das hab' ich mir gedacht. Ruf mich an, wenn du's hinter dir hast.«

Kalaila legte auf, betrachtete einen Augenblick das Telefon und griff dann nach ihrer Handtasche. Sie nahm einen Zettel heraus, auf dem sie sich Evans Telefonnummer in Mesa Verde notiert hatte, und wählte. »Hier bei Kendrick«, meldete sich eine von den Krankenschwestern.

»Kann ich bitte den Herrn Abgeordneten sprechen? Hier ist Miß Adrienne vom Außenministerium.«

»Klar – bleiben Sie dran, ich muß ihn erst reinholen. Er ist draußen und verabschiedet sich von dem netten jungen Griechen.«

»Von wem?«

»Ich glaube, es ist ein Grieche. Er und der Kongreßabgeordnete haben eine Menge gemeinsamer Bekannter, drüben in Arabien oder so.«

»Von wem reden Sie da eigentlich?«

»Von dem Priester. Einem jungen Priester aus...«

»Holen Sie Evan zurück!« schrie Kalaila und sprang auf. »Schreien Sie nach den Wachen! Die anderen warten draußen auf ihn! Sie wollen ihn töten!«

33

Es war so einfach, dachte Abjad, der aus dem Wald gegenüber das riesige Haus des verachteten Feindes beobachtete. Ein aufrichtiger, freundlicher junger Priester, mit einwandfreien Papieren und selbstverständlich unbewaffnet, überbrachte Grüße von alten Freunden des großen Mannes. Wer konnte ihm ein kurzes Gespräch verweigern, diesem harmlosen Kirchenmann aus einem fernen Land, der nicht wußte, welche Formalitäten man beachten mußte, wenn man so berühmte Leute besuchen wollte? Zwar war er zuerst abgewiesen worden, doch der Feind selbst hatte darauf bestanden, mit ihm zu sprechen. Jetzt lag es nur noch an ihnen. Und sie würden nicht versagen.

Ihr junger Genosse verließ das Haus. Er schüttelte dem verabscheuungswürdigen ›Amal Bahrudi‹ unter den Augen der aufmerksamen Wachen in unauffälligen Zivilanzügen die Hand. Die Gläubigen konnten nur schätzen, wie viele Wachen auf dem Grundstück und im Haus waren – mindestens zwölf Mann, wahrscheinlich mehr. Mit Allahs Hilfe konnten sie die meisten schon beim ersten Angriff ausschalten, die Mehrzahl töten und die anderen so schwer verwunden, daß sie nicht mehr einsatzfähig waren.

Ein Posten begleitete Abjads Mitstreiter höflich zu dem Wagen, der auf der Straße dicht bei der hohen Hecke parkte. Jetzt dauerte es nur noch Sekunden. Und ihr geliebter Allah sah wohlwollend auf sie herab. Drei weitere Wachen erschienen.

Jetzt waren insgesamt sieben vor dem Haus. Tu deine Arbeit, Bruder!

Der Genosse erreichte das Auto, neigte höflich den Kopf, machte das Zeichen des Kreuzes, schüttelte noch einmal eine Hand – diesmal die seines Begleiters, der jetzt von den anderen durch die Hecke getrennt war. Der Genosse öffnete die Wagentür, hustete einmal kurz, stützte sich mit der linken Hand auf die Lehne des Vordersitzes und griff mit der rechten nach hinten. Plötzlich wirbelte er mit der Schnelligkeit und Sicherheit des wahren Gläubigen herum und stieß dem Posten die zweischneidige Klinge in den Hals, die im Auto bereitgelegen hatte.

Der Posten wußte nicht einmal, wie ihm geschah. Blut schoß aus der tödlichen Wunde, der Posten stürzte, und der Terrorist packte gleichzeitig die Waffe und den Toten und zerrte ihn über die Straße ins Unterholz. Er warf einen Blick in Abjads Richtung, nickte und rannte zum Wagen zurück. Abjad schnalzte mit den Fingern. Das war das Signal für die Brüder, die hinter ihm unter den Bäumen warteten. Die drei Männer, wie der Weißhaarige in paramilitärischer Kleidung und mit leichten Maschinenpistolen und Handgranaten bewaffnet, schlichen vorwärts.

Der Killer in Priesterkleidung, der jetzt am Steuer des Wagens saß, startete den Motor, schaltete und fuhr gemächlich auf den linken Eingang der kreisförmigen Zufahrt zu. Plötzlich ließ er den Motor aufheulen und bog, das Fahrzeug scharf nach rechts reißend, in die Zufahrt ein. Gleichzeitig griff er unter das Armaturenbrett und legte einen Schalter um. Er öffnete die Tür und lenkte den Wagen über den weitläufigen Rasen vor dem Haus, so daß er wie ein Geschoß auf die Wachen zuraste, die an der Haustür mit dem Kongreßabgeordneten redeten. Nur einen Sekundenbruchteil später sprang der Terrorist aus dem Fahrzeug und landete auf dem Kies der Zufahrt. Als er auf dem Boden aufprallte, hörte er über den plötzlich ausbrechenden tumultartigen Lärm und das Donnern des Motors hinweg eine Frau schreien. Eine der Schwestern war aus dem Haus gestürzt und schrie irgend etwas; als sie das führerlose Auto sah, drehte sie sich um und schrie wieder, schrie Kendrick an, der ganz dicht bei der Haustür stand.

»Schnell weg! Schnell weg!« Ihre Stimme überschlug sich. »Die wollen Sie umbringen!«

Kendrick packte die Schwester beim Arm und schob sie vor

sich her ins Haus, während die Wachen das Feuer auf das leere metallene Monster eröffneten, das jetzt in Schlangenlinien auf die Glasschiebetür der seitlichen Veranda zufuhr. Im Haus knallte Kendrick mit der Schulter die Tür zu. Diese rein instinktive Bewegung und die mit starkem Stahl unterfütterte Türfüllung retteten ihnen das Leben.

Die Explosionen klangen wie eine Serie donnernder Fehlzündungen, ließen Mauern erbeben, sprengten Fenster und setzten Vorhänge und Möbelstücke in Brand. Von den sieben Wachposten, die sich vor dem Haus aufhielten, starben vier – von umherfliegenden Glasscherben und Metallsplittern durchbohrt, die durch die Luft geschleudert wurden, nachdem die unter dem Motorblock des Wagens befestigten neunzig Pfund Dynamit gezündet worden waren. Zwei Männer kämpften, aus den Augen und mehreren Wunden blutend, mit dem Tod. Der letzte, dessen linker Arm in einem blutigen Stumpf endete, ließ rasend vor Zorn seine Maschinenpistole Tod und Feuer speien, als er über den Rasen auf den Terroristen im Priesterkragen zutaumelte, der wie ein Wahnsinniger lachte, während seine Maschinenpistole einen Feuerstoß nach dem anderen hinausjagte. Die beiden Männer töteten sich gegenseitig in der Kühle des klaren Tages unter der blendenden Sonne von Colorado.

Kendrick preßte sich im Flur an die Mauer aus Felssteinen. »Bleiben Sie, wo Sie sind«, befahl er der Schwester, während er sich an der Mauer entlang langsam zum Wohnzimmer schob. Dicke Rauchschwaden wälzten sich durch die Räume, durch die zerbrochenen Fenster vom Wind ins Haus getragen. Die Wachen, die um das Haus herum postiert gewesen waren, verständigten sich durch Zurufe und deckten sich gegenseitig, während sie in neue Stellungen vorrückten. Dann erschütterten vier rasch aufeinanderfolgende Detonationen das Haus von neuem – Handgranaten –, und mehrere Stimmen schrien auf arabisch: »Tod unseren Feinden! Tod einem großen Feind! Blut soll mit Blut gesühnt werden!« Maschinenpistolen bellten aus verschiedenen Richtungen. Dann explodierten wieder zwei Handgranaten, von denen eine durch ein zertrümmertes Fenster ins Wohnzimmer flog und die der Tür gegenüber liegende Wand in einen Trümmerhaufen verwandelte. Kendrick wirbelte herum, um in Deckung zu gehen. Als der Staub sich gesenkt hatte und die Zerstörung in ihrem vollen Ausmaß sichtbar wurde, rief er verzweifelt: »Manny! Manny! Wo bist du? Antworte – so antworte doch!«

Er bekam jedoch keine Antwort, nur das Telefon klingelte absurderweise ununterbrochen. Um das Haus herum wurde noch immer geschossen, immer heftiger tobte der Kampf, Salve um Salve, ohrenbetäubend, Querschläger, die von Steinen abprallten, dumpf in Holz schlugen, durch die Luft pfiffen. Manny war auf der Veranda gewesen, auf der Veranda mit der Glastür. Kendrick mußte hinaus. Er mußte ganz einfach! Er stürmte ins Wohnzimmer, schlug sich durch Rauch und Flammen durch, hielt sich schützend die Hände vor Augen, Nase und Mund, als plötzlich, von Splittern wie von Funken umsprüht, eine Gestalt krachend durch eines der zertrümmerten Fenster flog, sich auf dem Boden über die Schulter abrollte und aufsprang.

»Abjad!« schrie Kendrick und hatte auf einmal das Gefühl, gelähmt zu sein.

»Du!« brüllte der Palästinenser, die Waffe im Anschlag. »Mein Leben ist gesegnet! Ruhm und Ehre sind mein! Geliebter Allah, sei gepriesen! Du schenkst mir ein großes Glück!«

»Bin ich dir das wert? So viele tot? So viele niedergemetzelt? Bin ich das wirklich wert? Fordert dein Allah so viel Tod?«

»Du sprichst von Tod?« kreischte der Terrorist. »Asra tot. Yakov tot. Saja von Juden getötet. All die anderen – Hunderte – Tausende tot. Und jetzt, Amal Bahrudi, du kluger Verräter, wirst du durch mich in die Hölle fahren!«

»Noch nicht«, stieß Emmanuel Weingrass, der plötzlich unter dem steinernen Türbogen auftauchte, heiser hervor. Seinen Worten folgten zwei Schüsse aus einer großkalibrigen Pistole, die so laut waren, daß sie für Sekunden das Feuer der Maschinenpistolen im Freien übertönten. Abjad, der Weißhaarige, wurde zurückgeschleudert. Er war auf der Stelle tot, die beiden Kugeln hatten ihm einen Teil der Schädeldecke weggerissen. Emmanuel Weingrass, der sich, Gesicht und Hemd blutüberströmt, mit der linken Schulter an die Innenseite des Steinbogens gepreßt hatte, um sich aufrecht zu halten, glitt langsam an der Mauer hinunter zu Boden.

»Manny!« schrie Kendrick, lief zu seinem Freund, fiel neben ihm auf die Knie und hob seinen Oberkörper vorsichtig hoch. »Wo bist du getroffen?«

»Wo nicht?« entgegnete Weingrass mit großer Mühe. »Kümmere dich um die beiden Mädchen. Als – es anfing, ging ich zum Fenster... hab' versucht, sie zurückzuhalten. Kümmere dich um sie, verdammt!«

Kendrick warf einen Blick auf die beiden Leichen auf der Veranda. Die Glastür hinter ihnen bestand nur noch aus dem Rahmen, in dem spitze und messerscharfe Scherben aus Sicherheitsglas steckten. Die Autobombe hatte ihr Werk getan. Von den beiden menschlichen Wesen war nicht mehr viel übrig – ein paar Fleischfetzen und Blut. »Da hilft alles Kümmern der Welt nicht mehr, Manny. Es tut mir leid.«

»Oh, und du in deinem verdammten Himmel nennst dich Gott?« schrie Weingrass, und Tränen traten ihm in die Augen. »Was willst du noch, du Gauner?« Es schien, als wolle er noch etwas sagen, verlor jedoch im nächsten Augenblick das Bewußtsein.

Draußen war es plötzlich still. Auf das Schlimmste vorbereitet, nahm Kendrick dem Freund die Pistole aus der Hand. Er fragte sich flüchtig, woher er sie wohl hatte, sagte sich aber sofort, daß nur Ge-Ge Gonzalez sie ihm gegeben haben konnte. Sanft legte er Weingrass auf den Boden zurück und stand auf. Vorsichtig betrat er das Wohnzimmer, das voller Qualm war. Es stank nach nassem Rauch, und Kendrick stellte überrascht fest, daß die Sprinkleranlage in der Decke tatsächlich noch funktionierte.

Ein Schuß. Er warf sich zu Boden, schaute hastig in alle Richtungen, und die Mündung seiner Waffe folgte fast automatisch seinen Blicken.

»Vier!« rief eine Stimme vor den zertrümmerten Fenstern. »Ich zähle vier.«

»Einer ist im Haus!« antwortete eine andere Stimme. »Geh ihm nach und schieß auf alles, was sich dort drin bewegt. Jesus, ich möchte nicht, daß wir dabei sind, wenn unsere Toten gezählt werden. Aber ich will auch nicht, daß einer von diesen Scheißkerlen lebend davonkommt. Hast du mich verstanden?«

»Und ob ich verstanden habe.«

»Der Scheißkerl, der im Haus war, ist tot!« rief Kendrick mit kraftloser Stimme. »Aber ich habe einen Verwundeten hier. Einen von uns, und er ist sehr schwer verwundet.«

»Herr Abgeordneter? Sind Sie das, Mr. Kendrick?«

»Ich bin es. Und ich will diesen Titel nie wieder hören.«

Wieder begann das Telefon zu klingeln. Kendrick sprang auf und lief zu dem angekohlten und von der Sprinkleranlage völlig durchnäßten Schreibtisch. Plötzlich sah er die Schwester, die ihm das Leben gerettet hatte, zögernd um den Türbogen biegen. »Bleiben Sie draußen«, sagte er. »Ich will nicht, daß Sie auf die Veranda gehen.«

»Ich habe gehört, daß Sie sagten, jemand sei verwundet, Sir. Ich bin dazu ausgebildet, Verwundete zu versorgen.«

Das Telefon klingelte hartnäckig weiter.

»Ihn dürfen Sie sehen, ja. Aber nicht die anderen. Ich will nicht, daß Sie die anderen sehen.«

»Ich bin kein Küken, Herr Abgeordneter, ich war drei Jahre in Vietnam.«

»Aber die beiden waren Ihre Freundinnen.«

»Das waren unzählige andere auch«, sagte die Schwester mit ausdrucksloser Stimme. »Ist der Verwundete Manny?«

»Ja.«

Das Telefon klingelte immer noch.

»Gehen Sie ran, Sir, und rufen Sie dann gleich Dr. Lyons an, ja?«

Kendrick nahm ab. »Ja?«

»Evan! Dem Himmel sei Dank! Ich bin's, MJ. Ich habe eben von Adrienne gehört...«

»Verpiß dich«, sagte Kendrick, unterbrach die Verbindung und wählte die Auskunft.

Zuerst drehte sich das Zimmer um ihn, dann wurde der ferne Donner lauter, und Blitze zuckten durch seinen Kopf. »Wiederholen Sie das bitte Wort für Wort, Miß«, sagte er, »damit ich auch genau weiß, daß ich Sie nicht mißverstanden habe.«

»Aber gewiß, Sir. In Cortez und im Bezirk Mesa Verde ist kein Dr. Lyons eingetragen. Es gibt überhaupt niemanden namens Lyons – L-Y-O-N-S – in der Gegend.«

»Aber das war sein Name. Er hatte eine Unbedenklichkeitsbescheinigung vom Außenministerium.«

»Wie bitte?«

»Nichts. Nichts.« Kendrick knallte den Hörer auf die Gabel, und sofort begann der Apparat wieder zu klingeln. »Ja?«

»Mein Liebling! Bist du gesund?«

»Dein verdammter MJ hat Mist gebaut. Ich weiß nicht, wie viele Tote es gegeben hat, und Manny ist von Kugeln durchlöchert. Er ist nicht nur halb tot, er hat nicht einmal einen Arzt.«

»Ruf Lyons an.«

»Den gibt es nicht. Woher weißt du, was hier passiert ist?«

»Ich hab' mit einer Schwester telefoniert. Sie sagte, du hättest Besuch, einen griechischen Priester, und... Hör zu, Liebling, wir hatten selbst erst ein paar Minuten vorher erfahren, daß sie als Priester verkleidet reisen. Ich habe MJ angerufen, und er ist außer sich. Er hat halb Colorado mobilisiert, die ganze Bundespolizei...«

»Ich hab' ihm eben gesagt, er soll sich verpissen.«

»Er ist nicht dein Feind, Evan.«

»Wer, zum Teufel, ist es?«

»Um Himmels willen, das versuchen wir ja herauszufinden.«

»Ihr seid ein bißchen langsam.«

»Und sie sind verdammt schnell. Was kann ich dir sagen?«

Kendrick, mit klatschnassen Haaren, die Kleidung von der Sprinklerflut durchnäßt, sah zu der Schwester hinüber, die sich um Weingrass kümmerte. Sie hatte Tränen in den Augen, seit sie ihre beiden Freundinnen auf der Veranda gesehen hatte. »Versprich mir, daß du zu mir zurückkommst«, sagte er leise ins Telefon. »Sag mir, daß es ein Ende haben wird. Sag mir, daß ich nicht den Verstand verliere.«

»All das kann ich dir sagen, aber du mußt es auch glauben. Du lebst, und nur das ist im Augenblick für mich wichtig.«

»Was ist mit den anderen, die nicht mehr am Leben sind? Und was ist mit Manny? Zählen sie nicht?«

»Manny hat gestern abend etwas gesagt, das mich tief beeindruckt hat. Wir sprachen über die Hassans, Sabri und Kaschi. Und Manny sagte, wir würden an sie denken und auf unsere Weise um sie trauern – aber nicht jetzt, später. Das mag auf manche Menschen gefühllos und kalt wirken, aber nicht auf mich. Er war dort, wo ich war, mein Liebling, und ich weiß, woher er kommt. Niemand ist vergessen, aber im Moment dürfen wir nicht an sie denken und müssen tun, was uns aufgetragen ist. Verstehst du das – mein Liebling?«

»Ich versuche es zu verstehen. Wann kommst du zurück?«

»Das erfahre ich in etwa zwei Stunden. Ich ruf' dich an.«

Kendrick legte auf, als Sirenengeheul und das Donnern von

Hubschrauber-Rotoren immer lauter wurden und alle Geräusche sich auf den winzigen Punkt in Colorado konzentrierten, der Mesa Verde hieß.

»Das ist eine wunderschöne Wohnung«, sagte Kalaila liebenswürdig, als sie durch das mit Marmor verkleidete Foyer in das Wohnzimmer der Vanvlanderens ging.

»Sie ist praktisch«, antwortete die Witwe, ein Taschentuch umklammernd, schloß die Tür und folgte dann der unwillkommenen Besucherin. »Der Vizepräsident ist ziemlich anspruchsvoll, und wir mußten uns entweder für dieses Apartment entscheiden oder uns eigens für die Zeit, die er in Kalifornien verbringt, ein Haus kaufen. Doch zwei Häuser – seins und meins – wären ein bißchen viel gewesen. Setzen Sie sich doch.«

»Sind alle Wohnungen so wie diese?« fragte Kalaila und setzte sich in den Lehnstuhl, auf den Ardis Vanvlanderen gezeigt hatte. Er stand dem großen, imposanten Brokatsofa gegenüber; die Frau des Hauses stellte von vornherein die Hackordnung klar.

»Nein, mein Mann hat sie nach unserem Geschmack umbauen lassen.« Die Witwe hob für einen Moment das Taschentuch an die Augen. »Ich glaube, ich sollte mich daran gewöhnen, ›mein verstorbener Mann‹ zu sagen«, fügte sie hinzu und ließ sich traurig auf der Couch nieder.

»Es tut mir so leid, und ich wiederhole, daß ich mich sehr dafür entschuldige, Ihnen in einer für Sie so schweren Zeit lästig zu fallen. Es ist unzumutbar, und das habe ich meinen Vorgesetzten auch deutlich gesagt, aber sie haben darauf bestanden.«

»Sie hatten recht. Staatsangelegenheiten haben Vorrang, Miß Raschad. Dafür habe ich Verständnis.«

»Also ich weiß nicht, ob ich es habe. Diese Unterredung hätte meiner Meinung nach frühestens auch morgen vormittag stattfinden können. Aber andere denken nun mal anders.«

»Das ist es, was mich fasziniert«, sagte Ardis, die schwarze Seide ihres Balenciaga-Kleides glattstreichend. »Was kann so ungeheuer wichtig sein, daß es keinen Aufschub verträgt?«

»Vor allem«, entgegnete Kalaila, schlug die Beine übereinander und entfernte ein Fältchen aus dem dunkelgrauen Kostüm, das sie in San Diego bei Robinson's erstanden hatte, »muß, was wir hier besprechen, unter uns bleiben. Wir wollen Vizepräsident Bollinger nicht unnötig beunruhigen.« Kalaila nahm ein schwarzes Notizbuch aus ihrer Handtasche und fuhr sich über das dunkle Haar, das sie streng zurückgekämmt und zu einem Knoten geschlungen trug. »Soviel ich weiß, hat man Ihnen gesagt, daß ich im Ausland – in Übersee – arbeite und nur wegen dieses Auftrags zurückgeholt wurde.«

»Man hat mir gesagt, Sie seien Expertin für Angelegenheiten des Nahen Ostens.«

»Das ist eine Umschreibung für terroristische Aktivitäten. Ich bin zur Hälfte Araberin.«

»Das sehe ich. Sie sind schön.«

»Und Sie sind sehr schön, Mrs. Vanvlanderen.«

»Na ja, es geht so, nur darf ich nicht an mein Alter denken.«

»Wir dürften im Alter nicht weit auseinander sein.«

»Auch darüber sollten wir lieber den Mantel des Schweigens breiten. Was gibt es für ein Problem? Was ist so ungeheuer wichtig, daß Sie unbedingt heute mit mir sprechen müssen?«

»Unseren Leuten, die im Libanon im Baaka-Tal arbeiten, wurde eine erstaunliche und beunruhigende Information zugespielt. Wissen Sie, was ein Mordkommando ist, Mrs. Vanvlanderen?«

»Wer weiß das nicht?« antwortete die trauernde Witwe und griff nach einer Zigarettenpackung, die auf dem Couchtisch lag. Sie nahm eine Zigarette heraus und ein weißes Marmorfeuerzeug vom Tisch. »Das ist eine Gruppe von Männern – gewöhnlich sind es Männer –, die ausgeschickt werden, um jemanden zu ermorden.« Sie zündete die Zigarette an, und ihre rechte Hand zitterte fast unmerklich. »Genug der Definitionen. Was hat der Vizepräsident damit zu tun?«

»Nun, er wurde doch bedroht. Sie haben deshalb sogar eine Spezialeinheit des FBI angefordert.«

»Der Spuk ist vorbei«, sagte Ardis und inhalierte tief. »Es hat sich herausgestellt, daß es sich um einen psychopathischen Spinner gehandelt haben muß, der wahrscheinlich nicht einmal eine Waffe besaß. Aber als diese schmutzigen Briefe kamen und die obszönen Anrufe anfingen, dachte ich, wir sollten kein Risiko eingehen. Es gibt einen genauen Bericht darüber. Wir haben den Kerl durch ein Dutzend Städte gejagt, bis er schließlich in Toronto in ein Flugzeug stieg. Nach Kuba, soviel ich weiß, und das geschieht ihm recht.«

»Vielleicht war er kein Spinner, Mrs. Vanvlanderen.«

»Wie meinen Sie das?«

»Sie haben ihn doch nie erwischt, oder?«

»Das FBI hat eine sehr genaue Kurzbiographie dieses Mannes zusammengestellt, Miß Raschad. Er wurde als geistig und seelisch gestört eingestuft, ein klassischer Fall von Schizophrenie, der sich außerdem einbildete, eine Art ›großer Rächer‹ oder etwas ähnlich Lächerliches zu sein. Er war im Grunde harmlos. Der Fall ist abgeschlossen.«

»Nicht für uns.«

»Warum nicht?«

»Wir haben Nachricht aus dem Baaka-Tal, daß zwei weitere Mordkommandos hierher in Marsch gesetzt wurden, vermutlich, um Vizepräsident Bollinger zu töten. Ihr Spinner war möglicherweise der Punkt, wissentlich oder unwissentlich, aber trotzdem der Punkt.«

»Der ›Punkt‹? Was soll das heißen? Ich verstehe Ihre Sprache nicht, stelle nur fest, daß sie grotesk klingt.«

»Aber durchaus nicht«, antwortete Kalaila gelassen. »Terroristen arbeiten nach einem bestimmten Prinzip: Sie wollen die Öffentlichkeit auf sich aufmerksam machen und geben lange vor dem Mord deutliche Hinweise auf die Person, die ›hingerichtet‹ werden soll. Dazu bedienen sie sich der unterschiedlichsten Methoden.«

»Warum sollten Terroristen Orson – Vizepräsident Bollinger ermorden wollen?«

»Warum dachten Sie, daß man die gegen ihn gerichteten Drohungen ernst nehmen müßte?«

»Weil sie existierten. Ich konnte sie nicht übergehen.«

»Und damit hatten Sie recht«, stimmte Kalaila zu und beobachtete Ardis Vanvlanderen, die fast gewalttätig ihre Zigarette ausdrückte, sich aber sofort eine neue ansteckte. »Doch um Ihre Frage zu beantworten – sollte der Vizepräsident ermordet werden, geht der Partei nicht nur ein Kandidat verloren, der mit Sicherheit wiedergewählt würde, es käme auch zu einer empfindlichen Störung des politischen Gleichgewichts.«

»Und zu welchem Zweck?«

»Terroristische PR. Es wäre ein spektakulärer Mord, nicht wahr? Um so mehr, als aus dem abschließenden Bericht hervorginge, daß das FBI zuerst hinzugezogen und dann wieder abberufen wurde, von einer genialen Strategie überlistet.«

»Von einer Strategie?« rief Ardis Vanvlanderen perplex. »Von was für einer Strategie?«

»Von einem psychopathischen Spinner, der keiner war, sondern als rein strategisches Ablenkungsmanöver diente. Lenk die Aufmerksamkeit auf einen harmlosen Spinner, und während alle hinter ihm her sind, ohne ihn fassen zu können, können die wahren Mörder unbeobachtet ihre Stellungen beziehen.«

»Das ist verrückt.«

»Eine Taktik, die schon unzählige Male mit Erfolg angewendet wurde. Für Araber ist das folgerichtig. Ein Schritt führt zum nächsten, wobei der erste nicht unbedingt mit dem dritten zusammenhängen muß, doch wenn man sucht, findet man die Verbindung. Sie haben vorhin von einem ›klassischen Fall‹ gesprochen – dieses Ablenkungsmanöver hat seinen Zweck hundertprozentig erfüllt.«

»Es war kein ›Ablenkungsmanöver‹. Wir hatten es mit Telefonanrufen zu tun, die in verschiedene Städte zurückverfolgt werden konnten, und mit geklebten schmutzigen Briefen.«

»Klassisch«, sagte Kalaila und machte sich Notizen.

»Was tun Sie da?«

»Da der Fall wieder aufgenommen wird, schreibe ich natürlich auf, wie Sie darüber denken. Darf ich Ihnen eine Frage stellen?«

»Aber gewiß«, sagte Ardis Vanvlanderen mit beherrschter, aber gepreßt klingender Stimme.

»Könnte es unter Vizepräsident Bollingers zahlreichen Anhängern – Freunden, sollte ich wohl sagen – hier in Kalifornien einige geben, die weder Anhänger noch Freunde sind?«

»Was?«

»Es ist kein Geheimnis, daß der Vizepräsident in wohlhabenden Kreisen verkehrt. Gibt es jemanden, mit dem er Differenzen hatte, oder sogar mehr als einen, eine besondere Gruppe vielleicht? Differenzen über Politik, Kapitalbeschaffung oder Regierungsausgaben?«

»Guter Gott, was sagen Sie da?«

»Damit, Mrs. Vanvlanderen, sind wir beim eigentlichen Grund meines Hierseins. Gibt es in Kalifornien Leute, die lieber einen anderen Kandidaten auf der Wahlliste sähen? Die, offen gesagt, einen anderen Vizepräsidenten wollen?«

»Ich kann nicht glauben, was ich höre! Wie dürfen Sie es wagen...«

»Ich bin es nicht, die etwas wagt, Mrs. Vanvlanderen. Das tut jemand anders. Internationale Verbindungen, egal wie verschleiert, kann man immer aufspüren. Vielleicht kann man sie anfangs niemand Bestimmtem zuordnen – keinem einzelnen und keiner Gruppe –, aber einem Sektor, einem Ort schon. Es gibt einen oder mehrere, die in diese schreckliche Sache verwikkelt sind, und sie sind hier in Südkalifornien. Unsere Leute im Libanon haben mit Initialen versehene Überseetelegramme eingekreist, die aus Zürich, woher das Aufgabedatum stammt, über Beirut nach San Diego geschleust wurden.«

»San Diego… Zürich?«

»Geld. Konvergierende Interessen. Die eine Partei will einen spektakulären Mord mit einem Maximum an PR, während die andere die spektakuläre Zielscheibe zwar aus dem Weg geräumt haben will, aber vom Tatort so weit wie möglich entfernt sein muß. Zu beidem braucht man sehr viel Geld. Dieses Geld zu seiner Quelle zu verfolgen ist eine unserer wichtigsten Aufgaben. Wir sind ihm schon auf der Spur.«

»Sie sind ihm auf der Spur?«

»Dauert höchstens noch ein paar Tage. Die Schweizer Banken sind sehr kooperativ, wenn es um Drogen oder Terrorismus geht. Und unsere Agenten im Libanon schicken uns genaue Beschreibungen der Kommandos. Wir haben sie früher abgefangen und werden es auch diesmal schaffen. Wir finden die Querverbindung nach San Diego. Aber wir dachten, daß Sie möglicherweise ein paar Ideen haben.«

»Ideen?« rief Ardis Vanvlanderen völlig benommen und drückte ihre Zigarette aus. »Ich kann nicht einmal einen Gedanken fassen, so unglaublich ist das alles. Sind Sie ganz sicher, daß nicht irgendwo ein riesengroßer, ein unglaublicher Fehler gemacht wurde?«

»Wir machen keine Fehler, wenn es um solche Dinge geht.«

»Also das finde ich ja ziemlich beschissen überheblich«, sagte Ardis Vanvlanderen und vergaß ganz ihr vornehmes britisches Englisch. »Ich meine, Miß Raschad, Sie sind nicht unfehlbar.«

»Es gibt Fälle, in denen wir es sein müssen; wir können es uns einfach nicht leisten, es nicht zu sein.«

»Also das ist doch idiotisch! Ich meine – ich meine, falls es diese Mordkommandos gibt und wenn Querverbindungen zwischen Zürich und Beirut und – und San Diego existieren, hätte jeder die Telegramme mit x-beliebigen Initialen absenden und sogar meinen Namen dazu mißbrauchen können.«

»Damit hätte man bei uns kein Glück«, beantwortete Kalaila die Frage, die Ardis Vanvlanderen nicht gestellt hatte, klappte ihr Notizbuch zu und steckte es in die Handtasche. »Auf eine so offensichtlich abgekartete Sache, die zum Himmel stinkt, fallen wir nicht herein.«

»Ja, genau das meine ich, eine abgekartete Sache. Jemand könnte einen von Orsons Freunden hereinlegen wollen, wäre das nicht möglich?«

»Um den Vizepräsidenten zu ermorden?«

»Vielleicht ist – wie haben Sie doch gesagt? – jemand ganz anderes die Zielscheibe, wäre das denkbar?«

»Jemand anders?« fragte Kalaila und zuckte fast zusammen, als Ardis Vanvlanderen nach der nächsten Zigarette griff.

»Ja. Indem er Überseetelegramme aus San Diego abschickt, um einen unschuldigen Anhänger des Vizepräsidenten zu belasten. Das ist möglich, Miß Raschad.«

»Eine sehr interessante Theorie, Mrs. Vanvlanderen. Ich werde meine Vorgesetzten von Ihren Überlegungen unterrichten. Diese Möglichkeit darf nicht außer acht gelassen werden. Wir bleiben in ständiger Verbindung mit Ihnen, und wir haben auch den Terminplan des Vizepräsidenten. Unsere eigenen Leute, im Kampf gegen den internationalen Terrorismus erfahren, werden überall, wo Mr. Bollinger sich aufhält, seine eigenen Sicherheitskräfte unauffällig unterstützen.«

»Ich bin einverstanden.« Mit der Zigarette in der Hand, ohne Taschentuch, das vergessen auf dem Brokatsofa lag, begleitete Ardis Vanvlanderen Kalaila aus dem Wohnzimmer und brachte sie bis an die Tür.

»Ach, übrigens, was Ihre Theorie betrifft«, sagte Kalaila, »so ist sie zwar interessant, und wir werden sie benutzen, um die Schweizer Banken zu schnellem Handeln zu zwingen, doch ich glaube nicht, daß sie tatsächlich hieb- und stichfest ist.«

»Was?«

»Alle Schweizer Nummernkonten haben versiegelte und daher unzugängliche Codes, die zu ihrem Inhaber führen. Sie sind häufig labyrinthisch, aber man kann sie knacken. Sogar der geldgierigste Mafia-Boß oder saudische Waffenhändler weiß, daß er sterblich ist. Er wird seine Millionen nicht den Gnomen von Zürich hinterlassen. Gute Nacht – und noch einmal mein herzlichstes Beileid.«

Lautlos ging Kalaila zu der jetzt geschlossenen Tür des Vanvlanderen-Apartments zurück, um zu lauschen. Sie hörte einen leisen Aufschrei und eine Serie obszöner Flüche; Ardis Vanvlanderen drehte in den nach ihrem Geschmack umgebauten Räumen offensichtlich durch. Kalaila hatte mit ihrem Plan Erfolg und MJ recht gehabt. Die negativen Aspekte von Andrew Vanvlanderens Tod hatten sich ins Gegenteil verkehrt. Und das Positivste daran war, daß die Witwe dem Druck auf die Dauer nicht standhalten würde.

Milos Varak lehnte etwa dreißig Meter links vom Eingang des *Westlake Hotels* in der dunklen Einfahrt eines Warenhauses, zehn Meter von der Ecke der Querstraße entfernt, in der der Lieferanteneingang lag. Es war fünf Uhr fünfunddreißig nachmittags. Er war schneller gewesen als jeder Linienflug aus Washington, D. C., Maryland und Virginia. Der Augenblick der Entlarvung, der Augenblick der Wahrheit stand unmittelbar bevor, und er war pünktlich zur Stelle. Aber auch im Hotel war alles bereit. Die Direktion, die der trauernden Witwe übrigens tiefes Mitgefühl entgegenbrachte, hatte eine zusätzliche – von Varak instruierte – ›Putzfrau‹ eingestellt. In jedem Raum der Vanvlanderen-Suite waren Mikrofone versteckt worden, so daß kein Wort mehr gesprochen werden konnte, das nicht in der Nachbarsuite auf Varaks Bandgerät mitgeschnitten wurde.

Ungefähr alle drei Minuten fuhr ein Taxi vor dem Hotel vor, und Varak musterte jeden aussteigenden Fahrgast. Zwischen zwanzig und dreißig bisher – wie viele genau, wußte er nicht mehr, weil er mit dem Zählen durcheinandergeraten war –, doch er war noch immer voll konzentriert. Plötzlich fiel ihm ein Taxi auf, das links von ihm, hinter der Einmündung der Querstraße, anhielt, ungefähr dreißig Meter vom Hotel entfernt. Ein Mann stieg aus, und Varak wich tiefer in das Dunkel der Toreinfahrt zurück.

»Ich hab's im Radio gehört.«

»Ich auch.«

»Sie ist ein Miststück.«

»Und wenn sie am Leben sind, müssen sie irgendwie das Land verlassen. Ist das möglich?«

»Es ist nicht die größte Tagesneuigkeit.«

»Und Bollinger?«

Der Mann trug einen Mantel und hatte den Kragen hochgeschlagen, um sein Gesicht zu verbergen. Er überquerte die Straße und ging schnell auf den Hoteleingang zu. Dabei kam er direkt an Varak vorbei. Keine drei Meter trennten sie voneinander. Der Verräter war Eric Sundstrom, und er war ganz offensichtlich in Panik.

34

Ardis Vanvlanderen stockte der Atem. »Mein Gott, was tust du hier?« rief sie dann, zerrte den rundlichen Sundstrom buchstäblich durch die Tür und warf sie krachend zu. »Hast du den Verstand verloren?«

»Ich nicht, im Gegenteil, aber deiner scheint sich beurlaubt zu haben. Blöder – idiotischer ging's wohl nicht mehr, wie? Was habt ihr euch eigentlich dabei gedacht, du und dein Pferdearsch von Ehemann?«

»Die Araber? Die Mordkommandos?«

»Ja. Ihr gottverdammten Narren...«

»Das ist lächerlich!« schrie Ardis Vanvlanderen. »Es muß ein gräßliches Mißverständnis sein. Warum sollten wir – warum sollte Andy Bollinger umbringen lassen wollen?«

»Bollinger? Es geht um Kendrick, du Miststück. Palästinensische Terroristen haben seine Häuser in Virginia und Colorado überfallen. Es wurde eine totale Nachrichtensperre verhängt, aber es hat viele Tote gegeben. Der Goldjunge selbst ist allerdings davongekommen.«

»Kendrick?« flüsterte Ardis, einen Ausdruck von Panik in den großen grünen Augen. »O mein Gott, und sie glauben, die Killer kommen nach San Diego, um Bollinger umzubringen. Sie haben alles mißverstanden.«

»Sie?« Sundstroms Züge schienen zu erstarren, er wurde kalkweiß. »Wovon redest du? Wen meinst du mit ›sie‹?«

»Komm, setzen wir uns.« Ardis ging ihm voraus ins Wohnzimmer, zurück zu ihrem Sofa und ihren Zigaretten. Sundstrom, noch immer ungewöhnlich blaß, folgte ihr, wandte sich dann aber der Bar zu, auf der Flaschen und Karaffen mit alkoholfreien Getränken, ein Eiskübel und Gläser standen. Ohne auf das Etikett zu schauen, nahm er auf gut Glück eine Flasche und schenkte sich einen Drink ein.

»Wer sind ›sie‹?« fragte er noch einmal leise und eindringlich.

Ardis zündete sich eine Zigarette an. »Eine von ihnen ist vor ungefähr anderthalb Stunden gegangen...«

»Eine von ihnen? Wer?«

»Eine Frau namens Raschad, Expertin auf dem Gebiet der Terroristenbekämpfung. Sie ist bei einer Abteilung der CIA, die mit dem Außenministerium zusammenarbeitet. Sie hat Kendrick mit keinem Wort erwähnt.«

»Herr und Heiland! Sie haben zwei und zwei zusammengezählt. Varak hat gesagt, sie würden es tun, und jetzt ist es tatsächlich passiert.«

»Wer ist Varak?«

»Wir nennen ihn unseren Koordinator. Er hat gesagt, sie würden dir dahinterkommen, daß du enge Beziehungen zum Nahen Osten unterhältst.«

»Was unterhalte ich?« fragte Ardis verblüfft.

»Diese Off-Shore-Gesellschaft...«

»Off Shore Investments«, korrigierte sie ihn. »Das waren acht Monate meines Lebens, und dann war die Sache gelaufen.«

»...und deine Kontakte in diesem ganzen Gebiet...«

»Ich habe keine Kontakte!« schrie Ardis Vanvlanderen. »Ich war seit mehr als zehn Jahren nicht mehr im Nahen Osten. Die einzigen Araber, die ich kenne, sind ein paar flotte Typen, denen ich in London und Divonne begegnet bin.«

»Flott im Bett oder am Spieltisch?«

»Beides, wenn du's unbedingt wissen willst, Geliebter. Aber wie kommen diese Leute eigentlich auf so was?«

»Weil du ihnen einen guten Grund geliefert hast, als du dieses Schwein heute früh mit so verdächtiger Eile hast verbrennen lassen.«

»Andy?«

»War außer ihm noch jemand hier, der tot umgefallen ist? Oder vielleicht vergiftet wurde?«

»Was, zum Teufel, redest du da?«

»Von der Leiche deines vierten oder fünften Ehemannes rede ich. Kaum ist er in der Leichenhalle, hast du nichts Besseres zu tun, als zum Telefon zu greifen und seine sofortige Einäscherung anzuordnen. Meinst du wirklich, so etwas ließe diese Leute nicht aufhorchen – Leute, die man dafür bezahlt, daß solche Dinge sie hellhörig machen? Keine Autopsie, die Asche irgendwo über den Pazifik verstreut.«

»Ich habe nie eine solche Anordnung gegeben!« schrie Ardis, vom Sofa aufspringend.

»Und ob du's getan hast!« schrie Sundstrom zurück. »Du hast erklärt, ihr hättet es euch gegenseitig versprochen, Andrew und du.«

»Das habe ich nie gesagt, und es gab auch kein solches Versprechen!«

»Varak bringt uns keine Falschinformationen«, erwiderte Sundstrom energisch.

»Dann hat ihn jemand belogen.« Und fügte dann, die Stimme senkend, hinzu: »Oder er hat gelogen.«

»Warum sollte er? Das hat er noch nie getan.«

»Ich weiß nicht.« Sie setzte sich und drückte ihre Zigarette aus. »Eric«, fuhr sie fort und sah den Verräter von Inver Brass an, »warum bist du selbst hergekommen, um mir das zu sagen? Warum hast du nicht einfach angerufen? Du hast unsere Privatnummern.«

»Wieder Varaks wegen. Niemand weiß so recht, wie er das alles fertigbringt, was er tut, aber er schafft es. Er ist in Chicago, aber er hat Vorkehrungen getroffen, daß man ihm die Telefonnummern aller Leute auflistet, die Bollinger anrufen, im Büro und privat, und das gleiche gilt für die Mitglieder seines Stabes. Unter solchen Bedingungen telefoniere ich nicht.«

»In deinem Fall wäre es auch ein bißchen schwierig, das dem Rat seniler Irrer zu erklären, dem du angehörst. Und mich haben heute nur Freunde und Kollegen aus dem Büro angerufen, um mir zu kondolieren. Und dieses Frauenzimmer Raschad. Alles Leute, für die sich weder dein Mr. Varak noch deine wohltätige Vereinigung reicher Außenseiter interessieren würden.«

»Diese Miß Raschad. Du sagst, daß sie die Überfälle auf die beiden Häuser von Kendrick nicht erwähnt hat? Angenommen, Varak irrt sich, und die Untersuchungsbehörden haben bestimmte Tatsachen nicht miteinander in Verbindung gebracht und sind dabei auf dich und vielleicht noch zu ein paar anderen hier draußen gestoßen. Wieso hat sie's nicht getan? Sie muß das Puzzle auch zusammensetzen können.«

Ardis Vanvlanderen griff nach einer Zigarette, aus ihren Augen sprach ungewohnte Hilflosigkeit. »Es könnte mehrere Gründe geben«, sagte sie ohne große Überzeugung, als sie das Feuerzeug anknipste. »Erstens wird der Vizepräsident oft übersehen, wenn es um Nachrichtensperren aus Sicherheitsgründen geht – Truman hatte nie etwas vom Manhattanprojekt gehört. Dann ist es den Leuten vielleicht darum zu tun, eine Panik zu vermeiden, falls diese Überfälle stattgefunden haben – und ich bin nicht bereit, das ohne weiteres einzuräumen. Wir haben deinen Varak bei einer Lüge erwischt; er wäre auch zu einer zweiten fähig. Ich glaube ganz einfach nicht, daß es diese Überfälle gegeben hat.«

Das Glas mit beiden Händen umklammernd, stand Sundstrom reglos da und sah auf seine frühere Geliebte hinunter. »Er hat es getan, nicht wahr, Ardis?« sagte er leise. »Dieser Größenwahnsinnige hat die Möglichkeit nicht ertragen, daß eine kleine Gruppe ›wohltätiger Außenseiter‹ seinen Mann durch einen anderen ersetzen könnte, der es fertigbrächte, den Hahn der Pipeline zuzudrehen, durch die Andy-Boys Millionen flossen, und der es wahrscheinlich auch tun würde.«

Ardis Vanvlanderen ließ sich zurückfallen und schloß die Augen. »Achthundert Millionen«, flüsterte sie. »Das hat er gesagt. Achthundert Millionen für ihn allein, Milliarden für euch.«

»Er hat dir nie gestanden, was er tat, was er getan hatte?«

»Du meine Güte, nein! Ich hätte ihm eine Kugel durch den Kopf gejagt und einen von euch gebeten, ihn in Mexiko zu verscharren.«

»Ich glaube dir.«

»Und die anderen?« Ardis richtete sich auf und sah ihn flehend an.

»Oh, ich glaub' schon. Sie kennen dich.«

»Ich schwöre dir, Eric, ich hatte keine Ahnung.«

»Und ich habe gesagt, ich glaube dir.«

»Die Raschad hat gesagt, sie verfolgten das Geld zurück, das er über Zürich geschickt hat. Ist das möglich?«

»Wie ich Andrew kannte, würde es Monate dauern, bis sie es

aufspüren. Seine codierten Einzahlungen reichen von Afrika bis in die baltischen Staaten. Monate, wie gesagt, vielleicht ein Jahr.«

»Werden die anderen das wissen?«

»Wir werden sehen, was sie sagen.«

»Was? – Eric!«

»Ich habe vom Flughafen in Baltimore Grinell angerufen. Er gehört nicht zu Bollingers Stab, und der Himmel weiß, daß er sich im Hintergrund hält, aber wenn wir einen Vorsitzenden haben, dann ist er es, darin sind wir uns doch alle einig.«

»Was soll das, Eric, was willst du damit sagen?« fragte Ardis tonlos.

»Er wird in ein paar Minuten hiersein. Wir waren beide der Meinung, daß wir miteinander sprechen sollten. Ich wollte vorher kurz mit dir allein sein, aber jetzt müßte er bald kommen.« Sundstrom warf einen Blick auf seine Armbanduhr.

»Eric, ich fürchte mich vor Grinell.«

»Ich nicht, mein Schatz, ich nicht. Er hat eine Menge Verstand...«

Die Türklingel schnitt Sundstrom das Wort ab, und was er noch sagen wollte, blieb ungesagt.

Kendrick saß in der Maschine, die sie nach Denver brachte, auf einem kleinen Segeltuchstuhl neben der Bahre. Emmanuel Weingrass, von der überlebenden Schwester in Mesa Verde provisorisch verbunden, nachdem sie die Blutungen gestillt hatte, blinzelte ständig, weil ihm sonst vor Schwäche die Augen zufielen.

»Ich habe nachgedacht«, sagte er mühsam, fast keuchend.

»Du darfst nicht sprechen«, unterbrach ihn Kendrick. »Du wirst deine Kräfte noch brauchen.«

»Ach, laß doch«, antwortete der alte Mann. »Was wartet denn auf mich? Zwanzig Jahre, ohne mir eine Frau ins Bett holen zu können?«

»Hörst du jetzt auf?«

»Nein, ich höre nicht auf. Fünf Jahre seh' ich dich nicht, dann kommen wir endlich zusammen, und was passiert? Du hängst dich zu sehr an mich. Was bist du? Ein Schwuli mit einer Vorliebe für alte Kerle? Das brauchst du nicht zu beantworten, Kalaila wird es für dich tun. Ihr beide müßt gestern nacht ja ganz schön zur Sache gegangen sein.«

»Warum kannst du nie reden wie ein normaler Mensch?«

»Weil Normalität mich langweilt, genauso wie du anfängst, mich zu langweilen. Weißt du denn nicht, was die ganze Scheiße soll? Hab' ich einen Dummkopf aufgezogen? Kannst du's dir nicht denken?«

»Nein, ich kann es mir nicht denken, in Ordnung?«

»Das süße Mädchen hatte recht. Jemand möchte dich zu einem sehr wichtigen Mann in diesem Land machen, und ein anderer kriegt bei der Vorstellung Bauchkrämpfe. Klar?«

»Langsam wird es mir klar, und ich hoffe, die Gegenpartei gewinnt. Ich will nicht wichtig und nicht bedeutend sein.«

»Aber vielleicht wäre es richtig. Vielleicht gehörst du dahin.«

»Wer, zum Teufel, sagt das? Wer kommt auch nur auf so einen Gedanken?«

»Die Leute, die dich nicht haben wollen – darüber solltest du einmal nachdenken. Kalaila hat uns gesagt, daß dieser wahnsinnige Abschaum, der herübergekommen ist, um dich umzubringen, nicht einfach in Paris ein Flugzeug bestiegen hat oder mit dem Schiff gereist ist. Einflußreiche Leute haben den Kerlen geholfen. Wie hat sie doch gesagt? Pässe, Waffen, Geld, sogar Führerscheine, Kleidung und konspirative Wohnungen. Diese Dinge, besonders die Dokumente, kriegst du nicht im Kaufhaus. Dazu braucht man Kontaktleute in hohen Ämtern, Kontaktleute, die Macht besitzen, und genau die Leute, die die Marionetten tanzen lassen können, sind Schweinehunde und möchten dich tot sehen. Warum? Warum ist der Kongreßabgeordnete, der mit einem offenen Wort nicht hinter dem Berg hält, eine Bedrohung für sie?«

»Wie kann ich für jemand eine Bedrohung sein? Ich steige aus.«

»Das wissen sie nicht. Sie sehen nur einen Politiker, dem in Washington alles aufmerksam zuhört, wenn er den Mund aufmacht.«

»So viel rede ich nicht, also ist meine Zuhörerschaft gering – existiert praktisch überhaupt nicht.«

»Ob oft oder weniger oft – es kommt nur darauf an, daß man dir zuhört, wenn du redest.« Weingrass hustete und griff sich mit der zitternden Hand an die Kehle. Besorgt beugte sich Kendrick über ihn.

»Du darfst dich nicht überanstrengen, Manny.«

»Sei still. Du hörst dir jetzt an, was ich zu sagen habe. Diese

Schweinehunde sehen einen wahren amerikanischen Helden, der vom Präsidenten eine große Medaille angesteckt bekommt und in wichtige Ausschüsse des Kongresses berufen wird...«

»Die Ausschüsse kamen vor der Medaille...«

»Unterbrich mich nicht. Nach ein paar Monaten ist die richtige Reihenfolge nebensächlich. Dieser Held legt sich öffentlich im nationalen Fernsehen mit einem hohen Tier vom Pentagon an, noch bevor man weiß, daß er ein Held ist, und klagt um ein Haar die ganze verdammte Bande und die gesamte Großindustrie an, die dafür sorgt, daß sich die Räder der Maschinerie drehen. Was tut er dann? Er verlangt Rechenschaft. Ein herrliches Wort, Rechenschaft – den Schweinehunden ist es verhaßt. Damals haben sie zu schwitzen angefangen, Junge. Sie mußten überlegen, was geschehen sollte, wenn dieser Joker-Held noch mächtiger, vielleicht Vorsitzender eines dieser Ausschüsse oder sogar in den Senat gewählt wurde, wo er wirklich Schaden anrichten konnte.«

»Du übertreibst.«

»Deine Freundin hat nicht übertrieben«, protestierte Weingrass laut und sah Kendrick starr in die Augen. »Sie hat uns gesagt, daß die Eiterbeule viel höher in der Regierung zu finden ist, als uns allen lieb sein kann. Siehst du denn die Zusammenhänge noch immer nicht?«

»Aber selbstverständlich sehe ich sie«, antwortete Kendrick, bedächtig nickend. »Es gibt auf der ganzen Welt keine einzige Nation, die von Korruption verschont bleibt, und meiner Meinung nach wird es auch nie eine geben.«

»Ach, Korruption?« Weingrass verdrehte die Augen. »Meinst du Leute, die sich um einen Dollar oder um eine Million bereichern?«

»Ja, die meine ich. Es können auch zehn Millionen sein.«

»Unsinn, das sind kleine Fische. Solche Leute heuern keine palästinensischen Terroristen an, nur weil sie nicht mit einem bestimmten Mord in Verbindung gebracht werden wollen. Sie wüßten nicht, wie man so etwas anstellt. Außerdem hast du dem schönen Mädchen noch nie richtig in die Augen geschaut, doch vielleicht weißt du auch nicht, wonach du darin suchen solltest. Du warst nie dort.«

»Sie sagt, sie weiß, woher du kommst, weil du dort warst. Na schön, ich war's nicht. Also wovon redest du?«

»Wenn du dort bist, hast du Angst«, sagte Weingrass. »Du gehst auf einen schwarzen Vorhang zu, den du herunterreißen wirst. Du bist aufgeregt. Die Neugier bringt dich halb um, und die Angst ebenfalls. Du bemühst dich verzweifelt, all das zu unterdrücken, zum Teil sogar vor dir selbst zu verbergen, was sehr wichtig ist, da du die Beherrschung nicht verlieren darfst, nicht einmal für einen Sekundenbruchteil. Aber es ist alles da. Denn du weißt, daß du, sobald der Vorhang weggerissen wird, etwas so Verrücktes zu sehen bekommst, daß du dich fragst, ob dir jemand glauben wird, wenn du es eines Tages erzählen kannst.«

»Das alles hast du in ihren Augen gesehen?«

»Sehr viel davon, ja.«

»Warum?«

»Sie steht schon gefährlich nah am Abgrund, Junge.«

»Warum?«

»Weil wir – weil sie es nicht mit schlichter Korruption, ja nicht einmal mit Korruption in ihrer niederträchtigsten Form zu tun hat. Hinter dem schwarzen Vorhang kommt eine Regierung in der Regierung zum Vorschein, eine Dienerschaft, die im Haus ihres Herrn befiehlt.« Weingrass bekam plötzlich einen Hustenkrampf, der seinen ganzen Körper schüttelte. Kendrick hielt ihn an den Armen fest, und nach ein paar Sekunden war der Anfall vorüber, das Gesicht des alten Mannes entspannte sich, er öffnete blinzelnd die Augen, atmete tief. »Hör auf mich, mein dummer Junge«, flüsterte er. »Hilf ihr, hilf ihr wirklich, und hilf Payton. Finde die Schweinehunde, reiß sie in Stücke.«

»Das werde ich, und du weißt es.«

»Ich hasse sie. Der Junge, der unter Drogen steht, dieser Abjad, den du in Maskat gekannt hast – wir hätten Freunde sein können, zu einer anderen Zeit. Aber die Zeit wird nie kommen, solange es Schweinehunde gibt, die uns gegeneinanderhetzen, Bruder gegen Bruder, weil sie an unserem Haß Milliarden verdienen.«

»So einfach ist das nicht, Manny...«

»Aber es ist ein Teil davon, und ein größerer Teil, als du denkst. Ich habe es erlebt. ›Sie haben mehr als ihr, also verkaufen wir euch so viel, daß ihr mehr habt als sie‹ – das ist nur eine ihrer Parolen; oder eine zweite: ›Sie bringen euch um, wenn ihr ihnen nicht zuvorkommt, also hier sind Waffen und Munition –

wenn ihr anständig dafür bezahlt.‹ Und immer höher geht es auf der verdammten Leiter: ›Sie haben zwanzig Millionen für eine Rakete ausgegeben, wir geben vierzig Millionen aus.‹ Wollen wir diesen Scheißplaneten wirklich in die Luft jagen? Oder hört die ganze Welt nur auf Verrückte, die auf Männer hören, die Haß verkaufen und mit Angst handeln?«

»So gesehen, ist es so einfach«, sagte Kendrick lächelnd. »Ich habe es vielleicht selbst einmal schon so gesagt.«

»Dann sag es immer wieder, Junge. Bleib auf der Ebene, über die wir gesprochen haben – hauptsächlich wegen eines gewissen Herbert Dennison, über den wir auch gesprochen haben und dem du eine Heidenangst eingejagt hast. Vergiß nicht, daß du, ebenso wie ich, die Menschen dazu bringen kannst, dir zuzuhören. Dieses Talent mußt du nutzen.«

»Ich werde darüber nachdenken, Manny.«

»Schön, und wenn du schon nachdenkst« – Weingrass hustete und preßte die Hand auf die Brust –, »dann bitte auch gleich darüber, warum du geglaubt hast, mich belügen zu müssen? Das heißt, du zusammen mit den Ärzten.«

»Was?«

»Er ist wieder da, Evan. Er ist zurückgekommen und schlimmer als vorher, weil er eigentlich nie ganz weg war.«

»Wer ist zurückgekommen?«

»Der Krebs. Er wuchert wieder.«

»Nein, das stimmt nicht. Wir haben jeden erdenklichen Test mit dir gemacht. Sie haben alles rausgeholt, du bist sauber.«

»Sag das den kleinen Biestern, die mir die Luft abwürgen.«

»Ich bin kein Arzt, Manny, aber ich glaube nicht, daß das ein Symptom ist. Du hast während der letzten sechsunddreißig Stunden zwei Kriege durchgemacht. Es ist ein Wunder, daß du überhaupt noch Luft kriegst.«

»Ja, aber laß mich bitte durchchecken, während sie mich im Krankenhaus zusammenflicken, und lüg mich ja nicht an! In Paris gibt es ein paar Leute, um die ich mich kümmern muß, ein paar Sachen, die ich weggeschlossen habe und die sie bekommen sollten. Also lüg mich nicht an, verstanden?«

»Ich werde nicht lügen«, sagte Kendrick.

Crayton Grinell war ein schlanker, mittelgroßer Mann mit einem immer grauen Gesicht mit auffallend scharfen Zügen. Ob er jemanden zum ersten- oder zum fünfzigstenmal begrüßte, egal, ob Kellner oder Aufsichtsratsvorsitzenden, der achtundvierzigjährige Anwalt, Spezialist für internationales Recht, tat es mit einem warmen, schüchternen Lächeln. Man glaubte ihm Schüchternheit und Wärme, bis man ihm in die Augen sah. Sie waren nicht kalt, das nicht, doch ebensowenig waren sie besonders freundlich; sie waren ausdruckslos, die Augen einer mit großer Zurückhaltung neugierigen Katze.

»Ardis, meine liebe Ardis«, sagte Grinell, nahm die so jäh Verwitwete in die Arme und tätschelte sanft ihre Schulter. »Was kann ich sagen? Was kann man überhaupt sagen? Was für ein Verlust für uns alle, und wie unendlich schmerzlich für dich.«

»Es kam so plötzlich, Cray. Zu plötzlich.«

»Ich verstehe, ich verstehe. Aber müssen wir nicht auch im Leid nach etwas Positivem suchen? Dir und ihm ist ein langes, qualvolles Leiden erspart geblieben. Wenn das Ende kommen muß, ist es besser, daß es schnell kommt, nicht wahr?«

»Da hast du wahrscheinlich recht. Danke, daß du mich daran erinnert hast.«

»Aber das hab' ich doch gern getan.« Grinell schob Ardis Vanvlanderen sanft von sich und sah zu Sundstrom hinüber, der in dem großen Wohnzimmer stand. »Eric, wie schön, dich zu sehen«, sagte er und stieg die Marmorstufen hinunter, um dem Wissenschaftler die Hand zu schütteln. »Irgendwie kommt es mir ganz richtig vor, daß wir in diesen Stunden beide bei Ardis sind. Meine Männer stehen übrigens draußen im Korridor.«

»Verdammter Mistkerl!« stieß Sundstrom so leise hervor, daß die Worte im Geräusch der über den Marmorfußboden klappernden Absätze untergingen.

»Willst du was trinken, Cray?«

»Danke, nein.«

»Ich schon«, sagte Ardis von der alkoholfreien Bar her.

»Das solltest du wirklich«, stimmte Grinell ihr zu. »Kann ich irgendwie helfen? Ich meine, von der rechtlichen Seite her – oder bei den leider notwendigen Vorbereitungen, irgendwie eben?«

»Ich nehme an, daß du die rechtlichen Angelegenheiten ohnehin erledigen wirst. Andy-Boy hatte zwar überall Anwälte, aber ich glaube, du warst der wichtigste.«

»Ja, das ist richtig, und wir haben uns alle im Lauf des Tages miteinander in Verbindung gesetzt. New York, Washington,

London, Paris, Marseille, Oslo, Stockholm, Bern, Zürich, West-Berlin. Und selbstverständlich erledige ich alles persönlich.«

Eine Karaffe in der Hand, stand Ardis Vanvlanderen reglos da und starrte Grinell an. »Als ich überall sagte, habe ich nicht in diesen Entfernungen gedacht.«

»Seine Interessen waren weit gestreut.«

»Zürich?« sagte Ardis, als sei ihr der Name der Stadt unabsichtlich herausgerutscht.

»Schenken wir uns die Scheiße«, unterbrach Sundstrom schroff.

»Eric, wirklich...«

»Spar dir dein ›Eric, wirklich‹, Cray. Dieser Pferdearsch hat es getan. Er hat die Palästinenser angeheuert und sie auf dem Umweg über Zürich bezahlt. Erinnerst du dich an Zürich, Schätzchen? Ich habe dir schon in Baltimore gesagt, Cray, er war es.«

»Niemand konnte mir die Vorfälle in Fairfax und Colorado bestätigen«, antwortete Grinell ruhig.

»Weil es sie nie gegeben hat!« rief Ardis Vanvlanderen.

»Das habe ich nicht gesagt, Ardis«, widersprach Grinell. »Ich sagte nur, ich könne keine Bestätigung dafür bekommen. Später erhielt ich jedoch einen Anruf, zweifellos von einem Betrunkenen, den man sehr gut dafür bezahlt hatte und dem man den Telefonhörer in die Hand drückte, nachdem gewählt worden war. Der Text, den er ganz offensichtlich nachstotterte, klang nur allzu vertraut. ›Sie gehen der Herkunft des Geldes nach‹, sagte er.«

»Herrgott!« rief Ardis Vanvlanderen.

»Wir stehen jetzt also vor zwei Krisen«, fuhr Grinell fort und ging zu einem Telefon aus weißem Marmor, das auf einem Marmortischchen stand. »Unser schwacher Hansdampf von Außenminister ist unterwegs nach Zypern, um einen Vertrag zu unterzeichnen, der die Verteidigungsindustrie lahmlegen könnte, und einer von uns hat sich mit palästinensischen Terroristen eingelassen. In gewisser Weise wünschte ich, ich wüßte, wie Andrew das gemacht hat. Wir werden wahrscheinlich viel plumper vorgehen.« Sundstrom und Ardis Vanvlanderen sahen ihm beim Wählen zu. »Die Umstellung von Plan sechs auf Plan zwölf, mediterran, soll vorgenommen werden«, sagte Grinell ins Telefon. »Und bereitet bitte die Sanitätseinheit vor.«

35

Varak rannte um die Ecke zum Lieferanteneingang und fuhr mit dem Lastenaufzug in seine Etage. Hastig schloß er die Tür zu seinen Zimmern auf und stürzte sich dann förmlich auf das mit allen Schikanen ausgestattete Bandgerät. Verblüfft stellte er fest, daß das Band beinahe schon ganz bespielt war. Wahrscheinlich war Ardis Vanvlanderen heute oft angerufen worden. Mit einem Knopfdruck schaltete er ein, setzte den Kopfhörer auf und machte es sich in einem Sessel bequem.

»Sie ist vor ungefähr anderthalb Stunden gegangen.«

»Sie? Wer?«

»Eine Frau, sie hieß Raschad, eine Expertin auf dem Gebiet der Terroristenbekämpfung. Sie gehört zu einer Spezialeinheit ...«

Was, fragte sich Varak, macht die ehemalige Agentin aus Ägypten in San Diego? Er verstand es nicht. Sie hatte den Dienst bei der CIA quittiert, er hatte es nachgeprüft, und man hatte es ihm bestätigt. Unauffällig, aber offiziell hatte es aus Kairo und aus Washington geheißen, sie sei ›Kompromissen zugänglich‹ gewesen. Er hatte vermutet, es hänge mit der Oman-Affäre zusammen, und hatte akzeptiert, daß sie von der Bildfläche verschwunden war. Sie hätte verschwinden müssen – hatte es aber nicht getan. Er konzentrierte sich wieder auf das Gespräch, das in der Suite der Vanvlanderens geführt wurde.

»Er hat es getan, nicht wahr, Ardis? Dieser Größenwahnsinnige hat es nicht ertragen, daß eine kleine Gruppe ›wohltätiger Außenseiter‹ seinen Mann durch einen anderen ersetzen könnte, der es fertigbrächte, den Hahn der Pipeline zuzudrehen, durch die Andy-Boys Millionen flossen – und der es wahrscheinlich auch tun würde.«

Dann Ardis Vanvlanderen.

»Achthundert Millionen, hat er gesagt. Achthundert Millionen für ihn allein, Milliarden für euch ... Ich hatte keine Ahnung.«

Varak war tief betroffen. Er hatte zwei entscheidende Irrtümer begangen. Der erste betraf die verdeckten Aktivitäten von Adrienne Kalaila Raschad, und so schwer es ihm fiel, diesen Irrtum zu akzeptieren, er konnte es letzten Endes tun, da sie eine erfahrene Geheimagentin und mit allen Wassern gewaschen war. Es war ihm jedoch nicht möglich, sich mit seinem zweiten Irrtum abzufinden. Das falsche Szenarium, das er Inver Brass präsentiert hatte, entsprach der Wahrheit. Nicht einmal im Traum wäre ihm der Gedanke gekommen, daß Andrew Vanvlanderen unabhängig von seiner Frau handeln könnte. Wie konnte er? Sie führten eine Vernunftehe zu gegenseitigem Nutzen, ganz bestimmt nicht aus Zuneigung, von Liebe ganz zu schweigen. Andy-Boy hatte gegen die Regeln verstoßen. Ein Stier in der – finanziellen – Hitze hatte das Gatter seines Weideplatzes niedergerannt und war blindlings ins Schlachthaus gestürmt. Varak hörte weiter zu.

Eine andere Stimme, ein anderer Name. Ein gewisser Crayton Grinell. Langsam drehte sich die Bandspule weiter, während Varak sich auf das Gespräch konzentrierte. Endlich:

»Wir stehen also jetzt vor zwei Krisen. Unser schwacher Hansdampf von Außenminister ist unterwegs nach Zypern, wo er einen Vertrag unterzeichnen wird, der unsere gesamte Verteidigungsindustrie lahmlegen könnte... Die Umstellung von Plan sechs auf Plan zwölf, mediterran, soll vorgenommen werden.«

Varak setzte den Kopfhörer ab. Was immer in der Suite der Vanvlanderens noch gesprochen wurde, wurde auf Band aufgenommen. Er mußte schnell handeln. Er stand auf, lief zum Telefon und wählte die Nummer von Cynwid Hollow, Maryland.

»Ja?«

»Hier spricht Varak, Sir.«

»Was gibt es, Milos? Was haben Sie in Erfahrung gebracht?«

»Es ist Sundstrom...«

»Was!«

»Das kann warten, Herr Dr. Winters, etwas anderes duldet keinen Aufschub. Der Außenminister fliegt nach Zypern. Können Sie feststellen, wann?«

»Das brauche ich nicht, ich weiß es. Genau wie jeder andere, der fernsieht oder Radio hört. Das ist ein echter Durchbruch.«

»Wann, Sir?«

»Vor etwas mehr als einer Stunde ist er aus London abgeflogen. Es gab das übliche Statement über ›die Welt dem Frieden näherbringen‹ und so weiter...«

»Im Mittelmeerraum«, unterbrach Varak mit beherrschter Stimme. »Es wird im Mittelmeerraum passieren.«

»Was denn?«

»Ich weiß es nicht. Eine Strategie, die sich ›Plan zwölf‹ nennt, mehr habe ich nicht gehört. Es wird auf dem Boden oder in der Luft geschehen. Sie wollen verhindern, daß er unterzeichnet.«

»Wer?«

»Ein Mann namens Grinell, Crayton Grinell. Wenn ich versuchen würde, einzubrechen, um festzustellen, wer er ist, würden sie mich vielleicht fassen. Er hat Wachen mitgebracht, die vor der Suite der Vanvlanderens Posten bezogen haben, und ich darf Inver Brass nicht gefährden. Freiwillig würde ich natürlich nie etwas preisgeben, aber es gibt Drogen...«

»Ja, ich weiß.«

»Setzen Sie sich mit Frank Swann im Außenministerium in Verbindung. Wenn er nicht in seinem Büro ist, sollen die Telefonistinnen Himmel und Hölle in Bewegung setzen, um ihn aufzustöbern, und benutzen Sie das Wort ›Kriseneindämmung‹.«

»Warum Frank Swann?«

»Weil er ein Spezialist ist. Er hat die Operation ›Oman‹ für das Außenministerium organisiert und koordiniert.«

»Ja, das weiß ich, aber ich müßte ihm möglicherweise mehr erzählen, als ich will... Vielleicht gibt es einen besseren Weg, Milos. Bleiben Sie in der Leitung, ich schalte Sie auf Warten.«

Alle zehn Sekunden, die verstrichen, kamen Varak wie Minuten vor. Dann waren es Minuten. Was machte Winters nur? Sie hatten keine Zeit zu verlieren. Endlich meldete Winters sich wieder. »Ich lege uns jetzt auf eine Konferenzschaltung, Milos. Ein Dritter wird mithören, aber wir haben vereinbart, daß keiner von Ihnen sich vor dem anderen identifizieren muß. Ich vertraue diesem Mann rückhaltlos, und er hat die Bedingung akzeptiert. Er versteht auch etwas von, wie Sie es nennen, ›Kriseneindämmung‹ und hat viel größere Möglichkeiten als Swann.« Es klickte zweimal in der Leitung, und Winters fuhr fort. »Bitte, meine Herren, Mr. A, hier ist Mr. B.«

»Sie haben mir etwas zu sagen, Mr. A?«

»Ja, das habe ich«, erwiderte Varak. »Die Umstände sind nicht relevant, aber die Information entspricht den Tatsachen. Der Außenminister ist in größter Gefahr. Es gibt Leute, die verhindern wollen, daß er an der Konferenz in Zypern teilnimmt, und sie haben die Absicht, ihn aufzuhalten. Sie handeln nach einem Plan oder nach einer Taktik, die sich ›Plan zwölf, mediterran‹ nennt. Der Mann, der den Befehl gab, heißt Crayton Grinell aus San Diego. Er ist für mich ein völlig unbeschriebenes Blatt.«

»Ich verstehe. Und jetzt, mit aller Vorsicht gefragt, Mr. A. Sind Sie in der Lage, uns zu sagen, wo dieser Grinell sich augenblicklich aufhält?«

»Ich habe keine andere Wahl, Mr. B. Im *Westlake Hotel*, Suite drei C. Ich weiß aber nicht, wie lange er bleibt. Beeilen Sie sich, und schicken Sie bewaffnete Leute. Er hat eine Leibwache.«

»Bitte bleiben Sie noch einen Moment in der Leitung, Mr. A.«

»Damit Sie feststellen lassen können, woher ich anrufe?«

»Das würde ich nie tun. Ich habe mein Wort gegeben.«

»Und er hält es auch«, warf Samuel Winters ein.

»Es ist ziemlich schwierig für mich«, sagte Varak.

»Ich beeile mich.«

Es klickte einmal, und dann sagte Winters: »Sie hatten wirklich keine andere Wahl, Milos. Der Außenminister ist nicht der intelligenteste.«

»Das ist mir klar, Sir.«

»Ich komme einfach über Sundstrom nicht hinweg. Warum?«

»Es gibt ganz bestimmt mehrere Gründe, wobei seine Patente für Raumtechnologie nicht gerade die geringste Rolle spielen. Andere bauen vielleicht die Hardware, aber die Regierung ist der wichtigste Käufer. Weltraum ist jetzt nur noch ein Synonym für Verteidigung.«

»Es kann ihm nicht um noch mehr Geld zu tun sein. Er verschenkt das meiste.«

»Aber wenn die Nachfrage nicht mehr so groß ist, wird weniger produziert und daher auch weniger experimentiert. Und den Experimenten gilt seine ganze Leidenschaft.«

Wieder ein Klicken. »Ich bin wieder da, Mr. A«, sagte der Dritte in der Runde. »Der gesamte Mittelmeerraum ist in Alarmbereitschaft, und ich habe Befehl gegeben, Grinell so unauffällig wie möglich festzunehmen.«

»Und warum mußte ich inzwischen am Telefon bleiben?«

»Weil ich, um ehrlich zu sein, in San Diego nicht alles so arrangieren konnte, wie es notwendig gewesen wäre«, antwortete Mitchell Payton. »Ich wollte an Ihren Patriotismus appellieren und Sie um Ihre Unterstützung bitten. Sie sind offensichtlich ein Mann mit Erfahrung.«

»Und wie soll diese Unterstützung aussehen?«

»Was wir für dieses Telefongespräch vereinbart haben, behält seine Gültigkeit. Sie brauchen nicht in Erscheinung zu treten.

Sollen Grinell nur folgen, falls er das Hotel verläßt, und die Information unserem Mittelsmann durchtelefonieren.«

»Und wieso dachten Sie, daß ich dazu in der Lage bin?«

»Zum Denken bin ich gar nicht gekommen, ich konnte nur hoffen. Es gab ein paar Sachen, die schnell erledigt werden mußten, hauptsächlich die im Mittelmeerraum.«

»Zu Ihrer Information, ich bin nicht in der Lage, Grinell zu folgen«, log Varak. »Weil ich nicht in der Nähe des Hotels bin.«

»Dann habe ich wahrscheinlich zwei Fehler begangen. Ich habe von Patriotismus gesprochen, aber Ihrem Akzent nach ist das vielleicht gar nicht Ihr Land.«

»O doch, jetzt schon.«

»Dann hat es Ihnen viel zu verdanken.«

»Ich muß gehen.« Varak legte auf und kehrte schnell zu seinem Bandgerät zurück. Er setzte den Kopfhörer auf und warf einen Blick auf die Bandspule. Sie drehte sich nicht mehr. Er lauschte. Nichts. Stille. Verzweifelt knipste er ein paar Schalter an und aus, drehte an ein paar Rädchen nach rechts, nach links. Das Gerät blieb stumm. Der Recorder, der automatisch durch Stimmen aktiviert wurde, funktionierte nicht, weil die Suite der Vanvlanderens leer war. Er mußte sich beeilen. Am wichtigsten war, daß er Sundstrom aufspürte. Um Inver Brass zu schützen, mußte er den Verräter töten.

Kalaila ging durch den breiten Korridor zu den Fahrstühlen. Sie hatte MJ angerufen und ihm, nachdem sie über die furchtbaren Ereignisse von Mesa Verde gesprochen hatten, ihre ganze Unterhaltung mit Ardis Vanvlanderen vorgespielt, die sie mit dem winzigen Recorder aufgenommen hatte, der in ihrem schwarzen Notizbuch versteckt war. Sie waren beide zufrieden; die Trauer der trauernden Witwe war von Hysterie verdrängt worden. Es war für sie beide offensichtlich, daß Ardis Vanvlanderen ursprünglich von den Kontakten ihres Mannes zu den arabischen Terroristen nichts gewußt, aber später davon erfahren hatte. Das plötzliche Auftauchen einer Geheimagentin aus Kairo, die ihr eine absolut widersinnige Information auftischte, hatte genügt, um Ardis, die Manipuliererin, fast durchdrehen zu lassen.

»So, und jetzt möchte ich duschen und in aller Ruhe essen«, hatte Kalaila am Ende erklärt. »Ich glaube, ich habe seit den Bahamas von der Luft gelebt.«

»Bestell dir den Zimmerservice. Ausnahmsweise stehe ich für deine unverschämt hohe Spesenrechnung gerade. Du hast es verdient.«

»Ich hasse den Zimmerservice. Alle Kellner, die einer allein im Hotel wohnenden Frau das Essen aufs Zimmer bringen, grinsen so lüstern, als seien sie die Erfüllung weiblicher Sexualphantasien. Wenn ich nicht bei meiner Großmutter essen darf...«

»Du darfst nicht.«

»Okay, dann kenne ich ein paar gute Restaurants...«

»Tu dir keinen Zwang an. Bis Mitternacht bekomme ich eine Liste aller Telefonnummern, die unsere Witwe angewählt hat. Guten Appetit, meine Liebe. Tank Energie. Vielleicht mußt du die ganze Nacht arbeiten.«

»Du bist zu großzügig. Darf ich Evan anrufen?«

»Du darfst, doch du wirst kein Glück haben. Colorado Springs hat einen Jet geschickt, um ihn und Emmanuel nach Denver in die Klinik zu bringen. Sie sind schon gestartet.«

»Okay«, sagte Kalaila resigniert, »dann also unter die Dusche.«

Kalaila drückte auf den Knopf neben der Lifttür. Ihr Magen knurrte laut. Sie hatte tatsächlich an Bord des Air-Force-Jets zum letztenmal gegessen, war jedoch Kendricks wegen so nervös gewesen, daß sie kaum gemerkt hatte, was sie aß. Lieber Evan, brillanter Evan, dummer Evan. Der Mann, der hohe Risiken einging und viel moralischer war, als es seiner Art zu leben entsprochen hätte. Sie fragte sich flüchtig, ob er sich seine Integrität auch bei einem Mißerfolg bewahrt hätte. Die Frage mußte offenbleiben, denn er hatte Erfolg gehabt und blickte jetzt ein wenig überheblich von seinem Podest auf die übrige Welt hinunter. Kalaila verstand jetzt auch, wieso er vor zehn oder zwölf Jahren in Saudi-Arabien dem Zauber von Ardis Montreaux erlegen war. Sie mußte damals hinreißend gewesen sein. Aber er war dem Netz der Spinne entronnen – das war Kalailas Evan...

Der Lift kam, die Tür ging auf. Froh, daß die Kabine leer war, stieg sie ein und drückte auf den Knopf für das Erdgeschoß. Die Tür schloß sich, der Lift begann tiefer zu gleiten, wurde aber gleich darauf wieder langsamer. Kalaila warf einen Blick auf die beleuchtete Stockwerksanzeige; die Kabine hielt in der dritten

Etage. Reiner Zufall, dachte sie. MJ war überzeugt, daß Ardis Vanvlanderen, die Suite 3C bewohnte, das Hotel nicht verlassen werde.

Die Tür ging auf, und aus den Augenwinkeln sah Kalaila einen hellhaarigen Mann mit unglaublich breiten Schultern einsteigen. Irgendwas ist komisch an ihm, dachte sie. Er strahlte ungeheure Energie, doch ebenso unverkennbar Zorn und Angst aus. Dann fühlte sie, daß er sie ansah – nicht so, wie Männer sie sonst abschätzten, verstohlen, mit immer wieder abirrenden Blicken. Nein, er starrte sie an, fest, eindringlich, ohne mit der Wimper zu zucken.

Kalaila verzog leicht das Gesicht, als sei ihr eben eingefallen, daß sie etwas vergessen hatte, öffnete ihre Tasche, suchte darin herum und atmete erleichtert auf. Ihre Waffe war da. Der Lift setzte seine Fahrt fort, und sie sah den Fremden zum erstenmal direkt an.

Und erstarrte. Das kurze, ordentlich frisierte Haar war hellblond. Er mußte es sein! Der blonde Europäer – er war einer von ihnen. Kalaila riß ihre Pistole heraus, ließ die Tasche fallen und drückte auf den Alarmknopf. Der Lift blieb mit einem Ruck stehen, draußen gellte das Signal, und der Mann machte einen Schritt auf Kalaila zu.

Sie feuerte sofort, und die Kugel schlug, wie sie es beabsichtigt hatte, über dem Kopf des Blonden ein.

»Bleiben Sie stehen!« befahl Kalaila. »Wenn Sie etwas über mich wissen, dann wissen Sie auch, daß mein nächster Schuß Ihnen mitten durch die Stirn geht.«

»Sie sind die Agentin Raschad«, sagte der blonde Mann mit starkem Akzent und gepreßt klingender Stimme.

»Ich weiß nicht, wer Sie sind, aber ich weiß, was Sie sind, Abschaum, dreckiger Abschaum. Evan hatte recht. All diese Monate, all diese Geschichten über ihn, die Ausschüsse im Kongreß, die weltweite Aufmerksamkeit – alles nur, um ihn an die Palästinenser auszuliefern. So einfach war das.«

»Nein, nein, das ist ein Irrtum, ein schrecklicher Irrtum«, protestierte der Blonde, während die Alarmklingel weitergellte. »Sie dürfen mich jetzt nicht aufhalten. Etwas Schreckliches soll geschehen, und ich habe eben noch mit einem Ihrer Leute in Washington telefoniert.«

»Mit wem? Mit wem in Washington?«

»Wir nennen keine Namen...«

»Blödsinn!«

»Bitte, Miß Raschad! Wenn Sie mich hier festhalten, entkommt der Mann, dem ich folgen soll.«

»Sie entkommen jedenfalls nicht, Blondschopf.«

Woher die Schläge kamen und wie sie mit solcher Schnelligkeit auf sie niederprasseln konnten, sollte Kalaila nie begreifen. Einen Sekundenbruchteil hatte sie zu ihrer Linken eine flüchtige Bewegung wahrgenommen, dann hatte eine Hand ihren rechten Arm gepackt, ihr Handgelenk im Uhrzeigersinn verdreht und ihr die Waffe abgenommen. Sie hatte geglaubt, er habe ihr das Handgelenk gebrochen, doch es brannte nur, als habe sie sich verbrüht. Der Blonde stand mit der Waffe in der Hand vor ihr. »Ich wollte Ihnen nicht weh tun«, sagte er.

»Sie sind wirklich gut, das muß ich zugeben.«

»Wir sind keine Feinde, Miß Raschad.«

»Das zu glauben fällt mir schwer.« Das Lifttelefon klingelte. »Sie kommen hier nicht raus«, sagte Kalaila.

»Warten Sie«, sagte der blonde Mann, während das Telefon hartnäckig weiterklingelte. »Sie haben mit Mrs. Vanvlanderen gesprochen.«

»Das hat sie Ihnen erzählt. Na und?«

»Sie kann es mir nicht erzählt haben, weil ich ihr nie begegnet bin. Aber ich habe auf Band, was bei ihr gesprochen wurde. Sie hatte nach Ihnen noch zwei Besucher. Da haben sie über Sie gesprochen – Mrs. Vanvlanderen und die beiden Männer. Einer heißt Grinell.«

»Nie von ihm gehört.«

»Beide sind Verräter, Feinde Ihrer Regierung, Ihres Landes, um genau zu sein.« Das Telefon klingelte immer noch.

»Schnelle Worte, Mr. Namenlos.«

»Keine Worte mehr!« rief der Blonde, griff unter sein Jackett und holte eine schmale, große schwarze Pistole heraus. Er drehte beide Waffen um, packte sie am Lauf und hielt Kalaila die Griffe hin. »Hier. Nehmen Sie sie. Geben Sie mir eine Chance, Miß Raschad.«

Erstaunt nahm Kalaila die Waffen und schaute dem Blonden in die Augen. Sein Blick war nicht der eines Mannes, der sich davor fürchtete, für eine Sache zu sterben, sondern der wütend war, weil er vielleicht nicht lange genug leben würde, um zu vollenden, was er begonnen hatte. »Na schön«, sagte sie leise, »vielleicht geb' ich Ihnen eine, vielleicht auch nicht. Drehen Sie sich um, pressen Sie die Handflächen an die Wand, und treten Sie weiter zurück, damit Ihr ganzes Gewicht auf Ihren Armen liegt!« Das Telefon hörte jetzt überhaupt nicht mehr auf zu klingeln. Kalaila tastete den Blonden gründlich ab, besonders die Achselhöhlen, die Taille, die Fußknöchel. Er hatte keine Waffe mehr. »Bleiben Sie so!« befahl sie und holte das Telefon aus seinem Kästchen. »Wir haben den Telefonkasten nicht aufgekriegt!« rief sie in die Sprechmuschel.

»Unser Techniker ist unterwegs, Madam. Er war beim Abendessen, aber inzwischen haben wir ihn gefunden. Wir entschuldigen uns sehr, Madam, doch unsere Indikatoren zeigen weder einen Brand noch...«

»Ich glaube, wir müssen uns entschuldigen«, unterbrach Kalaila. »Es war ein Fehler – mein Fehler. Ich habe auf den falschen Knopf gedrückt. Sie brauchen mir nur zu sagen, was ich machen kann, damit der Lift wieder funktioniert, dann ist alles in Ordnung.«

»Oh? Ja, ja, selbstverständlich«, sagte der Angestellte, seine Gereiztheit unterdrückend. »Im Telefonkasten ist ein Hebel...«

In der Halle angekommen, wandte sich der Blonde sofort an den Hoteldirektor, der sie am Lift erwartete. »Ich war vor längerer Zeit mit einem Geschäftsfreund hier verabredet, habe aber leider verschlafen. Der Flug von Paris war sehr lang und sehr anstrengend. Der Name meines Geschäftsfreundes ist Grinell, haben Sie ihn zufällig gesehen?«

»Mr. Grinell und die unglückliche Mrs. Vanvlanderen haben mit ihrem Gast vor ein paar Minuten das Hotel verlassen«, antwortete der Direktor. »Ich glaube, sie wollten zu einem Gedächtnisgottesdienst für ihren Gatten, der ein ungewöhnlich feiner Mensch war...«

»Ja, auch er gehörte zu meinen Geschäftsfreunden. Wir sollten ebenfalls an dem Gottesdienst teilnehmen, man hat jedoch vergessen, uns mitzuteilen, wo er stattfindet. Wissen Sie es?«

»O nein, Sir.«

»Weiß es vielleicht irgend jemand? Hat möglicherweise der Portier gehört, wohin das Taxi meine Freunde bringen sollte?«

»Mr. Grinell ist mit seinem eigenen Wagen gekommen...«

»Gehen wir«, sagte Kalaila und hakte sich bei dem Blonden

unter. »Sie machen sich mit Ihren Fragen nur verdächtig«, fuhr sie fort, während sie betont lässig zum Haupteingang schlenderten.

»Ich habe vielleicht meinen Auftrag geschmissen, und das wäre sehr schlimm.«

»Wie heißen Sie?«

»Milos. Nennen Sie mich einfach Milos.«

»Ich möchte mehr wissen als das. Vergessen Sie nicht, ich hab' die Schießeisen.«

»Wenn wir eine akzeptable gütliche Einigung erreichen, erzähle ich Ihnen mehr.«

»Sie werden mir verdammt viel mehr erzählen, Mr. Milos, und versuchen Sie ja nicht noch einmal, mich auszutricksen. Ihre Waffe ist in meiner Handtasche, und meine ist unter meiner Jacke direkt auf Ihre Brust gerichtet.«

»Was tun wir jetzt, Sie ägyptische, angeblich aus den Diensten der CIA ausgeschiedene Geheimagentin?«

»Wir gehen essen, Sie Klugscheißer. Ich bin halb verhungert, aber ich werde jeden Bissen mit der linken Hand in den Mund schieben. Wenn Sie eine falsche Bewegung machen, werden Sie nie Kinder haben können, und das nicht etwa, weil Sie tot sein werden. Habe ich mich deutlich ausgedrückt?«

»Sie müssen wirklich gut sein.«

»Jedenfalls gut genug, Mr. Milos, gut genug. Ich bin zur Hälfte Araberin, vergessen Sie das nicht.«

Sie gingen in ein italienisches Restaurant, zwei Blocks nördlich vom Hotel, und setzten sich in eine große runde Nische, die Kalaila ausgesucht hatte. Varak berichtete ihr bis in die kleinste Einzelheit, was in der Suite von Ardis Vanvlanderen gesprochen worden war. »Ich war geschockt. Nie hätte ich gedacht, daß Andrew Vanvlanderen auf eigene Faust handeln würde. Er war ein Idiot.«

»Da bin ich anderer Meinung. Er hat alles sehr raffiniert eingefädelt. Alles, was für Evan Kendrick getan, und alles, was ihm angeboten wurde, zielte ganz logisch auf einen *dscharam aththaar* ab, das ist der arabische Ausdruck für Mord aus Rache. Und Sie haben alles ausgelöst, Mr. Milos, und zwar in dem Augenblick, in dem Sie Frank Swann im Außenministerium aufsuchten.«

»Aber nicht mit dieser Absicht, das versichere ich Ihnen. Ich hätte es nie für möglich gehalten.«

»Sie haben sich geirrt.«

»Ich habe mich geirrt.«

»Gehen wir zu diesem ersten Augenblick zurück – oder besser, rekapitulieren wir die ganze verdammte Geschichte.«

»Es gibt nichts zu rekapitulieren. Ich habe nichts Wesentliches gesagt.«

»Aber wir wissen viel mehr, als Sie denken. Wir wissen, daß Evan Kendrick, ein absoluter Neuling auf politischem Parkett, auf die Wahlliste manipuliert werden soll, weil man ihn zum nächsten Vizepräsidenten der Vereinigten Staaten machen will.«

»Das wissen Sie?«

»Ja, und man kann es wohl kaum die natürliche Entwicklung einer politischen Karriere nennen.«

»Ich bin überzeugt, man wird es dafür halten.«

»Woher kommen Sie eigentlich?« fragte Kalaila, beugte sich vor und versuchte ungeschickt, das Kalbfleisch auf ihrem Teller einhändig mit der Gabel zu zerteilen. In der rechten Hand hielt sie unter dem Tisch noch immer die Pistole.

»Ich muß Ihnen sagen, Miß Raschad, daß es sehr schmerzlich für mich ist, Sie unter solchen Schwierigkeiten essen zu sehen. Ich bin ungefährlich für Sie, und ich rücke Ihnen auch nicht aus.«

»Und woher weiß ich, daß Sie ungefährlich für mich sind und nicht ausrücken, wie Sie es nennen?«

»Weil wir auf bestimmten Gebieten dieselben Interessen haben und ich bereit bin, auf einer begrenzten Basis mit Ihnen zusammenzuarbeiten.«

»Du lieber Himmel, was für eine Arroganz! Wären Eure Eminenz so gütig, mir zu erläutern, um welche Gebiete es sich handelt und wo die Grenzen Ihrer großmütigen Unterstützung liegen?«

»Aber gewiß. Zum Beispiel sind wir beide daran interessiert, daß die Sicherheit des Außenministers gewährleistet ist und diejenigen entlarvt werden, die das Attentat auf ihn geplant haben. Zweitens sind wir beide daran interessiert, daß die Terroristen gefaßt werden, die für die Überfälle in Fairfax und Mesa Verde verantwortlich sind. Außerdem muß aufgedeckt werden, daß Vanvlanderen der Initiator dieser Massenmorde war...«

»Sie wissen über Fairfax und Mesa Verde Bescheid?«

Varak nickte. »Und das bringt uns an die Grenzen unserer Zusammenarbeit. Ich muß weiter im Hintergrund bleiben, und Sie werden über meine eigentliche Tätigkeit nie etwas Genaues erfahren. Ich werde Ihnen jedoch, wenn nötig, per Codename verschiedene Leute bei der Regierung nennen, die meine Zuverlässigkeit in Sicherheitsfragen hier und im Ausland bestätigen können.«

»Sie sind wohl gar nicht von sich eingenommen, nicht wahr?«

Varak lächelte zurückhaltend. »Da bin ich überfragt. Ich komme aus einem Land, wo man das Volk entmachtet hat, und für mich stand seit Jahren fest, was ich mit meinem Leben anfangen würde. Ich vertraue auf die Methoden, die ich entwickelt habe. Wenn das arrogant ist, kann ich es nicht ändern und entschuldige mich. Aber ich sehe es nicht so.«

Kalaila zog langsam die rechte Hand unter dem Tisch hervor und griff mit der linken nach ihrer Tasche. Sie schob die Pistole hinein, lehnte sich zurück und schüttelte die Hand, um die Blutzirkulation anzuregen. »Ich glaube, wir können die *Hardware* wirklich wegstecken«, sagte sie. »Und Sie haben recht, es ist schrecklich schwierig, Fleisch mit der linken Hand und mit der Gabel zu zerteilen, wenn man außerdem das Gefühl hat, das rechte Handgelenk sei gelähmt.«

»Sie hätten etwas Einfacheres bestellen sollen, vielleicht eine Vorspeise oder etwas, das man mit den Fingern essen kann. Ich hätte es Ihnen ja gern vorgeschlagen, aber ich habe gefürchtet, Sie könnten mich vorlaut finden.«

»Entdecke ich da einen Sinn für Humor hinter der grimmigen Miene?«

»Ich könnte nicht behaupten, daß mir im Moment besonders zum Lachen ist. Jedenfalls nicht, solange ich den Außenminister nicht sicher in Zypern weiß.«

»Sie haben die zuständigen Stellen alarmiert, mehr können Sie nicht tun. Sie werden sich um ihn kümmern.«

»Darauf zähle ich.«

»Zurück zum Geschäft, Mr. Milos«, sagte Kalaila, begann weiterzuessen, ließ Varak aber nicht aus den Augen. »Warum Kendrick? Warum haben Sie das getan? Und vor allem – wie haben Sie es getan? Sie haben Quellen angezapft, die angeblich unzugänglich waren. Sie sind einfach hineinspaziert, wo niemand Zugang haben dürfte, haben Geheimnisse ans Tageslicht gebracht und ein diebstahlsicheres Dossier gestohlen. Derjenige, der Ihnen das ermöglicht hat, müßte einmal seinen sicheren Hafen mit der Arbeit vor Ort vertauschen, damit er weiß, wie es ist, schutzlos zu sein, unbewaffnet in den dunklen Straßen einer feindseligen Stadt zu überleben.«

»Wer immer mir geholfen hat, wußte, daß er mir vertrauen durfte, weil er wußte, woher ich komme.«

»Aber warum?«

»Ich gebe Ihnen eine begrenzte Erklärung und werde mich sehr allgemein ausdrücken, Miß Raschad.«

»Wie schön für Sie. Also reden Sie.«

»Dieses Land braucht dringend andere Köpfe in einer Regierung, die zweifellos wiedergewählt werden wird.«

»Wer sagt das – außer den Wählern?«

»Das kann ich auch wieder nur ganz allgemein beantworten, obwohl das nicht ungefährlich ist. Sie haben es selbst gesehen.«

Kalaila legte die Gabel aus der Hand und sah Varak an. »San Diego? Vanvlanderen? Grinell?«

»San Diego, Vanvlanderen und Grinell«, wiederholte Varak. »Um noch deutlicher zu werden: Geld, das offenbar über Zürich und Beirut ins Baaka-Tal geschleust wurde mit dem Auftrag, einen politischen Rivalen zu eliminieren – den Kongreßabgeordneten Kendrick. Und heute der offensichtliche Versuch zu verhindern, daß ein hervorragender Außenminister an einer Abrüstungskonferenz teilnimmt, deren Ziel es ist, die Produktion von Weltraum-Waffensystemen und Nuklearwaffen zu reduzieren.«

»San Diego«, sagte Kalaila und ließ ihr Essen stehen. »Orson Bollinger?«

»Ein Rätsel«, erwiderte Varak. »Was weiß er? Was weiß er nicht? Doch davon abgesehen, er ist die Schwachstelle in einer sonst unübertrefflichen Regierung. Er muß abgelöst werden, denn mit ihm werden auch die Leute verschwinden, mit denen er sich umgibt und die ihn nach ihrer Pfeife tanzen lassen.«

»Aber warum ausgerechnet Evan Kendrick?«

»Weil er ein einmaliger Glücksfall ist.«

»Er wird sich nie einverstanden erklären. Er wird ihnen sagen, Sie sollen sich zum Teufel scheren. Sie kennen ihn nicht. Ich schon.«

»Ein Mann muß nicht unbedingt tun wollen, was er tun muß,

Miß Raschad. Aber er wird es tun, wenn man ihm gute Gründe dafür nennt, warum er es tun sollte.«

»Sie glauben, das genügt?«

»Wie Sie sagen, kenne ich Mr. Kendrick nicht persönlich, aber ich glaube nicht, daß es einen Menschen gibt, mit dem ich mich eingehender beschäftigt habe als mit ihm. Er ist ein bemerkenswerter Mann, und man hat es mit ihm bestimmt nicht leicht. Doch wenn ich mir überlege, was er bisher geleistet und warum er dies oder jenes getan hat, bin ich nach wie vor überzeugt, daß wir keinen Besseren finden konnten.«

»Wer ist wir?«

»Kein Kommentar.«

»Ich wiederhole, er wird ablehnen.«

»Bestimmt, wenn er erfährt, wie er manipuliert wurde. Nicht aber, wenn man ihn davon überzeugen kann, daß er gebraucht wird.«

Kalaila lehnte sich zurück. »Wenn ich recht verstehe, schlagen Sie mir etwas vor, was mir zutiefst verhaßt ist.«

»Aber warum denn? Niemand kann einen Mann zwingen, für ein öffentliches Amt zu kandidieren, Miß Raschad, er muß es selbst wollen. Ebensowenig kann man die Senatoren oder Abgeordneten einer Partei zwingen, einen neuen Kandidaten zu akzeptieren, sie müssen ihn wollen. Es stimmt, daß wir Umstände geschaffen haben, die den Mann ins Blickfeld gerückt haben, aber den Mann selbst konnten wir nicht erschaffen. Er war da.«

»Sie bitten mich, ihm nichts von dieser Unterredung – nichts von Ihnen zu erzählen. Haben Sie überhaupt eine Ahnung, wie viele Wochen wir Sie gesucht haben?«

»Haben Sie eine Ahnung, wie viele Monate wir einen Evan Kendrick gesucht haben?«

»Das ist mir verdammt egal. Er wurde manipuliert, und er weiß es. Sie können sich nicht verstecken, das lasse ich nicht zu. Zuviel hat er Ihretwegen durchgemacht. Freunde, die ihm sehr nahestanden, sind tot, und jetzt stirbt wahrscheinlich auch noch der alte Mann, der fünfzehn Jahre wie ein Vater für ihn war. Alle Pläne, die er hatte, beim Teufel. Das ist zuviel.«

»Ich kann nicht ändern, was geschehen ist, kann nur meine Fehler und Irrtümer bereuen – und niemand wird sie mehr bereuen als ich –, aber ich bitte Sie, an Ihr Land zu denken, das jetzt auch das meine ist. Wenn wir geholfen haben, eine politische Kraft zu schaffen, dann nur deshalb, weil er schon eine eigenständige Kraft war, weil seine Instinkte ihn dazu gemacht hatten. Wenn er sich weigert, wird die Parteispitze freie Auswahl unter akzeptablen Bewerbern haben, die man kennt, die anständig und vertrauenswürdig sind, aber eine Kraft werden sie nicht sein. Drücke ich mich verständlich aus?«

»Ein Vizepräsident soll einmal gesagt haben, das Amt sei nicht mehr wert als ›ein Eimer voll warmer Spucke‹.«

»Heute ist das anders, vor allem wenn der Vizepräsident Evan Kendrick hieße. Sie waren offenbar in Kairo, als er hier im Fernsehen aufgetreten ist...«

»Ich war in Kairo«, unterbrach Kalaila, »aber wir haben einen amerikanischen Kanal – natürlich keine Live-Sendungen. Und ich habe ihn hier drüben wiederholt gesehen, zweifellos dank Ihres – Terminplans. Er war sehr gut.«

»Er ist einzigartig, Miß Raschad. Er läßt sich nicht kaufen, und er sagt, was er denkt, und die Leute finden ihn großartig.«

»Dank Ihnen.«

»Nein, das verdankt er nur sich selbst. Er hat getan, was man ihm nachsagt, nichts ist erfunden; was er gesagt hat, hat er gesagt, niemand legt *ihm* Worte in den Mund. Was soll ich Ihnen noch sagen? Ich habe über vierhundert Möglichkeiten analysiert, mich der neuesten und am höchsten entwickelten Computergeneration bedient, und nur ein einziger Mann blieb übrig. Evan Kendrick.«

»Sie verlangen nichts von ihm?«

»Sie haben gesagt, Sie kennen ihn. Was würde er Ihrer Meinung nach tun, wenn wir etwas von ihm verlangten?«

»Er würde Sie vor irgendeinen Ausschuß zur Bekämpfung der Korruption zerren und dafür sorgen, daß Sie ein Gefängnis von innen kennenlernen.«

»Genau.«

Kalaila schloß die Augen und schüttelte den Kopf. »Ich hätte gern ein Glas Wein, Mr. Milos. Muß mir über einiges klarwerden.«

Varak winkte dem Kellner und bestellte zwei Glas Chablis, gut gekühlt, die Auswahl des Jahrgangs überließ er dem Kellner. »Von Weinen verstehe ich leider nichts«, sagte er.

»Das nehme ich Ihnen nicht so ohne weiteres ab.«

»Aber es stimmt. Ich bewundere jeden meiner Freunde, der mit Kennermiene bestimmte Sorten und Jahrgänge bestellt.«

»Haben Sie wirklich Freunde? Ich halte Sie nämlich für eine Art Grauer Eminenz.«

»*Je comprends* – ich verstehe, aber Sie irren sich. Ich führe ein ganz normales Leben. Meine Freunde glauben, ich sei Übersetzer, freiberuflich natürlich, und arbeite zu Hause.«

»*Bien* – gut«, sagte Kalaila, »so hab' ich auch mal angefangen.«

»Ich habe kein Büro, wo man mich erreichen kann, nur einen Anrufbeantworter mit Fernabfrage.«

»Genau wie ich.«

Der Wein wurde gebracht, Kalaila trank einen Schluck und sagte dann: »Zurück kann er nicht, zumindest ein paar Jahre lang nicht. Sobald die Nachrichtensperre aufgehoben wird, wird im Baaka-Tal das Blut in Wallung geraten.«

»Ich nehme an, Sie sprechen von Kendrick?«

»Ja. Die Terroristen sind sozusagen gefaßt. Es hat vor ein paar Stunden in Mesa Verde einen dritten und letzten Angriff gegeben, der genauso verheerend war wie der in Fairfax.«

»Vor ein paar Stunden? War Kendrick dort?«

»Ja.«

»Und?«

»Er lebt, aber es ging um Sekunden. Wie in Virginia haben viele von unseren Leuten nicht überlebt.«

»Das tut mir leid. Und ich nehme an, Weingrass ist schwer verwundet. Er ist doch der alte Mann, den Sie vorhin erwähnt haben, oder?«

»Ja. Sie fliegen ihn nach Denver in eine Klinik. Evan ist bei ihm.«

»Und die Terroristen«, sagte Varak und sah Kalaila mit durchbohrenden Blicken an.

»Es waren insgesamt neun. Acht sind tot, einer hat überlebt. Der Jüngste.«

»Und wenn die Nachrichtensperre aufgehoben wird, wird im Baaka-Tal das Blut in Wallung geraten, wie Sie sagen. Deshalb kann Kendrick nicht mehr zurück.«

»Er würde eine Rückkehr keine achtundvierzig Stunden überleben. Es gibt keine Möglichkeit, ihn vor diesen Irren zu schützen.«

»Hier gibt es sie, und keiner könnte besser sein als der

Geheimdienst der Regierung. Vollkommenheit gibt es auf diesem Gebiet allerdings nicht, nur das Beste.«

»Ich weiß.« Kalaila nahm ihr Glas und trank noch einen Schluck.

»Sie verstehen doch, was ich meine, Miß Raschad?«

»Ich glaube schon.«

»Wir wollen den Dingen ihren Lauf lassen. Es gibt ein politisches Aktionskomitee, das sich für den Kongreßabgeordneten Kendrick einsetzt. Die Leute sind überzeugt, er gehöre in ein höheres Regierungsamt. Lassen Sie sie unbehindert arbeiten und warten Sie ab, wie das Land reagiert – ob so oder so. Und wenn wir beide mit den Vanvlanderens, den Grinells und ihrer Anhängerschaft recht haben, soll Evan Kendrick selbst entscheiden. Denn auch wenn wir sie entlarven und ihnen das Handwerk legen, gibt es Hunderte anderer, die an ihre Stelle treten werden. Wir brauchen eine Kraft, eine Stimme.«

Kalaila hob den Kopf und sah Varak an. Dann nickte sie zweimal.

36

Kendrick ging in Denver über die Seventeenth Street zum *Brown Palace Hotel*. Es war Abend geworden und schneite leicht, aber Kendrick merkte es kaum. Er hatte den Taxifahrer gebeten, ihn ein paar Blocks vor dem Hotel abzusetzen. Er wollte zu Fuß gehen, wollte einen klaren Kopf bekommen.

Die Ärzte im Denver General Hospital hatten Weingrass wieder zusammengeflickt und Kendrick beruhigend erklärt, die Wunden sähen zwar schlimm aus, seien jedoch verhältnismäßig harmlos, da es sich hauptsächlich um Fleischwunden handle, die von Glas- und Metallsplittern herrührten. Für einen Mann seines Alters habe Weingrass ziemlich viel Blut verloren, doch sei sein Zustand nicht kritisch; man werde es ersetzen. Die Verwirrung begann, als Kendrick einen Arzt beiseite nahm und ihm erzählte, daß Weingrass befürchte, es könnten sich nach seiner Operation wieder Krebsmetastasen gebildet haben. Innerhalb von zwanzig Minuten waren auf elektronischem Weg die Befunde aller Tests aus Washington nach Denver übermittelt worden, und der Chef der onkologischen Abteilung hatte mit dem Chirurgen in Washington gesprochen, der Weingrass operiert hatte. Nachdem ungefähr zwei von den vier Stunden seines Krankenhausaufenthalts verstrichen waren, erschien ein Laborarzt und konferierte leise mit einem Kollegen. Dann wurde es um das Krankenbett herum ziemlich lebhaft, und Kendrick wurde gebeten, das Zimmer zu verlassen, während man Weingrass mehrere Blut- und einige winzige Gewebeproben entnahm. Eine Stunde später kam der Chef der Pathologie, ein dünner Mann mit inquisitorischem Blick, zu Kendrick ins Wartezimmer.

»War Mr. Weingrass kürzlich im Ausland, Herr Abgeordneter?« fragte er.

»Nein, seit einem Jahr nicht mehr.«

»Und wo war er da?«

»In Frankreich und in Vorderasien.«

Der Doktor zog die Brauen hoch. »Ich bin ziemlich schwach in Geographie. Was heißt Vorderasien?«

»Müssen Sie das wissen?«

»Ja, ich muß.«

»Na schön – Oman, Bahrein.«

»Er war mit Ihnen dort? Entschuldigen Sie, aber was Sie dort geleistet haben, ist ja inzwischen allgemein bekannt.«

»Er war mit mir zusammen«, antwortete Kendrick. »Er gehört zu den Leuten, bei denen ich mich nicht öffentlich bedanken konnte, weil es ihnen schaden würde.«

»Ich verstehe. Wir haben hier kein Pressebüro.«

»Vielen Dank. Warum fragen Sie?«

»Wenn ich mich nicht sehr irre, hat er eine – nennen wir es Virusinfektion, die meines Wissens nur in Zentralafrika vorkommt.«

»Das kann nicht sein.«

»Dann irre ich mich vielleicht. Unsere Laborausstattung gehört zwar zum Allerbesten, was es auf diesem Gebiet gibt, aber es gibt noch bessere. Ich lasse Lungengewebe und Blutproben ins CDC nach Atlanta schicken.«

»Wohin?«

»Ins Center for Disease Control – ein Institut zur Erforschung von Tropenkrankheiten und Seuchen.«

»Seuchen?«

»Es ist eine reine Vorsichtsmaßnahme, Mr. Kendrick.«

»Lassen Sie die Proben noch heute abend hinüberfliegen. In einer Stunde steht auf dem Stapleton Airport ein Jet bereit. Sagen Sie Atlanta, sie sollen sofort an die Arbeit gehen – egal, was es kostet, und wenn sie rund um die Uhr im Institut bleiben müßten.«

»Ich will tun, was ich kann.«

»Wenn es was nützen würde«, sagte Kendrick, selbst nicht sicher, ob er nun bluffte oder nicht, »ließe ich das Weiße Haus dort anrufen.«

»Das wird wohl nicht nötig sein«, sagte der Pathologe.

Als Kendrick das Krankenhaus verließ, nachdem er dem unter starken Beruhigungsmitteln stehenden Manny Weingrass gute Nacht gewünscht hatte, fiel ihm der verschwundene Dr. Lyons aus Mesa Verde ein, der Arzt ohne Adresse und ohne Telefon, aber mit einer Unbedenklichkeitsbescheinigung der Regierung, die er einem Kongreßabgeordneten oder seinem Personal präsentieren konnte. Was für eine Unbedenklichkeitsbescheinigung? Und wozu war sie überhaupt nötig gewesen? Oder hatte das eindrucksvolle Dokument nur dazu dienen sollen, sich in die private Welt eines gewissen Evan Kendrick einzuschleichen? Er beschloß, mit niemand darüber zu sprechen. Kalaila würde besser wissen, was zu tun war.

Als er sich dem *Brown Palace Hotel* näherte, sah er plötzlich durch den fallenden Schnee die bunten Lichter der Weihnachtsdekorationen, die von dem alten klassischen Bauwerk über die breite Prachtstraße zum neuen Südturm reichten. *Schmückt die Säle mit Mistelzweigen, fa-la-la-la-la . . . La-la-la-la.* Die Hinterlassenschaft von Maskat wünscht fröhliche Weihnachten, dachte er.

»Wo, zum Teufel, bist du gewesen!« schrie MJ Payton so laut ins Telefon, daß Kalaila erschrocken den Hörer weit vom Ohr hielt.

»Ich war beim Abendessen.«

»Er ist dort! Unser blonder Europäer ist in deinem Hotel.«

»Ich weiß. Ich hab' mit ihm gegessen.«

»Du hast was?«

»Er ist jetzt sogar in meinem Zimmer. Wir sprechen alles durch, was er weiß. Er ist nicht, was wir dachten.«

»Verdammt, Adrienne! Sag diesem Mistkerl, Mr. B möchte mit Mr. A sprechen.«

»Gütiger Himmel, du warst derjenige?«

»Mach, mach, Adrienne, hol ihn an den Apparat.«

»Ich bin nicht sicher, ob er einverstanden ist.« Wieder hielt Kalaila den Telefonhörer vom Ohr weg. Sie drehte sich zu Varak um. »Ein Mr. B möchte Mr. A sprechen.«

»Ich hätte es wissen müssen«, sagte Varak, stand aus dem Sessel auf und nahm den Telefonhörer, den Kalaila ihm reichte. »Noch einmal guten Tag, Mr. B. Es hat sich nichts geändert. Keine Namen, keine Identitäten.«

»Wie nennt meine Nichte Sie? Die Dame ist sie nämlich – meine Nichte.«

»Sie nennt mich Milos – ein Falschname übrigens.«

»Milos? Sind Sie Slawe?«

»Amerikaner, Sir.«

»Ach ja, das haben Sie mir schon klargemacht.«

»Was ist mit dem Außenminister – bitte?«

»Er ist in Zypern eingetroffen.«

»Ich bin erleichtert, falls es überhaupt einen Anlaß zur Sorge gegeben hat.«

»Die Information hat gestimmt.«

»Unglücklicherweise haben wir sie von unserer Seite aus nicht bestätigen können. Grinell war nicht im Hotel und ist auch nicht in seiner Wohnung aufgetaucht.«

»Er ist mit Ardis Vanvlanderen zusammen.«

»Das wissen wir. Der Mann am Empfang hat gesagt, es wären noch ein paar Leute bei ihnen gewesen? Irgendeine Ahnung, wer das gewesen sein könnte?«

»Nach meinen Informationen war es Grinells Leibwache. Ich hab' Ihnen doch gesagt, daß die Männer da waren und Sie bewaffnete Leute schicken sollten.«

»Arbeiten wir zusammen?«

»Mit dem nötigen Abstand.«

»Was haben Sie zu bieten?«

»Beweise für verschiedene Dinge, die ich Miß Raschad berichtet habe«, antwortete Varak und dachte daran, dem Nachrichtenoffizier ›gereinigte‹ Bandkopien und Protokolle zuzuschikken; Sundstrom sollte darin nur als anonymer Mitverschwörer vorkommen; ein Toter brauchte keine Identität. »Vielleicht nur das, doch es ist die Grundlage, auf der Sie weiterarbeiten können.«

»Es wird dankend angenommen.«

»Aber es hat seinen Preis, Mr. B.«

»Ich bezahle nie.«

»Aber selbstverständlich bezahlen Sie«, widersprach Varak. »Sie zahlen ununterbrochen.«

»Was verlangen Sie?«

»Da meine Forderungen einer komplizierten Erklärung bedürfen, soll Ihnen Miß Raschad alles sagen. Ich melde mich morgen bei ihr, und sie wird die Verbindung zwischen uns beiden aufrechterhalten. Fällt Ihre Antwort positiv aus, schicke ich Ihnen sofort mein Material zu.«

»Und wenn sie nicht positiv ist?«

»Dann würde ich Ihnen den Rat geben, die Folgen gegeneinander abzuwägen, Mr. B.«

»Ich möchte jetzt mit meiner Nichte sprechen.«

»Wie Sie wünschen.« Varak gab Kalaila den Telefonhörer zurück und machte es sich wieder in seinem Sessel bequem.

»Hier bin ich, Onkel.«

»Antworte nur mit ja oder nein, und wenn das nicht möglich ist, sag eine oder zwei Sekunden gar nichts. Verstanden?«

»Ja.«

»Bedroht er dich?«

»Nein.«

»Taugt sein Material etwas?«

»Ja – es ist ausgezeichnet.«

»Einfach ja, das genügt, Agentin Raschad. Er ist offensichtlich im Hotel abgestiegen. Glaubst du, daß er dort bleibt?«

»Nein.«

»Hat er dir gesagt, wie er an das Oman-Dossier herangekommen ist?«

»Nein.«

»Noch eine letzte Frage: Sind seine Forderungen annehmbar?«

»Wir werden – Verzeihung – gegen unzählige Vorschriften verstoßen.«

»Ich verstehe«, sagte Payton erstaunt. »Du wirst mir diese ungewöhnliche und ungewöhnlich aufsässige Antwort noch erklären, oder?«

»Wir reden später.« Kalaila legte auf und wandte sich an Varak. »Mein Vorgesetzter ist – sauer.«

»Auf Sie oder auf mich? Es war nicht schwierig, aus Ihren Antworten auf seine Fragen zu schließen.«

»Auf uns beide.«

»Ist er wirklich Ihr Onkel?«

»Ich kenne ihn über zwanzig Jahre, und nun genug von ihm. Sprechen wir einen Moment von Ihnen. Es war auch nicht schwierig, diese oder jene Frage zu erraten, die er Ihnen gestellt hat.«

»Aber wirklich nur einen Moment«, erwiderte Varak. »Ich muß gehen.«

»Sie haben ihm gesagt, Grinell sei mit Ardis Vanvlanderen zusammen, und die anderen Männer seien seine Leibwächter.«

»Ja, das ist richtig.«

»Wer war der andere Mann, und warum schützen Sie ihn?«

»Ich ihn schützen? Ich habe Ihnen doch auch gesagt, daß beide Verräter sind. Das werden Sie auf den Bändern hören und in den Protokollen lesen, die ich Ihnen überlassen werde, wenn auch Ihr Vorgesetzter auf meine Bedingungen eingeht.«

»Ich werde ihn überzeugen.«

»Dann werden Sie es auch zu hören bekommen.«

»Aber Sie kennen ihn? Wer ist es?«

Varak stand aus dem Sessel auf, preßte die Hände zusammen. »Wieder kein Kommentar, Miß Raschad. Aber ich will Ihnen so viel sagen: Seinetwegen muß ich jetzt weg. Er ist Dreck, ein Scheißhaufen – und er gehört mir. Ich werde jeden Winkel dieser Stadt durchsuchen, und wenn ich die ganze Nacht auf den Beinen sein muß, bis ich ihn finde. Und wenn ich kein Glück habe, weiß ich, wo ich ihn morgen oder übermorgen finden kann. Ich wiederhole: Er gehört mir.«

»Ein *dscharam ath-thaar*, Milos?«

»Ich spreche nicht Arabisch, Miß Raschad.«

»Aber was dieses Wort bedeutet, wissen Sie. Ich habe es Ihnen gesagt.«

»Gute Nacht«, sagte Varak und ging zur Tür.

»Mein Onkel will wissen, wie Sie an das Oman-Dossier herangekommen sind. Ich glaube, er wird so lange hinter Ihnen her sein, bis er es weiß.«

»Wir alle haben unsere Prioritäten«, sagte Varak, wandte sich ab, legte die Hand auf die Klinke. »Im Augenblick liegen die seinen und die Ihren in San Diego und die meinen anderswo.

Sagen Sie ihm, daß er von meiner Quelle nichts zu befürchten hat. Er würde sich eher umbringen lassen, als jemanden von Ihnen – von uns – in Gefahr zu bringen.«

»Verdammt, er hat schon jemand in Gefahr gebracht! Evan Kendrick.« Das Telefon klingelte; sie fuhren beide herum, starrten den Apparat an. Kalaila hob ab. »Ja?«

»Es ist geschehen!« rief MJ Payton. »O mein Gott, sie haben es getan!«

»Was ist geschehen? Wer hat was getan?«

»Das *Larnaca Hotel* auf Zypern. Der Westflügel wurde in die Luft gejagt, er ist nur noch ein Trümmerhaufen. Der Außenminister ist tot. Sie sind alle tot!«

»Das Hotel auf Zypern«, wiederholte Kalaila heiser vor Entsetzen. Sie sah Varak an. »Es wurde in die Luft gesprengt, der Außenminister ist tot, sie sind alle tot...«

»Geben Sie her!« brüllte Varak, stürmte quer durchs Zimmer und riß Kalaila den Hörer aus der Hand. »Hat denn niemand die Keller durchsucht, die Leitungen der Klimaanlage, den Unterbau des Hotels?«

»Der zypriotische Sicherheitsdienst behauptet, alles genau überprüft zu haben...«

»Der zypriotische Sicherheitsdienst?« schrie Varak außer sich. »Der ist mit einem Dutzend feindlicher Elemente durchsetzt! Idioten – o mein Gott, was für Idioten!«

»Wollen Sie meinen Job, Mr. A?«

»Ich würde ihn ablehnen«, sagte Varak, seinen Zorn unterdrückend, ein wenig leiser. »Ich arbeite nicht mit Amateuren«, fügte er verächtlich hinzu, legte auf und ging zur Tür. Dort drehte er sich noch einmal zu Kalaila um. »Was uns heute gefehlt hat, war der messerscharfe Verstand eines Kendrick von Oman. Er wäre der erste gewesen, der Ihnen allen gesagt hätte, was Sie tun, wonach Sie suchen sollen. Und Sie alle hätten wahrscheinlich nicht auf ihn gehört.« Varak öffnete die Tür, ging aus dem Zimmer und warf sie krachend hinter sich zu.

Das Telefon klingelte. Kalaila nahm ab. »Er ist weg«, sagte sie, da sie instinktiv wußte, wer in der Leitung war.

»Ich habe ihm meinen Job angeboten, aber er hat gesagt, er arbeitet nicht mit Amateuren. Merkwürdig, nicht wahr? Ein Mann, der für uns ein ganz unbeschriebenes Blatt ist, alarmiert uns, aber wir setzen die Sache in den Sand. Und vor einem Jahr schicken wir Kendrick nach Oman, und er schafft, wozu fünfhundert Profis aus mindestens sechs Ländern nicht fähig waren. Das macht einen nachdenklich, nicht wahr? Ich werde alt.«

»O nein, MJ!« rief Kalaila. »Es sind zufällig intelligente Burschen, und sie haben ins Schwarze getroffen, das ist alles. Du hast mehr geleistet, als sie je leisten werden.«

»Das würde ich ja gern glauben, aber der noch vorhandene kümmerliche Rest meines Egos wird ganz schön gebeutelt.«

»Auch der muß noch groß genug sein. Doch ich finde, der Augenblick ist günstig, dir meine aufsässige Antwort von vorhin zu erklären.«

»Tu das bitte. Ich bin für alles aufgeschlossen. Ich weiß nicht einmal, ob ich noch genug Luft zum Atmen kriege.«

»Die Leute – wer sie auch sein mögen –, für die Milos arbeitet, verlangen nichts von Evan. Als ich das nicht glauben wollte, meinte er, eins sei doch klar: Wenn sie Evan Bedingungen stellten, etwas von ihm verlangten, würde er sie den Wölfen zum Fraß vorwerfen. Und damit hat er recht, Evan würde genau das tun.«

»Da muß ich ihm ebenfalls recht geben. Also, was will er?«

»Daß wir uns im Hintergrund halten und den Dingen ihren Lauf lassen. Sie wollen, daß das Rennen weitergeht.«

»Evan läßt sich nicht nominieren.«

»Vielleicht doch, wenn er erfährt, was für finstere Gesellen Kalifornien regieren. Angenommen, wir legen ihnen das Handwerk; es warteten Hunderte darauf, ihren Platz einzunehmen. Milos hat recht, wir brauchen eine Stimme!«

»Und was sagst du dazu?«

»Ich will ihn lebend, nicht tot. In die Emirate kann er nicht zurück – vielleicht kann er sich einreden, es sei möglich, aber sie würden ihn töten, sobald er aus der Maschine steigt. Und er kann nicht in Mesa Verde vor sich hin vegetieren, nicht mit seiner Energie und seiner Phantasie – das wäre auch eine Art Tod für ihn.«

»Idioten! Gottverlassene Idioten!« flüsterte Varak vor sich hin, während er wählte und einen Grundrißplan der Vanvlanderschen Suite studierte. In jeden Raum waren mehrere kleine rote Kreuzchen eingezeichnet. Ein paar Sekunden später meldete sich am anderen Ende der Leitung eine Stimme.

»Ja?«

»›Tonmann‹?«

»›Prag‹?«

»Ich brauche Sie.«

»Und ich kann Ihr Geld immer brauchen. Sie sind nicht kleinlich.«

»Holen Sie mich in einer halben Stunde am Lieferanteneingang ab. Auf dem Weg in Ihr Studio werde ich Ihnen erklären, was ich von Ihnen will. Der Grundriß stimmt noch?«

»Ja. Haben Sie den Schlüssel gefunden?«

»Danke für beides.«

»Sie haben bezahlt. In einer halben Stunde.«

Varak legte auf und betrachtete nachdenklich die inzwischen fachmännisch verpackte Abhöranlage bei der Tür. Er hatte sich Adrienne Raschads Unterredung mit Ardis Vanvlanderen angehört und trotz seines Zorns über den Tod des Außenministers – wenn auch grimmig – über die kühne Strategie lächeln müssen, die von der Agentin aus Kairo und ihrem Chef angewendet worden war. Auf der Basis dessen, was sie über Andrew Vanvlanderen wußten, hatten sie darauf gesetzt, daß es tatsächlich die Wahrheit war, und es in eine Lüge verkehrt, die unwiderstehlich wirkte: palästinensische Mordkommandos, das Ziel Bollinger, kein Wort von Kendrick. Brillant. Das Erscheinen von Eric Sundstrom, knapp zwei Stunden nachdem Adrienne Raschad gegangen war – das nichts mit Vanvlanderens vermuteter subversiver Tätigkeit zu tun hatte, sondern von Varak einzig und allein in Szene gesetzt worden war, damit er den Verräter bei Inver Brass entlarven konnte –, dieses Erscheinen hatte wie eine Bombe mit doppelter Sprengkraft das wie in Beton verankerte Gebäude aus Lüge und Betrug in San Diego zertrümmert.

Varak ging zur Tür, öffnete sie vorsichtig und schlüpfte auf den Flur hinaus. Rasch ging er zur Suite von Ardis Vanvlanderen, schloß mit dem Schlüssel auf, den ihm der ›Tonmann‹ zugespielt hatte, und betrat mit dem Grundrißplan in der Hand das Apartment. Schnell und lautlos wie eine Katze ging er von Raum zu Raum und entfernte die winzigen elektronischen Abhörgeräte aus ihren Verstecken. Sie waren überall – unter Tischen, Stühlen und Sesseln, zwischen der tiefen Polsterung des Sofas, hinter den Spiegeln der Schlafzimmer, unter den Hausapotheken in den Badezimmern und unter zwei Herdplatten in der Küche. Das Arbeitszimmer hob er sich bis zuletzt auf, zählte die roten Kreuzchen auf dem Plan und stellte zufrieden fest, daß er bisher jede ›Wanze‹ entdeckt hatte. Im Arbeitszimmer war es dunkel, und er knipste die Schreibtischlampe an. Schon ein paar Minuten später hatte er wieder vier Mikrofone eingesammelt, drei im Zimmer selbst und eins in dem angrenzenden kleinen Badezimmer. Jetzt konzentrierte er sich auf den Schreibtisch. Er warf einen Blick auf seine Armbanduhr. Bisher hatte er neun Minuten gebraucht, blieben ihm noch wenigstens fünfzehn, Ardis Vanvlanderens privates Allerheiligstes zu durchsuchen.

Er begann mit den Schreibtischschubladen, zog eine nach der anderen heraus, blätterte in unwichtigen Papieren, die Nebensächlichkeiten aus Vizepräsident Bollingers Alltag betrafen – Terminpläne, Briefe von Einzelpersonen und Verbänden, Stellungnahmen des Weißen Hauses, des Außen- und des Verteidigungsministeriums und verschiedener anderer Behörden, die studiert und Orson Bollinger erläutert werden mußten. Varak fand nichts Interessantes, nichts, das sich irgendwie auf die geheimen Manipulationen in Südkalifornien bezogen hätte.

Er sah sich in dem großen getäfelten Raum um, betrachtete die Bücherregale, die eleganten Möbel und die gerahmten Fotografien an den Wänden … Die Fotografien. Mehr als zwanzig waren unregelmäßig über die dunkle Täfelung verteilt. Varak ging näher, um sie sich genau anzusehen, schaltete sogar eine zusätzliche Lampe ein. Es war die übliche Sammlung von der Selbstbeweihräucherung dienenden Bildern, die das Ehepaar Vanvlanderen in Gesellschaft politisch bedeutender Persönlichkeiten zeigten, angefangen beim Präsidenten bis hinunter zu den höheren Rängen aus Verwaltung und Kongreß. An einer anderen Wand hingen Fotos, auf denen Ardis Vanvlanderen ohne ihren Mann zu sehen war. Es waren ältere Aufnahmen mit einer jüngeren Ardis, die jedoch verrieten, daß auch ihre Vergangenheit nicht ohne gewesen war. Teure Wagen. Yachten, Skipisten und luxuriöse Pelze waren vorherrschend.

Schon wollte Varak sich von diesem Jahrmarkt der Eitelkeiten abwenden, als sein Blick auf eine Vergrößerung fiel, ein nicht gestelltes Bild, offensichtlich in Lausanne aufgenommen. Den Hintergrund bildete das Nordufer des Genfer Sees. Milos besah sich sehr eingehend das Gesicht des dunkelhäutigen Mannes an der Seite von Ardis Vanvlanderen, damals vermutlich noch Montreaux. Er kannte dieses Gesicht, wußte jedoch nicht, wo er es hintun sollte. Dann ließ er, fast als folge er einer Spur, die Augen nach rechts unten zu einem anderen ebenfalls vergrößerten und ebenfalls in Lausanne im Park des *Beau Rivage Palace Hotels* aufgenommenen Foto schweifen. Wieder derselbe Mann – wer war er nur? Und gleich daneben ein anderes Bild mit denselben ›Modellen‹, aufgenommen in Amsterdam in der Rozengracht. Wer war der Mann?

Konzentrier' dich! Bilder tauchten vor seinem geistigen Auge auf, Fragmente flüchtiger Eindrücke, aber kein Name. Riad – Medina, Saudi-Arabien. Eine geschockte und zornige Saudi-Familie – eine bevorstehende Hinrichtung, dann Flucht. Um Millionen und Abermillionen war es gegangen, vor acht bis zehn Jahren ... Wer war er? Varak überlegte, ob er sich eines der Fotos aneignen sollte, wußte jedoch instinktiv, daß es besser war, wenn er es nicht tat. Doch wer der Mann auch sein mochte, er stellte einen weiteren verräterischen Aspekt des Apparates dar, der um Orson Bollinger herum aufgebaut wurde. Wenn ein Foto dieses Mannes fehlte, konnte das ein Alarmsignal sein.

Milos knipste die Tischlampe aus und ging zum Schreibtisch zurück. Es war Zeit für ihn. Er mußte seine Ausrüstung holen und sie zum Lieferanteneingang bringen, wo der ›Tonmann‹ ihn erwartete. Er griff nach der kuppelförmigen Lampe auf dem Schreibtisch, als er im Foyer eine Tür gehen hörte. Schnell schaltete er das Licht aus und schlich zur Tür, schloß sie halb, damit er sich dahinter verstecken und durch den Spalt zwischen Rahmen und Füllung beobachten konnte, was passierte.

Eine hochgewachsene Gestalt tauchte auf, ein Mann, der sich selbstsicher in einer ihm vertrauten Umgebung bewegte. Varak runzelte leicht die Stirn; an diesen Mann hatte er seit Wochen nicht mehr gedacht. Es war der rothaarige FBI-Agent aus Mesa Verde, der zu der Einheit gehörte, die auf Veranlassung von Ardis Vanvlanderen dem Vizepräsidenten zugeteilt worden war – der Mann, der Varak nach San Diego geführt hatte. Varak war einen Moment verwirrt, aber wirklich nur einen Moment. Die Einheit war nach Washington zurückbeordert worden, doch einer war zurückgeblieben – genauer gesagt, einer war gekauft worden, bevor Varak ihn in Mesa Verde entdeckt hatte.

Der Rotschopf ging im Wohnzimmer hin und her, als suche er

etwas. Er nahm ein Glas in die Hand, das auf dem Tisch links neben der Couch stand, und ging damit in die Küche. Gleich darauf kam er mit einer Sprühdose in der einen und einem Geschirrtuch in der anderen Hand zurück. Er ging zu der alkoholfreien Bar hinüber, besprühte jede einzelne Flasche und polierte sie mit dem Geschirrtuch. Als nächstes besprühte er die kupferne Einfassung der Bartheke und rieb sie gründlich mit dem Tuch ab. Nach der Bar kam jedes Möbelstück im Wohnzimmer an die Reihe. Er arbeitete so gründlich, als wolle er die Räume desinfizieren. Varak wußte natürlich, was er damit bezweckte: Er entfernte die Fingerabdrücke von Eric Sundstrom.

Der Mann stellte die Sprühdose auf den Tisch, legte das Tuch daneben und ging zielstrebig auf das Arbeitszimmer zu. Lautlos rannte Varak in das kleine Badezimmer und schloß die Tür, diesmal so, daß nur ein winziger Spalt offenblieb. Wie Milos vorher, knipste der FBI-Agent die Schreibtischlampe an, setzte sich an den Schreibtisch und zog die rechte untere Schublade heraus. Dann tat er jedoch etwas, das Varak nicht getan hatte: Er drückte auf einen unsichtbaren Knopf, und eine senkrechte Zwischenwand öffnete sich.

»Herrgott«, stieß der Rothaarige hervor, als er in das offenbar leere Geheimfach spähte. Sofort griff er zum Telefon, riß den Hörer buchstäblich von der Gabel und wählte. Er bekam sofort Verbindung. »Es ist nicht da!« rief er. »Nein, ich bin sicher«, fügte er nach einer Pause etwas ruhiger hinzu. »Das Fach ist leer. Was wollen Sie denn noch von mir? Ich habe Ihre Anweisungen genau befolgt und sage Ihnen, es ist nichts da! – Was? Von Ihrem Haus ein Stück die Straße hinunter? In Ordnung, ich rufe Sie zurück.« Der Agent drückte auf die Gabel, ließ sie los und wählte von neuem. Elf Zahlen. Ferngespräch. »Basis fünf, hier ist Amsel, Sonderauftrag San Diego, Code sechs-sechs-null. Bestätigen Sie bitte. Danke. Haben wir Fahrzeuge in La Jolla, von denen ich nichts weiß? Keine. Okay. Nein, nichts Dringendes, wahrscheinlich die Presse. Sie müssen erfahren haben, daß der VP mit der Bande exzentrischer Spinner eine Kunstsoiree – haben Sie verstanden: Soiree – besucht. Er kann zwar einen Rembrandt nicht von Al Capone unterscheiden, aber er muß so tun als ob. Ich prüf's nach, vergessen Sie's.« Wieder legte der schlaksige Rotschopf auf und wählte von neuem. »Nichts von unserer Seite«, sagte er. »Nein, es gibt kein Gesetz, das vorschreibt, daß man uns Bescheid sagen muß... CIA? Also da wären wir wirklich die letzten, die was erfahren. Okay, ich ruf' den Flughafen an. Soll ich mich mit Ihrem Piloten in Verbindung setzen? Egal, was Sie sagen, ich verschwinde von hier. Die CIA und das FBI arbeiten nie zusammen, das hat es nie gegeben.« Der FBI-Mann legte in dem Moment auf, in dem Varak, seine schmale schwarze Pistole in der Hand, aus dem dunklen Badezimmer trat.

»So schnell verschwinden Sie nicht von hier«, sagte er.

»Herrgott!« schrie der Rotschopf wieder, sprang vom Stuhl auf, stürzte sich auf Varak, packte mit der Kraft eines in Panik geratenen Tieres sein rechtes Handgelenk, drängte ihn ins Bad und stieß ihn mit dem Oberkörper an die Wand über der Toilette, so daß er heftig mit dem Kopf dagegenprallte. Varak umschlang, jetzt rittlings auf dem Toilettendeckel sitzend, den Brustkorb des Roten mit einem Bein und hielt ihn wie in einem Schraubstock fest, während er die rechte Hand mit der Waffe senkrecht nach oben riß und dem Mann den linken Arm halb auskugelte. Es war vorbei. Der Mann brach zusammen und hielt sich, auf dem Boden liegend, den verletzten Arm, als sei er gebrochen.

»Stehen Sie auf«, sagte Varak, der die Waffe zwar noch in der Hand hielt, aber nicht mehr auf seinen Gefangenen zielte. Der Rotschopf hielt sich am Rand des Marmorwaschbeckens fest und rappelte sich, immer wieder vor Schmerz zusammenzukkend, mühsam in die Höhe. »Geh'n Sie dort rein, und setzen Sie sich«, befahl Varak und schob den FBI-Agenten ins Arbeitszimmer und zum Schreibtisch.

»Wer, zum Teufel, sind Sie?« fragte der Rotschopf außer Atem und hielt sich noch immer den Arm.

»Wir sind uns schon begegnet, doch das können Sie nicht wissen. Auf einer Landstraße in Mesa Verde, westlich vom Haus eines gewissen Kongreßabgeordneten.«

»Das waren Sie?« Der Agent wollte sich auf Varak stürzen, doch der stieß ihn zurück.

»Wann haben Sie sich verkauft, Sie Bundespolizist?«

Der Agent musterte Varak im Schein der Schreibtischlampe. »Falls Sie ein Gespenst aus einem der Vereine sein sollten, die eine Kreuzung zwischen Geheimdienst und Polit-Polizei sind, dann wollen wir eins gleich klarstellen: Ich bin mit einem Sonderauftrag dem Vizepräsidenten zugeteilt.«

»Eine Einheit, die eine Kreuzung aus Geheimdienst und Polit-Polizei ist? Sie haben mit ein paar sehr leicht erregbaren Leuten gesprochen, wie ich sehe. Es gibt keine solche Einheit, und die Fahrzeuge bei Grinells Haus sind von Washington in Marsch gesetzt worden...«

»Das stimmt nicht. Ich hab's eben nachgeprüft.«

»Vielleicht wurde das FBI nicht informiert, oder vielleicht hat man Sie belogen, aber das ist unwichtig. Ich bin überzeugt, daß Sie wie alle Soldaten aus Eliteeinheiten behaupten werden, Sie hätten nur einen Befehl ausgeführt, als sie die Fingerabdrücke entfernt und nach versteckten Dokumenten gesucht haben, von denen Sie ahnungsloser Engel nicht wußten, was sie enthielten.«

»Das weiß ich auch nicht.«

»Aber Sie haben sich verkauft, und nur das zählt für mich. Sie waren bereit, Ihren offiziellen Status zu mißbrauchen und sich für erwiesene ›Liebesdienste‹ bezahlen zu lassen. Sind Sie auch bereit, für diese Leute zu sterben?«

»Was?«

»Jetzt will ich etwas klarstellen«, sagte Varak ruhig, hob plötzlich die Pistole und preßte dem FBI-Mann die Mündung an die Stirn. »Ob Sie leben oder tot sind, ist mir völlig egal, aber ich muß heute noch einen Mann finden.«

»Sie kennen Grinell nicht...«

»Grinell interessiert mich überhaupt nicht, den überlassen wir anderen. Ich will den Mann, dessen Fingerabdrücke Sie in der ganzen Wohnung so sorgfältig entfernt haben. Sie sagen mir auf der Stelle, wo er ist, oder Sie finden Ihr Gehirn als Brei auf diesem Schreibtisch wieder, und ich werde mir nicht die Mühe machen, ihn zu säubern. Wo ist er?«

Am ganzen Körper zitternd, stieß der Rotschopf kurzatmig hervor: »Ich weiß es nicht, und ich lüge nicht. Ich hatte Befehl, mich in einer Seitenstraße am Strand von Coronado mit ihnen zu treffen. Ich schwöre Ihnen, ich weiß nicht, wohin sie gegangen sind.«

»Wer war in Coronado?«

»Nur Grinell und dieser andere, der mir gesagt hat, in welchen Räumen in Vanvlanderens Wohnung er was angefaßt hat.«

»Wo war sie?«

»Keine Ahnung. Vielleicht war sie krank oder hatte einen Unfall. Gegenüber von Grinells Limousine stand ein Krankenwagen.«

»Aber Sie wissen, wohin sie gegangen sind. Sie wollten eben den Flughafen anrufen. Wie lauten Ihre Instruktionen?«

»Ich soll den Wartungsleuten sagen, daß die Maschine in einer Stunde startklar sein muß.«

»Wo steht sie?«

»San Diego International. Auf dem privaten Start- und Landestreifen südlich der Hauptlandebahn.«

»Und wohin geht der Flug?«

»Das wissen nur Grinell und sein Pilot. Er sagt nie jemandem Bescheid.«

»Sie haben ihm angeboten, seinen Piloten anzurufen. Wie lautet die Nummer?«

»Herrgott, das weiß ich nicht. Hätte Grinell gewollt, daß ich mit dem Piloten telefoniere, hätte er sie mir gesagt. Er hat es nicht getan.«

Varak schob seine Waffe zurück in den Schulterhalfter. »Ich habe heute einen Ausdruck gehört, der gut zu Ihnen paßt, Bundespolizist. Abschaum, genau das sind Sie nämlich. Aber Sie sind, wie gesagt, völlig uninteressant für mich, deshalb laß ich Sie laufen. Lassen Sie sich etwas zu Ihrer Verteidigung einfallen, wie der gehorsame Soldat, der von seinen Vorgesetzten im Stich gelassen wurde. Aber vielleicht wären Sie besser dran, wenn Sie nach Mexiko abhauen. Ich weiß es nicht, und es ist mir egal. Doch wenn Sie Grinell noch einmal anrufen, sind Sie ein toter Mann. Haben Sie verstanden?«

»Ich will nur hier raus«, sagte der Rotschopf, sprang auf und lief wie gehetzt aus dem Arbeitszimmer und durch das Wohnzimmer über die Marmorstufen zur Tür.

»Das will ich auch«, sagte Varak vor sich hin. Er sah auf seine Uhr. Es war spät geworden, aber das machte nichts. Der ›Tonmann‹ war ein heller Kopf und würde schnell kapieren, wie Varak die Bänder und Protokolle ›frisiert‹ haben wollte, um Sundstroms Identität zu verschleiern. Sobald alles besprochen war, wollte sich Varak den Wagen des ›Tonmannes‹ ausleihen und zum San Diego International Airport hinausfahren. Dort würde er auf einem privaten Start- und Landestreifen südlich der Hauptlandebahn den Verräter von Inver Brass finden. Er würde ihn finden und töten.

Das Telefon klingelte und riß Kendrick aus einem unruhigen Schlaf. Im ersten Moment wußte er nicht, wo er war. Seine Blicke glitten über ein vorhangloses Fenster, und dahinter sah er wirbelnde Schneeflocken. Das Telefon klingelte noch einmal. Blinzelnd tastete Kendrick danach, fand den Apparat, knipste die Nachttischlampe an und nahm mit einem Blick auf seine Uhr den Hörer ab. Es war zwanzig nach fünf – morgens. Kalaila?

»Ja, hallo?«

»Atlanta hat die Nacht durchgearbeitet«, sagte der Chefpathologe des Krankenhauses. »Sie haben mich eben angerufen, und ich hab' mir gedacht, daß Sie bestimmt gern wissen möchten, was die Kollegen gefunden haben.«

»Vielen Dank, Herr Doktor.«

»Sie werden Ihren Dank vielleicht gleich wieder zurücknehmen. Leider sind alle Tests positiv.«

»Krebs?« Kendrick schluckte trocken.

»Nein. Ich könnte Ihnen den medizinischen Fachausdruck nennen, aber er würde Ihnen nichts sagen. Es ist eine Form von Salmonellenvergiftung, ein Virenstamm, der die Lungen angreift und das Blut gerinnen läßt, bis es keinen Sauerstoff mehr aufnehmen kann. Ich verstehe, warum Mr. Weingrass gedacht hat, es sei wieder der Krebs. Er ist es nicht, aber das ist kein Grund zur Freude.«

»Die Behandlungsmethode?« fragte Kendrick.

Der Pathologe antwortete nicht sofort. Dann: »Es gibt keine. Die Krankheit ist unheilbar. Im afrikanischen Kasai-Bezirk schlachten sie das Vieh und verbrennen es, machen ganze Dörfer dem Erdboden gleich und verbrennen auch sie.«

»Vieh und afrikanische Dörfer sind mir verdammt egal! – Entschuldigen Sie, ich wollte Sie nicht anbrüllen.«

»Das ist schon in Ordnung, ist Berufsrisiko. Ich habe einen Blick in den Atlas geworfen. Mr. Weingrass muß in Oman in einem Restaurant gegessen haben, in dem afrikanisch gekocht wird – vielleicht für Gastarbeiter. Unsauberes Geschirr und so. Auf diese Weise wird die Krankheit übertragen.«

»Sie kennen Emmanuel Weingrass nicht, in einem solchen Restaurant würde er keinen Bissen essen. Nein, Herr Doktor, die Krankheit wurde nicht auf natürlichem Weg übertragen, er wurde absichtlich infiziert.«

»Wie bitte?«

»Ach, nichts. Wieviel Zeit bleibt ihm noch?«

»Der Kollege vom CDC sagt, das sei verschieden. Zwischen einem Monat und drei, es können auch vier sein. Aber nicht mehr als sechs.«

»Darf ich ihm sagen, daß es noch zwei, drei Jahre sind?«

»Sie dürfen ihm sagen, was Sie wollen, er wird es wahrscheinlich besser wissen. Seine Atemnot wird von Tag zu Tag schlimmer werden. Sehr bald wird immer eine Sauerstoffflasche für ihn bereitstehen müssen.«

»Dafür werde ich sorgen. Vielen Dank, Herr Doktor.«

»Tut mir leid, Mr. Kendrick.«

Kendrick stieg aus dem Bett und begann im Zimmer auf und ab zu gehen. Sein Zorn wurde übermächtig. Ein Phantom-Arzt, der in Mesa Verde unbekannt war, der jedoch bestimmten Regierungsbeamten bekannt sein mußte. Ein freundlicher Arzt, der Manny Weingrass nur ein bißchen Blut abnehmen wollte – und der dann verschwand...

Als er seine Wut nicht mehr beherrschen konnte und sie am liebsten laut hinausgebrüllt hätte – seinen Schmerz laut hinausgebrüllt hätte wie ein verwundeter Elefant –, stieß er die Faust durch das Fenster, an dem er stand. Glas splitterte, und der Wind fuhr durch das Loch in der Scheibe und bestäubte Kendrick mit Schnee. Mit zusammengebissenen Zähnen starrte er seine blutige Hand an, und Tränen liefen ihm über die Wangen. *Wo bist du, Lyons – Dr. Lyons? Aber egal, wo du dich versteckst, ich finde dich!*

37

Varak näherte sich dem letzten Wartungshangar im privaten Sektor des International Airport von San Diego. Polizei und bewaffnete Zollbeamte in Elektromobilen und auf Motorrädern patrouillierten ununterbrochen über die ungeschützten schmalen Straßen des riesigen, offenen Komplexes. Aus den Empfangsgeräten der Fahrzeuge prasselten immer wieder Stimmen und atmosphärische Störgeräusche. Die reichen Privatleute und die großen Firmen, die sich den unangenehmen Begleiterscheinungen einer normalen Flugreise nicht aussetzen wollten und daher diesen privaten Sektor vorzogen, entgingen aber trotzdem nicht den Kontrollen der Bundes- und der städtischen Behörden, die den gesamten Bereich überwachten. Jede Maschine, die für den Abflug vorbereitet wurde, mußte nicht nur wie üblich Flugplan und -route genehmigen lassen, auch das Flugzeug selbst wurde gründlich inspiziert. Außerdem mußte jeder, der an Bord kam, damit rechnen, durchsucht zu werden.

Varak war wie selbstverständlich in die elegante Lounge geschlendert, in der die Elitepassagiere auf den Start warteten. Er erkundigte sich nach der Maschine von Grinell, und die attraktive Bodenstewardeß zeigte sich viel entgegenkommender als erwartet.

»Fliegen Sie mit, Sir?« fragte sie und wollte seinen Namen in den Computer eingeben.

»Nein, ich soll ihm nur ein paar Papiere bringen.«

»Oh, dann gehen Sie am besten zum Hangar sieben. Mr. Grinell kommt nur sehr selten hier herein, er geht sofort zur Abfertigung und dann zur Maschine, wenn sie zur Inspektion rollt.«

»Wenn Sie mir die Richtung zeigen könnten...«

»Ich lasse Sie von einem unserer Elektromobile hinfahren.«

»Ich gehe lieber zu Fuß, wenn Sie nichts dagegen haben. Möchte mir ein bißchen die Beine vertreten.«

»Wie Sie wollen, aber bleiben Sie auf der Straße. Der Sicherheitsdienst ist hier überempfindlich, und es gibt alle möglichen Alarmanlagen.«

»Ich laufe immer von einer Laterne zur anderen«, sagte Varak lächelnd. »Okay?«

»Keine schlechte Idee«, antwortete das Mädchen. »Vorige Woche hat sich so'n großes Tier aus Beverly Hills hier vollaufen lassen und wollte auch zu Fuß gehen. Er ist in die falsche Richtung abgebogen und landete in San Diego im Knast.«

»Nur weil er zu Fuß gegangen ist?«

»Na ja, er hatte ein paar komische Pillen bei sich.«

»Ich hab' nicht mal ein Aspirin.«

»Also, biegen Sie draußen in die erste Straße rechts ein und dann wieder rechts. Es ist der letzte Hangar am Ende der

Startbahn. Mr. Grinell hat den besten Platz. Ich wünschte, er käme öfter zu uns rein.«

»Er lebt sehr zurückgezogen.«

»Schlimmer, er ist unsichtbar.«

Varak sah sich ununterbrochen um, während er den Fahrern zunickte, die mit Elektromobilen und auf Motorrollern herumkurvten. Sie kamen aus beiden Richtungen auf ihn zu, die einen wurden langsamer, wenn sie ihn bemerkten, andere rasten vorbei. Er sah, was er sehen wollte. Rechts lagen die Hangars, die freien Räume dazwischen von Lampen auf niedrigen Pfählen erleuchtet, die so nah beieinander standen, daß ihr Lichtschein sich zu berühren schien. Sie sahen wie Abgrenzungen aus, und Varak fragte sich, was sie abgrenzen sollten. Die Rasenflächen zwischen Vorstadthäusern einer Zukunft, in der ein Nachbar den anderen fürchtete? Auf der linken Seite der Straße war nur eine riesige freie Fläche mit hohem Gras, die an eine Behelfspiste grenzte. Für ihn der ideale Fluchtweg aus dem privaten Sektor des Flughafens, nachdem er seine Aufgabe erledigt hatte.

Die Bodenstewardeß in der Lounge hat recht gehabt, dachte Varak, als er sich dem offenen Tor des letzten Hangars näherte. Grinells Maschine hat den besten Standplatz... Sobald sie abgefertigt war, konnte sie durch das gegenüberliegende Tor in Startposition rollen und bekam vom Tower sofort die Starterlaubnis.

Wo die asphaltierte Zufahrtsstraße und der Betonboden des Hangars zusammenstießen, standen zwei uniformierte Wachposten. Dahinter ein Rockwell-Jet, ein silberner Vogel, der sich bald in den Abendhimmel schwingen würde. Die Posten trugen die Uniformen eines privaten Sicherheitsdienstes, und als Varak sah, daß einer der beiden Männer ziemlich groß und breit war, hatte er eine Idee. Sie war einen Versuch wert, denn wie befriedigend würde es sein, den Verräter aus nächster Nähe hinzurichten und sich zu überzeugen, daß er auch wirklich tot war. Völlig ungezwungen ging Varak auf das Tor des Hangars zu, doch sofort traten die beiden Posten ihm in den Weg, wobei einer eine Zigarette fallen ließ und mit dem Stiefel austrat.

»Was haben Sie hier zu suchen?« fragte der große, kräftige Mann an Varaks rechter Seite.

»Ich bin geschäftlich hier«, antwortete Varak freundlich. »Und zwar handelt es sich um vertrauliche Geschäfte, glaube ich.«

»Was heißt das?« fragte der kleinere Wachposten.

»Da müssen Sie leider Mr. Grinell fragen. Ich bin nur ein Kurier, und man hat mir gesagt, daß ich nur mit einer Person sprechen darf, die die Information Mr. Grinell übermitteln soll, sobald er kommt.«

»Schon wieder so eine Scheiße«, sagte der kleinere Posten zu seinem Kollegen. »Wenn Sie Papiere oder Bargeld haben, müssen Sie sie anmelden. Wenn die Leute vom Zoll etwas in der Maschine finden, von dem sie nichts wissen, darf sie nicht starten, und Mr. Grinell explodiert vor Wut. Verstanden?«

»Sie reden ja laut und deutlich genug, mein Freund. Aber ich habe nur Worte, die genau wiederholt werden müssen. Verstehen Sie mich?«

»Dann reden Sie.«

»Nur mit einer Person, und zwar mit ihm«, antwortete Varak und zeigte auf den größeren der beiden Männer.

»Er ist dumm. Nehmen Sie mich.«

»Man hat mir gesagt, mit wem ich reden muß.«

»Scheiße!«

»Bitte kommen Sie mit«, sagte Varak und winkte den Mann nach rechts hinter die niedrige Lichterkette. »Ich muß unser Gespräch mitschneiden, aber es darf niemand anders in Hörweite sein.«

»Warum sagen Sie's dem Boß nicht selber?« fragte der kleinere Posten, der sich übergangen fühlte. »Er kommt in ein paar Minuten.«

»Weil wir uns unter keinen Umständen begegnen dürfen. Wollen Sie ihn vielleicht fragen, warum?«

»Noch größere Scheiße!«

Varak und der große Wachposten verschwanden hinter dem Hangar. Nach ein paar Schritten blieb Varak stehen und hob die gewölbte Linke. »Sprechen Sie bitte direkt hier hinein«, sagte er freundlich.

»Aber gern, Mister.«

Das waren die letzten Worte, an die der Posten sich erinnern konnte. Varak schlug ihn mit ein paar Handkantenschlägen bewußtlos und zog ihn hastig aus. Eine Minute und zwanzig Sekunden später steckte er selbst in der Uniform des privaten Sicherheitsdienstes, die er über seine eigenen Sachen angezogen hatte. Er war bereit.

Vierzig Sekunden später fuhr eine schwarze Limousine vor dem Hangar vor. Varak löste sich aus dem Schatten und ging langsam auf das Helldunkel hinter dem großen Tor zu. Aus dem überdimensionalen Wagen stieg ein Mann, und obwohl Varak ihn noch nie gesehen hatte, wußte er, daß es Crayton Grinell war.

»Hallo, Boß«, rief der kleinere Posten, als Grinell, der einen langen Mantel trug, offensichtlich verärgert auf das Tor zustürmte. »Wir haben Ihre Nachricht erhalten, Benny nimmt grade was auf...«

»Warum ist die gottverdammte Maschine nicht startbereit«, schrie Grinell. »Alle Formalitäten sind erledigt, ihr Idioten.«

»Benny hat mit ihnen gesprochen, Boß, nicht ich. Noch fünf Minuten, haben sie ihm gesagt. Wäre ich am Telefon gewesen, hätten die Typen besser gespurt. Und Sie hätten auch den anderen Kerl zu mir schicken sollen, dieser Benny...«

»Halten Sie den Mund! Holen Sie meinen Fahrer, und sagen Sie ihm, er soll die verdammte Maschine rausfahren. Wenn die sie nicht fliegen können, er kann es.«

»Klar, Boß, wie Sie wünschen, Boß.«

Als der Posten nach dem Fahrer der Limousine rief, sah Varak seine Zeit gekommen, nutzte die allgemeine Hektik aus und lief auf das riesige Auto zu.

»Danke!« rief der Chauffeur im Vorüberlaufen, als er die Uniform sah. »Unser – Gast geht erst im allerletzten Augenblick an Bord!«

Varak lief um den Kofferraum herum auf die Beifahrerseite, riß die Fondtür auf, sprang in den Wagen und landete auf einem Klappsitz. Stocksteif saß er da und starrte dem fassungslosen Eric Sundstrom in das pausbäckige Gesicht. »Hallo, Herr Professor«, sagte er leise.

»Es war eine Falle – Sie haben mir eine Falle gestellt!« rief Sundstrom, der sich in die dunkelste Ecke des Wagens verkrochen hatte. »Aber Sie wissen nicht, was Sie tun, Varak! Wir stehen vor einem ungeheuren Durchbruch in der Weltraumforschung, werden so viele wunderbare Dinge erfahren. Wir hatten unrecht – Inver Brass hat unrecht. Wir müssen weiterforschen.«

»Auch wenn Sie unseren halben Planeten in die Luft jagen?«

»Reden Sie nicht so blödsinnig daher!« rief Sundstrom. »Niemand wird irgend etwas in die Luft jagen. Wir sind zivilisierte

Menschen, auf beiden Seiten, zivilisiert und verängstigt. Je mehr wir schaffen, um so größer wird die Angst – und diese Angst schützt die Welt vor Vernichtung, begreifen Sie das nicht?«

»Und das nennen Sie zivilisiert?«

»Ich nenne es Fortschritt. Wissenschaftlichen Fortschritt. Nein, Sie können nicht verstehen, doch je mehr wir schaffen, um so mehr lernen wir.«

»Durch Vernichtungswaffen?«

»Waffen? Sie sind bedauernswert naiv. ›Waffen‹ ist nur ein Wortetikett. Wie ›Fisch‹ oder ›Gemüse‹. Es ist der Vorwand, den wir brauchen, um wissenschaftlichen Fortschritt in einem Maß zu finanzieren, das sonst unmöglich wäre. Wir haben ein Lasersystem entwickelt, das aus dem Weltraum, aus einer Entfernung von mehreren tausend Meilen, einen Mann in einem Erdloch orten kann.«

»Wozu? Damit Sie eine Bombe auf ihn abwerfen können?«

»Das tun wir nur, wenn jemand versucht uns aufzuhalten«, antwortete der Wissenschaftler, und seine Stimme klang so angespannt, als genüge diese Vorstellung, seinen Zorn zu wekken. Und dann brach der Zorn aus. Seine Gesichtszüge, die Züge eines pausbäckigen Cherubs, verzerrten sich zu einer grotesken Fratze. »Wir werden forschen, forschen, forschen!« schrie er. »Und keiner soll wagen, uns aufhalten zu wollen! Wir schaffen eine neue Welt, in der die Wissenschaft Kultur und Zivilisation beherrschen wird. Sie haben es mit einer politischen Gruppe zu tun, die unsere Bedürfnisse versteht! Sie sind untragbar, Varak. Kendrick ist gefährlich. Sie haben ihn gesehen – gehört. Er würde *Hearings* einberufen, idiotische Fragen stellen, unseren Fortschritt behindern.«

»Daß Sie das sagen würden, hab' ich mir gedacht, Herr Professor.« Langsam schob Varak die Hand unter die Uniformjacke und unter sein Jackett. »Wissen Sie, welche Strafe im allgemeinen auf Hochverrat steht, Herr Professor?« fragte er.

»Was reden Sie da?« Am ganzen Körper zitternd und mit schweißüberströmtem Gesicht, rutschte Sundstrom immer näher zur Wagentür. »Ich habe niemanden verraten ... Ich versuche nur, ein schreckliches Unrecht zu verhindern, einen furchtbaren Fehler zu korrigieren, den irregeleitete Verrückte begangen haben. Man muß euch Einhalt gebieten, euch allen!

Ihr dürft der Welt nicht die größte wissenschaftliche Errungenschaft vorenthalten, die es je gegeben hat.«

Varak zog seine Pistole. Ein Lichtstrahl, der sich im Lauf spiegelte, stach Sundstrom in die Augen. »Sie haben monatelang Zeit gehabt, diese Dinge auszusprechen«, sagte Varak. »Statt dessen haben Sie geschwiegen, während die anderen Ihnen vertrauten. Durch Ihren Verrat haben Menschen ihr Leben verloren, wurden gefoltert und verstümmelt. Sie sind Dreck, Herr Professor, ein Auswurf der Menschheit.«

»Nein!« kreischte Sundstrom, prallte gegen die Tür, fand mit zitternden Fingern den Türgriff und wurde, als die Tür aufflog, aus dem Wagen gerissen. Varak schoß. Die Kugel bohrte sich dem Verräter in die untere Wirbelsäule, und sein schwerer Körper schlug dumpf auf dem Asphalt auf. »Helft mir, helft mir!« schrie er. »Er will mich umbringen! O mein Gott, er hat mich getroffen! Tötet ihn, tötet ihn!« Varak schoß noch einmal, zielte jetzt ruhig und traf genau. Sundstroms Hinterkopf war nur noch eine breiige und blutige Masse.

Im nächsten Augenblick wurde aus dem Hangar zurückgeschossen. Varak wurde in die Brust und in die linke Schulter getroffen. Er sprang auf der Beifahrerseite auf die Straße und rollte sich direkt hinter der Limousine bis zum gegenüberliegenden Randstein. Von Schmerzen gepeinigt, kroch er auf Händen und Knien in die schützende Dunkelheit des hohen Grases am Rand einer Behelfsstartbahn. Fast hätte er es nicht geschafft; aus allen Richtungen rasten Fahrzeuge mit jaulenden Sirenen heran. Alle Sicherheitskräfte konzentrierten sich auf Hangar sieben, während sich auf der anderen Seite der kleinere Wachposten und Grinells Chauffeur der Limousine näherten und immer wieder in das Fahrzeug hineinschossen. Varak wurde noch einmal getroffen. Ein Querschläger, ein ungezielt abgegebener Schuß, bohrte sich ihm brennend in den Magen. Er mußte fort von hier! Sein Auftrag war noch nicht erfüllt.

Er drehte sich um und rannte durch das hohe Gras, riß sich zuerst die Uniformjacke herunter und blieb dann kurz stehen, um auch die Hose auszuziehen. Sein Hemd war blutdurchtränkt, und er fühlte eine Schwäche in den Beinen. Er mußte mit seiner Kraft haushalten, mußte es bis auf die Straße und zu einer Telefonzelle schaffen. Er mußte!

Suchscheinwerfer. Von einem Turm hinter ihm. Er war wieder in der Tschechoslowakei, im Gefängnis, lief über den Hof auf einen Zaun zu, hinter dem Freiheit war. Ein Lichtstrahl wanderte in seine Richtung, und wie in Prag warf er sich zu Boden und wartete reglos, bis der weiße Kegel über ihn hinweggehuscht war. Mühsam stand er auf, fühlte, daß er von Minute zu Minute schwächer wurde, aber er mußte weiter. In der Ferne sah er andere Lichter – Straßenlampen. Ein anderer Zaun.... Freiheit, Freiheit.

Jeden Muskel anspannend, Griff um Griff, kletterte er auf den Zaun, der oben mit einer Rolle aus Stacheldraht zusätzlich gesichert war. Varak ließ sich auch davon nicht aufhalten. Mit seinen letzten Kraftreserven zog er sich hinauf und ließ sich auf der anderen Seite auf den Boden fallen. Seine Kleider waren zerfetzt, die Haut zerschrammt. Schwer atmend blieb er eine Weile liegen, drückte die Hände abwechselnd auf Brust und Magen. Los, steh auf! Sofort!

Er erreichte die Straße; es war einer jener unbefestigten, verwilderten Fahrwege, wie man sie so oft in der Nähe von Flughäfen findet, kein Bauland, wegen des Lärms. Trotzdem werden diese Straßen von Einheimischen oft als Abkürzungen benutzt, und auch auf dieser kam ab und zu ein Auto vorbei. Schwerfällig und unsicher schleppte Varak sich weiter und winkte, als sich ein Wagen näherte, mit beiden Armen. Der Fahrer wich jedoch nach links aus und fuhr weiter. Bald darauf kam ein Wagen von rechts. Varak blieb stehen und hob eine Hand zum Zeichen, daß er Hilfe brauchte. Der Wagen wurde langsamer und hielt an, als Varak unter der Jacke nach seiner Waffe griff.

»Was haben Sie für ein Problem?« fragte der Fahrer, der Marineuniform trug.

»Ich hatte einen Unfall«, antwortete Varak. »Bin ungefähr eine Meile von hier von der Straße abgekommen, und mein Wagen hat sich überschlagen. Aber bis jetzt hat noch niemand gehalten, um mir zu helfen.«

»Sie sind aber ziemlich übel zugerichtet. Steigen Sie ein, ich bringe Sie ins Krankenhaus. Mein Gott, Sie sehen ja schlimm aus! Kommen Sie, ich helfe Ihnen.«

»Bemühen Sie sich nicht, das schaffe ich schon«, sagte Varak und ging um die Motorhaube herum. Er öffnete die Tür und kletterte in den Wagen. »Wenn ich Ihnen die Polsterung beschmutze, zahle ich gern...«

»Darüber wollen wir uns den Kopf zerbrechen, wenn Weihnachten und Ostern auf einen Tag fallen.« Der Marineoffizier schaltete und gab Gas, während Varak seine Waffe unauffällig wieder verstaute.

»Sie sind sehr freundlich«, antwortete er, kramte ein Stück Papier aus der Tasche, holte seinen Kugelschreiber heraus und notierte sich im Dunkeln ein paar kurze Worte und Zahlen.

»Sie sind schwer verletzt, Freund. Halten Sie durch.«

»Ich muß unbedingt telefonieren. Bitte!«

»Die verdammte Versicherung kann warten, Freund.«

»Ich will nicht die Versicherung anrufen«, antwortete Varak stockend. »Meine Frau. Sie hat mich schon vor Stunden zurückerwartet... Sie hat psychische Probleme.«

»Die haben doch alle Ehefrauen, oder?« sagte der Marineoffizier. »Soll ich für Sie anrufen?«

»Nein, nein, vielen Dank. Aber dann malt sie sich nur die schrecklichsten Dinge aus.« Varak bäumte sich mit schmerzverzerrtem Gesicht auf dem Sitz auf.

»Ungefähr eine Meile von hier ist ein Obststand. Ich kenne den Besitzer, er hat ein Telefon.«

»Ich kann Ihnen nicht genug danken.«

»Laden Sie mich zum Essen ein, wenn Sie wieder aus dem Krankenhaus raus sind.«

Der Obstverkäufer musterte Varak entsetzt, reichte ihm aber das Telefon. Varak wählte die Nummer des *Westlake Hotels*. »Zimmer einundfünfzig bitte.«

»Hallo, hallo, wer ist da?« rief Kalaila, aus dem tiefsten Schlaf gerissen.

»Haben Sie eine Antwort für mich?«

»Milos?«

»Ja.«

»Was ist los mit Ihnen?«

»Es geht mir nicht besonders gut, Miß Raschad. Haben Sie eine Antwort?«

»Sie sind verletzt.«

»Ihre Antwort!«

»Grünes Licht. Payton will sich zurückhalten. Wenn Evan die Nominierung schafft, in Ordnung. Das Rennen läuft.«

»Er wird dringender gebraucht, als Sie ahnen können.«

»Ich weiß nicht, ob er mitmacht.«

»Er muß. Halten Sie Ihre Leitung frei. Ich rufe gleich wieder an.«

»Sie sind doch verletzt.«

Varak drückte auf die Gabel und wählte sofort wieder.

»Ja?«

»›Tonmann‹?«

»›Prag‹?«

»Wie läuft die Sache?«

»In etwa zwei Stunden bin ich fertig. Die Stenotypistin hat den Kopfhörer auf und tippt wie verrückt. Sie ist sauer, weil sie die ganze Nacht Überstunden machen muß.«

»Was immer das kostet – es ist für alles gesorgt.«

»Was ist los mit Ihnen? Ich kann Sie kaum hören?«

»Leichte Erkältung. Im Briefkasten Ihres Studios finden Sie zehntausend Dollar.«

»Schön, aber das ist zuviel, ich bin kein Räuber.«

»Ich bin großzügig, das haben Sie selbst gesagt.«

»Also mit Ihnen ist wirklich was nicht in Ordnung, ›Prag‹.«

»Bringen Sie morgen früh das ganze Material ins *Westlake*, Zimmer einundfünfzig. Die Frau heißt Raschad. Händigen Sie die Sachen nur ihr aus.«

»Raschad. Zimmer einundfünfzig. Alles klar.«

»Danke.«

»Hören Sie, wenn Sie in Schwierigkeiten sind, sagen Sie mir Bescheid, okay? Ich meine, wenn ich irgendwas tun kann...«

»Ihr Wagen steht auf dem Flughafen, irgendwo in Sektion C«, sagte Varak und legte auf. Nahm den Hörer ein letztes Mal ab und wählte. »Zimmer einundfünfzig«, sagte er wieder.

»Hallo?«

»Sie bekommen – alles morgen früh.«

»Wo sind Sie? Ich schicke Hilfe!«

»Morgen – früh. Bringen Sie's Mr. B.«

»Verdammt, Milos, wo sind Sie?«

»Das ist doch egal... Setzen Sie sich mit Kendrick in – Verbindung. Vielleicht weiß er was.«

»Was weiß er vielleicht?«

»Fotografien... Ardis Vanvlanderen... Lausanne, Ufer des Genfer Sees. Dann das *Beau Rivage* – der Park. Dann Amsterdam, in der Rozengracht. Im Hotel – in ihrem Arbeitszimmer. Sagen Sie's ihm. Sagen Sie ihm, der Mann ist ein Saudi... Es geht da um Millionen, Millionen.« Varak konnte kaum noch sprechen, er bekam keine Luft mehr. Weiter! Mach weiter! »Entkommen... Millionen.«

»Wovon, zum Teufel, reden Sie da?«

»Er ist vielleicht der Schlüssel. Lassen Sie die Fotografien nicht entfernen... Von keinem. Rufen Sie Kendrick an. Vielleicht erinnert er sich.« Varak verlor die Kontrolle über seine Bewegungen; er wollte auflegen, verfehlte jedoch die Gabel und brach dann vor dem Obststand auf einer Landstraße hinter dem Flughafen von San Diego zusammen. Milos Varak war tot.

38

Die Schlagzeilen und die dazugehörigen Artikel in den Morgenzeitungen stellten alle anderen Meldungen in den Schatten. Der Außenminister der Vereinigten Staaten und seine ganze Delegation waren auf Zypern in einem Hotel brutal ermordet worden. Die sechste Flotte näherte sich, volle Fahrt voraus, der Insel, alle Waffensysteme und Flugzeuge einsatzbereit. Die Nation war wie gelähmt, zornig und verängstigt. Das Grauen einer unkontrollierbaren bösen Macht schien am Horizont zu lauern, drängte das Land an den Rand einer Konfrontation auf breitester Basis, forderte die Regierung heraus, mit der gleichen furchtbaren Brutalität zurückzuschlagen. Doch mit einem überaus seltenen intuitiven geopolitischen Geniestreich unterdrückte Präsident Langford Jennings den Sturm. Er setzte sich mit Moskau in Verbindung, und das Ergebnis der Verhandlungen war eine gemeinsame Verurteilung durch die beiden Supermächte. Das ungeheuerliche Geschehen auf Zypern wurde als vereinzelter Terrorakt bezeichnet, der weltweit Empörung ausgelöst hatte. Aus allen Hauptstädten der Welt, von Verbündeten und Gegnern, kamen Beileidsbezeigungen und ehrende Nachrufe für einen bedeutenden Mann.

Auf den Seiten zwei, sieben und fünfundvierzig des *San Diego Union*, und den Seiten vier, fünfzig und einundfünfzig der *Los Angeles Times* fand der interessierte Leser die folgenden viel unwichtigeren Berichte von Nachrichtenagenturen:

San Diego, 22. Dezember – Mrs. Ardis Vanvlanderen, Stabschefin von Vizepräsident Orson Bollinger, deren Ehemann Andrew Vanvlanderen gestern einem Herzstillstand erlegen ist, hat sich heute in den frühen Morgenstunden offensichtlich aus Kummer das Leben genommen. Ihre Leiche wurde am Strand von Coronado an Land gespült. Der Tod ist durch Ertrinken eingetreten. Ihr Anwalt, Mr. Crayton Grinell, hatte sie auf dem Weg zum Flughafen beim Beerdigungsinstitut abgesetzt, um ihr noch einen letzten Besuch bei ihrem verstorbenen Gatten zu ermöglichen. Angestellte des Instituts haben ausgesagt, die Witwe sei vor Kummer kaum ansprechbar gewesen. Obwohl sie von einem Wagen erwartet wurde, entfernte sie sich durch einen Seiteneingang und fuhr mit einem Taxi zum Strand von Coronado...

Mexiko City, 22. Dezember – Eric Sundstrom, einer der führenden Wissenschaftler der Vereinigten Staaten, dem vor allem die Entwicklung der Weltraumtechnologie am Herzen lag und der auf diesem Gebiet Bahnbrechendes geleistet hat, starb während eines Urlaubs in Puerto Vallarta an einer Gehirnblutung. Nähere Einzelheiten sind zur Stunde noch nicht bekannt. In der morgigen Ausgabe unseres Blattes bringen wir eine ausführliche Würdigung seines Lebens und seines Werkes.

San Diego, 22. Dezember – Ein bisher noch nicht identifizierter Mann, der keine Papiere, aber eine Pistole bei sich hatte, ist auf einer Landstraße in der Nähe des San Diego International Airport an den Folgen mehrerer Schußwunden gestorben. Lt. Commander John Demartin, Kampfflieger der US Marine, der ihn auf der Straße aufgelesen hatte, hat bei der Polizei ausgesagt, der Mann habe behauptet, er sei mit seinem Wagen verunglückt. Da sich der Vorfall in unmittelbarer Nähe des dem San Diego International benachbarten Privatflugplatzes abspielte, vermuten die Behörden, der Tod des Mannes hänge irgendwie mit dem Drogenhandel zusammen...

Evan Kendrick nahm die erste Frühmaschine von Denver nach San Diego. Er hatte darauf bestanden, Manny Weingrass schon um sechs Uhr morgens zu besuchen, was ihm selbstverständlich gestattet wurde. »Du wirst bald wieder gesund«, hatte er dem Freund vorgelogen. »Und du bist ein miserabler Lügner«, hatte Weingrass zurückgeschossen. »Wohin mußt du?« »Zu Kalaila. Nach San Diego.« »Dann hau aber auf der Stelle ab. Ich will dein häßliches Gesicht keine Sekunde länger hier sehen. Flieg zu ihr, hilf ihr. Schnapp dir diese Schweine.«

Die Taxifahrt vom Flughafen zum Hotel schien endlos zu dauern und wurde ihm durch den Fahrer, der ihn erkannt hatte, fast unerträglich gemacht. Der Mann überschüttete ihn mit einer dümmlichen Wortflut, die er mit gegen die Araber und alles Arabische gerichteten wüsten Beschimpfungen würzte.

»Jeder von diesen Dreckskerlen müßte ganz einfach abgeknallt werden, hab' ich nicht recht?«

»Frauen und Kinder natürlich auch.«

»Stimmt. Die Gören werden erwachsen, und die Weiber bringen noch mehr Gören zur Welt.«

»Das wäre natürlich eine Lösung. Man könnte es eine wahre Endlösung nennen.«

»Der einzig mögliche Weg – richtig?«

»Falsch. Überlegen Sie doch, was uns allein die Munition kosten würde! Die Regierung müßte die Steuern erhöhen.«

»Tatsächlich? Scheiße! Ich zahl' schon jetzt genug. Es muß eine andere Möglichkeit geben.«

»Ich bin sicher, daß Ihnen eine einfallen wird. Und jetzt entschuldigen Sie mich bitte, da steht einiges drin, was ich unbedingt lesen muß.« Kendrick widmete sich wieder seiner *Denver Post* und der furchtbaren Nachricht aus Zypern. Entweder verstimmt oder weil er das Gefühl hatte, daß er zurechtgewiesen worden war, schaltete der Fahrer das Radio ein. Wie die Zeitungen beschäftigte sich auch dieses Medium fast ausschließlich mit dem abscheulichen Terrorakt im Mittelmeerraum. Und als ob Tod wieder Tod nach sich ziehe, hörte Kendrick betroffen zu, als der Nachrichtensprecher sagte: »In San Diego ist es zu einer weiteren Tragödie gekommen. Mrs. Ardis Vanvlanderen, Stabschefin von Vizepräsident Bollinger, wurde am frühen Morgen tot aufgefunden. Ihre Leiche wurde in Coronado an den Strand gespült. Es handelt sich vermutlich um Selbstmord...«

Kendrick beugte sich ruckartig vor. Ardis? Ardis Vanvlanderen? Ardis Montreaux? Die Bahamas – ein ehemaliger kleiner und jetzt verkommener Angestellter von Off Shore Investments hatte ihnen erzählt, Ardis Montreaux habe einen reichen Kalifornier geheiratet. Guter Gott! Deshalb war Kalaila nach San Diego geflogen. Mitchell Payton hatte die ›Geldhure‹ gefunden – Bollingers Stabschefin...

Im Hotel nahm er den Lift in den fünften Stock und ging dann den Richtungspfeilen nach zu Kalailas Zimmer. Er konnte es kaum erwarten, sie wiederzusehen und in die Arme zu nehmen, fühlte jedoch zugleich tiefe Niedergeschlagenheit – wegen Manny Weingrass, wegen des Massenmordes auf Zypern, wegen so vieler Dinge; aber hauptsächlich wegen Manny, der einem so teuflischen Mordanschlag zum Opfer fallen würde. Zimmer fünfhunderteins. Er klopfte viermal und hörte drinnen schon laufende Schritte, ehe er die Hand weggenommen hatte. Die Tür flog auf, und Kalaila lag in seinen Armen.

»Ich liebe dich«, flüsterte er in ihr dunkles Haar, und seine Worte überstürzten sich fast. »Und alles ist so widerlich, so gottverdammt widerlich!«

»Komm rein! Schnell!« Kalaila schloß die Tür und nahm sein Gesicht in die Hände. »Manny?«

»Er hat noch ungefähr drei Monate zu leben – auf keinen Fall länger als ein halbes Jahr«, antwortete Kendrick. »Er stirbt an einem Virus, mit dem er sich nicht infiziert haben kann, das ihm injiziert worden sein muß.«

»Der nicht existente Dr. Lyons«, sagte Kalaila.

»Ich werde ihn finden, und wenn es zwanzig Jahre dauert.«

»Du bekommst von Washington jede erdenkliche Hilfe.«

»Es gibt nur noch Schreckensmeldungen. Zypern, der beste Mann dieser Regierung in Stücke gerissen ...«

»Das Attentat wurde hier geplant, Evan. Hier in San Diego.«

»Was?«

Kalaila trat einen Schritt zurück, nahm seine Hand und führte ihn in eine Ecke, in der zwei Sessel standen und dazwischen ein kleiner runder Tisch. »Setz dich, Liebling. Ich hab' dir eine Menge zu berichten, was ich dir bisher nicht sagen durfte. Und dann gibt es hier etwas für dich zu tun, deshalb habe ich dich gebeten, herzukommen.«

»Ich glaube«, sagte Kendrick, während er sich setzte, »etwas von dem, was du mir sagen willst, weiß ich schon. Ardis Montreaux, verwitwete Vanvlanderen. Ich hab's im Radio gehört; es heißt, daß sie Selbstmord begangen hat.«

»Das hat sie schon getan, als sie Vanvlanderen heiratete, der vorgestern starb.«

»Du bist ihretwegen hier, nicht wahr?«

»Ja.« Kalaila nickte. Sie setzte sich ebenfalls. »Du wirst alles hören und lesen. Ich habe Bänder und Protokolle von allen Gesprächen, die sie nach dem Tod ihres Mannes geführt hat. Man hat sie mir vor einer Stunde gebracht.«

»Was ist mit Zypern?«

»Der Befehl kam von hier, von einem Mann namens Grinell.«

»Nie von ihm gehört.«

»Das haben nur wenige... Evan, es ist alles viel schlimmer, als wir es uns vorgestellt haben – vorstellen konnten.«

»Das hast du von Ardis erfahren? Ja, sie war früher einmal Ardis für mich, ich Evan für sie.«

»Das weiß ich. Nein, nicht sie hat es mir gesagt; durch sie habe ich nur eine vage Vorstellung von dem bekommen, was vorgeht, und schon das ist erschreckend genug. Unsere ergiebigste Quelle ist ein Mann, der gestern abend draußen beim Flughafen ermordet wurde.«

»Um Himmels willen, wer war er?«

»Der blonde Europäer, Liebling.«

»Was?« Kendrick prallte zurück, das Blut schoß ihm in den Kopf.

»Er hat nicht nur meine Unterredung mit Ardis Vanvlanderen mitgeschnitten, sondern eine Reihe weiterer Gespräche, die Unglaubliches ans Licht gebracht haben. Wir haben zwar nur einen Namen, den von Grinell, aber wir können uns ein Bild zusammensetzen, wie ein Puzzle, auf dem die Gestalten undeutlich bleiben, und es ist grauenhaft.«

»Eine Regierung in der Regierung«, sagte Kendrick leise. »Das sind Mannys Worte. ›Die Diener befehlen im Haus ihres Herrn.‹«

»Manny hat recht, wie gewöhnlich.«

Kendrick stand auf, trat an ein Fenster, lehnte sich ans Fensterbrett und schaute hinaus. »Wer war der Blonde?«

»Das wissen wir nicht, aber wer er auch war, von ihm stammt unser bestes Material, und er hat unmittelbar vor seinem Tod noch veranlaßt, daß ich es bekomme.«

»Wie ist er an das Oman-Dossier gekommen?«

»Dazu hat er mir nur gesagt, daß derjenige, der es ihm verschafft hat, ein anständiger Mensch ist, der dich in einer höheren politischen Stellung sehen möchte.«

»Das sagt mir gar nichts!« schrie Kendrick, sich vom Fenster abwendend. »Ich will mehr wissen!«

»Mehr gibt es nicht.«

»Hat er gewußt, was sie getan haben? Wie viele Tote es gegeben hat, wie viele niedergemetzelt wurden?«

»Er hat gesagt, daß er einem Irrtum zum Opfer gefallen ist und daß er mehr darunter leidet als sonst jemand. Er wußte nicht, daß dieses Leiden nur noch ein paar Stunden dauern würde.«

»Gottverdammt noch mal!« brüllte Kendrick die Zimmerwände an. »Was ist mit diesem Grinell? Haben sie wenigstens ihn?«

»Er ist verschwunden. Er ist mit seinem Privatjet von San Diego nach Tucson geflogen. Dort legte er eine Zwischenlandung ein, die etwa eine Stunde dauerte, dann ist er wieder gestartet, ohne einen Flugplan vorzulegen. Durch den nicht genehmigten Flug haben wir von seiner Flucht erfahren.«

»So kommt es zu den Zusammenstößen in der Luft.«

»Nicht, wenn man sich jenseits der Grenze in den mexikanischen Flugverkehr einreiht. MJ meint, daß Grinells Sicherheitsdienst möglicherweise die FBI-Fahrzeuge entdeckt hat, die in der Nähe seines Hauses in La Jolla auf ihn gewartet haben.«

Kendrick setzte sich wieder, erschöpft, geschlagen. »Und was nun?«

»Wir gehen in die Suite der Vanvlanderens hinunter. Unser Europäer wollte, daß du dir dort etwas ansiehst – ein paar Fotos, hat er gesagt. Ich weiß nicht, warum, aber er hat gemeint, daß du dich vielleicht an einen bestimmten Mann erinnern kannst – an einen Saudi. Dann hat er noch etwas von Millionen und einer Flucht gesagt.«

»In Ordnung, gehen wir.«

Sie fuhren mit dem Lift in die dritte Etage hinunter. Zwei Polizeibeamte in Uniform bewachten die Tür der Vanvlanderen-Suite, schlossen aber bereitwillig auf, als sie Kendrick erkannten.

»Es ist eine große Ehre für mich, Sie kennenzulernen, Herr Abgeordneter«, sagte einer der Beamten und streckte impulsiv die Hand aus.

»Und ich freu' mich«, sagte Kendrick, schüttelte dem Mann die Hand und folgte Kalaila in das marmorne Foyer.

»Wie fühlt man sich, wenn man so berühmt ist?« fragte sie, die Tür schließend.

»Es ist nicht besonders angenehm«, antwortete Kendrick. »Wo sind die Fotos?«

»Er hat sich nicht sehr klar ausgedrückt, nur gesagt, daß sie im Arbeitszimmer sind und du dir die ansehen sollst, die in Lausanne und in Amsterdam aufgenommen wurden.«

»Da drüben«, sagte Kendrick, der in einem Raum zur Linken eine brennende Schreibtischlampe entdeckt hatte. »Komm, schauen wir uns mal um.«

Das Licht der Schreibtischlampe reichte nicht aus, und Kendrick schaltete eine zweite, hellere Lampe ein. Jetzt sprangen ihnen die unregelmäßig über die beiden Wände verteilten Fotografien förmlich ins Auge.

»Du lieber Gott, wo fängt man da am besten an?« sagte Kalaila.

»Langsam und sorgfältig«, antwortete Kendrick, wandte sich von der linken Wand schnell wieder ab und konzentrierte sich auf die rechte. »Das sind die Bilder aus Europa«, sagte er. »Und hier ist Lausanne«, fügte er hinzu und betrachtete die Vergrößerung, auf der mit dem Ufer des Genfer Sees als Hintergrund ein Mann und eine Frau zu sehen waren. »Das ist Ardis und – aber nein, das kann nicht sein!«

»Was kann nicht sein?«

»Warte einen Moment.« Kendrick betrachtete ein nächstes Bild rechts unten, wieder eine Vergrößerung, auf der die Gesichter jedoch deutlicher zu sehen waren. »Wieder Lausanne. Der Park vom Beau Rivage... Ist das wirklich möglich?«

»Was denn? Das Beau Rivage hat der Blonde übrigens erwähnt. Außerdem Amsterdam – die Rosen... irgendwas.«

»Die Rozengracht. Hier ist sie.« Kendrick zeigte auf eine Fotografie, auf der die Gesichter sogar noch schärfer, noch ausgeprägter waren. »Mein Gott, er ist es tatsächlich!«

»Wer?«

»Abdel Hamendi. Ich habe ihn vor Jahren in Riad gekannt. Er war Minister bei den Saudis, bis die Familie ihn dabei erwischte, daß er in die eigene Tasche wirtschaftete, mit gefälschten Pachtverträgen und Ersatz-Kontrakten Millionen verdiente. Er sollte öffentlich hingerichtet werden, aber er floh außer Landes. Es heißt, er habe sich irgendwo in den Alpen in der Nähe von Divonne eine wahre Festung gebaut und eine neue Firma gegründet. Waffen und Kriegsgerät. Man hat mir gesagt, daß er heute der mächtigste Waffenhändler der Welt ist und der, der am wenigsten in Erscheinung tritt.«

»Auf dem zweiten Band hat Ardis Vanvlanderen Divonne erwähnt. Es war nur eine beiläufige Bemerkung, aber jetzt hat sie einen Sinn bekommen.«

Kendrick trat von der Wand zurück und sah Kalaila an. »Unser Europäer hatte den richtigen Instinkt. Er konnte sich zwar nicht an Einzelheiten erinnern, hat aber das Blut an Hamendi gesehen, als fließe es aus dieser Fotografie... Eine Regierung in der Regierung, die mit dem größten illegalen Waffenhändler Geschäfte macht.« Plötzlich runzelte Kendrick die Stirn. »Steckt Bollinger da auch mit drin?«

»Das, hat der Europäer gesagt, kann man weder mit ja noch mit nein beantworten. Was weiß er, oder was weiß er nicht? Sicher ist nur eins. Er hat die spendenfreudigsten Männer des Landes um sich versammelt.«

»Mein Gott, sie stecken alle mit drin...«

»Noch etwas mußt du erfahren, Evan«, sagte Kalaila. »Es war Andrew Vanvlanderen, der Kontakt mit den Terroristen aufnahm. Er war für die Überfälle auf deine beiden Häuser verantwortlich.«

»Herrgott!« schrie Kendrick auf. »Warum?«

»Deinetwegen«, antwortete Kalaila leise. »Du warst die Zielscheibe. Er wollte deinen Tod. Er hat übrigens auf eigene Faust gehandelt, deshalb wurde seine Frau ermordet, als die anderen davon erfuhren. Es sollte nicht die Spur einer möglichen Verbindung zu ihnen geben – aber sie fürchten dich alle. Nächste Woche beginnt eine landesweite Kampagne, man will deinen Namen auf der nationalen Wahlliste sehen, weil du an Bollingers Statt Vizepräsident werden sollst.«

»Stecken die Leute des Europäers dahinter?«

»Ja. Und das können und wollen die Männer um Bollinger nicht tolerieren. Sie denken, du wirst sie hinausdrängen, ihren Einfluß beschneiden, bis er praktisch nicht mehr vorhanden ist.«

»Ich werde noch mehr tun als das. Ich werde sie nämlich nicht hinausdrängen, sondern ausreißen wie Giftpflanzen. Zypern, Fairfax, Mesa Verde – Schweinehunde! Wer sind sie? Gibt es eine Liste?«

»Wir könnten eine zusammenstellen, mit vielen, vielen

Namen, aber wir wissen nicht, wer in die Sache verwickelt ist und wer nicht.«

»Das werden wir feststellen.«

»Wie?«

»Ich schlage mich auf Bollingers Seite. Sie sollen einen anderen Kongreßabgeordneten Kendrick kennenlernen – einen, der sich einen sicheren Platz auf der nationalen Wahlliste abkaufen läßt.«

MJ Payton saß an seinem Schreibtisch in Langley, Virginia, und blickte starr aus dem Fenster. Es gab so viel zu denken, daß er nicht an Weihnachten denken konnte, was ein Segen war. Er bereute nicht, daß er sich für das Leben entschieden hatte, das er führte, aber Weihnachten war immer ein kleines Problem für ihn. Er hatte zwei verheiratete Schwestern im Mittelwesten und mehrere Nichten und Neffen, denen er die üblichen Geschenke geschickt hatte – die er immer von seiner langjährigen Sekretärin besorgen ließ –, aber er hatte keine Lust, die Feiertage im Schoß der Familie zu verbringen. Sie hatten sich ganz einfach nichts mehr zu sagen. Er hatte zu lange auf der anderen Seite des Erdballs gelebt, um Befriedigung in einem Gespräch über eine Sägemühle und eine Versicherungsagentur zu finden, und er konnte über seine Arbeit natürlich überhaupt nicht sprechen. Außerdem waren die meist schon erwachsenen Kinder absoluter Durchschnitt, kein einziges war an einer höheren Schulbildung, geschweige denn an einem Studium interessiert, und alle strebten nur nach der finanziellen Sicherheit ihrer Väter. Spießer, alle miteinander. Lieber nicht daran rühren, dachte er. Wahrscheinlich fühle ich mich deshalb von Adrienne so angezogen und bin so gern ihr ›Onkel Mitch‹. Aber ich sollte mich wohl allmählich daran gewöhnen, sie Kalaila zu nennen... Sie gehörte zu seiner Welt, hatte diese Welt freiwillig gewählt und sich darin hervorragend bewährt. Einen Augenblick wünschte sich Payton, sie wären alle wieder in Kairo, und die Raschads hätten ihn wie jedes Jahr eingeladen, mit ihnen Weihnachten zu feiern – mit einem köstlichen Essen unter einem wunderschön geschmückten Weihnachtsbaum und Schallplattenaufnahmen des Mormon Tabernacle Choir, der alte Weihnachtslieder sang.

Wo waren diese Zeiten? Würden sie je wiederkehren? Selbstverständlich nicht. Er aß zu Weihnachten allein.

Paytons rotes Telefon klingelte. Er streckte die Hand aus und nahm ab.

»Ja?«

»Er ist verrückt geworden!« rief Adrienne-Kalaila. »Ich meine, er hat den Verstand verloren, er spinnt, MJ!«

»Hat er dich abgewiesen?«

»Komm, laß den Unsinn. Er will sich mit Bollinger treffen.«

»Und was will er bei ihm?«

»Den Spitzel spielen. Hältst du das für möglich?«

»Ich könnte es für möglich halten, wenn du dich ein bißchen klarer...«

Am anderen Ende der Leitung schien ein Kampf um den Telefonhörer zu entbrennen, und dann warf man sich gegenseitig Schimpfwörter an den Kopf, die nicht vom Feinsten waren.

»Mitch, hier spricht Evan.«

»Na klar, wer sonst?«

»Ich gehe in die Höhle des Löwen.«

»Zu Bollinger?«

»Logisch. In Maskat hab' ich das gleiche getan.«

»Man kann einmal gewinnen und einmal verlieren, junger Mann. Kann beim erstenmal erfolgreich sein und sich beim zweitenmal die Finger verbrennen. Diese Leute kämpfen mit harten Bandagen und kennen keine Rücksicht.«

»Genau mein Stil. Ich will sie haben. Also krieg' ich sie.«

»Sie bekommen Begleitung.«

»Nein, das ist ein Solopart. Die haben ihre Augen und Ohren überall. Ich werde ihnen vorspiegeln, daß ich mich unter Umständen mit Geld überreden ließe, von der politischen Bühne abzutreten.«

»Das nehmen sie Ihnen nicht ab. Der Gegensatz zu dem, was sie von Ihnen gesehen und gehört haben, ist zu kraß. Das kann nicht funktionieren, Evan.«

»Es wird funktionieren, wenn ich mit Teilwahrheiten argumentiere – überzeugenden Teilwahrheiten.«

»Zum Beispiel?«

»Daß mein ›Ausflug‹ nach Oman nur meinen eigenen Interessen gedient hat. Daß ich nur zurückgegangen bin, um Nachlese zu halten, um mir eines Tages das viele Geld zu holen, das ich dort verdienen könnte. Das ist etwas, was sie verstehen, was sie verdammt gut verstehen werden.«

»Nicht stichhaltig genug. Sie werden allzu viele Fragen stellen und Ihre Antworten überprüfen wollen.«

»Ich kann alle Fragen in Ruhe abwarten, habe auf jede die richtige Antwort«, erwiderte Kendrick. »Eben weil es leicht nachprüfbare Teilwahrheiten sind. Ich bin überzeugt, daß ich wußte, wer der Drahtzieher hinter den Palästinensern war. Und ich wußte es, weil er bei meiner Firma die gleiche Taktik angewendet hatte. Die Wahrheit. Ich hatte Verbindungen zu den mächtigsten Männern des Sultanats und die volle Unterstützung der Regierung. Das wird ihnen sogar Achmad bestätigen. Wieder die Wahrheit; sogar als ich im Gefängnis war, wo mich die Polizei ständig im Auge behielt, stand ich unter dem Schutz der Regierung. Mein einziges Ziel war es, Informationen über einen Wahnsinnigen zu bekommen, der sich ›der Mahdi‹ nannte. Auch das ist die Wahrheit.«

»Es gibt bestimmt Stolpersteine«, sagte Payton und machte sich Notizen, die später in den Reißwolf wandern würden.

»Mir fällt keiner ein, und nur das zählt. Ich habe die Bänder des Europäers abgehört; in den nächsten fünf Jahren geht es für sie um Milliarden, und ihr *status quo* verträgt nicht die geringste Erschütterung. Es ist egal, daß sie sich irren, entscheidend ist, daß sie glauben, ich sei eine Bedrohung für sie – was ich unter anderen Umständen auch wäre, das dürfen Sie mir glauben...«

»Und was wären das zum Beispiel für Umstände, Evan?« unterbrach Payton.

»Was... Na ja, wenn ich in Washington bliebe. Ich würde mit jedem Dreckskerl Schlitten fahren, der sich an Regierungsgeldern bereichert und für ein paar Millionen hier und ein paar Millionen da dem Gesetz eine lange Nase dreht.«

»Der reinste Savonarola.«

»Ich bin kein Fanatiker, MJ, nur ein verdammt wütender Steuerzahler, der es satt hat, daß man uns ständig in Angst und Schrecken versetzt, um uns bluten zu lassen und selbst ungeheure Gewinne einzustreichen. Wo war ich?«

»Bei der Bedrohung, die Sie angeblich darstellen.«

»Richtig. Ich soll von der Bildfläche verschwinden, und deshalb werde ich ihnen überzeugend darlegen, daß ich dazu bereit bin. Ich werde ihnen sagen, daß ich mit der Kampagne der Leute, die mich auf der nationalen Wahlliste sehen wollen, zwar nichts am Hut – dafür aber ein großes Problem habe.«

»Und jetzt kommt's, nicht wahr?«

»Ich bin zuerst und vor allem Geschäftsmann, Bauingenieur mit langjähriger Erfahrung, und das Amt des Vizepräsidenten würde mir weltweites Ansehen verschaffen, gewissermaßen einen unbezahlbaren Bonus. Ich bin verhältnismäßig jung; in fünf Jahren noch immer in den Vierzigern, und als ehemaliger Vizepräsident hätte ich in der ganzen Welt finanziellen Rückhalt und Einfluß. Das ist für einen internationalen Baumeister, der in die Privatwirtschaft zurückkehren will, eine große Verlockung. Wie würden Bollinger und Konsorten darauf reagieren, was meinen Sie, MJ?«

»Na, wie schon?« sagte Payton. »Sie ahmen ihren schmierigen Tonfall ja perfekt nach. Sie würden Ihnen ein verkürztes Verfahren anbieten und Sie fragen, warum Sie fünf Jahre warten wollen, wenn Sie jetzt schon haben können, was Sie dann bekommen werden – Geld in Hülle und Fülle.«

»Daß Sie das sagen werden, hab' ich mir schon gedacht; und ich glaube, auch sie werden es sagen. Aber wie jeder anständige Unterhändler in eigener Sache, der schon selbst ein bißchen was auf der hohen Kante hat, habe ich leider noch ein Problem.«

»Raus damit, ich kann's kaum erwarten!«

»Ich brauche einen handfesten Beweis, und ich brauche ihn schnell, damit ich dem politischen Komitee, das schon nächste Woche in Chicago eine Riesenaktion starten will, von Denver aus klipp und klar sagen kann, daß sie mit mir nicht rechnen dürfen. Zu der Kampagne in Chicago darf es gar nicht kommen, sonst geraten die Dinge womöglich außer Kontrolle.«

»Und der Beweis, den Sie verlangen, ist eine verbindliche Erklärung?«

»Ich bin Geschäftsmann.«

»Auch sie sind Geschäftsleute, und sie werden nichts Schriftliches aus der Hand geben.«

»Darüber kann man verhandeln, wenn beide Parteien guten Willens sind. Ich bestehe auf einer Zusammenkunft mit den Bossen, bei der wir alle unsere Karten offen auf den Tisch legen. Denen werde ich meine vorerst natürlich noch vagen Pläne erläutern, und dann sind sie am Zug. Wenn sie mich überzeugen können, daß sie vertrauenswürdig sind, werde ich mich entsprechend verhalten. Und ich glaube, ich werde sehr überzeugend sein, aber wichtig ist das dann nicht mehr.«

»Weil Sie in den innersten Kern vorgedrungen sein werden«, stimmte Payton zu. »Sie werden wissen, mit wem wir es zu tun haben. Ich muß sagen, Evan, das klingt durchaus machbar.«

»Das ist nur gesundes Geschäftsgebaren, MJ.«

»Jetzt habe aber ich ein Problem. Sie werden Ihnen nämlich nie glauben, daß Sie wieder hinübergehen, werden es für eine Lüge halten. Der ganze Nahe Osten ist zu unruhig.«

»Ich behaupte ja nicht, daß ich nächste Woche zurückgehe, sondern ›eines Tages‹, und der Himmel weiß, daß ich den Mittelmeerraum mit keinem Wort erwähnen werde. Aber ich werde von den Emiraten sprechen, von Bahrein, Kuweit und Katar, sogar von Oman und Saudi-Arabien, alles Golfstaaten, in denen die Kendrick-Gruppe tätig war. Normaler als jetzt wird die Situation in diesen Ländern nie sein. Und sobald die OPEC sie wieder an einen Tisch gekriegt hat, geht es nur noch um Geschäfte und Profite. Wie jede westeuropäische Baufirma möchte auch ich ein Stück vom großen Kuchen und muß daher bereit sein.«

»Du liebe Güte, das klingt wirklich überzeugend.«

»Rein geschäftlich gesehen, ist das Ganze gar nicht so abwegig. Es paßt alles, Mitch. Ich riskier's.«

»Wann?«

»In ein paar Minuten rufe ich Bollinger an. Ich glaube nicht, daß er sich weigern wird, mit mir zu sprechen.«

»Das kann ich mir kaum vorstellen. Langford Jennings würde ihm den Arsch ansengen.«

»Ich will ihm ein paar Stunden Zeit lassen, seine Herde um sich zu sammeln, und ersuche ihn um einen Termin am Spätnachmittag.«

»Besser wär's am Abend, nach Dienstschluß. Und stellen Sie bestimmte Forderungen. Sagen Sie, sie wollen weder von Presseleuten noch von Angestellten gesehen werden. Das macht Sie noch glaubwürdiger.«

»Das ist sehr gut, MJ.«

»Das ist nur gesundes Geschäftsgebaren, Herr Abgeordneter.«

Lieutenant Commander John Demartin von der US Marine schüttete große Mengen einer Reinigungsflüssigkeit auf die Polsterung des Beifahrersitzes und bemühte sich ziemlich erfolglos, die Blutflecke zu entfernen. Er kam zu dem Schluß, daß es wohl doch besser war, die Reinigung einem Fachmann zu überlassen. Und solange der Wagen noch nicht sauber war, mußte er den Kindern eben sagen, er habe auf der Heimfahrt vom Flugplatz einen Becher Kirschsaft ausgeschüttet. Doch wenn er es schaffte, die Polster wenigstens ein bißchen zu säubern, würde die Sache vielleicht nicht allzu teuer. Hoffentlich.

Demartin hatte den Bericht im *Union* gelesen, in dem er mit vollem Namen genannt wurde. Außerdem hieß es da, die Behörden glaubten, der verletzte Anhalter habe etwas mit Drogen zu tun gehabt. Er war da anderer Meinung. Zwar kannte er seines Wissens keinen Dealer, aber er glaubte jedoch nicht, daß es viele gab, die so höflich waren, einen beschmutzten Autositz wieder reinigen lassen zu wollen. Er nahm an, daß solche Leute, wenn sie verletzt waren, eher in Panik gerieten, nicht so beherrscht, so besonnen handelten.

Die Polster herunterdrückend, schrubbte Demartin die Lehne des Sitzes noch einmal gründlich ab. Plötzlich berührten seine angewinkelten Fingerknöchel etwas, etwas Scharfes, das jedoch sofort nachgab. Es war ein Zettel. Er zog ihn heraus und las die blutbefleckte Notiz.

Drgd. Hö. Sich.stfe. Relais-Kontkt. 3016211133 Code-S

Die letzten Buchstaben liefen schräg nach unten, als habe der Schreiber keine Kraft mehr gehabt. Der Marineoffizier kroch rücklings aus dem Wagen, blieb auf der Zufahrt stehen und las die Notiz noch einmal. Dann ging er ins Haus und griff zum Telefon. Er wußte, wen er anrufen konnte. Er wählte die Nummer des Stützpunkts, und schon ein paar Sekunden später stellte eine Sekretärin zum Chef des Nachrichtendienstes durch.

»Jim, hier ist John Demartin...«

»He, hab' eben den Artikel über den verrückten Zwischenfall gestern abend gelesen. Was ihr Flieger nicht alles anstellt, um an ein bißchen Gras zu kommen. Rufst du wegen unseres Angelausflugs am Sonnabend an?«

»Nein, wegen gestern abend.«

»Oh? Wieso das?«

»Jim, ich habe keine Ahnung, wer oder was der Typ war, aber ich glaube nicht, daß er mit Drogen zu tun hatte. Und vor ein paar Minuten habe ich auf dem Beifahrersitz, wo er gesessen hat, zwischen Sitz und Lehne einen Zettel mit einer Notiz gefunden. Er ist ziemlich blutig, aber man kann ihn noch lesen. Hör zu.«

»Schieß los, ich hab' Bleistift und Papier bei der Hand.«

Der Marineflieger las die sehr mühsam mit Druckschrift gemalten Worte und Ziffern vor. »Kannst du damit was anfangen?« fragte er.

»Durchaus möglich«, sagte der Nachrichtenoffizier langsam und las offensichtlich noch einmal, was er geschrieben hatte. »Schildere mir genau, was gestern abend passiert ist, John. Der Artikel in der Zeitung war ziemlich allgemein gehalten.«

Demartin begann damit, daß der blonde Mann zwar ausgezeichnet englisch gesprochen, aber einen ausländischen Akzent gehabt hatte. Und er endete mit dem Zusammenbruch des Fremden vor dem Obststand. »Das war's.«

»Glaubst du, er hat gewußt, wie schwer seine Verletzungen waren?«

»Falls er es nicht wußte, mir war es von Anfang an klar. Ich wollte ihn nicht telefonieren lassen, er hatte keine Zeit zu verlieren, aber er bestand darauf, daß ich anhielt – ich meine, er flehte mich fast an, Jim. Weniger mit Worten als mit den Augen. Diesen Blick werde ich lange nicht vergessen, Jim.«

»Aber du warst überzeugt, daß er wieder zum Wagen zurückkommen wollte?«

»Fest überzeugt. Ich glaube, er wollte noch ein letztes Telefongespräch führen. Sogar noch als er fiel, streckte er den Arm nach dem Apparat auf der Theke aus. Er wäre bestimmt wiedergekommen.«

»Bleib' wo du bist, ich ruf' dich gleich zurück.«

John Demartin legte auf und trat an ein Fenster mit Blick auf einen kleinen Swimmingpool und einen Patio. Seine beiden Kinder planschten im Wasser und kreischten vor Vergnügen, und seine Frau ruhte in einem Liegestuhl und las im *Wall Street Journal*, eine Gewohnheit, für die er ihr dankbar war. Ihr hatten sie es zu verdanken, daß sie sich ein bißchen mehr leisten konnten, als es mit seinem Sold möglich gewesen wäre. Das Telefon klingelte. Er ging an den Apparat, meldete sich. »Jim?«

»Ja, John, ich bin's, und ich will versuchen, mich so klar wie möglich auszudrücken, aber allzu klar wird das nicht sein. Wir haben einen Mann hier, den uns Washington sozusagen geliefert hat und der mehr von diesen Dingen versteht als ich, und der läßt dir sagen, du sollst folgendes tun... O Junge!«

»Was denn? So rede doch schon, Jim!«

»Du sollst den Zettel verbrennen und vergessen.«

Shapoff, auch unter dem Decknamen ›Lebkuchen‹ bekannter CIA-Agent im zerknautschten Anzug, hielt sich den Telefonhörer ans linke Ohr und angelte mit der rechten Hand nach der kleinen gelben Zigarettenpackung. »Haben Sie alles?« fragte er.

»Ja«, antwortete MJ Payton, das Wort in die Länge ziehend, als habe ihn die Information, die er eben bekommen hatte, verwirrt und erschreckt.

»Wie ich den Text interpretiere, hat dieser Mann ›dringend‹ mit ›höchste Geheimhaltungsstufe‹ kombiniert, weil er sich ausrechnete, daß der Marineoffizier – wenn er es nicht schaffte, am Leben zu bleiben – vernünftig genug sein würde, den Sicherheitsdienst des Stützpunktes anzurufen und nicht die Polizei.«

»Und genau das hat er ja auch getan«, stimmte MJ zu.

»Dann würde der Sicherheitsdienst sich mit dem ›Relais-Kontakt‹ in Verbindung setzen, und damit würde die Nachricht an die, wie er meinte, richtigen Leute gelangen.«

»Und die Nachricht lautet, daß jemand mit Codenamen S eliminiert – also ermordet wurde.«

»Haben wir eine Operation unter Code S laufen?«

»Nein.«

»Vielleicht das FBI oder die Finanzleute?«

»Das bezweifle ich«, sagte Payton.

»Warum?«

»Weil der Relais-Kontakt in diesem Fall die letzte Station ist. Die Nachricht wäre nicht weitergegeben worden.«

»Woher wissen Sie das?«

»Gebiets-Code drei-null-eins ist Maryland, und unglücklicherweise erkenne ich die Nummer. Sie steht in keinem Telefonbuch und ist sehr geheim.«

Payton lehnte sich in seinem Sessel zurück und verstand auf einmal, wie sich Alkoholiker fühlten, die dachten, sie könnten die nächste Stunde nicht ohne einen Drink überstehen, der sie der Realität ein Stück entrückte. Wie lächerlich unlogisch logisch! Die Stimme, auf die Präsidenten hörten, ein Mann, von dem die führenden Köpfe der Nation wußten, daß er stets und vor allem nur das Wohl dieser Nation im Auge hatte, ein tiefer Denker, ein furchtloser Mann, ein Mann ohne Vorlieben, von unbestechlicher Objektivität... Er hatte die Zukunft gewählt. Er hatte einen wenig bekannten, aber hervorragenden Kongreßabgeordneten erwählt, der eine Geschichte zu erzählen hatte, die das Land hypnotisieren würde. Er hatte diesen Mann durch das politische Labyrinth geschleust, bis er reif war, im Scheinwerferlicht der Medien zu agieren, aber jetzt kein Grünschnabel mehr, sondern ein gewiefter Praktiker, mit dem man rechnen mußte. Dann kam plötzlich die Geschichte ans Licht, und die Nation, ja sogar ein großer Teil der Welt, war wie gelähmt. Eine riesige Welle war in Bewegung geraten, die den Mann in höchste Höhen tragen sollte, auf den Gipfel der Macht. Ins Weiße Haus. Samuel Winters hatte sich gegen die Regeln vergangen und, was viel schlimmer war, den Tod vieler Menschen billigend in Kauf genommen. ›Mr. A‹ war nicht vom Himmel gefallen, er hatte ausschließlich für Samuel Winters gearbeitet.

Payton griff zum Telefon und tippte die Nummer ein. »Dr. Winters«, sagte er als Antwort auf das einsilbige »Ja«. »Ich bin's, Payton.«

»Das war ein schrecklicher Tag, nicht wahr, Herr Doktor?«

»Ich benutze den Titel schon seit Jahren nicht mehr.«

»Das ist schade. Sie waren ein hervorragender Wissenschaftler.«

»Haben Sie seit gestern abend von Mr. A gehört?«

»Obwohl seine Information auf tragische Weise prophetisch war, gibt es keinen Grund, warum er mich anrufen sollte. Wie ich Ihnen schon sagte, Mitchell, der Mann, für den er arbeitet – und den ich bei weitem nicht so gut kenne wie Sie –, hatte ihm, ebenso wie Sie, vorgeschlagen, sich mit mir in Verbindung zu setzen. Mein Ruf übertrifft ganz offensichtlich den Einfluß, den ich angeblich habe.«

»Sie haben mich immerhin mit dem Präsidenten zusammengebracht«, sagte Payton und schloß angesichts der Lügen des alten Mannes die Augen.

»Nun ja. Die Hiobsbotschaft, die Sie brachten, war schließlich genauso verheerend wie die von Mr. A. In seinem Fall habe ich natürlich an Sie gedacht. Ich war nicht sicher, ob Langford oder seine Leute soviel Erfahrung haben wie Sie...«

»Meine war offenbar auch nicht ausreichend«, unterbrach Payton.

»Ich bin überzeugt, Sie haben alles Menschenmögliche getan.«

»Zurück zu Mr. A, Herr Dr. Winters.«

»Ja?«

»Er ist tot.«

Samuel Winters stockte der Atem, er rang hörbar nach Luft, und es dauerte ein paar Sekunden, ehe er weitersprechen konnte. »Was sagen Sie da?«

»Er ist tot. Und jemand, den Sie kennen und der den Codenamen S trägt, wurde ermordet.«

»O mein Gott!« flüsterte Samuel Winters. »Wie – wie sind Sie an diese Information gekommen?«

»Das ist leider geheim – auch für Sie.«

»Verdammt!« brauste Winters auf. »Ich habe Ihnen Zutritt zu Jennings verschafft! Zum Präsidenten der Vereinigten Staaten!«

»Aber Sie haben mir nie gesagt, warum Sie das getan haben, Herr Dr. Winters. Sie haben mir nie erklärt, daß Ihre einzige, Ihre überwältigende Sorge nur dem Mann gilt, den Sie erwählt haben. Evan Kendrick.«

»Nein!« Winters leugnete so heftig, daß es wie ein Schrei klang. »Diese Dinge gehen Sie nichts an, also halten Sie sich gefälligst raus! Niemand hat etwas Ungesetzliches getan.«

»Ich wünschte, ich könnte mir einreden, daß Sie das glauben. Aber wenn Sie es glauben, dann ist es leider ein furchtbarer Irrtum. Wenn Sie sich der Talente eines Mannes wie Ihres Europäers bedienen, können Sie sich nicht von seinen Methoden lossagen. Es ist ein langes Schuldregister: politischer Druck durch Erpressung, Korruption in der Legislative, Diebstahl von Dokumenten der höchsten Geheimhaltungsstufe. Außerdem hat er indirekt den Tod einer ganzen Anzahl von Regierungsbeamten verschuldet, und andere sind durch ihn zu Krüppeln geworden. Und außerdem hat er Codename S ermordet.«

»O mein Gott!«

»Das war der Mann, mit dem Sie ...«

»Sie verstehen nicht, Mitchell, so war es nicht.«

»Im Gegenteil, genauso war es.«

»Aber ich weiß nichts von diesen Dingen, das müssen Sie mir glauben.«

»Ich glaube es Ihnen sogar ohne weiteres, denn Sie haben einen erfahrenen Profi angeheuert, weil Sie Resultate sehen und keine Erklärungen hören wollten.«

»›Angeheuert‹ trifft nicht den Kern, vereinfacht zu sehr. Er war ein Mann voller Hingabe, ein Mann, der sein Leben einer Mission geweiht hatte.«

»Das hat man mir gesagt«, warf Payton ein. »Er kam aus einem Land, in dem man das Volk entmachtet hat.«

»Und was geschieht Ihrer Ansicht nach hier – bei uns?« fragte Samuel Winters. Seine Worte klangen jetzt beherrscht, doch seine Erregung hielt unvermindert an.

Es dauerte ein paar Sekunden, ehe Payton antwortete. »Ich weiß«, sagte er leise, wieder die Augen schließend. »Wir sind dabei, auch hier Material zu sammeln.«

»Sie haben den Außenminister und seine ganze Delegation ermordet. Sie haben kein Gewissen, kennen keine Treue, leugnen jede Verpflichtung und sind in ihrer Gier nach Reichtum und Macht völlig skrupellos. Ich will nichts für mich, wir wollen nichts für uns.«

»Ich verstehe. Weil Sie nichts bekämen, selbst wenn Sie etwas wollten.«

»Deshalb wurde er ja gewählt, Mitchell. Wir haben einen ungewöhnlichen Mann gefunden. Er ist zu klug, um sich zum Narren halten, und zu anständig, um sich kaufen zu lassen. Außerdem ist er eine Persönlichkeit, die nirgends übersehen werden kann.«

»An Ihrer Wahl habe ich nichts auszusetzen, Herr Dr. Winters.«

»Wo stehen wir also?«

»Nicht wir, Herr Dr. Winters«, sagte Payton. »Ich. Und ich stehe nicht, ich stecke in einem Dilemma, und vorläufig ganz allein.«

San Diego. Neunzehn Uhr fünfundzwanzig. Sie hielten einander fest. Kalaila lehnte sich zurück, sah ihn an und strich ihm übers Haar. »Liebling, kannst du es tun?«

»Du vergißt, *yaanisa,* daß ich den größten Teil meines nicht ganz erfolglosen Berufslebens damit verbracht habe, mich gegen geniale arabische Verhandlungsführung zu behaupten.«

»Ja, aber da hast du immerhin noch verhandelt – mit Übertreibungen, natürlich –, aber nicht gelogen, hast keine Lüge aufrechterhalten müssen vor Leuten, die jedem Wort mißtrauen werden, das du sagst.«

»Sie werden mir verzweifelt glauben wollen, und das sind zwei Punkte für uns. Außerdem ist es mir verdammt egal, was sie glauben, sobald ich mit ihnen gesprochen habe und weiß, wer sie sind.«

»So solltest du lieber nicht denken, Evan«, sagte Kalaila, ließ die Hand sinken und löste sich von ihm. »Bevor wir sie nicht haben, keine nachprüfbaren und stichhaltigen Beweise gegen sie haben, werden sie wie üblich operieren – unter der Gürtellinie und niederträchtig. Wenn sie nur auf die Idee kommen, du könntest ihnen eine Falle stellen, findet man dich vielleicht als Wasserleiche oder auch überhaupt nicht wieder. Der Pazifik ist groß.«

»Wie die Untiefen von Katar, in denen es von Haien wimmelt.« Kendrick nickte in der Erinnerung an Bahrein und den Mahdi. »Ich verstehe, was du meinst. Dann werde ich lauthals verkünden, daß mein Büro weiß, wo ich heute abend bin.«

»Es würde nicht heute abend geschehen. Gemein und niederträchtig heißt nicht dumm, mein Liebling. Du wirst es dort wahrscheinlich mit einer ›gemischten Gesellschaft‹ zu tun haben – ein paar regulären Mitgliedern von Bollingers Stab und wahrscheinlich ein paar Figuren aus seinem Küchenkabinett. Alten Freunden, die als Berater fungieren – sie sind diejenigen, auf die du's abgesehen hast. Bleib *cool* – dafür bist du ja inzwischen bekannt –, und sei überzeugend. Laß dir nichts anhängen.«

Das Telefon klingelte, und Kendrick ging an den Apparat. »Das ist die Limousine«, sagte er. »Grau mit getönten Scheiben, zum Wohnsitz des Vizepräsidenten in den Hügeln passend.«

San Diego. Zwanzig Uhr sieben. Der schlanke Mann ging rasch durch das Abfertigungsgebäude des International Airport, eine große Stofftasche, die zwei Anzüge, Wäsche und andere Reiseutensilien enthielt, über der rechten Schulter, einen schwarzen Arztkoffer in der linken Hand. Die automatische Glastür zu den Taxiständen glitt zurück, und der Mann trat ins Freie. Er blieb einen Moment stehen und ging dann auf das erste Taxi in der langen Reihe zu. Er öffnete die Tür, und der Fahrer ließ die Zeitung – ein Boulevardblatt – sinken, in die er vertieft gewesen war.

»Sie sind doch frei, nicht wahr?« sagte der Mann kurz, stieg aber schon ein, warf die Reisetasche auf den Rücksitz und stellte den Arztkoffer zu seinen Füßen ab.

»Keine Fahrt, die länger als eine Stunde dauert, Mister«, antwortete der Fahrer. »Dann habe ich nämlich Feierabend.«

»Das schaffen Sie.«

»Wohin?«

»In die Hügel hinauf. Ich kenne den Weg und kann Sie lotsen.«

»Muß die Adresse wissen, Mister. Das Gesetz will es so.«

»Wie wäre es mit dem kalifornischen Wohnsitz des Vizepräsidenten der Vereinigten Staaten?« fragte der Passagier unwirsch.

»Es ist eine Adresse«, antwortete der Fahrer unbeeindruckt.

Das Taxi startete mit einem absichtlich so heftigen Ruck, daß der Mann, der in Südwest-Colorado ein kurzes Gastspiel als Dr. Eugene Lyons gegeben hatte, auf seinem Sitz nach hinten geworfen wurde. Er merkte jedoch nicht, daß das Manöver als Bosheit gedacht war, denn sein Zorn machte ihn unempfindlich gegen alles, was um ihn herum vorging; denn er war ein Mann, dem man übel mitgespielt hatte, der hintergangen worden war.

39

Die Vorstellung war jeweils kurz und oberflächlich, und Kendrick hatte den Eindruck, daß nicht alle Namen und Titel hundertprozentig stimmten. Daher prägte er sich alle Gesichter so genau ein, als wollte er sie malen, wozu er übrigens nicht das geringste Talent hatte. Kalaila hatte recht gehabt, der siebenköpfige ›Rat‹ war eine Mischung, aber nicht so schwer zu unterscheiden, wie sie geglaubt hatte. Ein Beamter, der dreißig- oder vierzigtausend Dollar im Jahr verdiente, kleidete und benahm sich anders als jemand, der so viel für ein Wochenende in Paris oder Divonne ausgab. Seiner Meinung nach waren die Beamten in der Minderzahl: drei offizielle Assistenten und Berater gegen vier andere – das Küchenkabinett von Kalifornien.

Vizepräsident Orson Bollinger war mittelgroß, mittelschwer, im mittleren Mittelalter und mit einer Stimme in Mittellage an der Grenze zwischen unauffällig und überzeugend. Er war –

nun ja, Mittelmaß in jeder Beziehung, der ideale zweite Mann, solange die Nummer eins vor Gesundheit und Energie strotzte. Manche hielten ihn für einen Speichellecker, der sich vielleicht – aber wirklich nur vielleicht – in einer Notsituation bewähren würde. Er war weder gefährlich, noch war er dumm.

Er begrüßte den Kongreßabgeordneten Evan Kendrick herzlich und führte ihn in seine eindrucksvolle Privatbibliothek, in der seine ›Leute‹ in Lederfauteuils und auf dunklen Ledersofas saßen.

»Wir haben unsere Weihnachtsfeier abgesagt, die hier stattfinden sollte«, erklärte Bollinger, ließ sich in dem am stärksten in die Augen fallenden Sessel nieder und forderte Kendrick auf, in dem Sessel neben ihm Platz zu nehmen. »Abgesagt, aus Ehrerbietung gegen die liebe Ardis und den lieben Andrew. Eine furchtbare Tragödie, zwei so hervorragend patriotische Menschen. Sie konnte ohne ihn einfach nicht weiterleben. Man muß die beiden zusammen gesehen haben, um das zu verstehen.«

Um Bollinger herum wurde zustimmend genickt und gehüstelt. »Ich verstehe, Mr. Vice President«, warf Kendrick mit traurigem Unterton ein. »Wie Sie vielleicht wissen, habe ich Mrs. Vanvlanderen vor einigen Jahren in Saudi-Arabien kennengelernt. Sie war eine bemerkenswerte Frau und unglaublich sensibel.«

»Nein, Herr Abgeordneter, das habe ich nicht gewußt.«

»Es ist auch ganz unwichtig – aber natürlich nicht für mich. Ich werde sie nie vergessen. Sie war wirklich erstaunlich.«

»Ebenso wie Ihr Ersuchen, sich heute abend mit Mr. Bollinger zu treffen«, sagte einer der beiden offiziellen Assistenten, die nebeneinander auf einem Sofa saßen. »Wir wissen natürlich alle, daß es in Chicago eine Bewegung gibt, die den Vizepräsidenten herausfordern will, haben jedoch erfahren, daß das möglicherweise gar nicht mit Ihrer Billigung geschieht. Ist das richtig, Herr Abgeordneter?«

»Wie ich dem Vizepräsidenten schon heute nachmittag am Telefon erklärte, habe ich erst vor einer Woche von der Sache erfahren. Nein, ich billige diesen – Feldzug nicht. Ich habe andere Pläne ins Auge gefaßt, die mir kein weiteres politisches Engagement erlauben.«

»Warum erklären Sie dann nicht ganz einfach, daß Sie für

eine Kandidatur nicht zur Verfügung stehen?« fragte der zweite Beamte, der auf demselben Sofa saß.

»Tja, ich schätze, die Dinge sind nie so einfach, wie wir sie gern hätten, nicht wahr? Es wäre glatte Heuchelei, wenn ich behaupten wollte, daß ich mich nicht geschmeichelt fühle, und in den letzten fünf Tagen haben meine Leute reichlich Wahlpropaganda betrieben, regional und bei den Parteispitzen. Sie meinten, daß ich durchaus Chancen hätte.«

»Aber Sie haben doch eben noch gesagt, Sie hätten andere Pläne«, mischte sich ein schwergewichtiger Mann in grauer Flanellhose mit goldgeknöpftem marineblauem Blazer ein – kein Beamter der Regierung.

»Ich glaube, ich habe gesagt, daß ich andere Pläne, andere Interessen ins Auge gefaßt habe. Noch ist nichts definitiv.«

»Um was geht es Ihnen eigentlich, Herr Abgeordneter?« fragte der Beamte, der Kendrick vorgeschlagen hatte, er solle erklären, daß er für eine Kandidatur nicht zur Verfügung stehe.

»Es könnte doch etwas sein, das der Vizepräsident und ich untereinander ausmachen müssen, wäre das nicht möglich?«

»Das sind meine Leute«, sagte Bollinger salbungsvoll und gütig lächelnd.

»Ich verstehe, Sir, aber meine Leute sind nicht hier, um mich – vielleicht zu leiten.«

»Sie sehen mir ganz und gar nicht so aus wie jemand, der sich viel sagen – oder sich leiten läßt«, meinte ein kleiner, stämmiger ›Berater‹ aus einem riesigen Ledersessel, in dem er buchstäblich fast verschwand. »Und wenn man Sie hört, hat man eigentlich denselben Eindruck. Ich habe Sie im Fernsehen gesehen. Sie haben da ein paar sehr ausgeprägte Ansichten geäußert.«

»Die könnte ich genausowenig ändern wie ein Zebra seine Streifen.«

»Sind Sie Pferdehändler?« fragte ein dritter ›Berater‹, ein großer, schlaksiger Mann mit am Hals offenem Hemd und dunkel gebräuntem Gesicht.

»Ich handle mit gar nichts«, widersprach Kendrick energisch. »Ich versuche eine Situation zu erklären, die unklar ist und meiner Meinung nach unbedingt geklärt werden sollte.«

»Nur immer mit der Ruhe, junger Mann, kein Grund zur Aufregung«, sagte Bollinger ernst und sah seinen sonnenverbrannten ›Berater‹ stirnrunzelnd an. »Niemand will Sie beleidigen. Nun, welche Situation wollen Sie geklärt sehen?«

»Die Oman-Krise. Maskat und Bahrein. Der eigentliche Grund, warum man mich für ein höheres politisches Amt vorgeschlagen hat.« Plötzlich merkte man allen an, daß sie dachten, sie würden jetzt etwas zu hören bekommen, das dem Oman-Mythos den Gnadenstoß versetzte, dem potentiellen Kandidaten den Boden unter den Füßen wegzog. Alle Blicke waren auf ihn gerichtet. »Ich bin nach Maskat gegangen«, fuhr Kendrick fort, »weil ich wußte, wer der Drahtzieher hinter den palästinensischen Terroristen war. Er hat die gleiche Taktik bei mir angewendet, meine Firma ruiniert und mich um Millionen gebracht.«

»Dann waren Sie also auf Rache aus?« fragte der dicke Berater in dem marineblauen Blazer mit Goldknöpfen.

»Rache, zum Teufel damit, ich wollte meine Firma wiederhaben, will sie heute noch. Es ist nur eine Frage der Zeit – keiner sehr langen Zeit –, dann gehe ich so schnell wie möglich wieder hinüber, um zu retten, was noch zu retten ist, und mich dafür schadlos zu halten, daß mir damals so viele schöne Millionen entgangen sind.«

Der vierte Berater, ein Mann mit blühendem Gesicht und unverkennbar Bostoner Akzent, beugte sich vor. »Sie wollen in'n Nahen Osten zurück?«

»Nein, in die Staaten am Persischen Golf, das ist ein großer Unterschied. Die Emirate, Bahrein, Katar, Dubai sind weder Libanon noch Syrien und schon gar nicht Ghaddafis Libyen. Aus Europa hört man, daß man dort wieder anfängt zu bauen, und ich habe die Absicht, mitzumischen.«

»Sie haben Ihre Firma verkauft«, sagte der große Berater mit dem sportlichen Hemd und dem sonnengebräunten Gesicht.

»Ein Zwangsverkauf. Sie war das Fünffache wert. Aber das ist kein allzu großes Problem für mich. Die westdeutsche, französische und japanische Konkurrenz mit ihrem Kapital werden mir am Anfang etwas zu schaffen machen, doch meine Kontakte sind mindestens ebenso weitreichend wie die der anderen. Außerdem ...« Kendrick spielte sein Szenarium mit unterkühlter Überzeugung durch, erwähnte flüchtig seine Beziehungen zu Königshäusern und Ministern von Oman, Bahrein, Abu Dhabi und Dubai, erwähnte Schutz und Unterstützung, die ihm während der Maskat-Krise von den Regierungen von Oman und

Bahrein gewährt worden waren. Dann hörte er ebenso unvermittelt zu sprechen auf, wie er begonnen hatte. Er hatte ihnen so viel Material vorgegeben, daß sie jetzt selbständig weiterdenken konnten. Mehr wäre vielleicht zuviel gewesen.

Bollingers Männer sahen sich gegenseitig an, dann nickte der Vizepräsident kaum merklich, und der Dicke im marineblauen Blazer ergriff das Wort. »Mir scheint, daß Ihre Pläne schon sehr weit gediehen sind. Was wollen Sie dann mit einem Job, der Ihnen hundertfünfzigtausend im Jahr einbringt. Und vergessen Sie nicht die vielen Diners, bei denen es meistens nichts anderes gibt als Huhn in irgendeiner Form. Sie sind kein Politiker.«

»In meinem Alter könnte der Zeitfaktor noch sehr reizvoll sein. In fünf Jahren bin ich noch immer in den Vierzigern, und so wie ich die Dinge sehe, hätte ich, wenn ich morgen drüben neu anfinge, eine Durststrecke von zwei bis drei Jahren vor mir. Vielleicht wären es auch vier, da gibt es keine Garantien. Wähle ich aber den anderen Weg und lasse mich nominieren, bekomme ich den ›Job‹ vielleicht sogar – was nicht gegen Sie spräche, Mr. Vice President. Ich hätte es einzig und allein der Popularität zu verdanken, die ich mit Hilfe der Medien erlangt habe.«

Als ein paar seiner Mannen anfingen durcheinanderzureden, hob Bollinger die Hand, nur ein paar Zentimeter über die Armlehne seines Sessels. Es genügte, um sie zum Schweigen zu bringen. »Und, Herr Abgeordneter?«

»Nun, ich denke, das ist doch ziemlich offensichtlich. Niemand bezweifelt ernsthaft, daß Jennings die Wahl gewinnen wird, obwohl er ein paar Probleme mit dem Senat hat. Hätte ich das Glück, auf der Wahlliste zu stehen, dann adieu, Repräsentantenhaus. Der Stuhl des Vizepräsidenten wäre mir sicher. Ich würde meine Zeit darauf absitzen und wäre hinterher ein gemachter Mann. Mir stünden unbegrenzte finanzielle Mittel zur Verfügung, und mein Einfluß wäre genauso groß. Das könnte ich auf einem anderen Weg nie erreichen.«

»Das, Herr Abgeordneter«, rief ein junger dritter Assistent empört, »ist glatter Mißbrauch eines öffentlichen Amtes für persönliche Zwecke!«

»Wenn ich nicht glaubte, daß Sie sich einer solchen Ausdrucksweise bedienen, weil Sie nicht verstehen, was ich meine, wäre ich tödlich beleidigt«, erwiderte Kendrick ruhig. »Ich stelle nur eine ganz offensichtliche Tatsache fest, weil ich zu Vizepräsident Bollinger, einem Mann, den ich zutiefst respektiere, rückhaltlos offen sein möchte. Was ich gesagt habe, ist die Wahrheit; aber wenn ich die Vorteile wahrnehme, die sich später daraus ergeben, heißt das doch nicht, daß ich mich dem Amt nicht mit ganzer Energie widmen oder es an Hingabe fehlen lassen würde, solange ich ein Diener der Nation bin. Kein Vizepräsident der Vereinigten Staaten, der sein Amt auf die leichte Schulter nimmt, käme je in den Genuß der Privilegien, die seine Stellung ihm bietet. Wie Vizepräsident Bollinger könnte ich mir selbst nicht mehr in die Augen sehen, wenn ich meine Pflichten nicht ernst nähme.«

»Das haben Sie sehr schön gesagt, Evan«, erklärte der Vizepräsident und warf dem übereifrigen Assistenten einen bösen Blick zu. »Wir schulden Ihnen eine Entschuldigung.«

»Ich entschuldige mich«, sagte der junge Mann. »Sie haben natürlich recht. Als ehemaliger Vizepräsident genießt man ein viel höheres Ansehen als der Durchschnitt.«

»Seien Sie nicht allzu zerknirscht«, erwiderte Kendrick lächelnd. »Loyalität gegen seinen Boß braucht man nie zu bedauern.« Er wandte sich an Bollinger. »Sollte er zufällig den Schwarzen Gürtel haben, verschwinde ich lieber schnell und unauffällig«, fügte er hinzu, und die kurze Spannung löste sich in Gelächter auf.

»Er spielt richtig gemein Tischtennis«, sagte der ältere Assistent, der links auf dem Sofa saß. Und sein Kollege ergänzte: »Und beim Punktezählen ist er sehr kreativ. Er schwindelt.«

»Auf jeden Fall«, fuhr Kendrick fort, nachdem das meist gezwungene Lachen aus den Gesichtern verschwunden war, »war es mir ernst, als ich sagte, ich wollte rückhaltlos offen mit Ihnen sprechen, Mr. Vice President. Folgende Dinge habe ich zu bedenken. Ich habe fünf, fast sechs Berufsjahre und ein Geschäft verloren, für das ich ganz besonders hart gearbeitet habe. Ich wurde von einem wahnsinnigen Killer ausgeschaltet und war gezwungen zu verkaufen, weil die Leute Angst hatten, für mich zu arbeiten. Er ist tot, und die Situation hat sich geändert, normalisiert sich allmählich wieder, aber die europäische Konkurrenz ist groß. Kann ich es selbst schaffen, oder soll ich mich aktiv um die Nominierung bewerben? Und wer garantiert mir – wenn ich Erfolg habe –, daß mir das Amt einbringt, was ich mir von ihm erhoffe? Will ich dem Amt andererseits wirklich noch die zusätzlichen Jahre und die ungeheure Energie opfern, die es von einem fordert? Das sind Fragen, die nur ich mir beantworten kann, Sir. Ich hoffe, Sie verstehen.«

Und dann hörte Kendrick die Worte, die er wider alle Vernunft zu hören gehofft hatte.

»Ich weiß, es ist schon spät für deine Leute, Orson«, sagte der große, schlaksige Mann, »aber ich würde gern noch ein bißchen länger reden.«

»Ja, gewiß«, stimmte der Vizepräsident zu und wandte sich an seine Assistenten. »Die armen Kerle sind praktisch seit Tagesanbruch im Dienst wegen der schrecklichen Sache mit Ardis und allem anderen. Geht nach Hause, Jungs, und feiert mit eurer Familie Weihnachten. Ich habe alle Frauen und Kinder mit Air Force Two einfliegen lassen, Evan, damit sie beisammensein können.«

»Wirklich sehr aufmerksam von Ihnen, Sir.«

»Aufmerksam? Ach, Unsinn. Vielleicht haben sie alle den Schwarzen Gürtel. Ihr seid entlassen, Leute. Morgen ist Heiliger Abend, und wenn ich mich recht erinnere, kommt dann der große Weihnachtsfeiertag. Also falls die Russkis nicht gerade Washington in die Luft jagen, seh' ich euch in drei Tagen wieder.«

»Vielen Dank, Mr. Vice President.«

»Sie sind sehr freundlich, Sir.«

»Wenn Sie es wünschen, bleiben wir noch«, sagte der Älteste von den dreien.

»Nichts da. Verschwindet, und schickt mir den Butler herein. Weltprobleme können wir genausogut bei einem Glas Cognac lösen.«

Sieh-nichts-Böses, Sprich-nichts-Böses und Hör-nichts-Böses verließen den Raum, Roboter, die auf eine bekannte Marschmelodie programmiert waren. Der Mann in dem marineblauen Blazer mit Goldknöpfen beugte sich vor, was ihm bei seiner Leibesfülle ziemlich schwer fiel. »Sie wollen offen sprechen, Herr Abgeordneter? Wirklich offen und ehrlich? Nun, das können Sie haben.«

»Ich verstehe nicht, Mr. – Tut mir leid, ich habe Ihren Namen nicht verstanden.«

»Lassen Sie die Scheiße!« rief der Bostoner mit glühendem Gesicht.

»Sie können vielleicht die Eierköpfe in Washington zum Narren halten«, sagte der kleine Mann in dem zu großen Sessel, »aber wir sind auch Geschäftsleute, Kendrick. Sie haben uns etwas anzubieten, und vielleicht – nur vielleicht, wohlgemerkt – haben wir ein Gegenangebot.«

»Wie gefällt es Ihnen in Süd-Kalifornien, Herr Abgeordneter?« fragte der Schlaksige, als der Butler hereinkam.

»Nichts, nichts!« rief Bollinger, sich an den Diener im Smoking wendend. »Gehen Sie!«

»Entschuldigen Sie, Sir, aber ich habe eine Nachricht für Sie«, sagte der Butler und reichte Bollinger einen Zettel.

Bollinger las, wurde zuerst feuerrot und dann sehr schnell totenblaß. »Sagen Sie ihm, er soll warten«, befahl er. Der Butler ging hinaus. »Wo waren wir stehengeblieben?«

»Bei einem Preis«, sagte der Mann aus Boston. »Denn über einen Preis reden wir doch, nicht wahr, Herr Abgeordneter?«

»Das klingt ein bißchen grob«, antwortete Evan. »Aber der Ausdruck liegt im Bereich des Möglichen.«

»Sie müssen wissen«, sagte der kleine Mann, der ein spitzes Gesicht hatte, »daß Sie an zwei voneinander unabhängigen sehr starken Detektoren vorübergegangen sind. Man kann von den Röntgenstrahlen krank werden, aber wir wissen jetzt, daß Sie keinen Recorder bei sich haben, um das Gespräch heimlich mitzuschneiden.«

»Also was sollte ich denn damit?«

»Gut«, sagte der Schlaksige und stand auf, als wolle er den anderen mit seiner Größe imponieren. »Wir haben ihren zarten Hinweis auf deutsches, französisches und japanisches Kapital nicht überhört. Wie hoch sind die Wellen in den offenen Gewässern?«

»Tut mir leid, aber ich bin kein Seemann. Sie müssen sich deutlicher ausdrücken.«

»Wieviel müßten Sie aufbringen?«

»Kapital, meinen Sie?« fragte Kendrick, machte eine Pause, schüttelte dann den Kopf. »Keine gewaltigen Summen. Ich selbst bin für sieben bis zehn Millionen gut, und mein Kreditrahmen ist hoch. Aber da sind natürlich auch die Zinsen.«

»Angenommen, Ihnen würde ein Kreditrahmen eingeräumt, ohne diese Belastungen?« fragte der Bostoner.

»Meine Herren«, unterbrach Bollinger scharf und stand auf,

und da er sie offenbar verlassen wollte, erhoben sich auch die anderen. »Ich habe noch eine dringende Sache zu erledigen. Falls Sie etwas brauchen, wenden Sie sich an den Butler.«

»Es dauert bestimmt nicht mehr lange, Mr. Vice President«, sagte Kendrick, der wußte, warum Bollinger sich von dem, was nun möglicherweise folgte oder auch nicht folgte, geradezu überstürzt distanzierte. Er mußte seine Hände in Unschuld waschen können. »Wie schon erwähnt, ist das ein Problem, das nur ich lösen kann. Ich wollte nur ganz offen zu Ihnen sein.«

»Das weiß ich sehr zu schätzen, Evan. Kommen Sie noch auf einen Sprung bei mir vorbei, bevor Sie gehen. Ich bin in meinem Büro.«

Der Vizepräsident verließ die Bibliothek, und wie Schakale, die sich auf ihre Beute stürzen, wandten sich die ›Berater‹ Kendrick zu. »Jetzt reden wir Tacheles, mein Sohn«, sagte der über einsneunzig große schlaksige Mann, der aussah, als verbringe er seine Tage auf einer Yacht.

»Ich bin nicht mit Ihnen verwandt und nehme Vertraulichkeiten übel«, erwiderte Kendrick.

»Der große Tom ist immer so«, warf der Bostoner ein. »Er meint es nicht böse.«

»Das mag sein, aber der Ton, in dem er mit einem Mitglied des Repräsentantenhauses spricht, ist ungehörig.«

»Aber ich bitte Sie, Herr Abgeordneter«, versuchte der Dicke im marineblauen Blazer zu begütigen.

»Entspannen wir uns«, sagte das kleine Spitzgesicht und ließ sich in seinen viel zu großen Sessel plumpsen. »Wir alle sind nur aus einem einzigen Grund hier, lassen wir doch alle Höflichkeitsfloskeln beiseite und machen wir weiter. Wir wollen Sie raus haben, Kendrick. Müssen wir noch deutlicher werden?«

»Da Sie so unerbittlich sind, wäre es vielleicht besser.«

»Na schön«, sagte der Kleine, der mit den Füßen kaum bis auf den Boden reichte. »Wie jemand gesagt hat: Seien wir doch ehrlich, es kostet nichts. Wir sind Repräsentanten einer politischen Philosophie, die genauso legitim ist wie Ihrer Meinung nach die Ihre, aber weil es die unsere ist, glauben wir, daß sie für die Zeit die geeignetere – die realistischere ist. Anders als Sie, sind wir überzeugt, daß wir, um erfolgreich abschrecken zu können und das Gleichgewicht in der Welt zu erhalten, unsere Verteidigungssysteme ausbauen müssen.«

»Auch ich bin für ein starkes Verteidigungssystem, aber ich bin nicht dafür, daß wir uns krummlegen müssen, um immer mehr Angriffswaffen zu produzieren, die völlig überflüssig sind, da sie zum Glück nie eingesetzt werden. Das ist in meinen Augen eine verbrecherische Verschwendung.«

»Ein Punkt für Sie«, stimmte der Kleine zu. »Aber was wir an Überschuß produzieren, wird eben auf dem freien Markt verkauft. Und dann haben wir wieder Geld im Beutel.«

»Doch zuerst werden Milliarden ausgegeben.«

»Natürlich. Wenn es anders wäre, dann sprächen Sie über ein anderes Regierungssystem, in dem das malthusianische Gesetz wirtschaftlichen Mißerfolgs verboten ist. Die Käufer auf dem freien Markt werden uns von unserem Überfluß befreien.«

»Außerdem müssen wir weitermachen, bis wir so stark sind, daß kein sowjetischer Führer an einen Angriff auch nur zu denken wagt.«

»Warum glauben Sie, daß einer mit dem Gedanken spielen könnte, einen großen Teil der zivilisierten Welt in die Luft zu jagen?«

»Weil es marxistische Fanatiker sind!« brüllte der Schlaksige, der jetzt mit ausgebreiteten Armen aufrecht vor dem Kamin stand.

»Weil sie dumm sind«, korrigierte ihn der Kleine gelassen. »Dummheit ist die Einbahnstraße, die in die globale Tragödie führt, was bedeutet, daß die Stärksten und die Klügsten überleben werden. Mit unseren Kritikern im Senat und im Repräsentantenhaus werden wir schon fertig, Herr Abgeordneter, aber in der Regierung können wir sie nicht dulden. Ist das klar?«

»Sie glauben wirklich, ich sei eine Gefahr für Sie?«

»Aber natürlich sind Sie das. Sie steigen auf Ihren Seifenkarton, und die Leute hören Ihnen zu, und was Sie sagen – sehr wirkungsvoll, möchte ich hinzufügen –, ist nicht in unserem Interesse. Wir dürfen die Verteidigung des Landes nicht gefährden, indem wir den Bau von Waffensystemen hinauszögern. Es ist nicht die richtige Zeit, das Kind mit dem Bad auszuschütten.«

»Womit Sie meinen, daß Sie um Ihre Profite fürchten.«

»Sie gehören dazu, wie Sie selbst so richtig gesagt haben, als es um das Amt des Vizepräsidenten ging. Gehen Sie Ihren Weg, Herr Abgeordneter. Bauen Sie sich in Vorderasien eine neue Firma auf.«

»Womit?«

»Fangen wir mit einem Kreditrahmen von fünfzig Millionen Dollar bei der Gemeinschaftsbank in Zürich an.«

»Das klingt sehr verlockend, aber es sind nur Worte. Wer bürgt mir dafür?«

»Die Gemeinschaft weiß es. Sie müssen es nicht wissen.«

Mehr brauchte Kendrick nicht zu hören. Wenn die Regierung der Vereinigten Staaten einer Schweizer Bank energisch zu Leibe rückte, die nachweislich Kontakte zu Männern mit engen Beziehungen zu Terroristen aus dem Baaka-Tal und auf Zypern unterhielt, würde das berühmte Schweizer Bankgeheimnis nicht lange standhalten. »Ich werde mich in sechsunddreißig Stunden an die Gemeinschaftsbank wenden und mir den Kreditrahmen bestätigen lassen«, sagte er und stand auf. »Läßt Ihnen das genug Spielraum?«

»Mehr als genug«, antwortete der kleine Mann in dem großen Sessel. »Und sobald Sie die Bestätigung haben, tun Sie Vizepräsident Bollinger den Gefallen, ihm eine Kopie Ihres Telegramms zu überlassen, in dem Sie den Leuten in Chicago klipp und klar erklären, daß Sie für eine Kandidatur auf nationaler Ebene nicht zur Verfügung stehen und daß Ihr Entschluß unwiderruflich ist.«

Kendrick nickte und warf den drei anderen ›Beratern‹ einen kurzen Blick zu. »Guten Abend, meine Herren«, sagte er gelassen und ging zur Tür.

Auf dem Flur erhob sich ein schwarzhaariger, muskulöser Mann mit dem grünen Punkt des Sicherheitsdiensts am Revers von einem Stuhl neben einer massiven Doppeltür. »Guten Abend, Herr Abgeordneter«, sagte er und machte einen Schritt auf Kendrick zu. »Es wäre mir eine Ehre, Ihnen die Hand schütteln zu dürfen, Sir.«

»Und mir ein Vergnügen.«

»Ich weiß, daß wir nicht weitersagen dürfen, wer hier kommt und geht«, fuhr der Beamte fort, der vom Finanzministerium abkommandiert war, und schüttelte Kendrick begeistert die Hand. »Aber dürfte ich bei meiner Mutter in New York einmal eine Ausnahme machen? Vielleicht klingt das verrückt, aber sie findet, Sie müßten zum Papst gewählt werden.«

»Die Kurie wäre kaum damit einverstanden ... Der Vizepräsident hat mich gebeten, bei ihm reinzuschauen, bevor ich gehe. Er hat gesagt, er sei in seinem Büro.«

»Gewiß. Er ist hier. Und er wird für die Störung bestimmt sehr dankbar sein. Er hat einen wütenden Mann drin, der so nah dran ist, ganz auszurasten, daß ich den Detektoren nicht traute und fast von ihm verlangt hätte, sich splitternackt auszuziehen, damit ich ihn selbst durchsuchen kann. Seinen Kram hat er jedenfalls nicht mitnehmen dürfen.«

Jetzt erst sah Kendrick die Reisetasche auf dem Stuhl links von der Tür und darunter einen schwarzen Arztkoffer. Kendrick starrte den Koffer an. Er hatte ihn schon gesehen. Vor seinem geistigen Auge tauchte bruchstückhaft eine Reihe von Bildern auf. Die steinernen Wände eines anderen Flurs, eine andere Tür. Ein hochgewachsener, schlanker Mann mit einem vertraulichen Lächeln – ein wenig zu vertraulich für einen Fremden in einem fremden Haus –, ein Arzt, der leichthin erklärte, er wolle nur eine Brust abhorchen und eine kleine Blutprobe für eine Analyse abnehmen...

»Bitte«, sagte Kendrick wie durch einen Nebel und wußte selbst, daß man ihn kaum hörte, »bitte öffnen Sie die Tür.«

»Ich muß vorher anklopfen, Herr Abgeordneter...«

»Nein, bitte – bitte tun Sie, was ich sage.«

»Der Vize... der Vizepräsident wird mir das übelnehmen, Sir. Wir klopfen immer an.«

»Öffnen Sie diese Tür!« befahl Kendrick und brachte nur noch ein heiseres Flüstern zustande. »Ich übernehme die volle Verantwortung.«

»Klar, klar. Wenn einer das Recht dazu hat, dann wohl Sie.«

Die schwere Tür auf der rechten Seite öffnete sich lautlos in dem Moment, in dem Bollinger mit gepreßter Stimme fast zischend, aber sehr deutlich sagte: »Was Sie da behaupten, ist lächerlich, verrückt! Ja, was gibt's?«

Kendrick trat ein und starrte über eine furchtbare Leere hinweg in das entsetzte Gesicht von ›Dr. Eugene Lyons‹.

»Sie!« schrie er und stürzte sich, wie von plötzlichem Wahnsinn befallen, mit einem gewaltigen Satz auf den falschen Arzt, beide Hände klauenartig ausgestreckt wie ein rasend gewordenes Tier, das nur auf Mord aus war – auf Mord. »Er wird sterben – und Sie sind schuld – Sie alle sind schuld!«

Nebel... Arme, die ihn packten, Fäuste, die auf seinen Kopf einschlugen, angewinkelte Knie, die mit voller Wucht seine Lenden und seinen Magen trafen, geübte Finger, die sich in seine Augen bohrten. Trotz der qualvollen Schmerzen hörte er unterdrückte Schreie, verstand die Zurufe:

»Ich hab' ihn! Der rührt sich nicht mehr!«

»Machen Sie die Tür zu!«

»Holen Sie meinen Koffer!«

»Niemand darf rein!«

»Mein Gott, er weiß alles!«

»Was machen wir jetzt?«

»...Ich kenne Leute, die so was erledigen.«

»Wer, zum Teufel, sind Sie?«

»Jemand, der sich selbst vorstellen sollte – Viper.«

»Ich hab' den Namen schon gehört. Er ist eine Beleidigung. Wer sind Sie?«

»Im Augenblick der, der hier die Befehle gibt.«

»O Gott...«

Dunkelheit... Das Vergessen, das durch den tiefsten Schock ausgelöst wird. Alles war schwarz. Nichts.

40

Zuerst fühlte er den Wind und die Gischt, dann die Bewegung der See und erst ganz zuletzt die breiten Gurte, die ihn an den Metallstuhl fesselten, der an Deck des stampfenden Bootes festgeschraubt war. Um ihn herum bewegte Dunkelheit; er öffnete die Augen und sah, daß sein Stuhl achtern stand, denn vor sich hatte er das schäumende Kielwasser, das das Boot hinter sich herzog. Plötzlich merkte er, daß hinter ihm in einer Kabine Licht brannte. Er drehte sich um, reckte den Hals, um besser zu sehen, zu verstehen. Dann tauchte das Gesicht des dunkelhaarigen, dunkelhäutigen Mannes vom Sicherheitsdienst vor ihm auf, dessen Mutter ihn zum Papst machen wollte; seine Stimme war es gewesen, die erklärt hatte, er sei derjenige, der die Befehle gebe. Der Mann saß in einem Stuhl für Hochseefischer und hatte den Sicherheitsgurt umgelegt.

»Sind Sie jetzt wach, Herr Abgeordneter?« fragte er höflich.

»Was, zum Teufel, haben Sie getan?« brüllte Kendrick und zerrte an seinen Fesseln.

»Tut mir leid, daß wir Sie festbinden mußten, aber wir wollten nicht, daß Sie über Bord fallen. Die See ist ein bißchen rauh. Eine reine Schutzmaßnahme, während Sie frische Luft schnappen.«

»Eine Schutzmaßnahme? Ihr habt mich betäubt, ihr Schweinehunde, und mich gegen meinen Willen verschleppt. Ihr habt mich gekidnappt, und dafür blühen euch mindestens zwanzig Jahre Zuchthaus, jedem von euch. Mein Büro weiß, wo ich heut abend war. Und das Schwein Bollinger wird unter Anklage gestellt und...«

»Halt, halt, immer langsam«, unterbrach ihn der Mann und hob leicht protestierend die Hände. »Das haben Sie mißverstanden, Herr Abgeordneter. Niemand hat Sie betäubt, Sie wurden nur ruhiggestellt. Sie sind total ausgerastet, haben einen Besucher des Vizepräsidenten tätlich angegriffen, hätten ihn fast umgebracht...«

»Fast? Von fast ist nicht die Rede, ich hätte ihn umgebracht, und ich werde ihn noch umbringen. Wo ist dieser Doktor, wo ist er?«

»Was für ein Doktor?«

»Sie verlogener Scheißkerl!« schrie Kendrick, wieder an den Gurten zerrend, gegen den Wind. Dann fiel ihm etwas ein. »Meine Limousine, der Fahrer! Er weiß, daß ich das Haus nicht verlassen habe.«

»Aber das haben Sie doch. Sie haben sich zwar nicht wohl gefühlt, haben nicht viel gesprochen und eine dunkle Brille getragen, aber Sie haben ein großzügiges Trinkgeld gegeben.«

Kendrick schaute an sich hinunter und stellte in dem schwachen Licht, das aus der Kabine hinter ihm auf Deck fiel, bestürzt fest, daß er nicht mehr seine eigenen Sachen trug, sondern eine feste Cordhose und ein schwarzes Hemd aus derbem Köper. »Schweine!« schrie er noch einmal, und dann kam ihm wieder ein Gedanke. »Man hat mich also beim Hotel aussteigen sehen.«

»Tut mir leid, aber Sie haben sich nicht ins Hotel fahren, sondern in Balboa Park absetzen lassen und gesagt, daß Sie sich dort mit jemandem treffen müßten. Für den Rückweg wollten Sie ein Taxi nehmen.«

»Sie haben an alles gedacht, sogar an meine Kleidung, um sich zu decken. Ihr seid alle Schweine, bestellte Killer.«

»Schon wieder falsch, Herr Abgeordneter. Wir haben Sie gedeckt und sonst niemanden. Wir wußten ja nicht, was Sie sich in die Venen gespritzt hatten, doch wie mein jähzorniger Großvater sagen würde, haben wir gesehen, wie Sie *pazzo* – verrückt geworden sind. Sie wissen doch, was ich meine, oder?«

»Ich weiß genau, was Sie meinen.«

»Wir konnten Sie so wirklich nicht in die Öffentlichkeit lassen, das müssen Sie verstehen.«

»*Va bene,* Sie Mafia-Arsch. Ich habe Sie schreien hören. ›Ich gebe hier die Befehle‹, haben Sie gesagt, aber auch: ›Ich kenne Leute, die so was erledigen.‹«

»Also wissen Sie, Herr Abgeordneter, obwohl ich Sie sehr bewundere, bin ich beleidigt, weil Sie alle Italiener so feindselig in einen Topf werfen.«

»Erzählen Sie das dem Generalstaatsanwalt in New York«, antwortete Kendrick, als das Boot in ein Wellental eintauchte und dann von einer großen Welle hoch hinaufgetragen wurde. »Giuliani hat euch waggonweise einsperren lassen.«

»Na ja, wie auch immer, jedenfalls haben mehrere Leute in Balboa Park einen Mann gesehen, der Ihrer Beschreibung entsprach – einen Mann, der so angezogen war wie Sie, als Sie das Hotel verließen und in die Limousine stiegen –, und der ins *The Balthazar* ging.«

»Wohin ist er gegangen?«

»Ins *The Balthazar,* das ist ein Kaffeehaus in Balboa. Wie Sie wissen, haben wir hier viele Studenten. Sie kommen aus der ganzen Welt und besonders viele aus dem Mittelmeerraum. Sie wissen doch, Kinder aus Familien, die im Iran, in Saudi-Arabien und Ägypten gelebt haben – sogar in dem Gebiet, das manche immer noch Palästina nennen. Manchmal kocht der Kaffee sozusagen über, politisch, meine ich, und die Polizei muß einschreiten und beschlagnahmt Pistolen und Messer und solche Sachen. Diese Leute sind sehr emotional.«

»Ach, und da bin ich hineingegangen, und natürlich gibt es eine Menge Zeugen, die bestätigen können, daß ich da war.«

»Sie waren immer ein mutiger Mann, Herr Abgeordneter. Sie scheuen sich nicht, auch die gefährlichsten Orte aufzusuchen, um Lösungen für Konflikte zu finden. Oman, Bahrein, Sie wagen sich sogar in das Haus des Vizepräsidenten der Vereinigten Staaten.«

»Setzen Sie noch Bestechlichkeit auf Ihre Liste, Sie Müllmann.«

»Einen Moment! Ich weiß nicht, was Sie bei Viper wollten,

und habe nichts damit zu tun, das möchte ich klarstellen. Ich mache nur ein paar ganz alltägliche Überstunden, weil man mich darum gebeten hat.«

»Und weil Sie ›Leute kennen, die so was erledigen‹ – zum Beispiel jemanden, der meine Sachen anzieht, meinen Wagen benutzt und zu Fuß durch Balboa Park marschiert. Und vielleicht noch ein paar andere, die mich unbemerkt aus Bollingers Haus – nun ja, sagen wir entfernen konnten.«

»Ein privater Ambulanzdienst ist sehr praktisch und diskret für den Fall, daß Gäste erkranken oder lästig werden.«

»Außerdem noch ein oder zwei Leute, die eventuell herumlungernde Reporter ablenken...«

»Meine Freunde, die nicht der Regierung angehören, stehen immer für Notfälle zur Verfügung, Sir. Wir helfen gern, wo wir können.«

»Für einen bestimmten Preis, natürlich.«

»Aber selbstverständlich. Sie zahlen, Herr Abgeordneter. Sie zahlen auf vielerlei Art, jetzt mehr denn je.«

»Auch für eine Motoryacht und einen erfahrenen Kapitän?«

»Also wir dürfen uns wirklich nicht mit fremden Federn schmücken«, protestierte der Mafioso, der sich glänzend amüsierte. »Das ist ihr Boot, ihr Skipper. Es gibt ein paar Dinge, die die Leute selbst besser erledigen können, besonders wenn einer in den von Patrouillenbooten wimmelnden Gewässern zwischen den Vereinigten Staaten und Mexiko herumschippert.«

Kendrick fühlte die Gegenwart eines Dritten, aber als er sich umdrehte, sah er niemanden an Deck. Dann blickte er zu dem hochliegenden offenen Steuerstand hinauf. Eine Gestalt zog sich hastig in den Schatten zurück, aber doch nicht schnell genug. Es war der schlaksige, braungebrannte ›Berater‹ mit ›Überlänge‹ aus Bollingers Bibliothek, und so flüchtig Kendrick ihn gesehen hatte, er hatte den Eindruck, daß seine Züge von Haß verzerrt waren. »Sind alle Gäste des Vizepräsidenten an Bord?« fragte er, als er sah, daß der Mafioso seinem Blick gefolgt war.

»Was für Gäste?«

»Sie sind ein wahrer Schatz, Luigi.«

»Es gibt einen Kapitän und seine Crew. Ich habe sie heute alle zum erstenmal gesehen.«

»Und wohin wollen wir?«

»Wir machen eine Kreuzfahrt ins Blaue.«

Das Boot wurde langsamer, als von der Brücke der Kegel eines starken Scheinwerfers die Dunkelheit zerschnitt. Der Mafioso löste seinen Sicherheitsgurt, stand auf, überquerte das Deck und verschwand in der unteren Kabine. Kendrick hörte ihn an der Bordsprechanlage, doch Wind und Wellen waren so laut, daß er nicht verstehen konnte, was der andere sagte. Ein paar Augenblicke später war der Mann wieder da; in der Hand hielt er eine Waffe, einen Elf-Millimeter-Colt, Standardausführung. Die aufsteigende Panik unterdrückend, dachte Kendrick an die Haie von Katar und fragte sich, ob ein anderer Mahdi in diesem Teil der Welt das Todesurteil vollstrecken werde, das in Bahrein über ihn verhängt worden war? Für den Fall, daß es so war, faßte er den gleichen Entschluß wie damals: Er würde kämpfen. Besser eine schnelle Kugel in den Kopf, als die Aussicht zu ertrinken vor Augen – oder im Pazifik von Menschenhaien gefressen zu werden.

»Wir sind am Ziel, Herr Abgeordneter.«

»Und wo ist das?«

»Ich will verdammt sein, wenn ich das weiß. Es ist irgendeine Insel.«

Kendrick schloß die Augen, bedankte sich im stillen beim Schicksal oder sonst einer höheren Macht und konnte wieder atmen, ohne innerlich zu zittern. Der Held von Oman ist ein Feigling, dachte er. Aber er hatte einfach keine Lust zu sterben. Und von seiner Furcht abgesehen, war da noch Kalaila. Er hatte endlich die Liebe kennengelernt, die ihn sein Leben lang gemieden hatte, und jede Minute, die er länger leben durfte, war eine Minute der Hoffnung. »Nach Ihrer Miene zu schließen, glauben Sie selbst nicht, daß Sie das wirklich brauchen«, sagte er und zeigte auf die Waffe.

»Von Ihrem Standpunkt aus nicht«, antwortete der Mann vom Sicherheitsdienst und treuer Diener einiger hochrangiger Unterweltler. »Ich binde Sie jetzt los, aber wenn Sie irgendeine plötzliche und unmotivierte Bewegung machen, werden Sie keinen Fuß an Land setzen, *capisce?«*

»*Molto bene.«*

»Nehmen Sie's mir nicht übel, ich habe meine Anweisungen. Wenn Sie eine Dienstleistung anbieten, müssen Sie sich nach den Wünschen der Auftraggeber richten.«

Kendrick fühlte, wie sich die Stoffgurte an Armen und Beinen lockerten. »Ist Ihnen nie der Gedanke gekommen, daß Sie, nachdem Sie die Anweisungen ausgeführt, sich nach den Wünschen gerichtet haben, San Diego vielleicht nie wiedersehen werden?« fragte er.

»Aber gewiß doch. Deshalb haben wir der Viper auch die Daumenschrauben angelegt. Fast literarisch das Bild, nicht wahr? Eine Viper in Daumenschrauben.«

»Keine Ahnung. Ich bin Bauingenieur, kein Dichter.«

»Und ich habe eine Waffe in der Hand, was beweist, daß auch ich kein Dichter bin. Also benehmen Sie sich, Herr Abgeordneter.«

»Ich vermute, Viper ist der Vizepräsident.«

»Ja, und er hat gesagt, daß er den Namen schon gehört hat und daß er eine Beleidigung sei. Können Sie sich das vorstellen? Diese Mistkerle sind moralisch verkommen genug, unsere Einheit abzuhören.«

»Ich bin entsetzt«, antwortete Kendrick, erhob sich schwerfällig aus dem Metallstuhl und schüttelte Arme und Beine, um seinen Kreislauf wieder zu normalisieren.

»Vorsicht!« rief der Mann vom Sicherheitsdienst zurückspringend und zielte auf Kendricks Kopf.

»Versuchen Sie mal, so lange wie ich auf dem verdammten Ding zu sitzen, dann können Sie nämlich auch nicht mehr gerade gehen.«

»Okay, okay. Wackeln Sie also im Zickzack zu der seitlichen Treppe dieses Luxusdampfers. Dort gehen Sie nämlich von Bord.«

Die Yacht fuhr in weitem Bogen in eine kleine Bucht ein und legte an einer etwa dreißig Meter langen Pier an, an der auf der anderen Seite noch drei kleinere, aber schnellere Boote lagen. Schwache, mit Maschendraht geschützte Lampen erhellten den Liegeplatz, und aus der Dunkelheit stürzten zwei Gestalten, postierten sich neben den Pollern und fingen die Bug- und Heckleine auf, die der Mafioso ihnen zuwarf. »Runter mit Ihnen!« schrie er Kendrick an.

»Ich möchte zuerst mich beim Kapitän für die sichere und angenehme Fahrt bedanken...«

»Sehr komisch«, sagte der Sicherheitsdienstler. »Aber sparen Sie sich das fürs Kino auf, und scheren Sie sich zum Teufel, Sie werden mit niemandem reden.«

»Wollen Sie wetten, Luigi?«

»Wollen Sie Ihre Eier vom Deck aufsammeln? Ich heiße nicht Luigi.«

»Wie wär's mit Reginald?«

»Runter mit Ihnen!«

Kendrick ging, den Mafioso hinter sich, die Pier entlang auf einen steil ansteigenden Steinpfad zu. Er kam an einer handgemalten Tafel vorbei, die am Wegrand stand; weiße Druckbuchstaben auf gebeiztem braunen Holz:

Isle of Passage to China
Privatbesitz
Alarmanlagen

»Bleiben Sie stehen!« kommandierte der Mann vom Sicherheitsdienst. »Drehen Sie sich nicht um. Schauen Sie geradeaus.« Kendrick hörte, daß jemand über die Pier lief, dann leise Stimmen, die Englisch sprachen, aber mit spanischem Akzent. Kendricks Bewacher bekam Anweisungen. »Okay«, wandte der Mafioso sich wieder an ihn, »gehen Sie den Pfad hinauf und biegen Sie bei der ersten Abzweigung rechts ab. Drehen Sie sich nicht um.«

Kendrick gehorchte, obwohl es ihm schwerfiel, die starke Steigung zu überwinden. Daß er auf der Yacht so lange gefesselt gewesen war, hatte seinen Beinen jedes Gefühl genommen, sie waren völlig taub. Er versuchte sich in dem Halbdunkel, das hier herrschte, die Umgebung einzuprägen. Kleine bernsteinfarbene Lampen säumten den Pfad, sie gaben noch weniger Licht als die schwachen Lampen an der Pier. Üppiges, feuchtes Laub schränkte die seitliche Sicht ein, überall standen ungewöhnlich hohe Bäume, mit wildem Wein und anderen Ranken bewachsen, die zwischen den Stämmen ein scheinbar undurchdringliches Flechtwerk bildeten. Das dichte Gesträuch und Unterholz war mit großer Genauigkeit zurückgeschnitten worden und bildete jetzt zu beiden Seiten des Pfades gleichmäßig hüfthohe Mauern. Man hatte der Wildnis Ordnung aufgezwungen. Plötzlich wurde Kendricks Blick durch den noch steiler ansteigenden Pfad und die Dunkelheit eingeengt, die zunahm, je weiter er sich von der Pier entfernte, und er mußte sich nach Geräuschen orientieren. Was er hörte, klang nicht unähnlich den unaufhörlichen, stakkatoartigen Eruptionen der Stromschnellen auf seinen Wildwasserfahrten, aber diese Geräusche hatten einen eigenen Pulsschlag, der ihren donnernden Rhythmus regelte. Wellen natürlich. Wellen, die an Felsen schlugen und nie weit weg waren oder viel lauter klangen, weil ihr Echo sich zwischen Fels und dichtem Laub brach.

Die bernsteinfarbenen Bodenlichter teilten sich in zwei parallel verlaufende Doppelreihen; die eine führte geradeaus weiter und hinauf, die andere nach rechts. Ihr folgte Kendrick auf jetzt ebenem Pfad, bis sein Ausblick sich plötzlich so weitete, daß er erschrak. Schwarze Schäfte und schwellende Schatten wurden zu Baumstämmen, zu Palmenkronen und zu verfilztem blaugrünem Unterholz. Unmittelbar vor ihm stand ein Blockhaus. Aus zwei Fenstern links und rechts neben der Tür in der Mitte fiel Licht. Es war jedoch kein gewöhnliches Blockhaus, und zuerst verstand Kendrick nicht, wieso er diesen Eindruck hatte. Als er näher kam, begriff er. Es waren die Fenster. Ähnliche hatte er noch nie gesehen, denn sie waren es, die das Licht einer – wie es aussah – minimalen Lichtquelle in strahlende Helligkeit verwandelten. Das Facettenglas war mindestens vier Zoll dick, und die Scheiben verstärkten wie zwei riesige rechteckige Prismen das Licht von innen um ein Vielfaches. Und noch etwas machte diese Fenster einzigartig. Sie waren undurchdringlich. Von beiden Seiten.

»Das ist Ihre Suite, Herr Abgeordneter«, sagte der Sicherheitsmann, der zu jeder Art von außerdienstlichen Leistungen bereit war. »›Ihre eigene Villa‹ ist wohl noch treffender, nicht wahr?«

»Ein so großzügiges Angebot kann ich wirklich nicht annehmen. Warum bringen Sie mich nicht in einem bescheideneren Häuschen unter?«

»Sie sind wirklich ein echter Komiker. Gehen Sie rüber und machen Sie die Tür auf. Es gibt keinen Schlüssel.«

»Keinen Schlüssel?«

Der Mafioso lachte. »Das überrascht Sie, wie? Ich war auch überrascht, bis der Posten es mir erklärt hat. Alles ist elektronisch. Ich habe eine kleine Fernbedienung, ähnlich wie einen Garagenöffner, und wenn ich auf einen Knopf drücke, lösen sich zwei stählerne Stangenriegel aus dem Türrahmen und gleiten in die Türfüllung zurück. Von drinnen funktioniert es genauso.«

»Mit der Zeit hätte ich das vielleicht sogar selbst herausgefunden.«

»Sie sind wirklich *cool*, Herr Abgeordneter.«

»Nicht so *cool*, wie es richtig gewesen wäre«, sagte Kendrick, ging den Pfad entlang zur Tür und öffnete sie. Das Haus war in rustikalem Neuengland-Stil eingerichtet, nichts erinnerte an Süd-Kalifornien oder Nord-Mexiko. Die Wände bestanden aus mächtigen Balken, und in jede der vier Wände waren zwei Fenster eingelassen. In der Mitte der Rückwand führte ein offener Durchgang vermutlich ins Badezimmer. Rechts hinten gab es einen Küchenbereich, komplett mit verspiegelter Bar. Ihr gegenüber stand ein Bett von geradezu königlichen Ausmaßen und davor eine Sitzgruppe mit einem großen Fernseher und mehreren Lehnsesseln. Der Baumeister in Kendrick kam zu dem Schluß, daß dieses kleine Haus eher in eine winterlich verschneite Landschaft von Vermont gehörte und nicht ans Meer irgendwo südwestlich von Tijuana. Dennoch war es idyllisch und bezaubernd, und viele Gäste der Insel fühlten sich darin wohl. Aber nicht die, für die es zur Gefängniszelle wurde.

»Sehr hübsch«, sagte der Sicherheitsmann und betrat, die Waffe immer noch unauffällig auf Kendrick gerichtet, den großen Raum. »Wie wär's mit einem Drink, Herr Abgeordneter?« fragte er, auf die Spiegelbar zugehend. »Ich weiß nicht, wie's Ihnen geht, aber ich könnte einen brauchen.«

»Warum nicht?« sagte Kendrick.

»Was trinken Sie?«

»Einfach kanadischen Whiskey mit Eis.« Kendrick schlenderte langsam durch den großen Raum und betrachtete den Innenausbau des Blockhauses mit den erfahrenen Augen des Fachmanns. Er hoffte, irgendwo einen Mangel zu entdecken, der ihm die Flucht ermöglichen würde. Es gab keinen. An alles war gedacht, jede technische Raffinesse eingebaut worden. Das Haus war eine Festung.

»Großartiges kleines Versteck, nicht wahr?« fragte der Mafioso und reichte Kendrick den Drink.

»Nur schade, daß es so gar keine Aussicht hat«, antwortete Kendrick und ließ die Blicke ziellos durch die Küche schweifen. Etwas war merkwürdig, aber er kam nicht dahinter, was es war. Ohne auch nur einen Sekundenbruchteil die auf ihn gerichtete Waffe vergessen zu können, ging er an der Bar vorbei zu einem dunkelgebeizten Eichentisch, an dem vermutlich die Mahlzeiten eingenommen wurden. Er stand knapp zwei Meter vor einer langen Arbeitsplatte, in die unter einer Reihe von Hängeschränken ein Herd eingebaut war. Spüle und Kühlschrank standen, durch eine zweite Arbeitsplatte getrennt, an der rechten Wand. Was war es nur, das ihn gestört hatte? Dann entdeckte er unter dem letzten Hängeschrank links einen kleinen Mikrowellenherd. Er blickte wieder zum Herd hinüber. Das war es. Elektrizität. Alles war elektrisch, das war das Merkwürdige. In den meisten rustikalen Blockhäusern gab es nur Propangas, weil man von der Elektrizität so unabhängig wie möglich sein wollte, falls es einmal zu Störungen in der Stromversorgung kam. Dann dachte er an die Lampen an der Pier und die bernsteinfarbenen Bodenlichter links und rechts von den Wegen. Elektrizität. Ein Überfluß an Elektrizität auf einer Insel, die wenigstens zwanzig, wenn nicht fünfzig Meilen vom Festland entfernt war. Er wußte nicht, was das bedeuten konnte, aber er wollte darüber nachdenken.

Er ging aus der Küche in den Wohnbereich, betrachtete nachdenklich den großen Fernseher und fragte sich, was für eine Antenne man wohl brauchte, um über so viele Meilen offener See hinweg noch Programme empfangen zu können. Er setzte sich, inzwischen mit so vielen anderen Dingen beschäftigt, daß er seinen bewaffneten Begleiter kaum noch wahrnahm. Seine schmerzlichsten Gedanken galten Kalaila, die jetzt seit Stunden auf ihn wartete. Was tat sie? Was konnte sie tun? Kendrick hob sein Glas und trank ausgiebig, dankbar für die Wärme, die sich schnell in ihm ausbreitete. Er sah zu Bollingers Gefolgsmann hinüber, der lässig neben dem großen Tisch stand. Er zielte jetzt nicht mehr auf Kendrick, die Waffe lag auf dem Tisch, aber am Rand, ganz nah bei seiner rechten Hand.

»Auf Ihre Gesundheit«, sagte er und hob sein Glas.

»Warum nicht?« Kendrick erwiderte den Toast nicht. Er trank, fühlte wieder, wie sich Wärme in ihm ausbreitete. Nein. Das war zu schnell, zu heftig, der Whiskey wärmte nicht, er brannte. Die Gegenstände im Raum schienen sich plötzlich zu bewegen, entfernten sich, kamen näher, entfernten sich wieder. Er versuchte aufzustehen, hatte aber weder Arme noch Beine unter Kontrolle. Er starrte den widerwärtig grinsenden Mafioso an und wollte schreien, brachte jedoch keinen Laut heraus. Er hörte das Glas auf dem Hartholzboden zersplittern und hatte das Gefühl, von einem schrecklichen Gewicht erdrückt zu werden. Zum zweitenmal an diesem Abend stürzte Dunkelheit auf ihn ein, und er fiel, fiel in eine unendliche schwarze Leere.

Der Wachmann ging zu der Sprechanlage, die neben der Spiegelbar in der Wand eingebaut war. Nachdenklich die Stirn runzelnd, tippte er die drei Nummern ein, die man ihm auf dem Boot gegeben hatte.

»Ja, Cottage?« fragte leise eine männliche Stimme.

»Ihr Junge schläft wieder.«

»Gut, wir sind bereit.«

»Es ist meine Pflicht zu fragen«, sagte der redegewandte *capo.* »Warum wurde er eigentlich hergebracht?«

»Weil er ärztlich behandelt werden muß, aber das geht Sie nichts an.«

»An Ihrer Stelle würde ich mich vorsehen. Sie haben Schulden, und wir sind die Gläubiger.«

»Na schön. Ohne lange medizinische Erklärungen, zwei geringere Dosen sind immer besser als eine Überdosis. Unser Doktor hat auf diesem Gebiet große Erfahrung.«

»Wenn es derselbe ist, soll er sich hier nicht sehen lassen. Er steht auf Kendricks Totenliste. Und schicken Sie mir Ihre Spanier, ich bin nicht dazu da, Leichen zu transportieren.«

»Aber gewiß doch. Und machen Sie sich wegen dieses Doktors keine Sorgen. Er stand auf einer anderen Liste.«

»MJ, er ist noch immer nicht da, und es ist Viertel nach drei Uhr morgens!« rief Kalaila ins Telefon. »Hast du irgend etwas erfahren?«

»Nichts, was annähernd vernünftig klingt«, antwortete der Leiter von Special Projects mit schwacher, müder Stimme. »Ich habe dich nicht angerufen, weil ich dachte, daß du vielleicht ein bißchen schläfst.«

»Lüg nicht, Onkel Mitch. Es hat dir noch nie Kopfzerbrechen bereitet, mich die Nacht durcharbeiten zu lassen. Es geht um Evan, Onkel Mitch!«

»Ich weiß, ich weiß. Hat er erwähnt, daß er eine Verabredung in Balboa Park hatte?«

»Nein. Ich denke nicht, daß er weiß, was oder wo das ist.«

»Weißt du's?«

»Aber klar doch. Meine Großeltern wohnen dort, weißt du das nicht mehr?«

»Kennst du ein Lokal, das *The Balthazar* heißt?«

»Es ist ein Kaffeehaus für Hitzköpfe, arabische Hitzköpfe, um genau zu sein, hauptsächlich Studenten. Ich war einmal dort und dann nie wieder. Warum fragst du?«

»Das will ich dir gern erklären«, antwortete Payton. »Nachdem du mich vor ein paar Stunden angerufen hattest, haben wir uns – selbstverständlich als Evans Büro – mit Bollingers Haus in Verbindung gesetzt. Wir haben gesagt, wir hätten eine dringende Nachricht für Evan. Man hat uns erklärt, er sei gegen neun Uhr gegangen, was dem widersprach, was ich von dir wußte: daß er um elf noch nicht zurück war. Die Fahrt vom Haus des Vizepräsidenten zu eurem Hotel dauert höchstens dreißig Minuten. Ich habe mich also an ›Lebkuchen‹ Shapoff gewandt, der in solchen Situationen Gold wert ist. Er prüfte alles nach und fand sogar den Fahrer, der Evans Limousine gefahren hat. Evan hatte ihn gebeten, ihn in Balboa Park abzusetzen, also hat ›Lebkuchen‹ die Nachbarschaft ein bißchen ›aufgemischt‹, wie er es nennt. Aus dem, was er erfahren hat, kann man zwei rätselhafte Schlüsse ziehen. Erstens: Ein Mann, der Evans Beschreibung entsprach, ist in Balboa gesehen worden. Zu Fuß. Zweitens: Gleich mehrere Leute, die im *Balthazar* waren, haben übereinstimmend ausgesagt, daß derselbe Mann, jetzt mit Sonnenbrille, lange vor dem Kardamom-Kaffeeautomaten gestanden hat, bevor er zu einem Tisch ging.«

»Mitch!« rief Kalaila. »Seine Sonnenbrille liegt vor mir auf dem Schreibtisch. Er trägt sie manchmal tagsüber, damit man ihn nicht erkennt, aber nie abends oder nachts. Er sagt, abends erregt sie die Aufmerksamkeit der Leute erst recht, und das stimmt haargenau. Dieser Mann war nicht Evan. Das Ganze ist eine abgekartete Sache. Sie halten ihn irgendwo fest.«

Kendrick öffnete die Augen wie jemand, der nicht genau weiß, wo er ist, in welchem Zustand er sich befindet und der nicht einmal sicher weiß, ob er wach ist oder noch schläft. In seinem Kopf herrschte ein Chaos, wirre Gedanken zogen ihm wie Nebelschwaden durchs Gehirn, und er war wie gelähmt von einer erschreckenden Ungewißheit. Irgendwo brannte eine Lampe, ihr Schein lag ruhig auf der Balkendecke. Er bewegte die

Hand, hob den rechten Arm von dem fremden Bett in dem fremden Zimmer. Er betrachtete Hand und Arm und hob plötzlich schnell den linken Arm. Was war geschehen? Er schwang die Beine aus dem Bett und stand, zwischen Angst und Neugier hin- und hergerissen, schwankend auf. Verschwunden waren die feste Cordhose und das derbe schwarze Köperhemd. Er hatte wieder seine eigenen Sachen an. Den marineblauen ›Kongreßanzug‹, wie er ihn manchmal spaßeshalber nannte, den Anzug, den er getragen hatte, als er bei Bollinger gewesen war. Sein weißes englisches Hemd aus feinstem Wollstoff und die gestreifte Regimentskrawatte waren frisch gereinigt und gebügelt. Was war geschehen? Wo war er? Wo war das mit allen erdenklichen Geräten und einer Spiegelbar ausgestattete Blockhaus? Das große Schlafzimmer, in dem er jetzt stand, hatte er noch nie gesehen.

Langsam sein Gleichgewicht zurückgewinnend, bewegte er sich durch die fremde Umgebung, und ein Teil seiner selbst fragte sich, ob er jetzt träumte oder ob er das Blockhaus geträumt hatte? Er entdeckte eine hohe, schmale Verandatür, ging rasch darauf zu und öffnete sie. Sie führte auf einen kleinen Balkon, der mit einem winzigen runden Tisch und zwei schmiedeeisernen Sesselchen gerade zwei Leuten Platz zum Kaffeetrinken bot. Kendrick trat an das hüfthohe Geländer und schaute hinaus in den dunklen Park, über dem nur ganz schwach der Schimmer eines kaum sichtbaren Mondes lag und wo die Wege von den Parallelreihen bernsteinfarbener Bodenlampen beleuchtet wurden. Weit draußen, von Scheinwerfern angestrahlt, sah er einen eingezäunten Platz, einem riesigen Drahtkäfig nicht unähnlich. In dem Käfig schienen massive Maschinenblöcke oder Apparate zu stehen, einige schwarz und glänzend, andere chrom- oder silberfarben, und auch sie schimmerten matt im blassen Mondlicht, das immer wieder von vorbeiziehenden Wolken verdeckt wurde. Kendrick konzentrierte sich auf diesen Anblick und wandte den Kopf zur Seite, um zu lauschen; er hörte ein ruhiges, ununterbrochenes tiefes Summen und wußte, daß er die Antwort auf die Fragen gefunden hatte, die ihn so verwirrten. Er brauchte die Tafeln mit der Aufschrift STARKSTROM – LEBENSGEFAHR nicht zu sehen, um zu wissen, daß sie da waren. Die Maschinen und Apparate im Drahtkäfig gehörten zu einem riesigen Generator, der zweifellos aus ebenso riesigen unterirdischen Öltanks und von großflächigen Solarzellen zur Verwertung der Energie der Tropensonne gespeist wurde.

Unter dem Balkon lag ein vertieft angelegter Patio, doch wenn jemand versuchen wollte, das Haus auf ungewöhnlichem Weg zu verlassen und vom Balkon zu springen, mußte er damit rechnen, daß ihm der Sprung aus etwa acht Metern Höhe einen verrenkten Knöchel oder ein gebrochenes Bein bescherte. Kendrick betrachtete die Außenmauer; die nächste Dachrinne war an der Ecke des Gebäudes, weit außer Reichweite, und es gab kein mit wildem Wein überwuchertes Spalier, an dem man hinunterklettern konnte, nur kahlen Stuck. Decken? Das Bettlaken? Wenn er es in Streifen riß und fest verknotete, konnte er sich etwa drei Meter hinunterhangeln. Aber beeilen mußte er sich... Doch dann auf einmal – kein Gedanke mehr daran, zum Bett zu laufen und das Laken herauszuzerren, denn auf dem von den bernsteinfarbenen Lämpchen erhellten Pfad zur Rechten tauchte eine Gestalt auf. Ein Posten mit einem Gewehr über der Schulter. Er hob den Arm, es war ein Signal. Kendrick schaute nach links, wo ein zweiter Mann das Signal mit der gleichen Geste erwiderte. Kendrick hielt seine Armbanduhr dicht an die Augen und versuchte die Zeit abzulesen, vor allem den Minutenzeiger, was bei dem schlechten Licht gar nicht so einfach war. Wenn er die Zeiten festhalten konnte, zu denen die Posten sich hier begegneten, und wenn er dann alles bereit hatte... Aber wieder war er gezwungen, den aus der Verzweiflung geborenen Plan aufzugeben. Die Tür ging auf, und die Realität stürzte über ihn herein.

»Mir war doch, als ob da jemand herumgeht«, sagte der Wachmann aus den Reihen der Mafia.

»Und mir hätte klar sein müssen, daß Wanzen im Zimmer versteckt sind«, antwortete Kendrick und kam vom Balkon herein.

»Schon wieder falsch, Herr Abgeordneter. Das ist ein Gästezimmer im Haupthaus. Glauben Sie wirklich, diese Leute würden die Privatgespräche ihrer Gäste belauschen?«

»Ich glaube, daß sie zu allem fähig sind. Woher wüßten Sie sonst, daß ich aufgestanden bin?«

»Das ist nicht schwierig«, antwortete der Mafioso, ging zu der Kommode an der Wand und nahm einen kleinen flachen Gegenstand auf. »Das ist der ›Übeltäter‹. Diese kleinen Apparate sind für Leute mit Kleinkindern gedacht. Meine Schwester, die in New Jersey wohnt, geht ohne dieses Ding nicht aus dem Haus. Es gibt sie immer paarweise. Man schließt eins in dem Zimmer an, in dem sich die lieben Kleinen aufhalten, und das zweite da, wo man selbst gerade ist. Dann können Sie das Kind schreien hören. Und die Kinder meiner Schwester sind Schreihälse. Man hört sie bis nach Manhattan.«

»Sehr aufschlußreich. Wann habe ich meine Kleider zurückbekommen?«

»Ich weiß nicht. Die Spanier haben sich um Sie gekümmert, nicht ich. Vielleicht hat man Sie vergewaltigt, und Sie wissen nichts davon.«

»Wieder sehr aufschlußreich. Haben Sie eigentlich eine Vorstellung von dem, was Sie getan haben, in was für einer Sache Sie mit drinstecken? Sie haben einen nicht gerade unbekannten Inhaber eines Regierungsamtes, ein Mitglied des Repräsentantenhauses, gewaltsam entführt.«

»Lieber Himmel, Sie sagen das, als hätten wir uns den Maître d'hôtel aus *Vinnie's Pasta Palace* geschnappt.«

»Sie sind gar nicht lustig...«

»Dafür sind Sie es«, unterbrach der Mafioso und nahm seinen Colt aus dem Schulterhalfter. »Außerdem wünscht man Sie unten zu sehen.«

»Und wenn ich mich weigere?«

»Dann schieße ich Ihnen ein Loch in den Bauch und transportiere Sie mit Fußtritten die Treppe hinunter. Mir ist es egal. Ich werde für eine Dienstleistung bezahlt. Für intakte Lieferung garantiere ich nicht. Treffen Sie Ihre Wahl, Sie Held.«

Der Raum war ein einziger Alptraum. An allen Wänden hingen ausgestopfte Jagdtrophäen mit starren Glasaugen, und Sessel und Couches waren mit Leoparden- und Tigerfellen und Elefantenhäuten bespannt. Ein wahrer Triumph des schießwütigen Menschen über die arglose Tierwelt – ein sehr trauriger Triumph.

Der Sicherheitsmann hatte die Tür geöffnet, Kendrick mit einer Geste zu verstehen gegeben, er solle eintreten, hatte die Tür wieder geschlossen und auf dem Flur Posten bezogen. An einem großen Schreibtisch saß ein Mann, von dem nur der Hinterkopf zu sehen war. Er wartete ein paar Sekunden, als wolle er sicher sein, daß die Tür wirklich geschlossen war, dann drehte er sich mit dem Drehsessel herum.

»Wir sind uns nie begegnet, Herr Abgeordneter«, sagte Crayton Grinell mit seiner angenehmen Anwaltsstimme, »und so unhöflich das auch aussehen mag, ich ziehe es vor, namenlos zu bleiben. Nehmen Sie bitte Platz. Warum sollten wir es Ihnen ungemütlicher machen als nötig. Deshalb haben Sie auch Ihre Sachen zurückbekommen.«

»Ich vermute, sie haben an einem Ort, der Balboa Park heißt, ihren Zweck erfüllt.« Kendrick setzte sich in den Kapitänssessel vor dem Schreibtisch. Auf dem Sitz lag ein Leopardenfell.

»Ja, sie waren recht praktisch«, stimmte Grinell zu.

»Ich verstehe.« Kendrick erkannte plötzlich die unverwechselbare Stimme. Er hatte sie auf dem letzten Band des blonden Europäers gehört. Dieser Mann war der verschwundene Crayton Grinell, der Anwalt, der für den Massenmord auf Zypern verantwortlich war, der Mörder des Außenministers.

»Ich will offen zu Ihnen sein...«

»Das waren Ihre Freunde in Bollingers Haus auch.«

»Davon bin ich überzeugt. Und Sie waren es ebenfalls.«

»Mußten Sie das wirklich tun?«

»Was denn?«

»Einen alten Mann töten.«

»Damit hatten wir nichts zu tun. Außerdem ist er nicht tot.«

»Aber er wird sterben.«

»Das werden wir alle eines Tages. Es war eine völlig unbegründete und dumme Tat dieser dummen Kuh, genauso dumm wie die unglaublichen Manipulationen, die ihr Ehemann über Zürich abgewickelt hat. Man kann uns vieles nachsagen, aber dumm sind wir nicht. Doch wir vergeuden nur unsere Zeit. Die Vanvlanderens sind tot, und was sie auch getan haben, es ist mit ihnen begraben. Der gewisse ›Dr. Lyons‹ wird auch nie wieder zu sehen sein...«

»Ich will ihn!« unterbrach Kendrick.

»Aber wir haben ihn bestraft, und er hat die schwerste Strafe bekommen, die ein Gericht verhängen kann.«

»Wie kann ich dessen sicher sein?«

»Wie können Sie es bezweifeln? Weder der Vizepräsident noch einer von uns kann es sich leisten, mit einer solchen Sache in Verbindung gebracht zu werden. Wir bedauern tief, was Mr.

Weingrass zugestoßen ist, aber wir haben absolut nichts damit zu tun. Ich wiederhole, den Doktor und die Vanvlanderens gibt es nicht mehr. Das Kapitel ist abgeschlossen, können Sie das akzeptieren?«

»War es nötig, mich zu betäuben und hierherzubringen, um mich zu überzeugen?«

»Wir konnten Sie nicht gut in San Diego herumlaufen und die Dinge behaupten lassen, die Sie nun einmal behaupteten.«

»Worüber reden wir eigentlich jetzt?«

»Über ein anderes Kapitel, ein anderes Buch«, antwortete Grinell und beugte sich in seinem Sessel vor. »Geben Sie es uns zurück, und sobald wir es haben, sind Sie frei. Sie werden in Ihren eigenen Kleidern ins Hotel zurückgebracht, und nichts hat sich geändert. In Zürich ist es Vormittag. Auf der Gemeinschaftsbank warten fünfzig Millionen Dollar auf Sie.«

Kendrick bemühte sich, sein Erstaunen nicht zu verraten. »Wir reden über ein anderes Kapitel? Ich weiß nicht, ob ich Ihnen folgen kann.«

»Varak hat es gestohlen.«

»Wer?«

»Milos Varak.«

»Der Europäer?« Daß er wußte, wer gemeint war, war ihm unversehens herausgerutscht, als er den Namen erkannt hatte. Es war Kalailas ›Milos‹.

»Der sehr professionelle und sehr tote Lakai von Inver Brass.«

»Inver wer?«

»Ihre verhinderten Förderer, Herr Abgeordneter. Sie glauben doch nicht, daß Sie aus eigener Kraft dahin gekommen sind, wo Sie jetzt stehen?«

»Mir ist natürlich bewußt, daß mich jemand kräftig anschiebt...«

»Anschiebt? Katapultiert ist wohl zutreffender. Ein paar Irre, die sich überall einmischen. Sie hatten keine Ahnung, daß einer von ihnen auch zu uns gehörte.«

»Wieso glauben Sie, daß der Europäer – daß dieser Varak tot ist?« fragte Kendrick, um ein bißchen Zeit zu gewinnen, weil er auf die Enthüllungen nicht vorbereitet war, mit denen er konfrontiert wurde.

»Es hat in der Zeitung gestanden – natürlich wurde sein Name nicht genannt, aber er war es, da gibt es keinen Zweifel. Doch bevor er starb, war er noch woanders, mit jemandem zusammen, der für uns gearbeitet hat. Es muß so gewesen sein, sonst wäre er nie auf dem Flughafen aufgetaucht. Er hat es gestohlen.«

»Ja, aber was hat er gestohlen?« fragte Kendrick zögernd.

»Ein chiffriertes Hauptbuch, nur für ein paar Auserwählte von Wert.«

»Und Sie glauben, daß ich es habe.« Eine lakonische Feststellung.

»Ich denke, Sie wissen, wo es ist.«

»Warum?«

»Weil Varak in seinem Übereifer irrtümlich geglaubt haben muß, daß es in Ihre Hände gehört. Er konnte Inver Brass nicht mehr trauen.«

»Weil er erfahren hatte, daß einer von ihnen auch zu Ihrer – Gruppe gehörte.«

»Im wesentlichen, ja«, sagte Grinell. »Das ist natürlich nur eine Hypothese, die ich aufgestellt habe. Doch das habe ich mir in meinem Beruf angewöhnt und bin immer gut damit gefahren.«

»Aber nicht diesmal. Ich weiß nichts darüber.«

»An Ihrer Stelle würde ich nicht lügen, Herr Abgeordneter. Es wäre auf jeden Fall sinnlos. Es gibt heutzutage so viele Möglichkeiten, jemandem die Zunge zu lösen.«

Keine Drogen. Nur keine Drogen! Denn dann würde er alles verraten und damit Kalailas Todesurteil unterschreiben. Außerdem den ›Beratern‹ alle Informationen in die Hände spielen, die sie brauchten, um sich einzunebeln oder zu verschwinden. Das durfte er Manny Weingrass nicht antun! Wenn er je glaubwürdig wirken mußte, dann jetzt. Er war wieder in einem Gefängnis, nicht in Maskat diesmal, sondern auf einer Insel in den mexikanischen Gewässern. Er mußte genauso überzeugend sein wie damals unter den Terroristen, denn diese Männer, diese Killer aus den Sitzungssälen, waren auch nichts anderes als Terroristen.

»Hören Sie«, sagte Kendrick, lehnte sich zurück, schlug die Beine übereinander und sah Grinell sehr direkt an. »Denken Sie meinetwegen, was Sie wollen, aber ich will nicht Vizepräsident werden. Ich will einen Fünfzig-Millionen-Kredit von einer Züricher Bank. Drücke ich mich deutlich genug aus?«

»Unmißverständlich. Also, wo ist das Hauptbuch?«

»Ich habe keine Ahnung, aber wenn mir dieser Varak das Ding geschickt hat, weiß ich, wie Sie's kriegen können. Ich rufe mein Büro in Washington an und sage meiner Sekretärin, sie soll es per Expreß an die Adresse schicken, die Sie mir nennen.«

Sie sahen sich gegenseitig starr und ohne mit der Wimper zu zucken an. »Das ist eine faire Lösung«, sagte Grinell endlich.

»Wenn Sie eine bessere wissen, bin ich auch mit ihr einverstanden.«

»Das ist sogar noch fairer.«

»Bin ich an Bord?«

»An Bord und unterwegs nach Zürich«, antwortete Grinell lächelnd. »Sobald Sie noch ein paar Dinge erledigt haben, die auf Ihrem Terminkalender stehen – Chicago, zum Beispiel.«

»Ich lasse das Telegramm gleich morgen früh abschicken. O'Reilly aus meinem Büro wird sich darum kümmern.«

»Und vergessen Sie nicht die Kopie für unseren geschätzten Vizepräsidenten.«

»Natürlich nicht.«

Der Vorsitzende des Aufsichtsrats der spendenfreudigen Freunde von Vizepräsident Orson Bollinger seufzte hörbar. Es klang nicht unfreundlich. »Wie korrupt wir doch alle miteinander sind«, sagte er. »Sie, zum Beispiel, Herr Abgeordneter, bestehen aus lauter Widersprüchen. Die Persönlichkeit, die Sie in der Öffentlichkeit darstellen, würde sich nie auf Geschäfte mit uns einlassen.«

»Falls Sie – ganz zufällig natürlich nur – unser Gespräch auf Band mitschneiden oder sogar mit einer versteckten Videokamera Aufnahmen machen, möchte ich eine Erklärung abgeben. Ich bin ein gebranntes Kind und habe mein Bestes getan, um die Flammen in Oman zu löschen, weil sie mir schwere Brandwunden zugefügt und viele von meinen Freunden getötet haben. Ich sehe da nichts Widersprüchliches.«

»Sie hatten recht mit Ihrer Vermutung, Herr Abgeordneter Kendrick, Bild und Ton laufen mit. Ihre Erklärung bleibt also der Nachwelt erhalten.«

Plötzlich wurde scheinbar ohne jeden Anlaß die ruhige Besprechung durch mehrere Signale gestört. Auf der Konsole des Funktelefons auf dem Schreibtisch blinkte ein grelles rotes Licht, und irgendwo in den Stuckwänden begann gedämpft eine Sirene zu jaulen – wahrscheinlich steckte sie im Maul eines ausgestopften Tieres. Die Tür flog auf, und der sonnenverbrannte Kapitän des Bootes stürmte herein.

»Was willst du hier?« schrie Grinell ihn an.

»Laß diesen Furz hier rausschaffen!« schrie der andere zurück. »Ich hab' das Ganze von Anfang an für eine Falle gehalten, und ich hatte recht. In Bollingers Haus wimmelt es von Regierungsleuten, die Washington in Marsch gesetzt hat, um nach ihm zu suchen. Und jeder muß ihnen Rede und Antwort stehen wie bei einem Polizeiverhör.«

»Was?«

»Damit werden wir fertig, aber wir haben ein größeres Problem. Das Hauptbuch. Bollinger ist angerufen worden. Das Miststück hat es ihrem eigenen Anwalt übergeben.«

»Halt den Mund!« befahl Grinell.

»Er spricht von zehn Millionen, die ihr, wie sie ihm erzählt hat, von ihrem Andy-Boy versprochen worden sind. Jetzt will er sie haben.«

»Ich hab' dir gesagt, du sollst den Mund halten! Du hast gesagt, die Kerle von der Bundespolizei verhören jeden. Wie hast du das gemeint?«

»Genauso, wie ich's gesagt habe. Sie nehmen sie nicht nur in die Mangel, sie haben auch Haussuchungsbefehle. Sie werden nichts finden, aber nicht, weil sie nicht gründlich genug suchen.«

»Im Haus des Vizepräsidenten? Das ist unerhört.«

»Sie machen das sehr schlau. Sie erzählen Bollinger, daß sie ihn vor seinen Untergebenen schützen. Aber niemand kann mir das einreden.« Der Yachtkapitän wandte sich an Kendrick. »Dieses Schwein sollte uns in die Falle locken. Das Wort des Helden steht gegen das aller anderen.«

Grinell sah Kendrick starr an. »Wenn es keinen Helden gibt, gibt es auch sein Wort nicht mehr. *Adiós*, Herr Abgeordneter.« Grinell drückte auf einen Knopf an der Seite des Schreibtischs, und die Tür des riesigen Zimmers mit den Jagdtrophäen öffnete sich wieder. Der Mafioso trat, den Colt im Anschlag, vorsichtig ein. »Bringen Sie ihn raus«, befahl Grinell. »Die Mexikaner werden Ihnen sagen, wohin... Sie haben mich wirklich zum Narren gehalten, Herr Abgeordneter. Die Lektion werde ich mir merken. Hüte dich vor dem zungenfertigen, philosophierenden Überläufer.«

Das Donnern der Wellen, die mit großer Wucht an die felsige Steilküste der Insel schlugen, wurde immer lauter, als sie den bernsteinfarben beleuchteten Pfad hinuntergingen. Ein Stück weiter vorn hörten die Lichter auf. Zwischen den beiden letzten Lampen versperrte eine massive weiße Schranke, an der ein Schild angebracht war, den Weg.

Peligro – Gefahr!

Hinter der Schranke ein Felsvorsprung, darunter brodelnde Gischt. Das Donnern der gegen die Felsen schlagenden Wellen war jetzt ohrenbetäubend. Evan Kendrick wurde zu seiner Hinrichtungsstätte geführt.

41

Wirbelnde Dampfschwaden stiegen von dem Felsvorsprung auf. Kendrick unterdrückte seine Panik und erinnerte sich an den Pakt, den er mit sich selbst geschlossen hatte: Er würde nicht kampflos sterben, er ließ sich nicht ermorden, ohne sich zu wehren, gleichgültig, wie sinnlos sein Widerstand war. Aber selbst ein letzter verzweifelter Versuch setzte eine wenn auch noch so geringe Überlebenschance voraus. Überall um ihn herum wucherten tropische Kletterpflanzen, stark und widerstandsfähig durch die Feuchtigkeit und die Winde, denen sie ständig ausgesetzt waren. Üppiges Dickicht wuchs zu beiden Seiten der bernsteinfarbenen Lämpchen, und der Boden zwischen dem Laubwerk war locker und naß, war noch nie einen Augenblick trocken gewesen. Der Mexikaner, der den Mafioso widerstrebend hierhergeführt hatte, war kein williger Mordkomplize. Seine Stimme wurde immer schwächer, je näher sie der weißen Schranke kamen.

»*Al frente, al frente!*« rief er nervös. »*Adelante!*«

»Klettern Sie drüber, oder gehen Sie drum herum, Herr Abgeordneter«, sagte der Mafioso eiskalt, ein Berufskiller in Ausübung seines Berufs, ein Mann, dem Leben und Tod nichts bedeuteten.

»Das geht nicht«, antwortete Kendrick. »Drübersteigen kann

ich nicht, dazu ist die Schranke zu hoch, und auf beiden Seiten ist eine Art Verhau aus Stacheldraht.«

»Wo denn?«

»Hier.« Kendrick zeigte hinunter in das dunkle Dickicht.

»Ich seh' nicht...«

Jetzt! rief Kendricks innere Stimme. Er fuhr herum, packte mit beiden Händen die große, häßliche Waffe, verdrehte dem Mafioso die Hand und rammte ihm die Schulter in die Brust. Er zog seinen Arm nach vorn und riß den Mann zu Boden und in das Dickicht hinein. Die Waffe ging los, und der Knall verschmolz mit dem Tosen der Wellen. Kendrick trat den Colt in den nassen, aufgeweichten Boden, nahm eine Handvoll Erde, knallte sie dem Mafioso ins Gesicht und rieb sie ihm mit brutaler Gewalt in die Augen.

Der Wachmann fluchte, außer sich vor Wut, und versuchte zugleich, sich die Augen auszuwischen, die Waffe auszugraben und sich von Kendricks Griff zu befreien. Aber Kendrick behielt die Oberhand und stieß dem sich Windenden und Umsichschlagenden ein paarmal das Knie in die Lenden, während er mit der rechten Hand ununterbrochen nasse Erde schaufelte und sie dem Mafioso in den Mund schob und in die Augen rieb. Seine Fingerknöchel stießen mit einem harten, gezackten Gegenstand zusammen – einem Stein. Er war fast zu groß für Kendricks zupackende Hand, aber nichts konnte, nichts würde ihn aufhalten. Er zerrte den schweren Felsbrocken aus der Erde, hob ihn hoch und zerschmetterte dem Mann, der sein Henker werden sollte, den Schädel.

Kendrick packte den Colt und schaute hastig zu dem Mexikaner hinüber, der gelassen abgewartet hatte, wer in diesem Kampf überlebte. Als er sah, daß es Kendrick war, machte er auf dem Absatz kehrt und wollte auf und davon.

»Halt!« schrie Kendrick außer Atem und sprang auf. »Bleib stehen, oder du bist ein toter Mann! Ich weiß, daß du sehr gut verstehst, was ich sage.«

Der Mexikaner blieb stehen, drehte sich um und sah Kendrick an. »Ich habe nichts mit diesen Dingen zu tun, Señor«, sagte er in einem überraschend klaren Englisch.

»Du meinst, daß du nicht eigenhändig abdrückst, du sagst ihnen nur, wo sie abdrücken können.«

»Ich habe nichts damit zu tun«, wiederholte der Mann. »Ich

bin Fischer, aber auf den Booten ist die Bezahlung sehr schlecht. Ich verdiene meine Pesos, und dann geh' ich nach Hause zu meiner Familie in El Descanso.«

»Willst du deine Familie wiedersehen?«

»Sí, das ist doch selbstverständlich«, antwortete der Mexikaner mit zitternden Lippen. »Wenn hier solche Dinge geschehen, komme ich nie wieder auf die Insel.«

»Willst du damit sagen, daß so etwas noch nie vorgekommen ist?«

»Nie, Señor.«

»Woher hast du dann gewußt, wohin du uns bringen sollst?« schrie Kendrick gegen den Wind und die tobende See an. Er kam allmählich wieder zu Atem, merkte, daß er von oben bis unten mit Schlamm bedeckt war und daß ihm innerlich alles weh tat, als sei sein ganzer Körper eine offene Wunde.

»Man holt uns hierher und gibt uns eine Landkarte von der Insel, die wir in zwei Tagen auswendig können müssen, sonst werden wir wieder nach Hause geschickt.«

»Wozu müßt ihr die Landkarte auswendig lernen? Um die Opfer und ihre Henker zu den Richtplätzen zu führen?«

»Ich habe Ihnen doch schon gesagt, daß es noch nie einen Mord gegeben hat, Señor. Das hier sind Drogengewässer – *narcoticos* – und sehr gefährlich. Zwar können amerikanische und mexikanische Patrouillen schnell alarmiert werden, aber trotzdem muß die Insel selbst ständig bewacht werden.«

»Schnell alarmiert, sagst du?«

»Der, dem sie gehört, ist ein mächtiger Mann.«

»Heißt er Grinell?«

»Das weiß ich nicht, Señor. Ich kenne nur die Insel selbst.«

»Du sprichst fließend Englisch. Warum hast du das nicht schon vorher getan?« Kendrick zeigte auf den toten Mafioso. »Mit ihm?«

»Ich sage es noch einmal, ich wollte nicht bleiben. Man hat mir gesagt, wohin ich Sie bringen soll, doch erst als wir schon fast hier waren, fing ich an zu verstehen. Ich habe nichts damit zu tun, Señor. Aber meine Familie lebt in El Descanso, und die Männer, die auf die Insel kommen, sind sehr mächtig.«

Kendrick sah den Mann unentschlossen an. Es wäre leicht, sehr leicht, ihn zu töten und ein Risiko auszuschalten, doch bot er, wenn er nicht log, den Schimmer einer Hoffnung, einer

Möglichkeit. Kendrick wußte, daß er um sein Leben verhandelte, doch da es auch um ein anderes Leben ging, erleichterte das die Verhandlung. »Du begreifst doch«, sagte Kendrick und machte ein paar Schritte auf den Mann zu, damit er ihn besser hörte, »du begreifst doch, daß sie dich töten werden, wenn du ohne ihn zum Haus zurückkommst und er nicht mehr auftaucht. Sie werden ihn sehr schnell finden, denn zuallererst werden sie natürlich hier nachsehen. Ist dir das klar?«

Der Mexikaner nickte zweimal. »*Sí.*«

»Aber wenn ich dich nicht töte, hast du eine Chance, nicht wahr?« fragte Kendrick und hob die Waffe des Mafiosos. Der Mexikaner schloß die Augen und nickte noch einmal. »Es ist also für dich und deine Familie zu Hause in El Descanso am besten, wenn du bei mir bleibst.«

»*Sí.*« Der Mexikaner öffnete die Augen wieder. »Und was soll ich tun?«

»Ich muß weg von hier, runter von der Insel, und du sollst mir dabei helfen. An der Pier neben dem Benzintank liegt ein Boot, das für die Überfahrt groß genug ist.«

»Sie haben noch andere Boote«, unterbrach der Mexikaner. »Sie sind schneller als die Drogenboote der Regierung, und außerdem haben sie einen Hubschrauber mit mächtigen Suchscheinwerfern.«

»Was? Wo ist er?«

»Unten am Strand, auf der anderen Seite der Insel. Es gibt dort einen betonierten Landeplatz. Sind Sie Pilot, Señor?«

»Ich wollte, ich wär's. Wie heißt du?«

»Emilio.«

»Kommst du mit mir?«

»Was bleibt mir anderes übrig? Ich gehe mit Ihnen, dann hole ich meine Familie und ziehe mit ihr in einen Ort in den Bergen. Sonst bin ich ein toter Mann, und Frau und Kinder müssen hungern.«

»Ich warne dich. Wenn du mir auch nur den geringsten Grund gibst zu vermuten, daß du lügst, wirst du weder El Descanso noch deine Familie wiedersehen.«

»Ich habe verstanden, Señor.«

»Bleib an meiner Seite. Gehen wir, wir haben eine Menge zu tun und nicht viel Zeit.«

»Zum Boot?«

»Noch nicht«, sagte Kendrick, dessen bisher unklarer, lückenhafter Plan allmählich feste Umrisse annahm. »Wir werden diese gottverdammte Insel auseinandernehmen. Gibt es irgendwo einen Geräteschuppen – eine Hütte, in der Schaufeln, Hacken, Heckenscheren und ähnliche Dinge untergebracht sind?«

»Das *mantenimiento*«, antwortete Emilio. »Für die Gärtner.«

»Komm mit.« Schwerfällig und von Schmerzen geplagt, lief Kendrick zu dem toten Mafioso zurück.

»Wir müssen vorsichtig sein, Señor.«

»Ich weiß, die Posten. Wie viele sind es?«

»Je zwei auf den vier begehbaren Stränden und an der Pier. Zehn in jeder Schicht. Sie sind alle mit Funkgeräten ausgerüstet, die Alarmsirenen auslösen – sehr laute Sirenen.«

»Wie lange dauert eine Schicht?« fragte Kendrick und beugte sich über den Toten.

»Zwölf Stunden. Zwanzig *guardas* und vier *jardineros* – Gärtner – gibt es. Die dienstfrei haben, halten sich in der Kaserne auf, wie sie das Haus nennen. Es ist ein langgestrecktes Gebäude nördlich vom Haupthaus.«

»Wo sind die Geräte?«

»In einer Wellblechgarage fünfzig Meter südlich vom *generador*.«

»Vom Generator?«

»*Sí*.«

»Gut.« Kendrick nahm dem Mafioso die Brieftasche und die Plastikhülle mit der Ausweiskarte ab. Dann durchsuchte er die von nasser Erde durchweichten Taschen und fand über tausend Dollar, die bestimmt nicht aus der Lohntüte des Bundes stammten. Schließlich nahm er noch den kleinen elektronischen ›Schlüssel‹ an sich, der die Riegel in der Tür des Blockhauses löste und die Tür öffnete. »Gehen wir«, sagte er und erhob sich mit Mühe von dem weichen, nassen Boden.

Der Felsvorsprung lag schon ein gutes Stück hinter ihnen, als Emilio plötzlich stehenblieb. »*Uno momento*«, flüsterte er. »Die Lichter. Wir müssen die Lampen zerstören, Señor. Je dunkler es ist, um so besser für uns.«

»Das ist ein guter Gedanke«, stimmte Kendrick zu. Sie kehrten noch einmal um und traten, von der ersten Lampe vor der weißen Schranke angefangen, jedes bernsteinfarbene Licht aus. Sie erreichten den Hauptweg, der sich gabelte, und links zur Pier und zu den Booten hinunter und rechts den Hügel hinauf zum Haupthaus führte. Über eine Abzweigung erreichte man das ausbruchsichere Blockhaus. Kendrick und der Mexikaner hetzten von Lampe zu Lampe und demolierten eine nach der anderen, bis sie die Abzweigung erreichten. »Hier entlang!« befahl Kendrick und bog nach rechts ab. »Laß jetzt die Lampen, die nehmen wir uns auf dem Rückweg vor.«

»*La cabaña?*«

»Beeil dich!« Wieder fiel Licht aus den wie Vergrößerungsgläser wirkenden Facettenfenstern, und die Lichtung vor dem kleinen, festen Haus schien strahlend hell erleuchtet. Kendrick trat vor die Tür und drückte auf den grünen Knopf des elektronischen Schlüssels. Er hörte die Riegel zurückschnappen, drehte am Türknauf und trat ein. »Rein mit dir!« rief er Emilio zu. Der Mexikaner gehorchte, und Kendrick schloß die Tür und verriegelte sie, indem er auf den roten Knopf drückte.

Er lief in die Küche, öffnete Schubladen und Schränke und suchte sich aus, was ihm nützlich und brauchbar schien: eine Taschenlampe, ein großes Tranchier- und mehrere kleinere Messer, ein Fleischbeil, drei kleine Büchsen Sterno, eine Schachtel Paraffin-Streichhölzer, die an jeder harten Fläche gezündet werden konnten, und einen Stapel zusammengelegter Geschirrtücher. Als er alles auf dem ovalen Eichentisch beisammenhatte, sah er zu Emilio hinüber, der ihn beobachtete. Er nahm ein Messer auf und reichte es dem Mexikaner. »Ich hoffe, du brauchst es nicht zu benutzen, aber wenn es nötig ist, triff nicht daneben.«

»Es gibt hier Männer, die ich nicht töten könnte, ohne vorher mit ihnen zu sprechen, denn sie brauchen die Arbeit genauso dringend wie ich. Aber bei den anderen, das sind die, die am längsten hier sind, hätte ich keine Probleme.«

»Verdammt noch mal, du darfst bei keinem Probleme haben! Wenn auch nur ein Alarm ausgelöst wird...«

»Keiner meiner Freunde wird Alarm geben, Señor, nicht, wenn sie wissen, daß ich es bin, Emilio. Außerdem schlafen die meisten in der Kaserne. Für die Nachtpatrouillen setzen sie *veteranos* ein; sie fürchten nachts die Boote.«

»Hoffentlich hast du recht.«

»Ich will nach Hause, glauben Sie mir.«

»Nimm ein paar Geschirrtücher, eine Büchse Sterno und eine

Handvoll Streichhölzer. Beeil dich!« Kendrick verstaute die restlichen Gegenstände in seinen Taschen, nahm zum Schluß das Fleischbeil, ging zur Sprechanlage, hieb die starke Klinge in die Konsole und riß die ganze Apparatur aus der Wandnische. »Zerschlag die beiden Lampen dort drüben«, sagte er zu Emilio, »ich nehme mir die Herdbeleuchtung und die Lampe auf der anderen Seite vor.«

Kaum eine Minute später hatten die beiden Männer das Blockhaus verlassen und eilten über die vor kurzem noch freundlich helle Lichtung, auf der es jetzt stockdunkel war. »Und jetzt zum Geräteschuppen.«

»*Con mucho cuidado!* Wir müssen sehr vorsichtig sein; wie ich schon gesagt habe, müssen wir am großen Haus vorbei. Die Lampen am Weg dürfen wir nur bis zu einer bestimmten Stelle zerstören, denn aus dem ersten Stock des Hauses kann man sehen, daß sie nicht brennen, und dann würden sie sofort Alarm geben. Wenn wir einer Streife begegnen, möchte ich zuerst sehen, wer es ist.«

»Beeilen wir uns! Sie haben dort oben zwar Probleme, aber bald werden sie sich fragen, wo mein Henker bleibt. Also schnell!«

Sie zerstörten die bernsteinfarbenen Lämpchen bis zum Kamm eines Hügels, der dem eben angelegten Park des riesigen Landhauses vorgelagert war – das ›große Haus‹ nannte auch Kendrick es bei sich, der an die großen Häuser der Karibik dachte. Plötzlich packte der Mexikaner Kendricks Arm, zerrte ihn hinter das dichte Strauchwerk und drückte ihn an der Schulter auf den Boden hinunter. Kendrick verstand. Er sollte sich ducken und still sein. Ein Posten mit dem Gewehr über der Schulter kam aus der Richtung, in die sie wollten, und ging an ihnen vorbei. »Jetzt aber schnell, Señor. Zwischen hier und der hinteren *galeria*, auf der sie Wein trinken und Fisch braten, ist niemand.«

Ein großer Patio mit einem Bratrost für Barbecues, dachte Kendrick und folgte Emilio durch das grüne Dickicht, wünschte, er hätte eine Machete, um sich einen Pfad durch die verflochtenen Ranken schlagen zu können, war jedoch dankbar für die merkwürdigerweise stets gegenwärtigen Geräusche von Wind und tosenden Wellen. Sie umgingen das Haus, und ein anderes Geräusch drängte sich zwischen die beiden anderen. Ein gleichmäßiges, tiefes Summen. Der Generator. Kendrick, der Ingenieur, versuchte zu schätzen, wieviel Strom er produzierte, wieviel Brennstoff und wieviel Sonnenenergie er verbrauchte – es mußten unglaubliche Mengen sein. Er hatte von Bahrein bis in die westlichen Wüstengebiete von Saudi-Arabien selbst Generatoren aufgestellt, doch die Anlagen waren nur eine begrenzte Zeit in Betrieb gewesen, nur so lange, bis die elektrischen Überlandleitungen die Stromversorgung übernahmen.

Wieder packte der Mexikaner Kendrick bei der Schulter, und sie duckten sich ins Unterholz. Kendrick sah auf und begriff, plötzlich von Furcht gepackt. Ein Stück weiter vorn auf der linken Seite stand lauschend ein Posten, der etwas gehört oder gesehen haben mußte. Sein Kopf und sein Oberkörper waren im Lampenlicht deutlich zu sehen. Jetzt ging er schnell weiter, nahm das Gewehr von der Schulter und hielt es schußbereit. Er kam direkt auf Kendrick und Emilio zu und schob, nur ein paar Schritte von ihnen entfernt, den Gewehrlauf durch das Dickicht. »*Quién es?*« rief er laut.

Plötzlich sprang Emilio ihn an wie eine Katze. Er packte den Gewehrlauf und zerrte den Posten ins Gebüsch. Dann ein pfeifender Atemzug, der einen Schrei im Keim erstickte. Der Mann sackte zu Boden, seine Kehle nur noch eine blutige Masse.

»Du guter Gott!« stieß Kendrick leise hervor, als Emilio, das Messer in der Rechten, den Toten tiefer ins Gebüsch zog.

»Bei diesem *perro* hatte ich kein Problem«, sagte Emilio. »Das Schwein hat einem Jungen, der nichts von ihm wissen wollte, den Schädel eingeschlagen, wenn Sie verstehen, was ich meine, Señor.«

»Ich verstehe. Und ich weiß auch, daß du uns jetzt das Leben gerettet hast. Warte einen Moment. Das Gewehr und seine Mütze. Wir können Zeit sparen. Es gibt hier keine Uniformen, nur Arbeitskleidung – die Waffe ist die Uniform. Setz die Mütze auf und häng dir das Gewehr über die Schulter. Dann gehst du ganz normal den Weg entlang, und ich bleibe auf dieser Seite der Hecke dicht hinter dir. Wenn die Luft rein ist, möchte ich auch den Weg benutzen, weil es schneller geht.«

»*Bueno*«, sagte Emilio und griff nach Mütze und Gewehr. »Sollte ich angehalten werden, sage ich, daß dieser *perro* mich gezwungen hat, ihn für eine Stunde zu vertreten. Sie werden zwar lachen, aber anzweifeln wird es keiner. Ich geh' jetzt los.

Bleiben Sie dicht an mir dran, und sobald ich's sage, kommen Sie raus und gehen neben mir weiter. Sprechen Sie Spanisch?«

»Nicht gut genug, um mich zu unterhalten.«

»Dann sagen Sie nichts.« Das Gewehr über der Schulter, arbeitete sich Emilio durch die Hecke und marschierte den Pfad entlang. Unaufhörlich mit dem grünen Rankenwerk kämpfend, versuchte Kendrick so gut wie möglich Schritt zu halten und flüsterte ab und zu, der Mexikaner solle langsamer gehen. Einmal zog er in einem besonders dichten Gestrüpp das Fleischbeil aus dem Gürtel und zerhackte ein dichtes Gewirr tropischen Rankenwerks. Sofort rief Emilio leise: *»Silencio!«* Und gleich darauf: »Jetzt, Señor! Kommen Sie raus! Schnell!«

Kendrick gehorchte, und Emilio beschleunigte auf dem jetzt abschüssigen Pfad seine Schritte noch mehr. »Ist es eine gute Idee, so schnell zu laufen?« fragte Kendrick außer Atem. »Wenn uns jemand sieht, denkt er vielleicht, daß wir uns im Dienst sehr merkwürdig benehmen.«

»Wir sind jetzt hinter dem großen Haus«, antwortete Emilio, seinen Eilschritt beibehaltend. »Um diese Zeit ist niemand hier außer zwei Posten, die auf verschiedenen Wegen patrouillieren. Sie treffen sich bei der steinernen *galeria* und gehen dann über den Hügel zurück an den Strand. Das dauert viele Minuten, und sie sind grade losgegangen. Wir können über die *galeria* laufen, dann den dahinter liegenden Weg hinauf und durch den Wald zum *mantenimiento* – zum Geräteschuppen, Señor.«

Sie kamen zu einem vertieft angelegten Patio – es war derselbe, den Kendrick von dem Balkon des Gästezimmers gesehen hatte. Er erinnerte sich an die beiden Posten, die sich, aus verschiedenen Richtungen kommend, mit erhobenem Arm etwas signalisiert hatten. Emilio, der jetzt das Kommando übernommen hatte, wies mit dem Kopf nach links, packte Kendrick beim Arm und begann zu laufen. Sie rannten unter den Balkons an der Hausmauer entlang durch den Patio, der viel größer war, als Kendrick vermutet hatte, und sich über die ganze Länge des Hauses erstreckte, sprinteten dann den südlichen Pfad hinauf und kamen zu einer flachen, von hohem Gras gesäumten Kuppe mit Blick auf den etwa zweihundert Meter tiefer schäumenden Ozean und zwei von einem felsigen Küstenstrich getrennte Strände. Sie hatten den beleuchteten Weg verlassen, und vor ihnen lag nur noch eine dunkle, abschüssige unbefestigte Straße.

Von diesem Aussichtspunkt konnte man im Mondlicht einen großen Teil der Insel übersehen. Auf der rechten Seite hockte, von Scheinwerfern angestrahlt und nicht weiter als dreihundert Meter entfernt, der gedrungene Klotz des Generators. Dahinter, außerhalb des ›Drahtkäfigs‹, sah Kendrick die Umrisse eines langen, flachen Gebäudes, vermutlich Emilios ›Kaserne‹. Tief unten, nur wenige Meter über Meereshöhe, der betonierte Landeplatz und darauf ein großer Militärhubschrauber mit ziviler Lackierung und mexikanischem Hoheitszeichen, aber unverkennbar eine US-Militärmaschine. »Kommen Sie«, flüsterte Emilio. »Und kein Wort, Stimmen tragen auf dieser Seite der Insel weit.« Sie gingen einen unbeleuchteten, aus dem Wald herausgehauenen Pfad hinunter, der sonst nur bei Tag benutzt wurde. Und dann kam Kendrick, der über Emilios Worte nachgedacht hatte, plötzlich dahinter, warum es hier so still war. Wind und Meeresrauschen waren fast nicht mehr zu hören – deshalb trugen Stimmen weit, und den Hubschrauberlandeplatz hatte man auf dieser geschützten Seite der Insel angelegt, damit die Maschine ohne große Schwierigkeiten starten und landen konnte.

›Wellblechgarage‹, wie Emilio den Geräteschuppen genannt hatte, war eine treffende Bezeichnung, nur hatte Kendrick noch nie eine so große ›Garage‹ gesehen, abgesehen von den überdimensionalen, im Innern gepolsterten Gebäuden, in denen die verschiedenen Limousinen einer arabischen königlichen Familie untergebracht waren. In diesem Wellblechmonster standen ein paar Traktoren und mehrere benzinbetriebene Rasenmäher, Kettensägen und Motor-Heckenscheren, alle unbrauchbar für Kendricks Zwecke, weil sie zuviel Lärm machten. An der Seitenwand und auf dem Fußboden fanden sich jedoch praktischere Gegenstände. Eine lange Reihe Benzinkanister und darüber, an Haken hängend, Äxte, Beile, Sicheln, Sensen, Drahtscheren mit langen Griffen, Macheten und Baumsägen mit Teleskopgriffen – einfach alle Geräte, die man brauchte, damit die üppig wuchernde Tropenvegetation nicht im Handumdrehen alles wieder schluckte, was man ihr abgerungen hatte.

Die Auswahl war nicht allzuschwer. Kendrick tauschte das Fleischbeil gegen ein richtiges Beil ein, gab Emilio ein Beil und eine Machete und nahm sich selbst auch eine. Hinzu kamen eine Drahtschere, ein voller Benzinkanister und eine Baumsäge mit einem bis zu drei Metern ausziehbaren Teleskopgriff.

»Zum Hubschrauber«, sagte Kendrick.

»Unterhalb des *generador* gibt es einen Verbindungsweg zwischen der nördlichen und der südlichen Straße. Beeilen Sie sich! Die Wachen sind jetzt wahrscheinlich schon am Strand und werden sich bald auf den Rückweg machen.« Sie rannten ins Freie und zu der ersten unbefestigten Straße hinüber, die Macheten im Gürtel, die anderen Geräte in der Hand oder unter die angewinkelten Arme geklemmt. Kendrick folgte Emilio durch das hohe Gras am Straßenrand, und dann arbeiteten sie sich zu dem schmalen Pfad hinunter, der schräg über den Hügel führte. *»Cigarrillo!«* flüsterte Emilio und stieß Kendrick in das hohe Gras zurück. Eine brennende Zigarette schien den Hügel heraufzuhüpfen, und dann trottete der Posten in einem Abstand von knapp drei Metern an ihnen vorbei. »Kommen Sie«, sagte Emilio leise, als der Posten die Kuppe erreicht hatte. Geduckt liefen sie zur nördlichen Straße; vom zweiten Posten war weit und breit nichts zu sehen, und sie begannen den Abstieg zum Hubschrauberlandeplatz.

Die umgespritzte Militärmaschine glich einem schweigenden Koloß, der darauf lauerte, sich auf einen Feind zu stürzen, den nur er in der Nacht sehen konnte. Straff gespannte, schwere Ketten, die im Beton verankert waren, sicherten den Hubschrauber, so daß kein plötzlich aufkommender Sturm ihm etwas anhaben konnte. Außer der Sturm wütete so, daß er den Flugapparat zertrümmerte. Während Emilio in Deckung blieb, um seinen Begleiter warnen zu können, wenn der Posten kam, lief Kendrick zum Hubschrauber hinüber. Wie konnte er dem Vogel wirkungsvoll die Flügel stutzen, und zwar so geräuschlos, daß man es auf dem Hügel nicht hörte? Die Taschenlampe konnte er auch nicht benutzen, da man in der Dunkelheit den wandernden Lichtschein sehen würde. Kabel. Unter den Hauptrotorblättern und dem Heckrotorblatt. Mit Hilfe der Türklinke und eines Fensterrahmens zog er sich vor dem Cockpit auf den Rumpf der Maschine hinauf, kletterte über die gewölbte Frontscheibe noch höher und kroch auf Händen und Knien ganz langsam und vorsichtig über den Rotorkopf zum Triebwerk. Er zog die Drahtschere aus dem Gürtel, richtete sich auf und hatte fast im Handumdrehen alle Kabel durchtrennt, die er im schwachen Mondlicht sehen konnte.

Ein kurzer, gellender Pfiff. Emilios Signal. Der Posten war auf dem Hügelkamm aufgetaucht und würde den Landeplatz schon in wenigen Minuten erreichen. Doch Kendrick, der Ingenieur, war nicht zufrieden. Hatte er die Maschine flugunfähig gemacht oder nur verwundet? Er mußte noch nach achtern, um ganz sicherzugehen. So schnell wie möglich, aber trotzdem sehr umsichtig, um nicht das Gleichgewicht zu verlieren und abzurutschen, kroch er über das schräg abfallende Dach nach hinten und sah überhaupt nichts; alle mechanischen Teile steckten hier unter der Metallverkleidung. Aber nein, alle doch nicht. Rittlings auf dem glatten Rumpf sitzend, hielt er sich an der Stabilisierungsflosse fest und entdeckte, als er sich vorbeugte, zwei dicke, seilähnliche Kabel, die in die Heckrotorblätter führten. Wütend begann er eines der beiden Kabel mit der Heckenschere zu bearbeiten. Der Schweiß lief ihm in die Augen und tropfte auf die glänzende Verkleidung der Maschine, und endlich hörte Kendrick zu seiner größten Genugtuung, wie zwei Kabelstränge rissen. Als nächstes hörte er ein schnappendes Geräusch – ein viel zu lautes, durchdringendes Knacken in der Stille der Nacht –, und ein Teil der Stabilisierungsflosse brach seitlich herunter. Er hatte es geschafft. Fliegen konnte dieser Vogel nicht mehr.

Laufende Schritte. Ein bellender Ruf: »*Que cosa? Quédese!*« Unter dem Heckrotor stand der Posten. Das Gewehr in seinem rechten Arm zielte auf Kendrick, und mit der linken Hand fummelte er an dem an seinem Gürtel befestigten Alarmgerät herum.

42

Das durfte einfach nicht sein! Als habe er plötzlich völlig das Gleichgewicht und die Kontrolle über sich selbst verloren, hob Kendrick die Arme und ließ sich vom Rumpf des Hubschraubers gleiten. Er ließ die Heckenschere los, sie fiel senkrecht hinunter, prallte gegen den Gewehrschaft, und die Waffe wurde dem Posten aus der Hand gerissen. Er öffnete zwar den Mund zu einem Schmerzensschrei, aber noch ehe ein Laut über seine Lippen kam, war Emilio über ihm und gab ihm mit dem stumpfen Ende der Machete eins über den Schädel.

Dann wandte er sich Kendrick zu. »Können Sie gehen?«

flüsterte er. »Wir müssen weg. Schnell weg. Der andere Posten wird gleich hier auftauchen.«

Kendrick, der sich auf dem Beton vor Schmerzen krümmte, nickte und griff, während er mühsam aufstand, nach der Hekkenschere und dem Gewehr. »Schaff ihn weg«, sagte er. Doch der Befehl war überflüssig, denn Emilio wußte, was er zu tun hatte, und zerrte den Bewußtlosen schon über den Landeplatz in den hohen Grasgürtel hinüber.

Hinkend, denn sein linker Fußknöchel und sein rechtes Knie brannten wie Feuer, folgte ihm Kendrick.

»Ich habe einen Fehler gemacht«, flüsterte Emilio kopfschüttelnd. »Wir haben nur eine einzige Chance... Ich habe Sie beim Gehen beobachtet. Wir schaffen es nie bis zur Pier und zu den Booten, ohne entdeckt zu werden, weil der andere Posten seinen *compañero* viel früher vermissen wird.« Er zeigte auf seinen bewußtlosen Landsmann. »Ich muß er sein, und vielleicht kann ich den anderen in der Dunkelheit täuschen.«

»Er wird zuerst rufen und dich fragen, was passiert ist. Was wirst du sagen?«

»Ich wollte mich im Gras erleichtern und habe mich in meiner Hast an einem spitzen Felsbrocken gestoßen. Ich werde hinken wie Sie und ihm sagen, er soll sich die Wunde ansehen.«

»Und du glaubst, daß du damit durchkommst?«

»Beten Sie zur heiligen Jungfrau, daß es klappt. Sonst ist es mit uns beiden aus.« Emilio richtete sich auf und hängte sich das Gewehr über die Schulter. »Eine Bitte habe ich«, fügte er hinzu. »Dieser *guarda* ist kein schlechter Mensch, und seine Familie lebt in El Suazal, wo es überhaupt keine Arbeit gibt. Fesseln Sie ihm die Hände und die Füße und stecken Sie ihm einen Knebel in den Mund. Ich kann ihn nicht töten.«

»Weißt du, wer der andere Posten ist?« fragte Kendrick schroff.

»Nein.«

»Angenommen, du kannst auch ihn nicht töten?«

»Das ist doch kein Problem. Ich bin ein kräftiger Fischer und kann ihn allein fesseln. Vielleicht aber wird er auch unser *compañero*.«

Das jedoch traf nicht zu. Kaum hatte Emilio hinkend die Straße betreten, als auch schon der von Süden kommende Posten auf ihn zulief. Kendrick hörte einen kurzen Wortwechsel auf spanisch, dann schrie einer der beiden Männer kurz auf. Im nächsten Moment war alles wieder still, und bald darauf kam Emilio zurück.

»Kein *compañero*«, sagte Kendrick. Es war keine Frage.

»Diese Ratte! Der Kerl hätte doch glatt behauptet, daß seine Mutter eine Hure ist, wenn die *policía* ihm genug dafür bezahlt hätte.«

»Hätte – Vergangenheitsform?« fragte Kendrick.

»*No comprende.*«

»Ist er tot?«

»Tot, Señor, und im Gras versteckt. Außerdem haben wir nur noch eine knappe halbe Stunde Zeit, dann wird es im Osten schon hell.«

»Also gehen wir. Dein Freund ist gefesselt.«

»Zur Pier? Zu den Booten?«

»Noch nicht, *amigo.* Vorher haben wir noch etwas anderes zu tun.«

»Ich sage Ihnen doch, es wird bald hell.«

»Wenn ich es richtig anstelle, wird es vorher noch viel heller. Nimm den Benzinkanister und die Baumsäge, ich kann leider nicht mehr tragen.«

Schritt für Schritt schleppte Kendrick sich unter starken Schmerzen hinter Emilio die Straße zu dem in seinem Drahtkäfig gleichmäßig summenden Generator hinauf. Je näher sie kamen, um so peinigender wurde das tiefe Geräusch, fast war es so, als vibriere es in ihren Ohren. Überall standen Tafeln mit der Aufschrift *Peligro! – Gefahr!*, und die einzige Tür, die in den Käfig führte, war durch mehrere offensichtlich kompliziert zu öffnende Schlösser gesichert. Im dunkelsten Schatten der Scheinwerfer umherhinkend, reichte Kendrick seinem Gefährten die Drahtschere. »Fang hier an, und ich hoffe, du bist wirklich so stark, wie du behauptest, der Draht ist ungewöhnlich dick und das Gitter sehr engmaschig. Schneide eine Öffnung von knapp einem Meter hinein, das wird genügen.«

»Und Sie, Señor?«

»Ich muß mich umsehen...«

Er fand, was er suchte. Drei Stahlplatten, im Abstand von jeweils zehn Metern fest mit dem Beton verschraubt, die Einfüllöffnungen für drei riesige unterirdische Tanks. Um die Schrauben zu lösen, brauchte man einen T-förmigen sechseckigen

Schraubenschlüssel, den zwei kräftige Männer handhaben mußten. Doch es gab auch eine andere Möglichkeit, die Deckel zu öffnen, und Kendrick kannte sie sehr gut von den Wüstentanks in Saudi-Arabien; ein Verfahren für den Notfall, daß die Tankwagenfahrer ihr Werkzeug vergessen hatten, was in der Wüste von Dschabal nicht selten vorkam.

Kendrick ging zu Emilio zurück, der inzwischen zwei parallel verlaufende senkrechte Schnitte in den Maschendraht gemacht hatte und eben am Boden mit dem waagerechten begann. »Komm mit!« rief Kendrick ihm ins Ohr. »Hast du dein Beil?«

»*Pues sí.*«

»Ich habe meins auch«, sagte Kendrick, führte Emilio zum ersten Tankdeckel und erklärte ihm, wie man die Schrauben lösen konnte, wenn man gegen den Uhrzeigersinn dagegenschlug. »Da wir keine Hämmer haben, müssen wir die stumpfen Enden unserer Beile nehmen, und damit die Schläge nicht zu laut sind, legen wir die Geschirrtücher aus dem Blockhaus auf die Schrauben. Wir müssen sehr vorsichtig sein«, fügte er hinzu. »Ein einziger Funke kann die Dämpfe zur Explosion bringen, *comprende*?«

»Nein, Señor.«

»Das ist auch besser so. Und jetzt los! Aber immer nur einen Schlag auf einmal. Nicht so fest! Sie bewegt sich!«

»Jetzt fester?«

»Nein, um Himmels willen, nein! Vorsichtig, *amigo*. Als wolltest du einen Diamanten spalten.«

»Das Vergnügen habe ich noch nie gehabt...«

»Du wirst es haben, wenn wir heil hier rauskommen. Da, sie ist lose! Schraub sie ab und laß sie liegen. Gib mir deine Tücher.«

»Wozu, Señor?«

»Das erkläre ich dir, sobald du mich durch das Loch gelotst hast, das du in den Zaun schneidest.«

»Das dauert noch seine Zeit...«

»Du hast noch ungefähr zwei Minuten, *amigo*.«

»*Madre de Dios!*«

»Wo hast du das Benzin hingetan?«

»Hier ist es«, antwortete Emilio und zeigte auf die linke Seite der ›Tür‹, die er in den Zaun schnitt.

Schmerzgeplagt kauerte Kendrick im Schatten und knotete

die Geschirrtücher jeweils an einem Zipfel fest zusammen, bis er eine etwa drei Meter lange Stoffbahn hatte. Dann schraubte er den Kanister auf, tränkte jedes Tuch mit Benzin, wrang es wieder aus und stellte so in wenigen Minuten eine perfekte Lunte her. Sein Knie tobte jetzt, und der Knöchel schwoll immer mehr an, aber er verbiß den Schmerz und kroch, die verknoteten Tücher neben sich herziehend, zum Öltank zurück. Um den Eisendeckel zur Seite zu schieben, brauchte er seine ganze Kraft. Er hängte ein Drittel der Zündschnur in den Tank und schob dann den Deckel noch ein Stück weiter zur Seite, damit ausreichend Luft in den Tank dringen konnte. Rücklings zum Zaun zurückkriechend, preßte er jedes Geschirrtuch fest auf den Boden und streute ein wenig Erde darüber, damit sich die Flamme nachher nicht zu schnell weiterfraß.

Als seine Arbeit erledigt war, stand er auf – wobei er sich flüchtig fragte, wie lange er sich wohl auf den Beinen halten konnte – und hinkte zu Emilio hinüber, der das aus dem Zaun herausgeschnittene Rechteck wegzog, damit Kendrick durch das Loch schlüpfen konnte.

»So ist es ausgezeichnet«, sagte Kendrick. »Jetzt hör mir gut zu, und wenn du mich nicht verstehst, unterbrich mich. Von nun an kommt es nur auf das Timing an – etwas passiert, und wir tun etwas anderes. *Comprende?*«

»*Sí*. Wir gehen von hier fort.«

»Ja, so ungefähr.« Kendrick griff in die schlammverkrustete Tasche seines Jacketts und holte die Taschenlampe heraus. »Hier, nimm«, sagte er. »Ich gehe jetzt hinein und hoffe mit Gott und dem Teufel, daß ich noch weiß, was ich zu tun habe. Diese Dinger haben sich sehr verändert, seit ich sie aufgestellt habe. Aber wenn nichts anderes geht, kann ich den Generator abstellen. Vielleicht gibt es dann einen Höllenlärm und große Funken...«

»*Come?*«

»Wie kurze Blitze und – und ein Knacken und Prasseln wie atmosphärische Störungen im Radio, nur viel lauter, verstehst du?«

»Es genügt...«

»Es genügt nicht. Komm ja dem Zaun nicht zu nahe – berühr ihn nicht, und dreh dich beim ersten Knacken um und mach die Augen zu. Habe ich Glück, wird auf der ganzen Insel das Licht ausgehen. Wenn es soweit ist, knipst du die Taschenlampe an und richtest den Strahl auf das Loch im Zaun, okay?«

»Okay.«

»Sobald ich wieder draußen bin, leuchtest du dort hinüber.« Kendrick zeigte auf die Stelle, wo das letzte der zusammengeknoteten Geschirrtücher aus dem Boden schaute. »Häng dir das Gewehr über die Schulter, und halte eins für mich bereit. Hast du noch die Mütze, die du dem ersten Posten abgenommen hast? Wenn ja, dann gib sie mir bitte.«

»*Sí*, hier ist sie.« Kendrick nahm die Mütze und setzte sie auf.

»Also, sobald ich den Käfig verlassen habe, zünde ich die Lunte an. In der Sekunde, in der ich das tue, müssen wir auch schon von hier abhauen und zusehen, daß wir so schnell wie möglich auf die andere Seite der Straße kommen, *comprende?*«

»Ich verstehe, Señor. Dort verstecken wir uns im Gras.«

»Wir verstecken uns und kriechen in seinem Schutz den Hügel hinauf. Und wenn alle anfangen herumzurennen, mischen wir uns unter sie.«

»*Come?*«

»Über zwanzig Leute«, sagte Kendrick, untersuchte seine Taschen, nahm die zwei Büchsen Sterno heraus und schob sie in die Hosentaschen. Dann zog er das Jackett aus und band die Krawatte ab. »Im Finstern sind wir nur zwei von ihnen, aber so kommen wir über den Hügel und zur Pier hinunter. Mit zwei Gewehren und einem Colt.«

»Ich verstehe.«

»Los geht's«, sagte Kendrick und bückte sich, von Schmerz gepeinigt, nach einer Machete und der Baumsäge, die Griffe aus Hartgummi hatte. Er kroch durch die Öffnung, stand auf und betrachtete die summende Maschinerie. Einige Dinge waren unverändert und würden sich auch nie ändern. Und wollte er nur die Stromversorgung der Insel stören, wäre das nicht besonders schwierig. Doch es stand mehr auf dem Spiel. Er mußte mit der Möglichkeit rechnen, daß weder er noch Emilio überlebten, und ein beschädigter Transformator konnte innerhalb kürzester Zeit repariert werden. Er durfte also nicht nur beschädigen, er mußte vernichten. Er konnte nicht ahnen, was in San Diego passierte, er konnte Paytons Leuten nur Zeit verschaffen, indem er den Generator so gründlich zerstörte, daß man ihn nicht einmal in Tagen oder Wochen reparieren konnte und ein neuer installiert werden mußte. Diese Insel, dieses Hauptquartier einer Regierung in der Regierung, mußte ausgeschaltet, handlungsunfähig gemacht und isoliert werden, man mußte es diesen Leuten unmöglich machen, sich mit der Außenwelt in Verbindung zu setzen oder zu fliehen. Zeit war jetzt alles.

Er näherte sich dem Dynamo und betrachtete aufmerksam das riesige Schwungrad, das ein Maschendrahtkorb vor Beschädigungen schützte. Da verschiedenen Generatorteilen immer Luft zugeführt werden mußte, hatte Kendrick gehofft, durch die Luftschlitze, so schmal sie auch waren, an das Schwungrad heranzukommen. Dazu hatte er die Machete mitgenommen. Seine Hoffnung hatte sich erfüllt. Und jetzt galt es: Entweder er schaffte es, oder es war sein Tod. Eine falsche Bewegung, und er ging in elektrischen Flammen auf. Und selbst wenn er dem Tod entging, konnte er durch die explodierenden grellweißen elektrischen Blitze erblinden, wenn er sich nicht rechtzeitig abwandte und die Augen fest zusammenkniff. Aber wenn er Glück hatte, wenn er alles richtig machte, mußte sich Crayton Grinell einen neuen Generator kaufen. Zeit – Zeit war vielleicht das letzte Geschenk, das er zu geben hatte.

Er zog die Machete aus dem Gürtel, und trotz des starken Luftzugs, den das Schwungrad erzeugte, strömte ihm der Schweiß übers Gesicht. Zentimeter für Zentimeter führte er die Machete an den horizontalen Luftschlitz heran... Riß sie dann wieder zurück. Ihm zitterten die Hände, er mußte ruhiger werden, er durfte mit dem Rand des schmalen Schlitzes nicht in Berührung kommen. Er versuchte es wieder, schob die Machete ein paar Zentimeter hinein, dann noch ein paar und noch ein paar, und schließlich rammte er die schwere Klinge bis ans Heft hinein und riß die Hände weg, bevor die Klinge das Rad berührte. Dann sprang er zurück, warf sich zu Boden und vergrub Gesicht und Hände unter den Armen. Die elektrischen Detonationen waren laut genug, um ein ungeschütztes Trommelfell zu zerreißen, und obwohl er die Augen fest geschlossen hatte, sah er überall grellweiße Blitze. Das Schwungrad drehte sich weiter. Es fraß die stählerne Klinge gewissermaßen auf und spie währenddessen elektrische Funken aus – einen ganzen Funkenregen, der den Drahtzaun unter Strom setzte.

Kendrick rappelte sich hoch, schirmte die Augen mit der Hand ab und ging, vorsichtig einen Fuß vor den anderen setzend, zum Transformator. Unterwegs hob er die Baumsäge auf, die er vorher abgelegt hatte, und machte sich daran, das isolierte Nebenwiderstandskabel durchzusägen. Als er das Gefühl hatte, nur noch Millimeter von den Kupferdrähten entfernt zu sein, überzeugte er sich, daß die Gummigriffe der Baumsäge unbeschädigt waren, und begann dann in seiner Verzweiflung die bösartig aussehenden Sägezähne ohne Rücksicht auf sich selbst hin- und herzuziehen, bis er einen elektrischen Schlag bekam, der ihn umriß. Die ausziehbaren Griffe der Metallsäge fielen in den Maschendrahtzaun und blieben darin hängen. Der ganze Generatorenkomplex spielte jetzt verrückt, als wären die ihm innewohnenden Kräfte wütend auf den Menschen, der es wagte, dieses von ihm erdachte Wunderwerk zu zerstören. Überall gingen die Lichter aus, nur innerhalb der tödlichen Umzäunung blitzte und sprühte es, hüpften elektrische Funken wie Leuchtspuren von Geschossen über den Boden. Er mußte hinaus!

Auf dem Bauch kriechend, sich auf Armen und Beinen vorwärts schiebend wie eine hurtige Spinne, erreichte er, den Lichtkegel der Taschenlampe als Leitstrahl benutzend, das Loch im Zaun und schob sich durch. Als er aufstand, warf Emilio ihm das Gewehr zu.

»Streichhölzer!« schrie Kendrick, der an seine eigenen nicht herankam. Emilio gab ihm eine Handvoll und richtete dann die Taschenlampe auf das letzte Geschirrtuch. Hinkend lief Kendrick zu seiner Lunte, ging in die Hocke und strich an einem Stein ein halbes Dutzend Streichhölzer an. Als sie brannten, warf er sie auf das Geschirrtuch. Es fing Feuer, und die Flamme begann langsam und unbarmherzig ihre todbringende Wanderung.

»Beeilen Sie sich!« rief Emilio, half Kendrick auf die Beine und führte ihn nicht auf den Weg, der in die unbefestigte Straße mündete, sondern in den Gürtel hohen Grases unterhalb des Weges. »Aus dem Haus kommen sie schon heruntergelaufen. Wir haben keine Zeit zu verlieren. *Pronto,* Señor.«

Mit einem Hechtsprung ins Gras erreichten sie gerade noch rechtzeitig ihr Versteck. Denn schon stürmte ein ganzer Schwarm erschrockener und völlig kopfloser Männer auf den noch immer grellweiße Funken und Blitze um sich streuenden Generator zu. Sie hielten sich die Hände vor die Augen und schrien wild und sinnlos durcheinander. Kendrick und Emilio nutzten das Chaos aus und krochen währenddessen im Schutz des Grasgürtels weiter. Als sie die Straße erreichten, kam aus dem langgestreckten, flachen Gebäude – der ›Kaserne‹ – eine zweite Gruppe von Männern, die meisten nur halb angezogen, einige mit glasigen Augen und noch jetzt stockbetrunken, genauso verwirrt und kopflos wie die anderen.

»Paß auf«, flüsterte Kendrick Emilio zu, »wir hängen uns jetzt die Gewehre um und gehen ganz offen die Straße entlang. Aber in entgegengesetzter Richtung. Und du mußt ständig etwas auf spanisch rufen, als ob wir irgendwelche Befehle befolgten. Jetzt!«

»*Traenes agua!*« schrie Emilio, als sie auf die Straße und mitten unter den Haufen in panischer Angst durcheinanderrennender und brüllender Männer sprangen. »*Agua! Traenes agua!*« Die Finsternis war vollkommen und wurde durch die Wahnsinnsschreie der Männer geradezu unheimlich. Dann blitzten auf den Balkons des großen Hauses Taschenlampen auf.

»Zum Hauptweg!« rief Kendrick seinem Kampfgefährten zu. »Wir müssen zur Pier hinunter: Und schnell, um Himmels willen! Der Tank wird jetzt jeden Augenblick explodieren, und dann werden sie wie die Wahnsinnigen zu den Booten rennen.«

»Der Weg ist auf der anderen Seite. Wir müssen über die *galeria!*«

»Heiland! Sie werden an den Fenstern stehen, auf den Balkons ...«

»Es gibt keinen kürzeren Weg.«

»Dann also los.«

Die unbefestigte Straße endete in dem schmalen Pfad, der vor noch nicht allzu langer Zeit von einer Doppelreihe bernsteinfarbener Bodenlampen erhellt worden war. Sie erreichten, von Kendricks qualvollem Stöhnen begleitet, den vertieft angelegten Patio und rannten über den Fliesenboden zu der Treppe, die zum Hauptweg führte.

»Halt!« schrie eine tiefe Stimme, und gleichzeitig traf sie der Strahl einer starken Taschenlampe. »Wer seid ihr ... Mein Gott, Sie!« Kendrick sah auf. Direkt über ihm stand auf dem kleinen Balkon, auf dem er am Abend selbst gestanden hatte, der große, schlaksige, braungebrannte ›Berater‹, der Kapitän der Yacht, auf der er entführt worden war. Der Mann hob die rechte Hand, im Schein der Taschenlampe blitzte es metallisch, und Kendrick begriff, daß sein Feind eine Waffe hatte und auf ihn zielte. Er feuerte in derselben Sekunde, in der auch die Waffe des anderen losging. Sengend heiß grub sich ihm eine Kugel in die linke Schulter, und er prallte ein Stück zurück. Aber er schoß trotzdem noch einmal und noch einmal, während der Mann auf dem Balkon, die Hand auf seinen Magen pressend, aus vollem Hals schrie: »Haltet ihn auf! Es ist Kendrick! Haltet das Schwein auf! Er will zu den Booten!«

Kendrick feuerte einen letzten Schuß ab. Der Held aus der Stadt der Korruption riß den Kopf zurück, fuhr sich mit der Hand an die Kehle, stürzte kopfüber vom Balkon und prallte auf dem Fliesenboden des Patios auf. Kendrick fielen langsam die Augen zu, durch seinen Kopf wogten Nebelschwaden.

»*No*, Señor! Sie müssen rennen! Stehen Sie auf!« Kendrick hatte das Gefühl, daß ihm die Arme aus den Schultergelenken gerissen wurden, und dann wurde er ein paarmal links und rechts hart ins Gesicht geschlagen. »Sie kommen mit, weil es sonst mit Ihnen zu Ende ist, und ich habe keine Lust, mit Ihnen zu sterben. Auf mich warten in El Descanso Menschen, die ich liebe...«

»Was?« schrie Kendrick. Seine Schulter brannte wie Feuer, und Blut durchtränkte sein Hemd, aber sein Kopf war ein wenig klarer. Er richtete sich auf und taumelte auf die Stufen zu. Dann stieg von irgendwoher aus seinem Unterbewußtsein die Erinnerung an den Colt in ihm auf, den er dem Mafioso abgenommen hatte. Er zerrte ihn aus der Gesäßtasche und hörte, wie der Stoff riß, weil die Waffe zu fest in der Tasche saß. »Ich komme mit!« rief er Emilio zu.

»Das weiß ich doch, Señor«, antwortete der Mexikaner, blieb kurz stehen und drehte sich um. »Wer hat Sie die Stufen heraufgezogen, Señor? Sie sind verletzt, und der Weg ist dunkel, ich muß die *linterna* – die Taschenlampe – benutzen.«

Plötzlich explodierte die Erde, und die Erschütterung war so groß, als sei ein Meteor von der Größe eines Häuserblocks eingeschlagen. Im großen Haus am Hügel zersprangen alle Fenster, und eine hohe Stichflamme leckte am nächtlichen Himmel. Die beiden Flüchtlinge liefen den Pfad hinunter, Kendrick stolpernd und schwankend und verzweifelt bemüht, sich auf den vor ihm herwandernden Lichtschein der Taschenlampe zu konzentrieren.

Schüsse. Gewehrfeuer. Kugeln pfiffen über ihre Köpfe hinweg, um sie herum, bohrten sich vor ihnen in den Boden. Emilio knipste die Taschenlampe aus und packte Kendricks Hand. »Jetzt dauert es nicht mehr lange. Ich kenne den Weg, und ich lasse Sie nicht zurück.«

»Sollten wir jemals von hier wegkommen, bekommst du das größte Fischerboot, das El Descanso je gesehen hat.«

»Nein, Señor, ich ziehe mit meiner Familie in die Berge. Diese Männer würden mich verfolgen, mich und meine *niños*.«

»Wie wär's mit einer Ranch?« Plötzlich kam der Mond hinter den tief über den Himmel jagenden Wolken hervor. Zur Pier waren es nur noch ungefähr hundert Meter. Das Gewehrfeuer hatte für kurze Zeit ausgesetzt, begann jetzt jedoch von neuem. Doch wieder schien die Insel von einer ungeheuren Explosion in Stücke gerissen zu werden. »Es hat funktioniert!« rief Kendrick.

»Was hat funktioniert?« fragte Emilio, den die unerwartete Detonation und der Ball aus Rauch und Feuer, der hinter dem Haus auf dem Hügel in die Luft geschleudert wurde, zu Tode erschreckt hatten. »Diese Insel wird untergehen! Was hat funktioniert?«

»Der zweite Tank ist explodiert. Ich hab's nicht genau vorhersagen können, ich habe es nur gehofft.«

Ein einzelner Schuß. Von der Pier her. Emilio wurde getroffen. Er klappte zusammen wie ein Taschenmesser und griff sich an den Oberschenkel. Sein Hosenbein war im Nu blutdurchtränkt. In einer Entfernung von ungefähr zehn Metern tauchte ein Mann mit einem Gewehr aus den Schatten auf und hielt sich ein Funkgerät vor den Mund. Obwohl sein ganzer Körper ein einziger tobender Schmerz schien, kauerte Kendrick sich nieder und hob die linke Hand, um die rechte zu stützen, damit er mit dem Colt einigermaßen ruhig zielen konnte. Er schoß zweimal, und beide Kugeln trafen ihr Ziel. Der Posten drehte sich um sich selbst, ließ Gewehr und Funkgerät fallen, stürzte auf die dicken hölzernen Planken der Pier und lag still.

»Los, komm schon, *amigo*!« rief Kendrick und packte Emilio an der Schulter.

»Ich kann mich nicht bewegen! Mein Bein ist weg!«

»Und ich sage dir, jetzt hab' ich keine Lust, mit dir zu sterben, du Mistkerl! Ich habe da drüben auch ein paar Leute, die ich liebe. Heb' deinen Arsch auf oder schwimm zurück nach El Descanso und zu deinen *niños.*«

»*Como?*« brüllte Emilio wütend und versuchte sich aufzurappeln.

»So ist es besser. Werde nur richtig zornig! Wir beide haben viele Gründe, so richtig zornig zu werden.« Den Arm um Emilios Taille gelegt, schleppte ihn Kendrick, selbst mehr tot als lebendig, auf die dunkle Pier. »Das große Boot rechts«, sagte er, dankbar, daß der Mond wieder hinter den Wolken verschwunden war. »Du kennst dich doch mit Booten aus, nicht wahr, *amigo*?«

»Ich bin Fischer.«

»Mit Booten wie diesem?« fragte Kendrick, half Emilio über die Seite auf Deck und legte den Colt auf den Bootsrand.

»Mit solchen Booten fängt man keine Fische, sondern *turistas.*«

»Es gibt eine andere Definition...«

»*Es igual*... Aber ich habe schon viele Boote geführt. Ich kann es versuchen... Die anderen Boote, Señor. Sie werden uns verfolgen und finden, weil sie viel schneller sind als dieses schöne.«

»Schafft es eins bis zum Festland?«

»Nie. Sie halten keine schwere Dünung aus und verbrennen den Treibstoff zu schnell. Dreißig, vierzig Kilometer, und sie müssen umkehren. Das hier ist die richtige *barca* für uns.«

»Gib mir dein Sterno!« rief Kendrick, als am oberen Ende des Hauptweges Stimmen laut wurden. Emilio zerrte die kleine Büchse aus seiner rechten Hosentasche, Kendrick holte seine beiden heraus und öffnete die Deckel mit dem Tranchiermesser. »Mach deine auch auf, wenn du kannst«, sagte er zu Emilio.

»Schon passiert. Hier, Señor. Ich gehe jetzt auf die Brücke.«

»Schaffst du es?«

»Ich muß. El Descanso.«

»Herrgott! Wir haben keinen Zündschlüssel!«

»Auf diesen privaten Liegeplätzen läßt man den Schlüssel meist an Bord, falls Stürme oder schwere Winde es nötig machen, das Boot wegzubringen...«

»Und angenommen, es ist kein Schlüssel da?«

»Alle Fischer fahren mit betrunkenen Kapitänen hinaus. Man kann Drähte kurzschließen. Werfen Sie die Leinen los, Señor.«

»Du bekommst zwei Ranches«, sagte Kendrick, als Emilio auf die Treppe zuhumpelte, die zu dem hochliegenden offenen Steuerstand führte.

Kendrick wandte sich ab, nahm den Colt vom Bootsrand und grub mit den Fingern den festen Brennstoff aus den Sterno-Büchsen. Er lief die Pier entlang und warf jeweils ein paar Handvoll auf die Segeltuchabdeckung der Boote. Die leeren Büchsen warf er hinterher. Beim letzten Boot griff er in die Tasche, holte eine Handvoll Paraffinstreichhölzer heraus, ging in die Hocke, zündete, vor Schmerzen laut stöhnend, eines nach dem anderen auf den hölzernen Planken der Pier an und warf sie in die über die Abdeckungen verstreuten kleinen Geleeklumpen, bis aus allen Booten Flammen in die Höhe schossen. Dann feuerte er dicht über der Wasserlinie noch je einen Schuß in jeden Bootsrumpf, und das große Kaliber riß riesige Löcher in das Leichtmetall, das den Booten eine große Geschwindigkeit ermöglichte.

Inzwischen hatte es auch Emilio geschafft. Die Maschinen der Yacht begannen zu dröhnen... Schreie. Männer rannten den steilen Pfad vom Haus auf dem Hügel herunter, hinter dem rote Glut den Himmel färbte.

»Schnell, Señor! Die Leinen los!«

Die Taue an den Pollern. Kendrick lief zu dem dicken Pfahl auf der rechten Seite, kämpfte mit dem Knoten, konnte ihn lösen, und das Tau glitt ins Wasser. Taumelnd, kaum noch fähig, sich auf den Füßen zu halten, erreichte er den zweiten Poller, riß in Panik an der Leine, bis endlich auch sie frei war.

»Haltet sie auf! Tötet sie!« Die Stimme von Crayton Grinell, dem Vorsitzenden des Aufsichtsrats einer Regierung in der Regierung, und sie überschlug sich fast, diese Stimme, rasend vor Wut. Männer mit schußbereiten Gewehren schwärmten am Ende der Pier aus, feuerten Salve auf Salve ab. Kendrick rettete sich mit einem Sprung ins Heck der Yacht, und Emilio fuhr, die Maschinen volle Fahrt voraus, einen weiten Bogen nach links und dann aus der Bucht hinaus in die Dunkelheit.

Eine dritte und letzte Detonation erschütterte den Hügel hinter dem großen Haus. Der Himmel wurde zu einer gelben Wolke, in die sich weiße und rote Blitze bohrten. Der letzte Tank war explodiert. Die Insel der Mordbuben, die eine Regierung in der Regierung gebildet hatten, war zerstört, isoliert, *incommunicado.*

»Señor!« schrie Emilio von der Brücke.

»Was gibt's?« rief Kendrick zurück. Er rollte hilflos an Deck hin und her, wollte aufstehen und konnte nicht, seine Wunde blutete wieder stark. Das Blut lief ihm unter dem Hemd klebrig über die bloße Haut.

»Sie müssen heraufkommen!«

»Ich kann nicht!«

»Sie müssen! Ich bin getroffen! Die *pecho* – die Brust!«

»Es ist dein Bein!«

»Nein! Ich bin noch einmal getroffen. Von der Pier. Ich kann mich nicht länger aufrecht halten, Señor, beeilen Sie sich. Ich kann das Steuer nicht halten.«

»Ich komme!« Kendrick riß das Hemd aus der Hose, und eine blutige Lache ergoß sich auf das Deck. Er kroch zur Brückentreppe hinüber, von irgendwoher Kraftreserven beziehend, deren Vorhandensein er nie für möglich gehalten hätte. Stufe um Stufe zog er sich auf die Brücke hinauf. Emilio hielt das Steuer zwar noch fest, doch er war zu Boden gesunken. Kendrick packte die Reling, kam auf die Beine, war aber kaum fähig, aufrecht zu stehen. Er taumelte zum Steuer hinüber. Emilios Finger lösten sich einer nach dem anderen von dem Ruderrad, seine Arme fielen kraftlos herunter. »Was kann ich tun?« schrie Kendrick.

»Das Funkgerät«, stieß Emilio erstickt hervor. »Ich werfe Netze aus und ich bin kein Kapitän, aber ich habe sie bei schwerem Wetter gehört. Es gibt einen Kanal für *urgencia, numero dieciséis.*«

»Was?«

»Sechzehn.«

»Wo ist das Funkgerät?«

»Rechts vom Steuer. Der Schalter ist auf der linken Seite. *Pronto.*«

»Wie rufe ich sie?«

»Nehmen Sie das *micrófono* heraus, und drücken Sie auf den Knopf. Sagen Sie, Sie sind *premero de mayo!*«

»May Day?«

»*Si! Madre de Dios ...*« Emilio verstummte mit einem langgezogenen Seufzer. Bewußtlos oder tot.

Kendrick nahm das Mikrofon aus dem Gehäuse, schaltete das

Funkgerät ein und studierte dann die Digitalanzeige unter der Konsole. Nicht imstande, einen klaren Gedanken zu fassen, tippte er so lange auf die Zahlenskala, bis die Nummer sechzehn erschien, dann drückte er auf den Knopf.

»Hier spricht Kongreßabgeordneter Evan Kendrick!« schrie er. »Hört mich jemand?« Er ließ den Knopf los.

»Hier spricht die Küstenwache San Diego«, kam gelassen die Antwort.

»Können Sie für mich eine Leitung ins *Westlake Hotel* schalten? Das ist ein Notfall.«

»Das kann jeder sagen, Sir. Wir sind keine Telefongesellschaft.«

»Ich wiederhole: Ich bin Kongreßabgeordneter Evan Kendrick vom neunten Wahlbezirk in Colorado, und das ist ein Notfall. Ich habe mich irgendwo südlich oder westlich von Tijuana auf See verirrt.«

»Das sind mexikanische Gewässer, Sir...«

»Rufen Sie das Weiße Haus an! Wiederholen Sie dort, was ich Ihnen eben gesagt habe. Kendrick aus Colorado...«

»Sind Sie der Typ, der in Oman war?«

»Lassen Sie sich Ihre Befehle vom Weißen Haus geben!«

»Lassen Sie Ihr Funkgerät auf Empfang eingestellt, ich nehme Ihre Koordination für den RDF...«

»Ich habe keine Zeit, und ich verstehe nicht, was das heißt.«

»Radio directional finder – der Funkpeiler...«

»Um Himmels willen, Küstenwache, verbinden Sie mich mit dem *Westlake*, und holen Sie sich Ihre Befehle! Ich muß dieses Hotel erreichen!«

»Ja, Sir, Kommando Kendrick.«

»Egal, wenn es nur wirkt«, sagte Kendrick vor sich hin, während er den verschiedenen Geräuschen lauschte, die aus dem Hörer kamen, bis schließlich ein fernes Telefon klingelte. Die Zentrale meldete sich. »Zimmer einundfünfzig. Aber schnell bitte!«

»Ja?« meldete sich Kalaila, und man hörte ihrer Stimme die innere Anspannung deutlich an.

»Ich bin es!« rief Kendrick, drückte auf den Knopf für Empfang und ließ ihn sofort wieder los.

»Um Himmels willen, wo bist du?«

»Irgendwo auf dem Ozean, aber das ist jetzt nicht wichtig. Es gibt da einen Anwalt – den persönlichen Anwalt von Ardis, und er hat ein Hauptbuch, in dem alles steht. Such ihn! Nehmt ihm das Buch ab!«

»Ja, selbstverständlich. Ich setze mich sofort mit MJ in Verbindung. Aber was ist mit dir? Bist du...«

Eine andere Stimme mit unverkennbar tiefem Kommandoton mischte sich ein. »Hier spricht der Präsident der Vereinigten Staaten. Sucht dieses Boot, findet mir den Mann, oder euch werden die Ärsche auf Grundeis gehen!«

Der Seegang war so stark, daß das Boot wie ein Ball auf den Wellen hüpfte. Kendrick konnte das Steuer nicht mehr festhalten. Die Nebel kamen zurück, und er brach über dem Körper des Fischers aus El Descanso zusammen.

43

Er spürte ein heftiges, gewichtsloses Schwanken, dann Hände, die nach ihm griffen, und einen scharfen Wind, der ihm ins Gesicht peitschte, und schließlich hörte er ein ohrenbetäubendes Röhren über sich. Er machte die Augen auf und sah verschwommene Gestalten, die sich hektisch um ihn herum zu schaffen machten, Riemen aufschnallten... dann ein schmerzhafter Einstich in seinen Arm. Er versuchte hochzukommen, aber die Männer hielten ihn zurück und trugen ihn zu einer flachen, weichen Oberfläche in einem riesigen, vibrierenden Metallkäfig.

»Vorsicht, Herr Abgeordneter!« rief ein Mann in weißer Navy-Uniform. »Ich bin Arzt, und Sie sind ziemlich übel zugerichtet. Machen Sie mir bloß keinen Ärger, denn der Präsident persönlich wird den Vorsitz des Kriegsgerichts übernehmen, wenn ich was verpfusche.«

Wieder ein Einstich. Noch mehr Schmerzen konnte er einfach nicht ertragen. »Wo bin ich?«

»Eine logische Frage«, erwiderte der Sanitätsoffizier und leerte eine Spritze in Kendricks Schulter. »Sie sind in einem großen Hubschrauber, hundertvierzig Kilometer von der Küste

Mexikos entfernt. Sie waren unterwegs nach China, Mann, und die See da unten ist ganz schön stürmisch.«

»Das ist es!« Evan wollte laut sprechen, aber er konnte sich kaum selbst hören.

»Was ist was?« Der Arzt beugte sich über ihn, während ein Sanitäter eine Flasche Plasma brachte.

»Passage to China – eine Insel, die Passage to China heißt. Sofort abriegeln!«

»Ich bin Arzt, nicht vom –«

»Tun Sie, was ich Ihnen sage! Nehmen Sie Funkkontakt mit San Diego auf, schicken Sie Flugzeuge dorthin, und Boote auch! Alles, was Sie haben!«

»Hey, Mann, ich bin kein Fachmann, aber das hier sind mexikanische Gewässer –«

»Gottverflucht noch mal, sprechen Sie mit dem Weißen Haus!... Nein! Erreichen Sie einen Mann namens Payton bei der CIA... Mitchell Payton von der CIA! Sagen Sie ihm, was ich Ihnen eben gesagt habe. Nennen Sie ihm den Namen Grinell!«

»Wow, das ist ja ganz schön happig«, sagte der junge Arzt und schaute hoch zu einem Dritten, der am Fußende von Kendricks weichem Lager stand. »Sie haben gehört, was der Abgeordnete gesagt hat. Gehen Sie zum Piloten. Eine Insel namens Passage to China, ein Mann namens Payton in Langley und noch einer namens Grinell! Beeilung, Freundchen, der Junge hier ist der Augapfel des Präsidenten!... Hey, ist das hier so was Ähnliches wie das, was Sie mit den Arabern gemacht haben?«

»Emilio?« fragte Evan und überhörte die Frage. »Wie geht es ihm?«

»Dem Mex?«

»Meinem Freund... dem Mann, der mir das Leben gerettet hat.«

»Er liegt direkt neben Ihnen. Wir haben ihn eben heraufgeholt.«

»Wie geht es ihm?«

»Schlechter als Ihnen – viel schlechter. Bestenfalls hat er eine Chance von vierzig Prozent, Herr Abgeordneter. Wir fliegen so schnell wie möglich zum Krankenhaus des Stützpunkts zurück.«

Kendrick stützte sich auf den Ellbogen und schaute hinunter auf die ausgestreckte, bewußtlose Gestalt, einen halben Meter hinter dem Arzt. Der Arm des Mexikaners lag auf dem Boden, das Gesicht war aschgrau, fast schon einer Totenmaske ähnlich. »Geben Sie mir seine Hand«, befahl Evan. »Geben Sie sie mir!«

»Ja, Sir«, sagte der Arzt, langte hinüber und zog Emilios Hand hoch, so daß Kendrick sie ergreifen konnte.

»El Descanso!« schrie Evan. »El Descanso und deine Familie – deine Frau und die *niños*! Du Scheißkerl, stirb mir ja nicht weg! Du blöder Hund von einem bescheuerten Fischer, krieg ein bißchen Mumm in die Knochen!«

»*Cómo?*« Die Hand des Mexikaners wedelte hin und her, als Kendrick fester zupackte.

»Das ist schon besser, *amigo*. Denk dran, wir sind wütend. Wir wollen wütend bleiben. Du kommst durch, du Scheißer, oder ich mach' dich eigenhändig kalt. *Comprende?*«

Emilio wandte Kendrick den Kopf zu und machte die Augen einen Spaltweit auf. Ein Lächeln kräuselte seine Lippen. »Du glaubst, du kannst so einen starken Fischer umbringen?«

»Wetten?... Vielleicht schaffe ich das wirklich nicht, aber ich kann dir ein großes Boot kaufen.«

»Sie sind *loco*, Señor«, röchelte der Mexikaner. »Aber ich habe ja El Descanso.«

»Drei Ranches«, sagte Kendrick. Seine Hand fiel nach unten; die Spritzen des Navy-Arztes begannen zu wirken.

Die stattlichen Limousinen fuhren hintereinander durch die dunklen Straßen von Cynwid Hollow auf den Landsitz an der Chesapeake Bay zu. Während es sonst immer vier solche Fahrzeuge gewesen waren, fehlte heute eines davon. Es gehörte einer Firma, die Eric Sundstrom, der Verräter von Inver Brass, gegründet hatte.

Die Mitglieder setzten sich an den großen runden Tisch in der hinreißenden Bibliothek. Vor jedem stand eine Messinglampe. Alle Lampen auf dem Tisch brannten, bis auf eine, und das war diejenige, die vor einem fünften, leeren Stuhl stand. Vier Lichtkegel beschienen das polierte Holz, der fünfte fehlte nicht, um dem Tod die Ehre zu geben – statt dessen vielleicht, um an die menschliche Schwäche in einer nur allzu menschlichen Welt zu gemahnen. In dieser Nacht gab es keine witzige Konversation, kein Gehänsel zur Erinnerung daran, daß sie alle trotz ihres riesigen Reichtums und Einflusses auch nur Sterbliche waren. Der leere Stuhl reichte.

»Sie kennen die Tatsachen«, sagte Samuel Winters, das Adlerprofil in Licht getaucht. »Jetzt bitte ich um Ihre Kommentare.«

»Ich habe nur einen«, stellte Gideon Logan energisch fest, den großen schwarzen Kopf im Schatten. »Wir können nicht aufhören, denn die Alternative ist zu verheerend. Die losgelassenen Wölfe werden die Regierung übernehmen – auch noch das, was sie sich noch nicht unter den Nagel gerissen haben.«

»Aber da ist doch gar nichts, womit wir aufhören könnten«, stellte Margaret Lowell richtig. »Der arme Milos hatte doch in Chicago alles in die Wege geleitet.«

»Er war noch nicht fertig, Margaret«, sagte Jacob Mandel, der wie gewohnt neben Winters saß. »Jetzt geht es um Kendrick selbst. Er muß die Nominierung annehmen, muß dazu überredet werden. Ihr werdet euch daran erinnern, daß Eric das Thema zur Sprache gebracht hat, und jetzt frage ich mich, warum. Er hätte Kendrick in Ruhe lassen müssen, denn das könnte unsere Achillesferse sein.«

»Sundstrom war wie immer von seiner unersättlichen Neugier besessen«, sagte Winters traurig. »Von derselben Neugier, die ihn zum Verrat an uns bewogen hat, als es um das Wettrüsten im All ging. Aber das ist keine Antwort auf Jacobs Frage. Unser Kongreßabgeordneter könnte weglaufen.«

»Ich bin mir nicht sicher, daß Milos das Problem für derart schwerwiegend gehalten hat«, dachte Rechtsanwältin Lowell laut und beugte sich vor, den Ellbogen auf den Tisch gestützt, die ausgestreckten Finger an der rechten Schläfe. »Es ist unwichtig, ob er das tatsächlich gesagt hat, aber er hat durchblicken lassen, daß Kendrick ein äußerst moralischer Mensch ist, sosehr das auch aus der Mode sein mag. Er verabscheut Korruption; deshalb ist er in die Politik gegangen, um einen korrupten Vorgänger abzulösen.«

»Und er ist nach Oman gegangen«, fügte Gideon Logan hinzu, »weil er glaubte, daß er helfen könne – und er hat sich keinerlei Lohn dafür erwartet. Dafür haben wir Beweise.«

»Und genau das hat uns alle dazu bewogen, ihn zu akzeptieren«, sagte Mandel und nickte dabei. »Alles paßte zusammen. Ein außergewöhnlicher Mann in einem Feld von mittelmäßigen Kandidaten. Aber reicht das? Wird er die Nominierung annehmen, wenn die Kampagne losbricht, die Milos so hervorragend vorbereitet hat?«

»Wir sind davon ausgegangen, daß er die Berufung annimmt, wenn sie überzeugend vorbereitet wird«, sagte Winters. »Aber ist diese Annahme auch richtig?«

»Ich glaube, ja«, erwiderte Margaret Lowell.

»Ich glaube das auch.« Logan nickte mit dem schweren Kopf und rückte in den Widerschein des Lichtkegels auf dem Tisch. »Trotzdem hat Jacob recht. Wir können uns nicht sicher sein, und wenn wir uns irren, dann kriegen wir Bollinger, alles bleibt wie gehabt, und im nächsten Januar übernehmen die Wölfe die Regierung.«

»Nehmen wir mal an, wir konfrontieren Kendrick mit Ihren Wölfen, mit Beweisen für deren Käuflichkeit, für ihre Macht hinter den Kulissen, mit der sie ganz Washington infiltriert haben?« fragte Winters, jetzt nicht mehr mit monotoner, sondern mit quicklebendiger Stimme. »Glauben Sie, daß er dann bereit wäre, die Nominierung anzunehmen?«

Der schwarze Unternehmer lehnte sich wieder in den Schatten zurück und kniff die großen Augen zusammen. »Nach allem, was wir wissen... Ja, ja, ich glaube schon.«

»Und Sie, Margaret?«

»Ich bin Gids Meinung. Er ist wirklich ein bemerkenswerter Mensch – und ich glaube, er hat ein politisches Gewissen.«

»Jacob?«

»Natürlich glaube ich das, Samuel, aber wie wollen wir das machen? Wir haben keinerlei Dokumente, keine amtlichen Berichte – Gott im Himmel, wir verbrennen ja sogar die eigenen Notizen. Mal abgesehen von der Tatsache, daß er keinen Grund hätte, uns Glauben zu schenken, dürfen wir uns auf keinen Fall ihm gegenüber demaskieren, und Varak ist tot.«

»Ich habe jemanden gefunden, der seinen Platz einnehmen könnte. Einen Mann, der dafür sorgen könnte, daß Evan Kendrick die Wahrheit erfährt, wenn das nötig werden sollte. Die ganze Wahrheit, falls er sie nicht schon kennt.«

Alle schauten den Sprecher von Inver Brass fassungslos an. »Was soll das heißen, Sam?« rief Margaret Lowell.

»Varak hat für den Fall seines Todes Instruktionen hinterlassen, und ich habe ihm mein Wort gegeben, sie nur zu öffnen, wenn er umgebracht würde. Ich habe Wort gehalten, weil ich, ehrlich gesagt, keinen Wert darauf legte, das zu wissen, was er mir möglicherweise zu sagen hatte... Gestern abend, nach dem Anruf von Mitchell Payton, habe ich den Umschlag aufgemacht.«

»Wie wollen Sie Payton anpacken?« fragte Margaret Lowell plötzlich voller Unruhe dazwischen.

»Wir treffen uns morgen; keiner von euch hat etwas zu befürchten. Er weiß nichts über euch. Wir werden uns einigen – oder nicht. Falls nicht, ich habe ein langes und produktives Leben hinter mir. Das ist kein Opfer.«

»Entschuldigen Sie, Samuel«, sagte Gideon Logan ungeduldig, »solche Entscheidungen stellen sich uns allen – wir säßen nicht an diesem Tisch, wenn es anders wäre. Worin bestehen Varaks Instruktionen?«

»Wir sollen uns mit dem Mann in Verbindung setzen, der uns völlig auf dem laufenden halten kann, von Amts wegen. Den Mann, der von Anfang an Varaks Informant war, ohne den Milos nie hätte tun können, was er getan hat. Als unser Tscheche vor sechzehn Monaten auf die Unregelmäßigkeiten in den Unterlagen des Außenministeriums stieß, die Tatsache, daß Kendricks Eintreffen zwar verzeichnet war, aber nicht, wann er wegging – da wußte Varak genau, an wen er sich wenden mußte. Er stieß nicht nur auf einen willigen Informanten, sondern auf einen, der mit Hingabe bei der Sache war... Milos ist selbstverständlich unersetzlich, aber in unserem Zeitalter der Hochtechnologie gehört unser neuer Koordinator zu den jungen Regierungsbeamten in Washington, die besonders schnell Karriere machen. Es gibt kein Ministerium und keine Behörde in Washington, die sich nicht nach ihm die Finger lecken, und ihm sind Verträge von der Industrie angeboten worden, wie sie sonst nur ehemaligen Präsidenten und Ministern offeriert werden, die doppelt so alt sind wie er.«

»Er muß ein verflucht guter Anwalt sein oder der jüngste Fachmann aus dem auswärtigen Dienst, der je aktenkundig wurde«, unterbrach Margaret Lowell.

»Er ist keins von beiden«, gab der weißhaarige Sprecher von Inver Brass zurück. »Er gilt als der beste Computertechnologe des Landes, vielleicht sogar der ganzen westlichen Welt. Zu unserem Glück kommt er aus reichem Haus und ist durch Angebote der Industrie nicht in Versuchung zu führen. Auf seine Weise liegt ihm das Wohl der Nation genauso am Herzen wie Milos Varak... Im Grunde gehört er zu uns, seit er seine Begabung entdeckt hat.« Winters beugte sich über den Tisch und drückte auf einen Elfenbeinknopf. »Kommen Sie bitte herein.«

Die schwere Tür der hinreißenden Bibliothek ging auf, und im Rahmen stand ein junger Mann, noch in den Zwanzigern. Was ihn von den meisten Männern in seinem Alter unterschied, war das Aussehen. Er hätte einer Hochglanzanzeige in einem teuren Magazin für Herrenmode entstiegen sein können. Dabei war er unauffällig gekleidet, weder maßgeschneidert noch billig – einfach nur gepflegt. Es lag an dem wie gemeißelten, fast dem griechischen Ideal entsprechenden Gesicht, daß er so aufregend wirkte.

»Er sollte die Finger von den Computern lassen«, sagte Jacob Mandel leise. »Ich habe Freunde bei der Agentur William Morris. Die bringen ihn in einer Fernsehserie unter.«

»Bitte, kommen Sie herein«, unterbrach Winters und legte die Hand auf Mandels Arm. »Und stellen Sie sich bitte selber vor.«

Selbstbewußt, aber ohne Arroganz kam der junge Mann an den Tisch, blieb stehen und musterte einen Augenblick lang die Lichtkegel darauf.

»Es ist eine besondere Ehre für mich, daß ich hier sein darf«, sagte er liebenswürdig. »Ich heiße Gerald Bryce und leite im Augenblick die WCO im Außenministerium.«

»WCO?« fragte Mandel. »Was ist denn das? Ein neues Alphabet?«

»Weltweite Computeroperationen, Sir.«

Die Sonne Kaliforniens strömte durch die Fenster des Krankenhauszimmers herein, als Kalaila, die Evan in den Armen gehalten hatte, ihn langsam losließ. Sie setzte sich auf dem Bett ein Stück zurück und lächelte schwach, mit glänzenden Augen, weil sie die Tränen zurückhalten mußte, bleich im Gesicht. »Willkommen im Land der Lebenden«, sagte sie und griff nach seiner Hand.

»Ich bin so froh«, flüsterte Kendrick und starrte sie an. »Als ich die Augen aufmachte, war ich mir nicht sicher, ob du das bist, und wo ich bin... und ob sie wieder ihre miesen Tricks ausprobieren.«

»Tricks?«

»Sie haben mir die Kleider weggenommen... ich hatte alte Jeans an und eine Cordjacke – dann hatte ich wieder meinen Anzug an, den blauen –«

»Die Kongreßklamotten, wie du immer gesagt hast«, unterbrach ihn Kalaila liebevoll. »Du brauchst einen neuen Anzug, Liebling. Was von deiner Hose übrig war, nachdem sie sie aufschneiden mußten, kriegt kein Schneider wieder hin.«

»Verschwenderin... Gott im Himmel, weißt du, wie schön es ist, dich wiederzusehen? Ich habe nicht geglaubt, daß ich dich jemals wiedersehen würde – verflucht, das hat mich vor Wut wahnsinnig gemacht.«

»Ich weiß, wie schön es ist, dich wiederzusehen. Der Teppich im Hotel hat Löcher bekommen... Ruh dich jetzt aus; wir reden später. Du bist eben erst aufgewacht, und die Ärzte haben gesagt –«

»Nein... Zum Teufel mit den Ärzten, ich will wissen, was passiert ist. Wie geht es Emilio?«

»Er kommt durch, aber er hat nur noch eine halbe Lunge, und die Hüfte ist kaputt. Er wird nie wieder richtig gehen können, aber er ist am Leben.«

»Er braucht auch nicht zu gehen, er braucht bloß im Kapitänsstuhl zu sitzen.«

»Wie bitte?«

»Vergiß es... Die Insel. Sie heißt Passage to China –«

»Das wissen wir«, unterbrach ihn Kalaila energisch. »Wenn du schon so verflucht dickköpfig bist, überlaß wenigstens mir das Reden... Was ihr geschafft habt, du und Carallo, ist einfach unglaublich...«

»Carallo?... Emilio?«

»Ja. Ich habe die Fotos gesehen – lieber Himmel, was für eine Verwüstung! Das Feuer hat sich überall ausgebreitet, vor allem im Osten der Insel. Das Haus, die Anlagen, sogar das Dock, wo die anderen Boote explodiert sind – fort, alles fort. Als die Navy-Hubschrauber mit den Sturmtrupps von der Marineinfanterie ankamen, waren alle auf der Insel zu Tode erschrocken und warteten am Strand im Westen. Sie haben unsere Leute begrüßt wie Befreier.«

»Dann haben sie Grinell also geschnappt.«

Kalaila schaute auf Evan hinunter, machte eine Pause und schüttelte den Kopf. »Nein. Tut mir leid, Liebling.«

»Aber wie...?« Kendrick fuhr hoch und zuckte bei dem Schmerz in der bandagierten, genähten Schulter zusammen. Kalaila stützte ihn liebevoll und ließ ihn auf das Kissen zurückgleiten. »Er konnte doch gar nicht fort! Sie haben nicht richtig nach ihm gesucht.«

»Das war auch nicht nötig. Die Mexikaner haben es ihnen erzählt.«

»Was?«

»Ein Wasserflugzeug hat den *patrón* abgeholt.«

»Das begreife ich nicht. Er konnte doch gar niemanden benachrichtigen.«

»Doch. Du hast nicht gewußt – konntest nicht wissen –, daß Grinell im Keller des Haupthauses einen Hilfsgenerator hatte, mit so viel Energie, daß er seine Leute auf einem Flugplatz in San Felipe erreichen konnte. Das wissen wir von den mexikanischen Vermittlungsbeamten. Er kann weglaufen und untertauchen, aber er kann sich nicht immer und ewig verstecken. Wir haben einen Verfolger auf seine Fährte angesetzt.«

»Schöne Alliteration, wie mein Henker sagen würde.«

»Was?«

»Vergiß es –«

»Sag das doch nicht dauernd.«

»Tut mir leid; ich meine das ganz im Ernst. Was ist mit Ardis' Anwalt und dem Hauptbuch, von dem ich dir erzählt habe?«

»Auch da machen wir Fortschritte, sind aber noch nicht am Ziel. Er ist unterwegs, aber niemand weiß, wo. Alle seine Telefone werden abgehört, und früher oder später wird er mal anrufen müssen. Sobald er sich meldet, haben wir ihn.«

»Und Manny?« fragte Evan zögernd. »Du hast wahrscheinlich keine Zeit gehabt –«

»Falsch, ich hatte mehr Zeit, als mir lieb war. Ich habe gestern abend im Krankenhaus in Denver angerufen, aber die Stationsschwester konnte mir nur sagen, daß sein Zustand stabil ist... und daß er ein ziemlicher Quälgeist sein muß.«

»Die Untertreibung der Woche.« Kendrick schloß die Augen und schüttelte langsam den Kopf. »Er stirbt, Kalaila. Er stirbt, und niemand kann etwas dagegen tun.«

»Wir sterben alle, Evan. Mit jedem Tag wird unser Leben kürzer. Das ist kein großer Trost, aber Manny ist über achtzig, und noch ist das Urteil nicht gesprochen.«

»Ich weiß«, sagte Kendrick, schaute auf ihre verschlungenen Hände und dann in Kalailas Gesicht. »Du bist wunderschön, weißt du das?«

»Das ist nicht gerade ein Thema, mit dem ich mich pausenlos beschäftige, aber ich nehme an, ich gehe als ganz passabel durch. Du siehst auch nicht gerade wie Quasimodo aus.«

»Nein, ich gehe nur genauso wie er... Das ist nicht gerade bescheiden, aber unsere Kinder haben eine ganz gute Chance, bildhübsche kleine Mistviecher zu werden.«

»Bildhübsch lasse ich mir gefallen, aber was die Mistviecher anlangt, bin ich ein bißchen skeptisch.«

»Ist dir klar, daß du eben einen Heiratsantrag angenommen hast?«

»Versuch bloß, mich wieder loszuwerden, dann wirst du merken, wie gut ich mit einer Schußwaffe umgehen kann.«

»Reizend... ›Oh, Mrs. Jones, kennen Sie meine Frau, die Revolverheldin? Wenn irgend jemand auf Ihrer Party Ärger macht, schießt sie ihm genau zwischen die Augen.‹«

»Ich habe außerdem den schwarzen Gürtel, für den Fall, daß eine Schußwaffe zuviel Lärm machen würde.«

»Hey, das ist ja toll. Jetzt muß ich mich nie wieder herumschubsen lassen. Probier ruhig, Freundchen, mit mir Streit anzufangen, dann lasse ich meine Frau von der Leine.«

»Grrr«, fauchte Kalaila und zeigte kurz die makellosen Zähne, dann machte sie wieder ein ernstes Gesicht und schaute auf ihn hinunter, als ob sie ihn gründlich mustern wollte. Die dunklen Augen waren feucht, am Überlaufen. »Ich liebe dich so. Gott allein weiß, welcher Teufel uns arme Irre reitet, aber ich glaube, wir sollten es miteinander versuchen.«

»Nein, nicht nur versuchen«, sagte Evan und streckte die rechte Hand nach ihr aus. »Ein Leben lang«, fügte er hinzu. Sie beugte sich zu ihm herunter, und sie küßten sich, hielten einander fest; zwei Menschen, die sich fast verloren hätten. Und dann klingelte das Telefon. »Scheiße!« rief Kalaila und sprang auf.

»So unwiderstehlich bin ich?«

»Teufel, nein, ich meine doch nicht dich. Hier drin darf das Telefon nicht klingeln. Ich habe ganz genaue Instruktionen gegeben!« Sie nahm den Hörer ab und sagte gereizt: »*Ja*, und wer auch immer dran ist, ich verlange eine Erklärung. Wer hat Sie in dieses Zimmer durchgestellt?«

»Die Erklärung, Agentin Raschad«, sagte Mitchell Payton in Langley, »ist relativ einfach. Ich habe den Befehl einer Untergebenen aufgehoben.«

»MJ, du hast ihn nicht gesehen! Er sieht aus wie Godzilla nach einem Atombombenangriff!«

»Für eine erwachsene Frau, Adrienne, die in meiner Gegenwart schon zugegeben hat, daß sie über dreißig ist, ist es eine dumme Angewohnheit, dauernd wie ein Teenager zu reden ... Außerdem habe ich auch mit den Ärzten gesprochen. Evan braucht Ruhe und muß den Knöchel und das Bein ein paar Tage lang stillegen, und nach der Schulterwunde muß regelmäßig gesehen werden, aber von diesen Nebensächlichkeiten abgesehen, ist er durchaus fit für den nächsten Einsatz.«

»Du bist kalt wie Hundeschnauze, Onkel Mitch. Er kann kaum sprechen!«

»Warum führst du dann lange Gespräche mit ihm?«

»Woher weißt du –«

»Ich weiß gar nichts. Du hast es mir eben gesagt ... Wollen wir uns nicht auf die realen Gegebenheiten einstellen, meine Liebe?«

»Was ist denn Evan? Nicht real?«

»Gib mir das Telefon«, sagte Kendrick und nahm Kalaila den Hörer unbeholfen aus der Hand. »Ich bin's, Mitch. Was ist denn los?«

»Wie geht's Ihnen, Evan? ... Ich nehme an, das ist eine ziemlich blöde Frage.«

»Ausgesprochen blöd. Beantworten Sie meine.«

»Ardis Vanvlanderens Anwalt ist in seinem Sommerhaus in den Bergen von San Jacinto. Er hat in seinem Büro nach Nachrichten gefragt, und wir haben ihn festnageln können. Eine Einheit ist dorthin unterwegs, um die Lage abzuschätzen. Unsere Leute müßten in den nächsten Minuten dort sein.«

»Abschätzen? Was, zum Teufel, gibt es denn da abzuschätzen? Er hat das Buch! Holen Sie es sich! Offenbar steht da alles drin über das weltweite Netz, über jeden miesen Waffenhändler, den sie benutzt haben! Bei jedem von denen kann sich Grinell verstecken! Schnappen Sie sich das Buch!«

»Sie vergessen dabei, daß Grinell von sich aus über Überlebensinstinkt verfügt. Ich nehme an, Adrienne ... Kalaila hat es Ihnen gesagt.«

»Ja, ein Wasserflugzeug hat ihn abgeholt. Na und?«

»Grinell ist hinter dem Hauptbuch genauso her wie wir, und zweifellos hat er sich inzwischen mit dem Anwalt in Verbindung gesetzt. Grinell wird es bestimmt nicht riskieren, persönlich dort aufzutauchen, aber er wird einen Vertrauensmann schicken, der das Hauptbuch abholen soll. Wenn er weiß, daß wir auf der Lauer liegen, und dazu brauchte er das Haus des Anwalts bloß beobachten zu lassen, was für Instruktionen wird er dann wohl dem Kurier seines Vertrauens geben, der das Buch nach Mexiko schaffen soll?«

»Wo wir ihn an der Grenze oder auf einem Flughafen abfangen könnten –«

»Und wo wir auf ihn warten. Was wird er Ihrer Meinung nach in diesem Fall dem Kurier auftragen?«

»Das verfluchte Ding zu verbrennen«, sagte Kendrick ruhig.

»Genau.«

»Ich hoffe, Ihre Leute verstehen sich auf ihr Geschäft.«

»Es sind zwei, und einer davon gehört zu den Besten, die wir haben. Er heißt Ingwerbrot; fragen Sie Ihre Freundin nach ihm.«

»Ingwerbrot? Was ist denn das für ein blöder Name?«

»Später, Evan«, unterbrach ihn Payton. »Ich muß Ihnen etwas sagen. Ich fliege heute nachmittag nach San Diego und muß dann unbedingt mit Ihnen sprechen. Ich hoffe, Sie sind dazu in der Lage, denn es ist dringend.«

»Ich bin dazu in der Lage, aber warum können wir nicht jetzt darüber reden?«

»Weil ich noch nicht weiß, was ich Ihnen sagen soll... Ob ich das nachher genau weiß, ist auch noch nicht sicher, aber wenigstens etwas mehr kriege ich hoffentlich raus. Ich treffe mich in einer Stunde mit dem Mann, einem einflußreichen Mann, der großes Interesse an Ihnen hat – schon seit letztem Jahr.«

Kendrick machte die Augen zu und fühlte sich schwach, als er sich auf das Kissen zurücksinken ließ. »Er gehört zu einer Gruppe oder einem Komitee namens... Inver Brass.«

»Das wissen Sie?«

»Mehr aber nicht. Ich habe keine Ahnung, was das für Leute sind, ich weiß nur, daß sie in mein Leben hineingepfuscht haben.«

Der braune Wagen, gekennzeichnet als Fahrzeug der CIA, fuhr durch die eindrucksvollen Tore des Landsitzes zu der Chesapeake Bay, die Auffahrt hinauf bis zu der Steintreppe zum Haus. Der große Mann im offenen Regenmantel, unter dem ein zerknitterter Anzug und ein zerknautschtes Hemd hervorschauten – ein Zeichen dafür, daß er seit fast zweiundsiebzig Stunden nicht mehr aus den Kleidern gekommen war –, stieg aus und ging müde die Treppe zur riesigen, hochherrschaftlichen Vordertür hinauf. Er erschauderte kurz in der kalten Morgenluft des bedeckten Tages, der Schnee versprach – Schnee zu Weihnachten, dachte Payton. Es war Heiliger Abend, nichts als ein ganz normaler Tag im Leben des Leiters von Special Projects, und doch ein Tag, vor dem er sich fürchtete. Er hätte gern ein paar Jahre seines Lebens dafür gegeben, nicht auf dem bevorstehenden Treffen bestanden zu haben. In seiner langen Laufbahn hatte er vieles getan, wobei ihm die Galle hochkam, aber das Allerschlimmste war die Vernichtung guter, moralischer Menschen. Heute würde er einen solchen Menschen vernichten, und er verabscheute sich deswegen, aber er hatte keine Alternative. Denn es gab höhere Werte, eine höhere Moral, festgeschrieben in den Gesetzen einer Nation von anständigen Menschen. Wer diese Gesetze mißachtete, verstieß gegen den Anstand. Er klingelte.

Ein Hausmädchen ging Payton durch eine riesige Wohnhalle mit Blick auf die Chesapeake Bay voraus zu einer weiteren hochherrschaftlichen Tür. Sie machte die Tür auf, und der Leiter von Special Projects betrat die hinreißende Bibliothek und versuchte, alles in sich aufzunehmen, was ihm ins Auge fiel. Die Wand zur Linken, bestückt mit Fernsehmonitoren, Schalttafeln und Projektoren, den beheizten antiken Ofen in der Ecke, die Kathedralglasfenster gegenüber und den großen runden Tisch vor ihm. Samuel Winters saß in einem Sessel unter der mit moderner Technologie ausgestatteten Wand, stand jetzt auf und kam mit ausgestreckter Hand auf Payton zu.

»Wir haben uns viel zu lange nicht gesehen, MJ – darf ich Sie MJ nennen?« fragte der weltberühmte Historiker. »Soweit ich mich erinnern kann, hat jeder MJ zu Ihnen gesagt.«

»Aber ja, Herr Dr. Winters.« Sie gaben sich die Hand, und der Wissenschaftler in den Siebzigern umfaßte mit einer weiten Armbewegung den Raum.

»Ich wollte, daß Sie das alles sehen. Daß Sie wissen, wir haben die Finger am Puls der Welt – aber nicht, um uns persönlich zu bereichern, das müssen Sie recht verstehen.«

»Das weiß ich. Wer sind die anderen?«

»Bitte, setzen Sie sich«, sagte Winters und deutete auf den Sessel dem seinen gegenüber, auf der anderen Seite des runden Tisches. »Und legen Sie doch den Mantel ab. Wenn jemand in mein Alter kommt, sind alle Zimmer überheizt.«

»Wenn es Sie nicht stört, lasse ich den Mantel lieber an. Unsere Konferenz wird nicht lange dauern.«

»Da sind Sie sich sicher?«

»Völlig«, sagte Payton und setzte sich.

»Der überragende Intellekt«, sagte Winters leise, aber nachdrücklich, während er auf seinen Sessel zuging, »wählt seinen Standpunkt unabhängig von der Diskussion. Und Sie verfügen über Intellekt, MJ.«

»Vielen Dank für das großzügige Kompliment, auch wenn es ziemlich herablassend klingt.«

»So feindselig?«

»Kaum feindseliger als Ihr Entschluß, darüber zu entscheiden, wer unser Land regieren und in die Staatsämter gewählt werden soll.«

»Er ist der richtige Mann, zum richtigen Zeitpunkt und aus den richtigen Gründen.«

»Darin bin ich ganz Ihrer Meinung. Es geht um die Methoden, zu denen Sie gegriffen haben. Wer auf verbrecherische Weise ein Ziel verfolgt, kann die Konsequenzen nicht absehen.«

»Das tun andere auch. Und zwar jetzt eben.«

»Das gibt Ihnen noch lange nicht das Recht dazu. Stellen Sie die Verbrecher bloß, und bei Ihren Möglichkeiten bin ich mir sicher, daß Sie das können, aber ahmen Sie deren Methoden nicht nach.«

»Das ist doch sophistisch! Wir leben in einer animalischen Welt, in einer Welt, in der die Raubtiere regieren!«

»Wir müssen nicht selber zu Raubtieren werden, um sie zu bekämpfen...«

»Bis ihre Verbrechen bekannt werden, bis auch nur wenige Menschen begriffen haben, was geschehen ist, sind die brutalen Herden längst ausgebrochen und trampeln über uns hinweg. Sie stellen neue Regeln auf – ihre Regeln – und ändern die Gesetze. Man kann ihnen nichts anhaben.«

»Bei allem Respekt, da bin ich anderer Meinung, Herr Dr. Winters.«

»Denken Sie an das Dritte Reich!«

»Denken Sie daran, wie es zu Ende ging. Denken Sie an Runnymede und die Magna Charta, denken Sie an die Tyrannei der französischen Könige, an die Schreckensherrschaft der Zaren – um Himmels willen, denken Sie an die Verfassung von 1787! Die Menschen reagieren verflucht schnell auf Unterdrükkung und Mißhandlung!«

»Erzählen Sie das den Bürgern der Sowjetunion.«

»Schachmatt. Aber versuchen Sie nicht, den Dissidenten mit so etwas zu kommen, die Tag für Tag dafür sorgen, daß die dunklen Winkel der Kremlpolitik etwas heller beleuchtet werden. Diese Menschen bewirken tatsächlich etwas, Herr Doktor.«

»Exzesse!« rief Winters. »Überall auf diesem armen, todgeweihten Planeten gibt es Exzesse. Wir werden daran zugrunde gehen.«

»Nicht wenn vernünftige Menschen die Exzesse anprangern, statt in Massenhysterie zu verfallen. Vielleicht war Ihr Ziel richtig, aber auch Sie sind bis zum Exzeß gegangen, haben gegen Gesetze verstoßen – geschriebene wie ungeschriebene – und haben den Tod von unschuldigen Menschen verursacht, weil Sie glaubten, daß Sie über dem Gesetz stehen. Statt der Nation zu sagen, was Sie wußten, haben Sie es vorgezogen, sie zu manipulieren.«

»Davon sind Sie überzeugt?«

»Das bin ich. Wer sind die anderen bei Inver Brass?«

»Sie kennen diesen Namen?«

»Ich habe ihn eben ausgesprochen. Wer sind die anderen?«

»Das werden Sie von mir niemals erfahren.«

»Wir werden sie finden – eines Tages. Aber aus reiner Neugierde wüßte ich gern, wo diese Organisation ihren Anfang genommen hat. Wenn Sie mir jetzt nicht antworten wollen, tut das noch nichts zur Sache.«

»Aber ich will ja antworten«, sagte der alte Historiker und verschränkte die dünnen, zitternden Hände auf der Tischplatte ineinander. »Inver Brass entstand vor Jahrzehnten, als die Nation auseinandergerissen wurde, am Rande der Selbstzerstörung stand. Ein Chaos. Das war auf dem Höhepunkt der Depression; das Land war am Ende, und überall herrschte Gewalt.

Hungrige Menschen fangen wenig an mit leeren Parolen und noch leereren Versprechungen, und produktiven Menschen, die ihren Stolz ohne eigenes Verschulden verloren haben, bleibt nur noch die Wut... Inver Brass wurde von einer kleinen Gruppe reicher, einflußreicher Leute gegründet, die sich an den Rat von Wirtschaftswissenschaftlern wie Baruch gehalten und den Zusammenbruch der Wirtschaft unbeschadet überstanden hatten. Diese Leute hatten außerdem ein soziales Gewissen, und sie setzten ihre Mittel auch praktisch ein. Sie verhinderten Aufstände und Gewalttaten, indem sie nicht nur die Krisengebiete massiv mit Geld und Hilfsgütern unterstützten, sondern auch, indem sie stillschweigend dazu beitrugen, daß der Kongreß Gesetze verabschiedete, die Erleichterung schufen. Wir folgen dieser Tradition.«

»Wirklich?« fragte Payton ruhig und musterte den alten Mann mit kalten Augen.

»Ja«, gab Winters mit Nachdruck zur Antwort.

»Inver Brass... Was bedeutet das?«

»So heißt ein See in den schottischen Sümpfen, der auf keiner Landkarte vorkommt. Den Namen hat der erste Sprecher geprägt, ein Bankier schottischer Abstammung, dem klar war, daß die Gruppe heimlich tätig werden mußte.«

»Und deshalb niemandem Rechenschaft schuldig war?«

»Ich wiederhole. Wir wollen nichts für uns selbst!«

»Und wozu dann die Heimlichtuerei?«

»Das ist nötig, denn obwohl unsere Entscheidungen zum Wohl des Landes getroffen werden, sind sie nicht immer angenehm und manchmal, in den Augen vieler, auch durch nichts zu rechtfertigen. Aber sie wurden zum Wohl der Nation getroffen.«

»Und sind sie auch zu rechtfertigen?«

»Ich werde Ihnen ein Beispiel nennen. Vor Jahren waren unsere unmittelbaren Vorgänger mit einem Tyrannen in der Regierung konfrontiert, der die Gesetze unseres Landes ummodeln wollte. Der Mann hieß John Edgar Hoover, ein Gigant, der auf seine alten Tage größenwahnsinnig wurde, über die Grenzen der Vernunft längst hinaus war und Präsidenten und Senatoren – anständige Männer – mit seinem Aktenmaterial erpreßte, einem Haufen Klatsch und Andeutungen. Inver Brass sorgte dafür, daß er ausgeschaltet wurde, bevor er die Exekutive und die Legislative, die ganze Regierung, in die Knie zwingen konnte. Und dann tauchte ein junger Schriftsteller namens Peter Chancellor auf und kam der Wahrheit ziemlich nahe. Es lag an ihm und seinem unerträglichen Manuskript, daß Inver Brass sich auflösen mußte – aber unsere Auferstehung konnte er nicht verhindern.«

»Großer Gott im Himmel«, brach es leise aus dem Leiter von Special Projects hervor. »Einzig und allein Sie entscheiden über Gut und Böse, Sie allein richten. Was für ein Abgrund an Arroganz.«

»Das ist ungerecht! Es gab keine andere Lösung. Sie irren sich!«

»Es ist die Wahrheit.« Payton stand auf und stieß den Sessel zurück. »Ich habe nichts mehr zu sagen, Herr Dr. Winters. Ich gehe jetzt.«

»Was werden Sie tun?«

»Was getan werden muß. Ich werde einen Bericht für den Präsidenten erstellen, für den Generalbundesanwalt und für die zuständigen Ausschüsse im Kongreß. Wie es den Gesetzen entspricht... Sie sind aus dem Geschäft, Herr Doktor. Und machen Sie sich nicht die Mühe, mich zur Tür zu bringen, ich finde mich schon zurecht.«

Payton trat hinaus in die kalte, graue Morgenluft. Er atmete tief durch, wollte die Lunge füllen, aber es gelang ihm nicht. Zuviel Müdigkeit, zuviel Trauriges und Empörendes – und das am Heiligen Abend. Er ging die Treppe hinunter, auf seinen Wagen zu, als plötzlich ein lauter Knall das Grundstück erbeben ließ – ein Schuß. Paytons Fahrer sprang aus dem Wagen, ging auf der Auffahrt in die Knie, die Waffe in beiden Händen.

MJ schüttelte langsam den Kopf und ging weiter auf die Hintertür des Wagens zu. Er war völlig leer. Er hatte keine Kraftreserven mehr; die Erschöpfung war total. Und es war jetzt auch nicht mehr wichtig, daß er nach Kalifornien flog. Inver Brass war am Ende, der Leiter tot, gestorben von eigener Hand. Ohne das Ansehen und die Autorität von Samuel Winters war die Organisation ein Scherbenhaufen, und wie er gestorben war, würde den anderen den Zusammenbruch deutlich machen... Evan Kendrick? Er mußte die ganze Geschichte erfahren, alle Aspekte, und sich selbst eine Meinung bilden. Aber das hatte

Zeit – mindestens einen Tag lang. Als ihm der Fahrer die Tür aufhielt, konnte MJ nur noch daran denken, daß er nach Hause wollte, mehr trinken, als ihm guttat, und dann nur noch schlafen.

»Mr. Payton«, sagte der Fahrer, »für Sie ist ein dringender Funkspruch gekommen.«

»Wie lautet der?«

»›San Jacinto erreichen. Dringend.‹«

»Bringen Sie mich bitte nach Langley zurück.«

»Ja, Sir.«

»Und falls ich's vergessen sollte – fröhliche Weihnachten.«

»Danke, Sir.«

44

»Wir schauen mindestens jede Stunde nach ihm, Miß Raschad«, sagte die Schwester von der Navy, eine Frau in den mittleren Jahren. »Sie können sich darauf verlassen... Haben Sie gewußt, daß der Präsident persönlich den Herrn Abgeordneten heute nachmittag angerufen hat?«

»Ja, ich war dabei. Und wo wir gerade über das Telefonieren reden – in sein Zimmer dürfen keine Anrufe durchgestellt werden.«

»Das wissen wir. Hier ist die Notiz. Alle Telefonisten in der Zentrale haben eine Kopie bekommen. Allen Anrufern soll ausgerichtet werden, daß sie sich an Sie im *Westlake Hotel* wenden sollen.«

»Ja, richtig. Vielen Dank.«

»Es ist ein Jammer, nicht wahr? Es ist Heiliger Abend, und statt mit Freunden zu feiern und Weihnachtslieder zu singen oder was auch immer, liegt er bandagiert im Krankenhaus, und Sie sitzen ganz allein im Hotel.«

»Ich will Ihnen mal was sagen, Schwester. Daß er hier ist und noch lebt, macht dieses Weihnachten zum schönsten Fest, das ich mir je erhofft habe.«

»Ich weiß, meine Liebe. Ich habe Sie zusammen gesehen.«

»Passen Sie gut auf ihn auf. Wenn ich nicht ein bißchen Schlaf bekomme, wird er mich morgen früh für alles andere als ein Geschenk halten.«

»Er ist unser Patient Nummer eins. Und Sie ruhen sich erst mal aus, junge Frau. Sie sehen ein bißchen eingefallen aus, und das ist eine medizinische Diagnose.«

»Ich bin ein totales Wrack.«

»In meinen besten Tagen wäre ich gern ein solches Wrack gewesen.«

»Sie sind lieb«, sagte Kalaila, legte die Hand auf den Arm der Schwester und drückte ihn. »Gute Nacht. Bis morgen.«

»Fröhliche Weihnachten, meine Liebe.«

»Das brauchen Sie mir gar nicht mehr zu wünschen. Auch Ihnen ein frohes Fest.« Kalaila ging den weißen Flur entlang auf die Aufzüge zu und drückte den Abwärtsknopf. Es stimmte, daß sie dringend Schlaf brauchte; bis auf zwanzig Minuten, in denen sie und Evan kurz eingenickt waren, hatte sie in den letzten achtundvierzig Stunden kein Auge zugetan. Eine warme Dusche, eine warme Mahlzeit vom Zimmer-Service und dann ins Bett; so sahen ihre Pläne für den Abend aus. Morgen früh würde sie in einem der Läden, die geöffnet hatten, damit herumirrende Kunden im letzten Augenblick noch ein vergessenes Geschenk kaufen konnten, ein paar Kinkerlitzchen besorgen für ihren... Ihren was? Großer Gott, dachte sie. Für meinen Verlobten. Es war zuviel auf einmal.

Wie seltsam war es doch, daß zu Weihnachten unweigerlich die sanften, freundlichen Züge der menschlichen Natur zum Vorschein kamen – ganz unabhängig von der Rasse oder dem Glaubensbekenntnis. Die Schwester war ein gutes Beispiel. Sie war wirklich lieb gewesen, und vermutlich war sie eine recht einsame Frau, deren Körper zu stämmig und deren Gesicht zu schwammig war, als daß sie auf einem Plakat für eine Wohltätigkeitsorganisation abgebildet worden wäre. Und doch hatte sie sich um Wärme und Herzlichkeit bemüht. Sie hatte gesagt, sie wisse, wie der Freundin des Abgeordneten zumute sei, weil sie die beiden zusammen gesehen habe. Das stimmte nicht. Kalaila konnte sich an jeden Menschen erinnern, der Evans Zimmer betreten hatte, und die Schwester war nicht darunter gewesen. Freundlichkeit... Kontaktbereitschaft, wie auch immer man das nennen mochte, schließlich war Weihnachten. Die Aufzugtüren gingen auf, und sie betrat die Kabine nach unten mit einem Gefühl von Geborgenheit, Wärme und Herzlichkeit.

Kendrick machte in der Dunkelheit die Augen auf. Er war von irgend etwas aufgewacht... von was? An der Tür in sein Zimmer?... Ja, natürlich, es war die Tür gewesen. Kalaila hatte ihm gesagt, daß die ganze Nacht lang jemand nach ihm sehen werde. Glaubte sie etwa, er wolle ausgehen? Zum Tanzen? Er sank auf das Kissen zurück und atmete tief durch. Er war kraftlos, hatte keinerlei Energie... Nein. Es war doch nicht die Tür gewesen. Jemand war im Zimmer.

Langsam, zentimeterweise, schob er den Kopf über das Kissen. Ein verschwommener weißer Fleck tauchte in der Dunkelheit auf, ohne Gliedmaßen, nichts als eine weiße Masse im Dunkeln.

»Wer sind Sie?« fragte er und stellte fest, daß seine Stimme kaum hörbar war. »Wer ist da?«

Schweigen.

»Wer, zum Teufel, sind Sie? Was wollen Sie hier?«

Dann kam die weiße Masse aus dem Dunkeln auf ihn zu und prallte gegen sein Gesicht. Ein Kissen. Er bekam keine Luft. Er fuhr mit der rechten Hand hoch, stieß gegen einen muskulösen Arm und glitt dann über das Fleisch hinweg in ein Gesicht, ein weiches Gesicht, und dann in einen Haarschopf – den einer Frau. Er packte die Strähnen mit aller Kraft, die er aufbringen konnte, rollte in dem schmalen Krankenhausbett auf die Seite und zog die Angreiferin neben sich zu Boden. Er ließ die Haare los und schlug auf das Gesicht unter ihm ein, mit schmerzender Schulter. Die Nähte platzten auf, Blut schoß in den Verband. Er wollte schreien, aber der Laut blieb ihm in der Kehle stecken. Die schwere Frau verkrallte sich in seinen Hals, mit spitzen Fingernägeln, riß ihm die Haut auf... dann kamen die Finger hoch bis zu seinen Augen, zerrten an seinen Lidern und zerkratzten ihm die Stirn. Er fuhr hoch, entwand sich ihrem Griff, ihrer Reichweite, und prallte gegen die Wand. Der Schmerz war unerträglich. Er machte einen Satz auf die Tür zu, aber sie war schon über ihm und schleuderte ihn gegen das Bett. Seine Hand stieß gegen die Wasserkaraffe auf dem Nachttisch; er packte sie, warf sich wieder herum und holte nach oben aus, in Richtung Kopf, in das wahnsinnige Gesicht über ihm. Die Frau war verblüfft; er machte einen Satz nach vorn, rammte die rechte Schulter in den schweren Körper, warf die Frau zu Boden, dann war er an der Tür und riß sie auf. Der weiße, antiseptische Flur war in trübes, graues Licht getaucht, bis auf eine helle Lampe vor der Schwesternstation auf halber Höhe des Korridors. Wieder versuchte er zu schreien.

»Ist da jemand... Hilfe!« Umsonst; aus seinem Mund kamen nur gutturale, erstickte Laute. Er humpelte; der geschwollene Knöchel und das angeschlagene Bein konnten ihn kaum tragen. Wo waren sie denn alle? Niemand da... niemand auf der Station. Dann schlenderten zwei Schwestern zur Tür ganz hinten im Flur herein, und er hob die rechte Hand und winkte verzweifelt, während er endlich etwas herausbrachte. »Helfen Sie mir!«

»Großer Gott!« schrie die eine, und beide Frauen rannten auf ihn zu. Gleichzeitig hörte Kendrick hinter sich eilige Schritte. Er fuhr herum und konnte nur noch hilflos mit ansehen, wie die massige, muskulöse Schwester von seinem Zimmer aus den Flur entlanglief, auf eine Tür zu, über der in roten Buchstaben AUSGANG stand. Sie riß die Tür auf und verschwand.

»Rufen Sie den Arzt in der Ambulanz unten an!« rief die Navy-Schwester, die als erste bei ihm war. »Beeilen Sie sich. Er blutet ja entsetzlich!«

»Dann muß ich auch Miß Raschad verständigen«, sagte die zweite Schwester, während sie auf das Stationszimmer zuging. »Sie will Bescheid haben, sobald sich sein Zustand verändert, und das ist ja weiß Gott der Fall!«

»Nein!« schrie Evan, endlich mit klarer, aber atemloser Stimme. »Lassen Sie sie in Ruhe!«

»Aber Herr Abgeordneter –«

»Bitte, tun Sie, was ich sage. Rufen Sie sie auf keinen Fall an! Sie hat seit mindestens zwei Tagen nicht geschlafen. Holen Sie nur den Arzt und helfen Sie mir in mein Zimmer zurück... Nachher muß ich telefonieren.«

Eine Dreiviertelstunde später, nachdem seine Schulter wieder zusammengeflickt und Gesicht und Hals gereinigt worden waren, saß Kendrick im Bett, das Telefon auf dem Schoß, und wählte die Nummer in Washington, die er auswendig gelernt hatte. Trotz hartnäckiger Einwände hatte er durchgesetzt, daß weder der Arzt noch die Schwestern die Militärpolizei riefen, nicht einmal die Sicherheitsbeamten des Krankenhauses verständigten. Sie hatten festgestellt, daß niemand auf der Station die stämmige Frau kannte, abgesehen von einem Namen, der aller Wahrscheinlichkeit nach falsch war und auf Versetzungspapieren stand, die heute nachmittag vom Krankenhaus des Navy-Stützpunktes in Pensacola, Florida, vorgelegt worden waren. Schwestern im Offiziersrang waren jedem Navy-Krankenhaus hoch willkommen; niemand hatte bei ihrer Ankunft Fragen gestellt, und niemand würde ihr Schwierigkeiten machen, wenn sie so schnell wieder verschwand. Und bis etwas deutlicher wurde, was sich hier eigentlich abgespielt hatte, durfte es keine offiziellen Ermittlungen geben, die den Medien neue Storys geliefert hätten. Die Nachrichtensperre war immer noch in Kraft.

»Tut mir leid, daß ich Sie wecke, Mitch –«

»Evan?«

»Sie sollten wissen, was passiert ist.« Kendrick schilderte den nur allzu realen Alptraum, den er durchlebt hatte, und fügte hinzu, er habe beschlossen, die Polizei nicht zu informieren, weder die Militärpolizei noch die zivile. »Vielleicht war das falsch, aber in dem Augenblick, wo sie hinter der Tür zum Notausgang verschwand, habe ich mir gedacht, daß es ohnehin kaum eine Chance gibt, sie zu schnappen, dafür aber jede Chance, daß es in die Schlagzeilen kommt, falls die Polizei versucht, sie zu schnappen.«

»Das war richtig«, sagte Payton. Er sprach schnell. »Sie hatte den Auftrag, Sie niederzuschießen –«

»Es war ein Kissen«, stellte Evan richtig.

»Das wäre genauso tödlich gewesen, wenn Sie nicht aufgewacht wären. Ich will darauf hinaus, daß Auftragskiller im voraus planen, verschiedene Ausgänge schon vorher kennen und Kleider zum Wechseln parat haben. Sie haben es richtig gemacht.«

»Wer hat sie beauftragt, Mitch?«

»Das liegt doch auf der Hand. Das war Grinell. Seit er von der Insel herunter ist, hat er ganz schön geackert.«

»Was soll das heißen? Kalaila hat mir nichts davon erzählt.«

»Kalaila, wie Sie zu ihr sagen, hat keine Ahnung davon. Mit Ihnen hat sie schon genug Streß am Hals. Wie hat sie die Geschichte von heute abend aufgenommen?«

»Sie hat nichts davon erfahren. Ich habe nicht erlaubt, daß sie angerufen wird.«

»Sie wird eine Wahnsinnswut haben.«

»Wenigstens bekommt sie ein bißchen Schlaf. Was ist mit Grinell?«

»Der Anwalt von Ardis Vanvlanderen ist tot, und sein Hauptbuch ist verschwunden. Grinells Leute waren vor uns in San Jacinto.«

»Gottverflucht noch mal!« brüllte Kendrick heiser. »Wir haben es verloren!«

»Es sieht danach aus, aber da ist noch was, das nicht ganz ins Konzept paßt ... Wissen Sie noch, daß ich Ihnen erzählt habe, Grinell müsse bloß jemand damit beauftragen, das Haus des Anwalts zu beobachten, wenn er wissen wolle, ob wir am Ball seien?«

»Natürlich weiß ich das noch.«

»Ingwerbrot hat den Spitzel entdeckt.«

»Und?«

»Wenn sie das Buch haben, warum sollten sie dann noch einen Spitzel vor dem Haus aufstellen? Warum sollten sie das riskieren?«

»Zwingen Sie den Spitzel, Ihnen das zu erzählen! Setzen Sie ihn unter Drogen, so was machen Sie ja schließlich nicht zum erstenmal.«

»Ingwerbrot ist dagegen.«

»Warum?«

»Zwei Gründe. Der Mann ist vielleicht nur ein zweitklassiger Spürhund, der überhaupt nichts weiß, und zweitens möchte Ingwerbrot ihn beschatten.«

»Sie wollen damit sagen, daß Ingwerbrot den Spitzel entdeckt hat und daß der Spitzel davon keine Ahnung hat?«

»Ich habe Ihnen doch gesagt, daß er gut ist. Grinells Spürhund weiß noch nicht einmal, daß wir den toten Anwalt gefunden haben. Er hat nur einen Firmenlieferwagen gesehen und zwei Gärtner in Overalls, die dabei waren, den Rasen zu mähen.«

»Aber wenn der Spürhund so zweitklassig ist, was wird denn dann Ingwerbrot – Heiland, ist das ein blöder Name –, was wird er denn dann herauskriegen, wenn er ihn beschattet?«

»Ich habe gesagt, daß er vielleicht nur ein zweitklassiger Spürhund ist, der nichts weiß außer einer Telefonnummer, die er in regelmäßigen Abständen anrufen soll und die uns gar nichts sagt. Es ist durchaus möglich, daß er kein so kleines Würstchen ist. Wenn er spitze ist, kann er uns zu den anderen führen.«

»Um Himmels willen, Mitch, setzen Sie ihn unter Drogen und kriegen Sie's raus!«

»Sie können mir offenbar nicht folgen, Evan. Ein Telefonkontakt wird in regelmäßigen Abständen hergestellt, zu festen Zeiten. Bei irgendwelchen Abweichungen davon riecht Grinell Lunte.«

»Ihr seid alle miteinander total bescheuert«, sagte ein schwacher, erschöpfter Kendrick.

»Und wir führen weiß Gott kein tolles Leben... Ich lasse zwei Marineinfanteristen vor Ihrer Tür postieren. Versuchen Sie, ein bißchen zur Ruhe zu kommen.«

»Und was ist mit Ihnen? Ich weiß, Sie haben gesagt, Sie können nicht hierherfliegen, und jetzt verstehe ich auch, warum. Aber Sie sind doch immer noch im Büro, oder nicht?«

»Doch. Ich warte auf eine Nachricht von Ingwerbrot. Von hier aus kann ich schneller arbeiten.«

»Sie wollen mir nichts über gestern vormittag erzählen – über Ihr Treffen mit dem großen Tier von Inver Brass?«

»Vielleicht morgen. Das ist nicht mehr dringend. Ohne ihn wird es Inver Brass nicht mehr geben.«

»Ohne ihn?«

»Er hat sich umgebracht... Fröhliche Weihnachten, Herr Abgeordneter.«

Kalaila Raschad ließ die Päckchen fallen, die sie in den Armen hielt, und schrie. »Was ist passiert?« rief sie und stürzte ans Bett.

»Krankenhauspflege ist auch nicht mehr das, was sie mal war«, antwortete Evan.

»Das ist überhaupt nicht komisch! Da stehen zwei Marineinfanteristen vor deiner Tür, und wie die unten meinen Ausweis überprüft haben, als ich gesagt habe, ich will dich besuchen – was ist denn bloß passiert?«

Er erzählte es ihr, ließ dabei nur aus, daß er neu hatte genäht werden müssen und daß im Flur Blut geflossen war. »Mitch findet richtig, was ich getan habe.«

»Ich bringe ihn um!« schrie Kalaila. »Er hätte mich anrufen müssen!«

»Dann würdest du jetzt nicht so bezaubernd aussehen. Du hast nicht mehr ganz so dunkle Augenringe. Du hast geschlafen.«

»Zwölf Stunden«, gab sie zu und setzte sich auf den Bettrand. »Die liebe Schwester mit dem Puddinggesicht? Ich kann es einfach nicht glauben!«

»Es wäre ganz nützlich gewesen, wenn ich wie du ein bißchen Training erster Klasse abbekommen hätte, bis hin zum schwarzen Gürtel. Ich komme so selten dazu, jemanden zusammenzuschlagen, schon gar nicht Frauen. Höchstens Nutten, die mich neppen.«

»Erinnere mich dran, daß ich's dir nie für Geld machen soll... Lieber Gott, Evan, ich hätte wirklich darauf bestehen sollen, daß du ein größeres Zimmer mit zwei Betten bekommst, und dann wäre ich bei dir geblieben!«

»Übertreib's nicht mit deinem Beschützerinstinkt, Kindchen. Der Mann bin ich, weißt du das noch?«

»Und weißt du noch, daß du alles mir überlassen sollst, wenn wir je überfallen werden?«

»Da fährt mein ganzer männlicher Stolz dahin... Bedienen Sie sich, versorgen Sie mich nur ausreichend mit Pralinen und Champagner, während Sie den Schweinehunden die Seele aus dem Leib prügeln.«

»Solche Witze kann auch bloß ein Mann machen«, sagte Kalaila, beugte sich über ihn und küßte ihn. »Ich hab' dich so schrecklich lieb, das ist mein Problem.«

»Keins für mich.« Sie küßten sich wieder, und prompt klingelte das Telefon. »Brüll nicht gleich los!« warnte er sie. »Das ist wahrscheinlich Mitch.« Und Mitch war es auch.

»Ein Durchbruch!« jubelte der Leiter der Special Projects in Langley, Virginia. »Hat Evan dir davon erzählt? Von Grinell?«

»Nein, kein Wort.«

»Gib ihn mir, er kann es dir nachher erklären –«

»Warum hast du mich gestern nacht nicht angerufen – und heute morgen auch nicht?«

»Gib ihn mir!«

»Ja, Sir.«

»Was gibt's denn, Mitch?«

»Wir haben den Durchbruch, den wir unbedingt gebraucht haben!«

»Ingwerbrot?«

»Seltsamerweise nein. Aus einer ganz anderen Quelle. In unserem Geschäft hält man immerzu Ausschau nach ganz verrückten Sachen, und manchmal werden wir fündig. Auf Verdacht haben wir einen Mann ins Büro von Mrs. Vanvlanderens Anwalt geschickt, der eine gefälschte Vollmacht bei sich hatte, die ihm erlaubte, die Akten der verstorbenen Stabschefin des Vizepräsidenten einzusehen. Weil ihr Chef nicht da war, dachte die Sekretärin gar nicht daran, irgend jemand in den Akten herumschnüffeln zu lassen, deshalb rief sie in dem Haus in San Jacinto an. Unser Mann, der wußte, daß sich dort niemand melden würde, hing ein paar Stunden lang herum und spielte den verärgerten Regierungsbeamten aus Washington, der seine Befehle vom Nationalen Sicherheitsrat bekommen hat, während sie dauernd versuchte, den Anwalt zu erreichen. Allem Anschein nach war sie tatsächlich in Sorge; er hatte hinterlassen, er konferiere den ganzen Tag lang zu Hause mit wichtigen Mandanten... Wir wissen nicht, ob sie es aus Frustration oder aus Selbstschutz getan hat, und das ist uns auch egal, jedenfalls plauderte sie dann aus, daß die Seiten, hinter denen unser Mann her war, vermutlich die vertraulichen Seiten seien, die sie fotokopiert habe, aber an die komme er sowieso nicht heran, weil sie in einem Bankschließfach deponiert seien.«

»Bingo«, sagte Evan ruhig, während er innerlich jubilierte.

»Fraglos. Sie hat sogar das Hauptbuch beschrieben... Unser Unschuldslamm von einem Anwalt war absolut dazu bereit, Grinell das Hauptbuch zu verkaufen und ihn dann mit der Kopie zu erpressen. Grinells Spitzel war aus reiner Neugier in San Jacinto, aus sonst keinem Grund, und innerhalb einer Stunde kommen wir an das Hauptbuch heran.«

»Holen Sie's sich, Mitch, und dechiffrieren Sie's! Halten Sie Ausschau nach einem Mann namens Hamendi, Abdel Hamendi.«

»Nach dem Waffenhändler«, sagte Payton und bestätigte damit die Information. »Adrienne hat es mir gesagt. Die Fotos in der Wohnung der Vanvlanderens – Lausanne, Amsterdam.«

»Das ist er. Natürlich führen sie ihn unter einem Codenamen, aber Sie können das Geld zurückverfolgen, die Transaktionen in Genf und in Zürich – die Gemeinschaftsbank in Zürich.«

»Selbstverständlich.«

»Noch was, Mitch. Machen wir jetzt reinen Tisch, soweit uns das möglich ist. Ein Mann wie Hamendi liefert Waffen an alle kriegführenden Parteien, die er irgend auftreiben kann, und jede Partei bringt die andere mit den Waffen um, die er ihr verkauft. Dann hält er Ausschau nach weiteren Mördern, nach denen, die Anzüge für tausend Dollar tragen und in plüschigen

Büros sitzen und am Krieg Geld verdienen wollen, und die baut er in sein Netz ein… Die Produktion wird auf das Zehnfache gesteigert, dann auf das Zwanzigfache, und immer mehr Menschen werden umgebracht, es gibt immer mehr Gegner, an die man verkaufen kann, immer mehr Fanatiker, die Nachschub wollen… Wir müssen ihn stoppen, Mitch. Geben wir einem Teil unserer blutigen Welt eine Chance zum Luftholen – ohne seine Waffenlieferungen.«

»Das ist ziemlich viel verlangt, Evan.«

»Lassen Sie mir ein paar Wochen Zeit, bis ich wieder zusammengeflickt bin. Und schicken Sie mich dann wieder nach Oman.«

»Wie bitte?«

»Ich will den größten Waffeneinkauf tätigen, von dem Hamendi je geträumt hat.«

Sechzehn Tage vergingen. Weihnachten war eine schmerzliche Erinnerung, das neue Jahr wurde vorsichtig, voller Mißtrauen begrüßt. Am vierten Tag hatte Evan Emilio Carallo besucht und ihm das Foto eines schönen neuen Fischerboots überreicht, dazu die Eignerpapiere, die Unterlagen über einen im voraus bezahlten Lehrgang für das Kapitänspatent, ein Sparbuch und die Versicherung, daß ihn keiner der Männer von der Insel je in El Descanso belästigen werde. Das entsprach der Wahrheit. Die auserwählten Brüder der inneren Regierung, die auf der Insel konferiert hatten, legten keinen Wert darauf, daß das bekannt wurde. Sie steckten statt dessen die Köpfe mit ihren Heerscharen von Anwälten zusammen. Sie machten sich keine Sorgen über einen verkrüppelten Fischer in El Descanso. Sie waren vollauf damit beschäftigt, Kopf und Kragen und ihr Vermögen zu retten.

Am achten Tag brach in Chicago eine Lawine los, die den Mittleren Westen überrollte. Das fing damit an, daß vier voneinander unabhängige Zeitungen in einem Umkreis von hundert Kilometern mutmaßten, der Kongreßabgeordnete Evan Kendrick werde sich um die Nominierung zum Vizepräsidentschaftskandidaten bewerben. Innerhalb von zweiundsiebzig Stunden zogen drei weitere Zeitungen nach, außerdem sechs Fernsehstationen, die fünf der Zeitungen gehörten. Aus den Mutmaßungen wurden Ermunterungen, und überall im Land schlugen die

Journalisten einen Riesenlärm. Von New York bis Los Angeles, von Bismarck bis Houston, von Boston bis Miami befaßte sich die Gemeinde der Mediengiganten mit dem Plan, und die Herausgeber von *Time* und *Newsweek* beriefen Sondersitzungen ein. Kendrick wurde in einen isolierten Flügel des Krankenhauses verlegt, sein Name aus der Patientenkartei gestrichen. In Washington teilten Annie Mulcahy O'Reilly und ihre Mitarbeiter Hunderten von Anrufern mit, der Abgeordnete von Colorado sei im Ausland und für Kommentare nicht erreichbar.

Am elften Tag kehrten der Abgeordnete und seine Begleiterin nach Mesa Verde zurück, wo sie zu ihrer Überraschung Emmanuel Weingrass, mit einem Sauerstofffläschchen, das er sich umgebunden hatte, gegen mögliche Erstickungsanfälle gewappnet, dabei antrafen, wie er eine Armee von Schreinern bei der Reparatur des Hauses überwachte. Manny ging langsamer und mußte sich oft hinsetzen, aber trotz seiner Krankheit war er so reizbar wie eh und je. Das war ein Dauerzustand; nur wenn er mit Kalaila sprach – seiner »bezaubernden neuen Tochter, die viel mehr taugt als dieser Schwachkopf, der hier herumhängt« –, senkte er die Stimme um ein Dezibel.

Am fünfzehnten Tag entschlüsselte Mitchell Payton, der mit einem jungen Computergenie zusammenarbeitete, das er sich vom Außenministerium ausgeliehen hatte, den Code von Grinells Hauptbuch, der Bibel der inneren Regierung. Gerald Bryce setzte sich an die Tastatur, und die beiden Männer arbeiteten eine Nacht lang einen Bericht an den Präsidenten aus. Langford Jennings hatte ihnen genaue Anweisungen über die Zahl der Ausdrucke gegeben. Ehe die Diskette zerstört wurde, kam ein zusätzlicher Ausdruck aus dem Wortprozessor, von dem MJ aber nichts merkte.

Eine Schlange von Limousinen fuhr bei Nacht vor, aber diesmal nicht vor einem verdunkelten Landsitz an der Chesapeake Bay, sondern vor dem Südportikus des Weißen Hauses. Wächter von der Marineinfanterie eskortierten die Ankömmlinge ins Oval Office des Präsidenten der Vereinigten Staaten. Langford Jennings saß hinter dem Schreibtisch, die Füße auf seinem Lieblingsschemel, und begrüßte jeden, der hereinkam, mit einem Nicken – bis auf einen. Den Vizepräsidenten Orson Bollinger starrte er nur an, grußlos, voller Verachtung. Die Stühle wurden im Halbkreis um den Schreibtisch mit dem ehrfurchtgebietenden Mann dahinter angeordnet. Zu der Runde, in der jeder einen braunen Umschlag bei sich hatte, gehörten die Fraktionsvorsitzenden beider Häuser des Kongresses, der amtierende Außenminister und der Verteidigungsminister, die Direktoren der CIA und der National Security Agency, die Joint Chiefs of Staff, der Generalbundesanwalt und Mitchell Jarvis Payton von der CIA, Special Projects. Alle setzten sich und warteten schweigend. Sie mußten nicht lange warten.

»Wir stecken in einem Haufen Scheiße«, sagte der Präsident der Vereinigten Staaten. »Der Teufel soll mich holen, wenn ich weiß, wie das passiert ist, aber heute nacht erwarte ich Antworten, sonst sorge ich dafür, daß etliche Leute in dieser Stadt die nächsten zwanzig Jahre in einem Steinbruch verbringen. Habe ich mich deutlich ausgedrückt?«

Etliche Köpfe nickten, aber es gab auch Widerspruch, verärgerte Gesichter und Stimmen, denen die Unterstellungen des Präsidenten mißfielen.

»Ruhe!« fuhr Jennings fort und brachte den Widerspruch zum Schweigen. »Ich möchte, daß Sie die Grundregeln ganz genau kennen. Jeder von Ihnen hat den Bericht bekommen und vermutlich auch gelesen, den Mr. Payton ausgearbeitet hat. Sie haben ihn alle bei sich, und ich vermute, daß, wie angeordnet, keiner von Ihnen Kopien gemacht hat. Sind diese Feststellungen korrekt?... Bitte, antworten Sie einzeln, angefangen beim Generalbundesanwalt zu meiner Linken.«

Alle taten es dem ranghöchsten Ankläger der Nation nach. Jeder hielt den Umschlag hoch und sagte: »Keine Kopien, Mr. President.«

»Gut.« Jennings nahm die Füße vom Schemel und beugte sich vor, die Oberarme auf den Schreibtisch gelegt. »Die Umschläge sind numeriert, meine Herren, und auf die Anzahl von Leuten in diesem Raum beschränkt. Außerdem werden sie diesen Raum nicht verlassen, wenn Sie gehen. Auch verstanden?« Nicken und Gemurmel bestätigten das. »Gut... Ich brauche Ihnen nicht zu sagen, daß die Informationen auf diesen Seiten so verheerend wie unglaublich sind. Ein Netz aus Dieben und Mördern, dem Abschaum der Menschheit, das Mörder gedungen und Terroristen bezahlt hat. Ein gekauftes Gemetzel in Fairfax, in Colorado und – lieber Gott im Himmel – auf Zypern, wo ein Mann, der mehr wert war als fünf von euch Kanaillen zusammen, mit seiner ganzen Delegation in die Luft geflogen ist... Es ist eine Horrorlitanei. In Sitzungssälen überall in unserem Land wurden ständig geheime Absprachen getroffen, wurden Preise mit empörenden Gewinnspannen abgesprochen, wurde Einfluß auf alle Bereiche der Regierung gekauft, wurde die nationale Rüstungsindustrie zum Wühltisch für Reiche degradiert. Es ist auch eine Litanei von Betrug, von illegalen Transaktionen an Waffenhändler auf der ganzen Welt. Die Waffenkontrollausschüsse sind belogen worden, Ausfuhrlizenzen wurden gekauft und Schiffsladungen zu verbotenen Zielhäfen umdirigiert. Herr und Heiland, es ist eine Mordssauerei!... Und kein einziger von Ihnen ist davon nicht betroffen. Habe ich da etwa ein paar Einwände gehört?«

»Mr. President –«

»Mr. President –«

»Ich war dreißig Jahre im Korps, und niemand hat je gewagt –«

»Ich wage es aber«, brüllte Jennings. »Und wer, zum Teufel, sind Sie schon, daß Sie mir vorschreiben wollen, was ich darf? Noch jemand?«

»Ja, Mr. President«, erwiderte der Verteidigungsminister. »Wenn Sie mir einen Ausflug in Ihre Ausdrucksweise gestatten – ich habe keine Ahnung, auf welche Scheiße Sie im Detail anspielen, und ich verbitte mir Ihre Unterstellungen.«

»Details? Unterstellungen? Scheißkerl, lesen Sie doch die Zahlen! Drei Millionen Dollar für einen Panzer, der in der Produktion grob gerechnet anderthalb Millionen kostet? Dreißig Millionen für ein Jagdflugzeug, das so vollgepackt mit Liebesgaben vom Pentagon ist, daß es sich kaum in der Luft halten kann, und dann geht es zurück ans Reißbrett und kostet noch mal zehn Millionen pro Maschine? Vergessen Sie die Klositze und die Schraubenschlüssel. Sie haben schlimmere Probleme.«

»Mit der Gesamtsumme verglichen sind das kleine Ausgaben, Mr. President.«

»Wie ein Freund von mir mal im Fernsehen gesagt hat, erzählen Sie das dem armen Schwein, das sein überzogenes Konto ausgleichen muß. Vielleicht haben Sie den falschen Beruf, Herr Minister. Dauernd erzählen wir unseren Landsleuten, daß die russische Wirtschaft ein Scherbenhaufen ist, daß ihre Technologie Lichtjahre hinter unserer zurück ist, und trotzdem behaupten Sie jedes Jahr, wenn Sie Ihren Etat zusammenschustern, daß die Kacke am Dampfen ist, weil uns die Russen wirtschaftlich und technisch den Rang ablaufen. Das ist doch ein kleiner Widerspruch, oder sind Sie anderer Meinung?«

»Sie verstehen nicht, wie vielschichtig –«

»Das muß ich auch nicht. Ich verstehe die Widersprüche... Und was ist mit euch, euch vier unerschütterlichen, glorreichen Wächtern aus dem Repräsentantenhaus und dem Senat – Mitglieder meiner Partei und der loyalen Opposition? Habt ihr denn nicht gerochen, daß etwas faul ist?«

»Sie sind ein äußerst populärer Präsident«, sagte der Fraktionsvorsitzende der Opposition im Repräsentantenhaus. »Es ist außerordentlich schwierig, gegen Sie Politik zu machen.«

»Auch dann, wenn der Fisch schon zum Himmel stinkt?«

»Auch dann, Sir.«

»Dann sollten Sie auch den Hut nehmen... Und was ist mit unserer ausgeschlafenen militärischen Elite, unseren ruhmreichen Joint Chiefs of Staff? Wer paßt denn eigentlich auf den gottverfluchten Laden auf, oder seid ihr etwa so elitär geworden, daß ihr die Adresse vom Pentagon vergessen habt? Obristen, Generale, Admirale marschieren im Gleichschritt von Arlington aus direkt in die Reihen von Rüstungshändlern und bescheißen unsere Steuerzahler.«

»Einspruch!« schrie der Vorsitzende der Joint Chiefs of Staff und sabberte dabei durch die überkronten Zähne. »Es ist nicht unsere Aufgabe, zu überwachen, was jeder unserer Offiziere im Privatbereich für Geschäfte macht.«

»Das kann schon sein, aber schließlich sorgen Sie für die Beförderungen, die solche Leute überhaupt erst in die Lage bringen, Geschäfte zu machen... Und was ist mit den Superspionen der Nation, mit der CIA und der NSA? Mr. Payton nehme ich aus – und falls einer von Ihnen versuchen sollte, ihn nach Sibirien zu verfrachten, nehme ich den fünf Jahre lang ins Gebet –, aber wo, zum Teufel, haben Sie gesteckt? Da sind Waffen ins ganze Mittelmeer und in den Persischen Golf verschifft worden – in Häfen, die der Kongreß und ich ausdrücklich für *off limits* erklärt haben! Konnten Sie etwa den Schiffsverkehr nicht überwachen? Wen, zum Teufel, haben Sie denn an den Computer gesetzt?«

»In einer Anzahl von Fällen, Mr. President«, sagte der Direktor der CIA, »wenn uns bestimmte Aktivitäten fragwürdig vorkamen, gingen wir davon aus, sie seien mit Ihrer Zustimmung durchgeführt worden, weil sie Ihre politischen Positionen widerspiegelten. Soweit es um die Gesetzmäßigkeit ging, nahmen wir an, Sie hätten sich mit dem Generalbundesanwalt beraten, wie es üblich ist.«

»Sie haben also die Augen zugemacht und gesagt: ›Soll sich doch sonstwer an der heißen Kartoffel den Mund verbrennen.‹ Sehr empfehlenswert, wenn man den eigenen Hals retten will, aber warum haben Sie mich nicht einfach mal gefragt?«

»Was die NSA anlangt«, unterbrach der Direktor der National Security Agency, »wir haben mehrmals sowohl mit Ihrem Stabschef als auch mit Ihrem Sicherheitsberater über etliche unorthodoxe Entwicklungen gesprochen, von denen uns berichtet worden war. Ihr Sicherheitsberater hat uns versichert, er wisse nichts darüber, und sprach von ›gehässigen Gerüchten‹, und Mr. Dennison behauptete, das sei – und ich zitiere ihn wörtlich, Mr. President – ein Haufen Scheiße, den ultraliberale Schwachköpfe in die Welt gesetzt hätten, um Ihnen auf die billigste Weise zu schaden. Genau das hat er gesagt, Sir.«

»Es wird Ihnen aufgefallen sein«, bemerkte Jennings eisig, »daß die beiden Herren nicht anwesend sind. Mein Sicherheitsberater hat sich vorzeitig pensionieren lassen, und mein Stabschef ist beurlaubt, um sich um persönliche Angelegenheiten zu kümmern. Man muß Herb Dennison lassen, daß er sein Schiff in Ordnung gehalten hat und ein strenger Kapitän war, aber er ist etliche Male vom Kurs abgekommen... Und jetzt zu unserem obersten Ankläger, dem Wächter über die Gesetze der Nation. Wenn man bedenkt, daß gegen die Gesetze verstoßen wurde, daß sie gebrochen und umgangen wurden, muß ich annehmen, daß Sie vor drei Jahren zum Mittagessen gegangen und nie zurückgekommen sind. Was machen Sie eigentlich da drüben im Justizministerium? Spielen Sie Bingo oder Korbball? Wozu bezahlen wir eigentlich ein paar hundert Anwälte, die sich um kriminelle Machenschaften gegen die Regierung kümmern sollen, wenn kein einziges der Scheißverbrechen, die in dem Bericht hier aufgezählt werden, je aufgedeckt wurde?«

»Das gehörte nicht zu unserem Geschäftsbereich, Mr. President. Wir konzentrierten uns auf –«

»Was, zum Teufel, soll das heißen? Konzernabsprachen über Preise und skandalöse Aufschläge gehören nicht zu Ihrem Geschäftsbereich? Dann will ich Ihnen mal was sagen, Sie Spatzenhirn, sorgen Sie verflucht noch mal dafür, daß sich das ändert! Zum Teufel mit Ihnen, wenden wir uns meinem geschätzten Zweitkandidaten zu – in diesem Fall ist der Letzte weiß Gott nicht der Unwichtigste, ganz im Gegenteil. Das schäbige, miese Werkzeug dieser üblen Lobby ist der zweite Mann im Staat gewesen! Das sind allesamt Ihre Kumpel, Orson! Wie konnten Sie bloß so etwas tun?«

»Mr. President, das sind doch auch Ihre Leute! Sie haben das Geld für Ihren ersten Wahlkampf aufgebracht. Sie haben die Opposition um Millionenbeträge übertroffen und damit für Ihre Wahl gesorgt. Sie sind für die Ziele dieser Leute eingetreten, haben ihre Forderungen nach weniger Einschränkungen für Handel und Industrie unterstützt –«

»In vernünftigem Maß, ja«, sagte Jennings, dessen Stirnadern jetzt deutlich angeschwollen waren. »Aber doch auf keinen Fall durch Manipulation! Nicht durch korrupte Geschäfte mit Waffenhändlern in ganz Europa und im ganzen Mittelmeerraum, und, der Teufel soll Sie holen, schon gar nicht durch Geheimabsprachen, Erpressung und angeheuerte Terroristen!«

»Davon habe ich nichts gewußt!« schrie Bollinger und sprang auf.

»Nein, vermutlich haben Sie das wirklich nicht gewußt, Mr. Vice President, denn Sie waren bei dem Spiel um Einfluß eine viel zu leichte Beute, als daß die Kerle es riskiert hätten, Sie zu verlieren, weil Sie die große Panik kriegen. Aber Sie haben todsicher gewußt, daß da wesentlich mehr Fett in der Pfanne brutzelte, als dem Rauch anzumerken war. Sie wollten schlicht und einfach nicht wissen, was da anbrannte und so beschissen stank. Setzen Sie sich!« Bollinger setzte sich, und Jennings fuhr fort. »Aber schreiben Sie sich eins hinter die Ohren, Orson. Sie stehen nicht auf der Wahlliste, und wehe Ihnen, wenn Sie auch nur in die Nähe des Parteitags kommen. Sie sind fertig, erledigt, und falls ich je erfahren sollte, daß Sie wieder mitmischen oder in einem Vorstand sitzen, Wohlfahrt ausgenommen, dann... Ich sage nur, Finger weg.«

»Mr. President!« sagte der ledergesichtige Vorsitzende der Joint Chiefs of Staff und stand auf. »Angesichts Ihrer Ausführungen und Ihrer mehr als nur spürbaren Voreingenommenheit reiche ich meinen Rücktritt ein, mit sofortiger Wirkung!«

Ein halbes Dutzend anderer erhob sich und folgten mit Nachdruck seinem Beispiel. Langford Jennings lehnte sich im Schreibtischsessel zurück und sprach ruhig, mit Frost in der Stimme. »O nein, so leicht kommt ihr nicht davon, keiner von euch. In dieser Regierung wird nicht gemeutert; keiner geht vom Schiff und verkriecht sich in den Bergen. Ihr bleibt auf euren Posten und sorgt dafür, daß wir wieder auf den richtigen Kurs kommen... Versteht mich recht, mir geht es nicht darum, was die Leute von mir oder dem Haus denken, in dem ich im Augenblick wohne, mir geht es um unser Land. Ich bin in tiefer Sorge um unser Land. In so tiefer Sorge, daß ich vom Recht der Exekutive auf Geheimhaltung Gebrauch machen und diesen vorläufigen Bericht – vorläufig, weil er noch lange nicht abgeschlossen ist – in meinem alleinigen Besitz behalten werde, bis ich glaube, daß die Zeit zu seiner Veröffentlichung reif ist... Ihn jetzt zu veröffentlichen würde die stärkste Regierung lahmlegen, die unsere Nation seit vierzig Jahren gehabt hat, und unserem Land nicht wiedergutzumachenden Schaden zufügen, aber ich betone, er wird veröffentlicht werden... Ich möchte Ihnen etwas erklären. Wenn ein Mann oder eine Frau – ich vertraue darauf, daß das eines Tages auch einer Frau möglich sein wird – dieses Amt übernimmt, bleibt nur noch eins übrig, und das ist, in der Geschichte ein Zeichen zu setzen. In den nächsten fünf Jahren werde ich freiwillig aus diesem Rennen um die Unsterblichkeit gehen, denn innerhalb dieser Zeitspanne wird der vollständige Bericht veröffentlicht werden, mit allen grauenhaften Einzelheiten... Aber erst, wenn jedes Unrecht, das während meiner Amtszeit begangen wurde, wiedergutgemacht, jedes Verbrechen gesühnt worden ist. Wenn das bedeutet, daß Tag und Nacht gearbeitet werden muß, dann werden Sie alle genau das tun – alle bis auf meinen Schleimscheißer von einem Vizepräsidenten, den ich aus dem Verkehr ziehen werde und der, wenn wir Glück haben, vielleicht den Anstand hat, sich das Hirn wegzupusten... Ein letztes Wort, meine Herren. Falls einer von Ihnen versucht sein sollte, das sinkende Schiff zu verlassen, das durch unser aller Unterlassungssünden vom Kurs abgekommen ist, dann bedenken Sie bitte, daß ich der Präsident der Vereinigten Staaten bin und über eine geradezu unglaubliche Macht verfüge. Im weitesten Sinne habe ich das Recht über Leben und Tod – das ist die bloße Feststellung einer Tatsache, aber falls Sie es als Drohung auffassen wollen – das ist Ihnen unbenommen. Und jetzt raus mit Ihnen, und fangen Sie sofort mit dem Nachdenken an. Payton, Sie bleiben.«

»Ja, Mr. President.«

»Habe ich mich deutlich ausgedrückt, Mitch?« fragte Jennings, der sich und Payton aus der in die Wand des Oval Office eingelassenen Bar einen Drink eingoß.

»Ich will mal so sagen«, erwiderte der Leiter von Special Projects. »Wenn ich nicht sofort diesen Whisky kriege, fange ich wieder an zu zittern.«

Der Präsident brachte Payton den Drink mit seinem berühmten Grinsen. »Nicht schlecht für einen Kerl, der angeblich den Intelligenzquotienten eines Telegrafenmasten hat, was?«

»Es war eine sagenhafte Vorstellung, Sir.«

»Ich fürchte, auf genau das hat sich dieses Büro reduziert.«

»So habe ich das nicht gemeint, Mr. President.«

»Natürlich haben Sie es so gemeint, und Sie haben recht. Deshalb braucht der Kaiser, ob er nun Kleider anhat oder nackt ist, einen starken Ministerpräsidenten, der eine eigene kaiserliche Familie gründet – aus beiden Parteien.«

»Wie bitte?«

»Kendrick. Ich will ihn auf der Wahlliste haben.«

»Ich fürchte, dazu werden Sie ihn überreden müssen. Meine Nichte sagt – ich nenne sie meine Nichte, obwohl sie –«

»Darüber weiß ich alles, und auch alles über diese Frau«, unterbrach ihn Jennings. »Was sagt sie?«

»Daß Evan genau weiß, was passiert ist – immer noch passiert –, daß er aber noch unentschlossen ist. Sein engster Freund, Emmanuel Weingrass, ist schwer krank und wird das kaum überleben.«

»Darüber weiß ich auch Bescheid. Sie haben seinen Namen nicht erwähnt, aber er kommt in Ihrem Bericht vor, wissen Sie noch?«

»Oh, tut mir leid. Ich habe in letzter Zeit nicht viel geschlafen. Ich werde vergeßlich ... Jedenfalls will Kendrick unbedingt wieder nach Oman, und ich kann es ihm nicht ausreden. Er ist geradezu besessen von dem Waffenhändler Abdel Hamendi. Er glaubt allen Ernstes, daß Hamendi mindestens achtzig Prozent aller Feuerwaffen verkauft, die im Nahen Osten und in Vorderasien eingesetzt werden, und auf diese Weise Kendricks geliebte arabische Länder zerstört. Er hat etwas von einem modernen Lawrence von Arabien an sich, der versuchen will, seine Freunde vor der internationalen Verachtung und dem Untergang zu bewahren.«

»Was genau kann er denn seiner Meinung nach erreichen?«

»Nach dem, was er mir erzählt hat, läuft es auf ein Aufdekkungsmanöver hinaus. Ich glaube nicht, daß Kendrick der Ablauf schon ganz klar ist, aber das Ziel hat er vor Augen. Er will Hamendi bloßstellen als das, was er ist, als einen Mann, der Abermillionen daran verdient, daß er jedem, der sie haben will, todbringende Waffen verkauft.«

»Wie kommt Evan denn auf die Idee, daß Hamendi auch nur einen Furz darauf gibt, was seine Kunden von ihm halten? Er ist im Waffengeschäft, nicht in der Mission.«

»Das könnte für Hamendi durchaus eine Rolle spielen, wenn die Hälfte der Waffen, die er verkauft, nicht funktioniert, wenn der Sprengstoff nicht explodiert und die Gewehre nicht schießen.«

»Gütiger Gott«, flüsterte der Präsident, drehte sich langsam um und ging zum Schreibtisch zurück. Er setzte sich, stellte das Glas auf den Löschblock und starrte schweigend die Wand an. Schließlich drehte er sich im Sessel herum und schaute Payton an. »Erlauben Sie es ihm, Mitch. Er würde es keinem von uns je verzeihen, wenn wir versuchten, ihn davon abzubringen. Geben Sie ihm alles, was er braucht, aber sorgen Sie dafür, daß er todsicher zurückkommt... Ich will, daß er zurückkommt. Unser Land braucht ihn.«

Auf der anderen Seite der Welt trieben Nebelschwaden vom Persischen Golf her, hüllten die Tudschar-Straße von Bahrein ein, schufen Lichtringe unter den Straßenlampen und verbargen den Nachthimmel. Es war genau halb fünf Uhr morgens, als eine schwarze Limousine in den menschenleeren Küstenteil der schlafenden Stadt einfuhr. Sie hielt vor den Glastüren des Gebäudes, das Sahalhuddin genannt wurde und bis vor sechzehn Monaten die fürstliche Residenz des Ungeheuers in Menschengestalt gewesen war, das sich der Mahdi nannte. Zwei Araber stiegen aus dem Fond und traten in den Strahl der trüben

Neonlichter über dem Eingang; die Limousine rollte leise davon. Der größere klopfte leicht gegen das Glas; der Wächter am Empfangstresen schaute auf die Armbanduhr, stand auf und kam schnell zur Tür. Er schloß auf und verbeugte sich vor den Besuchern, die zu so ungewöhnlicher Stunde kamen.

»Es ist alles vorbereitet, erhabene Herren«, sagte er, zunächst im Flüsterton. »Die Wachen draußen sind vorzeitig nach Hause geschickt worden; die Ablösung kommt erst um sechs.«

»Wir brauchen nur halb soviel Zeit«, sagte der jüngere, kleinere Besucher, offensichtlich der Anführer. »Gehört zu den gut bezahlten Vorbereitungen auch, daß die Tür oben nicht abgeschlossen ist?«

»Seien Sie dessen versichert, erhabener Herr.«

»Und nur ein Aufzug ist in Betrieb?« fragte der ältere, größere Araber.

»Ja, Herr.«

»Wir werden ihn oben stoppen.« Der Kleinere ging auf die Aufzüge zu; sein Begleiter war sofort an seiner Seite. »Wenn ich richtig unterrichtet bin«, sagte er, jetzt laut, »können wir die letzte Treppe zu Fuß hinaufgehen, stimmt das?«

»Ja, erhabener Herr. Alle Alarmanlagen sind abgeschaltet, und das Zimmer ist wieder genauso hergerichtet worden, wie es war... vor diesem schrecklichen Morgen. Wie Sie angeordnet haben, ist außerdem der Gegenstand, den Sie angefordert haben, in das Zimmer gebracht worden; er war im Keller. Vielleicht ist Ihnen bewußt, Herr, daß die Behörden das Zimmer auseinandergenommen und dann monatelang versiegelt haben. Wir konnten das gar nicht begreifen, erhabener Herr.«

»Das war auch nicht nötig... Du wirst uns warnen, wenn irgend jemand in das Gebäude will, wenn sich auch nur irgend jemand der Tür nähert.«

»Mit Adleraugen werde ich wachen, erhabener Herr!«

»Aber warnen wirst du uns über Telefon.« Die beiden Männer waren im Aufzug, der größere drückte den Knopf, und sofort glitt eine Tür auf. Sie traten ein; die Tür ging zu. »Ist der Mann tüchtig?« fragte der kleinere, als der Motor ansprang und die Kabine nach oben schwebte.

»Er tut, was man ihm sagt, und was er zu tun hat, ist nicht schwierig... Warum war das Büro des Mahdis so lange versiegelt?«

»Weil die Behörden nach Männern wie uns Ausschau gehalten, auf Männer wie uns gewartet haben.«

»Sie haben das Zimmer auseinandergenommen ...?« fragte der Untergebene zögernd.

»Genau wie bei uns wußten sie nicht, wo sie suchen sollten.«

Der Aufzug wurde langsamer, kam zum Stillstand, und die Tür glitt auf. Mit schnellen Schritten gingen die beiden Besucher zu der Treppe, die zum Stockwerk des Mahdis und zu seinem einstigen ›Tempel‹ führte. Sie kamen an die Tür zum Büro, und der kleinere blieb stehen, die Hand am Türknopf. »Über ein Jahr lang habe ich auf diesen Augenblick gewartet«, sagte er und atmete tief durch. »Jetzt, wo es soweit ist, erzittere ich.«

Die beiden Eindringlinge blieben in dem riesigen, auf seltsame Weise an eine Moschee gemahnenden Raum mit der hohen Kuppeldecke, die ein Mosaik in leuchtenden Farben schmückte, schweigend stehen, als ob ein ehrfurchtgebietender Geist sie hier empfinge. Die wenigen Möbelstücke aus dunklem poliertem Holz wirkten wie Standbilder wilder Krieger, die das innere Grab eines großen Pharaos bewachen, der übergroße Schreibtisch wie der Sarkophag eines toten, verehrten Herrschers. Und an der Wand rechts, ein schreiender Kontrast, stand ein zweieinhalb Meter hohes, modernes Metallgerüst mit Seitenstangen zum Hinaufsteigen. Der Größere ergriff das Wort.

»Das könnte Allahs Ruhestätte sein – möge sein Wille geschehen.«

»Mein ahnungsloser Freund, du hast den Mahdi nicht gekannt, in keiner Hinsicht«, erwiderte der Anführer. »Der phrygische König Midas wäre ein besserer Vergleich ... Beeilen wir uns, wir vergeuden Zeit. Bring das Gerüst an die Stelle, die ich dir zeige, und dann steigst du hinauf.« Der Untergebene ging auf das Gerüst zu und schaute sich nach seinem Begleiter um. »Nach links«, fuhr der Anführer fort. »Direkt unter den zweiten Fensterspalt.«

»Ich weiß nicht, worauf Sie hinauswollen«, sagte der Große, trat auf die Seitenstange und kletterte hinauf.

»Es gibt vieles, das du nicht weißt, und du mußt auch nicht alles wissen ... Jetzt fang nach links zu zählen an, vom Fensterrahmen an sechs Kacheln, dann fünf nach oben.«

»Ja, ja ... ich muß mich ganz schön strecken, und ich bin nicht gerade klein.«

»Der Mahdi war viel größer, viel eindrucksvoller – aber er hatte durchaus seine Fehler.«

»Wie bitte?«

»Ach, gar nichts... Jetzt drückst du auf alle vier Ecken der Kachel, genau an der Spitze, und dann mit der Handfläche mit aller Kraft, die du hast, auf die Mitte. Jetzt!«

Die Mosaikkachel sprang aus dem Sockel; der große Araber konnte sie gerade noch auffangen und wäre fast vom Gerüst gefallen. »Bei Allah!« rief er.

»Ein ganz einfaches Saugprinzip mit ausbalanciertem Gewicht«, sagte der Kleinere ohne nähere Erklärung. »Jetzt langst du hinein und holst die Papiere heraus; sie müßten gebündelt sein.« Der Untergebene tat, was ihm aufgetragen war, und zog einen umfangreichen Computerausdruck heraus, den zwei Gummibänder zusammenhielten. »Wirf sie zu mir herunter«, fuhr der Anführer fort, »dann bring die Kachel wieder genauso an, wie du sie abgenommen hast. Erst auf die Mitte drücken.«

Der große Araber führte den Befehl ungelenk aus, dann kletterte er vom Gerüst herunter. Er trat an seinen Vorgesetzten heran, der in dem Ausdruck blätterte und die Seiten aufmerksam überflog. »Ist das der Schatz, von dem Sie gesprochen haben?« fragte er leise.

»Es gibt keinen größeren vom Persischen Golf bis zur Westküste des Mittelmeers«, gab der Jüngere zur Antwort, während seine Augen über die Papiere rasten. »Sie haben den Mahdi hingerichtet, aber sein Werk konnten sie nicht zerstören. Der Rückzug war nötig, der Weg in den Untergrund – aber wir sind nicht geschlagen. Die tausend Zweige des Unternehmens sind nicht zertreten worden, nicht einmal bloßgestellt. Sie sind nur abgefallen vom Baum und zur Erde zurückgekehrt, und eines Tages werden sie von neuem sprießen.«

»Das steht auf diesen Seiten, die so komisch aussehen?« Der Vorgesetzte nickte im Weiterlesen. »Was in Allahs Namen steht denn da eigentlich drin?«

Der Kleinere schaute zu seinem Begleiter auf. »Warum auch nicht?« sagte er und lächelte. »Das sind die Listen, auf denen jeder Mann, jede Frau, jede Firma, jeder Kontaktmann und jede Verbindung zu den Terroristen verzeichnet sind, alle Verbindungsleute des Mahdis. Es wird Monate dauern, vielleicht ein paar Jahre, bis das wieder ein Ganzes wird, aber es wird gelingen. Sie warten darauf, verstehst du. Denn der Mahdi hat recht behalten: das ist unsere Welt. Wir werden sie keinem sonst überlassen.«

»Das wird wie ein Lauffeuer die Runde machen!« rief der Untergebene. »Das wird es doch, nicht wahr?«

»Vorsicht, Vorsicht«, erwiderte der junge Anführer. »Wir leben in anderen Zeiten«, fügte er rätselhafterweise hinzu. »Die Ausrüstung von letzter Woche ist überholt.«

»Ich kann nicht so tun, als ob ich Sie verstünde.«

»Noch einmal, das ist auch gar nicht nötig.«

»Woher kommen Sie?« fragte der verwirrte Untergebene. »Man hat uns gesagt, daß wir Ihnen gehorchen sollen, daß Sie Dinge wissen, von denen Menschen wie ich nichts erfahren dürfen. Aber wie und von woher sind Sie gekommen?«

»Ich komme von weit her, Tausende von Kilometern weit, und ich habe mich jahrelang auf diesen Augenblick vorbereitet... Laß mich jetzt allein. Schnell. Geh nach unten und sag dem Wächter, er soll das Gerüst wieder in den Keller schaffen lassen, dann gib dem Wagen ein Zeichen, der auf der Straße die Runde macht. Der Fahrer bringt dich nach Hause; wir treffen uns morgen. Selbe Zeit, selber Ort.«

»Mögen Allah und der Mahdi Sie beschützen«, sagte der große Araber, verbeugte sich und stürzte zur Tür hinaus, die er hinter sich zumachte.

Der junge Mann schaute seinem Begleiter nach, dann griff er unter sein Gewand und holte ein kleines Funkgerät heraus. Er drückte einen Knopf und sprach. »Er kommt jetzt gleich aus dem Gebäude. Nimm ihn mit und fahre an die Felsen der Südküste. Bring ihn um, zieh ihn aus und wirf die Waffe ins Meer.«

»Befehl wird ausgeführt«, erwiderte die Stimme des Fahrers der Limousine ein paar Straßen weiter.

Der jugendliche Anführer steckte das Funkgerät wieder weg und schritt feierlich auf den riesigen Ebenholzschreibtisch zu. Er legte die Ghotra ab und ließ sie zu Boden fallen, als er den thronähnlichen Sessel erreichte und sich darauf setzte. Er zog eine große Schublade auf der linken Seite auf und holte den juwelenbesetzten Kopfschmuck des Mahdi heraus. Er setzte ihn sich auf und sprach leise zur Mosaikdecke hinauf.

»Ich danke dir, Vater«, sagte der Erbe, der an der University of

Chicago in Computertechnik promoviert hatte. »Daß du mich unter allen deinen Söhnen auserwählt hast, ist eine Ehre und eine Herausforderung. Meine schwache weiße Mutter wird das nie begreifen, aber wie du mir immer wieder klargemacht hast, war sie nichts als ein Mittel zum Zweck... Aber ich muß dir sagen, Vater, daß die Dinge jetzt anders liegen. Feinheiten und Langzeitstrategien sind das Gebot der Stunde. Wir werden unsere Methoden dort anwenden, wo sie notwendig sind – das Töten ist für uns kein Problem –, aber wir haben es auf einen viel größeren Teil der Welt abgesehen, als du je im Sinn hattest. Wir werden über Zellen in ganz Europa und im ganzen Mittelmeerraum verfügen, und wir werden mit Hilfe von Methoden kommunizieren, an die du nie gedacht hättest – heimlich, über einen Satelliten, nicht abzufangen. Weißt du, Vater, die Welt gehört nicht mehr der einen oder der anderen Rasse. Sie gehört den Jungen, Starken, Intelligenten, und das sind wir.«

Der neue Mahdi hörte zu flüstern auf und schaute hinunter auf die Schreibtischplatte. Bald würde dort liegen, was er brauchte. Der größere Sohn des großen Mahdi würde den Marsch fortsetzen.

Wir müssen herrschen.

Überall!

45

Am zweiunddreißigsten Tag nach der abenteuerlichen Flucht von der Insel kam Emmanuel Weingrass langsam in die verglaste Veranda in Mesa Verde; aber seine Stimme klang frisch, als er fragte: »Wo ist der Nichtsnutz?«

»Beim Joggen«, antwortete Kalaila, die auf der Couch saß, den Frühstückskaffee trank und Zeitung las. »Vielleicht schon oben in den Bergen, wer weiß?«

»In Jerusalem ist es jetzt zwei Uhr nachmittags«, sagte Manny.

»Und in Maskat ist es vier«, fügte Kalaila hinzu. »Da drüben sind die Leute eben klüger.«

»Meine vorlaute Tochter.«

»Setz dich, Kind«, sagte Kalaila und klopfte auf das Kissen neben ihr.

»Auch ein vorlautes Kind«, murmelte Weingrass, kam herüber und band das Sauerstofffläschchen los, ehe er sich auf die Couch setzte. »Der Nichtsnutz scheint gut in Form zu sein«, fuhr Manny fort, lehnte sich zurück und atmete schwer.

»Man könnte meinen, er trainiert für die Olympischen Spiele.«

»Apropos Training, hast du eine Zigarette?«

»Du sollst doch nicht rauchen.«

»Gib schon her.«

»Du bist unmöglich.« Kalaila nahm ein Päckchen Zigaretten aus der Bademanteltasche, schüttelte eine heraus und griff nach einem Keramikfeuerzeug auf dem Couchtisch. Sie zündete die Zigarette für Weingrass an und wiederholte: »Du bist wirklich unmöglich.«

»Und du bist meine arabische Mutter Oberin«, sagte Manny und inhalierte, als wäre er ein Kind, das sich die verbotene dritte Nachtischportion schmecken ließ. »Wie ist die Lage in Oman?«

»Mein alter Freund, der Sultan, ist ein bißchen durcheinander, aber meine junge Freundin, seine Frau, wird das schon wieder in Ordnung bringen... Übrigens läßt Achmad dich herzlich grüßen.«

»Das gehört sich auch so. Er hat mir seinen Harvard-Abschluß zu verdanken, und er hat mir nie etwas für die Weiber bezahlt, die ich ihm in Los Angeles verschafft habe.«

»Du bringst es doch immer wieder fertig, aufs Thema Nummer eins zu kommen... Wie geht es deinen Freunden in Jerusalem?«

»Wo wir schon mal beim Grüßeausrichten sind, ich soll dich von Ben-Ami grüßen.«

»Benny?« rief Kalaila und setzte sich auf. »Großer Gott, an ihn habe ich seit Jahren nicht mehr gedacht! Trägt er immer noch diese albernen Designer-Jeans und schnallt sich die Knarre über den Hintern?«

»Das wird wahrscheinlich immer so bleiben, und er wird der Mossad auf immer und ewig für beides die doppelten Kosten aufbrummen.«

»Er ist ein guter Typ und einer der besten Überwachungsagenten, die Israel je hatte. Wir haben in Damaskus zusammengearbeitet; er ist klein und ein bißchen zynisch, aber es ist ein gutes Gefühl, wenn man ihn zur Seite hat. Und er ist knallhart.«

»Wie dein Nichtsnutz sagen würde: Wem sagst du das. Wir sind dabei, das Hotel in Bahrein zu umzingeln, und er hat nichts Besseres zu tun, als mir über Funk Vorträge zu halten.«

»Er stößt in Maskat zu uns?«

»Er stößt zu euch, du unfreundliche Person, die mich ausgeschlossen hat.«

»Hör mal, Manny –«

»Ich weiß, ich weiß. Ich bin ein Klotz am Bein.«

»Was hast du denn gedacht?«

»Schön und gut, ich bin ein Klotz am Bein, aber deshalb könnt ihr mich trotzdem auf dem laufenden halten.«

»Mindestens zweimal am Tag. Wo will Ben-Ami sich mit uns treffen? Und wie? Ich kann mir nicht vorstellen, daß die Mossad bei dieser Operation mitmachen will.«

»Nach der Iranaffäre wäre das viel zu riskant, vor allem, wenn die CIA mitmischt und es um Schweizer Banken geht. Ben wird in der Telefonzentrale des Palastes eine Telefonnummer für eine Miß Adrienne hinterlassen – meine Idee... Außerdem bringt er jemanden mit.«

»Wen?«

»Einen Irren.«

»Sehr hilfreich. Hat er einen Namen?«

»Ich kenne nur den Codenamen. Blau.«

»Asra!«

»Nein, das war der andere.«

»Ich weiß, aber der Israeli hat Asra, den Araber mit dem Codenamen Blau, umgebracht. Evan hat mir erzählt, ihm sei ganz schlecht geworden von so viel Haß zwischen zwei Jungen.«

»Was die Jungen anlangt, kann einem wirklich bloß schlecht werden. Statt mit Baseballschlägern laufen sie mit Repetiergewehren und Handgranaten herum... Hat Payton für eure Reiseroute gesorgt?«

»Er hat sie gestern mit uns zusammen festgelegt. Mit einem Air-Force-Frachtflugzeug nach Frankfurt und weiter nach Kairo, von dort aus heimlich mit Sportflugzeugen nach Kuweit und Dubai, das letzte Stück mit dem Hubschrauber. Wir landen bei Nacht in Dschabal Scham, und dort holt uns einer von Achmads Zivilwagen ab und bringt uns zum Palast.«

»Gute Deckung«, sagte Weingrass und nickte beeindruckt.

»Die brauchen wir auch. Evan muß verschwinden, während Geschichten darüber verbreitet werden, er sei in Hawaii gesehen worden und halte sich auf einem Landsitz auf Maui versteckt. Die Bildstelle arbeitet an ein paar Fotomontagen, die Evan dort zeigen und die der Presse zugespielt werden.«

»Mitchells Phantasie macht Fortschritte.«

»Es gibt keinen Besseren, Manny.«

»Vielleicht sollte er die CIA leiten.«

»Nein, er verabscheut Verwaltungsarbeit, und er ist ein miserabler Politiker. Wenn er jemanden nicht leiden kann oder gegen irgendwas ist, dann weiß es jeder. Er ist auf seinem jetzigen Posten besser dran.«

Weingrass reagierte sofort, als die Haustür auf- und zuging. *»Oy!«* rief er, steckte der erschrockenen Kalaila die Zigarette in den Mund und wedelte den Rauch, das Belastungsmaterial, auf Kalaila zu. »Böse Schickse!« flüsterte er. »Raucht in meiner Gegenwart!«

»Unmöglich«, sagte Kalaila leise, nahm die Zigarette aus dem Mund und drückte sie im Aschenbecher aus, als Kendrick aus dem Wohnzimmer in die Veranda kam.

»Sie würde niemals in deiner Nähe rauchen«, protestierte Evan, der einen blauen Sweatsuit trug, und dem der Schweiß übers Gesicht lief.

»Hast du neuerdings Ohren wie ein Dobermann?«

»Und du hast den Verstand eines Schwertfischs an der Angel.«

»Das ist ein sehr schlauer Fisch.«

»Tut mir leid«, sagte Kalaila ruhig. »Er kann so furchtbar hartnäckig sein.«

»Wem sagst du das?«

»Was habe ich eben gesagt?« schrie Weingrass. »Dauernd sagt er das. Das ist ein Zeichen für einen hochentwickelten, völlig unangebrachten Überheblichkeitskomplex, und für einen tatsächlich überlegenen Intellekt äußerst ärgerlich... Hast du dich auch richtig ausgetobt, Dummkopf?«

Kendrick lächelte und ging zur Bar, wo ein Krug mit Orangensaft stand. »Jetzt schaff' ich's schon in dreißig Minuten«, gab er zur Antwort und goß sich ein Glas Saft ein.

»Ganz nett – für ein Cowboypferd beim Zusammentreiben des Viehs.«

»Dauernd sagt er solche Sachen«, beschwerte sich Kendrick. »Es ist zum Auswachsen.«

»Wem sagst du das«, erwiderte Kalaila und trank einen Schluck Kaffee.

»Irgendwelche Anrufe?« fragte Evan.

»Liebling, es ist erst kurz nach sieben.«

»Aber nicht in Zürich. Dort ist es schon nach ein Uhr mittags. Ich habe mit Zürich gesprochen, ehe ich weggegangen bin.«

»Und mit wem hast du gesprochen?« wollte Kalaila wissen.

»Vor allem mit dem Direktor der Gemeinschaftsbank. Mitch hat ihm mit unseren Informationen so zugesetzt, daß er sich die ganze Blase leergepinkelt hat, und jetzt will er mit uns zusammenarbeiten... Moment mal, habt ihr nach dem Telex im Arbeitszimmer geschaut?«

»Nein, aber vor zwanzig Minuten habe ich gehört, wie sich das Scheißding die Seele aus dem Leib ratterte«, sagte Weingrass.

Kendrick stellte das Glas ab und ging schnell von der Veranda aus durch das Wohnzimmer auf eine Tür am Ende des Ganges zu. Kalaila und Manny sahen ihm nach, dann schauten sie sich an und zuckten die Achseln. Innerhalb weniger Augenblicke war der Kongreßabgeordnete wieder da, ein Fernschreiben in der Hand, und völlig aufgeregt. »Sie haben es gemacht!« rief er.

»Wer hat was gemacht?« fragte Weingrass.

»Die Bank. Erinnert ihr euch an die fünfzig Millionen, die Grinell und seine kalifornische Räuberbande ausgesetzt hatten, um mich herauszukaufen?«

»Großer Gott«, rief Kalaila. »Sie haben das Geld doch nicht etwa auf dem Konto stehenlassen?«

»Natürlich nicht. Sie haben den Kreditbrief widerrufen.«

»Und?« sagte Manny.

»In unserem Zeitalter der Telekommunikation kommt schon mal ein Computerirrtum vor, und eben haben die Schweizer ein Prachtexemplar erfunden. Der Widerruf ist nie eingegangen. Der Kreditbrief ist in Kraft; er ist zu einer Schwesterbank in Bern transferiert worden, mit einer neuen, geheimen Kontonummer. Wir können über die ganze Summe verfügen.«

»Die werden nie bezahlen!« Weingrass sprach mit Nachdruck.

»Es wird mit ihren Guthaben verrechnet, mit zehnmal fünfzig Millionen insgesamt.«

»Das werden sie anfechten, Evan«, wandte Kalaila ein, mit genausoviel Nachdruck wie der alte Mann.

»Und vor den Schweizer Gerichten aufmarschieren? Irgendwie bezweifle ich das.«

Der Cobra-Hubschrauber ohne Hoheitszeichen klapperte in weniger als hundertfünfzig Metern Höhe über die Wüste hinweg. Evan und Kalaila, erschöpft von fast sechsundzwanzig Stunden in der Luft und von den Sprints zu den geheimen Umsteigestationen am Boden, saßen nebeneinander. Kalailas Kopf lag auf Kendricks Schulter, seiner war auf die Brust gesackt; beide schliefen. Ein Mann im Khaki-Overall, der keine Dienstabzeichen trug, kam aus dem Cockpit in den Rumpf. Er schüttelte Evan im trüben Licht am Arm.

»In etwa fünfzehn Minuten sind wir da, Sir.«

»Oh?« Kendrick riß den Kopf hoch, blinzelte und machte die Augen weit auf, um die Schläfrigkeit zu vertreiben. »Danke. Dann will ich mal meine Freundin wecken. Die Weiber haben doch immer etwas zu erledigen, bevor sie irgendwo ankommen, nicht wahr?«

»Dieses Weib hier nicht«, sagte Kalaila, ohne sich zu rühren. »Ich will bis zum allerletzten Augenblick schlafen.«

»Ich nicht. Geht nicht. Dringendes Bedürfnis.«

»Männer«, kommentierte die Agentin aus Kairo, nahm den Kopf von seiner Schulter, rutschte im Sitz von ihm weg und lehnte sich gegen die Wand. »Keine Selbstbeherrschung«, fügte sie hinzu, die Augen immer noch geschlossen.

»In vierzehn Minuten komme ich wieder«, sagte der Air-Force-Offizier mit einem leisen Lachen.

Nach sechzehn Minuten kam die Stimme des Piloten durch das Mikrofon. »Leuchtfeuer direkt voraus. Bitte anschnallen zum Aufsetzen.« Der Hubschrauber wurde langsamer und schwebte über dem Boden, wo die Scheinwerfer von zwei einander gegenüber parkenden Autos das Leuchtfeuer ersetzten. Langsam senkte sich der Hubschrauber in den Lichtkegel hinunter. »Verlassen Sie bitte das Flugzeug so schnell wie möglich«, fuhr der Pilot fort. »Wir müssen rasch wieder von hier weg, verstehen Sie mich recht.«

Sie waren kaum die Metallstufen hinuntergetreten, als die Cobra auch schon mit donnernden Rotoren wieder in den Nachthimmel aufstieg. Sie drehte ab, stotterte im Mondlicht über der Wüste, wirbelte Sand auf und nahm Kurs nach Norden, beschleunigend, während der Lärm in der Dunkelheit verklang. Der junge Sultan des Oman trat in den Scheinwerferstrahl. Er trug Freizeithosen und statt des Trikots der *New England Patriots,* das er bei seiner ersten Begegnung mit Evan in der Wüste vor sechzehn Monaten angehabt hatte, ein offenes weißes Hemd.

»Ich darf als erster was sagen, okay?« sagte er, als Kendrick und Kalaila näher kamen.

»Okay«, gab Kendrick zur Antwort.

»Die erste Reaktion kann nie die allerklügste sein, einverstanden?«

»Einverstanden«, stimmte Kendrick zu.

»Aber ich gelte als klug, stimmt's?«

»Stimmt.«

»Trotzdem ist Logik was für kleine Geister, nicht wahr?«

»Nicht unbedingt.«

»Widersprich mir nicht.«

»Spiel du nicht den Philosophen. Du bist der philosophischen Fakultät höchstens mal in Mannys Gesellschaft im Erfrischungsraum nahegekommen.«

»Wieso hat dieser Heuchler von einem bescheuerten Israeli –«

»Wenigstens hast du nicht Jude gesagt.«

»Das würde ich niemals tun. Das gefällt mir auch nicht besser, als wenn jemand ›dreckiger Araber‹ sagt... Übrigens sind Manny und ich damals in Los Angeles nicht bloß in Erfrischungsräume für Studenten gegangen.«

»Worauf willst du eigentlich hinaus, Achmad?«

Der junge Herrscher holte tief Luft und sprach dann schnell. »Ich kenne jetzt die ganze Geschichte und komme mir wie ein Vollidiot vor.«

»Die ganze Geschichte?«

»Alles. Das über Inver Brass, über Bollingers Rüstungsgangster, über dieses Schwein Hamendi, den meine königlichen Brüder in Riad sofort hätten hinrichten müssen, als sie ihn erwischten... den ganzen Zinnober. Und ich hätte wissen müssen, daß du nicht getan hast, was ich dir unterstellt habe. Kommando Kendrick gegen die bösen Araber – das sieht dir nicht ähnlich, das hat dir nie ähnlich gesehen ... Es tut mir leid, Evan.« Achmad trat vor und umarmte den Abgeordneten des neunten Bezirks von Colorado.

»Ihr bringt mich ja zum Heulen«, sagte Kalaila, die das Schauspiel lächelnd beobachtete.

»Da bist du ja, du Tigerin aus Kairo!« rief der Sultan, ließ Kendrick los und nahm Kalaila in die Arme. »Weißt du, wir haben ein Mädchen bekommen. Halb amerikanisch, halb omanisch. Kommt dir das bekannt vor?«

»Ich weiß. Ich durfte keinen Kontakt mit euch aufnehmen –«

»Das haben wir verstanden.«

»Aber ich war so gerührt. Sie heißt Kalaila.«

»Wenn es dich nicht gegeben hätte, Kalaila die Erste, dann hätte es auch keine Kalaila die Zweite gegeben ... Kommt, laßt uns gehen.« Als sie auf Achmads Wagen zugingen, wandte sich der Sultan Evan zu. »Für einen Kerl, der so viel durchgemacht hat, siehst du ganz schön fit aus.«

»Für einen Mann heilen meine Wunden schnell«, sagte Kendrick. »Sag mir eins, Achmad. Wer hat dir die ganze Geschichte erzählt, den ganzen Zinnober?«

»Ein Mann namens Payton, Mitchell Payton von der CIA. Euer Präsident Jennings hat mich angerufen und mir gesagt, dieser Payton wolle mich sprechen und ich solle den Anruf bitte annehmen, weil es dringend sei. Hey, dieser Jennings ist schon ein Charmeur, nicht wahr? ... Ich bin mir aber nicht sicher, daß er alles weiß, was Payton mir erzählt hat.«

»Warum sagst du das?«

»Ich weiß auch nicht, es ist einfach so ein Gefühl.« Der junge Sultan stand vor der Autotür und schaute Evan an. »Wenn du das hier durchziehen kannst, mein Freund, dann hast du für den Nahen Osten und für uns hier am Golf mehr getan als sämtliche Diplomaten in zehn Vereinten Nationen.«

»Wir ziehen es durch. Aber nur mit deiner Hilfe.«

»Die bekommt ihr.«

Ben-Ami und der Agent mit dem Decknamen Blau gingen durch die enge Straße zum Al-Kabir-Basar und hielten nach dem Straßencafé Ausschau, in dem abends Kaffee serviert wurde. Sie trugen korrekte dunkle Anzüge, wie es ihren bahreinischen Visen entsprach, in denen sie als Angestellte der Bank von

England in Al Manama bezeichnet wurden. Sie entdeckten das Straßencafé und setzten sich wie verabredet an einen leeren Tisch gleich an der Straße. Drei Minuten später gesellte sich ein hochgewachsener Mann in arabischer Kleidung zu ihnen.

»Haben Sie Kaffee bestellt?« fragte Kendrick.

»Es war noch kein Kellner da«, antwortete Ben-Ami. »Heute abend ist hier viel los. Wie geht es Ihnen, Herr Abgeordneter?«

»Probieren wir's doch mal mit Evan, oder, noch besser, mit Amal. Ich bin hier, und das beantwortet in gewisser Weise Ihre Frage.«

»Und wie geht's Weingrass?«

»Leider nicht besonders gut... Hallo, Blau?«

»Hallo«, sagte der junge Mann und starrte Kendrick an.

»Sie sehen in dieser Kleidung wie ein Geschäftsmann aus, gar nicht militärisch. Ich glaube, ich hätte Sie gar nicht erkannt, wenn ich nicht gewußt hätte, daß Sie herkommen.«

»Ich bin nicht mehr beim Militär. Ich mußte die Brigade verlassen.«

»Sie werden ihr fehlen.«

»Mir fehlt die Brigade, aber meine Verletzungen sind nicht richtig geheilt – mehrere Sehnenrisse, hat man mir gesagt. Asra war ein guter Kämpfer, ein guter Partisan.«

»Immer noch so viel Haß?«

»Ich spreche nicht mit Haß von ihm. Ich bin natürlich wütend, wegen vieler Dinge, aber ich hasse den Mann nicht, den ich umbringen mußte.«

»Was machen Sie jetzt?«

»Ich arbeite für die Regierung.«

»Er arbeitet für uns«, unterbrach Ben-Ami. »Für die Mossad.«

»Apropos, Achmad bittet um Entschuldigung dafür, daß er Sie nicht im Palast empfangen wollte –«

»Ist er verrückt geworden? Es hätte ihm gerade noch gefehlt, daß Mitglieder der Mossad bei ihm zu Hause auftauchen. Für uns wäre es auch nicht übertrieben gut, wenn irgendwer davon was mitbekäme.«

»Wieviel hat Manny Ihnen erzählt?«

»Bei seiner großen Klappe, gibt's da irgend etwas, das er mir nicht erzählt hätte? Er hat sogar noch mal angerufen, als Sie die Vereinigten Staaten schon verlassen hatten, und hat Blau mit mehr Informationen versorgt, als er brauchen konnte.«

»Blau, wieso?... Haben Sie übrigens auch noch einen anderen Namen?«

»Bei allem Respekt, Sir, für einen Amerikaner nicht. In unser beider Interesse.«

»Das akzeptiere ich. Welche Informationen von Weingrass konnten Sie brauchen, und was haben Sie damit angefangen?«

Der junge Mann beugte sich über den Tisch; sie steckten jetzt alle drei die Köpfe näher zusammen. »Er nannte uns die Summe von fünfzig Millionen –«

»Eine geniale Manipulation!« unterbrach Ben-Ami. »Und ich glaube keinen Augenblick lang, daß Manny auf diese Idee gekommen ist.«

»Wie bitte...? Das wäre immerhin möglich gewesen. Aber die Bank hatte überhaupt keine andere Wahl. Washington hat ihr mit harten Bandagen zugesetzt. Was ist mit den fünfzig Millionen?«

»Südjemen«, gab Blau zur Antwort.

»Das verstehe ich nicht.«

»Fünfzig Millionen sind eine Riesensumme«, sagte der ehemalige Führer der Brigade Masada, »aber es gibt durchaus größere Beträge, vor allem kumulativ gesehen. Der Iran, der Irak und so weiter. Wir brauchen eine glaubwürdige Geldquelle. Deshalb Südjemen. Das Land ist arm und vom Terrorismus gebeutelt, aber die abgelegene, fast unzugängliche Lage zwischen dem Golf von Aden und dem Roten Meer macht es strategisch wichtig für andere Terrororganisationen, die aus wohlhabenderen Quellen unterstützt werden. Sie sind ständig auf der Suche nach Land, nach Trainingsmöglichkeiten für ihre Streitkräfte, nach Gebieten, wo sie ihr Gift verspritzen können. Der Libanon wird ständig infiltriert, und niemand will mit Ghaddafi Geschäfte machen. Er ist wahnsinnig, unzuverlässig und könnte jede Woche gestürzt werden.«

»Ich sollte Ihnen sagen«, unterbrach Ben-Ami wieder, »daß Blau jetzt zu unseren besten Experten auf dem Gebiet der Terrorabwehr gehört.«

»Das wird mir allmählich auch klar. Machen Sie weiter, junger Mann.«

»So viel älter als ich sind Sie nun auch wieder nicht.«

»Sagen wir mal zwanzig Jahre. Jedenfalls nahe dran. Sprechen Sie weiter.«

»Wenn ich richtig verstanden habe, wollen Sie Luftfrachtladungen mit Waffen von Hamendis Lieferanten in ganz Europa und Amerika durch Maskat hindurchschleusen, wo scheinbar korrupte Beamte die Augen zumachen und die Waffen in den Libanon weiterfliegen lassen. Stimmt das?«

»Ja. Und wenn die Luftfrachter ankommen, wird der Schaden von den Wachen des Sultans angerichtet, die als Palästinenser auftreten und die von ihnen eingekauften Waffen überprüfen wollen, während die Besatzungen unter Quarantäne gestellt werden. Jede Flugzeugladung umfaßt sechzig bis siebzig Kisten, die zehn Mann pro Flugzeug öffnen und mit zersetzender Säure sättigen werden. Das dauert pro Flugzeug nicht länger als fünfzehn bis zwanzig Minuten; das ist von der Zeit her akzeptabel, und wir haben die Lage völlig unter Kontrolle. Die Garnison von Maskat riegelt den Flughafen ab und läßt niemand außer unseren Leuten hinein.«

»Nicht übel«, sagte Blau, »aber ich halte das für zu überstürzt und für zu riskant. Piloten haben in diesem Teil der Welt was dagegen, ihr Flugzeug zu verlassen, und die Besatzungen, die im großen und ganzen aus Lumpen mit Bärenkräften und Spatzenhirnen bestehen, werden Ärger machen, wenn sie plötzlich von Fremden herumgeschubst werden. Sie werden wittern, daß die Behörden dahinterstecken, glauben Sie mir... Warum überreden Sie statt dessen nicht die prominentesten Führer im Baaka-Tal dazu, ihre Elitetruppen in den Südjemen zu schicken? Nennen Sie die Verlegung den ersten Schritt einer von den Feinden Israels finanzierten neuen Kampagne. Feinde Israels sind schließlich keine Mangelware. Erzählen Sie ihnen, daß eine erste Rate von fünfzig Millionen zur Finanzierung von Waffen für Trainingszwecke und für den Sturm auf Gaza und die Golanhöhen bereitsteht und daß bei Bedarf weitere Lieferungen folgen werden. Dem werden diese Irren nicht widerstehen können... Und statt vieler Luftfrachtladungen reicht ein einziges Schiff, das in Bahrein beladen wird, den Golf durchfährt und Kurs auf den Hafen von Nischtun im Südjemen nimmt.«

»Und wo soll dann was passieren?« wollte Kendrick wissen.

»Ich würde sagen, westlich von Ras el Had.«

»Und was soll passieren?«

»Piraten«, antwortete Blau. Ein leichtes Lächeln kräuselte seine Lippen. »Sobald sie das Schiff gekapert haben, können sie sich auf See zwei Tage lang Zeit lassen und ihrer Aufgabe gründlicher nachkommen als im Eiltempo im Frachtbereich eines Flughafens, wo Hamendi außerdem möglicherweise die eigenen Leute stationiert hat.«

Ein geplagter Kellner erschien, entschuldigte sich weinerlich und verfluchte den Andrang. Ben-Ami bestellte Kardamomkaffee, während Kendrick den jungen Israeli von der Terrorabwehr musterte. »Sie sagen, ›sobald sie das Schiff gekapert haben‹«, sagte Evan, »aber gesetzt den Fall, es kommt nicht dazu? Gesetzt den Fall, etwas geht schief... unsere Piraten schaffen es beispielsweise nicht, das Schiff zu kapern, oder bloß eine einzige Nachricht wird nach Bahrein gefunkt – nur ein Wort, ›Piraten‹. Dann ist es aus. Die unbeschädigten Waffen werden geliefert, und Hamendi kommt ungeschoren davon, mit noch mehr Millionen in der Tasche. Das ist ein viel zu großes Risiko.«

»Auf dem Flughafen in Maskat gehen Sie ein viel größeres Risiko ein«, widersprach Blau, mit Nachdruck in der flüsternden Stimme. »Sie müssen mir zuhören. Sie waren das letztemal vor anderthalb Jahren hier, ein paar Tage lang. Sonst waren Sie seit Jahren nicht mehr hier; Sie wissen nicht, was aus den Flughäfen geworden ist. Das sind Tiergärten der Korruption!... Wer schleust was ein? Wer ist bestochen worden, und wie kann ich ihn erpressen? Warum hat sich die Verfahrensweise geändert? Klären Sie mich darüber auf, mein arabischer *sadik*, oder mein guter hebräischer Freund! Das sind wirklich Tiergärten! Nichts entgeht den Augen der Schakale, die auf Geld aus sind, und für solche Informationen wird viel Geld bezahlt... Ein Schiff auf See zu kapern ist weit weniger riskant und viel sinnvoller, glauben Sie mir.«

»Das klingt überzeugend.«

»Er hat recht«, sagte Ben-Ami, als der Kaffee kam. »*Schukran*«, bedankte sich der Agent von der Mossad und bezahlte den Kellner, der an den nächsten Tisch stürzte. »Die Entscheidung liegt natürlich bei Ihnen, Amal Bahrudi.«

»Wo treiben wir diese Piraten auf?« erkundigte sich Evan. »Falls wir überhaupt welche auftreiben sollten, die akzeptabel sind?«

»Weil ich von meinem Plan überzeugt bin«, erwiderte Blau, den Blick starr auf Kendricks Gesicht gerichtet, das immer wieder in den Schatten der Passanten verschwand, »habe ich die

Möglichkeit eines solchen Auftrags mit meinen ehemaligen Brigadekameraden besprochen. Es haben sich mehr Freiwillige gemeldet, als ich zu hoffen gewagt hatte. So wie Sie den Mahdi verabscheut haben, verabscheuen wir Abdel Hamendi, der die Kugeln liefert, mit denen unsere Leute umgebracht werden. Ich habe sechs Männer ausgewählt.«

»Nur sechs?«

»Das darf keine ausschließlich israelische Operation sein. Ich habe sechs weitere erreicht, die ich damals an der West Bank kennengelernt habe... Palästinenser, die von den Hamendis dieser Welt genauso angewidert sind wie ich. Wir werden eine gemeinsame Einheit bilden, aber das reicht noch nicht. Wir brauchen noch sechs Männer.«

»Woher?«

»Aus dem arabischen Land, das mit voller Absicht dazu bereit ist, Abdel Hamendi das Kreuz zu brechen. Kann Ihr Sultan der Einheit sechs Männer aus seiner Leibgarde zur Verfügung stellen?«

»Die meisten sind mit ihm verwandt – seine Vettern, glaube ich.«

»Das hilft uns weiter.«

Der illegale Kauf von Waffen auf dem internationalen Markt ist relativ einfach, woraus sich auch die Tatsache erklärt, daß selbst unterbelichtete Leute von Washington bis Beirut auf diesem Gebiet erfolgreich tätig sind. Es gibt drei Grundvoraussetzungen dafür. Die erste besteht in unmittelbarem Zugang zu Fonds. Die zweite besteht im Namen eines Unterhändlers, der meist beim Essen genannt wird – nicht am Telefon –, und zwar vom Manager einer Rüstungsfirma oder von einem bestechlichen Geheimdienstangehörigen. Dieser Unterhändler muß dazu in der Lage sein, den eigentlichen Mittelsmann zu erreichen, der das Paket zusammenschnürt und für die Endverbraucherbescheinigung sorgt. In den Vereinigten Staaten bedeutet das schlicht und einfach, daß für den Waffenexport an befreundete Staaten Ausfuhrlizenzen erteilt werden; die Versandrouten werden später geändert. Die dritte Voraussetzung müßte eigentlich am einfachsten zu erfüllen sein, aber im allgemeinen ist sie am schwierigsten, wegen der Vielfalt und Vielschichtigkeit der Waren. Dabei geht es um die Liste der Waffen und Ersatzteile, die gewünscht werden, was die tödliche Wirkung der Durchschlagskraft eines Waffenarsenals anlangt, und während hitziger Debatten über solche Entscheidungen sind schon etliche Menschen zu Tode gekommen, weil die Käufer dabei oft hysterisch werden.

Deshalb kamen die Managementbegabungen des jungen Agenten Blau in diesem Fall wie gerufen. Die Agenten der Mossad im Baaka-Tal legten eine Liste mit den im Augenblick besonders geschätzten Waren vor, darunter wie üblich Repetierwaffen, Handgranaten, Zeitbomben, Landungsboote aus schwarzem PVC, Unterwassergeschosse mit großer Reichweite und ein Sortiment von Ausrüstungen zu Ausbildungs- und Angriffszwecken, zum Beispiel Enterhaken, dicke Stricke und Strickleitern, Nachtsichtferngläser, elektronische Minenwerfer, Flammenwerfer und Flugabwehrraketen. Es war ein eindrucksvolles Arsenal, das sich auf Waffen im Wert von achtzehn Millionen belief, während für die Gesamtsumme von fünfzig Millionen bei Waffenhändlern schätzungsweise ein Gegenwert von sechsundzwanzig Millionen Dollar eingekauft werden konnte – die wechselnden Wechselkurse kamen dabei immer dem Händler zugute. Deshalb fügte Blau unter der Rubrik ›Standortverteidigung‹ noch drei chinesische Leichtpanzer hinzu, und die Liste war vollständig – nicht nur vollständig, sondern völlig glaubwürdig.

Der unbekannte, nirgends aktenkundig gewordene Agent von der Mossad, nämlich Ben-Ami, zog jetzt seine Lieblingsjeans von Ralph Lauren an und machte sich vom sicheren Haus der Mossad neben dem portugiesischen Friedhof in Dschabal Sa'ali aus ans Werk. Zu seiner Empörung war der Mittelsmann von Abdel Hamendi ein Israeli in Bet Schemesch. Er verbarg seine Verachtung und handelte den Rieseneinkauf aus, während er sich dessen bewußt war, daß es in Bet Schemesch einen Toten geben würde, falls sie auf der Gegenseite überleben sollten.

Die ersten beiden Drittel der Kommandoeinheit trafen unmittelbar nacheinander bei Nacht in Dschabal Scham ein, von Leuchtfeuern dirigiert, die den beiden Hubschraubern den Landeplatz wiesen. Der Sultan des Oman begrüßte die Freiwilligen und machte sie mit ihren Kameraden bekannt, sechs äußerst kompetenten Leibwächtern aus der Garnison von Maskat. Achtzehn Männer – Palästinenser, Israelis und Omaner – gaben sich die Hand, verschworen auf ein gemeinsames Ziel. Tod dem Händler mit dem Tod.

Das Training begann am nächsten Morgen auf Al Aschkarah im Arabischen Meer.

Tod dem Händler mit dem Tod.

Adrienne Kalaila Raschad kam mit dem Kind namens Kalaila in den Armen in Achmads Büro. Neben ihr her ging die Mutter des Kindes, Roberta Yamenni aus New Bedford, Massachusetts, der Elite im Oman als Bobbie bekannt. »Sie ist ja wunderschön!« rief die Agentin aus Kairo.

»Es bleibt ihr nichts anderes übrig«, sagte der Vater hinter dem Schreibtisch, neben dem Evan Kendrick saß. »Der Name verpflichtet.«

»Ach, Unsinn.«

»Von meinem Platz aus ist das keiner«, sagte der amerikanische Abgeordnete.

»Du hast nichts als Sex im Kopf.«

»Außerdem breche ich heute abend auf.«

»Ich auch«, fügte der Sultan des Oman hinzu.

»Du darfst nicht –«

»Du darfst nicht!« Die hohen Frauenstimmen erklangen im Chor. »Was, zum Teufel, tust du eigentlich?« schrie die Frau des Sultans.

»Was ich will«, gab Achmad ruhig zurück. »Wenn es um königliche Vorrechte geht, bin ich niemandem Rechenschaft schuldig.«

»Das ist doch Quatsch mit Soße!« brüllte die Ehefrau und Mutter.

»Ich weiß, aber es funktioniert.«

Nach sieben Tagen war das Training abgeschlossen, und am achten Tag kletterten zweiundzwanzig Passagiere ein Stück von der Küste von Ras el Had entfernt an Bord eines Trawlers, unter dessen Dollborden ihre Ausrüstung verstaut war. Am neunten Tag, als über dem Arabischen Meer die Sonne unterging, fingen sie über Radar das Frachtschiff aus Bahrein auf. Als es dunkel wurde, nahm der Trawler Kurs nach Süden, auf die Abfangkoordinaten zu.

Tod dem Händler mit dem Tod.

46

Das Frachtschiff war ein schaukelnder Umriß auf den Wogen des dunklen Meeres; der Bug hob und senkte sich wild wie ein wütendes Raubtier, das gefüttert werden will. Der Trawler aus Ras el Had machte eine halbe Meile steuerbord vor dem näher kommenden Schiff halt. Zwei große PVC-Rettungsboote wurden zu Wasser gelassen. Im ersten saßen zwölf Männer, im zweiten zehn Männer und eine Frau. Kalaila saß zwischen Evan Kendrick und dem jungen Sultan des Oman.

Alle trugen Taucheranzüge, und die Gesichter waren in der Dunkelheit unter den schwarzen Gummikopfteilen kaum zu erkennen. Außer Segeltuchrucksäcken und am Gürtel festgeschnallten wasserdichten Waffen trugen alle große, runde Saugnäpfe, die an den Knien und den Oberarmen befestigt waren. Die beiden Boote rollten und hüpften nebeneinander her, während das Frachtschiff die Wellen durchpflügte. Dann, als sich die große schwarze Wand des Schiffs vor ihnen auftat, zogen die Rettungsboote längsseits. Die klatschenden Wellen übertönten die leisen Motoren. Einer nach dem anderen machten die ›Piraten‹, die Saugnäpfe am Schiffsrumpf fest, und jeder überprüfte, ob der Kamerad zu seiner Linken auch in Sicherheit sei. Sie hatten es alle geschafft.

Langsam, wie eine Schar von Ameisen, die an einer stinkenden Mülltonne hinaufkriecht, zog sich die Truppe aus dem Oman am Rumpf hoch, zu den Dollborden, wo die Männer die Saugnäpfe abschnallten und ins Meer fallen ließen.

»Bist du in Ordnung?« flüsterte Kalaila neben Evan.

»In Ordnung?« protestierte Kendrick. »Meine Arme bringen mich um, und meine Beine müssen irgendwo da unten im Wasser geblieben sein, nach dem ich mich bestimmt nicht umschauen werde!«

»Gut, dann bist du in Ordnung.«

»Solche Sachen machst du, um dir deinen Lebensunterhalt zu verdienen?«

»Nicht oft«, sagte die Agentin aus Kairo. »Andererseits habe ich auch schon Schlimmeres mitgemacht.«

»Ihr seid alle miteinander verrückt.«

»Ich bin jedenfalls nicht in eine Höhle voller Terroristen eingebrochen. Ich meine, das ist nun wirklich verrückt!«

»Schscht«, befahl der Sultan des Oman, rechts von Kalaila. »Die Männer gehen über die Reling. Seid still.«

Die Palästinenser überrumpelten die schläfrigen Männer, die am Bug, am Heck und mittschiffs Wache gingen, während die Israelis die Gangway zum Oberdeck hinaufrannten und fünf Matrosen gefangennahmen, die an ein Schott gelehnt beim Wein saßen. Wie geplant, weil sie in den Hoheitsgewässern des Omans waren, stürmten die Omaner die Brücke, um dem Kapitän mitzuteilen, daß sie auf königlichen Befehl das Kommando auf dem Schiff übernähmen und daß der gegenwärtige Kurs beibehalten werden solle. Die Mannschaft wurde auf Waffen durchsucht, Messer und Schußwaffen wurden sichergestellt. Die Matrosen wurden ins Logis gebracht, wo je ein Omaner, ein Palästinenser und ein Israeli in abwechselnden Schichten Wache standen. Der Kapitän, ein hagerer Fatalist mit Stoppelbart, nahm die Lage achselzuckend hin und leistete weder Widerstand, noch erhob er Einspruch. Er blieb am Steuer, bat nur darum, daß ihn der erste und zweite Maat zu den vorgeschriebenen Zeiten ablösten. Dem wurde stattgegeben, und sein abschließender Kommentar brachte seine philosophische Reaktion auf einen Nenner: »Jetzt arbeiten Araber und Juden schon als die neuen Piraten der Meere zusammen. Die Welt ist noch verrückter, als ich gedacht habe.«

Die aufregendste Überraschung war jedoch der Funker. Sie näherten sich dem Funkraum vorsichtig, Kalaila voran, hinter ihr zwei Männer von der Brigade Masada und Evan Kendrick. Kalaila gab ein Zeichen, die Männer traten die Tür ein und richteten die Waffen auf den Funker. Er zog ein israelisches Fähnchen aus der Tasche und grinste. »Wie geht's Manny Weingrass?« fragte er.

»Gütiger Gott!« war die einzige Antwort, die der Abgeordnete aus Colorado herausbrachte.

»Das war zu erwarten«, sagte Kalaila.

Der Trupp aus Oman arbeitete zwei Tage lang auf See, mit Kurs auf Nischtun, schichtweise rund um die Uhr im Laderaum des Frachters. Sie waren gründlich; jeder kannte die Ware, mit der er zu tun hatte, und zerstörte sie gezielt. Die Kisten wurden neu versiegelt und zeigten keinerlei Spuren von Sabotage; da gab es nur sauber verpackte Waffen und Zubehör zu sehen, genauso, wie die Ausrüstung von Fließbändern überall auf der Welt gekommen und von Abdel Hamendi eingesammelt worden war, dem Verkäufer des Todes. In der Morgendämmerung des dritten Tages lief das Schiff in den Hafen von Nischtun ein. Die ›Piraten‹ von der West Bank, aus Oman und von der Brigade Masada, die Agentin aus Kairo und der amerikanische Kongreßabgeordnete trugen jetzt alle die Kleidungsstücke, die sie im Rucksack bei sich gehabt hatten. Es war eine Mischung aus arabischer und westlicher Kleidung, der schäbige Aufzug nur unregelmäßig beschäftigter Handelsmatrosen, die in einer ungerechten Welt um das Überleben kämpfen. Fünf Palästinenser, die als bahreinischer Entladetrupp posierten, standen an der Gangway, die in wenigen Augenblicken hinuntergelassen werden würde. Die anderen schauten vom Unterdeck aus regungslos zu, wie sich auf der riesigen Pier im Zentrum des Hafenkomplexes eine Menschenmenge ansammelte. Hysterie lag in der Luft, war überall zu spüren. Das Schiff war ein Symbol der Befreiung, ein Zeichen dafür, daß reiche und mächtige Menschen irgendwo auf der Welt die stolzen, leidgeprüften Kämpfer im Südjemen für wichtig hielten. Es war ein Karneval der Rache, und wenn sie sich auch nicht im Kollektiv darüber einig sein mochten, wofür sie sich rächten, verzerrte Münder unter wilden Augen schrien nach Gewalt. Der Frachter machte fest, und der Wahnsinnslärm auf der Pier wurde ohrenbetäubend.

Ausgewählte Mitglieder der Schiffsbesatzung, wachsam beobachtet von dem Trupp aus Oman und mit Waffen bedroht, begannen mit dem Ausladen, einem langwierigen Prozeß. Als die Kistenstapel mit Kränen aus dem Laderaum gehoben und an Land gehievt wurden, begrüßte die Menge jede einzelne Ladung mit fanatischem Jubel. Zwei Stunden nachdem die Entladung angefangen hatte, machten die drei chinesischen Leichtpanzer den Abschluß. Hatten schon die Kisten die Menge in Ekstase versetzt, der Anblick der Panzer brachte sie vollends zum Überkochen. Soldaten in zerlumpten Uniformen mußten ihre Landsleute zurückhalten, damit sie sich nicht auf die Panzer stürzten; auch sie waren Symbole großer Wichtigkeit, ungeheurer Anerkennung – woher auch immer.

»Herr im Himmel!« sagte Kendrick, packte Achmad am Arm und starrte auf die Pier hinunter. »Schau nur!«

»Wo?«

»Ich sehe ihn!« rief Kalaila, die Hosen trug und das Haar unter einer griechischen Fischermütze versteckt hatte. »Lieber Gott, das kann ich einfach nicht glauben. Das ist er, nicht wahr?«

»Wer?« wollte der junge Sultan verärgert wissen.

»Hamendi«, gab Evan zur Antwort und zeigte auf einen Mann in weißem Seidenanzug, umgeben von Männern in Uniformen und arabischen Gewändern. Die Prozession setzte ihren Weg über die Pier fort; die Soldaten gingen voraus und machten den Weg frei.

»Er trägt denselben weißen Anzug, den er auf einem der Fotos in der Wohnung der Vanvlanderens anhatte«, fügte Kalaila hinzu.

»Davon muß er Dutzende haben«, meinte Kendrick. »Ich bin mir außerdem sicher, daß er glaubt, darin sieht er unschuldig und gottähnlich aus... Eins muß ich ihm lassen – er hat ganz schön Mumm, daß er sich aus seiner Alpenfestung hinauswagt und hierherkommt, nur ein paar Flugstunden von Riad entfernt.«

»Wieso?« sagte Achmad. »Hier ist er sicher; die Saudis würden es nicht wagen, diese Irren auch noch aufzuhetzen, indem sie irgendeine Operation jenseits der Grenze durchführen.«

»Außerdem«, unterbrach Kalaila, »wittert Hamendi dort, wo dieses Schiff herkommt, weitere Millionen. Er sichert sein Terrain, und das ist ein kleines Risiko wert.«

»Ich weiß, was er macht«, sagte Evan, der mit Kalaila sprach, aber dabei den jungen Sultan anschaute. »Die Saudis würden es nicht wagen«, zitierte er Achmad. »Die Omaner würden es nicht wagen...«

»Es ist nur vernünftig, die Finger wegzulassen, wenn es um Fanatiker geht. Sollen sie doch im eigenen Morast ersticken«, verteidigte sich der Sultan.

»Das ist nicht der springende Punkt.«

»Was dann?«

»Wir rechnen darauf, daß alle diese Leute, vor allem die Führer aus dem Baaka-Tal, wenn sie herausfinden, daß das meiste, was sie bezahlt haben, ein Haufen Scheißdreck ist, Hamendi einen Fünfzig-Millionen-Dollar-Dieb nennen werden. Dann ist er ein Paria, ein Araber, der Araber für Geld verraten hat.«

»Die Kunde wird eilen wie Falken im Wind, wie mein Volk

noch vor ein paar Jahrzehnten gesagt hätte«, pflichtete Achmad ihm bei. »Nach allem, was ich über den Libanon weiß, werden Dutzende von Killerkommandos auf ihn angesetzt werden, nicht nur des Geldes wegen, sondern weil er sie zum Narren gehalten hat.«

»Das ist das Optimum«, sagte Kendrick. »Das ist das, was wir hoffen. Aber er verfügt überall auf der Welt über Millionen, und es gibt Tausende von Schlupfwinkeln.«

»Worauf willst du hinaus, Evan?« fragte Kalaila.

»Vielleicht können wir am Zeitplan drehen und mit etwas Glück das Optimum sicherstellen.«

»Sprich englisch, nicht lateinisch«, forderte die Agentin aus Kairo.

»Das da unten ist ein Zirkus. Die Soldaten können die Menge kaum zurückhalten. Man müßte nur einen Funken ins Pulverfaß werfen, die Leute dazu bringen, daß sie einstimmig schreien, brüllen, bis ihre Stimmen die verfluchte Stadt erschüttern... *Fardschuna! Fardschuna! Fardschuna!*«

»Zeigt es uns«, übersetzte Achmad.

»Ein paar Kisten werden aufgerissen, die Gewehre im Triumph geschwenkt... dann finden sie die Munition und verteilen sie.«

»Und die Irren schießen sie in die Luft«, ergänzte Kalaila, »bloß gehen die Gewehre nicht los.«

»Dann werden noch mehr Kisten aufgerissen«, fuhr der Sultan fort, von dem Enthusiasmus der beiden angesteckt. »Die Ausrüstung ist ruiniert, die Rettungsflöße sind aufgeschlitzt, die Flammenwerfer spucken nur. Und Hamendi ist hier!... Wie kommen wir dort hinüber?«

»Gar nicht, keiner von euch beiden«, sagte Kendrick bestimmt und winkte ein Mitglied der Brigade Masada heran. Der Mann rannte auf ihn zu, und Kendrick sprach schnell weiter und gab Achmad und Kalaila keine Chance, zu Wort zu kommen. Sie starrten ihn fassungslos an. »Sie wissen, wer ich bin, nicht wahr?« fragte er den Israeli.

»Ich soll's zwar nicht wissen, aber natürlich weiß ich es.«

»Ich gelte als Leiter dieser Einheit, nicht wahr?«

»Ja, aber ich bin dankbar dafür, daß da noch andere –«

»Unerheblich! Ich bin der Leiter.«

»Schon gut, Sie sind der Leiter.«

»Ich will, daß diese beiden Personen sofort unter Kabinenarrest gestellt werden.«

Der Protest des Sultans und von Kalaila ging in der Reaktion des Israelis unter. »Haben Sie den Verstand verloren? Dieser Mann ist –«

»Meinetwegen kann er Mohammed persönlich sein, und sie Kleopatra. Sperrt sie ein!« Evan stürmte auf die Gangway zu und zu der hysterischen Menge auf der Pier hinunter.

Kendrick entdeckte einen Palästinenser vom fünfköpfigen ›Entladetrupp‹ und zog ihn weg von einer Gruppe von Soldaten und schreienden, staunenden Zivilisten, die sich um einen der chinesischen Panzer drängte. Er flüsterte dem Mann rasch etwas ins Ohr, und der Araber nickte und zeigte auf einen seiner Kameraden in der Menge, gab ihm mit Gesten zu verstehen, er solle die anderen holen.

Alle fünf Palästinenser rannten die Pier entlang, von einer ekstatischen Gruppe zur anderen, und brüllten sich die Lunge aus dem Leib, wiederholten das Wort wieder und wieder, bis der fieberhafte Schrei wie ein Befehl wirkte. Der Schrei durchlief die Menge wie eine riesige Welle, und langsam verschmolzen die tausend Stimmen zu einer.

»Fardschuna! Fardschuna! Fardschuna!« Die Menge drängte mit Gewalt auf den Ausladeplatz zu, und die kleine Prozession, deren Mittelpunkt Abdel Hamendi bildete, wurde buchstäblich zur Seite gefegt, gegen die riesigen Türen des verlotterten Lagerhauses am Ende der Pier gedrückt. Entschuldigende Rufe wurden laut, die der Waffenhändler gnädig akzeptierte, obwohl er dabei aussah, als hätte es ihn in den falschen Teil der Welt verschlagen und als ob er es nicht erwarten könnte, von hier zu verschwinden, was er wohl auch getan hätte, wenn es nicht lohnender gewesen wäre, hierzubleiben.

»Hier entlang!« schrie eine Stimme, die Evan nur allzugut kannte. Es war Kalaila! Und neben ihr war Achmad. Beide kamen in der aufgewühlten, hektischen Menge kaum voran.

»Was, zum Teufel, macht ihr denn hier?« brüllte Kendrick und bahnte sich durch stoßende, schiebende Leiber den Weg zu ihnen.

»Herr Abgeordneter«, sagte der Sultan des Oman gebieterisch, »Sie mögen vielleicht der Leiter dieser Einheit sein, worüber sich durchaus streiten ließe, aber ich habe das Kommando auf dem Schiff! Meine Truppen haben es gekapert, verdammt noch mal!«

»Weißt du eigentlich, was passiert, wenn sie die Mütze oder das Hemd verliert und diese Irren merken, daß sie eine Frau ist? Und hast du auch nur die leiseste Ahnung, was sie dir für einen Empfang bereiten, wenn irgend jemand rauskriegt, wer du –«

»Hört auf!« schrie Kalaila, und das war ein Befehl. »Beeilt euch! Die Soldaten verlieren gleich die Kontrolle, und wir müssen dafür sorgen, daß es so abläuft, wie wir das wollen.«

»Wie?« brüllte Evan.

»Die Kisten!« antwortete Kalaila. »Die Stapel rechts mit den roten Markierungen. Geh voraus, allein schaffe ich das nicht. Ich halte mich an deinem Arm fest.«

»Das ist immerhin ein Zugeständnis. Los!« Die drei stürzten sich seitwärts durch die dichte, wogende, stoßende Menge, bahnten sich mit trommelnden Fausthieben den Weg zu zwei mindestens drei Meter hohen Kistenstapeln, die von pechschwarzen Metallbändern zusammengehalten wurden. Ein Kordon von Soldaten, die der Panik nahe waren, die sich an den Händen gepackt hatten, weil es zum Schulterschluß zu wenige waren, bildete einen Kreis um die tödliche Ware und hielten die immer ungeduldiger und immer wütender werdende Menge zurück, die immer lauter verlangte *Fardschuna, Fardschuna!* – die Waffen sehen wollte, die das Zeichen ihrer Wichtigkeit waren. »Hier drin sind die Gewehre, und alle wissen das!« schrie Evan in Kalailas Ohr. »Jetzt drehen sie durch!«

»Natürlich wissen sie das, und natürlich drehen sie durch. Schau dir die Markierungen an.« Alle Holzkisten waren übersät mit derselben Markierung: drei rote Kreise, sich nach innen verjüngend. »Eine Schießscheibe, das Symbol für ein Ziel, überall auf der Welt«, erklärte Kalaila. »Eine Schießscheibe bedeutet Waffen. Das war Blaus Idee; Terroristen leben von Gewehren, deshalb meinte er, daß dieses Zeichen sie magisch anziehen würde.«

»Er versteht sich auf sein neues Geschäft –«

»Wo ist die Munition?« fragte Achmad und zog zwei kleine Werkzeuge aus der Tasche.

»Darum kümmern sich die Palästinenser«, erwiderte Kalaila und duckte sich unter dem Angriff der wild um sich schlagenden

Arme. »Die Kisten sind nicht markiert, aber sie wissen, welche es sind, und brechen sie auf. Sie warten auf uns!«

»Dann nichts wie los!« rief der junge Sultan und drückte Evan eins der Werkzeuge in die Hand.

»Was –«

»Zangen! Wir müssen soviel Metallbänder wie nur irgend möglich aufschneiden, damit die Kisten auch ganz bestimmt auseinanderfallen.«

»So? Die wären sowieso auseinandergefallen – aber egal! Wir müssen diesen Irrenhaufen nach vorn treiben und den Kreis durchbrechen. Komm, Achmad, und du hältst dich hinter uns«, sagte Kendrick zu der Agentin aus Kairo und wehrte die wütenden Arme, Fäuste, Knie und Füße ab, die aus allen Richtungen auf sie einhämmerten. »Wenn ich nicke«, brüllte Evan dem Sultan des Omans zu, während sie sich durch die wilden Leiber kämpften, die alle zu den Kisten wollten, »dann leg los, als ob dich eben die Patriots aufgestellt hätten!«

»Nein, *ya schaikh*«, schrie Achmad, »als ob ich eben vom Oman aufgestellt worden wäre! Das sind die Feinde meines Volkes!«

»Jetzt!« brüllte Kendrick, als er und der muskulöse junge Herrscher gegen die Gestalten vor ihnen prallten, mit den Schultern und den ausgebreiteten Armen die kreischenden Terroristen in den Kreis der Soldaten hineintrieben. Der Kordon brach auseinander! Der Angriff auf die beiden Kistenstapel war geglückt, und Evan und Achmad tauchten unter Beinen in Pumphosen und um sich schlagenden Armen hindurch, zu den Metallbändern hinunter, und arbeiteten wie besessen mit den Zangen. Die Bänder platzten, und die Kisten krachten herunter, als wären sie von innen explodiert. Das Gewicht und die Kraft von hundert Angreifern trugen noch dazu bei. Überall lösten sich Holzleisten, und wo nicht, rissen wahnsinnige Hände sie auseinander. Dann fielen die Terroristen über die Kisten her wie ein hungriger Heuschreckenschwarm über junges Laub, rissen Waffen aus den Styroporverpackungen heraus und warfen sie ihren Brüdern zu, unter wildem Geschrei, und türmten die großen Schachteln aufeinander, die Särgen immer ähnlicher wurden.

Gleichzeitig hievten die Palästinenser von der West Bank Munitionskisten um den eingestürzten Todesberg herum, den der Verkäufer des Todes, Abdel Hamendi, geliefert hatte. Die Gewehre waren verschieden, alle Typen und Größen waren vertreten, und wurden mit wilder Begeisterung allesamt aus den Transporthüllen gezerrt. Viele wußten nicht, welche Munition zu welchem Gewehr gehörte, aber andere, vor allem die Gäste aus dem Baaka-Tal, wußten Bescheid und zeigten es ihren weniger gebildeten Brüdern aus dem Südjemen.

Das erste Maschinengewehr, das im Triumph von der Spitze der Schachtelpyramide aus abgefeuert wurde, pustete dem Schützen das Gesicht weg. Mitten in einem Stakkato von Geräuschen gingen andere Gewehre los; hundertfach war nur ein nutzloses Klicken zu hören, aber zugleich auch dutzendweise Explosionen, bei denen Köpfe, Arme und Hände weggerissen wurden.

Die Hysterie steigerte sich. Die Terroristen warfen voller Entsetzen die Waffen weg, andere rissen mit bloßen Händen und mit jedem Werkzeug, das sich auftreiben ließ, die nicht markierten Kisten auf. Es war so, wie es der junge Sultan des Oman vorhergesagt hatte. Waffen und Zubehör wurden über die ganze Pier geschleppt, aus den Kisten und Styroporverpakkungen gerissen – und vorgeführt, damit alle sie sehen konnten. Während jedes einzelne Stück untersucht wurde, tobte die Menge immer wilder, aber nicht mehr im Triumph, sondern in tierischer Wut. Zu den Stücken gehörten Nachtsichtferngläser mit eingeschlagenen Linsen, Strickleitern mit beschädigten Seilen, Enterhaken ohne Spitzen, durchlöcherte Sauerstofftanks für Taucher; Flammenwerfer mit zerquetschten Düsen, die dafür sorgen würden, daß jeder, der sie bediente, sofort verbrannte, und jeder im Umkreis von dreißig Metern dazu; Raketen ohne Sprengköpfe und außerdem Landungsboote, die hochgehalten wurden, um der Menge zu zeigen, wo sie aufgeschlitzt worden waren. Bei jedem Beispiel geriet die Menge in einen neuen Wutanfall über den Verrat.

In dem ganzen Chaos wand sich Evan durch die von Hysterie gebeutelten Leiber bis zu dem Lagerhaus hindurch. Er preßte den Rücken gegen die Mauer und schlich sich bis auf drei Schritte Entfernung an die offenstehenden Türen heran. Der weißgekleidete Hamendi schrie auf arabisch, er werde für den Schaden aufkommen; seine Feinde und die Feinde Südjemens in Bahrein, die dafür verantwortlich seien, müßten mit dem Leben dafür bezahlen, und zwar alle! Bei seinen Protesten bekamen die Männer, an die er sich wandte, vor Mißtrauen schmale Augen.

Und dann tauchte ein Mann in einem dunklen, konservativen Nadelstreifenanzug auf, kam um die Ecke des Lagerhauses herum, und Kendrick erstarrte. Es war Crayton Grinell, Anwalt und Leiter der Regierung innerhalb der Regierung. Nachdem der erste Schock sich gelegt hatte, fragte sich Kendrick, warum ihn das überhaupt überraschte. Wohin sollte sich Grinell denn flüchten, wenn nicht in den Mittelpunkt des internationalen Netzes der Waffenhändler? Das war seine letzte, einzige Zuflucht. Der Anwalt sprach kurz mit Hamendi, der Grinells Worte sofort übersetzte und erklärte, sein Partner habe schon mit Bahrein gesprochen und erfahren, was geschehen sei. Es waren die Juden! rief er aus. Israelische Terroristen hätten das Depot überfallen, die Wachen allesamt umgebracht und diese schrecklichen Dinge verübt.

»Wie soll denn das zugegangen sein?« fragte ein stämmiger Mann, der als einziger eine gebügelte Revolutionsuniform trug, geschmückt mit mindestens einem Dutzend Orden. »Alle gelieferten Artikel waren noch in der Originalverpackung, und die Kisten waren völlig intakt. Wie ist denn so etwas möglich?«

»Die Juden können sehr phantasievoll sein!« schrie Hamendi. »Das wissen Sie doch genausogut wie ich. Ich fliege sofort zurück, schicke Ersatz für die ganze Bestellung und bringe die Wahrheit heraus!«

»Und was tun wir bis dahin?« erkundigte sich der Mann, der anscheinend der Führer der Revolutionsregierung im Südjemen war. »Was erzähle ich unseren Brüdern aus dem Baaka-Tal? Wir sind alle, alle entehrt!«

»Sie bekommen die Möglichkeit, sich zu rächen, genau wie Ihre Waffen, seien Sie dessen versichert.« Grinell sprach wieder mit dem Waffenhändler, und wieder übersetzte Hamendi. »Mein Partner teilt mir eben mit, daß Ihr Radarsystem nur noch drei Stunden lang funktioniert – was mir persönlich äußerst hohe Kosten verursacht hat, wie ich vielleicht hinzufügen sollte – und daß wir sofort abreisen müssen.«

»Gib uns unsere Würde zurück, arabischer Bruder, sonst werden wir dich überall finden, und du wirst das Leben verlieren.«

»Ich garantiere euch, daß Punkt eins erfüllt wird, und dann ist Punkt zwei überflüssig. Ich muß jetzt gehen.«

Sie hauen ab, dachte Kendrick. Gottverflucht noch mal, sie

kommen davon! Grinell hatte Hamendi das falsche Pathos in den Mund gelegt, und jetzt würden die beiden aus diesem Tollhaus davonfliegen und weiterhin wie gewohnt ihren geisteskranken, obszönen Geschäften nachgehen. Er mußte sie aufhalten. Er mußte etwas unternehmen!

Als die beiden Waffenhändler schnell aus dem Lagerhaus herauskamen und um die Ecke des Gebäudes herum gingen, stürzte sich Evan – ein hysterischer Terrorist mehr – in die Lücke hinter ihnen und bahnte sich gewaltsam den Weg durch die erregte Menge auf die beiden gutgekleideten Männer zu. Er war einen Schritt hinter Crayton Grinell, dann nur noch Zentimeter von ihm entfernt. Er zog das Messer mit der langen Klinge aus der Scheide am Gürtel und holte aus, den linken Arm um den Hals des amerikanischen Anwalts gelegt. So zwang er ihn, sich umzudrehen und ihm ins Gesicht zu schauen, aus unmittelbarer Nähe.

»Sie!« schrie Grinell.

»Das ist für einen alten Mann, der bald sterben muß, und für die Tausende, die Sie sonst noch umgebracht haben!« Die Klinge fuhr in den Magen des Anwalts, dann riß Kendrick sie nach oben, durch die Brust. Grinell fiel auf die Pier, inmitten aufgescheuchter, paranoider Terroristen, die nichts davon ahnten, daß ein weiterer Terrorist umgebracht worden war und unter ihren Füßen lag.

Hamendi! Er war weitergerannt, ohne sich um seinen Partner zu kümmern, fest entschlossen, das Fahrzeug zu erreichen, das ihn zu seinem radargeschützten Flugzeug bringen sollte, mit dem er Südjemen über feindliche Grenzen hinweg verlassen wollte. Er durfte es nicht erreichen! Der Händler mit dem Tod durfte nie wieder mit dem Tod Geschäfte machen! Evan machte sich wie mit der Brechstange den Weg frei durch das Gewimmel rennender, schreiender Gestalten. Ein breiter Asphaltstreifen führte von der Pier zu einer unbefestigten Straße, auf der ein russisches Auto wartete, mit qualmendem Motor, was darauf schließen ließ, daß der Fahrer sofort mit den Passagieren abfahren sollte. Hamendi, mit wehendem weißen Seidenjackett, war seinem Entkommen schon meterweit nahe! Kendrick mobilisierte innere Kräfte, die über sein Begriffsvermögen hinausgingen, und rannte den Asphaltstreifen hinauf, während seine Beine nachzugeben drohten, und sechs Meter von dem Auto entfernt, als sich Hamendi der Tür näherte, gaben sie tatsächlich unter ihm nach. Im Liegen, mit zitternden Händen, denen es kaum gelang, die Waffe ruhig zu halten, gab er Schuß um Schuß ab.

Abdel Hamendi, der König am Hof des internationalen Waffenhandels, griff sich an die Kehle, als er zu Boden stürzte.

Es ist noch nicht vorbei! schrie eine Stimme in Kendricks Kopf. Es gab noch etwas zu tun. Er kroch den Asphaltstreifen hinunter, griff nach der Karte, die Blau allen für den Fall, daß sie getrennt würden und fliehen müßten, ausgehändigt hatte, riß ein Stück ab, suchte in einer anderen Tasche nach dem stumpfen, kurzen Bleistift und schrieb folgendes auf arabisch:

Der Lügner Hamendi ist tot. Bald werden alle Händler sterben, denn überall herrscht Verrat, wie Ihr heute selbst gesehen habt. Überall auf der Welt sind die Händler von Israel und von dem Großen Satan Amerika dafür bezahlt worden, daß sie uns schadhafte Waffen verkaufen. Überall. Wendet Euch an Eure Brüder überall und sagt ihnen, was ich Euch gesagt habe und was Ihr heute selbst mit angesehen habt. Von heute an könnt Ihr keinen Waffen mehr trauen. Von einem schweigenden Freund, der Bescheid weiß.

Voller Schmerzen, als wären die Verletzungen von der Insel bei Mexiko wieder da, kam Evan auf die Beine und lief, so schnell er konnte, durch die wütende, immer noch kreischende Menge auf die Tore des Lagerhauses zu. Er stieß flehentliche Bitten an Allah für einen toten Bruder aus und brach theatralisch zu Füßen der Gruppe von leitenden Militärs zusammen, zu denen jetzt auch die Führer aus dem Baaka-Tal gestoßen waren. Als sich Hände ausstreckten, um ihn zu trösten, schob er ihnen das Stück Papier entgegen, sprang plötzlich schreiend auf und rannte durch die Lagerhaustore hinaus. Er verschwand in der Menge, die jetzt klagte und trauerte. Überall knieten Menschen neben verstümmelten Leichen. Voller Panik hörte er das tiefe Pfeifen vom Frachter her – Signal für die Abfahrt! Er kämpfte sich durch bis zur anderen Seite der Pier, wo er Kalaila und Achmad neben der Gangway stehen sah. Sie brüllten die Männer an Deck an und waren noch mehr in Panik als er, falls das überhaupt möglich war.

»Wo, zum Teufel, hast du gesteckt!« schrie Kalaila mit Zorn im Blick.

»Sie wollten sich herauslügen!« brüllte Kendrick, während Achmad die beiden auf die Gangway schob, die auf sein Signal hin langsam nach oben ging.

»Hamendi?« fragte Kalaila.

»Und Grinell –«

»Grinell?« brüllte die Agentin aus Kairo, während alle drei stolpernd das Schiff betraten. »Aber ja, natürlich Grinell«, fügte sie hinzu. »Wer sonst –«

»Sie sind ein gottverfluchter Vollidiot, Herr Abgeordneter!« schrie der junge Sultan des Oman, der seine Schützlinge immer noch vor sich herschob, jetzt über das Deck des Schiffes, das schon von der Pier abgelegt hatte. »Noch mal dreißig Sekunden, und du wärst hiergeblieben. Diese Menge wäre jeden Augenblick auf uns losgegangen, und ich durfte das Leben dieser Männer nicht aufs Spiel setzen!«

»Lieber Himmel, du bist ja wirklich erwachsen geworden.«

»Wir tun alle, was wir tun müssen, wenn es an der Zeit ist... Was ist mit Hamendi und dem anderen, wie immer der auch heißen mag?«

»Ich habe sie umgebracht.«

»Einfach so«, sagte Achmad außer Atem, aber ruhig.

»Wir tun alle, was wir tun müssen, wenn es an der Zeit ist, Eure Hoheit.«

Gerald Bryce betrat das mit Computern ausgestattete Arbeitszimmer seines Hauses in Georgetown und ging sofort zum Prozessor. Er setzte sich davor und schaltete ihn ein; als der Schirm hell wurde, gab er einen Code ein. Sofort gaben die grünen Buchstaben Antwort.

Höchste Geheimhaltungsstufe
Kein Zugriff
Eingabe

Der junge, auffallend gutaussehende Experte lächelte und bediente die Tastatur.

Ich habe jetzt alle streng geheimen Ausdrucke gelesen, die an die CIA gegangen sind und ausschließlich für Mr. J. Paytons Modem kodiert waren. Kurz gesagt, der ganze Bericht ist unglaublich, und die Auswir-

kungen der Operation sind schon spürbar. Bis heute, keine zwei Wochen nach den Vorfällen im Südjemen, sind sieben der prominentesten Waffenhändler ermordet worden, und der Zustrom von Waffen in den Nahen Osten ist schätzungsweise um 60% zurückgegangen. Unser Mann ist unschlagbar. Genauer gesagt, in Verbindung mit den Informationen, die wir schon besitzen, muß das Weiße Haus – ich wiederhole, muß – in Zukunft auf uns hören, wenn wir Wert darauf legen, daß wir Gehör finden. Wir werden selbstverständlich von diesem Vorrecht nur mit äußerster Umsicht Gebrauch machen, aber es ist dennoch an uns, davon Gebrauch zu machen. Denn unabhängig davon, wie der Ausgang sein wird, positiv oder negativ, sind nationale und internationale Gesetze gebrochen worden, ist die Regierung mit Mord, Terrorismus, Korruption und sogar, was diese fast allumfassende Verurteilung auf die Spitze treibt, mit Verbrechen gegen die Menschlichkeit in Verbindung gebracht worden. Wir sind uns einig darüber, daß stets eine wohlmeinende, selbstlose Macht über das Weiße Haus herrschen und es anleiten muß, und das Mittel zu einer solchen Macht besteht darin, die tiefsten Geheimnisse der Regierung zu kennen. In dieser Hinsicht können wir Erfolge verbuchen, von denen sich jene, die vor uns kamen, nichts hätten träumen lassen. Wenn es einen Gott gibt, möge er uns gewähren, daß wir und unsere Nachfolger treu zu unserem Glauben stehen. Als vorletztes: mir ist aufgefallen, daß Inver Brass ähnlich klingt wie ein Begriff aus der Medizin: intravenös. Das ist, glaube ich, gar nicht so unpassend. Abschließend: Ich arbeite an etlichen anderen Projekten und werde Sie auf dem laufenden halten.

In einem Boot vor Glorious Cay auf den Bahamas saß ein kräftiger Schwarzer in der üppig ausgestatteten Kabine seiner Yacht, den Computerschirm vor Augen. Er lächelte, als er die Worte darauf las. Inver Brass war in guten Händen, in tüchtigen, jungen Händen. Da verband sich überragende Intelligenz mit Anstand und dem Verlangen, sich auszuzeichnen. Gideon Logan, der einen großen Teil seines Lebens als reicher Erwachsener damit zugebracht hatte, sich für die Schwarzen einzusetzen – er war dabei sogar so weit gegangen, drei Jahre lang im Untergrund zu verschwinden, als schweigender, unsichtbarer Ombudsmann für Rhodesien, während es sich in Simbabwe verwandelte –, empfand die tiefe Erleichterung, die sich einstellt, wenn ein überragender Erfolg erzielt worden ist. Seine Zeit lief ab, genau wie die Zeit von Margaret Lowell und dem alten Jacob Mandel. Die Sterblichkeit erforderte, daß sie ersetzt werden mußten, und dieser junge Mann, dieses gutaussehende, ehrenwerte Genie würde ihre Nachfolger auswählen. Sie würden für eine bessere Nation und für eine bessere Welt sorgen.

Die Zeit lief ab.

Gerald Bryce trank sein Glas Madeira aus und wandte sich wieder seinem Maschinenpark zu. Er war aus vielen Gründen in gehobener Stimmung, und nicht der unwichtigste davon war, was er ihre ›Bruderschaft der Intelligenz‹ nannte. Das Besondere daran war die Unausweichlichkeit, mit der sie zustande gekommen war. Ihre Bruderschaft war vorherbestimmt und hatte doch ihren Ursprung in den allerbanalsten Zufällen: dem Zusammentreffen von Menschen mit ähnlichen Interessen, Interessen, die eine besonders hohe Intelligenz voraussetzten – und, realistisch gesehen, Menschen mit wenig Geduld für eine Gesellschaft, in der die Mittelmäßigkeit regierte. Da führte eins zum anderen, immer durchsichtig, aber dennoch unausweichlich.

Wenn es seine Zeit erlaubte, hielt Bryce Vorlesungen und Seminare, eine gesuchte Führungskraft auf dem Gebiet der Computerwissenschaft, und er gab sich dabei alle Mühe, die Grenzen seines Expertentums nicht in der Öffentlichkeit auf die Probe zu stellen. Aber hin und wieder begegnete ihm ein ungewöhnlicher Mensch, der begriff, worauf er hinauswollte. In London, Stockholm, Paris, Los Angeles und in Chicago – an der University of Chicago. Diese wenigen Menschen hatte er so unter die Lupe genommen, wie sie es sich in ihren wildesten Phantasien nie hätten vorstellen können, und bis heute hatte er vier davon wieder und wieder erreicht. Ein neues Inver Brass zeichnete sich schwach, aber deutlich am Horizont ab. Und jetzt würde er gleich den erstaunlichsten Menschen unter diesen vier erreichen.

Bryce gab den Code ein und las die Buchstaben auf dem Schirm.

Satellitenübertragung. Modem Sahalhuddin. Bahrein. Eingabe.

47

Emmanuel Weingrass verfluchte alle medizinischen Spezialisten, vor allem die im Zentrum für Ansteckungskrankheiten in Atlanta. Es ging ihm zwar nicht besser, und am tödlichen Verlauf der Virusinfektion hatte sich nichts geändert. Aber es ging ihm auch nicht wesentlich schlechter; der Verfall setzte nicht so schnell ein, wie erwartet worden war. Die Ärzte wagten allerdings nicht, zu behaupten, die Krankheit sei zum Stillstand gekommen; sie waren schlicht und einfach verwirrt. Mit den Worten des Pathologen, der zu Besuch gekommen war: »Sagen wir mal so, auf einer Skala von eins bis minus zehn – bei minus zehn wäre der Exitus anzusetzen – ist der alte Knabe bei minus sechs stehengeblieben. Es scheint nicht weiter nach unten zu gehen.«

»Aber das Virus ist immer noch da«, sagte Kendrick. Er ging mit Kalaila und dem Arzt außerhalb von Mannys Hörweite auf dem Grundstück des Hauses in Colorado spazieren.

»Es wütet geradezu. Aber es entkräftet ihn nicht in dem Ausmaß, das zu erwarten wäre.«

»Das liegt wahrscheinlich an den Zigaretten, die er schnorrt, und an dem Whisky, den er uns klaut«, stellte Kalaila fest.

»Das tut er doch nicht wirklich«, sagte der Pathologe überrascht und noch verwirrter.

Evan und Kalaila nickten resigniert. »Er ist ein streitlustiger Überlebenskünstler«, erklärte Kendrick, »und er hat mehr List und Tücke im Kopf als sonst jemand, den ich kenne. Und weil ihm nach der Prognose nicht mehr viel Zeit blieb, haben wir auch mal ein Auge zugedrückt.«

»Bitte, verstehen Sie mich richtig, Herr Abgeordneter. Ich will Ihnen keine falschen Hoffnungen machen. Er ist ein schwerkranker Mann von sechsundachtzig –«

»Sechsundachtzig?« rief Evan fassungslos.

»Haben Sie das denn nicht gewußt?«

»Nein. Er hat behauptet, er sei einundachtzig!«

»Ich bin mir sicher, daß er das auch glaubt oder es sich jedenfalls einredet. Er ist der Typ, dessen nächster Geburtstag der fünfundfünfzigste ist, wenn er eben sechzig geworden ist. Dagegen ist ja auch gar nichts zu sagen, aber wir brauchten die komplette medizinische Vorgeschichte, und deshalb haben wir uns in New York erkundigt. Wußten Sie, daß er mit zweiunddreißig schon zum dritten Mal verheiratet war?«

»Ich bin sicher, daß seine Ehefrauen immer noch nach ihm Ausschau halten.«

»O nein, sie leben alle nicht mehr. Atlanta wollte ihre Unterlagen auch einsehen – wegen möglicher sexuell bedingter Komplikationen.«

»Haben Sie auch in Los Angeles, Paris, Rom, Tel Aviv, Riad und in sämtlichen Emiraten nachgefragt?« erkundigte sich Kalaila trocken.

»Bemerkenswert«, sagte der Pathologe leise, aber mit Nachdruck. Sein Medizinergehirn schien Überlegungen anzustellen, vielleicht voller Neid. »Ich muß mich verabschieden. Ich werde mittags in Denver zurückerwartet. Vielen Dank für den Privatjet, Herr Abgeordneter. Dadurch habe ich viel Zeit gespart.«

»Das war das mindeste, was ich tun konnte, Herr Doktor. Ich weiß zu schätzen, was Sie tun, alles, was Sie getan haben.«

Der Pathologe machte eine Pause und schaute Evan an. »Ich habe eben ›Herr Abgeordneter‹ zu Ihnen gesagt, Mr. Kendrick. Vielleicht sollte ich ›Mr. Vice President‹ sagen, denn wie die meisten im Land wünsche ich mir, daß Sie das werden. Um die Wahrheit zu sagen, wenn Sie nicht kandidieren, dann gehe ich nicht zur Wahl, und ich spreche für die Mehrheit meiner Freunde und Kollegen.«

»Das ist keine vernünftige Einstellung, Herr Doktor. Außerdem bin ich mir noch nicht schlüssig darüber... Kommen Sie, ich bringe Sie zum Auto. Kalaila, schau nach unserem lebenslustigen Jüngling, damit er nicht etwa ein Bad im Bourbon nimmt.«

»Du erwartest doch nicht von mir, daß ich dann zu ihm hineingehe?... Klar, mach' ich.« Kalaila gab dem Arzt aus Denver die Hand. »Danke für alles«, sagte sie.

»Daß das Ihr Ernst ist, können Sie mir beweisen, indem Sie den jungen Mann hier davon überzeugen, daß er tatsächlich unser nächster Vizepräsident werden muß.«

»Ich wiederhole«, sagte Kendrick und ging dem Arzt über den Rasen zur Auffahrt voraus. »Ich bin mir noch lange nicht schlüssig darüber, Herr Doktor.«

»Du solltest dir aber endlich darüber schlüssig werden!« schrie Emmanuel Weingrass von seinem Liegestuhl auf der Veranda aus. Der Kongreßabgeordnete und Kalaila saßen auf den gewohnten Plätzen auf der Couch, so daß der alte Architekt die beiden wütend anfunkeln konnte. »Was glaubst du denn eigentlich? Daß alles erledigt ist? Daß Bollinger und seine faschistische Räuberbande abgehalftert sind und daß sich keiner finden wird, der ihren Platz einnimmt? Bist du wirklich derart blöd?«

»Hör auf damit, Manny«, sagte Evan. »Langford Jennings und ich sind auf so vielen Gebieten verschiedener Meinung, daß es für den Präsidenten bestimmt kein erfreulicher Gedanke wäre, ich könnte sein Nachfolger werden – und mir wird bei diesem Gedanken himmelangst.«

»Lang weiß das alles!« rief Weingrass.

»Lang?«

Der Architekt zuckte die Achseln. »Du wirst es ja sowieso erfahren –«

»Was werde ich sowieso erfahren?«

»Jennings hat sich vor ein paar Wochen selber hierher zum Essen eingeladen, als du mit meiner bezaubernden Tochter in Washington warst... Was konnte ich da schon machen? Hätte ich etwa dem Präsidenten der Vereinigten Staaten ein paar Bissen abschlagen sollen?«

»Oh, Scheiße«, sagte Kendrick.

»Laß ihn, Liebling«, unterbrach Kalaila. »Ich bin fasziniert, total fasziniert.«

»Sprich weiter, Manny!« schrie Evan.

»Wir haben über viele Dinge gesprochen – er ist kein Intellektueller, das kann ich dir versichern, aber er ist schlau und begreift die großen Zusammenhänge. Das ist seine Stärke, das weißt du ja.«

»Ich weiß gar nichts, und wie kannst du es wagen, dich in meine Angelegenheiten einzumischen?«

»Weil ich dein Vater bin, du undankbarer Vollidiot. Der einzige Vater, den du je gekannt hast. Ohne mich würdest du immer noch mit den Saudis wegen ein paar Gebäuden herumfeilschen und dich fragen, wie du je auf deine Kosten kommen sollst. Wirf mir nicht vor, daß ich mich eingemischt habe – damals war es dein Glück, daß ich es gewagt habe, mich einzumischen –, denk an deine Verpflichtungen anderen Menschen gegenüber... Schon gut, wir hätten das, was wir geschafft haben, ohne deinen Mumm, deine Kraft nicht erreicht, aber ich war für dich da, und deshalb hör mir zu.«

Kendrick schloß verärgert die Augen und lehnte sich auf der Couch zurück. Plötzlich begriff Kalaila, daß Weingrass ihr etwas signalisierte, mit so übertriebenen Lippenbewegungen, daß sie die lautlosen Worte mühelos von seinem Mund ablesen konnte. *Das ist bloß Schau. Ich weiß schon, was ich tue.* Sie wußte nicht, wie sie darauf reagieren sollte; sie schaute den alten Mann verwirrt an. »Okay, Manny«, sagte Evan, machte die Augen auf und starrte an die Decke. »Das kannst du dir alles sparen. Ich höre.«

»Schon besser.« Weingrass zwinkerte der Agentin aus Kairo zu und fuhr fort. »Du kannst einfach weglaufen, und niemand hat das Recht, ein böses Wort über dich zu sagen oder auch nur zu denken, denn du bist niemandem etwas schuldig. Aber ich kenne dich, mein Freund, und der Mann, den ich kenne, hat Mumm in den Knochen. Er will das manchmal nicht wahrhaben, aber er muß es, denn das ist ein Teil von ihm. Kurz gesagt, du kannst miese Typen einfach nicht leiden – den älteren von den Anwesenden mal ausgenommen –, und es ist gut für diese meschugge gewordene Welt, daß es Jungs wie dich gibt; von der anderen Sorte gibt es viel zu viele... Trotzdem sehe ich ein Problem, das, kurz gesagt, darin besteht, daß nur wenige Menschen deines Schlages viel ausrichten können, weil kein Mensch ihnen zuhört. Wozu denn auch? Was sind denn das schon für Leute? Störenfriede? Rattenfänger? Unbedeutende Agitatoren?... Solche Leute schafft man sich leicht vom Hals. Sie werden entlassen, nicht befördert, und wenn sie wirklich Ernst machen, zerrt man sie vor Gericht, wo ihr ganzes Leben durch den Dreck gezogen wird – wo sie von teuren Anwälten, die mehr Tricks kennen als Houdini, mit Schmutz beworfen werden, der mit der Sache überhaupt nichts zu tun hat –, und wenn sie mit dem Jagdschein davonkommen und keine Frau und keine Kinder mehr haben, können sie noch von Glück sagen. Sie hätten auch unter einem Lastwagen enden können oder auf den Schienen einer U-Bahn... Aber dir hören alle zu – schau dir die Umfragen an. Du bist der populärste Kardinal im Land, unter der Voraussetzung, daß Langford Jennings Präsident bleibt – und da ist weit und breit kein Rechtsverdreher in Sicht, der dich vor Gericht zerren könnte, vom Kongreß ganz zu schweigen.

Wie ich es sehe, hast du die Chance, von ganz oben zu einer Riesenmenge von Leuten zu sprechen, die kein Hearing einberufen können. Lang wird dich in alles einweihen –«

»Schon wieder Lang«, murmelte Kendrick.

»Dafür kann ich doch nichts!« rief Weingrass mit ausgestreckten Handflächen. »Ich habe natürlich ›Mr. President‹ gesagt, wie sich das gehört, frag die Schwestern, die alle aufs Klo mußten, kaum, daß er im Zimmer war – er ist schon ein Bild von einem Mann, glaub mir. Jedenfalls, nach einem Drink, den er mir höchstpersönlich von der Bar holte, als die Mädchen noch draußen waren, sagte er, ich sei erfrischend und ich solle ihn doch einfach Lang nennen und die ganzen Förmlichkeiten vergessen.«

»Manny«, unterbrach Kalaila, »warum hat der Präsident gesagt, du seist erfrischend?«

»Ich habe so nebenher erwähnt, daß dieses neue Gebäude, das sie an irgendeiner Avenue hochziehen – ich habe in der *New York Times* darüber gelesen –, nun wirklich nicht das Gelbe vom Ei ist, und daß es blöd von ihm war, diesem Arschloch von einem Architekten im Fernsehen dazu zu gratulieren. Der gottverfluchte Kasten sieht wie ein Wechselbalg aus Neoklassik und Art deco aus, und ihr könnt mir glauben, das ist eine scheußliche Mischung. Außerdem habe ich ihn gefragt, was, zum Teufel, er, ein Präsident, von Baukosten versteht, die um ein Drittel überzogen worden sind. Lang will sich darum kümmern.«

»Oh, Scheiße«, wiederholte Evan, wobei ihm anzuhören war, daß er kapitulierte.

»Kommen wir wieder auf das zurück, was ich sagen wollte«, sagte Weingrass. Er machte plötzlich ein sehr ernstes Gesicht und schaute Kendrick an, während er sich eine kurze Pause zum Luftholen gönnte. »Vielleicht hast du genug getan, vielleicht solltest du dich zurückziehen und mit meiner arabischen Tochter herrlich und in Freuden leben, während du noch mehr Geld verdienst. Die Achtung des Landes, sogar die Achtung vieler Länder der Welt, hast du dir jetzt schon verdient. Aber vielleicht solltest du es dir doch anders überlegen. Du kannst tun, was nicht viele außer dir tun können. Statt die miesen Typen zu verfolgen, zu einem Zeitpunkt, an dem die Korruption schon um sich gegriffen und viele Menschenleben gefordert hat, kannst du sie vielleicht stoppen, ehe sie mit ihren Schweinereien anfangen – jedenfalls etliche, und zwar von ganz oben aus. Ich bitte dich nur um eins: sprich mit Jennings. Hör dir an, was er dir zu sagen hat.«

Ihre Blicke trafen sich. Vater und Sohn begegneten sich auf der herzlichsten Ebene ihrer Beziehung. »Ich rufe ihn an und bitte ihn um ein Treffen, in Ordnung?«

»Nicht nötig«, erwiderte Manny. »Das ist alles schon geregelt.«

»Was?«

»Er kommt morgen nach Los Angeles, ins *Century Plaza*, zu einem Abendessen, bei dem Stipendienfonds zu Ehren seines toten Außenministers aufgebracht werden sollen. Er hat sich vor dem Essen Zeit frei gehalten und erwartet dich um sieben im Hotel. Dich auch, meine Liebe. Er besteht darauf.«

Die beiden Männer vom Geheimdienst auf dem Flur vor der Präsidentensuite erkannten den Kongreßabgeordneten sofort. Sie nickten ihm und Kalaila zu, und der Mann rechts drehte sich um und klingelte. Gleich darauf machte Langford Jennings die Tür auf. Sein Gesicht war bleich und eingefallen; er hatte dunkle Ringe der Erschöpfung unter den Augen. Er versuchte kurz, sein berühmtes Grinsen zu zeigen, aber er brachte es nicht zuwege. Statt dessen ging ein freundliches Lächeln über sein Gesicht, als er die Hand ausstreckte.

»Hallo, Miß Raschad. Es ist mir eine Ehre und ein Vergnügen, Sie kennenzulernen. Bitte, kommen Sie herein.«

»Danke, Mr. President.«

»Evan, es freut mich, Sie wiederzusehen.«

»Ich freue mich, Sie wiederzusehen, Sir«, sagte Kendrick und dachte beim Eintreten, daß Jennings wesentlich älter aussah als je zuvor.

»Bitte, setzen Sie sich.« Der Präsident ging seinen Gästen in das Wohnzimmer der Suite voraus, auf zwei Couches einander gegenüber zu, zwischen denen ein großer runder Glastisch stand. »Bitte«, wiederholte er und deutete auf die Couch zur Rechten, während er auf die zur Linken zuging. »Mir macht es Freude, attraktive Menschen anzuschauen«, fügte er hinzu, als sie sich setzten. »Meine Gegner würden wahrscheinlich sagen, das sei ein weiteres Zeichen meiner Oberflächlichkeit, aber Harry Truman hat einmal gesagt: ›Ich schaue mir lieber den Kopf des Pferdes an als den Arsch‹, das ist also eher ein Pluspunkt für mich... Entschuldigen Sie meine Ausdrucksweise, junge Dame.«

»Ich habe nichts gehört, wofür Sie sich entschuldigen müßten, Sir.«

»Wie geht es Manny?«

»Er kann nicht gewinnen, aber er kämpft«, antwortete Evan. »Ich habe gehört, daß Sie ihn vor ein paar Wochen besucht haben.«

»War das hinterhältig von mir?«

»Überhaupt nicht, aber es war ein bißchen hinterhältig von ihm, daß er mir nichts davon erzählt hat.«

»Das war meine Idee. Ich wollte uns beiden – Ihnen und mir – Zeit zum Nachdenken verschaffen, und was mich anlangte, mußte ich mehr über Sie wissen als das, was auf ein paar hundert Seiten im Amtsjargon steht. Deshalb hielt ich mich an die einzige Quelle, die mir sinnvoll vorkam. Ich habe ihn darum gebeten, bis gestern den Mund zu halten. Ich bitte um Entschuldigung.«

»Nicht nötig, Sir.«

»Weingrass ist ein tapferer Mann. Er weiß, daß er bald sterben wird – seine Diagnose ist falsch, aber daß er bald stirbt, weiß er –, und er geht mit seinem bevorstehenden Tod um wie mit einem Baukostenvoranschlag. Ich erwarte nicht, daß ich einundachtzig werde, aber falls doch, dann kann ich nur hoffen, daß ich soviel Mut habe wie er.«

»Sechsundachtzig«, sagte Kendrick knapp. »Wir haben auch geglaubt, er sei einundachtzig, aber gestern haben wir herausgekriegt, daß er sechsundachtzig ist.« Langford Jennings schaute Evan forschend an, dann, als hätte der Abgeordnete eben einen äußerst komischen Witz erzählt, lehnte er sich auf der Couch zurück und lachte leise, aber herzlich. »Was ist denn daran so komisch?« fragte Kendrick. »Jetzt kenne ich ihn seit Jahren, und nie hat er die Wahrheit über sein Alter gesagt; nicht mal in seinen Pässen steht es richtig.«

»Das paßt zu etwas, das er zu mir gesagt hat«, erklärte der Präsident, während sich sein leises Lachen langsam legte. »Ich will Sie nicht mit den Einzelheiten langweilen, aber er hat mich auf etwas aufmerksam gemacht – und verflucht noch mal, er hatte recht –, und deshalb habe ich ihm einen Posten angeboten. Er sagte: ›Tut mir leid, Lang, aber das kann ich nicht annehmen. Ich darf Sie auf keinen Fall mit meinen Mauscheleien belasten.‹«

»Er ist ein Original, Mr. President«, warf Kalaila ein.

»Die Form, aus der er stammt, ist längst kaputt...« Jennings' Stimme verebbte, und sein Ausdruck wurde wieder ernst. Er schaute Kalaila an. »Ihr Onkel Mitch läßt Sie herzlich grüßen.«

»Oh?«

»Payton ist vor einer Stunde gegangen. Leider mußte er nach Washington zurück, aber als ich gestern mit ihm telefonierte, bestand er darauf, hierherzufliegen und mit mir zu sprechen, bevor ich mich mit dem Abgeordneten Kendrick treffe.«

»Warum?« fragte Evan beunruhigt.

»Er hat mir endlich die ganze Geschichte von Inver Brass erzählt. Nicht alles natürlich, weil wir nicht alles wissen. Nachdem Winters und Varak tot sind, werden wir wahrscheinlich nie erfahren, wer das Oman-Dossier geknackt hat, aber das spielt jetzt auch keine Rolle mehr. Die heilige Organisation Inver Brass ist am Ende.«

»Das hat er Ihnen erst jetzt erzählt?« Kendrick staunte, aber dann fiel ihm wieder ein, daß Achmad gesagt hatte, er sei sich nicht sicher, ob Jennings alles wisse, was Payton ihm erzählt hatte.

»Er war absolut ehrlich, was das anbelangt, und hat seinen Rücktritt angeboten, was ich sofort abgelehnt habe... Er sagte, wenn ich die ganze Geschichte gekannt hätte, dann hätte ich mich wahrscheinlich Ihrer Nominierung zum Kandidaten für die Vizepräsidentschaft widersetzt. Ich weiß nicht recht, möglich wäre das schon gewesen, und ganz bestimmt wäre ich fuchsteufelswild geworden. Aber das ist jetzt unerheblich. Ich habe erfahren, was ich wissen wollte, und jetzt sind Sie nicht nur aus dem Startblock heraus, jetzt haben Sie ein nationales Mandat, Herr Abgeordneter.«

»Aber Mr. President«, protestierte Evan. »Das ist doch nur eine künstliche –«

»Was, zum Teufel, hat sich Sam Winters eigentlich dabei gedacht?« unterbrach Jennings und schnitt Kendrick energisch das Wort ab. »Ich gebe keinen Furz darauf, wie edel die Motive auch gewesen sein mögen; er hat eine Lehre aus der Geschichte vergessen, die ausgerechnet er sich hätte merken müssen. Wann immer eine wohlmeinende Elitegruppe meint, sie könne sich über den Willen des Volkes hinwegsetzen, und diesen Willen heimlich manipuliert, wird eine Höllenmaschine in Gang gesetzt. Denn dann brauchen nur noch ein paar dieser überlegenen Geschöpfe anderer Meinung zu sein, aus äußerst unedlen Motiven heraus, die dann die anderen überreden oder ersetzen oder überleben, und schon ist das Land im Eimer. Sam Winters' hochgestochene Organisation Inver Brass war auch nicht besser als Bollingers Räuberbande. Beide wollten, daß es nur nach einem Kopf geht. Nach ihrem.«

Evan schnellte nach vorn. »Aus genau diesen Gründen –«

Die Klingel der Präsidentensuite schlug an, viermal, jeweils nicht länger als eine halbe Sekunde. Jennings hob die Hand und schaute Kalaila an. »Das wird Ihnen gefallen, Miß Raschad. Was Sie eben gehört haben, ist ein Code.«

»Ein was?«

»Nicht besonders einfallsreich, aber es funktioniert. Daran höre ich, wer an der Tür ist, und in diesem Fall ist der Jemand einer meiner tüchtigsten Referenten im Weißen Haus... Kommen Sie herein!«

Die Tür ging auf, und Gerald Bryce kam herein. Er machte die Tür hinter sich zu. »Tut mir leid, daß ich störe, Mr. President, aber ich habe eben Antwort aus Peking bekommen, und ich wußte, daß Sie das sofort wissen wollen.«

»Das kann warten, Gerry. Darf ich vorstellen –«

»Joe...?« Der Name rutschte Kendrick heraus, als sich die Erinnerung einstellte an einen Militärjet nach Sardinien und an einen gutaussehenden jungen Experten aus dem Außenministerium.

»Hallo, Herr Abgeordneter«, sagte Bryce, kam zur Couch, gab Evan die Hand und nickte Kalaila zu. »Hallo, Miß Raschad.«

»Stimmt ja!« rief Jennings. »Gerry hat mir erzählt, daß er Sie damals auf dem Flug nach Oman ins Bild gesetzt hat... Ich will nicht gerade in seiner Gegenwart ein Loblied singen, aber Mitch Payton hat ihn von Frank Swann im Außenministerium geklaut, und ich habe ihn Mitch geklaut. Er kann einem schreckliche Angst einjagen, wenn es um Kommunikation per Computer geht und darum, wie man das geheimhalten kann. Er könnte durchaus eine Zukunft haben, wenn wir die Ministerämter neu besetzen.«

»Ihre Güte bringt mich in Verlegenheit, Sir«, sagte Bryce, der tüchtige Profi. »Aber was Peking anlangt, Mr. President, die Antwort ist positiv. Soll ich Ihr Angebot bestätigen?«

»Noch ein Code«, erklärte Jennings grinsend. »Ich habe gesagt, daß ich unseren führenden Bankiers in der Kronkolonie das Kinn einschlage, wenn sie in Hongkong zu gierig werden und es bei der Rückgabe 1997 den chinesischen Banken allzu schwer machen. Natürlich wollen wir jetzt im Gegengeschäft –«

»Mr. President«, unterbrach Bryce, mit der gebotenen Höflichkeit, aber mit einem warnenden Unterton.

»Ach, tut mir leid, Gerry. Ich weiß ja, daß es streng geheim ist, nur unter vier Augen geäußert werden darf und so weiter, aber ich hoffe, daß dem Abgeordneten Kendrick bald überhaupt nichts mehr vorenthalten werden muß.«

»Apropos, Sir«, fuhr der Kommunikationsexperte aus dem Weißen Haus fort, während er Kendrick mit einem flüchtigen Blick streifte und kurz lächelte, »weil Ihr Stab hier in Los Angeles nicht mit dabei ist, habe ich es mir gestattet, die Rücktrittserklärung von Vice President Bollinger zu billigen. Sie entspricht Ihrer Auffassung.«

»Heißt das, daß er sich vor laufenden Fernsehkameras erschießen will?«

»Nicht ganz, Mr. President. Immerhin erklärt er, er wolle sein Leben der Welthungerhilfe widmen.«

»Wenn ich den Kerl dabei erwische, wenn er auch nur einen Schokoriegel klaut, sitzt er für den Rest seines Lebens in Leavenworth ein.«

»Peking, Sir. Soll ich bestätigen?«

»Aber ja. Und bedanken Sie sich in meinem Namen herzlich bei diesen Räubern.«

Bryce nickte Kendrick und Kalaila zu und ging hinaus, machte die Tür wieder energisch hinter sich zu. »Wo waren wir?«

»Bei Inver Brass«, gab Evan zur Antwort. »Die haben mich geschaffen und vor der Öffentlichkeit als jemanden aufgebaut, der ich nicht bin. Unter diesen Umständen kann meine Nominierung wohl kaum als der Wille des Volks gelten. Das ist eine Scharade.«

»Sie sind eine Scharade?« erkundigte sich Jennings.

»Sie wissen, wovon ich rede. Ich habe es weder darauf angelegt, noch es gewollt. Sie haben mal so treffend gesagt, ich sei manipuliert und den Leuten mundgerecht serviert worden. Ich habe nichts dazu getan, und ich habe mir das nicht im politischen Alltag verdient.«

Langford Jennings musterte Kendrick; das Schweigen hing schwer in der Luft und war außerdem elektrisch geladen. »Sie irren sich, Evan«, sagte der Präsident schließlich. »Sie haben eine Menge dafür getan, und Sie haben es verdient. Ich rede nicht vom Oman und von Bahrein oder von der immer noch geheimen Geschichte im Südjemen – das sind Ereignisse, die nur mit Ihrem Mut und Ihrem persönlichen Einsatz zu tun haben und dazu benutzt worden sind, die Aufmerksamkeit der Öffentlichkeit auf Sie zu lenken. Das unterscheidet sich nicht davon, daß ein Mann ein Kriegsheld war oder ein Astronaut und plötzlich ins Rampenlicht befördert wird. Ich habe genau wie Sie etwas gegen die Methoden, mit denen das in Ihrem Fall passiert ist, weil das auf heimlichem Weg geschah, weil das Menschen waren, die gegen Gesetze verstießen, unabsichtlich Menschenleben vernichteten und sich hinter einem Vorhang aus Einfluß versteckt hielten. Aber Sie haben nichts dergleichen getan, und Sie hatten mit diesen Menschen nichts zu tun... Sie haben sich die Nominierung hier in dieser Stadt verdient, weil Sie Dinge sagten, die gesagt werden mußten, und das ganze Land hat Ihnen zugehört. Niemand hat diese Fernsehsendung verfälscht, und niemand hat Ihnen die Worte in den Mund gelegt. Und was Sie hinter den Kulissen bei den Hearings unter Ausschluß der Öffentlichkeit getan haben, hat die Leute, die das Gesetz auf Umgehungsstraßen umrunden, ganz schön zum Kochen gebracht. Sie haben Fragen gestellt, auf die es keine durch das Gesetz abgesicherten Antworten gibt, und ein ganzer Haufen von Bürokraten, die gewohnt waren, daß es nach ihrem Kopf geht, weiß heute noch nicht, was eigentlich passiert ist, abgesehen davon, daß es besser wäre, sich untereinander abzusprechen. Ich komme zum letzten Punkt, und dabei geht es um mich, Lang Jennings aus Idaho. Sie haben die Nation vor meinen allerfanatischsten Gegnern bewahrt. Weiß Gott, vor Fanatikern allererster Güte. Die hätten unser Land auf einen Weg gebracht, über den ich noch nicht einmal nachdenken möchte.«

»Sie hätten diese Leute selbst entdeckt. Eines Tages, irgendwo hätte Ihnen einer von denen so zugesetzt, daß Sie zurückgeschlagen und alle miteinander entdeckt hätten. Ich habe mit angesehen, wie einer im Oval Office versucht hat, Druck auf Sie auszuüben, und der hat schon gemerkt, daß ihm gleich ein ganzer Baum auf den Kopf fällt.«

»Ach ja, Herb Dennison und die Medal of Freedom.« Der Präsident lachte, und einen Augenblick lang war sein weltberühmtes Grinsen wieder da. »Herb war ein ganz schön zäher Knochen, aber harmlos. Er hat eine Menge Dinge erledigt, die ich selber nur ungern tue. Jetzt ist er fort; das Oval Office hat das für ihn arrangiert. Er hat ein Angebot von einer alteingesessenen Firma an der Wall Street gekriegt, die Art von Firma, in der jeder zu einem exklusiven Klub gehört, in den keiner hineinkommt und dem Sie und ich gar nicht angehören wollten. Er ist also wieder bei den Jungs, die das große Geld machen. Herb hat es endlich doch noch geschafft, in die Obristenclique aufzurücken, zu der er immer gehören wollte.«

»Wie bitte?« fragte Kendrick.

»Ach, nichts, vergessen Sie's. Nationale Sicherheit, Staatsgeheimnis und der ganze andere Unsinn.«

»Dann lassen Sie mich klarstellen, was wir beide wissen, Mr. President. Ich bin für das Amt nicht qualifiziert.«

»Qualifiziert? Wer im Himmel oder in der Hölle ist denn schon für *meinen* Job qualifiziert?«

»Ich rede nicht von Ihrem Job –«

»Das wäre aber durchaus möglich«, unterbrach Jennings.

»Davon bin ich Lichtjahre weit entfernt. Das könnte ich nie im Leben.«

»Doch. Soweit sind Sie schon.«

»Wie bitte?«

»Hören Sie mir gut zu, Evan. Ich mache mir nichts vor. Mir ist durchaus bewußt, daß ich weder über die Phantasie noch über die intellektuellen Fähigkeiten eines Jefferson verfüge, noch mit einem der Adams', einem Madison, einem Lincoln, einem Wilson, einem Hoover mithalten kann – ja, ich habe Hoover gesagt, der ein großer Mann war, trotz aller Verleumdung –, oder mit einem Roosevelt, einem Truman, einem Nixon – ja, mit Nixon, dessen Fehler auf charakterlichem Gebiet lagen, nicht im weltpolitischen Überblick – oder einem Kennedy, nicht einmal mit dem blitzgescheiten Carter, der einfach zu viele Gehirnzellen hatte, als daß er politisch hätte reüssieren können. Aber jetzt sind wir in einem neuen Zeitalter angekommen. Aquarius hat ausgespielt, *Telerius* ist an der Reihe – das ausgewachsene Fernsehzeitalter, schnelle, sofortige Kommunikation. Mir vertrauen die Menschen, weil sie den Menschen Jennings hören und sehen. Ich habe miterlebt, wie die ganze Nation in Selbstmitleid und Kapitulation schwelgte, und das hat mich wütend gemacht. Churchill hat einmal gesagt, die Demokratie habe möglicherweise jede Menge Fehler, sei aber immer noch das beste System, das der Mensch je erfunden habe. Ich glaube das, und ich glaube auch daran, daß Amerika, wie es in den ganzen Sprüchen zur Beruhigung des Volkes heißt, das größte, das mächtigste und das wohlmeinendste Land auf Gottes Erdboden ist. Nennen Sie mich ruhig den großen Vereinfacher, aber ich glaube wirklich daran. Das sehen und hören die Menschen, und so schlecht bekommt ihnen das gar nicht... Wir alle merken es, wenn jemand sich Gedanken macht, und als ich Sie gesehen habe, Ihnen zugehört und alles gelesen habe, was über Sie zu sagen ist, als ich mich ausführlich mit meinem Freund Weingrass unterhalten habe, da ist mir klargeworden, daß Sie diesen Job annehmen müssen, ob Sie nun wollen oder nicht. Bei all meiner Skepsis.«

»Mr. President«, unterbrach Kendrick leise, »ich weiß alles zu schätzen, was Sie für die Nation getan haben, aber ehrlich gesagt, es gibt Meinungsverschiedenheiten zwischen uns. Sie vertreten politische Positionen, die ich unmöglich unterstützen kann.«

»Herr im Himmel, das verlange ich ja auch gar nicht von Ihnen!... An der Oberfläche werde ich es zu schätzen wissen, wenn Sie den Mund halten, bis Sie über ein bestimmtes Thema mit mir gesprochen haben. Ich vertraue Ihnen, Evan, und ich werde Sie ganz bestimmt nicht ausschließen. Überzeugen Sie mich. Sagen Sie mir, wo ich falsch liege – ohne Furcht und Tadel –, genau das braucht dieses gottverfluchte Office! Manchmal lasse ich mich mitreißen, und ich weiß, daß ich dann gezügelt werden muß. Fragen Sie meine Frau. Nach der letzten Pressekonferenz vor zwei Monaten ging ich hinauf in unsere Küche im Weißen Haus, wahrscheinlich weil ich auf Glückwünsche aus war. Statt dessen kriegte ich um die Ohren geschlagen: ›Für wen, zum Teufel, hältst du dich denn eigentlich? Für Ludwig den Vierzehnten mit königlichen Vorrechten? Du hast ungefähr so vernünftig geredet wie Schweinchen Dick!‹ Und meine Tochter, die gerade auf Besuch bei uns war, hat irgendwas von einer Grammatik gemurmelt, die sie mir zum Geburtstag schenken wolle... Ich kenne meine Grenzen, Evan, aber ich weiß auch, was ich schaffen kann, wenn ich die besten Leute als Berater um mich habe. Sie haben uns den Müll vom Hals geschafft. Jetzt müssen Sie zu uns kommen.«

»Ich wiederhole, ich bringe nicht die richtigen Voraussetzungen mit.«

»Aber die Leute glauben das, und ich glaube es auch. Deswegen brauchen Sie ja bloß nur noch nach der Nominierung zu greifen. Machen Sie sich nichts vor, man hat Sie vielleicht dazu gezwungen, in die Startblöcke zu gehen, aber wenn ich Sie ablehnen wollte, würde mich das Millionen von Stimmen kosten. Das haben die PR-Leute klar und deutlich gesagt.«

»PR? Public Relations? Ist das denn alles, worauf es ankommt?«

»In einem viel größeren Ausmaß, als uns beiden lieb sein kann, aber ja, heutzutage ist das ein großer Teil dessen, worum sich alles dreht. Etwas anderes zu behaupten wäre gleichbedeutend damit, die Wirklichkeit zu leugnen. Lieber Leute wie Sie und mich als Dschingis Khan oder Adolf Hitler. Von unseren Meinungsverschiedenheiten abgesehen, wollen wir beide bewahren, nicht zerstören.«

Jetzt war es an Kendrick, den Präsidenten der Vereinigten Staaten zu mustern. »Lieber Himmel, Sie sind tatsächlich ein Charmeur.«

»Das ist mein Kapital, Mr. Vice President«, sagte Jennings grinsend. »Das und ein paar ehrliche Überzeugungen.«

»Ich weiß nicht. Ich weiß einfach nicht, was ich tun soll.«

»Aber ich weiß es«, sagte Kalaila und griff nach Evans Hand. »Ich glaube, es ist an der Zeit, daß die Außendienstmitarbeiterin Raschad in Pension geht.«

»Noch was«, sagte Präsident Langford Jennings mit hochgezogenen Augenbrauen. »Sie müssen heiraten. Es wäre äußerst ungehörig für meinen Kandidaten für die Vizepräsidentschaft, daß er in Sünde lebt. Ich meine, können Sie sich vorstellen, was die ganzen Evangelisten, die uns so viele Stimmen bringen, sagen würden, wenn Ihr augenblicklicher Status herauskäme? Das verträgt sich schlicht und einfach nicht mit meinem Image.«

»Mr. President?«

»Ja, Mr. Vice President?«

»Halten Sie die Klappe.«

»Gern, Sir. Aber ich möchte noch etwas hinzufügen, das der Klarstellung dient – um Himmels willen, sagen Sie meiner Frau bloß nicht, daß ich Ihnen das erzählt habe. Nachdem wir beide die Scheidung von unseren Ehepartnern hinter uns hatten, haben wir zwölf Jahre lang zusammengelebt und zwei Kinder bekommen. Den sprichwörtlichen Bund fürs Leben haben wir in Mexiko geschlossen, drei Wochen vor dem Parteitag, und dann haben wir die Eheschließung vordatieren lassen. Das ist nun wirklich ein Staatsgeheimnis.«

»Ich werde es nicht weitererzählen, Mr. President.«

»Das weiß ich. Ich vertraue Ihnen, und ich brauche Sie. Und wir beide werden dafür sorgen, daß es unserer Nation besser geht – und den größeren Anteil daran werden Sie haben.«

»Das möchte ich bezweifeln, Sir.«

»Ich nicht... Mr. President.«

Die Klingel der Präsidentensuite schlug wieder an. Viermal, jedesmal nicht länger als eine halbe Sekunde.

HEYNE
BÜCHER

John Grisham

Der "König des Thrillers" ***FOCUS***

Die neuen Weltbestseller im Heyne-Taschenbuch!

01/8822

Außerdem erschienen:

Die Jury

01/8615

Wilhelm Heyne Verlag
München